陳垣全集（續集）

CHENYUAN QUANJI XUJI

上册

陳垣 著

主　編　陳智超
副主編　陳浩寧

北京师范大学出版集团
BEIJING NORMAL UNIVERSITY PUBLISHING GROUP
安徽大学出版社

圖書在版編目(CIP)數據

陳垣全集 ：續集 / 陳智超主編. -- 合肥 ：安徽大學出版社，2025. 3. -- ISBN 978-7-5664-2967-4

Ⅰ. C52

中國國家版本館 CIP 數據核字第 2024T06P95 號

陳垣全集(續集)

Chenyuan Quanji Xuji　　陳智超　**主編**

出版發行：北京師範大學出版集團
安 徽 大 學 出 版 社
(安徽省合肥市肥西路 3 號 郵編 230039)
www. bnupg. com
www. ahupress. com. cn

印　刷：合肥遠東印務有限責任公司
經　銷：全國新華書店
開　本：880 mm×1230 mm　1/32
印　張：48. 75
字　數：990 千字
版　次：2025 年 3 月第 1 版
印　次：2025 年 3 月第 1 次印刷
定　價：268. 00 圓(全二册)
ISBN 978-7-5664-2967-4

策劃編輯：吴澤宇　　裝幀設計：李　軍　孟獻輝
責任編輯：吴澤宇　汪　君　陳宣陽　　美術編輯：李　軍
責任校對：范文娟　　責任印制：陳　如　孟獻輝

主編者語

陳垣全集出版，作爲主編者，我寫了長篇的主編者語，對本書的選録、整理、編次、校對，做了詳細的説明。十六年過去了，此次陳垣全集（續集）出版恰逢祖父陳垣先生誕辰145周年，這是我們對這位傑出的歷史學家、宗教史學家、教育家、收藏家、書法家最誠摯的紀念與獻禮。同時作爲主編者，我應該對續集的出版作一説明。

爲什麽要出續集？它説明全集有遺漏。爲什麽會出現遺漏？周永衛、吴建偉兩位專家的文章已作了一些説明，讀者可以參閲。

我在這裏要特別强調的是，次子雪松是一位頗有成就的實業家，同時他對曾祖父垣老，對家鄉新會，有强烈的感情，已經并將繼續對垣老和家鄉作出自己的貢獻。

近年，雪松費了大力，從垣老遺留下來的大批資料中，發掘出一批他在北京解放初期親筆寫的感想。當時他年齡在七十歲左右，還能執筆寫字，寫下了一位長期在晚清政府、北洋軍閥、國民黨反動派統治，以及日寇侵略者的殘酷壓迫下解放出來的愛國老人的親身感受。它是重要的文獻，也是這部續集的重要内容。

陳智超

二〇二五年三月於北京

賀詞

值此陳垣先生誕辰145周年之際，北京師範大學教育基金會謹向陳垣全集（續集）的出版致以熱烈祝賀！陳垣先生作爲史學泰門、教育家、北師大老校長，畢生以『勵耘』精神治學興教，其學術成就與教育家精神始終是中華文化傳承的豐碑。

陳垣全集（續集）的付梓，不僅續寫了陳垣先生嚴謹治學的學術脈絡，更彰顯了其著述跨越時代的生命力。先生深耕元史、宗教史與文獻學領域，開創『古教四考』等典範，爲後世學者樹立標杆。他堅守教育報國初心，執掌北師大四十余載，桃李盈門，鑄就『學爲人師、行爲世範』之魂。

北師大教育基金會秉承先生遺志，以『陳垣基金』助力學術傳承與文化創新。願此續集賡續精神，激勵新時代學人繼往開來，共譜中華文化新章！

北京師範大學教育基金會陳垣基金

二〇二五年三月

凡例

爲了更全面地展現陳垣先生的思想與學術貢獻，陳垣全集（續集）特此編纂，旨在補充收録陳垣先生過往未曾收入陳垣全集的講話、題詞及文章。本續集的編輯體例如下：

一、本續集主要收録了陳垣先生在陳垣全集中未能收録的講話、題詞及文章等文獻。

二、對於那些雖非正式發表但在學術交流中具有重要影響的手稿或演講記録，亦根據其歷史價值和學術意義進行了適當選録。

三、收録文獻的時間範圍原則上爲陳垣先生生平期間（一八八〇—一九七一）。

四、文獻來源於陳垣後人收藏的原始手稿。

五、每篇文獻均注明相關發表的時間、地點及其出處，以便讀者追溯。

六、儘量保持文獻原貌，不作改變，對於明顯排版錯誤或手稿中的筆誤，在不影響原意的前提下予以校正。

七、根據文獻類型分爲『講話』『題詞及文章』兩部分。

八、各部分内部按文獻創作時間先後順序排列，以反映作者思想演變的過程。

我們希望通過這本續集，能够進一步豐富學界對陳垣先生的認識，同時爲後來者的研究提供寶貴的參考資料。

目録

講話

題詞及文章

堅決爲社會主義奮鬥……一三五三
學點歷史……一三五七
高等師範招收五萬人……一三六〇
我們正隨時準備着戰鬥……一三六四
和青年們談談師範教育……一三六七
青年們，到教育戰綫上來……一三七五
從事教育工作六十年……一三八二
和青年們談一談學習方法……一三八九
怎樣纔能學習好……一三九四
教學工作六十年……一三九九
凱歌聲裏話今昔——慶祝建國十周年……一四〇三
歡呼黨的教育方針巨大勝利……一四一〇
教育大革命取得偉大勝利……一四一六
史學工作的今昔……一四二〇
青年們應當刻苦學習……一四三〇
迎接一九六〇年……一四三七

講話

輔仁大學教職員暑期學習會始業式

今天我非常高興，我們全校教職員的學習組織，從今天起，就開始了。關於學習的方法，和選擇的教材，已由杜任之先生與暑期學習委員會諸君討論出具體辦法。從後天起，我們就要認真的誠懇的進行我們的學習，學習新的知識、新的理論和新的思想，來改造我們以往認識的錯誤。

我們的專門學問和業務上的技能，都已有相當的成就和閱歷，但却忽略了政治思想的學習，在新社會裏，單有專門的學問和業務的技能，是絕對不行的。因爲用錯誤的陳舊的思想來支配我們的行動，那末我們所做的事情，就不會正確了。但是我們并不是只學空洞的理論，不要『爲理論而理論』，是要注意領會理論的實質，和怎樣應用於具體的、自己的業務上，又要拋開形式的空洞的學習，把我們的學習在教課内容、教學方法和行動上職務上貫澈起來，這才是我們學習的目的。

諸君知道的比我多，接觸新思想比我早，我願意和大家一起學習，并向大家學習。我常常感覺到『聞道太晚』，我想一定也有人有同樣的感覺，現在有這樣好的環境，來一起學習，實在是最值得我們高興的事。我們不要輕輕的放過這學習的好機會，不要抱着應付的心理，不要粗枝大葉不求甚解，要認真學習，要學習學習再學習，以充實我們自己，以改造我們自己，以促進我們的學校。

（一九四九年一月十七日）

紀念五一、五四夕陽晚會

前幾天我聽院聯負責人説到關於今天開夕陽晚會的事，不但心裏萬分高興而且异常興奮。我在解放以後，看到政治的合理，看到青年們的活躍等，都給了我在七十歲年紀的人心裏，加上了新的力量，這些力量都是新鮮而有力的。尤其是看到我們學校同學們如此熱情，如此團結，如此積極的學習，更是我非常盼望而且可以安慰的。

今天紀念『五一』『五四』，從籌備到現在只有短短的四五天的時間，更是有驚人的成績，今天後面還有很多位先生給你們講述這兩個節日的意義，我不願多説話，耽誤你們的時間，只希望你們從今天起對於工人、對於勞動，確立了正確的認識，而且不忘記『五四』給於我們的歷史意義和教訓，除去熱烈紀念以外，還要加緊學習，向着現代的社會前進。

〔一九四九年五月四日〕

送暑期學習團

諸位同學都是曾經受過十六年的教育,從小學到大學畢業,已經上了十六年學,但都是在舊社會受的教育,所以所學多不合於現在社會,而且離着人民大衆太遠,爲了彌補過去政治學習的不够,爲了自己所學的技術與政治結合,爲了將來在工作中,能够掌握住新民主主義的政策,好好的爲人民服務,所以這次的學習是同學們人人所迫切需要的,而且是非常難得的機會。

今天人民革命事業正在勝利的開展,到處都需要人材,希望大家努力加强學習,把自己的知識,真正和人民事業結合起來,來迎接人民民主專政的新中國。

謹祝諸位團結、前進。

〔一九四九年七月初〕

輔仁附中開學典禮

我們輔仁附中已有二十多年的歷史，自從抗戰時期徐州陷落以後，因爲種種關係，附中直隸於教育局，行政上遂與大學没有直接關係，所以開學典禮，我不參加已經有好些年了。

北平解放後，我們接到教育局的通知，附屬中學仍歸大學自己負責，恢復了我們以前的關係，所以這次開學典禮，是有他歷史意義的。

今天我來參加這次典禮，看見我們成千成百活活潑潑的青年，歡聚一堂，而且是在大學禮堂，男女附中一塊舉行，我心裏非常高興。

我們學校，現在已漸漸恢復正常，附校委員會成立了，男女校主任定規了，上學期因爲剛剛解放，各方面都不健全，有些人誤解『解放』、『民主』的意義，行政工作進行上，有很多不能聯貫的地方，致使學校裏呈現一種非常散漫無紀律的現象，經各教員同學們的努力，後來漸漸糾正，但不久就放暑假了。

現在我們附中，行政上已煥然一新，先生們經過長時間思想改造，同學們也多參加過暑期學習，認識上都已提高一步，對各方面，都有了新的進步和瞭解，所以我敢預料，今後的附中，一定會樹立一個新的作風，肅清以往種種不合理、不正常的現象的。

我們今後的任務是什麽呢？ 可以籠統的説一句，最主要的任務就是『學習』，學習什麽呢？ 諸位同學都已知道要努力學習政治理論使我們建立起爲人民服務的正確人生觀，作爲我們行動的指南針，同時再從事於各種科學技能的學習。

誰都知道今後的新中國是處處需要建設的，需要大批的軍事、政治、經濟、文化的各種人才，這建設的任務，就是我們的任務，我們同學都是建設新中國的新幹部。 舊社會一切在死亡，新社會一切在成長，諸位同學就是推動這些變化的重要力量。 所以這項基本任務，是需要同學們自覺的保證他完成，也就是説保證把自己培養成有真實才能的知識人才，希望同學們發揚艱苦樸素的優良作風，愉快的一起生活，一起學習，以完成這個任務。

〔一九四九年八月二十六日〕

開始學習政治課講話

我們都是在舊社會裏長大的，都是長期受着舊社會的教育，一直是受舊思想的束縛，雖然有的人已經有些覺悟，但對馬列主義，對毛澤東思想的認識，一直是没有深刻的瞭解。解放後，各機關學校都熱烈的展開學習，我們輔仁在暑假裏，教職員組織暑期學習會，同學們大多數都加入各種學習團體，但是我們的學習一般來説還不够深入，現在高教會指示我們將辯證唯物論與歷史唯物論及新民主主義論作爲各校各年的公共必修科，這正是學習的一個好機會，我們全校師生，每一個人都不要把這學習機會放過，大家一起來從第一課認真的學習，學習理論，并且要密切的配合實際，用馬列主義的基本觀點，來糾正以往不正確的觀點，解決自己的思想問題，來指導我們的工作方向，現在誰都知道要爲人民服務，要建立革命人生觀，但是，如果不認真學習這個課程，或只注意學習理論，不配合實際來分析問題，就是把辯證法唯物論背得很熟。一天喊一百遍『要爲人民服務』，他服務的結果，恰好是會違反了人民，而且也不會有革命人生觀的，我們從前就是一直只有理論的學習，只有教條主義的傳統習慣，從現在起，要切實改掉，我們不能再作『半知識份子』。有人感覺到時間太忙，是的，現在我們無論是教職學工，人人都是忙的，但時間要擠，學習要鑽，没有克服不了的困難，就拿我説吧！我已是七十歲的人，精力自然不能像你們一樣好，不過我身體還算好的，開會一開五六小時，是常有的事。你們看我們張老先生餘老先生都比我年歲小，都病得很厲害，我既然精神還不壞，所以常常感到不能和大家一起學習，一起進步，是非常遺憾的事。并且我看現在五號字的新書或報紙，是很吃力的，還要一手舉着放大鏡，看過半小時後，就不能繼續。現在學校事務又忙，但是我就是不斷的在設法解决這些困難。有時我要請别人替我念，有時我虚心的請教别人，天天在要求進步，很羡慕你們的年青，你們都知道要爲人民服務，真正的爲人民服務，一定要認真的從頭學起，學習比我容易，希望我們今後師生互助，積極的來學習好這政治課程。

今天我們開始上第一課，很榮幸的請到錢俊瑞同志來爲我們講話，一定可以給我們很多寶貴的指示和意見，是我們非常感謝的，現在就請錢同志講話。

〔一九四九年十月十七日〕

迎新晚會講話

諸位新舊同仁、新舊同學：

今天全校新舊師生聚會在一起，開一個歡迎會。這是很有意義的一件事情。這樣的歡迎會雖然每年都有，可是今年的確不同，今年是解放後第一次迎新會，是中華人民共和國成立後第一次迎新會，這是值得我們興奮的。

我們這個學校解放前同學有兩千幾百人，解放後同學南下的南下了，投考革命大學、華北大學的又成群的走了，還有到各機關去參加工作的，這樣一來，我們由兩千四百同學降到一千四百人，到了暑假又畢業了幾百位四年級同學，到今天舊生的數目還有八八六人，不算少了，今年新同學的人數，截至現在止，報到的是四三四人，注册的是三六二人，這還是比較嚴格録取的緣故，假如我們願意降低水準，那可取的便不止這些人，我們雖然注重量的方面，在質的方面我們也是要注意的，因此這些位新同學入校，我們很滿意很高興。

以上是説明我們歡迎新同學的熱忱。現在我想對新同學説幾句話，新同學之所以被人歡迎，期待主要一個字就是『新』，新的意義代表『生長』、『發展』、『進步』，希望新同學要格外努力。要有新思想。要有新的人生觀，要建立新的同學關係，師生關係。此外關於課業方面，輔仁有一個優良傳統，輔仁對於功課比較認真，同學畢業後服務各地都很有成績，這也是大家公認的。希望新同學注意這件事，從進學校第一天起對於業務的學習就要脚踏實地去學，不可鬆懈。

現在説一説歡迎新教授的意思。

我們學校以往專任教授不算多，好處是在輔仁服務年代都相當長，大家真能爲輔仁努力。解放以後我們隨時都在注意聘新教授，事實也聘請了好些位教授先生來校。到了暑假以後，新教授的人數更增加了，有些位上學期我們請他來幫忙，因爲别的職務的關係，只能『兼任』的，現在好些位都是專任教授了。有些位完全是暑假以及新來的，都是我們很景仰的，很欽佩的，我們非常感謝他們能來加入我們學校一同工作，他們是生力軍，是使輔仁前進的生力軍。

我們要把學校辦好，光有教員没有學生，當然不行，光有學生而無教員，一樣是不行。要辦好學校，一定要由教授領導同學、教育同學、師生互助，方能收效。今年我們新請了許多教授，我希望新舊教授密切合作，負起領導的責任。

這樣的師生合作努力前進，輔仁雖然有特殊的困難，不要緊的，輔仁一定跟着新中國前進的。

我今天連帶説幾句，我對新中國的感想，我們自辛亥革命以來，三十多年，政治的腐敗如故，工業的不振如故，人民的貧苦如故，我們以爲中國無希望了，誰想到也有今日。

中國得到有今日，全是由共産黨和毛主席的領導，復興中國的鑰匙給毛主席取得了，復興中國的靈藥給毛主席發現了，當初以爲不可開的門，今日被打開了，當初以爲不可治的症，今有復生的希望了。

共産黨係新中國的光，光到處所有的黑暗都變爲光明，共産黨係新中國的鹽，鹽在處所有的腐敗都不至於腐敗。我們借今晚迎新的機會，發揮我們興奮的情緒，請大家一同喊幾聲口號：

輔仁大學萬歲！

中國共産黨萬歲！

毛主席萬歲！

中華人民共和國萬歲！

（一九四九年十月二十一日）

第一屆學生會成立會上講話

今天是我校學生會第一屆代表大會成立，昨晚，聽説代表會今天正式召開，我是非常高興，而且非常興奮的，因爲我校的學生會組織，這還是第一次，以前環境不同，收到反動派的壓迫，又因爲我校情形特殊，事實上有種種阻礙和困難，以致學生會始終未能組織成功，這一點上，當然我也要負一部分責任。但是青年是一樣的青年，我校的同學，一樣有組織的能力，一樣有服務的熱誠。解放後，同學們發揮出自己的力量，集體的活動起來，積極的幫助别人，積極的充實自己。我看到你們幫助校務的推動，加强同學的團結，組織職工的學習，等等，都曾盡過很大的力量。我站在個人的立場，我愛護我自己的學生，站在學校的立場，愛護我們所有的同學，站在無産階級立場，我更有理由愛護你們。因爲你們都是無産階級的幹部，是新中國的力量。今天，學生會正式成立，我以無比的熱忱爲你們慶賀，祝你們成功。希望你們今後，更多的協助學校，使學校一天一天的辦好，看到有什麽不妥當的地方，盡量設法幫助學校改正，經常向學校提出意見，和同學們對學校的希望。這樣才能把輔仁辦得更加完善，更適合新社會的需要。今天我對同學有兩個建議，希望各代表多多注意：

（一）照顧到每一個同學——我覺得以前有一種現象，就是比較進步的同學，進步得很快，覺悟稍差的，就常常進步的很慢，甚至於不進步。於是就呈現一種：忙的特別忙，而閑的一點事没有。或者他們看到别人事情忙，自己更感到無聊，情緒非常低落。這樣同學和同學之間，就有了距離。而且距離越來越遠。這一點，學生會組織起來，一定也會漸漸解决。我今天特别提出，希望你們注意。

（二）真正能做到『師生互助』——解放以後，無論先生、同學，每一個人都要求進步，不過彼此接受新思想的程度上有些不同。要知道先生們不是萬能的，在某一點上，可能有時不如同學，但都是在一起學習，一起進步中，應當彼此多研究，漸漸改善。今後師生之間，要真正合作，達到『教學相長，師生互相』的目的。不要懷着對立的態度，并不是説現在同學是有這樣態度，而是説以後要避免這種情形。

今天同學會成立，謹提出這兩個意見給你們，來慶祝同學們的團結，并祝你們『新中國的青年戰士們永遠永遠的勝利前進』。

〔一九四九年十月三十日〕

輔仁大學中蘇友好協會全體會員代表大會

各位代表：

今天我們輔仁大學開中蘇友好協會的代表大會。這是輔仁大學歷史上一件很大的事情，很有意義的事情，本人蒙大家推舉做籌備會主任，對於工作，没有能盡一點力量，是很抱歉的。

不過，在我的責任上説：我是中蘇友好協會總會的發起人，對輔仁大學成立中蘇友好協會，我是應該努力來推動的。

今天，依靠大家的力量，依靠輔仁覺悟了的教員職員同學職工的力量，把輔仁的中蘇友好協會組織起來。此刻開代表大會，明天正式成立中蘇友好協會，這是一件可以使人興奮的事情。這是於新民主主義革命有貢獻的事情。

我們輔仁因爲人少一點，一切事情常常因忙不過來就耽誤了。這回，我們對於中蘇友好這一件事，雖然也還有一部分人不十分瞭解，可是大多數人已經深切瞭解到，我們必需緊靠蘇聯，和蘇聯站在一條戰綫，才能完成我們新民主主義革命。因此，我們的中蘇友好協會，很快地籌備起來了。聽説北京各大學中成立中蘇友好協會的還不很多，這回我們可趕上前去了。這是我們可以高興的。不過，光是成立一個會比人早是不够的，我們要努力務使每個輔仁的份子都瞭解中蘇友誼的重要，更進一步由這個基礎上再作廣泛的宣傳，使凡是接近我們的人都有正確的瞭解，這樣我們的工作才算起了作用。今天是第一次代表大會，我只説這幾句簡單的話，請大家指教，完了。

〔一九四九年十一月二十四日晚七時在二院禮堂〕

輔仁大學中蘇友好協商會開幕詞

各位先生、各位同學：

今天是我們輔仁大學中蘇友好協會的成立大會。意義是非常重大的。我是中蘇友好協會總會的發起人，所以今天看到我們學校的支會成立，是非常高興的。

輔仁大學中蘇友好協會的發起，是在九月底，當時因爲是假期中，簽名的只有三百〇四人，我們只把簽名單送交北京市中蘇友好協會，來不及成立我們自己的會。這次，我們輔大的教職員、職工、同學，都覺得有成立輔大中蘇友好協會的必要，在本月十六日，我們召開了一個籌備會，由教職員會出三個人，職工會出兩個人，黨支部團支部各出一個人，學生會出三個人，組織一個輔仁大學中蘇友好協會籌備委員會。一方面起草章程草案，和北京市分會取得聯系，一方面吸收新會員，由各單位分別登記。現在，我們的會員已經有九百十一人，昨天晚上，召開第一次代表大會，是按各單位會員人數，每十五人出代表一人，代表大會中通過了章程草案，選舉了主任、副主任，總幹事、副總幹事，及幹事，代表大會閉幕。我們輔仁大學中蘇友好協會已宣告正式成立了，今天我們大家來慶祝這個大會的成立，我先把輔大中蘇友好協會的職員名單宣布一下。

主任：陳垣

副主任：柴德賡、程法德

總幹事：徐迺乾

副總幹事：朱乃鑫

秘書科：吴景生、趙式一

組織科：齊振禕、尹山、賀允清

服務科：李天賜、李文藻、趙之璧、滎國漢

今天我們慶祝輔大中蘇友好協會的成立，承蒙北京市中蘇友好協會總幹事蕭松同志來給我們報告關於中蘇友好協會的各種事情。又蒙樊弘先生來給我們講『中蘇關係』，這是我們很覺榮幸和感謝的。

我們中蘇兩國的人民，由於最近三十年來的歷史清楚的告訴我們，我們的友情，是兄弟一樣的、偉大的、互愛的。

從一八四〇年鴉片戰争起，我們中國，一直是受世界上列强的壓迫和掠奪，在國際上没有一個是『以平等待我』的，但是自從帝俄的政府被推翻，十月革命勝利以後，却不同了。

我們中國在世界上,從此就有了一個强大的蘇聯以真正平等的態度,作了我們的朋友,在我們中國的革命事業上,給予莫大的同情和幫助。雖國民黨叛徒蔣介石,出賣了國家民族,實行反蘇反共,致使中蘇兩國的邦交與合作上,有了嚴重的波折和阻礙,但是中蘇兩國『人民』的友好,是没有改變的,并且蘇聯於我們人民的幫助,也是不變的,忠實的,無條件的援助中國的解放事業。

今天我們中國在共産黨正確領導之下,摧毁了反動派的統治,建立了人民自己的政府,使我們中蘇兩國的友誼可以更密切的聯合起來,我們今後的重大任務就是建設,在這建設的旅途中,我們只有學習蘇聯,吸取蘇聯的建設經驗,吸取蘇聯的科學知識和技能,吸取蘇聯新的文化,來作我們建設新中國的指南針,這些都是中國人民的迫切希望,也是我們當前最迫切的任務。所以今後促進中蘇兩國的友好,是正確的,而且是必需的。

現在的事實,更讓我們有了具體的認識,比如説蘇聯派了很多位專家到中國來,幫助中國的工業建設,又如最近蘇聯的防疫專家到中國來,幫助我們撲滅鼠疫,從這些具體事實裏面,我們已經可以看出這種崇高的友誼不是其他資本主義國家所能有的。只有在國際主義的蘇聯才能有這種偉大的精神。

我們要認清這種國際主義的精神,要認清我們成立中蘇友好協會,不是單純的中國與蘇聯的國交問題，而是有他極深厚遠大的意義的。

所以我們從今以後，一定要在思想上清除了狹隘的民族主義的思想，加强了國際主義與愛國主義的認識，鞏固了我們中蘇間的真摯友誼！

讓我們一同喊：

中蘇友好萬歲！

中國人民偉大的領袖毛澤東同志萬歲！

人類的領袖和導師斯大林元帥萬歲！

〔一九四九年十一月二十五日〕

輔仁大學工會成立會講話

今天我們輔仁大學工會成立，我是以會員的資格來參加的，我感到非常榮幸和興奮，我誠懇地祝賀我們大會的成功和各位會員的健康。

這個工會，是包括我們全校的教授、講師、助教、職員和工友，是全校工作人員的大團結，是腦力勞動者與體力勞動者的大結合。我們輔仁大學，有了這樣的工會組織，是值得高興的，是應當慶祝的。這樣的組織在解放前，根本不可能有，不但是輔仁，任何一個學校都不可能有。在階級社會裏，我們腦力勞動者和體力勞動者是一直分裂而且對立着，今天能够團結起來、能够組織在同一團體裏面，是革命勝利帶給我們的，是不容易得來的。我們一定要認真搞好這個工會，不要輕視這個不容易得來的收穫。

現在我們學校裏，除去全體教職工組織這個工會外，還有全體學生組織的學生會。這兩個團體，是學校裏兩個基本組織，是學校的兩大支柱，是互相關聯的，是互相團結的，是合作的，是不可分離的。我們的共同目的，都是想把學校辦好，要想把學校辦好，必需從團結做起。教授和講助，教員和職員，教職員和工友，我們的工會和學生會，都是要在這一個共同的目標下，團結前進。因爲我們的學校，是我的，也是你的，也是他的，就是説，我們的學校，是每一個人自己的，不論他是教、職、工或者是學生，學校既然是我們自己的，那麽把學校辦好，就要靠我們自己去努力。我們每一個人肩頭，都負擔着這個責任，不重視這個責任，就不是好的工會會員。

但是，我們要怎樣負擔起這個偉大的責任呢？第一重要的，就是要努力工作，提高工作效率，可是工作效率，怎樣就能提高呢？現在諸位同仁一定都會回答，要想工作效率提高，必需加緊學習，這是一定的，一定要在工作中加緊學習，不斷提高自己的政治、文化與理論水平，并且要善於在學習時密切聯系自己的工作，而且要學習『團結』，用批評與自我批評的武器來團結，這樣思想漸漸提高，工作也就漸漸改進了。

現在有很多人這樣説：『我們工作太忙，没有時間學習。』老實説，現在任何部門的工作人員，誰不忙呢？但是要認清學習與工作是統一的，是互相一致的，正因爲目前工作任務是這樣的繁重，所以學習也就更加重要。這一點我們要認清。要在工作中不斷學習，在學習中提高工作，希望諸位同仁，會後在檢查自己『工作狀況』的時候，應該同時檢討自己的『學習狀況』，保證工作和學習真正的結合起來。

今天我們的工會成立，我們應當向人民宣誓我們全校的工作人員，無論是教、職、工，在這統一的工會領導下,加緊學習,提高工作,保證貫徹新民主主義的文化教育方針,把我們自己的輔仁大學辦好。這就是我們的責任,就是建設新中國的巨大歷史任務。完了。

(一九四九年十二月十七日)

傳達北京市第二届各界人民代表會議的精神

北京市第一届各界人民代表會議閉幕後三個月，就是今天的剛前一個月，十一月二十日，召開了第二届各界代表會議，這次開會的日期共三天，這會議真正行使了人民代表大會的職權，是執行了人民政協共同綱領的規定，而且是依照了毛主席所指示的，這次會議集中了全北京市人民的意志和願望，行使了民主權力，總結第一届會議的決議，并指出今後的工作方針和計劃。

這第二届會議的内容比第一届更加充實，顯然有很大的進步，參加的代表更加廣泛，代表性更加增强，所有北京各人民團體各民族人民及宗教界，都有代表參加，年歲是由二十多歲到八十多歲，像我雖已七十歲，但在這會議上，并不算老。每一個團體的代表都充分發表意見，真正的代表了北京市各界人民的意見和願望。能够代表北京市人民執行人民代表大會的職權，并且會前曾經過多次協商，使大會的決議能够全體一致通過，選舉能够順利進行，并且會議後又通過一次協商會議檢討了大會的優點和缺點，以備下次會議時更加改進。這都是新的民主方式，是人民民主的模範。

我們會議的主要決議，是一方面繼續擊潰舊的反動勢力，一方面進行新的於人民有利的建設工作。

關於肅清舊的社會制度，不但要徹底肅清反動殘餘及一切反革命分子的活動來鞏固人民民主制度，保衛人民利益，并且要肅清社會上一切摧殘與剥削人民的封建勢力。這次會議通過了封閉妓院的決議和郊區實行土地改革的決議。都是給與封建制度的剥削和壓迫一個重大的打擊。使得在北京市存留了多少年的妓院制度一旦取消，幾千年束縛着農民生産力的封建剥削，在人民首都的北京郊外得到實行改革，這不但是郊區四十萬農民的迫切需要，也是新中國人民的一致要求。

關於進行新的建設工作，其中最重要的，如制定工商營業及營利所得税，房屋税，地産税，和農業累進税的征收辦法、税率雖没有減輕，但税收辦法已改訂合理，是民主的、是公平的，這征税原則是本着『取之於民用之於民』的宗旨，因爲我們要建設自己的新北京市，建設這人民的首都，所需的款項當然是北京市人民自己負擔起來。我們没有理由向北京市以外的農民要求負擔。我們重視這個偉大的建設工作，所以在大會上，工商各界代表對這議案是一致擁護的。

其他如開辦業餘學校，是發展北京市文化教育重要工作之一。使失學的工人和工作人員提高文化水準，我們輔仁大學在五區內有了九處補習學校的性質，也是這個意思。

1. 輔仁兒童夜校
2. 鼓樓西兒童樂園二百四十餘人

以上二處已合并

3. 五區三街兒童夜校九十餘人
4. 婦女識字班五十餘人
5. 花枝胡同三輪車夫夜校，流動性很大，自十餘人至四十餘人
6. 燕京漂染工廠工人夜校五十餘人
7. 店員班是本校與本校附小合辦的，三十餘人
8. 供給電機廠工人夜校三十餘人
9. 本校職工會一百人左右

共有學員六百多人，包括工人、婦女、兒童，方面是相當廣泛。盼望將來能擴充成正規的中小學校。

此外，這次代表會議所議決的還有救濟失業員工辦法，使工廠能夠合理的改善經營，發展生產，提高工商業工作效率，而且可以保證失業員工的生活。這是發展生產必須解決

的一個問題。

總之，我們北京市民今後的中心任務是應當配合政府的工作方針和計劃，最基本而且最重要的一點，就是我們都應當盡自己的力量，努力發展生産，使北京市無一個不事生産的人，换句話，就是使北京市無一個不勞動而有飯食的人。

今天我們在座的，除了輔仁的同仁同學以外，都是我們五區的朋友。我們每一個人都應當知道中國人站起來了，要認清現在我們自己的責任，要重視這個責任。我們一定在自己不同的崗位上響應政府的號召，也就是服從人民的意志。來共同建設新中國的新北京，來保衛這新首都，才不辜負我們生在這個偉大的時代。完了。

〔一九四九年十二月二十日〕

斯大林生日演講詞

諸位同仁、同學：

今天是世界人民革命導師斯大林的七十生日，全世界的人民，除了反動派以外，沒有不熱烈慶祝的，關於斯大林的生平，各種報章雜志上已應有盡有的登載，我們今天只說應該怎樣來慶祝來紀念罷了。

輔仁大學的中蘇友好協會，籌備慶祝斯大林生日，做了三件事情。

第一件，北京各界人民發起簽名，送到莫斯科，向斯大林致敬。我們在前幾天就開始，大家簽名很踴躍，總共參加的有一千二百多人。

第二件事情，今天上午九點鐘，在二院成立了一個蘇聯文化館。我們自己買了一部分關於蘇聯的書籍和圖片，加上原有文化服務社的書，總算有一點規模。我們特地選定今天成立，也有祝壽和紀念的意思。希望從今天起，我們把蘇聯文化館發展起來，盡量介紹蘇聯文化，使我們學校的每一個分子，對蘇聯更加瞭解，更加相信。自我對中蘇問題不會再有誤解，再有成見了。

第三件事情,就是今天這場慶祝的電影,原定從十點鐘起的到下午三點,分三場演,演的是『米丘林』的片子。今天臨時因影片發生問題,改演『康司但丁』,因爲機器來的晚,時間改後一點,到這時候才開始演出。很對不起大家的。關於『米丘林』的片子,我們願意負責再向北京市中蘇友好協會交涉,能够以後再演一次才好。我們學校尋常白天不演電影,不願意同學們犧牲功課,今天因爲是偉大的斯大林生日,大家要慶祝,破一回例是有意義的。

今天我們爲斯大林祝壽,我們應當高興,應當熱烈的高興,我們在十分高興的歡呼聲中,我們要體驗斯大林是把人類從壓迫中救出來,要認識斯大林所領導的蘇聯,是世界和平民主的堡壘。我們慶祝斯大林的生日,不單是爲斯大林,而是爲全世界全人類的解放。我們靠近蘇聯,不是爲了蘇聯,而是爲了我們自己的解放,現在讓我們高呼兩個口號,來紀念這個偉大的日子。

一、斯大林萬歲

二、中蘇人民友好萬歲

〔一九四九年十二月二十一日〕

輔仁附中慶祝新年聯歡會講話

一九五〇年新年是中華人民共和國成立後的第一個新年。我們在新中國的新首都來慶祝，意義是非常重大的。由於共產黨的正確領導，由於人民解放軍英勇的戰績，我們全中國人民才有了這偉大的勝利。今天，我們在這裏慶祝新年，第一不要忘記的就是我們得來這輝煌的勝利，是很不容易的，是經過多少艱難困苦，是犧牲多少革命烈士的生命換來的。没有人民解放軍果敢善戰，我們没有今天的勝利，没有毛主席和共産黨的英明領導，我們今天不可能在這裏慶祝人民共和國的第一個新年。現在我們已取得全國範圍的基本勝利，全國大部分已開始轉入和平建設。所以我們都以非常愉快的心情來迎接、來慶賀這第一個新年的到來。

在歡騰愉快之中，我們應當注意的事情，我覺得應當有兩點：第一就是檢討舊的，第二就是迎接新的。

（一）檢討舊的：也就是檢討過去的工作，記得在這學期開學典禮，我和諸位見面的時候，曾經談到過關於這學期的工作任務，一九四九年將要結束，在這一年的終了時，我們應當縝密的檢討這一年來的工作情形。

我們同仁應當看一看我們的工作，是否作得很好，是不是真正能作到新民主主義的教學方法，是不是真正的爲新民主主義教育而努力，是不是真正建立了爲人民服務的觀點。已經作到的，我們要再發展他、豐富他，如果還有缺點或者還有不够的地方，我們要準備在今後的工作中，盡量的改善，盡量的補充，千萬不要滿足於優點，而忽略了自己的缺點，不重視這檢討的工作，是不容易進步的。

同學們也要想一想，這一年我們是不是已經好好的學習了，是不是認真的學習我們的課業，對學校對教師的態度是否正確，還有没有散漫不認真的作風，如果有，應當盡力改正。

（二）第二點迎接新的：就是説『我們準備怎樣來迎接這勝利年呢？』不要以爲我們開慶祝會，開聯歡會，或放兩天假，或者説是長了一歲就算完了，要知道在這長一歲中間，我們的責任就更加重大了。

我們每一個新中國的人民都要負擔起新中國建設工作的。這建設工作的基礎大家都已知道，就是『學習』，但是不要只把『學習』當作口號，不要爲『應付』學習而學習，要不斷的、真正的去學習，除去我們的業務學習外，尤其是要加緊政治學習，政治學習不能作好，其他一切都會動摇的。

我們輔仁附中自從有肯負責任的兩位主任趙先生和張先生來領導，已經逐步走上正軌，但是我們還要努力，不要落在别人後面，更重要的就是不要落在時代的後面。

一九五〇年的新年，就要到來。我們就用『加緊學習、提高自己的政治和文化的水平』來迎接他、來慶祝他吧！

讓我們大家來喊幾句口號：

『新的』輔仁中學萬歲！

『新的』中華人民共和國萬歲！

毛澤東主席萬歲！

〔一九四九年十二月三十日〕

一九五〇年元旦講話

各位先生、各位同學：

今天是一九五〇年的元旦，全國各地都熱烈迎接這偉大的勝利年，我們學校從昨天晚上起，全校教職學工，狂歡歌舞，真是從來所没有的盛况，這種熱烈的慶祝，是應該的，是從内心發出來的。我們過了不少的新年，哪一年的意義，也没有今年大。那時候要我們高興狂歡，我們也高興不了，狂歡不了。現在全中國大陸差不多解放了。中華人民共和國打下基礎來了。我們應當高興，應當狂歡，但并不是高興狂歡了事，我們就算完成勝利，還要鞏固勝利，有很重大的責任，等待着我們。在這一年開始的時候，我們每一個人都應當好好的計劃一下，把這一年自己的工作搞好，教的好好地教，學的好好地學，做事的好好的做事。師生互助，教學相長，才不辜負人民解放軍用血肉换來的勝利，才對得起毛主席和共産黨英明的領導，才不失去我們慶祝新年的意義。

我現在敬祝諸位愉快！健康！努力！進步！

〔一九五〇年一月一日〕

聽了聶榮臻市長報告後的發言

各位代表：

我聽了聶市長的報告，不但完全同意，并且堅決擁護，而且更深切的感到我們政府，是我們自己的政府，是人民自己作主的政府。

我們北京解放剛剛一年，但是我們來看一下，這一年裏，在恢復和發展生產上，在文化建設事業上，都有了顯著進展和改革，這是人人都看到，而且是人民所迫切要求的。

我們今後的中心任務，仍是恢復和發展生產，所以一切工作的進行，都是圍繞着這一任務來計劃，分出緩急先後，都是精確的，審愼的，根據一切客觀條件而擬定的。

爲了生產的迅速提高，爲了促成使北京從消費城市，變爲生產城市，所以要『大力』恢復和發展生產。但是爲了恢復和發展生產，必須『繼續』鞏固革命秩序，因爲人力、財力和客觀條件的限制，所以我們『適當的』發展文教衛生事業，有『重點的』進行市政建設，關於失業人口的救濟，已列入了日程，是在有『計劃的』逐步解決。

這些都是真正的代表了人民大衆的意見，都是爲勞動大衆服務的，都是爲恢復和發展生産服務的,在從前無論是教育,是建設,是衛生設備,都與勞動人民不發生關係,從前只有極少數的人受到教育,但是占百分九十以上的勞動人民都是根本没有受教育的機會,只看見一些達官貴人有衛生事業的享受,没人注意到人民大衆的衛生和健康,只看見『富貴地區』的馬路修平,却忘記了人口密度很高,勞動人民居住地區的道路坎坷,就如我們輔仁大學前面的興化寺街來説吧,原來是一條極壞的道路,但是後來因爲鮑毓麟搬到這裏,於是改修成石渣馬路,又如西城的武衣庫,也是因爲有要人住着,就改修成柏油路,最可笑的是他的住宅以西是通到順城街的,他走不到,於是只把住宅以東修好,現在我們去武衣庫,還可以看出,這些都説明了往前的教育和建設方針,是完全爲統治者服務的,可是現在我們方針完全和他們相反,我們是爲勞動人民服務,是爲生産服務,我們是采取着『取之於人民,用之於人民』的方針,决不浪費一文錢,而且是争取以較少的花費,作出較大的事業來。

今後我們每一個人,都要盡最大的努力,負擔起這光榮而偉大的任務,戰勝今後的一切困難,來保證實現這一計劃的完成。

〔一九五〇年二月初〕

輔仁大學保衛世界和平簽名運動開會詞

諸位教授同學同人工友們：

世界擁護和平大會是去年四月由七十二個國家的代表共同組織的，現在已經有八十幾個國家加入了，現在的和平宣言，是本年三月中旬，由大會發出的。

我們中國保衛世界和平大會接到了這個和平宣言後，曾經在四月廿八日發出了通告，又在五月十四日在中山公園隆重的舉行了這個宣言簽名運動。

我們的目的是：保衛世界和平，是禁用原子武器，是反對帝國主義的侵略，把全世界愛好和平的人民聯合起來。這幾個月以來，報紙上天天登載着，難道我們還有不明白的嗎，還有不願意簽名的嗎？還有不愛好和平的嗎？爲什麽今晚仍要發動這個講演，因爲這個簽名運動，是一種國際性的運動，我們對於這個運動，沒有更明確深切的認識，我們要作爲一種教育，要作爲一種學習，要作爲一種大課，不是盲目簽名的，不是選擇附和的，我們要聯合全世界人民的力量來打倒帝國主義，這就是今晚開會的意義。

現在請沙可夫同志給我們講演。

〔一九五〇年五月二十五日〕

一九五〇年輔仁校友第十二次返校節歡迎詞、返校節講話及晚會

一九五〇年輔仁校友第十二次返校節歡迎詞

同學們：

你們今天都歡快的回來了。這是我們在校的教職學工所非常歡迎的，這是我們所迫切希望和等待着的！

今年的返校節，是新中國成立後第一次返校節，我們很早就等待着這一天的到來，雖然我們準備得很不够，不能表示出我們的心情，但是我們却準備了送給你們的禮物，這禮物是經常可以告慰於你們的，就是你們的母校在前進着，在新時代爲培養新中國的建設力量而努力着。雖然我們在前進的道路上，還有些缺點，但是我們隨時在努力的修正和改進中。

你們覺得你們的母校，基本上和從前有了顯著的不同嗎？覺得你們的師友們都在愉快的、高興的學習着新的理論，負擔起新的任務了嗎？覺得你們的母校顯得更年青、更活潑了嗎？覺得學校裏到處都充滿活力和熱情嗎？是的，這就是我們在校的全體教職學工給你們對母校關切和期望的惟一的有價值的回答。

同學們！你們都離開學校很久了，你們的經歷都是在校師生所關心的，今天讓我們盡情的訴説吧！你們都有了什麽寶貴的經驗？都有了那些爲人民服務的成績？替人民大衆作了些什麽事情？是不是或多或少還作了些對不起人民、違反人民的事情？你們都在怎樣的學習和工作？存在着哪些困難和偏差？你們對母校有什麽新的意見和批評？哪些希望和要求？來吧！我們都盡情的説出來吧！今天——我們的返校節是值得寶貴和珍視的，我們一定要好好的渡過。

我相信每一個同學，都已有了深刻的認識，或正在認識着這新時代的真實面目，都已經看清楚現在應走的道路，我們的同學裏，有很多已走上或正在走上革命的道路，已擔負起人民的希望，也就是我們的希望。今後還要更堅定、更虛心，保持和發展我們這好的品質，但是我們之間，可能還有一部分同學以往犯了或多或少的錯誤，甚至是走了全部錯誤的道路，不要緊的，只要我們從今天起有了覺悟，徹底改正從前的錯誤觀念，以忠誠老實的態度，學習一切新的事物，人民是不會拒絕的，是有機會發揮你的能力來爲祖國爲人民服務的。

你們今天都回來了！在像一家人一樣的團聚中，來盡情的、狂歡的、過咱們這寶貴的節日吧！來總結我們的過去，交換我們的工作經驗，以更好的開始我們今後的爲新中國建設而努力的向前進吧！

此致敬禮！

〔一九五〇年五月二十八日〕

一九五〇年五月二十八日第十二次返校節

今天返校的同學們，我這裏先代表在校的全體教職學工向你們熱烈的歡迎！

你們今天回到母校，看看你們的師長、你們的朋友，你們在校的兄弟姐妹們，有的人是從很遠的地方趕來，有的人是在工作百忙中，抽出時間回到學校，來參加我們的返校節，可見你們對母校是非常惦念和關心的。

我現在可以很負責的告訴你們，你們的母校今天和從前有了基本上的不同，在本質上，已起了很大的變化，已經朝着前進的道路邁進，這一定是離校的校友們，所願意聽到的消息，但是這并不是説今天的地步，已經令人滿意，我們還有很多缺點，很多困難，很多矛盾，還要在共産黨的領導下團結在校全體教職學工，繼續努力，才能克服，并且也很需要離校的校友，給以幫助和建議，才能克服，你們看出有什麽需要改進的，有那些缺點和錯誤，希望你們盡量的提出，提出些具體的、建設性的意見，我們是竭誠歡迎的，并且希望你們今後和母校經常保持聯系，不斷的交换經驗，來增加我們的力量！

校友們！不可否認的，你們在校的時候，學校不能給你們像今天一樣的教育，於是我們的校友很容易有一個共同的缺點，這也就是一般舊知識分子所有的缺點，就是我們只知念書，只知道書本上的知識，而不瞭解社會上其他的實際知識，我們和勞動人民距離太遠了，以至和整個社會脱了節，今天環境已經不同，所以今天的認識也有不同，我們所有的校友，不管是否已經參加革命，必需要徹底改去輕視勞動的觀念，去與廣大勞動人民結合，向工農學習，向群衆學習，向勞動人民學習，修正我們以前的思想錯誤，我以往是不懂得這一點的，但是我願意在學習理論上，在實際工作上提高警惕，提高認識，再配合以往的技能，全心全意去爲人民服務，可能你們的認識比我清楚，可能你們早已就懂得，但是這是經常的工作，希望大家都能很好的注意這一點。

今天我就拿『隨時向群衆學習』這句話來送給大家，作爲今天返校節的禮物！

好了！我現在要感謝來賓光臨，招待不周，請原諒，還要感謝這次返校節籌委會諸君和各部展覽陳列室和校刊和大中小學同人協助一切，這幾天太勞累了，明天上午休息半天，下午我們大學還要上大課。

完了。

〔一九五〇年五月二十八日〕

一九五〇年五月二十八日第十二次返校節晚會

今天返校節，我有歡迎詞一篇，登在今日出版的新輔仁特刊，今天開會時又曾講過話，想諸君都已經看見或聽見了。古語説『士别三日，當刮目相看』，今我們别已一年，社會一天一天的進步着，我們也一天一天的學習着，輔仁已不是舊日的輔仁，而是進步的新輔仁，校友也不是舊日的校友，而是進步的新校友了。你看今天返校節，同人服務團結的精神，豈不是極好的一種表現嗎？我今告訴諸君一句話，從前在半封建半殖民地的買辦官僚政治統治下，中國前途是没有希望的，現在在共産黨和毛主席的領導下中國是有了前途了。我們共同努力，來建設這個新民主主義的新中國罷。

我現在請大家一同喊幾個口號，好嗎？

中華人民共和國萬歲！

中國共産黨萬歲！

輔仁大學校友萬歲！

〔一九五〇年五月二十八日〕

全校教職學工校務報告大會上報告經費問題交涉的全部經過

各位同仁、同學：

關於本校下年度的經費，和我們學校的前途，本來早就應該召集一次大會來向各位報告的，一則因爲這個交涉正在進行，要到一定的時候，有一定的結果才能向大家報告；二則因爲在暑假期間，召集全體教職學工的大會也不很容易，因此，經常只把事實經過，告知工會和學生會的負責人，請他們轉告大家。形勢發展到了今天，非召集這樣一個大會，向大家清清楚楚地報告不可，又想在這個大會上，聽聽大家的意見。今晚，承大家踴躍出席，足見大家對這件事，有相當的重視，我想回頭一定有很好的意見發表，我們學校的前途一定是光明的。

關於下年度經費事，我和教會代表芮司鐸的十幾次談話都没有着落，最近是七月十四日教會代表報告我經費有着落了，但提出四項要求，第一條，關於新董事會，第二條關於人事的聘任教會有否决權，并附帶提出不續聘的五個人名單，第三條關於聖言會留位的房子，第四條關於花園的開放和時間的限制。這四項條件，我先以口頭答覆芮司鐸，第二項是違反人民政府的法令，絕對做不到的，此外可以商量。他堅持不能做到就不給津貼。我請他再考慮，如果再堅持，我只好請示教育部，這意思就是這條件決不能接受。教育部對我們不答應第二項要求，認爲是保存中國主權，是對的，是應該堅持的，萬一教會不給津貼，政府一定有辦法的。

我得到政府明確的指示以後，二十二日復芮司鐸一信，除了第三項第四項我們根據校產和教産劃分的精神可以答應外，第一項新董事會由教會與校長選任經教育部準即可成立。第二項否決權絕對不能答應。這些文件，在我向校務委員會第三十七次會議中提出報告後，經大家通過，將記録分送各單位，想來大家都已見到。

本月二十七日，教會代表又給我一封信，（這封信連同下面三封信今天都發表了）關於第一項新董事會，他還是要由教會單獨提名，第二項，他說：『已經清楚瞭解政府不能允許否決權，但堅持不續聘五位教員，且以此爲給補助費的條件』，這是絶對不能答應的。

到了二十八日中午，在我還没有正式答覆的時候，芮司鐸又給我第二封信，這封信很不客氣了，說如果今晚還没有滿意的回答，他要報告他的首長，從七月底停止撥款。我又回答他一封信，是這樣寫的：關於第一項董事會的提名問題，只要合乎人民政府的法令，怎麽辦都可以。

關於第二項,在你瞭解政府政策以後,自動撤銷否決權,這是很合理的。至於你堅決要求不續聘五位教員當給津貼的條件,這仍就是運用否決權,我不能答應這樣的要求。

各位同仁、同學!我在這兩個月當中,和教會代表交涉的過程中,我應該向他們説明的話,都已説明了,應該勸告他們的話都已勸告了。他們提出四項要求,我爲了學校的安定起見,幾乎全部答應他們三項了,他們還不滿意,我不能不向他們提出警告。因此,在這次回信中,我就是這樣説的:

『輔仁開辦二十五年,有這麽多的教職員學生,及附屬學校,在今天中國的境内,任何人不能隨便説不辦就不辦,如果你堅持這條件,使教會不繼續津貼,那末,對於教會,對於學校,對於人民政府,一切後果,你是要負責的。』

這封信是二十九日早晨,和芮司鐸作最後談話。我進最後忠告後當面給他的。十點以後,我和常委會各位先生去教育部談話,十二點,我們還没有回來,芮司鐸就在校内散發告同人同學的傳單,説八月起他們不再補助,此後校内所有開支應歸陳校長負責。

下午一點以後,我剛從教育部回來,芮司鐸又當面交我一封信。這封信最主要的一點,説我給他信中要他負一切後果的責任,是一種恫嚇,他拒絕這樣一種恫嚇。并説:你既然以校長的資格有責任不發或發聘書，你必須負起因拒絕教會爲大學的和平進行而有的最低條件的責任。

當我接到最後一封信以後，不多時，有一部分工友因爲接到傳單，不知怎麽回事，又怕以後没有薪水，來問張秘書長。經張秘書長給他們解釋兩點，第一點是爲什麽不能接受第二項關於否决權的理由，是由於直接違反人民政府法令；第二點，學校繼續辦下去不成問題，教會不出錢，政府必有辦法，大家明白了，也就没有事了。到四點，我和校委會委員舉行座談會，五點多散會，教育部張宗麟司長和力科長來到學校。政府首長對我們的問題非常關心。張司長聽取我們的報告後，要我們立即召集校委、工會代表、學生會代表，張司長對大家講話，針對輔仁現在的情形，有具體的指示，我現在傳達一下，從這裏大家可以看出政府的意見是如何支持我們。張司長説：

輔仁的問題發生是必然的，因爲中國人民站起來了，中國人民翻身了，這是帝國主義者最不高興的事。以前帝國主義者在中國可以爲所欲爲，它們通過辦學校、開醫院的方式，來實現它的侵略行爲，帝國主義在中國辦學校是帝國主義侵略的工具，麻醉中國人民，使中國人民永世不能翻身，這是帝國主義者在中國辦學校的本質。現在帝國主義者再想用這種方法來壓迫中國人民是辦不到的。現在的政府是人民的政府，人民政府是要爲人民辦事的。因此輔仁的事情自開始至現在政府一直是注意的。在去年臨時校改會議時就規定校長有最後決定權，這是合理的。在這一年中發生過許多次的大小鬥争，政府站在人民的立場上來保衛人民的利益，人民反對帝國主義的舉動，人民政府一定支持，這次輔仁的問題，是帝國主義向我們進攻，真是豈有此理！在人民的中國它居然敢如此，它忘記中國已經革命了，人民已經翻身了，校長和他一再商量，四個條件答應了兩個半。關於第二條要有否决權是什麽意思呢，這就是侵犯中國主權，侵犯中華人民共和國的教育權，他們要校長在半天内答覆簡直是哀的美敦書，這是對中國人民的侮辱，校長不答應是對的，我們政府支持，并且支持到底。它不給錢，政府自有辦法，中國决不能看着兩千多人失業失學，一定要辦下去的。現在告訴大家，爲中國人民服務，爲新民主主義教育服務的都有飯吃。反過來説，甘心爲帝國主義作走狗的，不給飯吃，想打人及胡鬧亂搞的，不但在學校裏不給飯吃，并且公安局會抓起來的。

我們中國人民，一定要團結起來，打倒帝國主義，但要注意，我們并不反對美國人民，也并不是違反共同綱領所規定的宗教信仰自由，輔仁這次問題，與宗教信仰自由絲毫無關，信教也好，不信教也好，我們要大家團結起來，全心全意爲人民服務，愛祖國，保護中國的主權。

張司長的講話，是乾脆痛快，我把他老老實實的傳達一下，我想大家對於這個問題的認識，一定很清楚明白。

總之，我們學校這次經費問題的交涉，自發生到現在，已經有兩個多月了，我當初總想教會代表方面，對於現在人民的中國，有一些瞭解，經過我反覆說明後，同仁們大家仍本團結合作的精神，爲新民主主義教育而服務，不料他們堅持條件，一步進逼一步的，非要我答應這條件不可，他們認爲校長有最後決定權，不錯，校長是有最後決定權的，但是我決不濫用這個決定權，一定要合理，而且是自願的，決不是强迫的，教會代表又那裏可以用不續聘教員作爲給津貼的條件呢？

這次的交涉中，芮司鐸以十四萬四千美元來要挾我答應條件，我個人從不曾爲錢屈服過，我怎麼能够爲十四萬四千美元來喪失中國人民的主權，要是那樣做，對不起同仁同學，對不起人民，這一點，一定要堅持的。報告大家，今天已將全校教職員聘書大部分發出了，包括五位教員在內，至於經費，我們有人民的政府的支持，是不成問題的。

最後，關於校內的團結問題，我已接到工會學生會的信，表示堅決擁護校長的主張，我相信校内的團結是沒有問題的，也不應該有問題。可是我要聲明一句，就是信仰天主教的同仁同學，要堅決信任政府，我們有宗教信仰的自由，但是我們都是中國人，中國人民應該站在一邊,我們要緊密團結,無論問題怎樣,我們學校照常進行,教課的準備教課,學習的準備學習,我們不要有一絲一毫的動摇,輔仁是一定要辦下去的,我們現在還感到學校不够用,我們這個學校已經有二十五年的歷史,大家愛護這個學校,我更愛護這個學校。我們大家努力爲新民主主義教育而奮鬥!

(一九五〇年七月三十一日)

輔仁附中開學典禮上講話

諸位先生、諸位同學！

我看見大家的精神都很好，知道大家暑假一定過的很好，我很高興！附中這一年來，無論在秩序上，在學習上，都有很大的進步，這都是由趙主任的領導和諸位先生熱心教，同學們熱心學的結果。今天又有許多新同學到我們輔中來，我很願意在這開學的時候和大家談談。

第一，我想談談學習的目的是什麽：諸位到這來學習，是爲個人呢？是爲家庭呢？還是爲小學畢業不上中學不行呢？如果抱着個人觀點來學習，那當然是不對的，因爲那是由自私和自利的觀點出發，在學習的當中，一定只注意到個人就不幫助別人，互助的精神就發揮不出來了。這樣發展下去，對國家對人格，都是很不好的。如果爲家庭的生活，才來念書，也是不正確的，必須我們國家的經濟好轉了，人民的生活水準提高了，我們家庭生活才能跟着好起來，單單爲我們個人家庭好，是不可能的。那麽，我們到底爲什麽學習呢？我們是爲建設我們的國家來學習，是爲人民服務來學習。

我們求學,不是爲出人頭地,將來好站在人民的頭上,我們要站在人民當中,爲群衆服務,所以我們要學習一套爲人民服務的本領,因爲個人環境和志趣的關係,不一定非上大學不可,在中學裏他可以學得的。

第二,我想談談學習什麽呢? 你們要學習自然科學,來發展我們的農業、工業和建設我們的國防。但這并不是説,我們學習自然科學,就可以不學社會科學和文學藝術了。相反的,我們要用科學的歷史觀點去研究歷史、政治和國際事務,我們更要學習文學藝術,去爲人民服務。

同學們,中學教育就是叫你們在各門功課上,打下一個基礎,知道些必要的常識。我們不能看重理科,就輕視文科;也不能看重文科,就瞧不起理科。在中學裏,你們很難確定將來要做一個科學家,還是做一個什麽樣的人物,你們現在不應該限制自己偏重學什麽,你們應該在各門功課上,打下一個爲群衆服務的基礎。所以大家應該好好地去學習各種知識,樹立起爲人民服務的人生觀。

第三,我想談談理論和實踐結合的問題。我們的文教政策是要發揚愛祖國、愛人民、愛勞動、愛科學、愛護公共財物的五愛精神。同學們,我們愛祖國的精神够不够呢? 我們的國家,有幾千年的歷史,有大好的山河和燦爛的文化,我們不應該愛護它嗎? 人民的國家保護我們，叫我們脱離内外反動派的影響，好好地改造我們的壞習慣和壞思想，叫我們向着社會主義的社會前進，我們不應該愛我們的國家嗎？ 百年來，我們的國家，在各方面顯著落後，但那是帝國主義封建主義和官僚資本主義壓迫的結果呀！ 我們要打倒這些敵人，我們要具高度的熱誠來愛護它、來保衛我們的國家。 説到愛人民，同學們，我們對人民關心了没有？ 對他們的生活、對他們的教育關心了没有？ 我們應該向老百姓進行教育，幫助他們進夜校，關心他們的生活，處處幫助他。 這是同學們應該做的事呀。 我們應該愛人民，向人民學習，爲人民服務。

説到愛勞動，大家整天説勞動，我們真勞動没有呢？ 叫你掃地，也許有人嫌髒，叫你勞動生産，也許有人不高興，叫你給群衆服務，也許有人嫌麻煩，説耽誤時間，這能算愛勞動嗎？ 這幾天我看見參加修理大學前邊甬路的同學工作的情緒很高，也很守紀律，那到是愛勞動的表現。

没有科學，不能發展我們的工業、農業，不能建設我們的國防。 有了科學的知識，就不會迷信了，不但不迷信，還可以和這自然界作鬥争，改善人類的生活，不但這樣，我們還要養成科學的思想方法和實事求是的科學態度，我們才能分析問題和處理問題能力了，那我們書，也一定會念好的。

説到愛護公共財物，大家都已經做到了嗎？是否還有人打玻璃，毁桌椅？有人過去還這樣想：教會有錢，浪費點没關係，教會如果拿錢辦學校，不伸出侵略的魔手，不要求什麽特權，那我們是不反對的。

臺灣、朝鮮，但那不等於反對美國的善良人民，就如我們不反對宗教信仰自由，但宗教須與帝國主義者分開一樣，教會辦的學校，難道就不愛護學校的財務了嗎？那還是不對的。

總之，我們的學習，不能只喊口號，不能只學習空理論，我們必須與實踐結合起來將五愛表現在行動上。

今天我所説的幾點就是爲什麽學習，學習些什麽，理論與實踐怎麽結合起來。

完了，祝諸君健康。

〔一九五〇年九月一日〕

輔仁黨支部大會上發言

——反帝鬥争問題

我們首先必需肯定，半年以來，黨支部在學校裏的工作，是起了一定的作用，而且有很大的成績的。我們學校的黨員數量并不算多，但是確實曾起了帶頭作用和模範作用。比如在輔助學校行政工作，和推動學習方面，都有很顯著的成績。這些成績，我們今天一定要把他鞏固起來，在這已有的基礎上，再提高一步。

但是在過去的工作裏，我以爲還有一些缺點。現在我把我的意見提出來，是否正確，請大家在『檢查工作』的時候，作爲參考：

一、與學校行政領導，還要加强聯系，以增加推動學校的行政力量，并提高工作的效能。因爲黨支的意見就代表正確的群衆意見，學校行政的方向，也就是要朝着這正確方向走。黨支與學校行政聯系加强，就可以使我們學校進步得更快，才能隨時糾正錯誤和偏差，或者是防止錯誤和偏差。還有爲了保證學校的進步，一般來説，對於學校的任何行政措施，黨支應該有配合響應的骨幹作用。

二、群衆關係，應當更爲加强。我們黨員，都是在黨的直接教育和培養下，過着組織生活，可能比一般非黨員進步得快。但是在進步之中，最重要的一點，就是要隨時隨地和黨外群衆團結。要在思想上團結，政治上團結，黨員與非黨員搞好關係，盡量争取進步比較慢的同學和先生，先要團結起來，才能再談到其他。也就是説黨群的團結工作，是第一中心工作，在這一點上，作得還是不够的。今後要特別注意，對於學校中的一些群衆性的團體，也要發揮領導的力量。

三、對於教會的態度方面：我們學校正在進行與帝國主義者作正面的鬥争，在這鬥争中，爲了争取鬥争的勝利，我們一定要采取適當的處理辦法。現在學校裏教會方面還有相當大的群衆，我們爲了不使他們對我們的仇視，一定不要用打擊的辦法，要用耐心的説服和教育，團結他們，免得增加不必要的誤會，而加强他們的反抗。我覺得在不失去我們的立場原則下，這一點，是值得今後注意的，支部對這一方面的宣傳鼓動工作，做得似乎還不够。

今天我來參加支部大會，我感到非常光榮，而且今天的會上，還有很多黨外群衆來參加，這就是黨群關係的一種表現，這樣的會是很必要的，希望這類的會，能够常常開，更可以搞好黨群關係，更可以把我們的學校辦好。

〔一九五〇年九月十七日〕

〔輔大支部大會報告支部半年工作總結〕

慶祝十月革命三十三周年晚會上講話

今晚是我們慶祝偉大的蘇聯十月革命三十三周年紀念日，我們熱烈的迎接他，慶祝他，不但我們慶祝他，全世界所有愛好和平民主，反對戰爭的人民，都在紀念他，慶祝他。因爲十月革命，并不只是一個國家的革命，而是國際性的革命，是全人類史中，舊世界轉變到新世界的革命。十月革命以後，世界上所有被壓迫的人民，就有了希望，有了信心了。

今年我們慶祝這個十月革命節，更有他的重大意義，現在美帝國主義，正在作垂死的掙扎，他瘋狂的發動新的大規模戰爭。最近更無耻的把戰火燃燒到我國邊境。他不但侵占臺灣，進攻朝鮮，更進一步侵入我東北領空，屠殺我人民，炸毁我財産，他又企圖走日本帝國主義舊日的死路，來侵略我全國。

但是我中華人民共和國的人民，是不能受人欺侮的，我們一定要保衛祖國領土，支援朝鮮人民，反抗美帝國主義，今天世界以蘇聯爲首的和平陣營，已無比强大了。我們固然是反對戰爭，堅持和平，但是我們的和平一旦受到威脅和損害的時候，我們一定要以戰爭來保衛和平。

現在我們的態度應當怎樣呢？　現在我們要加强對美帝的認識，要正確的估計美帝的力量，要認清原子彈并不可怕，要清除恐懼戰争的心理，我們既是中國人民、就應當有『保衛祖國，貢獻出我們所有力量』的决心，青年人不用説，就是我們老年人，也應當有『祖國需要我到哪裏，我就到哪裏』的决心和準備。

今天我們中蘇友好協會支會慶祝十月革命節，舉行一個反美侵略講演比賽會，是很有意義的，我們要深入宣傳，喚起全中國人民，共同反對美帝國主義，我們對於講演的技術就應當要加强，因此我們這個講演比賽會是一舉兩得的，謹祝這個會勝利的完成。

〔一九五〇年十一月八日〕

反美侵略支會成立會講話

今日爲世界青年日，又系中國人民保衛世界和平反對美國侵略委員會輔仁大學支會的成立日，我們中國人民一年前早就成立了中國保衛世界和平大會委員會，展開全國的和平簽名運動，自從本年美國發動侵略朝鮮後，我們北京市又成立了中國人民反對美國侵略臺灣朝鮮運動委員會。到十月底因爲國際形勢的發展，又把兩個會合併爲中國人民保衛世界和平反對美國侵略委員會，表示保衛世界和平，反對美國侵略。這兩件事是不可分離的。

我們學校這幾個月以來，反美運動的情緒很高，看看我們校門民主墻上的大字報，各色各樣的張貼着，真像是『山陰道中，應接不暇』，尤其是以系爲單位的愛國運動，風起雲涌，或寫出地圖，或寫出漫畫，或寫出論説和歌詞，都是令我們老年人看見了也興奮到流泪。老年人的感覺比較慢，又加以平時的習慣，或愛好讀書，不問世事，或愛好冷静，不喜歡熱鬧，但是看見了這些五光十色的大字報也不能不感動，也不能不興奮。這就是群衆教育了他，青年人教育了他。

我想不單獨老年人,就是青年人裏頭,也有性情比較冷静的,比較穩重的,又加以平時所受教育的關係,所受家庭環境的關係,對群衆運動會不感興趣的,對愛國運動會不甚熱心的,這些人在今日社會中恐怕也不少。如果他見了我們校門民主墻上的大字報,他一定也會像老年人的受感動,改變他的心理,進行反美侵略的運動。

因此,我們以系爲單位的各種愛國運動,就應該好好聯合起來統一起來,做一種更有力量,更有組織的運動。我們要進行反美侵略的思想教育,要進行時事政治的教育,要進行有關國防的教育。我們要全校聯合起來,成立這個保衛世界和平反對美國侵略的支會。先向本校同學宣傳;再向廣大無組織的群衆宣傳,并幫助他們進行各種志願活動,一直到美帝國主義消滅爲止。我相信在以蘇聯爲首的和平陣營并中國共産黨和毛主席的英明領導下,聯合世界上愛好和平的人民,一定能戰勝一切的。

〔一九五〇年十一月十日〕

輔大抗美援朝宣傳工作報告大會上講話

諸位先生、諸位同學：

這次我們輔仁大學的師生員工在抗美援朝保家衛國的運動裏，我們表現了高度的愛國熱情，貢獻了所有的力量，到前天（星期二）全校是一個大隊下鄉宣傳，當全體作出發前集合大操場上，我們曾經舉行過檢閱，有百分之八十的師生參加工作，那樣偉大的可以紀念的日子，使我們非常感動，這是我們在這次運動中發展到最高潮了。昨天全校的同學分頭作總結。今天各系工作隊作總結，明天起輔仁大學保衛世界和平反對美國侵略委員會（就是輔大支會）是要很快的作出總結來，登在新輔仁上。今晚的大會作一個簡略的工作報告，分四部分來說：

第一部分我想説一下這次抗美援朝的意義。

中國是一個半封建半殖民地的國家，一百多年來我們受盡了帝國主義的侵略和壓迫。世界上不論哪一個國家只要它由資本主義發展到帝國主義的階段，它沒有不侵略我們的，不壓迫我們的。因爲帝國主義發展的不平衡，侵略的時候有先有後，侵略的方式有强暴有和緩。我們中國人民在這麽多帝國主義中間,每一個時期必定有一個主要的敵人,我們打開近百年史來看,鴉片戰争的主要敵人是英國帝國主義,甲午戰争到七七戰争的主要敵人是日本帝國主義,這次的主要敵人就是美國帝國主義了。今天是帝國主義發展到最末一階段,是帝國主義快要滅亡的時候,因此美帝國主義對中國侵略,比鴉片戰争的英國,比甲午戰争和七七戰争的日本都要厲害,也更加瘋狂。今天的美帝國主義是妄想征服全世界,是對全世界愛好和平的人民進攻,對朝鮮和中國的侵略,是美帝國主義的一種預演的策略。我們中國人民是愛好和平的,我們在中國共産黨、毛主席的領導下,我們希望解放全中國,建設新國家。現在美帝國主義要戰争,要破壞世界和平,要不讓我們建設,要一步一步地打到我們門口來。我們中國人是已經解放了的中國人民,是已經站起來的中國人民,我們不能受帝國主義的侵略,我們不能等着帝國主義來屠殺我們。十月一日周總理聲明我們對於朝鮮的被侵略,不能置之不理,十月底我們人民的志願兵紛紛參加援助朝鮮,十一月四日各民主黨派發表聯合宣言,全國的人民團體熱烈擁護這個宣言,掀起了抗美援朝保家衛國的運動。北京的各大學中學的師生員工由學習文件討論時事認識美國帝國主義的本質,進一步到街頭宣傳,到鄉下到工廠宣傳。這完全是人民自願的,出於熱愛祖國的運動,從這個運動裏,可以看出中國人民對於美帝國主義是如何痛恨,可以看出中國人民對於保衛祖國，保衛世界和平，是這樣的有決心，這是一種人民的偉大的力量，這是中國人民對於美帝國主義的一種示威，一種反抗。我們斷定帝國主義者一定死亡。我們就是生在這個消滅帝國主義的時代。我們應該負起消滅帝國主義的任務，這是一次最有意義的鬥爭。這是中國革命史上，人類解放史上最有意義的事情。

第二部分說到我們輔仁大學這一次的運動。

我們輔仁大學過去在每一次愛國運動中，我們也都參加，也有它一定的作用，不過因爲我們的環境受着帝國主義勢力的控制和反動政府的壓迫，一切行動受了限制，不能充分發揮，因此在每一次愛國運動中常常是使我們的進步教授和進步同學覺得苦悶，覺得悲憤。這一年來，中國解放了，輔仁也解放了，我們的師生員工努力的學習，不斷的進步。今年暑假，我們全校師生員工和帝國主義分子作鬥爭，我們得到了勝利。中央人民政府接辦輔仁，由私立的大學一躍而爲國立大學，我們真是徹底翻身了。政府接辦輔仁以後，全校同學立刻掀起學習的高潮，每天晚上圖書館裏都容納不了，要開放教室來補圖的不足，這是輔仁歷史上從來没有的事情，我們同學雖然重視學習但并非不關心政治，經常注意朝鮮問題的發展，到各民主黨派聯合宣言發表以後，由重視業務漸漸轉向學習時事，討論時事。從八號下午鄧拓同志來作報告起，我們就没有上課了，我們校内組織起『中國人民保衛世界和平反對美國侵略委員會』的輔大支會，統一領導抗美援朝保家衛國的工作。這兩個多禮拜來，我們的同學和先生對於討論時事搜集資料準備宣傳工作比上課累得多，爲了抗美援朝保家衛國，每個人發揮自己的智慧，獻出所有的力量，我們十二個系十一個工作隊在本月十二日到二十一日十天裏面，總共出去宣傳三十九次，七十六場，初步統計聽衆有三萬六千人之多。在我們校内講動員的人數，在全體師生中占百分之八九十，這是在輔仁歷史上從來没有的事情，這是政府接辦輔仁後的第一個表現，因此，我們更覺得從前輔仁同學在這方面表現比較少，并不是輔仁同學覺悟不够，而是環境的約束太厲害。從這次運動中，我們更可以證明，輔大的師生員工，從今以後一定有更進一步的努力，更偉大的貢獻，這也是從這次運動裏面我們可以推測到的。

第三部分説到這次運動的收穫。

在這次抗美援朝的宣傳運動之中，我們肯定的説是有收穫的，有成績的：

第一點：本身的學習

我們多少年來因爲反動政府的賣國，因爲美帝國主義侵略手段的高明，我們很多人受了欺騙，思想變成麻痹，不但不覺得美帝國主義是在侵略我們，甚至於崇拜美國，親近美國，我們做了美帝國主義的俘虜，而自己并不覺得。等我們學習了社會發展史，學習了新民主主義論等，我們的政治覺悟提高了，我們能够從本質上去認識帝國主義，尤其是美帝國主義，把從前那些錯誤的看法，以爲美國是自由平等的國家，以爲美國是講人道主義的國家，以爲美國不會侵略我們，那些錯誤的想法，基本上已經糾正過來了。特别是去年艾奇遜發表白皮書以後，我們對於美帝國主義丢掉幻想，準備鬥争。又通過中蘇友好協會的組織，我們對於蘇聯的認識，更加明瞭知道只有中蘇兩國人民團結起來才能够打倒有征服世界野心的美帝國主義，但是這種認識還是膚淺的，還不够深入。譬如美國原子彈的力量很大啦，美國經濟力量的充足啦，或多或少的我們對於美國有一些恐懼，在感情上也不見得有痛恨美帝國主義，仇視美帝國主義的决心。經過這次美帝侵略朝鮮，侵略臺灣，轟炸我國的邊境，屠殺我國的人民，看清楚美帝侵略中國的陰謀和事實，對美帝國主義有更深刻的認識，認識美帝國主義是中國最大的敵人。我們只有打擊這個敵人才能求得解放，才能建設新國家。我們又從兩大陣營的力量的對比上，瞭解我們的力量的强大，看出美帝是外强中乾的紙老虎。那種恐美的心理，自然掃清了。經過這次的學習，我們自己在政治上很大的提高了一步，這種進步比較可靠，我們今後應當把他鞏固起來。

第二點：對於群衆宣傳

一般群衆對於日本帝國主義因爲親身受到迫害，有過血淋淋的教訓，提起來就痛恨，那是沒有問題的。對於美國帝國主義根本沒有認識，對於美國侵略朝鮮的事情，大部分是不很關心，經過這次宣傳的運動，無論是城市的居民或者是鄉村的農民，對於美帝國主義是多少有了一些認識的。我們用多種多樣的方式，像講演、快板、拉洋片、唱歌、演活報劇等，這都是群衆很歡迎的宣傳方式，從各工作隊的報告中，我們發現群衆很熱烈的反應，可以證明。

第三點：師生合作的精神

這次運動中最特出的一點是各系師生親密的合作，各位先生在這次運動當中，除了教職員單獨開討論會，座談會外，經常參加同學的小組討論，爲同學解決問題，在搜集參考資料方面，先生們也盡了很大的力量，到出外宣傳的時候，很多先生們起帶頭作用，親自參加宣傳工作。聽説還有些先生們參加演雙簧的，這是很難得的事情。最難得的還是普遍，我們二十一日出發的十一個工作隊，每個工作隊都有先生參加。總共有七十九位之多。這樣，不但教員領導同學，使同學在工作中可以減少很多困難，而且更加鼓勵同學，使同學們更有信心，這也是我們在這次運動中很重要的收穫。

以上三點，我不過大概的説一説，詳細的，等工作總結發表，大家就可以知道了。當然，缺點還是有的，如輔大支會領導方面還不够健全，個人學習還不够深入，宣傳內容還不能完全適合群衆的需要，這些都要大家來研究，逐步改進。

第四部分我想説一下今後工作的方向。

我們抗美援朝的工作，不是一個運動高潮就算完了，是要經常不斷的工作的，只要美帝國主義存在一天，就要侵略我們一天。那麽，我們反對美帝國主義的宣傳就不能停止一天。我們當學生的唯一任務，是好好學習，掌握科學技術爲建設新中國而服務。這次我們停了兩個多禮拜的課，當然耽誤了我們的教學計劃，但這并不是損失。因爲我們有更重要的任務，需要我們去作。現在大規模的宣傳工作，已經告一段落，明天起我們大家覺得應該上課了，那麽我們就上課。我們要好好上課，但這并不是説把抗美援朝的工作停止了，而是我們轉入經常的宣傳工作，通過别的方式來進行。我想以後除了我們業務學習以外，我們要經常的重視政治學習，和時事學習。我們必需加强政治學習和時事學習來鞏固這一次運動的收穫。第一局面有了變化，我們要有一個準備。如果工作崗位需要我，我們就應該毫不猶豫的貢獻我們的一切，爲祖國爲人民共同消滅美帝國主義完成我們這個時代的光榮任務。勝利一定屬於我們的！完了。

〔一九五〇年十一月二十三日〕

向朝鮮人民軍及我中國人民志願部隊致敬

閱今日報，欣悉中朝部隊反攻大捷，我輔仁大學全體教職學工，謹向朝鮮人民軍及我中國人民志願部隊致敬！

〔一九五〇年十二月二日〕

號召同學參加軍事幹部學校

我們軍事幹部學校保送委員會成立了，從前讀書只是爲自己，現在讀書是爲祖國，爲人民，祖國需要我，人民需要我，我就要貢獻我所有一切，既爲祖國，爲人民，就是爲自己。我希望同學踴躍參加這個號召，走到最光榮的崗位上，發揚青年愛國主義的精神，我們準備開大會歡送你們！

（一九五〇年十二月十三日）

再次號召同學參加軍事幹部學校

中國有句舊話説『匈奴未滅，何以家爲』，同學們想參加軍幹學校，就快快報名，不必多所顧慮，跟着偉大的毛澤東走，是不會有錯的。

〔一九五〇年十二月十五日〕

軍幹學校保送委員會座談會

各位同學：

你們是革命青年，你們有高度的愛國主義的精神，響應祖國的號召，熱烈的自動報名參加軍事幹部學校，首先我要向你們致敬！同時，也是我們的光榮。

我們輔仁大學自從反帝鬥争勝利，政府收回自辦後，我們的先生同學都有了鬥争的經驗，認識鬥争的力量，在政治上大大提高了一步。從這次抗美援朝保家衛國的運動裏面，充分表現我們師生員工愛祖國，愛人民，反對帝國主義的侵略，準備隨時獻出自己一切的力量。這是輔仁人歷史上的光榮的一頁。

尤其是這次軍事幹部學校的招生，我們有一百十三位同學，光榮地報名參加，報名截止后，還有要參加的同學。這是從宣傳抗美進一步到實際行動，參加祖國國防建設站到鬥争前綫去，而且都是自己情願的，一毫强迫也没有，全校師生對你們這種愛國行動，一致擁護，欽佩！雖然今天還没有決定誰能够去，誰不能够去，但是無論去與不去，在你們一律是光榮的，去的，固然達到願望，可以爲建設國防而努力，不能去的，也是政府照顧到你們的家庭、身體,因爲工作需要或别的關係,一時不能離開學校,但將來仍然隨時有機會報效祖國,爲人民服務。只要我們服從組織,努力學習,祖國需要我們到哪兒,我們就到哪兒,還怕没有機會嗎? 所以我以爲參加了報名以後,看去與不去,一樣是光榮的。况且參加國防建設,與留校學習參加生産建設,在全面來看,是一樣重要的。

今天,我們開這個會,一方面是保送委員會很想跟大家見見面,報告一些關於參加軍事幹部學校應該注意的問題。一方面也想聽聽大家的意見,究竟大家心理上的準備怎樣? 對於軍事幹部學校的瞭解够不够,還有什麽個别問題没有,大家可以多談一談,我們保送委員會願意多瞭解一點,這就是今天我們要開這個會的意思。

〔一九五〇年十二月十九日晚七時半〕

賀批準參加軍幹的同學

你們爲了祖國和人民，走上最光榮的崗位，負擔起偉大的任務，你們的行動，代表今天中國人民的願望和心情，願你們一切服從組織，爭取作一個戰鬥英雄！

（一九五〇年十二月二十五日）

本校職員政治學習開始動員大會上講話

諸位同仁：

工會文教委員會最近提出了加强政治學習的問題，學校行政上是非常贊成的。我們同仁之間，很多人早已有這種要求，現在各機關團體學校，都建立起學習制度，每天規定出一定的時間，作爲政治理論學習時間，我們現在也規定每天有一小時的政治學習，這樣的規定，是很好的，很恰當的。

我們去年暑假，有過政治學習，在那一段學習過程裏，同仁們學習都相當努力，有很大的收穫和成績，不但增加了政治理論的認識，而且提高了思想水平。這次我們有開始新的政治學習，我相信我們同仁，不但能繼續以往的學習精神，而且會把學習情緒更提高起來，會在已有的基礎上，更不斷的努力向前邁進，這是諸位同仁一定能做到的，也是我們大家所一致希望的。

解放以後，我們同仁之間，一般的説都有要求進步，要求學習的心情，而且經過一年多事實的教育，和自己理論的學習，都一天天在進步，我們都知道，解放以來，無論是國際情勢，國内政治，甚至於我們的學校本身，和没解放以前，都有了基本上的改變，這些改變，是我們應當瞭解，而且必需瞭解的，如果我們之間，還有存在着『不問世事，漠不關心』的態度，那麽就將追不上時代，落在别人的後邊，也就是説，政治認識，和思想水平不提高，不但對人民事業有損失，而且對自己也有損失，不但對人民不利，而且對自己的前途也不利，因爲我們既要爲人民服務，就要有一定的政治認識，如果我們的思想永遠停在一定的階段，那麽不但不能很好的爲人民服務，而且人民也將會遺棄你。這也就是我們學校的原因，就是説要做一個新時代的人，一定要跟上時代，才能真正的很好的爲人民服務，才是人民所需要的勤務員。

我們同仁，都深深的瞭解這一道理，所以對於這次工會文教委員會所提出的政治學習，都表示贊成，而且有的小組，已經經過了詳密的研討。這足見同仁們對政治學習的重視，但是也有極少數的同仁，對政治學習重視還不够，或有所顧慮，有所懷疑，或是不明白爲什麽『現在要加强政治學習』。以爲我們每天工作就是了，何必學習呢？因而對學習不感興趣，甚至於認爲學習占去工作時間，是不值得的。這種種思想，都是錯誤的，要知道一切工作，一切學問，一切技術，都不能脱離政治而獨立，没有正確的政治認識，就不能有正確的工作態度，工作的方向，也就不能明確，我們一定要認清學習的重要，把以上種種思想肅清。因爲學習是自己的事情,不是别人的事情,政治學習的好壞,與思想進步與否,將來也是考勤時的一部分標準,也就是説看一個人的工作態度,一定要看他的思想情况,考驗一個人的工作效能,也應當觀察他的思想進步程度如何!這是我對學習的看法。

我對這次學習有幾點意見,現在提出來,供大家參考,有不適合的地方,還希望大家提出。『一、學習制度、二、學習態度、三、學習内容。』

一、學習制度:我們現在是新的學習開始,一定要嚴格遵守學習制度,關於學習的時間,我的意見,最好要作到各小組學習時間劃一,定好一個一定的時間,因爲我們各個工作部門的工作,是互相牽連,互相聯系的,如果個别的小組學習時間不能劃一,則工作的聯系,有時有困難,要受到牽制和阻礙,影響工作的推動,和工作的效能,比如第一組辦公的時間,是第二組第三組學習時間,遇到有公事,不是誤了二三兩組的學習,就要影響到一組的工作,這是很不方便的。如果確實有不得已的困難,不能全部劃一,也要做到大部分的組時間能劃一,而且每組都要保證,每星期内,一定有六小時的學習。

學習時間,我認爲每天八到九時比較合適,我們總要以達到學習的真正效果爲目的,具體規定,請大家斟酌。

定好學習時間後,大家就要嚴格遵守,一定要先建立起學習制度,才能奠定今後的學習基礎，假定時每天早晨八點到九點學習，就要準八時來校，如果遲到九點才來，就是表現出對學習的不够重視了。

二、學習態度：學習態度一定要作到認真、嚴肅，不應當敷衍了事，或采取應付態度，也不應當抱着無可奈何的心情，認爲既然這樣規定了，就只好學習，於是一面學習，一面心裏不痛快，學習也就不能深入，這是很不好的。還可能有初學時，能虛心努力，時間一長，漸漸的鬆懈下來，或者間斷，這都是不對的。不過我相信這幾種現象，在我們這裏都不會有，不過我提醒一下，以期注意，我們的學習態度，一定要實事求是，不可提的口號太高，要一步步的作起，才能真正學習得有用。

三、學習內容：我的意見認爲學習內容應以政治理論和時事學習并重，通過政治理論，以提高自己的思想；學習時事，來幫助自己認清時局發展情況。比如此次抗美援朝運動，應在這運動中，認清美帝的『侵略本質』等等。時事學習，主要的參考資料嗎，就可以用人民日報，采用定期『讀報報告』或寫『讀報心得』等方式。至於學習方法，如何討論，如何自讀等，可由各小組組長依據各組具體情況，靈活掌握。

我有這三點意見，提供大家，以作參考，在這學習開始，謹祝諸君學習勝利！

〔一九五〇年十二月二十六日〕

慰報名未被批準的同學

『不有居者,誰守社稷,不有行者,誰捍牧圉。』在祖國的需要看來,是一樣重要的,願你們好好在原來崗位上,加强政治與業務的學習!

〔一九五〇年十二月二十七日〕

歡送大學參加軍事幹部同學講話

諸位同學：

今天是我校全體師生員工，爲批準參加軍事幹部學校的同學，所舉行的隆重的歡送會，首先我代表全校師生員工，向被批準的二十五位同學，致以熱烈的、崇高的敬意！

同學們！最近一年多，中國人民已取得了偉大的勝利，不但逐漸打垮了反動派，而且在這短暫的一年和平時間裏，在各種建設上都有了偉大成績與收穫，跟着我們勝利的到來，中國的國際地位，空前的提高，這是我們歷史上所從來没有的，也是我們全國人民，所迫切要求和盼望的，現在終於達到了。也就是毛主席在中國人民政治協商會議第一屆全體會議上所説的話：『中國人民站起來了！』是的，中國人民真正的站起來了。在安理會上我伍修權代表，説出了中國人民自己要説的話，這是四萬七千五百萬中國人民的意志，是四萬七千五百萬中國人民的聲音，這宏巨的正義聲音，響徹了全世界，震撼了美帝的反動集團。

最近中國人民志願軍，和朝鮮人民軍并肩作戰的結果，已經在朝鮮北半部獲得了偉大的勝利，解放了平壤，并繼續追擊正在潰敗中的美國侵略軍，這個抗美戰爭的勝利，引起了中國人民反帝運動的空前高漲，這一勝利，更增加了我們戰勝美帝的信心！

這種種事實，都證明了我們人民的力量是無敵的，是不可被戰勝的。這是中國人民英勇的精神，得到的燦爛成果，這是毛主席英明領導，得到的輝煌功績！但是以美帝爲首的侵略集團，圖謀妒忌我們的勝利，他們不會甘心放弃他們的侵略企圖，即或他們受到挫折，他們仍會向我們和平陣營瘋狂地加緊侵略，只要世界上，帝國主義存在一天，我們就必需積極地準備一天，我們要增强我們的國防力量，增强我們的海軍空軍，和其他近代化兵種的力量，來防止和打擊美帝國主義爲首的任何侵略行動，來保障我們國家安全，來鞏固我國人民革命的勝利。

這次我們輔仁一百十三位同學，就是在這個認識的基礎上，響應了祖國的號召，以行動回答了祖國的期望。你們二十五位得到北京市招生委員會的批準，馬上就要走上工作崗位，爲了保衛祖國，爲了保衛和平，負擔起這個光榮的任務！

同學們！你們都是新中國的戰士！新中國的戰鬥員！新中國的保衛者！你們爲了捍衛祖國，爲了争取世界持久和平，光榮地參加了軍事幹部學校，你們的行動，表現了青年人熱愛祖國的高貴品質，你們都是光榮的中國青年，你們認清了祖國的前途，就是自己的前途，祖國的安全，就是自己的安全，爲了争取未來的永久的安全和幸福，你們願意貢獻出自己的力量，來參加國防建設，新中國的空軍海軍，將因增加了你們的力量而壯大，新中國的國防，加上你們的保衛，將會更加鞏固。

這是一個光榮的任務，是全中國人民，全亞洲人民，全世界人民，所交給你們的偉大的、光榮的任務！是值得爲你們驕傲的，我應當向你們歡呼！向你們祝賀！

最近你們就要離開你們的母校輔仁，走到軍事的學習崗位，我在你們臨走前，向你們講幾句話，作爲一種賀禮！

第一：你們今後要絶對服從組織的分配，調動你到哪裏，就到哪裏；叫你做什麼，就做什麼。不要自己强調個人興趣，不要一定要作一個駕駛飛機的航空員，飛翔在祖國的領空，或一定要駕駛着軍艦，航行在祖國的海洋裏，應當有這樣一個思想準備，就是説，任何工作，哪怕是最艱巨的工作，都要英勇的擔當起來，在新的工作上，自己努力學習，即或是對你毫無興趣的工作，你也要爲了祖國的需要，爲了人民的需要，而愉快地完成組織上，也就是人民所交給你的任務！這是我第一點意見。

第二：今後一定要保持艱苦樸素的作風，并發揚青年勇敢、進取、堅毅的精神，要永遠堅定自己的立場，不要爲一切個人的利益，如爲了個人家庭，爲了個人前途等問題，動摇了你們的思想，要永遠像今天的行動一樣，把革命利益，人民利益，放在針第一位，堅决選擇人民英雄的道路，勇往直前！

第三：不要把我們今後建設現代化的國防事業，看成一個輕而易舉的事情，不要以爲没有絲毫困難，只有平坦大路，要知道我們建設現代化的國防，還説一個開始的工作，今後你們在學習上，在工作上，可能遇到一些困難，但是并不是讓你們對困難低頭，也不可對困難害怕，而是要以堅忍不拔的精神，克服困難，戰勝困難，在困難裏加緊鍛煉自己！

我願意把這三點意見，作爲你們臨行前的贈言！

至於報名而未被批準的同學，這次雖未批準，千萬不可因此灰心，因此而鬧情緒，祖國需要我們的地方很多，一定要認清我們都是在同一目標下，在不同的崗位上前進，那麽這次已表示了你們的態度和决心，表示出願意獻出你們的一切，這也是一樣光榮的，人民對你們的信任，和國家給你們的任務，是一樣的重大，今後更要與留校的同學，共同加倍的努力學習，學習時事，學好科學，要團結友愛，積極工作，鍛煉身體，提高自己的政治水平和文化水平，準備隨時響應祖國的號召！

最後，我預祝批準的二十五位同學，完成抗美援朝，保家衛國的神聖任務，真正的作到發展與加强，我們的國防力量，真正作到保衛祖國的領空，領海，保衛神聖的國土，永遠站在祖國最光榮的鬥争前綫，預祝你們走到那個崗位，就要把勝利的紅旗，插在那個崗位上，祝你們成功！祝你們勝利！

〔一九五〇年十二月二十七日〕

輔中歡送參加軍事幹部學校大會講話

各位同學:

今天是一九五一年元旦,大家都在迎接新年,非常高興,我們的男女輔中,今年的第一件事,就是歡送我校參加軍事幹部學校的同學,光榮的走上新的學習崗位,所以我們更加倍的高興,加倍的興奮。首先我向參加軍事幹部學校的五十六位同學們,致以熱烈的敬意!

過去一年,是我們中國人民史無前例的最光榮的一年,我們的政治是日益鞏固,我們的經驗,是日益發展,尤其是最近的抗美援朝,保家衛國運動的偉大勝利,更説明了我們中國人民的頑强勇敢、不可戰勝,在這勝利的基礎上,我們將要有一個更勝利的一九五一年。

爲了我們的勝利,青年同學們應該擔負起光榮的建設國防,和建設祖國的工作任務。你們都是中華最優秀的兒女,都是祖國的好青年,今天發揮了你們無比的愛國主義的熱情,到祖國號召,人民需要的地方去,是值得尊敬的。

你們今後的任務,主要的就是學習,我們是爲人民而學習的,爲祖國而學習的,應該有堅毅不拔的精神，應該有百折不回的勇氣，學習的過程，就是要把自己武裝起來，在政治上、思想上，在各種科學技術上，都要加强鍛煉，做中國的保爾·柯察金。

『不要畏難而中止』，無論在今後的學習時，或在將來的工作時，我們一定要站在人民的立場，堅定我們的信心，永遠爲祖國而獻出自己。

新的年度的開始，離開母校的同學們，正是一個新的光榮的開始，同時留在學校的全體同學們，也正是一個新的光榮的開始，都應該爲我們的光榮而加倍努力，要知道在共産黨的領導下，一切工作，都是爲了打擊敵人，在今天的歡送會上，我們要互相砥礪，充實我們的力量，準備去打垮敵人，保衛祖國，争取和平。

最後，我預祝參加軍事幹部學校的同學，完成祖國給你們的任務，永遠站在最光榮的鬥争前綫，預祝你們走到哪裏，就把勝利帶到哪裏，祝你們成功！祝你們勝利！

〔一九五一年一月一日〕

全國委員會座談會上發言

——關於美帝在中國的文教機構的接管問題

在我校接管以前,同仁們雖大部分都對帝國主義的侵略行爲,有了比較深刻的認識,希望政府接管,但是還有些人,因爲多年受帝國主義的壓迫,思想一時不能搞通,有些顧慮和懷疑,就是想:

(一)政府接辦固然好,可是政府是否有這麽大的力量呢? 是否可以拿出很多錢來,完全不用靠外國人的錢,就能辦下去呢?

(二)自己接辦過來,我們能不能辦好呢?

(三)我們本來是天主教設立的大學,由人民政府收回自接,天主教的教徒,是否還能自由,是不是還能在學校裏繼續工作呢?

有這種種的顧慮。

自從接管以來,一方面由於我們不斷的在思想上予以領導,建立起民族自尊心,和自信心,并且劃分清楚帝國主義侵略行爲和宗教的界限,進行反對文化侵略,并不是反對宗教的宣傳教育，使師生們在思想上減少顧慮和懷疑，而且盡量的由非教徒團結教徒，使教徒們情緒上安定，能安心工作和學習。

另一方面事實已經證明了政府是有足够的力量來接管的，不但有力量接管一座輔仁大學，就是全國原來由帝國主義支持的各文化機關團體，必要時我們政府也會接管，或由中國人民接管，政府或適當地加以補助。

而且我校三個月的過程中，在各方面也確實是有很多發展和改進，三個月進步的成績，是接管前三年所作不到的，具體表現在教員們對工作積極負責領導同學學習，職員工友們大半都已能很好的完成工作任務，而且部分的作到把工作提高和改進，同學們的業務學習，也能比以前安心。我們正在檢查以往的工作和制度，有不合理的情形，正在計劃着逐漸在改進。

這種種事實，都證明我們自己是辦得好自己的學校的，而且因爲解脱了種種束縛，會辦得比原來更好，并且也是説明無論任何原來由帝國主義所支持的學校、團體、機關，我們接管後，都可以用自己的力量辦好，而且會辦得比以前更有發展和進步的。

〔一九五一年一月十六日〕

中國民主促進會招待接受外國津貼高等學校代表座談會

一、因『不問政治』，以往爲帝國主義者抓到利用的機會，現在北京解放兩年，經過具體事實的教育，并接受了馬列主義毛澤東思想，認識了以往的錯誤，認清了今後的方向。

二、美帝國主義者，無理的凍結我國公私財産，來威脅我們，我們要拿出人民自己的力量，對接受美帝經濟支持的各學校，按人民政府的規定，予以適當的津貼或扶持，告訴美帝，我們不是靠你們的津貼才能辦學校，我們自己是有力量的，而且會辦得更好，我們輔仁大學就是很好的説明。

三、我們學校接管前，也曾有人有些顧慮，如(一)政府是否有力量接管呢？ (二)我們自己是否能不依靠外國人而辦好呢？ (三)政府接管後，宗教信仰是否自由呢？ 等等。我們經過思想的教育和説服，而且有事實來證明，同仁們思想漸漸打通，顧慮逐漸減少。

四、我雖然『聞道甚晚。』雖然是七十多歲的老人，但我一定要加倍努力，爲發展愛國主義的教育而努力。因爲我認清我們學校雖然經濟上、政治上與帝國主義割斷關係，但這只是一個開始。今後在思想上還要澈底肅清崇美、恐美等思想。這是一個長期的工作。在課程上，在學校制度上，在種種方面，還要逐漸改革，使學校逐漸走上能够完全配合國家建設的需要，來培養教育下一代青年。

〔一九五一年一月十八日〕（備稿未用）

陳校長對全校教職員傳達周總理報告大會後講話

以上是一月二十二日錢俊瑞副部長在教育部傳達周總理一月十六日的報告，教育部指示我們『傳達後，由教職員各學習小組進行學習，學習中如果有什麼問題，或不明瞭的地方，可以提出，由各組組長匯集學習情况和問題，由學校總結起來交教育部，可能還作一次報告，幫助大家，再進一步的解决』。

我所領會的這次報告的精神，主要是讓我們了解目前的國際和國内情勢，了解我們中國人民志願軍這次朝鮮戰爭的勝利，在國際國内所得的影響，和我們國際地位的空前提高。這次我們援朝，是對全世界人民有貢獻的，由於毛主席的英明决定，由於我們人民志願軍英勇戰鬥，也由於我們後方人民，共同努力，得到的光輝勝利。

在這報告裏，我們了解了今年的國家建設方針，并且確定了今年的教育工作方向。今年主要的我們應經常的進行肅清美帝文化侵略思想影響，以愛國主義教育爲中心。在抗美援朝運動中，同仁們都對美帝國主義者，有了更深一步的認識，對同學們的教育，是有很大幫助的，這就是所謂『知彼』，知道了美帝的本質，但是『知己知彼』，才能『百戰百勝』，只

『知彼』是不够的，還要『知己』，『知己』就要對我們自己的祖國，認識清楚，以增加我們民族自尊心，和民族自信心。關於我們祖國的偉大和可愛，諸位同仁，比我了解得更清楚，希望今後在工作中以『愛國主義教育』爲中心，圍繞着教育部的指示，在工作裏貫澈下去。

現在我就講到這裏，那天出席聽報告的，還有張秘書長，徐教務長，趙副教務長，我的報告如有錯誤，或者不完備的地方，希望諸位先生再給糾正和補充。

〔一九五一年一月二十七日〕

傳達報告後總結講話

爲了學校行政，作校務的工作總結彙報，我們需要了解我校各工作單位的工作進行情況，希望各系各工作部門，各附屬單位，在最近一星期内，作一個一九五〇年度第一學期的工作總結，主要的要説明上學期各工作單位工作情形，總結要提出有何優點，缺點，及工作中還存在着什麼困難，和還没有解決的問題，并指出困難存在的原因，及問題有没有解決的辦法等等，這工作總結主要意義，就是爲了總結經驗，以修正已有的偏差，發揚優點，糾正缺點，作爲今後工作的方向，希望各個單位，在一星期内（至二月三日）將總結作好，交到校長辦公室，我們還另外有書面通知，馬上就要發下。

〔一九五一年一月二十七日〕

賀燕京大學改爲公立典禮

今天是燕京大學改爲公立的典禮，我很榮幸的被邀來參加，我首先代表輔仁大學全體，向燕京大學師生員工致以熱烈的，親切的祝賀。

燕京大學是美國津貼二十幾個教會大學中的一個，這二十幾個大學，好比二十幾座大城，久被帝國主義者借教會的名義侵占了。燕京是第一座大城，是司徒雷登盤踞數十年的文化侵略堡壘。今日被中國人民收復了，這種文化戰綫上的收復，與軍事戰綫上平壤漢城的光復，是有一樣重大意義的。

我們接收這些受美帝津貼的學校，不單純是經費問題，而是重大的政治問題，和文化問題。不論是由人民政府接辦，或由中國人民團體接辦，都是要與美帝斷絶關係，回歸到祖國的懷抱，這是值得慶賀的。

燕京大學有光榮的鬥争傳統，有實際的鬥争經驗，今後在毛澤東旗幟之下，在中央人民政府領導之下，在全校師生員工教徒與非教徒團結之下，一定會繼續發揚以往的精神，走上健全發展的道路，前途是光明的，勝利的。

燕京大學萬歲！
毛主席萬歲！
打倒美帝國主義！

（一九五一年二月十二日）（後載光明日報）

慶祝中蘇友好同盟互助條約一周年

——本校中蘇友好協會主辦慶祝晚會上講話

今天，二月十四日，是中蘇友好同盟互助條約締結一周年，因爲這個條約，有重大的歷史意義，由於這個條約，是我們中國人民及全世界愛好和平民主的人民，自由幸福的保障，所以我們今天歡欣的，熱烈的來慶祝這一天。

中蘇兩國人民，是有深厚的友誼的，自從十月革命成功以後，三十多年來，我們就有着兄弟一樣的友情，在中國人民反帝反封建的鬥争中，蘇聯政府和蘇聯人民，都曾給予我們偉大友情的援助和支持。去年今天，中蘇盟約簽訂，這一年以來，中蘇兩國之間的友好合作，有了空前的鞏固和發展。

我們中蘇兩國，是實行最進步的社會主義制度和人民民主制度，我們包括有馬列主義思想領導的七萬萬人口，我們有三千餘萬平方公里的土地，有非常豐富的資源，我們都有經過嚴重戰争考驗的强大的軍事力量，我們兩國的同盟互助，就説明了世界和平陣營的無比强大，我們的同盟在鞏固全世界和平的事業上，有了人類歷史上從來没有過的堅强力量,所以中蘇同盟,不單是中國和蘇聯的事情,而是全世界所有人類和平的堡壘。

我們締結同盟一年以來,在外交上蘇聯給了我們有力的支持,在經濟建設上,也有巨大的援助,比如關於石油的開采,新疆有色金屬及稀有金屬的開采,民用航空事業,對外貿易事業,工業的恢復和建設方面,蘇聯都根據中蘇的協定,給我們很多幫助。在文化事業上,蘇聯各種科學的優秀的專家,一批一批的來到中國,幫助我們的文化建設工作,并且幫助我們創辦了中國人民大學及拍攝電影向各國宣傳等等,所以中國文化方面的進展和國際地位的提高,也是和偉大的蘇聯友情分不開的,以上所舉種種,都充分證明了蘇聯是我們最忠實可靠的朋友,帝國主義者和反動派所製造的一切誣衊謡言,企圖破壞我們的友情,都在我們的友好同盟面前,不攻自破了。

尤其重要的是一點,因爲有了中蘇同盟,在這次抗美援朝的行動上,我們更有了信心和力量,也就是因爲我們有了中蘇的同盟,更增加我們反美的勝利,有了中蘇同盟,更使得美帝國主義的侵略集團,遭到空前的恐懼和失敗,帝國主義侵略者們,如果想對我們堅强無敵的和平堡壘挑釁,必然要將他們打得落花流水,頭破血流。

我們現在看得非常清楚,中蘇兩國締結同盟,是兄弟的同盟,是保衛世界和平的同盟,是反對帝國主義侵略的同盟,是偉大的國際主義的同盟,今天我們慶祝同盟締結一周年,應當認清這是愛國主義和國際主義的具體表現，今後更要本着同盟條約的精神，發揚愛國主義和國際主義，來保衛世界和平而努力到底！

中蘇友好同盟萬歲！

斯大林元帥萬歲！

毛主席萬歲！

〔一九五一年二月十四日〕

北京市第三届第一次各界人民代表會議上發言

各位代表：

前日北京市第三届第一次各界人民代表會議開幕，我們首先聽到彭真市長的開幕詞，提出北京市本年度的工作方針。又聽到市政府的三個報告，及市政府的六個書面報告。

昨日，我們小組討論，我在第十七組，大家推我説幾句話。我們一致擁護彭真市長的開幕詞，對市政府的工作報告，也表示滿意，尤其是公安部門，對鎮壓反革命工作，做得非常認真，我們一致擁護。

我們北京市專科以上學校，去年一年中，登記了暗藏的反動分子有二百三十多人。自美帝國主義發動侵朝戰争以來，特務分子尤其活躍，所以我們今後對於鎮壓反革命分子，及抗美援朝兩事，應該特別注意。

關於反革命分子，如果他露出真面目來，我們容易認識，如果他假裝進步，混入我們隊伍，我們就容易上當了。

關於抗美援朝的運動，彭真市長説過我們要繼續普及和深入，進一步肅清帝國主義，但是我們的難處，有些老師强調業務重要，不照顧到同學的政治活動，同學們懼怕功課不及格，就有時不敢熱心搞政治，這就是間接的阻礙抗美援朝的運動，我們須知道離開抗美援朝來搞業務，就是犯了我們從前埋頭讀書不問政治的毛病。讓你業務搞得頂好，也等於一個未經過思想改造的人。我們對下一代青年，不應該教他這樣做。

我們要知到不離開抗美援朝的業務，才是有實用的業務，不離開業務的抗美援朝，才是有實用的抗美援朝。

離開抗美援朝來搞業務，就等於離開業務來搞抗美援朝，兩者都是偏差，我們必須把這種偏差克服。總而言之，抗美援朝必要與業務結合，業務又必要與抗美援朝結合。有人説二者不能并存，其實怎麽不能并存，而且必須要做到二者并存，才算成功。

〔一九五一年二月二十八日〕

和平理事會締結和平公約的感想

世界和平理事會會議，通過關於締結五大國和平公約的宣言，這一宣言，説明了全世界愛好和平的人民期望，明確地指出了争取和平鬥争的方向和目標，凡是愛好和平的人，就不會不擁護的。

争取五大國締結和平公約的鬥争，是和平與戰争的鬥争，是和平力量與侵略勢力的鬥争，也就是爲了争取世界持久和平的鬥争。

我們中國政府和人民，爲了全人類的美好將來，一貫的是堅持反對戰争，維護和平的，爲了世界和平的早日實現，爲了把世界從新戰争的危險中拯救出來，我們已有了偉大的貢獻，這些貢獻我們將要鞏固發展而且繼續下去。對締結和平公約宣言，我除熱烈擁護外，并決心作一個堅決的和平戰士，盡所有的力量，與全世界愛好和平正義的人們共同爲實現世界和平理事會的全部決議，爲保衛世界持久和平而堅持奮鬥到底。

〔一九五一年三月一日(新民報三月二日全文，光明報節録)〕

輔仁職工業餘學校開學典禮講話

各位先生、各位同學：

今天是我們開學典禮，我想起一件有趣的事，就是我們平日常説，『教職學工』，是説教員，職員，同學，工友四個部分。但是我們的業餘學校，除去校長楊成章先生，三位副校長之一的劉樹勳先生是大學的教員以外，其餘的『教職學工』，就是我們大學的『學生和工人』，我們的同學做了先生，我們的工友做了學生，教育系的同學，借這個機會來教工友們的文化課，做實際的練習，另一方面工友們，就利用業餘的時間，學習文化課，來提高自己的文化，希望我們真能作到『師生互助』『教學相長』的地步。

在去年三月十二日成立這業餘學校的時候，我曾經自告奮勇請求作一個教員，預備教幾小時課，後來我看了課本，才知道我不够做業餘學校教員的資格，就拿國語課來説，内容就有很多我教不了的，比如歌謡唱詞等，我都不懂，而且北京話也説不好，讀音也很多不正確，當初以爲很容易，細研究一下才知道不容易。今天一方面我要向你們抱歉，一方面也説明每一個人都不要把事情看得太輕，在這工作上，我就還需要好好的學習一下。

諸位都知道,在舊社會裏,工人階級是很少有讀書的機會的,因爲舊統治階級,他們把持着大權,貧窮人家的人,就没有念書的機會,今天整個社會翻了身,無産階級作了國家的主人,當然就有了念書的機會,這是新社會給我們的機會,既然有了這個機會,我們一定要把他抓住,不要放過,要重視這個學習。從前反動派,和有些外國人,整天説共産黨的這樣不好,那樣不好,我們聽慣了,不要上他的當,這都是他妒忌我們的翻身,現在解放了兩周年,已證明這些話都是胡説了!

我們一定要認清學習文化的重要,學習文化不是單純爲自己,主要的是爲了幫助新中國的建設,在工人階級作主人的新中國建設上,加一把力量。諸位都不要輕視自己,在新中國的建設上,我們每一個人都有責任的,我們還要學習參政,比如這次北京市人民代表會議,就有我們自己選出的工人代表李成森參加,北京市市長就由他代表我們大家選出的,這就説明了今天在新社會裏工人的重要,不同往日反動派的時候了。

今天是開學典禮,從今天起,就要教的認真教,學的認真學,要把職工業餘學校搞得越來越好,我知道大家都有迫切要求學習文化的熱情,而且政治理論學習也相當積極,今後更要努力,努力用政治課來提高自己的思想認識,在業餘學校再提高文化水平,這樣雙方并進，不但政治上思想上有了基礎，而且逐步的學會了讀、寫、算的基本能力，這樣才可以更好地在一切工作中發揮能力，才能很好的爲人民服務。完了。

（一九五一年三月二日）

體育晚會講話

今天是學生會和體育部合辦的體育晚會，現在我想借這個機會，和同學很簡單的説幾句話。

我從前常喜歡告訴青年説：『身體第一，品行第二，學問第三。』這是我從前的看法，我當時以爲這話是很正確的，現在我要重新批判一下我這種看法：就拿思想身體和科學技術來説吧，在今天的社會，應當是那樣第一呢？我覺得，也不能説思想第一，也不能説身體第一，更不能説科學技術第一，就是説不能把這三件事情孤立起來，這三件事對於一個青年，都是最重要的事情。思想的提高，使青年們有了正確的認識和方向，有了全心全意爲人民服務的觀念，使每一個青年都能爲全人類幸福美好的將來，發揮最大的力量，成爲一個無産階級的戰士，這當然是必要的。科學技術學好，在學校裏業務搞好，學會了生産建設、和文化建設的本領，具備了建國的能力，這當然也是必要的。身體健康，使我們爲人民服務的願望，及所具有的科學知識，能够很好的發揮，可以增加建設的效率，可以增加鬥争的勝利，這當然也是很必要的。

有了健康身體，掌握了科學技術，没有正確的思想作指導，就可能走向危害人民的道路。有了正確的思想和健康的身體，没有科學技術，就缺乏工作能力。有了正確思想，掌握了科學技術，没有健康的身體，也就很難把自己的技術發揮得很好。所以説，三者缺一不可，説句笑話，這也是三位一體的，要把他當成一個整體的東西，不能分開，不能孤立起來，不能偏重一方面，而忽略了另兩方面。要知道人民對我們每一個新中國青年的要求是很高的，新中國的多少國防建設，多少生産建設，都需要我們去作，我們的責任是非常重大的。所以我們一定要鍛煉成思想正確，身體健康。掌握了科學技術三者具備的青年，這樣才不負人民的期望，才是新民主主義國家裏最需要的。

我們輔仁，在體育活動上，本來是有些成績的，但在全校的體育工作來説，還有很多應當注意的事情。我們學校自從解放以後，同學們對改造思想，和業務方面，已能比較普遍的重視，但對體育活動上，還是重視不够這也是不正確的。尤其是現在我們正在加强國防建設的時候，比如這次人民政府號召青年學生參加軍事幹部學校，就有很多同學，因爲身體條件不够，不能被批準，這就説明了没有健康的體格，還是不够一個新中國新青年的標準。任弼時同志死時，才四十多歲，這是中國人民的巨大損失，我當時聽見非常難過，當然在革命工作艱苦的時候，他爲了更重大的任務，奮不顧身，他的精神，值得我們學習，不過在條件許可時,注意鍛煉身體還是必要的。

同學們在歡送參加幹部學校同學的時候,已經保證了『隨時響應祖國號召』,『服從祖國需要』,如果不把身體鍛煉好,到祖國需要你們的時候,怎樣來響應呢?

我校最近據不完全的統計,肺部有輕微毛病的,男同學約有百分之七,女同學約有百分之五,當然構成這現象的原因很多,但也是我們同學以往對身體的健康,對體育的活動還是不够重視,今後一定要使體育活動,普及起來,使每一個同學都能參加,不是要培養幾個選手。

爲了體育活動的普遍照顧每一個同學,糾正不重視體育的錯誤看法,我校體育部已多方面的在努力,如發動課外運動,上早操,增加系級的球類比賽等,這是很必要的,不過更主要的,還是要倚靠同學們的自願自覺。今天演的三個蘇聯的關於體育紀録電影,我們就可以看出蘇聯的青年們,是怎樣開展他們的體育活動,我們應當向他們學習的。

同學們不要再忽視體育方面的活動,要把體育活動看爲學習的一部分,要把鍛煉身體看成愛國主義教育的一部分,要把鍛煉身體看爲是對祖國的熱愛,因爲你的身體是祖國的。

今天我要説的就到這裏,關於具體體育活動的内容,你們比我懂得多,我不再多説了,謹祝大家學習進步,身體健康!

〔一九五一年三月三日晚〕

熱愛我們自己的新輔仁

——在第四屆學生代表大會上講話

各位同學代表們：

今天是學生會第四屆代表大會，我來參加，是感到非常高興的。解放後，自從學生會成立以來，我們可以看出，學生會對全校師生的團結上，對於同學們的學習上，和體育活動上，都有很多成績。這都是學生會的各屆代表們努力的結果。這一屆的代表，我相信一定仍舊會擔負起這個責任，更發展以往的成績，來協助學校行政，共同把輔仁辦好。

同學們希望我講幾句話，我現在想講一些關於同學們對於學校應如何看法的問題，使同學們對我們學校有更深一步的了解，而增加對學校的關心和愛護。

我講的題目是『熱愛我們自己的新輔仁』

解放前的輔仁

我們輔仁,從一九二五年輔仁社開始到現在已有二十五年的歷史了,這二十五年間,我們學校是走着一個很艱難的道路的。最初我們只有一班學生,那時叫輔仁社,這一班學生,原是要作爲升大學的預科,到第二年,學校設備,和學生的人數逐漸增加,改爲大學,起始開辦大學文科。到一九二九年,添設理學院和教育學院,於是有了文、理、教育三院,分爲十二系,并且就在這年添設附屬中學,一九三二年添設女附中,一九三七年開辦文理兩研究所,三八年添設二院,招收女生,一九四三年開辦附屬小學,并添設幼稚園,這是我們輔仁發展的情形。

我校原爲天主教設立,所以主持校政的大權,一直把持在教會手裏,無論是行政上,經濟上的權利,都是由他們來辦理。他們背後的帝國主義分子,借着宗教的外衣,來向我們進行侵略性的教育,以致使得我們學校在各方面,如在學生運動上,在一切社會活動上,受到種種限制和壓迫。

但是我們也不可否認,教授與同學之中,仍是有着很多具有愛國的、革命的思想的人,他們雖然在輔仁受着種種的限制，但仍是不屈不撓的與壓迫者、侵略者作鬥爭。我們在歷次的學生運動中，在一二九運動，在抗議美軍暴行，在反美扶日運動，在反迫害反飢餓運動，在反剿民要活命的時候，我們的師生，尤其是同學，在艱難的特殊的環境下面，在種種壓迫限制下面，仍舊能破開困難，衝到游行的隊伍裏去。我們應當認清這樣的情況之下，也壓制不了同學們爭取民主的要求，這是更值得我們欽佩和尊崇的。說到這裏，我也要自我檢討，我因爲對當時的政治采取不問的態度，在這種錯誤的態度領導下，帝國主義者更得到了機會，并利用了他們的爪牙，對同學們良善的正義的行動加以迫害和打擊，更增加同學們，對求生存爭民主而鬥爭的困難。但是就在這種重重困難下，更看出了我們同學的堅定行動的偉大。

因爲帝國主義在學校裏作主人，以主人的姿態來控制着我們全校師生，對待絕大多數的在學校工作的中國人，都有『我拿出錢來雇用你們』的態度，看不起中國教授和職工，對待我們中國人，是鄙視和疑忌，并且加以種種的防範，在這種情形下，教授們就有了兩種情況，一種是爲了借着輔仁的設備和書籍，埋頭自己的學問，不管學問以外的任何事情；一種就是對任何事情態度消極，有課就來，下課就走，對學校漠不關心。職工們則有『當一天和尚撞一天鐘』的想法，有事就給『人家』做，沒事時我得時間休息休息。總之教職工都是對工作没有興趣,在當時帝國主義壓迫之下,自然工作情緒不會高的。這是很自然的情况。至於同學們,大部分同學都埋頭苦幹,走着『死讀書』的路綫,但也有少數的同學,有的就以上學爲名義,終日嬉游玩樂,不動書本。

我們并不否認解放前我們輔仁是比較落後的,保守的,但必需要認清,構成這現象的基本原因,是受了帝國主義者的壓迫,是他們的束縛,給我們造成的落後;是他們的侵略使得我們比較保守。而且必需要指出,我們全體教職學工,在輔仁的發展上,對學術的貢獻上,對科學的研究上,也是有一定的成績的。而且也必需要指出我們輔仁有了今天的樣子,有了今天的成果,也是我們全校教職工和歷届畢業的同學們給奠定的基礎。所有輔仁的種種,都是和全校教職學工分不開的。而且我們必需要認清帝國主義分子,只有對學校的控制和束縛,所有我們的建設和成就,都是我們中國人民自己争得的,是我們全校師生員工自己經營和建築的,是與帝國主義分子不相干的。

輔仁的新生

解放後,我們輔仁大學也隨着北京的解放,而得到解放。我們學校的性質,基本上已有了變化，由於中央人民政府教育部的指導和幫助；由於我們全校師生員工的自覺；由於我們主觀的努力，輔仁的舊基礎，已逐漸動搖，而且新的力量開始成長。我們首先拿回了在帝國主義分子手裏把持了多年的行政權，我們先後成立了工會和學生會，我們開始學習着自己管理自己的學校，驅逐出侵略的勢力，我們逐漸改善了種種不合理的制度，增加了社會發展史，辯證唯物主義與歷史唯物主義等馬列主義的課程，加强師生政治學習，取消了不必要的課程。

尤其在去年學校接管以後，我們的輔仁，不但行政上没有了帝國主義者的羈絆，而且經濟上也獲得了徹底的解放，於是我們的新輔仁，有了校史上從來没有的新生的蓬勃氣象，這都是由於中央人民政府教育部的正確領導，由於全校教職學工的緊密團結，堅決鬥争所争取來的。

讓我們來看看我們的成績吧！

首先我們提出辦好自己的輔仁，搞好業務，搞好工作的口號，全校師生進入加緊學習、加緊工作階段，各系領導上加强輔導同學的業務學習，教授們成立了教研小組，彼此研討觀摩、交换教學經驗，互相吸取優點，糾正缺點，以期提高講課效能，改進教學方法。

同學們掀起了學習高潮，經常的保持着飽滿的學習情緒，自覺的維持學習秩序和紀律,圖書館的座位,經常容納不下自學的同學們。這是我們輔仁從來没有的現象。

職工們,也積極負責,爲自己的學校,努力工作,尤其是產業工人,如印刷部機器房等,在工作中,都表現了新的勞動態度。就在接管後不久,由於教育部的指示,由於黨團在思想上的領導,師生們明確了今後的方針和任務,同學們保證把政治與業務學習學好,并加强課外的文娱體育及各種活動。工會改組後,首先加强政治學習,教職工分别組織政治學習委員會,教員們按各系的具體情況,來規定學習時間。職員們爲了減少工作進行上的困難,規定每天上午八至九時,各小組學習。工人們每星期有系統的進行政治課講授,學習的情緒大部分都是相當積極的。這也是我們輔仁從來没有的現象。

因爲我們的經濟上已没有從前的限制,已有了充分發展的條件,各系都在添聘專任的和兼任的教授,而且各系領導,都根據具體情況,進行了適合新民主主義教育的課改,及種種建設性的改革。

個別的系,爲了配合當前的經濟建設需要,與政府各部門,及校外的學術團體取得了一定的聯系。如爲了短期大量培育貿易幹部,貿易部與本校經濟系合作,開辦貿易專修科,現已籌辦就緒,開始招生。財政部也準備在暑期後,與我校合辦財政專修科,正在商議辦理。

心理系接管後添置了許多儀器，爲了有系統的學習兒童心理發展知識，編制了兒童心理發展幻燈圖片，與本市保育工作者，交流了學習經驗，并且增開軍事心理學，以配合抗美援朝的時事教育。

教育系除加强了并發展了解放後成立的四個附屬業餘補習學校及工人夜校，成人夜校等外，最近正與四區政府籌辦工農速成中學，并與實驗保健院取得聯系，以作教育系女同學對保健工作，作實習的準備。

歷史系開闢了研究室，并由史學研究會領導，由各大學的教授講助，編著中國近代史料匯編，我校擔任洋務運動和辛亥革命兩部分。歷史系教授講助們，都加入了史學研究會，以期對自己的業務，作更深一步的研究與探討。

以上種種，也都是我們輔仁從來所没有的現象。

由於我們經濟上解除了枷鎖，於是我們在建設方面，都有了適當增設，和添置：

圖書館，每月有一定的款項，大批的購買新書，解放後我們已添置了新的書籍六千七百多册。醫藥衛生方面，我們也逐漸的擴充和添購，最近衛生組從後樓搬到第四宿舍，已漸擴充了衛生組的規模。

體育方面,除去購置了體育器材,并且也加强了對同學們課内和課外的體育活動,結合愛國主義教育,制定實施計劃。

最近由於教育部撥給我們修建巨款,我們有了可能在短期内,逐步解決教職工的宿舍問題。

這些也都是我們輔仁從來没有的現象。

最主要的一點,我們應當提到的,就是教授們在解放之後,一般都自覺自願的逐漸改造了自己的舊思想,建立了爲人民服務的觀點,大部分先生們都從政治學習中,糾正了從前純技術的觀點,都認識到從前不問政治,學術與政治無關等錯誤的思想,而且很多教授都在可能範圍内,參加了政治活動和社會活動,并且積極的認真的負擔起新民主主義教育的光榮任務。絶大多數的教授們都走出或正在走出自己狹小的書房,面對着現實,向同學、向群衆、向一切新鮮事務學習,以辦好輔仁,辦好新民主主義教育爲方向爲目標,向前邁進。這也是我們輔仁從來没有的現象。

再説到我們學校的教徒非教徒之間,由於人民政府的正確方針的指導,由於我們每一個人都了解到反對帝國主義分子，并不是反對宗教，我們絕對遵守共同綱領，保障在校師生宗教信仰自由，教友們也都衷心擁護人民政府的接辦，認清我們都是中國人，儘管宗教信仰不同，而我們的政治要求，我們的愛祖國的思想都是一致的，我們不願受帝國主義的侵略和壓迫也是一致的，所以在教友與非教友之間，表現了空前未有的團結。這也必需説明，是我們輔仁從來没有的現象。

讓我們再來看看，自從抗美援朝運動開始，我們全校師生熱烈的擔任了各種宣傳工作和職務，通過種種不同的形式，進行鼓動宣傳，同學們并在這一運動中，發揮了高度的智慧和能力，創造各種歌舞劇、活報劇、快板、以及畫了種種不同的宣傳畫、圖表，作了市内宣傳和農村宣傳，收到了宣傳的效果，在這一熱烈的運動中，經過學習、討論，經過實際鬥争，不但教育了别人，也教育了自己。這一運動的偉大成就，是我們輔仁歷史上光榮的一頁，這也説明了在解除了壓迫的輔仁，同學們的力量和覺悟是無限的，是并不弱於人的。如果説我們解放前的反壓迫争民主的力量，不如人，在這次運動中，就充分的證明了站起來的輔仁師生，已基本上和從前不同了。已經經過了本校的反帝鬥争，經過了抗美援朝運動，而成爲反對侵略要求和平的隊伍裏重要的一員，我們的力量已逐漸成長，逐漸增加。

在政府號召青年學生工人參加軍事幹部學校的時候，同學們以高度的愛國主義精神，爭先恐後的報名參加，爲了保衛祖國的安全，爲了争取世界和平，都紛紛表示願意獻出自己的一切，而且未批準的同學，和留校同學，就在歡送批準參加幹校同學的同時，保證了自己在學習的崗位上，加倍努力，隨時響應祖國的號召。這都充分證明了同學們政治認識的提高，和愛祖國的熱烈情緒。這些我們也要指出，是輔仁以前所没有的現象。

總之，我們輔仁，我們新的輔仁，人民的輔仁，自從北京解放以來，全校師生員工，已經充分的認清輔仁是我們自己了，發揮了主人翁的態度，我們全校就在同心共濟，在教學相長，在師生互助下緊密團結，在新的愛國主義教育下，在馬列主義毛澤東思想領導下，走向了嶄新的途徑，走向了勝利的前途。

今後的發展前途

我們輔仁是可愛的，因爲我們有壯麗的校舍建築，我們有完美的科學設備，我們包括有大中小幼完整的教育系統，我們有比較完備的物理工廠，我們有技術較高的印刷部，我們有自己經營的牛奶廠，我們有自己生産的菜園，更重要的是我們有四百多位專任的日求進步的教職工，我們更有大中小幼三千多活潑的，可愛的，積極學習新的理論與科學技術的同學，這些，就是我們熱愛輔仁的基礎。

我們的化學系，儀器藥品設備，是北京各大學所僅有的，我們有半微量及微量用的空氣制動天平，及電化學用各式精密測量計，還有化學系自己設計的半水煤氣發生機，都是很難得的儀器，有機藥品和無機藥品的收集，有二千多種，我們化學實驗室設備足够一百五十人應用，規模是相當宏大的。

我們的物理學系，有非常珍貴的液體空氣機，在國内各大學的設備來説，恐怕只是我們輔仁有，北京各大學所用的液體空氣，都是我們所供給。最近物理學會北京分會在我校舉行年會，各物理學專家會後參觀我們的設備，都頗驚訝，認爲是很多地方都趕不上的，最近回國的物理學權威趙忠堯先生，五點散會，一直參觀到七點半才離開我們物理實驗室。我們并且有論文試驗室的設備，是四年級同學練習所用，各校先生都覺得是很必要的設備，應當向我們效法的。

我們生物學系，最近請了權威的教授，已逐漸在整頓和發展。儀器如切片機，和爲沉澱用的遠心器，還有最新式的兩眼細菌檢查顯微鏡，都是比較難得的儀器。而且我們生物系關於斑疹傷寒的研究,是全國知名的,全世界兩位用人體虱研究斑疹傷寒的專家,一位在波蘭,另一位就在中國,而且就在我們輔仁,這是我們值得全校師生驕傲的事情。

我們心理學系是全市研究心理的機構裏最充沛的最殷實的,有儀器二百餘種,測驗樣本三百六十餘種,挂圖二百六十餘張,這些設備,都是全國心理學的精粹。

我們的歷史學系,歷來就有光榮的傳統,最近山西政府文教廳請我們歷史系的教授去講學,限定科長以上的幹部和大學畢業的幹部去聽。而且在過去最艱苦的環境中,我們歷史系與國文系仍舊堅持的出版了十五年的輔仁學志,對學術的貢獻上,是有相當成績的。

我們的經濟系擁有全國著名的統計人材和會計人材,作我們的教授,畢業生很多是現在經濟機構的領導人員,有很高的工作能力。

其他各系各有特長,現在向國家建設的需要來發展,我不多説了。

我們還有四千多歷届的畢業生,他們都有科學的技術和充實的學問,經過思想改造後,在不同的崗位上都能很好的爲人民服務,這一點也是不可忽略的。

我們的體育在全市來説,無論是球類賽和各種田徑賽,也有過輝煌的成績。

這些情況,是我們每一個輔仁的教職學工,過去和現在努力的結果,這是我們輔仁發展的基礎，是我們輔仁新生的力量，我們不是誇耀自己，而是必需要正確認識自己。

當然，我們輔仁由於過去歷史的種種限制，由於我們現在的努力還不够，我們還是有着很多缺點的，比如我們有好幾個系都感到專任教授的不够，比如我們的課程還有個別的系裏不能與實際結合，比如我們的教授講助，職員工友中，還有部分的人，對新的環境和新的社會認識不足，比如我們的行政機構，雖然正在逐步的改善中，而仍不能健全，比如我們教職工的宿舍問題，尚不能很好的解決等等。 我們是還有缺點的，而且也是有困難的，我們也并不諱言這些缺點和困難。

但是這些缺點和困難，我們是有足够的信心能够改正和克服的。 主要的原因，就是因爲我們今天的輔仁已是屬於人民了，輔仁已掌握在人民的手裏，我們已有了改善和發展的足够條件，也就是説因爲我們已是公立的輔仁，所以我們才有發展和改善的可能，就只有在人民的政權下輔仁才能够獲得新生，也就是在這新生中，我們才有了充分的信心使輔仁逐步的前進。

我們同學是從各地來的，來上輔仁，就是説明了對輔仁的信任和愛戴，我們是輔仁一分子，尤其是新輔仁一分子，所以輔仁的每一事務都與自己有直接關係的，我們要關心他，要熱愛他，要隨時隨地的爲輔仁的前途着想，因爲我們每一個人都是學校的主人，既是主人，就要拿出作主人的態度，就要爲自己學校着想，就要負起把學校辦好的責任。

我們的輔仁是全國高等教育的一個單位，我們的工作是全國整個教育工作的一部分，不能把我們的責任看輕，也不要用看過去舊輔仁的眼光來看新輔仁，這和不能用舊尺度來衡量新中國是一樣的。我們也不能無中生有的，任意把輔仁加以誣衊，就是對舊輔仁的批判，也是要合乎實際情況，不能自己創造出根本没有的缺點來壓抑他。比如最近二月廿六日新民報上登了一篇文章，是我們同學自己寫的，説我們過去的中文系的國文是用英文來代替，説我們的歷史系全部中國史都是以西洋史代替，説有一個同學在宿舍大笑一聲，就以『違犯校規』，『破壞學校尊嚴』爲理由將他開除，説一個同學在課堂上畫了一個小人，就不許他畢業等等，這都是根本没有的事情，不知這位同學從哪裏聽來的。輔仁過去是有不少不合理的事情，但却不是這些。這樣的稿件，就説明了他對輔仁是没有深刻的，正確的認識。這種態度是要不得的，我們必須加以注意。

同學們！我們輔仁是可愛的，因爲我們輔仁的一磚一瓦，都是我們中國人民辛勤建設的産物，我們的一草一木都是我們全校師生員工，經過堅決的不屈不撓的鬥争，争取來的，爭取到我們自己的手裏，爭取到人民的手裏，我們每一個人，爲了輔仁基本上脱離帝國主義的羈絆，都曾盡了我們的力量，我們是不容易得來的，我們一定要繼續發揚這鬥爭的精神，來愛護他，來培植他，來建設他，使他改正以往的缺點，發揚以往的優點，使他真正能適合國家需要，能符合人民的希望，使他能在抗美援朝、保家衛國、保衛世界和平，這一偉大的鬥爭中，更好的發揮他的力量，使他能獲得新的勝利，與新的成功。

同學們，我們熱愛輔仁，就是熱愛祖國的一部分，我們辦好輔仁，不能有自卑感，要有自信心！

同學們，我們輔仁是有前途的，我們的前途和其他各個屬於人民的大學的前途是一致的，是光明燦爛的，是無止境的。同學們，讓我們共同爲這光輝的前途而努力吧！

〔一九五一年三月三日〕

慶祝三八婦女節講話

今晚是『三八』國際勞動婦女節的前夕，我們輔仁辦這個晚會，并有女附中同學參加，是有重要意義的。

在過去幾千年的社會，婦女一直是受壓迫的，在階級社會裏，婦女是最受壓迫的階層，過去的婦女，在社會上曾盡了很大的責任，作了種種的繁重工作，而社會對於婦女的待遇，則是奴隸牛馬不如的待遇，這是世間最不平的事情。婦女的能力，是和男子一樣的，但在舊社會裏，制定多少禮教，道德的理論和制度，一定要把她們關在家庭裏，使她們不能很好的發揮她們的力量，這也是舊的統治階級的聰明辦法，先把婦女的力量壓下去，則社會上減少了一半反抗他們的勢力，這是非常殘酷的辦法和制度。

但是越受壓迫的人，反抗的力量越强，婦女要求解放，是和一切革命運動相結合，一天一天的高漲。

就拿中國來説吧，中國婦女，自五四運動開始覺醒以來，她們同中國無産階級一樣，以嶄新的姿態，登上了政治舞臺，不是循着舊資産階級民主革命的道路，而是開展了中國新民主主義的革命鬥爭，在一九二五到一九二七年大革命時代，在罷工中紗廠女工，不僅占了很大的數量，而且表現了堅決英勇的精神。在十年土地革命中，農婦參加了殘酷的戰鬥。在一二九運動中，青年女學生，表現了她們的英勇。在八年抗日戰爭和四年人民解放戰爭中，廣大的勞動婦女群衆，更熱烈的支援戰爭，積極的參加土地改革運動，努力地恢復和發展生産，在各個戰綫上都創造了輝煌的成績，成爲戰勝敵人，建設新中國不可缺少的力量。

自從全國解放，中華人民共和國成立以來，由於人民獲得了政權。在中央人民政府正確領導下，婦女的政治地位空前提高，婦女參加了管理國家大事，參加了生産建設，并且加强了組織和團結，大多數的婦女，政治覺悟提高，已成了新中國建設中一枝强大的隊伍。

尤其是在最近四個月來，在抗美援朝保家衛國運動中，我們中國婦女，更熱烈的展開了支援中國人民志願軍和朝鮮人民軍的愛國活動，展開了抗美援朝的時事學習和宣傳。許多青年女學生，英勇的參加了軍事幹部學校，各地的女工熱烈的投入愛國主義的競賽，廣大的農村婦女，爲志願軍作鞋、作衣服、捐物、捐款，以支援這正義的戰爭，這所有一切都説明婦女在經濟上政治上獲得解放後，已發揮了多少年來蘊藏着的力量，負起了建設新中國和保衛和平的任務。

但是美帝國主義者，仍在堅持他們的侵略計劃，并且正在加緊進行單獨對日媾和、重新武裝日本的陰謀，他企圖驅使日本作爲侵略中國的工具，他這陰謀使我們中國婦女和中國人民加深了對美帝國主義的認識和仇恨。我們都還清楚的記得日寇對中國的暴行，日寇統治時期，我國同胞，尤其是婦女遭受了殘酷的殺害和蹂躪，過着非人的生活，我們都還清楚的記得日寇對中國婦女和中國人民的血海深仇，我們的記憶猶新，我們的創傷未復，我們不能坐視美帝這一陰謀，我們不能容忍，所以我們堅決反對美國對日單獨媾和，堅決反對重新武裝日本。

中國的婦女，在争取中國人民解放事業上，在争取全人類的解放事業上，是有貢獻的，就是説中國婦女是和中國人民的要求是一致的，一貫是積極地爲完成全體人民的總任務而努力。今年我們祖國的中心任務，是在愛國主義旗幟下，鞏固我們的偉大祖國，所以婦女的任務也就是應該和全國工人、農民、知識分子等等，在一起，盡最大的力量，爲保衛祖國和反對侵略而努力。

這次抗美援朝運動展開，四個月來我們有了驚人的勝利，但是這勝利還要繼續發揚，毛主席和全體人民已下了决心，準備在朝鮮進行長期作戰，不消滅美帝，决不罷休，這是一方面。另一方面是『鞏固』，就是説我們除了在前方争取勝利，後方支援以取得前方的勝利以外，并且在後方要加强『鞏固』，就是要鞏固人民民主專政，内容就是推進建設的速度，發展土地改革，鎮壓反革命分子，肅清美帝侵略思想影響等等。這些都是我們全體婦女，和全體人民急於要作的事情。

我們不但自己要這樣作，而且要盡可能的去影響別人，要隨時隨地鼓勵別人參加這些工作。就拿我們學校來説吧，我們大學女同學有五百〇五人，女教職工有五十五人，女附中的同學有四百九十四人，女教職工有二十六人，一共有一千〇八十人。如果平均每一個人一年可以向十五個人進行宣傳教育的話，那一千〇八十人，一年中，就可以影響一萬六千二百人，這一萬六千多人，是有很大力量的。同學們，你們一定要注意這件工作，除去自己執行婦女的愛國公約外，并且要向你們的父母、兄弟、姐妹和接近的認識的親戚、朋友們廣泛的宣傳，使他們都在抗美援朝愛國運動中，發揮出力量，這是非常必要的事情，同學們一定要注意的進行這件工作。

我們的女同學，是和男同學一樣，有很高的智慧和能力的，就如這次爲了紀念三八婦女節，一兩天的工夫，截至現在爲止，已有八系出了大幅的壁報和宣傳畫，這不但説明了自己的力量，并且也是宣傳的一種，今後仍要繼續發揚他。

我要説的話到這裏爲止。

今晚我們非常高興的請來了朝鮮人民藝術家崔承喜的女兒安聖姬同志爲我們講話，安同志今年只有二十歲的年紀，她在反對美帝國主義者侵略朝鮮的戰爭中，投入了保衛祖國的鬥争，有很豐富的鬥争經驗，今天我們一定有很寶貴的收穫，我們全體一致對她表示高度的謝意。

〔一九五一年三月七日晚〕

民盟輔大區分部成立會講話

我所了解的，民主同盟是以知識分子爲中心的政治聯盟，無論是解放前後，一貫爲爭民主求解放的事業，作着不屈不撓的鬥争，使人民陣營力量加强，并且加速了中國人民革命的勝利。尤其是解放以後，一年多，在毛主席與中國共産黨領導之下，與各民主黨派一道，在共同綱領的實施，在人民民主統一戰綫的鞏固與擴大方面，都曾作了很多工作。自從美帝侵略朝鮮，民盟在全國人民抗美援朝保家衛國的鬥争中發揮戰鬥力量，這都是很清楚的。

關於統一戰綫問題，我從前認識不够，自解放後，看見人民政府的種種措施，才逐漸明確了統一戰綫的重要。毛主席説『統一戰綫，是中國共産黨戰勝敵人的三個法寶之一』，這是最正確的，這是中國共産黨偉大的成績，也是中國革命偉大的成績，所以周總理在人民政協第一届全體會議上關於共同綱領的報告，第一個問題，他就談到『中國人民民主統一戰綫問題』，他説『在政協籌備會討論中，大家認爲在整個新民主主義時期，這樣一個統一戰綫應當繼續下去，而且需要在組織上形成起來，以推動它的發展』。現在我認清，新民主主義時代既有各階級的存在，就會有各黨派的存在。

去年十一月底十二月初,各民主黨派舉行中央會議,一致決定在本年使組織進一步發展與鞏固,在全國人民抗美援朝保家衛國的長期鬥争中發揮戰鬥力量,這是非常必要的。今天民盟輔大區分部籌備委員會成立,在我們學校來説,民主黨派的組織,還是第一次,從前我們以爲學術可以超政治的,故有黨團退出學校的要求,今日知道學術不能離開政治,所以一部論語,學而第一,爲政第二,是有道理的。今日民盟區分部在我校成立,就是説明我們輔仁已爲各民主黨派開門,今後輔仁的民主力量將要加强,而且是組織起來了,這是我們輔仁很需要的工作,因爲我們輔仁在這一方面的力量是很不够的。今天是我們學校民主力量的轉折點,我們要審慎的而且迅速的把我校這種力量培養起來,拿共同綱領去影響教育別人,團結在中央人民政府周圍,爲把我們輔仁辦好,爲抗美援朝,爲新中國的建設而共同奮鬥,這是我們應當熱烈歡迎的。

不過我有一點意見,就是希望諸位盟員,繼續發揚民盟的精神,在我們學校,除去盟内同仁,不斷地鍛煉自己,提高自己,緊密團結外,并要加强對群衆的教育,對群衆的聯系,最理想的是盟員一舉一動都能爲群衆作榜樣,千萬不要作成小圈子的團結和聯系,造成宗派分裂的傾向,這一點,我相信在中國共産黨的正確領導下,不會有的現象。但是我們在舊社會出身的小資産階級知識分子容易犯的毛病,不可不常常加以警惕,請大家指教。

〔一九五一年三月十一日〕

慶祝學生會選舉完成晚會

諸位同學：

現在第四屆學生會執委已經選出，是值得我們高興的，首先我們應當對這一屆執委就任，表示熱烈的歡迎！

我們的學生會，歷屆代表們，在我們輔仁反帝鬥争上，在發展建設上，是盡了很多的力量，而且起了相當大的作用，完成了許多艱巨的任務，這是我們應當指出的，而且應當對你們致以敬意。

就拿上一屆執委會的各部工作來説：

上學期我們輔仁，是在反帝鬥争勝利的基礎上，開展了建設學校工作，和抗美援朝愛國主義的運動。基於學生會執委、班委會執委和全體同學的共同努力，對這些工作都有很大的成績。學生會在我們取得這些成績上，起了應有的組織作用，配合當前任務，號召同學加强時事學習，作好了聯系工作，使師生間、同學間的關係，更加密切。并協助編輯了校刊，出版了快報，鼓動同學們參加了抗美援朝宣傳工作。至於文娱體育方面，生活福利方面,也都能够在配合同學們的學習上,在加强同學們的保健上,都作到進一步的開展。這些成績,使得我們的輔仁進步大大的加快了。今後應當鞏固學生會的這些成績,和發展這些成績。

爲了使我們的學生會,起更大的作用,我們還要作好以下幾件工作:

一、首先是更普遍的加强同學間的聯系,不要只看見進步的一部分,而忽略了全體。應該肯定進步,團結幫助落後的同學,共同前進。

二、更注意搞好師生關係,使師生間在互相批評,互相幫助下,真正作到教學相長,師生互助。

三、加强與校行政的聯系,及時反映同學們的意見和要求。

四、進一步的提高同學們愛國主義的學習,除去繼續發動時事學習外,并要把愛國主義學習與業務學習密切結合起來。

新的執委們,在這一學期應該不負同學們的期望,貫澈這一届學代會的精神,組織全體同學繼續深入開展抗美援朝運動,加强愛國主義思想教育。讓我們全體教職學工團結一致爲辦好人民的輔仁而努力。完了。

〔一九五一年三月十一日〕

生物系歡送四年級同學張啓元會上講話

各位先生、同學：

今天我們歡送生物系四年級同學張啓元，參加朝鮮慰問團，他是這次全國學聯的代表，秦先生對我説，這次全國學聯的代表一共有四人，這四位代表，北京有三個人，三個人裏，大學有兩個人，兩個人裏，一位就是我們輔仁的張啓元同學。這是我們非常光榮的事情，是張啓元同學的光榮，是我們生物系的光榮，也是我們輔仁大學的光榮。

我們中國，向來自大，卑視四鄰，就是不卑視的話，也用『懷柔』等字樣對待四周的鄰國，幾千年來，都是如此，沒有例外。只有今天，我們中華人民共和國，才正確的認識這個問題，才能發揮偉大的國際主義精神，才能把愛國主義，與國際主義相結合，這是馬列主義的科學思想，是中國共産黨與毛主席領導的原故，幾千年來，所未做到的，今天已能做到了，這是何等偉大、何等崇高的事情，從前把我們四鄰的兄弟之國，都説成什麽四夷，什麽『懷柔』，實在是非常錯誤，而且非常可笑的思想。

這次抗美援朝，中國人民志願軍，與朝鮮人民軍，并肩作戰，就是正確的糾正了從前的錯誤思想，是高度的發揮了愛國主義與國際主義的精神，今天我借我們歡送張啓元同學到朝鮮慰問的機會，特着重説明這一點，至於美帝的怎樣可惡可恨，朝鮮人民的怎樣可愛可憐，與乎我們中朝部隊的怎樣可佩可敬，大家都感覺到，我不多説了。

張啓元同學，這次去朝鮮慰問，是一個政治任務，這次去朝鮮，一定要把我國後方廣大人民和青年學生，對朝鮮人民的關懷，對朝鮮人民軍和我們志願部隊的熱愛和崇敬，帶給他們，把我們的抗美援朝的熱情，和努力支援他們作戰的情況，告訴他們，告訴他們的後面，是有無比的、廣大的人民力量，在支持着他們，我們是和他們的心連在一起的，使前方後方，有了交流，更可以鼓舞他們奮勇作戰，以得到我們更大的勝利。

今天我們歡送你，我們在校的師生，也在等着聽到你回來，告訴我們前方的情況。祝你勝利！祝你健康！完了。

〔一九五一年三月十二日〕

傳達北京市第三屆各界人民代表會議大會上講話

各位同仁、各位同學：

我們今天開這個會，是傳達北京市第三屆第一次各界人民代表會議的決議，報告一九五〇年工作情況，與今年的工作方針和任務。

這一屆的各界人民代表會議，是第三屆，首都的人民因爲已有過去兩年和前兩屆人民代表會議的經驗，所以開得比前兩次，更充實，更成功。首先我們可以看出，這一屆代表的人數，比以前增加了，代表中間，有百分之八十三的代表是由人民選舉的，只有百分之十七的代表，是經協商邀請的，其中只有百分之三的代表是代表政府的。人民團體所選的代表，比前屆的比率又擴大了，這就充分證明了今天的政府，是真正爲人民服務的政府，已經逐步的把國家政權，交給人民自己來掌管。其次我們説到選舉代表的方法，這次選舉的方法，在公營工廠企業和專科以上學校，是在各單位由選民大會直接選出的，與上兩屆的方法比較，在他的民主化的基礎上，也比前兩屆，更進了一步。

這一屆的會議代表，在我們輔仁來説，也有他的重要意義，就是前兩屆的會議，我們學校，只有教職員同學代表參加，而這次的會議，有我們自己選出的工人代表李成森參加，這是前兩届所没有的事情。

這次會議的主要内容，是聽取本市人民政府一九五〇年的工作報告，決定本年度的施政方針，并選舉本届的市長、副市長和市人民政府委員，我們已代表大家選出了我們的市長彭真，副市長張友漁、吴晗，以及聶榮臻等二十六位委員，他們已在三月八日就職，已開始來按照北京市二百二十萬市民的意志，來替我們辦事了，這是我們全體市民非常光榮的事情。

關於五〇年的工作報告，剛才已由徐炳鑫同學作了傳達，現在我把彭真同志的報告，關於全年施政方針，傳達一下：

今年市人民政府是做些什麽工作呢？　主要的有下面八條，包括政治、經濟、文教工作，和市政建設四個方面：

一、政治方面，包括三條：

(一)深入地開展抗美援朝運動。

(二)堅決鎮壓反革命活動。

(三)進一步建設民主政權。

二、經濟方面，一條：

按照國内市場的需要，徹底改組社會經濟。

三、文教工作方面，一條：

進一步改進與提高學校教育。

四、市政建設方面，包括三條：

(一)市政建設方針，爲中央各機關、爲生産、爲勞動人民服務，首先是爲工人服務。

(二)房屋問題。

(三)政府繼續爲勞動人民增設診療所。

現在我分别解釋一下：

一、要深入的開展抗美援朝運動，爲了把帝國主義的殘餘勢力，和殘餘的影響，在今天來説特别是美帝的殘餘勢力和影響肅清，我們必須更加普及與深入的進行抗美援朝愛國主義運動，使每一個市民，都能自覺地積極地參加這個運動，使每一個人都能够受到抗美援朝愛國主義的教育。

二、堅決鎮壓反革命活動：肅清反革命殘餘，肅清特務、土匪、惡霸和反動道門幫會，進一步來鞏固首都的革命秩序，以保障首都各項建設的順利進行，保障人民生命財産的安全。這個任務，不但是人民政府的重大任務，而且也是全體市民的任務。關於這一項，下面我還要補充説明。

三、進一步建設民主政權，就是北京市的各級人民政府，包括城區人民政府、郊區人民政府、村人民政府，今年一律要實行民主選舉。

以上是關於政治方面的。

四、要按照國内市場的需要，徹底改組社會經濟，進一步改組北京市的工業，使它面向農村，主要爲滿足農民的需要而生産，并且大力開展城鄉貿易，提高農業生産。

以上是關於經濟的。

五、要進一步改進與提高學校教育：提高中小學教育，開展業餘學校，和識字班，在業餘學校裏，增加技術教育，并且普及勞動人民的文化娱樂活動，同時注意工人和學生的保健工作，在各方面保證工人和學生的健康。

這是關於文化教育的。

六、我們的市政建設方針，仍然是爲中央各機關、爲生産、爲勞動人民服務，首先要爲工人服務。今年的財政收入雖會比去年多，但由於革命戰争尚未結束，國防建設需要加强，所以今年的城市建設經費將比去年少，在『少用錢多辦事』的原則下，進行修建和保養道路，修建下水道，并擴大自來水供水區域及防疫等工作。

七、是關於房屋的問題：現在北京房屋，因爲人口的增多，已發生嚴重的房荒現象，所以今年準備動員公私力量，爲增達一萬五千到兩萬間房屋而奮鬥，并且奬勵私人蓋房出租，以減少首都的房荒問題，這是修建房屋問題。關於房租問題，對於過高或過低的房租，加以合理的調整，要使房東有利可圖，但也不能使房客負擔過重。這一意見，我們學校也已提出，我們已把這提議帶到大會上，但在我們没有提議前，市人民政府，已經注意了這個問題，并且訂爲今年的市政建設工作的一部分，足見政府的意見，是完全代表人民的利益的。

八、是政府應繼續爲勞動人民增設診療所，應當指導、幫助并且强制三十人以上的工廠，作坊，特别是大工廠，單獨或聯合設立衛生所或小型醫院。

以上是市政建設方面。

以上就是今年的施政方針，在這些方針裏，我們可以看出，我們的市人民政府，一切措施和計劃，是完全符合人民的需要，是完全代表群衆的利益的，這也就表明了新舊社會的不同，過去的兩年，在極困難的環境下，市人民政府，完成了我們北京市人民所委托的艱巨任務，并且有了很大的成績，是值得我們北京市每一個人，所應該深深感謝而且欽佩的。

今年的經費比去年困難,而任務如此重大,但是我們可以堅决肯定有二百二十萬人民擁護愛戴的政府,是無疑問的會勝利成功,會完成這偉大而艱巨的任務。

下面我想借這個機會,着重的談一談關於我們今年的政治任務,堅决鎮壓反革命分子的問題。

關於鎮壓反革命分子,是我們今年的重要任務之一,是非常重要的一個政治任務,是人人都應當重視的,是我們每一個人的任務,我們必需肅清一切反革命的殘餘勢力。

大家都知道,美帝國主義雖然正吃了我們的敗仗;中國的反革命勢力,雖然已被我們根本打敗,但是美帝和他所支持的蔣匪幫他們并不甘心,潛伏在我國大陸上的土匪、特務、惡霸、反動的幫會道門和其他反革命分子,還在時時刻刻的千方百計的來進行反革命活動,他們在夢想着美帝國主義和蔣介石殘餘匪幫,還會『捲土重來』,他們還想隨時復辟,自從美帝發動侵朝戰爭以後,他們高興的了不得,以爲機會到了,以爲這可該是他們的世界了,於是他們伸出頭來,進行各種破壞活動,他們竟明目張膽的向人民進攻,還在搶劫殺人,破壞生産,刺殺幹部和人民,毁壞橋梁和鐵路,這種猖狂的反革命活動,是我們每一個人民所决不能容忍的。我們應當重視他,這不但是我們自己的責任,而且是我們自己的要求。除非是反革命分子,才希望我們不注意這問題。

毛主席曾告訴我們：『帝國主義者及其走狗中國反動派，對於他們在中國這塊土地上的失敗，是不會甘心的。他們還會要互相勾結在一起，用各種可能的方法，反動中國人民。例如，派遣他們的走狗鑽進中國内部來進行分化和搗亂等。這是必然的，他們決不會忘記這一項工作。我們決不可因爲勝利，而放鬆對於他們的警惕性。』

早在一九四九年九月，政協會議的時候，毛主席已給了我們這個指示，從過去一個時期中反革命分子的放肆來看，就更加顯得正確了。從以下幾件事實，我們可以了解反革命分子如何在用各種方式，從事破壞和搗亂，進行反人民的活動：

比如北京電車公司，前年作第一次百輛電車運動的時候，工人們都積極的突擊生產，因爲我們失去了對潛伏的反革命分子的警惕，被特務放了一把火，燒掉了好幾個月以來，工人們努力製造出來的電車五十八輛，造成人民的重大損失，這重大損失，就是由於我們警惕還不够的原故。同學們看，我們的警惕性不够，損失有多麽重大？這是特務反動分子們破壞生産建設的例子。

最近捕獲的湖南省零陵縣的美蔣匪幫的特務分子，乘城内軍民歡慶元宵節的時候，就是在我們鎮壓的力量使用得不够的時候，他們竟大肆放火，結果燒毁房屋五百多間，受災人民有二千多人，零陵縣幾乎半個城都被破壞，使人民流離失所，造成很多人民的嚴重災難，這災難的造成，就是我們警惕性還不够的結果。

去年十月一日的前幾天，當我們首都人民準備熱烈的慶祝開國紀念的時候，我們北京市公安局破獲了一大特務案件，特務分子李安東，被我們捕獲，在他家裏，搜出地圖、路綫圖，和許多迫擊炮，他供出，他結集反動分子，準備在十月一日，乘我們慶祝開國紀念的時候，向天安門發炮，主要的目標，就是向着天安門，毛主席所站的地位。這次由於我們的公安局工作人員，保衛工作的認真負責，能在十月一日的前幾天，破獲了這個特務陰謀。大家想一想，如果我們警惕性不够，將造成什麽嚴重的影響，特務反動分子，他們是還要作最後掙扎的，他們要違害我們勝利的財產；要違害我們的人民；并且要違害我們的領袖。我們對於國家財富，對於我們的人民，對於我們的英明領袖毛主席，是熱愛的，我們不容許特務分子的陰謀迫害，所以我們一定要克服麻痹思想，加倍提高警覺，來肅清、來鎮壓特務反動分子。

我們更應當注意的，就是還有很多特務反動分子，用種種方法，混進學校，潛伏在學校裏，進行破壞的活動，我可以舉一個最近的例子，就是我公安局最近逮捕了潛伏在師範大學的三個匪特分子，這三個人，其中一個，是混入了師範大學歷史系四年級，他曾在解放前，携帶鍘刀，暗害我革命幹部，另兩個軍統特務，假托中學教師名義，在華東考入師大工農速成中學師資訓練班，他們屠殺過我們革命幹部，一次就活埋了二十多人。這就説明我們某些學校，已被匪特利用爲潛伏和進行破壞活動的場所，這樣看來，我們全體師生員工，一定要提高警覺性，堅決與一切潛伏的敵人作鬥争，肅清反革命殘餘。

由於以上種種事實的教訓，使我們更明白了匪特分子是怎樣的用各種各樣的方法，來破壞我們，來危害我們，所以我們每一個人，千萬不可放鬆，要是對反革命分子放鬆，就是對人民犯罪，對反革命分子的寬容，就是對人民的殘忍，對反革命分子的同情，就是對人民無情，這個道理，是很清楚的，我們對祖國對人民有無限的熱愛，而不負起協同政府鎮壓反革命分子的責任，就是對祖國對人民不負責任，就是對祖國對人民的危害。

我們除去平日時時刻刻提高警覺外，并應用具體的行動來協助政府檢舉他們，告發他們。如最近北京市公安局逮捕了國民黨憲兵特務韓錫厚，就是由於市民邸正剛、全不换等的告發而捕獲的。這就説明了群衆的政治覺悟已提高，也説明了群衆密切與政府合作檢舉特務分子，這個力量是偉大的，我們應當向他們學習。

鎮壓反革命活動問題，是今天全中國人民極關心的一個問題。彭真同志向中央人民政府委員會關於鎮壓反革命和懲治反革命條例問題的報告中説：『在過去一個時期内，因爲我們還没有切實貫徹共同綱領第七條，鎮壓與寬大相結合的方針，很多地方發生了過分寬大的偏向。』『人民指責政府「寬大無邊」説，「天不怕，地不怕，就怕政府講寬大」，説「人民政府什麽都好，就是對壞人這樣客氣，看着壞人殘害老百姓，不給老百姓作主，不好。」有的工人義憤填胸地質問幹部説，「看我們競賽幾個月，特務一把火就燒完了，再不鎮壓，説什麽我們也不競賽了」，有人説「政府睡覺了，連敵我都不分。」』『我們人民都稱贊抗美援朝作的好，土地改革作得好，物價金融穩定得好，城市管理和民主設施都很好，只是對於反革命分子過於寬大，作得不好。』彭真同志説：『的確，在這個問題上，我們過去還没有作得很好，并且有一個時期作得很不好。』

人民都知道反革命分子，過去是曾欠下人民無數血債的，鎮壓反革命，人民才能翻身，鎮壓反革命，人民才能有好日子過，要徹底消滅他們，我們人民民主政權，才能鞏固，建設新中國才有保障，人民把這意見提給了人民政府，人民政府就接受了這個意見。所以這次代表會議，就根據了我們北京市全體人民一致的要求，決定要鎮壓反革命活動，肅清反革命殘餘，肅清特務、土匪、惡霸、反動道門、幫會，進一步鞏固革命秩序，以保障首都各項建設的順利進行，保障人民生命財産的安全。這是人民政府的重大任務，也是全體市民每一個人民的任務，我們必須把一切反革命殘餘肅清得幹幹凈凈。

全校教職學工們！我們爲了繼續完成我國人民民主革命的任務，爲了給我國今後大規模的建設工作，準備必要的條件，爲了鞏固人民民主專政，保衛我國人民的長遠利益起見，我們一定要堅決負起這個責任，完成這個任務。

〔一九五一年三月十四日〕

歡送林傳鼎先生赴朝

各位先生、同學：

今天這個歡送會，應該合全校來辦，一齊歡送林先生和生物系張啓元同學，因時間來不及，讓生物系和心理系各自分辦，實在對不起，我今代表全校來説幾句話。

今天我們歡送林傳鼎先生參加朝鮮慰問團，去朝鮮慰問，首先我們對林先生得到人民所給予的這一光榮任務，表示無限的高興和興奮！

這次『中國人民赴朝慰問團』是由各黨派，各社會團體所組織的，林先生是『中華全國自然科學專門學會聯合會』，就是『全國科聯』所推選出來的代表，這是非常光榮的事情，這也是我們輔仁大學的光榮。

這次我們在朝作戰，在中國人民來説，動員和思想影響是最普遍而且最深入的一次，自從美帝發動侵略戰爭以來，全國人民各方面的工作，無論是生産建設，無論是文化教育，都是圍繞着這一中心，我們的前方和後方是密切的聯系着的，前方的勝利，就是爲了我們後方的鞏固，後方的鞏固，也增加了前方勝利的條件，前方的英勇作戰，就是保障我們後方的生産建設，後方的生産建設，也就支援了前方更加勝利，總而言之，前方後方是一個整體，都是爲了保衛和平，争取和平，都是爲了争取人類的幸福美好前途。

因爲前方後方不可分開，所以前後方的交流，是很重要的，前次中國人民志願軍代表們回國，只在北京就作了四十五次報告，向我們後方的人民報告了我中朝部隊艱苦英勇的作戰情况，給予我們後方人民很大的教育和鼓舞，更提高了我們的生産學習的情緒，更增加了我們對支援前方的熱情，更加强了我們抗美援朝的决心，這是非常必要的。

這次的『中國人民赴朝慰問團』，也要起着交流的作用，前方在冰天雪地與敵人艱苦作戰的指戰員們，得到祖國人民的慰問，看到祖國的弟兄們，無疑的會增加很大的慰安，聽到祖國熱烈的廣泛的展開抗美援朝愛國主義的運動，聽到我們熱烈的尊崇他們，支援他們，一定會更加强作戰的决心，和勇氣，這是會對他們起着鼓舞的作用的。

我們相信林先生會完成了這個光榮使命和任務，并且林先生是心理學專家，在心理方面的研究，是很有成績的，是中國心理學的後起之秀，這次代表『全國科聯』去朝鮮慰問，不但可以慰勞在朝英勇的中國人民志願軍，而且還可以在進行慰問的時候，對於中國人民志願軍，和朝鮮人民軍，以及朝鮮人民的心理情况，思想情况，調查研究一下，匯集一些材料，對於抗美援朝愛國主義的教育,是有極大的幫助的。在這方面,林先生一定會有很豐富的收穫。

謹祝林先生勝利成功!

〔一九五一年三月十六日〕

爲貿易專修科開學講話

諸位先生、諸位同學：

今天是我們貿易專修科的開學儀式，貿易專修科，是貿易部委托我們輔仁大學辦的，是爲了短期培養國家所需要的會計人材，我們的計劃是分會計統計組，國外貿易組，國內貿易組，三組。現在先開會計統計組一班，將來我們還要繼續擴充。

我們中國自從解放兩年來，無論是經濟、政治、軍事、文化教育，各方面都上了軌道，現在我們的中心工作，除去繼續開展抗美援朝愛國主義運動外，并且要大力的從事建設事業，從事建設事業的基本條件，就是要大量培養專門人材，毛主席提出的三年準備，十年建設，在三年準備期間，最重要一條，就是培養國家所需要的建設人材，我們的建設人材，是各方面都需要的，而且是目前很迫切需要的。除去各級學校正規的加强教育外，一定還要普遍開設短期的專修科。關於這一項，教育部已和各部門，有計劃有步驟的加强聯系，計劃着普遍設立各種專修科，我們貿易專修科，就是在這種情況下設立的。

我們的貿易專修科，是輔仁大學的一部門，政治課程，體育課程，以及膳食等等，都是和輔大的同學在一起，昨天已由我們學生會經濟系同學和貿易專修科同學聯歡，并參觀了學校各處，這就是聯系的開始，今後我們還要緊密團結，共同合作，團結像一家人，像我們輔仁大學的每一個同學一樣，不要有作客的思想。

還有一點，諸位同學要特别注意，就是關於學習的事情。諸位都知道，我們從前的教育，常常是所學非所用，所用非所學，現在教育的内容，是爲了配合國家建設的需要，而學習的同學們，是爲了將來擔負起建國大業而學習，從前是自由散漫，如野草亂生，現在不管是教學，還是學習，完全是有計劃有步驟的，這就是因爲我們有統一領導，我們的目的完全一致，既然人民需要我們學習，而且是人民供給我們學習，有這樣好的條件，有這樣好的環境，那就不容我們不加倍努力，就要有一個正確的學習態度。從下星期一起，我們就要正式上課，一定要在這學習的開始，建立一個很好的學習態度，并遵守學習制度，要時時記住學習是爲人民，學習是爲建設新中國，人民的希望這樣殷切，建國任務這樣重大，是不容許我們不加倍努力的。諸位同學要認清楚自己的責任重大，希望你們很好在這兩年裏，完成學習任務，謹祝諸位身體健康，學習努力！

〔一九五一年三月十七日〕

傳達錢俊瑞部長傳達周總理報告後講話

目前的形勢和我們的工作分兩大部分：

（一）關於抗美援朝愛國主義運動。

（二）毛主席提出的三年準備，十年建設。

抗美援朝愛國主義運動可以分爲兩方面：

（一）勝利。

勝利需要只有一條

長時間。

（二）鞏固。

鞏固分三方面：

（一）肅清美帝侵略影響。

（二）肅清國内反動分子，加强人民民主專政。

（三）鞏固表現在建設上，經濟、文化、國防、土地改革、工商業等等。

廣泛運動要連下列兩種人參加:

(一)分得地的地主

(二)未殺掉的特務分子

實行愛國主義教育内容有六點:

(一)首先堅決反對帝國主義的侵略。

(二)保護中國勝利果實,保護中國人民的安全。

(三)堅決擁護新民主主義、共同綱領,鞏固與擴大人民民主專政。

(四)要熱愛人民,熱愛祖國,把中國歷史上人民的貢獻發揚出來。

(五)堅決擁護中國與蘇聯,與各人民民主國家的聯合。

(六)强調我們是前進的,現在是新民主主義,將來是社會主義。

關於三年準備工作分兩題目:

(一)三年準備工作的基本條件。

(二)準備工作最主要的内容。

三年準備工作基本條件有二：

（一）抗美援朝愛國主義運動。

（二）土地改革。

準備工作最主要的內容有三：

（一）加强城市工作。

（二）加强調查研究，勘察統計。

（三）準備幹部。

準備幹部工作分三方面：

（一）培養工農知識分子。

（二）提高教員政治思想和專門技能。

（三）加緊培養青年幹部。

以上是三月六日錢副部長在教育部傳達周總理三月三日的報告，教育部指示我們回校傳達，傳達後由教職員各學習小組負責的認真的進行學習討論，關於討論的問題，尤其要注意今後的宣傳教育群衆問題，和關於課程、教材、教育制度問題等等，希望大家根據剛才的報告,嚴肅的詳細的討論,有什麽具體意見,由各組長匯集起來,以便總結報部。這次去聽報告的,除行政負責人外,還有各系系主任,我的傳達,如有錯誤或遺漏的地方,希望諸位先生加以修正和補充。

〔一九五一年三月十九日〕

本校傳達北京市區人民代表擴大協商會議講話

各位先生、各位同學們：

我感到非常光榮的參加了二十四日（上星期六）的北京市、區各界人民代表擴大聯席會議，我參加這個會議有兩點感想：

（一）堅決鎮壓反革命分子的問題

我常常想過去的一貫作惡，罪不容赦的特務，惡霸，土匪，反革命分子，解放以後怎樣處理了，尤其對於解放前殘害學生，阻止學運的特務分子，究竟怎樣處理了，始終是得不到解答。

大家都還記得，當時北京的愛國學生們，爲了反飢餓，反迫害，反美扶日，抗議美軍暴行，曾經轟轟烈烈的舉行過許多次示威大游行，但是每一次的正義行動，都受到特務的阻撓。解放前，尤其四七年四八年，他們橫行霸道，到處行凶，鎖封學校，設立特刑庭，開列黑名單，捕去愛國學生，酷刑毒打，甚至於秘密屠殺，將進步的愛國的學生，叫『匪諜學生』，『職業學生』，造成了多次震動全國的血案。

四八年八一九以後，他們更百無憚忌，進行五千人大逮捕，當時恐怖威脅着每一個教授和同學，人人都隨時有被捕的可能。這數不完的罪行，仍然清楚的在我們的記憶裏，這些首惡的特務分子，不加以懲治，是我們不能甘心的。

這次的會議，我們不但聽了受迫害的人的控訴，而且親眼看到了這些與人民爲敵，手上塗滿了人民的鮮血的反革命分子站在人民的面前，受到應得的裁判，他們『面色如土』『混身發抖』，他們當年製造血淋淋罪行的威風，不復存在了，現在是他們償還血債的時候了。

把他們槍斃，是他們應得的懲治，把他們處死，才是我們最痛快的事，是最對人民最仁慈的事。

（二）對人民政府的感謝和擁護

我們堅決鎮壓反革命分子的目的，是什麽呢？就是爲了廣大人民的利益，爲了保衛革命的勝利果實，保護人民的生命財産的安全，鞏固人民民主專政，并且爲保衛經濟建設，爲我國今後大規模的建設工作準備必要的條件。所以必需堅決、澈底、幹净、消滅這些反革命分子。鎮壓反革命分子，是我們人民的一致要求，而我們的政府，就按着人民的要求，這樣做了，彭真市長在這次會議上説『我們是大家選舉出來的，是大家委派的，我們是大家的勤務員，我們是在毛主席領導下的人民勤務員，你們大家要辦的事，我們一定辦，你們不贊成辦的事，我們一定不辦。』我當時聽了，萬分感動。

我們常常唱『解放區的天』的歌，說『民主政府愛人民，共產黨的恩情說不完』，就是這個意思，人民政府所有的措施，那一件不是按着老百姓的利益辦的，這次鎮壓反革命，就是『民主政府愛人民』的具體表現之一。

我們有這樣好的政府，有這樣好的工作人員，我們一定要熱烈的擁護和愛戴。我覺得我非常光榮的活在這偉大的時代——活在毛澤東的時代，今後一定要加緊學習，積極工作，來表示對於人民政府的擁護和愛戴。

〔一九五一年三月二十七日〕

校委會第四十一次會議上講話

我們的校委會,是一月十二日開過的。這兩個月來,因爲我們校委張、柴、魏三先生參觀土改,林先生慰問朝鮮,校長辦公室主任秘書,原請賈先生擔任,已得教育部許可,正擬建立人事制度等等,賈先生又因體育會事赴印度,人少事多,忙不過來,是以久未開會。

在一月二十七日,我們曾經發過通知,爲了『了解各工作單位工作進行情況』,請各系、各工作部門、各附屬單位,作一總結,總結在二月底才全部交齊。

關於總結的内容,各工作單位除將工作進行情況,指出優點缺點外,并且有很多部門,提出他們所存在的問題和困難,這些問題和困難,有一部分,已經得到解决,有一部分,還没有進行。

各單位所提的問題,系裏大部分是專任教授少,已有的專任教授教課過多,有些系助教也少,有些系要求添設研究室,培植研究生,有些系提出專任教員有宿舍住的太少等等。其中最嚴重的問題,就是教授少,需要大量添聘,關於這一問題,我們十二系中有七系提出,這是急於需要解决的問題。又專任教授擔任課程九小時,没有時間學習和自修,及與同學們聯系上都有妨礙，也是急待解決的問題。這兩方面，均應當注意，其中專任教授不足，是各學校普遍存在的問題，現在教育部統一領導。我們學校自改公立後，已有了改善和發展的足夠條件。

關於助教和研究生的問題，上星期教育部召開高等學校教務長的會議上，大概已有了統一的規定。

研究室、辦公室房屋的不够分配。正要通盤籌劃。宿舍問題，我們也正在着手辦理。各工作部門所提問題，也大多數是工作人員不足，房屋不够，如圖書館提出的閱報室太小，體育部提出的設備不足，事務組提出的業務太忙，人位不足等等。

種種事務方面的意見，當交各負責的部門，商議辦理。總之，很多現象，都是由於我們學校過去的歷史關係，過去我們中國人不管事，不能自己管理，造成許多不合理的現象，現在我們要在這舊基礎上發展起來，所以問題很多，經大家提出後，幫助校行政共同解決，這是非常好的，而且是十分必要的事情。

我校自從接管後，在各方面都有了一些成績，今後要在已有的成績上，再向前推進，我們一定要遵照周總理的指示『只準辦好，不準辦壞』，這是我們大家的責任，本人能力薄弱，希望大家協力，無論是對行政的，或是對那一個部門的，有什麽問題，都請盡量提出來，多多發表意見，我們好加以研究，以期改進。

至於我們學校目前最重要的任務，應遵照一月廿三日及三月六日錢副部長所傳達周總理的兩次報告的指示，也就是當前全國的總任務，就是深入和普遍的進行抗美援朝愛國主義教育的問題。今後在外面學校應當如何貫澈這個政治思想教育，如何將愛國主義貫澈到各系的功課裏，貫澈到各工作單位裏。這是一個特別重要的工作，校行政的領導精神，今後也就是在這總任務下進行，一切工作都要圍繞着這一個中心任務，離開這一中心，就是犯了錯誤。各位先生在這一問題上有何意見，也望提出，我們大家討論研究。

〔一九五一年四月二日〕

擴大校委會上講話

——號召展開抗美援朝工作

昨晚我們校委會，決定今晚召開擴大會議，今晚召開擴大會議的意義，就是討論我們學校目前最重要的工作問題。

中國人民抗美援朝總會，在三月十四日發出通告，號召全國人民響應『世界和平理事會』的決議，并在全國普及與深入抗美援朝運動，提出了『務使全國每一處、每一人，都受到這種愛國教育，都能積極參加這個愛國行動。』

三月廿八日教育工會北京市委會，和北京市學生聯合會，爲了加强抗美援朝的愛國主義運動，召開聯席會議，決定今後各校教職工與學生密切聯系，統一教育工會與學生會的行動步驟。我們先生們和同學們一定要『站在抗美援朝運動的最前列。』用實際行動來響應這個號召。

關於抗美援朝愛國主義運動的問題，意義的重要，諸位先生們，都比我了解，上次我們傳達周總理的報告，已經説得很清楚，在這次北京市市、區各界人民代表擴大聯席會議上，彭真市長的報告,也已説得很明白,就是説我們要作好毛主席和全國人民所決定的『三年準備,十年建設』的工作,三年準備工作的前提,首先就是把抗美援朝運動作好,抗美援朝運動作得好,才有勝利和鞏固,才能爲今後的建設工作準備條件,不然,一切工作,都無從談起。關於這一點,大家都已認識,問題就在於如何進行這個工作,和我們自己要在這個運動裏,起什麽作用。

周總理説過『每一個大學生,要宣傳二十個人。』這樣,每一位先生的工作任務,就更加重大了。我們不但要自己先認清這運動的意義,自己能帶頭參加這一愛國運動,而且還要負責的教育每一個同學,使同學們也都捲入這一個運動,并且還真能作到宣傳别人,這是抗美援朝運動普遍和深入的重要條件。

同學們對先生的言論行動,都是非常重視的,他們常常學習先生們的行動,跟着先生的行動走,越是得到同學愛戴的先生,就更應當密切注意這一問題,所以先生們努力推動抗美援朝運動,積極地以實際行動教育同學們,對這運動的展開是有很大效力的。這一點上,希望我們各位先生,尤其是各系主任先生負起責任來,領導大家,認真來作。

再説到我們輔仁,我們學校在抗美援朝運動上,是有了一定的成績的,無論在學習中,在宣傳中,在準備工作中,很多教員和同學,都得到很大的教育,思想上都提高了一步,雖然在業務方面有些耽擱，但是值得的，而且是必要的，實際的收穫是比不停課還要多。這有具體的事實可以説明，上次在這運動前，有一部分先生和同學，在思想上不够明確，認識不足，認不清當前的任務，所以不知爲何而教書，爲何而學習，等到自己親身參加了這一運動，認識提高，認清教書和學習的實際目的，於是在運動轉入正常後，工作和學習上都積極起來，情緒都普遍提高，這就可以證明停了些課，不但没有影響學習，而且提高了學習，這就是在抗美援朝運動中重要的收穫之一。

現在爲了響應抗美援朝總會的號召，經過教育工會北京市委會、北京市學生聯合會的聯席會議上的決定，北京全市的各大學師生，都積極的準備起來，并要利用春假時間深入農村宣傳，我們學校爲了熱烈的掀起這一運動，春假雖已放過，但是根據我們上次的經驗和成績，我們認爲必要的時候，停一兩天課，還是必要的，還是值得的。并且爲了更好的開展工作，昨天的校委會上，已經議决本學期期中考試决定停止，以免爲了純考試的觀點，影響工作的展開。

所以我現在提出兩點，在這運動中，應當注意的問題：

(一)要注意肅清『純技術』的觀點，不要以爲必要的時候停一些業務，是損失，這不但不是損失，而且正是一個收穫，在這問題上，有很多人搞不清，生怕耽誤了功課，有個别的人還以爲應當安心讀書，不應當參加政治活動，他没認清參加抗美援朝運動，也就是爲了鞏固安心讀書的美好環境，抗美援朝運動作得不好，不積極反對美帝重新武裝日本，不堅決擁護世界和平理事會的決議，怎麽能够争取持久和平，如果各國人民自己不將維護和平的事業擔當起來，那麽連安心讀書的『環境』都没有了，還談什麽安心讀書呢？所以我們不能把抗美援朝宣傳，看成一個孤立的任務，一定要認清愛國宣傳是與各項實際工作任務相結合的。如果有人對抗美援朝運動，表示消極、冷漠，這就無形中打擊了同學的情緒，并且間接就是阻止了抗美援朝運動的進行和開展。這是第一點應注意的。

（二）密切注意，不要使有的個别同學，在别人熱烈展開宣傳運動的時候，認爲這是一個玩的或是休息的好機會，借着這個機會、自己大玩一陣，一定要使每一個同學都捲進這個運動中，才算作得成功。這也是要特别注意的一點。

我們爲了很好的響應這一號召，爲了把這運動作得更好，所以要根據我校實際情况，研究一下，抗美援朝運動如何在我校展開。怎樣製定一個具體計劃。先生同學之間，怎樣配合工作，等等問題，希望諸位盡量提出意見，我們大家來商議來討論。

〔一九五一年四月三日〕

號召同學加强時事學習講話

諸位先生、諸位同學：

爲了加强各高等學校教職學工的政治教育，教育部召開了一個座談會，我們學校的教務長，工會學生會代表，和政治課主要負責的教師，都被邀參加，討論關於時事學習的問題。在這座談會開過以後，三月二十日我們學校就在教務長領導下，由工會學生會代表，政治課教師，和黨團代表，組織起我校的時事學習委員會，籌備推動時事學習的初步計劃。

我們爲了更深切地了解目前形勢的特點，爲了更清楚的認識我們祖國最凶惡的敵人——美帝國主義，一定要加强時事學習。以往我們的時事學習是有收穫的，經過時事學習，以前對帝國主義侵略，存在着麻痹思想的人，警覺起來，以前對美國主義抱有幻想的人，開始有了正確的認識，有親美的反動思想的人，這思想受到了重大的打擊，有崇美、恐美的糊塗思想的人，也得到糾正，而原來政治覺悟較高的人，則在時事學習中，更加有了明確的奮鬥目標。總之，經過時事學習後，大家在思想上都進一步武裝起來。我們同學，激昂奮發的參加了軍事幹部學校，留校的同學，積極的加緊學習，在智、德、體三方面努力鍛煉自己,就都是在政治學習中認識提高的表現。

我們的工友,經過政治學習,思想也都提高,比如二院的工會第三十八小組,爲了抗美援朝,展開愛國工作競賽,緊跟着第三十九、二十六、三十六各小組紛紛應戰。保證今後把工作作好。這都是政治認識提高的實際表現。

但是我們不可以滿足於已有的成就,恰恰相反,爲了使我們更有力量與凶惡的敵人作鬥争,爲了使我們更認清當前的國際情勢,我們就一定要把政治覺悟,更加提高一步,所以我們還應該加强我們的時事學習。

我們學校,爲了響應中國人民抗美援朝總會的號召,爲了展開抗美援朝愛國運動,前晚我們召開了校委會擴大會議,討論如何把這運動作得更好,討論同學與先生們的工作怎樣配合的問題,會上諸位先生都熱烈的發言,有的先生説:『過去工作,同學們走在先生的前面,這次先生要很好的動一下,要以身作則。』有的先生説:『純技術觀點是錯誤的,參加抗美援朝運動,對學習才有幫助。』有的先生説:『要運用各種方式,來進行抗美援朝教育。』等等。這幾天我們也都看見,我校的天主教徒們,一致表示,要與全校教職學工團結起來,在偉大的愛國主義旗幟下,繼續普及深入開展抗美援朝運動,這樣熱烈的情緒,説明了在抗美援朝運動裏,誰都是不後人的。

可是爲了工作進行得更好，爲了更清楚的了解堅決擁護世界和平理事會的決議，和反對美帝重新武裝日本的意義，爲了對當前局勢，更進一步明了，那我們一定要加强時事學習。平常有一句話，説『識時務者爲俊傑』，對當前時事完全不明白，或了解得不够深入，就是『不識時務』，那麽空有抗美援朝的熱情，也是没有基礎的，一定要從根本上認清了我們的時代，才能建立起我們必勝的信心，才能使自己有明確的方向。

現在我們的時事學習委員會，已經組成，馬上就要開展起來，希望我校教職學工，認真學習，從學習裏提高自己思想，來有計劃的進行抗美援朝的工作，不要不重視時事學習，一定要把時事學習和業務學習看成一樣重要。

今天我們非常榮幸的帶來了中國人民抗美援朝總會宣傳部副部長廖蓋隆同志給我們作『關於普及和深入開展抗美援朝運動』的報告，這就是時事學習的重要一課，廖同志的報告，對我們一定有很大的幫助，現在我們歡迎廖同志給我們報告。

〔一九五一年四月五日〕

輔仁區天主教三自革新運動講演大會上講話

今日輔仁區的天主教徒,開三自革新運動講演會,特請北堂李副主教、南堂劉神甫來講話,他們講的太好了,太動聽了,我盼望他們的話,不限定在今天到會的教友裏能起作用,也盼望在今天没到會的教友中能起作用。

我是一個非天主教徒,但因爲研究宗教史,與天主教有極深厚的友誼,聽見天主教有這種革新的運動,非常高興。大家讓我來講幾句話,我在這些位講話之後,有什麽話可講呢? 我想簡單説一句話,請大家指教。我所要説的,就是『與帝國主義斷絶關係』一句話,叫你與帝國主義斷絶關係,未曾叫你與羅馬教廷斷絶關係,如果叫你與帝國主義斷絶關係,你就當是與羅馬教廷斷絶關係,這就是大錯了,這就是教徒們自己當羅馬教廷是帝國主義了。你承認羅馬教廷是帝國主義嗎? 如果不是的話,爲什麽你不肯與帝國主義斷絶關係呢? 這種錯誤的看法有兩原因,一是因爲不明白,把羅馬教廷與帝國主義混在一起,這是無意的錯誤,一是因帝國主義者利用羅馬教廷作掩護,故意把帝國主義與羅馬教廷混在一起,這是有作用的,有計劃的,有陰謀的錯誤,教徒們不要上他的當,就應該立刻覺悟起來，與帝國主義斷絶關係，尤其是與美帝國主義斷絶關係。偉大的毛主席，不會騙你的。共同綱領，規定宗教信仰自由，你看現在中華人民共和國的少數民族，各式各樣信仰都有，那一個不尊敬毛主席呢？那一個不熱愛中華人民共和國呢？共産黨毛主席的英明領導，是不會有錯的。請你們放心與帝國主義斷絶關係吧！我的話完了。祝你們今天的會勝利成功！

〔一九五一年四月十四日〕

校委常委會上講話

今晚我們會上，所準備討論的，是關於政法學院的問題。在十四日（上星期六）教育部召開了一個會議，主要就是因爲目前國家需要大批政法方面的幹部，爲了供應國家的需要，所以準備大量培養這方面的人材，和各大學商議，希望各大學考慮增加這部分，這是目前國家急迫的需要，是一個光榮的任務，看看大家有什麽意見。

如果我們分擔了這個任務，關於師資方面，是由各機關負責政法同志兼任課程，并調動舊的師資，在各大學組織一下，共同進行課程的研究，作出新的教學辦法和方針，關於經費圖書等等，由政府統一籌調，自然都不成問題，目前所存在的，就是校舍問題，開始時準備招三四百人，我們現在的校舍，已非常不够用，教職工還大半没有宿舍，成嚴重問題，辦公室及研究室等等，都不够用，但是爲了分任這個重要任務，同人願先其所急。

統戰部崔月犁同志前傳達彭真同志的意見，也提到辦政法學院的問題，并談到在城外的學校，因爲師資的關係，往返上課不方便，我們學校比較合適，并且我校發展重心，尚未明確規定，可否即以政法方面，爲我校重點發展等語，這話目前尚談不到，將來教育部會徵求我們學校意見的，請大家考慮考慮。

〔一九五一年四月十八日校委常委會上〕

新校委會第一次會議上講話

今天是我們校委會改組後第一次開會，原來的校委會，是在一九四九年六月成立的，當時解放不久，一切都還未就緒，那樣一個校委會，是很符合當時的需要的，而且在成立以後，在我校行政上，和在與帝國主義作鬥争上，校委會確實曾起了一定的作用，我們應當肯定的説，舊校委會是有成績的。

按教育部高等學校暫行規程第二十六條規定：『大學及專門學院，在校長領導下，設校務委員會，由校長、副校長、教務長、副教務長、總務長、圖書館長、各院院長、各系主任、工會代表、學生會代表組織之。校長爲當然主席。』當時因爲條件不足，未便及時改組，現在我們學校接管已經半年，校務等等，漸入正軌，而我們的舊校委會，没有工會代表，而且各系系主任，也未能盡包括在内，爲了適合現在的需要，一定要成立新校委會。

舊校委會上次會議，已提出從新改組的問題，大家都認爲目前已需要改組，當即通知工會，選出出席代表，現在工會已選出葉蒼岑、賈世儀、朱乃鑫、李成森四位先生爲出席校委會代表，於是我們新的校委會就正式成立。

今晚新校委會第一次開會，新校委會的產生，是一件大事情，對於推動校務和種種工作，都是很重要的，新校委就是新的力量，首先我們先歡迎新校委的參加！

周總理給我們的指示『只準辦好，不準辦壞。』在『三年準備，十年建設』的過程中，我們的責任是很重大的。我們大家的目的都是一個，就是『如何把我們輔仁辦好』。因爲我們目的一致，所以我們的工作方向，工作目標都是一致的，爲了勝利的完成人民交給我們的這重大任務，我們一定要『同心共濟，緊密團結』。

新校委會的成立，就是學校的新力量，今後有什麽事，大家商量着辦，各位先生有什麽意見，也希望盡量提出，大家負起責任來，事情就好辦了。雖然是校長負責制，所謂『負責』，也就是多多聽取大家的意見，按着大家意見來辦。今晚的會議，還有一重要問題，需要商議，此外大家有意見，當然也可以提出，但不一定在今天的會上决定，今晚如果不談，各位先生可以會後多考慮一下，有時間的話，可隨時找我來談，没有時間，可以用書面提出，我集中一下，能辦的就馬上辦，或下次校委會我們再提出討論。

（一九五一年四月十九日）

中蘇友好協會輔仁大學支會改選講話

今天是中蘇友好協會輔大支會第四届會員代表大會,首先我們要對新選出的代表們表示歡迎。

我們應當肯定的説,上一届各位代表們,尤其是全體幹事們對於中蘇友協的工作,作得是有成績的,全體幹事,都熱心負責,努力工作,在配合全校的教職學工的學習上,在同仁們同學們的思想上都有不少的幫助。

現在世界局勢迅速的發展,在帝國主義瘋狂的、露骨的,向我們侵略、進攻的時候,我們中蘇兩大國友好合作的意義,就愈加顯著了,中蘇友好是和平民主最堅强的堡壘,是世界和平的萬里長城。就因爲中蘇的友好團結,帝國主義陣營才有所顧忌。尤其是去年中蘇友好同盟互助條約的簽訂,更保證了我國人民一定能够徹底打垮美帝的侵略,并且保證我國人民一定能够争得進行大規模建設工作的和平環境。

現在美帝國主義侵略强盜,爲了堅持他的軍事冒險政策,竟積極進行對日單獨媾和,與進一步武裝日本的罪惡活動,最近我們都看到了美國片面的製訂『對日和約草案』,這個草案是荒謬絕倫的，他妄想獨霸日本、武裝日本，并且準備新的戰爭。這個陰謀，是全世界人民堅決反對的。爲了制止美帝這一個陰謀，中蘇兩大國人民，必然還要更進一步加强友好互助團結合作，讓美帝國主義和日本反動派的一切侵略陰謀，在中蘇七萬萬人民的鐵拳下繼續被打得粉碎。

因此中蘇友協所負的責任就更大了，工作就更要加强，效力就更要增大，在目前普及深入展開抗美援朝運動中，就更應爲了發展和鞏固中蘇兩國的友好關係而努力。

我們學校的工會學生會的組織是相當健全的，爲了中蘇友協的工作作好，今後可以主動的配合工會學生會的工作，更多方面的進行説明中蘇兩大國團結在世界上的影響，多方面的介紹蘇聯政治、經濟、軍事、文化建設的經驗和成就。使人人認識到中蘇團結的力量，和蘇聯社會主義國家飛躍的進步。使人人都由於對蘇聯的認識，看到新中國美好的前途，看到人類光明的遠景，這是抗美援朝愛國主義運動重要工作的一部分，這是非常必要的而且急需的。爲了配合抗美援朝運動，爲了把抗美援朝運動作得更好，一定要加强中蘇友協的工作，我相信我們這一届的代表們，幹事們，一定能在以往的成績上，已有的基礎上，把工作推進一步，謹祝你們的勝利成功。

〔一九五一年四月二十四日〕

反美愛國保衛和平大會校長講話

各位同學、各位先生：

今天的大會，是『我們學校反美愛國，保衛和平大會』，這次大會的召開，是在我們學校全體教職學工團結一致，在抗美援朝運動獲得了一定成績的基礎上召開的。這大會的召開，也就説明了我們學校愛國主義的高漲，也就奠定了今後的工作基礎，而且是可以説明我們的抗美援朝運動，會有更大的更多的成績。今天我準備分兩部分來講幾句話：

一、輔仁在抗美援朝運動中，面貌一新。

二、如何鞏固并發展我們已有的成績。

一、輔仁在抗美援朝運動中面貌一新：

自從三月十四日中國人民抗美援朝總會發出普及深入抗美援朝運動的通告以後，我們學校就響應了這個號召，漸漸的動了起來，尤其是最近一個月，我校的教職學工，愛國主義情緒，空前的高漲，造成愛國主義的高漲，是和全國的，全北京市的愛國主義高漲分不開的，這些情況，都表現在什麽地方呢？ 太多了，只要我們一進到校門，到處都有這種表現。

首先是我們教職學工們，在思想上打下了基礎，聽過幾次報告後，大家思想都明確起來，毛主席所指示的『三年準備，十年建設』，進行三年準備工作，當前的三大任務，就是抗美援朝愛國運動，土地改革，鎮壓反革命分子，這三大任務是不可分開的，我們經過傳達了處理反革命問題大會，又經過幾位教授參觀土改回來的報告，再經過廖蓋隆同志的關於『進一步開展抗美援朝運動』的啓發報告，互相結合起來，於是認清了我們當前的方向，大家都自動自覺的負起普及與深入抗美援朝宣傳教育工作的偉大任務。

各系紛紛組織了宣傳隊，下鄉宣傳，到工廠宣傳，對市民宣傳，并進行對市民訪問，收到了相當大的成績，而且各系的先生們絕大多數都能參加，不但專任先生，有的系連兼任先生也全體參加，農民們的反映，都認爲『現在年頭可變了，連教授們，都不辭勞苦的來對我們講話。』這就證明先生們參加，不但對同學們起了鼓舞作用，并且收到了良好的反映，達到一定的效果。在宣傳進行前，同學們爲了宣傳工作作得更好，各系級同學，自動的加緊時事學習，以作爲宣傳的準備，并且同學們更高度的發揮了藝術的創作天才，最近編寫『活報劇』，快板，朗誦詩，拉洋片，新曲藝，利用各式各樣的形式，去進行宣傳，這都説明了大家都在思想上明確了宣傳的意義，以期達到毛主席給我們的偉大任務——每一個大學生宣傳二十個人的任務。有的系并作了抗美援朝圖片展覽，這次展覽不但是對校内教職學工，進行了宣傳，而且校外的團體，也都來參觀，得到了一致的好評。

同學們爲了表示對祖國的熱愛，并積極的學習業務，鍛煉身體，我們看一看上課的情况，看一看圖書館的擁擠，看一看每天早晨在大操場上，上早操人數的逐漸增加，都説明同學們認清了自己在祖國建設上所負的責任，同學們不但加緊鍛煉自己，而且建立起愛護公共財産的態度，如化學系訂立的愛護實驗儀器公約等等，就是具體的表現。

職員們，除去提出職員們的具體任務與工作，要以實際行動來抗美援朝外，并熱烈的展開爲我們英勇作戰的人民志願軍捐書運動，有的小組捐書達到一百本之多。

工友們，也積極的發揚了主人翁的態度，自從工會第三十八小組提出愛國工作競賽挑戰以後，得到全校各工友小組熱烈響應，紛紛應戰，熱烈的展開工作競賽，提出把工作作好，保護國家財産，精簡節約等保證。

最近兩星期來，同學們各系級，大部分都各别的舉行了小型反美愛國晚會，會上除去演出自己排編的文娱節目外，并進行對美、日、蔣的控訴，大家都建立起并增加了仇視敵人，熱愛祖國的意志，職工們也在上周舉行了較大規模的控訴會，控訴出美日蔣的罪行，有的同仁被日本帝國主義害得妻離子散，有的被害得家破人亡，説出了自己的憤恨，激起了大家報仇的決心，并堅決反對美帝重新武裝日本。

尤其使我們全校特別感到興奮的，就是我們輔仁區的天主教徒，在偉大的抗美援朝運動中，表示絶不甘心站在愛國主義運動行列之外，絶大多數的天主教徒，都認識到應當熱愛自己的祖國，認識到熱愛祖國，是不妨礙自己宗教信仰的，於是發揮了愛國熱情，參加到反帝行列，成立輔仁大學天主教保衛世界和平，反對美國侵略委員會籌備會，號召我校全體天主教徒，積極行動起來，爲了開展三自革新運動，職員們部分教徒召開了兩次座談會，天主教輔仁區會，并舉辦了三自革新運動講演會，會中着重指出帝國主義利用宗教進行侵略的陰謀，以及三自革新運動的意義，教徒紛紛表示，要堅決斬斷與帝國主義的關係，肅清帝國主義思想影響。上星期日，北京市天主教徒舉行愛國示威大游行，我校教徒，大部參加，一二院女工友和司鐸書院，都全體參加，并提出挑戰，這些熱烈的行動，説明了教徒們愛祖國的熱情。

由於參加抗美援朝宣傳運動，同學們組織了各種社團，參加各種文娱活動：新文藝研究社、話劇、京劇、新曲藝、漫畫、歌曲、舞蹈、腰鼓等各種研究小組。并不斷的出了黑板報，大字報,學習報,漫書畫,看吧! 一進我們的校門,甚至還没進我們的校門,真是琳琅滿目,美不勝收,呈現一片活潑的氣象。

爲了莊嚴的熱烈的紀念五一國際勞動節,由工會學生會領導,積極的在各方面布置起來,準備起來,教職學工各小組各系級,并保證了全體參加五一游行大示威,挑戰應戰書,每天在增加着,幼稚園的工會女會員,職員女會員,都向大家保證全體參加,職員女會員并全體參加了儀仗隊,有的組,保證學會五個歌曲。

到處都表現了我們輔仁在抗美援朝運動中,活潑的,新生的,蓬勃的,新的氣象! 我們輔仁真正動起來了,我們輔仁不斷的在發展,不斷的在進步着。

同學們! 這都説明一個什麽問題呢? 這就是説明了我們全校師生思想認識逐漸提高,認清了時代,認清了自己的責任,認清了祖國的可愛,認清了只有積極的抗美援朝,才能打垮美帝國主義發動戰争的陰謀,才能保衛世界和平。

二、如何鞏固并發展我們已有的成績

先生們! 同學們! 我們都看出我們輔仁的抗美援朝運動是有成績的,但是我們不能滿足於已有的成績。 我們還要繼續鞏固,而且一定要繼續發展,現在分三方面來説一説:

（一）我們一定要認清抗美援朝運動是長期的，是經常的，不是突擊的，并不是開一開會，游一游行，演一演相聲快板，就能解決的，那麼我們應當怎樣呢？我們每一個教職學工，必需要樹立我們學習的目的，和工作的目的，我們爲什麼要努力學習？爲誰努力學習？

同學們都是新中國的新青年，都是祖國建設中所不可缺少的力量，祖國對你的要求是迫切的，努力認真學習，就是爲了祖國，學習的目的，就是要準備隨時爲祖國服務，祖國所需要的，是使每一個青年，都教育成爲新中國建設全面發展的人材，要有科學技能，文化知識，正確思想，和健康身體。德、智、體，三者不可缺一，因此學習和鍛煉是長期的，不是一時的，是經常的，是不可間斷的。

（二）我們一定要認清抗美援朝運動愛國主義教育是具體的，不是空洞的。要把最進步的，最科學的思想，貫澈到每一種活動中間，不是只喊幾聲口號，就算完成任務，一定要不斷貫澈思想教育，提高政治理論，把愛國主義教育内容充實起來。

（三）一定要把抗美援朝與愛國主義教育，貫澈在日常活動之中，平日的行動、言語、舉止，就是説一言一行，都要和抗美援朝愛國主義結合起來，不能以爲『抗美援朝是抗美援朝』，日常活動是『不抗美援朝』，一定要經常的貫澈在思想行動中，才能培養成真正熱愛祖國的青年，才能培養成新中國建設的優秀骨幹。

認清并做到這三方面，是非常必要的。就因爲如此，所以我們的教職工的責任就更大了，我們不但要經常如此指導同學，而且要以身作則，因爲我們的行動作風，是直接關係到祖國的建設，和建設人材的培養的，這一點，同仁們都認識得很清楚，無需我在這裏多講，而且工會各小組也都根據各系各工作部門的具體情況，訂立了愛國公約，這是非常好的，因爲訂立愛國公約，就是把我們以往的收穫鞏固起來，總結了以往的成績，并提出今後的方向，訂出公約，大家督促，大家勉勵，以作爲我們行動的目標，以作爲將來檢查工作的標準，大家訂立了愛國公約，又都保證實行，既鞏固了過去，又指導了將來，這是非常必要的。

今天我們的大會上，要進行的，有控訴美、日、蔣的罪行，并進行對日問題投票，和擁護五大國締結簽名，并且訂立全校師生員工的愛國公約，通過控訴，我們回憶過去，激發將來，以過去和將來不同的對比，訂出我們目前的行動綱領，用愛國公約鞏固起來，根據愛國公約，在五一節以後，我們全校師生，繼續不斷的爲熱愛祖國，保衛和平而鬥争。這就是我們全校訂立愛國公約的目的。

同仁們！同學們！『抗美援朝，人人有責』！我們今後要進一步的努力，要作到人人學習，經常學習，認清國家政策，認清自己鬥争方向，積極參加各種活動，教師們提高教學效能，同學們把自己鍛煉成建設祖國的人材，職工們努力工作，爲教學工作準備良好的條件，天主教徒們，更積極地推動三自革新運動，堅决徹底的割斷與帝國主義的關係，肅清帝國主義的影響，我們共同訂立全校的愛國公約，共同遵守，互相鼓勵，互相幫助！

讓我們在偉大的愛國主義的旗幟下，團結前進，爲繼續普及、深入、展開抗美援朝工作而努力吧！

〔一九五一年四月二十八日〕

國際學聯執委代表來校參觀準備稿

一、解放前的情况

我們輔仁，從一九二五年開辦到現在，已有二十五年的歷史，最初我們只有一班學生，那時叫輔仁社，這一班學生，原是要作爲升大學的預料，到第二年，學校設備和學生人數逐漸增加，改爲大學，起始辦文科部分，一九二九年添設理學院和教育學院，於是有了文、理、教育三院，分爲十二系，就在這年添設附屬男中，三二年添設女附中，三七年開辦文、理兩研究所，三八年添設二院，招收女生，四三年開辦附屬小學，并添設幼稚園，這是輔仁發展的簡單情况。

我校原爲天主教會創辦，學校的行政權和財政權，一向掌握在教會所委派的帝國主義分子手裏，雖然由中國人充任校長，事實上中國人在學校裏是没有權的，事情都由他們來決定，中國人不能自己作主，北京解放前在帝國主義控制下的輔仁大學，經常的效忠於帝國主義和中國國内反動派，而且用種種方法，來欺騙中國人，在八年抗戰期間，他們秘密的與日僞合作，抗戰勝利後，又暗中與美蔣反動集團相勾結，在校内壓制進步言論，打擊進步思想，并限制學生參加反美反蔣的愛國活動。

因爲經濟上受到牽制，所以學校發展不能適合我們自己的需要，行政上由別人作主，我們全校師生得不到民主自由，思想上受到侵略，更使得我們師生意志消沉，情緒低落，有的人就埋首書齋，不問世事。

但是我們也不能不指出，就是在這樣的束縛和壓迫下，我們全校的中國教職學工也曾不斷的堅毅的和這些惡勢力進行鬥争，我們教授與同學之中，大多是具有愛國的革命的思想，雖然受着種種限制和打擊，仍是不屈不撓的破開困難，衝到歷次愛國運動的行列裏，而且我們也不能不指出，就在這樣的束縛和壓迫下，我們全校的中國教職學工，對於學術的貢獻上，對於科學的研究上，也是有一定成績的。也正是因爲我們受壓迫不自由，就更顯得我們的愛國行動，和學術研究的收穫，更是不容易得來，也就是在這樣的基礎上，我們在解放後才能團結一致，共同和帝國主義者進行堅決的鬥争，而且終於得到勝利。

二、解放後的鬥争

北京解放後，在人民政府領導下，我們師生員工的政治認識逐步提高，由於我們的共同努力,輔仁有了很多的進步,這些進步使一向壓在中國人頭上的帝國主義分子起了恐慌,認爲我們的進步,是對他們的不利,因此,他們用盡一切方法,企圖阻止這個進步。首先他們想用減少輔助經費的方法來阻礙學校的進步和發展,五〇年七月,他們更以停止撥發經費爲要挾,妄想繼續他們侵犯中國人民教育主權的行爲,但是我們解放了的全校教職學工,是不能容忍的,在我們全體教職學工,一致堅決鬥争下,在我們人民政府教育部支持下,我們得到了偉大的勝利,在五〇年十月十二日,由人民政府教育部收回自辦,輔仁從此驅逐出侵略勢力,徹底得到了解放。

讓我們來看吧!解放了的輔仁,氣象一新了,到處顯出了新生的蓬勃氣象。首先改選了學生會和工會,我們開始學習着自己管理自己的學校,并進行了課程的初步改革,減撤了不健全的系,取消了不必要的課程,增加了社會發展史,辯證唯物主義與歷史唯物主義等馬列主義的課程,加强全校師生的政治學習,各系領導上加强輔導同學的業務學習,教師們成立了教研小組,彼此研討觀摩,交換教學經驗,以期提高講授效果,改進教學方法。

同學們掀起學習高潮,經常保持着飽滿的學習情緒,自覺的維持學習秩序和紀律,職工們爲了保持學習環境,積極負責,表現了新的勞動態度。

由於我們經濟得到自主,在各方面都有了發展,各系大量的聘請新教授,增加不少新的力量，圖書館大批的購買新書籍，添置了各種體育的、醫藥的、文娱的設備，并進行修繕和準備建設新的校舍和宿舍，以擴充學校的規模。

經過抗美援朝運動，我們輔仁更有了飛躍的成長，飛躍的進步。師生們政治認識提高，愛國主義思想高漲，由於時事政治學習的加强，經過反復的争辯討論，由於自己親身參加宣傳工作和實際的鬥争，思想上明確了自己的責任，確定自己的目標，師生們檢查了并批判了親美反動思想，和崇美恐美的錯誤思想，先生們走出了研究室和試驗室，與同學們一道積極的熱烈的參加種種政治活動和社會活動，清除了純技術觀點，感情逐漸與廣大的勞動人民結合。同學們熱情的争先恐後的響應政府號召，爲了保衛祖國的安全，紛紛報名參加軍事幹部學校；留校同學，加强努力，使自己鍛煉成德、智、體三方面具備的全面人才。職工們提出了保證加緊工作，紛紛展開愛國主義的工作競賽。全校師生都審慎的訂立愛國公約，并保證實行，以無比的堅强的信心，高度發揮了愛國主義的集體精神，表現了愛國主義的行動。

教徒與非教徒之間，由於人民政府的正確方針的領導，認清我們都是爲了反對帝國主義侵略，都是爲了熱愛祖國，我們的目標一致，於是緊密團結，釋開了以往帝國主義者給造成的隔閡，共同前進。教徒們更認清與帝國主義間的鬥争，并不是反對宗教，積極熱烈地參加了三自革新運動,并在北京的天主教愛國主義運動上,起了推動作用。

總之,我們全校師生,由於脱去了帝國主義的侵略,發揮出以往蘊藏着的力量,像不能抑止住的潮水一樣,在中國共産黨的領導下,在毛澤東的旗幟下,團結一致,齊力同心,高度的積極的,發揮愛國主義思想,爲建設新輔仁,爲建設新中國,爲保衛世界和平,爲全人類幸福美好的前途,而努力奮鬥。

〔一九五一年五月五日〕

輔仁大學的歷史及最近情況

今天國際學聯執委會代表到本校參觀，本校覺得非常榮幸，本人首先代表本校全體師生員工向代表們致以熱烈的敬禮，現在把本校簡單的歷史介紹一下。

一、學校的簡單介紹

我們輔仁，從一九二五年開辦到現在，已有二十五年的歷史，起始辦文科部分，一九二九年添設理學院和教育學院，於是有了文、理、教育三院，就在這年添設附屬男中，一九三二年添設女附中，一九三七年開辦文、理兩研究所，一九三八年大學添招女生，一九四三年開辦附屬小學，并添設幼稚園，於是我們有了比較完整的大中小幼的教育系統。現在我們大學共分中文、外文、歷史、社會、經濟、數學、物理、化學、生物、教育、哲學、心理等十二系。大學學生一三二四人，教職工四六六人，男女附中學生一三〇二人，小學幼稚園學生三〇六人。

在輔仁科學設備方面也比較完備，比如我們的化學系，物理系，生物系，心理系等設備，在今天還能够滿足我們師生教學的研究和使用。

二、全校師生的反帝鬥争

我校原爲天主教會創辦，解放前學校的行政權和財政權，一向被少數披着宗教外衣的帝國主義分子所把持，他們看不起中國人，解放前他們并經常的效忠於帝國主義和中國國内反動派，在校内壓制進步言論，打擊進步思想，并限制學生參加反帝反蔣的愛國活動。

北京解放後，在人民政府領導下，我們師生員工的政治認識逐步提高，由於大家的共同努力，輔仁有了很多的進步，這些進步使一向壓在中國人民頭上的帝國主義分子起了恐慌，認爲我們的進步，是對他們的不利，因此他們用盡一切方法，企圖阻止我們的進步。

首先他們想用減少補助經費的方法來阻礙學校的進步和發展。在一九四九年將學校經費減少，一九五〇年六、七月間，他們并提出經費問題，必須在『教會代表對人事聘任有否决權』之下，才能撥付，同時提出要求解聘幾位教授，更企圖組織新校董會，更换校長，并限期答覆。而且竟在八月份起停止撥發學校一切經費，他們這種步步逼緊的向我們進攻，已使我們解放了的全校教職學工，不能再容忍。我們爲了保障我們的教育主權，同時認清了反對的是帝國主義，并不是反對宗教，信仰自由是我們人民政協共同綱領所保障的，所以我們全校師生，不管是教徒與非教徒，一致緊密的團結起來，堅決的與帝國主義分子作鬥爭，在中央人民政府教育部的支持下，我們的鬥爭得到了勝利。一九五〇年十月十二日，人民政府教育部答應了我們請求，收回自辦，我們全校師生欣喜若狂，慶祝輔仁得到新生，慶祝輔仁獲得解放，從此輔仁大學就成了人民的新輔仁。

三、我校師生在抗美援朝運動中

我們輔仁，自從人民政府接辦後，全校呈現一種新生的活躍的氣象，在抗美援朝運動裏，更繼續發揚我們反對帝國主義的精神。

由於和帝國主義者的實際鬥争，全校教職學工深切感到帝國主義者的凶狠，所以積極的參加了抗美援朝運動，教員們也和同學們一齊走向街頭，走向工廠，走向農村，熱烈的展開宣傳工作，全校教職學工熱烈的向英勇作戰的朝鮮人民軍和中國人民志願軍寫慰問信，捐慰問袋，并捐獻出金錢、書籍，還有的同學們把母親給的金戒指、金項鏈等捐了出來！當時輔大掀起了支援前綫的高潮，狂熱的展開慰勞運動！

同時在抗美援朝運動中，輔大教職學工回憶日、美、蔣迫害中國人民的暴行事實，痛恨的展開控訴，控訴他們親身受到帝國主義的迫害，如同學章士琳控訴他的哥哥死在美蔣殘害中國人民的特務機關——中美合作所中，老工友白雲瑞，他是個天主教徒，也在大會上控訴父親叔父被日帝活埋血淋淋的事實。

全校師生員工經過控訴，更加强了仇視美帝心理，就在『五一』勞動節的時候，我們全校師生參加了游行大示威，表現着熱愛祖國、抗美援朝、保衛世界和平、反對美國武裝日本的堅强決心，向帝國主義示威。我們并制定了全校的愛國公約，以警策自己，保證用具體實際行動，與帝國主義作不屈不撓的鬥争，以取得中國人民的新的勝利。

我們輔仁全體教職學工，一向是酷愛和平的，而且已保證爲争取并保衛世界和平而奮鬥到底，我們願與全世界愛好和平的人民在一起，緊密團結，爲建立和保衛全人類的和平、美好、幸福的生活而共同努力！

〔一九五一年五月五日〕

校委會上講話

——關於成立人事機構

關於人事機構的設立，是早就應當進行的。最近教育部又催促我們趕快成立起來，北京各大學有的已經成立，有的也正在準備。

我校的計劃是這樣的：

一、擬定名爲人事室，直接由校長領導。

二、人員方面擬設主任一人，工作人員三至四人。

三、所管理的業務：

（一）教職員工福利。

（二）全校安全保衛工作

（三）教職工考績及任免事宜

（四）配合工會推動教職工政治學習

（五）學校人事編制

(六)教職學工思想情況之掌握

(七)畢業生就業志願調查及新生材料之掌握

四、人事室職務很多,初成立時擬先作一些初步工作,然後逐漸擴充。

(一)學校人事編制計劃

(二)畢業生就業志願調查

(三)教職工一般情況的初步了解

我們學校人事室所管的,是大學教職學工,及中小學的教職工。

至於人事室的人選,準備由賈世儀先生負責,等賈先生回來,再商議具體的工作人選。

〔一九五一年五月十一日〕

『不容許美帝國主義利用天主教侵略中國』是全中國人民的事

——在本校天主教革新問題報告大會上的講話

我在大禮堂對輔仁大學天主教徒講話，是三月十四日，到今天整整兩個月。這兩個月我們的天主教徒大大進步了，都認清熱愛祖國并不妨礙宗教信仰了，所以我們『抗美援朝委員會籌備會』，召開的北京天主教徒愛國示威大游行和『五一』示威大游行，我們都參加了，這就是覺悟與不覺悟的差別，有人啓發與沒有人啓發的差別。

我們需知反對美帝國主義利用天主教侵略中國的運動，是抗美援朝的一部分，是抗美援朝深入工作的一部分，需要每一個教徒和非教徒緊密團結一致，來粉碎他們的陰謀。『不容許美帝國主義利用天主教侵略中國』是全中國人民的事，不但是天主教徒的事，所以我們今天請何成湘同志來作報告，要全體同人出席，不論教徒與非教徒。因爲有多數非教徒出席，所以更希望全體教徒，尤其是中國神甫修士們出席，這是我們最切身的一個運動，不能持消極態度。

又因爲有多數教徒出席，所以又希望全體非教徒也出席，固然不可借停課的機會，在外邊游游蕩蕩，也不可以認爲這個停課是與我們業務有妨礙的，我們要知道美帝國主義一日不打垮，什麼業務都談不上。

最近帝國主義分子常用『教難』等名詞，來恐嚇并蒙蔽良善的教徒，説『這就是教難，我們要爲教犧牲，將來可以入天國』。這就是帝國主義分子欺騙教徒的話，我們不要上他的當。

我們聽了這個報告之後，希望工會學生會分別布置學習，好好認真討論。

〔一九五一年五月十四日〕

〔五月十七日新輔仁第三十四期登報〕

北京市各界人民代表擴大會議上講話

爲什麽反革命分子從前敢欺壓人民，作惡多端？因爲舊統治階級也是欺壓人民，作惡多端的。政府不給良善人民作主，專給反革命分子、惡霸撑腰。

爲什麽現在能給死的報仇，爲活着的雪恨，就因爲今天的政府是人民的政府，是替我們人民辦事的，凡是欺壓人民的人，就要鎮壓。

想過好日子，就是保家，保家先要衛國，因爲國不安全，家也就没有了，衛國一定要抗美，因爲美國帝國主義不甘於我們祖國强大，要抗美就要援朝，因爲美國侵略朝鮮就是想侵略中國，所以要想不再有惡霸，反革命分子欺侮我們，我們就要人人抗美援朝。

〔一九五一年五月二十日〕

張大中同志報告會後講話

帝國主義利用天主教侵略中國，是不可否認的事實。但天主教利用帝國主義來傳教，也是事實。這只可怨天主教傳教士自己的錯誤，不能説人民誤會天主教。

試問百年來社會上有所謂『教案』，教案是什麽東西？就是帝國主義利用天主教基督教侵略中國産生的東西。這是歷史上不可磨滅的事情。我們教徒們，只可痛恨傳教士的荒謬，不能怪人。

今後教徒們應與全國人民站在一起，來反對這些帝國主義，此外并無妙法，如果你不承認天主教是爲帝國主義所利用，就是抹煞了歷史事實，就是喪失了良心，喪失了中國人的資格。

我現在願我們的天主教徒，好好自己檢舉天主教傳教士的謬誤，來團結非教徒。我又願我們的非教徒，大大打開大門，來迎接這些覺悟的教徒，共同反對帝國主義。

〔一九五一年五月二十一日〕

〔新輔仁第35期五月二十四日〕

赴川參加土改臨行前對全體教職學工講話

一、學習：我們去參加土改，主要是在實際鬥争中去學習，和勞動人民學習，以提高自己思想，鍛煉自己感情，使得自己思想感情，與勞動人民打成一片。

二、鬥争：參加土改，是進行與封建勢力作鬥争，徹底肅清壓迫了廣大農民幾千年的封建勢力，與封建制度，封建剥削作堅决的鬥争。

三、毛主席給我們分析清楚百年來中國人民頭上有兩座大山——封建主義和帝國主義，這兩座大山壓得人民喘不過氣來，這兩種勢力是互相勾結、互相利用的，我們去參加土改，爲了鏟除封建勢力。大家留在北京，進行和帝國主義作鬥争，我們的工作是不可分的，都是爲完成目前的三大任務，希望我們分途努力，共同勝利，共同成功！

〔一九五一年五月二十六日〕

〔新輔仁第36期五月三十一日〕

我參加土改所體會的幾個問題

這次我們西南土改工作團第二團,到西南來參加土改工作,全團一共有五百三十多人,分發在川東、川西、川南、川北,巴縣五個地區工作。現在已有兩個多月的時間,一般來説,工作是有些成績的。不過工作裏,還是有些缺點,因爲領導上的堅强,不斷指出,不斷糾正,我們工作同志就在不斷的糾正缺點中,也得到很大的進步。不過現在我們總團的總結,還没有作出來。今天我所講的,不是團的總結,而是我自己參加這次土改工作的體會。

我多少年來,并没有離開過城市,所以對於農村的情况,不够了解,與農民的距離,是相當大的,所以這次來參加土改工作,覺得處處都是新鮮的,學習了不少東西,得到很大的收穫。我今天談一談比較重要的幾點體會,因爲我知道的很少,體會的也比較膚淺,有什麽不對的地方,希望大家多提意見,我們再互相研究。

我的工作地點是在巴縣南泉新六村,到七月底六村工作結束,又去川西大邑縣參觀,最近回到重慶,我今天準備談三個小題目:

一、認清了地主階級的本質

二、糾正了和平土改的思想
三、關於群衆路綫的理解

一、認清了地主階級的本質

我參加了土改工作，尤其是到川西大邑縣，親眼看到地主階級的凶惡、殘酷、頑固，認清了地主階級是一個長期壓在人民頭上的統治階級，是最狡猾、最反動的階級，認清了地主階級的階級本質。

川西大邑縣，安仁唐鎮西鄉，都是土改試驗區，我們去參觀的重點在安仁，安仁的土地是相當集中的，大部分的土地，都由一姓所占有。説起這裏地主階級的剥削情况，實在是見所未見，聞所未聞的。

地主究竟是怎樣一個階級呢？

（一）地主階級在經濟上的剥削——我們要把地主作一個階級來看，就是説所有的地主，没有一個不是靠剥削而形成的，他們不勞而食，都是靠了農民的血汗，來供自己的享受，安仁和唐鎮的地主，更是剥削方式繁多，這裏的土地集中，他們用霸占，和『估買野田』的方式，把全鄉的最好的土地，都集中在自己手裏，然後再租給農民，『加租加押』，一年有大春，小春，每年大春的谷子，完全交給地主，還不够租金，還要用小春的産物來補上。解放前農民每年的勞動所得，差不多百分之九十，都交了租子給地主，自己吃不上，穿不上。押金也是特别重的。差不多一畝田押下來，比地價還高，這是一年一年加的。所以多少家庭，爲了加押，賣兒賣女，傾家蕩産，就爲了保存能有幾畝田來種。

除了加租加押外，他們收租子的時候，自己特製大斗大秤，大斗每斗十三升，到十四升，大秤一斤是二十兩。又特製機器的『風播機』，平常的風播機轉一下，裏面只扇一次，而他的風播機轉一下，裏面的機器可以轉很多圈，農民交谷子時，他們用『風播機』一轉，一石谷子就只剩下六斗，地租本來就高，用了大斗大秤，和特製的風播機，實在是雙重的剥削。

農民交租交押不够時，就得去借錢，向誰去借呢？當然有錢的只有地主，地主們於是又用高利貸來剥削農民，如唐鎮一家地主開的『同德錢莊』，就放高利貸，計算利息的方法，如一日借到一萬元，五日就是一萬三，十一日就是一萬九，這樣高的利錢，借了的農民還不起，就要把房和地抵給他，如果再還不起，『同德錢莊』後面有一地牢，就把農民們關在地牢裏，這次我們還看見了這地牢。

另有一種辦法，也是高利貸的剥削，春天的時候，地主發給農民們每家四個鷄蛋，這四個鷄蛋，不要不行，到過年的時候，每家要還四只每只四斤重的大母鷄。還的時候，不一定真還鷄，最好是還值十六斤鷄肉的價錢。

地主們還自訂有捐税，據我們隨便一統計，地主自訂的捐税，就有三十二種之多，如養鷄有鷄捐，養牛有牛捐，橋捐，公田捐，馬路捐，文化捐，電燈捐，修墳捐，子彈捐，自治捐，衛生捐，壯丁捐，碉堡捐等等，最妙的是養猪，交活猪捐，如果宰猪，要交殺猪捐，所以老百姓説，猪活着也不好，死了也不對。地主爲了販賣鴉片，可以賺錢，於是强迫農民們種鴉片，不種鴉片的，要收『懶捐』，因爲你不種鴉片，一定是懶，種鴉片的要交烟捐，烟生出青苗，地主們用極便宜的價錢，收買你的青苗，到烟收成的時候，要收割烟捐，運出去的時候，要收運輸捐。總之無往而不捐。

還有一種是『送勞動』，地主家有婚喪嫁娶，大家除要送禮外，并都去他家裏幫忙。地主『造路』了，是作『好事』，説是大家的利益，除每户拿『修路捐』外，還要農民們出修路的工人。去的時候，不給工錢，自帶伙食，自帶工具。而所謂『修路』，就是從公路上修一條路，通到地主的家門口。修墳園，修祠堂，修公館，也就是這樣修起的。修的時候，隨意圈占農民的房子和田，拉去的民工，日夜工作，因饑勞過度致死的很多。地主就是這樣無耻的騙錢勒索，農民們的血汗，真是被地主吸幹了。農民都説，『毛主席再不來，我們實在活不下去了』。

這是從經濟剥削來説，也不過只説了極少的一部分，如果細説，三天三夜也説不完。

如農民們自己説,恐怕幾年也説不完他們所受的苦。

(二)地主階級在政治上的壓迫——地主階級是一個最殘酷的,最凶狠的,長期壓在人民頭上的統治階級。大邑的地主,結合了軍閥,袍哥,慣匪,三位一體的惡勢,極端野蠻的,極端殘酷的來統治農民,他們對待農民殘酷到了極點。

如農民交租子,用他的大斗量,不够時,就隨意打、吊,或者關起來。放出來以後,還要和他算房錢,算伙食費,説你住在我的房子裏幾天,又吃了我家的飯。事實上關起農民來,就不一定給他們飯吃,餓死在牢裏的也很多。

地主家裏設有水牢,吊牢,坐牢,并且有特製的十八斤重的鐵枷,三十斤重的鐵鏈,和手銬脚鐐。至於任意打死人,是常有的事情,當地賣棺材的説『秋天來了,我們的生意就好些』,因爲秋收後,爲交租子的事情,每年不知要逼死、打死多少人。

今年秋收以後,打下的谷子,農民們堆到自己家裏,農民們都説:『這是我們多年夢想,而得不到的事情』。『這些谷子都是共産黨、毛主席給我們的』。

地主階級是和反動統治勾結一致的,在大邑縣來説安仁鄉就是大邑縣的政治中心,縣長雖在縣衙門裏辦公,而發號施令,却在安仁,所有的地主,僞縣長,僞鄉長,僞保長,都是袍哥組織『公益協進社』的社員,他們并與土匪勾結一起,土匪通過他們,才可以任意搶人,殺人。袍哥花銷很大,『公益協進社』的基金,和他們每天來往客人的吃飯,抽大烟,終日揮霍都要農民們出錢供養。僞鄉公所有鄉兵,團兵,并且駐扎在鄉裏有一個中隊,一百幾十人,用以鎮壓農民的,而養他們的這筆開銷、伙食、子彈、槍枝的費用,都是從農民身上榨取的。

農民們無論受了什麽氣,没地方説理去。有一個農民羅斯維,現在是合作社主任,因爲地主要修『公館』,他的房子被占,他搬開了,不久新搬的地方,又要修墳圈,又讓他搬,搬了七八次,地主狗腿子説『你爲什麽總搬在我要用的地方』,把羅斯維打個半死。他氣憤不過,想告他一狀,就托了他的親戚寫了一張狀紙,告到縣長那裏,説這家地主强占他的房子。過了幾天,這家地主來傳他,他一看投到縣長的狀紙,已經拿在地主手裏,結果替羅斯維寫狀子的人,和羅的父親,都被逼死。

地主階級也是和帝國主義分不開的,帝國主義利用天主教對中國侵略,而且很多天主堂本身就是地主,在鄉村裏壓迫農民,如郫縣天主堂『慎修堂』已在郫縣設立了五十年以上。天主堂占有郫縣、崇寧、温江最好的地土,有四千四百四十二畝八分田,也是靠土地剥削農民。我們去參觀,有一個天主堂的樓頂,我們上去一看,原來是個碉堡,上面的窗户,都是放槍的洞,而洞的形狀是十字架,以天主堂而設有碉堡,他的性質,就可想而知了。平日不許農民走在堂門口,老百姓都説『這不是天主堂,是地主堂了』。

(三)地主階級在思想上的統治——凶惡僞善的地主,一面殘酷的迫害農民,一方面又怕農民起來反抗,因此用種種方法,來欺騙農民,毒化農民,如提倡迷信,提倡宿命,地主們重修廟宇,誘惑農民燒香磕頭,敬神拜仙,使他們相信『受苦受窮是因爲前生没作好事』,或者相信是『自己的命不好』,告訴農民『命運是有一定的,人不能和命争』,减削了農民的鬥争反抗的意識。

有的組織道場會門,不少農民也被迫參加,受其愚弄。爲了掩飾罪惡,還要强迫農民建立紀念碑,自行歌功頌德。住宅裹并書寫匾額,『詩書門第』,『積善人家』,『福德之門』等等。又在唐鎮修造『錫燈竿』,假借『敬神消灾』,誘使農民俯首敬神,忍辱受苦,相信前生命運,不要起來反抗。

解放後,地主仍以製造謡言來威嚇農民説:『第三次大戰要起來了,中央軍要回來了,誰分了我的田,要把誰一刀刀割死』。『共産黨來了,要組織鮮花隊,要共妻』。利用這些鬼話,來欺蒙農民。可是解放後,農民們已看到種種鐵的事實,逐漸粉碎了地主的陰謀詭計。勤勞勇敢的農民,終於在共産黨的領導下,翻身起來,解除了思想上的束縛,認清了地主才是自己的生死敵人!

二、糾正了和平土改的思想

以前我們對土地改革，認識不够，以爲既是土地改革，只要把土地占有關係改一下就行了。土改法裏説得清楚，第一章總則裏有『廢除地主階級封建剥削的土地所有制，施行農民的土地所有制』。只要把地主階級的土地没收，來分給無地少地的農民就行了。何必經過『一系列的激烈鬥争』呢？這就是把土改的工作，看成了單純的『分田』，認爲把田分了，就没有什麽問題，這是非常錯誤的，所以有這樣的錯誤思想，主要的原因就是因爲不知道土地改革不但有經濟的内容，而且還有豐富的政治内容，并且也没有認識到地主究竟是怎樣一個階級。把地主階級的本質認清，認清地主階級是一個根深蒂固的不容易打垮的封建階級，而且是必需打垮，而且要徹底打垮，要想徹底打垮這樣一個階級，就不是『單純分田』『和平土改』所能解决的，就一定是一場系列的激烈的鬥争。

在工作裏，看得很清楚，凡是鬥争不激烈，地主的威風没有打下的地方，農民的顧慮就不能除掉，政權就不能鞏固，組織形式——農民協會，表面上是我們自己掌握，而實際還在敵人手裏，地主階級就隨時在準備捲土重來，進行復辟，優勢還是在地主階級的手裏。

相反的，凡是地主階級的威風被打垮，農民弟兄的政治覺悟也越提高，消除了顧慮，樹立了自己真正的政權，不然，田雖然分了，也并不等於打垮封建階級。

地主階級是十分頑固的，他們并不甘心，有的地主說：『我暫時雖忍一時之氣，終究有我得勢的一天』。我們南泉新六村，不法地主曾亞萍，是個女地主，她在減租退押後，利用狗腿子，篡奪農會，自己作農會婦女委員，指揮一切，又分散財產，破壞造謡，她在解放前，就一貫作惡，與農民作對，大家是很痛恨她的，公安局已將她押起，尚未定罪，因她懷孕，大人有罪，小孩不能有罪，故在産期，放回村中，受群衆管制，出來以後她還不老實，她造謡説：『因爲我弟弟作毛主席的秘書，所以把我放了！』村裏開村民大會時，叫她來，告訴她要老老實實，受群衆管制，她説：『現在我一定聽大家的話』。這話就是説現在没法子，至於將來那就另當别論了，那就是説他們是不甘心罷休，時時刻刻在等待機會的。

我們在唐鎮親眼看見一家惡霸地主隱藏武器的地方，一共分三個地方，一處是夾壁墻，一處是糧食倉的後面，一處是屋裏地下，地方都很嚴密，外面看不出來。將要解放時，他和他的管事一同埋藏的，共有迫擊炮三座，步槍七十餘枝，子彈幾十箱，此外又有銀元一萬個，大烟土等，地主和他管事説：『只我們兩人知道，你不可對别人説，等三次大戰起來，共產黨被打跑後，我給你一個縣長做，萬一將你捉去，也不要緊，如果打死你，我給你楠木板棺材，五十畝安家田』。就可以看出他們實在是野心不小，隨時在想向人民反攻的。

崇寧縣安德鋪，惡霸地主岳茂林，曾祖蒙等，在土改時，散布謠言，惑亂人心，説『土地改革中小女孩女人都不分田』，『中農土地要没收分配』，并且説：『今年小土改，明年大土改，改來改去，中貧農都要改光』，來破壞土改，又把持農會，并組織暗殺團謀殺我土改工作幹部。他們八個人，每人一件武器，開會商議誰殺胖的，誰殺瘦的，誰殺戴眼鏡的。後幸經群衆發覺，陰謀未遂，人民法庭開公審大會時，群衆紛紛控訴，要求控訴的有二百〇八人。

經過控訴鬥爭，農民的政治覺悟都大大的提高了一步，提高了全體幹部和農民的政治警覺性，并且清洗了農會，建立了以貧雇農爲核心的領導骨幹，打垮了以往的反動氣焰和反動集團。

由種種事實，就可以看出，地主和農民兩大階級，是根本對立的。我們進行土改就是進行階級鬥争，階級鬥争是敵我生死的鬥争，如果思想裏認爲『全國都勝利了，蔣介石幾百萬大軍都被我們打垮，現在政權在我們手裏，還怕什麽地主』，或者認爲『經過清匪、反霸、减租、退押四大運動以後，地主階級已經打倒，土改很容易進行了，』這樣的思想是錯誤的想法,是對地主階級的抵抗,估計過低,以爲地主已打倒,不用經過鬥争就可以分田,這都是把土改和階級鬥争分開來看,没有認清土改本身就是激烈的階級鬥争,這鬥争就是農民階級團結起來消滅地主階級,但是我們的敵人——地主階級是不會自動走向消滅的,一定要在土改過程裏,每一個步驟,結合鬥争,群衆覺悟逐漸提高,地主的勢力才可以被打垮。

我們是一個知識分子,如果説有一些一知半解的知識,也是僅僅限制在書本上的,没有參加過實際鬥争,對於地主階級的本質也没有認清,只認識到地主的田多,不勞動,靠農民血汗供養是不合理的,土地改革實現耕者有其田的辦法,是最合理不過,經過學習土改文件,聽過有關土改的報告,體會還是不够具體,這一次下鄉,親身參加到鬥争裏面,親自作戰,與農民弟兄一起向地主階級展開翻天覆地的翻身鬥争,親自看到地主階級的殘酷、毒辣、陰險、頑固、狡猾,認清了地主階級的本來面貌,因此糾正了對土改的錯誤認識,認清了和平土改是不可能的,和平土改的思想是不從實際出發,而和平土改的結果是爲地主階級所贊成的,地主階級會説『要得』,而表面上田分了,實際上封建殘餘勢力仍然會繼續興風作浪,農民并没有真正翻身,分的田地是保不住的。就是説如果不真正在政治上徹底打垮地主的威風,不拔掉封建的老根,雖然分了田,而事實農民在經濟上也并没翻身。

所以認爲『土改只是分田，分了田就解決了一切』的看法，是很錯誤的看法。

三、關於群衆路綫的理解

土改中，群衆路綫是掌握政策和貫澈政策所不可少的方法，土改的政策是要誰掌握呢？是工作幹部掌握，還是幹部和群衆掌握呢？如果這樣提出大家都會曉得不能只是工作幹部自己掌握，但是作起來，就往往僅由工作同志自己掌握，形成了包辦代替。我們在工作裏，就有些人自覺或不自覺的作成包辦代替，包辦村中大小事務，代替群衆進行土改。

如我們在巴縣就有過這種現象，有一個同志一去到村子裏，就按照他自己的理想，定了一套辦法，認爲自己有辦法，讓群衆這樣，那樣，把原來農會的幹部撇開不理，自己單選了幾個所謂『積極分子』，就按自己那一套幹起來，幸而在土改委員會開會時，大家幫助他給他解釋應當如何發動群衆，依靠群衆，不能自己憑主觀想出一套辦法，這是不符合群衆要求的，才漸漸有所糾正。

我們南泉新六村工作幹部也有過不自覺的走上了包辦代替的作法，如在土改初期，不深入的交代政策，不敢放手，不給農協會工作的機會，事無大小，都自己主持，甚至於連召集開會的通知，都自己去送，農民有什麽問題，不直接找農協會，而直接找幹部來解決，幹部也就不通過農協會，自己解決了。幹部一天忙到晚，甚至連吃飯睡覺都沒工夫，但根本上没有樹立農民協會的威信，結果農協會失去了作用。

開會的時候，往往由幹部講一套政策，會場由幹部主持，報告由幹部報告，講了一套後，問群衆有什麽意見，群衆都無意見，説『要得』，於是就散會。

評産時，幹部一定要跟着評産小組一起下田去評，天氣又熱，路又上坡下坡，農民們説『工作同志不要去了，天太熱』。我們工作幹部説『不去不行，不去就怕有人瞞産』。於是在太陽地裏跟着跑來跑去，其實農民弟兄們土生土長，終年在田土中工作，能産多少，很容易看得正確，工作幹部們根本也不懂得可打多少糧食，其實跟去以後，有人瞞産，他也不知道。

還有的同志評産時跟了去，結果評産時變成了看同志們的眼色行事，評好一塊田，同志們如果説『大家再考慮考慮』，大家就想恐怕嫌低了，就再提高，同志們不説話，就是通過了。結果産量評得并不準，明明事實上是工作幹部們代替群衆評的，而形式上是群衆自己評的。

又如新五村，産評得低，幹部們認爲不及『原租石』的百分之二百不够標準，其他村都評完産去會報，準備分田了，五村的産量，群衆不提高，幹部説：『評低了就不分田，别的村都已合標準去會報了』。結果不到半天功夫，産量提到了幹部的標準，下午也去參加會報。

造成這種嚴重的包辦代替，當然原因很多，但主要的原因，就是不走群衆路綫，就是因爲存在着看不起群衆，不相信群衆的思想。自己以爲比群衆高明，因此就更談不到依靠群衆，完全是依靠了自己，因此任何事情都不敢放手，就是因爲對群衆不放心，怎敢放手呢？

不放心，就是怕群衆作壞了，怕出偏差，就自己來代辦一切，偶然有事『命令』群衆去作，作出來幹部不滿意，就更不相信群衆，越不相信，自己就更包辦代替，自己越包辦代替，就更没有群衆工作的機會，於是農民自己的組織，不能發揮作用，工作同志終日辛辛苦苦，不但成了『辛辛苦苦的事務主義』，而且形成了命令主義。

於是有的同志就説：『我們一離開，農民就没有辦法了。』好像他一天也不能離開了。事實上如果工作作得好，政策明確的交代清楚，交給農民群衆自己去辦，他們是會辦的，而且比我們包辦，辦得好，根本用不着我們一天守在那裏的。

這些包辦代替的情况，有的是自覺的，有的是不自覺的，也有的人明明已犯了這錯誤，而正是一天喊要依靠群衆，相信群衆的同志。他們在理論上了解要相信、依靠群衆，而正是看不出群衆自己有解放自己的力量，而認爲群衆落後，認爲群衆『不能動，不會動，也不敢動』。

凡是認爲群衆落後的人，不相信『群衆發動起來能自己解放自己』的人，這思想本身就是脱離群衆的，脱離群衆的思想來領導土改的進行，必定造成群衆并没有真正發動，土改總路綫也不能掌握，而地主的勢力不能打垮，土改也就没有成功。

我當時曾想，大家都早已知道農民運動，是群衆自己解放自己的運動，不是任何英雄好漢可以包辦代替的，因此認清要相信群衆，爲什麽作起工作來，有這樣嚴重的包辦代替的情况呢？　原來我們小資産階級知識分子，大多是知識停留在書本上，一與群衆接觸，一與貧雇農接觸，看他們不衛生，不文明，不會説，不會寫，勉强去接近了，而心裏或多或少的看不起他們，總覺得他們不如自己高明，覺得群衆落後，而忘了群衆暫時落後，是舊制度下反動統治所造成的，於是自己站在群衆之上，命令群衆，而不是站在群衆之中來幫助群衆前進。

事實上證明，在土改運動中，凡是在工作裏真正能依靠群衆相信群衆的地區，土改工作就作得很好，群衆的階級覺悟就提高，群衆真正發動起來，農民自己直接當面的打垮了地主階級的威風，并且教育了群衆，加强了群衆的階級仇恨，經過説理鬥争大會，使地主中該殺的殺，該關的關，該清算的清算，小地主也就自然低頭，農民們也真正起來了。最後再分地，分果實，建立政權，農民才算真正翻了身，土改工作才算是成功。

這是今天我所要講的幾點，土改以後的農村，整個改變了面貌，農民們對生産積極。愛國公約，已普遍的訂立，并且認真的執行，家家提出節約、增産、捐獻的口號。組織武裝自衛隊，保衛勝利的果實。農民們對文化的要求，也非常迫切，這次我們在南泉，南泉界石鄉，有一個私立的南鳳中學，原來是由幾個大特務把持，解放後，由於同學們的檢舉，校長教務長等都是特務，已被押起來，學校的經費，没有來源，於是就組織了一個新的校董會，約請當地工人、農民、工商業，作校董，在新校董第一次會議上，（我也參加）農民們都紛紛表示：『過去地主階級壓迫我們，我們農民没有學文化的機會，今天我們翻身了，不但要把生産搞好，也要把文化搞好，我們一定要合力把南鳳中學辦好，讓我們界石鄉的青年，有讀書的機會。』他們説：『新中國的建設要依靠青年，和土改中要依靠貧雇農是一樣的』。各村農民都自動的，願意拿出錢來，他們説：『團結就是力量，我們村裏每個人拿出二升谷子，就可以有不少錢，過去把谷子都給地主了，今天是辦自己的事，誰都願意辦』。結果農民們願意出的錢數，超過了下學期，學校預訂的數目。

解放了的農民,對於新中國的前途,都看得清清楚楚,他們都努力生產,努力學習文化,努力增產捐獻,抗美援朝,總之,農村的一切都在變化着,處處都呈現着一片新氣象,正像我們離開新六村時,農民們說『你們再來時我們村子,你就不認識了』。

〔一九五一年九月十二日講〕

〔在重慶求精中學〕

我參加土改後思想上的收穫

我們這次來西南參加土改工作，一共是五百三十人，我也能有機會，加入了這支反對封建的隊伍，來幫助農民翻身，并且鍛煉了自己，提高了自己，我感到非常興奮，非常榮幸！

我這次在廣大農民向地主階級進行鬥爭之中，思想感情上，有很大的收穫，今天我只談一談關於階級觀點的問題。

近幾十年來，我自己關在屋裏，很少有和實際鬥爭接觸的機會，沒有參加過實際的鬥爭，於是沒有生産鬥爭的知識，也沒有階級鬥爭的知識，有的一些知識，僅僅是停留在書本上的，自己就局限在很狹小的範圍以内，看到當時的反動統治，對於老百姓的被壓榨欺騙，只是由於自己的正義感，深深地厭惡，感到社會的黑暗，政治的腐敗，而對於『政治』深惡痛絶，於是就躲在書堆裏，不管讀書以外的事情，就是所謂『不問政治』的態度，不與任何反動統治合作，最多作到這個地步而已。不曉得革命，不知道起來反抗，并没有因厭惡當時的反動政權，而進一步有推翻這不合理的政權的思想，我那時常常想，任你們鬧得烏烟瘴氣，我自己讀我的書,大有『兩耳不聞天下事』之感,自以爲我超然物外,不與世事沉浮,這是一方面,而另一方面,對於翻天覆地的人民革命事業,也就不知其詳,就也采取了不聞不問的態度。

解放後,經過種種學習,思想上已有所改變,但是很多革命理論,仍是局限於書本以上的,就拿土改來説,理論上雖早已認識土改之必需進行,土改後解放農村生產力,發展農業生產,是爲新中國工業化開闢道路,但是距離實際還是很遠的,我自己既不是農民,也不是地主,所以感到對土改的關係,不够親切,只是贊成和擁護土改政策的執行而已。

這次自己親身參加了偉大的土地改革運動,自己真正和農民弟兄一起與地主階級進行作戰,在實際鬥争中親自看到地主階級對農民的殘酷,凶狠,他們野蠻的,狡猾的騎在農民頭上,用種種的剥削辦法,吸盡了農民的脂膏血汗,農民終年勞動所得,百分之七八十,或八九十都要恭恭敬敬的送給地主,甚至地主掌有生殺予奪之權,農民弟兄連生命都没有保障!同時也親自看到了農民的力量,覺悟以後的農民弟兄,組織起來,團結起來,組成雄壯的堅實的陣容,向地主階級展開了翻身的戰争!就在這偉大的曲折的戰役中,我的思想感情逐漸變化,逐漸與農民的思想感情融洽在一起,充滿了對農民的愛,對地主的恨,更深一步認清土地改革是與自己血肉相關的事情，從而堅定了自己的階級立場。

我從前是存在有『超階級』『超政治』的思想的，這個思想的來源，一部分是受了歷史上所謂『隱逸』的影響，而所謂隱逸，實質上大都是在朝失意，就挂冠歸去的，在官是剥削生活，在野也是過剥削生活，如果只看到表面上，他們離開當時政府，不從他們的階級實質去看，就很容易選擇了他們的路綫，景仰他們表面的行動。這次，在進行土改的農村中，看得非常清楚，階級對立的界限，异常分明，階級鬥争是非常尖鋭的，是不可調和的，我們看到地主階級的殘酷剥削，和他的狡猾無耻，看到農民弟兄們的悲慘生活，聽到他們血泪的控訴，使我進一步的認清『超階級』的錯誤，在這兩大對立的階級營壘之間，你不站在農民階級，就是站在了地主階級，再没有第三條路可走，在我們的面前，清楚的看到：一方面是罪無可逭的地主階級，一方面是受地主欺陵的農民弟兄，你説，你應當選擇站在那一方面呢？站在地主階級立場嗎？如果對地主階級還没有深刻的認識的時候，或者會不自覺的站在了地主階級立場，認清了地主階級的罪行和他的階級本質以後，只覺得對地主階級增加了無比的仇恨，增加了消滅地主階級的决心，如果還站在地主階級立場，同情地主，那他除非是反革命分子。從前所謂『超階級』者，實在就是不願參加，或不敢參加農民的正義鬥争，取旁觀的態度，他自以爲是中立，而實際上正是有利於地主階級，至少是對土地改革，對革命事業，起了阻礙的作用。

是不是有『超政治』呢？ 我以前以爲是有的，我當時想『政治』骯髒，於是就『不問政治』，埋首著書，讀書的人，難道還與政治有關嗎？ 也并没分析所讀的書，是爲那些階級服務的書，這次參加土改，使我認清了從前不但把讀書和政治孤立起來看，而且把書籍本身也和一定的政治經濟基礎分割，從前所謂『政治』骯髒，是只看到反動的政權，而没有看到另一面，解放後，看到新社會，新政治，和新的一切，已確定了應走的路綫，已不再『不政治』，而且漸漸也參加了種種政治活動，從這次鬥争中的體驗，更明確了，所有的人，無論他是科學家，教育家，文學家，藝術家，根本没有所謂『超政治』的路綫，在階級社會裏，政治就是階級鬥争，你不是爲革命階級服務，一定是爲反革命階級服務，没有一個人是可以超政治而獨立的，就是自己説是『不問政治』的人，而實際上已和政治發生關係了。

下面我再談一談，歷史書籍，文字記載的階級性，在這尖鋭的階級對立的社會裏，歷史書籍，文字記載也有它一定的階級性，因此我就想到自己從前所喜愛的書籍，所鑽研的歷史，大多數是爲封建地主統治階級服務的，那一件是記載農民弟兄，勞苦大衆的事呢？ 幾千年來，政權掌握在地主階級手裏，不許勞動人民學習文化，文字操持在他的掌握之中，而當時的知識分子，文人墨客，或本身就是地主階級，或者是爲地主階級幫閑，他們爲統治階級歌頌盛世，粉飾太平，他們所記載的是上至皇帝，這個最大的地主，下至各地方各村子裏的各種不同地主的事迹，所歌頌的所稱贊的是他們的所謂『豐功偉績』，至於勞動人民的生産技術，是大人先生們所不屑爲的，勞動人民的生産知識，是大人先生們所不足道的，而勞動人民的生産所得，爲地主階級掠奪，享用，却是應當受之無愧，天經地義的事情，而四體不勤，五穀不分的地主階級和他們的幫閑，却是聖人君子，這無异於承認了勞動人民是天生的應當爲地主階級服務，承認了反動的統治是合理合法，而農民弟兄的革命事迹呢？則説是叛亂，是造反，是亂賊，是應當鎮壓，是應當『圍剿』的。

這次我在鄉下，看見很多紀念碑，紀念塔之類的東西，上面所刻碑文，一定是對某某人稱頌一番，説他們所作所爲如何對農民有利，而實際上這個人往往就是當地農民所痛恨入骨的大地主。比如有一個紀念碑，是爲了修堰塘，開河道，作了堰塘之後，附近的田，就可因與修水利，收成增加，於是這地主就發動民工，一萬多人，用十幾天的工夫，把堰塘修起，結果水道暢通，收成果然好了，但因爲收成好了地主就加租子，加押金，而且地主因爲田肥了，就大量的買田，把好田都集中起來，這次農民和我們說：『修堰以後，糧食打多了，租子加大了，我們的田，也都没得了。』表面上看，好像農民有利，而實在是農民更苦了。在發動民工修堰塘的時候，把附近村子的壯丁都拉來，日夜去修，不給工錢，還要自帶糧食，自帶工具，地主狗腿子，隨便打駡，堰塘修成，地主説是對農民有利的，應該建築一個紀念碑，來稱贊自己的功德，就選擇了很大一塊土地，把住在那裏的農民給驅逐走，占了他們的田和房子，修紀念碑也是要强拉民工，紀念碑修成，開慶祝大會，唱戲，農民每家出穀子，地主招待客人的酒飯錢，大烟錢，都是農民負擔的。在紀念碑上刻着歌頌的文字，文裏説：『堰成歲歌大有，各農民飲水思源，相與勒石紀念，誠盛舉也。』而農民們對我們説：『我們不知道爲什麽修碑，不知道碑上刻的是什麽，就知道修碑的時候，有十幾家農民弟兄，都被趕走，弄得妻離子散。』這就是地主所謂的『盛舉』。

我們在巴縣南泉界石鄉桂花村，看見一家地主留下的壽屏，寫着『舉凡養生送死之舉，恤老矜貧之義』等等，他都作了。於是『鄰里感德，家家稱賀』，只看文章，似乎這位先生大仁大義，人人都感激他，而當地農民説，他是惡霸地主，是農民所痛恨的地主。

我再舉個例子，我們在這個期間曾到川西一行，看到一家地主的深宅後院裏，設有公堂，設有監牢，吊打農民，殘害農民，而他們的雕梁畫棟的廳堂上，就挂滿了稱贊這位地主的『宅心仁厚』『爲善最樂』『傳經衛道』的文字，而地主們自己也就這樣説自己是『積善人家』『福德之門』，這些文字和後院的監牢，公堂，成了强烈的對比，這樣的仁厚，這樣的德善，是農民弟兄們所不能了解的，這是地主積極的『仁厚』『德』『善』，也就是由於他們如此『仁厚』『德』『善』，農民弟兄們就遭到了無情的殘害，他們所傳的『經』，所衛的『道』是什麽，也就不問可知了。

從前反動統治的幫凶和幫閑有所謂『歸田』，『歸田』的解釋，就是説不做官歸里耕田，其實那裏是耕田，不過辭官歸里，過他的地主剥削生活而已。你看陶淵明陸放翁的詩集，所説的農村生活，田園樂趣，何嘗是農民的樂趣，不過是地主的樂趣而已。成都很多大地主的别墅和『住宅』，門口都標上某園某廬的門額，其中一家門額是『農閑小憩』四個字，在舊社會裏，誰見過農民在農閑的時候，跑到城裏，住在高樓大厦裏休息，這個農閑，是地主收租子後的農閑，不是農民大衆的農閑，可見古來詩人所謂田園之樂，大都是這個農閑之類，吃不飽穿不暖的農民不會有『雲淡風輕近午天，傍花隨柳過前村』的閑情逸致的。

這就可以看得很清楚，讀歷史傳記詩文的時候，如果不用階級分析的方法去讀，就會顛倒是非。但也不是説所有的文字記載，都應當一筆抹殺，一無是處，而是説，要從新估計，在思想上與地主階級分清鮮明的敵我界綫以後，讀書的時候，看問題的時候，就會站在人民大衆一方面來正確的批判，在這一點上，雖然以前也有所理解，但階級界限仍不够明顯，觀點很容易爲『先入爲主』的一套所模糊，這次參加土改，自己的思想和農民弟兄，一同徹底翻了身，思想感情上起了根本的變化，才是真正從過去封建統治階級的騙人的書本上走了出來。

這是我這次參加土改後思想上最大的收穫。完了

〔一九五一年九月二十一日重慶人民廣播電臺廣播〕

十一　游行前檢閱講話

同仁們、同學們：

今天我們去游行，一來我們是歡欣鼓舞的慶祝國慶節日，爲我們中華人民共和國的成立二周年，爲兩年來我們祖國的偉大成就而慶祝，二來我們是向帝國主義示威，告訴他們我們中國人民有無比的力量，我們中國人民的力量是無敵的，今天我們光榮的去接受我們英明領袖毛主席的檢閱，我們要堅强的，雄壯的，發揮我們新輔仁的新力量，一定要整齊嚴肅，去受我們敬愛的毛主席檢閱！

并且以極興奮熱烈的心情，來表達出我們每一個人對祖國的關心和熱愛！

現在我看到大家精神煥發，隊伍齊整，這就顯示出我們輔仁新生後的蓬勃氣象，現在在這裏看你們，等一回在天安門前看見我們的隊伍時，我相信將會比現在更整齊更雄壯！

〔一九五一年十月一日〕

動員北京市中小學教師參加土改

一、向農民學習，向老幹部學習，不獨是幫助農民翻身。

二、改造并提高自己

（一）知識分子不與工農結合，將一事無成。

（二）教育工作者不了解工農大衆，不能很好的爲人民服務。

三、與勞動人民接觸，才能了解勞動人民的勤勞、勇敢和智慧。——如丈量田畝。

四、才會扔去自己的包袱，才會站穩階級立場，才會拋棄原來的階級。

五、書本上的農村生活田園樂趣是地主的生活。

六、我們以前與廣大群衆距離太遠。

七、要建立階級觀點群衆觀點最好參加土改。——階級立場不能站穩，或看不起群衆，不依靠群衆，在土改過程中，將寸步難行。

八、參加土改後，將對革命增加信心，對工作有所改進。

教育工作者大體有三種情況

一、對革命熱情的

二、對革命對土改漠不關心的

三、對土改還有懷疑的

〔一九五一年十月七日〕

慶祝反帝鬥争勝利一周年大會上講話

各位來賓,各位同仁,各位同學,各位校友:

十月十二日係我們反帝鬥争勝利一周年,因爲歡迎校友返校,特在今天星期日舉行慶祝,我今天講話,分三個節目。

第一個節目,是解放前後的輔仁大學。

第二個節目,是人民政府接辦後一年來的輔仁大學。

第三個節目,是我們今後應當怎樣做。

現在我講第一個節目。

一、解放前後的輔仁大學

輔仁是天主教會創辦的,行政權向來由外國神甫掌握,由其是關於經濟方面,這種情形到抗戰時期更爲嚴重。當時我這個校長是不見日本人的,不和漢奸往來的,一切對外的事情都由德籍神甫去辦。到了勝利以後,美帝國主義得勢,教會就派芮歌尼來當校務長,他那種驕傲的態度，十足是代表帝國主義的，當時帝國主義分子和國民黨特務走狗連接一起壓迫同學的政治活動，加重對同仁的經濟壓迫，同仁和同學對輔仁是不滿意的，許多進步的同學被迫離開了輔仁，進入解放區。教授們在一九四八年冬季要求組織教授會，組織校務委員會，改革校行政，經過好些次開會，終於被帝國主義分子破壞操縱。這樣一個學校，內部是充滿着矛盾的。

當北京解放以後，教授們立刻組織成了中國教員會，這『中國教員會』五個字就表示了有戰鬥的意義，表示和從前那個被帝國主義操縱的教授會有很大的分別了。

這時芮歌尼忽然提出一套辦法，願意把學校政權交給中國人，把校産經費等也劃歸中國人管理。當時我們以爲他自己提出來的，應該没有問題，誰知等我們的臨時校政會議成立後，他不但反了腔，變了卦，還進一步的不斷的提出抗議，如反對開設唯物論等功課，不肯叫圖書館買進步書籍，甚至不承認臨時校政會議有决定學校一切問題的權力，還想恢復從前以他爲中心的行政會議。到了新的校務委員會成立以後，他又拖延了好些時候，發生許多麻煩，才决定四九年度十六萬美金的經費，實際上四九年度比四八年度經費已少了六萬美金。

從四九年九月開學起，小的麻煩依然不斷的發生，他常以書面表示他的抗議，我們和芮歌尼是作了不少的鬥争，到了五〇年上半年，他的牢騷更大，抗拒更多，他從不出席校委會，派了帝國主義的走狗孫振之來出席。爲了五〇年度的經費，我和張秘書長和芮歌尼交涉過好多次，他總不給一個肯定的答覆，對於我們聘請的教授助教，他總以經費没有確定爲理由來反對。到了五〇年七月十四日，他説經費有了辦法，他們的首長答應了十四萬四千美金一年，但必須以解聘五位教員作爲條件，這是我們所不能忍受，也是決不能答應的事情。我問他是否還可以考慮，他堅決的説不能。我們就把這件事報告教育部。校内工會學生會展開討論，全校的師生員工憤怒得了不得，堅決和帝國主義分子展開鬥争。中間芮歌尼和我有過好幾次文件往來，到了七月二十九日他就擅發告同仁同學書，説八月一日起教會不管經費，一切由校長負責，他要使我們三千多師生員工陷於困難之中。我們在七月三十一日晚召開全校大會，這是我們全校師生員工一個反帝鬥争的誓師大會。我們和帝國主義的經濟關係就止於去年七月三十一日。中央人民政府教育部支持我們這一正義的鬥争，立刻墊借十萬斤小米，以後墊發經常費。帝國主義分子在校内進行反宣傳，破壞我們的團結，在校外又妄想進行各種活動，改組董事會，中間兩個月複雜的尖鋭鬥争，到九月二十九日，芮歌尼正式回復了教育部馬部長，決計不再出錢，中央人民政府就決定接辦輔仁大學。在去年十月十二日的一天，我們輔仁大學在全國許多私立高等學校之中就首先蒙中央人民政府接辦改爲公立，這是輔仁的師生員工反帝鬥爭的勝利，也是中國人民收回教育主權第一次的勝利。到今天已經一年，值得我們慶祝，我們應該歡欣鼓舞，我們應該很嚴肅的來回憶這一段鬥爭的歷史。

二、人民政府接辦後一年來的輔仁大學

我們學校由中央人民政府教育部接辦以後，首先在經濟上解除帝國主義對我們的束縛。教育部知道我們從前的預算太緊，爲了照顧到學校的發展，一切都替我們安排打算，尤其關於教授的增聘，支持我們真是無微不至，現在我們教授的人數比起四九年幾乎增加到一倍，職員工警也比從前增加了，設備也比從前充實了，這一切，我們應該感謝毛主席，中國共産黨，中央人民政府及教育部！不是人民自己的政府，我們不可能脱離了帝國主義的控制，更不可能得到這樣的大進展。

談到我們這一年來的成績，很主要的一點是全校師生員工政治覺悟的普遍提高。我們不能否認，我們從前政治比較落後。解放後大家要求進步，努力學習，繼續不斷和帝國主義作鬥爭，對帝國主義有了清楚的認識。政府接辦以後，大家對於黨和政府對我們的支持，衷心表示感謝，爲了答謝政府對我們這樣關心和照顧，一定要把新輔仁辦好，這已經向

前進了一大步。

到抗美援朝運動起來以後，我們全校師生員工都投入了這偉大的運動，首先清除了崇美恐美的思想，啓發了愛國主義的思想，參加了反對奥斯汀讕言的大游行，從街頭宣傳到下鄉宣傳。同學們進一步響應政府對參加軍事幹部學校的號召，我們學校報名參加的人很多，前後批準參加軍幹校的共有五十四人。通過訂立愛國公約和捐獻運動，大家認識了祖國兩年來的成就是空前的，我們的祖國是最可愛的，生在毛澤東時代的中國是光榮的幸福的。我們應該熱愛祖國，一定要貢獻出一切力量來建設祖國，我們有責任來保衛祖國，我們必需擁護毛主席中國共産黨及中央人民政府，必需堅決打倒帝國主義、封建地主及鎮壓一切反革命分子。大家明確了這一點，因此對於捐獻工作立即展開，大家盡自己的力量，想出許多辦法捐獻飛機大炮。

這些運動對於輔仁全體師生員工來説，確是提高了政治覺悟，另外有一件重要的事情就是天主教的革新運動。

帝國主義利用天主教侵略中國，教徒長期受帝國主義的欺騙和麻醉，其中也有一小部分甘心作帝國主義的走狗的。我們學校有些工作推動不了，教徒非教徒之間團結不好，其根源由於帝國主義分子的破壞和離間，因此過去三自革新運動不能開展。今年五月三十日，正是我離開北京去四川參加土改工作的第三天，全校開了一個大控訴會，愛國的天主教徒控訴帝國主義分子李士嘉及走狗孫振之，這兩個人披着宗教外衣做了許多下流無耻的事情，愛國的教徒們再也忍不住了，就在這講臺上叫他們跪在中國人民的面前，控訴他們的罪惡。經過這樣一個大控訴會，教友們明白了從前以爲神長都是聖潔的清白的，這才知道被騙了上當了，因此把知道的事情都揭發控訴出來，大家覺得這樣的教會不能不革新了，輔仁的教友們要求成立天主教革新委員會，這一個天主教革新運動涌現出了很多積極分子。我在四川聽説這件事情非常高興，回來一看果然大家比從前又進一大步了。總之這一年來我們從反帝鬥争勝利又走向勝利，我們的政治覺悟一天比一天提高，從各方面都表現出來，這一切都應該感謝毛主席、中國共産黨、中央人民政府對我們的教育。

三、我們今後應當怎樣做

自從我們輔仁由中央教育部接辦以後，我們學校有了很大的進步和成就，但是距離人民對我們的要求還很遠很遠，我們必須繼續努力。

教師方面

我們全國現在革命鬥争發展得這樣迅速，一個任務緊接着一個任務，我們作一個教育工作者，要負責培養一批祖國所需要的建設人才，要培養一批有無産階級思想的『德才兼備體魄强健』的人才，我們雖然已很努力，但和當前形勢的要求有很大的距離，所以我們每一個人都要用賽跑的步伐來學習，才能趕上工作的要求，這就要着重下面兩點：

（一）加强愛國主義教育。要從一切課業一切活動中貫澈愛國主義的思想，培養同學强烈的愛國思想和國際主義精神，反對帝國主義的侵略，學校裏帝國主義被驅逐出去，不等於反帝工作已經結束，要肅清受帝國主義思想的影響要加强抗美援朝的運動。

（二）要加强自我改造自我提高。我們很多是地主階級或資産階級出身，不然就是與地主階級或資産階級有千絲萬縷的關係，思想上不可能不受到影響，我們首先要克服思想上的缺點，要逐漸的站在無産階級立場，端正自己的態度，克服知識分子常有的毛病，如自由散漫，自私自利，自高自大，個人英雄主義，看不起群衆，超階級超政治思想，客觀主義等等思想。

我在土改中認識到没有一個人可以超階級超政治的。看不起群衆的人，不依靠群衆的人，一定失敗。要嚴格的要求自己，要不斷地檢查自己的錯誤。

最近中央人民政府教育部成立『京津高等學校教師學習委員會』，我們學校也成立了『教師學習委員會分會』，我希望我們全體教師參加，關於周總理『一個知識分子的改造』的報告，更盼望我們好好學習討論。

同學方面

我分三點來講。

（一）我們要繼續普及和加深愛國主義的思想教育，使每一個同學都不要對愛國主義思想教育有漠不關心的態度。我們學校的同學在和帝國主義鬥争和各種愛國運動中都表現得非常好，非常積極，但是愛國主義的内容是無窮無盡的。

我們要繼續加深認清美國强盗的侵略本質，提高革命的警覺性，積極響應政府的一切號召，我們再通過檢查修訂愛國公約，使愛國公約真正變成每一個同學的行動指南，并且使他真正成爲推動我們學習的動力。

（二）一定要認清『學生的基本任務是——學習』。大家都是新中國的青年，新中國的學生，不但要有高度的政治覺悟，而且要有豐富的文化科學知識，我們既然熱愛祖國，就應當在愛國主義的思想基礎上努力提高自己的知識水平，以適應新中國偉大建設事業的需要，不然我們整天喊『要建設偉大的祖國』，『新中國的一切要我們安排』，就成了空談，我們没有豐富的文化科學知識，怎樣能建設祖國，怎樣能安排新中國的一切呢？ 將來拿什麼去爲祖國服務呢？

（三）新中國的青年，應該有健康的身體。青年學生如果没有健康的身體，即或學習得很好、很進步，也就成了『心』有餘而『力』不足，不能擔負艱巨的工作，所以我們一定要加緊鍛煉身體，有的同學强調文化科學知識的學習，就會不關心政治，有的同學在政治上、工作上很積極，就會藉口不注意功課，又有的同學認爲學校裏展開體育文娱活動會影響學習和工作，這都是不够正確的。要認清這三方面是互相關聯的是不可分開的，不能將他對立起來看。祖國對我們的要求，是各方面都要健全的人，我們一定要把自己鍛煉成爲一個『德才兼備，體魄强健』的青年，才能擔當起祖國所給我們的任務，才不辜負人民對我們的希望。

職工方面

我這次參加土改回來，覺得我們職工同仁在這四個月裏有了很大的進步，在反帝鬥争裏及各種全校性的運動中，涌現出很多新的積極分子。大家思想認識都逐漸提高，平日不動的人今天也動起來了，積極起來了。我盼望今後還要在原有的基礎上更提高一步，在個人不同的工作崗位上更大的發揮積極性和創造性，作事負責認真，拿出作主人的態度來配合教學和學習，共同辦好我們的學校。

校友方面

我們的新舊校友工作是有成績的，今後仍要把人民的新輔仁的新精神發揚光大，繼續努力學習馬列主義，學習毛澤東思想，提高自己的工作效能，在自己的崗位上把工作搞好。并且希望校友們加强與母校的聯系提出你們工作中的經驗，使我們的學校更加改進。這并不算是宗派主義。

總之，我們要把輔仁辦好是肯定的，我們一定要遵循着錢副部長去年的指示，要把輔仁辦得比現在好十倍，百倍，千倍，在我們原有的勝利基礎上走向更大的勝利。各位要知道『勝利』的『勝』字裏面是有個力字，就是説一切的『勝利』都要經過『力争』，要争取勝利就要我們全體校友，尤其是需要我們在校的全體教職學工每個人都拿出力量來，繼續鬥争。因此我希望大家團結在毛澤東旗幟下努力前進，克服困難，争取新的勝利。

〔一九五一年十月十四日〕

校長傳達周總理報告後講話

很多人都説知識分子不好辦，大知識分子更不好辦，兩年來我們國家各方面建設，突飛猛進，我們大知識分子的改造，是很慢的，年歲越大，知識越多，改造起來就越難。我們年老人，改造尤其困難，我們老人，就像是去年我穿的舊制服大棉襖一樣，多髒多髒，又是泥又是油，穿的時候越多，就越髒，洗起來就越麻煩，今天在座諸君，恐怕以我爲最老，諸位改造起來都比我容易。

我們知識分子，最容易自負，就是自高自大。周總理報告中，在『知識問題』裏也曾提到，這是我們應該特别注意的。從前我們都認爲士農工商，士居四民之首，自己以爲了不得，其實我們舊知識分子的知識有什麽用呢？到工廠，什麽都不懂，到農場，也什麽都不懂。

我們常常是年歲大的，總看不起年歲小的；老師總看不起學生；父兄總看不起子弟；常認爲學生不如我，子弟不如我，看見年輕的學生，就説『他是我的學生』，是的，他那一年曾經是你的學生，但是他一天天進步，他的思想等等，就比你好，爲什麽看不起他？

我從前雖然不懂得馬克斯，列寧主義，但是還知道社會是進步的，什麽『今不如古』，『世風日下』等等看法，認爲現在不如以前，子弟不如我們，那社會變成没有進步，這樣一代不如一代，社會豈不成了鬼樣子了嗎。

一般年歲大的人，對於現在的年青人雖然看不起，但是對古時的年輕人的看法，却不如此，如我們學文史的，都推崇東漢建安七子的文章，推崇唐初四傑王、楊、盧、駱的文章。曹植做的文章：『……這至於今，二十有五年矣！』他不過二十五歲，也不過剛剛大學畢業，曹丕自比漢光武帝説：『吾德不及之，年與之齊矣。』也不過三十餘歲。有名的滕王閣序，王勃作時，説是童子何知，我們讀起這些文章來就摇摇擺擺，非常佩服，因爲他們是古人。雖然年輕，也佩服他，但爲什麽對於現在的年青人，就看他不起呢？

我這次參加土改，看見很多地方幹部，都很年輕，辦起事來，條條有理，比我們這年歲大的有很多好的地方，我們没有理由看不起他們。有很多老教授，以爲自己懂得多，你是懂得多，可是你不知道，你懂得那些，很多是没用處的。

我們的舊包袱，越叠越高，架子越大，就像一個大牌樓，拆起來很困難。就像我的牌樓，已叠了七十多年，已經很高，但是我在參加反帝鬥争及參加土地改革等等之後，已用黑炸藥一下給炸了，大牌樓炸散了。但是我又犯了周總理所説的一種毛病，就是經過大的鬥爭，覺得自己一錢不值了。好在他説自我批評厲害一點，總比自負好一些。不過我還要從新檢討，從新正確地認識我自己。

没解放時，我什麽都不知道，一次在頤和園，看見很多男男女女的同學在拍手唱歌跳舞，我當時完全莫明奇妙。解放後，才知道他們年青人早已在唱解放歌曲，我實在不如他們。

當然大家很多都早就進步，新理論比我知道的早。解放後，我才上一年級，真正是一年級的小學生，從什麽是新民主主義論，什麽是批評與自我批評學起，一個字一個字都是新鮮的，現在我們已是三年級生了，已稍微有了一點點基礎，今後我們大家都要在原有的基礎上，共同努力學習，改造思想。

像我這樣一個人，來領導大家學習，是很不够的。應該『以己昭昭』，才能『使人昭昭』，我『以己昏昏』，怎能『使人昭昭』呢？政府給我這個任務，雖然是很艱巨，可是我一定擔當起來，努力去作。好在我們上邊有教育部，有政務院，有周總理，更有毛主席領導我們，我想我們這次學習一定會成功的。

〔一九五一年十月十九日〕

秋季運動大會上講話

諸位同學、諸位同仁：

今天我們學校開秋季運動會大會，同學們同仁們都踴躍的參加，這是很好的現象，踴躍參加各項運動的原因，就是因爲大家都已認清，我們這次運動會舉辦的意義，是有重大的政治内容的。

大家都已了解，我們現在的體育活動，是爲鍛煉身體，有了强健的身體，才能使我們的精神飽滿，生氣勃勃的去進行學習或進行工作，也一定要有强健的身體，才能更加提高我們學習和提高工作的效率。

在參加軍幹學校時，有的同學就因爲身體不好，未被批準。這次參加土改，身體有病的也未能去參加。我們這回去西南土改，有的同志對這一反封建的鬥争，抱着滿腔熱忱，等到了鄉下，每天要走山地，天氣又熱，就有很多人受不住。聽説這次各大學參加治淮工作的同學，工作了三天，十六人裏頭，就有十四個人病倒。這都説明，没有强健的身體，就很難擔當起祖國給我們的任務。

我們學校的體育,向來就是有成績的,但是從前還是偏重於選拔選手。最近我們已逐漸走向普及,糾正了從前的現象。因爲大家都已對運動的重要,有了新的認識,所以我校的各種體育活動,也都有了進展。

今天的運動會,我們除去參加土地改革去的同學外,留在學校的八百多同學,就有六百多人參加,工會方面有二百多人參加,這就説明我們的體育活動已逐漸普及,説明大家對於鍛煉身體,已有了重視。但是還是不够的,我們的同學同仁,有的還不够健康,有的則對於鍛煉身體,還不够重視,對於祖國要求我們的『體魄健强』,還是很不够的。希望我們今天的運動會,作爲我們加强鍛煉身體的開始,今後使學校的每一個人都把身體鍛煉好,同學們更要特別注意,要把體育活動,看作是學習的一部分,把鍛煉身體看成愛國主義教育的一部分,要把鍛煉身體看爲是對祖國的熱愛,今天加强鍛煉,就是爲了明天建設祖國!

完了,祝我們的大會勝利成功!

〔一九五一年十月二十一日〕

人民政協全國委員會第三次會議會上發言

主席、各位委員、各位同志：

這幾天我們在大會上聽到主席的開會詞和各首長的報告，在這兩年多，我們國家建設有這樣的成績，我們非常興奮，這是敵人所萬想不到的。我們對這些報告，完全同意，堅決擁護，應向政府全體工作同志深致感謝，更應向中國共産黨、毛主席的英明領導深致感謝！

毛主席在開會詞裏説：『思想改造，首先是各種知識分子的思想改造，是我國在各方面徹底實現民主改革和逐步實行工業化的重要條件之一。』這説明了思想改造，尤其是各種知識分子的思想改造的重要性。今天我就在教師思想改造問題上，來説幾句話，請大家指教。

毛主席所説的思想改造的重要性，拿我們大學教師來説，就是很具體的例子。如果教師的思想不改造，則學校制度、教學方法的改進，課程的改革等等，就很難推動。如果教師的思想改造得不够徹底，就很難更好地幫助同學們進步，不能培養教育建設新中國的青年，學校就不能符合整個國家的建設計劃，因此對我國逐步實行工業化就有很大的損失。

近兩年來，我們高等學校教師，在中央人民政府教育部的領導下，進行了政治理論學習，又經過了抗美援朝、土地改革、鎮壓反革命三大運動，教師們的政治思想已有不少的進步，但是這進步還趕不上國家建設的需要。

自從京津高等學校教師展開改造思想學習運動以來，教師們大多數認清了學習的目的，和學習的重要性，對改造思想已經表示決心，這是很好的現象。

我們知識分子的毛病是很多的，平日看不起勞動人民，看不起工農階級，以爲『士、農、工、商』，士居四民之首，處領導地位，不知這句話是上了管子的當。又深信孟子：『爲政不難，不得罪於巨室。』的話，以爲只要抓住幾個巨頭，則『天下四海』，都來歸附，根本没有注義到廣大群衆，這又是上了孟子的當。孔子的徒弟要學耕田，孔子説：『這是小人的事，我們何必學耕田？』我們相信孔子的話，就輕視農民，輕視勞動，這又是上了孔子的當。

我們受了這些思想的影響，於是自高自大，自以爲是，結果就成了眼睛只向上看，不向下看；只往近看，不往遠看；只朝後看，不朝前看。把自己停留在一個小圈子裏，對於新鮮事物没有感覺，也不求了解。看不見廣大群衆的力量，看不見新中國的輝煌成就，看不見祖國的遠大前途。我這次到西南參加土地改革工作，在實際鬥争中體會，我們從前的知識，都是從書本上得來，和實際生活脱節，和生産脱節。我們對社會的階級鬥争，對勞動人民的生産知識，創造智慧，一點也不懂，自己還以爲知識分子高人一等，這是很可笑的，我們應該放下架子，老老實實向廣大的工人農民學習。

又有一部分知識分子，認爲讀書人高尚，不應與政治發生關係。我個人在解放前就有這樣想法，因爲在舊社會裏看到種種不平、黑暗、腐化、污濁，對現狀不滿，又没有正確的思想領導，就只有拿『不問政治』『閉門讀書』逃避現實的態度，來表示消極抵抗。實際上反動統治就利用我們這個弱點，在我們閉門讀書不問政治的時候，他們就做出許多禍國殃民的事來。這種思想在舊社會裏，還要加一分析批判，如果在今天，在中國歷史上從來没有過的人民自己當家作主的今天，還采取這種態度，我們就應當堅決反對！今天是人民作主，全國人民都要拿出主人翁的態度，來管理國事，才能把國家建設起來，不能再有作客思想，和客觀主義的態度。

總之，我們長期生活在半殖民地半封建社會裏，或多或少的存在着封建思想或歐美資産階級思想的殘餘，這些思想是非無産階級思想，是反動思想，對於這樣的反動思想，我們不能再允許它存在，更不能容許他在高等學校教師的思想裏占領導的地位。

周總理的政治報告裏説：『我們應當在一切教師、專家和工作幹部中，廣泛地有系統地組織對於毛澤東思想的學習。』這是十分必要的。

現在京津高等學校的教師們，首先獲得這樣寶貴的學習機會，是非常值得慶幸的，我相信我們在毛主席和中國共産黨的堅强領導之下，會像毛主席在開會詞裏所預祝的：『這個自我教育和自我改造運動，能够在穩步前進中獲得更大的成就。』我們應該相信馬克思、列寧主義，毛澤東思想，用批評與自我批評的武器，把自己改造成一個堅强的革命戰士，與全國人民團結一起，向建設新中國的勝利大道繼續前進！

如果這次學習，我們還不重視，還不主動的要求進步，還不徹底的改造自己，怎麼能對得起抗美援朝前綫的戰士！怎麼能對得起下一代的青年！怎麼能對得起努力增産節約支持前綫的廣大人民群衆！怎麼對得起我們偉大的祖國！怎麼對得起中國共産黨！怎麼對得起毛主席！

〔一九五一年十月三十一日〕

本校第四次分學委員會上校長講話

這次高等學校教師改造思想的學習，從周總理給我們報告後，已有一個多月。這次學習就是毛主席所説的自我教育自我改造的問題，毛主席在全國委員會着重的提出，説：『思想改造，首先是各種知識分子的思想改造，是我國在各方面徹底實現民主改革和逐步實行工業化的重要條件之一。』周總理政治報告裏，也十分强調的提出這個問題。大會閉幕的時候，會上作了决議，號召全國人民完成三大任務：抗美援朝、生産節約、改造思想。改造思想是和抗美援朝一樣重要的，我們應當很好的重視。

前天我們在教育部聽了清華北大兩校，和錢副部長的報告，相比起來清華北大已先走一步。

根據各小組的匯報，我校各組大約可分作三種情况：

一、如社辯組，大家都自覺的要求改造，重視學習，并且訂立學習公約，每人都要求能在學習過程中，把自己存在的問題都説出來，互相幫助解决個人的思想問題。

如國史組及數心組（林傳鼎余欣文），都能連系思想進行批判，這些都是好的。

二、有些要求聯系思想,但不會聯系。如(1)有些人只聯系自己進步的一面,而没有聯系到不進步的一面。但是想要解决問題,提高思想,還是應該在落後一面多些聯系。(2)有的人因不會聯系,而硬聯系,於是有亂聯系的情形,這樣是不解决問題的。(3)有的人高談闊論,説好些教條,根本不聯系思想,不聯系實際。這種情形也許是不會聯系,也許多少有些不敢聯系的思想存在。

三、如物理小組,大家肯輕鬆大膽的談問題,心裏想什麽就説什麽,這應當肯定説是好的。但對學習的意義,學習的目的,認識還是不够。又如化學系、教育系、生物系有些小組,對於學習目的不够明確,因而不聯系思想,且有個别的表現對學習不够重視,例如不能正確解决政治與業務的關係,而把政治與業務分割或對立起來。還有人認爲每次小組會三小時太長,没有什麽可談。或者説業務太忙,找不出自學時間,學習是增加負擔等等。

總起來看,我們現在存在的問題:首先一點就是我們的重視不够,還不能把學習看爲首要任務。這一點我校從下到上都是不够的,如行政上雖然認識到學習的重要,認識到學習是改造思想、改革教育,是關係到培養青年的需要,但是對於思想改造是我國在各方面徹底實現民主改革,和逐步實行工業化的重要條件之一,這一點的認識還是不够,而且思想改造和抗美援朝一樣重要,這一點認識也是不够。所以我們學校目前的情况,我們的學習基本上還是停留在開始動員的階段，還没有使學習真正展開成一個『運動』，爲了使我校很好的展開學習運動，并且把運動推向高潮，我校所有的同人，都應當把學習重視起來，目前就是要研究一下，（一）怎樣可以使學習成爲首要的任務。（二）怎樣把我們的學習搞好。

（一）怎樣使學習成爲首要任務呢？　我們可以參考北大清華的經驗：　關於組織領導問題，行政帶頭，首長負責，依靠積極分子，還是很重要的，各小組長（就是系主任）副組長帶頭自學，積極領導，依靠積極分子，先作典型來啓發大家，這是必要的。有的人會因爲系主任小組長或分學委會的負責人積極起來，就會帶動大家的。（北大以小組長學習幹事建立起領導核心，來領導小組，我們可否參考）。

我們小組討論的時間不一致有時對於工作推動上有困難，大家研究一下，有没有把學習時間統一的必要，或每星期兩次討論會，有一次統一起來如何？（有的系找時間現在還很難，當然各系統一時間更難找，如果需要統一，是否可以在星期六下午）

（二）怎樣把我們的學習搞好？　主要就是小組會開好和自學學好。

（1）關於自學問題：　我們學習，閱讀文件是很重要的，我們怎樣可以保證文件的閱讀，恐怕也要首長帶頭。　如何檢查？　如何保證？　大家可提些意見。

（2）小組會如何開好？　我們有的小組開得不好，恐怕小組會前醞釀的工作作得不够,會後會前的準備工作,醞釀工作,都是很重要的,如采取互助小組會前組長和學習幹事(包括積極分子)分頭談心等,我們都可參考。

此外抓住中心問題,也是最必要的。我們要根據我校的具體情況,比較普遍存在着的有什麽問題,可以引起討論,大家可以考慮一下。

我們可否:『談一談對輔仁接辦和對反帝鬥争的看法和態度。』由此問題以今天的認識,批判當時的思想情況,聯系到立場問題,和爲誰服務的問題。

請大家研究一下,如果同意,看看問題怎樣提法,問題確定後,可否先以幾個小組作爲典型試驗,然後推展到全校。

〔一九五一年十一月四日〕

教員學習情況匯報

方針：

通過討論周總理的報告，主要是明確立場爲誰服務的問題，爲了能更好的聯系實際，聯系思想。先由抗日時期輔仁大學討論起，進而討論輔仁大學的本質問題，對帝國主義文化侵略的認識，最後結合輔仁大學在解放前後的反帝鬥争中，討論個人的立場，經過這樣一系列的討論達到劃清敵我界限的目的。

概況：

自從聽完錢副部長報告後，又召開了分學委會及學習幹事會，關於討論問題及如何開好小組會，大家都進行了討論，并且結合北大、清華的典型報告，小組長及學習幹事在思想上比較明確，所以在這次討論會以前，一般小組都事先進行了醖釀。例如生物系學習幹事個別找先生談，找出問題核心小組討論，在核心小組會上，使大家意見統一思想明確，這樣就使得這次會的討論比上次集中，物理系小組也費了六七個鐘頭開了核心小組會，其他如國史、數心、經濟系等小組也事先進行了醖釀，并有些人寫了發言提綱。從這些事先準備工作來看，一般的對學習是比以前重視了，而且經過了準備以後，在討論時問題比較集中，而且能够引起爭辯，其中只有教育系和外文系對學習的重視還不够。這次的討論根據討論中心問題不同，大致可分爲三類：

一、關於對輔仁大學在抗日戰爭時的看法，當時起了什麼作用

國史系在討論這個問題時，一部分人覺得輔仁過去完全是爲反動統治階級服務，没有一點進步性，如陳校長談：『當時日本許我們辦下去，就證明是對他們有利的。』又説：『當時留在輔仁以爲是，今天看起來，所以留下來是無智無勇。』後來他又從輔仁當時的地位來説明當時是起反動作用的，他説：『我現在想我有兩大耻辱，1．日本人允許我們存在2．陳立夫説過『中國大學是一道防綫，輔大是第二道防綫。』

柴德賡先生説：『當時留在輔仁不但没有抗日行動，甚至連抗日的話都不敢説，而且教出來的學生都爲反動派服務，當時就是爲反動派服務的，現在想起來就是增加了敵人的力量，根本没起進步作用。』

葉蒼岑先生説：『當時輔大没有抗日，雖然説是反對日本，但是却躲在另外的帝國主義的統治下，没有死心塌地的爲日本服務，但半推半就的也就更加醜陋，而且你站在旁觀立場，實際上就是幫助了敵人。』

但另外一部分先生認爲輔仁當時還有一些進步作用，而且當時留在輔大是有民族意識的，如蕭璋先生説：『在輔仁與在僞北大是不同的，在輔仁是有民族意識的，這個民族意識就是傳統的民族意識，也就是周總理談的知識分子都有民族意識』。

張鴻翔先生談：『雖不是積極抗日而是有民族意識的，故與僞北大僞師大是不同的，輔仁在現在還有一定的價值，這是由於抗日戰爭時期所造成的，在抗戰時腦子清楚的有民族氣節的都到了輔仁，雖然當時未積極抗日，但消極的不合作也是起了削弱敵人的力量。』

在體育部小組討論這個問題當中暴露了一些崇美思想，例如王錦雲説：『當時上輔仁覺得比較自由，覺得天主教辦的大學無國界。』

石善根説：『上輔仁覺得自由，而且崇拜美國的物質文明，當時不願學日文，覺得學英文好，將來可作翻譯。』

二、新舊教育問題

在社辯組討論時，有些人認爲舊教育還有些進步作用，戴克光説：『蔣介石辦的學校辦的越好，則反對國民黨就越厲害，所以那時雖没到解放區去，但多少也有些進步作用』他又説：『反動派辦學校是全心全意爲鞏固他自己的力量，但在客觀上起了進步作用。』

洪鼎鐘説：『資本主義開了殖民地，對反封建來説，站在世界歷史方面也是起了進步作用。』同時他又説:『過去在學校裏如清華有些進步課,正因爲有這些進步課,而不是使我們的高等教育成爲未開墾的處女地,所以才能使今天的教育發展這樣快。』

另外有些人則認爲舊教育完全是反動的没有進步作用的,如李景漢先生説:『舊教育加上帝國主義一套,是和八股教育一樣的,就是要維持舊秩序,爲反動階級服務的。』他説:『有些進步的,就是他自己出來的,因爲反動派不能一手遮天,幸而中國青年没有都受教育,要不然革命起不來。』

在經濟系談到輔仁過去,輔仁教育的作用時,張重一先生談:『過去我們不能説是爲人民服務,往好裏來講,輔仁最多只是造就了一些具有點文化水平的坯子,在今天必須加以回爐改造才能有用。』

三、崇美思想

在外文系討論崇美思想中暴露了一些錯誤的思想,如唐悦良先生説:『認爲多看美國書多接近美國人就會對美國有好感,如果多接近蘇聯人或多看蘇聯書就會對蘇聯有好感。』

葉君健説:『現在政治改變,許多知識分子就倒過來了,到了鄉下崇美親美思想就不吃香了,現在政權在人民的手中,親美崇美就不吃香了。』

還有的人提了一些問題説明這些人的覺悟程度還相當差，對於什麽叫馬列主義還不懂，例如蔡文縈説：『爲什麽毛主席年紀比我們大，爲什麽思想進步，他不懂外國文只靠翻譯書，怎能搞通了馬克斯主義。』

在物理系討論時洪晶先生説：『過去自已在美國念書，論文未完成就回國來了，現在從理智上認識到不應把論文寄到美國去得博士學位，但心裏總有些不甘心。』他覺得這個可能是崇美思想。

張阜權先生説：『如果你的論文價值不大，就可寄到美國去，可以得博士學位不也很好嗎？如果論文很好則要考慮。』劉世楷先生説：『這個論文不能寄到美國去，他給你的學位也不能要，因爲美國是我們的敵人，如果以後建立外交關係時，就可以寄去。』

根據這次討論，我們認爲主要存在的問題：

(一)領導精神不能很好的貫澈到小組中去，有些小組幹部比較弱，不能領會分學委會的精神，而且一般存在不鑽研問題的現象。

(二)核心小組不够健全，經過上次會後一般是比較重視，但是還未能充分發揮核心小組的作用，同時骨幹分子比較少。

(三)不能從討論中及時的抓出中心問題進行討論，因此使討論不能深入，而且争論不多。

今後工作：

根據目前情况，幹部比較少，馬上帶動全面是有困難，我們準備這樣作：

（一）確定重點小組，辦公室具體幫助，通過重點吸取經驗，推動全面。

（二）布置文件學習，根據目前情况我們準備布置一下關於帝國主義文化侵略文件的學習。

（三）通過各種方式，推動學習。

例如教育系，目前學習還不够開展，我們準備請他們系三位曾參加過革大學習的先生談談，鼓勵他們起帶動作用，外文系我們準備個别突破。

〔一九五一年十一月十五日輔大分學委會〕

向總學委會彙報

我校的學習，從周總理報告後，大體可分三個階段：（一）傳達報告前。（二）傳達報告後。（三）錢副部長報告後。

（一）十月十九日傳達報告前：自從聽了周總理的報告，緊跟着就是國慶，我校校慶，我校秋季運動會，到天津參觀等等，所以我們的學習展開較晚。此階段只作了些準備工作，分學委會成立，辦公室組織起來，確定了以一系或二系合并爲學習小組，每組只漫談過總理報告一次，學習并未展開。

（二）十月十九日傳達報告後：組織機構逐漸健全起來，分學委會召集會議，確定各小組正副組長，學習幹事，通過黨支部召集會議，學習幹事會議等，布置了圍繞着總理報告的參考提綱，各組開始討論。辦公室根據各組情况，醞釀研究中心問題。

此階段因爲思想動員工作作得不够，對學習目的不够明確，故普遍存在着對學習不够重視。有的人還以爲這次學習是整幹或審查歷史的混亂思想，個別的人還有抗拒態度。所以各組雖然已在討論，而有的組（物理系、教育系）就修正記録，恐怕原始記録交來，是調查思想。有的組(教育系)專在名詞上討論,不聯系思想,如討論應當是『德才兼備』還是應當『才德兼備』等問題。有的組(理學院各組)則争辯應當學習第一還是業務第一。但也有少數的組(國史組、數心組)已開始聯系思想,或者是想聯系,而不會聯系的。

一般來説,這階段是不能聯系思想,不能接觸實際,學習態度還是不够積極的。

(三)十一月二日錢副部長報告以後:在教育部開了分學委會和辦公室的擴大會議,聽了錢副部長報告,并聽了北大清華的典型報告後,我們就召開了分學委會及學習幹事會,關於提出中心問題,及如何開好小組會等,都進行了研究和討論。

辦公室工作會議制度已較正常的建立起來,爲了工作推動方便,各組討論會規定了統一時間(一次在星期二三下午,一次都在星期六下午),定好匯報制度,各小組定時向辦公室匯報,辦公室定期向分學委會匯報情况。

各小組經過討論,一般都端正了學習態度,明確學習是我們當前首要任務,認清這次學習目的是改造思想改革教育,并吸取了北大清華典型報告的經驗,小組長及學習幹事掌握了學習領導精神,一般小組都建立起核心組織,小組長學習幹事積極帶頭,依靠積極分子,在會前進行了醖釀工作。

辦公室爲了便於深入了解情况,具體幫助小組開展學習,開始采取了工作人員直接下組的辦法，協助各組領導核心進行準備工作，并參加了小組學習討論會。

有些小組的核心組織在討論會前準備充足，在領導核心會上，根據學委會辦公室的領導精神，從前次討論會的情況中發現問題，先行分析研究，然後再提出在小組會上討論，并發揮了核心作用：會前分別與個別教師交换意見；會上協助小組長掌握會場。於是就避免了過去會前没有思想準備，會上冷場或亂談，及不能圍繞着一個中心問題進行深入討論的現象，如物理系小組用六七個鐘頭開了核心小組會，又如國史組，數心組，經濟系組，事先也都進行了醖釀。一般教師對學習也都重視起來，有的人會前準備了比較詳盡的學習提綱。

這一期的討論，分學委會布置的中心問題是：『對輔仁大學從抗日戰争起到反帝鬥争政府接辦的看法和態度。』各組根據不同情况，圍繞此中心問題，再找出討論題目。現在全校的討論題目，大致可分三類：（一）關於對輔仁大學在抗日戰争時的看法，當時起了什麽作用。（二）新舊教育的問題。（三）崇美思想。各組圍繞着中心問題，一般都能結合着輔仁的實際問題，對自己的立場、態度、爲誰服務等問題，進行了討論。有一些教師，能够較坦白誠懇的暴露了自己的思想，談出了自己的意見（如國史組，物理組，社辯組等）有的組已能大膽懷疑，接觸實際，展開争辯。（如經濟系）

總起來說,我校的學習,從開始到現在,已普遍有了顯著的進步。多數教師都有了高度的學習熱情,和努力改造自己思想的要求,但是還有很多缺點,目前所存在的問題,可分四點:

(一)分學委會會議,會上尚未作到提出問題深入討論,故個別學委不能很好的領會分學委會的精神。又因各組的核心領導及小組長學習幹事等,雖然學習情緒已提高,而對領導學習,分析思想的能力與經驗不足,而感到缺乏辦法。以致使得領導上的精神不能很好的貫澈到每個小組。

(二)發揚民主與大膽懷疑的精神,貫澈得不够:有的組討論時,過早的下了結論,或有個別教師有進步包袱,存在着替别人解决問題的態度,給别人先下結論,致使小組會上不能很好的大膽懷疑,提出問題,及反覆討論。有時小組中不能適當發現問題,使得有不同意見的,不能充分發表,而不能進行争辯。

(三)批評與自我批評還未能真正展開:一般還存在着面子問題與思想顧慮。有的組只有自我檢討,没有批評,各人説各人的一套,彼此没有聯系,相互間的幫助和批評很不够。有的組則自我批評時,只談一些枝節技術問題,或只表現自己進步的一面,與真實思想還没有很好的接觸。

(四)文件學習不够:各組對自學還抓得不緊,文件學習不能充分。

今後的工作計劃：我們的方針是通過討論周總理的報告，明確立場，及爲誰服務問題，爲了能更好的聯系實際聯系思想，先由抗日時期輔仁討論起，進而討論輔仁大學的本質問題，對帝國主義文化侵略的認識，最後結合輔仁在解放前後的反帝鬥争中，檢討個人的立場，經過這樣一系列的討論，以達到劃清敵我界限的目的。

根據日前情况，幹部比較少，馬上帶動全面還有困難，我們準備作好下列幾件工作：

（一）加强思想領導：分學委會辦公室對思想領導作得不够，今後辦公室幹部加强學習，或提出小組中具體問題，多加分析討論，貫澈到各小組中。

（二）辦公室具體的幫助重點小組，通過重點，吸取經驗，以推動全面。

（三）召開大型座談會：培養典型小組和典型人，在會上通過典型小組領導經驗報告，或通過典型人思想批判，以啓發大家。

（四）出學習報，原『新輔仁』刊上已配合學習，最近决定另出學習報，以指導學習，交流經驗，并擬在報上開闢表揚與批評欄。

（五）布置參考文件：根據目前情况，我們準備布置關於帝國主義文化侵略文件，最近即可印發。

〔一九五一年十一月十六日〕

分學委會擴大會議上報告

我校學習的展開，因爲種種原因，比其他各校較晚，小組分組確定後，開始漫談討論，是在我們從天津回來以後，但是那時對學習是首要任務的問題，認識得還不够明確。

十一月二日總學委會召開了分學委會擴大會議，會上聽取了錢副部長的報告，并北大清華兩校的典型報告後，分别召開了分學委會和學習幹事會，關於討論的中心問題，及如何開好小組會，都進行了討論。這個階段，一般來説，對學習都重視起來，也能够比較認真的準備，一部分小組能展開争辯，初步有了一些批評與自我批評，也談出一些思想情况。

自從彭真同志給我們報告後（十一月十八日），辦公室根據彭真同志的報告，結合輔仁具體情况，擬了參考提綱，主要是討論抗美援朝，重點放在對美帝本質的認識。通過這一中心，希望能達到劃清敵我界限，站穩人民立場，從抗美援朝運動，肅清崇美恐美思想，認清帝國主義的本質，聯系到輔仁接辦反帝鬥争等問題。

現在各組討論的情况，大體可分四類：

第一類，能聯系自己思想，大膽懷疑，提出問題，并能展開批評與自我批評。

第二類，能聯系思想提出一些問題，但是不能展開争論，并且不能圍繞一個問題，深入討論，展開争辯。會上存在着給别人解决問題的態度，有的會前缺乏醖釀準備工作，因之會上不能很好發揚民主，不能展開批評與自我批評。

第三類，有的組提出一些問題，很少批判與争論，只按提綱漫談，還未能形成自覺要求改造思想，有的人對學習的要求認識的還不够，小組開會形成漫談。

第四類，學習目的的認識，及學習態度未能端正，甚至個别還存在有抗拒情緒，有拒絶思想改造的現象。

總起來説，我校的學習，已較前有進展，比以前進步了很多。今天我們大家研究討論一下，如何使學習繼續提高，更進一步的提高學習熱情。

我們整個的學習，以這一階段爲重點，一定要大力推動一下，使我們學習搞好。

現在經濟系小組會開得比較好，學習空氣也很濃厚，主要原因是因爲他們大家都能認真的學習，能大膽懷疑，能勇敢的追求真理。并且在會前充分作好醖釀工作，寫發言提綱，會外經常漫談，不限於核心小組，見面時三兩人就談學習的問題，全組學習空氣已很濃厚。

等一下我們請經濟系小組介紹一下他們的經驗，我們如何根據各組不同情况，吸取他們的經驗，大家共同來研究一下。

〔一九五一年十一月二十八日〕

傳達北京市中蘇友好協會首届會員代表大會精神

諸位同仁、同學,諸位會員同志們:

今晚我們開這個會,主要内容有三方面: 首先是要傳達北京市中蘇友好協會首届會員代表大會的精神。北京市中蘇友協爲了加强今後中蘇友好的工作,在十一月七八兩天,舉行了第一届會員代表大會,會上有中蘇友好協會總會的總幹事錢俊瑞講話,和北京市中蘇友好協會總幹事許德珩報告兩年來工作總結,和今後一年工作計劃,我們學校的支會,由我校中蘇友好協會總幹事羅佐才同學,及副總幹事劉樹勛同志代表我們去參加,等一下就請劉同志爲我們傳達這次大會的情况,和决議的事項。

其次就是要修改會章,并報告我們支會的今後工作計劃。

最後我們學校今晚有一百多位新會員參加,是爲我們鞏固和發展中蘇兩國人民的友誼增加了力量,我們應當熱烈歡迎的。(鼓掌)

這是我們今晚開會的主要内容。中蘇友好協會的基本目的,是組織全中國的人民來促進和鞏固中蘇兩國人民的偉大友誼，并交流兩國人民的經驗和智慧。

我們每一個會員，首先要認清蘇聯是被壓迫人民和民族的領袖，又是世界和平民主的堡壘，在蘇聯的影響和幫助下，我們中國人民取得了輝煌的勝利。并且我們勝利了的中國人民，同樣的是爲着全世界的和平，和全人類的幸福而奮鬥。

現在美國帝國主義拼命準備發動新的世界戰爭，妄想挽救它們日趨滅亡的命運，因此，我們必需更進一步鞏固以蘇聯爲首的世界和平民主陣營，首先是加强中蘇兩大國的友好團結，以徹底粉碎他們的侵略戰爭陰謀。

因此，很好的認識蘇聯，學習蘇聯，是我們每一個中國人民，尤其是每一個中蘇友協會員的責任，是我們重大的政治任務之一。我們要加强愛國主義教育，和國際主義的學習，肅清反蘇思想，批評狹隘民族主義思想，從而繼續加强抗美援朝運動。現在我們全校的老師們，正進行着思想改造的學習，在這一階段，我們要分清敵我界限，肅清崇美恐美思想，站穩人民立場，正確的認識蘇聯，認識蘇聯社會主義制度的本質，認清中蘇同盟是無敵於天下，針對我們思想意識中的資產階級殘餘思想，展開一場激烈的思想鬥争是非常必要的。

我校的中蘇友好協會，由於各位主任、幹事同志的熱心工作，是有一些成績的，但是我們的工作缺點還很多，而且工作作得很不够，今後我們支會要繼續加强這一工作，并且希望諸位會員們認清加入中蘇友協的重大意義，爲進一步鞏固和發揚中蘇友好而努力。

(一九五一年十二月一日)

在教師全體大會上校長講話

（關於思想改造問題，并聯系自己思想）

剛才傳達了胡喬木同志和總學委會的指示，我們更應當對學習加以重視，現在各機關動員了很多强的幹部，來幫助我們學習，我校的輔導員已來到學校，大家對學習都是非常加緊的。

我們學習的成績如何呢？第二個月已比第一個月的學習進步多了，我們是有些成績的，但是我們開展得還不够，希望今後還要加强學習。我們學習不能很好的展開原因是什麽呢？主要的原因有下列幾種：

一、領導不力。所以工作不能十分展開，尤其是我，我就不會領導，我是解放後才看新民主主義論的，各大學現在都有中心人物提出討論，輔仁陳垣拿不出來，不能作重心給同仁來討論。我領導不够，政治理論也不够，又不會領導，這也是我校學習展開不够的原因之一。

二、組織聯系不够，發動得也不够。分學委會與辦公室與小組長和學習幹事聯系得不够,全體大會也没有召開,傳達的也不能整齊劃一,領導的精神也不能貫澈下去。

三、同仁的自覺不够,有觀望的態度,很多人還没感到學習的重要性。多數人是大家都學習我也只得學習,所以學習也不够積極,現在是學習第一,業務第二,但是這一點還有人認識不清。

四、對文件學習還未重視。我就是學習文件不够,到了緊急的時候才細心閲讀。我看五號字又吃力,這次眼睛害病,也和閲讀文件有關。

我的缺點有這些原因,所以有少數人以爲自己够了,我不用學習,或自己給别人解決問題,這樣的大包袱一背,以爲我的問題没有,你不用擔心了。也有一種人有超政治的思想,以爲教自然科學與政治無關。實在講起超政治來,我從前是個典型,我三十年來不問政治,我已認識没有人可以超政治,同仁中也有人有此毛病。這些原因都是因爲不虚心,不自覺。如果虚心的問一下你能超政治嗎? 人能離開政治嗎? 人與政治的關係,就像魚和水一樣,魚可以離開水嗎? 可以,咸魚可以離開水,現在我們没有變成咸魚。人是没有可以超政治的。只是因爲自己不自覺,自以爲不需要。

現在我們輔仁,職員方面由工會領導學習,工友方面也由工會領導學習,同學們的時事學習,都有成績,都積極,一校裏職學工各方面都學習得很好,我們教師如果不學習行嗎？這是我們學校裏面。

十一月廿八日文教委員會的委務會議，議程主要是教育部向文委會報告高等學校教師學習的情形。當天并有科學院負責人爲組織附屬機關學習的報告，衛生部部長也出席爲部的附屬機關要求學習，向教育部吸取經驗以爲參考。文藝工作的負責人也來聽取教師學習的情況。今天報紙上黄炎培的文章説到工商界也將發動學習，又有胡喬木同志對文藝界學習的報告。總之，全國的學習高潮已掀起，我們輔仁的教師不能落後，希望大家團結起來，共同把學習搞好。

我在西南，在南泉的時候，每天早晨看見男女老少提着馬義，一堆一堆的坐在街上學習，問他們研究什麽問題，他們説是抗美援朝，我非常感動。明朝提倡知行合一的王陽明，整天講敬心誠意，明朝講學之風很盛，當時説是滿街皆聖人。我在南泉鄉下，一見男女老少學習的熱烈情形，這才是真正是滿街皆聖人。我們看到新社會的種種，實在令人興奮，使人禁捺不住，今天大夫説叫我休息，不然就會瞎了，我非常高興來和大家見見面談一談，所以就違背了大夫的話。

我們這次學習，不只是教育部，以及文委會來直接領導，并且是全國人民政協的決議的三大事件之一，這三大決議案是抗美援朝，增産節約，思想改造。毛主席在這次會議的開幕詞裏，也提出知識分子思想改造的重要。我們這次學習，是毛主席的號召，周總理親身出馬給我們作了第一次的報告，這樣重大的事情，我們還不能認清應是學習第一嗎？現在如果諸位同仁在業務上有困難，可以和教務處來商議。現在我校黨團，民主黨派，工會，學生會，以及行政方面，都共同來研究我們的學習問題，共同配合我們的學習。我們自己一定要重視起來，你如果不重視，將來會有客觀事實來證明，大家也會知道的。

這次學習不是强迫的，是要自願自覺的，有人認爲學習是爲了生活，不學習就保不住工作，這是很錯誤的看法，我們人民政府基本上是不會使人失業的，當然你自己墮落腐敗，那另當別論。我們學習是要學習在新社會如何站的穩，如何才不誤人子弟，如何才作一個名符其實的人民教師，這是我們應自己問問自己的。現在十目所視，十手所指，人人都可以在看着。今天人民日報的讀者來函有對師大邱椿先生的批評，邱椿先生在舊社會是鼎鼎大名的大教授，同學們現在已替他提出意見，説他學習態度不够正確，同學們的意見是好意，不是打擊，現在的批評决不是鈎心鬥角，决不是假公濟私，是幫助他能更進一步。

在舊社會裏，作事作人作學問，三者是分開的，是各不相干的，好學問的人不一定會作事，有很好的人不講念書，能念書的人有的很壞，不然就是浪漫自由。在新社會，作事作人作學問是三位一體的，三者要聯系在一起。從前有的大教授學問很好，脾氣很壞，現在是不允許的。

我們都是舊社會出身的人，根本没有聽見過新事物和新道理。我就是一個這樣的人，我甚至於連新名詞有的都不知道。

如立場問題，人民立場，階級立場，我們根本没有聽説過，也根本没有聽見過什麼是階級，但是你雖没聽見過，階級却一直存在着的。人民二字雖見過，但是講法和現在不一樣，從前的人民是指百姓，但古時有姓的都是酋長，『萬邦有罪，罪在朕躬；百姓有罪，在於一人』，百姓是與萬邦來比的，可見是指的頭目，不是現在所説的老百姓。

所謂百姓，就是指頭目。最低看到『百姓』，没有看見過廣大人民，歷史上中國的大政治家孔子、孟子、王安石、王陽明、清朝的顧炎武，漢奸劊子手曾國藩，没有一個是看見廣大民衆的。孟子也常説得民心，所謂得民心是説得頭目的心，孟子説：『爲政不難，不得罪於巨室，巨室之所慕，一國慕之，一國之所慕，天下慕之。』他的意思是説政治就是抓住頭目的心。殷的聖人伯夷太公二老人，歸依了周朝，孟子説：『二老者，天下之大老也，而歸之，是天下歸之也，天下之父歸之，其子焉往？』這還不是抓住頭目，抓住幾個有名的人就成了嗎？哪裏看見了廣大人民，他是大母鷄來了，小母鷄自然就會跟了來，我們現在是小母鷄都來了，大母鷄上哪裏去呢？廣大人民都政治水平提高，頭目們也要考慮考慮了。

再如批評與自我批評,歷史上也是根本没有的。我們有『閉門思過』,論語上説:『吾日三省吾身。』又如『内省不疚』,『見其過而内自訟』,這是否是自我批評呢? 這都不算作自我批評,他們所説的都不是公開暴露思想,是閉門自省,常常是自己解脱,自己原諒自己,絶對不會痛哭流涕,自己作了骯髒的事,怕人知道,公開的告訴别人是不可能的,所以古時就没有自我批評。

批評别人也是没有的,而且是引爲大戒的事,孔子説:『攻其惡無攻人之惡』『躬自厚而薄責於人』,就是説不要批評别人。朋友之間,也有時有規勸,所謂『規過』,但是規勸要有限度,『忠告而善道之,不可則止,無自辱焉。』『朋友數,斯疏矣。』太滑頭了,都是勸人不可太規勸人,免得自討没趣,都是個人主義,不是站在人民立場,對人民負責的態度。

再説到立場問題,有人説俞銘傳包庇地主可以原諒,因爲他們是兄弟,他是爲他哥哥隱庇,這就是站在地主階級在講話,這就是失去立場。用舊社會的舊道德來講,孔子就主張父爲子隱,子爲父隱,隱來隱去,包庇地主也會成了對的了。

我們的思想受了一大串舊社會的教訓,馬上讓我們改過來,是很不容易的,我們批評别人,暴露自己,都是很不習慣,所以我們要想盡法子,用盡力量來展開學習,是很重要的事情。

這都是説受舊社會的影響很深，也有受半新不舊的西方聖人的影響的，如愛人如己，視敵如友等想法，我們土地改革，鬥争地主的時候，就有人覺得過火，甚至有人説對敵人不可打擊，這就是敵我不分，認賊作父了。

我是未拿出作爲中心人物來討論，如果討論，真是一文不值。比如抗戰的時候，我是主張輔仁不與敵僞來往，包庇了同仁同學們都躲在輔仁，我當時想這不是抗日是什麽呢？我們反對日本，只不過是没上前綫打仗就是了，我當時想我們都抗日，有的人在前綫打仗，我們好好教我們的書，反抗敵僞，這就是我們兵和日本的兵打，我們教書的和他們教書的打，這就是陳垣的抗日，這想法真是可笑，老實説如果抗日，就不讓你存在了，輔仁也没有抗日，我自己也没有抗日。我那時不懂得什麽是帝國主義，以爲反對日本就是有民族立場，那麽投向美國是否有民族立場呢？我連侵犯教育主權也都不知道，以爲蔣介石是抗日的，美國是幫助我們的，我不與敵僞合作，自己念我的書，他們也就正好利用我不管事，我也正好不願管事只願念書，我想當時我若管事，他們也就不用我了，他們表面對我很客氣，實在我就是作了他們的俘虜。

輔仁一直没有抗日，如果真抗日早就被封閉了，輔仁中學在徐州陷落的時候，因爲不挂旗『慶祝』，就被封閉了兩個多月，就這一點算是有些反抗吧，就馬上被封閉。我當初就是敵我不分，立場不穩的。

思想改造確不是容易的事，尤其是我，我太没底子了，我前次和毛主席説我是解放後才讀到你的新民主主義論的。

我没參加土地改革前，我對我的作學問看法就和現在不一樣，我從前是專攻考據的，在舊社會裏也是相當有地位的，我想我的立場觀點雖然不見得正確，但是我的工夫是有的，我説話有據，在某書在某頁，老老實實，我當時還以爲這是唯物的，以爲是十分靠得住的真憑實據。一直到參加了土地改革後，實際接觸了廣大農民，然後才知道我所根據的東西，一概要不得。我根據的東西，除書本以外，還有金石、碑刻，當時以爲這都是好材料了。這次沿途走來，看見這些碑文等等，都是地主階級的東西，内容都靠不住，碑上稱贊的事迹，我們問問當地老農民，都説碑上説的不符事實。這和武訓傳的碑文一樣，如果只看碑文，上面都是稱頌之辭，再問一問當地農民都是不滿意他。這是我從前以爲很對的東西，現在最後的戰綫也被突破了。

古人早就看出此點，他們説我作貪官污吏，當時有人駡，這些人死了，就没人駡了，人不能永遠不死，書傳却可流傳，『有千年不死之文，無百年不死之獻』，我們如不用階級分析法，只根據其文，則是靠不住的，這事我一直到七十還不懂，到七十二歲才明白了。

又如我以前是不問政治，因此就頗想往田園之樂，喜歡農村的生活，喜歡讀『雲淡風輕近午天，傍花隨柳過前川』，『山窮水盡疑無路，柳暗花明又一村』。於是在陶淵明、陸放翁的詩集裏抄了許多這類詩句，我們是問舍求田，不問政治。真正到了農村，看到廣大農民，哪裏有這樣的樂趣呢？ 這樣的樂趣，是大地主的，陸放翁他們都是大地主。

我在成都去參觀，成都的公館門前有某園某廬，有一家門口寫着『農閑小憩』，裏面却是亭臺樓閣，諸位誰看過舊社會的農民跑到這樣的地方去休息的。我以前拿大地主當了人民大衆，當作我們的好朋友，一直到看見實際情形，才有了覺悟，可見思想改造是不容易的事情。

思想改造和土地改革一樣，土地改革要經過鬥争，思想改造也要經過鬥争，和平土改是很荒謬的，和平思想也是不成，也等於没改。

此外文件學習也是很重要，文件是武器，可以戰勝敵人，作爲尺度，來衡量我們的思想。我讀了斯大林與威爾士的談話，看出我當初在輔仁不管事，我如果管，帝國主義就不容我了,他們以前對我很客氣,實在是因爲對他們有利。去年他們要解聘五位教授時,我不答應,他們不是要組織董事會嗎? 組織董事會的目的,就是要换校長。斯大林告訴我們:『如果羅斯福企圖犧牲資本家階級底利益來真正滿足無産者階級底利益,那麼資本家階級就會拿别的總統來代替他。』這就使我更深一步了解到所謂超階級,實際上是對他們有利的,這一點帝國主義分子比我清楚的多,我以前還不知道呢。

(一九五一年十二月五日)

慶祝斯大林七十二歲生日大會講話

今天我們慶祝斯大林七十二歲的生日，我們歡欣鼓舞的祝賀他身體健康，萬壽無疆！我們爲什麽要給斯大林大元帥祝壽呢？ 就是因爲他的名字與中國人民的利益和解放，與全世界人民的利益和解放是分不開的，他是中國人民和世界人民的最好的朋友和導師； 因爲他是一切被壓迫者的救星！

我們祖國近一百多年來，内憂外患，灾難深重，爲了争取自己的解放，中國人民不斷的進行了英勇鬥争，直到十月革命爲止，我們總不能得到决定性的勝利。 十月革命把馬列主義介紹給中國，中國共産黨和毛主席把馬列主義的普遍真理，與中國革命的具體實踐結合起來，并領導了中國人民取得了今天的勝利。 中國人民，如果没有斯大林所給予的理論和指示，是不可能取得今天這樣勝利的。

斯大林和他領導的蘇聯人民，在大革命時期，抗日戰争時期，對中國人民人力物力的援助，更是人所共知。 一九一九年，蘇聯首先廢除了帝俄在中國的不平等條約。 中華人民共和國成立，蘇聯首先和我們建立平等友好的外交關係，并積極幫助我們的建設。 這都説明了斯大林是中國人民最好的朋友。

現在我們全校師生都在學習馬列主義，改造自己思想，在我們學習中間，一定要分清敵我，要認清誰是我們真正的朋友，誰是我們的敵人。誰是我們真正的朋友呢？歷史已經說明得很清楚，就是斯大林領導的，以蘇聯爲首的世界和平民主陣營，我們要一面倒，要倒向蘇聯，要倒向社會主義一邊，我們不能三心二意，摇擺不定。我們不能認敵爲友，以友爲敵。我們一定要認清没有蘇聯，没有斯大林的援助，我們的勝利是不可能的，我們勝利了要鞏固也是不可能的。

因此我們今天要熱烈的慶祝。我們慶祝斯大林，就是擁護他，擁護他的事業，擁護社會主義的勝利，擁護他給人類指示的方向。他是世界持久和平和人民民主的旗幟，是被壓迫民族解放的旗幟。是我們中國人民最好的最親切的朋友和導師！

進步人類的領袖斯大林萬歲！

中國人民最好的朋友斯大林萬歲！

中蘇友好合作萬歲！

〔一九五一年十二月二十一日〕

北京市第三届第三次各界人民代表會議上講話

——擁護開展反貪污、反浪費運動

各位代表：

我們聽到彭市長關於增産節約、反貪污、反浪費、反官僚主義的報告。非常滿意，非常感動，我們堅決擁護。

貪污、浪費、官僚主義，是幾千年封建社會的惡習，尤其是國民黨反動統治這幾十年，真腐化到不成樣子了。歷史上雖曾禁止過浪費，嚴辦過貪污，因爲都係表面的措施，不可能有肅清的效果。現在是新時代了，是從來没有過的毛澤東時代了，他不只是禁止，是嚴辦，而是要加强政治思想教育、愛國主義教育，給他一個革命的人生觀，而且是全國一致，由下而上，又由上而下的，大張旗鼓來一次運動，然後將這個運動變爲經常的教育，時時不斷的警惕，倚靠着人民群衆的力量，這回一定可以把這個千年惡習根本杜絶，是無疑的。

我們教育工作者，現在正進行着思想改造，這件事也是思想改造的一端。不單是財經部門、工商部門，才有貪污浪費的現象，我們教育部門，也有貪污浪費的現象，有人説，教育部門有費可浪，無污可貪，這句話是不正確的。况且對整個國家愛利益、人民利益來説，浪費的害處，不必貪污的害處輕，但貪污人人都知道犯罪，浪費就有人覺得不是犯罪罷了。

這些道理，彭市長已發揮很透徹，總之，『嚴懲貪污，禁止浪費，反對脱離人民群衆的官僚主義作風』，是共同綱領第十八條規定的。我們應該遵守共同綱領及毛主席增産節約的指示，堅決擁護彭市長的報告，徹底消滅貪污浪費這個惡習。我們上歲數的人，更應該記得孔夫子一句話，就是『血氣既衰，戒之在得』。我的話完了。

〔一九五一年十二月三十日〕

輔仁分學委會擴大幹部會議上講話

十二月二十九日，總學委會討論關於第二階段後半段，就是國内劃清敵我界限的學習精神和計劃，明確了具體學習目的，和加强思想領導的問題，現在簡單的報告一下：

一、本階段的學習目的：總的目的是在國内劃清敵我界限，通過讀文件，聯系思想，在立場上劃清界限，從政治上、思想上認識清楚，與國民黨反動派，和地主階級割斷關係，當然在國際間劃清敵我界限，和在國内劃清敵我界限都是立場問題，是不能截然分開的，至於土改或鎮壓反革命兩方面，從那一方面來劃清，來作爲重點，要以各學校具體情況決定。

二、進行的步驟：從學習文件，結合思想基本認識上入手，文件不要太多，而要求學習的深入，在精讀文件和漫談中發現問題，然後作深入的解決，以『論人的階級性』和『論人民民主專政』爲主要文件，關於土地改革問題的報告，和延安文藝座談會的講話爲參考文件。第一周主要爲鑽研文件聯系思想，從階級本質上認識，第二周爲結合土改，或鎮壓反革命來檢查思想。

要注意在國内劃清敵我界限，在聯系思想方面來説，是比較容易的，但解決思想問題就不見得容易,可能比國際間劃清敵我界限更艱苦一些,所以兩周的時間要特别注意抓緊學習。

三、加强思想領導:

(一)加强領導學習文件的思想性——要作好了思想領導,最重要的是三件事情:1善於發現抓住原則性的問題,2針對問題,以適當的文件來解決,3深入了解,解决了那些問題,還存在着那些問題。這也就是説首先要掌握思想情況,然後配合文件的學習來解决,當然在學習文件的過程中,還要注意再發現問題,這樣才能把學習領導的深入下去。

(二)加强幹部學習——一方面先自學鑽研文件,另一方面請輔導員幫助分析問題,這樣就可以增加領導力量,但要注意幹部學習,并不是學習完了,替旁人解决問題,要知道思想改造主要是自我改造的問題。

(三)培養典型——在那一方面發現了典型事例,就抓緊來培養,才能影響全面,帶動全面,過去這個工作作的是不够的。

(四)進一步的動員,端正學習態度,和文件報告。

另外還有幾個問題:

(一)國際上劃清敵我界限,解决了那些問題,還存在着那些問題,分别了解一下,必要時再作大報告。同時注意一下，讀文件解決了那些問題，討論中解決了那些問題，報告員解決了那些問題。

（二）寒假集中力量來學習，并延長一周，準備把第三階段學完，學生開學時間照舊，學生來校後配合教師學習，聽報告，組織討論。

（三）三反運動配合的問題，教師還是以思想改造學習爲中心，關於三反運動聽大報告，組織適當的漫談，行政人員職工以三反運動爲重點，組織文件學習，討論和坦白，檢舉。

（四）第二階段，就是劃清敵我界限的階段，在國際國內，都學習完了之後，每個人要作一個學習小結，鞏固一下這一階段的收穫。

我們分學委的辦公室，根據總學委的精神，擬定了一個本階段學習的初步計劃，希望大家研究討論一下。

本校根據總學委會的精神由辦公室擬訂的計劃

第二階段後半段學習計劃

一、具體目的：本階段學習時間爲兩周，總的目的爲在國內劃清敵我界限，結合彭真同志的報告，和學習文件，從階級關係上來分析，認識反動階級的反動本質，和人民内部各階級的關係，進一步了解人民民主專政制度的歷史必要性，和優越性，認識土地改革和鎮壓反革命政策的真正意義,批判反動的和錯誤的思想,從政治上、思想上與反動階級割斷關係,站穩人民立場,建立爲工農兵服務的思想。

二、進行步驟:

第一周: 結合報告

星期一二三精讀『論人的階級性』和『論人民民主專政』兩文件,進行互助漫談,認識反動階級的反動本質,和人民内部各階級的關係,人民内部民主就必須對反動階級專政,了解人民民主專政制度的歷史必要性,和優越性,聯系思想提出問題。

星期三晚七時文件報告會

星期四上午九時各小組匯報漫談情形及提出的問題,然後决定每小組討論的中心問題。

星期六下午小組討論

第二周

星期一二三結合輔助文件,關於土改的報告,關於羅瑞卿部長鎮壓反革命的報告,延安文藝座談會的講話,聯系思想,進行互助漫談,認識土地改革和鎮壓反革命政策的真正意義,批判個人的錯誤思想,從政治上、思想上與反動階級割斷關係,站穩人民立場,建立爲工農兵服務的思想。

星期四上午九時匯報漫談情形，按各小組情形提出中心問題。

星期六下午進行討論

三、文件學習提綱

本周文件學習提綱

一、劉少奇論人的階級性

(一)什麼是階級？在階級社會中人爲什麼都具有階級性？人的階級性和個性、感情有何關係？『人性善或人性惡』的説法爲什麼是錯誤的？

(二)根據『人的階級地位，決定人的階級性』的原則，如何認識地主階級，和官僚資產階級的反動階級本質。無產階級和非無產階級的階級性有哪些區別，其產生根源何在？表現形式如何？

二、毛澤東：論人民民主專政

(一)爲什麼國家是階級統治階級的工具？

(二)中國的人民民主專政，是對誰民主，爲什麼要民主，對誰專政，爲什麼要專政？專政和民主的關係如何？爲什麼必須是工人階級領導？

參考資料

一、艾思奇：社會發展史講授提綱（五）論社會的思想意識。

二、列寧：國家與革命（第一章：階級社會與國家）

列寧：無産階級革命與叛徒考茨基（資産階級與無産階級的民主，被剥削者與剥削者之間是否能有平等？）

〔一九五一年十二月三十一日〕

傳達北京市第三屆第三次各界人民代表會議

諸位同仁、諸位同學：

北京市第三屆第三次各界人民代表會議，已經在十二月二十八日召開，會議一共開了三天，在三十日（前一個星期日）閉幕。

我們學校，由同學徐炳鑫，工人同志李成森，和我出席。

這次會議的內容，主要是討論增產節約，反對貪污，反對浪費，反對官僚主義的問題，經過這次會議，進一步動員全市人民大張旗鼓地開展反貪污、反浪費、反官僚主義運動。

大會開始後，由市協商委員主席彭真市長作報告，彭市長首先報告了今年全市的增產節約的成績。他說：『全市人民響應毛主席的號召，已經在增產節約運動中做出很多成績。僅僅根據二十個公營工廠和礦場的統計，已經爲國家節約了三千六百三十多億元的財富。私營工業增產數量也在三千多億元以上。市郊區農產一般比去年多收了半成到一成。』

關於開展反貪污、反浪費、反官僚主義運動的問題。他說：『北京市群衆性反貪污、反對浪費運動已經初步展開，有些有貪污行爲的工作人員已在本單位坦白。我們對於貪污現象應該抱正確的態度，我們決不能縱容貪污，我們只能堅決消滅他。』彭市長最後號召有貪污浪費現象，或行賄行爲的人，自己坦白，自己檢討。全市人民要檢舉貪污分子，協助人民政府，徹底消滅貪污浪費現象。』這個報告，我們學校已經在十二月三十一日（星期一）下午四時在禮堂轉播録音的放送，大家已經聽到。

在彭市長報告後，市抗美援朝分會主席張奚若作了關於北京市抗美援朝保家衛國運動的報告。他總結了一年的抗美援朝工作後説：『爲了繼續加强抗美援朝，支持中國人民志願軍，必須繼續廣泛與深入進行愛國主義教育，檢查修訂愛國公約；做好優待烈屬、軍屬等工作；最主要的是大規模地展開增産節約運動。』

繼由吴晗副市長報告籌備下届代表的選舉工作及市協商委員會副主席錢瑞升報告，關於提案審查後，就分小組討論。

第三天各代表共四十人發言，由彭市長最後作了總結報告，指出增産節約是一九五二年最中心的任務。剛才我們的轉播，就是這個總結報告，希望大家注意收聽，聽完後進行學習。

這個報告，就是彭市長在會議上的總結報告，結合上次所聽的會議開幕詞，對反貪污、反浪費、反官僚主義可以有一個清楚的認識。

自從毛主席提出『增加生産，厲行節約，以支持中國人民志願軍』的偉大號召以來，全國各界人民正在以無比的熱忱展開增産節約運動。

去年十二月二十九日（上星期六）中國人民政治協商會議全國委員會向全國人民提出了關於增産節約運動與反貪污、反浪費、反官僚主義鬥争的重要指示。（見十二月三十一日人民日報）指出：貪污、浪費是增産節約的大敵，它對於國家與人民利益的危害，已發展到相當嚴重的程度。如果對這種嚴重的現象不加以制止和克服，就會腐蝕我們新生的國家機構。而官僚主義正是貪污與浪費的温床，凡是貪污、浪費最嚴重的地方，必然是官僚主義最嚴重的地方。因此，不堅决地展開反貪污、反浪費、反官僚主義的鬥争，增産節約運動就不能順利的展開。

現在全國各地正在大張旗鼓、雷厲風行地展開反貪污、反浪費、反官僚主義的鬥争。我們這一次北京市第三屆第三次各界人民代表會議，進行討論的時候，就是圍繞這一個中心問題，發言的各界代表都指出：國民黨反動統治時代，猖獗的貪污風氣的殘餘，現在不但没有肅清，而且在繼續勾引和傳染好人。一部分新參加工作的青年，甚至老幹部，都被他們拖下了泥坑。因此，一定要展開反貪污、反浪費、反官僚主義的運動。

大家并在會上揭露了很多貪污浪費的具體事實。

如公營工礦企業職工代表們，用具體事實來説明工礦企業中存在的普遍而嚴重的貪污、浪費現象。北京鐵路分局，現在迎接有五百七十六人坦白或被檢舉，貪污的錢，約在九千萬元以上。石景山發電廠，因領導方面的官僚主義和計劃不周，曾經浪費了五十億元以上。

工商界代表傅華亭説：『我們工商界一定要徹底消滅貪污行賄現象。』他們已開過大小一千五百九十六次動員會，在二十六七兩天，坦白和檢舉的已有四百多人。無綫電業代表説，全業會員共一百多户，約有八十多户有行賄，和不法行爲，現在有很多工商業者，坦白了自己的惡習，和行賄行爲，并且檢舉了一些機關工作人員的貪污行爲。例如：某機關在魯麟商行前後買兩億多元的貨物，就加了兩千多萬元的『回扣』；有一造紙廠，賣給某機關灰報紙二千五百令，每令十三萬捌仟元，發票上却開成每令十四萬，共得『回扣』五百萬元。北京市供銷合作總社主任王純説：『合作社貪污分子的『技巧』是很高的，有二十多種貪污方式。同時不法商人勾結幹部，更是千方百計。他們勾引幹部有五部曲：先請吃香烟，然後到街上轉一轉，碰上小館吃便飯，洗個澡，上戲院，最後再問『同志，有没有困難』。不法商人就這樣無耻的勾引幹部。

有人説，他們企業部門，工商界才有貪污現象，我們教育工作者，我們文教界，有費可浪，無污可貪，或者認爲教育工作者『不管錢，不管賬，無汙可貪。』這些看法，都是不正確的。如中小學教育工作者代表鄭雲説：『去年以來，在中小學裏就發現了二十多起貪污案件。』清華大學學生代表凌瑞驥指出清華大學合作社，和北京大學都發現有貪污的事情。又如北大工學院由於發覺職員在膳團中有貪污行爲後，經積極分子帶頭調查，又發現院辦公室副主任，事務課的事務員，花匠等，種種貪污不法情事，又查出圖書館職員放高利貸等事件。這就可以證明學校裏貪污的事情是相當嚴重的，并不是有費可浪，無汙可貪。

我們輔仁大學是否也有貪污的現象呢？并不例外。我們經過調查瞭解，知道一些貪污事實，已經揭發的，就有電燈匠的工頭，爲了給中學拆換電綫，勾結私商，企圖盜取大學的電綫。又有一個油匠，外叫工人每人工資兩萬二，他報給學校的賬是兩萬七千。這都説明了我們學校是有貪污行爲存在的。

貪污行爲，是長期反動統治的舊社會中，遺留下來的惡習，幾千年的封建社會，尤其是國民黨反動統治的這幾十年，真是腐化到不成樣子了。貪污腐化，對於國民黨反動統治來講，是他們實際的『制度』，是他們貫澈下來的領導作風，不貪污的倒是例外，在今日人民政府之下，貪污和浪費，則是絶對違法的，是絲毫不能容許的，就有一點點，也要把他徹底消滅。正像彭真市長在北京市機關團體聯合大會(十二月二十日)上所説:『貪污是一種毒菌,這些毒菌,傳染到我們的内部,對於我們是有致命危險的。』

當然,自從解放以來,我們各級學校裏,絶大多數的工作人員,是堅持着廉潔的,樸素的作風,發揚了爲人民服務的革命道德。也正因爲如此,我們近三年來的工作,才得了一些成績。但是,也有一些工作人員,受了舊社會思想作風的影響,産生了貪污、浪費、官僚主義的作風。這種現象,我們必須加以反對,必需徹底肅清。這樣,才能保持純潔的革命工作作風,才能使我們的國家,得以迅速的走向工業化。這一運動,是我們當前工作的中心運動。開展這一運動,要和鎮壓反革命一樣的大張旗鼓。鎮壓反革命是和人民外部的敵人進行鬥争;而這一反貪污、反浪費、反官僚主義的運動,則是對人民内部産生的腐化墮落現象作鬥争。這種現象不加以克服,讓他繼續發展下去,是非常危險的。這是關係革命成敗,關係國家存亡的嚴重問題,我們大家,誰也不能忽視,誰也不能不管,要認清貪污、浪費和官僚主義作風是人民的敵人,所以反對它們,是全中國人民,人人有責的。就像剛才彭市長所説的『不管』不是『清高』,『不管』一方面證明他不能辨别是非,不能分清敵我。另一方面説明他對敵人不去鬥争,是懦弱,是没有勇氣,是和敵人妥協。只要不是和敵人訂了合同的,只要不是和貪污分子一黨的,就一定要反對,一定要和敵人作鬥争,不能不管。

具體的辦法，是怎樣呢？ 第一就是先要坦白，凡是自己不幹浄的，要首先自己坦白，自己檢討。凡是自動坦白，表現真誠悔改的，不論是貪污是浪費，是受賄還是行賄，政府都將從寬處理，罪重的可以減輕，罪輕的可以減免，如果是犯罪而不願坦白不知改悔的，將受到嚴厲的處置。

有人想，不坦白也沒關係，沒有人知道，把這個運動混幾個月就過去了。 事實上是不可能的，這一個運動不是暫時的運動，是長期的，今天可能不知道，明天就會知道，而且大家都在進行檢查工作，一兩人的事情瞞不過全體群衆，况且各界都進行反貪污反浪費運動，受賄的人不説，行賄的人也會説。 各界人民都動員起來，布置下天羅地網，希圖僥幸是不行的，坦白承認錯誤，才是自新之路。

有人想坦白，但思想有顧慮，怕説了出來，自己面子不好，或是怕坦白出來被送到法院。 應當認清如果犯的罪要送法院，不坦白，檢查出來也要送法院，坦白以後，倒可以減輕。 不坦白的人，對人民利益和財産不重視，對人民不負責，别人檢舉出來便丢臉，坦白承認錯誤，在人民面前，痛改前非，才是有面子，才是光榮。

我們學校有一位職員（張仁），在他經手的錢裏用了三十多萬塊錢，并把賬目更改，他經過三自革新運動，又經過慰問中國人民志願軍，自己認識提高，他想『志願軍能够不怕任何困難，犧牲個人利益，爲了抗美援朝，保家衛國，去堅決與敵人作戰，自己因爲他們的保衛祖國，得以安心在後方工作，還爲了個人小利，移用公款，太慚愧，太卑鄙了。況且在新中國作一個光榮的教育工作者，作一個人民的幹部，實在不應當有這種作風。』他經過幾天的思想鬥争，終於把錢凑了出來，拿到工會主席那裏去自己坦白，并在小組裏，作了深刻的檢討。這種精神，是對有不法行爲的人一個好榜樣，我們應當學習他這種坦白承認錯誤的態度。

除了自己坦白外，就是檢舉。坦白是犯罪人自己的權利和機會，檢舉不檢舉，就在於我們全體群衆。我們一方面進行檢舉，一方面進行檢查。任何威脅壓制檢舉的人，任何拒絶檢查的人，我們都要嚴厲懲辦。

檢舉的人，不要有顧慮，不要害怕。有人明明知道貪污、浪費現象，既不檢舉，又不批評。他説：『多一個朋友多一條路，多得罪一個人多一堵墻。』這樣看法是不對的，有不法行爲的人，怎麽能算是『朋友』呢？檢舉這樣的人怎麽能算是『得罪人』呢？這是舊社會的處世態度，在新社會對國家利益對人民利益，不負責任的人，是包庇行爲，是不允許的。如果貪污分子等真是你的朋友，你爲了愛護他，更應該幫助他及早回頭。因爲真正的朋友交情，是幫助朋友進步，不是掩飾他的罪惡。

有人害怕：『我檢舉揭發了他，他將來打擊我，報復我，怎麽辦？』這種顧慮也是不必要的。剛才彭市長已説得很清楚，誰要檢舉了貪污分子等等全國人民和人民政府都會支持你的，誰要想打擊或報復人民政府就會制裁他，失敗的必定是他，不是檢舉的人。檢舉的人，是要受到表揚的。

當然，檢舉别人，也要有根據，或者是有些綫索。不是亂檢舉，或存意打擊别人，但是，凡是知道一點綫索的，就可以檢舉，我們還可以繼續調查，千萬不可以，采取袖手旁觀，或置之不理的自由主義態度。

我們全校的教職工警，和我們全體同學，應當全體都起來，作這個工作，工會和學生會前幾天都舉辦了反浪費的展覽，工人的黑板報，同學們的黑板報，也都加强了這工作，以生活中的實例，來説明浪費情況的嚴重，職員工友們并創造了種種節約辦法，每月爲人民節省了不少財産，這是非常好的，但是我們作得還不够，今天展開了反貪污、反浪費、反官僚主義的運動，我們要雷厲風行，要大張旗鼓，對貪污浪費現象，作毫不留情的鬥争，向他們進行圍剿。

我們全校的教職學工警們，要拿出愛國主義的精神，對祖國忠誠的熱愛，對國家財物對人民的財物,忠誠的熱愛,認清楚國家工業化,必需『積累資金』,『積累資金』的方法就是增産節約,所以增産節約是我們目前的中心政治任務,搞好增産節約,就是增加國防建設,和支援前綫的力量,并且加速經濟建設,也是推進國家迅速工業化的加速劑。而推動增産節約運動,必須與反貪污、反浪費、反官僚主義的鬥争密切相結合,凡是貪污或浪費了一分人民財産的,就等於浪費了一分建設力量,就等於削弱了人民民主專政的基礎。

我們教師,正在進行思想改造運動,這件事也是思想改造的一端,但目前仍以思想改造學習爲中心,在反貪污、反浪費、反官僚主義運動,則僅除聽報告外,組織漫談。這是教育部的指示。

同學們在十二月二十五日(上星期二)聽了張大中同志的報告,已有了較明確的認識,今後還要加强學習,從思想上瞭解這運動的目的。并建立對新國家財物的新態度。樹立新社會的新道德,并且應進行檢舉工作。檢舉本校的,和校外的貪污浪費現象,是非常必要的。

至於行政人員和職工校警,則應以此運動爲首要任務,雖然我們大多數都是廉潔、樸素的,不過還要加緊學習,提高政治認識,彼此監督檢查各個部門的工作,有錯誤行爲的從速坦白認罪。

我們全校全體的人員要共同努力，在這個戰争上打一個輝煌的勝仗。

最後我引用毛主席在中央人民政府舉行元旦團拜時的祝詞，來預期我們的成功。他說：『我還要祝我們在新開闢的一條戰綫上的勝利，這就是號召我國全體人民和一切工作人員一致起來，大張旗鼓的，雷厲風行的，開展一個大規模的反對貪污、反對浪費、反對官僚主義的鬥争，將這些舊社會遺留下來的污毒洗幹净！』

末了，我再談一下我們學校的具體工作，我們學校昨天已成立了『輔仁大學節約檢查委員會』主任委員陳垣，副主任委員張重一，委員：林傳鼎，賈世儀，朱乃鑫，李成森，劉以珍，周駱良，胡效贄。

委員會下設辦公室，辦公室主任：賈世儀，副主任朱乃鑫。辦公室分三個組，檢查組、宣傳組、秘書組。檢查組組長張重一，組員朱乃鑫，賈世儀，劉以珍，張？？，任理民。宣傳組組長周駱良，組員陳衛清，蔡孝睿，穆天齊。秘書一人，錢立翀。

昨天召開了節約檢查委員會，決定了工作的步驟：

一、動員學習

二、坦白檢舉

三、檢查處理

當然這三步驟,也不是截然劃分的,今天就開始動員學習,學習中就可以坦白,也可以檢舉,坦白期限到下星期六,(一月十二日),十二日以前有檢舉的,我們暫不發表,爲的是給貪污的人一個自新坦白的機會,十二日以後,檢舉出來的、就不算坦白了。

坦白的人,我們應給予種種的方便,可以書面坦白,可以口頭坦白,也可以在小組裏坦白,也可以找個人談出來,不過要限於節約檢查委員會檢查組的人。坦白的時間也不限制,可以隨時。不過坦白一定要徹底,要完完全全,老老實實,不要避重就輕,也不要藏頭露尾。

今天就開始進行學習,先學習彭市長兩次的報告,沒有聽完全的,可以參考十二月二十九日和三十一日的人民日報,具體學習内容,我們研究後,再通知大家。

〔一九五二年一月四日〕

擴大校委會爲教員展開三反運動的講話

今天是校委會擴大會議，出席的是校務委員，分學習委員會委員，節約檢查委員會委員。

校務委員會

主席：陳垣

委員：張重一　徐侍峰　趙光賢　蕭　璋　李儒勉　柴德賡　李景漢　趙錫禹　劉景芳

鹿懷寶　歐陽湘　林傳鼎　賈世儀　葉蒼岑　朱乃鑫　李成森　周駱良　齊振禕

邢其毅

學習委員會

主任委員：陳　垣

副主委員：張重一　林傳鼎

委員：徐侍峰　張重一　趙光賢　林傳鼎　柴德賡　趙錫禹　劉景芳　賈世儀　葉蒼岑

徐酒乾　李儒勉　歐陽湘　張阜權　董維憲　鹿懷寶　楊榮春

節約檢查委員會

主任委員：陳　垣

副主任委員：張重一

委員：林傳鼎　賈世儀　朱乃鑫　劉以珍　周駱良　徐乃乾　胡學員

前天(一月十二日星期六)下午到教育部開了總學委會，會上討論的是目前教師思想改造學習，如何結合反貪污、反浪費、反官僚主義運動的問題。

會上馬部長講明開會要商談一的問題後，由政務院文教委員會秘書長邵荃麟傳達了在政務院一百一十九次政務會議上，周總理所作關於反貪污、反浪費、反官僚主義運動的報告。主要是講明三反運動的方向政策等問題。邵同志并報告了胡喬木同志對教師學習運動指出：教師學習這階段，是國際國内分清敵我，但是我們四個朋友階級内部，如果存在一部分資産階級錯誤的思想是有害的，這問題和我們學習有關。高級知識分子要在思想上反對資産階級思想的侵蝕，所以應研究一下，三反運動在教師學習中如何展開。

總辦公室主任張勃川同志講：學校裏教師思想改造學習，原已布置下去，當時布置的情況，是因爲在陰曆年前，三反運動主要是以反貪污爲重點，當時因教師中，貪污情況較少，所以準備在反浪費爲重點時，教師學習再配合三反運動。但是根據今天運動的發展，和對我們的要求，則與以前的布置不能一致，所以目前學習有重新布置一下的必要。

教師在學校裏，占很大一部分力量，教師不動，則學校裏三反運動難於開展。所以總辦公室的意思是準備把思想小結推遲一些，教師學習的內容，加上『反對資産階級的腐朽思想侵蝕』這一內容，就可以與三反運動完全結合在一起，但是，不是停止學習，而正是在這一偉大的實際鬥争中，加强教師思想的改造。將來作小結的時候，内容除去國際國内分清敵我外，再加上三反運動反對資産階級腐朽思想侵蝕這一課。小結以後，再按原來的步驟進行。

各學校把目前的教師學習和三反運動的進行情况，報告一下，一致認爲爲了大張旗鼓，雷厲風行的在學校展開三反運動，并使三反運動進一步深入，教師學習應當和這個運動密切結合。

我們教師應當把反貪污反浪費反官僚主義運動的意義認識清楚。這個運動的意義是非常重大的，三反運動總的方向，不但是爲了反對資産階級的污毒，而且更重要的積極意義是展開增産節約，是積累我們國家工業化的資金，這個資金的來源，主要的，是依靠我們全體人民用增産節約的辦法來解決。所以增産節約就是爲了建設祖國。學校裏。雖然與財經部門性質不太同，但也是存在着貪污、浪費和官僚主義的現象。

我們教師的思想改造學習，本來最主要的就是聯系自己思想，聯系實際，目前全國開展了三反運動，正是最好的聯系實際的具體内容，内容是很豐富的。

前天會上决定：教師學習把思想小結往後推一步，暫時規定在陰曆年前兩個星期内，把學習内容結合三反運動。并不是把學習停止，而是增加了内容。

原來各學校有分學委會，下有辦公室。自從三反運動展開，各學校都成立了節約檢查委員會，下面也有辦公室，現在學習與三反運動結合，學習與檢查的兩套機構，仍舊存在，不過在這個階段，兩部分的幹部，共同來作這一工作，等到過了此階段，再分開，具體處理貪污浪費等問題，仍由節約檢查委員會去處理。學委會再去辦理學習的事情。

在這個期間各校的輔導員聯絡員仍舊到各校具體幫助，一方面以推動運動的展開；一方面掌握教師思想情况，幫助分析。

三反運動不是一個平常的運動，學校的期終考試都停止舉行，同學們也由學生會，并團支部負責，來共同配合這一工作。

節約檢查委員會工作情况——節約檢查委員會是一月三日成立，四日召開了全體教職學工的動員大會，四日晚召開教職工小組長會議，布置工作，五日下午職工動員大會，由任理民同志等作動員報告。九日下午我們全體教職學工，共同聽了薄一波同志的報告廣播，十二日（上星期六）下午二時職工同學（教員因有小組討論）全體又開了動員大會，會上由龔士其同志報告，周駱良、賈世儀、朱乃鑫作了動員。

職工們從七日（上星期一）起，每天下午停止工作，學習文件、報紙，進行討論。教師們則每組有一兩次漫談，有的組已展開坦白貪污、浪費現象，談出一些思想問題。原規定坦白期限到十二日止，現在由於我們發動得還不够全面，還有人不瞭解政策，有所顧慮，不敢坦白，或不肯坦白，故十二日（上星期六）節約檢查委員會開會決定，坦白期限延展四天，到十六日（本星期三）截止。

現在坦白的情況，是小問題交待出來很多，比較大的問題也有一些，但是交待得還不够徹底。檢舉的也有一些。坦白的一共是一一五人，被檢舉出的有四十二件。

我們的政策是：解放後，接辦前，凡是有關係同人同學們的福利問題，和人民財產範圍以內的，和私商勾結等等問題，算作貪污浪費。接辦後，則所有一切都是人民財產範圍以内的，一切都算。

總之，教師、同學發動得還不够，職工方面，比較好些。關於宣傳工作，檢查委員會宣傳組，作得很好，同學們的黑板報，工人黑板報，中蘇友好協會等，也都配合宣傳，是起很大作用的。但整個來説，我們還要用出各方面的力量，想出種種辦法，來繼續發動，是很必要的。

至於教師們對三反運動的政治意義，還有認識不十分清楚的，可能有幾種想法：

（一）有人認爲教師裏，無污可貪，無費可浪，無官可僚，於是以爲反貪污反浪費反官僚主義與教師無關，以爲三反是别人的事，自己就采取客觀主義態度，袖手旁觀。

（二）有些人認爲思想改造學習，現在停止了，改爲搞三反運動。應當反覆説明，不是停止思想改造學習。我們學習爲了改造思想，現在全國展開的三反運動，就是一個具體的豐富的思想改造的内容，就是最好的結合實際。前一星期，因爲我們學習未告一段落，國内劃清敵友的學習，剛剛開始，所已我們只是聽了報告，漫談。當時也并不是完全不管，而是與職工方面程度的不同，現在因爲國内劃清敵我界限暫時告一段落，而且教師中確實有人對三反運動有客觀主義思想，因此我們將思想改造學習與三反運動結合，在學習上加上這一課，是非常必要的。因爲思想改造，就是要參加到實際運動之中。

（三）有人認爲我們這一段學習，還是要注理論學習，這樣就成了和風細雨，就不能作到狂風暴雨。這是一個群衆運動，主要是通過具體事實，不是偏重理論，不能停留在文件字面上。（援老在段原稿上批：風雨二句，是邵同志傳達周總理的話。）

這種思想，一定要設法解釋清楚，不然就影響我們運動的展開。至於學校裏，是否有貪污浪費官僚主義的現象呢？還是有的。前天開總學委會時，各校大體也談了一下情況，只要是與錢財有關，或與修建有關的，大部都有貪污浪費的現象，而且還是相當嚴重的。與商人來往就吃『回扣』，送禮，行賄等，到處都是。

北大醫學院馬文昭先生（口腔科主任）他一向是廉潔奉公的，剛一開展三反時，他說我們這裏没有這些現象，對運動不很重視，等開展起來，發現了他們科的三個工友，就是在屍體上應當打的藥品不打，存起來出賣，在死人屍體上去貪污。馬文昭先生才有所覺悟，他説一定要好好把這運動搞起來，不然工作就没法開展，馬先生雖是廉潔奉公，而正是犯了官僚主義的毛病。

我們學校，據現在情況看，貪污浪費現象也是相當嚴重的，官僚主義更不消説，所以一定要全校教職學工都參加這一運動，才能搞好。

大家對於分學委會及節約檢查委員會兩個機構，集中力量，共同工作，有什麼意見？對於教師學習結合三反運動有何意見？請大家談談。至於我們的具體工作步驟，則等着高等學校節約檢查委員會的具體指示。

〔一九五二年一月十四日〕

選舉出席北京市第四屆各界人民代表會議代表大會上講話

各位同仁、各位同學：

今天我們全校教職學工，開這樣一個非常隆重的選舉大會，來選舉我們輔仁大學出席北京市第四屆各界人民代表會議的代表，足見我們已經認清了這次選舉代表的重大意義，積極的來參加選舉。

選舉人民的代表，是人民的神聖權利，也是人民對國家的職責。這樣的權利，只有人民作了主人的國家政權裏，才可以得到，也只有人民自己的政權下，才有運用自己民主權利的可能。

大家這幾天，進行過學習討論，聽了報告，大都對於人民代表會議，是人民民主政權的最好的基本組織形勢，和自己應當如何行使這一光榮的神聖的權利，有了較明確的認識。

大家都知道我們民主政權的得來，是不容易的。是在中國共産黨領導下無數革命戰士的英勇鬥爭，和多少革命先烈的犧牲流血，換取來的，爲了建立和鞏固這一政權，我們進行了抗美援朝、土地改革、和鎮壓反革命三大運動，爲了鞏固這一政權，我們現在又正在進行着三反運動。

今天我們能得到光榮的參加這次選舉，這不是一件簡單事情，我們不但要認清這次選舉的重大意義，并且要積極的、慎重的參加選舉，選舉我們自己的代表，來出席人民代表會議。這是我們人民民主國家，真正實行人民民主制度的具體表現。

各位同志、各位同學，我們都是舊社會生長起來的人，長期受反動統治，反動政府，把我們老百姓壓在他們的脚下，我們以前没有自己管理國家的權利，現在是人民的天下，人民的政權，我們要以主人翁的態度，來進行選舉，來行使國家的政權，來學習自己管理自己的國家，這樣的責任和權利，是我們無限的光榮和幸福！

各級人民代表會議，是把人民群衆的要求和意見集中起來，制定出政府的政策，施政方針，工作計劃，并通過代表們把這些決定，貫澈到人民群衆中去。這樣，人民政府的各項措施，就都能够得到人民的積極支持和擁護，人民群衆就能够廣泛地動員起來，在人民政府的統一領導下，勝利地展開各種革命鬥争，和國家的各種建設事業。

因此我們大家要認真的、慎重的、負責的選出自己真正的代表，去出席我們首都的第四届各界人民代表會議。

敬祝這次選舉大會勝利成功！

大家又選舉我作代表出席第四届的北京市各界人民代表會議，我一方面感到光榮，一方面感到慚愧，上次我被選爲代表，工作作得還非常不够。這次我要不辜負大家對我的信任和委托，勇敢負責的擔當起人民代表的光榮職責，全心全意爲人民服務，完成代表大家行使政權的光榮任務。

〔一九五二年一月十五日〕

自我檢討

一、我們學校三反運動發展的情況

我們學校的節約檢查委員會，是在一月三日成立的。成立以後，就開始了我們的工作。在第一階段，重點放在反貪污。當時教師們以思想改造學習爲主，同學們則因爲準備學期考試的關係，所以教師和同學都未能用全部力量來參加這個運動。

到一月十二日，決定我們動員全校，所有的教職學工都積極參加這個運動，教師思想改造學習轉入三反運動，同學們則停止考試，我們全體教職學工都積極的熱烈的以全部力量參加這一個有歷史意義的運動。

我們目前的情況：在同學方面，現在幾乎百分之百已參加到這個運動中來，同學們的政治覺悟迅速的提高，正確的認識到三反運動的意義。許多同學都聯系自己，聯系家庭、親友，進行回憶尋找綫索。有的同學進一步的檢舉了自己的父親、哥哥、親戚朋友，現在同學們已有六十五人檢舉。（包括八十一件）這都説明同學們認識提高，不但自己站穩立場，向資産階級的腐化思想進行無情的鬥争，而且以這一實際行動，教育了大衆。

大部同學檢查了自己思想，檢討游擊思想，和腐化思想。如化學系同學們檢討自己，毁壞儀器，浪費藥品，及隨便拿走一些藥品等等情況，批判了自己當時對公共財物的錯誤態度。又如有的同學檢討了自己的腐化作風，有一個同學，以前喜歡提籠架鳥，玩狗，參加這一運動後，覺悟提高，决心改去這些習慣，并準備把狗送到公安局作爲警犬，或把狗皮送給人民志願軍作衣服，這都説明他們已認識了資産階級錯誤的腐朽的思想，并且已積極行動起來投入這一運動之中。

職工方面，當初是以反貪污爲重心，經過幾次大大小小的動員報告，或個别啓發，現在基本上已經動員起來。由於大家參加了運動，思想認識都有所提高，有些人很快的把自己過去的貪污行爲名動用公款，虚報賬目，向節約檢查委員會交待出來，并且對資産階級損公利己的思想進行檢討。但是還有人對人民政府的政策瞭解不够，有所顧慮，還不肯坦白，仍在觀望，或不完全坦白，坦白的不够徹底，有的有較大的問題，現在還没坦白。已經坦白的有一百三十三人。被檢舉而未坦白的，有五十餘人。

教師方面：各組都學習了文件，進行討論，檢查浪費，并且積極的負責的給學校提出意見。大部分先生們檢查了自己思想，對資産階級腐朽墮落思想有些認識，并開始認清了這些腐朽的壞思想不能讓他存在。

總起來說：我們學校自從三反運動展開，是有很大成績的，大批群衆，都積極起來，參加檢查工作和宣傳工作，很多人檢討了自己，檢舉了别人。但是我們也還存在着一些缺點。現在運動發展的還不平衡，還不够深入。

如很多系都在具體檢查各系的浪費現象。又如社會系李景漢先生，由於組裏展開批評與自我批評，經過大家的幫助，已初步認識到系裏購置用品的浪費現象。等等都是很好的。

但是有的教師，對這次運動的意義還不很清楚，對資産階級腐化墮落思想認識得還不够，比如有人説『貪污是人的本質，不貪污是因爲不敢』。有人説『貪污浪費是你自己腐化，不應該賴資産階級思想的影響』。又有人説『你説我浪費，難道你不浪費嗎？如果我不浪費，還許給别人浪費掉呢！』還有人説『資産階級也反對貪污，無産階級也反對貪污，資産階級也有貪污的人，無産階級也有貪污的人，爲什麽説是反對資産階級的思想呢？』

這些思想都是錯誤的思想，這正是資産階級的思想，而且這些思想，正應當在這次運動中很好的來批判它。

還有些人，有些思想顧慮，有人因爲封建面子關係，封建等級關係（上下級關係），師生關係，朋友關係等等，有話不敢説，不敢提意見，不敢批評，這是不對的，我們提意見是對事不對人，你有意見存在，不提出來，他永遠不知道，因此工作不能改進，要打破這些顧慮，今後我們要破除情面，真正展開批評與自我批評，對同事，對上級，對各級工作人員，對行政各負責人員，有意見盡量提出，經過這次運動，不但要使貪污浪費現象在我們學校絶迹，并且要使學校的工作能得到改進，使學校的面貌焕然一新。

因此我們要繼續深入，檢查自己思想，結合學校裏的具體事實，提出意見，使我們運動的發展能够趨於平衡，能够繼續深入，使我們全校教職學工每一個人，都積極的參加到這一個複雜的尖鋭的階級鬥争。

二、在運動中我的思想體會和自我檢討

跟着運動的展開，我的思想上也在逐漸的變化，我檢查了自己，反省了自己。使我更進一步把我自己認清。

我是一個舊思想舊習慣很深的人，在解放以前，三十年來由於閉門讀書，不問世事。在輔仁二十五年，也一直是這樣的態度，學校裏是帝國主義分子當家，學校的一切大小事務，他們自然不願意我過問，正好我對於學校大小事務也都不願意管，自己讀自己的書，空有校長名義，什麽事情不告訴我的，我就不問，由於長時期的不管事，所以學校裏很多事情，都不瞭解，當時自以爲得意，認爲一天讀書，才是讀書人的本色，不應當管理行政事務的工作。由於這個思想，和長期的習慣，養成我不愛管事，不能管事，不負責任的態度。

解放以後，尤其是接管以後，學校裏的帝國主義分子雖已被我們驅逐掉，我們不再受帝國主義的壓迫，而我們學校的一套舊制度，舊辦法，毛病還很多，雖然多少有些變化，但是還是嚴重的存在着。主要的原因，就是因爲作爲一個校長的我，仍舊存在着舊的思想，舊的工作態度。仍用舊作風，舊辦法來對待工作，其結果，當然是損害了行政領導與群衆的緊密聯系。這就成爲我們工作中最大的危險。

首先是我個人的態度問題：我舊日只有念書的習慣，没有管事的習慣。整天關在屋裏，不接近群衆，自高自大，自以爲是，因此在思想上就不重視群衆。解放以後，這個思想并未徹底肅清，所以在處理具體事務的時候，就不能很好的信賴群衆，有時不能和群衆商量,不能廣泛的徵求群衆的意見。同仁們覺悟一天天提高,一天天要求過民主生活,看出學校的種種缺點,來找我談問題,我也不能耐心的,虛心的聽取大家的意見。因爲我以前不愛管事的思想,未完全清除,於是在工作上缺乏高度的責任感,不能積極的、主動的,對學校事務負起責來。自己一天忙到晚,常常是從清早至深夜,到處奔忙,而有些任務,却没有很好的完成,就形成了官僚主義。比如有幾次先生們來找我談話時,我中間曾拿起放大鏡去看報紙(拿放大鏡是因爲我看不見五號字),有時一面批寫公事,一面講話。有一次學委會辦公室匯報時,因爲情况很多,我接受新事物又慢,聽了覺得好複雜,一時裝不到腦裏來,感覺非常沉重,非常吃力,精神就不能集中。這都是因爲我在思想上對群衆還不够重視的緣故,使得大家都不能或不敢多和我接近,阻擋了大家的建議。人家一次兩次來了,你不仔細分析大家意見,下次有意見,也就不再來了。

還有一些事,也可以説明我未能虛心接受群衆的意見。從前我對個别同人有意見,像對劉景芳先生,楊榮春先生,魏重慶先生都有些成見,因此對他們的態度很不虛心,對他們的説話就不愛聽。這事我應當深自檢討,我作爲一個校長,對同人應當積極團結,互相幫助,共同進步,才能辦好人民的教育,不應當抱有個人成見,造成學校裏有不團結的現象,使得我們的工作受到損失。我已認識到這些錯誤，堅决要改正過去的態度，虛心聽取群衆意見，希望大家多多幫助。

總之，由於以前不主動接近群衆，未能虛心向群衆學習，自然大家的意見，不容易聽到。因爲不能充分發揚民主，學校裏民主作風，就不能很好的展開。因此形成高高在上，孤立閉塞，脱離群衆，脱離實際，工作就抓不住中心。這是我個人態度的問題。

由於這些思想的支持，在學校行政上，也造成種種損失。首先是會議制度的問題，校委會很久没有召開，以前還不斷召開常委會，不開校委會，凈開常委會，已經是不能廣泛的聽到大多數人的意見，現在連常委會也有兩個多月没開，於是使學校的方針政策，工作計劃等等，只有少數行政負責人員知道，只和少數行政負責人員商議，形成少數人推動校務，而把大多數關心學校的人關在門外，因此大家有多少對行政上的建議，無法提出。學校裏有些重要事務，事前未和大家商議，而處理以後，也未向大家報告，使得各級負責人不能掌握具體精神，系主任在系裏，也不容易領導，影響到校務的推動。這種種情況，都和我不能徹底依靠群衆，相信群衆的思想分不開的。

比如去年十月中旬，教育部電話通知學校，我們學校可以有四十名同學去參加土改，當時因爲時間急迫,就由行政負責人按教育部所規定的條件,決定了參加土改的系級,大家都熱烈的要求參加土改,都迫切的關心這件事情,而我們倉促決定問題,事後又未能報告給大家知道,使各系負責人和同學都不知道是怎麽處理的。

又如前年(五〇年)生物系曾提出書面建議,指出系裏的經費處理辦法,及教育部的指示與校委會的決議,應當及時公布等等意見。我當時與生物系的先生説,意見很好,等提到校委會討論後,即可實行。但是結果没有處理,也没有回答他們,就把這件事情忘記了,這就可以説明行政對大家所提的意見不够重視,就是官僚主義的一種表現。

又由於工作制度的不健全,工作就不能做到分層負責,各部門的工作幹部,因此也不能發揮其積極性和創造性。使工作推動遲緩。

也是由於工作制度不健全,作校長的人又脱離群衆,使得工作中事先没有請示報告,事後没有督促檢查,工作進行得如何? 領導上心中無數,於是使得各部門的工作形成自流狀態。使得工作的進行,校務的發展,造成不少的損失。這種種情況,主要的原因,就是因爲我未能對群衆完全負責,也未能對人民完全負責,還没有真正做到全心全意做人民勤務員的地步。

三、我校的貪污浪費官僚主義現象

自從三反運動展開，經過坦白、檢舉、檢查浪費，大家對公共財物的愛護，都普遍的重視起來。因此更可以看出我們學校的貪污、浪費、官僚主義的現象，是很嚴重的存在着。

首先説到我自己，我自己以前對公共財物的重視就很不够。比如我住的房子，是學校的校產，初住這幾年是拿租錢的，後來通貨膨脹，錢不值錢，學校就決定不讓我拿租了，接管錢不拿房租，是帝國主義統制之下，還有可説，接管後，這些財産是人民的財産，我也并没有正式的向學校宿舍委員會提出這個問題。以前認識不清，經過三反運動，使我認識提高認識到這是對人民財産不够負責，不够重視。是我應當向大家提出檢討的。

從我們整個學校來説，由於我自己的官僚主義作風，使得嚴重的貪污浪費現象，在我們學校嚴重的存在。貪污的方式，種種不同，有盜賣公物的，如偷賣紙張，偷賣鐵料，偷賣儀器藥品達數百萬等等。又有的挪用公款，動用公款，甚至侵呑公款。又有的吃回扣，要底子錢，收受商人禮物等等。甚至有動用捐獻款項的。這都是三反運動展開後，我們覺悟提高，坦白或檢舉得來的例證。

浪費的現象,則更是嚴重: 比如同人們大部没有宿舍住,對於房子的需要都很迫切,而我們三院的宿舍,已决定作爲教職工的宿舍,結果一空空了幾個月,白白浪費在那裏,使得學校裏有空房,而申請住房的同人得不到房子住,不但房子空着是浪費,而且急於需要宿舍的同人們,房租和精神的損失,更是非常重大的,我們爲了合理分配宿舍,解决一部分教職工同仁的住房問題,曾成立了兩次宿舍委員會,結果拖拖拉拉,一拖就是幾個月,而我不主動催問,不督促趕快解决。這就是因爲我思想裏對於同人的福利問題,還重視不够,自己住着學校的房子,而想不到同人的住房問題。在這方面,我也是要檢討的。

再如西煤廠的新建宿舍,因爲修建問題,地基問題,工程設計的問題,呈請、登記、請領執照等等,很費周折,手續不辦清,就不能購買材料,正在這時候我去參加土改,回來以後,還是存在這樣的印象,也有没仔細去問清,新宿舍究竟進行得如何,辦到什麽程度,仍主觀的以爲還有種種困難没有蓋好,原來已在十二月八日完工,我却不知道; 陽曆年底,我還催問張秘書長,談到咱們的修房木料應當趕快購買的問題。等到前幾天又談到同仁宿舍問題,才知道西煤廠的房子早已蓋好,真是官僚主義,這説明我對同人福利不够關心,不够重視。對工作未能負責,而且造成浪費現象。

這還不算，自從接管以後，帝國主義留給我們這一攤子，以前我對這些財物不加注意檢點，還有可說，現在人民信任我，委托我，讓我負責管理，給我這一光榮的重要的任務，而我對人民財物重視不够，并没有負責整理，我們的財産除清點報部的以外，還有封鎖未清理的没有，有哪些東西應當既加以修理利用，哪些存置物品，應當拿出來利用？ 我完全没有過問。 前幾天聽到同學們自己檢查思想時，有一同學説：『我丢了一支鋼筆，恨極了，但是對很多人浪費或盜竊國家財産，却視若無睹。』又有一同學説：『學校的每一張桌子上都刻着字，而我們家裏的桌子却收拾得幹幹净净』，聽了這幾個同學的講話，給我很大啓發，使我更認識到我對公共財物對愛護不够，説來實在無地自容。

經過幾天大家開動腦筋，動手檢查，更看清我們學校的浪費現象十分嚴重，如汽車房，木匠房，庫房，印刷組，鐵工廠，圖書館購置書物等等。 各處的浪費現象，如果不是經過大家的提醒，如果在我對國家財物認識不清以前，我不但是從不過問，漠不關心，就是有人提出，在思想裏也是糢糢糊糊不會重視的。 這次運動中教育了我，由於群衆的幫助，使我眼光打開，使我思想提高，由於貪污浪費損失了這大批的人民財富，我們能置之不理嗎？ 絶對不能，我以前看不見，聽不到，就是因爲還存在着資産階級的腐朽的思想，因此不能發揚民主作風，不能對國家，對人民，對我們全體教職學工們負責，存在着官僚主義，而使得有這些貪污浪費現象就在我的面前，而竟然熟視無睹，充耳不聞。造成國家財富的損失。

今後無論我個人的工作態度，工作方法，行政的工作制度，及學校裏每一部們的種種貪污浪費官僚主義的現象，請大家盡量的多多的提出批評，我們要向學校裏的貪污浪費官僚主義現象作堅決的鬥爭，因此要求大家共同努力，繼續檢舉貪污，檢查浪費。

以前我是官僚主義，高高在上，不發揚民主，不瞭解情況。人患於不自知，今天已知道自己的錯誤，願虛心的聽取大家建議。從前上面没人管，下面也没法辦，經過這次運動，我們就會上下一致，行政相信群衆，依靠群衆，群衆就是行政的眼睛，爲行政檢查、反映。行政負責人，首先是我自己，在大家監督之下，對人民，對國家積極負起責任，做好人民給我的偉大的任務。有決心，而且在群衆努力，群衆幫助之下，也有信心，會達到這個目的的。

（一九五二年一月二十一日）

〔上海大公報二月十五日發表，用本文二三兩節，題爲我在三反運動中的思想體會和檢討〕

反浪費鬥争大會上講話

自從我們學校的三反運動展開，第一階段，重點在反對貪污，最近幾天以來，我們加强火力，向着浪費現象，官僚主義作風猛烈進攻，我們全校的教職學工，都在愛護祖國財富的旗幟下，積極的行動起來了。大家都已明確的認識到這一偉大的愛國行動，與我們每一個熱愛祖國的人都是密切相關的。從前我們只把貪污浪費認爲是關係個人到的的問題。而没聯系到國家財富和人民財富的問題。經過學習，經過檢查，通過具體的實際教育，提高了我們的政治覺悟，提高了我們對祖國財富的重視和愛護，拿出主人翁的態度，樹立起對人民財富高度的負責思想，向着浪費現象和官僚主義展開激烈的鬥争！

我們學校裏，浪費現象是相當嚴重的！經過大家的揭發，我們更看到浪費現象的嚴重存在，這些浪費的財物，都是祖國勞動人民辛勤的創造。浪費了財物，積壓了物資，使我們國家建設受到阻礙，這種現象，是我們每一個熱愛祖國的人所非常痛恨的。所絕對不能容忍的，我們要堅決以對國家財産負責的主人翁態度。向我們學校一切損害人民利益的現象和行爲，進行猛烈的鬥争。

全體師生員工們,今天我們召開全校的反浪費鬥争大會,讓我們要向學校裏這些浪費現象清算,進行憤恨的控訴,我們不能允許這些浪費現象,在我們學校裏繼續存在。我更盼望我們同人能時時刻刻向麻木不仁的官僚主義提出警告。

〔一九五二年一月二十四日〕

幹部會上自我檢討

三反運動展開後，才使我對國家財富，逐漸有了正確的認識，我以前對貪污浪費的現象，只覺得是關係個人的道德，總不能與人民財産聯系到一起。自然就更不瞭解三反就是爲了增産節約，就是積累國家財富，就是加速祖國的建設等問題。自從參加了這運動，才體會這個運動太偉大。

運動展開，通過貪污浪費現象，才逐漸認識我們，尤其是作爲一個學校領導人的我，官僚主義很嚴重。昨天上午的反浪費鬥争大會，給我教育很大，學校裏這樣嚴重的浪費現象，我不只是不聞不問，而且連想也没有想到，會上的控訴，好像給我上了一課愛國主義教育。有這樣驚人的浪費數字，我才進一步認清我自己官僚主義多麽嚴重。才認識存在着資産階級腐朽的危害性。

就像不照鏡子，不知道自己滿臉滿身污泥一樣，群衆把鏡子放在眼前，才照見自己，才下决心把自己這些污泥洗清，不然就對不起群衆給我提出的這些意見。

我的官僚主義是有他歷史根源的，過去知識分子都不接近群衆，尤其是我更利害，不接近群衆,就不相信群衆,就看不見群衆的能力和力量。自以爲是,就使得我孤僻而且驕傲。

解放以後,這個思想,并没有徹底解決,所以在處理學校事務的時候,就不能倚賴群衆,有事不和群衆商量,不能廣泛的徵求大家意見。

因爲有這些思想存在,又因爲這幾個月來大家都忙,所以學校有事的時候,就由我和秘書長、教務長、賈先生商議一下,就作了决定。形成了少數負責人推動校務。我因爲思想裏對群衆意見不重視,所以有問題就這樣解決了,這也就是校委會常委會不常召開的原因。

又因爲我爲人民服務的精神不够,缺乏主人翁的思想,所以不能積極的主動的對工作負責,對學校的人事制度,工作制度,各系的困難,先生們教學情況,同學們的課程,我都不能主動的去考慮。

常常是任務來了,就去忙着辦,從不主動計劃或改革,只是『自然而然』,事情來一件辦一件。任務不急,就往後推一步,任務一急,就是幾個負責人商量就辦了。

因此行政和群衆脱離,群衆的意見,校行政不知道,校行政的决定,大家也不曉得。

比如理學院各系我自己是學文科的,倒不是説重視文科,而是和文科各系的先生,見面的機會較多，系裏的情况，還有些瞭解。理學院情况，我本來不懂，又不找他們談。

理學院各系師資本來就不好請，我從來没有找系負責人談談，究竟是系裏有什麽困難，有什麽問題。最近物理系要提前畢業，究竟計劃得如何？課程有什麽改變？我也没有問過。

今後我們要建立一個好的工作制度，使工作可以便於推動，健全起會議制度，經常聽取大家的意見，發揚民主精神。

經過這個運動，我們已有了批評與自我批評的基礎，批評可以展開，大家有話，盡量可以説出，行政有錯，大家可以批評，各級有缺點，行政負責人也可以提出，使上下貫通，工作才能有進展。

過去就因爲我們有話不肯説，或不直接説，也是我們發揚民主不够，也没有直接説的機會。不但不能集思廣益，而且有時造成不必要的誤會。

首先我要自己檢討，上次我説我和劉景芳先生，楊榮春先生，魏重慶先生三位抱有成見，究竟有什麽成見呢？實在是我的錯誤，今天我願意在大家面前説開。

楊先生和魏先生他們都信天主教，楊先生過去和天主教關係很深，解放以後，他忽然反對天主教，我就主觀的覺得他太反覆了。

魏先生歸教在入輔仁後，我是知道的，解放後他又反教，由於我當時對宗教的認識很模糊，我就覺得這是反覆可耻。

我究竟爲什麽會這樣呢？是他們的錯還是我的錯呢？這還是我的錯。因爲他們兩位先生，在解放後，認識到帝國主義分子披着宗教外衣在中國進行侵略，我這時還没認識，這表示我進步比兩位先生慢。

由於我過去研究宗教史，雖不信教，但對教有好感。又不認識帝國主義利用宗教進行侵略。所以有此誤解，等到我對於帝國主義利用的宗教進行文化侵略，認識之後，這些誤解才消除。

至於我與劉先生的隔閡，也只是由於我的錯誤造成。初解放時，劉先生作臨時教務主任，他當時已對帝國主義作鬥争，而我則還認識不清。却覺得他顔色不好，遇事不和我商議，獨斷獨行，我從這點出發錯怪了他，就和他有了意見。

這都是我最大的錯誤，我當時自己的思想，還没有追上他，所以覺得他們不對，這實在是我的不對，而且因爲這些錯誤，就造成我們不團結的現象，使得我們的工作受到損害。

直到經過共同反帝鬥争以後，我這個誤會才解開，再經過共同反封建鬥争以後，這些誤會便完全消滅。但是由於我的錯誤，造成了這些損失，使校務進行上夾雜着意氣用事，這都是我應當負責任的。

同人們有了進步，因爲我的見解不正確，抱着成見，這是完全没有從人民利益來考慮問題。這不但是舊社會的作風，違背了新民主主義道德，而且不是一個人民的大學的校長對同人所應有的態度。這就是資産階級的腐朽思想。

我和三位先生的成見，雖然在我心裏早已解除，但是可能大家還不瞭解，今天我願意在這裏向大家提出，檢討錯誤，不但我們之間，不再有隔閡存在，而且使我們全體同人都拿出『對人民負責』的大前提，尤其是我自己今後更應當從大處着眼，考慮問題，從人民利益出發，不夾雜個人成見。

大家看見我或行政工作上有錯誤，有缺點，就給我提醒，提出批評，使我自己，使我們的工作有所改進。

不但如此，就是我們除去上下貫通，還要做到彼此貫通，任何人彼此都把意見，明白擺出，互相幫助，互相督促，團結一致，在爲辦好人民教育的前提下，提出批評。

我們批評自己，批評别人，都是爲把工作做得更好，而不是爲了别的，所以任何阻擱工作進展的都要批評，任何阻擱社會前進的我們都要批評，不批評就是不負責任的。

這一次在我自我檢討前後，同人和同學們對校行政和我自己，一共提出了意見一百六十多條，得到這些批評，才更認識大家對國家的愛護，對我的關心，希望我把工作作好。

我感覺到無限光榮，是七十多歲以來第一次受到的光榮。只有在毛澤東時代，才能得到這光榮。希望大家再多多提出意見，展開批評與自我批評，使我們作到真正民主和團結。（完了）

〔一九五二年一月二十五日〕

歡迎中國人民志願軍歸國代表團、朝鮮人民訪華代表團大會講話

我們今天是歡迎祖國的英雄子弟和朝鮮的英雄友人，我們向祖國的英雄子弟中國人民志願軍歸國代表團致崇高的敬禮，我們向朝鮮的英雄友人朝鮮人民訪華代表團致崇高的敬禮。

我們現在正響應毛主席增産節約支援前綫的號召，全國舉行反貪污，反浪費，反官僚主義運動，你們志願軍代表第二次歸來，正好鼓舞我們這個偉大鬥争，我們在後方過着和平幸福的生活，都係你們在朝鮮戰場以血肉换來的。我們全國人民都應該對你們感謝。

朝鮮人民以不屈不撓的精神與美帝國主義强盜作堅决的鬥争，是全世界愛好和平的人民所尊敬的。你們訪華代表團所到之處受到我國人民的歡迎，謹祝你們健康。毛主席萬歲，金日成將軍萬歲，中朝人民友誼萬歲。

〔一九五二年一月二十六日〕

節約檢查委員會與分學委會聯席會議

今天是春節後第一次召集的節約檢查委員會與分學委會的聯席會議。

我校教師學習轉入三反運動後，春節前已初步展開。大家都給行政各部門，同學給教師們，都提出了不少意見，行政負責人，各系系主任和幾位先生已都作了自我檢討，已經初步展開了批評與自我批評。

今後爲了把工作作得更好，使我們的工作能更深入，今天的會上，希望各系把系中最近的情況談一談，系裏是否已能作到發揚民主，展開批評，先生與先生之間，是否還有顧慮。系裏還有没有困難，存在什麽問題，大家可以談一談。

昨天我們在教育部開了高等學校節約檢查委員會，決定教師學習繼續以三反運動爲中心，會上對最近工作，有所指示，大家談過之後，我們再把總的精神傳達一下。

〔一九五二年二月二日〕

教師全體大會上報告

目前貪污浪費的情況

一、貪污：

我們從一月三日節約檢查委員會成立，四日宣布坦白期到十二日，在十二日以前小問題的，差不多都交待了，有中問題，或大問題的，還有顧慮，不敢坦白，或不願坦白。有的怕送法院，有的怕坦白了丢面子，有人怕因此丢了飯碗，有人則怕追退贜款。有些較大問題的，還找外面商號去改賬，和商家訂立攻守同盟，自己抗拒，并且不讓别人坦白。

經過各種會議，用種種方法啓發，在十二日又宣布延長坦白期限到十六日。在這期間，又繼續有人坦白，有的人直到十六日夜裏，才找委員會交待問題。

從十七日以後，檢查組開始檢查，作檢查工作，調查研究，清查賬目。有綫索的，或已掌握了材料的，都更深入的去瞭解。并且到外面商家與我校有關聯的去調查情況。

截至現在爲止，坦白的有一八二人，檢舉的有五四人。但是一八二人中，大都是問題較小的，能構成貪污現象的，全校共二十三件。二十三件中有的是盗賣公物，有的是受賄等，其餘有一一〇件是公私不分，不能構成貪污。

貪污總值，是三千五百多萬，其餘還有一千九百多萬是一同學坦白自己家裏的鋪子偷税漏税給他的款項。

已坦白的最大數目，爲五百多萬，没坦白已經被檢舉的數目還不能肯定。

關於貪污的情況，我們已知道不止如此，已經掌握了一部分材料，現在正發動群衆檢舉，并且可以繼續坦白，昨天已宣布有貪污行爲不坦白的高雲樓停職反省。

二、浪費和官僚主義：

自從上月十七日以後，我們就開始揭發浪費現象，組織群衆，同學，工友，進行檢查，并且通過貪污浪費現象，大家積極的，負責的，給學校各級負責人，各部門，提出意見。

我們全校教職學工，尤其是同學和工人們高度發揮了新中國青年熱愛祖國的積極性，工友們都有主人翁態度。我教職學工全體，共同的揭發了我們學校嚴重的浪費現象和官僚主義作風，并對這些現象進行控訴。

節約檢查委員會宣傳組，積極熱心工作，尤其是漫畫組，及時配合，正確的反映了群衆的意見。

最近又經過檢查組精密統計一下，浪費總值是二十三億多。不過還有化學，物理，社會，國文等系，尚未檢查完，未計算在内，其中化學系的浪費現象是相當嚴重的。

又有工程上的浪費，和人力上的浪費等，也未具體統計出來，未算在内。

浪費現象，在三反快報上，也反映了一些，其中較突出的是柴油，和印刷組的紙張油墨等。

我們可以肯定的説，無論貪污、浪費、官僚主義，現在都反得還不够徹底，還需要我們全體繼續揭發，繼續檢舉，和檢查。

關於教師學習情况

自從一月十二日，教師『思想改造』學習結合三反運動後，第一個星期學習文件，進行漫談，討論，并給行政上提出很多意見。開始對三反運動重視起來。

十八日高等學校節約檢查委員會，布置了教師學習的精神，十九日我們做了傳達。

二十一日上午行政負責人作了自我檢討，下午結合檢討，全校全體人員對行政負責人，各級領導，各部門，各系主任，以及各位先生提出意見。

同學們對我們教師所提意見，大部是關於教學觀點，教學態度，不負責任等等問題。直到春節以前，各系主任和幾位教授都作了自我檢討。

二十二日召開了系主任座談會，幫助各系作自我檢討。二十五日開擴大幹部會，由校長，秘書長作檢討，并且會上也初步的展開批評與自我批評，提了不少意見。

總起來説，我們三反運動展開了一個多月，緊張了兩個星期，是有很大收穫和很大成績的。

三反，反對貪污，反對浪費，反對官僚主義，我們都反了，可是反得不够深入，不够徹底。有一些成績和收穫，距離我們的要求還很遠，還需要繼續深入，堅持前進。

我們的收穫：在這次三反運動裏，我們教師，肯定的説，是一般都有收穫的。很多位先生都説：『三反運動，時間雖短，但是收穫比教師學習前兩階段的兩個多月，得的利益還多。』

因爲這次運動，比以前多更具體，更現實。

我們學校，由於長期的帝國主義的統治，素來就壓制民主。接管以後，一年多來，行政領導上，首先就是我自己，缺乏民主作風，不能發揚民主，同仁們有話不能説出。

今天領導上决心放手發動群衆，充分發揚民主。我個人在這運動裏，深刻的，并且沉痛的認識到由於自己的官僚主義，由於不能發揚民主，所造成的種種重大損失，堅决改正這個錯誤。

現在群衆已基本上發動起來，使從前不能講話的，不敢講話的，都講了話。大家積極的提出意見，對於我自己，對我們每一個人，都得到很大的啓發和教育。

我們教師們得到大家的幫助，尤其是同學的批評，自己比較認清了存在着的資産階級腐朽思想，并初步認識了這些思想存在，對同學，對學校，對國家，對人民的危害性。

在先生們的自我檢討裏，有人説：『不經過這次運動，真不知道我思想裏存在着這麼嚴重的資産階級的思想。

同時各系裏，也初步展開了批評與自我批評。如經濟系，體育部等各組，先生與先生之間，已有了比較深刻的互相批評。經濟系的助教講師，以前是比較不能説話的，現在也能提出了對教授們的意見。

也有對系裏，過去是表面一團和氣，先生們有意見不願明説，這次也已比較能打開這個局面。如歷史系柴德賡先生與張鴻翔先生，國文系蕭璋先生與葉蒼岑先生等，都把以前不肯説的意見説了出來。把情面打破，意見説出，這就很好，我們再繼續深入下去，不但自己可以改正錯誤，而且慢慢的在思想認識上，就能取得一致，同心合力把系務，把學校，也是就是把人民的教育事業給辦好，這都是我們所歡迎的。

還有化學系張錦先生，自從二十三日同學們提出書面意見後，她拂袖而去，她經過幾天的思想鬥争，她飯也吃不下，覺也睡不着，又經過同學們和幾位先生們的幫助，才認清了同學們的批評是善意的，是幫助自己進步，不是打擊。認清自己確實存在着濃厚的資産階級思想。

她要求與同學們見面，并作自我檢討。

就在二月一日下午，在同仁和同學們的歡迎之中，她又回到輔仁，對全系師生，做了初步的檢討。

對張先生來説，這個轉變，無疑的，是她很大的一個進步，并且啓發了大家。這是我們所歡迎的，也是我們三反運動的一個收穫。

又如張重一先生説：『這次三反運動，才使我五十二年來初步受到教育，以前以爲自己還不錯，今天才看清楚自己是個什麽樣的人。』

李鳳樓先生説：『我一直以爲我很正確，經過三反，才認識我一舉一動都是資産階級思想的支配，以前以爲正確，就説明我資産階級思想是非常濃厚的。』

整個來説，自從三反運動展開，大家都有一個共同的心情，就是『時間雖短，收穫很多。』有的先生感到自己是從夢中驚醒，有的先生看到意見後，大吃一驚。以前認爲大學教授問題不大，現在感到自己問題『大』了；以前認爲問題不多，現在才知道問題『多了』；以前認爲自己很正確，現在發現『不正確』了。

大家才認識到自己的錯誤不是『不得了』，而是『了不得』，進一步體會到做一個人民教師，實在不能馬馬虎虎，不負責任了。

以上種種情況，都説明我們思想確實已有些收穫，這些收穫，都是我們應當鞏固的，而且我們要在這已有的基礎上，繼續前進。

我們的缺點和今後方向

根據以上的情況來看，我們學校的三反運動，是有些收穫和成績的，但是收穫還不算多，成績也不够大，我們搞得還不深入，還不徹底。

高等學校節約檢查委員會指示我們，今後還要大力發揚民主，繼續揭發貪污、浪費、官僚主義，真正展開批評與自我批評，并且要深入的認識三反運動在學校裏，主要就是『思想改造』問題。剛才所傳達的李樂光同志報告,已講得很清楚。

但是我們現在發揚民主還不够,貪污、浪費、官僚主義揭發得還不徹底,批評與自我批評剛剛開始,并且還有很多人對三反運動的真正意義還不瞭解。

比如有的先生們自我檢討時,只限於同學們所提出來的意見,成了逐條解釋,逐條答覆,缺乏主動的思想檢查。教授處於消極的被動的情況,甚至有人有『無可奈何』的心情,或者是有『過關』思想,缺乏積極的、自覺的,要求自己思想改造。

有的先生只限於承認這些現象的錯誤,不能深刻的把思想分析批判,也就因爲如此,所以有的先生檢討後,同學們認爲不滿意,他就感到『真没法應付。』

有的先生們,認爲同學的批評是『打擊』,或認爲同學們批評是『找岔』。有的系主任説:『我如果不作主任就好了,不作主任不會有這樣多的意見。』有的不是系主任的先生,則説:『幸虧我不是主任,不然,我也要挨駡了。』并且非常同情系主任,認爲被同學攻擊成這個樣子,實在可憐。

因此這些先生們看到同學大風大浪搞起來了,心裏非常不安,拿到同學書面意見的條子,就有戰戰兢兢的樣子。

有些先生在自我檢討時就説:『我就怨我自己以前説話不留神,以後我不説話了。』有的先生也表示看到同學提出意見以後，最近説話已經很慎重了，認爲這就是已有進步，而不從思想上去檢查分析。

這些情況，都充分的説明我們對三反運動的真正意義還不够瞭解，對於三反運動是要向資産階級腐朽思想進行鬥争，還没有深刻的認識。

經過揭發，批評，提意見，可以看出我們學校的教師，存在的資産階級思想是很嚴重的，這些思想貫澈在教學上，就使得我們的教課内容觀點立場上有錯誤，教學態度不負責任，有的先生把一套完整的資本主義國家的教材，搬到課堂上來，甚至有人告訴同學們畢業後開工廠，作經理，或告訴同學努力用功，將來可以挣多少百斤小米。

同學們在解放後，經過土地改革，經過鎮壓反革命，又經過這次三反運動，在思想上已基本和反動階級，甚至資産階級，劃清界限，多少人已和自己的反革命家庭割斷連系。在這次三反中，對待自己資産階級的家庭，建立了正確的態度，教育父兄，老老實實的發展生産；動員父兄坦白；拒不坦白的，對他們檢舉。

他們響應了十五屆學代會的號召，要把自己培養成一個德才兼備，體魄健全，具有高度共産水平的建設人才。

他們認清了祖國對青年的要求，因此嚴格要求自己，同時也嚴格要求對他們有直接影響的教育他們的老師，不能允許培養國家幹部的老師們，仍以資產階級思想，進行教育。

因此他們對這種不負責任和向他們散布毒素的資產階級思想，不能容忍，他們無情的，勇敢的，向老師們提出意見，提出要求。這樣的意見和要求，我們應當，而且必需肯定它是正確的。

我們自己，作一個人民教師，要怎樣要求自己呢？我們負着培養祖國建設人才的光榮任務，就一定要以具有工人階級的思想，來要求自己，祖國把青年交給我們教育，我們却不負責任，甚至在課堂上，以資產階級的腐朽思想，剥削思想，灌輸給同學，這簡直無异於以糖衣炮彈，公開的向同學腐蝕，向我們祖國的未來幹部進攻，這樣對國家的危害性，是不可估計的，這是嚴重的危害了青年，直接危害了國家，并且直接影響了國家建設，影響了工業化的前途。

這樣的事實，我們是不能容忍的。有這樣的思想存在，不但是大家，就是我們自己，也不能允許他存在。

我們瞭解到這思想存在的危害性，就不能允許任何一個人民教師，再存在這樣的思想，要堅决與這些資産階級腐朽思想進行不容情的鬥争。首先是我們自己，要建立起對資産階級思想的深仇大恨，并且要對它既加以圍剿，加以進攻，把這些腐朽的，醜惡的思想，完全，徹底，幹净消滅。

我們都是舊社會出身，又長期受到資産階級的教育，我們都應當承認每個人都有資産階級思想存在，不過多少的程度不同而已。

那怎麽辦呢？ 不要緊，我們自己檢查，有了認識，自我檢討，好的思想，鞏固它，發揚它，不好的，批判它，丢掉它，不能讓它在思想裏再占有地位。

自己認不清，也不要緊，大家幫助，提出意見，展開批評，大家幫助分析批判，大家幫助你，把他掃除。

我們大家一定要這樣堅決鬥争不能馬虎，一馬虎，就給國家造成多少損失。

今天我們大家對要求自己作一個『真正的人民教師』的思想還不够，因此就對於資産階級的仇恨建立不起來。 可是我們一定要在這個運動中建立起來，不但建立起仇恨，而且要把它打倒。

自己一個人的力量，打不倒它，大家幫助，大家把正確思想團結起來，共同向我們自己的，向别人的，一起進攻，這就叫團結裏有鬥争吧！

在春節以前，我們進軍的號角已經吹響，戰争已經打了幾個回合。 由於上次領導上的布置只到春節以前，春節過後，有些人思想上就有些懈怠。 或者有人認爲三反已搞得『差不多』了，現在就情緒不高。

老實説，三反在我們學校裏，還差得很遠呢！這次我們要重張旗鼓，繼續作戰，不搞個徹底，不能幹休。

同人們，我們要下決心，把三反運動搞徹底，要想徹底，就要展開批評與自我批評，把輔仁的一切貪污、浪費、官僚主義現象無保留的揭露，把我們輔仁一切醜惡的事實都拿出來，讓我們共同努力，團結一心，向資産階級思想，進行堅決的、頑强的鬥争吧！

〔一九五二年二月四日〕

節約檢查委員會與分學委會聯席會議上講話

春節以後，我校的三反運動，又在原有的基礎上展開了。

我們已下決心，不搞澈底，不能停止。

怎樣就算澈底了呢？　學校裏的貪污浪費和官僚主義現象要使他肅清。　所有的貪污浪費要使他絕迹。

我們教師的學習，主要的就是思想的改造，清洗掉資產階級腐化墮落思想。

關於貪污方面，在三日（星期日）下午全校職工開了一個反貪污大會，會上宣布拒不坦白的合作社經理高雲樓停職反省。

經過這個會以後，合作社坦白了些東西，但還未澈底，也啓發了大家，有些貪污的人，又繼續交待了一些。

關於教員方面，前天（四日），教育系開了大會，會上先生同學們都爲了向人民負責，給歐陽先生提出不少意見，向資產階級思想進行鬥争。

會後很多先生們都認爲在這會上得到收穫不少，認爲真正做到知無不言，言無不盡。

不但幫助了歐陽先生,并且啓發了大家,認識到做一個人民教師存在着資産階級思想,貫輸給同學的危害性。

凡是舊社會出身的人,每個人都沾染了不少污毒,都有了或多或少的資産階級的腐朽思想,不經過大家幫助,大家批評,自己有時就看不出來。有人存在着很嚴重的問題,自己還以爲很正確,還以爲没有什麽問題,經過大家的批評才認清了原來真有問題。

前天教育系的會上,同學們所提的意見,雖然很尖鋭,但都是正確的,善意的對老師們幫助,要求老師們真正能負擔起人民教師的偉大任務。

不如此,我們的思想,就認識得不徹底。

我們每一位先生,不只是系主任,都要在這次運動裏洗一個澡,把身上的污泥洗清。將來各系都可以召開這種會,先生們都可以作檢討,把自己的錯誤思想公之大衆,然後大家提出意見。問題多的多談,問題少的少談,每個人的情况不盡相同的。

像這樣的會多開,就可以越搞越澈底,每位先生都做檢討,則面就可以廣泛。真正做到發揚民主,展開批評與自我批評。

將來準備先生與同學一同討論,一同學習,由先生同學中,共同組織一個核心小組,來領導并且推動各組學習。

大家對於前天會的情況，有什麽意見，組裏有什麽反映，先生們是否也有這種要求？組裏有什麽困難，有什麽顧慮，大家可以談一談。

對於今後的方向，我們想這樣決定，大家有何意見？

〔一九五二年二月六日〕

我在三反運動中的思想體會和檢討會議上講話

一、三反運動在教師說，主要是和資産階級思想作鬥争。各系批評與自我批評已經展開，自己才逐漸認清自己，才能改正錯誤。不然自己常常想到自己的優點，不能看見自己的全面。

二、批評越尖銳，自己收穫越多，才能教育青年，自己思想如果是資産階級占領導地位，對青年教育是有危險的。

三、學校裏也是如此，以前我自己也看出了許多地方辦的不好，不經過三反，還不知道問題這樣嚴重。大家如果不揭發，將來事情就辦不好。

四、如歷史系，大家對柴先生提出這些意見，從前以爲歷史系没有什麽問題。如教育系，只覺得空洞一些，也不知道問題這樣多。

五、經過三反，才深深體會到學校領導上，各系教學上，我們都有意無意的自由散播資産階級思想。

六、大家所提意見，基本上都是正確的，還希望大家繼續提出，繼續展開批評自我批評，使每一個人在三反運動中洗洗澡。

七、很多位先生誠懇的檢討，坦白的暴露，同學鼓掌歡迎，這樣虛心接受意見，誠懇的自我檢討，是值得大家學習的。

事實證明只要是虛心誠懇，決心改造自己，就是大家所歡迎的。

八、大家都是在學習，有些人對於革命與反革命的界限是能够分清的，但對無產階級與非無產階級思想界限往往分不清楚，這就需要我們在『三反』的實際鬥爭中學會劃清這一條思想界限。

請大家虛心接受意見，繼續展開批評與自我批評。

這個會是座談會，介紹檢討典型，請大家多做思想準備，歡歡喜喜接受群衆意見。

〔一九五二年二月九日〕

教師積極分子會議上講話

今天召開這個教師座談會,請大家談一談。

大家都是在三反運動中很積極的,有的是在思想檢討方面,誠懇深刻,有的是在外面作打虎工作,熱心負責。大家都有很多收穫,在個人思想上有很大的提高,并且對於我們學校的工作進一步深入下去,是有很大意義的。

對於我校今後工作,增加了更多的力量,可以協助同仁們分析思想,幫助三反運動的展開。

并且可以協助各系的核心小組來推動工作進行幫助還不能自己深刻檢討的先生們,多研究多提供意見。

在二月十二日(上星期三),我們曾經開過一次這樣的座談會,不過那時教師思想檢討,剛開始不久,并且因爲那次會是臨時召開的,有一二位先生未出席外,當時只有蕭璋,李儒勉,張恩裕,吴柱存,劉玉素,洪晶等幾位先生出席。

開會以後,他們都能積極的去幫助其他同仁,進行思想檢查,作了不少的工作。今天希望大家把這幾天工作的經驗，怎樣去幫助別人，那些人還存在問題，存在什麽樣的問題，怎樣解決的？ 如果没有解決，他現在是如何認識？ 大家工作上有什麽困難，都可以談一談，這樣就可以把各小組的情况和大家工作的經驗，交流一下。

另一方面，也可以談一下個人對三反運動有什麽感想，有些什麽收穫。

在三反運動的『組織領導』方面，目前也存在着一些問題，大家也可以提供一些意見，如化學系，生物系，教育系，物理系，社會系的主任或代理系務工作的，都是有個别的問題，在群衆中間還未能通過，所以我們的領導機構不算健全，工作的推進也有損失，所以需要從新調整一下，希望大家提供一些意見。

領導機構的人，總是以反省得好，檢討得較深刻。 群衆通過的，和積極工作能幫助别人的爲適宜。 領導機構健全，才能爲將來經常化的學習打下基礎。 請大家提供些意見。

今天圍繞這幾個問題談一下：

一、各系的情况，和幫助别人的經驗。

二、個人對三反運動的感想和收穫。

三、個别調整組織問題。

〔一九五二年二月二十四日〕

三反運動發展情况、收穫和今後方針

一、運動發展情况

我校的三反運動自春節後，就在前一階段運動的基礎上，進一步發動群衆，向資産階級思想堅决進攻，分别在反貪污、反浪費、反官僚主義兩大戰綫上作戰，在兩條戰綫上都有很大成績，我現在把兩方面的工作進行情况，簡單的向大家報告一下：

(一)反官僚主義鬥争情况——即教師思想改造戰綫。

自從二月四日上午，我們召開了教師全體大會，是號召教師普遍洗澡的開始。四日下午教育系歐陽湘先生檢討，先生和同學都提出很多意見，當面展開了批評與自我批評，是師生見面的第一個會，會後大多數人的反映，認爲這個會真正做到了知無不言，言無不盡。

六日召開節約檢查委員會與教師學習分學委會會聯席會議，會上决定每系由教師和同學建立核心小組，組成核心領導，進行工作。進一步發動群衆，把三反運動搞徹底，大家都要在這運動中洗一個澡的精神，基本上已貫澈下去，所以以前有人存在着决心不够，信心不高，劲頭不足等現象，已經逐漸消失。

二月九日起，各系普遍召開師生大會，十日、十一日繼續進行。每天有六七人，甚至十幾人作了自我檢討。辦公室繼續在核心會上貫澈領導精神，使運動深入，效果很大。各系一般情況進行是正常的。

但是在檢討中，也有一些個别情況。有些教師們感到恐慌，有顧慮，有人感到群衆火力太猛，批評尖鋭，面子拉不下來；有人不瞭解政府政策，不瞭解教師洗澡以後前途如何，認爲洗澡不洗澡，以後書也教不下去了，就不想教書，想轉業，於是對思想改造，就不熱心不積極；還有一部分過去是比較進步的，自己的進步包袱一時不肯放下，以爲我一貫進步，有什麼可改造的，何必洗澡呢？對群衆的意見，就不能接受；或者認爲自己一向進步，爲了顧全面子，就害怕當群衆批評，害怕群衆的火力。

同學方面，在教師檢討進行中，一般來説基本上態度是誠懇的，但也有個别的同學，情緒不很正常，或對先生們要求過高，也有些同學對某些先生存在有放棄情緒，對先生改造失去信心。

根據這些情況，我們在十二日教師和同學分别開了全體大會，反覆説明政府政策及領導精神。

我們教師大會上由已經洗過澡，過了關檢討爲群衆所歡迎的幾位教授中，如蕭璋和劉玉素兩位先生，對自己過去錯誤的思想體系的批判作了介紹，并由沙林同志具體説明政府對知識分子的政策，講明領導上對教師的要求，和過關標準與方法。教師們的思想顧慮大部分解除，糾正了從前以爲群衆批評是壓力，和在批評面前張慌失措或悲觀失望的顧慮，情緒穩定下來。

同學們也貫澈了領導精神，運動又繼續深入下去。

二十日在全校全體大會上，趙錫禹、劉景芳兩位先生作了自我檢討，對於我們運動進展起了很大作用，劉先生主要批判了自高自大思想，趙先生主要是批判了脱離政治的純學術觀點，這兩位先生以前都是很自負的，同學們最初對劉先生改造就没有信心，趙先生以前也是誰也不敢惹他的。

這次自我檢討，態度誠懇，放下架子，敢於揭露批判自己的錯誤思想，對大家起了很大的啓發作用，教師們有顧慮的就更消除了，同學們也增加了信心。

二十三日又在全校全體會上，由我和林副教務長作自我檢討，根據會後反映，也是起了一些作用的，對於敵我不分的危害性，及與帝國主義分子的關係，大家結合自己的思想，作了批判。林先生檢討關於兩條道路的問題，指出個人主義自私自利的危害。

在同學中也起了教育作用，同學們在會後結合自己的思想作了檢討，進一步的認識要劃清敵我界限，站穩人民立場，克服個人主義思想，堅決走革命的道路。

從這幾次全體大會後，更堅定了我們全校教職學工改造思想的決心與信心了。到現在爲止，我們大部教師已經檢討完畢，只有少數教師没有通過了。

（二）反貪污鬥争情況——打虎戰綫

我們的反貪污工作開始時，主要的是在職工方面，自從一月三日節約檢查委員會成立，自四日開始，經過幾次大的動員報告，或個别啓發，職工們的思想認識都有所提高，一般小的問題，如動用公款，虚報賬目等，都開始交待坦白，最初坦白期限是到一月十二日，後來延期三天。

在這一階段，共有一百八十多人坦白了自己的貪污行爲，交待了自己的問題。一百多人檢舉了親戚，朋友，或不法商人。

自從教師思想改造學習轉入三反，全校教職學工投入反浪費，反官僚主義後，學校裏許多浪費現象被揭發出來，各系也開始由系主任帶頭作了初步檢討，在反貪污方面的力量，就比較弱了一些。不過還是在繼續進行，主要是掌握材料，作調查研究工作。

春節以後，繼續檢查，在二月三日下午召開了全體職工大會，會上對貪污分子點名，并宣布合作社經理高雲樓停職反省，這次大會，是對貪污分子有了一些壓力，會後，繼續有些人交待問題。

自二月三日開始，我們又調動一批幹部組成隊伍，確定對象，展開進攻。開始檢查合作社的賬目，合作社是一窩老虎，主要負責人中，大大小小都有問題。其中高雲樓最不老實，他的花樣很多，裝瘋賣傻，狡猾無耻，并企圖逃跑，堅不吐實。趙士徵曾翻供六次。現在合作社案件尚未完全結束，總起來説是一隻老虎。

在重點搞合作社工作進行中，工務組也在動，并動員所有職工，尤其是技工各部門，解除了顧慮，以前有些工人，自己手上也有些小問題，不敢檢舉别人，後來覺悟提高，自己交待清楚，并積極檢舉問題大的貪污分子，并供給了一些綫索。

二十二日將工務組宋新元、高寶輝、崔廣元三人停職反省，他們仍在繼續交待問題。二十四日宣布膳團馮文和隔離反省。印刷組王華堂停職反省。

最近兩星期來，職工們結合思想檢討，覺悟提高，仍有不斷的檢舉，坦白，如事務科、化學系藥房，北機器房等處，仍不斷有繼續坦白。現在正進行全校賬目的檢查。

我們打虎隊的隊伍，共有四十餘人，大部分是同學。我們的估計，大約我校有大老虎一隻，小老虎十隻左右，已經打出小老虎三隻，大老虎現在也在開始露頭了。

總之，春節前我們對貪污分子進攻圍剿不够，春節後，開始形成圍剿形勢，并向貪污分子家屬進行啓發教育，但整個來説，對他們的猛攻猛打，力量還是不够的。

二、運動發展中的收穫

（主要説一下思想改造戰綫上的收穫）

（一）政治覺悟提高

這一次運動，無論是教師和同學，政治覺悟。思想水平都普遍的提高。

劃清敵我界限，過去有些人敵我不分，有些人政治認識糢糊，有些人對反動言論不認識，有些人對敵人思想采取自由主義的態度，就使得反動言論在我們學校中還有市場，還蒙蔽一部分先生和同學，如化學系董維憲等。

通過三反運動，先生和同學，尤其是以前受反動宣傳所蒙蔽的教師和同學，紛紛揭發了系内的反動言論和反動行爲，經過鬥争，并認真的結合自己的思想加以討論，通過活生生的事實，進一步在思想上劃清敵我界限。

批判了不問政治純學術觀點的錯誤思想。很多人都認識到你不問政治，政治却要來問你，在階級社會裏不問政治就會敵我不分，因此也就能幫助了敵人。大部師生都認清這思想發展的危害性，認清這思想會嚴重的損害祖國人民的利益，因此大家都表示要積極關心政治。

認識了資產階級腐朽思想。以前對資產階思想認識不够具體，不知道那些是資產階級腐朽思想。這次先生們揭發了并且認識到以往的腐化墮落思想，批判了教學不負責和工作作風，工作態度的不踏實，自私自利，自高自大等思想。

同學們也得到很大教育，以前羡慕資產階級的生活方式，羡慕虚榮、奢侈，追求物質生活，甚至追求美國生活方式，有人原是勞動人民子弟，而忘了本，自己的父親來找他，怕人笑話，不敢説是自己的父親，説是他家的長工。有人明明自己儉樸，自己洗衣服，而對别人説是洗染房洗的。

經過三反認識提高，同學們樹立起以勞動，樸素爲光榮的思想，憎恨資産階級腐化墮落的生活方式，立志作一個勞動者。

(二)健全了領導力量

在教師學習開始時，我們組成了分學習委員會，原則上是以各系的負責人組成(兩系合并的，只有一系主任參加)。領導學習進行，下設辦公室，負責具體工作。

三反運動開始，我們成立了節約檢查委員會，由校行政、工會、學生會、黨、團支部代表組成，人數不多，也設有辦公室。

到一月十二日教師學習與三反運動結合，把兩委員會合并，共同負責領導這個運動，經常召開兩委員會的聯席會議。但工作不很統一，分工也不很明確，并且自從思想改造戰綫的戰爭開始，教師們都在忙於作思想檢查，進行思想鬥争。工作上也受了些損失。

從二月九日以後，一部分教師已經過關，得到了群衆的擁護，我們就在十二日召開了已過關的積極分子座談會，會上交流了經驗，會後他們都積極主動的去幫别的教師分析思想。

那時人數不過十人，後來過關的人數漸漸增加，我們又在二十四日召開了積極分子座談會。我們的隊伍强大了，力量加强了，成了調整組織的基礎，會上交换了個别調整『組織領導』的意見。

現在我們的工作已達到高潮，到了最尖鋭的階段，一定要把我們的組織領導健全起來。

原有兩委員會的人選，還有没過關的教師們，還有個别的存有反動思想的人，這些人參加上層領導工作還不甚適合的。

就在二十六日(前天)把原來的組織，重新調整成立了新的節約檢查委員會。二十六日下午就召開了新委員會的第一次會議。調整名單準備一面報高等學校節約檢查委員會，一面公布。

原來在這委員會的諸位先生，尚未批判徹底的，等到通過以後，我們再調整。這個委員會就等於全校的核心會，以推動我們的三反運動，并爲今後經常的教師學習領導打下基礎。

委員會下的辦公室，也從新改組，健全起來，原來分宣傳、秘書、檢查三組，現在增加組織組。以前組織工作，由檢查組來作，現在檢查組專作打虎工作，把組織工作分出成立組織組。

(三)加强團結。以前我們學校裏進步的教授們，雖然革命方向一致，但是不能團結，不能形成力量。多數的教師們，也是各幹各的，不能很好的團結。行政負責人與教師，教師與同學，教師與教師之間，都不能緊密團結。

經過這次運動，在以工人階級思想展開批評與自我批評的基礎上，有了政治上、思想上的團結。對於我們將來開展工作是由很大利益的。

(四)發揚了民主作風。過去我們學校是帝國主義統治，一貫的壓制民主。解放以後，由於我的官僚主義，行政領導，高高在上，不能依靠群衆，就使得民主生活不能建立，民主空氣不能展開。

在這次運動裏，行政領導，各系領導，以及各單位負責人檢討了不民主的作風，我們已開始有了民主生活，當然今後我們還要繼續發揚。這是對於學校的民主改革打下基礎。

也正如毛主席在中國人民政治協商會議第一屆全國委員會第三次會議的開會詞上所說：『各種知識分子的思想改造，是我國在各方面徹底實現民主改革和逐步實行工業化的重要條件之一。』

今天我們學校已開始有了民主作風，是我們重要收穫之一，也是我們應當鞏固的。

總之，我們這一條戰綫上是有很大收穫，有很大成績的，在我們教師和同學之中，已經樹立起工人階級思想的旗幟，推翻了資産階級思想的領導權，使得邪氣摧毁，樹立起正氣。這是我們學校的一個基本的轉變，今後要在這基礎上逐步提高。

三、今後工作方針

（一）集中力量向反動思想進攻——在三反運動中，已明顯的暴露出還有一些人有反動的言論，有敵人思想，我們要認識這思想，對這種思想給以沉重的打擊，不允許這樣的思想,這樣的言論繼續在輔仁存在。過去化學系有壞分子散布反動的言論,竟有些教師同學們,還鼓掌哈哈大笑,這還像什麽人民的大學。使得我們在人民的首都,在毛主席的身邊,同學不敢要求進步,這還成什麽話,我們一定要以全力來肅清這些思想。

過去因爲我們很多人對反動思想還采取自由主義的態度。這也是我們今後要糾正的。

現在我們的教師,大部分已檢討通過,只有少數的教師還未過關,各系有的感覺到工作不太具體了。

今後系裏先生們已檢討完畢的,可以參加同學們的會,同學們最近也要作思想檢查,或者作思想改變突出的典型報告。教師們可以參加到同學裏面,一方面可以鞏固自己的收穫,一方面也可以指導同學,共同作思想檢查。

有的系先生們檢討還没作完的,可以繼續作自我檢討。有的系,講師、助教尚未作過檢討的,他們也積極要求洗澡,可以在先生的小組會上作檢討,采取小型的會議形勢,可以有同學代表參加,不必采取原來的大會形勢。

(二)組織精悍部隊,加强打虎工作——過去我們的打虎隊,力量還不够强,大部分是同學參加。現在教師多數通過,我們可以抽出一部分幹部,組織精悍的隊伍。

以前我們打虎的工作，經驗少，如算賬、或和貪污分子談話等，有時就抓不住重點，現在我們可以抽調一部分教師，有熟習學校情況的，或有工作經驗的，或在校外打虎有經驗的，來參加我們的打虎隊伍。

這一星期，我們要把打虎工作的地位提高，與教師思想改造的工作一樣重要。

至於如何參加，那些位先生參加，等辦公室統一籌劃一下，研究好了就抽調個別教師去參加工作。

過去原規定在三月一日開始注册，現在已沒有一兩天，看我們的工作進行情況，再請示教育部，可以延長幾天，等工作基本結束後，規定注册日期，再進行教師思想改造的經常學習。

有一些教師，因參加土地改革，或在校外參加工作的，現在還没有回來，等回來後，再作自我檢討。至於有個別教師在運動中，故意不來參加，企圖奪過自我檢討或拒絶思想改造的，可以告訴他們，逃是逃不過的，開學以後，仍要檢討。

我們的打虎工作，今後要堅決進行，不達到目的決不收兵，不搞徹底，反貪污決不結束。

這是我校的工作展開情況，和收穫，及今後工作的基本精神，至於工作的布置，辦公室就要具體規定。

部分

一、運動發展情況

方面

(一)反官僚主義鬥爭情況

(二)反貪污鬥爭情況

部分

二、運動發展中的收穫

方面

(一)政治覺悟提高

點

劃清敵我界限

批判了不問政治純學術觀點的錯誤思想

認識了資産階級腐朽思想

（二）健全了領導力量

（三）加强團結

（四）發揚了民主作風

部分

三、今後工作方針

方面

（一）集中力量向反動思想進攻

（二）組織精悍部隊，加强打虎工作

〔一九五二年二月二十八日〕

第五届學生會改選大會上講話

同學們：

今天是你們第五届學生會改選大會，讓我預祝你們的改選能在快樂團結協商一致的情形下勝利完成。

你們上届學生會的委員們，在執行第十五届全國學代會議的決議上，是有很大成績的，特别在反貪污反浪費反官僚主義和忠誠老實學習運動中，在毛主席的感召，黨的領導下，大家都日以繼夜忘我的爲同學服務，使全體同學思想意義和政治水平都大大提高了一步，使我們輔仁大學未來的改革和調整，打下一個堅固的基礎。他們這種精神是值得同學學習的。

我們國家大規模的國防經濟、文化、政治的偉大的建設高潮，馬上就要到來。在美帝國主義無耻的拖延破壞朝鮮停戰談判和正進行着瘋狂透頂滅絶人性的細菌戰的今天，我們對於十五届全國學代會決議的實現，顯得更爲迫切重要。

作爲一個德才兼備、體魄强健、具有高度共産主義思想覺悟的青年，首要的條件必須加强對馬克思列寧主義和毛澤東思想的學習。因爲這是一切工作的動力，其次必須開展文娱體育群衆文化運動，作好環境衛生，培養良好的個人衛生習慣，因爲没有清澈的環境和很好的衛生習慣，我們任何的體魄鍛煉就不能得到保證。

通過三反運動和忠誠老實學習以後，大家都建立了以工人階級爲領導的思想，更初步的樹立了革命的人生觀，對業務學習方面，大家也都有新的認識。希望你們在這個基礎之上，鞏固你們已得的成績，在提高思想覺悟和政治水平之中，進一步提高業務和技術的訓練，今天做一個毛澤東的好學生，明天作一個全心全意爲人民服務的好幹部。

在三反運動和忠誠老實學習勝利成功之後。在你們第五屆執委會半年多的工作成績的影響之後，在全體同學今天在思想覺悟和政治水平的大大提高一步之後，我相信你們第六次執委會的選舉，一定會勝利的成功，所選的委員們一定會得到全體同學一致的擁護。

〔一九五二年三月初〕

師生員工繼續對董維憲、鹿懷寶反動言論、揭發控訴

鹿懷寶一貫以糊塗外衣掩蓋着他的特務面貌，十幾年來潛伏在我們輔仁，進行反革命活動。我們給他一次又一次的機會，讓他坦白交代問題，他仍是狡猾抵賴，不肯低頭，企圖再用糊塗炮彈，欺騙群衆，我們全校教職學工都無比憤恨，今天我們又繼續對他控訴和揭發，并提出處理的意見。

上午我們聽了董維憲、鹿懷寶的坦白，仍是不老實，不肯徹底交代，不向人民低頭認罪，仍舊企圖狡猾抵賴，欺騙群衆，我們全校教職學工都無比憤恨。大家又繼續對他們控訴和揭發，并提出處理的意見。現在節約檢查委員會決定接受大家的意見。

董停職反省。

鹿接受大家意見，根據大家意見，請示上級超出思想改造範圍之外。

全體同仁同學們！我們通過了對董維憲鹿懷寶兩人的揭發討論，政治認識提高，對敵人思想增加無比的仇恨。今後我們要再接再厲，劃清敵我界限，提高警惕，反對麻痺，反對

任何自由主義態度，消滅敵人活動的市場，不能容許這些思想和行爲繼續在我校存在，我們要堅決的勇敢的向一切反動思想，反動言論，反動行爲鬥争到底，不徹底肅清，不幹净消滅，絶不收兵。

〔一九五二年三月十四日〕

師生員工揭發控訴宋廣儀大會上講話

根據我們所掌握的材料，經過群衆的控訴和揭發，我們已認清宋廣儀是一個作惡多端，血債累累的日本大特務。他手上染滿人民的鮮血，不知殺害過多少革命烈士，幫助日本帝國主義，壓迫、敲詐、欺騙、殘害我們祖國人民，破壞革命，出賣祖國。

解放以後，他還不肯放下屠刀，他還不知改悔，仍舊敵視人民，敵視人民政府，堅決與人民爲敵，企圖混入我人民内部破壞我們的民主政權。造假證件，打進輔仁，到輔仁後一貫僞裝進步，假造歷史，竊奪了班會的領導權，破壞各種愛國運動，還裝瘋賣傻企圖掩飾。

但是人民的眼睛是雪亮的，人民的力量的無敵的，反動派，反革命分子的一切陰謀詭計，都要在我們的面前粉碎。

宋廣儀，罪大惡極的殺人大特務，你的猙獰面目，已被我們揭穿，你一貫與人民爲敵，今天我們決不能饒恕你了。節約檢查委員會現在接受我們全體教職學工的要求，在行政上決定將宋廣儀開除學籍。當場逮捕，送公安局。

全體教職學工同志們：通過宋廣儀的問題，我們大家都受到了深刻的教育，使我們進一步認清敵人是無孔不入的。解放後，反革命的殘餘勢力，雖然受到了嚴重的打擊，但是殘存的反革命分子仍然瘋狂的作垂死挣扎。因此，我們决不能絲毫鬆懈自己的警惕性，必須與一切反革命殘餘勢力進行堅决的鬥争，直到徹底肅清爲止。

我們如果敵我不分，像宋廣儀這樣的大特務，就鑽進我們人民的内部，危害性是非常嚴重的。所以我們必需要隨時隨地提高警惕，嚴格的劃清敵我界限，否則我們就要上了反革命的當。

但是我們也必需要認清，像宋廣儀這樣罪大惡極的特務分子還是比較特殊的情况，如果有的同仁同學們，過去因爲政治認識模糊，分不清敵我，説過反動言論，有過反動思想和行動，或參加過反動組織，等等情形，是不能與宋廣儀這個特務分子一樣對待的。

我們一定要分清大小輕重，實事求是，分别對待。凡是過去有反動言論，反動思想，反動行動，或參加過反動組織的人，只要他好好檢討，徹底坦白，老老實實向人民低頭認罪，回到人民這一邊來，他還是有前途的。

像外文系鄧復華同學等等，他們如果徹底交代清楚，坦白自新，我們仍舊是歡迎的。我們感謝共産黨，感謝毛主席號召這個三反運動，如果没有這個三反運動像宋廣儀這個大特務，我們哪能這麽快就認得他。

同仁同學們，今後我們要提高警惕，站穩人民立場，分清敵我界限，向反動言論、行動鬥争到底！

〔一九五二年三月十七日〕

中國人民解放軍空軍訓練部教員
訓練班結業式上講話

諸位同志們：

訓練班今天結業了，首先讓我代表輔仁大學兩千教職學工同人，祝賀你們在學習上的偉大勝利！

兩個月來，你們的紀律生活、學習熱情和偉大的成就，給輔仁大學全體同學樹立了一個很好的榜樣。許多同學因爲你們高度的組織性紀律性活動和愉快活潑的表現，受到很大的感動；他們都要求向空軍同志看齊，要求同你們一樣過有組織有紀律和活潑而愉快的生活。

同志們，你們兩個月的成績，不止是你們的勝利，也不止是我們新生的國防空軍的勝利。更是在馬克思列寧主義和毛澤東思想教育下的愛國青年全體的勝利。同志們，希望你們把今天的勝利永遠保持下去，并更深入的鞏固下去。

從今天起，大家要回到本來的工作崗位了，更希望你們把這個勝利帶到全國各地方去，讓全體空軍勇士們都分嘗你們今天這個勝利果實。

你們在輔仁住了兩個多月，我因爲工作關係，對你們照料的很不够；但從許多同人口裏知道你們有熱心的工作幹部照料。并且照料的很好，這説明了你們今天的勝利并不是偶然的。

同志們，我祝賀你們的勝利，并感激你們給輔仁同學做了很好的榜樣。最後，請你們接受我一個要求，要求代我問候同你們一樣站在國防前綫的空軍勇士們身體健康。

〔一九五二年三月二十日〕

節約檢查委員會上發言

我們學校自一月三日開始三反運動，一月十二日教師學習轉入三反，已有兩個半月多，春節後，教師普遍洗澡，到現在也將兩個月。在這次又緊張又嚴肅的學習之中，我們得到很大的收穫。

尤其是最近我們取得了很大的勝利，勝利之後，我們仍要重整旗鼓，調整力量，繼續前進，所謂勿驕勿躁，再接再厲。一方面要取得更大的勝利，一方面要鞏固我們的已得到的收穫。

我們休息兩天，今天來商議一下，下一階段的工作。

最近一個階段，各系裏凡是没通過的教師，系裏同人要繼續幫助他檢討過關，有的系裏所有教師都已過關，或者有幾位先生暫時還没有再作檢討的條件的，就可以開始作一個思想小結，參考以我們發的劉少奇『黨員思想意義的修養』裏第三節黨的各種錯誤思想意義之舉例（二十二頁）第二、第三、第四小節（二十五至三十六頁），及鄧子恢『關於鎮壓反革命學習總結報告』兩個文件，結合自己思想及自己收穫，作一個思想小結，以鞏固收穫。

大家有什麽意見？

〔一九五二年三月二十日〕

節約檢查委員會上發言

剛才聽了賈、徐、劉先三位先生的報告，報告三反運動中我們在兩條戰綫上的情況。根據我們現有的基礎，我們是有了一定的條件，是有了一定的收穫的。在這些收穫的基礎上，我們應當進一步展開學習，展開向祖國、向人民忠誠老實的學習運動，要從政治上，組織上劃清敵我界限。

在三反運動裏暴露出很多問題，如教員董維憲、鹿懷寶的問題，同學中宋廣儀的問題，職工裏也有不少人過去曾受帝國主義的利用，還不斷地和他們聯系，給他們送情報等等，這都説明我們師生員工間確是存在的問題不少。

有些人不但思想上和反動派還有些聯系，甚至組織上也還有些聯系。有些人過去參加反動組織，反動團體，現在還没交代清楚。

爲了我們的隊伍更純潔，爲了我們今後的工作更作好，所以現在進行忠誠老實的學習，是非常應當，而且非常必要的，我們同仁同學之間也都有這要求，我們請示過上級，上級也認爲十分必要。

我們都是舊社會生長的，受舊社會影響很深，都或多或少的有些關係，有些牽連，舊社會使我們虛僞，不老實，到新社會仍舊不肯坦白，對人民隱瞞，不説真話，有的人僞造歷史，有些人隱瞞年齡，學歷。

主要的還是政治方面的，如參加過反動黨團，特務組織，或有反動的行爲，反動的活動等，也都應在這次運動裏交代出來。

還有『對别人檢舉性質』的，如知道某某人政治上有問題，也應該交代出來。

我們要對祖國、對人民忠誠老實，不交代就是對革命不忠實，爲了表示我們的忠誠，只有把歷史交代清楚，把隱瞞的問題都説明白，國家才會信任我們，人民才會信任我們。如果不交代，檢查出來，就要受到一定的處分。

我們的辦法，主要是靠群衆的覺悟，依靠大家自覺自願，講明白忠誠老實的意義，鼓勵大家自動交代，只有交代，自己才有前途，不采取『追、逼』的辦法。

現在這忠誠老實學習運動就要開始，今天開會我們大家可以討論一下，這運動的意義，并且可以對如何來推動工作，研究一下辦法，請大家發表意見。

〔一九五二年三月三十一日〕

忠誠老實學習運動動員會上報告

我們交代什麽呢? 我們是交代問題,不是交代歷史。當然『問題』有現在的『問題』,有屬於歷史上的『問題』,不能把『問題』和歷史分開來看,但是主要交代的是以前隱瞞的問題。

問題包括兩方面: 一種是一般性的問題: 如以前隱瞞了年齡、學歷、或僞造證件等等,不帶政治性的問題,這是舊社會習以爲常的,是很自然的事情,今天是新社會,更正一下,是有好處的,不然有時會因此引起别人的懷疑。

另一方面是帶有政治性的問題: 有時知道親戚朋友之間某某人是特務分子或有特務嫌疑没有檢舉,或自己隱瞞了反動的社會關係。或有人參加過反動的行動,參加過反動的會道門,或是特務組織等等,都要在這次運動裏交代清楚,在組織也要劃清界限。

既然是交代這一類的問題,有些人思想上就會有很多顧慮。

有些人怕丢臉,怕丢面子,怕失去威信——他想我過去一向進步,大家都看得起我,大家都以爲我歷史上没問題,這次談出來豈不是太難看,豈不是没有面子,這看法是不正確的。

自己不敢講，想把骯髒的問題保留下來，是只考慮『個人』的面子問題，如果從革命方面去考慮，就是相反的。應當認清，不講是給舊社會保持面子，怕把舊社會的罪惡暴露出來，怕給舊社會丢人。要講出來，是新社會的勝利，是暴露了舊社會的缺點，是舊社會的失敗，正因爲我們仇恨舊社會，要推翻舊社會，所以才暴露他的醜惡。

國民黨反動派是陷害人民的，他們想出各種辦法，設好陷阱，驅使大家走到黑暗的道路上，今天暴露出來，是給反革命丢臉，是給革命争光。你保留下來，就等於給國民黨反動派保留一部分黑暗，而且有問題也隱瞞不住，如果被發現，不但反革命丢臉，而且自己都同歸於盡。

況且有問題交代清楚，是表示對人民對祖國的忠誠老實，別人不但不會看不起你，你不會失去威信，而威信會因此更高。

有人想：『以前大家都很相信我，組織上也很相信我，我談出來，會不會因此不相信我了呢？』這一點大家可以放心，我們新社會是相信老實的，革命與反革命的區別就在此，反革命不相信忠誠老實的人，因爲互相欺騙、傾軋，他們才有前途。而我們的理想是有光明前途的，我們是光明磊落的，革命就是相信忠誠老實的人，你忠誠老實就對了，我們歡迎，越是忠誠老實越能得到信任。

有些人怕處分——這也是不必要的顧慮。如果過去我們由於認識不清，犯了些錯誤，今天講出來，對於過去是既往不咎的。如果不是大的嚴重的問題，一般是不處分的。如果真是有重大問題，我們還是有『坦白從寬』的一條，要作到『思想上嚴格，懲治上從寬』。

人民是歡迎進步的，過去犯了錯誤，今天交代清楚，要求進步，會受到人民歡迎。參加普通反動黨團的人，講出來是没有處分的，如果是嚴重問題，你不講也隱瞞不住，全國各處都進行思想改造，或忠誠老實運動，你自己不講，全國人民政治覺悟都提高，到處的材料都會送來，絶對隱瞞不住。堅決隱瞞的人終要受到嚴厲處分，只要真誠坦白，就可以從輕，所以從輕不從輕，決定權是屬於你自己，是由你自己選擇。忠誠老實學習運動，正是坦白的好機會，過去既是歷史上犯了些錯誤，今天在這運動裏不要再犯錯誤。

而且我們絶大多數都是没有嚴重問題的，千萬不可以再背着包袱，越不交代，包袱越重，越不交代，思想上越痛苦。

我們歡迎忠誠老實的態度，歡迎任何有問題的人，都把問題（主要是政治問題）向國家、向人民説清楚。其目的，是爲了人民内部更好地團結，劃清革命和反革命間的界限，使每一個人都在這次運動裏得到教育。因此在這運動裏，我們主張自覺自願，不追不逼。交代不交代，是政治上覺悟不覺悟的問題，也是思想上的鬥争過程，是思想上的階級鬥争，在舊社會沾染上剥削思想、反動思想,或參加過反動組織,今天以無産階級思想和它作鬥争,交代清楚,是思想上鬥争勝利。因此,忠誠老實就是一個立場問題,立場站在人民方面,我們願意在新社會全心全意爲人民服務,願意跟着無産階級走,就没有什麽不可以交代的。如果仍是堅决站在反動派的立場,當然還想替他隱瞞,不肯交代。

我們大家都有光明的前途,我們都願意忠誠的爲祖國服務,每個人都愛我們的祖國,都愛祖國的人民,因此,希望大家都積極的熱情的參加這次忠誠老實運動,把自己的一切都交代給祖國,交代給人民。

我們輔仁今天有很好的條件,有黨的堅强領導,而且大家在各次運動中尤其是三反運動中,都提高了政治覺悟,我們有足够的信心,把這次運動作好,一定能在前一段學習的基礎上,得到更大的更輝煌的勝利。

〔一九五二年四月二日〕

節約檢查委員會上發言

上次開會是在三月三十一(星期一),會上決議的是決定展開忠誠老實學習運動。自從四月二日(星期三)運動開始後,大家參加此運動,都很忙,運動展開後,我們節委會這是第一次開。

我們忠誠老實學習運動,已進行了一星期,大體情況,楊誠同志上次(五日星期六)已報告了一下。

我們這次運動開展是正常的,全體都積極的參加,參加的總人數共一一四九人,交代的人數共一〇二五人。交代件數六〇〇〇件(六千件)左右。

問題大體有三類:

(一)一般性的,如隱瞞年齡,學歷等。

(二)一般性的政治問題:如普通的國民黨員,三青團員等。

(三)較重大的政治問題等。

在運動進行中,我們把一般性問題的人,已隨交代隨處理,有重大些的問題,還需要再深入。

有些人談的比較徹底,態度也誠懇,又能積極的檢舉旁人,我們想也可以處理一批,準備采取典型會的形勢,在大會上處理,根據政策,坦白的從寬,重的減輕,輕的減免。在處理以後,可以由具體事實,説明政策,可以解除人的顧慮,對運動開展上有好處。

準備明天上午召開全體教職學工大會,我們選擇了六個人,可以作爲典型:

魏淳(同學,黨員)曾作三青團分隊長,以前只談過參加三青團,未談分隊長。外四,應登記。

王錫厚(國文系三年級)①造假證件。②三青團。免予開除。

安毓競(經濟系一年級),一貫道三才,兩次參加三青團,作分隊副、分隊長。應登記。

孫碩人(外文系講師)輔大國民黨區分部書記,華北文協幹事,曾作過僞教育局總務科科長,僞教育部社會教育司專員。應登記,免於管制。

錢聯文(會計課職員)曾作僞濱江縣警長,參加過青年軍。應登記。

卜世澤(二院普通工)曾參加聖母軍支會長,接辦時破壞接辦,并幫助帝國主義搜集情報。應登記。

這六位先生同學，有的問題還是較大些的，如三青團分隊長等都是應當登記管制的。今天我們可以商議一下，他們都坦白較徹底，態度老實，應怎樣處理，可以研究一下。

請賈先生報告一下他們六人的情況。

〔一九五二年四月八日〕

留蘇預備部開學典禮上講話

諸位同志：

今天我非常榮幸的參加留蘇預備部的開學典禮，首先讓我代表輔仁大學全體教職學工，爲諸位同志得到這一光榮的學習任務，致以熱烈的慶賀！

諸位都是來自全國各地，是在各機關、各部門、各工廠，學校裏選拔出來的優秀分子，是德才兼備、體魄健全，具有高度政治覺悟的新中國的青年，你們參加了留蘇預備部的學習，是非常榮耀，值得驕傲的。

我們的祖國，三年準備即將過去，十年建設就要到來，爲了我們新中國的前途，爲了我們新中國的工業建設，必需要向蘇聯學習。諸位積極的熱情的來參加這一學習，我相信你們會抓緊這短短的時間，加倍努力，把準備工作作好，到蘇聯去學習蘇聯的先進建設經驗，學好科學技術，來迎接祖國的重大的建設任務。

你們背負着全國人民的希望，你們將是建設祖國的優秀人才，是新中國的骨幹分子，因此人民對你們的要求是很高的，對你們的期望是殷切的，你們知道自己的責任重大，一定是加緊學習，嚴格要求自己，培養自己成爲祖國最需要的幹部。

蘇聯的人民，在蘇聯共産黨領導之下，不但會革命，也會建設，蘇聯的方向，是全人類要走的方向，蘇聯的今天，就是我們的明天！所以你們今天的努力，也就是我們祖國明天的成就。讓我再一次爲你們預祝，預祝你們學習的成功！

最後我要向大家抱歉，在我們學校裏，我們招待的不够周到，也未能很好的照顧，我們非常抱歉，今後有什麽需要，請盡量提出，并希望提出意見和批評，盡可能的改善大家的學習環境，才能勝利的完成這學習任務！完了。

〔一九五二年四月十二日〕

忠誠老實學習運動報告

自從四月二日我們進行忠誠老實學習運動以來，已經有兩個多星期，我們全體教職學工都積極的緊張的來參加這運動，已經取得了相當大的成績，獲得偉大的戰果，進行得很迅速、正常，而且是非常順利的。

我們這次應當參加學習的人數是一千三〇五人，實際參加學習的人數是一千二九二人，有十三人没有參加，其中十一人是有正當理由曾請假的，有兩人是没有請假而未參加的。

實際參加的一千二九二人中，有一千二一二人交代了問題，没有問題交代的有六十二人，交代了問題的人數占百分之九十八到九十九，數目是相當大的。

交代問題的件數，共七千〇九七件。

關於交代問題的性質：

（一）一般性的——共二千四四八件，交代的人數是二一二人，包括隱瞞年齡、隱瞞學歷，僞造文憑假證件等等。

（二）一般政治性的問題——共四千五三七件，人數是九一七人。包括普通的國民黨員，三青團員，其他反動黨團，反動道門，僞政府機關普通人員等等。

（三）較重大的政治性的問題——一一二件，人數是八三人。包括國民黨區分部委員以上的，三青團分隊長以上的，其他反動黨團的骨幹，反動會道門骨幹，聖母軍骨幹，有隱藏槍枝、武器、電臺的，有逃亡地主等等。

我們收回的電臺、武器、僞證件、委任狀等共二百件。

以上是交代問題總的情况，交代問題後，我們處理辦法如何呢？總的精神就是盡量的從寬處理。

有的人問題很簡單，可以不必作結論的，共有四百二十人。

有一般性問題的三〇八人。

有一般政治性問題，隨交代隨即作了處理，作了結論的共有四六五人。

有比較重大的政治性問題，情况也有不同，有包括僞政府機關官吏科長以上職務的，有反動黨團的骨幹，有僞軍警官員等。有的應當登記管制，有的應當進行登記。在這次學習運動，自覺自願，坦白徹底，清楚的交代了問題，我們本政府寬大的精神，已取得上級的同意，一律免於登記，這樣的人一共是三十四人，其中包括教師十一人，職工十三人，同學十人。

另有些人，在這次學習運動裏，他們的問題還没有搞清楚，其中一部分是我們還要繼續調查研究，一部分是他問題比較多，自己還没有交代清楚的，一共有二十八人，包括：教員四人，職工九人，同學十五人。

還有一些人，原來是登記管制分子，在管制期間，坦白還徹底，表現還不壞。在此次學習運動裏，態度比較誠懇老實，我們建議政府，自即日起，解除管制。

教師二人：

閻維仁、劉世亮，皆體育部講師。

職員一人：

周元增會計組事務員

學生六人：

劉玉生、劉家騏、馬連鎖、趙鐘玉、王育年、王德英

其餘還有一些人，在這次學習運動裏，他們的問題還没有搞清楚。其中一部分是我們還要繼續調查研究，一部分是他問題比較多，自己還没有交代清楚的。這樣的人一共二十六人，計：

教員：四人

職員：四人
工人：三人
學生：十五人
這二十六人等調查清楚後再作結論，他們自己心裏都明白有没有自己，這裏不宣布他們的名字。
以上所報告是處理情況。關於應當登記管制的，及應登記的，爲了給他們一些方便，我們已建議公安部門，得到他們的同意。特由公安機關委托我們學校代爲辦理，登記手續辦理完畢後，我們再統一轉送公安機關。

〔一九五二年四月十七日〕

防疫衛生工作動員大會上報告

全體教職學工同志們：

我們學校的忠誠老實學習運動，已經勝利結束了。大家在思想上收穫很大，可以爲今後的學習和工作打下了鞏固的基礎。

在三反運動和忠誠老實學習運動中，我們集中全力來進行學習，一切業務工作都暫時停止，所以在全市大力開展防疫衛生運動的時候，我校因學習關係，防疫衛生工作雖然也做了一些，并且也有些成績。但是肯定的説，作的還是不够。

現在我們在三反和忠誠老實兩大運動的勝利基礎上，我們全體師生員工的工作熱情已空前提高，我們有條件把因學習而耽誤的工作完全做好。尤其是防疫衛生運動，不但關係我們的生命和健康，而且是一件具有重大政治意義的任務。

如果我們環境衛生保持不好，就容易滋生蚊子、蒼蠅、跳蚤等傳染病的媒介，造成疾病的流行，如果我們不講求衛生，個人就易生病，不能發揮工作效力，更談不到爲國家培養德才兼備，體魄健全的建設人才。

所以我們今天特别召開一個防疫衛生動員大會，使大家進一步明瞭防疫衛生工作的重大政治意義，并請專家來替我們作報告，號召每個人都投身到這個運動來。一定要我們全體教職學工積極參加，才能使我校的防疫衛生工作做好！我們相信大家在學習勝利的基礎上，一定能在防疫戰綫上，再打一個大勝仗，我們要以積極的實際行動來消滅美帝的細菌戰，我們要給祖國偉大的十年建設工作，創造有利的條件。預祝我們在防疫戰綫上勝利成功！

〔一九五二年四月二十六日〕

五一節游行隊伍預演講話

同仁同學們：

明天就是偉大的五一勞動節了，今年的五一勞動節與往年的五一節不同，今年我們人民民主政權比去年更鞏固了，抗美援朝已取得更大的勝利。我們學校又經過三反運動和忠誠老實學習，大家思想上都提高了一步，全校教職學工更加團結了，對新中國的建設前途更增加了信心，大家更熱愛祖國，更熱愛我們的毛主席。我們在思想取得勝利的基礎上，以無比興奮的心情，準備參加明天的大游行，這是光榮的，是值得高興的事情。

今天的預演，步伐非常整齊，精神非常飽滿，我們高舉着毛澤東選集，表示我們堅決要以毛澤東思想來武裝自己，大家都把最好看的衣服穿出來，真是五光十色，富麗堂皇，鮮明燦爛，我們的隊伍是年青的，是壯健的，以這樣的隊伍，明天到了天安門，到了毛主席的面前，一定更能整齊嚴肅，活潑愉快。不但人民民主國家的朋友們見到我們新中國人民的新生氣象，爲我們歡欣鼓舞，就是在資本主義國家的代表面前，也顯示出站起來的中國人民，團結在毛澤東的旗幟下，有無比强大的力量。我們一定能戰勝帝國主義，一定要消滅美帝的細菌戰！

同志們！敬祝大家勝利的愉快的渡過工人階級自己偉大的節日！

〔一九五二年四月三十日〕

學生會執委改選大會上講話

同學們：

今天我以極興奮愉快的心情來參加這次大會。我一進禮堂，就覺得一片活躍、新生的氣象，同學們都以熱烈的心情，嚴肅的態度，來參加這個改選大會，説明了同學們對學生會工作的關心和重視，這是非常值得高興的，我首先來預祝我們的改選工作勝利完成！

上一届（即第五届）執委的工作，是有很大成績的，貫行了第十五届學代會的方針，特别是在三反運動，和忠誠老實學習運動中，大家都以『日以繼夜』忘我的精神，來搞好各方面的工作，在黨團的領導下，在大家以革命的精神齊心努力下，協助行政，完成了艱巨的任務，收到了預期的效果，其他如對同學們的政治學習，文娱體育，生活福利，清潔衛生等，都起了應有的作用，都有了相當大的成績，這些成績，使得我們的輔仁，進步大大的加快了。這是我們應當指出，而且是學生會今後的工作中，應當鞏固和發展的。

我們學校在三反和忠誠老實學習運動兩大運動後，在各各方面已起了根本的變化，整個學校欣欣向榮，面貌爲之一新，從黨團員人數大大的增加就是很好的證明。我們是勝利了，但是我們的面前，任務仍是很艱巨的，我們不要因勝利而驕傲，要戒驕戒躁，仍舊要以新的戰鬥姿態，精神飽滿的，迎接下一段的工作。

現在美帝國主義正無耻的拖延和破壞朝鮮停戰談判，正瘋狂透頂的進行着滅絶人性的細菌戰，我們要堅決消滅細菌戰，打倒美帝國主義，我們要積極建設新中國，因此我們對於十五届學代會決議的實現，就更爲迫切，更爲重要。

作爲一個德才兼備，體質健强具有共産主義覺悟水平的青年，首要的條件，必需加强對馬克思列寧主義和毛澤東思想的學習。因爲這是一切工作的動力，政治水平提高，才能學好業務，才能搞好工作，因此我們今後還要加緊學習政治。這是我們的首要任務，也就是培養我們的『德』。

我們不僅要『德』的水平提高，同時也要學習科學技術，努力提高知識水平，這是當前學生的重要任務。很顯然，要建立工業化的新中國，我們青年學生就應該培養成爲既有高度政治覺悟，又有專門的知識技術的人才，并且要加强鍛煉身體，積極開展文娱體育活動，作好環境衛生，培養好個人衛生的習慣，這樣『體魄强健』才能得到保證。因此我們的任務是繁重的，是重大的。

并且我們學校的改革工作，今天還没有完成，學校的改革，院系的調整，不僅僅是教育部的事,不僅僅是校行政的事,而是我們每一個同學的事。

三反運動給學校的改革工作鋪平了道路,批判了個人主義和宗派主義的思想。今後同學們要爲了祖國的需要,人民的需要,在院系調整的工作中,發揮出積極的勇敢的愛國主義精神,使我們的工作早日完成,早日改革,則我們祖國的經濟建設會更快的發展,這一點同學們已有認識,我們今後的工作,需要再接再厲,在全體同學的共同努力下,在學生會執委們大力推動下,協助學校,加倍努力,保證院系調整,學校改革很好的完成。

因此,今天的學生會改選工作是很重要的,是一件重要的政治任務,希望大家今天審慎的,認真的,負責的,選舉出自己的執行委員。

我熱烈的敬祝今天選舉大會的成功。

〔一九五二年五月十日〕

校委會第五次會議上講話

關於輔仁、師大兩校院系調整的問題，已經醖釀了很久，在三月中，周總理批準了教育部所擬定的方案。輔仁、師大的調整，也是全國高等學校院系調整的一部分，全國的院系調整要在暑假裏進行，現在進行院系調整的條件已經成熟了：

第一方面，現在全國各經濟部門和其他建設方面的需要，在數量上和性質上，都比較明確，比較具體了。

第二方面，教育部在兩年以來，已對於全國各學校的情況比較熟習了，特别是京津兩市的學校。

第三方面，是我們自己的條件，學校本身起了很大的變化，在兩年以前，開全國高等教育會議的時候，如果提出院系調整的問題來，可能引起各方面許多不滿的意見，甚至於會有人抗議。但兩年來經過了各種愛國運動，特别是最近的三反運動，關於院系調整的問題，在學校裏來説，基本上是搞通了。

有了以上這三個條件，教育部才根據這個情況把院系調整的計劃提到政務院，這個計劃今年可以完成三分之二，向前跨進一大步，明年可繼續完成。

院系調整在北京來講，總的規劃是：除一些新辦的和原有的專門性的學院之外，主要是清華、北大、燕京、師大、輔仁，五個大學進行全面調整，對於這五個大學的調整，政務院已經有了具體的的規定，調整成爲三個大學：

（一）綜合性大學，包括文、理、法。

（二）多科性的工業大學。

（三）師範大學。

這三個大學是適應國家的需要，各有不同的任務。綜合性大學是培養部分師資和政法幹部，工業大學是培養工業幹部，師大是培養中等師資。

清華、北大、燕京三個學校爲一組進行調整，他們內部調整比較多，問題也比較複雜，他們也在自己開會進行研究。

輔仁、師大爲一組，向新師範大學方向調整，也先由兩方面進行研究，如果聯系到旁的大學時，旁的大學也可以參加，這樣把五個大學分爲兩個組進行研究，然後再合到一塊來研究。

關於我們和師大歸并的問題，具體的課堂、試驗室、宿舍等，及人事問題等，都要合理的分配和調整。

我們經過三反學習，大家都明確了，一切都要服從國家的需要，不能有任何個人主義，本位主義，和宗派主義的想法。所以我們研究問題時，一切都要根據新師大的任務。新師大的任務很明確，就是培養中等師資，研究部是培養全國師範大學的師資，因此設系，設專修科，都要根據這個需要，不能單注意原來有什麽系科，這方面應該作到徹底，不然幾年後就影響了國家的需要。其餘校舍、人事等問題，都要根據這個原則。一定不要有本位主義和宗派主義的存在，這是我們大家都知道的。

教育部已和我們交換過初步的意見，現在我把兩校的情况説明一下，再由教務長、秘書長報告小組接洽的經過。

現在的情況

一、兩校的系科：

師大現有十二個系，輔仁十一個系，其中中文、歷史、教育系、數學系、物理系、化學系、生物系七個系兩校相同。

不同的：師大外文系分英語、俄文兩組，又地理系、音樂戲劇、美術工藝、體育衛生四系輔仁没有。

輔仁外文系只有英語一組,其他經濟、社會、心理三系師大没有。

專修科: 師大有教育專修班,輔仁有保險專修科和貿易專修科。

師大又有學校教育研究室,及學前教育研究室。

教職學工人數: 師大一九〇七人,輔仁一六八二人。

專任教師: 師大二百四十餘人,輔仁一百五十餘人。

學生班數: 師大五十二班,輔仁五十三班。

二、校舍情况:

師大有兩院,和平門外第一院現有學生八〇〇人,最多能容一〇八〇人,石駙馬大街二院,可容學生四〇〇人。

輔仁學生宿舍,正常能容八〇〇人,故改爲雙人床,可增加到一千多。

調整的初步意見: 根據新師大的任務,根據現有各系,初步意見如下:

一、系科方面,設十個系:

①教育系(分兩個組: 學校教育組、學前教育組)

②中國語文系

③歷史系

④俄文系
⑤數學系
⑥物理系
⑦化學系
⑧生物系
⑨地理系
⑩體育系（尚未最後確定）

師大原有的音樂、美術兩系擬歸文化部領導。外文系的英語組擬三四年級同學并入北大，一二兩年級留校轉俄文系。體育衛生系還未作最後決定。

我校原有的經濟、社會兩系及貿易、保險兩專修科歸并北京大學，心理系改爲教研組。已確定的九系，每系除俄文將設一專修科，此外將先設教育、生物、和中文三個研究部。

二、校舍方面：準備將校本部及數、物、化、生、地理（體育衛生）設於定阜大街。教育、中文、俄文、歷史等系設在和平門外。

（詳細情形張秘書長報告）

當時決定後,由兩校組成小組,具體計劃:

①院系組——兩校教務長,傅種蓀爲召集人。

②房舍與人事組——兩校秘書長,丁浩川,賈世儀,由張重一爲召集人。

〔一九五二年五月十二日〕

爲院系調整事在幹部會上講話

高等學校院系調整工作，已開始在全國範圍内展開，這是我國教育改革事業中的一個重要步驟。在輔仁大學與師範大學的調整工作中，我更得到了深刻的體會。

我在教育界工作前後已有三十年，這三十年的時間不算短了，三十年前的兒童已成了壯年，青年則已上了年紀，但是在這漫長的歲月裏，我都始終没有像今天一樣正確的認識過我自己的工作。

就拿輔仁來説，帝國主義設立輔仁，是爲了文化侵略，其目的早已肯定，不過我們很多中國人都認識不清，他們在表面上明文規定設立輔仁的目的是『發揚中國舊文化，介紹世界新文化』，很多人覺得中國舊文化值得發揚，世界新文化需要介紹，這樣『新』『舊』兼備，正是辦大學目的。殊不知所發揚的舊文化就是中國的封建文化，所介紹的新文化，就是資本主義文化，『新』『舊』交加，就是些當時半封建半殖民地社會相適應的半封建半殖民地文化。

舊的教育工作者，就按着帝國主義和反動統治階級所給安排的道路，不但教師們自己對英美資産階級文化盲目崇拜,養成脱離實際,教條主義的惡習,而且以這些深厚的資産階級腐朽思想直接腐蝕着青年一代,使他們崇拜英美,忘掉祖國。

我自己雖從事於教育工作,面對教育工作的任務,從來没有全面考慮過,在舊社會裏,我從來没有想過我的工作和整個中國的關係,也從來没想過培養出來的青年同學,與祖國建設的關係,自從解放以後,隨着新中國的誕生和生長,我才認識到文化教育在祖國所負的重要使命,看到我校畢業的同學相繼走到各個建設部門,走到各種工作崗位去爲人民服務的時候,我深深感到他們在工作崗位上服務的好壞,品質的優劣,都是與他們在學校裏所受的教育的好壞有密切的關係。在建設祖國的事業中『幹部決定一切』,而幹部的來源是要我們高等學校輸送出去。文化教育事業在祖國建設中實在是占着非常重要的地位,因此我深深的感到作一個教育工作者的責任重大。這是以往所從來没有也不可能體會到的。

目前新中國大規模的建設就要展開,而高等學校供應祖國的建設幹部來説,如果仍是按照原來的步伐,(下文未保留下來)

〔一九五二年五月中〕

院系調整對高等教育改革的意義

一、院系調整對高等教育改革的意義

（一）以往的教育——輔仁爲帝國主義反動統治服務。

教育工作者——工作結果與自己目的完全違背，看不見自己的前途。

（二）解放後，三反後，教師體會到院系必需調整。

輔仁發展方向，如何發揮更大的力量爲祖國服務，爲了國家工業化。

（三）調整爲師範大學，可以更合理使用人力物力的配備、調整，發揮其最大力量。

基本上是按原來基礎修修補補，仍不適合，應用改革的革命的辦法，不能以原基礎的教師善於何種課程來開課，應爲了國家需要，我們原來：

化學系無機少，有機多。

生物系植物少，動物多。

數學系代數少，分析多。

歷史系世界史近代史少。

總之以思想認識及高等學校與輔仁實際情況來説明院系調整的意義。

二、輔仁師大調整工作的進行情況

專業、系任務明確,且波波夫訂定了教學計劃。——現正計劃專修科與過渡教育計劃。

房舍分配,物資清點。人事調整方案正進行,大約七月底八月初可基本完成。

三、遇到的困難及克服辦法

(一)兩校情況不同,地點不同,都按着新師大内容進行。新師大是包括不同的兩部分,故統一領導,步調一致,集中掌握,是必需的——核心組成立,核心領導發生效果。

有核心組的工作較順利。

没有核心組的則工作凌亂——如體、外、樂、美,不知如何是好。

核心組未組織前辦公室工作架空。

(二)困難主要是思想障礙,思想解決則困難就好辦。

儀器清點——擴張主義，本位主義。

房屋分配——擴張主義，本位主義。有的要吸烟室、休息室等。本精儉節約，精打細算，根據目前條件，和實際需要，克服困難。

（三）加强團結，發揚民主，發動群衆，啓發愛國主義思想，加强愛國主義思想教育。

四、有些什麽思想障礙

教員——人事問題最關心，怕離開北京，怕没有課教，群衆要求解決，最關心。領導上也在盡量争取早日確定，盡快作出方案，呈請教育部快些解決。另外有的教員想以後的課，要求太高，不易教了，失去信心。

還有希望課程早定規，好早些準備。

職工——因宣布原則上不動，問題較易解決。

同學——最初不願作人民教師。①以舊眼光看新事物，認爲教師没人重視，願意作專家，作科學家、醫生。②認爲人民教師没前途。

總之是個人利益與集體利益的鬥争。

片面觀點與全面觀點的鬥争。

個人前途與祖國利益的鬥争。

資産階級思想與工人階級思想的鬥争。

〔一九五二年五月〕

中蘇友好第六屆代表會上講話

各位會員代表們：

今天我們召開中蘇友協第六屆會員代表大會，預備聽取第五屆幹事會的工作總結報告，并改選本屆的主任、副主任及聘請下一屆的幹事。

第五屆的幹事會是在去年十月中産生的，這半年裏面，各位幹事積極努力工作，以及各位代表的協助之下，我們的中蘇友協工作，有了很大的開展，作出不少的成績。

我們中蘇友協的會員與非會員的思想覺悟逐漸提高了，對於蘇聯的認識已基本上轉變，這與我們友協的宣傳工作有很大關係的，而且由於群衆的思想認識提高，大家都要求加入中蘇友協，因之我們中蘇友協的組織也壯大了，我們學校現在已有一千一五八位會員，占全校人數的百分之七十，今後還要繼續不斷的發展，擴大我們的組織。

各位代表都已瞭解，我們成立中蘇友好協會主要的目的是爲了增進和鞏固中蘇兩國人民的友誼，并且促進中蘇兩大民族的智慧和經驗的交流。

在十月革命火焰中誕生的世界上第一個社會主義國家蘇聯，是世界和平民主的堅强堡壘，是全人類的希望。正如毛主席所説：『自從偉大的蘇聯十月社會主義革命勝利以後，世界上人民勝利的局面就確定了，現在則因中華人民共和國的成立，和各人民民主國家的成立，而使這個局面發展和鞏固了。』我們從毛主席的論斷中，可以真正的瞭解中蘇兩國人民友好關係的深刻意義。

首先，偉大的中國人民革命，是在十月革命影響之下進行的，同時，又是在蘇聯的幫助下取得了偉大的勝利的。在我們革命勝利之後，我們又照着蘇聯的榜樣，在蘇聯幫助之下，進行我們的建設。所以我們的革命是學習蘇聯，在今後，我們的建設，也同樣要學習蘇聯，這就是毛主席所講的『走俄國人的路』。

蘇聯是被壓迫人民的領袖，又是世界和平民主的堡壘。我們勝利了的中國人民，同樣的也是爲着全世界的和平及人類的幸福而奮鬥。

現在，美帝國主義同它的僕從走狗們，正在瘋狂的使用細菌武器，向向朝鮮、向中國侵略，它這種滅絶人性的卑鄙行爲，是向我們進行威脅，并以此來威脅全世界的，在這樣侵略威脅之下、全世界的人民，都把希望寄托在蘇聯和中國身上，寄托在中蘇兩國人民鞏固的友好合作上面。因爲中蘇兩國是正義的，也是無比强大的，所以從全世界範圍來説，鞏固和發展中蘇兩國的友誼是全人類最大利益之一。特别是在美帝國主義同它的走狗們，拼命準備發動新的世界戰争的今天，鞏固我們中蘇友誼的强大的堡壘，來争取和保衛世界和平，是越來越重要了。

我們因此可以明白的看出，我們學習蘇聯和加强中蘇友好，是每一個中國人民的責任，是全中國人民的重大政治任務之一，因爲中蘇兩國的團結，不但是對於我們祖國的新民主主義建設有極大的重要性，而且是保衛全世界和平鬥争的重要工作。

中國和蘇聯共有八萬萬多的人口，有廣闊無際的土地，有深富的寶藏，尤其重要的是中蘇兩國的人民，在列寧、斯大林培養教育下的蘇聯人民，在毛澤東培養教育下的中國人民，都是工人階級的思想教育出來的。我們兩國人民有深厚的友誼，這種友誼是革命的友誼，是偉大的國際主義的友誼，我們共同的目的，是實現共産主義，是解放全人類，我們的友誼是牢不可破的，是任何力量所不能摧毁的。所以中蘇兩國的友好是争取全人類幸福的保障，是保衛全世界和平的長城。我們不但要重視中蘇友好的工作，而且今後要特别加强。把中蘇兩國的人民團結得更緊密，使得我們的力量更加强大更加鞏固。

下面我們聽取我們第五届幹事會的工作總結。

各位代表同志們：

今天我們把第六届的主任副主任選舉出來，我們應當歡迎這一届新選出來的副主任蕭璋先生參加我們的中蘇友協工作。

現在我來代表我校的中蘇友好協會聘請第六届幹事會的新幹事，其中除去工會及學生會的中蘇友好部的三位同志外,并聘請十二位同人和同學來作我們友協的幹事。

現在我宣布一下幹事的名單:

郭預衡(工會中蘇友好部),羅佐才,李鳳亭(學生會中蘇友好部),吴柱存,王順華,朱希賢,何振華,郭琦,秦翠枝,徐熾勤,張德山,沙福志,李忠貞,馬秀珍,陳世蘭等十五位同志作我們的新幹事。

關於幹事會的工作分工,將來在幹事會上,再由各位幹事們本自報公議的精神來協商。

從今天起,我們就要開展下一段的新工作,我們要在上一届的工作基礎上來進行,上一届工作是有很大成績的,我現在不去多説,但是其中也還存在着一些缺點,剛才已在總結裏指出。今天我再把我自已的一點意見,提出來,供大家參考。

首先就是我們的宣傳教育工作作得還不够:上一届的宣傳教育,大家已出了很大力量,今後我們還要進一步的加强。我們要一方面以國際主義的精神,教育廣大群衆,增進大家對蘇聯的認識,學習蘇聯的先進經驗,來更鞏固和發展廣大群衆對蘇聯的友誼。另一方面我們要善於利用各種形勢,抓住機會,隨時隨地來進行宣傳教育,如發動能寫作的同學,寫些快報、曲藝、朗誦詩等(蕭先生和郭先生可發動中文系同學作爲練習),最好是簡短的,可以利用我們的廣播來放送。也可以在每次放映電影之前,來一次簡短的介紹,内容可以采用報紙、雜志上的新聞消息等,盡管是很簡短的,要時時刻刻提起大家對中蘇友誼的重視，并且認識中蘇友好的重要性和其政治意義。

各位幹事、代表們可以自己多進行學習，然後在平日言談説話之中，隨時講給群衆聽，隨時進行宣傳教育工作。

這是第一點，其次一點，上一屆很多人已作到，今天我還要提出一下，就是希望各位幹事，各位代表們，對自己所擔任的中蘇友協工作，從思想裏重視起來，把這件工作當作自己的重要工作之一，要經常注意，設法把自己的工作作好。以往有個别的小組，據我所瞭解的，小組裏不知道他們的中蘇友好代表是誰，代表自己也不够重視自己的工作，以至於小組裏『有代表』和『没有代表』没有分别，代表自己也不瞭解任務是什麽，當然也就不去作工作了，當然這是極個别的情況。

這一次由於我們大家的政治思想普遍提高，對中蘇友好的工作，自然就重視起來，我昨天聽見有一小組的代表就説，『我真感到光榮，我被選爲小組裏中蘇友協的代表了，我要更多的瞭解蘇聯，争取到蘇聯去學習。』她就是對這一工作很重視。

我相信各位同志們都會重視自己的工作，會把自己的工作作好的，今天我願意把我的看法提出來，請大家參考。

至於我們的宣傳教育工作，應當如何進行，應當如何加强，希望在幹事會上大家再來討論,然後與各組代表取得連繫。工作具體的進行,還要靠諸位大家的努力。我們中蘇友協的基本任務就是以中蘇友好國際主義爲内容,向群衆廣泛的介紹蘇聯在政治、經濟、文化、社會生活以及其他各方面的情況,和他們豐富的知識和先進的經驗。通過這些介紹,使大家看到我們祖國偉大的美麗的遠景,也就是人類最高理想的共産主義社會的遠景,因此我們的宣傳教育,也就是『活的』共産主義的宣傳教育。因爲蘇聯的今天,就是我們的明天,蘇聯人民走過的道路,就是我們要走的道路,蘇聯在各方面都有先進的經驗,可使得我們吸取而少走彎路,或不走彎路。

大家對於中蘇友誼的重要都已明白,希望大家加倍努力,把這一屆中蘇友協工作作好,使得中蘇兩國人民更加團結,使我們的力量更爲鞏固,以我們中蘇兩國堅强無比的力量,來戰勝美國帝國主義,來保衛世界和平,來争取人類的幸福美好前途的早日到來。

中蘇友好萬歲!

毛主席萬歲!

斯大林大元帥萬歲!

〔一九五二年五月二十二日〕

職員政治學習的動員報告

各位同仁們：

我們職員同志的政治學習開始了，大家都是精神飽滿的，拿戰鬥的精神來迎接這次學習，來參加這次學習，這是值得慶賀的事，這也就是保證我們學好的一個先決條件。

我們自從一月初開始三反運動，四月初展開忠誠老實學習，連續不斷的學習了五個月。在三反運動裏，各位同人都在組裏檢討批判了腐朽墮落的思想，資産階級思想在開始動摇。忠誠老實學習運動，大家又以對祖國、對人民無限忠誠的態度，交代了很多問題，在思想上，在政治上，并且在組織上與反動派劃清界限，割斷關係。兩次運動我們的收穫很大，我們揭發暴露了舊的，樹立了新的，展開批評與自我批評，達到我們内部的團結改造，清理了我們的隊伍。總之，我們大家都有了很大的進步。

以前有些人是吃喝混，每天吃點、喝點、抱抱孩子、唱唱京劇，他每天工作不是爲人民服務，是爲飯碗服務。過去也有人整天吹、拍、騙，拉一部分人，擠一部分人，欺上瞞下，吹吹拍拍，互相保持飯碗，互相利用，今天我們已基本上把這些現象給取消了。

在全校來説,我們學校經過兩次運動後,面貌爲之一新,在我們職員同志裏也是有了顯著的進步,我們都在戰鬥中成長起來,涌現出大批的積極分子,普遍掀起要求學習的政治空氣,以前不關心時事的,現在也關心時事了,提出了天天看報,人人看報的口號,教務組二十一個人,已有十九個人自己訂了報紙,文書組張全璞先生説:『一定要學好政治,過去不學習政治,就像瞎子一樣,什麽都看不清楚。』他這句話很有道理。

在舊社會裏,政權由少數的反動派統治階級所把握,只能他們過問政治,老百姓無權過問,他不願意我們關心時事,關心政治,他們有意使我們變成瞎子,變成聾子,他們爲了便於統治,就願意我們在政治上什麽都不知道。

在新社會裏,人民作了主人,我們每一個人都要學習政治,關心時事,我們不能再作瞎子,不能再作聾子,我們要樹立主人翁的思想,在國家裏,我們是國家的主人,在學校裏,我們作的是人民自己的事。在兩次運動裏,我們已都有了這個認識,因此我們提高了學習政治的熱情,改變了工作態度,這些認識和收穫,爲我們今後的政治學習鋪平道路,打好基礎,創造了很好的學習條件。今天我們的政治學習,就是在這個良好的基礎上展開的,大家都已在愛國公約裏提出了保證,因此,我們確信今後的學習,一定會有顯著的進步,這是可以肯定的。

下面我談一談學習態度的問題：

在我們修訂愛國公約的時候，大家都提出了學習態度的問題，很多人談出了，并且批判了從前不正確的學習態度，這是很重要的一點，是很好的。但是還可能有人對待學習用不正確的看法，今天應當好好認識。

比如有些人有一些技術，他想：『我有一技之長，我憑本事吃飯，國民黨在時我吃飯，共産黨來了，也離不開我，我用不着學習政治』。如果有人這樣想，就是把自己看作是聽人使唤的工具，而不知道自己已經是社會的主人。過去我們是爲帝國主義和國民黨反動派服務，過去我們的確是爲别人作事，現在我們是爲人民服務，是爲我們人民自己服務，明白了這個道理，人生才有意義，技術才能進步，所以我們一定要從雇傭的思想變爲主人的思想，擔負起自己建設自己國家的任務，學習政治，改變自己的人生觀，不然技術也不能進步，終久會被人民淘汰。記得我們三反運動剛開始的時候，沙林同志曾經和大家講過鐵飯碗和金飯碗的話，他告訴大家説如果有技術算作鐵飯碗，那末『政治進步』就是金飯碗，如果政治上不進步，鐵飯碗慢慢就會生銹，就不能用了，所以認爲『我有技術』的雇傭觀點，是不正確的思想。

有人想政治進步既然是金飯碗，我們就爲自己得到金飯碗而學習吧！金飯碗固然可貴，但是并不能拿飯碗作爲我們的學習目的，如果學習僅僅是爲了保住飯碗，是爲了怕職業有問題，我可以斷定以保住職業和飯碗爲學習目的的人，他的學習一定只是形勢上在學習，不會深入，只是有學習的樣子，不能聯系思想，這樣的學習政治上不會進步，思想上不易提高。

爲飯碗而學習的思想與認爲『不得不學』的思想是相同的。有人想既然行政上號召學習，工會號召學習，固然學習也不是强迫的，但是人人都學習，我也『不得不』學習。因爲有這樣的心情，一定會把學習看成負擔，於是開會時，就『混』，討論時就『睏』，閱讀時就走馬觀花，一目十行，情緒是無可奈何，迫不得已，形成『爲完成任務』而學習，爲『交差』而學習的思想，大家想一想，這樣的學習態度，怎樣能够進步呢？

也有的人學習是爲了『求知識』，是爲了學好一套，可以誇誇其談，講起話來，可以『顯示』自己進步，這樣學習，就是爲了應付，是爲了自己表現，是爲了自己吃的開，既然是爲了這個目的，就不懂得學習的真正作用，學習態度自然也不會好，學一些空理論，對於思想是没有多少幫助的。

總而言之，學習目的不明確，學習態度就不會端正。以上種種想法，實際上都是爲了個人，没有脱出自私自利個人主義的範圍。

我們究竟是爲什麽學習呢？學習的目的到底是什麽？我們說主要的目的就是爲了人民而學習，爲人民服務而學習，爲了建設新中國而學習。

有人說，新中國是要建設，我們的前途也很美好，但是我不管，反正有人管，社會進步了，新中國建設好了，總會有我一份，我也可以坐享其成，我也可以被帶到社會主義社會，被帶到共產主義社會去，於是自己學習情緒也不高，工作也不願積極努力。這種等待思想是有剥削意識的，這是要不得的。當然新中國的建設事業，絶不能因爲你不參加就不進步，而且中國到了社會主義，你也會跟着進來，但是我們是人，我們要用我們的雙手改造世界，我們不能等待，我們要作一個新中國的建設者。

我相信大家都有一個這樣願望，因爲在三反運動，在忠誠老實運動之後，大家都熱愛我們偉大的祖國，熱愛我們的共産黨，在感情上都靠近了黨，積極的要求學習，要求在政治上提高，也就是因爲這個原故，所以我們這一段學習，就選擇了『學習初級版』上所刊登的政治常識讀本來作我們的學習材料。

因爲我們不僅是在感情上熱愛祖國，熱愛領導我們前進的共産黨，而且要在理論上提高認識。我們要正確認識祖國的國家制度，祖國的經濟建設，瞭解我們祖國今天在世界上的地位和重大責任。我們也要求學習中國共産黨究竟在『革命』和在國家建設中所起的作用,學習共産黨的組織系統。

在學習的過程中,我們要更進一步清楚的認識:我們中國新民主主義的社會現在雖然已經建立和鞏固起來,但是中國的革命并没有達到最後成功,中國新民主主義制度還必須求得進一步的鞏固,同時,中國社會也决不能永遠停止在新民主主義的階段,不再向前發展。中國新民主主義革命的勝利,决不是中國革命的結束,而是更大規模的,更深刻的『革命運動』的開始。新民主主義社會并不是我們的最終目的,我們的最終目的是無限光明、無限美好的共産主義社會。

爲了這無限美好,光明燦爛的共産主義社會的早日到來,就要我們全國的每一個人把個人的計劃與祖國的前途結合一致。

我們既是熱愛祖國,既是認識祖國的前途,就願意在祖國的前進中,作一個積極的建設者。我們都願意共産主義社會早日到來,所以要立定志願,努力學習,提高覺悟,在學習中克服種種困難,爲祖國而學習,爲投入祖國的建設而學習,爲獻身於革命事業而學習。

因此,要求大家重視這個政治學習,把這個政治學習在思想上提高到首要地位。我們一切個人的利害拿來和這一光榮的任務相比,簡直渺小得很,渺小的不足計較了。

不能否認我們在學習過程中,是有些困難的,不過任何困難也阻撓不了我們的决心,也阻礙不了我們前進。

有人會想，我們工作忙，没有時間自學，但是自學是進行學習的基礎，一定要很好的自學，把理論通過思想，多思考，多聯系，學習才能進步。應該承認，工作忙，確是事實，目前全中國三年準備，只剩了半年，十年建設就要到來，難道還能説工作不够忙嗎？但是正因爲目前工作任務是無比的繁重，學習也就更加無比的重要。

毛主席告訴我們：今天中國革命的勝利，是萬里長征的第一步。爲着實現我們最高的理想，還有很多困難要我們去克服的，因此要求大家，爲着實現我們最高的理想，爲着祖國的光輝前途，爲着中國實現共産主義，我們一定要在今天已有的基礎上，再接再厲，積極努力學習，提高自己。

同志們！今天是我們三反運動後學習的開始，我們不但有决心，而且有信心，一定能够勝利！我們背負着千百萬人民的希望，跟着中國共産黨，跟着毛主席！努力前進吧！

謹祝諸位學習勝利！

〔一九五二年六月五日〕

歡迎廣西土改團回校講話

先生們！同學們！

今天我們經濟系社會系的師生從廣西土改的戰場上勝利歸來，首先讓我代表在校的教職學工對你們致以親切的慰問和革命的敬禮。

尤其是程明洳張崑剛兩位同學，在偉大的土改鬥争中壯烈犧牲，已由中央人民政府内務部給予烈士的稱號，我們除了表示悲痛以外，應該向這兩位死難烈士格外致敬。

各位先生和同學們，你們在我校參加土改工作的師生中，人數最多，時間最久，離開學校已經有九個月了，在這九個月當中，你們在楊承祚團長領導之下，排除一切困難和封建地主階級作系統的激烈的鬥争，取得偉大的勝利，使幾千萬農民弟兄得到徹底翻身，中國大陸上土改工作從諸位手裏基本完成，這是全體參加土改工作的師生的光榮，也是我們大家的光榮。

這九個月以來，我們學校經過教師學習，三反運動，和忠誠老實學習，輔仁大學的師生已經批判了一切反革命及資產階級思想，豎立起毛澤東思想的光輝燦爛的旗幟，大家有很多的收穫，學校也已經改變了一個樣子了。

關於這些，我們以後應該好好互相介紹，互相學習，鞏固和提高。

現在讓我們兩支勝利大軍，團結起來，在黨的領導下，爲完成人民交給我們的任務而努力吧！

今天大家剛從廣西回到北京，一定很累了，大家多休息一下，我們準備另外開一個盛大的歡迎會，來慶賀大家勝利。另外過幾天準備爲兩個烈士開一個隆重的追悼會，請各方面的人來參加，這兩件事情是我們必需要做的。現在祝你們健康！

（一九五二年六月二十二日）

歡迎土改工作隊歸來

全體教職學工同志們：

今天我們全校師生召開這一盛大隆重的歡迎會，來熱烈的歡迎今年陸續回來的參加土地改革勝利歸來的同志們。

首先讓我代表我們在校的全體教職學工向你們大家表示熱烈的歡迎，并致以革命的友愛的敬禮！

我們學校自從一九五一年初到現在，在全國轟轟烈烈的進行土地改革的時期裏，我們去參觀和參加土改的，將近三百人，分布在陝西、江蘇、四川、安徽、廣西、湖南、江西等省。這樣一個千載難逢、空前絕後的革命運動，我校能有二分之一以上的教職學工參加，盡了我們的力量，取得一定的勝利，這是我校一件重大的事情，也是我們學校的光榮！

我們在校師生看到你們回到學校的時候，都精神飽滿，健康愉快。我們都爲久別的戰友勝利歸來而歡呼。

你們爲革命立下了功勛，在反對封建鬥争中獲得了輝煌的戰果，有許多人已成爲人民功臣。今天讓我們爲你們取得的偉大勝利，爲你們光榮的得到人民功臣的稱號，再一次鼓掌歡迎，熱烈的慶祝！

大家都知道，土地改革是中國現階段新民主主義革命的基本工作，是消滅封建勢力最後的而且是一場系統的激烈的階級鬥争，是一場生死的階級鬥争，將要在中國大陸上永遠消滅的地主階級，他們在土地改革中作垂死的掙扎是必然的，他們用盡各種辦法企圖保持自己的特權，這次他們用卑鄙無耻的手段，來謀殺了我們共同作戰的戰友，我校程明洳、張崑剛二烈士，遭到地主階級特務内奸的暗害，光榮犧牲。今天我們歡聚一堂，共同慶祝我們革命工作勝利的時候，更增加我們對二烈士的追念。過幾天我們將要召開一個隆重的嚴肅的追悼會，來紀念二位烈士。

同志們！當我們聽到程張二烈士死難的消息時，我們非常悲憤，但是地主階級的任何陰謀鬼計，是不能把我們嚇倒的，一個人倒下去，有千千萬萬人跟上來，我們安葬好同伴的屍體，又繼續的戰鬥了。我們不只是悲憤，我們已化悲憤爲力量，誓與萬惡的封建勢力繼續作無情的鬥争。同志們！二位烈士的血不是白流的，封建勢力已基本上被我們打垮了，我們已取得勝利，而且將要取得更大的勝利！

同志們！二位烈士的光榮犧牲，更增加了我們對地主階級的仇恨，我們誓爲階級復仇。大家都已看到，我們參加土改的同志們，不但用自己的雙手粉碎了幾千年來束縛在農民身上的枷鎖，解放了農村的生産力，幫助千百萬農民弟兄徹底翻了身，而且就在這個激烈鬥争的戰場上，提高了自己，改造了自己，把我們每一位同志都鍛煉得像鋼鐵一樣的堅强。

同志們！你們這次參加土改，收穫是很大的：首先大家都在土改中鍛煉了自己，經過這一段實踐的過程，進一步建立起階級觀點，站穩立場，分清敵我，在激烈鬥争的農村中，地主與農民兩個階級鮮明的對立，敵我分明，非此即彼，當中没有任何中間的、調和的道路。在每一個具體的事件中，肯定了『對敵人仁慈，便是對人民殘忍』的真理，有力的批判了舊的人道主義、温情主義、客觀主義和超階級的觀點。

其次，在實踐過程中，具體認識了群衆的力量。農民階級獲得了共産黨的領導，認識了鬥争的道路，他們有組織的行動起來，形成對封建地主階級猛烈進攻的一種排山倒海的力量。在這種力量的面前，我們知識分子會深深感到，任何『個人』的作用，如果離開了群衆，將是何等的渺小！從群衆的力量可以使我們得到充分的證明：只有依靠群衆，堅决走群衆路綫，才能做好工作。農民是用自己的力量，來解放自己的，誰要忘記了這一點，誰就會脱離群衆。自居於群衆之上的個人英雄主義，在群衆面前，都被批判，被打垮了。

另外一點，就是知識分子與工農結合的問題。在城市裏生長起來的知識分子，帶有濃厚的小資産階級習氣與情感的人，在參加土改時，有些人往往懷着滿腔熱忱下鄉做土地改革工作，但一進入貧雇農家裏，一切東西都是又髒又破，受不了，光想要與工農結合，這一『關』就不容易過。但是這一關上，我們同志們的面前，已經消失了，我聽説大家都愉快的自然的做好了『三同』，與農民弟兄同吃同住同勞動，住在茅棚草屋，吃着稀飯紅薯，幫助農民耕種鋤割，連年歲很大的教授們，都能做到，這就是了不起的事情。爲什麽能這樣呢？就是因爲大家認識到『千百萬農民，幾千年來受到封建的殘酷剥削，無法改善自己的生活，我們來到農村，正是爲了幫助他們翻身，幫助他們消滅封建制度。』大家的感情已和農民的感情緊密的融洽在一起了。

總之，大家是有很大收穫的，我所知道的，不過是其中的一部分。但是總的一點，就是大家已經在實際鬥争中，鍛煉成爲好的人民幹部，這樣的幹部，是中國人民的寶貴財産，是祖國在今後建設中所倚重的人材。

參加土地的改革的同志們！就是在你們離開人民的首都——北京以後，就在你們和封建地主階級作戰的時候，我們留校的師生員工，也以戰鬥的心情，進行了三反運動，和忠誠老實學習運動。我們也有了驚人的成績和收穫。

同志們！你們參加土地改革工作,收穫是很大的,在土改中鍛煉了自己,經過實踐的過程,進一步建立起階級觀點,站穩立場,分清敵我。認識了群衆的力量,認清只有倚靠群衆,堅決走群衆路綫才能做好工作。并且做好了『三同』,與農民弟兄同吃同住同勞動,大家的感情已和農民弟兄的感情緊密的融洽在一起。總的一點,就是大家已經在實際鬥争中,鍛煉成爲好的人民幹部,這樣的幹部,是中國人民的寶貴財産,是祖國在今後建設中所倚重的人材。

自從你們走後,從十月初開始,我們學校和京津高等學校一起,進行了教師思想改造學習,到今年一月初開始搞三反運動,四月初進行忠誠老實學習,五月初,開始上課,一直到現在。

經過教師思想改造學習,又經過這兩個運動,我們學校基本已改變了樣子。就是由於工人階級思想在我們學校已占了領導地位的結果。

自從一九五〇年十月,我校由中央人民政府教育部接辦,我們自己收回了教育主權以後,形勢上雖然插上了工人階級的旗幟,而在思想上,資産階級思想仍舊占着領導地位。三反運動展開,揭露了以往輔仁存在的黑暗醜陋面貌,不但使我們認清很多教師的思想仍是資産階級的一套，甚至於有反動思想，更嚴重的就是在我們人民的大學裏，還潛藏着特務分子，這是很痛心的事情。

在運動不斷進展中，我們的認識逐步提高，首先是在思想上劃清敵我界限。在我們與敵人思想、敵人言論作鬥争取得第一步勝利之後，我們進一步清除了一個隱藏在學校一年半的學生宋廣儀，他是一個大漢奸大特務。解放以後，他混進學校，平日僞裝進步，蒙蔽同學，企圖在學校裏，進行特務活動。經過群衆的揭發，我們終於在上月十七日認清他的政治面貌，在全校的鬥争大會上，我們以無比憤怒的心情，揭穿他的面目，控訴了他的反革命罪行。他的陰謀詭計，在群衆猛烈炮火面前徹底粉碎。市公安局接受了我們全校正義的要求，當場將他逮捕。當這個叛徒俯首就擒，被帶出會場的時候，全場師生都情緒高漲，共同爲我們獲得的輝煌勝利而熱烈歡呼。

從這次鬥争的勝利，使得我們全校的師生都受到非常深刻而現實的階級教育，大大提高了政治覺悟，認清楚什麼是反動言論和反動思想，劃清了革命與反革命的思想界限。

關於肅清資産階級腐朽墮落思想方面，我們也同樣取得了一定的勝利。在春節前後，教師中就展開了清算資産階級思想的鬥陣，號召教師們普遍下水洗澡，改造思想。

經過群衆的揭發，和教師們自己的檢討，我們不得不承認，在教師中間，思想問題是很多的。有些教師的教學内容充滿了資産階級腐朽思想，甚至於是封建的買辦的法西斯主義思想。有些教師則在『純技術』『超政治』的牌子下面，販賣資産階級的貨色，以所謂『純學術觀點』教育同學，使同學們脱離政治，不重視政治學習。另有一些教師，資産階級思想也極端嚴重，主要表現爲損人利己的個人主義，自高自大、脱離群衆，對教育事業不負責任的混世態度。這種種思想，是在我們教師中間相當嚴重而且相當普遍的存在的。

通過三反運動，教師們認清了人民教師的責任重大，認識到以這些錯誤思想來領導同學學習，是對青年們的腐蝕，是對祖國的危害，直接影響了國家建設，并且阻礙了新中國工業化的前途。因此絶大多數的教師都對這樣的思想，建立起仇恨，與同學們一道向着這些醜惡骯髒思想進行猛攻，反覆批判了自己的政治立場，學術觀點，和工作態度，獲得了思想戰綫上的顯著成績。

通過三反運動，通過宋廣儀事件，由於大家的覺悟提高，都紛紛提出要求，要求與反革命徹底劃清界限。大家認爲只從思想上劃清界限還不能滿足我們的要求，都要與反革命在政治上在組織上劃清界限，要求全校同人同學肝膽相見，互相信任。就在這樣的基礎上，我們就展開忠誠老實學習運動。大家都以對祖國，對人民無限忠誠的精神，紛紛交代了自己的問題，達到了内部的團結。

經過兩次運動之後，我們學校裏已焕然一新，呈現了一片欣欣向榮的新氣象，群衆的覺悟空前提高，大家都積極要求進步，全體教職學工都修訂了愛國公約，以愛國公約作爲自己的行動綱領，全校教職學工都在運動中，在戰鬥中成長起來。全校的八百九十四位同學中（當時參加土改的同學除外）有五百一十四人成了運動中的積極分子，百分之八十以上的同學，要求加入新民主主義青年團，現在已有一百二十八人被正式批準，運動前我校的團員占同學總數的八分之一，現在已提升到四分之一强，而且還不斷的在增長着。

教師中的積極分子比運動前增加了兩倍多，職工中的積極分子也都比運動前增長了兩倍半。

這都説明我們進步的力量大了，政治成分改變了。這是一方面。

另一方面，我們通過兩個運動後，工人階級思想的旗幟、馬克思列寧主義的旗幟已在我們輔仁的上空飄揚起來，其他非工人階級思想的旗幟，基本上已經拔掉。

絶大多數的教師，在思想上明確了要以馬克思列寧主義武裝自己，要不斷的努力改造，因之運動後，都充實了教學内容，端正了教學態度，積極的負起教學責任，紛紛的表示要忠誠爲祖國服務，要爲祖國培養建設人材。自私自利的想法，已經基本上瓦解。因此很多教師都得到同學們的熱烈擁護，取得了他們應得的榮譽。

同學們則更進一步的體會了第十五屆學代會的方針,絶大多數同學都以這個方針作爲自己行動的標準,以馬克思列寧主義毛澤東思想武裝自己,提高了學習的積極性,努力學習科學理論,鍛煉身體,要把自己培養成德才兼備,體魄健全的具有共産主義覺悟水平的,祖國建設幹部。批判了混世態度寄生思想和一切資産階級腐化墮落的思想,劃清敵我界限。等一回報告的外文系同學張廣天就具體的有力的説明了同學們是一天天在迅速的進步。

職工們普遍的掀起要求學習的空氣,他們要求學習政治、學習文化,參加業余學校和速成識字班的職工,到百分之九十五,他們都紛紛表示要以主人翁的態度,努力工作,保證作好配合教學工作。職員同志批判了吃喝混的思想,批判了雇傭觀點,改變了工作態度。工人同志們,在運動後實行了合理的分工,因之工作更爲積極。

總之,我們的輔仁,通過這兩次空前的運動,已經改變了過去的情況。過去,不可否認的,我們輔大是比較落後,但是這些落後的現象已是歷史上的事情,那個時代已經過去了,輔仁不再是落後的學校了。在我們各部門的實際工作中,工人階級的領導進一步明確建立起來,而且在領導着我們繼續前進。

我們輔仁在迅速的飛躍的進步,這樣的進步,值得我們全體師生員工的慶賀,就和去參加土地改革的師生們的進步，同樣的可貴。你們有的人在戰鬥中成了人民功臣，有的成了工作模範，有的人受到全團的表揚，而且還有很多同學就在戰地入了團，成了反封建戰綫上的骨幹力量。

我們留校的同仁同學，也在共産黨領導之下，以無産階級思想武裝了自己的頭腦，在三反和忠誠老實運動中，獲得輝煌的戰果。現在我們這兩支在不同戰綫上勝利的大軍會師了，我們兩支大軍的會合，力量是强大的，意志是堅强的，是我們今後工作的有力保障，是取得新的勝利的基礎。

不錯，我們的收穫都是很大的，我們的進步是很多的，這些收穫和進步，都是非常寶貴的，是應當肯定的。但是我們不應因此而驕傲，我們要再接再厲；我們不能停留，我們不但要鞏固成績，而且要繼續提高，要不斷的前進！

同志們！我們的革命工作是剛剛開始，毛主席特別指出説『我們今天的革命勝利，是萬里長征的第一步。』因此我們的革命不是在勝利中結束，而是在勝利的基礎上更前進，我們不能停留在現階段，因爲我們不僅是要『取得』和『鞏固』新民主主義革命的勝利，而且我們有更遠大的理想，有更光明燦爛的前途，我們的前途，就是無限美好，無限幸福的社會主義社會，共産主義社會。

爲了争取『幸福的明天』的早日到來，就必需要加緊祖國的建設，爲社會主義社會創造下充足的條件，因此我們目前的一切設施，一切任務，都要服從祖國的建設，我們的教育事業，更是要配合着這一中心。從明年起，我們國家就要開始十年建設，而中國過去的高等教育是與國家建設脱節的，要糾正過去的不合理，一定要在全國範圍内進行高等學校全面的院系調整。就是在這個意義上，中央人民政府教育部提出我們輔仁大學與師範大學調整爲一個新師大的決定，這個決定是非常正確的。這是完全符合國家建設需要的正確的措施，所以在五月十九日教育部韋慤副部長在我們學校正式宣布這一決定時，獲得我們全校師生員工的熱烈擁護。

因爲，在今天，我們偉大的祖國，需要成千成萬『德才兼備，體魄健全』的建設人材，而目前在培養國家建設幹部的事業中，缺乏中等學校師資是嚴重的問題。如果説：培養建設人材是祖國建設事業中的關鍵，那麽培養教育這些人材的師資，就是關鍵的關鍵。

我國現在教師的數目，距實際需要還相差很遠，如今年的中學需要增加教師六千多人，而今年高等師範學校畢業的和大學生分配做教員的只有三千多人，還缺三千多人。如果稍微向遠處看看，那問題就更嚴重了。在今後五年内，中等學校需要的師資最少要十多萬人，如照今年的高等師範學校畢業生的數目推算，至少要三四十年才能培養出來。今後五年内小學校需要的師資，至少得一百五十萬人，但今年畢業的中等、初等師範學校的學生和短期訓練班學生，一共才有四萬三千多人，照這樣速度推算，至少需要三十多年才能培養出來，同志們看一看，這是多麽嚴重的問題，這是多麽重大的任務。

我們面對着祖國向我們提出這樣嚴重的問題之前，在全國人民交給我們這樣重大的任務之後，應當怎樣來回答祖國和人民呢？

同志們！我們都是熱愛祖國的，我們都是下了決心願意做一個革命的幹部，爲建設祖國貢獻出一切的力量，祖國人民今天向我們提出這樣一個莊嚴的要求，我們能够説困難嗎？ 我們能够向困難低頭嗎？ 不能，決不能，我們應該勇敢的愉快的擔當起這樣一個光榮任務。 我們只有服從國家需要，克服一切困難，以革命的精神，來搞好院系調整工作，爲培養國家幹部而奮鬥。

目前我們最重要的工作，就是院系調整工作，在這樣一個全國性的有計劃的調整工作中，決定現在我校的同學，大部分留在新師大，但是也有幾個系的同學，爲了本系更好的發展，需要調整出去。 這一切都是爲了祖國的利益，只有服從祖國的需要，才是新中國革命青年對祖國無限忠誠的高貴品質！

我現在要求我們全體教職學工們，我們要繼續以在土改中和在三反與忠誠老實學習運動中的戰鬥精神,在已獲得的勝利基礎上,貢獻出我們更大的力量。不管我們將來是留在本校,還是調整出去,也不論我們是留在北京,還是調到别處,都要積極的作好院系調整工作,愉快的勝利的擔當起自己的革命的任務,爲我們無限美好的社會主義前途,爲毛澤東的事業,共同前進吧!

〔一九五二年六月二十八日〕

爲劉大年自蘇歸來報告

同志們：

我們歷史學界的朋友們，好久没有這樣在一塊開會了，今天，中國科學院訪蘇代表團歸來，請劉大年同志講一講訪問蘇聯的收穫，特别是關於蘇聯歷史學術界的情形，我們大家都是願意瞭解的，我們對劉大年同志這一個報告，首先應當表示熱烈的歡迎。

毛主席號召我們大家向蘇聯學習，這句話，我們是有體會的，都認爲向蘇聯學習是應該的，必要的，但是，具體結合到我們歷史科學工作上，我們還做的很少，問題之一是我們對蘇聯歷史學界的情况，瞭解得不够具體，因此學習蘇聯上有了困難。

今天，劉大年同志這個報告裏面，一定會把蘇聯歷史學界的各種情况告訴我們，同時會指出哪些是我們目前有條件學習的，哪些是將來我們要做的，這與我們歷史學界今後的進步與發展有很大的關係，因此，應該在這裏先表示我們的感謝。　現在，請劉大年同志給我們做報告。

〔一九五二年六月二十八日在中國科學院〕

慶祝中國共産黨三十一周年紀念會

同志們:

今天是中國人民歷史上最光榮、最偉大的節日,我以無比興奮和無限感激的心情,來熱烈的慶祝中國共産黨的三十一周年生日。我願意和大家共同向我們的偉大領袖毛主席慶賀!向中國共産黨慶賀!向人民解放軍和人民志願軍慶賀!并且表示最崇高的敬意!

中國共産黨從誕生到現在三十一年,是中國歷史上空前動蕩和偉大的年代。由於中國共産黨的領導,由於英明領袖毛主席的領導,中國人民終於戰勝了帝國主義、封建主義和官僚資本主義,終於摧毁了反動統治,建立了人民民主專政的共和國。

中國人民所以能發揮如此巨大的力量,所以能有如此輝煌的勝利!就是因爲三十一年前的今天,有了中國共産黨的誕生。中國人民的勝利是馬克思列寧主義的勝利!是毛澤東思想的勝利!這個勝利,拯救了受壓迫的中國人民從苦難中獲得解放。

中華人民共和國成立三年來,在毛主席的英明領導下,國内統一戰綫更加强大,各民族空前團結,經濟建設突飛猛進,文化教育事業飛躍發展,國防建設更加鞏固,國際地位大大提高，這是人人共見的事情，我們生活在這樣偉大的毛澤東時代，感到非常光榮，并且非常值得驕傲的，這一切勝利和成就，我們都應該感謝毛主席！感謝中國共産黨。

單在我們輔仁來説，解放以後，我們由帝國主義的統治下解放出來，經過了各種運動：如政府接辦，抗美援朝，三自革新，以及最近的三反和忠誠老實學習，在每次運動裏我們都有了很大的進步，而且都取得一定的勝利，把落後的輔仁，改變成了進步的輔仁，這是與毛主席、共産黨的領導分不開的，與我校黨支部貫澈領導的精神分不開的，與我校所有的黨員同志們日以繼夜、忘我的工作精神，也是分不開的！

我校的每一次運動，每一次政府和校行政的號召，我校黨支部都是配合工作，保證在學校裏貫澈執行。所有的黨員同志們，都是保持着艱苦的作風，謙虚的態度，大公無私的精神，團結群衆幫助全校師生員工完成人民交給我們的重大任務。這一點，三年來，我有深刻的體會，正因爲黨員同志的工作作風，和堅定的意志，給全校師生員工樹立起學習的榜樣。特别是在三反運動的思想改造中，大家認真的批判了資産階級思想，緊密的團結在黨的周圍，對黨加深了無比的崇敬與熱愛！我們全體群衆就是在黨正確領導下，在所有黨員同志們影響之下，才發揮了强大的鬥争力量，才獲得極大的進步與成績！

今天我們紀念黨的生日！感謝黨的教育和培養，要加强馬克思列寧主義、毛澤東思想的學習，學習共産黨員的高貴品質，保證完成黨給我們指出的方向和任務！目前擺在我們面前的，院系調整工作，是高等教育改革的關鍵，我們一定要在黨的正確領導下，以革命的、愛國主義的精神，服從國家需要，克服一切困難，使院系調整工作，得以順利完成。讓我們高呼：毛主席萬歲！中國共産黨萬歲！

〔一九五二年七月一日〕

程明洳、張崑剛二烈士追悼會上講話

各位首長，各位代表，程張二烈士家屬，全體教職學工同志們：

今天我們抱着异常沉痛的心情，來追悼爲參加土地改革壯烈犧牲的程明洳、張崑剛二位烈士！

程明洳、張崑剛二烈士，是我們學校經濟系同學，去年九月十一日與北大、清華、燕京、輔仁四大學法學院師生八百餘人，一同參加中南區土地改革工作，到廣西柳城縣。在第一期土改工作結束，集中大埔鎮總結的時候，爲地主階級特務分子殺害，慘遭毒手，壯烈犧牲。

我們聽到這驚人的噩耗後，都萬分悲憤。但是，我們認清烈士的犧牲是光榮的，是有價值的。他們把自己的鮮血，留在中國人民反封建鬥争的最前綫，他們把自己寶貴的生命，獻給中國人民的解放事業，他們犧牲了自己，换得千百萬農民弟兄的翻身，粉碎幾千年來束縛在農民身上的枷鎖，解放了農村生産力，爲我們祖國的民主化，工業化打定基礎，掃清障礙。

他們,在艱苦複雜的階級鬥争中,有忘我的精神,有堅决的意志,表現出新中國青年的應有的品質。他們是新中國的優秀兒女,給新中國的革命事業,立下了功勛!

我們紀念他們,首先要從這次血的教訓中,提高自己的認識,我們因此更認識階級鬥争,是『你死我活』的鬥争,敵人永遠是不甘心死亡的,他們在垂死的時候,是要想盡一切卑鄙無耻的手段,企圖作最後的掙扎,雖然他們并不能挽救必定死亡的命運,但是我們應當百倍的提高警惕,分清敵我,進一步劃清階級界限,加强内部團結,堅定鬥争意志,以鞏固人民民主專政。

光榮的烈士!英勇的戰友!你們安息吧!我們今天已經取得勝利,而且將要取得更輝煌的勝利。

你們的英靈,永垂不朽,你們永遠活在我們的心裏,你們的犧牲,無比光榮,也是你們家屬的光榮,是我們輔仁大學的光榮。

我們雖然哀悼,雖然悲憤萬分,但是我們一定要化悲憤爲力量,敵人的詭計,阻撓不了我們前進,我們深深記住這筆血債,决心貢獻出一切力量,以實際行動,堅决、徹底、幹净,消滅階級敵人,爲死難烈士復仇!

〔一九五二年七月五日〕

烈士紀念碑奠基文

輔仁大學經濟系程明洳、張崑剛二同學，參加中南土地改革工作，一九五二年一月八日在廣西柳城縣大埔鎮被地主特務殺害，事聞，同人震悼，中央人民政府教育部特商準中央人民政府内務部給予烈士光榮稱號，迨土改工作團勝利還京，同人乃於七月五日在本校大禮堂召開追悼大會。各有機關大學代表咸集，并在校園東邊建立二烈士紀念碑，以垂永久，而志景仰，是爲記。

輔仁大學校長陳垣

改選出席北京市各界人民代表會議代表大會講話

全體教職學工同志們：

今天我們召集這個全校教職學工的全體大會，首先讓我和大家講幾句話。我先談一談關於三反運動的問題。

我們學校自從一月初開始三反運動，到現在已有半年多的時間，在這半年的時間裏，我們輔仁一天比一天進步，一天比一天提高，與半年多以前來比較，已經有了本質的改變，獲得了非常偉大的成績。

在三反運動的開始，我們首先反浪費、反貪污。關於浪費問題，由於群衆的揭發，我們認識到學校裏存在的嚴重浪費現象，在人力方面，有用的幹部，不能盡材使用，不能使每一個人發揮他的力量，人力上造成損失，現在我們在人事調配上，已有所改進，將來我們還要繼續調整，一定要做到『人盡其用』。

在財産物資方面，經過倉庫及試驗室各部分的清點，經過大家的揭發，我校的積壓和浪費約有二十幾億，我們又參觀了高等學校反浪費展覽會，大家在思想上都有了深刻的認識，認識到鋪張浪費是可耻的，樹立起愛護公共財物的思想，建立起對人民財産負責的態度。

關於貪污問題，開始是開展坦白運動，并且發動群衆檢舉。在春節以後，我們的三反運動展開了兩條戰綫，一方面是反貪污打虎戰綫，一方面是思想戰綫。

貪污方面的情况：有貪污行爲的共二十七人，其中貪污數字在一千萬以上的一人；一百萬至以千萬的八人；一百萬一下的十八人。至於公私不分的有一百二十人左右。貪污總共數字約有七千五百萬，偷竊物品的不算在内。

百萬以上的經過打虎，調查，集中學習，折實退贓，到今天打虎戰綫基本上已經勝利結束了。下面有六個人已經决定要處理的，回頭請辦公室主任賈世儀先生來報告一下。

在反貪污戰綫上，一方面反出了貪污分子，清查了貪污現象，另一方面，使廣大群衆在運動裏都受到教育，不但洗清了舊社會留下的污毒，而且要樹立起新社會新道德都標志，大家覺悟提高，都警惕起來，杜絶了今後的貪污現象。

我們幾十位同學都投入反貪污的戰場，同學們廢寢忘餐，日以繼夜，清查賬目，核對資財，工作熱情非常高，比如圖書館多少年没有動過的書庫，今天給清查了，在各方面都有很大的收穫。

在思想戰綫上,我們也是進軍勝利,取得輝煌的戰果。

首先是我們教師,清算了普遍存在的而且是相當嚴重的資產階級腐朽思想,批判了個人主義,自高自大,脱離群衆,不問政治純技術觀點,及對教育事業不負責任的混世態度。教師們在認清作一個人民教師的責任重大後,仔細檢查自己思想,認識到拿這些錯誤思想來領導同學學習,是對青年們的腐蝕,是對祖國的危害,是直接影響了國家的建設。因此絶大多數教師都對這醜惡骯髒的思想建立起仇恨,對這些思想進行批判。

現在許多先生們不負責任的教學態度已有了改變,主動的去鑽研教學方法,改變了教學内容,加强對同學的輔導工作。

同學們學習情緒空前提高,都以德才兼備,體魄健全爲要求自己的標準。

職工們也解除了思想上種種束縛,以主人翁的態度來積極工作,在工作中并有了新的創造,同仁們彼此團結互助,互相合作,各部門之間的關係,上下級的關係都改變了。

種種的進步現象,是説也説不完的,不管是在哪方面,都説明我們輔仁大學是從本質上轉變了,已由舊的大學改變成一個新的大學,一切舊的腐朽的東西,都被我們清除了。

這個勝利意義是非常重大的,是工人階級思想與非工人階級思想鬥争的勝利,是我們目前進行的院系調整的保障,是祖國十年建設的基礎。

這個勝利的取得，説明我們共産黨領導的正確，説明毛澤東思想的正確。

在另一方面，就在我們三反偉大勝利的基礎上，我們繼續發動群衆，進一步發揚民主，展開批評與自我批評。圖書館西文組組長朱乃鑫封建統治、官僚主義作風，受到了嚴厲的批判。

朱乃鑫在圖書館工作，已經十幾年，解放後，他在黨的領導下，作了一些工作，也有一些成績，但是他的舊思想舊作風還相當嚴重，他一直以極惡劣的作風，在圖書館統治着。他長期統治圖書館，利用職權，拉攏派系，欺壓群衆，因此群衆有很大顧慮，在圖書館展開反貪污鬥争時，由於他的控制，群衆没有發動起來，忠誠老實運動以後，圖書館又展開了第二次反貪污學習，由於領導上堅决的依靠了積極份子，又動員四十多位同學去清查書庫，群衆才發動起來，揭發了朱乃鑫統治圖書館的行爲。群衆情緒非常憤激，一致認爲這次才是圖書館同仁真正的翻身，堅决的團結在黨的周圍，反對朱乃鑫的封建統治官僚主義作風。

他一貫采用欺上壓下，挑撥離間，信用私人，打擊别人來維持統治，他曾經公開説：『圖書館是我一手創辦，這就是我的封建莊園。』

他在解放以後，一貫用校行政與黨來壓迫同仁，表面積極，來取得領導上的信任，對内壓制民主，同仁敢怒而不敢言，造成群衆與黨有很大距離。

在三反運動展開，朱乃鑫身爲代表工會出席節約檢查委員會的委員，又是節委會辦公室副主任，而自己却阻撓運動，自己扣了個官僚主義的帽子，企圖混過關去，并且濫用職權，對提意見的同仁企圖報復，把同仁給他提的意見有一次竟擅自撕掉，同仁交代的問題不彙報節委會。欺騙組織，欺騙領導。對三反運動起了阻礙和破壞的作用。

這樣的情況，節委會認爲他已没有資格作辦公室副主任，已經在十五日（星期三）的節委會會議上通過，撤銷他辦公室副主任職務。今天我代表節約檢查委員會正式宣布，撤銷他節委會辦公室副主任的職務。

另外一個問題，就是以這樣一個人來作爲我們輔仁大學出席北京市各界人民代表會議的代表的問題，因爲這個代表是由我們工會和學生會全體直接選舉選出來的，所以今天我們要討論一下。

工會基委會與小組長會議，和學生會執委會，已經提出撤銷朱乃鑫作我們人民代表的要求，認爲他已不够作人民代表的資格，今天我們接受群衆的要求，在大會上表决一下，大家也可以提出意見，凡是同意撤銷朱乃鑫作人民代表的請舉手。有没有反對的意見！現在一致通過撤銷朱乃鑫出席北京市各界人民代表會議的代表資格。

同志們！通過了這次朱乃鑫的事件，我們每個人都受到很大的教育，我個人有幾點體會。

我進一步的體會到我們共産黨領導的正確和偉大，黨是大公無私的，是實事求是的。另一方面，更清楚的認識，我們的黨是相信群衆，依靠群衆的，也只有相信群衆，依靠群衆才可以形成無比的力量，這個力量是一切正義的源泉，是我們改善工作的保障。一切的錯誤的醜惡的行爲，一切對人民利益有危害的事情，都會在黨的領導下，在群衆的面前得到合理的解決。

大家通過這次事件，也進一步的與黨靠近，認清只有在工人階級思想領導下，在毛澤東的光輝照耀下，才有前途，才能勝利的走向社會主義。

另外，我們的黨，對於知識分子的政策，還是本着争取改造的精神，决不放棄任何可争取的力量，我們的目的，還是希望每一個人都能改造好，爲祖國盡出他的力量，因此希望朱乃鑫要繼續反省，深自檢討，改正一切惡劣作風。好好爲人民服務。

全體師生員工們！我們的三反運動已經取得偉大的勝利，讓我們更緊密的團結起來，在黨的領導下，把工作作得更深入更徹底，争取更大的勝利吧！完了

〔一九五二年七月十九日〕

生物系化學系防疫員訓練班開學講話

同仁們、同學們:

今天我們化學和生物二系的防疫員訓練班開始了,這是一個很重要的學習任務,是每一個參加學習的人不可忽視的政治任務。

美國侵略者在朝鮮戰場被打得焦頭爛額,他們只得求救於細菌,企圖依靠細菌來挽救他們已經無法挽救的失敗。我們都已經認清細菌戰并不可怕,問題就在於我們如何做有效的防範。

今天我們有毛主席,有共産黨和人民政府的正確領導,有大批愛國的醫藥衛生工作人員。我們全國人民都是有覺悟、有組織的,所以我們有充分的條件和力量可以打敗美國鬼子的細菌戰。

爲了擊敗美國侵略者的細菌戰,全國各地都開展了衛生防疫運動。我們防疫員的訓練,不但是爲了及時撲滅病菌繁殖,防止疫病流行,并且是培養與促進防疫力量的增强,我們把課程提前結束,來進行學習,意義是非常重大的。這次學習,就是增加抗美援朝的力量，也就是愛國運動中的重要一課。

生物、化學二系的老師和同學們已經有了一定的科學知識，對於防疫衛生常識，都有一定的基礎，再經過這次短期訓練後，就可以掌握撲滅細菌的技術。在美帝剛剛進行細菌戰的時候，諸位都曾紛紛表示決心，願意貢獻出一切力量，到反細菌戰的最前綫，這種決心，是可貴的，現在我們認真學好防疫技術，則我們不但有粉碎細菌戰的決心，而且有了粉碎細菌戰的技術。

美帝的細菌戰，不足怕，就是因爲我們全國人民已經加强防疫組織，傳播防疫常識，而且增加了無數的有防疫技術的防疫員。我們有了種種有效的防範，使得美帝國主義一無所得，而我們所得到是全國人民的醫藥衛生都有進步，而且更加深了對帝國主義的仇恨。

這就是告訴美帝國主義想用細菌戰來威嚇我們，是不可能的，我們有把握、有辦法消滅細菌。

同志們：希望大家認真的努力學習，希望大家以愛國熱情來積極學習，因爲這是全國人民給我們的政治任務；這是抗美援朝的具體行動；這是給美帝國主義的有力打擊！

謹祝諸位的學習勝利！

〔一九五二年七月二十一日〕

全校防疫常識訓練班動員報告

同志們：

今天除去化學和生物兩系師生外，全體教師、職員、同學的防疫常識訓練班開始了。

我校的防疫訓練，是分兩部分進行的，一種是防疫員訓練班，是生物和化學系師生參加，生物化學二系，因爲他們所學的業務關係，對於防疫衛生常識，都已有一定的基礎，所以參加防疫員訓練班。防疫員訓練班在七月二十一日開始，到今天已學習一個星期，還要繼續學習幾天，他們的學習情緒很高，已經有了一定的成績。

第二種就是我們今天的防疫常識訓練班，是生物、化學兩系以外的全體師生和職員同志們參加。因爲一般來說，我們在業務上和防疫衛生工作不很接近，所以我們就學習一般的防疫衛生常識。

我們這次把課程提前結束，來進行防疫的學習，意義是非常重大的，因爲這是一個政治任務，是每一個參加這次學習的人所不可忽視的。

美國侵略者在朝鮮戰場被打得焦頭爛額，他們只得求救於細菌，企圖依靠細菌來挽救他們已經無法挽救的失敗。

美國侵略者在朝鮮，在我國東北投下大批的細菌，和帶有細菌的毒蟲和毒物，這種毁滅人性的細菌戰顯然是戰敗國的最後的法寶，不但是不可怕，而且看見這法寶用出來，就知道他快完了，但是我們也不可忽視，也不能不防備，因爲這種毒的東西一旦鑽進人體内，就可以奪人生命，如果任他傳染，可造成大量的死亡。但是細菌戰可怕嗎？也不可怕。問題就在於我們怎麽樣作有效的防範，謝覺哉先生説得好：『因爲細菌的特點就在於『細』，如果不注意，經過跳蚤、虱子、蚊蟲的嘴，就會傳進人的血裏，從空氣和食物飲水就會鑽進人的身體。但是也正因爲『細』，它的力量小，生命短，而且又須要依靠昆蟲、老鼠、垃圾等等和適當的氣候，才能生存，才能繁殖，才能爲非作惡。

因此只要我們注意衛生，消滅老鼠、清滅蒼蠅、消除垃圾，并做好一切清潔衛生的工作，就會使得細菌没有藏身之地，而且使細菌没有生存的可能。

但是，我們對於細菌的如何繁殖，如何傳染等常識知道還很少，對於衛生防疫等常識瞭解還不够，傳染病如何預防，細菌如何消滅等我們都知道得還不多，所以我們每一個人都要在科學上掌握一定的防疫衛生常識。

因爲這種必要的防疫衛生的工作，在没有細菌戰的時候應該做，在有細菌戰的時候更應該加緊做，只要我們家家預防，人人準備，不但可以防禦敵人投下的細菌，粉碎美帝的細菌戰，而且能够使我們祖國的人民減少一般疾病，使我們每一個人的身體更加健康，使全國勞動人民都提高了衛生水平，這樣不但加强了抗美援朝的力量，而且對於我們建設祖國增加了更有力的條件和保證。

從前我們中國的勞動人民，因爲受着種種的壓迫，連生活都没有保障，當然很難注意到清潔衛生工作，但是這兩年來，我們全國的衛生工作都有了提高。正像英國坎特伯雷教長約翰遜在我國人民保衛世界和平委員會的送行會上所説：『我看到新中國以熟練的科學技術和不屈不撓的勇氣來對付細菌戰。細菌戰進一步推動這種衛生改革的浪潮，使中國成爲世界上最注意保健的國家，成爲積極保健的道路上的開拓者。』他所説的話是很有道理的，是值得我們注意的。

所以我們的防疫衛生常識學習，是一個重大的政治任務，是一個非常具體的愛國行動。是必需經過的一種訓練，我們一定要認真的進行學習。

在學習的過程中，一方面，進一步瞭解美國侵略者這種企圖大規模屠殺和平人民的罪行，更清楚認識到美帝國主義是我們的死敵，我們要在各種崗位上，用各種方式直接間接去打擊美國侵略者。另一方面，我們做好衛生防疫的工作，積極學習科學知識，懂得了撲滅細菌的知識和辦法，與敵人作鬥争的信心，也就會提高。

我們有毛主席、共産黨和人民政府的英明領導，如果更有足够的防疫人才和力量，就一定能打敗美帝的細菌戰。這次是告訴美帝國主義想用細菌戰來威嚇我們，是不可能的，我們有把握，有辦法消滅細菌。

因此如果有人對防疫衛生工作不够重視，有人認爲進行防疫常識學習是耽誤課業，或者把防疫的學習與政治學習，與業務學習對立起來，這種種的看法都是極端錯誤的，但是如果對美帝細菌戰過分恐懼、害怕，也是不對的，因爲我們全國範圍内，人人都參加了愛國的衛生防疫運動，就會使美帝一無所得，而我們得到就是醫藥進步，衛生進步，而且加深對敵人的仇恨，更積極的做好防範工作，細菌戰還有什麽可怕呢？

所以希望我們認識這次學習的意義重大，用正確的學習態度，以愛國主義的精神來積極學習，爲保衛祖國建設祖國而積極學習，爲粉碎美帝的細菌戰，爲保衛祖國勞動人民的健康而積極學習。這就是顧亭林先生所説的『匹夫有責』，我們這次學習是一定勝利的！

〔一九五二年七月二十八日〕

歡送畢業同學大會上講話

同志們：

今天我們全校召開這一歡送會，歡送我們全體畢業同學。我首先代表我們全體教職學工向即將勝利地走上工作崗位的畢業同學致以熱烈的慶賀！并致以革命的敬禮！

今天我來參加歡送會，我感到非常興奮！非常高興！我們歷屆都有同學畢業，每年都送出不少同學，每年我們都歡送他們，但是我感到從來没有像今天這樣興奮和高興。因爲我們國家的十年建設，馬上就要開始，同學們就在這時候畢業參加了我們祖國的十年建設，擔負起我們國家偉大的建設事業，這是同學們值得驕傲的。同時我們學校今年能够爲祖國培養出二百多位人民幹部，就要投到不同的工作崗位上去爲勞動人民服務，我們感覺非常光榮，這是畢業同學的光榮！也是我們學校全體教職學工的光榮！

今年的畢業同學，有的是在解放前半年，有的是在解放後半年考入來的，每一位同學，經過黨的三年多的教育，已有了一定的政治認識，又經過三反和忠誠老實兩大運動，思想上都有很大的收穫，劃清敵我界限，肅清資産階級腐朽思想，樹立起無産階級的革命品質，尤其是我們畢業同學裏，有很多同學都參加了土地改革工作，參加了打虎工作，有的同學給人民立了功，有的同學成了打虎戰士，打虎英雄，在各種實際鬥争中，鍛煉了自己的思想，提高了階級覺悟。這種種的進步都是在今後工作中有力的保障，也是我們爲人民事業積極努力的基礎。

今天在同學們就要離開學校的前夕，我願意借這個機會，和同學們談幾句話，作爲向同學們的獻禮！

同學們！你們馬上就要走上工作崗位，成了爲人民服務的工作幹部，因此大家首先要認清爲人民服務是光榮的。過去我們由多少勞動人民的血汗把我們培養起來，大家都已掌握了一定的科學知識和科學技術，今天有了爲人民服務的機會，我們要把所學的一切貢獻給人民，這就是最光榮的事情。

今天我們祖國經濟情况基本好轉，各種建設正在突飛猛進，我們國家的財政不成問題，我們又吸取了蘇聯的建設經驗，也不成問題，今天最需要的是千千萬萬能够實際參加建設工作的幹部。

建設工作是有重點的，也是多方面的，因此各種各樣的人材，在我們祖國，今天都是非常珍貴的財寶，我們現在需要幹部的情况，是迫不及待。諸位畢業同學能够馬上走上祖國最需要的工作崗位,這真是最偉大最光榮的任務。在這樣一個光榮任務的面前,只要是在我們祖國的大地上面,無論是東北、是西北、是新疆、是西藏,都是最光榮的任務,也都是最重要的任務。我希望同學們認清這一點,不但是在組織上要服從祖國分配,而且要在思想上,克服一切個人主義的思想,把祖國的利益,人民的利益擺在第一位。

當然組織上是會照顧到大家一些困難的實際問題,比如愛人問題,『學以致用』的問題等等,周總理已經明確的指出來了,我們相信組織上一定會好好考慮的,但是我們同學們一定要從思想上解決問題,以愛國主義的思想來克服一切困難,以愛國主義的熱情,去參加各種建設。大家現在經過聽報告,經過小組討論,經過各種具體事實的教育,我相信大家一定會勇敢、堅定、愉快地走向任何工作崗位,擔負起人民交給你們的光榮任務。

其次,大家到了工作崗位以後,在工作中一定會遇見些從來自己所不熟悉的問題,這是很自然的,我們在學校裏所學習的,很多是理論的,到了具體實踐中,就往往不能和所學的理論聯系到一起。同學們!這不算是困難,我們有一條最好的經驗:就是學習、學習、再學習。學習才能提高,學習才能進步,學習才能克服一切困難。因此,我希望同學們離開學校之後,在工作崗位上,需要繼續學習政治,學習業務,務必有高度的政治覺悟,有深入鑽研業務的精神,争取作個工作模範。在祖國的偉大建設中,貢獻出一切力量。這兩點，是我對畢業同學的期望和要求。

至於我們在校内的師生員工，今天來歡送畢業同學，我們也要向畢業同學保證。我們當前的中心任務，是搞好院系調整工作，我們也要用一切力量，使院系調整工作，勝利進行。教師們應該堅决服從祖國需要，服從組織分配，全心全意地搞好教學工作，爲人民的教育事業而努力。同學們一定要以十五届學代會的方針來要求自己，把自己培養成德才兼備，體魄强健，具有高度共産主義覺悟水平的國家建設幹部。職工同志們也要努力把自己工作崗位的工作作好，完成輔助教育工作的任務。

全體同志們！今天我們歡送畢業同學，讓我們大家緊密的團結起來，爲着我們共同的目標，建設新民主主義社會，走向無限美好的社會主義社會而努力！

最後！我代表我們全校師生員工，敬祝畢業同學們身體健康，前途遠大！

〔一九五二年八月十二日〕

爲畢業同學發紀念章晚會上講話

同學們：

你們的暑假短期學習已經結束，二十一日（後天）晚在音樂堂舉行學習結業典禮。在二十二或二十三日，就要把工作分配情況公布，名單公布後，你們就要走上光榮的工作崗位了。

你們在學校裏學習了三年或四年的時間，我親眼看你們入學，看你們學習，看你們在戰鬥中成長起來，現在又看你們就要離開學校，走向工作的崗位上去，我心裏非常高興，因爲你們逐漸堅强起來，就要擔負起我們可愛祖國的偉大建設任務。

名單公布以後，希望你們勇敢、堅定、愉快的來迎接你們自己新的工作任務，你們經過政治學習及各種運動又參加這次短期學習，思想都有很大提高，我相信你們一定會很愉快的，很滿意的。因爲你們已經把個人利益和祖國利益連結在一起，你們已抱定『人民需要我到那裏，我就到那裏』的决心。同學們！工作分配就是一次考驗，希望大家經得起這次考驗。我以十分懇切的心情，希望你們高興、愉快，你們一定會如此的。

再一方面，在你們到工作崗位上以後，仍希望你們，以戰鬥的心情，來參加工作，踏實的，細心的，從一點一滴做起，要不怕麻煩，要有克服困難的决心。你們在學校雖然學了不少東西，有一定的科學知識，但是千萬不要滿足於學校裏所學到的東西，我們所學的還很少，所學的與祖國對我們的要求相比，仍是遠遠不够的。因此還應該不斷的學習，不斷的學習政治和鑽研業務，不斷的提高思想水平和提高工作效能。不要忘了在學校裏，我們整天説的誓言：『要把自己培養成爲德才兼備，體魄健强的國家建設人材。』現在國家已把建設任務給了你們，就更應當以這個條件來要求自己。這也是在你們臨走的前夕，我對大家的希望。

我們就要分手了，學校裏作了紀念章，送給你們每人一個，這是我們人民輔仁的最後一次畢業的紀念章，這東西雖然是很小的，但是用來作爲一個紀念，這上面寄予學校對你們的無限希望，希望你們工作勝利，希望你們在工作裏發揮最大的力量。

最後希望你們在工作崗位上，仍不斷的和學校聯系，把你們的情况告訴我們，因爲我們對你們是十分關懷和惦念的，如果遇到什麽困難，也可以來和我們商量，我們一定設法幫助大家解决。

今天我就簡單的説這幾句話，説出我對你們的希望，祝福你們今後康健、快樂。

一、希望大家愉快的走向工作崗位

二、希望大家到工作崗位後，繼續學習，克服困難

三、希望今後與學校保持聯系

〔一九五二年八月十九日〕

畢業生工作分配公布大會上講話

同學們：

今天我們大家都非常興奮，同學們工作分配的名單，就要公布了，也就是説你們新的美好的幸福的生活，就要開始。

我首先爲你們做一個人民的幹部，表示熱烈的祝賀！爲你們都人人各得其所，工作都非常恰當而熱烈的祝賀！

這次政府的統一分配，考慮時是非常周密非常全面的，也是煞費苦心的。分配的原則，上次安部長報告時已經説過，主要是『根據國家的建設需要，貫澈學用一致的原則。』我們的國家，已進入大規模經濟建設的時期，各方面的條件已經準備起來，所困難的，主要就是幹部缺乏，幹部的不足成爲目前比較嚴重的困難，因此一定要把幹部分配到最需要的地方。『集中使用，重點配備』。一般機關除特殊的情況外，不予配備。

同時政府對同學們是非常照顧的，如關於愛人的問題；關於家庭特殊困難的問題；關於身體健康的問題等等，在分配原則的基礎上，是盡量照顧的。

分配的步驟，首先是瞭解情況，制定分配方案，然後瞭解同學的材料，把每個同學的問題，都用卡片分類寫出，然後開始進行全國的調配工作。

在我們輔仁，我們也作了些準備工作，事先都徵求了同學們本人對工作的意見和要求，又徵求小組的意見，系裏先生們的意見，和學校的意見，我們提供給華北區畢業生分配委員會去參考，分配時大多數都是根據同學自己所提的志願，和所存在的困難問題去考慮的，分配時是考慮得無微不至的。

我們學校這次畢業同學一共是二百三十九人，分配給中央部門的七十人；在華北區的一百三十人；東北區二十三人；西北區是三人；華東區一人；因病未分配的二人。

華北區的一百三十人中間，有五十四人是作中等師資的。

看到分配名單後，我們感到人人各得其所，每一個人的工作都是這樣好，自己去找也不能找得這樣好，這樣恰當的工作。公布以後你們是會人人滿意的。因爲政府對大家的關心，是比每個人自己考慮的都周到。

當然有些工作，地區比較遠些，有些工作比較繁重，但是可以肯定一點，政府所以分配給你這個工作，就是政府知道你是能够勝任的，這工作是適合你做的。這就是你最大的光榮。這光榮，只有在新的時代，在毛主席時代的青年，才能得到。

有些人願意留在北京，留在天津，當然我們人民的首都，毛主席就在這裏，很多人都不願離開，可是我們所以願意留在毛主席的身邊，就是想更便於和毛主席學習，使我們的自己的思想更快提高，更好的爲人民服務，但是我們目的既然如此，首先就應該遵從毛主席的指示，毛主席告訴我們：一個人民的勤務員，首先要一切服從祖國的需要，這一點如果做不到，就是一輩子留在北京，也不是毛主席的好學生。當然這次也有的同學是分配在北京的，不過所以分配在北京，主要是根據國家建設需要來考慮的。

也許有人會想既是根據國家需要，以中等師資來說，北京、天津的中學教師也是不够，爲什麽不把作中等師資的都留在北京或天津呢？當然，現在全國中等師資都不够，北京天津也并不例外，但是把北京、天津，和其他各地區來相比，還是比較有辦法的，還是其他地區需要的情况更迫切。需要中學教師的情况更嚴重。同學們想到這一點，一樣是作中學教師的話，一定就會願意到國家『最』需要你去的地方了。

至於一個中等教師的重要性，同學們聽過錢俊瑞副部長的報告，早已都認識，分配你去作教師，就説明國家對你的期望，因爲教師的工作是培養幹部，毛主席教導我們說：『政治路綫確定之後，幹部就是决定的因素。』今天我們國家幹部如此缺乏，一定要大量的培養，因此就把這培養幹部的責任，交給大家，這個責任是重大的，也是關係着祖國前途的重要工作，是與其他一切直接參加建設的工作一樣重要的。

總之，政府對大家都是十分珍貴，十分重視，十分關懷的，昨晚郭沫若副總理向大家提出：『國家如此體貼我們，希望我們青年幹部也要體諒國家，使我們自己成爲決定一切的幹部。』政府當然是盡量照顧，但是我們自己，作爲一個毛澤東時代的青年，就不應强調要求照顧。我們要有新國家新青年的氣魄，要有昨天朱總司令所説的：『那裏需要就到那裏，那裏艱苦，就到那裏』的決心，要頑强的克服工作中可能遇到的困難。

去年畢業生，我們學校有百分之九十八服從分配，今年情况不同了，同學們經過抗美援朝、土地改革、鎮壓反革命三大運動，又經過三反和忠誠老實學習運動，政治覺悟都大大提高，我們一定要本『服從祖國需要，克服一切困難』的精神，以愛國主義的熱情，爭取作到百分之百響應統籌分配的號召，愉快的走上工作崗位。這是學校對大家的要求，也是人民對大家的要求，同時我相信大家也一定會作到的。

現在工作需要十分迫切，各個部門的工作，都在等待着大家，所以發表名單以後，希望你們趕快的走上工作崗位，來迎接你們的新的戰鬥任務。

同學們！我前天已和大家談過，我們生長在這樣光榮時代，在這樣偉大的國家裏，不但是你們青年，每一個愛祖國的人，都應當有『人民的利益，高於一切』的思想，個人利益一定要服從祖國的利益，因爲國家有了前途，個人才有前途。我自己，年紀雖老，但我的『思想』并没有老，我願意和你們青年人看齊，在院系調整工作中，我决不考慮個人問題，人民需要我作什麽，我就作什麽，我絶對服從祖國分配，就是到新疆到西藏，我一定愉快的接受任務。决不落在你們青年人之後。

同學們都在急於想知道分配的名單，我這裏不多説了。希望我們今後在不同的崗位上爲着共同的目標，努力前進，争取作一個人民的功臣！

祝你們心情愉快，身體健康，工作勝利！

（一九五二年八月二十二日）

全國委員會學習會發言提綱

有人接受共產黨領導,但不同意接受工人階級領導,這種認識的錯誤何在?

共產黨是工人階級的先鋒隊,是工人階級的先進組織。中國共產黨是中國工人階級的黨,所以工人階級是中國革命的領導階級。

有人接受共產黨領導,但不明瞭共產黨就是工人階級的先鋒隊,而平日可能輕視勞動,看不起工人階級,或者不把工人階級從『階級』上去看,以其中某個個別工人就看作是工人『階級』因此把個别工人的行動作爲一個階級的行動,認爲從某幾個工人去看,工人階級就不够作個領導階級,因此不同意接受工人階級領導。

可能有人平日輕視勞動,輕視工人,自己總以爲比工人高出一等,自己應當去領導工人階級,不能受工人階級的領導。這還是看不起勞動人民的思想。

在中國新民主主義革命和舊民主主義的革命中,工人、農民、小資産階級所處的地位和所起的作用有何不同? 有人説:『新民主主義革命中的四個革命階級的團結即四階級共同領導。』你對這個問題怎樣認識?

中國革命分兩個步驟。第一步，改變這個半殖民地半封建的社會形態，使之變成一個獨立的民主主義的社會。第二步，使革命向前發展，建立一個社會主義的社會。中國現時的革命，是在走第一步。

這個第一步的準備階段，還是從一八四〇年鴉片戰爭以來，即中國社會開始由封建社會改變爲半殖民地半封建社會以來，就開始了的。中經太平天國運動，中法戰爭，中日戰爭，戊戌政變，辛亥革命，五四運動，北伐運動，土地革命戰爭，直到今天的抗日戰爭，這樣許多個別的階段，費去了整整一百年工夫，從某一點上説來，都是實行這第一步，而辛亥革命則是在比較更完全的意義上，開始了這個革命。這個革命，按其社會性説來，是資產階級民主主義的革命，不是無產階級社會主義的革命。（以上見新民主主義論，毛選第六三七頁）

中國資產階級民主主義革命，自從一九一四年爆發第一次帝國主義世界大戰和一九一七年俄國十月革命在地球上六分之一的土地上建立了社會主義國家以來，起了一個變化。

在這以前，中國資產階級民主主義革命，是屬於舊的世界資產階級民主主義革命的範疇之內的，是屬於舊的世界資產階級民主主義革命的一部分。

在這以後,中國資産階級民主主義革命,却改變爲屬於新的資産階級民主主義革命的範疇,而在革命的陣綫上説來,則屬於世界無産階級社會主義革命的一部分了。(以上見新民主主義論。毛選六三八頁)

中國社會性質:

原始共産社會

奴隸社會

封建社會

半殖民地半封建社會——自一八四〇年開始

新民主主義社會——自中華人民共和國成立。

舊民主主義革命——是資産階級世界革命的一部分。準備工作是從一八四〇年開始的,在比較更完全的意義上是從辛亥革命開始的,到一九一七年俄國十月革命,中國的舊民主主義革命才改變了性質。

新民主主義革命是無産階級社會主義革命的一部分。是從一九一七年開始的。

地位:

舊民主主義的革命是資産階級世界革命的一部分,是由資産階級來領導的,那麼革命的結果，必然是建立資本主義的剥削制度，因此在舊民主主義的革命中，工人、農民、小資産階級都是受壓迫受剥削的階級。而中國資産階級一方面在國内壓迫其他階級，而在國際上則受帝國主義的壓迫。

新民主主義革命是無産階級社會主義革命的一部分，是由無産階級來領導的革命，在這個革命獲得勝利後，建立起來的經濟制度和政治制度，必然與資本主義的經濟制度和政治制度有着根本的區别。

中國新民主主義的政治制度，是以工人階級爲領導的，工農聯盟爲基礎的人民民主專政。

共同綱領序言：『中國人民民主專政是中國工人階級、農民階級、小資産階級、民族資産階級及其他愛國民主分子的人民民主統一戰綫的政權，而以工農聯盟爲基礎，以工人階級爲領導。

因此工人階級、農民階級和小資産階級是中國新民主主義革命的動力，民族資産階級在一定時期一定程度上也是中國革命的動力。

這四個階級在中國共産黨的領導下覺悟起來，是團結一致的，組成了强有力的反帝、反封建、反官僚資本的統一戰綫，進行堅决的革命行動，中國革命就能走向勝利。

所起的作用：

各革命階級由於他們在生産中的地位不同，就各自具有不同的階級特性。不同的階級特性，就決定了他們在革命中有不同的表現，起不同的作用。

工人階級的進步性，它對革命的堅決性、徹底性、以及它的集體性、組織性和紀律性。這些特性，決定了它在革命中起領導的作用。

中國農民階級，是中國新民主主義革命的主力軍。在舊中國，除了無産階級以外，貧農是受壓迫最重、受剥削最深、生活最痛苦的群衆。他們有迫切的革命要求，渴望得到土地。因此他們是中國工人階級在農村中天然的和最可靠的同盟軍，是中國新民主主義革命在農村中的堅實支柱。

中國工人階級的人數不多，在革命中起領導作用的階級不一定是人數最多的階級。決定一個階級能否充當革命的領導者，是這個階級的革命特性，而不是他的人數。中國農民階級人數雖然衆多，力量雖然巨大，但是由於農民階級，具有保守性、散漫性、私有性等弱點，使農民離開了工人階級的領導，就不能使自己獲得解放。只有和工人階級團結在一起，接受工人階級的領導，農民才能發揮出偉大作用。

中國小資産階級包含知識分子、小工商業家、手工業勞動者、自由職業者和舊中國的公務人員等部分。知識分子在舊中國統治下，一般地都受帝國主義、封建勢力和官僚資産階級的壓迫，遭受失業失學的威脅，因此他們有很大的革命性。但是很大弱點就是理論和實踐脱節，且行動是動摇的，故一定要在工人階級的領導下，接受馬克思列寧主義，進行思想改造，才能在革命中起重大作用。

其他類型的小資産階級，在舊中國也受壓迫，在是革命的重要同盟軍，但是都具有自私自利、自由散漫和對革命缺乏堅定性的弱點，所以中國工人階級必需加强對小資産階級的領導，克服他們的缺點。

中國民族資産階級，和官僚資産階級絶對無革命性的不同，他是帶着『革命的』和『妥協的』兩重性的階級。一方面他們受帝國主義、封建主義、官僚資本主義的束縛，因而有反帝、反封建、反官僚資本的要求。但是另一方面，他又是一個軟弱和動摇的階級，這是因爲（一）他是一個剥削階級，對被剥削階級起來進行革命鬥争有着害怕的心理；（二）它的經濟力量很微弱，中國民族資本階級的工業，在動力、原料、機器等方面常常依賴帝國主義，所以如果得不到工人階級的幫助，就没有勇氣與帝國主義割斷關係；（三）中國民族資産階級和封建地主階級還没有完全斷絶經濟上的聯繫，對農民迫切要求的土地改革也有所顧慮。因此中國民族資産階級絶對不能領導中國革命。所以它必需接受中國工人階級的領導,才能發揮它應起的作用。

總之,盡管各革命階級在革命中表現出來的階級特性各有不同,在革命中所起的作用也各有不同,但他們在新民主主義革命階段,有着共同的利益。可以在共同奮鬥目標、共同的綱領之下團結起來,組成强有力的人民民主統一戰綫。

這個統一戰綫是中國工人階級及其政黨——中國共産黨領導的。有了這個統一戰綫,新民主主義革命的勝利,就有了基本的保證。

以上節録學習初級版編輯的政治常識讀本上册,第五十頁至六十頁。

(四)目前實行有領導的協商與『少數服從多數』的民主原則是否不一致?有人認爲有領導的協商不如舊民主制度中的普選制民主,這種看法如何批判?

目前實行的有領導的協商是在中國共産黨領導下,以工人階級思想爲領導之下進行協商的,工人階級思想是大公無私的,是不但使自己本階級得到解放,而且要使全體勞動人民都得到解放,他是代表最多數人的最大利益的。因此目前實行的有領導的協商,是根據大多數人的意志,是代表大多數人的最大利益來協商的。主要是在協商之中,代表多數人意見向少數人不同的意見進行説服教育。因爲不如此則?有不同意見的少數人也不能得到諒解,思想裏也不能解決問題。

『少數服從多數』是建立在民主基礎上的集中制的一個最根本的原則。如果是在民主基礎上講『少數服從多數』，與目前實行有領導的協商民主原則是没有什麽不一致的。

舊民主制度是資本主義制度下的議會制度，只有資産階級享有民主權利，工人和農民是完全處於被壓迫的地位。資産階級統治者表面上説是要實行普選，但實際上却用盡心機訂出種種限制的辦法，使得工人和農民實際上不可能自由地和普遍地來選擇能代表自己利益的人。舊民主制度中的普選制民主，對於廣大人民説來，實在一點也没民主的氣味，因爲資産階級就是想借普選的名義來欺騙人民。

有領導的協商，和舊民主制度中的普選制民主，這二者，主要是從領導階級去分析，是要從階級立場上去批判，以無産階級立場來看，自然贊成我們目前實行的有領導的協商，如果從資産階級立場去看，就會認爲有領導的協商不如舊民主制度中的普選制度了。

〔一九五二年八月二十八日〕

新師大新任與新調來同仁聯歡席上講話

今天是我們師大新的工作幹部由院系調整而調來師大工作的諸位同志們的聯歡會，首先我代表學校表示熱烈歡迎。

輔仁大學和師範大學，調整爲一個新的師範大學，力量增强了，機構也有所改革，人事配備重新調整，這是中國教育史上重要的一頁，是值得慶祝的。

現在調整工作已基本上完成，今後就要我們兩校的同仁，積極努力，『建設新師大』。新的師範大學責任是重大的：新中國建設，首先是需要幹部，幹部的培養需要教師，現在教師异常缺乏。因此培養中等師資，在今後祖國文化建設事業上，是非常重要的，師範大學的工作，是基本建設的工作。

中學太少，中學生不够用，小學畢業後没有中學可上，大學招生，招不到學生，錢部長説這是蜂腰狀態，葫蘆形。

我們要把葫蘆形改成寶塔形，在新中國的教育事業上，不能再允許有這種不正常的形狀存在。

我們的責任是重大的，任務是光榮的，現在政府和人民把這樣重大的責任，光榮的任務交給我們大家，我們一定要以百倍的熱情，積極的主動的來共同完成這一重大任務。

今後建設新師大應注意的問題

一、首先要明確新師大的任務，明確了祖國今天的需要，認識新的師範大學責任重大。解放前的師大，反動派掌握，而且在舊社會，教師没有地位，所以很多人對師範大學不重視，這思想到新社會，雖然有所扭轉，但是仍有人拿舊的觀念來對待新的工作，對於新師大的重要意義認識不够。

明確了任務和目的，工作才能積極，才能按照祖國的需要，負起責任。

二、要向蘇聯學習：有蘇聯專家直接幫助我們。一方面在教材内容學習蘇聯，從前做學問，都爲抬高個人的學術地位，没有一點爲人民服務的意思，所以看不起師範大學，以爲師範大學所學所教都是普遍的，是平凡的，不够高深。有些教師準備突擊學俄文，這是最好的消息，劉副主席説壓在頭上的大山，這大山就是『不懂俄文』。可惜我老了，但諸君并不老。另一方面我們要學習馬列主義理論，加强政治學習，提高思想水平，像我這樣就不够。

三、團結互助，只有兩校的同仁，新舊的同仁，很好團結，才能把工作作好。團結要從政治上團結，不是表面上一團和氣，有意見也不敢提，縮手縮脚，怕影響團結。

過去兩個學校,工作作風不同,工作對象不同,各方面的制度不同,現在合在一起,要彼此學習優點,去掉缺點,從工作出發,各取所長,截長補短。

所以一定要彼此肝膽相見,真誠的展開批評與自我批評,才是今後工作上的保障。

我們的工作是艱巨的,但是我們有信心完成,在工作裏要克服困難。

今天到會的,都是學校的主要幹部,是新師大的骨幹分子,如果大家主動的積極的把工作搞起來,那我們的工作就没什麽問題。

希望大家以戰鬥的姿態來迎接新的任務。我們在黨、在中央人民政府領導之下,在群衆覺悟基礎之上,大家共同團結,共同努力,有充分的信心,來完成這一任務。

讓我們友愛團結,爲着共同的目標,負擔起這一歷史任務,從勝利走向勝利,預祝我們的成功!

我們爲毛主席身體健康而幹杯!

爲院系調整的勝利而幹杯!

爲今後新師大工作的勝利而幹杯!

爲發展中蘇同盟的强大力量而幹杯!

〔一九五二年九月十六日〕

歡宴新任各首長和新教授

陳垣校長、傅種孫副校長於本月十六日晚七時半歡宴信任教務長，副教務長，各系主任及各系新調來教授，共三十餘人，首先由陳校長講話，指出新師範大學的任務重大，他說：『我們要以戰鬥的姿態來擔當起祖國人民交給我們的新任務。新中國建設首先需要幹部，幹部的培養需要師資，而培養中等師資，今後就要靠我們大家共同的努力，所以我們的工作是關係到我們國家建設的重要一環。』他指出建設新師大首先要明確新師大的任務，并應積極向蘇聯學習。兩校同仁要很好的團結，真誠坦白，肝膽相見，要一切從工作出發，互取彼此的優點，展開批評與自我批評，發揮最大的積極性，才是把新師大辦好的有力保障。

丁浩川教務長鼓勵大家要有信心，今後應當在工作中提高，在戰鬥中前進，把一切妨礙我們團結的，妨礙我們進步的東西都去掉，來創造工作中的奇迹。祁開智副教務長說：『兩校合并後，人力增强，物力增强，條件具備，今後主要是靠大家團結，拿出集體力量，群策群力把工作作好。』鍾敬文副教務長說：『我們一定要打垮舊的思想方法，舊的學術思想和自私自利的思想等，才能學習蘇聯先進經驗。不然就是學習道路上的障礙。』

會上各位先生都一致認爲新師大的任務光榮，責任重大，一定要以百倍的熱情，高度的負責精神來迎接祖國交給的重大任務，都熱情的表示了自己的決心和信心。教育系主任彭飛同志説：『這次我調來師大，從個人講，是從人民大學來到師範大學，從黨的事業來講，工作還是一個。我願拿出一切力量，投入文化建設高潮，在黨和政府領導之下，在校長、教務長導之下，依靠大家的幫助，作好今後的工作。』從北大調來的歷史系教授朱慶永先生説：『我一定像陳校長所説的，以戰鬥的心情，以全付的力量，來作好教學工作。』張重一總務長説：『人民和政府讓我來擔任新師大的總務工作，這工作對我來説是有困難的，但我一定依靠大家，努力克服一切困難，做好輔助教學工作。』柴德賡、張禾瑞、張宗燧、周廷儒、何萬福諸位先生都踴躍發言，表示今後一定在陳校長及各位首長領導之下，團結互助，學習蘇聯先進經驗，建設新師大。

七十三歲的老校長最後又和大家説：『從前孔子説「躬自厚而薄責於人」，他是自私自利的，他主張看見别人有錯誤不要説，爲的是「則遠怨矣」，爲的是不得罪别人。今天我們是爲一個共同的目標，看到錯誤，馬上就説，才能使我們工作不受損失。我過去所研究的，脱離實際，更不懂得什麽是人民的需要，鑽進牛角尖中。今天人民交給我這樣重大的任務，我的政治水平和師範教育的業務都很不夠，這個任務，與我自己的條件是很不相稱的，但是我願意依靠大家的幫助，在工作中努力學習，要從頭學起。我的年歲雖老，我的精神尚不老，今後在黨、在人民政府領導下，願與大家共同負起這一光榮而艱巨的任務，爲建設新師大而奮鬥，爲人民的教育事業而奮鬥。』

〔一九五二年九月十八日〕

新師大教師茶舞聯歡會上講話

各位同志：

今晚我們舉行的茶舞會，一方面是我們新師大教師的聯歡會，一方面是歡送南北兩院在院系調整中因工作需要而調出的各位先生。

首先爲我們南北兩院教師匯合，力量增强而熱烈慶祝！爲我們調出的同仁，全體服從分配而熱烈慶祝！

這次我們南北兩院一共調出的同仁，共八十人(輔仁五十三人、師大二十七人)，有的因工作需要，調到東北、西北，有的因院系性質的關係調到綜合性大學，或其他學院。這次調動的人數是很多的，調動的地域是很廣的，雖然調動情况各有不同，但是有一點相同，就是我們調出的八十位同仁，完全愉快的服從政府分配，這説明了我們教師思想的進步，也説明了我們知識分子思想改造的成功！

毛主席在去年政協第一届全國委員會第三次會議的開會詞上説：『思想改造，首先是各種知識分子的思想改造，是我國在各方面徹底實現民主改革和逐步實行工業化的重要條件之一。』

我們高等學校教師，三年以來，通過一系列的運動，尤其是通過三反和忠誠老實學習運動，思想大大提高，不但分清敵我，而且和資產階級思想劃清界限，以工人階級思想要求自己，打垮了本位主義、宗派主義、自由主義思想，一切爲個人打算的想法，都逐漸肅清。

就因爲如此，因爲我們已把個人和整體聯繫到一起，把自己和祖國聯繫到一起，我們瞭解到人民的利益就是自己的利益，認識到祖國的前途光明，個人才有前途。個人才有的前途。因此，我們願意放棄任何單爲個人的打算，一切都從人民利益出發。

就是因爲我們大家思想有這樣的進步，院系調整工作，才能這樣順利進行。所以黨祖國人民向我們提出，需要我們到東北、到西北、到天津，或調到北京的其他學院，或留在新師大工作，我們都能欣然接受，因爲我們已經認清工作地區雖有調動，但是我們的革命事業還是一個。這就是我國在各方面徹底實現民主改革，和逐步實行工業化的重要條件之一。這就是我們院系調整的勝利！就是人民教育事業的勝利！是值得我們熱烈慶祝的！

我們不論在哪一個工作崗位，都是光榮的，希望大家今後仍本着革命精神，在工作中提高，在戰鬥中鍛煉，積極的迎接這個文化建設高潮。讓我們在共産黨和毛主席的領導下，在不同崗位上，携手并進，爲新中國光明燦爛的前途而共同奮鬥吧！

祝大家身體健康！工作勝利！

〔一九五二年九月十九日〕

在全體職員工警大會上講話

各位同志：

我們的院系調整工作，現在作得已差不多了，南北兩院各系的搬家工作，已經搬完，教員調出調入的人事，已大部分決定，各部分的負責人和各系系主任，已經發表。職員工警南北兩院，原則是不動，現在各科各室的負責人已經確定，今天我們就要宣布。

我們兩個大學，雖然已經調整爲一個大學，但是我們校舍仍舊分開，而且距離很遠，因此南院的同人有很多還没到北院來過，兩院的同人也還没有見過面，今天我們召開這個職員工警的全體大會，是我們兩院工作人員第一次正式會師，從今以後，我們將要更進一步的團結，携手并肩，共同前進了。

今天我願意在這次大會上，和諸位同志們親切的講幾句話。

同志們：自從我們中國解放後，三年以來，國際上，有了很大的變化，我們和平陣營的力量，一天天的壯大。蘇聯在偉大的共産主義建設中愈益强壯，新生的中國，與强大的蘇聯結成了友好互助同盟，我們中國已經成爲不可摇撼的亞洲和平堡壘，朝鮮和越南正在進行着勝利的鬥争，印度、緬甸、印尼、馬來西亞、菲律賓各國人民的民族解放運動也在向前發展，而日本人民反對美國奴役的民族解放、民主運動，已達到了巨大的規模。這一切都説明了我們和平的力量，越來越强大。以美帝國主義爲首的侵略集團，用盡了一次又一次的陰謀，妄圖奴役全世界的野心，已經在我們人民力量的面前破産了，他們正在爲對外侵略政策失敗而苦惱着。

現在，亞洲及太平洋各國人民正在緊張工作，展開廣泛的活動，準備舉行亞洲及太平洋區域的和平會議，這個會議將會表現出我們亞洲及太平洋區域各國十六億人民的保衛和平運動的團結力量，這是争取世界持久和平的巨大的力量。

我們中國日益强大，國際地位空前提高，多少重要的國際性的會議，都要看我們中國的態度來作決定。中國已經成了争取世界和平的主要力量。

在國内，我們進行着龐大的準備建設工作，這些準備工作裏，主要是政治建設工作，三大運動給全國準備好很好的政治條件，消滅了反動的敵人，使全國人民更好的團結一致，全心全意的準備建設。由於財經工作同志的努力，由於全國人民的努力，使國家經濟已根本好轉。現在我們的準備條件都已經基本完成，就要開始全面的、有計劃的大規模的建設。

這所有一切，都是大家早已明瞭的。

爲了符合國家建設需要，爲了更多的、更有計劃的培養各種專業的人才，來迎接十年建設工作，所以我們進行了全國範圍的高等學校院系調整。因爲有計劃的建設，最大的需要，就是建設『幹部』，在建設前要準備幹部，在建設中也要準備幹部。

就在這樣的基礎上，我們輔仁大學和北京師範大學調整成爲一個新的北京師範大學，來大量的培養中等學校的師資。

在三年來教育事業的發展之中，已可以看出中等教育是人民教育中很重要的一環。工農同志，在經濟上、在政治上翻身以後，他們的子女都要求上小學，小學發展最快，因此大批的小學畢業生，沒有足够的中學，使他們升學。工農勞動人民，一年來已對政府提出意見，他們寫信給毛主席、給教育部，要求多辦中學。據教育部的估計，前年到今年高小畢業生，失學的約有一百二十萬人，這一百二十萬人，現在拼命想上中學，但是因爲中學太少，考不上。

另一方面，中學畢業生供應高等學校已大大不够，今年按需要大學生要招考七萬五千人，其中打算一部分從各部門調來學習，另外大部分準備在中學畢業生中吸收五萬九千人,但是結果我們只能收到三萬五千人,因此招生計劃不能按原計劃完成。中學畢業生太少,大學的學生來源不足,是對培養幹部很大的損失。

所以我們今後五年到十年之内,建設計劃中要大量發展中等教育,數量要增加,質量要提高,以便於高等學校可以順利的完成培養德才兼備的高級建設人材。

從這裏就清楚的看出,我們師範大學的任務重大,在全國範圍内,大批的中等師資在等着我們來培養,將來建設社會主義的青少年,在中學讀書時的老師,就是要從我們的師範大學輸送出去的。因此我們的工作非常重要,是祖國建設工作中重要的一環,我們所有在師範大學工作的同志們,都是祖國建設事業中不可缺少的力量。

關於我們工作的重要,任務的光榮,大家已經非常瞭解,在我們兩校的調整工作中,大家的工作態度,工作的積極,就可以很好的説明這一點。

我們調整工作,任務非常繁重,工作非常複雜,但是在這繁重複雜的工作中,我們的職工校警同志,都認識到工作的重要,發揮了高度的積極性,使我們的調整工作能够順利進行。

我們的職員同志們,都以積極負責的態度,勝利的完成了新機構組織,和工作制度等計劃。他們在工作中爲了節省人力物力,想出很多新的辦法,并且吸取了他校的先進經驗。如注册組就吸取了山東大學集體選課表的經驗，這個新辦法比老辦法可以節省大卡片二千多張，而且還節省了很多不必要的手續。

圖書館的同仁，在七月間進行了民主補課後，就開始進行調整工作，整理圖書，搬家等，往來搬書，用挑子擔書，很多職員都自己去挑，最近因爲迎接十一國慶節，準備展覽，任務緊迫，更是日夜加工，有時工作到夜裏三點鐘還不休息。

總務科和事務組的同志，負責全校的物資清點，各系的遷移，而且新校部辦公室初成立，各部門要東西，領東西，出去采購等等，工作是很瑣碎，很繁雜的。工務組的修繕工作；生活管理科的安排宿舍，照顧搬家，調動伙食等等，都是我們院系調整的重要工作，而大家都是以非常積極、負責的態度，穩步的，順利的完成。幾乎是全體職員同志們，爲了把工作作好，暑假没有休息，星期没有休息，甚至在星期日晚上還有加班，這都是以前所没有的現象，都是同志們覺悟提高，同志們瞭解到自己工作任務重要的具體表現。

工友們的工作熱情，更是講也講不完。在院系調整剛一開始，大家就都紛紛提出保證，一定把工作做好，工廠的同志們提出不找外工。

鐵工活，因爲各系試驗室的搬動，工作是很多的，總務長曾經提出把活包出去一半，但是工人同志們堅決提出『不找外工』，結果節省了五千萬元的工錢。

他們利用舊的鐵,修鑄鍋爐,把餘下的鍋爐改在大澡房使用,節省了二千萬元。最突出的,在生物系,修裝鐵管,這個工作,如果在去年作,要用半個月的時間,才能做完,今年工人同志們,爲了不影響搬家工作,不影響教學工作,他們以高度的積極性,提出保證七天完工的計劃。在工作裏,每天作十個半鐘頭的工,早上很早就來,晚上黑天才走,星期日不休息,夜裏他們還偷着幹活,結果只用了五天把工作做完,提前完成了工作的任務。

現在已經不是催促大家努力工作,不要耽誤工作的問題,而是如何去進行説服,讓他們少作一些,夜間不要加班,怕影響到工人同志們身體健康的問題了。

這種忘我的工作熱情,影響到教師們,生物系的教師,提出向工人同志學習,向工人同志們看齊的口號。

給第一宿舍的鐵窗,修理,上油,以前要作一夏天才能完工的,這次在兩三天就把工作突擊完了。他們怕影響到同學們的搬家,每天工作連去廁所,都怕耽誤了工作。

其他如木工,電工,瓦工,油工同志們,都是爲了節省物力,節省人力,在『省材料』,『不休息』,『延長工作時間』,『不找外工』的條件下,把工作作好,改善了工作方法,提高了工作效率,都有驚人的成績。

普通工,自動組織了工作服務隊,有組織有計劃的完成搬家任務,大家情緒很高,不管工作多重，從來不説累，不鬆懈。在清理學校裏積存的垃圾，我們找搬運公司估價，要一千五百萬，結果服務隊嫌太貴，要求自己裝車，只花了二百萬，就把全部垃圾，完全運出，節省了一千多萬。

校警同志們在我們搬運調動頻繁，外來接洽事務很多，而且各部門的動工修建的時候，他們作好保衛工作，保證了我們工作的順利進行。總之，各部門各單位工作中造成的奇迹是很多的，這裏一時也講不完了。

這種種驚人的表現，都是我們兩校歷史上所没有的現象，這都不是偶然的。就是因爲大家在共産黨和毛主席的領導之下，通過了一系列的運動，政治覺悟空前提高。認識到院系調整到重要，認識到輔導教學的工作，是和教學工作的重要性一樣，爲了保證教學工作不受影響，爲了把院系調整早日完成，大家都以工人階級的勞動熱情，拿出主人翁的態度，全心全意的爲人民服務。

這是我們新師大的新氣象，這是建設新師大的重要基礎。

現在兩校合并，各科各室負責人選，已經規定，馬上就要宣布，今後我們的工作在統一領導之下，工作得將要更有成績。

我們北京師範大學，是全國最大的高等學校之一，我們今年全校有二千五百學生。明年將要收到六千學生,最近三五年内,我們將要每年保持一萬學生,我們無論是在質上,在量上都將是最强的學校,因爲如此,所以我們就要把工作作得最好。同時北京師範大學是全國典型的師範大學,對全國師範學院要起模範作用。全國的師範學院都要向我們采取工作經驗,加强他們的工作。因此,我們在師大的任何一個工作人員都應當積累工作的經驗,預備推廣到全國。

所以我們任何一點工作,都不能放鬆,全國的師範學院都在看着我們。

將來的師大要大大發展,工作人員也要大大增多,我們大家就是工作裏的骨幹,將來如何擴大,如何發展,都要依靠大家的積極努力,和大家創造的經驗。

我們工人階級的智慧是無窮無盡的,我們工作中的創造,也是層出不窮的。

今後誰全心全意爲人民服務,誰就爲人民所愛戴,誰就爲人民所歡迎。

我相信大家在今後的工作中,一定會更積極,更努力,發揮我們的潛在力量,爲作好輔導教學工作,爲建設新的師範大學,而貢獻出自己的一切力量!

(一九五二年九月二十二日,載北京日報九月二十四日)

進步日報與大公報召開的亞洲各國文化關係座談會講話

從前封建專制時代，中國的封建統治者對於亞洲各國尤其是靠近中國的國家，總是欺侮壓迫，自以爲了不得，只有和印度從没有打過仗，而且聽到天竺的名字就聯想到西方極樂世界。到了近百年來，我們被帝國主義嚴重侵略，和亞洲其他國家一樣淪爲半殖民地，直到毛主席領導中國人民堅决地作反帝反封建的鬥爭，我們中國人民才站起來。毛主席在國內領導全國人民，團結少數民族，在國外一方面和蘇聯及新民主主義國家結成强大的和平陣營，一方面與亞洲各殖民地國家人民聯合起來，對帝國主義的殘酷統治進行鬥爭，我們和亞洲各國的人民是一條綫上的戰士，我們有深厚的團結友好的基礎，今後應該從經濟上，文化上很好地聯系起來。

從文化交流來説，我們歷史上和佛教伊斯蘭教國家的往來，重要的輸入是宗教與藝術，他們豐富了我們的文化。今後，我們應該向亞洲各國送些什麽禮物呢？我想，除了我國文化以外，最重要的是政治，毛主席説過：『十月革命一聲炮響，俄國人給我們送來了馬克思列寧主義』，現在，中國人民在毛主席領導之下已經打垮帝國主義封建主義法西斯主義在中國的統治，自己建立起和平民主主義的國家。我們國家三年來有了飛躍的偉大的成就，這是殖民地半殖民地國家求得解放的道路，在這一方面我們特別對亞洲各國有了偉大的鼓舞和貢獻的，我們要像蘇聯幫助我們那樣去幫助被壓迫的亞洲各國，使他能獲得早日解放。

關於亞洲各國史師資的培養，是當前重要的工作，不要以爲目前條件不够，便不開始來做。當然，亞洲國家甚多，各國歷史，不是一二人所能完全精通的，我們需要分工合作，有計劃有領導的來從事研究。我們應該創造條件，從今天起就開始培養，三幾年後，我們學校裏教亞洲史的就不愁没有人了。

〔一九五二年九月底〕

招待外賓委員會上講話

今天是招待外賓委員會第三次的會，今天除去委員會各委員外，并約請各位系主任，來共同研究一下我們的準備工作。

九月十七日我校開始準備，二十三日布置了各系的準備工作，大家都非常努力，積極的，認真負責的把準備工作做好。各系都如期提出招待的計劃，系裏如何布置，也都擬出了可能提出的問題，有的系做得非常詳盡。

這就説明我們對這次亞洲及太平洋區域和平會議的重視，認識這次會議的意義，和它的政治内容。大家都把這次準備工作作爲政治任務來進行，真正拿出『和平戰士』的姿態，要把這件工作作好。

和平會議已經開會，外賓參觀也已經開始，有的地方，他們已經參觀過了。很可能最近幾天，就到我們學校來。所以我們雖然已經準備好，還需要大家仔細的檢查一下，有什麽不恰當的地方，大家共同討論，提出問題，近一步把準備工作作得更好。

我們既然都以和平戰士的姿態來參加這一政治性的戰鬥，就要在這次争取和平的作戰中,保證打一次很漂亮的勝仗,保證一定打勝,不能打敗。

所以今天我們召集這個會,檢查檢查我軍的陣容,看看準備得怎樣,大家交換一下意見。

今天的會,主要内容分兩部分:

(一)我們檢查一下所準備的材料。先由準備的人報告,然後大家提出意見,看看還有没有應當補充或是不合適的地方。

(二)檢查一下招待路綫的準備工作——關於招待外賓的路綫和重點。因爲我們是師範大學,主要是把師範大學的特點表現出來,比如教育系,幼兒園等,我們根據這特點,然後確定參觀的路綫。所以現在決定南北兩院以南院爲重點,等一下,我們大家按着路綫去看一回,然後再回來,共同商量一下,看看有什麽問題没有。

現在就先請丁浩川同志報告一下他所準備的工作。

國家有計劃的建設,就應當有計劃的使用幹部,使每一個幹部發揮他所有的力量,使我們國家迅速的走上工業化。

解放三年來,高等學校畢業同學由由國家統一分配,一年比一年有進步,今年更作到百分之百的服從組織分配,大家都愉快的走向工作崗位,可見在這幾年來,在毛主席培養教育之下，同學們是有很大的進步。同學們愛國主義的思想，是和老師們平日的教育是分不開的。

這次院系調整，人事調動，教育部從工作需要慎重考慮的結果，各校都有調進調出。但是每位先生都以非常愉快的心情來接受祖國所交給的光榮任務。足見得我們教師經過思想改造，經過歷次運動，從具體行動中表現出真正的進步，這是全國人民都會向你們熱烈鼓掌歡迎的，我相信大家一定能本着這樣的精神，愉快的走上新的工作崗位，發揮高度積極性，你們走到那裏，那裏就發了光。祝你們勝利、你們健康。

〔一九五二年十月三日〕

爲招待外賓準備的材料

解放前的政治態度——解放以前，因爲看到國民黨反動派統治的混亂，看到政治貪污腐化，所以對政治深惡痛絶，就抱定埋頭著書，不問政治的態度。除去偶然和幾個朋友、學生談談天，研究研究學問以外，其他一切事情不聞不問，杜絶了所有的社會交往。

我的國際知識很少，哲學理論没有基礎，對於政治問題，胡裏胡塗，不够瞭解，也不求甚解。就籠統的以爲政治污濁，辦政治的人都争權奪利，不是好人，所以自己也避免和他們來往，遇到有人談到政治問題，馬上就躲開。我根本就不知道還有好的政治，也不知道辦政治的還有不争權奪利的人。至於共産黨，我當時只認爲共産主義是一種哲學高深的理論，是假想的理想社會，不能實現。所以没有反共的思想。

到臨解放前，國民黨反動派想拉住我，去替他們裝點門面，用飛機來接我，但是我根本對共産黨没有仇恨，也没有恐懼，只是不明瞭他們真實的情况，所以我不願走，我願意留在北京看一看，究竟共産黨是什麽樣子，看看共産主義的思想，是不是在社會上真能够實現。

北京解放了，我最初是用一種觀察的心情來看的。解放後，北京來了新的軍隊，那是人民的軍隊，樹立起新的政權，那是人民的政權，來了新的一切，一切都是屬於人民的，什麽是屬於人民的呢？就是不管什麽事情，都從人民利益出發。比如人民的軍隊，是爲了保衛人民，是爲了鎮壓反動派，因此他們紀律嚴明，不擾亂百姓，公買公賣，而且幫助老百姓幹活，如挑水、掃地等，老百姓在他們經過的歷史上任何一個時期，都是害怕軍隊的，因爲只要有軍隊到來，就被擾得鷄犬不寧，這次看到人民解放軍，不但擁護他們，而且從他們的身上瞭解到人民的政權和反動派統治政權的基本不同。

在解放的初期，我真像一個無知的孩，看見這也是新鮮的，那也是新鮮的，一切都變了，是翻天覆地的改變了。我活了七十歲的年，北京解放後才看到了真正人民的社會，在歷史上從不曾有過的新的社會。

我以前雖然不懂得共産主義的道理，但是我一直憧憬着一個理想的社會，憧憬着人類能够和平的生活，没有你争我奪的現象，我因爲以前眼光受蒙蔽，没有看到真理，不知道還有一個這樣理想的社會主義存在着。自從北京解放之後，我真是若夢方醒，我才看到理想的社會。經過了現實的教育，讓我也接受了新的思想，在新的書籍裏，我找到了真理，這是我一直嚮往，而一直没有找到的真理。這時我真像是一個知識上的餓鬼，我願意把新的理論都看明白，我要明瞭社會發展的規律，中國社會的性質，什麽是辯證唯物論和歷史唯物論，怎樣用歷史唯物的觀點去重新批判歷史。我要學習的太多了，我要學習以前不知道的東西，我要學習真理。

經過幾個月以後，我已經不再是旁觀的態度，我以前不問政治，那是因爲過去是反動政權，在新社會，我不能旁觀新社會的政權，是人民的政權，是我們自己的政權，我有責任，而且有權利，自己管理自己的事情。我熱愛新政權，因此我願意參加，因此在一九四九年八月九日，我便參加了北京市第一次各界人民代表會議，跟各位代表們一起討論了北京市的行政方針和建設計劃。從此以後，我感到作一個中國人民的光榮，我是中國的主人，我願意而且應當管理自己的國家大事，我再也不逃避現實，我改正了從前不問政治的態度。自此以後，凡是人民讓我參加的政治性的會議，我都積極的參加。我熱愛人民自己的政權，我熱愛人民政府我決心在人民政府領導之下，作些對人民有利的事情。

解放到現在已經三年多，在這三年多的時間，我一直是積極的工作着，在工作的鍛煉裏，我的思想不斷的提高。通過土地改革，抗美援朝和反帝鬥争，在鬥争中間，認識了敵我，我認清什麼是敵人，什麼是朋友，什麼是自己。我認識到美帝國主義者，是我們最大的敵人，他過去一貫的欺侮中國，通過蔣介石匪幫，掠奪我中國人民的權利。現在更與全世界人民爲敵，企圖發動世界戰争。美帝國主義者是我們的死敵，但是美國人民是同過去中國人民一樣受他們本國統治者的壓迫，他們仍是我們中國人民的朋友。

我以前對於土地改革根本不認識，經過學習後，只是理論有些認識，認識他的必要性，但是不够具體。去年五月，我聽說有參加土地改革的機會，我便提出請求，希望政府能允許我參加。在五月二十八日從北京出發，到四川參加了巴縣南泉新六村的土地改革工作。在工作過程裏，我們和農民一起生活，一起開會，我才瞭解到幾千年來農民弟兄所受的壓迫和剥削。農民弟兄，終年勞動，打下了大批的糧倉和棉花，但是這些勞動的成果，完全要獻給地主，他們自己吃不飽，穿不暖，生活連牛馬都不如，而且地主階級和當地政權串通一起，對農民的剥削是多種多樣的，一個農民所擔負的捐税，多至四五十種，而且要服兵役和勞役，害得農民賣兒賣女，家破人亡。而地主階級則不參加勞動，坐享其成，掠奪了農民的生産品，盡量揮霍享受，高樓大厦，錦衣玉食，呼奴唤婢，過着貪淫無耻的生活，過着寄生生活，榨盡農民的血汗。

這樣的社會制度，是極端不合理的，一定要摧毁這個制度，一定要打倒地主階級，把三萬萬農民解放出來。

我自從參加土地改革以後，在這實際鍛煉中，建立起階級的感情，對地主階級增加了無比的仇恨。

總之我通過幾次運動，鍛煉了階級立場，認清了誰是敵人，劃清了敵我界限，必需和敵人鬥争，人民才得解放。

而且進一步認識馬列主義是真理，共産黨的領導正確，認識了領導中國革命取得勝利的毛主席的偉大。

在三年來，祖國各方面建設上，更有飛躍進步，這些進步，是不可想像的，無論在工業建設，農業建設，經濟建設，文化建設，在交通事業的建設，在種種方面，都達到驚人的程度。

人民生活日益改善，日益提高，生活安頓，逐漸消滅了失業現象，全體人民都過着和平幸福的生活，都積極的參加建設，爲争取更美好的前途，早日到來。

生活在這樣偉大的時代，生活在自由的祖國土地上，我感到非常光榮，非常幸福，我越發感到祖國的偉大可愛，我願意在和平的日子裏，爲建設祖國，貢獻出我的整個生命。誰不允許我們和平的建設，我就反對誰，爲了建設，我要堅決保衛和平。

〔一九五二年十月四日〕

北京大學開學典禮上講話

校長、副校長、各位同志：

今天，我非常榮幸的能有機會參加新北京大學的開學典禮。首先，讓我代表新的師範大學全體師生向你們致以兄弟般的敬禮和誠懇的祝賀！

新的北京大學，是北京唯一的綜合性大學，也將是全國典型的綜合大學，這次在院系調整中，把舊的北大、清華、燕京的文理學院和師大、輔仁個別的系級，成立了這一新型的綜合大學，力量增强了，任務也明確了，今後發展前途是無限量的，而且一定會給祖國很大的貢獻。

這次院系調整，使得全國的高等教育出現了新的面貌，是新中國教育史上一件具有革命意義的大事。如果不是毛主席領導，使我們教師的思想改造勝利，院系調整工作是不可能實現的。因此，今天慶祝新北京大學的開學典禮，首先要慶祝這次院系調整工作的勝利！要慶祝我們教師思想改造的勝利！慶祝毛澤東思想的偉大勝利！

新北大和我們新師大的任務，在培養師資的任務上是相同的，今後我們兩校更要密切配合，共同把這個責任負擔起來，共同爲人民的教育事業而努力！

今天，我熱烈的祝賀新北大今後新生的開始！祝賀新北大今後取得更大的勝利！

〔一九五二年十月四日〕

歡送調整到外校的師生大會上講話

同志們：

今天我們召開這個大會，來歡送調整到外校的社會系、經濟系、貿易專修科、保險專修科全體師生，又外文系的諸位先生和三年級同學。我首先代表我們留在師範大學的全體教職學工，向你們表示熱烈的歡送。

就在這兩三天內，調整到外校的各位先生和同學，就要搬出去了。最近因爲我們院系調整工作很繁雜，任務也十分忙迫，我們人手也不够，所以對各位調出的先生和同學們照顧都感覺很不周到，我們非常抱歉，今天在這裏表示我們的歉意，希望諸位原諒，我想大家瞭解這個情況，不會怪我們的。

我們的國家，在各方面都突飛猛進，大規模的建設就要開始，不管在那一方面，都是需要大批的幹部，不管學習那種專業，將來都是祖國有用的人材。政法的、財經的、貿易保險的，各種外文的，不管是學什麽，將來都是國家建設中不可缺少的力量。

所以今後我們雖然學習的崗位不同，但是目標和方向一致的；雖然不在一個學校，但是我們仍是爲着一個事業而努力的。

我們共同相處了很長時間，我們曾一起生活，一起學習，一起工作，并且一起在各種運動中戰鬥，在戰鬥中一起成長起來，我們都是親密的戰友，都是戰鬥中的同志。今天以後我們就要暫時分開，感情上不免有些依依不捨，但是當我們想到祖國事業，看到祖國前途的時候，我們的意志就非常堅定了，我們在校的人都熱烈的歡送你們走向新的學習和工作崗位，你們也一定非常愉快的服從需要，來迎接這個新的學習和工作的任務。

今天我向調出的諸位先生和同學提出要求，要求大家今後到新的崗位，仍本着積極、認真、努力不懈的精神，在學習和工作中發揮最大的力量，把祖國交給的任務擔當起來。大家都是毛主席親自培養起來的革命戰士，都是新中國所依靠的建設人材，將來對於祖國的貢獻是很大的。

這裏我們在校的師生，也願向你們提出保證，我們保證以最大的努力來完成我們新的任務，我們爲祖國的文化教育事業，爲培養祖國的中等師資而奮鬥！

最後，願我們今後常保持聯系，團結在毛澤東旗幟下，在不同的崗位上，共同前進吧！

敬祝大家身體健康！

〔一九五二年十月六日〕

北京師大第一次開學典禮上講話

各位首長、各位來賓、全體教職學工同志們：

現在我們北京師範大學的開學典禮開始了！首先，我們應當爲新北京師範大學的誕生，而共同慶祝！

新的北京師範大學是在全國進行院系調整中，由輔仁大學和舊的師範大學，以及燕京大學的教育系調整而成。這次院系調整工作，是在三反運動和教師思想改造運動勝利的基礎上進行的。因此我們取得了偉大的成就，使得全國的高等教育出現了新的面貌，這是新中國教育史上一件具有革命意義的大事，是迎接祖國大規模建設開始的一件大喜事，是值得我們歡欣鼓舞，熱烈慶祝的事情！

我們兩個學校的院系調整工作，是很複雜的工作，尤其是兩校原來的工作制度不同，兩校校址又距離頗遠，合并後的搬家問題、人事問題、校舍問題、教學問題等等，都是很重要，很繁難的工作，由於中央教育部的直接領導，由於我們兩校同仁的努力，使調整工作，在很短的期間，能够勝利完成，在調整工作裏，我們全體師生都盡了很大力量，教師們討論教學計劃，制定教學大綱，忙得了不得，兩校的職員工警同志，暑假不休息，星期日加班，白天夜裏加班，都能以主人翁的態度，高度的工作熱情，創造了不少經驗，改善了工作方法，提高了工作效率，爲國家節省了幾千萬財富，爲新師大立下了功勞。

這樣的工作熱情，是政治覺悟提高的表現，是三反運動思想改造運動以後的新氣象，也是我們院系調整的有力條件。

這次院系調整的總方針是：以培養工業建設幹部和師資爲重點。我們師範大學的任務，主要的就是培養中等學校的師資。過去在反動統治時代，做教員不被人重視，因此，師範教育也不爲人所重視，以爲師範教育是普通的，平凡的，用不着高深學問的，就以舊的師範大學而論，到今年已是五十年了，這五十年中，無論是先生和學生，大家都覺得光是培養中學師資一個任務，而不加上研究高深學問，心裏是有點不甘心，因此任務不明確，力量也不集中，效果自然不大。實在講，從前所謂做『高深學問』，只是憑自己的興趣，并不顧國家和人民的需要，但求能提高個人的學術地位，便自以爲了不得，這是中了資産階級腐朽思想的毒，我們今天不需要這些脱離實際的所謂『高深學問』，我們要實事求是、老老實實負擔起爲國家培養中等師資的光榮任務。當然，如何爲國家培養出精通業務，掌握馬克思列寧主義毛澤東思想的人民教師，也是一門極高深的學問，可是，這種學問，是理論結合實際的，是爲我們學校的方針任務而服務的。

根據目前國家建設的需要，大量培養中等學校的教師是迫不及待的任務。解放三年來，小學發展很快，小學生畢業後，中學太少，升學困難，而中學畢業生太少，大學的學生來源也不够，所以一定要大力發展中等教育，要大量培養中等師資。我們培養的師資，數量要多，而且質量要好，一定要是德才兼備，體魄强健，合乎規格的教師。并且培植教師，時間要快，所以我們學校，不但是有正規四年畢業，從高中招來的學生，而且設有短期的專修班，由教育部調集各地區初中教師，學習一年畢業後即可教高中。今年又開辦大學教師進修班，各地區師範學院教育系教授和主任先生都親自來參加學習，和我們一起來研究新的教育理論和教學方法，這是從來没有過的事情。

我們北京師範大學，是在首都，是在中央教育部直接領導之下，對在其他各地的師範學院來説，我們的條件是優越的，而且又有蘇聯專家在學校裏具體的幫助，在我們學校本身來説，雖然人力物力還很不够，但在全國範圍來看，我們的條件比其他各地學校還是好的，既是有這樣好的條件，我們就應該自己創造出經驗，把經驗推廣到全國，這是我們義不容辭的事了。既然如此,我們就必需在各方面提高自己的工作水平。不但要把工作水平提高,同時還要研究推廣經驗的方法,和全國的師範學院密切聯繫,這也是我們的重要任務。

再者,一個大學的主要中心工作,就是教學,其他的工作,都是爲輔助教學,是爲了使教學工作進行得更好。所以我們首先就要把教學工作改進,在教學工作裏,我們要吸取蘇聯的先進經驗,學習蘇聯,就是要以無産階級的東西來代替資産階級的東西。此外我們要理論結合實際,除去課堂講授之外,要面向中學教學,與附校取得密切聯繫,重視實習的工作。并且要建立集體教學制度,才能把教學工作搞好。

我們今後的任務是很繁重的,如改進教學方法,編輯教材及參考書,健全教研室的組織,制定教學上的有關各種制度,都是當前迫不及待的工作,但是最重要的一條,我們爲了要培養精通業務,以馬克思列寧主義毛澤東思想武裝自己,决心保衛祖國,并無限效忠於新民主主義社會的人民教師。我們的教師和同學必須加强政治學習,以三反及思想改造運動的精神,以集體主義的精神,展開批評與自我批評,徹底改造思想,在新的北京師範大學上面,樹立起工人階級思想的旗幟,徹底粉碎陳舊的保守的思想方法,以革命的精神來辦人民的師範大學。這樣，才算真正是新的北京師範大學，我們才有條件完成毛主席和黨交給我們的任務。

同志們！今天是我們新師大第一次開學典禮，這僅僅是我們工作的開始，蒙政府首長、各大學校長和來賓，參加我們的開學典禮，希望各位首長、各位來賓以及蘇聯專家，多給我們一些指示，這對我們今後在工作上有很大的幫助，我們是非常感謝的。

〔一九五二年十月十八日〕

中央財經學院開學典禮上講話

主席、各位首長、各位來賓、各位同志:

今天我非常榮幸的有機會參加中央財經學院的開學典禮,首先,讓我代表我們新的北京師範大學全體師生向你們致以兄弟的的敬禮,和誠懇的祝賀!

中央財經學院是在全國高等學校統一計劃之下,由各大學的有關財經方面的系科調整而成的。各大學的教師同學,都以愛國主義的精神,根據國家的需要,一致表示服從組織的分配與調動,這是中國教育史上一件從來没有過的事情,因此,中央財經學院的誕生,就説明我們院系調整的成功,就説明我們教師思想改造的勝利!

財經工作是我們國家建設的重要環節,我們國家建設以經濟建設爲主,財經工作是最基本的工作,有效的培養財經幹部,是我們祖國經濟建設的重要任務之一,因此,中央財經學院的任務是很繁重的,而且是很光榮的。

中央教育部錢副部長在八月底曾指示過:『中央財經學院一定要給全國樹立模範,要把財經學院辦好,不能辦壞。』現在我們各校的力量都已彙集在一起,力量非常之强,我相信錢副部長所提出的要求，一定能够作到，一定能够取得偉大的勝利！

我們師範大學和財經學院關係是很密切的，財經學院有一部分老師和同學，是從師大前身輔仁大學調來的，輔仁的社會系、經濟系、貿易專修科、保險專修科的師生，幾乎是全體都調過來。今後我們兩校仍要保持密切聯系，團結起來，交流經驗，共同爲人民的教育事業而努力！

今天，我熱烈的慶祝中央財經學院誕生！祝賀大家工作順利，身體健康！

〔一九五二年十月二十三日〕

『中蘇友好月』工作籌備委員會上講話

今年十一月七日是蘇聯偉大的十月社會主義革命三十五周年，爲了慶祝這個節日，并且爲了用蘇聯建設成就的具體事實，在我們中國人民群衆裏，廣泛的宣傳社會主義和共産主義，進一步發揚中蘇兩國人民的友好團結精神。

所以中蘇友好協會總會決定在十一月七日起到十二月六日在全國舉行『中蘇友好月』，并且邀請蘇聯對外文化協會派遣代表團和文工團來參加。

中蘇友好月的活動，主要是從十一月七日起，蘇聯代表團到達那裏，那裏就形成爲高潮。在全國以上的城市都是這樣作。

這個運動的目的是：

一、使大家進一步認識偉大十月社會主義革命的世界意義，認識到蘇聯在保衛世界和平事業中所起的偉大的領導作用。

用具體事實説明中蘇友好愈來愈鞏固和發展，宣傳中蘇友好同盟的力量無敵於天下，進一步加强保衛遠東和世界和平的信心。

二、介紹蘇聯由社會主義走向共産主義的成就，掀起進一步學習蘇聯各方面的先進經驗的熱潮，來配合我國即將到來的大規模經濟建設。

三、拿偉大的先進的蘇聯人民的榜樣，對中國廣大人民進行具體的共産主義和國際主義的教育，給我國大規模經濟建設打下思想基礎。

并且在以上宣傳教育的基礎上，鞏固和發展中蘇友好協會的組織。

現在北京市已成立『中蘇友好月』辦公室，具體來組織和領導北京市『中蘇友好月』的各項活動。

我們學校爲了籌備『中蘇友好月』的工作，現在已經成立了『中蘇友好月』工作籌備委員會，是由黨、團、民主黨派、工會、學生會和中蘇友好協會代表組成。

籌備委員會下面設辦公室，分別負起各部分的工作，辦公室人選，等一下可以提名組成。

現在我們擬定了一定的初步計劃，來進行我們的活動，包括全校的慶祝會，教師座談會，進行宣傳，學習一些理論，游園（參加全市游園，在勞動人民文化宫），辦一個小型的圖片展覽等等。

具體步驟，由徐乃軫同志講一下，然後我們討論這步驟是否合適，提些意見。

〔一九五二年十月二十九日〕

評議工資工作組核心組幹部會上報告

同志們：

現在我們學校全體工作人員調整工資的工作已經開始進行了。

我先把進行這個工作的組織機構，大體介紹一下：我們首先成立了評議工資委員會，是由校行政負責人及黨、團、民主黨派和工會代表組成的。委員會下設秘書處，又設教員、職工、工警三個工作組來負責具體工作。

全校各系、各科、各部門組成小組，在小組裏由三到八人組成該組的核心小組，核心小組負責領導各組進行工作。

今天我們召開的會，就是工作組和各核心小組全體同志的會。

我要聲明一點就是：現在我們學校職員，有一部分調去參加調查工作，兩個工作都很重要，所以凡是參加調查的同志，都没有包括在這個工作組和核心小組裏面。

這是我們組織機構大體情況。今天我所要談的，可以分爲六部分：

一、關於調整工資的意義和目的

由於我們國家經濟已經根本好轉，即將進入大規模的、有計劃的建設。而有計劃的發展教育事業，及時的供應各項建設事業所必需的各種幹部和科學技術人才，就是保證實現各項建設任務的主要關鍵之一。因此，必需進一步發揚教職工警的工作積極性，改進教學質量，以迎接我們國家即將進入的大規模建設的需要。除去應着重進行教職員工的自我教育和自我改造工作以外，繼續適當的調整和改善教職員工的待遇，這是十分必要的。現在我們已得到中央教育部的指示，開始進行調整工資的工作。

這次調整工資包括兩方面的意義：

第一方面，就是『增加工資』——全國總平均工資由二百六十三分增到三百十九分。其中教授、副教授平均工資到六百零五分；講師助教平均工資到三百三十八分；職員平均工資到二百八十七分；工警平均工資到一百七十九分。

現在我們學校總平均的工資是二百四十八分，調整後，平均工資可增六十五分。

第二方面是『適當的解決不合理的現象』——剛才已經說過，全校總平均工資是增加了,但是,并不是平均的增加,不是按着增加平均數來『平均分配』,把每一個人平均增加多少分。因爲過去輔仁和舊師大,由於反動統治和帝國主義分子的控制,工資制度是存在着很多不合理的現象的。而從前評議工資的時候,又主要是以資歷來評定。所以在這次調整工資工作裏,要適當的解決從前不合理的現象。

解決的辦法就是按照『按勞取酬,交叉累進』工資制的原則進行評定。按勞取酬就是按着自己的貢獻來取得報酬;交叉累進就是互相交叉的標準,比如工警與職員,工警的高薪與職員的低薪數目是交叉的,職員和教員也是如此。

『按勞取酬』是我們的方向,但是在今天,要求完全按勞取酬,是有困難的,甚至於是不可能的。因爲在今天的高等學校裏,還不具備實行完全按勞取酬的條件,比如:人事任用的制度;工作檢查制度;考勤評績制度等還極不完備,或是根本還没有着手建立。高等學校剛在改革階段,還缺乏這種條件。

所以我們的具體辦法是:

(一)在院系調整裏,結合建立組織,調出調入工作,解決了應昇職别的問題。這次評議工資是按照發到各系、各科、各部分的名單職别,在教育部規定的各該職别工資内,來進行評議的。（全國高等學校教、職、工、警的工資標準表，已經發給大家）。

比如教授、副教授在八百八十分到四百二十五分限度之間十種工資，進行評議；講師在五佰分到二百六十五分之間，十種工資，進行評議；職員工警也是如此。

（二）以往工資低，應當增加的，就增加，不能因爲舊的所謂『年資』、『學歷』、『資格』等等限制，而使不合理的現象，繼續存在。

（三）有少數人，以往工資較高，已經合於現在工資的標準，這次就不再增加。

（四）還有個別的人，以往工資比現在工資標準還高的，這次評議也不予以降低。

（五）凡是這次增加工資的人，需按教育部所規定的三十三種工資裏面的一種來決定，不得另定工資種類。比如五百分和五百五十分之間，不得另設五百三十分，或五百二十分。但是那些過去工資較高，或過去工資過高，這次評議不再增加或不予以降低的人，原來工資多少就是多少，不必按部定的工資種類給改正。比如原來工資是三百八十分，教育部規定的工資種類没有三百八十分一種，而他是不應該增加的，就仍舊給三百八十分，不必改爲三百七十五分或四百分。

具體的辦法，就是以上五種。

二、參加調整工資的範圍和學校評議工資委員會的職限

(一)全校的教、職、工、警一律調整工資。

(二)管制分子和機關管制人員不列入教、職、工、警人員名額内評議。

(三)調出學習的人員工資,暫不調整。如去人民大學、去外國語專科學校和留蘇的教員,都暫不調整。

(四)在今年之内不能開課,也不作其他職務,只是在校學習的教員,暫不評議。

(五)大學畢業生新留作助教的,政府有一個全國一律的標準,所以這次也暫不評議。

(六)新聘的人員,不是由他校轉來,也不是由他機關調來的人員,也暫不評議。

(七)學校裏行政首長,包括校長、副校長、教務長、副教務長、總務長等,統由教育部評定,他們的工資評議,不在我校的評議工資委員會職限之内。其餘人員的工資,由我校評議工資委員會評議,然後報教育部批準。

三、評議工資的標準

中央人事部安子文部長説過:『我們選擇幹部的唯一標準,就是『德才兼備』的標準,

『德』就是一個幹部的政治品質；『才』就是一個幹部擔負某一種業務工作的能力，兩者必須結合，而不可偏廢。離開這種標準的任何其他選擇幹部的標準，都是不正確的。』

中央教育部規定調整工資的標準，也是『以德、才爲主，適當的照顧其資歷』，不能以資歷爲主要標準。再具體一些説，就是：

教員方面：

德的標準——要看他在教學和工作中立場和觀點如何；在歷次運動裏的表現如何；在教學和工作裏，積極幫助別人，開展批評與自我批評如何；改進教學和工作如何；教學態度和工作態度及效果如何；學習業務，學習政治如何等等。

才的標準——包括教學内容、方法及效果如何；業務基礎、學術造詣及譯著如何（反動譯著不計在内）；工作能力如何等等。

職工方面：

德的標準——包括工作態度及效果如何；團結互助、開展批評與自我批評如何；學習業務，學習政治如何等等。

才的標準——包括工作能力，業務水平如何。

教職工警的『資』,都是指學歷,對革命有貢獻的資歷,和社會聲望等等。

以上就是教、職、工、警德、才、資的標準。但是,這樣的標準,還是原則性的。如果問標準是否能够再具體明確一些? 現在可以回答大家: 如果要求『德』、『才』各到如何的程度,應當得到何種工資,要一個很具體很精確的標準,我們認爲在目前條件下是困難的,或者可以説是根本不可能的。因爲過去我們主要進行了社會改革和政治改革的工作,還没有來得及搞出一套極嚴密的工作制度,與考核制度,如各系教研室,或各科辦事細則,以前根本没有。因此只能根據大致標準進行評議,要求達到大體合理,要求做到比以前合理,但是完全合理還是困難的。

四、評議工資的步驟

我們首先是在行政會議裏決定這次評議工資的方針和步驟,然後組成了評議工資委員會,在會上討論行政會議所決定的方針,并且建立起工作組和核心小組的組織機構。

㈠由評議委員會上初步評議工作組幹部的工資,將來交工作組幹部會上分教、職、工、警三組對工作組幹部本身工資提意見。提出意見後,然後再交核心組提意見,再交群衆提意見。

②由工作組幹部會上初步評定核心組幹部的工資，再由核心組幹部自己討論，然後交群衆討論提意見。

③由核心組幹部會上初步評定群衆的工資，然後再拿到群衆中去討論，提意見。

④群衆及幹部所提出的意見，都提交上來，最後由評議工資委員會討論通過，然後報教育部，由教育部最後審定，批回後，再實行。

大體步驟如此，我們是采用一層一層的評議，先從幹部作起，然後再由幹部領導大家來進行評議。

五、幾個具體的問題

（一）助教「工資分」較低——去年留校的助教教育部規定是二百〇三分，今年留校的助教，教育部規定是一百六十五分。這是中央統一規定，無論分配到哪裏工作都是如此，并不是留校的助教特别低。并且助教不是一個固定的職别，他們是準備將來作講師、作副教授和教授的。并不是永遠作助教，而是要逐步提升的。

(二)職工中可能增加的較少——特别是以往工資比較高的,有些人現有的工資,已經超過了現在工資的標準,現在就不可能再增。

這個問題,同志們要從全面來看,現在全國各機關、學校的生活水平,都是如此,我們如果因爲以前工資較高,現在還要求仍舊比别的地方高,是不恰當的,也是不應該的。同時我們要從發展上來看,今年國家經濟才好轉,就調整工資,將來進入建設階段,每年更會逐步提高,今年不能增加的人,明年後年,總可以增加的。我們全國人民的生活好轉没有問題,一定一天一天的提高,這一點,希望同志們仔細的考慮一下,不要只顧眼前,要從全面看,從大處看。

(三)有些人的工資不能增加,但是家庭的負擔很重,爲瞭解決家屬的特别困難,如人口太多,或者有特殊事故,如有婚、喪、病、生育等事的,將來可以申請家屬補助費,不得作爲增加工資的理由。

關於申請家屬補助費的人,在這次調整工資時,可以提出,我們即將組織關於家屬補助費的評議委員會,將來在調整工資的工作結束後,即可進行。

六、還有幾個應當注意的事項

(一)我再重複說一遍,這次不是『平均加薪』,而是依據德、才爲主,適當的照顧『資』的標準,來進行調整工資的。

(二)不可能完全合理,但是要做到大體合理,做到比以前合理。因此我們要解決『比』的問題,不同職別的不能相比。因爲工作崗位職別不同,工作的性質不同,就無法比較。同職位的可以比,而且也應該比一下。但是我們都是工作組或核心小組的工作幹部,所以要大家:對自己的要求要嚴格些,要更關心別人,對旁人要認真負責,對自己要以按勞取酬嚴格要求,對旁人要掌握適當調整的精神,要掌握大體合理的精神。

尤其是我們都是這次工作的幹部,都是將來要領導群衆的,所以更要嚴格的要求自己,要有謙虛的態度,比如我們的工資,應當在兩種標準之間,可高可低的,我們就取低的,這樣的精神,希望同志們能够掌握。

(三)參加評議工資的態度問題——參加這次工作,一定要有正確的態度,要防止『滿不在乎』與『斤斤計較』兩種態度。

『滿不在乎』的態度，對於自己是可以的，自己本不應當斤斤計較自己的工資的多少（當然也不是説自己就故意降到幾十分，或一百分去），但是今天不僅僅是個人的問題，而是全體都要參加，不在乎自己的工資，就也不認真負責去考慮别人的工資，采用滿不在乎的態度是不對的，當然如果對自己工資有意見，也同樣可以提出意見。所以這次要求大家無論是對旁人，或是對自己的工資有意見，都要充分發表，不可以滿不在乎，漠不關心。

另外，斤斤計較的態度，也是不對的。在討論的時候，一定要充分發揚民主，充分發表意見，不同意就是不同意，自己認爲誰高了，誰低了就提出來，要充分討論，負責認真，但是在評議工資委員會最後决定，教育部批準以後，就要欣然接受，不要斤斤計較，希望大家不僅口頭不計較，内心思想上也要從遠慮，從大處着眼。要認識今天不能完全合理，今後一定要逐步走向完全合理，今年不加，明年加，明年不能加，以後總是要加的。希望諸位同志從思想上認識這一點。

（四）要避免往上升或往下壓——要適得其中，如果往下壓，普遍的少加或者不加，就與我們這次的精神不合了。如普遍的提高，都往上升，或是因爲面子問題，標準降低不好提，只提上升則結果超出了我們應增加的總平均數，超出了標準，還要重評就麻煩了，所以一定要避免往上升或往下壓。

還有在討論自己工資的時候，按理説，當然自己可以在場，但如果認爲本人在場不方便，也可以考慮一下，本人先把自己的意見説出，然後回避一下，請大家提意見，這請各組自行考慮。

今天我先講這六點，還請丁教務長再作補充。

今天我們是工作組，核心小組的全體幹部第一次會，從今天起，我們就要開始工作，希望大家認真、負責、積極、努力的把這次工作作好。

〔一九五二年十月三十日〕

歡迎國際友人、介紹師範大學

親愛的朋友們,你們爲了拯救和平反對戰爭,不辭各種艱苦來到北京開會,作爲一個教育工作者,關心青年一代的和平生活和幸福前途是他的天職——讓我們來向諸位表示崇高的敬意;諸位今天到北京師範大學來參觀,讓我代表全校師生員工向諸位表示衷心的歡迎。

我願意把北京師範大學的情況,向諸位做個簡單的介紹。

北京師範大學是中國年代最久的一所高等師範學校,它成立於一九〇二年,今年正是它的五十周年。

現在它是中央人民政府教育部直接領導下的一所學校,中央教育部規定了它的任務是培植新中國中等學校的師資,即普通中學、工農速成中學、師範學校和中等技術學校的教師。并且規定,這些教師必須能够掌握馬克思列寧主義毛澤東思想的基本理論、進步的教育科學知識與教學技術,以及有關的專業知識,同時也要求他具有爲人民教育事業服務的獻身精神。

全校現設本科十二個系，九個專修班，一個研究部。另外還附設有男附中三所，其中一所是工農速成中學，女附中一所，附屬小學兩所，直屬幼兒園一所。

本科十二個系是教育系（分設學校教育、學前教育兩個專業）中國語言文學系、俄語系、歷史系、數學系、物理系、化學系、生物系、地理系、音樂系、體育衛生系、和圖畫制圖系。以上各系的修業年限都是四年，任務是培植各該科的中學老師。

專修科九個班是學校教育班（任務是培植教育行政幹部）學前教育班、中國語文班、歷史班、地理班、數學班、物理班、化學班、和生物班。這些班的任務是調集現任初中教員加以提高使能勝任高中教學。專修班的修業年限是一年。我們把專修班做爲我們工作的重點，今年是剛開始辦，以後還要大量擴充。因爲廣大人民群衆生活改善，中等學校大量發展，中學教員的需要异常迫切，這迫使我們不能不大量地辦短期班。

另外設立了研究部，調集其他師範學院的教師來進修，主要目的是在短期學習中學會掌握科學的觀點方法，提高他們的業務水平。期限暫規定一年。

校址分設兩地，這裏是南校，數學、物理、化學、生物、地理各系和專修班在北城的定阜大街。

學校最高負責人是校長，有兩位副校長協助校長做他的助手。全校現有工作人員一〇五五人，內教學工作人員（教授、講師、及助教）三四三人，計男二五三人，女九〇人，一五三位助教中，男一〇一人，女五二人，女教師顯有增加的趨勢。學校工作人員的物質生活供給是得到了充分的保障的。今年七月起，他們又都作爲國家工作人員享受了免費醫療的待遇。免去了生活問題的顧慮，就使得大家有可能把全付精力傾注到工作上來。同時也在每個人物質生活的保證與改善中，使大家體會到個人利益與國家利益的一致。幾乎每個人都是充滿着愛國的熱情來從事自己的工作的。

全校學生二五〇〇人，女同學約占三分之一。同學們的學習熱情是很高的，他們有一個戰鬥口號是〈爭取做一個德才兼備，體魄健全的人民教師〉。他們在學習中發揮着高度友愛互助的精神，因爲他們意識到任何一個人學習成績不好就是整體事業的損失。他們在學期間的生活是由國家來供給的，國家按月發給他們助學金。這筆助學金可以解決他的吃飯，生活零用和醫藥用費。現在他們每個人每天平均可以吃到一個鷄蛋，三兩肉，一斤蔬菜和充分供應的主食——大米飯和面食。隨了國家財政經濟的繼續好轉，他們的生活水平還會不斷提高的。他們畢業以後是由政府根據工作需要和個人志願，統一分配工作的，決没有失業的顧慮，每個同學都深深感到生活在毛澤東時代的中國青年是幸福的。

北京師範大學雖然是已經有了五十年的歷史，但它全部工作今天都還處在改革之中，舊的工作制度、教學方法，已經不能適應今天國家的需要了，一切都需要從新做起。解放三年來我們主要進行了政治思想方面的改革（清除封建的、買辦的、法西斯的思想，樹立爲人民服務的思想）教學工作的改革，現在剛剛開始，這是一個更繁複細緻的工作，需要長期的努力。

現在把教育系作爲一個例子，來簡略説明我們的新的教學工作是怎樣進行的。

我們建立了教學研究室做爲全部教學工作的領導機構，它的任務是負責計劃、推動有關科目的教學，擬定統一的教學大綱與教材，領導學生的課堂討論和實驗實習指導學生的課外閱讀和獨立工作。同時組織教研室全體人員的科學研究工作與政治思想的提高工作。在教研室統一領導下，進行有組織、有計劃的集體教學。這樣就克服了舊大學裏那種教師之間，各種學科之間，各不相顧，互相重複，甚至互相矛盾，因而減低教學效果，浪費學生時光的毛病。在這樣的教學制度下，我們强調教師對同學的負責精神，一定使學生能够牢固地掌握所學學科的内容。這樣就必須糾正過去大學教授只顧自己講學，不管學生懂與不懂的不負責的態度。

現在教育系共有兩個教研室：學校教育教研室和學前教育教研室。學校教研室下面設有教育學、教育史、和心理學三個教研組。

我們特別着重學生的實習工作，這樣來培植學生從事教育事業的興趣，使他學得的理論能够與實際緊密聯系起來。

在教研室的工作中也强調教學人員的科學研究工作，這是爲了提高教師的業務水平與教學質量所不可缺少的。

我們的工作不僅面對着校内的同學，而且也面向北京市的中小學和國内其他師範學院。我們和他們都經常保持着聯系。

這樣一個介紹是太簡略了。詳細情况，還請各位到各部分去看一下。我們希望諸位特别花較多時間在教育系和幼兒園方面，因爲這兩個單位是能够比較突出地代表新的北京師範大學的特點的。

〔一九五二年十月〕

工會改選大會上的講話

今天，新師大第一次工會代表會議，將要在這裏選舉新的工會基層委員，和經費審查委員。我代表行政方面致以熱烈的祝賀。

工會在學校，一方面保證行政計劃的完成，同時領導會員進行政治、業務學習，照顧會員生活福利，它的任務是很重的。過去兩校的工會在學校内有過一定的功績，從院系調整工作中顯然可以證明，教師們響應祖國號召，服從組織分配，積極參加教學計劃和教學大綱的編制，職員工友忘我的工作，完全是以當家作主人的思想來對待工作，尤其是技工同志和服務隊，不分晝夜，努力工作，既爲國家節省財力，又能提前完成任務，有功於院系調整不少，行政方面預備另開一個會發一些實物獎品，表揚表揚，這是大家的榮譽，值得表揚的，這些，和工會過去所做的工作也是分不開的。

當然，工會的工作也不是没有缺點，從工會的工作總結中可以看出。我想缺點是不可避免的，我們的工作要在批評和自我批評中不斷的提高，不斷的改進，因爲我們對於工會工作，還不是太熟練，對於工會的任務，也不是太清楚，有時工作做的不够好，也是事實，但這并不要緊，要緊的是今後做好，以前犯過的毛病，以後不再犯，或者少犯，最好是不犯。這些工會内部的改進問題，我想大家一定要好好討論，一定會把工作做的更好，我在這裏預祝這次大會的勝利。

現在，我想談談今後工作中兩個問題：

第一，想談談工作方向，我們這個學校是師範大學，我們負着培養中等師資的責任，那天開學典禮上馬部長清楚地指出新師大的任務，不但要把我們學校辦好，還希望我們能够在全國師範學院中起模範作用，推動作用，同志們，這個任務是光榮的，但也是很艱巨的！在院系調整以後，我們學校的發展是很快的，全國教育建設所希望於我們學校的很大，我們不能不發展，我們不能不多爲祖國培養人民教師。照教育部明年的計劃，我們學校明年新生要招兩千多人，全校同學人數要到四千五百人，擺在我們面前的，是這樣一個艱巨的任務，我們的人力，房屋都差得遠，但是我們要擔負起這樣的任務，主要是爲了要多培養人民教師。因此，我們這一年中，一方面要建立新校舍，一方面要全力搞好教學，建立新校舍也是爲了給明年教學創造條件。學校的方針任務如此，我想，工會今後的方針，也應該面向教學，如何提高教師們的政治性、積極性來完成培養人民教師的任務，如何使職工同志們把輔助教學的工作做的更好，這是學校行政應該研究的問題，也是工會同志們應該研究的問題，是不是應該把這一條放在第一位，我這樣提出來，大家可以研究研究。當然不是説只做面向教學這條，其餘文娱活動，生活福利等，也是工會的重要工作。

第二，想談談生活福利工作。過去學校行政對同仁的生活福利方面，雖然也是關心，但是關心得不够，這一點不能太强調客觀困難，困難是要人去克服的。今後行政方面從思想上應該認識搞好同仁生活福利工作，是搞好教學工作很重要的一環，大家生活搞不好，怎麽能够搞好教學呢？這次調整薪資，當然是生活福利工作，大多數的人都能增加工資，是好消息，但是并不是人人都一定增加，因爲薪資的高低，有個歷史關係，過去已經增多了的，今天暫時不增，但也并不减，没有什麽不高興，看到全體同志們絶大多數增薪，自己雖然不增也應高興，高興我們國家的經濟逐漸好轉，我們生活逐步改善，國家經濟繼續好轉，生活繼續改善。另外還有一個好消息告訴大家，我們的政府關心同仁中有一些人，家屬人口多，收入少，及有特殊困難的，在薪資上因爲有一定的標準不能破例照顧，現在定出一個辦法，叫做家屬補助金，凡是家屬生活真有困難的，政府可以作必要的補助，這個公事已到學校，難道這不是好消息嗎？同志們，生活福利這一件事，在人民自己當家作主人的今天，在勞動人民大力創造財富的今天，是有辦法的，是一定有辦法的。但是目前，僅僅是目前，不可能没有一點困難，這些困難，一方面要努力設法，一方面我們也要體諒自己的政府,舉例來説,像我校教職工宿舍問題,是個久懸而不决的問題,懸而不决,就因爲有困難,當然,到了明年,新校舍造好,那就根本解决了,但是目前這一年,如何度過,事實上是困難。如果房子問題不解决,同志們教學和工作都有影響。不但没有房子的同志們着急,校行政也很着急,現在正極力想法解决,教育部也在替我們想辦法,但是目前有實際客觀的困難,我們一定要盡最大的努力來解决這件事情。

現在行政會議上已經商定,重新組織宿舍調配委員會,由行政負責人參加,并邀請工會派代表參加,研究討論,這個工作馬上就要開始,大家可以提供意見,我們一定要適當的合理解决。

總之今天行政和工會是一致的,没有什麽矛盾,今後希望工會與行政密切聯繫,隨時反映群衆意見,很好的配合,朝着我們共同的方向,面向教學,努力前進,同時大家一起來研究如何提高同仁的生活福利,只要力量能做到的,馬上就做,暫時不能做到的,也向大家説明,我相信我們新師大的工會經過改選後,一定會有更多的成績,敬祝代表們身體健康。

〔一九五二年十一月一日〕

『中蘇友好月』慶祝大會上講話

同志們：

現在我們北京師範大學『中蘇友好月』慶祝大會，同時在南北兩校熱烈的開始了！我們慶祝偉大的十月社會主義革命三十五周年，首先讓我們以無比的熱情，向中國人民的忠實朋友，全世界勞動人民的偉大領袖和導師斯大林大元帥致以極熱烈的祝賀和崇高的敬意！

向正在勝利的建設共産主義的偉大蘇聯人民致敬！

向三年來在中國不辭艱苦，以忘我的精神幫助我國建設的蘇聯專家們致敬！

向我們師範大學全體師生的光輝榜樣，以高度的國際主義精神熱心幫助我們的普式金教授和葛林娜同志致敬！

并向最近來到我校的生物學專家杜伯洛維娜同志表示熱烈的歡迎。

毛主席教導我們說：『中蘇兩國强大的同盟，是不可戰勝的力量，是反對帝國主義侵略和維護遠東和平及安全的堅强保證，也是争取世界和平的偉大事業勝利的保證。』三年來的事實，完全證實了毛主席這個英明的論斷。帝國主義者的侵略陰謀，已經不斷地遭受到以偉大蘇聯爲首的世界和平民主陣營的沉重打擊。以中蘇同盟爲基礎的世界和平民主力量正在蓬勃的發展和壯大，并已遠遠超過帝國主義侵略陣營的力量。

今年九月中蘇關於中國長春鐵路移交中國政府的公告和關於延長共同使用旅順口海軍根據地期限的換文，對於保證遠東與世界和平是一個極其重要的措施。它大大地鼓舞了全世界愛好和平的人民，同時，又狠狠地給美帝國主義的罪惡陰謀以當頭一棒！

中蘇兩國人民的友好合作更是新中國建設成功的重要保證。

三年以來，蘇聯政府根據了中蘇貸款和貿易協定，給予我國以大量的物資援助，爲我國經濟的恢復，尤其是我國的工業化，提供了重要的物質和技術條件。

在斯大林同志的親切關懷和指導下，蘇聯政府還派遣了大批優秀的專家來到我國，以偉大的國際主義精神，和我國勞動人民在一起，真誠無私的幫助新中國的建設。他們把蘇聯先進科學技術，把先進生產經驗毫無保留的交給中國人民，爲新中國培養了大批建設人才，節約和增加了大量的財富，大大的縮短了新中國各項建設的過程。

總之，中蘇兩國人民的友好合作，中蘇兩大國的同盟，是亞洲及世界和平的堅强保證，對加速我國的建設事業，也起着決定性的作用。

現在，我國即將開始大規模的經濟建設和文化建設，我們更應該繼續加强中蘇的友好和團結，更好地學習列寧、斯大林的革命理論和蘇聯社會主義建設的先進經驗，這對於我國即將開始的大規模經濟建設事業的勝利，具有極重大的意義。

大家都知道，蘇聯的道路就是我國的道路。蘇聯以驚人的速度發展了社會主義的經濟建設和文化建設，并且在大踏步的邁向共産主義。我們既然要把蘇聯的今天，當作我們中國的明天，那末，努力向蘇聯學習，就可以少走許多彎路，加快我國工業化的速度，沿着蘇聯的道路，向着光輝的社會主義和共産主義的前途邁進。

我們師大，教師們在討論教學計劃，制定教學大綱的過程裏，深刻的認識到『向蘇聯學習』的重要性，認識到只有積極的學習蘇聯先進科學和先進經驗，才能提高教學質量，改進教學方法和內容。

我們在普式金教授的直接幫助下，已經初步建立起社會主義體系的教學制度，建立起教研室，由於蘇聯專家的幫助，所制定的教學計劃，不但推動了我們師大的教學進行，而且影響到全國所有的師範學院，對於我國的整個教育改革，起了推動的作用。這是我們對蘇聯專家表示無限感激的。

就在向蘇聯學習的過程中，我們每一個人都很迫切的要求吸取蘇聯三十五年所積累的寶貴經驗，但是，我們大部分的同志現在還不懂俄文，因此我們還要努力學習俄文。

由於蘇聯專家們，忘我無私的對我們的幫助，更使我們認識，不但要學習蘇聯先進的科學技術知識，和實際經驗，而且要學習蘇聯人民的高尚品質，學習在列寧和斯大林親自教導和培養之下的蘇聯人民，他們高度的國際主義和愛國主義精神。他們集體主義和忘我的勞動精神。他們改造世界的偉大決心。不怕困難，和戰勝一切困難的勇敢精神。他們的朝氣蓬勃和樂觀主義以及他們的崇高的共産主義道德都是我們學習的榜樣。我們都應當好好學習，以引導我國人民更加『信心百倍』的來保衛祖國的安全，保衛世界和平，完成新民主主義的建設，穩步地走向社會主義。

同志們！我相信，我們的學校，在中央人民政府及教育部直接領導之下，在蘇聯專家幫助之下，再加上我們全體工作人員的積極努力，它必將成爲傳播先進思想的文化堡壘，成爲以共産主義精神培植新中國人民教師的堅固陣地，那末，北京師範大學的成長與發展，便是中蘇兩大國牢不可破的友誼的具體表現。

最後讓我們歡呼：

中蘇兩國永久的强大的友好同盟萬歲！

中國人民的領袖毛主席萬歲！

中國人民最忠實的朋友，全世界勞動人民的偉大領袖和導師斯大林大元帥萬歲！

〔一九五二年十一月八日『中蘇友好月』慶祝大會在南校大禮堂講話〕

招待蘇聯代表葉菲莫夫同志大會上講話

1. 在樂育堂
2. 在大禮堂歡迎詞
3. 總結

今天，我們親愛的朋友，葉菲莫夫同志來到我們北京師範大學，讓我代表全校的全體工作人員和全體同學，表示極熱烈的歡迎！

親愛的葉菲莫夫同志，是中國近代現代史的研究者，他曾著有中國近代及現代史概論，他的著作，對我們中國歷史的研究上，有很大的幫助和啓發，是我們非常感謝的。

現在，我們全國正在展開『中蘇友好月』，我們師範大學的同學，都以飽滿熱烈的心情來慶祝。昨天我們舉行『中蘇友好月』慶祝大會，在會上宣布了葉菲莫夫同志今晚來我們學校作報告，當時我們師生員工聽到這個消息，大家情緒都非常歡欣鼓舞，正盼望着等待着我們最親密的朋友到來。

現在，葉菲莫夫同志，已經來到我們學校了，我們感謝蘇聯人民和斯大林同志派來的使節，我們以無比的熱情來歡迎我們親愛的朋友，親愛的弟兄葉菲莫夫同志。

（在大禮堂開始致歡迎詞）

同志們：

在十月社會主義革命三十五周年的節日，我們非常高興的，請到蘇聯文化工作者代表團代表葉菲莫夫同志，來到我們北京師範大學，并且爲我們講『中蘇友誼發展史』，這是我們感到非常光榮，而且非常感謝的。

我首先代表我們全體工作人員和全體同學，對葉菲莫夫同志，表示熱烈的歡迎！表示萬分的感謝！

我們親愛的朋友葉菲莫夫同志，是早爲我們的先生和同學所熟習的，所熱愛的。他是列寧格勒大學東方研究所的教授，蘇聯科學院院士，參加亞洲及太平洋區域和平會議的代表，又參加這次蘇聯文化工作者代表團。

他是中國近代史和現代史的研究者，他作有中國近代及現代史概論一書，這本書給中國的歷史研究上，有很大的啓發和幫助。

還有遠東國際關係史一書，其中關於美國侵華部分，是他自己寫的。

今天葉菲莫夫同志，親自到我們學校，給我們作關於『中蘇友誼發展』的報告，對我們將有更深刻的啓發，對鞏固和發展中蘇兩國人民的友誼上，會使我們受到更大的教育！

現在我們熱烈的歡迎葉菲莫夫同志給我們報告！

（大禮堂總結）

同志們：

剛才葉菲莫夫同志給我們講『中蘇友誼發展史』，内容非常豐富，更證明了中蘇兩國偉大的友誼是有充分的歷史基礎的，這種歷史，現在正在更友好的氣氛中進行着，并且是飛躍的發展着，這種中蘇友誼的發展，是任何力量所不能阻礙的！

我們聽了葉菲莫夫同志的報告，收獲是很大的，我們應該向葉菲莫夫同志致以熱烈的衷心的感謝。

同時，要向葉菲莫夫同志所代表的蘇聯人民，和他的領導者斯大林大元帥致最崇高的敬禮！

關於葉菲莫夫同志另外有一件事情，我要向大家報告，就是：大家很熟悉的蘇聯送回北京圖書館的中國明朝的永樂大典十一本。這些書，是世界上獨一無二的書，那是列寧格勒大學東方學研究所的書，是葉菲莫夫同志提出來請蘇聯政府送回中國的。

這就是高度國際主義精神的表現！這是中蘇友誼的具體行動！我應該借這個機會報

告給大家的。

最後，我再一次代表全校同仁同學感謝葉菲莫夫同志給我們做的報告！

現在讓我們歡呼：

中蘇兩國友誼萬歲！

中國人民的領袖毛澤東主席萬歲！

全世界勞動人民的領袖和導師斯大林大元帥萬歲！

〔一九五二年十一月九日〕

評議工資職工大會上動員報告

同志們：

今天我們召開這個全體職員工警大會，是爲報告關於評議工資，也就是調整薪金的問題。今天在南北兩校分別舉行。

關於調整薪金的問題，大家已經聽説很久了，都很惦着這件事情。現在我們的評議薪金的工作就要開始了，在十月底的時候，由校行政負責人及黨、團、民主黨派和工會代表組成評議工資委員會，委員會下設秘書處，又分設教員、職員、工警三個工作組來負責具體工作。今天我們開會以後，職員工警的評議工資的工作，就要開始了。教員們因爲要進行『中蘇友好月』座談會等等，這幾天工作很忙，我們職員工警先開始進行，教員後一步跟着就作。

今天我想和大家談幾個問題：

一、談一談調整工資的意義

我們調整工資，首先要瞭解，是根據我們國家全國的情況，是我們國家經濟已經根本好轉提出的。我們的準備工作現在已基本完成，還有一個半月，就要進入大規模的有計劃的建設。

在建設開展中，培養幹部是一個極重要的問題，一定要大量的培養各種幹部，培養大批的科學技術人才，有了大批幹部，才能保證實現各項建設任務，沒有幹部，就談不到大規模的建設，這是建設的重要關鍵。

在學校來説，主要就是培養幹部來供應給各部門，所以學校裏所有的工作人員，一定要進一步發揚教、職、工、警的工作積極性，來更好的完成在國家建設中，祖國交給我們的任務。

發揚工作積極性主要是加强政治思想教育，加强馬克思列寧主義的學習，展開批評與自我批評，進行自我教育和自我改造工作；另一方面，我們在工資上也應該加以適當的調整，適當的改善教職員工的待遇，這是十分必要的。

現在全國經濟已根本好轉，適當的調整工資，改善生活，我們已有條件。在這種情況之下,我們已得到教育部的指示,來進行調整工資的工作。

調整工資的意義一方面是增加工資,適當的改善生活。目前國家經濟才好轉,全國就進行工資的合理調整,將來我們的條件越來越提高,大家的生活就會越來越提高,這是不成問題的。但在目前的情況,要求我們的工資特别提高,生活特别的改善,也是不符合目前實際情況的。

但就一般來説,絶大多數人的工資都是增加了。尤其是以前薪金過低的同志們。經過這次調整以後,全國高等學校教職員工的工資,總平均由二百六十三分增到三百一十二分。其中教授、副教授平均工資到六百〇五分;講師助教平均工資到三百三十八分;職員平均工資到二百八十七分;工警平均工資到一百七十九分。各種職别的總平均數都增加了。

現在我們學校教職工警的總平均工資數是二百四十八分,調整以後,總平均可以增加六十四分。

這次調整工資的意義,另一方面是要『適當的解決不合理的現象』。是『適當的』解決,不是『根本』解決。

我們舊的薪資制度,是很不合理的,由於過去學校由反動統治和帝國主義分子的控制，工資存在着很多不合理的現象。

雖然解放後，經過四九年的工資評議，但是限於當時的幹部條件，評議時，主要是以資歷爲主，主要是拿資歷作標準來評定的。這樣就限制了我們考慮到工作能力很强，政治理論水平較高，而年輕的，後起的，或資歷較差的同志，所以很多不合理的現象，在那一次并沒有得到解決。

這次我們經過幾次的大運動，大家認識都已提高，條件已經比四九年好得多，所以在這次工作裏，可以適當的解決從前不合理的現象。

但是必需注意到，評議調整以後，全校教職工警平均工資是增加了，不過，并不是『平均的增加』，并不是把平均增加的總數，在全校中『平均分配』，不是每一個人平均都加了多少分，不是不分教授、講助、職員、工警一律都加了固定的分數。

因爲『平均增加』，是平均主義的思想，這樣辦法是不合乎這次評議薪金原則的，而且不能適當解決不合理的現象。這一定是要大家特別注意的。

調整工資的主要意義，就是爲適當的增加工資，改善生活，并且適當的解決不合理現象。

大家還必需認清，這次調整工作，是與國家財政經濟好轉分不開的，是和國家各個戰綫上取得偉大勝利分不開的。也就是國家財政經濟好轉，已經到了我們自己的身上了。國家經濟好轉，各個戰綫上取得勝利，我們自己的生活也就跟着提高，將來經濟情况繼續好轉，全國建設上再取得進一步的勝利，我們的生活就會繼續提高。祖國的一切，是和我們每一個人都不可分的，個人利益是和國家的利益分不開的。有了國家利益才能有個人利益，國家有前途，個人才有前途。

因此，我們得到這次調整工資以後，生活上有所改善，就更應當發揮積極性，把工作作得更好，争取國家經濟更好轉。

我們的目的，就是要把國家建設得更好，要學習蘇聯，走蘇聯的道路，建設社會主義共産主義社會，争取我們無限美好的生活。今天國家剛剛開始要大規模的建設，我們就直接得到生活的改善，明年建設要開始，就靠我們全國每一個人加緊努力，在我們學校裏，就要積極的提高工作效力，來迎接文化建設的高潮。這就是國家建設得越好，我們的生活就越好，誰在建設中出力多，誰就會得到黨和政府更大的關懷。

在這次調整工作中，我們應當這樣體會，在這工作本身上，就可以看出國家的前途和自己的前途。

二、調整工資的原則和標準

我們這次是根據『按勞取酬，交叉累進』工資制的原則，進行評定。『按勞取酬』就是按着自己對革命工作的貢獻來取得報酬。不過『按勞取酬』的原則，是我們今後的方向。但是在目前，要求完全『按勞取酬』，還是有困難的，甚至於是不可能的。

因爲在目前，我們高等學校裏還剛剛是改革階段，還不具備實行完全『按勞取酬』的條件，比如：人事任用的制度，工作檢查制度，考勤考績制度等等，還極不完備，或者是根本還沒有着手建立。

也就是因爲這個原故，所以現在是用『交叉累進』工資制的原則，以『按勞取酬』爲方向，用『交叉累進』工資制，來適當的解決不合理的現象。

例如：辦事員可以和科員交叉，科員可以和科長交叉，辦事員的最高薪可以高於科員的最低薪，科員的最高薪可以高於科長的最低薪。這樣就可以減少不合理的現象。如果有的科員不很稱職，可以給他科員最低薪，而另一個辦事員，各方面都很强，可以拿辦事員最高薪，辦事員有的人可以比科員的薪金高。又如我們用革命辦法，大力提拔了一些年輕幹部,工農幹部,他的職務比從前高了,比如他升到科長級,但有些多年的科員,工作也不錯,這個科員的薪金也可以比新提升的科長高。

關於評議工資的標準問題:現在我們選擇幹部的唯一標準,就是『德才兼備』的標準,『德』是一個幹部的政治品質,『才』就是一個幹部擔負某種業務工作的能力。德和才兩者必需結合,不能够孤立的分開看。選擇幹部只能用『德才兼備』的標準,如果不用這種標準,而用其他别的標準,來選擇幹部,都是不正確的。這是中央人事部的指示。

這一次中央教育部規定調整工資的標準,也是『以德、才爲主,適當的照顧其資歷』,不能以資歷爲『主要標準』。

比較具體的標準,在職工方面:

『德』的方面:包括他的工作態度和效果,包括他的團結互助、開展批評與自我批評及學習業務、學習政治如何等等。

『才』的方面:包括工作能力和業務水平。

『資』的方面:是指他的學歷,和作事的年資,反動的資歷不能計在内。

但是這樣的標準,還是原則性的。如果一定要很具體的,要求『德』、『才』各到什麽程度,應當得到何種工資,想要一個很具體、很精確的標準,在現在的條件下,是有困難的。

所以我們這次只能作到大體合理，還不能作到完全合理。爲什麽呢？主要的原因，剛才已經説過：我們學校行政上剛剛在改革，還没來得及搞出一套極嚴密的工作制度，工作檢查、人事任用、考勤、奬懲等等制度都還没有建立起來。因此，很難得確實的標準，當然也能比個上下高低，但是認真起來説，就很難。因爲認真講，德、才都不能拿斤兩來稱，不能嚴格的劃分，所以只能作到大體不差。要求達到大體合理，要求做到比以前合理。

這次我們的具體辦法是：

（1）在院系調整裏，結合着建立組織，及調出調入的工作，解決了應升級的問題。這次評議工資，就是按照各科各部分幹部的職别，在教育部規定的各種職别工資内，來進行評議的。

比如：秘書、科長、副科長，就在二百八十五分到四〇〇分之間，六種工資裏，來進行評議；科員就在二百四十五分到三百二十五分之間，五種工資裏進行評議；實習工廠技工，就在一百五十分到三百〇五分，十種工資裏，進行評議。其他如辦事員、助理員、書記、練習生、熟練工、工警等都是如此，都在他各該職别工資以内，來評議。

（2）以往工資低於現在標準的，應當增加就增加，不能因爲舊的所謂『年資』、『學歷』、『資格』等等限制，而使不合理的現象繼續存在。

（3）有些人，以往工資較高，已經合於現在工資的標準，這次就不再增加。

（4）還有個别的人，以往工資比現在工資標準還高的，這次評議，當然不能增加，但是也不予以降低，仍舊按他原來的工資不動。

（5）凡是這次增加工資的人，一定要按着教育部所規定的三十三種工資裏面的一種來決定，不能够另外定工資的種類。比如二百四十五分和二百六十五分之間，就不能够另外設立二百三十分或二百三十五分。但是剛才所説的，那些過去工資，比現在的標準高的，這次評議應該是不再增加也不予以降低的人，原來工資是多少就仍舊是多少，也不必按部裏規定的工資種類給改正。比如原來工資是一百九十分，教育部規定的工資種類，没有一百九十分，而評議後他應當是不動，那就仍給他一百九十分，也不必改爲一百九十五，或改爲一百八十分。

（6）不論是教、職、工、警，因爲工作上有特殊成就，或是有發明，他的待遇可以斟酌情况提高，以資鼓勵，評定工資的時候，就不應當受教育部所定的標準限制。

因爲我們今後就要開始建設，在建設的時期，主要就是保守的思想和先進的思想之間的矛盾，我們要表揚先進的，樹立起旗幟。

所以工作裏表現好的，或有所發明，雖然他還不成熟，但是也要着重表揚。有個具體的例子，比如我們學校圖書館的助理員曹先聲，原來圖書館抄卡片，都是用手一個一個的抄寫，我們圖書館的書，常常是同樣的書有五六本，甚至於十幾本，用手抄起來，就要抄寫幾次，或十幾次。他就鑽研，想出辦法來節省人力，他發明的用油印卡片，但是卡片的硬紙，用油墨印上，一擦字就掉下去，他又想出辦法，配合油墨，雖然有困難，但是結果試驗成功了，他用一個很簡單的橡皮刷子，油印卡片。現在我們初步估計，每月可以節省一個人力，可以省一百多萬。像這樣的鑽研改善，這種精神，是應當表揚的。

像這樣的情況，我們可以不受原級標準的限制，可以突出。如果有別人有所創造及發明的，也可以照此辦理。

三、對於這次評議薪金工作應當采取的態度

現在的情況是：有一部分職工同志，過去工資比較高，現有的工資，已經超過現在的標準，這次不可能再加。

但是很多人早就講要調整，要增薪，對這次評議，抱的希望很大，目標很高。有人早就計劃好，增薪之後，要買些什麼，但是實際上，這次不能加。也有的人估計過高，以爲這次一定可以增加多少多少，而實際上加的并不多，滿足不了希望，沒有達到目的，就會打擊了

情緒。

但是這次不增加的,或是增加比較少的,是不是就應當鬧情緒呢?這問題不應當静止的看,要從發展上看,今年國家經濟才好轉,就調整工資,將來進入建設階段,每年更會逐步提高,今年不能增加,明年後年總可以增加。不會因爲五二年不增加,因此五三年就不增加。將來如果工作上有成績,很可能比別人增的更多呢。

我們也不應從局部看,要從全面來看。現在全國各機關、各學校的生活水平都是如此,我們如果因爲以前工資較高,現在還要求仍舊比別的地方高,或要求仍舊比別人高,這是不恰當的,也是不應該的。

增也好,不增也好,這不是一兩個人的事情,這是關係大家的事情,我們個人雖然這一次不增或者增的少,但是經過這次調整,全國的高等學校裏,所有的工作人員的薪金,都得到比以前合理的調整,這是一件大事,是我們應當高興的事情。而我們自己不增或是少增,也不是故意把我們的薪金下降,而是使以前不合於標準的,經過調整後,都能够比較合於標準,這就是我們國家日益走上正規化,經濟發展的具體事實,就是教育建設重要的一部分,這一點,是要請大家特別注意的。

但是,我們瞭解,確實有很多職工同志們,家庭的擔負很重,人口特別多,孩子多,生活實在是有困難。爲了解决家屬的特別困難，或者是有特殊事故，如家屬有疾病，或生育費發生困難等等，我們另外有『家屬補助費』，可以説明理由，申請『家屬補助費』，但是不得以家庭困難作爲這次增加工資的理由。

關於申請『家屬補助費』的人，在這次調整工資時，可以提出，我們馬上就要建立評議『家屬補助費』的委員會，在調整工資的工作結束後，就要進行。

有些同志提出，我的薪水不加，學校應該給我房子住，或者認爲現在没有住宿舍的人，就應該增加薪水，這也是不對的。我們評議薪金惟一的標準就是以德才爲主，没有房住，也不能作爲增薪的理由。但是宿舍的問題，也是一個大問題，學校裏是在關心着同人的房子問題，現在已經由行政及工會代表組成了『宿舍調配委員會』，正在研究。

生活和房子問題，都不是不重要，也不是不管，但是這兩個問題與調整工資要另案辦理。

我們大家對於這次評議工資，應當有一個正確的態度，應當采取嚴肅的、認真的，對這工作負責的態度，不可以毫不在乎，但是也不要斤斤計較。

因爲這個工作是群衆性的工作，是群衆切身福利的問題，不是自己個人的問題。你儘管自己對於自己的薪金不注意，不在乎，但是這是大家的事情，不能因爲自己不在乎自己工資的多少，就因此也不認真負責去考慮别人的工資，如果這樣，就是對大家不負責任。當然，對自己的工資多少有意見，也同樣可以提出，所以要求大家無論是對旁人，或是對自己的工資，都要充分發表意見，我們大家共同把這次工作作好，不可以滿不在乎，漠不關心。

在討論的時候，要認真反復的討論，有意見就説，不同意某人拿多少分，就提出，自己認爲誰高了、誰低了，不要不好意思説，也不要只説某人應該增加，至於某人薪水應該再低下一些，就不好意思説，一定要實事求是，嚴肅負責。

也不要只斤斤計較自己的分數多少，希望大家對自己的要求要嚴格些，要更關心别人。固然國家經濟根本好轉，我們生活就可以隨之改善，但是對我們自己來説，我們作一個國家的革命幹部，所注意的，應當是如何把工作做得更好，如何能給我們國家更多做點事情，給人民事業多有一些貢獻。所關心的是怎樣才能把自己潛在能力發揮得更多，怎樣才能把我們國家建設得更好。這才是作爲一個工作幹部所應當采取的態度。至於自己的工資，你對國家有貢獻，政府自然會有一定的報酬，不是我們自己所應當斤斤計較的。同時對自己要求嚴格，更多的關心别人，這也是我們『德』的表現。

所以，我希望大家在討論時，可以盡量提出意見，但是在評議工資委員會最後决定和教育部批準以後，就要欣然接受，因爲評議以後，僅因此鬧起情緒，就會影響到今後的工作，阻礙我們今後工作的進展，這樣就失去我們調整工資的意義。

最後，我懇切的希望大家，通過這次工資調整後，更團結，更友愛，更能發揮工作熱情。同時大家在經過三反，經過忠誠老實運動的勝利後，政治覺悟都已大大提高，我相信大家一定能够做到。這次也就等於三反和忠誠老實的一次考驗，看大家究竟可以考得如何，我相信大家都會考得很好，今後能够在各種工作上更積極、更熱情，來共同建設我們的新國家。在教育建設事業上，每一個人都能發揮更大力量，有更多的貢獻！

〔一九五二年十一月十五日在南北兩校分别報告〕

北校職工業餘學校開學典禮上講話

同志們：

經過很多時間的籌備，我們北校的職工業餘學校今天開學了。這不僅是我們工人同志們應當高興，應當重視的事情，而且是我們學校裹所有的人，都值得慶幸的事情。因爲職工業餘學校，是我們工人同志們學習文化，提高文化的學校，工人階級提高文化，本身就説明了革命的成功，就説明今天我們國家社會制度的進步性和優越性。

在過去反動統治時期，工人同志們吃不飽穿不暖，在經濟上受剥削，在政治上受壓迫，在文化上更没有份。反動統治階級不願我們有文化，不願我們念書，不願我們上學。根本勞動人民就没有受教育的機會。你越没有文化，他們越高興，因爲反動統治階級希望我們愚昧，希望我們没有文化，爲的是更便於他們的統治，讓我們永遠過牛馬的生活。

解放以後，毛主席領導我們勞動人民翻身了，我們不但在政治上、在經濟上得到翻身，而且使我們每一個工人同志們都得到受教育的機會，文化上也得到澈底翻身。

現在是勞動人民的天下了，從前人人看不起的工人，今天當家作了主人，我們也可以管理國家大事了，政府裏有我們的代表，我們學校工人同志們就選了我們自己的代表出席北京市各界人民代表會議，像上一屆的李成森同志，這一屆的李文明同志，都是代表我們去出席的，我們有什麼意見，他們都可以給我們提出來，誰也不能再壓迫我們，在政治上是澈底翻身了。

在生活上，大家更是體會得深刻，過去終日勞動，得不到合理的報酬，生活上毫無保障，不定那天就會被人解聘，從來没有人注意過我們的生活。今天首先我們的工作固定了，大家都知道，我們再也不會有失業的威脅，生活得到了保障，而且我們有合作社可以買到低於市價的東西；有公費醫療，生病也可以得到免費的醫治。現在進行的調整工資，使我們勞動的結果，得到合理的報酬，而且生活上也得到適當的改善。如果家庭確實有困難，將來還可以得到『家屬補助費』，而且國家經濟一年比一年好轉，我們的生活將來一定是一年比一年提高。

以上種種情況，大家都早已明白，明白今天的政府是我們人民的政府，今天的學校是人民自己的學校。在學校裏工作，是爲人民服務，而且也是爲自己服務。過去人家發號施令，我們是被統治者，今天我們是主人了，我們工作是以主人翁的身份去作。今天我們的身份改變了，不管是作什麼，今天都是國家的工作人員，因此大家的工作熱情都很高，都有很多貢獻。

就拿院系調整的工作來説，工人同志們都忘我的工作，在整個調整工作裏，工人們的積極努力，是我們學校院系調整的全部工作突出的表現，不但工作效力上有很大的提高，而且爲國家節省不少財産，這些都是應予以表揚，而且是應當大家繼續鞏固的。

今天學校準備了一點獎金，發給這次在調整工作裏有特殊成績的同志們，我們準備獎給工廠的技工同志們每人物質獎二十萬元，其中王德江同志，領導計劃，爲學校節省很大開支，得『個人獎』五十萬元。普通工服務隊，每人十萬元，另外我們全體工人同志都是積極熱情，工作上都有表現，也很難分别上下，因此我們準備全體工人有一個『集體獎』，南北二校共一百五十萬元。因爲目前工人們最大的最切身的福利，就是學習文化，提高文化，所以想把這筆獎金全部撥給我們的『工人業餘學校』，購買文具書籍，使每個人都能得到。

我們的物理系工廠，所有的工作人員都有很高的工作熱情，不過在三反後，我們遵照政務院統一處理機關生産的决定，調到輕工業部，後來因爲我們學校同學實習需要，又請教育部將物理工廠調回學校。在院系調整時他們没有在學校，所以未得參加，回來以後，他們積極生産，訂出五三年一年的生産計劃，保證在生産戰綫上立功，積極創造國家財富。他們的服務精神，也是我們這裏值得特别提出的。

我們的物質獎勵，數目雖然不多，但是我們不在東西的多少，這少少的一點獎金，是代表人民、代表政府給大家的榮譽，是無限光榮的。

得到獎勵的人，今後要在工作上更提高、更努力，保持今天的榮譽，這次没有得到個人獎的同志們，也要朝着這個方向走，争取在今後的工作上立功，争取作個模範。今後誰爲人民服務多，誰就會得到人民的獎勵。

另外我想再和大家談一談學習文化的問題。同志們由於政治上得到解放，由於覺悟提高，所以工作熱情很高，工作都有所表現，但是我們不能永遠停留在現在的程度，一定要不斷的再努力再提高。

目前我們國家馬上就要展開大規模的經濟建設，需要大量的有文化有科學技術的人才。如果工農的文化不能迅速提高，對於進行經濟建設就會有很大的困難。所以工人同志們要參加國家建設，就必須學習文化，學習科學知識。還有一些人是文盲或半文盲，爲了提高政治水平和工作能力，也必須學習文化。

工人同志們如果掌握了文化知識，工作就容易提高，而且提高文化就可以進一步鞏固和保衛自己的翻身。

政治覺悟提高，工作能力提高，領導上就會把更重要的工作交給你，你自己也可以給國家更多作一些工作。

就是因爲大家都明瞭這一點,所以大家現在都迫切的要求學習文化。以前我們工人的學習是有成績的,又因爲我們推行了速成識字法,很多人以前不認識字的,現在認識字了,以前只認識一百多字的,現在認識一二千字了。以前連同學的名字也認不清,工作上有很大困難,今天有些同志已經能看布告,看報紙,頭腦裏也清楚了,眼界也放大了,知道了多少新鮮的事情,提高了自己的文化生活。

以前有些文化基礎的,現在更有機會提高。這次院系調整裏我校在工人中提升了一批職員,當然提升的原因很多,是從全面來考慮的,他的政治覺悟,工作態度,工作能力等等,都要考慮,但是文化程度也是我們考慮時的條件之一,就是説,文化程度雖然不是主要的條件,但是也是條件之一。

解放以前,人人都看不起我們工人,説我們笨,説我們愚蠢,説我們是老粗,今天事實證明我們工人并不笨,并不是愚蠢,是因爲我們過去受壓迫,根本没有機會學習,今天有了機會學習,進步得都非常快,大家學習上都有很大成績。

今天工人業餘學校開學了,這是一個新的學習的開始,大家在『工作』上都有表現,希望今後不但在工作上更積極,而且希望大家在『學習』上也打勝仗。

今天我們北校，由於教育系搬到南校了，過去有教育系先生同學們幫助我們，現在業餘學校的教員，主要是由職員工友同志們負擔，負責教學的同志們都工作很忙，但是爲了工人們的學習，他們都不辭艱苦，抽出時間來幫助大家學習，服務精神都是可佩服的，我們應當感謝他們。

比如，生物系的職員陳玉璇先生，家裏有小孩子，學校裏工作也很重，但是他克服了種種困難，願意來擔任業餘學校的語文課程，這種精神，是值得我們效法的。

最後，我希望所有教學的同志，和參加學習的同志，共同努力，爲了推動國家的建設，爲了更好的完成新師大的教學任務，要進一步的努力，在工人同志們文化大進軍上，獲得輝煌燦爛的戰果！

（一九五二年十一月二十二日）

評議委員會上講話

工作日程:

十一月二十六日(星期三)晚七時半評議工資委員會擴大會議

二十七日(星期四)晚由丁教務長召集黨、團、民主黨派小組長以上同志座談會

二十八日(星期五)動員報告會

南校——三時半

北校——五時

二十九日(星期六)下午各小組討論調整工資的精神,并討論名單

晚,搜集各組情况

三十日(星期日)將情况向校長彙報

如無問題,下星期內召開一次評議工資委員會通過名單後,呈教育部

評議委員會擴大會議程序及内容

一、教員薪金名單教育部已發回，馬上就要在群衆中討論，今晚會議是評議工資委員會擴大會議，有評議工資委員會委員出席，并有教員工作組參加。

會上先由校長報告此次教員評薪的精神及作法步驟。

然後討論這樣作法和步驟有無意見。

通過後即按步驟進行。

（教員問題談完，工作組同志可以退席）

二、職工薪金名單交群衆討論後，今天由議委會通過，通過後即報部，俟部中批準，則可按新標準補發工資。

（1）職員工作，一直是張總務長領導進行，請張報告群衆討論經過。

（2）請任理民同志報告工警討論經過。

（3）大家還有何意見？

今晚是評議工資委員會擴大會議，除評議委員出席外，并有教員工作組同志參加。

我們的評委會,最近幾天没有開會,但是評議工資的工作,并没有停頓。

現在職員工警的名單,已交群衆討論,經過情形很好,群衆也提出一些意見,由職員工作組研究後,按原來的名單上,有些變動,等一下由張總務長和任理民同志報告一下討論的經過,新名單在今晚評議委員會上通過後,即可報教育部。

教員的薪金,自前次評委會通過後,即送教育部,昨天部中已經交回,基本上同意我們的意見,今天評委會開會後,即可在群衆中去作了。(現在只是評委會委員、工作組、及核心小組的同志知道,群衆還不知道。)

職員工警這次討論比較時間長,來往反復的討論,并且結合評議工資展開了批評與自我批評,有的組開會達二十小時之久。

我們教員,就不能這樣作了,因爲教員與職工的情况和條件不同,現在教學工作都很忙,工作很緊張,不能爲評薪工作占去教員們很多時間。如果用幾個下午去討論工資,就會連『備課』的時間都没有了,所以我們考慮了一下,準備教員作得時間短一些,大家討論一次或二次,不費很多時間。

不費很多時間,也并不是説對教員的薪金就不重視,馬馬虎虎討論一下就算了。而恰恰是相反,對於教員的薪金是特别仔細考慮的。

教員的薪金在上次評委會通過以後，即送教育部，部裏遲遲没有發回給我們，就是因爲部裏把北京各大學的教師，整個的排在一起，再三仔細的研究、考慮，看看各校評定得如何，希望各校教授們評定的工資趨於平衡，希望學校與學校之間盡量作到不相上下。

大家對於學校與學校之間工資的多少是很注意的。同一系的教授，師大的和北大的就要比一比。當然校際之間的平衡不是不應當注意，但是，領導上、教育部早就很注意這個問題，所以各學校各自評完後，都彙交教育部，把各校都排在一起來研究。就是要整個看一看，是不是各校間大體都能平衡。

這次教員做的時候，特别要要求群衆人人都不要斤斤計較，一方面是不要只注意自己的分數，把自己和校内别位先生比，不是説不應當比，而是説不要只覺得自己分數少，爲了想拉高自己的分數，就硬以某一方面去和另外一人的某一方面去相比，認爲從某一點來説，我應當比那人如何如何。還是應當整個的、全面的去看。而且德才的標準也并不能很具體、很精確的去比較，德和才也不能用秤去稱，也不能用尺去量，很難評得一絲一毫不差。

另外也希望不要只注意校與校之間的相比。剛才已説過這次領導上，教育部都是很注意這個問題，研究了好些天，也就是希望各校盡量作到平衡，既然領導上已替我們注意，已給我們掌握了這一點,因此也希望大家自己就不必再計較。

而且校際之間,各校具體情况也各有不同,各校的條件不同,歷史基礎也不同,所以如何要求校與校之間的教授們,真是作到完全斤兩不差,完全絶對的精確,就是很難的事情。

有人以前總認爲我們師大不如别人,不如北大、清華,認爲他們平均分數高,他們的教授就高我們一頭,這樣的看法還是舊的看法,因爲分數的高低,不能是德才的絶對標準。

而且如果真是和别校去比,拿人民大學來説,教授在六級的就只有一個人,(他們的教務長李新同志是參加革命多年的,這次才評到第八級),如果要和别校相比,我們和人大一比,就覺得我們評得不低。

所以要和别校相比的,主要是看見别人分數高,别人如果低,大家也就不比了。

我們今天的會,請工作組的同志參加,也是爲此,希望諸位同志在進行的時候,把這精神貫澈到組中去,諸位都是這次工作裏的領導骨幹,希望給群衆解釋清楚,不要斤斤計較。要求達到不費很多時間,而且作到不出問題。

根據這種精神,我們今天初步擬定了一個工作步驟,準備:今晚評委會後,在二十八日星期五下午兩校分别動員,召開全體教員大會。

星期六下午各組討論,一方面討論一下這次工作進行的精神,并且就準備星期六把教員全體名單發下討論，討論的時候，對某人有意見就提出，不必每一個人都挨着次序討論。群衆提出意見，由工作組再研究後，再開一次評議委員會，通過就可以報部了。

今天大家看看這樣作，是否合適，請大家發表意見。

〔一九五二年十一月二十六日晚〕

評議工資教員動員會上講話

同志們：

今天我們召開這個全體教師大會，是爲了報告關於評議工資，調整薪金的問題。今天的會是在南北兩校分别舉行。

關於調整薪金的問題，大家已經聽説很久了，我今天先把我們工作的進行情况和步驟簡單的和大家報告一下：

（一）談一談我校調整工資工作進行情况和步驟：

最初，關於調整全國各級各類學校教職工警的工資的指示，我們是在九月初得到的，但是那時因爲京津各高等學校院系調整工作都正在進行，各校的行政機構還没有建立，正在忙着建校和籌備開學的工作，因此各高等學校都没有條件進行調整工資的工作。

到十月下旬，各校已籌備就緒，陸續開學，於是教育部召集各校負責人開了一次會，布置了京津各高等學校的調整工資工作。

我們學校就在十月二十八日遵照教育部指示的精神，由學校行政、工會、黨、團、及民主黨派的代表共十七人，組成『評議工資委員會』。在委員會下設秘書處，負責具體工作，下面又分教員、職員、工警三個工作組，工作組的人選都是各單位的行政負責人，如教員工作組就是各系的系主任，職員工作組就是就是各科科長。

在工作進行時，是按系來分組，每一系是一組，各系因人數的多少，由三人至八人組成核心小組，核心小組組長，就是各系系主任，各系主任也就是評委會下面的工作組。這就是我們組織的機構系統。

因爲這次各級學校的調整工資，是在『三反』運動勝利基礎上進行的，因此采取領導與群衆相結合的評議方式，就是：由領導提出標準與範例，提出全校每一個人工資的初步意見，交由評委會討論，通過後再交工作組討論，討論後再交核心小組討論，核心小組的意見，再返回工作組、評委會，經過認真的愼重的，按着部中指示的精神，反復研究，反復考慮，這樣定出的工資名單，算是我們學校的初步意見，然後送交教育部審核。

我校自從十月二十八日評委會組成後，就按着這個步驟在進行。是分作教、職、工三組分别進行的，全校的工資初步意見，已經在十一月中旬送到教育部，因爲職員工警的工資比較簡單，部裏核定一下工資平均數，當即發下。於是我們就在職工群衆中先動員，動員以後，就把部裏發回的名單交群衆討論，討論了很多天，并且是結合着批評與自我批評進行的,因此收獲很大,通過這次工作,在職工中真正達到了進一步的團結,友愛,工作進行得很好。截至現在爲止,職工的調整工資工作算已經基本結束。

關於我們教員同志的調整工資工作,前一階段,也是和職員工警同時開始,作法也是與他們相同。也是反復磋商研究提出我校全體教員工資的初步意見。與職員工警的初步意見同時送到教育部,但是職員工警的不久就發回,所以他們已先在群衆中討論完了。教員的直到前天才發回來,所以我們教員的調整工資的工作,到今天才和大家見面。

不過我們教員,就不能像職工那樣進行了。因爲大家教學工作很忙,積極性很高,時間實在是感覺到不够用,如果用幾個下午或晚上的時間來討論評薪工作,就會連『備課』的時間都給占去了,所以如果化去時間很多,與所得的成果相比,是很不相稱的。部裏也很關心這個問題,因此我們準備就不費很多時間。

不費很多時間,并不是説教員就不應當注意工資問題,也不是領導上對教員工資不重視,不但不是不重視,而且是非常重視,對於教員的薪金是仔細考慮的。

自從前次,經過評委會工作組等提出初步意見送教育部以後,部裏所以這些時候才發還我們,就是因爲過去各高等學校教師們的工資標準不一致,存在很多不合理的現象,各校很不平衡。所以這次部裏把京津各高等學校的教師,整個的都排一排隊,再三仔細的考慮研究,看看各校評定得如何,希望各校教授們的工資能够趨於平衡,要作到學校與學校之間盡量作到不相上下。

各個學校都是人民的大學,評定的標準是一致的,不能説這個學校的教授就比其他學校的教授高一頭,因此工資的評定盡量拉到平衡。

這是我所講的第一點,我校調整工資工作進行的情况和步驟。

第二,我要談一談調整工資的意義:

我們國家的準備工作現在已基本完成,還有一個月的時間,就要進入大規模的建設。而有計劃的發展教育事業,及時的供應各項建設事業所必需的高級、中級幹部和科學技術人才,則是保證實現各項建設任務的關鍵之一。

三年以來,政府爲了恢復和發展教育事業,對於學校教職工警的待遇,已經進行了初步的調整和改善。但是爲了進一步發揚教職員工的工作積極性,改進教學的質量,主要的當然是加强思想教育,加强政治學習,進行自我教育和自我改造工作,但是在我們的工資上,加以適當的調整,適當的改善教職員工的待遇,也是十分必要的。

所以這次評議工資,一方面是爲了增加工資,適當的改善生活,另一方面也是爲了適當的解决以往不合理的現象。

目前國家經濟才好轉，全國就進行工資的合理調整，將來我們的條件越來越好，大家的生活也就會越來越提高。

經過這次調整之後，絕大多數的人，工資都增加了，全國高等學校教職員工的工資，總平均由二百六十三分增到三百一十二分。其中教授、副教授平均工資增到六百〇五分；講師助教平均工資增到三百三十八分。

另外，是通過這次調整，要『適當』的解决不合理現象。是適當的解决，不是『根本』解决。

我們舊有的薪資制度，是很不合理的，由於過去學校由反動統治和帝國主義分子的控制，工資存在着很多不合理的現象。

解放後，雖然經過四九年的工資評議，但是限於當時的幹部條件，評議的時候，主要是以『資歷』爲主進行的。

有的人服務年限很長，資格很老，因此就增加了分數，而有些年輕的，工作能力很强，就受了『年資』的限制。有的人著作很多，也是增薪的條件，不管他的著作内容如何，甚至有包括着反動的，反而因此多拿了人民的小米，這也是很不合理的現象。

不合理的現象，這一次要適當的得到解决。

另外，我們還必需認清，這次調整工作，是與我們國家進展的情況分不開的，是和我們國家財政經濟根本好轉分不開的，而且是和祖國各個戰綫上取得偉大的勝利也是分不開的。沒有各方面取得的勝利，今天我們就根本談不到調整工資。

在我校職工同志們進行調整工作時，有一位技工同志說：『如果我家裏有人在抗美援朝前綫，在朝鮮戰場上的話，我就會更體會到今天的調整工資，真是前綫的戰士們出生入死給我們挣來的。我這次個人加的分數雖然不多，但是它的意義是非常重大的。』我聽到這位技工同志的話，得到很大的啓發，他説的一點也不錯，我們個人和祖國的一切，都是不可分的，是血肉相連的。

國家經濟好轉，我們自己身上就得到實惠，各個戰綫上勝利，就使得我們生活能適當提高。將來經濟情況繼續好轉，全國建設事業上再取得進一步的勝利，我們的生活就會繼續改善。

所以調整工資的目的，是爲了適當的改善生活，生活得到改善，我們給國家的工作，作得就會更好，國家建設得越好，我們的生活，就更會提高，生活提高，爲了争取國家經濟的更好轉，目的就是爲了更有效的工作。所以我們調整工資也就是爲了教育建設，這個工作也就是教育建設的一部分。

因此調整工資并不是簡單的某人加多少分的問題，而是包含着重要政治意義的。

這是我所講的調整工資的意義。

第三點，調整工資的原則和標準：

我們這次是根據『按勞取酬，交叉累進』工資制的原則，進行評定的。

『按勞取酬』就是按着自己對革命工作的貢獻來取得報酬，不過，『按勞取酬』的原則，是我們今後争取的方向。但是在目前，如果要求完全作到『按勞取酬』，還是有困難的，甚至於是不可能的。

因爲在目前，我們高等學校裏還剛剛是改革階段，還不具備實行完全『按勞取酬』的條件，比如：人事任用制度，工作檢查制度，考勤考績制度等等，還極不完備，或者是還没有着手建立。

也就是因爲這個原故，所以現在是用『交叉累進』工資制的原則，以『按勞取酬』爲方向，來適當的解決不合理的現象。

比如講師的工資是和副教授交叉，助教是和講師交叉，講師的最高薪可以高於副教授的最低薪，助教的最高薪也可以高於講師的最低薪。這樣就可以減少不合理的現象。

如果有的副教授不很稱職，可以讓他拿副教授的最低薪，而另一個講師，教學工作很有成績，可以拿講師的最高薪，他的薪水可以比『個別的』副教授薪水還高。

關於評議工資是用什麽標準的問題：現在我們選擇幹部的唯一標準，就是『德才兼備』的標準，『德』就是一個幹部的政治品質，『才』就是一個幹部擔負某種業務工作的能力。德和才兩者必需結合，不可偏廢。離開這種標準的任何其他選擇幹部的標準，都是不正確的。這是中央人事部的指示。

這次中央教育部所規定評議工資的標準，也是按着這個精神，就是『以德才爲主，適當的照顧其資歷』。不能拿『資歷』作爲主要標準。

比較具體來説：德是看他在教學和工作中立場和觀點；在歷次運動裏的表現；在教學和工作裏是否積極的幫助別人，是否能够展開批評與自我批評，教學工作的改進；教學態度和工作態度及其效果；學習業務、學習政治如何等等。

才的標準是看他教學内容，方法及效果；業務基礎，學術造詣，及譯著如何，反動的譯著不能計在内。

但是這樣説，還是比較原則性的。如果一定要求『德』、『才』各到什麽程度，就可以得到何種工資，在目前的條件下，還是有困難的。因爲我們學校行政上剛剛在改革，還没來得及搞出一套很嚴密的工作制度，所以還不能要求有很確實的標準，自然大體上是能比一個上下高低，如果很認真，很精確，就不容易作到。而且認真講，德、才都不能拿秤來稱，也不能用尺來量，不能很嚴格的劃分，所以我們要求做到大體不差，要求能做到比以前合理。

有幾個具體的問題，現在和大家談一談：

（1）這次評議工資，是按照各系教師的職別，在教育部規定的各種職別工資内，來進行評議。

比如：助教就在一百六十五分到二百八十五分八種工資中，進行評議；講師就在二百六十五分到五〇〇分十種工資中，進行評議；副教授、教授也都是如此，都是在他各該職别工資以内來評議。

（2）凡是以往的工資低於現在標準的，按着德、才去考慮，應當增加的就增加，不能因爲舊的所謂『年資』、『學歷』、『資格』等等的限制，而使以往不合理的現象繼續存在。

（3）有些人，以往的工資較高，已經合於現在工資的標準，這次評議，就不再增加。

（4）還有個别的人，以往工資比現在工資標準還高的，這次評議，當然不能增加，但是也不予以降低，仍舊按他原來的工資不動。

就是説應當增加的，就增加，合適的就不動，應當減的也不減。

（5）凡是這次增加工資的人，一定要按着教育部所規定的三十三種工資裏面的一種來决定，不能在所規定的兩種工資級之間，另外定工資的種類。比如四百分和四百二十五分之間，就不能另外設立四百一十分或四百二十分。但是那些過去工資比現在標準高的，這次評議應當是不再增加，也不予以降低的人，原來工資是多少就仍舊是多少，也不必按着部裏規定的工資種類改正。比如原來工資是四百七十分，而部裏規定的工資種類，没有四百七十分，評議後，他應當不動，那就仍給他四百七十分，不必改爲四百五十分或五百分。

我們進行評議時，要注意以上幾個問題。

另外關於參加這次調整工資的範圍：

（1）全校教、職、工、警一律參加調整工資。

（2）管制分子和機關管制人員不列在教職工警人員名額内評議。

（3）調出學習的人員，這次暫不調整。如去人民大學或去外國語專科學校學習的教員，暫不調整。

（4）在今年之内不能開課，也不作其他職務，只是在校内學習的教員，暫不評議。

（5）今年新留校作助教的，教育部規定一個全國統一標準：研究院畢業留作助教者，工資爲一百九十五分；大學畢業留作助教者，工資爲一百八十分；專修班畢業留作助教者，工資爲一百六十五分。這是全國一致的，不論分配到什麽學校都是一樣。但是大學進修班畢業留作助教的不在此限。

（6）新聘的人員，如果是在他校或他機關調來的，原在學校或機關已經評議調整的，我們學校就不再進行評議；原學校、機關對他的工資未進行評議調整的，我們就去他原來服務的學校、機關徵求意見，然後由我校評議。

新聘的人員如果不是在其他機關、學校調來的，就由學校規定一個『數字』發薪，今年暫不評議。

（7）學校裏行政首長，包括校長、副校長、教務長、副教務長、總務長等，統由教育部評定，他們的工資評議，不在我校的評議工資委員會職限之内。

這是我所講調整工資的原則和標準。

第四，對於評議工資工作所應采取的態度：

（1）關於『比高低』的問題——『比』可能有兩方面的比法，一種是與校内的同仁比，一方面是和校外的人比。

在校内來説：不同職别的不能相比，因爲工作崗位職别不同，工作的性質不同，就無法比較。教授、副教授、講師、助教不能互相比擬。同職位的人可以相比，但是要求大家對自己的要求要嚴格些，更多關心些别人。

當然，我們國家的經濟根本好轉，我們的生活也因之可以隨之改善，但是對我們自己來説，我們作爲一個國家的革命幹部，所首先應當注意的，是考慮如何把教學工作做得更好，如何才能給我們國家更多做點事情，如何才能給人民事業多有一些貢獻。所最應該關心的，是怎樣才能把自己潛在的能力發揮得更多，怎樣才能更好的來迎接文化建設高潮，怎樣才能把我們國家建設得更好，争取更快的走向社會主義、走向共産主義社會。這才是作爲一個工作幹部所應當采取的態度。希望我們以愛國主義的精神來對待這次調整工作。

我們與同人之間是要比，不單是比而且是要比賽，我們要比一比工作，要比一比誰工作積極，誰在工作中不斷的提高，不斷的進步。我們要賽跑，但是我們不是向着小米跑，不是向着工資分跑，我們是向着社會主義跑，我們跑得快，工資分的增加，就是必然的結果。

而且我們今天對自己要求嚴格一些，『工作』向上看，『待遇』向下看，要更多的關心别人，這也就是我們『德、才』裏，德的表現。

另外學校與學校之間相比，也是有些人很注意的問題。同一系的教授，師大的要和北大的比一比。當然校與校之間的平衡，不是不應當注意的問題。領導上，教育部、北京市委早就很注意這個問題，就像我前面所説的，我們把初步意見送到教育部後，京津各高等學校也把初步評完意見彙交教育部，部裏所以遲遲才發回給我們，就是在研究這個問題，把各校都排一排隊，排在一起來研究，反復的考慮，就是要整個看一看，要求作到各校之間大體能够平衡。

據我所瞭解的，北大由於他們學校本身的種種條件，最初排得較高，但是經過教育部指出後，在教授級已經按着一定的標準拉下來將近一半人。既然領導上已經替我們注意，已經給我們掌握，因此也希望我們自己就不必斤斤計較了。而且如果真是要和别的學校比，也就不能只和北大比，要和别的學校比一比，拿人民大學來説，教授在七百分的就只有一位先生，他們的教務長是參加革命多年的老幹部，這次才評得六百五十分，如果真要和别校比一比高低，我們和人民大學一比，就覺得我們評得已經不低了。

如果認爲人民大學是新型的學校，我們應當和北大、清華等大學比，那麽，我們爲什麽不和新的比，而一定要和舊的比呢？我們要求的是工作多作，工資拿少一些，是有好處的。

况且我們是以德、才爲標準，而德、才的標準，也并不能很具體、很精確去比較，我剛才也説過，德和才也不能用秤去稱，也不能用尺去量，是很難評得一絲一毫不差的。

這是關於比高低的問題。

（2）現在的情況是：有一部分同志們，包括以往薪金高於現在標準的，這次不動，合於現在標準的也不動。還有一些人，以往略低於現在的標準，所以這次雖然增加了，但增加的不多。

應當注意的，這次不是普遍加薪，而是國家經濟好轉後，適當的修正。以往標準不合理，這次能够比以前合理。

這次没有增加，或增加不多的，要從發展上看，以後我們還要調整，這次没增，争取在下次增，今年不增，我們更要努力，明年或二三年後，我們工作上有成績，有表現，還會多增，所以將來增加不增加的權利在我們自己，不要只顧眼前，要往遠看。

這次不增，是以往制度的不合理，也并不是我們自己的過錯，責任并不在自己，希望我們不要因此灰心，以往責任不在自己，而今後的責任就要自己負了。千萬不可以爲這次没有加，是自己表現不好，因此打擊了情緒，反到減低了工作熱情，因之就影響到將來，這樣是不好的，也是不應該的。

增的少的同志們，以爲增加七八分、十幾分，不解决問題。自己早就聽説薪金要調整，要增薪，對這次評議，抱的希望較大，目標較高，而結果并没有增加多少，因此就大失所望。這樣看，只是事情的一面，增加雖然僅僅是七八分或十幾分，但是這七八分或十幾分不是容易來的，是與我們前方的戰士有關係，是與我們祖國愛國增産的工農勞動人民有關係，這分數是代表着祖國的向上,是代表祖國在各方面的成就,是國家經濟好轉在我們自己身上具體的體驗,錢雖然不多,但是裏面包含的意義是重大的。國家現在經濟才好轉,就給我們增薪,這是代表着祖國與自己的關係,不可以僅僅單純的從幾萬塊錢上去看問題。

而且這次調整工資,不是一兩個人的事情,是關係大衆的事情,我們個人這次不增或少增,我們要認識經過這調整後,全國的高等學校,甚至於是各級學校,所有工作人員的薪金,都得到比以前合理的調整,這是一件極大的事情,是我們應當高興的事情。因爲這就是教育建設事業裏重要的一部分,希望大家特別注意這一點。

但是,我們瞭解,確實有很多先生們,家庭的擔負很重,人口很多,孩子多,生活上實在是有困難。

爲了解決家屬的特別困難,或者家裏突然有特殊事故,如家屬生病等等,我們今後另外有『家屬補助費』,可以説明理由,申請『家屬補助費』,但是不能够拿家庭生活困難來作爲這次增加工資的理由。

關於申請『家屬補助費』的人,在這次調整工資時,也可以提出,我們已經在籌劃組織生活福利委員會,由校行政和工會代表組成,在調整工資的工作結束後,就要進行。

或有人提出,説『我的薪水不加,學校應該給我房子住』。或認爲現在没有住宿舍的人，就應該增加薪水，這也是不對的。

因爲我們評議薪金，惟一的標準就是以德才爲主，没有房住，也不能作爲增加薪水的理由。但是宿舍問題，也是一個大問題，學校是非常關心着同人的房子問題的，現在已在進行宿舍的分配，將來也會得到比較合理的解决。

生活和房子問題，都不是不重要，也不是學校不管，但是這兩個問題與調整工資要另案辦理。

我們大家對於這次評議工資，應當有一個正確的態度，要嚴肅的、認真的、負責的來對待這個工作，希望大家不可以斤斤計較，同時也要求大家不要『毫不在乎』，『漠不關心』。因爲這是大家切身的福利問題，對誰的工資有意見，就應該盡量提出，有意見就説，要實事求是，嚴肅負責。

最後，我懇切的希望大家，通過這次工作以後，更團結、更友愛、更能發揮工作熱情。同時，大家在三反、忠誠老實運動的勝利後，政治覺悟都大大提高，我相信我們一定能够做到，一定作得很好，今後能够在教學上、在工作上更積極，更熱情，來共同建設我們的新國家，在教育建設事業上，每一個人都能够發揮更大的力量，有更多的貢獻！

〔一九五二年十一月二十八日南校禮堂三時半、北校禮堂五時〕

慶祝斯大林壽辰

今年十二月二十一日,是斯大林同志的七十三歲生日,我們祝賀這位世界勞動人民的領袖和導師健康,萬壽無疆!

在斯大林同志的領導下,蘇聯人民建設了人類第一個社會主義社會,現在正滿懷信心的向着建設共産主義社會前進。

斯大林同志是全世界一切愛好和平的人民的偉大旗手,他不斷的揭露帝國主義集團的戰争陰謀,爲世界人民指出争取和平的前進方向,他告訴我們:『如果各國人民將維護和平的事業擔當起來,并且把這一事業保衛到底,和平就能够保持和牢固』。我們遵循着他所昭示的方向,成萬萬的和平戰士正信心百倍的向前邁進。

現在,保衛世界和平的偉大運動,已進入一個更高的階段,今天在維也納正在有着全體億萬愛好和平人民的卓越代表們在那裏舉行集會,爲了這一重大的和平任務而積極努力,我們堅信和平一定戰勝戰争,因爲我們有偉大的和平旗手斯大林領導着前進。

我們慶祝斯大林同志七十三歲生日的今天,應該進一步學習他在世界勞動人民争取民主、和平及社會主義鬥争中的輝煌貢獻，學習他對敵人毫不留情，對人民高度熱愛的戰鬥作風，學習他既有明確的革命目的，又有非達目的不止的堅强意志。

記住毛主席慶祝斯大林六十壽辰時所説的話『我們要慶祝他，擁護他，還要學習他』。

爲着人類和平幸福和將來，光榮的、偉大的斯大林萬歲。

〔一九五二年十二月十九日〕

新師大校委會第一次會議上發言

今天是我們新師大校務委員會第一次會議，也可以説是成立會吧。

本來我們院系調整之后，新的機構已經建立，校委會應當及時組成。但是我們自從十月十八開學之后，緊跟着就開始了幾種突擊工作，而且都是很重要、很迫切的任務，像：

重點調查和全校普查

評議工資

中蘇友好月

五三年的建校計劃

以及全校的政治學習等等，那一樣都是很重要，都是影響到我們學校的發展前途，而且都是和全國的總任務結合的工作，都是迫不及待的工作。而且教師們在初開學，教學任務都很繁重。因此我們正規的各種制度等等還没來得及建立。

現在我們的各種突擊任務已基本完成，教學工作及種種工作已稍稍就緒，也就是在國家馬上就要開始的大規模建設的前夕，我們新師大也開始走向正規化。各種制度就要逐漸的建立起來。

在校務委員會没有組成以前，我們因爲有各種臨時的委員會，通過各種會議，我們也不斷的見面。

在行政方面，我們有比較正規的行政會議是由學校各首長組成，截至現在，共開過會八次，會上商討和解决了全校性的重大問題。

我們每天或隔一天的上午有所謂『首長碰頭會』是學校主要負責人見面交换意見，來推動全校的行政工作。

現在我們根據五〇年教育部所規定的高等學校暫行規程（草案），并參考波波夫教授所擬的師範大學規章，由校長、副校長、教務長、副教務長、總務長、圖書館長、各系主任及工會、學生會代表，共二十六人共同組成校務委員會。

今天所要討論的主要有四個問題，首先是政治輔導處的組織條例草案。

我們成立政治輔導處是根據教育部十月二十八日『關於在高等學校有重點的試行政治工作制度』的指示，開始籌備的。

這個工作并不是所有高等學校現在都實行，而是先選擇幾所具備條件的學校進行重點試驗，無條件者暫緩實行。

我校根據目前所具備的條件還是可以實行的,現在已得到部裏的批準,因此我們就開始籌備。

設立政治輔導處的目的,據部裏指示,就是因爲在高等學校里經過『三反』運動和思想改造、忠誠老實學習以后,已經進一步肅清了封建、買辦、法西斯思想,批判了資産階級思想,整頓了教師的隊伍,初步樹立起工人階級的思想領導。教職員工的政治覺悟空前提高。在這種情況下,極需進一步在高等學校里,建立起政治工作制度,以加强政治領導,改進政治思想教育,開展馬、列主義的思想建設工作。這樣可以爲教育建設事業打下堅强的政治基礎。因此在學校裏設立政治工作機構是很必要的,這個政治工作機構的名稱就可以稱爲『政治輔導處』。

現在我們學校的政治輔導處已籌備起來,并且初步擬就『組織條例』(此條例昨天已隨開會通知發給大家),但這只是一個草案,今天的會上,大家可以研究一下。

請何校長報告一下政治輔導處的籌備工作。

城外建校的問題:

部裏決定在城外撥給我們新校址,關於地點在何處,是在十月初才確定的。

在十月五日第二次行政會議上決議組織『新校舍籌建委員會』,在十月十一日第四次行政會議上確定了該委員會的委員名單。委員會主要是掌握原則，具體工作由設計小組計劃，小組是由傅副校長、張總務長、祁副教務長、賈先生等主持。

現在請報告關於城外建校的工作。

關於規定會議制度的問題：

過去我們的工作還没有就緒，也没有很好的建立制度，因此工作上有忙亂現象，而且有些幹部開會太多，影響工作和身體健康，有些不必要的會議，事實上是可以精簡的。爲了減少忙亂現象，我們要在各方面設法解決，明確規定全校的會議制度也是其中一個辦法。

現已初步擬就了會議制度，請賈先生報告一下。

（材料會上發給大家）

〔一九五二年十二月二十六日〕

生物學進修班開學講話

諸位同志：

我們籌備了一個多月的『生物學進修班』，今天開學了。首先讓我代表北京師範大學向來自全國各地高等師範學校的各位教師們，到我們師大進修，表示熱烈的歡迎！大家爲學習蘇聯先進科學經驗，爲了更好的教育我們祖國的青年，不遠千里而來到北京參加學習，是非常值得欽佩的。

今天開學，我們應當感謝蘇聯專家杜布洛維娜。她是去年下半年來到中國，來到我們北京師範大學的。因爲她的大力幫助，才使我們生物學進修班有開辦的可能。

我們進修班開辦的目的，是爲了適應全國高等師範學院生物教學的需要，爲加强學習先進科學理論，培養達爾文學說、米丘林生物學的師資。主要的課程就是達爾文學說和米丘林生物學，這兩個課程都是由蘇聯專家杜布洛維娜親自講授。

進修班原計劃共收學員五十人，由中央教育部根據全國各高等師範學校設置生物系科的情况，統一分配名額，各師範學院或師範專科學校保送各校優秀的教師一人到四人。

目前已報到入學的截至今天止共有四十人。四十人中，大部分是各地師範學校的，也有少數是從綜合性大學保送來的，如西北大學、湖南大學、福州大學等。其中包括教授、副教授、講師、助教，還有擔任生物系主任的同志也來參加學習，足見大家都非常重視這次學習。

本來這是一件值得重視的事情，這是直接關係着祖國建設的事情。比如米丘林生物學，它不僅是要認識生物界，而且要改造生物界，正確的掌握這門科學，就將使人類征服自然，以建設共産主義社會。

今天蘇聯專家把先進的科學成果傳播給大家，明天，將要靠大家的努力，傳播給我們祖國的青年，傳遍到祖國各地。因此這次的學習意義是非常重大的。

我們舉辦這進修班，中央教育部非常重視，給我們準備了種種開辦的條件，我們師大也是拿這工作做爲本年重要任務之一，最值得感激的是杜布洛維娜教授，她决定以進修班的工作作爲重點。我們一方面感激她對我們的幫助，一方面也感到這次學習的機會，是非常值得珍貴的。有這樣好的機會，又加上領導上各方面的重視，蘇聯專家對我們的幫助，再加上諸位同志都認識到這次學習的意義重大，我相信我們的進修班一定會進行得很順利，一定能够成功。

我謹祝諸位身體健康，學習勝利！

（一九五三年一月十三日）

校務委員會常委會第一次會議上講話

今天是新師範大學校務委員會的常務委員會第一次會議。常委會委員除學校行政負責人外，有教師代表二人參加。常委會主要任務是在校委會閉會期間（校委會每學期開會三次），來代表校委會檢查全校各部門的工作情況，并且討論、决定日常工作中的重要問題。

常委會也就相當於校委會的核心組織。希望今後我們大家共同努力，把工作做好，使常委會確實能作到推動工作，提高工作的一個機構。

今後希望大家多提意見，有意見就提，才能把工作搞好。

今天所要討論的主要議程有三件。所發的通知上已經寫明。

（一）附校委員會組織條例

關於我們師大的附屬學校，一共有六個單位：

1. 男附中一部（新華街，南校對門）

2. 男附中二部（圓明園）

3. 男附中三部(寶鈔胡同)

内附設工農連成班

4. 女附中(闢才胡同)

分爲兩個校址①闢才胡同②二龍路

5. 第一附小(南新華街)南校對門

6. 第二附小(手帕胡同)

六個附校現據我們初步統計,共有八千多人,人數非常之多,地區非常分散。

過去附校名義上是由教育部直轄,事實上教育部也并没有真管,大學也没管,市教育局也不管,形成三不管的狀態,有點事情也不能解决。

我們接到教育部的指示(十二月三十日),從今年一月一日起,附校由大學領導,我們的責任加重了,教學、人事、總務、財務等都要大學負責,事情不少,因此我們一定要有委員會的組織,并且要指定專人聯系。

附校委員會組織條例,上次擬定後,已分發各附校,請他們提意見,現在意見已提上來,我們又根據意見將條例有所修改。昨天通知上所附的,就是修改以後的。今天在常委會上再研究一下,可由丁教務長報告。大家有何意見,可提出。

（二）我校五年招生計劃（附件昨日補發給大家）及五三年度招生計劃草案，請傅副校長報告。

（三）關於會議制度的規定

會議制度的規定，上次在校委會上曾發出校長辦公室所擬定的草案，各系主任帶回研究，有的系有些意見，已經提上來，現已修改。

由賈世儀先生報告。

〔一九五三年一月十七日〕

與黨支部同志談對工作的看法

1. 我覺得我校黨群關係很好，群衆對黨員很信任，這是好的方面。但因此可能有人認爲個別黨員同志就是代表整個黨，黨員同志的每一句話都是代表整個黨講話，既然有這樣的情況，則黨組織上就應更加强對所有黨員的教育，隨時貫澈領導的精神，使黨員同志都能把政府政策掌握得很好。

2. 可能有些群衆在黨員面前不敢講真心話，怕把自己的真實思想暴露，怕領導上注意，如果是這樣，則真實情況，有時不易反映上來。我印象最深的就是馬林科夫說：『必需廣泛地展開自我批評，特别是自下而上的批評』這句話。

3. 我們學校絶對没有壓制民主的現象，但是也没有鼓勵群衆給黨提意見。比如在北校，三反時就没有一位黨員同志在群衆面前分析檢查過自己的思想。據我個人看法，應當鼓勵大家在黨員面前敢提意見，可能群衆的意見不一定正確，但是如果其中有一條正確，就可以把這一條在提意見的本人面前，或在其小組中，告訴他們這一條已經被接納了。

4. 關於領導工作上，我個人感覺到①工作上有布置，但是檢查不够。有時可能任其自流，就變了官僚主義。②彙報制度不够健全，今後是否在各級各單位之間建立較嚴格的彙報制度，是否可以在口頭彙報外，有簡單的書面彙報呢。

5. 在職員方面，各級職員偏於作事務工作的力量强，但有時思想性不强，不能抓住原則。是否今後由黨團同志對各科各單位的負責幹部結合他自己的業務多給以幫助，多和他們商量，幫助他們在工作上如何貫澈思想。

〔一九五三年一月二十二日〕

歡迎崔可夫專家講話

同志們：

今天是我們新師範大學的第一學年第一學期的最後一天，在這個時候，我們新聘的蘇聯專家崔可夫同志剛剛來到我們師大，這是給我們師大增加了新生的力量，今後我們師大將會由於崔可夫專家的到來，而得到更大的改進和成就。讓我們首先向崔可夫教授的到來表示熱烈的歡迎！

在過去一學期，檢查一下我們的工作，我們新師大無論在教學質量上，在行政工作上，都有不少的成績，這些成績是和忘我工作的蘇聯專家們的努力分不開的。讓我們向普式金、戈林娜諸位教授表示感謝和敬意！

達拉巴金同志是教育部的顧問，對我們師大蘇聯專家的聘請，是費了不少力量的，我們相信今後在這方面，達拉巴金同志將會給我們更大的協助，我們表示衷心的感謝。

我相信我們師範大學將在各位專家的大力幫助之下，會有更顯著的成績。

今天讓我們共乾一杯，謹祝諸位專家身體健康！

〔一九五三年一月三十一日〕

聯共黨史專業俄語速成學習班開學講話

同志們：

我們的俄語速成學習，今天正式開學了。讓我首先爲諸位同志能有機會參加這次俄語速成的學習而祝賀！爲大家勇敢的愉快的接受這一光榮任務而祝賀！

我們北京師範大學，自從經過思想改造運動和院系調整後，已呈現了一片新的氣象。教師們都認識到在祖國大規模建設事業中，培養師資的重要意義，認識到如果不進行教學改革，就不可能負擔起這樣重大的任務。因此半年以來，大家都在積極的學習蘇聯先進經驗，改革了教學內容，改進了教學方法，提高了教學質量，我們是有了顯著的成績的。

但是『不懂俄文』這座大山，還阻擋着我們迅速前進的道路。這座大山在我們的頭上壓着，使我們面對着蘇聯三十多年寶貴經驗的書籍不能閱讀，這是多麽可恨的事情。

因此大家都普遍的要求要打倒這座大山，都迫切的要求學習俄文。我們如果學習俄文用『愚公移山』的辦法，實在是迫不及待，但是現在我們的科學進步了，我們有了科學的武器，不用『愚公』的辦法，就可以把山移動，可以在短期内把這座大山打開一道缺口，用祁建華速成識字法的經驗，在『集中突擊，分散難點』的原則下，用速成的辦法，可以在短期學會閱讀俄文專業書籍的能力。事實證明，俄語速成是能成功的。我們暑假曾辦過試點學習，就得到很大的收獲。因此大家都願意利用寒假的機會，來突擊學習俄文，北校是全體教師參加，南校是每系都有代表參加。大家都磨拳擦掌，信心百倍的期待着這一任務到來，同志們這種希望和要求是非常正確的，是符合於祖國對我們的要求的，我在此代表學校對同志們的要求表示熱烈支持，并且我們要盡一切可能給同志們創造優良的學習條件，使同志們得以安心的學習。預祝同志們勝利的完成學習任務。

同時我代表我們北京師範大學的全體教職學工向各位來自西北、華北、以及天津和本市各學校的教育工作者和科學技術工作者，參加這次學習和工作的同志們表示熱烈的歡迎。你們爲了改革教學，爲了祖國的建設，不辭長途跋涉來到我們學校，和我們并肩作戰，一道爲推倒這座『大山』的歷史任務來努力，由於你們的辛勤工作和學習，會使我們俄文速成的經驗更加豐富，成績會更加輝煌。

所有參加這次俄文學習的工作幹部同志們，包括我們俄語系的先生和同學，以及第一次參加突擊學習的同志們，因爲你們認識到蘇聯所走過的道路，就是我們要走的道路，認識到學習俄文將會加快祖國建設的速度，因此克服一切困難，積極的忘我的參加這次工作，寧願寒假裏不休息，堅决服從工作的調動，這種精神是值得表揚的。希望你們更細心的鑽研工作，耐心的幫助學員，勝利的完成你們光榮的任務。

從今天起，我們的學習就要開始了，在這緊張的進軍的開始，我對大家提出幾點意見以供同志們戰鬥中的參考。

一、團結互助，發揮集體力量——我們的俄文班，不管是工作的還是學習的同志，年歲相差很遠，地區範圍很廣，有年紀很輕的同學，也有白髮蒼蒼的教授；有本校的各系師生，也有來自四面八方的同志；有大學、中學的教育工作者，也有教育部、科學院以及各研究所的科學技術工作者，雖然有種種的不同，但是我們的方向相同，目標一致，因此希望大家在學習的進行當中，緊密團結，互相幫助，彼此關心，發揮集體力量，利用集體學習的方法，共同把這次學習搞好。

二、要注意改進學習方法，掌握俄文學習規律——因爲這次學習是突擊性的，速度比較快，因此學習的方法是要大家特别注意的，希望大家能够大膽地改進以往保守的學習方法，拋棄不適用的學習方法，在教員和輔導員同志的指導下，發揮高度的創造性，創造并且吸取進步的經驗，發現俄文的學習規律，并且掌握俄文的學習規律，不能墨守成規，一成不變，要在總的原則下，更進一步的改進學習方法。

三、遵守學習制度——我們自二月一日開始,二月二十七日完成,中間規定休息五天,複習兩天,測驗一天。并且規定了一定的休息和文娱體育活動時間,希望大家能够執行這個規定,學習的時候,要集中精力,專心學習,而休息和文體活動的時間,就要充分休息和參加活動,不然,身體過分疲勞,反會影響學習的效率,不要過分緊張,在休息時間,還不肯休息,欲速則不達,希望大家注意,以保證學習效率的不斷提高。

以上三點意見,希望同志們考慮。

另外,我們學校因爲房屋比較緊,外來的同志住在我們這裏,我們招待的也不够周到,希望大家生活上有什麼意見,盡量提出,不要因爲生活的問題,影響到學習。

同志們!我們突擊俄文的大進軍開始了!我預祝大家信心百倍,情緒飽滿的參加這一戰鬥,以興奮愉快的心情,很快的掌握這個學習『蘇聯先進經驗』的工具,爲改革教學,爲祖國建設而奮鬥!我們殷切的等待着大家學習勝利的消息!

〔一九五三年一月三十一日〕

祝賀聯共黨史專業俄語速成學習完成第一階段

同志們：

我們的聯共黨史專業俄文閱讀學習，到今天不過是十天，現在第一階段已經學完，并且有了顯著的成績，獲得了輝煌的戰果。昨天，我已聽到了大家在戰鬥中的捷報，今天，我以參加赴朝慰問團的心情，來看望大家，一來慰問諸位戰鬥員的辛苦作戰，二來給大家慶功，慶祝大家在第一戰役上所取得的勝利！

大家積極的、熱情的努力學習，是有重大的政治意義的，諸位都是各系派遣來的代表，代表着全系成員的意志，奮勇作戰，尤其重要的是：大家的學習，關係着我們北京師範大學的教學改革，關係着我們國家的整個教育事業。

由於大家學習以後，我們教育工作者的隊伍裏，就增加了一支能閱讀俄文專業書籍的生力軍。這就不是一個簡單的事情。

毛主席前幾天在政協會議閉幕時，作了三點重要的指示，第二點就是『學習蘇聯』，他說：『我們要在全國範圍內掀起學習蘇聯的高潮，來建設我們的國家。』大家這次突擊俄文的學習，不但是我校今後再突擊學習俄文時的骨幹，而且是我們『學習蘇聯』的橋梁。今後，將有多少蘇聯的科學理論知識，就要通過這座橋梁源源不斷的輸送進來。

我們校外派來參加學習的學員，情況也是一樣。我預祝你們學習勝利！

更值得提出的，就是教員和輔導員同志們，你們爲了完成這一偉大的政治任務，寧願在寒假裏不休息，你們在這次戰鬥中，是起着指揮員的作用，戰鬥的勝利是和你們的指揮作戰分不開的。

全體指戰員同志們！今天是第一戰役的勝利，我們總結一下戰鬥中的經驗，鞏固起學習的成績，休息兩天，恢復一下疲勞，養精蓄鋭，還要堅持以往的戰鬥意志，還要繼續不斷努力，來迎接下一階段的學習！

同志們！祝你們再接再厲，再打幾個漂亮的勝仗！祝你們旗開得勝！馬到成功！

〔一九五三年二月十二日〕

慶祝簽訂中蘇友好同盟互助條約

同志們：

在三年前的今天，中蘇兩國在莫斯科簽訂了中蘇友好同盟互助條約，這同盟條約是斯大林主席和毛澤東主席親手締結的，我們今天以極爲熱烈的心情，在這裏舉行慶祝大會。首先讓我們和全中國人民一道，向敬愛的斯大林主席，向蘇聯政府和蘇聯人民的熱切關懷和真誠援助，表示衷心的感激，并致以最崇高的敬禮！

三年以來，事實完全證明，由於中蘇兩大國人民之間的團結和友誼，由於中蘇友好同盟互助條約的締結，不但對於我們國家的繁榮，已經起了極爲重大的影響，而且對於遠東及全世界和平，也有了堅强的保證。

自從二次大戰結束後，妄想奴役全人類的美國帝國主義，不斷地在增漲着它的囂張，但這是不是表明它的力量在逐漸加强呢？ 不是的，恰恰相反。 我們在援助朝鮮的正義戰爭中，已經看得很清楚了，美國帝國主義是外强中乾的，帝國主義侵略集團是矛盾百出的，只要我們和平民主陣營加緊團結，提高警覺，帝國主義的侵略計劃和戰爭政策是可以完全擊破的。我們已看得很清楚,以美國帝國主義爲首的侵略陣營是在日益削弱,而世界和平民主陣營却是在日益壯大着。蘇聯的和平建設已經進到共産主義建設的階段,中蘇兩國之間和一切人民民主國家之間的友誼,在與時俱進,全世界被壓迫民族反對帝國主義侵略,争取民族解放的烽火已經由遠東燒到中東、近東和非洲北部,拉丁美洲的人民,也正在加强着反對美國帝國主義奴役的鬥争。美國帝國主義和它的僕從國家們,在這樣壯大的和平力量之前,是越來越張皇失措了。但是,它决不甘心死亡,它還要在垂死中掙扎,他還在瘋狂的叫囂戰争,企圖用戰争來挽回他死亡的命運。我們自然不能不提高警惕。我們只要遵照毛主席『好好地和我們的蘇聯盟友團結一致』的指示,加强中蘇友誼,進一步鞏固偉大的中蘇同盟,世界上有了這兩大國的同盟互助,就完全能够粉碎美國帝國主義任何擴大侵略的陰謀。因爲中蘇兩國七萬萬人民是志同道合的朋友,我們的團結堅强不可摧毁,我們的力量是無敵的。由於中蘇的友好,遠東和世界和平已得到保障,而且今後,隨着中蘇兩國力量的繼續迅速增長,必將對世界和平事業發揮更偉大的作用。

再回顧一下我國經濟恢復的三年,在我們祖國這不平凡的三年裹,在經濟恢復和建設上的一切成就,都是與蘇聯無私的幫助分不開的。我們的鐵路事業,水利工程,建設工程,醫藥衛生,礦産開采,以及文化教育事業等等,都得到了蘇聯的具體幫助,大批的蘇聯專家應邀來到我國，把蘇聯的各種先進經驗，無保留的介紹給我們，使我們的『生產技術』和『經營管理』方面都得到一系列的改革，獲得很大成績。蘇聯對我們的幫助，大家都是親眼看見的，這裏是説也説不完了。

由於蘇聯的大力支援和幫助，我們中國人民不但能够在過去三年中戰勝一切困難，取得了勝利，鞏固了勝利，而且毫無疑義的，在今後大規模建設的年代裏，我們更可以穩步地、迅速地向社會主義前進。

一九五二年末，十二月三十一日，蘇聯根據同盟條約，根據關於中國長春鐵路的協定，將中國長春鐵路的一切權利和全部財産，已經無償的移交給我國了。這是蘇聯對我國偉大友誼的新的生動的證明。正像周恩來總理所説的：『我們兩國之間的這種完全新型的兄弟般的合作關係，毫無疑義地是國際外交史上，無可比擬的光輝榜様。』

現在，我國第一個五年建設計劃開始了，爲了順利的建設我們的國家，爲了實現我國的工業化，我們更需要蘇聯的大力援助，但尤其重要的，是『向蘇聯學習』。毛主席最近在全國政協會議上號召我們：『要學習蘇聯。』『不僅要學習馬克思、恩格斯、列寧、斯大林的理論，而且要學習蘇聯先進的科學技術。我們要在全國範圍内掀起學習蘇聯的高潮，來建設我們的國家。』

這個號召，是非常重要的。我們必需虚心的學習蘇聯，要克服學習中的任何困難。因爲，只有學習蘇聯才能保證我國大規模建設順利進行。我們中國人民的革命，在過去就是學習蘇聯，所以能够獲得這樣的勝利。今後我們要建國，目標也必需學習蘇聯人民的建國經驗。

所以爲了保證完成我們國家建設計劃，爲了加速實現我們國家的工業化，一定要進一步加强和發展中蘇兩國人民的友好團結。因此，我們今天來慶祝中蘇友好同盟互助條約簽訂的三周年，是有着極大的意義的。

今天在座的還有最近來到我們學校的專家崔可夫教授，崔可夫教授是教育專家，來到我們學校幫助我們教育改革和文化建設，對於我們今後學習蘇聯，一定會有更大的幫助，我們向崔可夫教授表示熱烈的歡迎。我們學校正在進行教學改革，我們學習蘇聯是全面的學習，教學内容，教學方法，以及行政制度等，尤其因爲我們學校很多位蘇聯專家來指導我們，幫助我們，是我們學習蘇聯的有利條件。今後讓我們團結一心，在專家指導下，共同把我們的教育事業辦好。

剛剛今天是我們的春節，大家都愉快的歡渡着這個節日，中國有一句古話『一年之計在於春』，在春節到來的時候，我們慶祝牢不可破的中蘇友誼，就使我們對今後的工作和學習，更增加了信心。

我們感謝斯大林主席，感謝蘇聯人民和政府，感謝來到中國忘我工作的蘇聯專家們。

讓我們高呼：中蘇兩國人民偉大的友誼萬歲！

毛澤東主席萬歲！

斯大林主席萬歲！

1. 中蘇友好是世界和平的保障

2. 蘇聯對我國建設上無私的幫助

3. 學習蘇聯

〔一九五三年二月十四日舊曆元旦〕

祝賀理科俄文速成學習完成第一階段

諸位同志們：

我們理科的俄文專業書籍閱讀學習，到今天僅僅是十幾天，已經取得了非常大的成就。

現在第一階段學完，今天上午已舉行了測驗，測驗是按着一定要求來進行的，并没有降低標準，而學員們成績很好，九十分到一百分的就占總人數的二分之一。這樣短的時間，有如此驚人的成績，這是很了不得的事情。今天我和何副校長、傅副校長來代表北京師大向我校各單位參加學習的同志們在第一次戰役中取得勝利，而熱烈慶祝。

不但我們學校裏每一個人都爲大家的第一次戰役中的大捷，而慶祝，作爲一個新中國的人民來説，聽到諸位在『俄文大山』上已經打開了一個缺口的消息，每一個新中國的人民，都要爲這個偉大的成就而興奮，而慶賀！

這就是因爲：大家的學習，是一個嚴重的政治任務，不是僅僅關係着個人的事情，也不是僅僅關係着我們北京師範大學的教學工作，而是關聯着我們祖國整個教育事業的改革，而且也是關聯着我們祖國今後的文化建設事業的。

毛主席前幾天在政協會議閉幕時，作了三點重要的指示，他號召我們『學習蘇聯』，他說：『我們要在全國範圍內，掀起學習蘇聯的高潮，來建設我們的國家。』

這是一個具有頭等重要性的號召，也正因爲如此，大家的責任，就非常重大，而且也是非常光榮的。

由於大家的積極學習，我們文化教育工作者、我們科學技術工作者的隊伍裏，就增加了一支能閱讀俄文專業書籍的生力軍，也就是增加了一支『學習蘇聯』的戰鬥隊伍。

而且大家掌握了初步閱讀俄文的能力，也就是我們『學習蘇聯』的橋梁，今後將要有多少蘇聯的先進經驗和科學知識，會通過這座堅强的橋梁，源源不斷的運輸到我們祖國。

因此，大家就起着『戰鬥員』和『運輸員』的兩種任務，有了『戰鬥員』，才能有前綫的勝利；有了『運輸員』才能保證戰士們的順利作戰。

在這次學習的戰鬥中，學員們是以戰鬥員的心情，奮勇的向前進攻，尤其值得我們提出的，就是教員、輔導員，和全體工作人員同志們，你們爲了完成這一偉大的政治任務，不但是在寒假裏不休息，而且還都以百倍的熱情，來積極工作，你們在這次戰鬥裏，所作的是指導員和後勤部隊的工作,學員們勝利的進軍,是與你們指揮作戰,與你們的辛勤工作分不開的。應當向你們表示感謝!向你們致敬!

現在,第一戰役已取得勝利!在春節休息兩天後,仍要繼續作戰,乘勝前進!同志們!今天我們以赴朝慰問團的心情,來慰問大家,來和大家聯歡。

我們誠懇的希望大家今後在第二次戰役中,再接再厲,勿驕勿躁,再打幾個漂亮的勝仗!

謹祝大家健康!

〔一九五三年二月十七日〕

理科俄文速成學習結業式上講話

諸位同志：

今天，我以萬分興奮的心情，熱烈的慶祝大家學習上所獲得的偉大勝利！

二十幾天以來，諸位都熱情地投在學習的高潮裏，由於大家瞭解到學習的目的，是爲了祖國，是爲了祖國的建設，是爲了祖國的前途，因此大家都把學習看作是愛國的行動，大家都熱愛祖國，學習上才有這樣的成果。

在二十幾天以前，我們之中，有人只會幾十個字，有人還僅僅是會念字母，大部分都是俄文的文盲，僅僅在短短的二十幾天的時間裏，一般的都已記住了一千多個生字，學會了基本文法，并能獨立的翻字典來看專業書籍，甚至有人在一小時内能看到三頁講義，相當於書本上三頁到四頁的樣子，這樣的程度，就相當於平常一年甚至幾年所學的東西，這樣的成績，是非常驚人的。

大家昨天還是俄文的文盲，或半文盲，今天的眼前就亮了，再進國際書店，就可以選擇自己所要用的專業書籍了。但是今天的學習有了成績，明天還有更重大更光榮的任務在等待着你們。因此今天慶祝學習的勝利,不是學習的終止,而是我們新的學習的開始。今天的收獲,也就是將來繼續學習的基礎。

今天大家在俄文學習上已經入了門,但是這次學習是突擊的,不會很鞏固,如果今後不繼續鞏固提高,就會喪失掉我們這次辛勤所得的成果。

因此,在今天結業的時候,我要向大家提出一個要求。我知道大家的工作都很忙,有多少工作在等待着你們作,但是我懇切的向你們要求,不管在多麽忙的工作裏,一定要注意到俄文學習的鞏固和提高,要把鞏固和提高的工作,看成我們教學工作的一部分,看爲是我們今後工作裏重要内容之一,而且要求大家在制定自己今後教學和工作的計劃時,把這個重要的項目,訂在計劃之内,使自己能够在現有的俄文閲讀基礎上,不斷的提高閲讀能力,以至能翻譯各種專業書籍。并且繼續大踏步前進。

我們大家都已瞭解,蘇聯偉大的社會主義事業的勝利,已經使得俄羅斯語文,成爲傳播世界上最崇高的思想,和最先進的科學技術的語文。

我們中國的革命先輩,掌握了俄文,把馬、列主義介紹到中國,在毛主席天才的領導下,將它和中國革命實踐相結合,終於取得了革命的勝利。當今天,我們開始大規模的經濟建設和文化建設的時候,掌握俄文,更可以幫助我們吸取蘇聯各方面建設工作的先進經驗,大大加速我國建設的進程。

學習俄文，在我們國家，現在已經形成蓬勃上昇的熱潮，但是，如果和國家建設的需要相比，俄文學習的開展，還是遠遠不够的。今天，蘇聯把先進的文化科學技術的寶庫，向我們敞開着大門，但是由於我們很多人不懂俄文，使得蘇聯的許多早已成熟的經驗，不能被應用到我們的建設事業上。這是很遺憾的事情。

這次大家已經在俄文學習上打好骨架，可千萬不要忽視今後的鞏固和提高。所以在我們學校來説，各級的負責同志，教務長，系主任，教研室，教學小組，都要切實注意這個問題，要經常推動和檢查同志們閲讀能力的提高。因爲今天學員們二十幾天的辛勤勞動，是給祖國增加了一份財富，各級負責的人，就要時常注意和檢查，不但要負責保管這份財富，而且要使這財富不斷增加。

關於校外來參加學習的同志：也希望你們回去以後，能針對自己學校或機關的具體情況，争取領導上的支持，訂出自己的鞏固計劃，堅持下去。并且希望你們能够根據這次在工作上的經驗，或者在學習上的體會，和領導上充分研究，結合本部門的情况，把俄文學習運動推向新的高潮，讓更多的同志掌握學習蘇聯的工具。

這次教員的教課，因爲是集體備課，集體教課，大家作『教案』，大家想辦法，因此教學效果很好。希望在今後的工作上進一步的努力。

所有的工作人員，這一次都非常辛苦了，我向你們表示感謝和敬意！

最後，我謹祝所有的學員，和工作人員學習進步，工作勝利，身體健康！

〔一九五三年二月二十七日〕

聯共黨史專業俄文速成學習班結業式上講話

諸位同志：

今天，我以非常興奮的心情，來熱烈的慶祝大家這次學習上所獲得的勝利！

二十幾天以來，大家始終是情緒飽滿的，非常熱情的投在學習的熱潮裏，大家的學習精神和毅力，是非常可佩服的。所以能如此，就是因爲諸位都明白學習是爲了什麽，都明白學習是爲了祖國，是爲了祖國的建設，是爲了祖國的前途，把學習俄文看作是愛國的行動，所以學習上才有這樣的成果。

在二十幾天以前，我們之中，有人曾經學過一點俄文，有人還只會念字母，而大部分都是俄文的文盲，僅僅在短短的二十幾天裏頭，一般的都能記住了一千多，將近二千的生字，學會了基本文法，已經能够翻字典來看聯共黨史原文，這樣的程度，就相當於平常一年甚至幾年，這樣的成績，是非常驚人的。

昨天還是俄文的文盲或半文盲的人，今天再進到國際書店的時候，已經不是『目不識丁』的人了，這是多麽高興的事情。

我們二月一日開學，除去測驗和休息兩天，才不過二十六天，學員裏有男、有女、有老、有少，有的外文有些底子，有的一點不會，而學習上都有很大成績。聽説這次測驗結果平均分數是八十二分，在八十以上就占全體學員百分之五十，一半人都在八十分以上，這就完全證明了聯共黨史閲讀俄文的試點學習成功。

學員裏有些教授同志，年歲較大些，也和年青的同志一樣，像謝斯駿先生能够堅持學習制度，認真學習，認真鑽研，因此帶動了青年同志更加努力。毛禮鋭先生，原來雖然學過一點俄文，而這次仍能够不驕不躁，從容不迫的和大家一樣的進行。馬特先生身體不很好，最初没有信心，（春節前的會上，他自己也曾談過。）而終於在學習裏能克服了困難，不但逐漸增加信心，而且學習成績很好。（音樂系）張肖霓先生學習以前，一個字母也不認識，而這次考了八十分以上。這都説明年歲的懸殊，俄文程度的不同，都不是學習中的重要困難。

今天我們學習有了很好的成績，我們就應該重視今後的鞏固工作，不但要鞏固已經學過的，而且要不斷的提高。馬上就要開學了，大家工作都很忙，如果因爲工作一忙就把俄文學習放下，那麽就會『稍縱即逝』，把已經學過的又忘掉。如果今後不繼續鞏固，這次辛勤所得的成果，就會喪失。

所以要求大家，把鞏固和提高的工作，看成是教學工作的一部分，把他訂在計劃裏面，使自己能够在現有基礎上，不斷提高閱讀能力，以至能翻譯各種專業書籍，并且繼續大踏步前進。

從前我們都知道要學習蘇聯，都知道蘇聯所走的道路就是我們的道路，蘇聯把先進的文化科學技術的寶庫，向我們敞開大門，因爲我們不懂俄文，就明知道裏邊有很多的先進經驗，但是拿不過來，這是多麽遺憾的事。

今天我們俄文學習已經入門了，但是真讓我們到寶庫裏吸取先進經驗，還要看我們今後不斷的努力。自己提高，自己長期的學習才行。

在今後一個月内，由各系自己找出共同時間，仍由速成班同志幫助，有計劃的進行自學，是非常必要的。學校行政同意這個辦法，因此希望各系主任也要重視這個工作，要保證各系先生們有一定的時間，進行自學。因爲參加學習俄文的同志們，這二十幾天辛勤的勞動，就等於給我們祖國增加了一份財富，所以各系系主任要重視這份財富，不但要負起責任來保管它，還希望在各位系主任督促和幫助之下，使這財富一天一天的增加。

所有的工作人員同志們：這一次大家實在辛苦了，我在這裏向你們表示感謝和敬意！

希望你們回系之後，繼續鑽研業務，爲暑假再辦突擊俄語學習打下更好的基礎。

總之我們這次學習，能有今天的成績，不是偶然的，是在黨的正確領導下，諸位工作人員的積極努力，諸位學員的刻苦鑽研，才有了今天的成績！這個成績，是我們今後文化教育建設中的力量，是今後教學改革的重要環節之一。

今天是這一段短期學習的結業，也是今後長期學習的開始。讓我們爲今天取得的成績而慶祝，并且預祝今後學習上的更大勝利！更大成功！

〔一九五三年三月三日晚〕

師大斯大林同志追悼會上講話之一

同志們：

當我們聽到世界勞動人民的偉大領袖、中國人民最親愛的朋友和導師約・維・斯大林同志逝世的消息，我們都感到异常的悲痛。

前天我們聽到斯大林同志患了重病，我們都已非常震驚，衷心的希望他病情好轉，恢復健康。我們焦急的等待着他病情好轉的消息到來，但是昨天我們所得到的却是萬分不幸的噩耗！這不幸的消息，使我們抑止不住沉痛的悲傷。中國有一句古話『百姓如喪考妣』，死去了父母還是個人的悲哀，可是，我們失去了可敬愛的進步人類導師斯大林同志，就不僅是蘇聯人民的損失，不僅是我們中國人民的損失，而是全世界，全人類愛好和平人民的無可估計的損失！

今天，我們全體同仁和同學，含着最悲痛的眼泪，謹向敬愛的斯大林同志，致以無限沉痛的哀悼！

中國人民革命的勝利，是和斯大林同志不斷的關懷、指導和支持分不開的，勝利以後，斯大林同志對中國人民的建設事業,又給予了慷慨無私的援助,這是中國人民永遠感念不忘的。

現在,正是我們新中國第一個五年計劃開始的時候,我們更需要斯大林同志的幫助,但是,就在這個時候,敬愛的斯大林同志和我們永别了!

斯大林同志!你的精神不死!你的事業是永垂不朽的!你的名字永遠是我們前進的力量!你的光輝永遠照耀着我們!

我們沉痛是萬分的沉痛,但是,我們要化悲痛爲力量,在這萬分悲痛的日子裏,我們一定要提高警惕,防止敵人的一切陰謀詭計,我們知道:當我們最悲痛的時候,就是敵人最高興的時候,但是我們悲痛,并不是對敵人放鬆,我們要不斷的提高革命的警惕性,我們要更加緊密的團結起來,我們要更加緊密的團結在中國共産黨和人民政府周圍,我們一定會以最大的堅定性和蘇聯人民更加親密的團結一致。我們深切的瞭解,中蘇兩國牢不可破的團結,是取得一切歷史性勝利的無限源泉,是戰勝一切困難的力量。

我們的黨教育我國人民,要以列寧、斯大林所締造、所培養起來的蘇聯共産黨和它領導下的蘇聯人民爲榜樣,我們要更加緊密的加强中蘇兩國人民的團結,鞏固并增强保衛世界和平的力量。

同志們！我們熱愛斯大林同志，我們一定要以熱愛斯大林同志的心情，加倍努力的學習，積極工作，學習蘇聯先進經驗，與蘇聯專家更緊密的團結在一起，搞好教學，在毛主席共産黨的領導下，繼承着斯大林同志的事業，朝着斯大林同志所指示的方向，向着共産主義道路邁進！

〔一九五三年三月七日〕

師大斯大林同志追悼會上講話之二

當我聽到突如其來的斯大林同志逝世的消息的時候,我真是感到萬分的悲痛,我幾次抑制不住我悲痛的感情。後來在幾次追悼會上,在報紙上逐漸認識到一定要把悲痛化爲力量,正如毛主席所告訴我們的:『我們的任務是要把悲痛化爲力量。』在幾天的過程裏,尤其是在這幾篇文件裏,我獲得了力量,我越來越堅定了。我認識到只有更努力的拿實際行動來紀念斯大林同志,爲實現斯大林同志的事業而戰鬥才是真正紀念他。

這次學習,我有一些膚淺的感想:

斯大林同志,他把他自己的一生貢獻給了工人階級和勞動群衆從剥削者的壓迫和奴役下解放出來的事業,貢獻給了解放人類免受戰争的蹂躪的事業,貢獻給了爲勞動人民建立自由幸福生活的事業。他的事業才真是『永垂不朽』的。

他的事業真是扭轉了人類的歷史,真是挽救了人類的命運。

前天看了列寧在十月影片裏黨中央委員會會議決定武裝起義以後,影片上寫着『決定人類命運的會散了以後』幾個字，我這次有很深刻的體會。的確，斯大林的名字是關係着全人類的。

我有這樣一個感想：斯大林同志今年七十四歲，他比我大一年，我非常幸運的趕上了斯大林的時代，但是，在這樣偉大的年代裏，我却把七十年的時間，白白的過去，精力没有用在對人類解放事業上更有用的地方，這是非常遺憾的事情。

我雖然没有爲人類解放事業出一點力量，但是我又非常幸運的被斯大林被毛主席把我解放出來。

解放以後，我就像是幾十年關在黑暗的房間裏，忽然看見天日，我接觸了真理，才有可能在斯大林同志的光輝照耀之下，來爲人民做一點事情。

經過三年的學習和鍛煉，我雖然也有一些進步，但是我很清楚的認識我自己，我政治水平低，舊染深，能力差，没有工作經驗，更不善於作領導工作。

我有這些缺點是事實，但是決不是拿這些缺點當作藉口，不是拿他當擋箭牌，想因此少做些事情。

在學習悼念斯大林同志的重要文章以後，我更要時常鞭策自己，要常常提醒自己：

『你究竟爲斯大林的事業作了什麽？』

因爲知道自己的能力差、水平低，就更要在實際工作中去鍛煉去提高，知道自己没有工作經驗和方法，就更要不懈的學習，才對得起斯大林同志，才是真正的紀念他。

〔一九五三年三月七日〕

全市斯大林同志追悼會歸來發表感想

我們今天參加全市的追悼大會歸來，心情都非常悲痛，但是我們要記住毛主席今天在報紙上所告訴我們的話，他說『這個不幸所給予我們的悲痛，是不能够用言語來形容的』，他告指示我們說『我們的任務是要把悲痛化爲力量』。我們要遵照着他的指示。

同志們：讓我們擦乾眼泪，把悲痛化爲力量

我們要以實際行動堅決地、勇敢地、把斯大林的事業擔當起來。

我們莊嚴地宣誓：

我們更忠實地在毛主席和中國共産黨的領導下，更好地工作，更加努力學習斯大林的學説，學習蘇聯的各種科學理論和先進經驗，使我們真正成爲斯大林同志的好學生。

我們要進一步加强中蘇兩國的親密團結，堅決支持蘇聯共産黨的一切事業。

我們要百倍警惕，響應黨和政府的教導與號召，徹底粉碎帝國主義的任何侵略陰謀，爲保衛世界和平與安全的共同事業奮鬥到底！

〔一九五三年三月九日〕

新校舍籌建委員會上講話

諸位同志：

大家工作都很忙，今天在大家百忙之中，抽出一些時間，開這個新校籌建委員會，由於這個會將要決定我們的城外建築，這是我校今後五年建築計劃的基礎，是有重要意義的。

諸位都已知道，教育部根據我們師大今年的招生任務，分配給我們的建築面積，是一萬平方米，目前就是要在這一萬平方米之内，進行計劃和設計。十二月二十六日校務會議通過因爲我們已决定將物理、數學兩系遷到城外，所以計劃的建築就是物理樓和數學樓，還有學生宿舍和飯廳。

中央體育學院决定和我們建築在一起，我們在建築面積上可以互相調劑，蓋好了，他們先用，將來還要留給我們，所以要貫澈『合理設計』『不合理使用』的原則。

總的計劃，是由傅副校長親自領導，由祁副教務長、張總務長擬出一個初步方案，又加上小組同志們的努力，尤其是總務處秘書袁鴻起同志天天跑都市計劃委員會及建築公司等地方，今天才能大致有個頭緒。今後還要我們籌建委員會諸位同志們，把這建築計劃，仔細研究和討論，提出意見，今後大家還要群策群力，爲我們的建校工作而努力。

今天所要研究和討論的，主要是：新校舍的總布置圖，及對物理樓、數學樓、學生宿舍等初步計劃的意見，以及以上所説這些建築都蓋在什麼地方等問題。

我在這裏，對今天討論的問題上提出幾點意見，希望同志們考慮。

第一點：城外建校的工作，不是一年就能完成的，建校工作是我校今後幾年裏重要工作之一，尤其是今年的設計和建築，是關係着今後幾年的工作，整個學校建築計劃必需決定以後，今年的建築才能够動工。所以這次計劃中擬出全面校舍布置圖樣，是非常必要的，大家要精密的考慮。

第二點：目前我們國家正開始大規模建設，我們各種準備工作做得還不够，（包括全國的，和我校自己的準備工作，做得都不够），雖然是在這樣的條件之下，但是我們必需要争取時間，在下學期開學以前，把應該建築的房子都建築起來，不然就影響到下學期的開學。條件不够，時間上又要快，因此我們只有根據現有的條件，作長遠的打算，實事求是的來考慮，太草率只爲争取時間，固然不可以，但是要求過高，也不可能。因此希望大家本着：根據目前條件，盡量争取時間，來完成我們的任務。

第三點：關於眷屬宿舍問題，這個問題非常重要，這是直接關係着群衆的切身利益的,因此必需多徵求群衆的意見。聽説北大眷屬宿舍,大家有很多意見,我們應該慎重考慮的。這次雖然不討論,但今後要注意這個問題。

我今天只提出這一點意見,供諸位進行工作時的參考。

關於新校舍籌備的詳細情形,等一下請傅副校長、祁副教務長、張總務長報告,我在這裏不多講了。

〔一九五三年三月二十日〕

補行一九五二年度第二學期開學式上講話

——關於本學期的方針任務

同志們：

今天我主要講一下我校這一學期總的方針任務和主要工作。

(一)在没談總的方針任務之前，先簡單的談一下我們學校的基本情况。

我們的國家，從今年開始，就要進行大規模的經濟建設。爲了適應經濟建設的需要，并且在和經濟建設的同時，也將要從今年開始進行有計劃的教育建設，以提高人民的文化水平，培養建設人材。國家的教育建設事業是整個國家建設中，一個十分重要的部分，它與國家的經濟建設事業是密切配合的，如果教育建設的任務不能準確的完成，就必然對經濟建設發生嚴重的影響。

我們北京師範大學，是全國最大的高等學校之一。我們學校裹每一個成員，不管是學習是工作，都是在爲教育建設而努力，因此，正確的瞭解我們自己的基本情况，在今後學習和工作中都是很必要的。

我們學校,自從解放以來,經過了歷次的政治性運動,尤其是經過『三反』運動和思想改造,都爲我們認真的進行教育改革,打下了政治和思想的基礎,創造了必要的條件。這與三年以來,我們全國的各種運動是給國家大規模經濟建設打下基礎是一致的。也就是在這樣的基礎上,才有可能來有計劃有步驟的進行我們新師大的建設。

我們學校的任務是很艱巨的,將來發展的規模也是很大的,我們的工作雖然繁重,任務雖然艱巨,但是我們有很多有利的條件,我們比起其他各地的高等師範學校都有特殊優越的條件。首先,我們地點在北京,有中央教育部的直接領導。而且有蘇聯專家在學校裏親自指導,現在我們已有四位專家,將來還會有更多的專家來到學校。我們是師範大學,附屬學校也是我們學校的重要組成部分,而我們的附屬學校,都辦得很好,都是全國有名的。這都是我們有利的條件。

而且自從我們院系調整以後,全體教職員工在思想改造的勝利基礎上,政治覺悟和工作熱情都大大提高。

教師們積極備課,認真教學,全體教師都堅持了政治理論學習,大部教師熱情的學習俄文,這就爲今後學習蘇聯,進行教學改革,造成了有利的條件。

多數職工,在工作上表現了很高熱情,很多職工都是以主人翁的思想,來積極鑽研工作，保證了教學工作的順利進行。

同學們在團中央三中全會的號召下，認識到『學習』是今後特別突出的任務，絶大部分同學表現了高度學習熱情，積極鑽研業務，并設法改進學習方法以求提高學習效率。這都是我們很大的成績。

我們雖然有不少的成績，但是也還存在着許多問題：

在教學方面：領導上對教學工作的質量和實際教學效果，未能有計劃的進行檢查，教研室和教學小組建立得較晚，工作多未能充分展開。

在行政方面：也因爲一些必要的制度多未建立，而且對於職工思想教育工作，進行得不够經常，因此行政工作效率，仍待提高。

發生這些問題的原因，主要是因爲行政領導上存在着很多缺點，政治思想領導不够，缺乏對工作的檢查與具體的指導，今後，必須克服官僚主義，建立新的領導作風與領導方法，加强政治思想領導，才能完成國家和人民交給我們的艱巨任務。

以上是我們學校的基本情况。

(二)現在我談我校今後的方針任務和主要工作。

當前我們總的方針任務，是結合我校具體情况，大力學習蘇聯，穩步進行教學改革。

今年尤須按照中央規定的『整頓鞏固,重點發展,保證質量,穩步前進』的方針,來進行工作,并在工作中改正缺點。

毛主席號召我們『誠心誠意地向蘇聯學習』,號召我們『在全國範圍内掀起學習蘇聯的高潮』。這個號召,是幫助我們提高自己,解決困難的指針,是引導我們完成任務,走向勝利的途徑。我們全體高等學校的工作者和學員們,都應該堅決貫徹毛主席這一偉大號召,誠心誠意地學習馬克思、列寧主義理論,學習蘇聯先進的科學技術,學習蘇聯的教學方法和工作方法,爲實現今年度高等教育的計劃而努力。

根據我校目前的主客觀條件,及今後工作發展的需要,我校在今後一個時期以内,應該以『培養我校及其他高等師範學校的師資』,『加强教研室和教學小組的工作』,『加强教師政治理論學習』與『加强學生的思想政治教育』等四項工作,作爲全校的主要工作。

現在我分别談一下我們四項主要工作:

1. 培養我校及其他高等師範學校的師資——如何提高和培養師資,是我們做好今年度的高等教育工作,并且是爲適應今後整個國家高等教育發展需要的關鍵問題。目前全國高等學校的專任、兼任教師,總數不足三萬。數量既少,質量又參差不齊。因此,提高現有教師水平和培養新的師資,就成爲必須大力而且要有計劃的進行的重要工作。

在我們北京師範大學來説，這更是非常重要的工作。因爲我們師大在前兩年的主要任務之一，是大力培養中等學校的師資，但爲了適應現在整個國家的需要，教育部已明確規定：我們師大今後主要的任務是要負責培養高等師範學校的師資。因此我們今後除着重培養本科生之外，并要大力的來增加教師進修班、師資訓練班和各系的研究部門。

也就是因爲這個原故，所以我校現在已經按着目前需要增加了幾個系的研究部門。

現在我們除去有十二系本科生和十個專修班以外，還有教育系的大學教師進修班，學校教育教研室的研究生，并且在今年一月增設了生物學進修班，修業期限是九個月。最近開始上課的有數學、物理、化學三系短期師專師資訓練班，修業期限是半年。又有教育系的師專師資訓練班，修業期限一年半。我們最近還增設教育學函授進修班，主要目的，就是爲提高高等師範學校的校長、院長、教務長及教育學教師的『教育學專業』的水平。

這種種的設施，都是因爲目前高等師範學校的師資極其缺乏。

從我們學校本身的情況來説：我校五年之後，要發展成爲本科生一萬人的學校。按着教育部規定的標準：學生與教師的比例，應當是十比一，就是有學生十人，應有教師一人。現在我校現有教師連幼兒園教師和翻譯在内，共有三八五人，這就是説五年之内增加到一萬學生的時候，我們還需要增加教師六百到七百人，才够十比一的標準。

這是我們學校的需要,如果從外校來看,現在全國高等師範學校共有四十二所,五年之内,將有很大的發展。所需要的教師數量更多,而這些學校師資的一部分來源,就有待於我們北京師範大學。這是國家發展的需要,這是完全合理的,而且也是我們義不容辭的。

高等師範學校師資的需要是這樣的情況,而培養中等師資,我們也并不是完全不管,也還是我們任務之一。

我們現有教師的政治理論水平,業務水平和教學質量都有待提高,根據上面所説的我校發展計劃及全國高等師範教育發展的需要,尤其是應當大量培養新師資。因此本學期,要爲作好這一項工作,摸索經驗,創造條件。

我們對現有教師要求能够做到:積極參加政治理論學習和業務學習,認真備課,不斷提高教學的思想水平和科學水平,制訂或修訂自己的教學大綱或講稿,并積極參加有關教學改進的活動,如集體備課,公開教學,交流經驗等。

我們還要設法減輕現有助教的行政事務工作,多在教學業務上加以培養,使之迅速提高。并且各系應該定出培養研究生和助教的計劃,在一定的時期内,使能擔任教學工作。

我們應該學習蘇聯在十月革命以後培養高等師資的經驗,來解決我們的困難。蘇聯高等學校也并不是一開始就解決了師資問題的。到現在還是非常注意培養的工作。蘇聯一位高等教育部的副部長説：『培養師資首先要預見到高等教育發展的遠景，其次要有計劃，第三就是要有决心。』這也是我們在培養師資工作上應該注意的事情。

以上是我們今後主要工作之一，就是培養我校及其他高等師範學校的師資。

2. 加强教研室和教學小組的工作——我校在上學期已經建立了七個教研室和二十六個教學小組。但是教研室和教學小組的組織和工作制度多不健全，本學期要從健全組織，建立必要的工作制度入手，切實的完成一定的工作任務，加强領導，總結經驗，以推動教研室和教學小組的工作。

關於教研室和教學小組的主要任務，就是搞好教學，并且修訂教學計劃，修訂和制定教學大綱。

修訂教學計劃，修訂和制定教學大綱，是我們進行計劃教學的基本工作。

我校自從試行教學計劃以來，在實際教學過程裏，提出過一些修改的意見。而且教育部頒布的『師範學院教學計劃草案』自去年十月試行以來，全國各地的高等師範學校，也相繼提出不少問題和意見。我們學校有責任將教學計劃加以必要的修改。

關於教學大綱的問題：我校的情況是：本學期實開的課程數目，約有一百九十一種。

全部課程裏,自己有教學大綱的共一五〇種,其中有二十七種質量較好,有十九種已由教育部介紹推薦到全國各高等師院。所有課程裏,全部采用蘇聯教學大綱的有十九種,占全部課程的十分之一;部分采用蘇聯教學大綱的,有七十四種,占全部課程的三分之一弱。

教學大綱,是指導教師從事教學工作的基本文件。改進教學工作,提高教學質量,使我們培養出來的學生能够合乎國家建設所要求的規格。這也就是我們前面所説的培養師資的任務,我們不只要培養的數量多,而且也要質量高,這是當前教育建設的中心任務。要完成這個任務,首先要使我們教師自己本身有規格可循。這種教學本身的規格標準,就是教學大綱。

學校的行政領導人員,也應把教師的教學大綱作爲檢查教學工作的唯一標準。只有這樣,才能結束多少年來,我國教學工作上所存在的自由主義的混亂狀態,才能使學校的教學工作走入正軌。也只有這樣,才能保證我們能够以馬克思列寧主義、毛澤東思想,教育年輕一代,才能把全國同級同類學校的學生的文化科學知識,提高到同樣的水平。

在我校制訂教學大綱,計劃教學以來,很多教師都曾表示滿意。

目前我們還有很多課程没有教學大綱,有的雖然已經有,還需要進行不同程度的修改。

我們北京師範大學，是全國師範大學的重點，對全國師範學院要起模範作用，我們一定要把我們的工作經驗推廣到全國。

從各校對於部頒的師範學院教學計劃草案所提出的問題和意見中，顯示出師範學院教學計劃草案中，各系對所設置科目的教學目標和内容，缺乏明確的規定。因此，各校授課教師感到無所遵循，對現有教學資料的運用，也感到困難，以致同一科目的教學，在各校都不能一致，極需要擬出各科目統一的教學大綱，以供各校使用，來解決當前的困難。

爲了我校的需要，爲了全國各師範學院的需要，我們這一學期就必須把制訂和修訂各科的教學大綱與修訂教學計劃，做爲我們教研室和教學小組的主要工作之一。

不但通過這一工作，我們可以具體的學習蘇聯，而且這一工作是我們提高教師思想水平和業務水平的有效辦法。

以上是我們今後主要工作之二，就是加强教研室和教學小組的工作。

3. 加强教師的政治理論學習——在教育事業當中，我們教育工作者，是占着一個特别重要的地位，因爲我們正是這個建設任務的直接擔當者，也正是國家教育政策的具體實行者。

三年以來，我們着重的還只是在政治上、在組織上分清敵我，逐漸樹立起全心全意爲人民服務的思想。但是，并不是一切問題都已得到解決。我們過去所研究的業務知識，所具有的學術思想，所掌握的治學方法，所熟悉的教學經驗，都還不能或不完全能適合於今天的要求。所以我們今後仍要加强政治理論學習。

所以把這項工作定爲主要工作之一，就是因爲加强教師馬克思列寧主義、毛澤東思想的學習，是實現教學改革與提高教學質量的關鍵，也是教師本身的迫切要求。

上學期我們教師的政治理論學習，是有成績的，本學期更應在原有的基礎上加以提高。

以上是我們今後主要工作之三，就是加强教師的政治理論學習。

4. 加强學生的思想政治教育——我們學校今後進入正規教學，學生的思想政治教育，主要應該依靠系統的馬列主義基本理論的學習來進行，這是培養德才兼備的人民教師的首要工作。

加强學生的思想政治教育這一工作，除去不斷的改進馬列主義理論教學的具體辦法以外，并且要各位教師，注意在一般科目課程裏，加强思想性。

在各方面的工作配合之下，要使同學們不斷的提高政治覺悟，逐漸的明確學習目的，樹立起專業思想，端正學習態度，加强學習紀律，成爲德才兼備，具有共産主義品質的優良的人民教師。

以上四項就是我們本學期的主要工作。爲了完成上述的工作起見，必須結合工作進行反對官僚主義的鬥争，加强政治思想領導，建立新的領導作風與領導方法，加强對工作的檢查與具體指導。建立并且健全制度，提高工作效率。

總起來説，我們今後的工作，一定要嚮應毛主席的號召『反對官僚主義』，并加强政治思想領導，改進領導作風與領導方法，是完成以上所説的主要工作的保證。如果官僚主義不能得到克服，則我校學習蘇聯根本就無法實現，教育計劃也不能完成，教育政策也不能貫澈，因此反對官僚主義，加强政治思想領導，是我們今後工作的關鍵。

我們學校已經依據教育部的指示，最近已得到部裏的批準，成立了『政治輔導處』。由何副校長兼任輔導處主任，李開鼎同志任副主任，下設組織、政治教育、社會活動三科，在各系設有輔導員。

現在理科各系的輔導員還没解決。

爲什麽要成立政治輔導處？它的任務是什麽呢？有很多人還不很瞭解。因此，我在這裏順便介紹一下。

前面已經説過，我們經過『三反』運動和思想改造，師生員工都已從政治上、組織上，進一步劃清了敵我界限，覺悟都大大提高，要求進一步提高馬克思、列寧主義的思想水平，進行自我改造，争取成爲一個名符其實的人民幹部和人民教師。政治輔導處就是適應這個需要而成立的。

政治輔導處的任務是在校長領導下，經常瞭解全校師生員工的政治思想情況，協助有關單位推動政治學習，進行政治思想教育，統一掌握全校社會活動，以保證教學工作進行得更好。

政治輔導處的中心任務，是在全校進行政治工作與思想工作。這個機構剛剛成立，如何開展工作，如何把我們學校的政治理論學習與政治思想生活活躍起來，還要摸索經驗，需要全體師生員工的愛護和幫助。

過去一年，我們學校主要是進行了恢復、改革和調整工作，并且獲得了顯著的成績，爲今天我們有計劃的來建設新師大作了準備。但是我們今天的工作，還缺乏計劃性，制訂全校的總計劃是十分必要的。

但是由於目前思想領導和組織領導還不健全，特別是對於各種工作的深入檢查，和切實的調查研究統計工作做得很差。而且我們又缺乏制訂工作計劃的經驗。因此，本學期只能提出有關工作範圍和工作要領的工作綱要，做爲走向計劃工作的第一步。

開學之初，我們曾擬訂一個工作綱要草案，經過反復的研究討論，也印發給教職工討論，提了不少意見。我們又和我校的幾位蘇聯專家研究，他們也爲我們提出不少意見。經過幾次三番的修改，以期能做到切實可行。現在已送教育部，等到部裏給我們指示，再作修改後，就可發給大家，作爲各單位制訂執行計劃時的依據了。

〔一九五三年三月二十八、二十九日在南北兩校大禮堂〕

檢查工作和思想的發言

『在實際工作中認識和掌握工作發展客觀法則的必要性』,是很重要的。我自己因爲學習得不够,政治認識也不够,因此對於工作發展客觀法則就不能認識,當然更談不到掌握了。從這次學習裏,使我更深刻的體會到如果不能認識不能掌握科學的法則,簡直就不能工作。就是在工作,也是感到忙忙亂亂,茫無頭緒。

解放三年來,整個國家是在準備建設,具體到我們自己的工作裏,三年裏,我們整天是在『運動』裏,突擊的任務很多,一個『運動』緊跟着一個『運動』,因爲緊緊的靠着黨,在黨的領導下,在各種『運動』裏,自己都受到教育,而且也有了些進步,很像是已經抓住了一些規律。

現在我們已經開始大規模建設,我們學校自院系調整以後,也逐步走上正規化,因此我個人在自己的工作裏感到像是『急轉直下』,抓不到工作的重心,摸不到規律,很像是無所措手足,不知怎樣做才好。

在全國來説,發展的形勢真是『突飛猛進』,全國都是像『風馳電掣』一樣在前進,自己思想跟不上客觀形勢，讓人感到眼花撩亂，大有迎接不暇之感。

毛主席人民民主專政中曾就初解放時的情況說過：『事變是發展得這樣快，以至使很多人感到突然，感到要從新學習。』

在解放後三年，我自己對現在的新形勢，就有些感覺。就拿最近的報紙來說，天天的文章都是指導性的文件，看也看不過來。同時在報紙上就看到我們祖國大踏步建設的速度是驚人的。

就拿我們學校來說，現在教育部給我們的任務很多，我們的責任很重，我們又辦短期速成研究班、教師進修班、專修科等等，如果拿過去的眼光來看，好像我們真是做得已經很多了。我個人就是常常有保守的思想在作怪，覺得我們任務已經很繁重了，有時就想這已是盡了我們最大的努力。

最近我就常反來覆去的細想，我們北京師大是要面向全國的，而且是全國師範學院的典型學校，五年之内，我校要發展到一萬學生的學校。如果按照標準，一萬同學就要有一千教師，而目前我們學校還只有350左右教師，其中又有一部分是不稱職的。就拿我們學校本身來說教師就不够用。

而教育部最近給我們的指示：我校首要的任務是培養高等學校師資，如果不加速培養高等師資，就連我校本身任務的完成，也是嚴重的問題。

何况其他高等師範學校，一部分師資的來源，也要等待着我們培養，現在全國只有師範學院四十幾所，五年之内，要發展到一百多所，這些學校的師資來源，我們是應當負責的。

我從前感覺到我校在原來的基礎上，已經很有進展，但是那是没有看到客觀發展的形勢，等看到今天客觀的要求，才證明自己的思想是保守不前的思想，就是因爲不能認識和掌握工作發展客觀法則。

〔一九五三年三月〕

實習總結大會上講話

同志們：

我們首先應當肯定，這一次的實習工作，是有成績的，而且是很成功的。正像剛才實習會議副主席董渭川先生的總結報告中所説，我們是有很多收獲。我們所以有這樣的收獲，大家都已深切的瞭解，這些收獲是和蘇聯專家普式金教授及崔可夫教授的熱心幫助和具體指導分不開的。他們對實習工作的幫助和指導，不僅僅是使我校的實習工作和教學工作收到很大效果，而且將會影響到全國，推動全國的師範教育，爲我們國家的教育建設奠定了牢固的基礎，是我們應當對他們表示衷心感謝的。

我們學校對於教育實習工作，已經有了進一步的重視，教育實習會議由丁教務長親自領導，又有董渭川先生忘我的工作，各系主任，各位教導教師，以及附校行政負責人、教師、職工、學生們都自始至終積極熱情的來協助，或者參加這一工作，因此才有了今天的成績。各位參加實習的同學，其中還有在原輔仁大學的同學，過去根本没有接觸過實習的問題，而由於大家的愛國主義熱情，由於大家對教育事業的熱愛，因此，一般都對於實習工作十分重視,都能以嚴肅認真積極負責的態度,把工作作好,所以才收到良好的效果。

總起來説,我們的收獲和成績是肯定的,這些成績,我們一定要鞏固下來。但是也正像董先生所指出的,我們雖然有許多成績,但是不能以此爲滿足,我們工作上,還存在着若干缺點,這些缺點,還要在今後經常的教學工作中,不斷改進,要結合我校的中心工作,努力提高政治理論和科學水平。

我們師範大學的同學,在校的時候應當成爲非常好的學生,畢業後,也應當成爲非常好的人民教師,在這個意義上講,好學生本身就不但包括他們政治水平、科學理論水平,而且包括實踐的能力。如果我們只是政治水平和科學理論水平提高,而在實踐方面有所欠缺,則不但不能成爲一個好教師,而且根本就不算是一個好學生。

古人説:『學然後知不足,教然後知困。』教然後知困,并不是説只是同學在實踐中得到鍛煉,使他們把理論與實踐結合,而且也是值得教師在同學實踐過程裏,瞭解到自己進行教學時,對於同學的教育和培養,有那些缺點和不足,這對於今後教學質量的提高,教學方法的改進上,一定會有很大的幫助。

這一次實習工作,我們已取得了勝利,我們下一次的實習工作,不久就要開始。下次實習的範圍比這次廣,人數比這次多,不但在附校實習,而且還委托了十二個市立中學,五個幼兒園及北京師範學校，作爲我們的實習場所。今天我們總結經驗，就爲了改進下届的工作，我們將要在普式金專家繼續指導之下，在這次勝利的基礎上，把下届工作做的比這次更好。

今天，我們慶祝這次教育實習工作勝利完成，讓我們預祝在下届實習工作中取得更大勝利！

〔一九五三年四月五日〕

教育部座談會

——關於工作綱要問題

接到部裏的信以後，我們就與幾位教務長和有些系主任交换了意見，認爲這項修改教學計劃和制訂教學大綱的工作是十分必需的。這是全國師範學院的需要，這也是北京師範大學本身工作上的需要。

我們在接到部裏的信以後，已經把原來的『工作綱要』做了修正，把修訂教學計劃和教學大綱的工作提做一項極重要的中心工作。原來綱要裏本來也談到這兩項工作，但是擺的地位没有這樣重要，没有這樣突出。

爲了更好地完成這項工作，希望部裏考慮三個問題：

第一是教學計劃的初步意見，需要儘早提出，不然教學大綱的制訂或修訂無法進行。教學計劃雖不能完全最後肯定下來，但對各系各個專業的任務，公共必修課所占比重，總的學習時數和課程設置等項，首先要確定下來，才好進行教學大綱的制訂或修訂。如果需要與師大各系商量，也希望這一步儘先、儘快地進行。

第二是時間的問題。四月上旬已過，四月份只餘二十天，五月十一日以後全校十二個系的三年級和九個專修班的『教育實習』就要開始，到時候各系勢必投放部分力量，有的系是很大部分力量去指導實習。五月底把教學大綱初稿擬好送部，事實上恐有困難，可否時限不規定得太死？以免到時不能完成？

第三，在參考材料和人力上希望部裏能多給些幫助。關於各科蘇聯教材和蘇聯教學大綱，各系有一些，但很不全，希望部裏能盡量幫助搜集。我們現有教師在工作中也希望能得到人力上的幫助，使我們擬出的教學大綱在思想水平和科學水平上能够更高一些。不曉得部裏能否派人下去，或者請另外的人，在這方面給我們以必要的幫助？

關於與這項工作有關的其他問題，可請丁教務長和其他先生們談一談。

〔一九五三年四月八日〕

擴大教務會議上講話

——討論修訂教學計劃和教學大綱

同志們：

今天我們這個擴大教務會議主要討論修訂教學計劃和教學大綱，這是非常重要的問題，我想講幾點意見，供大家參考：

一、學習蘇聯——關於修訂教學計劃和教學大綱，不僅是教育部交給我們的重要任務，而且是我校進行教學改革中的『基本建設』，是我校工作上的要求。因此就要求我們必須嚴肅的來進行這一工作，我們只許做好，不許做壞。如何才能保證把這工作做好呢？就是要學習蘇聯。

毛主席號召我們：『必須誠心誠意的向蘇聯學習。』就是因爲：

蘇聯是社會主義國家，是全世界進步人類的模範，蘇聯所走的道路就是我們今後要走的道路，所以我們必須學習蘇聯。

而且蘇聯的文化科學、教育制度，是建立在馬列主義斯大林學説基礎之上的，蘇聯的文化科學教育的發展，現在已遠遠超過資本主義國家水平，就是資本主義的文化科學中好的部份，也已經爲蘇聯所吸收，蘇聯文化教育的成果，是世界勞動人民共同的財産，我們應當以國際主義的觀點，來正確的認識蘇聯的成就，來向蘇聯學習。

我校有很優越的條件，有蘇聯專家直接指導，因此我們一定要在工作進行之中，虚心的聽取蘇聯專家的意見，來更好的學習蘇聯。

二、如何學習蘇聯——學習蘇聯是肯定的，但是怎樣學習呢？我以爲：

1. 必須學習蘇聯一切成就的精神實質，要避免表面的學習，形式主義的學習，但這并不是説，不瞭解就不可能學習，因爲我們信賴蘇聯三十多年的經驗。我們不懂時，就必須鑽研，逐步領會它的精神實質，深刻認識蘇聯教學計劃的政治方向，領會它的内容。在我們修訂教學計劃中，首先要明確學校培養人才的目的。我們是『師範』大學，主要是培養中等學校的師資，我們的任務和綜合大學不同，所以我們的教學計劃，就要與綜合大學有所區别，相同專業的教學計劃一定不能和綜合大學同樣要求，特别是本門專業的課程。比如綜合大學的歷史系，主要是培養歷史的研究專家，而師範大學的歷史系，是培養中等學校的歷史教師，任務不同，所以同是歷史系的歷史課程，要求就不能一樣。

其次，要深入體會蘇聯教學計劃的四個組成部份。即馬列主義理論、課程教育科學、教育實習和業務課程。

我們要培養的是有共產主義覺悟的全心全意爲人民服務的教師，所以教學計劃中一定要包括馬列主義理論課程。我們要培養的是要終身服務於教育事業，而且是掌握一定教育技能的人才，所以要包括教育科學。我們培養出的教師一定要理論與實踐結合，所以教育實習必不可少，要掌握一種科學技術知識，自然專業課程是非常重要的。總之，我們要深刻體會，我們的任務是培養德才兼備的人民教師，而不是其他，所以在教學計劃中就必須包括這四個組成部份。

2. 必須結合中國實際情況：特別是要結合我們教師和學生實際水平，因此學習蘇聯，更要求我們大大的發揮創造精神。體會了蘇聯教學計劃的精神實質，還要鑽研如何結合我們目前的教學水平，才能更好的體會蘇聯教學計劃的優越性，才能把這次修訂教學計劃的工作做好。

3. 必須和資產階級思想及其影響作堅决鬥争。我們不能采取調和的態度，才能更好的學習蘇聯，才能在學術思想體系上建立鞏固的馬列主義思想的陣地。

總之，只要我們遵照毛主席的指示，『誠心誠意地向蘇聯學習』，我們的工作就一定能够成功的。

我相信大家一定能够很好的學習蘇聯，完成修訂教學計劃和教學大綱的任務的。

〔一九五三年四月十日〕

北京師範大學政治學習情况

一、組織機構

由校行政、工會、黨、民主黨派組成學習委員會,下設辦公室,由丁浩川教務長及馬列主義教研室馬特先生(工會文教委員會主任委員)任正、副主任,及政治輔導處政治教育科同志組成,具體領導由辦公室負責。

全校教師及少數職員(人事科、政治教育科及各系職員)參加教師學習,共有四九四人。按系設立學習組,每組由系主任、學習組長、學習幹事等四五人組成核心組,成爲領導核心,以推動學習。

每學習組又按教研室及教學小組組成學習小組,每小組負責人即爲核心組成員,平日即以小組進行活動,集體閲讀、漫談等,小組負責人經常向核心組反映情况,并向小組中貫澈精神具體領導。

每系的學習幹事,經常與學委會聯系,學委會亦經常主動與學習幹事聯系,有時亦與各系主任瞭解情況。

在學習進行中，我校目前如此組織形式，尚能發揮作用，還是很好的。

二、學習情況

自從去年十一月中旬學習開始，至一月下旬，學習馬林科夫在聯共代表大會上的報告。

自三月初（寒假後）學習社會主義經濟問題，至上星期六（三月四日）結束。

①學習馬林科夫報告階段

共分三個單元：

1. 和平與戰爭的問題。

2. 資本主義總危機的問題。

3. 蘇聯內部情況。

并組織了報告三次：

1. 十二月四日陳家康講國際形勢問題。

2. 十二月十九日陶大鏞講資本主義總危機。

3. 一月二十一日狄超白講社會主義制度的優越性。

這一階段學習情況很好，教師們對目前國際形勢有了更明確的認識，增强了對和平運動必然勝利的信心，擴大了政治眼界，思想也更提高，更開闊了。因而，對於搞好教學工作也獲得了更大的動力。(見光明日報三月二十六日)

②學習社會主義經濟問題階段：此階段因爲經過開學，又因爲斯大林同志逝世，學習悼念文件等，中間學習割斷，故成績不及上一階段好。現已結束，在上星期六(四月四日)曾由何副校長作了解答問題報告。

總起來説：一般教員中都普遍要求有經常的系統的學習，但是也有的教師有些不正確的思想，比較更關心業務學習，感覺對政治理論學習没有業務學習要求迫切，如中文系，就有人要求學習斯大林馬克思主義與語言學，以替政治理論學習。大家也都認識到應當學習，而總感覺學習政治理論與教學不接近，但這還是個别的情形。

現在高級幹部學習，各系主任已開始參加，一方面可以督促領導學習，一方面回系後可以領導系中學習，使高級幹部學習成爲全校的大核心組織。

現大家都希望學習材料能統一印發，并希望有學習提綱。我校在上階段學習曾印過提綱，這一階段尚未準備，如果全市能統一印發更好。

〔一九五三年四月十一日〕

春季體育運動大會開幕式上講話

諸位同仁、諸位同學：

今天我們的體育運動大會，遇到這樣一個晴朗的天氣，這是我們大家早就盼望着的事情。今天大家都興高采烈、精神飽滿的來參加這個大會，我們這個大會由於所有參加表演和比賽的人，以及所有籌備人員和工作人員的努力將要收到很大的效果。我在這裏，預先祝賀你們的成績，并預祝我們這一個體育運動大會的勝利成功！

在大會的開始，我想借這個機會，簡單的和大家談幾句有關體育運動的問題。

毛主席去年六月號召我們：『發展體育運動，增强人民體質。』青年團三中全會在提出『學習是中國青年特別突出的任務』時，同時，也提出要『積極倡導體育運動』。

我們學校也和全國各地很多學校一樣，都響應了毛主席的號召，開始廣泛的展開了體育運動。事實證明，體育運動的發展，對於增進我們的健康，提高學習和工作的效率，活躍日常生活等各方面，都發揮了巨大的作用。

新中國的體育是新民主主義教育的重要組成部分，它不僅鍛煉人們具有健康、强壯的體格，和勇敢、堅毅、耐勞、樂觀的優良品質，而且還能培養人的組織性、紀律性和集體主義精神。

同學們都是祖國建設事業的直接後備軍，大家的責任是很重大的，我們國家對於同學的要求也是很高的，要求我們不僅要有高度的政治水平，不僅要掌握科學技術，而且要有鐵一般的體質。要求我們不但德、才兼備，而且要體魄健全。

如果我們培養出來的青年，是弱不禁風或是不够健康，縱然他的政治水平和業務水平都很高，也難負擔起建設的任務，自己遠大理想的實現，也就受到了阻礙。

但是，并不是所有的人，生出來都是健康，普通一般人的健康，都是在生活中鍛煉和鞏固起來的。所以『加强鍛煉』是十分必要的。不過鍛煉是經常的事情，要經常鍛煉，身體才能有益，突擊運動對身體不但没有益，而且還會有害。

身體好壞并不是個人的事情，有人以爲身體是個人的，好壞没有關係，又有人以爲運動是一種娱樂，可以參加，可以不參加，因而對體育采取輕視態度，這樣的想法，是不認識個人與集體的關係，個人的健康，不但是個人的幸福，而且是我們祖國的財富，重視身體健康是革命青年應有的責任，應當把參加體育活動，當作自己準備參加建設社會主義社會的手段，要深刻的認識，體育運動與愛國主義，是不可分割的，要爲熱愛祖國而熱愛體育。

斯大林同志曾説過：『人是一切資本中最寶貴的資本。』身體就是我們每一個青年學生爲祖國服務最可靠的本錢。因此，每一個青年都應當把自己的身體看做是祖國最寶貴的財産來保護他，以便能爲祖國、爲人民發揮更大的力量。

也就是因爲這個要求，我們才舉行這個體育運動大會。我校地址分散，相隔很遠，在條件上有種種限制和困難，但是同仁和同學都因爲認識這個大會的重要意義，想盡種種辦法，使得我們今日的會得以順利舉行。

我們要求通過這個運動大會，進一步提高同仁同學對於體育運動的認識，使體育運動在我們師大獲得更全面、更廣泛的發展，與工作和學習密切的結合起來，并且逐漸的作到：體育活動、鍛煉身體成爲我們全體師生的日常生活中不可缺少的活動。

對於參加大會的每一個運動員，不僅要求你們充分表演你們優秀的技能，并且要求你們以自己優秀的技能，來爲全校帶頭，在群衆中成爲體育活動的積極分子，把全校體育活動帶動起來。

同志們！讓我們把這個體育運動大會開好，爲今後開展體育活動打下基礎，爲體育運動進一步的普及化和經常化而努力。

祝大會勝利成功！

〔一九五三年四月十七日〕

春季體育運動大會閉會式上發言

諸位同仁、諸位同學：

我們的運動體育大會，開了兩天，現在要勝利的閉幕了。首先，讓我們熱烈的慶祝大會的勝利成功。這次大家都是精神飽滿，生氣勃勃的來參加大會，運動員同志們更是以貫澈始終的精神，凡是參加的就一定堅持，始終如一的來參加比賽，這種精神是非常好的。

通過這次大會，我們的收獲很多，首先我們在比賽和表演當中，發揮了集體主義的精神，在集體活動裏，培養我們堅强、勇敢、團結互助的優良品質，如虎伏、叠羅漢、舞蹈等等，一定要共同動作，互相團結，彼此配合，才能作好。這種團結互助的精神，和堅强勇敢的優良品質，是我們青年在任何活動，在學習，在工作裏，所不可缺少的，希望大家繼續保持，并且不斷的提高。

其次，在這次大會上，對我們平日鍛煉身體和進行的體育活動加以總結。大會上所以有這樣的成績，所以能有種種驚人的表演，就是由於我們平日經常鍛煉的結果。有的同學身體疲弱，經過鍛煉體重增加了，有的同學年歲比較大，以前根本不參加運動，而經過鍛煉，健康情況也提高了，這都是很好的説明。

物理系的虎伏表演，女同學也能參加，這更説明了男同學所能作的運動，一般女同學也都能够作到，當然這也是平日鍛煉的結果。

希望今後能把這次大會的成績鞏固下來，并且能够把我們的體育活動更加展開，真正使體育活動成爲日常工作中不可缺少的一部分。

還有工會同志們，也有不少人參加，有的同志年歲很大，有的工作很忙，這一次都有很好的成績，今後希望在每星期三、六學習之後的文體活動時間，把文娱體育活動更好的展開。

我們學校分開兩地，來往很不方便，具體困難很多，南校的同仁同學到北校來，要吃飯和休息，北校的地方也很小，而大家都能作到遵守紀律，聽從指揮，發揮了組織性和紀律性，使我們的大會工作，做得井井有條，這也是我們很大的收獲之一。

而且在我們條件不够，困難不少的情況下，所有參加大會工作的體育系同學及各部門的職員、工友同志們都積極努力，以克服困難的精神來作種種工作，我們的大會才能有這樣勝利的結果。

總之，我們的大會是有很大成績的，我懇切的希望大家響應毛主席的號召，在這次勝利的基礎上，繼續加强鍛煉，使體育活動在我們學校更經常更普及的展開，爲了建設祖國，爲了偉大的人民事業，把我們的身體鍛煉成鋼鐵一樣，來擔當起重大的任務！

〔一九五三年四月十八日〕

五一游行隊伍出發前講話

同志們：

我們的游行隊伍好極了，今天雖然下雨，但阻礙不了我們進行的，我們精神非常飽滿，大家都興高采烈的來參加這個游行，這是值得我們高興的，大家把心愛的衣服穿起來，我們的隊伍不但步伐整齊，而且又大方又漂亮。

我們的國家一年比一年興旺、富强，勞動人民的生活一年比一年提高，我們就當然一年比一年高興。

今天，在勞動人民自己的節日，我們的隊伍表現出我們對祖國的熱愛，對領袖的熱愛，表現出我們的幸福美好的生活，而且顯示出我們堅强的保衛世界和平的力量。

這幾天以來，籌備五一游行的職員、工友同志們，爲我們準備飯食的厨工同志們，都很辛苦了，大家都以忘我的勞動，來作好一切準備工作，大家常常忙到深夜，而且有的科、系裏，因爲調出幾位同志準備『五一』，各單位的其他同志們，工作就加重了，但是由於大家的努力，同學們才保證了安心學習，這種勞動熱情，是我們應當向你們表示感謝的。

現在我們的隊伍，就要出發了，今天雖然下雨，更顯出我們的精神，希望大家服從指揮，遵守紀律，使我們的隊伍熱情、活潑、整齊、美觀，到天安門前，接受我們最敬愛的毛主席的親自檢閱。

〔一九五三年五月一日〕

教育實習動員大會上講話

諸位同志：

從明天起我們這一屆的教育實習就要開始了，我們這樣一千多人的教學實習，在我們學校説來是前所未有的，就在中國師範教育史上説來，也是很少見的。讓我預祝我們這次規模空前的實習——也是我們在教育戰綫上的一次大練兵，獲得空前未有的勝利！

在我們學校舉行有領導、有組織、有計劃的實習，是蘇聯專家幫助我們打下的基礎，取得的經驗，這樣就給我們規劃了具體的理論結合實際的道路，前兩次的實習，他們都給予我們以無可估量的幫助，這次實習，普式金同志、崔可夫同志、葛琳娜同志又要親自指導，讓我們對熱心幫助我們的朋友和老師，蘇聯專家同志們表示熱烈的感謝！

這一次我們的教育實習，實習人數較多，因此實習範圍很廣，實習的場所也很多，剛才丁教務長已報告過，我們實習場所除我們的附校以外，又得到河北省教育廳、北京市教育局的協助，特約了通縣的兩所師範學校和市立的中學、師範學校、小學以及幼兒園、托兒所等等，大家共同一致的認識是：爲新中國培植合格的人民教師，是大家共同一致的責任，我們應當特別向河北省教育廳、北京市教育局以及我們特約的學校,這樣熱誠地爲我們幫忙,表示衷心的感謝!

我聽説這一次參加教育實習的同學,都非常積極,大多數的同學都表示一定要把這工作做好,認爲已經學習了一個時期,這次實踐一定要做好,一定要對祖國負責任,很多系的同學,小組裏都定了實習公約,保證勝利的完成這一政治任務,這樣想,這樣做,是完全正確的。

也正因爲大家有高度的責任感,所以最初有的同學有些害怕,害怕自己完成不了任務,經過最近這一段時間,大家積極努力,充分的鑽研準備,到這幾天,心裏已安定了許多,已經在認真的作教案了。可是也還有些人心裏有些發慌,這并不奇怪,是很自然的事情,大家都没教過課,或以往用舊的辦法來教課,這一次初次講課,或是初次用新方法來講課,心裏自然不免有些發慌,但是我們應該想到,我們今天全國都在學習,經濟戰綫上的同志在學習,文化教育戰綫上的同志,也在學習,從我們學校來説,同學們固然在學習,先生們也在學習,我們負行政領導責任的人,也同樣地在學習,大家都在學習蘇聯先進經驗,大家都在學習如何建設祖國,你們這次實習,就是這整個學習中的一部分,而且這一學習是集體進行的,有教師和同學的幫助,有專家的指導,當諸位想到這些的時候,心裏就有底了,就會壯起膽來了。可謂『臨事而懼，好謀而成』。

但是我們不害怕、不發慌，并不等於説就應該滿不在乎，以爲這算不了什麽，對這工作不加重視。有過教學經驗的同學要特別防止這種盲目自滿情緒的發生，正如前邊我所講的：即使有了三五年甚至十幾年教學經驗的人，這樣在先進理論與先進經驗指導之下的實習，恐怕還完全是一件新的工作。所以我希望我們所有參加實習的同學都用認真、負責、積極、熱情的態度，來把這一具有很大國家意義的工作做好。

我們的教師，對這一次的實習工作，也實在辛苦了，這次很多先生都熱情的投到實習裏，領導教師和指導教師要每天都釘着，大家負擔很重，很多教師都因爲自己在思想上，在技術上都教導了同學很久的一段時間，今天能實習了，先生都很高興，就好像母親看到自己撫養大的孩子會獨立走路一樣，雖然辛苦，但是情緒很高，認識到這是光榮的任務，這是熱愛祖國，熱愛教育事業的實踐。還有很多先生原是輔仁大學或是其他綜合大學調來的，從來没有接觸過這工作，但這次工作都很積極。此外，這次實習正與我們修訂教學計劃的工作同時進行，這就更加重了先生們的負擔，裏面的先生很忙，外面的先生也忙，好在二者能够結合起來，因爲實習原是教學計劃的組成部分之一，實習也是我們已往教學的總的考驗，而且可以在我們實習當中，更深入的瞭解中等教育的情況，會把我們的教學計劃修訂得更切合實際，工作上是有好處的，不過先生們確實是忙一些，聽説有的系已經訂好了要在實習場所，利用空餘時間來談修訂計劃的問題，這樣克服困難的鬥争精神，是令人非常感動的。有了這樣克服困難的精神，我們工作的成功，是有把握的。

這一次實習工作，不但我們去實習的學校，對我們表示歡迎，外地學校來的許多同志，也不遠千里地來想看看我們怎樣進行工作，大家都認清實習在教學工作中所占的重要地位，對互相觀摩，交流經驗，理論與實際相結合的看法，和以前已有了根本的不同，可以在這一問題上，看出我們教育事業的進展，我們是與祖國的建設事業一同前進的。

我校上次的實習，已有很多成績，我們要使這次的實習工作，獲得更高、更豐富的成績，但是，這并不是説在我們前進的道路上，就没有困難，并不是説我們不經過與這些困難作鬥争，更高的成績，更豐富的收獲就會自動的落到我們手上，所以，最後我希望我們的全體參加實習的先生和同學都不但要下定最大决心，而且更重要地是當遇到困難時能够想出具體克服困難的辦法，用克服困難的辦法，來鞏固我們的决心，來實現我們的决心，這樣才能達到提高質量，積累經驗的目的。

我預祝這次教育實習，取得更大的成功。

〔一九五三年五月十一日〕

志願軍歸國代表團報告大會歡迎詞

諸位同學、諸位同志：

今天我們非常榮幸的請到了中國人民志願軍『五一』節歸國觀禮代表團的代表們給我們作報告，首先讓我們全體同志，向守衛着祖國邊疆的英雄們，致以衷心的慰問和感謝！并且讓我們向他們表示崇高的敬意和熱烈的歡迎。

今天給我們作報告的有上甘嶺戰役中某團的副政委馮振業同志。這一個團是『上甘嶺』戰役中最頑强的一團。今天馮同志就是要給我們介紹上甘嶺戰役的情况。

今天給我們報告的，還有參加『老禿山』戰役的營長郝忠雲同志，這個營是在『老禿山』戰役裏，直接與敵人作鬥爭的。郝忠雲營長靈活的指揮作戰，親自帶領他的『突擊隊』攻占敵人陣地，在犧牲較嚴重時候，就要一邊組織，一邊打敵人，打退了敵人十四次的反撲，全營殲滅了四百多名敵人，繳獲機槍三十一挺，火箭炮五門，各種步槍一五〇枝，其他繳獲品更無法計算。

郝忠雲營長榮膺一等功臣，他在解放戰争時曾立過一次特等功，三次大功，七次小功。

今天我們請到了馮振業、郝忠雲兩位英雄來給我們作報告，是非常榮幸的，我們每一位同志，都非常關心的盼望着能聽到上甘嶺的英雄們的英雄事迹，我們也在盼望着聽到紅旗飄揚在『老禿山』上的光榮戰鬥情况。

今天兩位英雄給我們作報告，我們非常熱烈的歡迎！

同學們、同志們！我們大家都深深的瞭解，由於中國人民志願軍的英勇戰鬥，打擊了美帝國主義狂妄的侵略陰謀，保衛了祖國的安全，使我們偉大祖國在抗美援朝運動中，完成了經濟恢復工作的艱巨任務，進入有計劃的經濟建設的新階段。

由於志願軍在前綫的勝利，我們才有可能進行教學和工作，才有可能安心的學習，在我們工作和學習之中，我們時刻的想到這都是偉大的人民志願軍所給我們的，我們每一件工作和學習上的成就，都是和朝鮮前綫的勝利分不開的。都和在前綫的英雄們的戰鬥分不開的。

前綫英雄的事迹，經常鼓舞着我們前進，前綫勝利的消息，是我們每一個人學習和戰鬥中的力量。

中國人民志願軍這個稱號，就代表着勝利，就代表着光榮，就代表着中國人民的偉大的愛國主義與國際主義精神。

我們時時刻刻想念着他們，時時刻刻盼望着最可愛的人——我們的親人。今天，我們萬分榮幸的會見了我們的親人，會見了我們祖國的出色的英雄和功臣，會見了歷史上、世界上第一流的戰士，第一流的人，并且能够聽到英雄們親自告訴我們，他們的光輝事迹。我們將要在報告裏吸取無窮的力量，我們要把英雄們偉大而英勇的精神，貫澈到學習和工作中去。

同志們！讓我們熱烈的歡迎英雄們向我們報告吧！

同志們：我們非常感謝郝忠雲和馮振業兩位同志向我們作的報告。諸位代表同志們回國期間，都非常忙，時間很少，今天在百忙之中，來爲我們作報告，是非常難得，非常珍貴的。

今天聽報告的同志除去我們北京師範大學的師生外，還有各高等學校的代表，我這裏謹代表我們師大師生和北京市各高等學校的同志們向志願軍同志們衷心的感謝！

在今天的報告裏，我們得到了無窮無盡的力量，我們聽到英雄們許多生動的可歌可泣的英勇事迹，我們决心向志願軍同志們學習，學習他們頑强勇敢集體樂觀的高貴品質，學習他們革命英雄主義的精神。

志願軍英雄們在朝鮮保衛着我們，保衛着世界和平，不許敵人向我們侵擾，保衛着我們的安全，我們全體同仁同學們要在他們保衛着的國土上，加强我們的學習和工作，來回答他們！

親愛的志願軍同志們：你們爲我們把住大門，我們在安全幸福的祖國土地上，向你們提出保證！我們要學習你們的榜樣，頑强的學習，積極的工作，加緊鍛煉身體，作一個全心全意的人民教師，爲祖國培養各種人材，來建設我們可愛的祖國。

我們要拿我們學習的成績，工作的成績，作爲向保衛着我們的親人的獻禮。

我們向最可愛的人表示感謝。

中國人民志願軍萬歲！

中國共産黨萬歲！

毛主席萬歲！

〔一九五三年五月十六日〕

接頭會所談意見

五月二十日（星期三）接頭會

一、培養翻譯問題

二、改變會議的辦法

三、準備校委會

1. 基本建設

2. 目前中心工作

3. 五三年任務

四、作息時間

五、教務處報告

1. 研究生問題

2. 留蘇預備生選拔問題

議決事項要公布

關於會議制度問題:

碰頭會自一九五二年十一月十四日開始,至現在,已整整半年。

十一月十四日——十二月五日每天(九時)一次

十二月五日——十二月二十三日每星期二、四、六開,上午十一時至十二時。

十二月二十三日——現在,每星期三上午十一時至十二時,星期六上午十時至十二時。

半年之中共開會六十七次,平均每月十一次。

六十七次會中,共提出318件問題,其中有決議者共有101件,報告156件,議而未決者61件。

有決議的占總件數的三分之一,報告占二分之一,議而未決者占五分之一。

以上是目前碰頭會的情況。

現在存在的問題:

提出的318件問題中,有決議的只占總件數的三分之一。其中報告的事項,就相當於彙報。議而未決的,常常是把問題提出來,漫談一番,沒有結果,又轉到另一問題上面,故只有商議，没得到決議。

有決議者，内容可分三類：

（一）有時決議的問題是很小的問題。如大學圖書館匾額是否應撤下；又如專請一教師教我校維吾爾族七個學生的漢語等問題，不一定作爲問題提到『首長』碰頭會。

（二）有時所決定的，不是問題的本身。如常常提出一個問題，談了一小時後，決定由誰辦理，或決定去部中商談，這一類的也算在有決議之内，才有101件，如果這樣的決議不算在内的話，則決議的數更少了。

（三）是真正的重大問題的決議。

從以上的情况看，碰頭會上有決議的不很多，因此效率也不算很高。

有一些重大問題，只有報告，没有檢查，没有討論和決議。也有一些問題是處務會議上可以解決的，而提到碰頭會上來了。如考試評分辦法問題，在一月間曾提出研究，而議論以後，并無結果，所以後來教務會議上有的系提出問題時，教務處負責人也没有一定看法。像這樣的問題，應當是由教務處處務會議，或由幾位教務長的會議上，先商議出一個初步意見，或提出一個統一意見，不一定要只把問題提到碰頭會，在會上討論半天，也未得解決。

有一些較重大的問題，因没有指定專人負責，故决定以後，也没檢查决議的案件處理情況，辦理完畢後，有的在下一次會上又報告，有的也没有回信，没有消息了。

這樣的會議辦法，是否有改進的必要，因爲一到碰頭會的時候，首長都集中在一起，一拖就是幾小時，時間很不經濟。

今後辦法的意見：

一、碰頭會改爲常務委員會。

常委會原來除行政首長外，尚有魯、彭二位教授，常常拖他們二位教授來開討論行政工作也不一定合適。

二、校長每周碰頭一次

三、教務長每周會議一次

四、常委會事前要有充分準備，前一日必須發出議程，會上必須有决議。

〔一九五三年五月二十日〕

行政會議發言

一、研究生問題

留蘇預備生選拔問題

星期三碰頭會上曾決定今天由丁教務長提出方案。

（留蘇預備生我校選拔32人，由研究生14人，包括教授、講師、助教及各系研究生；及本科生18人爲一二年級學生）

二、體育系與體育學院規并問題

星期三會上決定由教務處教務長商議後今日提出意見。

三、改變會議辦法，以提高效率

上次會上已醞釀，會上已同意改變，上次會上曾談：

1. 碰頭會取消。

2. 常委會每二周一次（星期幾未定），仍有魯寶金、彭晶二主任參加。

3. 校長每周碰頭會一次。（星期幾未定）。

4. 教務長每周會議一次。 處會議每周一次。

5. 教務長和各系主任每兩周有定期彙報,研究工作,校長想瞭解教學情況,可參加各系的彙報。

6. 建立經常的彙報制度。

并且談到常委會會前要有充分準備,前一日必須發出議程,會上必須有決議。

各處在常委會上提出問題,要有情況,有分析,有辦法,然後再提出討論。

四、最近一次常委會在五月三十日上午十時開(下星期六)如確定則内容請各處於27日(星期三)以前提出議案,交校長辦公室,請校長決定。

發通知,印議案,記録等由校長辦公室準備。

五、六月中旬以前召開校務委員會,現應開始作準備工作,是否内容包括:

1. 一九五三年任務問題(招生任務)——教務處

2. 基本建設——總務處

3. 本學期中心工作——教務處

修訂教學計劃、實習。

〔一九五三年五月二十三日〕

與俄語系主任談『翻譯員學習班』問題

按部中規定，我校各科系應培養蘇聯專家翻譯人數是四十人。其中由本校抽調二十一人，由東北師大抽調十五人（已於日前來我校）及華東師大抽調四人（現尚未來）。

我校培養的二十一人中，已有十人由北京大學代我校培養。計：

馬列主義哲學　三人

葉小玫（女）　教二

翁世盛　教三

雷文嫻（女）　教四

理論物理　二人

梁維麗（女）　物三

劉伊犁（女）　物三

自然地理　三人

鄔翊光　地三

陳家璉　地三

賈旺堯　地三

生物（米丘林）　二人

杜懋勤（女）　生三

尹文彬　生三

我校并派去輔導員三人，皆爲俄語系助教，即俄語系留校助教十四人中之三人。

現在擬再抽調十一人，連北大十人，共二十一人。

我校目前已决定組成『翻譯員學習班』，學員共三十人，日期：四個月畢業，自六月一日至九月三十日。

組織機構：

主任一人（鍾明教務長）

副主任一人（胡明）

秘書二人（張文淳，原歷史系秘書。楊邁，原俄語系秘書）

幹事若乾人
教員五人
輔導員　自俄語系三年級抽調
專業指導教師：胡明（俄），彭慧（中文），朱慶永（歷史），秦牧（地理），穆木天（中文），劉彥、龔浩然（心理及教育）
學習辦法：由俄語系先生指導俄語，專業俄語則由專業教師指導。

〔一九五三年五月二十五日與胡明談〕

收發室會議上發言

以往對收發室領導不够，只解決一些事物性問題。

以往我們兩校收發室的工作情況大致相同，自從調整後，從未召開過會議，大家商談、交换一下工作情况。

同志們都是積極努力的，有的同志則是多年從事於收發室的工作，有經驗。尤其是在院系調整以後的初期，工作非常忙。我們的工作是有成績的，從來没誤過事情，只有極個别的一二次我們工作時間掌握得不够緊。

一、人事的調動

自從四月初，校長辦公室文書科機構改組，有些變動，我們已着手把收發室工作總的考慮研究一下。

以往同志們的工作雖然有許多成績，但是對目前新的形勢上收發室原有的工作方法已有些不甚適宜。

學校校本部總的機構在北校，自然工作分量上來説，北校的工作較重，學校各部的總的收發文，北校自然就多於南校，南北二校的收發文數量上是絶對不平衡的。

按李鳳樓同志手臂未傷以前，南校工作人員四人，北校三人，在分配上是不盡適合的，因此在工作負擔上來説，也是不平衡的。後來王福全同志調來，領導上考慮李的手臂因公致傷，最近考慮他作收發室的工作，不很合宜，最近他已考取保健員，已開始學習，王仍不調出。但是這樣在人事上仍是北校三人，南校四人，根據工作的需要，我們工作人員有南北二校統一調動一下的必要。經過考慮的結果，準備把温同志調來北校，則北校是楊、宋、王、温四人，南校是王玉、張庭、關葵生三人，在兩方面工作都不受損失的原則下，大家可以考慮這樣是不是合適。

二、收發室工作的重要性

收發室的工作，在很多人不瞭解情况時，以爲收發工作不過是簡單的收文和送文，以爲没有什麽，因此對收發工作的重要性不很認識，甚至也有些機關、學校裏自己作着收發工作，而對於這工作的估價也不够正確，不瞭解一個機關或者一個學校的收發工作，在這一機關或學校的整個工作裏究竟占什麽地位，没有給與一定的估價，没有提到一定的高度。這樣的認識,不僅是錯誤的,而且是很危險的。

實際上收發工作是相當重要的工作,就拿學校來説,我們的公文,一般都通過收發室,這裏面包括政府的『命令』,所有政府頒布的各種條例,各種決定,或者上級機關對我們工作上的『指示』,還有其他各機關的通知的事項,我們學校的布告、通告、通知,各種公函、便函,以及對我們下級的、我們附屬學校的各種文件,我們的月報、表格、書報、雜志,各地學校的教學和行政工作的交流經驗等等,無不通過收發室。

多少學校的興革大事,由於政府文件的指示,是通過同志們的工作送到學校來的,多少教學的改革,通過文件,由大家送到學校,多少重要的會議,決定我們學校的方針任務,也是通過大家的工作,親手送出或收入的。

因此我們收發室的工作,不能單單看作是簡單的事務性的工作,主要是通過很多事務性的傳遞,而關係着我們全校的改革,關係着我們的教學,關係着我們各部門、各單位的各種大大小小的工作。因此我們收發室的工作是與我們的整個學校任何一部門工作都有着極其密切的關係的,我們收發室的每一個成員的工作也是很直接的影響我們全校工作的進行的。

過去收發室工作對保證教學、輔助教學上曾起了很大作用,今後我們學校還要發展,五年中我們要發展爲一萬學生的大學，暑假後我們就要分成三攤，德勝門外、北校、南校，我們的宿舍又分散，附屬學校又多，我們的工作是繁重的，因此今後就更需要我們的工作更爲提高，提高工作效率，要更好的來完成輔助教學的工作。

我們的工作是光榮的，是人民革命工作的一部份，是文化教育建設事業的一部份，也就是國家建設的一部份。

三、收發工作人員應有的態度

收發室的工作，既然如此重要，固在收發室工作的每一成員，都需要有一定的政治認識，有積極負責的工作態度，又要精明、强幹，又要認真、細心。

對於每一個文件，尤其是全校性的，或學校首長的，或密件等——每一個文件，都要正確的對待，因爲每一個文件都有它一定程度的重要性，因此我們對待他就要負責。

①學習——在學習中不斷地提高自己（政治、革命的工作態度）

②精通業務，提高工作能力，提高工作質量，發揮創造性、積極性。

當我們拿到一個文件時，就要想到由於這一文件的傳送，就給我們學校的教學工作上有所補益；就要想到由於它，我們學校的建築上會有所改進；就要想到由於它，就會把我們學校的經驗介紹給全國其他各學校，因此推動我們國家整個的教育事業。

認識到文件的性質，就要對文件重視，因爲每一文件，都有不同的豐富内容，所以對待每一文件都要負責。文件到我們的手裹，我們要想到這是國家和人民交給我們，讓我們給傳遞消息的，所以一定要保證它完整的接到，又完整的送出，要保證不損壞、不遺失。在傳送的時間上，除急件隨收隨送外，其他信件，也要作到不積壓，不耽隔時間。

北京日報上前載：1.收發文袋遺落在飯桌上，2.書落在青年宫。

我們學校當然并没有類似情況，但我們也要以此爲警惕。

還要注意：密件當然是要保密。這一點，大家認識得很清楚，就是一般信件，不蓋密件的章，但是所有的文件都有他的保密性。都不能不加以注意。

另外還有一點，大家也都瞭解，就是除去自己的信件以外，一切信件，收發人員都不得拆封，當然并不是説以往有拆封的事，但是這也是作一個收發工作人員的基本的認識，今天我也提出。

四、我們收發室存在的問題

領導上對收發室工作，以往并没有十分具體的領導，過去輔仁雖然秦先生曾注意瞭解過收發室工作，但是由於那時校長辦公室的思想不够明確，也没有明確的分工，因此，工作上仍未能真正抓起來。

但是由於諸位同志，都有一些經驗，工作上没有多大的問題，據我們初步瞭解，收發室工作上有時有些忙亂現象，主要的原因，就是因爲工作没有建立制度，北校分工不明確，關於南北二校的聯系，關於我們收發文的範圍，關於學習，關於值班等問題，還未很好的解决。

有時一位同志拿着信剛走，馬上又有一急件，這件剛出去尚未回來，又來了一件，所以感到人手不够，而大家就疲於奔命。事實上并不是因爲人手不够，而是我們没有一定的制度，各方面的配合不够。（定時）

也因爲過去各單位有人對急件、密件認識不清楚，有人單從自己單位一件工作着眼，常常把不是急件的打急，不是密件的打密，致形成我們收發室工作增加忙亂。

也因過去我們工作範圍没有確定，因此有的單位把去銀行取款，到火車站取行李，甚至爲私人交電燈費等等都找到收發室。至於是不是應該，我們今天還可以研究，定出辦法後，再與各單位協商。

今天會上我們交换一下意見，商議一個辦法，訂立出工作制度：那樣的信應當送給誰，先生的信怎樣處理，學生的信怎樣處理，報紙、雜志怎樣收送。

收發室的工作範圍確定：學校内部（南北校）各單位之間的通知、信件；各系先生的課程表通知，是送各系還是送家裏，個人信件是否能由收發室送；報紙、雜志今後送法是否需要改變。

每天是否上下午定時出發，南北二校如何聯系。

分工問題：原則是收發室應當不論是吃飯或下班的時間，都要有人值班；在室内值守的和外出的要分工，外出的和外出的也要分工，分工之後還要很好的配合。是否要有人負總責，要有值班制度，要盡可能的保證大家學習等問題。

收發室明確爲文書科領導，今後具體領導由秦科長負責。秦先生過去和現在都一直關心和注意收發室的工作。日後加强對收發室工作的領導和幫助，定出請示彙報制度，收發室工作會比現在更加改善。

今天我所談的，大家考慮研究一下，大家認爲對的，今後要嚴格遵守，彼此督促。目前的工作，我也只是初步的瞭解，具體工作上還存在什麼問題，還有什麼困難，還有什麼應該注意的問題，今天會上請大家盡量提出。

〔一九五三年五月二十六日〕

女二中觀摩教學評議會後發言

關於今天講課的本身，大家已提了很多意見，我現在不多談了。剛才普式金專家，給我們做了重要的指示，指導我們教課的原則，尤其是對歷史教學的原則，如應利用世界地圖等等。我們得到很大的啓發，不僅對我們師大的實習的同學有許多啓發，就是今天所參加的各單位各學校的同志們、教師們，都會得到新的啓示。我在此首先向普式金專家致以熱烈的感謝。

我們大家，我們各個學校，都要求向蘇學習，學習蘇聯先進經驗，來改進我們的教學工作，尤其是對歷史教學的原則。

我們在北京的學校，非常幸福的得到蘇聯專家的親自指導，他們親口把寶貴的先進經驗介紹給我們。我前些天聽到外埠來的一位大學教師和我說，我們向蘇學習，整天找蘇聯的論文，和蘇聯的材料，就像找尋寶貝一樣。

我們在北京的各學校，珍貴的寶庫，就在我們的面前，這是我們無限的幸運，我們大家——包括我個人在內，我們要好好的在這個好的環境中抓緊機會虛心的向蘇聯學習，學習蘇聯的教學經驗，來改進我們教學方法和提高教學質量。

其次，我今天要提到的，就是我們師大今天的實習場所——女二中。女二中這次爲我校的實習，做了種種的準備，我們很怕由於我校的實習，對女二中增加麻煩，有所影響。但是事實上實在是給女二中多少有些影響。

女二中的關校長以及各位先生，爲了我們這次師大的實習，爲了我們今天的觀摩教學，都盡了很大的努力，給我們很大的幫助。

女二中的同學們，更是熱情的來支持我們的實習工作，使我們的實習工作得以順利進行。

今天我在這裏，謹向關校長，及女二中的全體同志，全體同學致以感謝！

所有參加的學校，對我們的幫助都很大，我今天并在這裏代表師大，向各學校致謝。

〔一九五三年五月二十七日〕

校委常委會第三次會議

自從院系調整以後，學校行政重大事項，都是由校部幾位負責同志，召開行政會議來討論作出決定。

在去年十一月根據五〇年高等學校暫行草案，組成校委會，并在校委會第一次會上通過常委會名單，行政會議當即結束。

在最末次行政會議上（十一月十三日）決定自十一月十四日開始校部幾位負責人每天上午九時至九時半集體辦公，後來就名爲碰頭會。

到十二月初改爲每星期三次，時間改爲一小時，十二月底又改爲每星期二次，一次一小時，一次二小時，但事實上常常有三四小時。

到現在整整半年，一共開了六十七次。

我們在今年年初曾制定會議制度在第二次常委會上通過，但有很多會議也并未能很好的執行。其中常委會規定每四周開會一次，但是由於很多問題都在碰頭會上談了，因此常委會只開了兩次，到現在已有四個月没有召開。

常委會不能定期召開,而碰頭會也不是用很正規的會議形式,常常是問題不集中,大家彼此談情况的時候多,而有提案,并且提出處理辦法,作決定的,在問題比例上來説就很不多,因此效果不很高。

最近商議的結果,碰頭會取消,一些重大事件仍在常委會解決,常委會擬改爲每二周一次,會期就在星期六上午。

因此魯、彭二主任已比較忙,又增加了常委會。

今天是第三次常委會。今後我們的會議争取在會前加强準備,以便縮短會議時間,將來作到會議開兩小時,最多不超過三小時。

今天因爲很多時没有開會,我校目前一些重大問題,正在進行中,今天要在會上報告,故兩小時是不够的,争取三小時結束。

一、報告事項

(一)修訂教學計劃工作

雖然實習工作開始後,系裏工作很忙,而修訂教學計劃的工作各系仍在進行,并没有停止,請丁教務長報告。

(二)教育實習工作

專修班的實習工作已經進入總結階段。

前天和昨天晚上男附中和女附中已經彙報。

現在實習工作進行的情況，請丁教務長報告。

(三)男附中分立經過情況報告

我校男附中，原分三個部，但校址分散，任務不同，在教學上、在行政方面都由附中校部一個部門來領導，困難很多，我們已得到教育部的同意，決定把附中三個部分設三個學校，經過情況由丁教務長報告。

(四)本年度基本建設進行情況。（張總務長報告）

(五)建立教職工食堂問題。（張總務長報告）

二、討論事項

(一)關於改動作息時間

目前的作息時間，學習時間比較分散，同學一天的早、中、晚三個單元時間都是學習，中間有空堂，也不能連續工作，精力不能集中，學習效率不高，學習生活很緊張。我們參考了其他學校，作息時間改變後，有很多優點，現請祁副教務長報告。

希望的結果：

1. 首先看大家是否同意改變。

2. 改變時間表是否合適，分教員、職員、學生三個表，請大家提意見。

3. 工友的作息時間，因爲種種情況很不同，不能統一規定，可以由總務處掌握。

4. 確定自六月十五日開始實行新的作息制度。

5. 教員的宣傳工作由教務處負責，學生的宣傳工作由社會活動科負責。

（二）關於一九五三年度各系招生任務的問題及編制問題（包括五三年新留助教問題）

1. 一九五三年度招生計劃：

（1）本科　共一四一〇人

原定一五〇〇人，其中政治教育系決定本年不辦，該系原擬招收的九十人取消，其它的不變動。

（但體育系如與體育學院合并是否亦應取消新生一百人。）

（2）專修科　　今年只招學前教育專修班新生八十人。其他專修班不辦。

（3）研究部門——共計一一〇至一一四人。（皆爲二年）

（4）高等師範畢業生研究班

①教育班——四十人（主修教育學與心理學）

②中國語文班——二十至二十四人。分三個組

古典文學　八人

新文藝學　八人

語言學　八人

③生物班——二十人（主修米丘林、達爾文）

2. 一九五三年暑假需要留助教的原則——根據我們的招生計劃，各系留助教的數字應當確定，留助教的原則，應當是：

（1）確定留助教標準，保證新留助教的質量。

（2）根據實際需要，確定切實可行的數字。

此問題會上希望達到的結果：

（1）通過招生計劃——各系本科生任務，已在第二次常委會通過，現在有所改變，請大家考慮。研究生上次常務會也通過，但是改變很多。研究生任務減少了，留助教時要考慮究竟應用多少人。

(2)通過後由教務處向各系主任布置,在六月十日以前提出初步方案。由教務處、政治輔導處、人事科共同研究於六月十五日提出最後方案經校長批準後報教育部。

三、選拔留蘇預備生問題

在五月十六日由高教部、教育部、人事部共同發給我們『關於一九五三年選拔留蘇預備生的指示』。

分配給我們師大的名額,共有三十二名:

研究生(教授、講師、助教)十四名

大學生(一年級)十八名

由於我們是選拔去蘇聯學習的預備生,因此我們要慎重的考慮,故想組成留蘇預備生審查委員會,或名選拔委員會。

主　委　何錫麟

副主委　丁浩川

委　員　林傳鼎　鍾敬文　祁開智　李開鼎　金永齡　王振家　賈仲菊

希望達到結果：

1. 由丁教務長報告，選拔的辦法，選拔標準。

2. 提出委員會名單，通過。

3. 六月三日以前，由委員會擬定具體計劃，布置工作，六月二十日以前送人事局。

四、關於翻譯人員訓練的工作

我們學校蘇聯專家還要增加，但是翻譯人員不够，這是很重要的問題，按部中規定，我校各科系應培養蘇聯專家翻譯人數是四十人，其中由本校抽調二十一人，由東北師大抽調十五人，由華東師大抽調四人。

昨天接到部中電話説我們原來專家十幾人，已由文委最後確定爲五人。

心理學教研室主任

俄文教研室主任

政治經濟學

馬列主義基礎

世界史

專家人數雖然減少，但是我們培養翻譯還是很重要的，不過時間上可以從容一些。是否還按原來計劃否。

希望達到結果：

1. 組成『翻譯員學習班』

主任　　鍾敬文

副主任　　胡明

幹部(秘書)張文凉、楊邁、趙緯、秦牧

2. 六月六日以前提出具體執行計劃。（包括組織分工、教學計劃、學生選拔、開學日期等）

〔一九五三年五月三十日〕

培養翻譯員座談會上講話

大家都很忙，系裏又在修訂教學計劃，又在實習，又要照常進行日常工作，一星期根本不得休息，今天星期天又請諸位出來，本是不得已的事情，爲不使大家過分緊張，所以特在公園，我們一方面談談工作，一方面也請大家散散心。

今天我們約了各位，主要是談一談翻譯員學習班的問題，我們學校今年已確定來五位專家（原來是十三位），專家來了我們自然非常高興，但是翻譯問題，是個很嚴重的問題，沒有翻譯就很難發揮專家的作用，現在到處都需要翻譯，我們在別處請也請不來，如果靠着別處培養，我們也曾和人大、和俄專等學校接洽，各校都没辦法替我們培養，現在惟一的辦法，只有自己想辦法解決，自力更生。

部裏這次爲了培養翻譯，給我們四十個名額，因此欲抽調各系的學生，其中有東北師大15名，華東師大4名，我校抽調21名。這40名學生中有兩種情況，有一部分是俄語系的，懂得些俄文，要培養專業，有一部分是在各系裏抽調的略懂俄文，要加强俄文學習。

我們已決定組成翻譯員學習班，來負責完成這次任務，由鐘副教務長任主任，胡明先生任副主任，下面想請幾位幹事，準備請俄語系秘書楊邁、歷史系秘書張文涼、教育系翻譯趙緯、地理系翻譯秦牧。

準備從六月開始，到十月，共四個月，時間促迫，故今天請大家來談一談，看抽調他們有什麽困難，要没困難，馬上就要開始工作了。

他們四位幹事主要是在鍾、胡二位主任領導之下作組織工作和計劃工作，工作是相當重要的。前幾天我們已請教務長先和各位主任談過，希望我們今天再談談。

此外，因爲所培養的有各種專業，所以想抽調幾位懂俄語的專業先生，像歷史系的朱慶永先生，中文系彭慧先生等，來幫助指導業務，并且幫助制定教學計劃等。

抽調四位幹事，在各系來説，的確工作上是會受到影響的，但是有什麽困難，再設法解決，抽調出他們雖然二系的工作有些困難，整個來説工作上還是有好處的。

大家理論學習都學會從整體看，從全面看，這次，就是在實踐裏來考驗的時候了。

今天針對這個問題，我們隨便談談吧！

〔一九五三年五月三十一日在來今雨軒爲培養翻譯問題座談會〕

翻譯人員訓練班開學式上講話

諸位同志：

籌備了很久的翻譯人員訓練班今天開學了。

我們培養翻譯人員，是迫不及待的事情，暑假後就要來我校的蘇聯專家有四位——馬列主義基礎、世界現代史、經濟地理，和心理學教研室主任。我們學校的翻譯人員本來就缺乏，這次新的專家來到，馬上翻譯人員更感到需要。在這種情況下，向外想辦法，是無法可想的，因爲全國的翻譯人員都嫌過少，惟一的辦法，我們只有『自力更生』，自己創造條件。因爲時間短，任務急，所以我們要用革命的辦法，來加速培養和學習。

學校非常重視這一工作，各系裏也都積極的支持，在各系工作非常忙的情形之下，抽調出很多位先生來擔任指導教師或作教務工作，行政上也抽調出幹部，都是爲了更好地把這一工作完成。

毛主席號召我們全心全意的學習蘇聯，但是當蘇聯專家帶着他們建設國家的先進經驗和知識，到我們這裏的時候，我們不懂俄文，我們沒有適當的翻譯人員，就很難發揮專家的作用。現在我們開始訓練，就是要同學們擔當起這個光榮的任務。希望你們用忘我的勞動，把不懂俄文的大山上，修築一條公路，在公路上運輸先進的經驗和知識，來推動我們整個教育事業向前進，這是我們全校師生所矚望的事情。

這一次周總理親自批準到我校的專家人數，我們也向他提出保證：『要準備好適當的翻譯人員』，希望諸位響應毛主席的號召，實現我們全校師生的願望，加緊學習，拿這次學習當作目前重要的政治任務，在短短幾個月之內，達到預期的效果，再在工作裏逐步提高。

我想諸位同學都是有一定基礎的，加上有指導教師和教務組同志的熱心幫助和指導，再加上各位主觀的努力，一定會有很好的成績的。

預祝大家學習勝利，身體健康。

完了。

〔一九五三年六月十五日在南校樂育堂〕

校委常委會上發言

一、一九五三年度各系招生任務及校舍修建調配問題

關於五三年度各系招生任務，已經在第一第二次常委會提出討論通過，但是後來又有幾次改變。

1. 一九五三年度各系招生任務

最初的計劃，是按今年暑假，城外校舍能够築成，物理、數學兩系能够遷出，并且按中學所需要的師資的比例計算的。中間經過幾次變化。後來看情况我們城外的校舍已經不能建成，因此按城内校舍容量，又重新計劃一次，（表已發至各系）招生人數減少，但是與部中接洽，部裏不同意我們任務減少，因此又要重新計劃。

㈠現在決定政治教育系還是要辦，原來雖然已計劃辦起來，後因師資不够，曾經商議過不辦了，部裏不同意這意見，因爲關於中學政治教師還是缺乏的，還是需要培養這方面的中學師資，因此決定請部裏給我們調來教師，教師是否能調來，但是看情况還是要辦起

政治教育系,暑假就要招這一系的學生。

②體育系的問題,我校體育系可能與中央體育學院暫時合在一起,如果合在一起則五三年度體育系招生任務一百名應該減去。

請傅副校長報告。

2. 校舍修建調配問題

今年暑假既然新校舍不一定能完工。招生任務又不能減少,勢必要在城内校舍想辦法,能够暫時放下這些人。

北校問題是實驗室不够,南校是雜用屋不够,南北二校都是教員單人宿舍成問題,擬在南北校各自蓋房,共100間左右。

現在已將城内校舍最大容量作了全面的調查,并且蓋房計劃,已由總務處在計劃。

請總務長報告。

3. 爲了合理使用校舍,使校舍發揮最大的作用,擬組成校舍調配委員會,傅副校長領導,計傅種孫、張重一、祁開智、林傳鼎、金永齡、工會代表、學生會代表各一人,共七人。

(在會上通過)

二、關於第九次教務會議及本届教育實習總結問題

由丁教務長報告提出教務會議的内容，及教育實習總結的目的。

（一九五三年六月二十一日）

教育實習總結大會開幕詞

諸位同志：

我們師大這一屆的教育實習工作，自五月十一日開始，共一個多月，現在已經勝利的結束了。今天我們召開這個全校性的總結大會，來總結這一次工作。

今天承中央教育部林副部長和高等師範教育司李、陳二位副司長、小學教育司吳司長蒞臨指導，并且有正在北京參加第二次全國教育工作會議的各大行政區代表來參加我們的大會，此外并有市教育局翁局長，還有其他各機關學校的同志們，三百多位，首先讓我們對各位首長、各位同志們表示熱烈的歡迎！

我們這次實習，是在蘇聯專家親自指導之下所進行的第三次教育實習，這次實習比前兩次的規模大，人數多，參加實習的有全校十二個系的三年級同學和教育、歷史兩系四年級補行實習的同學，又有各系專修班和大學教師進修班的學員，共二十四個班九百四十一人，還有各系的指導教師一百餘人。

實習場所除我校附屬中學、小學、幼兒園外，還有北京市十四所中等學校，八所幼兒園和河北通縣兩所師範學校，一共三十一個實習場所。

這次實習工作，是和全校修訂教學計劃的中心工作同時進行的，各系的教師，一方面要指導同學實習，工作很緊張；一方面要爲全國高等師範學校修訂教學計劃，作好起草工作，任務是很繁重的，力量是有些分散的，而各位教師發揮了高度積極性，克服一切困難，對實習工作來説，仍取得了輝煌的成績，這一點是首先應當特别提出的。

這一次實習，我們的成績很大，特别是在教學質量上已比前兩次提高，其他無論是在實習同學方面，是在指導教師方面，是在各系各教研室方面，以及各個實習學校方面，都有很大的收獲，除其它收獲之外，我想在這裏指出一點，就是我們在實習過程中也發現了不少問題，這些問題有些是實習工作本身的缺點，更重要的是由於進行實習，對我們日常的教學工作作了一次有效的檢查，在實際考驗裏，暴露了我們工作中存在着的問題，因而也就有力的推動了教學改革的進程，這就是説，由於理論聯系了實際工作的考驗裏，發現了缺點，認識了缺點存在的影響，并因此得出了改進缺點的辦法，因而使我們教學和工作的改進上，獲得了明確的方向，使我們今後更好地更緊密地把理論與實際結合起來，使我們教師的教學質量和同學的學習質量得以提高，以更好地完成爲祖國培養合乎規格的人民教師這一任務，這是一項很大的收獲。

這收獲是非常珍貴的,是關係着每一個教師和每一個同學的提高,是關係着我們師範大學的改進,關係着全國師範教育的改進,關係着整個教育的建設事業,而且是關係着祖國前途的。正像一位教授——這次實習的指導教師所説:『我以前只是消極的在教書,現在才認識清楚,我是在積極的教人。』而大家所教的『人』,又是去培養建設社會主義,建設共産主義的人,我們所擔負的是這樣崇高的事業,是這樣重大的任務,這就不難看出我們在實際工作上,一點一滴的改進,有多麼重大的意義,這就不難體會到,我們在這次實習工作裏,不管是從那一方面所得到的任何一點收獲,都是很重要,而且都是异常值得珍貴的。

同志們,我們所以能在這次實習工作上取得勝利,所以能有不少成績和收獲,并不是偶然的,我們應當指出,我們獲得成就的原因,是因爲我們接受了蘇聯專家的直接指導,是因爲我們學習了運用蘇聯先進的教育理論與教學經驗,是因爲我們執行了理論與實踐相結合的教育實習。

在教育實習的過程裏,每一位教師和同學都根據了蘇聯專家所教導我們的教學理論,掌握了教學原則,遵循着課堂教學的組織和次序,使教學方法合乎課堂教學的要求,而且進行了授課前的充分準備。我們是在專家的指導下,依照着蘇聯師範學院組織實習的先進經驗,并結合我們的情況,制定了具體的計劃和步驟,我們是有領導、有組織、有計劃來進行我們的工作的，因此。我們才收到了巨大的效果，才有了這樣大的收獲。

所有這些收獲，不是由於别的原因，主要就是因爲我們按照毛主席的指示：全心全意向蘇聯學習，就是因爲我們直接得到蘇聯專家親切的指導，我們認識了高等師範學校教學計劃的四個組成部分——政治理論課，教育理論課，業務課和教育實習之『缺一不可』和『不可分割』，認識到教育實習在教學計劃中的重要性。

事實證明：只有學習蘇聯才能獲得成績，只有切實地體會蘇聯先進教育理論與教學經驗的精神實質，才能使我們工作不斷提高，才能使我們按照歷史的發展要求來完成我們的重要任務。

同時，事實也告訴我們，只要我們在哪一方面向蘇聯學習得不够，在哪一方面就經不住實際的考驗，比如我們對於『師範大學的每一個教師，都應當學習蘇聯先進教育理論』認識不足，所以實習指導工作的水平就難以提高，評議會的質量因此就常常停留在一定的階段，這就是一個例子，這一次大家都從實踐中體會了蘇聯先進教育經驗的優越性，激發了學習蘇聯先進教育科學的要求。

我們今天來總結這次工作，肯定這次成績的時候，首先應當向熱誠指導和幫助我們的蘇聯專家普式金、崔可夫、戈林娜和杜伯勒維娜四位教授表示衷心的感謝！

我們也必需指出，我們這次工作的完成，也是由於所有的實習學校與我們密切的合作，給我們準備了歡迎會，展覽會，并且組織了關於學校情況，教導工作，教學組，班主任，青年團，少年隊，學生會等等工作報告，還舉行了多次的觀摩教學和評議會，使實習生們開始具體的體會了人民教育事業的重要意義，并使他們知道如何具體的運用教學原則和教學方法，爲我們的實習工作，創下了良好的條件，希望今後我們能作到更密切的合作，以收互相幫助之效，而且會有利於祖國教育的開展。這裏我謹代表我校全體師生，向北京市教育局，河北省教育廳和所有的二十餘所師範，中學，幼兒園的高度合作精神，表示萬分的感謝。

我們學校各系的實習指導教師和附校的師生員工，這一次都盡了很大努力，在愛國主義熱情的鼓舞之下，嚴肅認真的來對待這工作，大家雖然都很辛苦，但是都很愉快的來完成了這一任務。

我們全體實習同學，都認識到實習是祖國對自己學習的檢查，自己應對祖國負責，因此，一般都能很認真的參加這一工作，克服了很多困難。今年畢業的同學，今後要以堅定的專業思想，與工作熱情走上工作崗位，在工作崗位上不斷提高，三年級的同學，今後要更進一步的確立專業思想，端正學習態度，更嚴格的要求自己，把自己培植成爲合格的人民教師。

今天，我們舉行這一隆重莊嚴的全校性的總結大會，承部長和諸位來賓光臨指導，希望多給我們寶貴的指示，使我們的工作更能改進，更能提高，來完成祖國交給我們的重大而艱巨的任務。

（一九五三年六月二十四日）

教育實習總結大會閉幕詞

諸位同志:

今天我們的總結大會開得算是成功,在會上我們聽取了丁教務長關於本屆教育實習總結的報告。這一總結報告,是基於同學個人總結,各系的總結,各個實習學校的總結而成的,并且我們又經過了擴大教務會議上研究、討論,徵求了各系主任的意見,因此這個全校的總結,是確實的反映了實習過程中的真實情況,這一點是我們應當加以肯定的。

從這個總結看來,我們更可以清楚的瞭解這次實習工作的收獲很大,而且成績是肯定的。

這都是大家辛苦勞動的收獲,也是發揮集體主義精神才能得到的成績,我們應該爲這些成績而慶賀,可是,我們不能因此而自滿,我們這些成績,距離國家對我們的要求,還相差很遠。我們今後還要加倍的努力,來争取更大的成就。另一方面,我們還存在不少缺點,這是事實,無庸諱言,拿缺點和成績相比,雖然是成績多,缺點少,但是這些缺點,也不容我們忽視,如果我們不重視這些缺點,只看見成績,則會給我們今後的工作,招致損失,但我們也不要自餒，問題的關鍵，在於我們能不能糾正這些缺點，我們應當把這一次工作中的缺點，好好研究，仍舊發揮集體的力量，來改進和提高我們的工作。

我們在下學期準備認真的組織全校教師系統的學習蘇聯的先進教育理論，以逐漸達到我們師範大學的每一位教師都能掌握馬列主義的教育科學的目的。

并且我們準備組織教師的科學研究工作，以提高教師們的科學水平。

對附校工作、對其他的各中學、師範學校今後更要加强聯系。

我們要切實的依照蘇聯專家的指示，把這三項工作做好，來提高我們平時的教學質量和實習工作的水平。

同志們！祖國在飛躍的發展，我們文教建設不容落後於經濟建設和工業建設，我們的黨、政府、和全國人民對我們北京師範大學寄予了無限的期望和關懷，要求我們把學生培養成具有高度的政治覺悟，科學的『專業知識』與熟練的『教學技能』的人民教師，爲的是更好的培育我們祖國新的一代，使他們成爲建設社會主義與共産主義社會的新人。這個任務是非常光榮的，而且也不能否認是非常艱巨的。我們要克服一切困難，以强烈的愛國主義精神來完成祖國賦予的任務。

今天我們很榮幸的聽取了蘇聯專家普式金教授和林副部長對我們的指示，我們一定要好好學習，下學期我們全校教師，由學校訂出計劃，在專家指導之下，展開蘇聯先進教育理論的學習！

讓我們向最敬愛的斯大林同志生前派來的，一直在熱誠的幫助我們的，各位蘇聯專家致以深切的謝意！

我們向林副部長對我們的關懷和指示表示感謝！

我們向北京市教育局和各實習學校，這次與我們密切合作，表示感謝！除向你們表示感謝外，并懇切的希望我們更進一步的密切合作，爲提高教學質量改進教學工作而努力！

今後我們要繼續在專家親自指導之下，在教育部直接領導之下，鞏固既得成績，糾正缺點，把我們師範大學辦好，來完成祖國交給我們的任務。

〔一九五三年六月二十四日〕

歡宴四位蘇聯專家講話

諸位同志：

今天我們非常高興能與各位蘇聯朋友，并且還有部裏的諸位首長歡聚一堂。明天就是這一學期上課的末一天了，明天的課上完，只剩了温課、補課、複習和考試。在這一學期，甚至一學年的緊張工作中，大家都非常勞累，尤其是各位專家，忘我的工作，一時一刻都不停的工作，給我們師大，給我們全國的教育工作都有極大的幫助。你們就像是四把巨大的火把，照耀着我們前進的道路，我們就是按着你們指給我們的道路前進。

今天在一學年就要結束的時候，我們謹向我們敬愛的四位專家，致以親切的慰問和感謝！希望你們在暑期很好的休息，過一個愉快的暑假！

同志們！讓我們爲我們敬愛的四位專家的身體健康共乾一杯！

爲中蘇兩國友好而乾杯！

爲中蘇兩國牢不可破的友誼而乾杯！

爲毛主席身體健康而乾杯！
爲以馬林科夫爲首的蘇聯領袖們身體健康而乾杯！
爲世界永久和平而乾杯！

〔一九五三年六月二十六日在北京飯店〕

畢業及結業式上報告

諸位同學、諸位同志：

今天我們舉行一九五二學年度本科和專修科畢業及結業式！我們本來是應當舉行全校大會的，但是因爲我們學校地點分散，南北距離很遠，又限於場地太小，天氣很熱，如果召集全體大會，同學們在非常炎熱的天氣南北兩校往返，是有困難的，因此我們采用了現在的辦法，畢業生全體參加，其他各系各班派代表參加，教員全體參加，職員工警派代表參加，希望各系各班各單位的代表們回去，能把大會的精神傳達給没有參加會的同志。

今天這個畢業及結業式，是我們新師大院系調整後的第一次。自從院系調整以後，這一年來，我們在各方面的工作上是很有成績的，在教學改革方面，在行政工作方面，在同學們學習方面，我們都達到了一定的成績。這是由於蘇聯專家熱情的幫助，由於中央教育部的直接領導，尤其應當提到的是我們全體教職學工積極工作、努力學習，才使得我們教學質量逐漸提高，教學方法逐漸改進。我們今後將要在這已有的基礎上不斷改進和提高。現在我們正在總結工作，要把這些成績肯定下來。

這一年來,全體教師們,鑽研業務,積極備課,改進教學,實在是辛苦了,尤其是這一學期,我們又搞大規模的教育實習工作,又爲全國高等師範學院修訂教學計劃,工作是相當繁重的,有的教師是日以繼夜,夜以繼日的忘我的工作着,就是因爲大家都認識到今天祖國對我們的要求,認識到今天我們責任的重大。

職員工警同志絶大多數的人都熱情的工作着,在面向教學的目標下,辛勤的爲輔助教學而服務,我們的成績,是和全校的每一成員一點一滴的工作分不開的。在今天,一九五二學年度就要結束的時候,我這裏要向我們全體教師同志、全體職員工警同志表示熱情的慰問,和衷心的感謝! 暑假就要到來了,希望大家能够有一個輕鬆愉快的假期,當然我們暑假裏還有不少工作,如今年的總結,下年的計劃,和中央教育部所召集的全國師範學院教學計劃座談會,以及校舍修建和其他工作等,但是在可能的條件下,我們使工作波及面盡量縮小,使絶大部分同志們都保證能够得到適當的休息,集中精力以便迎接下年度的工作。

今年不畢業的同學們,在一年來緊張學習結束後,也需要有一段時間來充分休息,以恢復疲勞增進健康。

我們大家,有時對於新的工作和學習,感到不熟悉,有時不善於工作和學習,但是我們也不十分會休息，今年暑假，我們要注意這一問題，爲了我們負擔起今後更繁重的工作和學習，暑假裏要把休息作爲一個重要的任務來完成。

今年畢業的同學們！我們今年的畢業同學數目是非常多的，情況也有種種不同，我們畢業的，有本科同學，有專修班同學，有師資訓練班，和大學教師進修班的學員，還有一部分研究生。一共是七百多、將近八百人。

這些畢業生修業年限各有不同，除本科生修業四年以外，其他有學習二年的，有一年的，有一年半的，還有八個月的。

畢業的時間，也不很一致，有的今年八月底畢業，有的九月底畢業，但絕大部分都是馬上就畢業。

畢業後的工作崗位，也不很一樣，有的是在高等師範學校作助教，有的是到師範專修科，有的是到中等師範，有的到幼兒園或其他機構，但是十分之九的同學都是到各地區的各中等學校作人民教師。

因爲有的學員是調職學習的，所以畢業後仍回到原崗位工作，其餘大部分都是由中央人事部統一分配。

雖然情況有種種不同，但大家的工作性質都完全一樣，都是去從事教育事業，去作光榮的人民教師，去致力於我們國家不可缺少的、非常重要的文化建設工作。

大家都已經深切的瞭解文化建設的重要性，離開文化建設，經濟建設就不可能充分地發展。因爲幹部的培養和人民文化水平的提高，都有賴於教育工作。作一個人民教師是光榮的，人民教師的工作是把人類社會所積累的經驗和知識，傳播給更年輕的一代，傳播到後世，這是具有永久價值的工作。他是過去人類歷史上先進的思想學識、經驗與新生一代的中間人，是過去事物和未來事物之間的，富有生命的環節，教師的工作有人覺得很平凡，事實上是最崇高、最偉大的職業之一。沒有人民教師，人類的歷史和未來就失去聯系，沒有人民教師，所有一切科學的成果和發明，就沒法傳播於後代。如果沒有人民教師去培養教育新生的一代，而要求我們的國家能够很好的建設起來，要求我們國家逐步過渡到社會主義社會，實在是不可想像的事情。

今年畢業的同學，尤其應該體會到：我們這一批人才是新中國第一個五年計劃第一年投入建設工作的，我們應該感到萬分光榮。

今年本科畢業同學，更應當深刻的認識到自己所負的使命，你們都是在解放以後第一批考入大學的同學，全部大學教育都是在黨和政府極度關懷之下進行的，你們幸福的生活在這偉大的時代，你們是更幸福的在毛主席身邊培養教育起來的新中國的青年，在你們即將畢業的今天，馬上就要投到祖國第一個五年計劃的建設工作裏，這就有着异常重大的意義。

我們祖國的人民教師，無論是在數量上、質量上都還很不够，培養人民教師是一件很不容易的事，今年你們這一批受過很好教育和鍛煉的青年教師，是我們祖國人民教師隊伍中新的血液，你們都像是珍貴財寶一樣，被政府和人民所重視，政府和人民對你們都寄與無限的希望和無限的關懷。一定要把你們分配到祖國最需要的崗位上去。

因此希望大家，認清自己所負的使命重大，在分配工作時，不只要克服個人主義，而且要克服主觀主義，不只要立定志氣一切爲了祖國建設，服從整體利益，而且要深刻地體會個人利益和國家利益完全一致。

我們的一切，是勞動人民血汗所供養的，我們的安全，是志願軍用最寶貴的生命保衛着的。在學校的時候，大家提出：『爲祖國而學習，爲祖國而鍛煉』，今天是把我們的一切力量貢獻給可愛的祖國的時候了。因此希望大家服從祖國建設需要，發揚愛國主義精神，響應統籌分配的號召，無條件的愉快的走上工作崗位。黨和政府這樣的要求大家，我們學校也是這樣的要求大家，同時我們也都相信大家一定會作到的。

今天以後，在學校的學習階段結束了，一個人的真正的鍛煉和真正的長進，是要靠學校大門以外的工作和實際鬥争的。因此在大家將要走向光榮的工作崗位的時候，在將要離開學校的時候，我懇切的和大家提出幾點到工作崗位以後，應當注意的問題，也是作爲對諸位的幾點要求。

第一點，每一位同學首先要明確認清自己的工作性質和任務，不斷克服困難。要認清這一工作在國家建設中究竟起什麽作用，在整個國家建設中的意義是什麽，有那些條件才能取得勝利，在工作上可能有那些條件是困難的。這些勝利條件和困難條件都應當充分估計，應當認識到建設工作的艱苦性。

青年人常是富有美麗的幻想，這當然并不是壞事，而且新中國的『前途』是無限光明，也是肯定無疑的，但是，理想并不就是現實，爲了將來的幸福，必須經過今天的艱苦奮鬥。如果只是幻想得非常美麗，而根本不用艱苦的努力就想得到勝利，一定會感到悲觀、失望。

我們要知道新中國是從舊中國來的，不能一下就達到理想，目前還不是所有一切都是盡美盡善。我們還有很多困難條件，美國帝國主義還在陰謀破壞停戰，我們的抗美援朝還在繼續進行，我們經濟上還有一些困難，我們人力上還是很不够的。

在中央部門、在首都，條件比較好，在其他地區，在農村、在邊疆條件還不够，但是我們的困難和缺點都是在不斷勝利不斷發展中産生的，我們可以克服和糾正，但是對這些困難也要有充分估計，思想上一定要有充分的準備，不然對工作將會有損失。

在工作裏絶不可以怕困難，新中國是一日千里的發展，我們是要逐步的過渡到社會主義，這也就是我們逐步克服困難的過程，克服一步困難，就是更進了一步，任何困難，它本身就包含着克服困難的條件，只有這樣既不是盲目的樂觀，也不是害怕困難，要對困難有充分的估計，才能愉快的、自覺的完成我們的工作。

而且，在我們工作中所遇到的都是很細緻的工作，不是工作任務很大，而空洞無物，從來没有空洞的抽象的工作，任何工作都是細緻的，具體的，都須要從小事做起。

我們常以自己的幻想來代替具體事實，這是不妥當的，我們一定要堅持完成細小的細緻的工作，具有不怕困難克服困難的決心。

中國共産黨三十多年來，就是在不怕困難、克服困難中成長壯大起來的，每一個同學一定要成爲鋼鐵一般，要好好的在困難中鍛煉。

我們要學習志願軍，他們的工作比我們困難幾千倍幾萬倍，他們就是一點一滴的來完成工作的，我們在工作裏，首先就應當學習他們這個優點。

第二點，希望大家要不斷的學習，不要滿足於學校學到的東西——我們所學還是很少的，拿我們的知識和祖國對我們的要求相比，仍然是遠遠不够。

首先我們要向群衆,特別是向工農群衆學習——我們在新的工作崗位上,會接觸到各種群衆,也有工農幹部和工農群衆,我們應當向他們學習。我們知識分子,在某種意義上講,是最無知識的人,在實際工作、實際鬥争中,我們的知識是極端不够的。因爲我們缺乏實際的生産鬥争和階級鬥争的知識,我們要最虚心的向群衆學習,對工農同志們驕傲是最危險的事情,毛主席還説要作一個小學生,那末對我們來説,只不過是幼兒園的學生,我們一定要虚心。

其次我們要向新鮮事物學習——我們在工作崗位上,將會接觸很多新鮮的事物,而且會越來越多,永遠不能完結。因爲我們新中國是大踏步地在前進,新事物一天一天的涌現出來,我們要趕快學,這些新的事物就是我們取之不盡,用之不竭的知識的源泉。我們走出學校大門,到處都是新鮮事物,將來不管是到東北、到西南,是到西藏還是到新疆,是到城市還是到農村,到處都會是很新鮮的,會有我們從來没有看見過,從來不曉得的事情在進展,我們萬萬不可自滿,只有整天不斷的向新鮮事物學習,自己才能進步。

另外,最重要的就是要有系統的學習馬克思列寧主義、毛澤東思想——大家在學校裏都已認識到政治理論學習的重要,參加工作後政治理論學習仍是重要,斯大林同志告訴我們:『在國家任何一個部門中,工作人員底政治水準和馬列主義覺悟程度越高,工作本身也越高，越有成效，反過來説，工作人員底政治水準和馬列主義覺悟程度越低，工作中的延誤和失敗也越多，而且工作人員本身也會越加變爲鼠目寸光的小人，墮落成爲一些只圖眼前利益的事務主義者，而他們也就愈易蜕化變節——這要算是一個定理。』老鼠的眼睛只能看見寸光，關於國家五年計劃，關於祖國給我們青年一代開闢的廣闊前途，老鼠是看不見的。我們如果不加强政治學習，則我們只能看見眼前的、局部的事情，把整個的、全面的就都給忘掉了。

第三點，希望大家熱愛自己的事業，能够團結同志們，共同把工作搞好——大家作一個光榮的人民教師，所培養出來的新的一代，都將是建設社會主義的人材，而這樣的人材，我們的國家就是交給你們來教育來培養，這是一個無比光榮的托付。大家接受這一重大任務，這一爲光明燦爛的社會主義而培養人材的任務，千萬不要辜負了祖國對大家的希望。

希望大家能够主動的團結同志，無論對上級、平級、下級都要謙虛，不可驕傲、自滿，不要看不起人，驕傲自滿的結果一定是失敗的。

但是團結，也并不是無原則的團結，要堅持真理，時刻注意掌握批評與自我批評的武器，不斷改正缺點，使我們自己永遠富有朝氣。

一切服從祖國，祖國叫我們到那裏就到那裏。要頑强的克服工作中可能遇到的任何困難。

在你們學習告一段落，就要參加建設事業的今天，我没有更多的話囑咐你們，我只是希望你們成爲建設事業的生力軍，大家爭取時間，把祖國建設起來，把我們國家迅速的由農業國變爲工業國，把祖國建設得像蘇聯那樣的强大、繁榮而幸福。

我祝賀你們永遠年青、永遠愉快！

祝賀你們身體健康，工作勝利，前途輝煌！

〔一九五三年七月二十日〕

畢業同學暑期學習開學式上講話

同學們：

在學校裏四年的學習結束了，大家都在摩拳擦掌的等待着分配工作，都在熱情飽滿的準備投身到祖國的建設事業，我首先慶賀你們勝利的完成學業，參加祖國建設事業！預祝你們成爲建設事業的生力軍！出色的完成祖國交給你們的任務！

在你們臨行待發的時候，大家都集中在北校，還進行兩個星期左右的暑假學習，這一段學習大家將會進一步的提高自己的認識，每一個人都將愉快的走向自己戰鬥的崗位。這是工作以前最末一段集中一起的學習，大家會很珍視這一節學習，會很好的完成學習任務，我在今天這短期學習的開學式上，預祝大家學習上再一次獲得勝利！

今天，我在這裏對同學們提出三點希望：

第一點，要正確的對待這次學習。

這次學習，時間雖然很短，但是在大家走上工作崗位的前夕，是有着特殊重要的意義的。因此每一位同學，都應當而且必須很認真的負責的參加這一學習。

有的同學可能想：反正是要統一分配工作，學習我也服從分配，不學習我也服從分配，學不學對我没關係，那是別人的事情。因此對學習不够重視。

有人會很着急，他想：爲什麽還不公布分配方案，爲什麽要費很多時間學習？就是要動員我服從分配，因此認爲學習是負擔。

或者會有個别的同學覺得學習又是要整思想，要搞我們。因此不願參加。

如果有這樣的想法，我認爲都是不正確的。首先要瞭解，任何學習——包括今後大家在工作崗位上的學習，都一定和思想有關，學習一定會提高思想，而且將會在今後不斷的學習中，不斷的進步。任何學習都不是『整』思想，同時，任何學習，也不能不與自己的思想産生關係，不是『誰搞誰』，而是通過學習，啓發大家的自覺性和責任感，使我們自己更提高一步。

青年人都是要求進步的，因此也都要求學習。學習爲了國家的利益，而首先是爲了我們青年的切身利益。任何人經過學習，都會在不同的基礎上提高。已經决心服從分配的同學，將會更提高服從分配的自覺性；如果思想上還有一些顧慮的同學，也將會在學習的過程，打消種種顧慮。

假如有人原來强調個人利益不願服從分配，經過學習認識到個人與國家的關係，放棄了錯誤的想法，因而服從祖國需要，愉快的走上工作崗位，這就對人民事業有好處，這樣的動員工作，又有什麽不可以呢？

當然，我所説的只是幾種假設情况，大家覺悟都已很高，不一定有這樣的想法，但是如果有，就一定要把它改正過來，要端正學習態度，作爲我們臨行前的一次考驗，把這一段學習勝利完成！

第二點：堅决服從政府的統一分配，積極參加祖國建設。

三年以來，我們高等學校的畢業生，已經有七萬四千六百多人由政府統一分配，有計劃的分配到國家的各種工作崗位。他們在工作裏得到了鍛煉，在政治、思想和業務上，一般都有很大的進步，在國家各種建設上，起了很重大的作用。

只在北區就分配了兩萬人左右，這些畢業生不僅是擔負了一般的工作，有不少人由於自己不斷的努力，已經作了廠長、工程師或校長、教導主任等重要工作，有些人已經成了勞動模範、人民功臣或模範教師。

今年，我們有三萬四千九百多高等學校畢業生，也將要在政府統一分配之下，參加國家的建設工作。其中有四千五二八人是師範畢業生,將要分配到全國各地區參加文化教育建設,去作光榮的人民教師。我們學校畢業的同學,也就在四千五百多人之内。

全國師範畢業生和全國需要的中等學校教師相比,還差得很遠很遠。畢業生只有四千五二八人,需要的中學教師是二萬三千八九二人,還不足百分之二十,這是相當嚴重的現象。如數學教師需要三千三五八人,只有畢業生二百三六人,其中本科畢業生只有七十八人,其餘都是專科學校畢業。又如政治理論教師需要一百人,只有五十個畢業生,其他各科也是這樣情況。所以師範畢業生人數和需要的情況相比,實在相差太遠,在這樣相差懸殊的情況下,你們這批畢業生是多麼珍貴,國家真是拿你們當做珍寶一樣來看待,一定要按照『集中使用,重點配備』的方針,和本着『國家需要,學以致用』的精神,把你們分配到最需要的崗位上,使你們每一個人都發揮很大的作用。

同學們!這是你們最大的幸福和光榮,在舊中國,絶大多數高等學校畢業生的命運是失業。在學校畢業後,到處托人謀得一個職業,只要能糊口就算很不錯了,根本談不到什麼遠大理想。也有一些青年,想爲國家作一番事業,但在反動派統治之下,這個理想也就成了空談。但是在新中國,知識分子的地位,已經起了根本的變化,你們高等學校畢業的青年，具有一定的專門知識和技能，由政府有計劃地統一分配工作，在祖國的建設工作中發揮着巨大的作用。自己的遠大理想能够實現，在我們祖國建設事業奔騰前進之中，你們能够爲祖國培養新的一代，爲完成祖國的建設計劃貢獻出自己的青春，這是多麼幸福，多麼光榮的事情。

前幾天，一個早期畢業的同學，回來看我，他說他畢業時也曾有一個遠大的理想，但是碰了多少釘子，走了多少彎路，今天才能真正達到爲人民服務的機會，他非常羨慕現在的畢業同學，他說：他真正體會到人民政府對青年的愛護和關懷。他說政府比青年人自己還更關心着自己，在學校剛剛畢業，已經爲這些青年建設者們安排好光明的道路，這是我們從前畢業的人不可想像的事體。這位早期畢業的同學用萬分羨慕的心情爲你們祝賀。你們也確是值得祝賀的人。你們是生長在毛澤東時代的人，你們這批人才，是新中國第一個五年計劃第一年投入建設工作的，你們是應該感到萬分光榮的。你們也一定會按着祖國的需要，堅決服從政府的統一分配，積極參加祖國建設。

第三點：在分配工作時應注意的幾個問題：

1.要確立專業思想——大家都是學師範的，畢業以後，都要分配在文化教育的崗位上，其中一部分同學去作教育行政工作，絕大部分的同學，都是去作人民教師。

對於人民教師的光榮，大家經過種種學習，經過教育實習，已經有了正確的認識。今後還希望大家在工作上進一步樹立、鞏固并提高這一專業思想。

我們的國家建設，把工業建設擺到首位，但也不是只有工業建設才是國家需要，其他方面的建設就不需要。國家經濟建設是很複雜的，工業建設和其他各項建設是有機的聯系着，是不可分割的。

發展工業，就要大工廠，但是小工廠和手工業也不能不搞，想把工業搞好，缺少原料就不行，商品糧食也要增加，因此農業也要相當發展。我們國家五年内需要培養出三十萬技術幹部，所以培養幹部的工作也應當配合上。比如教育建設不足，就培養不出足够的技術幹部，農業建設不足，就不能供給足够的工業原料，這都會阻礙工業化。反過來説，國家不能工業化，就會仍然陷於落後經濟的貧困狀態，那麼農業和教育也就不可能得到發展。各項建設都是不可分割、不可缺少的。

今年的畢業生分配，也就是適應國家建設的全面計劃的需要。我們參加文教建設的人，也都是有機聯系的全面計劃裏不可缺少的一部分，絶不是那一種工作特别吃香，那一種工作不吃香，不論是缺少那一部分的工作，國家建設事業就不能向前發展。

我們做教師的人，是全部國家建設裏异常重要的，不可缺少的一環，因爲在建設工作中，人是決定一切的因素，幹部是決定一切的因素，而教師正是培養人，培養幹部的人。教師不被人重視，那是舊社會的看法，這種看法應當隨着舊中國一起，一去不復返了。今天如果還認爲教師不被人重視，這是拿舊眼光來對待新事物。在舊中國，也有不少青年，頗有一番理想，在學校裏也下過一些鑽研的功夫，及至畢業以後，不但不能發展自己的才能，反而失業，於是就『懷才不遇，潦倒終生』，像這類的人是很多的，但是他們并不一定是學師範的。這就説明舊社會裏，不但教育事業得不到發展，任何事業也不可能發展，在反動統治之下，根本就沒有可能談什麽建設。這些，已經成爲歷史的陳迹了。

今天，情况已經根本改變，在新中國的各種建設工作上涌現了大批的英雄、模範，同樣的，在教育陣地上也涌現出許多優秀的模範教師，如史瑞芬、吕敬先等，都是大家非常熟習的。這就説明新中國需要各方面的人材，教師的地位已在不斷的提高。

正如列寧在十月革命後不久就提出：『應當把我國國民教師的地位提升到資產階級社會的教師們所始終不能達到的高度上。』現在蘇聯的教師已和技師工程師等受到同樣的待遇，蘇聯的青年以争取學習師範，做一個人民教師爲光榮任務。

目前，我們政府已在用最大力量，有計劃地、逐步改善各級教師的物質生活和政治地位。隨着經濟建設高潮的到來，即將出現一個文化建設的高潮，教師是會隨着我們國家的建設到處被人推崇，到處被人尊敬的。

我自己從事祖國的文教建設事業，就深深體會到投身文教建設的無比光榮。將來你們用你們辛勤的勞動，用你們的智慧和雙手培養出具有優秀品質，熱愛祖國，具有一定文化知識和科學技術的新的一代，從事於社會主義、共產主義的建設，你們會感到自己選擇了師範專業，去作一個人民教師的無比光榮，當你們想到你們親手培養教育的更年青的一代，是祖國建設中有用的人材的時候，你們就會認識到你們將要擔負的工作是何等重要，是我們國家逐步過渡到社會主義社會的各項建設裏必不可少的重要建設之一了。

但是做一個中學教師是不是自己就不能提高，就不能從事於科學研究呢？我想這也不是的。

我們祖國一日千里的在進展，所有的人——包括青年和少年，都在不斷的進步，我們培養出的人是建設共産主義的人材，如果他們的教師，都永遠停留在一定的水平，對於所教的課程不鑽研、不提高，是不能滿足國家建設的要求，也不能滿足同學們的要求的。要想完成自己的教學任務，就必需始終不懈的鑽研業務，要隨着時代的進展而提高，才能不落在時代後面，因此作一個中學教師，不但不是不能提高，而是必需提高，隨時吸取各方面經驗，鑽研業務，進行研究，在科學研究的基礎上，才能把同學教好，中學教師和科學研究是一致的，而且也是必需一致的。

2. 正確的處理個人利益與國家整體利益的關係——幾年以來，大家在各種運動裏成長、鍛煉，政治覺悟、思想水平確實是提高了。大家認識到個人利益要服從國家的整體利益，但是到具體分配工作時，還要進一步克服個人主義的想法，不只要立定志氣，一切爲了祖國建設，服從國家整體利益，并且要深刻的體會個人利益和國家人民利益完全一致。當然在我們分配工作時，要深入瞭解情況，照顧具體困難，但是同學們如果過分注意家庭、愛人、地區的種種問題，就會感到分配的工作不如意，就會不安心工作，抱怨組織，而使工作受到損失了。

如果人人都願意在城市，不願在農村，都願在大城市在北京，不願意到小城市，這是不切合實際的想法，我們的國家這樣大，我們的文化事業本來是不發達的，農村的種種條件，自然不如城市好，邊疆的文化物質生活，自然不如北京，但是，我們青年的建設者，不是爲了生活享受，不是爲了物質待遇而去農村，而去邊疆的，我們有遠大的理想和抱負，我們就是爲了改善農村和邊疆的物質、文化生活條件而去的，同時也正是爲了提高包括我們自己在內的祖國人民的物質生活條件而去的。

我們的首都——北京，條件很好，大家都願意留在北京，而且還可以留在毛主席的身邊,自己更可以進步,但是我們不可能把所有的中等學校都搬到北京來。既然大家願意做一個毛主席的好學生,那末,首先就要按着毛主席的指示,走向祖國最需要的地區!遵依毛主席的指示就是在遼遠的邊疆也會感到跟毛主席十分親近;不遵依毛主席的指示,就是一輩子呆在北京,看見毛主席也會感到慚愧。

如果目光短淺,只看到個人的眼前利益,專爲個人打算,就會失去了生活的方向,就會喪失目標,同時也敗壞了自己的前途。

處在我們這樣的時代,這樣的社會裏,青年人的前途是非常光明的,個人利益和國家利益是非常容易統一的,只有個人利益服從國家利益,個人的才德事業才能得到很好的發展。如果有人仍然一天到晚計較個人得失,他就是根本脱離時代,結果就會成爲被時代所遺棄的人。我們應該好好記住毛主席所説的『知識分子如果不與工農民衆相結合,便會一事無成』的黨語。

3. 不要好高騖遠,要從平凡的工作做起,要脚踏實地,克服困難——青年人固然不要目光短淺,眼界狹小,但是也不能把遠景當成了現實。

目光短淺,看不清前途遠景,找不到目標方向,没有明天,没有理想,只是盲目的生活和工作。但是如果只凝視着遠方,把遠景當成了現實,而看不清走向目標的具體道路,企圖『一步登天』的人，也將免不了要總是焦急、總是失望。

青年人應當有美麗的理想，這個理想應當是從現實的發展規律產生的。理想要以現實爲基礎，不能脱離現實。

同學們應該認識到建設工作的艱苦性，也應該認識建設工作的實際情况。我們新中國的前途，是無限光明，但是，明天并不是今天，理想并不是現實。爲了將來的幸福，必須經過今天的艱苦奮鬥。爲了建設新中國，我們必須經過一個重重困難的過程。

没有『一步登天』的捷徑，也没有『不勞而獲』的果實。在通向偉大目標的道路上，不是没有困難，一帆風順的。在我們建設的路程上，會有荆棘，有野草，有大河，有高山，但是我們不怕困難，也不躲避困難，要迎接困難、克服困難，要除去野草、荆棘，要架起橋梁，要翻過高山。要一步一步的從平凡的工作中，創造出光榮的事迹。把『美麗的理想』和『辛勤的勞動』統一起來，把『主觀願望』和『客觀實際』統一起來，踏踏實實的，全心全意的爲人民服務。

同學們！你們都將是教育戰綫上的新生力軍！你們的事業，關係着祖國的未來，你們的肩頭，背負着祖國的希望，你們會服從祖國的分配，愉快的走向工作崗位。希望你們忠於人民教育事業，在工作中刻苦耐勞，虚心學習，認真鑽研。熟悉業務，熱愛兒童，爲祖國培養優秀的一代而奮鬥。

我的話完了。

今天我們很榮幸的請到北京農業大學孫曉邨校長來給我們作報告，孫校長工作非常忙，而且最近幾天身體不很舒服，今天在百忙之中來爲我們作有關國家經濟建設的報告，我們非常感謝。希望同學們用心聽講，作好筆記。現在就請孫校長爲我們報告。

〔一九五三年八月八日〕

數、物、化師專師資訓練班結業典禮上講話

各位先生、各位同學：

今天我們師專師資訓練班結業典禮，大家就要投身到祖國的建設事業，我首先祝賀大家這一次勝利的完成學業，參加祖國建設！預祝你們成爲文化教育建設的生力軍！出色的完成祖國交給你們的任務！

在這短短的二十個星期的學習之中，你們每一位同學，都有很大的進步和顯著的提高。比如化學組一位同學，入學時的測驗考試只是十七分，而這次最後的成績，已在八十分以上。這不過是其中的一個例子，事實上每一個同學都有很大的提高。各人進步的速度雖然不一樣，目前的水平雖然不一樣，但是就每個人的原有基礎來看，進步都很大。差不多在這二十個星期所學習的功課，至少相當於平常一年的學習，而同學們的進步，比一年的成績還大。

我們學校舉辦這樣的師資訓練班，還是第一次，缺乏經驗，準備不够，人力也不足，因此在學習和生活上，不能完全滿足同學的要求。但是在這樣困難的條件下，我們還獲得很

大成績,主要就是因爲各位先生以對祖國、對諸位同學高度負責的精神熱心教導,這也是由於同學們的刻苦鑽研,積極努力。因爲大家都瞭解自己的教學或學習,是和祖國建設密切聯系着的。因爲大家有高度的政治熱情,所以先生們不管天氣多麽熱,還是孜孜不倦的教課,同學們也是在本科同學已經放假之後,仍然頑强的學習,克服困難,一直堅持到最後。

現在這一短時期的學習結束了,同學們馬上就要走到工作崗位上。在臨行前,我簡單的對大家提出兩點希望:

第一,希望大家堅決服從政府分配,積極參加祖國建設,正確的處理個人利益與國家整體利益的關係。

大家都知道,祖國第一個五年計劃開始,需要大批的建設人材,需要大批的中學教員,因此大家分配工作,不管是直接去教中學,或是去做培養教師的工作,都是一樣重要,都是祖國迫切需要的。因此希望大家按着祖國需要,服從政府分配。進一步克服個人主義的想法,不但要立定志氣,一切爲了祖國建設,服從國家整體利益,而且要深刻的體會到個人利益和國家利益完全一致。

不要强調地區問題和個人生活上、家庭、愛人等等問題,不要自己主觀的認爲師範學院、師範專科學校就高，教中學就低。只有放棄了個人的想法，不斤斤計較個人的得失，服從革命利益，個人的才德事業才能得到很好的發展。

第二點，希望大家今後仍要不斷的學習，不要滿足於學校裏所學到的東西。要知道我們所學還是很少，拿我們的知識和祖國對我們的要求相比，仍然是遠遠不够。

祖國在一日千里的進展，我們不能永遠停留在一定的水平。如果想很好的完成自己的教學任務，就必需不斷的在工作裏學習，要有系統的學習馬列主義、毛澤東思想，不懈的鑽研業務，充實自己，鍛煉自己，隨着時代的進展而提高，出色的完成祖國交給自己的光榮任務，成爲祖國的新型的人民教師。

同學們！你們都將是教育戰綫上的英勇戰士！你們的事業，關係着祖國的未來，你們的肩頭，背負着祖國的希望，你們一定會服從祖國分配，愉快的走上工作崗位的。

希望你們忠於人民教育事業，在工作中刻苦耐勞，虛心學習，認真鑽研，熟悉業務，爲祖國培養優秀的一代而奮鬥。

末了我對各位先生的熱情教導表示感謝并祝賀大家工作勝利，身體健康！

〔一九五三年八月二十五日在理化教室〕

數、物、化師專師資訓練班結業後宴會上講話

各位先生:

今天師專師資訓練班結業,同學們學習成績很大,主要就是因爲各位老師熱心教導,辛勤勞動的結果。

暑假裏天氣很熱,諸位老師在炎熱的天氣裏,不能休息,一直堅持工作,我代表學校,向大家表示慰勞,表示感謝。

大家都很辛苦了,今天我們聚會一下。

讓我們共乾一杯,敬祝諸位身體健康!

〔一九五三年八月二十五日,數物化師專師資訓練班結業後在同和居宴會〕

北京市第四届第二次各界人民代表會議上發言

主席、各位代表：

我們聽了張副市長和劉仁同志的報告，我們小組經過討論後，對這兩個報告，完全同意，并且表示竭誠的擁護。

首先，關於財政收支方面：我們瞭解到我們國家總的方向，是穩步實現國家工業化和逐步過渡到社會主義社會。因此一切工作，都應當根據這一原則來決定。財政的開支，首先應投資於經濟建設。文化教育建設事業，只能以生產發展爲基礎，不能脱離生產發展的水平而孤立前進，文化教育要因經濟的發展而發展，要與經濟建設相適應，不能突出的走在生產發展的前面，如果突出的前進，就不是爲經濟服務，不是爲國家工業化服務。

我們教育工作者，必需認清這一基本原則，如果只單純的看到文化教育建設的發展，而脱離了生產，或只顧教育事業的發展，輕浮的采取過早的行動，不與經濟建設相適應，則是捨本逐末。而且没有經濟的基礎，文化教育也根本不能推進，不能發展。

我們的優越的社會主義制度與腐朽的資本主義是完全相反的，我們是上昇的，是繁榮的。斯大林同志在蘇聯社會主義經濟問題裏已經説明。他發現的社會主義基本經濟法則的主要特點和條件是:『通過在優越的技術基礎上進行的社會主義生產的不斷發展和不斷趨於完善,保證社會所有成員的不斷增加的物質和文化要求得到最大限度的滿足』。這就可以看出發展生産的主要目的,就是爲了滿足人民的物質需要和文化需要,因此我們資金的使用,一定要進一步貫徹爲生産服務,爲勞動人民服務,爲中央服務的方針,按照財政收支預算,以保證正確實現這個預算。

其次,關於基層選舉典型試驗的工作:這種慎重的、細緻的作法,是完全符合我國的實際情況,符合於廣大人民群衆的要求的。這種提名的方式,是自下而上與自上而下相結合的。它貫澈了極大限度的發揚民主的精神,『正像維辛斯基論述蘇聯選舉制度中關於候選人提名權時所説的,『這是没有任何限制的』,因此才能成爲一種『真實的民主權利,事實上保證全體公民都被吸引參加負責的政治工作』。這樣的辦法,是充滿了教育意義的,不但使幹部受到很大教育,而且又教育了選民。我們不單是爲選舉出代表,而且可以通過選舉工作,進一步劃清敵我界限,提高政治覺悟,加强政府與人民之間的聯系,將會使我們廣大人民群衆,更積極、更努力的參加國家建設工作。

這次基層選舉典型試驗地區所有的事實,就是有力的説明,經過選舉,人民群衆就更會認識到自己的政治權利的莊嚴,更深切的體會到自己在政治上得到翻身,進一步認識到今天是我們人民自己當家作主，自己是國家真正的主人。今天選民對選舉這樣熱情，這樣高興，也就可以看出明天將會在自己的工作上如何發揮自己的更大力量。

這樣的選舉，是我們國家政治生活中的一件最有歷史意義的重大事件，是標志着我國人民民主政權發展的新階段。是廣大人民群衆，包括我們教育工作者所熱烈擁護的。因此我們一致表示在全市展開基層選舉工作的時候，我們學校裏一定保證幹部的及時輸送，以使得全市基層選舉工作勝利完成，而且也可以在我們參加工作之中，提高自己的政治熱情，以充實自己，鍛煉自己。

我個人，是七十多歲的老人，長期生長在舊社會裏，對於這樣的民主權利，簡直是不可想像的事情，昨天聽了劉仁同志的報告，深深的受到感動，進一步體會到人民民主專政的國家制度的優越性。這樣的制度，得來是不容易的，是多少革命先烈，經過艱苦的鬥争，用鮮血換取來的，我們今天才有可能自己選舉自己的代表，才有可能參加自己國家的建設，我衷心的熱烈的感謝黨感謝毛主席。讓我高呼：

中國共産黨萬歲！

偉大領袖毛主席萬歲！

（一九五三年八月二十六日）

生物學進修班結業式上講話

諸位先生、諸位同志：

今天是我們生物學進修班舉行結業式，首先我向大家在這一段學習裏，積極努力學習，得到很大收獲，表示熱烈的祝賀。

我們這次舉辦生物學進修班，主要是爲了適應全國高等師範學院生物教學的需要，爲加强學習先進科學理論，培養達爾文學説、米邱林生物學的師資。但是因爲我們辦進修班還是初次，没有什麽經驗，籌備工作做得不够，工作進行上有種種缺點。因此，關於課程方面、計劃方面、還有其他方面有所變動，致使在諸位的學習上受到影響。

到了最近，我們在九月七日的時候，才得到杜伯洛維娜專家，又因事不能回到中國，雖然决定新的生物學專家還會來，但是究竟什麽時候能够來到中國，我們很難掌握，因此，雖然專家所講的課程還没有講完，但是我們經過考慮，爲了不影響各位這一學期開課起見，我們就請示教育部的同意，决定采取『提前結束』的措施。很多同志都是因爲原定九月一日開課，暑假裏回去，又匆匆的趕回來，往返費了不少時間和精力，我們感到非常抱歉。

我們這次的工作，的確有不少缺點，大家也曾提了很多意見，我們要把這一次的經驗總結一下，來改進我們今後的工作。

我們的工作雖然有種種缺點，但是因爲我們有蘇聯專家的熱心指導，并得到北京農業大學的協助，又由於諸位同志都瞭解到這一次學習自己所負的重大使命和其政治意義，大家都積極努力，不懈的鑽研，因此在學習上還是獲得很大的收獲，收到一定的成績。

諸位都是不遠千里，來自全國各個地區的高等學校的教師。今天諸位得到了蘇聯專家的親自教導，系統的學習了蘇聯的先進科學理論，明天，諸位就要回到各地，回到自己的工作崗位，負擔起教學任務。

今後就要靠大家的努力把蘇聯先進的科學理論，傳播給我們祖國各地的青年，這意義是非常重大的，是直接關係着祖國建設事業的。將來經過大家培養教育出來的青年，他們不但要認識了生物界，而且將會是改造生物界的人材，使他們正確的掌握了這門科學，就將會在人類征服自然、改造自然的工作中，發揮更大的作用。使我們將來的生活更幸福，更美好，使我們穩步的過渡到社會主義。因此，大家的工作都是直接關係着祖國前途的，我們都在殷切的矚望着大家！我們相信大家在工作中一定會勝任愉快！

當然，可惜的是蘇聯專家的課程，還没有完全結束，希望我們今後經常保持聯系，我們不但要不斷的在學術上交流經驗，在教學上交換意見，而且等到新的專家來到我校後，我們將要把專家的講義，得到專家同意後，寄給各位。

今天，我的話，就講到這裏，希望我們今後在工作中，共同努力，祝賀大家工作勝利，身體健康！

（一九五三年九月十三日）

鞏固的基礎上，一磚一瓦的蓋起高樓大廈。我們將要在祖國這塊土地上，培養教育出成千成萬的建設人才，培養出優秀的人民教師。今天我們從近看遠，從小看大，從今天的基礎上，看到我們學校的發展遠景，看到我們祖國文化教育事業的蓬勃發展，看到我們祖國的燦爛前途，因此，今天的第一塊基石的鞏固奠定，是有着异常重大的意義的。

我們這次建築，從二月初開始布置工地，搭建工棚，備磚備料，作施工的準備，當初計劃七月十五日可以部分開工，因爲正趕上雨季，道路泥濘，交通工具發生困難，使我們運磚受到影響，而且因爲雨水太大，地下的水也返上來，水都過了膝蓋，刨槽工作因雨塌陷了兩次，有的甚至要返工三次，『打灰土』原規定打三步，結果打了四步，直到八月還是在作掏水工作，由於工地領導同志和工人弟兄們想出種種辦法，把水掏乾，到九月初才能砌了基礎。

我們感謝北京市第五建築公司運輸隊，在非常困難的運輸條件下，發動紅旗競賽，給我們趕運了六十萬塊磚，使我們得以提早開工。

我們感謝京津運輸局，熱心的幫助我們，今後還要給我們作繼續運磚的工作，保證我們施工的使用。

我們感謝太平莊鄉政府的同志們，協助我們購地，丈量地畝，發放地價，遷建民房，遷移墳墓。我們明年和以後逐年的建築任務，還將在同志們大力協助之下，得到順利的進行。

我們感謝第五建築工程公司及工地領導和所有的工人同志們，大家都在愛國主義的熱情鼓舞下，以國家主人翁的態度，熟練的操作，全體工人弟兄們都出主意，想辦法，找竅門，提出：提高管理水平，保證工程質量，降低成本，争取完成國家計劃的口號。大家都熱情高，工作快，質量好，涌現出很多出色的操作能手。例如在整頓勞動紀律時，一般瓦工平均每人每天砌磚三百多塊，佟樹發小組平均每人每天砌一千三百多塊，帶動了其他小組，現在砌『基礎墻』已經達到每人每日砌磚二千三百多塊。

我們這裏有北京市勞動模範張寶崑同志，他曾出席北京市勞動模範大會，今年暑假曾被選送到北戴河休養，他們小組不但勞動紀律好，而且有創造發明，他們創造了雙刃鑿，一手三條鋸，和畫綫架等工具，因之提高了工作效率。

其他種種模範事迹，是很多的，這種種事迹，深深的教育着我們，是值得我們學校的工作人員和同學學習的。

工人同志們這種高度的熱情生産，積極操作，表現出今天新時代的新氣象，大家就像是生龍活虎、精力充沛的戰士，大家比誰都更瞭解自己所擔負的基本建設任務是國家經濟建設五年計劃的一部分，在舊社會所蓋的高樓大厦，是被統治階級享受着，而今天的建築，是爲着勞動人民，是爲自己階級在勞動，今天親手所蓋的樓房，將是作爲培養工農子弟的學校，是在爲祖國，爲勞動人民，爲大家自己的子弟，自己的兒女修蓋着莊嚴的校舍。熱情鼓舞着每一個工人弟兄，愉快的擔當起這光榮而艱巨的任務。

我們全體師生，今後更要加倍努力，在毛主席共産黨領導下，把師範大學辦好，來回答工人弟兄們！我們今後要彼此互相勉勵，在不同的工作崗位，共同努力，保證完成祖國交給我們的任務，使我們國家順利的走向工業化，穩步的過渡到社會主義社會。

今天，我們奠定百年大計的基礎，讓我們在這基礎上，在毛主席的旗幟下，勝利前進吧！

最後我祝我們工地上所有的工作同志，和協助我校建築的各位同志們工作順利！身體健康！

〔一九五三年九月十六日〕

歡送普式金專家回國大會上講話

諸位同志：

我們敬愛的老師和親密的朋友普式金同志，最近就要回國了，我們全校師生對於普式金專家，都是熟悉的、愛戴的，是非常崇敬的，今天我們每一個人，都懷着异常感激的心情，來歡送熱情無私幫助我們的國際友人普式金專家歸國，首先我代表我們全校師生向普式金專家表示衷心的感謝！

普式金教授，是斯大林同志生前派遣來我國的，他從去年三月間，帶着蘇聯政府和蘇聯人民的囑托，來到中國，來到我們北京師範大學。他一到我們學校，馬上就投入了教學工作。

在這一年半的時間裏，他的工作是緊張的、是繁重的。去年他開三門課，每星期十五小時，聽課的人，包括我校教育系的全體教師和同學，其他系的教師，還有校外的工作人員。專家系統的給我們講授了先進的教育科學理論，詳細的介紹了蘇聯三十多年來在教育方面最主要的最實貴的經驗。

他對於教育系、對於教研室的種種問題，經常予以幫助，日常給系裏的教師作輔導工作，系裏的教師們，由於系統的學習了先進科學理論，直接聽專家講授，并得到專家的親自輔導，才使我們的教師邊教邊學有了可能，使得教學質量有所提高，教學方法得到改進。

在專家親自指導之下，我們進行了三次有組織、有領導、有計劃、有檢查的教育實習，基本上糾正了以往不重視實習工作，和對實習工作種種的錯誤看法，樹立、鞏固并提高了同學們從事人民教育事業的專業思想，初步掌握了蘇聯先進教育理論與教學方法，使理論與實踐有機的密切聯系起來，得到非常豐富的收獲。

專家不但介紹了蘇聯先進科學理論和先進經驗，對我們教學改革有很大幫助，而且專家的勞動態度和工作作風，給我們師生和工作人員樹立了光輝的榜樣。專家們忘我的工作精神，全心全意的爲人民服務，高度的負責精神和艱苦作風，使大家受到很大的教育和感動，他曾三番五次的告訴我們說：『「我累了」、「工作太多」、「能力太差」、「水平不够」等等，乃是可耻的語言，我們一定要撲滅這種在工作任務面前唉聲嘆氣的語言。』他的這種忘我的勞動熱情，是蘇維埃人民特有的高貴品質，是我們應深記不忘的，是我們學習的榜樣。

專家在百忙之中，利用每一個星期六和星期日的休息時間，到天津講課，又在寒假裏，到西南和中南去講學，成千上萬的高等學校和中等學校的教師得到他的教導，在廣大教師中間留下了深刻的影響，教師們都普遍的感到明確了共産主義教育的方向，要把這次學習的東西，貫澈到實際工作中去。

專家的工作是多方面的，不但作着教學指導和講學的工作，就是學校行政工作有問題時，我們也經常去請教，得到不少幫助。

在我校沉重的工作負擔之外，當外邊的機關學校和外地來的參觀團體請他作講演時，他幾乎是『有求必應』，北京市的中學教師和青年，都受到深刻的教育。

他對於教育事業的無限忠誠，尤其對我們的人民教師和學師範的同學有很大的啓發。他在去年我校開學典禮的時候，對我們説：『我們教育工作者感到自豪，這是因爲祖國把最寶貴的未來交給了我們。我自十六歲開始教書，直到現在從未間斷過，假如我還有第二次生命的話，有人問我願意從事什麽職業，我將堅決地告訴他：我願意從事教育工作。』普式金教授對自己的職業所充滿的熱愛，不但幫助同學們樹立起專業思想，而且對每一位教師都起了很大的鼓舞作用。

在我們師大，凡是和專家在一起工作的同志，都覺得十分幸福，從專家那裏學習了許多東西，其中最重要的，就是一個人民教師應當具備的品質。多少人都异口同聲的説：專家無論在那一方面，都是我們的榜樣。他在我們師大從來没有一點客人的表現，就像是在自己的國家裏一樣，他對我們的教師期望很高，要求很嚴格，我們在工作中的缺點，他就給與我們提出批評，使我們的工作得到改進。

他對我們師大是非常愛護，非常關心的，他希望我們學校很快的進步，他關懷着我校的每一個教師，每一個同學。他關心着我們學校的前途發展，就是在前兩天，專家已經決定回國的時候，我們學校舉行新校舍奠基典禮，他還在百忙之中，親自趕到城外工地，他願意親自看到我們新校舍奠定的基礎，他祝賀着我們在這基礎上建築起我們祖國規模最大的師範大學。新校舍基石的奠定，就像是專家在北京師大打下的基礎一樣，就在這基礎之上，將出現新型的北京師範大學。

尤其使我們不能忘記的，就是：專家的工作，不但在我們師大的教學改革上奠定基礎，起了指導作用，而且對我們的高等師範教育，對我們整個文化教育事業起了推動作用。他不但是共產主義教育的執行者，而且是蘇聯先進教育科學的傳播者，他不僅幫助我們師大進行了教學改革，而且對我們全國的教育工作者和同學給予很大的鼓勵。

我們正在熱烈的響應毛主席的號召：『向蘇學習。』『學習蘇聯』是我們今後工作的確定不移的總方向。在這一方向下，我們除了吸取蘇聯先進科學成果，和先進工作經驗之外，還必須學習蘇聯人民的社會主義的勞動態度。

普式金專家在我們中國留給我們的一切，我們永遠不會忘記，我們要把專家對我們的教導，作爲我們今後工作的榜樣，要把專家對我們的期望和關心，作爲我們經常工作進行中鼓舞的力量。

專家對我們的幫助，使我們更深刻的體會蘇聯政府和蘇聯人民對我國誠懇無私的援助，今後我們師大將會在蘇聯政府和蘇聯人民繼續幫助之下，在蘇聯專家指導之下，我們全校師生，在各自的崗位上，發揮最大的力量，克服困難，把國家交給我們的任務完成，把師範大學辦好。

普式金專家不久就要回國了，希望他回到蘇聯，回到莫斯科，把我們北京師範大學師生感謝的心情，帶給蘇聯政府、蘇聯人民和教育工作者以及青年學生們。

在專家臨走的前夕，我們熱烈的誠懇的祝福專家，祝你：

永遠年青，永遠健康。

〔一九五三年九月十八日〕

檢查教學改革的得失座談會上發言

今天請大家來，由校部召開這一座談會。關於會議的性質和主要精神，在我們通知上已經寫清。會上主要是：在一年以來，我們進行教學改革，由於大家的努力，我們已取得一定的成績，可是在教學改革的方針政策，以及具體工作的措施方面，還存在不少問題，今天希望大家根據過去一年的具體事實，來檢查一下我們教學改革的得失利弊。比如關於修訂教學計劃、制訂教學大綱、教育實習工作、教師政治學習、考試制度、考試或考查、教研室的建立、集體備課、教材編譯工作、培養助教工作等等存在的問題，只要關於教學改革的種種問題，都可以提出。

現在新的學年剛剛開始，而且全國師範學院教育會議馬上就要召開，會議上要確定高等師範學校教學改革的方針、步驟和方法。希望大家本着大膽懷疑、實事求是的精神，盡量把意見提出，不但可以作爲我校今後改進工作的借鏡，而且可以提供政府的參考。部裏也很重視這次座談會的召開，今天柳部長、李司長、陳司長也都親自到會來聽取大家的意見。

我們平日對各方面徵求意見是很不够的，今天誠懇的希望大家有什麽意見，暢所欲言，無保留的提出來，知無不言言無不盡。對於我們高等師範教育的教學改革工作是會有很大幫助的。

〔一九五三年九月三十日〕

檢查教學改革的得失座談會上發言(會後講話)

應當肯定的説，這兩天的會，開得很好，我們的收穫很多，特别是對學校領導上所提的意見，和對我們的批評，是對於今後領導工作的改進非常重要的，對我們有很大好處。

過去一年，我們的全校工作雖有些成績，而缺點也相當嚴重。而且我們主動的經常的徵求大家意見，聽取各方面的意見作得很差。今天可以算是聽取意見，展開批評的開始吧！以後這樣的會要多開幾次，我們定出今後每學期至少應該開一次，要作爲一個制度來執行。

大家提出的意見，按性質説有兩種：

一種是應當馬上解决的：比如新老教師的團結問題，很多同志都提出來，而且相當嚴重、相當普遍，這問題不解决，教師積極性不能發揮，我們要馬上加强這一方面的工作，以期解决這問題。

其他如同學的學習態度問題、同學的依賴性的問題、師生關係問題等，都應着手逐步加以解决。

還有領導深入下層,瞭解情況,以發現問題,解決問題,也是要及時解決的,過去我們對各系、各方面的情況瞭解不够深入,只交待任務,不具體幫助,使各系的工作上造成損失。

另一種問題,還是我們需要進一步研究的。如『學習蘇聯』,爲何全面學習,怎樣學習,這要在實踐中去體會和解決,一時也不好就下結論,今後我們還要再加以詳細研究。

還有如我們師大的方針任務,恐怕也還要在全國高等師範教育會議開過以後,再根據我校具體條件,再作決定。

我想這類的問題,還是依照通知上所説:『不作決議。』但是問題是提得很好的,我們一定加以研究。

今天大家意見,可能還没有講完,意見多,一方面説明大家期望我們學校逐漸搞好,是愛護學校,幫助我們領導,另一方面也説明我們的官僚主義,没有及時徵求大家意見,剛才同志們已提出:這樣的會應多開幾次,應當早些開,開得晚了。這話很對。

今天的會就到這裏,等高等師範學教育會議以後,如有必要我們再召開。

至於我們的五三年度的工作綱要,就照上次擴大校委會上的決定,根據大家意見修改好以後，就發到各系，最近兩三天就可發下，我們目前還是按着這工作綱要執行，等全國高等師範教育會議開過後，還可能有些修改，未修改前仍按原來計劃執行。

柳部長是否還有指示。

〔一九五三年十月二日〕

國慶節游行前講話

同志們：

今天，我們興高彩烈、精神飽滿，準備好整齊、華麗的隊伍參加游行，來慶祝我們的國慶節。

今年的國慶節，我們比往年更高興，因爲我們國家開始了第一個五年計劃，朝鮮停戰我們又獲得了偉大的勝利，這樣重大的意義，來慶祝中華人民共和國成立四周年，我們大家的熱烈心情，是可以想像的。

今天，我們的隊伍把毛主席『身體好，學習好，工作好』的號召提出，來接受毛主席的檢閱，向毛主席報告，告訴毛主席我們今後一定按照他的指示，切實作到三好，鍛煉身體，學習科學知識，提高政治水平，更好的爲祖國服務。今天我們的模型，就是向我們祖國，向我們偉大的毛主席提出的保證。

現在，隊伍就要出發了，希望大家服從指揮，遵守紀律，使我們的隊伍，熱情、活潑、整齊、美觀，充分表現出我們對祖國的熱愛，對領袖的熱愛，表現出我們幸福美好的生活，而且顯示出我們堅强的保衛世界和平的力量。

我的話完了，祝大家愉快的渡過國慶節。

〔一九五三年十月一日〕

迎新大會上講話

諸位新同學：

你們已來到學校幾天，各系已分别舉行了歡迎會，今天，我們舉行這一全校性的迎新大會，來歡迎你們，歡迎來自全國各地的青年，歡迎我們北京師範大學新生力量，歡迎祖國未來的文化教育建設者和未來的人民教師。

由於你們認識到高等師範教育在祖國建設上的重要意義，由於你們認識到人民教師是直接關係着祖國的前途和祖國的未來，因此，你們就根據祖國的需要，響應了祖國的號召，選擇了這個志願，服從分配，不遠千里的來到北京師大，加入我們的隊伍，這樣的行動，就意味着自己決心要在我國的教育建設事業上發揮出自己最大的光和熱，要在這個事業上貢獻出自己的力量，這個行動是非常正確的，非常可貴的。我們全校師生員工，爲了祖國幾年之後，將要增加你們這一批年青的教育建設者，增加你們這一批新的生力軍和新的戰友感到十分興奮，十分高興，我這裏代表全校師生員工向你們表示熱烈的歡迎！

同學們！正當我們的國家進入第一個五年計劃的新時期，你們開始了高等師範學校的學習，這不但對你們每一個人是一個新的學習階段的開始，而且在全國來説也是一件很重要的事情。爲什麽這麽説呢？就是因爲你們將來所擔當的工作是人民教師，是作培養和教育祖國下一代的工作，而這個工作，在我們國家的整個建設事業當中，是非常重要的工作。

同學們都知道，我們全國當前的總任務是逐步實現國家的工業化和逐步地過渡到社會主義社會。在這一歷史任務中，如果没有工業，没有工業幹部，實現國家的工業化就會受到阻礙，可是工業幹部以及其他各種幹部是從那裏來呢？毫無疑問，是要靠人民教師來培養的。

做教師的人，是全部國家建設裏异常重要的，不可缺少的一環，因爲在建設工作中，人是決定一切的因素，幹部是決定一切的因素，而教師正是培養人、培養幹部的人。

我們都知道，當前最重要的是工業建設，但是工業建設的人材要靠我們作教師的來供應，不然，雖原料有了，機器有了，而没有能駕使機器的人，工業建設豈不是就要落空嗎？所以重視工業建設是對的，由於重視工業建設而不重視教師，不願意做教師的觀點却是不對的。搞工業是建設社會主義社會首要的，必不可缺少的步驟，我們學師範教育做人民教師，也一樣是建設社會主義社會必不可缺少的力量。

人民教師既然是擔任着教育青年的責任，這個工作就必然將影響整個青年一代的思想品質，將來祖國的青年，就要托付給你們來培養，下一代的『政治思想水平』，『文化、業務水平』的好壞，就關係在你們做人民教師的身上。所以你們今天的學習和將來的工作，是直接關係着國家建設，關係着祖國的前途的。你們要清楚地意識到，將要加到你們身上的責任，是非常沉重的，因而這項任務也是非常光榮的。

不但教師本身的工作是光榮的，而且教師的地位在今後也一定要不斷的提高起來。列寧在十月革命後不久就提出這樣的話，他説：『應當把我國國民教師的地位，提昇到資產階級社會的教師們所始終不能達到的高度上。』現在蘇聯就是按着列寧的指示這樣做了，蘇聯的教師在人民群衆中享有最高的榮譽，他們的物質生活和文化生活已經得到了最可靠的保證，蘇聯的青年以争取學習師範，争取做一個人民教師爲最大的光榮。

我們中國也必將如此，目前，我們政府已在用最大的力量，有計劃地，逐步改善各級教師的物質生活和政治地位。隨着經濟建設高潮的到來，即將出現一個文化建設的高潮，教師是會隨着國家的建設到處被人推崇，到處被人尊敬的。

做教師不被人重視，是舊社會的看法，不是生活在毛澤東時代的新中國青年應有的看法，但是由於教師在舊社會長期受到輕視，没有地位，還多少影響到今天，不過也正因爲今天還有些人是拿舊眼光來對待新事物，所以我們今天的人民教師，和未來的人民教師都更有責任來加以糾正。這需要我們共同努力，就要求我們自己首先重視起來，要求我們自己重視人民教育這一光榮事業。

我自己，幾乎是終身從事教學工作的，我在十九歲起，就教小學，後來又教中學，又教大學，我自己辦過中學，又辦過大學，一直到今天，我還是從事教育事業。當我看到我親手教育出來的人，在各個工作上負擔起各種不同的建設事業的時候，當我聽到我自己曾經培養過的青年在工作上有所成就，有所創新的時候，我心裏就有說不出的高興，我覺得再沒有任何事情比這個更光榮，我覺得我一生所從事的工作，所付出的勞動，是最有價值的，正像一句成語所説：『得天下英才而教育之，三樂也。』我想到我教育過的人，分布到全國各地，分布到祖國的邊疆，他們有的參加國防建設，有的參加經濟建設，有的參加文化藝術工作，也有的正在作人民教師，更有人是工業建設中的骨幹，我一想到這裏，我就覺得作教師，實在是最有意義的事業。

我今年雖已七十多歲，但是當我看到你們，這些年青人都熱情的來參加到教育工作的行列的時候，我受到你們青年的熱情的感染，就覺得我還很年青，所謂不知老之將至，我還要和你們青年們一起共同參加教育工作，共同在毛主席和中國共産黨的領導之下，與你們一起爲國家培養更多的人才,把我們國家建設得更美麗更幸福。

同學們!這幾天以來,你們通過座談、聯歡和舊同學們一起談學校裏的學習與生活情況,你們對學校的情況已有一些瞭解。我這裏再簡單的談幾句我校的概況:我們北京師範大學,是受中央教育部直接領導的,中央教育部是把我們學校作爲重點學校之一,暑假前有四位蘇聯專家,現在有一位,將來還有新的蘇聯專家來校。向蘇聯學習,是高等師範教育必須遵循的方向,有了蘇聯專家的直接指導和幫助,是我們向蘇聯學習的特殊有利的條件。

我們根據教育部的決定:爲了適應全國教育發展的需要和高等師範教育本身發展的要求,已確定我校在國家第一個五年計劃期間,除去培養合乎規格的中等學校師資外,并且兼負培養高等師範學校師資的特殊任務。因此,我們除去辦四年制的本科而外,同時必需以大力辦好培養高師師資的研究班。

現在我校共有學生三千多人,共有教學人員四百多位,將來我們還要逐年發展,我們初步的計劃,是在五年之内,本科生和研究生發展到六千人。

現在我們的校舍是在城裏,分爲南北兩處,將來我們要逐漸搬出城外,政府劃給我們的建築面積是九十萬平方米,面積是相當大的,今年已經開始建築我們的新校舍,已經開工的有物理樓和一部分宿舍及食堂，今年上凍以前，物理大樓争取蓋成，預計明年就可以使用，準備在明年暑假把物理系和數學系先搬出去。五年之内，我們全校都將逐漸搬到新校舍。

不過在没有搬到新校舍以前，在今天和以後一段時期，我們還要在城裏的現在的舊校舍，現在的校舍分散，而且十分擁擠，大家的宿舍很擠，食堂很擠，甚至我們的教室也還不够用，以至有些班還要在工棚裏上課，目前的條件還是不很好的。希望同學們瞭解這個情况，體念國家的建設是要在各方面發展，想把我們師範大學一下就變成非常理想，條件很完備的學校，是超現實的也是不合理的。

關於我們迎接新生的工作，從十月上旬開始，迎新委員會和辦公室的工作人員，工作熱情都很高，幾乎是日以繼夜的工作着，來迎接我們的新同學到校，盡可能的爲同學們方便，盡可能的做到迅速妥善，照顧新同學，這裏應該向迎新工作的同志們表示慰問。但是我們工作上還有些缺點，這些缺點已經逐漸在改善。

現在新同學到校已有百分之九十，關於生活的安排，上課的準備工作，已大體就緒，下星期一起就開始上課了。

同學們！在這新學習階段開始的時候，我希望大家認清自己的責任重大，瞭解祖國對我們的重托，體念政府對我們希望的殷切，愉快的參加專業學習，安下心來，努力形成對自己專業的深厚情感和興趣，希望大家真正做到毛主席所指示的『身體好，學習好，工作好』，把自己培養成德才兼備、體魄健全的新型的人民教師。

我的話完了，祝你們在學習上獲得勝利，并祝你們身體健康！

〔一九五三年十月二十三日〕

傳達面粉計劃供應問題

諸位教職工警同志：

今天我們這個會主要是傳達北京市市區各界人民代表聯席會議的決定。

北京市第四届第三次各界人民代表會議和各區各界人民代表聯席會議是在十月二十九日就是昨天舉行的，昨天的會議自上午九時半開到晚間十一時半，整整十四個鐘頭，我校教職學工共有代表十幾人參加。會上討論了繼續開展增産節約運動和面粉實行計劃供應的問題。

今天主要傳達面粉實行計劃供應的問題。

關於面粉的問題，自從解放以來，我們國家糧食的生産量是大大的提高了，去年的年産量，已經超過一九三七年就是戰前最高的水平。小麥的産量，比一九四九年增加了百分之三十八。糧食、面粉的産量增加，這是没問題。但是，一方面我們的産量增加，而另一方面，需要量也一天天在增加。

首先農民自土地改革以後，生活日益提高，過去農民很大一部分就根本吃不飽，所謂

『糠菜半年糧』。吃的好的也是大部吃粗糧，而現在則生活好轉，吃細糧的比較多，因此細糧需要量大增。

其次城市裏也是一樣，勞動人民生活水平提高，細糧的需要也比過去大，拿北京市來説，一九五〇年北京的面粉銷售量只占全部糧食的百分之三十，現在北京面粉銷售量已達百分之六十，面粉的需要比以前增加很多。

而且我們的經濟作物的種植面積，一天天在擴大，而種植經濟作物的人，他們的糧食的供應，也因之比以前的需要增多。

况且我們的農産生産，還是小農經濟，有時又有水旱等灾害，因此農業生産的速度，遠遠不如工業快。

原來我們細糧的生産量，占全部生産量的一半，細糧裏邊，白面的産量占百分之六十。既然白面的需要量大增，是不是可以增加小麥的産量，來解决這個問題呢？當然可以，但是增加小麥産量一定要隨農業機械化以後，才有可能解决，不能馬上解决當前的問題。

目前北京面粉的供應量和需要量，發生這供求上的矛盾，就會有些私商在這情况下囤積居奇，投機取巧。根據我們的統計，今年八月份糧食交易所，私商購買面粉數字已比一月份增加了兩倍半，但是他們買去，很少直接供應給消費者，因此很容易造成黑市，這種情況，如果聽任這樣下去，就會造成供銷脱節，會引起物價上漲，會危害大家的生活，而且影響了經濟建設。

因此，我們必需采取必要的措施來解决這個問題。

采取什麽辦法呢？ 如果我們照常供應，照現在的辦法供應，則只是對少數的投機商人有利，對我們廣大群衆没有什麽好處。 如果采取糧食入口的辦法，大家都知道，糧食入口，那是蔣介石的辦法，是殖民地的辦法，我們主要是購買機器，進口面粉就影響了我們工業建設。 那末是不是可以要求中央糧食部，把面粉調運到北京，多照顧一下北京呢？ 這樣的要求是不合理的。

因此我們商量的結果，只有采取對面粉實行計劃供應，由國營糧食公司統銷，按着户口分類分級，來供應面粉（詳細辦法，等一下何副校長來報告）。 這樣解决這個問題的最好辦法，實行計劃供應以後，只是面粉少吃一些，手續稍繁一些，但是可以減少盲目市場的破壞，則面粉的價格，以及其他各種物品的價格可以穩定，這是符合國家、人民目前的利益，而且也是符合於我們祖國長遠利益的。

關於糧食的統籌，這種辦法大家一定要認清，這是一個興家的現象，是我們進行工業化的建設中的過程。

因爲國家工業化需要大量資金,但是得到工業化所需要的大量資金,是不容易的。蘇聯人民爲了進行工業化建設,全國精兵簡政,節衣縮食,艱苦奮鬥,積累資金。由於人民生活改善,購買力提高,由於城市人口隨着建設發展而迅速增加,又由於農業的發展趕不上人民的需要,和工業生産必須首先着重於生産資料而不能着重於消費資料,因此蘇聯人民在國家工業化時期,曾經遭受農産品和日用品不足的困難,并且由於這種情況而長期實行購物證制度和配給制度。正因爲蘇聯共産黨、蘇聯政府和全體蘇聯人民抱着這樣艱苦奮鬥的決心,他們才迅速的建設成了偉大的富强的社會主義國家,并且繼續爲建設共産主義而奮鬥。

毛主席號召我們全國人民學習蘇聯建設社會主義的經驗,我們應當把蘇聯人民在蘇聯社會主義工業化建設期間的艱苦奮鬥的精神,當作我們學習的榜樣。

目前,我們北京實行面粉計劃供應這一正確的措施,就需要大家很好的來體念這是我們國家建設中一個很重要的措施。由於這個措施,北京市將出現一個新的階段,面粉的市場就全部納入社會主義的軌道,就可以避免資本主義和小農經濟來擾亂,在這方面我們可以省去很多精力,糧食問題,就不成爲我們的問題了。

解放幾年以來,我們政府所采取的各種措施,大家都已經深深瞭解,所有的一切都是爲實現我們國家的總路綫、總任務而奮鬥的，都是爲全體人民的長遠利益和最高利益而努力的，這次我們北京市這一措施，仍是本着這個精神來提出的。因此，希望大家能够瞭解目前的情況，體念政府的精神，要相信政府，從大處着眼，從長遠考慮，從整體考慮。不要相信反動的謡言，不要相信奸商的挑撥。

希望大家能够充分討論今天的傳達報告，并能自覺的來接受這一措施。堅決執行國家這一計劃，來保證國家第一個五年計劃的順利執行。

（一九五三年十月三十日下午北校）

慶祝十月革命節與蘇聯專家聯歡茶話會

今天大家談得很好，很暢快。

今後我們要進一步學習蘇聯，把我們教學改革搞好，因爲我們知道，學習蘇聯就是學習『勝利』，我們要教學改革勝利完成，就必須向蘇聯學習。

在慶祝偉大的十月革命節的今天，我們祝賀偉大的十月社會主義革命節萬歲！

中蘇兩國人民牢不可破的友誼萬歲！

以馬林科夫爲首的蘇聯領袖們萬歲！

中國人民的偉大領袖毛主席萬歲！

〔一九五三年十一月八日上午十時〕

慶祝十月革命節三十六周年座談會講話

同志們：

我們是很幸福的，因爲我們能够和蘇聯政府、蘇聯人民派來的代表，能够和我們敬愛的老師、親密的朋友崔可夫專家在一起來慶祝偉大的十月社會主義革命節。今天我們首先熱烈的衷心的來慶祝偉大的十月革命節三十六周年，并請崔可夫專家接受我們最誠摯的祝賀！

十月革命幫助中國人民找到了用以戰勝敵人，取得革命勝利的武器——馬克思列寧主義。十月革命勝利之後，蘇聯政府和蘇聯人民對我們中國人民的革命事業和建設事業給予偉大的、全面的、無私的援助，這對於促進我國社會主義工業化和壯大以蘇聯爲首的和平民主陣營的力量，都具有極其重大的作用。我們中國人民深深的感謝，并永記不忘。

我們師大，就是在蘇聯專家熱心幫助和直接指導之下，來進行教學改革。由於專家的幫助和指導，使得我們在教育建設上取得了一定的成績。今天讓我們向蘇聯專家表示我們衷心的感謝！

今後,我們全校師生要更好的更切實的向蘇學習,虛心的學習蘇聯先進教育經驗,以改進教學,提高教學水平和教學效果。并且我們還要認真學習蘇聯專家忘我的工作作風和科學的工作方法。學習他們的社會主義的勞動態度,學習他們爲建設社會主義而實行嚴格的節約制度,和克服一切物質困難的作風。

偉大的蘇聯人民所走過的道路,是勝利的道路,只有盡力的學習蘇聯,我們才能取得勝利。

同志們!讓我們『以加强學習蘇聯』來祝賀偉大的十月革命三十六周年,來祝賀蘇聯人民所獲得新的成就,來祝賀中蘇兩國人民的偉大友誼,來祝賀以蘇聯爲首的和平民主陣營的進一步壯大。

今天舉行這一茶話會,我們要在很輕松、愉快、友好的氣氛中來進行,大家不要拘束,讓我們和蘇聯專家親切的談一談我們學習蘇聯的决心,談一談學習蘇聯的體會,等等。并且希望專家給我們講幾句話。

現在希望崔可夫專家給我們講幾句話。

〔一九五三年十一月八日〕

中央體育學院開學典禮講話

部長、院長、諸位先生、諸位同學：

今天中央體育學院舉行開學典禮，讓我首先預祝我們全校同學的學習進步，預祝我們全體工作人員的工作勝利！

中央體育學院的成立，是我們全國高等教育事業的一件非常重大的事情。我們國家目前體育師資和體育的工作幹部，需要是很迫切的，所需的數量也很多，而高等學校所供應的畢業生，則遠遠不够，爲了逐步解決目前全國體育師資與體育工作幹部的不足，因此今年以幾個高等師範學校或大學的體院系科爲基礎，在中央及各大行政區分别成立了體育學院。

就是在這樣的情况之下，我們北京師大與中央體育學院就結成了密切的關係。我們體育系的同學全部調來體育學院，我們體育系的教師和教學設備也大部分調來體育學院，我們的職員同學也調來不少。我們兩校的關係是异常密切的。因此在中央體育學院舉行第一次開學典禮的時候，我們師大的師生，都非常關懷，非常興奮，都在爲大家祝賀，爲中國的體育教育事業祝賀!

同學們!你們來到中央體育學院學習,是很光榮的事情。今年是第一個五年計劃的開始,中央體育學院就在第一個五年計劃的第一年成立起來,這就説明體育教育的重要意義,説明體育教育在整個建設中的必不可缺少,和它的重要地位。以往我們國家的體育運動不很發展,人民的體質健康水平不很高,今後,一定要在這一方面大力發展,因此,同學們的責任是很重大的,你們今天的學習,和明天的工作,都是關係着我們國家的强弱,影響着人民身體的健康,你們是爲祖國人民,和祖國青年的康健而學習、而鍛煉,這個任務是很光榮的,也是很重要的,因此,希望大家『加强鍛煉,努力學習』,按照毛主席的指示:爲『發展體育運動,增强人民體質』而奮鬥!

希望從師大調來的先生和同學們,安心工作,努力學習。并希望我們兩個學校,今後的關係更加密切。經常保持聯系,交流經驗,以提高教學質量。

最後,我熱烈的祝賀大家工作勝利,身體健康!

〔一九五三年十二月三日〕

工資評議委員會上發言

一、教員工資由十一月十一日第三次評議委員會通過後，全部名單已送教育部。部裏在十一月二十五日口頭同意，讓我們即在群衆中去作，我們就在二十六日召開第四次評委會討論如何作法，在二十八日開動員會，動員會後交群衆討論。十二月一日教員工作組彙報情況，對名單有幾個人要稍稍移動一下，等一下請丁教務長報告，今看了評委會大家意見如何，如果大家同意移動，我們即可與教育部再行聯系，即作爲定案。

（請丁教務長報告：

孫一青484	原不動	改爲500
趙慈庚466	原500	升一級550
王　靜395	原425	升一級450
齊振禕368	原400	升一級425
喬曾鑑291	原350	升一級375

伍棠棣274　原285　升一級305
郭晋華240　原285　升一級305
劉紹學213　原245　升一級265
王宇傑238　原245　升一級265

因爲教員名單，前次是部中口頭同意，昨天已得到部中書面批準，今天評委會通過的幾位先生有所更改，我們須再與部裏聯系，部裏同意，我們就可以按着新的標準自七級以下先補發薪金了。

至於七級以上，部裏還要考慮一下，再過幾天，才能批下。

二、評議工資的工作，到現在已告結束，從我們評議工資委員會成立，十月二十八日開始，到現在一個半月的時間。

教育部希望我們作一工作總結，把我們的工作經驗總結一下，總結内容包括：

1. 對工資標準的意見
2. 工作經驗
3. 群衆反映

關於總結，大家有什麽意見，是不是可以由專人負責：教員組工作由丁教務長負責，職工組工作由張總務長負責，由人事科提供一些材料。今日大家有什麼意見，我們可交換一下。

擬不再開會通過

（可按以上三題目徵求大家意見）

〔一九五三年十二月十三日〕

教育工作者應以實際行動來保證憲法的實施

憲法草案的公布，是全國人民政治生活中的一項極爲重大的事情。它給我們教育工作者提出了重大的任務。

做爲一個教育工作者，我已經走過了很長的艱苦的道路。在這道路上，我曾用盡了自己的力量來企圖實現自己的理想。我曾錯誤地認爲要把當時的政治腐敗、經濟崩潰的國家搞好，把混亂污濁、互相傾軋的社會風氣扭轉，如果辦好教育，就會有所幫助。因此，我總是希望多有一些青年受到教育，他們應該多學一些知識，以有利於國家社會。我曾經常對同學們千叮萬囑，告訴他們要愛國家，不要與社會上的壞人同流合污，不要自私自利，不要愛權貪財，不要欺侮别人。我想這樣造就出一些正直的人才，來挽救國家的危亡，多做些對人民有利的事情。我那時一直没有懂得，不從根本上改變社會制度，孤立地提倡教育，并不能解决任何根本問題。當時我對同學們所希望的『他自污濁我自清』的作人方針，也不過是在黑暗勢力面前一種聊以自慰的幻想，那時候誰又能保證我們辛勤教育出來的學生真能對人民有用呢？

今天中國人民已經在中國共産領導下，取得了新民主主義革命的偉大勝利，已經建立了基礎穩固的人民民主專政的國家，已經在政治、經濟、文化各方面的建設上取得了偉大的勝利。這使我看到了人民教育的新天地，這也使我認識到教育工作只有在勞動人民當家作主的社會裏，才有可能成爲一個真正偉大的社會力量，才有可能保證培養出真正爲人民服務的人材，教育工作只有在人民作主人的時代，才真正成爲我們引以自豪的事情。

現在公布了憲法草案，這就使我們辛勤勞動的成果有了更確切的保證，對於全部教育教學工作的進行也有了具體的依據。憲法將是我們一切工作的最實際的標準。

憲法草案規定：『中華人民共和國公民有受教育的權利，國家設立并且逐步擴大各種學校和其他文化教育機關，以保證公民享受這種權利。』這就是說，我們面前擺着教育整個下一代的責任。舊社會勞動人民的子女，根本没有受教育的權利，只有舊的社會制度摧毁以後，教育才成爲全民所共享。憲法草案的這個規定，是進一步提出了全國教育事業今後要逐步實現的基本任務。不但各級學校在數量上要逐漸增加，而且教育質量必須符合社會主義質量的要求。

我們的教育目的，是要以社會主義思想來教育學生，培養他們成爲社會主義社會全面發展的成員。

爲了達到這個目的，首先他們應當具有社會主義的道德品質。而熱愛勞動就是社會主義道德品質的一項最基本的内容。憲法草案第十六條規定『勞動是中華人民共和國一切有勞動能力的公民的光榮事情。國家鼓勵公民在勞動中的積極性和創造性。』我們應該根據憲法的規定對青年一代和一般社會群衆加强勞動教育，培養人們的社會主義的勞動態度，把勞動看作是創造人民幸福，推動社會前進的光榮事業，因而熱愛勞動，在勞動中發揮高度的積極性和創造性。同時我們就必須糾正輕視體力勞動的剥削階級思想。

憲法草案第一百條規定：『中華人民共和國公民必須遵守憲法和法律，遵守勞動紀律，遵守公共秩序，尊重社會公德。』第一百〇一條規定：『中華人民共和國的公共財産神聖不可侵犯，愛護和保衛公共財産是每一個公民的義務。』這就告訴我們，我們必須繼續努力培養『愛祖國、愛人民、愛勞動、愛科學、愛護公共財物』的國民公德，培養青年們的集體主義思想，加强紀律教育，使他們自覺地遵守紀律，遵守社會秩序和國家法律。

憲法草案第九十四條規定：『國家特别關懷青年的體力和智力的發展。』這就是説，我們不僅要使青年一代掌握先進的科學技術，同時還必須使他們有强健的體質，使他們真正成爲毛主席所指示的『身體好、學習好、工作好』的青年。

培養『德才兼備，體魄健全』的全面發展的國家建設人才，培養全面發展的社會主義新人。這就是祖國和人民向我們全體教育工作者所提出的莊嚴要求，對我們來説，這是十分艱巨的任務，也是非常光榮的任務，爲了切實地真正能擔負起這樣的任務，我們必需嚴格地要求自己，自己先要成爲社會主義的勞動者，要不斷地努力提高自己政治覺悟，提高自己的科學文化水平，端正自己的工作態度，改進自己的工作方法。我們要成爲思想戰綫上的先進戰士，成爲真正科學的傳播者，我們應該是青年一代的表率，引導着青年們爲建設光輝的未來而鬥争。

在憲法草案經過全國人民代表大會通過正式公布後，憲法將列到我們的教學計劃之中，我們教育工作者，不僅應在這次憲法草案的學習和宣傳中，深刻地理解其全部精神，準備把這精神貫徹到各級教育各個環節中去，而且要勇敢地、自覺地擔當起我們的光榮責任，以自己的實際行動來保證我們第一部光輝燦爛的憲法的正式制定後的實施。

同志們！讓我們共同積極地參加憲法的制定，作好宣傳工作。讓我們以實際行動效忠人民民主制度，服從憲法和法律，努力爲人民服務，爲早日實現繁榮幸福的社會主義社會而奮鬥吧！

〔一九五四年七月十八日〕

擁護解放臺灣的聯合宣言

臺灣從來就是我們中國不可分割的國土的一部分,在一八九五年甲午年的時候,日本帝國主義强占了我們的臺灣,我們中國人民是非常憤慨的,今年又是甲午年了,已整整六十個年頭。偉大的抗日戰爭勝利,臺灣人民慶幸的回到祖國懷抱,而蔣介石賣國集團,却依靠了美國侵略者,竊據了臺灣,美國利用臺灣,作爲軍事基地,指使蔣匪幫對我國進行戰爭。企圖擴大對我國的武裝干涉和戰爭威脅。我們臺灣人民正處在水深火熱之中,受盡了慘酷的壓迫和屠殺。美國侵略者這種用武裝力量侵犯我國主權,侵犯我國領土的罪行,是我們全體中國人民包括臺灣人民所不能容忍的。

臺灣是我國的神聖國土,應當而且必須歸還中國,蔣介石賣國集團是中國人民的公敵,中國人民一定要堅決徹底把他們消滅。

我們一定要解放臺灣,而且我們完全相信勝利是屬於我們的,解放臺灣聯合宣言,就是我們全國人民的意見，我們不但堅決擁護，而且一定要盡一切力量，爲解放臺灣，爲消滅蔣匪賣國集團而奮鬥到底。

（一九五四年八月二十三日寄出，大公報八月二十四日刊載）

第一届第一次全國人民代表大會上發言

主席、各位代表:

我能够參加全國人民代表大會第一次會議,感到非常興奮和光榮。在會議上,莊嚴的通過了我們國家的根本大法,中國人民的第一個憲法,和幾個重要的法律。這個憲法,是中國人民建設社會主義社會的有力武器。我衷心擁護,并保證堅決遵守憲法,按照憲法辦事。

會議上聽到了周總理關於政府工作的報告,我對於這全面的、符合實際情况的報告,表示完全同意和擁護。

解放後的五年,是我們中國有史以來起了根本變化的五年,我們國際地位空前提高,人民民主政權日益鞏固,工業生産迅速發展,農業産品逐年增加,交通運輸能力不斷提高,國内外貿易繼續在擴大,文化教育、醫藥衛生、科學藝術都有了很大的發展。我們勞動人民創造着奇迹,五年來作着排山倒海,翻天覆地的事業,使得我們的國家面貌在日新月异,各個建設戰綫上,都有了飛躍的進步,取得了偉大的成就。這所有的一切,完全是由於中國共産黨和毛主席的正確領導，由於我們中央人民政府的正確領導得來的，黨和政府種種賢明的措施，是數也數不完的，我滿懷熱誠的對此表示無限的感謝。

和全國各方面建設一樣，我們高等師範教育，也有了顯著的發展和提高。舊中國對高等師範教育一向不重視，高等師範學校不但數量少，而且系統紊亂，課程龐雜，教學内容是陳舊的，教學方法是脱離實際的。解放以來，我們高等師範教育在整個國家建設中，有着非常重要的地位，黨和政府予以十分重視。我們進行了一系列的改革，確定了高等師範教育新的教育體系，高等師範學校全部獨立設置，不但學校數量、學生人數逐年增加，而且我們在整頓鞏固、重點發展、提高質量、穩步前進的教育總方針指導下，在學習蘇聯先進經驗與中國實際相結合的原則下，進行了教學改革，并由此逐步提高了教學質量。我們的教師，經過了偉大的思想改造運動，建立起專業思想，廣大的教職員得到政府在政治上、物質上與精神上的關懷，我們逐漸作到『人盡其才』，『學以致用』，能真正發揮出自己的專長與潛在力量，改變了過去『學非所用』的情況，同學們也逐漸認識到人民教師在祖國建設中所占地位的重要，貫澈毛主席『三好』的指示，自覺地要把自己培養成爲『德才兼備，體魄健全』全面發展的人材。

我們北京師範大學就是其中的一個，也就是全國將近四十所高等師範學校中的一個。

五年以來，我們在不斷的改進和發展，在蘇聯專家熱心幫助和指導之下，我們制定了全部教學計劃，教師們都積極的鑽研教學大綱和教材，認真的備課和編寫講稿，負責的進行課堂教學，耐心的進行課外輔導。教學質量在不斷提高，許多教師出色的完成了教學任務。教學經費，儀器設備，在逐漸增加，新校舍已開始建築。根據國家建設的需要，我們學校的規模逐步擴大，我們的學生，研究生的數量，也在顯著增加。所以如此，就是因爲高等師範教育是我們整個教育事業的重要一環。高等師範學校的數量和質量，直接影響建設社會主義社會的青年一代，間接影響國家培養建設幹部的計劃，和國家建設計劃的完成。所以我們高等師範學校培養出的人民教師，數量要多，才能源源不斷地供應全國的師資；質量要好，才能更有成效地服務於社會主義教育建設的事業。

要達到這樣的目的，當然首先應當嚴格的要求我們自己，我們高等師範教育工作者的缺點還很多，今後我們要在政府領導和人民監督之下，加倍努力，把我們的工作做好，不斷培養出大批優秀的、合格的人民教師，以不辜負國家對我們的信任和委托，但另一方面，由於舊社會遺留下來的長期影響，有些人對於高等師範教育、對於作人民教師的工作，還有種種不正確的看法，這些看法，不但在一定程度上影響到現在已做教師的人的專業思想，而且也影響到一部分青年對投考師範學校抱着躊躇不前的態度，這和祖國建設的要求是不一致的。當然這種現象已在逐漸改變，而且我們確信一定會逐步扭轉并肅清。幾年來，我們看到人民教師已得到社會的重視，投考高等師範學校的青年，已經逐年增加，我們北京師範大學的新生，第一志願的比率一年比一年上升，就是很好的例證。但是，我們還希望全國人民和社會輿論的大力支援，使我們高等師範教育得到更迅速的發展，使我們國家整個的建設計劃能够勝利完成。

最後，我完全擁護周總理所説：臺灣是中國神聖不可侵犯的領土，決不容許美國侵占。我們中國人民一定要解放臺灣，解放臺灣是我國六萬萬人民的不可動摇的共同意志。我們一定要把蔣介石匪幫，堅決、澈底、乾净全部消滅，和臺灣人民一起來建設我們偉大的社會主義國家。

〔一九五四年九月二十六日〕

熱烈慶祝毛主席當選

諸位教職工同志們,諸位同學們:

我今天極度興奮,我已代表着我所應當代表的人民,也代表着我們北京師範大學,莊嚴地投下了神聖的一票,當我走到票箱的時候,當我投進去這張珍貴的選票的時候,我的心情非常激動,我已代表着人民的意志,代表着大家執行了人民給我的光榮權利。選舉了我們最敬愛的毛主席。

選舉結果宣布了。毛澤東和他的親密戰友朱德同志以全體出席代表百分之百的選票,當選爲中華人民共和國的主席和副主席,這是我們全國六萬萬人民的意志,當選舉結果宣布的時候,我們興奮、我們高興、我們熱烈的鼓掌,歡呼經久不息。

毛主席的當選,是對於領導全國人民進行社會主義建設是有重大意義的。

教職工同志們,同學們,我已把我們的工作和學習成績,向毛主席向全國人民彙報,并提出了今後的保證,希望大家,以自己的實際行動,來慶祝毛主席的當選,我殷切的希望大家加强鍛煉,刻苦學習,積極工作,教師們努力提高教學質量,職工們不斷鑽研業務,同學們堅決貫徹毛主席『三好』的號召，來回答毛主席對我們的關懷和期望。
我現在還要選舉政府其他部門首長，還不能回來和大家一起慶祝。
同志們！讓我們萬分熱烈的慶祝吧！讓我們盡情的歡呼吧！

〔一九五四年九月二十七日四時五十分〕

向全校傳達第一届全國人民代表大會第一次會議情況

各位先生，各位同學：

我因爲病了一個時期，已經很多時候没有和大家見面了，我是十分想念大家的，今天在休養期中，能有機會和大家見面，感到非常高興，在病中同志們和同學們對我健康的關懷和問候，我在這裏表示衷心的感謝。

我的病，現在已經見好，但是還没有完全好。前幾個月，除了到醫院以外一直没有出門，聽到我被選爲全國人民代表大會代表的時候，那時連右手也不能抬起，我擔心怕不能出席。由於黨和政府的關心，由於學校的照顧，病已逐漸減輕，到開會的時候，不但能參加了，而且還能天天出席，右手也能舉起，就是用這隻右手投票和舉手，代表了大家的意志通過了憲法和選舉毛主席的。在大會會議以後，接到同學們或以系的名義，或以班的名義，或以幾個人的名義寫給我的信，表示對大會的擁護，慶祝我們最敬愛的毛主席當選，慶祝我們選出新的國家領導工作人員，并紛紛提出保證，要在自己的實際行動中，貫澈『三好』的號召，來表示自己熱烈慶祝的心情。

還有的系級幾次接洽要來訪問，想和我談談大會的情況，因爲我身體還没有完全恢復，也没有得和同學們見面，非常抱歉，今天一并在這裏，和大家簡短的談幾句話。

第一届全國人民代表大會第一次會議是從九月十五日開幕的，中間休息兩天，一共開了十二天，到九月二十八日圓滿的閉幕了。在這次大會會議上通過了中華人民共和國憲法，通過全國人民代表大會、國務院、人民法院、人民檢察院、地方各級人民代表大會，和地方各級人民委員會等各項組織法，通過了政府工作報告，選出了我們國家的領導人員，完成了這次會議所擔負的各項重大歷史任務。

正像毛主席在開幕詞裏所説的：『這次會議是標志着我國人民從一九四九年建國以來的新勝利和新發展的里程碑。』這次會議是以我們五年來的新勝利和新發展爲基礎，指明了我國人民在新的歷史階段上前進的方向和具體的道路。

這次會議中，全體代表一致贊揚中國共産黨的正確領導，贊揚我國五年來的成就和發展，對中國共産黨的領導表現了真誠的信任和愛戴。一致擁護建設社會主義社會的偉大目標，并擁護爲實現這一偉大目標而采取的具體步驟。在通過憲法，通過其他幾個重要法律及政府工作報告的時候，在選舉新的國家領導人員的時候，充分的顯示了我們國家政治上的真正民主的性質，也充分顯示了全國六萬萬人民在民主基礎上的高度團結一致。在中國共産黨領導下，我們全國的團結一致，形成了不可戰勝的强大力量，也是我們從勝利走到勝利的有力保證。

這次會議有幾個重要文件，毛主席的大會會議開幕詞，中華人民共和國憲法，劉少奇同志關於憲法草案的報告，周恩來同志的政府工作報告，都是具有歷史意義的重要文件。

我們的憲法是一個偉大的劃時代的法典，它總結了中國人民過去五年的勝利，確定了中國建立社會主義社會的道路，規定了中央和地方的人民民主的政治制度，規定了人民的基本權利和義務。

劉少奇同志關於憲法草案的報告，是根據馬克思列寧主義的理論，深刻的説明了我國過渡時期制憲的原則。周總理的政府工作報告，總結了人民政府五年工作的成就，指出了工作中的缺點和今後的前進道路，并且講明我國的國際環境和外交方針，這對於我們當前的和平事業是有極重大意義的。

我們這次組織學習，希望大家認真的學習憲法和文件，體會文件的精神實質，要從思想上明確認識我們全國人民最主要的任務，就是在中國共産黨領導下爲建設社會主義社會而奮鬥，同時我們也要充分認識，在實現國家工業化的偉大事業中，我們還有一段相當長的道路，在這條道路上，還必然會有許多困難，我們必須盡最大的努力來克服一切困難。

至於我們學校的工作，也是如此，我們學校幾年以來，在黨和政府的領導下，有了一定的成績，但是從人民對我們的要求來説，還差得很遠。在我們的工作中，在我們的學習和思想上還存在許多缺點，而且在我們前進的道路上，也必然有不少困難，通過這次學習，應盡可能的聯系本身的工作、學習和思想，把缺點和困難加以克服。因爲我們的工作和學習，我們的思想，都和實現國家的社會主義工業化分不開的。

使中國建設成爲社會主義國家，是擺在我們面前的偉大而艱巨的任務，這個任務我們一定要完成，爲了完成這個任務，我們每個人都必須作最大的努力。特別是在思想上，我們必需要進一步進行自我改造，毛主席指示我們：『思想改造，首先是各種知識分子的思想改造，是我國在各方面徹底實現民主改革和逐步實行工業化的重要條件之一。』社會是在飛躍的前進。我們如果停滯不前，就會落在形勢後面，成爲社會主義前進的障礙。惟有不斷學習，使社會主義思想，日益增長，非社會主義思想逐漸肅清，才能擔當建設社會主義社會的重大任務。

我們必須按着毛主席在大會會議開幕詞的指示：要『努力工作，努力學習蘇聯和各兄弟國家的先進經驗，老老實實，勤勤懇懇，互勉互助，力戒任何的虛誇和驕傲，準備在幾個五年計劃之内，將我們現在這樣一個經濟上、文化上落後的國家，建設成爲一個工業化的具有高度現代文化程度的偉大的國家。』

同志們，在這樣偉大的時代，我們做的是這樣光榮偉大的事業，我雖然年老，願意跟大家一起，爲我們的共同事業而努力奮鬥。

最後，希望大家認真學習文件，祝賀大家學習勝利。

〔一九五四年十月三十日〕

正義的鬥争一定勝利

我們中國人民一貫愛好和平，堅决反對戰争；我們熱愛科學，要以科學技術促進人類進步，堅决反對以科學成果來製造殺人武器；我們擁護和平利用原子能并實行國際合作，以更廣泛的爲人類造福，堅决反對用原子武器進行戰争，使人類遭受灾難。

我們中國人民已經掌握了自己國家的命運，正在用一切力量加强我們的和平建設，正在用一切力量謀求人民的更幸福更美好的生活，而且我們也就要在偉大的蘇聯友誼的幫助下把原子能用於和平建設事業，我們的一切都是爲了保衛國際和平和發展人類進步事業而奮鬥。

我們中國人民已經站起來了，我們是不可嚇倒的，我們是不可戰勝的，因此，我們將要解放自己的領土臺灣的鬥争，也是没有任何力量可以抗拒的。

全世界任何一個有理性的人，都會分辨出善惡是非，都會支持我們，都會爲我們的事業的成就而歡呼，都可以瞭解：我們的事業是促進世界和平的堅强保障。

美國侵略集團却害怕和平，仇視中國人民的進步，反對我們的和平事業，反對我們的解放鬥争，叫囂着製造着戰争，并揮舞着原子武器向中國人民、向全世界愛好和平的人民挑戰。他們是在威脅着全人類的安全，是在給全人類準備災難，是要使人類的文明趨於毁滅。這種滅絶人性的罪惡陰謀，不能不引起中國人民和全世界一切愛好和平的人民極端憤恨，并堅決反對！

我們中國人民决不會被戰争威脅嚇倒，爲了保衛和平，我們决不容許美國侵略集團的萬惡陰謀得逞。這是我們六萬萬人民萬衆一心的堅决意志，我們要在世界和平理事會常委會告世界人民書上，莊嚴的簽上自己的名字，來表示自己的决心，來顯示我們巨大的力量。我們也相信，全世界一切愛好和平的人民一定會進一步團結起來，揭穿美國侵略集團準備原子戰争的陰謀，熱烈響應世界和平理事會常委會的號召，爲保衛人類和平和進步而鬥争。

我們是正義的鬥争，所以我們的力量是無敵的！正義的鬥争是一定能够贏得勝利的！

〔一九五五年二月十八日〕

春季體育大會開幕式上講話

同志們、同學們：

我們北京師範大學一九五五年春季體育大會，現在開始了。

大家都知道，人是我們國家最寶貴的財産，但是人必需是健康的人，如果没有健康的身體，無論想作什麽，也是有困難的。最近我病了一個時期，在病中深深的感到身體健康的重要，不管你是如何的熱愛祖國，如何熱愛自己的革命事業，但是身體不好，連自己從來不願離開的學校都不能到，還説什麽貢獻自己的力量呢？

同學們都是青年，正是長知識，長身體的時候，所以毛主席特别提出『健康第一』的指示，同學們也逐漸的都認識了這一點，所以我們學校一年以來，在體育鍛煉的開展上還是有很大成績的。同學們在黨團的領導下，自覺性大大提高，認識到所謂『全面發展』的人才，首先是要有健康的身體。爲了準備勞動與衛國，因此積極參加鍛煉，并紛紛成立了『鍛煉隊』，同學們自己開動腦筋，想出了種種辦法，創造很多經驗。嚴肅認真的訂出計劃，堅持經常的鍛煉，像『古麗雅鍛煉隊』的很多好的經驗，不但在我們學校已經推廣，就是全國各地的學校、單位等，也不斷的來信要求介紹經驗，甚至於連我們兄弟國家也來吸取經驗，這都是同學們自己智慧的，在實際鍛煉中的創造，現在我們學校已成立了二十多個鍛煉隊，根據自己班或系的條件，展開體育活動。經過這次大會後，我希望有更多更優秀的鍛煉隊在我們學校活躍起來。

同學們最近學習討論了兵役法，對新中國青年所應具有的科學技術、思想、健康水平，都有了更明確的認識，新中國的青年要能文能武，文武雙全，經常地準備響應祖國的召唤，我們既要能够生氣勃勃、生龍活虎似地工作，一旦祖國需要，我們也將要毫不猶豫地履行我們保衛祖國的神聖任務。

這次體育大會，是具有最廣泛的群衆性的，大會以前各系都開了小型的運動會，選拔出最優秀的選手推薦給我們全校的大會，這樣的廣泛和普及，是我校以往所没有的。

同學們！同志們，今天向祖國彙報了平日鍛煉的成績，希望大家今後更要加强體育活動，堅持鍛煉争取『勞衛制』的優良成績，爲建設祖國、保衛祖國而奮鬥吧。

〔一九五五年四月一日〕

春季體育大會閉幕式上講話

我們學校一九五五年春季體育大會現在閉幕了。這次大會開的很成功。

會前有着較充分的準備，有百分之七十以上的同學，參加了會前選拔，會上大家精神都很飽滿，我們學校地址分散，交通又不方便，但是，這些困難，并不能影響我們的鍛煉熱情，我們今年的成績，有了很顯著的提高。

現在我們重要的工作，就是『鞏固收獲，總結工作，修訂鍛煉計劃，爲提高我們經常活動質量而努力，爲爭取勞衛制測驗的優良成績而努力。』

我們學校，最近通過了『表揚優秀鍛煉隊』的決定，搞好鍛煉隊，是我們體育工作的中心環節，今後鍛煉隊工作中，必須要兼顧到普及和提高兩方面。所謂普及，就是要廣泛的開展勞衛制及格標準，但是在全面鍛煉基礎上，我們也必須要注意單項訓練和體育技術的提高。普及和提高是一個問題的兩個方面，不可偏廢的。

隨着祖國經濟建設，和國防建設事業的勝利發展，祖國向我們幹部和同學的健康水平，也提出了更高的要求，我們決不能滿足已有的成績，要不驕不燥，老老實實，爲『不斷增强體質』而努力。

爲這次大會的召開，體育教研室，和總務部門的很多先生，和工友們，做了很多工作，保證了大會順利進行，這也是值得我們感謝的。

最後，祝大家在今後體育鍛煉中，取得更好的成績。

〔一九五五年四月二日〕

歡迎高中畢業生來師大參觀

親愛的、年青的同學們：

今天，你們來到我們北京師範大學參觀，我代表我們全校師生，向你們表示熱烈的歡迎。

你們，都是高中馬上就要畢業的同學，暑假後，就要進入大學，你們正在根據祖國的需要，來考慮自己的升學志願。

今年，全國高等學校的招生任務，根據我們建設的需要，仍是工業占第一位，師範占第二位。投考高等師範學校，仍是祖國向你們提出的重要任務。我相信，你們一定會正確地認識：祖國的建設事業的內容，是無限豐富的，祖國的需要，是多方面的，一定有很多同學會響應祖國的號召，投考高等師範學校。

你們自然願意對各高等學校，多有一些瞭解。關於我們師大的情況，一會我校丁浩川教務長還要向你們作詳細的介紹，我就不多說了。

我想告訴你們的，就是，我自己從事教育工作，已有五十年，我深深的感到教育事業的重要和光榮,我今天,願意以一個人民教師的身份,來歡迎你們。歡迎你們不久的將來,參加到我們人民教師的行列。

現在,讓我向你們預祝,祝賀你們,勝利的結束中學課業!讓我們熱誠的歡迎,歡迎你們走入人民教師的隊伍,肩負起爲祖國培養新生一代的偉大事業。

〔一九五五年四月三日學生會招待本屆高中畢業生〕

在師大青年團第一届代表大會上講話

親愛的代表同志們：

我今天以非常興奮的心情，來參加我們北京師範大學青年團第一届代表大會。這是我們師大的一件大事，是我們師大全體師生所關心的一件大事。我們學校，幾年以來，就是因爲有這一支年青的、生氣勃勃的隊伍，和黨在一起，并作爲黨的助手，堅決貫澈并執行着政府的教育政策，團結了所有的青年群衆，完成了很多工作，作出了很大貢獻。我在這裏，向參加這次大會的全體代表們，致以熱烈的敬禮，并祝賀你們這次大會圓滿的成功！

我們的團委會，在過去一年多的時間裏，在配合校行政，保證了中心任務的完成，在黨的領導下領導青年群衆提高思想覺悟，開展文體活動，以及加强團的建設等等方面，都取得比較豐富的經驗，并且有很顯著的成績。這是我們首先應當加以肯定的。希望今後新的團委會，在已有的這一良好基礎上，繼續努力和提高，使團的工作内容，比以前更豐富、更活躍。

一年以來，在黨和團的領導和關懷之下，有些團支部不斷的改進工作，團結了全班同學,爭取把自己的『班集體』提高到『先進班』的水平,已取得良好成績,這都是極可珍貴的。今後我們將會規定表揚『先進集體』辦法,希望大家做更進一步的努力,帶動全校同學前進。

關於很多代表同志所提出的課程負擔過重問題,以致造成同學們忙亂,影響了同學們身體健康。這的確是一個很嚴重的問題,造成這種現象的原因,是多方面的。現在學校正在進行檢查工作,就是把這個問題,作爲檢查教學的重點,今後,我們要在各方面想辦法,逐步的克服這種現象。

今天,是青年團代表大會,自然代表們都是青年。我是一個老年,你們最大年齡是二十五歲,我是一個『三個二十五歲』的人。在年齡上來説,我們之間,有着很大距離。但是,不能僅僅從年齡的差别來看。因爲,我一天和你們青年一起,被你們青春的氣息所感染,被你們新生的力量所帶動,所以在思想認識上,在階級覺悟上,我希望,也正在盡量做到,不要和你們有太大的距離。

但是,青年人畢竟是年輕,你們具有青年人所特有的特點,因此,對你們的要求上,就有他的特殊性,不能要求你們向中年人,甚至像我們老年人一樣。

我最近看了『丘克和蓋克』的電影,使我有很多感觸。我在很小的時候,也是很活潑頑皮的，但是，那時的教育，是要把孩子管成老人，要孩子們『老成持重』，規規矩矩。我還深刻的記得，當我七歲的時候，在同學中年歲最小，有一次老師送他的客人，要我們全體同學都站起來送客，我因爲個子最矮，站起來就被别人擋住了，看不見，我就爬上我座的一個高凳上，被老師看見了，客人走了以後，老師就嚴厲的管教了一頓，説是太不規矩，從此以後，我們同學，就誰也不敢亂走亂動了。所以我們到了青年的時候，都早已成了一個循規蹈矩，謹謹慎慎的成人樣子。

但是，這是幾十年前的事了，那封建主義的教育方式，早已爲我們所鄙棄。

今天，時代不同了，舊的一切，已經逐漸在死亡，我們偉大的中國共産黨，已經爲中國人民和中國青年，開闢了勝利和幸福的道路。今天，你們是幸福的一代青年，你們都是新時代的，是毛澤東時代的青年，新時代的青年就要有一個嶄新的氣象。

你們青年人，是我們國家的未來和希望，是老一輩的接班人。今天的青年，是後備軍，將來長大以後，那就是主力軍了，青年在現在有用，而更有用的時候還是將來。所以如果把青年都培養成『少年老成』，『縮手縮脚』，這對於我們國家的建設前途，是非常不利的。

因此，祖國要求把你們培養成爲全面發展的、德才兼備的、活潑勇敢、性格明朗、胸襟開闊、目光遠大，不怕任何困難的人，要求你們能够充分地發揮你們在革命事業中的積極性和創造性。

尤其你們都是培養更年輕一代的人民教師,這就更希望你們『青春長在』,更希望你們要永遠更多的保持青年的特點,要像生龍活虎,要是朝氣蓬勃,永遠以充沛的、英勇奮發的精神,積極響應黨和政府的號召,永遠站在祖國建設的前列。

團委會已提出這個問題,代表們發言也曾談到這個問題,我相信你們自己,并且會帶動更多的青年群衆,都能成爲具有高度共産主義的覺悟,具有豐富的科學知識,具有强健的體魄和樂觀主義的精神,聰明、勇敢、堅定、頑强,成爲黨的親密助手,和有價值的後備軍,成爲毛主席的忠實學生。

親愛的同志們:你們是幸福的青年,你們是新生的活躍力量,你們的前程光芒萬丈,希望你們全面的要求自己,隨時準備貢獻出自己的力量和智慧,在建設祖國和保衛祖國的偉大行列中,奮勇前進!完

〔一九五五年四月十七日〕

中國科學院學部成立大會上發言

——代表哲學社會科學部

各位同志：

今天要討論的問題很多，我只就幾個方面，談一談個人的看法，隨便談談，不成系統，請大家指教。

今年元旦，我偶然得一對聯，是集論語句子的『欲寡過而未能，不知老之將至』。在新的一年開始的時候，想想過去，展望將來，想到時光過得真快，自己進步很慢，第一聯因自己感到學習不够，思想改造還不澈底，欲寡過，但未能，還要繼續學習，好在在新社會，希望無窮，雖然年過八十，在思想上學術上還願意和大家一起前進，因此得了第二聯的不知老之將至。

學部委員開會時，談到在學術戰綫上，黨和非黨的研究人員之間，青年力量和老科學家之間，要建立良好的密切的合作關係。我想這是很重要的。因爲自己不能算是新生力量了，所以很自然的就常想到老知識分子，老專家的問題。

郭老在學部開會時，號召老專家多寫作，他説不要以爲自己老了，衰退了，要以精神年齡克服身體年齡。

俗話説：做到老，學到老，學到八十也不算巧。我就有深刻體會。不學習，還覺得自己已差不多了，越學習才越覺得不够，真是學然後知不足。

我們很多人都在高等學校工作，都教過書，不教書還有時不覺得，越和青年在一起，越教課，就感到今天青年真不得了，知道的比你多，所以也是教然後知困。這兩句話也是古人經驗的總結。

青年人政治熱情高，敢想敢説敢幹，顧慮少，幹勁足，説錯了，改正，重新研究，天不怕地不怕。上了年紀的人，當然大多數人積極性也很高，但也有極少數人就是話到唇邊留半句，怕挨批評，怕丢面子，怕影響名譽地位，總之是顧慮重重。

我們師大的各系，老專家不多，這幾年工作重，任務多，老專家們確實起了很大的作用。而學生有幾千人，很多課程就是年輕教師擔起來了，有些課還是水平很高的。看到他們的成長，不僅是後生可畏，實在是後生可愛。他們是學術界可靠的力量，老專家如不和他們密切合作，吸取他們的所長，真是要落在後面了。

當然也應當承認，他們的底子薄，基礎知識不够，認真讀書的風氣，還要進一步加强。

但是青年們在黨的領導教育下，他們方向正確，我看這一條比什麼都重要。方向正確，思想對頭，學專業知識，只要有三五年，就要刮目想看。

我們過去就是吃虧没有領導，自己亂撞，没有正確方向，其實道路早有人指出，自己就是看不見，走了多少冤枉路，繞來繞去，才找到正確方向。

青年們從一入門就是在正確道路上前進，就有馬列主義作指導，今天底子薄，明天就會後來居上了。

學校裏有些老教師，就是看不起青年教師，認爲自己讀書多，自負不凡。我常説他們讀起王子安滕王閣序，讀起曹子建與楊德祖書時，摇摇擺擺，覺得他們了不得。其實曹子建、王子安作這些文章時，都是十幾二十歲的青年，對古時的青年就看得起，對今天的青年就覺得不行，這是什麼道理呢？

老知識分子不能把自己估計過高，狂妄自大是不好的，但也不能估計過低，妄自菲薄，自己缺少什麼，就要奮起直追。如果我們的世界觀還没改造好，就加緊改造，政治理論學習不够，自己就要采取有效措施，學習毛澤東思想，學習毛澤東著作。迎頭趕上，以毛澤東思想更好的改造自己。自己有什麼專長，也要正確的估計，把專長無保留的教給青年，無保留的貢獻給社會主義建設事業。如果對專業有多年研究，只要立場對頭了，積極性也就更大了，專長也就可以更好的發揮了。

今天在座的諸位，都是在史學研究工作上，下過苦功的。都各有專長，多專多能，誰都懂得作學問的甘苦。專家就是學術界的寶貝。在舊社會，我們作學問的人，沒人過問，大多數都是自己挣扎，社會上就聽你自生自滅。今天，我們的新社會，重視學術發展，重視研究學術的人，給我們種種方便，正是英雄用武之時，也正是英雄大有用武之地。所以我們不但要百家争鳴以推動史學的發展，而且也要百花齊放，要所有的花都盡情的開放，自己會什麽就寫什麽，能什麽就幹什麽，各盡所能，各自發揮特長。

史學研究的方面也是很寬廣的，該作的事情還很多。多少問題還沒有統一看法，多少古籍還沒有整理出版，我們一生所積累的、苦心鑽研的心得，也還沒有盡量的都傳授給青年，沒有傳授給下一代，這些都有待於我們更進一步的努力。

我們老專家要學習青年的所長，也要幫助他們補其所短，使我們自己的接班人，都能有堅定的立場，較高的理論，并能精通史學專業，使我們的接班人個個都勝過我們，我看我們能在這方面出一把力，這就是我們老一輩的責任。

總之，在史學領域裏，該作的事是多的，真是大有可爲。舊社會留給我們的專家不是太多，而是太少。這少數的專家，一定要很好的發揮自己的作用，才對得起這個社會。究竟應該怎樣發揮力量，怎樣合理安排勞動力呢？ 這是值得很好研究的問題。 總的怎樣安排，自己怎樣才合適，大家都可以考慮一下。

新社會人人是主人，史學研究的推動，每一個史學工作者都有責任，我看誰都不能作旁觀者，誰也都願意在建設事業上，盡一把力量。 社會主義的史學，不單是黨員和青年的事，要所有史學工作者團結合作，携手并進，取長補短，才能作好。

今天我國的學術水平，還不能達到國家對我們的要求，還要我們每一個科學家艱苦努力。 黨與非黨，青年與老年，都還要互相學習，互相幫助，共同擔當起擺在我們面前的戰鬥任務。

今天我在諸位面前，年歲恐怕是最大，如果説我是老年，可以説大家都還在青年有爲之時。 但我也不服老，希望我們互相勉勵，互相督促，使馬列主義的優良學風的樹立，在我們這些人手裏作出成績來。

這是我要講的第一部分，此外還有幾點小小的意見，是我的看法，可能是錯誤的，今天談談，和大家討教。

關於學術寫作方面。

我有一個感覺，覺得有些學術性的論文，或是專著，或是評論，有很大一部分文章，都是空論太多,閒話不少。有時看到報上一整版,而我細細分析一下,重複的、空洞的話如果減去,就可以省字一半。現在大家工作上争分奪秒,一天等於二十年,言之無物的文章,看起來太費時間,太費眼力,一個人費十分鐘,一百個人就費一千分鐘,就是十七小時,等於費去一個人兩天的勞動力,這是多大的浪費。著書也是如此,有的出幾百萬字,至少可以省去一半。

文章不怕長,但要有内容,没廢話。這是一種情況。另一種文章,看來是洋洋大觀,而一句話繞來繞去,看了半天看不懂,不知説的是什麽。前幾天我看見文匯報有一學術文章,文章太長,編者在前面給寫了一篇内容提要,而提要也很長,文字也看不懂,縱然我文字水平不高,但寫文章總要水平高的人低的人都能看得懂才好。毛主席的文章,理論深,文字簡練,通俗易懂,所謂深入淺出。當然學到毛主席的爐火純青的地步是不容易,但總要使更多一點人能看懂才能達到應有的效果。就是你寫的理論高,學問深,不能大多數人都懂,但至少也不能使大多數人都不懂。毛主席稱這種文章爲『空話連篇,言之無物』,説這就是下決心不要群衆看。

現在紙張也可貴,我看最好提倡通俗易懂,精煉嚴緊,言之有物的文章。

還有批評的文章,也要以理服人,當然正如學部會議上所説的反對簡單粗暴的態度,批評別人不能一筆抹煞，但也有人態度并不簡單粗暴，就是不能服人。有些像主席所說的『裝腔作勢，藉以嚇人』，主席說：無産階級最尖鋭最有效的武器只有一個，那就是嚴肅的戰鬥的科學態度。共産黨不靠嚇人吃飯，而靠真理吃飯，靠實事求是吃飯，靠科學吃飯。我看主席的這些文章，還要很好的宣傳宣傳。

文章既然發表，最低要求要：

①理要講清楚，使人心裏服。

②話要講明白，使人看得懂。

③閒話不説，或者少説。

再就是關於資料工作：學部會議提出要我們大搞資料工作，這是很重要的。解放以來，已經出版了大批資料，但是對科學研究工作的需要來説，還遠遠不能滿足要求。

有人認爲資料工作，是爲人服務，自己不算研究，但是『服務行業』是爲人民服務，學術理論其目的也是爲人民服務，看不起這種服務行業，就是缺乏全局觀點，研究和著述，離不開資料，我們史學工作，提不出史實，就無法論證。我在『中西回史日曆』序裏曾談到資料工作和工具書等，説『兹事甚細，智者不爲，然不爲終不能得其用』，資料總是要有人去作，不作，材料就不能很好的利用。現在條件好，可以有領導、有計劃的進行，而且可以互相協作，可以集合群衆力量，集體力量，比過去方便得多。

我看理論是作戰方針，資料好比彈藥，只有正確方針指導作戰，而槍炮無有彈藥，則不能取勝，如果只有槍炮子彈，作戰方針錯誤，打槍没有方向，也是打不到敵人。

供應彈藥，就是爲作戰有利，搞資料工作，就是爲編書，爲寫著作，爲宣傳毛澤東思想，爲發展馬列主義，總之，是爲了促進全世界人類的大解放。認清這明確的目的，就會知道任務的重要。但是搞資料工作也必須有毛澤東思想作指導，也要政治挂帥，以正確思想來指導資料工作，才能作爲資料的主人，才能掌握資料，使資料爲無産階級政治服務。不然就會跟着資料跑，作了資料的僕人。

我認爲，前人搞過的資料、工具書等，其中一部分我們可以在原有的基礎上改編、修訂，但以前的還能暫時利用，我們也可以先加以利用，先搞空白點，等到行有餘力，再作加工工作，再把他改編或重編爲社會主義水平的書。所以資料工作的全國一盤棋也很重要，統一領導資料工作是十分重要的，不然白白浪費人力。

我的話完了。

〔一九五五年六月一日〕

在歡送崔可夫和彼得魯舍夫斯基兩位專家回國的宴會上講話

親愛的同志們：

一九五四年至一九五五學年，即將結束，今天我們舉行這個小規模的宴會，是爲了和在我們學校工作的全體蘇聯專家同志，共同來祝賀我們這一學年工作的勝利結束。

同時，因爲我校蘇聯專家組長崔可夫同志，和心理學專家彼得魯舍夫斯基同志，即將離開我們北京師範大學，最近就要回國了，全校師生，對於專家都是非常愛戴的，非常崇敬的，我們在這裏，代表全校教師和學生，懷着异常感激的心情，向真誠無私幫助我們的崔可夫和彼得魯舍夫斯基兩位專家表示熱情的歡送，并表示衷心的感激！

一學年來，各位蘇聯專家對我校的幫助和指導，都曾付出了巨大的勞動和熱忱，使我們學校的教學工作和行政工作都有了很大的改進，我們今天向我校全體蘇聯專家們，表示真誠的感激和慰問。

現在，我很簡略的談一談一學年來的各位蘇聯專家的主要工作：（我所講的次序，是按專家姓的第一個字母的順序排列的。）

我們的化學專家瓦里可夫同志,除去講課以外,他對化學系領導的建議和幫助,對無機化學教學法教師的指導,以及貫澈面向中學的方針等,都使得我們化學系實現全面教學改革工作,獲得了明確的步驟和途徑,專家并對函授教育有所指示,也將是我們遵循着的方向。

庫滋涅佐夫專家,在我們的馬克思列寧主義教研室講課,今年這些學員,即將畢業,就要分配到全國高師,我們有這樣一批數量大、質量高的教師,他們將是馬列主義理論教育戰綫上的一支强大力量。也曾作了具體的細緻的指示。在教育實習時,專家曾兩次參加評議會,除在教學法方面作了重要指示外,并對如何以歷史唯物主義的觀點來研究分析歷史,也作了示範説明,對我校的師生和各中學的教師,都有很大啓發。

學前教育專家馬努依連柯同志,爲我們培養學前心理學研究生和進修員,專家并在貫澈理論結合實際的方針上,以身作則的深入調查研究我國幼兒園的實際情況,加以總結,使蘇聯的先進經驗,與中國實際相結合。專家的教學和參觀指導,以及在專家指導下編寫的『教養員指南』,已在新中國幼兒教育事業中生了根,影響是非常深遠的。

心理學專家彼得魯舍夫斯基同志,給我們培養的心理學研究生和進修員,是我國第一批用馬克思列寧主義武裝起來的心理學教師。這次由專家親自輔導他們編寫講稿,使心理學教材問題,初步獲得解決。專家的講稿,已經在我們全國印發、交流,反映極好,傳播範圍已不僅僅限於心理學教師。專家在北京、上海、重慶、武漢等地所作的科學報告，對我們當前批判資産階級唯心主義的鬥争，起了極大的推動作用。

謝孔同志，是我們的生物學專家，爲我們培養的是農業基礎的研究生和進修員，專家并指導達爾文主義、米邱林生物學的助教，編寫講義的工作，和培養翻譯研究生的工作。專家自己的科學研究工作，和他所指導下的教師的科學研究工作，一方面對我校生物系教師提高了教學質量，同時也對我國提高農業生産上，具有很大的實踐意義。在專家倡議和直接指導下的生物站，和中學『實驗園地』的設計和建立，在我們新中國完全是首創的，這對於貫澈理論聯系實際的方針，和施行『綜合技術教育』上，都具有重大的作用。

崔可夫專家爲我們培養教育學、教育史進修員和研究生，教學内容是依據蘇聯共産黨十九次代表大會的精神，加以修正補充的，教師受益很大。專家除教課外，并指導系和教研室的工作，兩年以來，指導我們的教育實習和見習，并幫助我們開展了附校工作，對教育實習給與了新内容，這個影響，已及於全國。又崔可夫專家擔任專家組長，實際上起了校長顧問的作用，對全校的教學改革和行政改革作了多次的報告和談話，很多報告都曾印發全國高師，這些都具有指導全國高師的意義。

以上是很簡略、很簡略的專家工作情況。專家的幫助和指導是多方面的，是從理論指導,到工作的實踐,我們不可能用簡單的幾句話來概括他們的工作内容。當然最主要的,是幾位專家都爲我們培養了大批的研究生和進修員,這些新生的力量,在專家親自指導和培育之下,學習各種專業,他們將分布到全國各地,將是我國一批具有一定質量的教育戰綫上的生力軍,將會使我們全國的教育事業迅速的向前發展。

總之,一年來,我校所獲得的成績,與各位蘇聯專家以無産階級國際主義精神,和忘我的勞動態度,對我校各項工作的巨大貢獻,是分不開的。我們從各位蘇聯專家那裏,受到了很多的教益。今天,向各位蘇聯專家對我們的熱誠的幫助和指導,表示崇高的敬意和無限的衷心的感謝。

崔可夫專家和彼得魯舍夫斯基專家,就將回國了,你們是我們的難忘的良師益友,你們傳授給我們的豐富的先進科學,和珍貴的教導,將永遠留在我們的記憶裏,將永遠貫澈在我們的學習、工作和戰鬥中。現在讓我們懷着摯愛的感情,向親愛的朋友和老師祝賀,預祝兩位專家,今後工作的勝利,并祝他們身體健康!

我們祝賀仍舊留在我們學校,繼續指導我們的蘇聯專家同志們,愉快的渡過暑假,祝你們身體健康和幸福!

爲中蘇兩國牢不可破的友誼而乾杯!

爲中蘇兩國兄弟般的友誼而乾杯！
爲熱誠幫助我們的蘇聯專家同志們的健康而乾杯！
爲即將回國的崔可夫同志、彼得魯舍夫斯基同志的健康而乾杯！
爲我們中蘇兩國的友誼日益加强和鞏固而乾杯！
爲中蘇兩國的共同繁榮，爲遠東和世界和平的鞏固而乾杯！

崔可夫　教育系（劉彦）
馬努依連柯　學前教育（陳幗眉）（女）
彼得魯舍夫斯基　教育系心理學（龔浩然）
庫滋涅佐夫　政治教育系（翁世盛）
謝孔　生物系（王象坤）
瓦里可夫　化學系（姜勵群）

〔一九五五年六月二十五日晚在北京飯店〕

歡送丁浩川、林傳鼎、張重一、柴德賡支援校外講話

同志們：

目前正是我們學習緊張的時候，大家都很忙。最近我們學校已經教育部決定有很多位先生調動工作，去支援我們的兄弟學校，其中有幾位是學校負責同志，丁教務長因爲新工作任務緊急，今天下午就要離開北京，我們舉行這個小規模的歡送會，來歡送大家。首先，讓我代表我們全校，來向諸位先生——丁教務長、林副教務長、張總務長、歷史系主任柴先生表示我們熱烈的歡送。

幾位先生在學校都負責很重要的職務，幾年以來，在工作上都有很卓越的成績的。由於各位的不懈的努力，使我們師大的教務工作、總務工作，以及在教學和行政工作上，都有很大的收獲。

在各位的工作成績上來説，我們不願意你們離開北京師大，而且幾年以來，我們朝夕相處，在感情上自然也覺得依依不舍。古人所謂：『黯然消魂者，別而已矣。』不過古人的感情，就到這裏爲止了，我們不是如此，我們的願望，是願意把我們全國高等師範辦好，要

在第一個五年計劃裏，勝利的把我們高等師範教育工作完成。我們不是把眼光僅僅放在北京師大，我們不但要把北京師大辦好，而且有責任幫助其他高師院校，有責任用我們的力量去支援兄弟學校。所以諸位離開師大，離開北京，我們雖然有些不願分别的感情，但是我們一想到北京師大，雖人力也不十分富裕，而比起其他兄弟院校，力量還是比較充足的，我們從全面來看，從整體來看，這樣做，對於人民教育事業更有好處，因此其他種種就都不成問題了。

諸位同志調到其他高師院校，仍然負責重要的職責，意義是非常重大的，自然任務也還是相當艱巨的。今後，我們雖然不在一個學校工作，但是希望你們不要忘記北京師大，希望你們把各校的工作經驗，經常和我們交流，和我們保持密切的聯系，使我們各個高師院校工作上不斷進展，不斷提高。讓我們真的像親兄弟一樣，互相幫助、加强團結，携手并肩前進，把國家和人民交給我們的培養師資的光榮任務共同擔當起來，爲祖國培養出更多更好的人民教師。

幾年以來，諸位同志都在北京師大投下了辛勤的勞動，付出了不少力量，同志們對於北京師大是愛護的，今後仍舊希望你們關心他、愛護他，給我們提出意見，幫助我們改進工作。也希望你們在臨行以前，對學校有甚麽意見，盡量提出。

同志們!今後我們雖然不在一個學校,雖然分配到地北天南,但是我們仍舊是從事於一個共同事業,願我們大家在不同地區,不同崗位上,共同努力,在共産黨和毛主席領導之下,繼續堅決徹底爲肅清一切暗藏的反革命分子進行鬥争,爲勝利完成第一個五年計劃而不斷努力。

祝福你們在新的工作上,做出新的成績,祝你們工作勝利,祝你們身體健康!

〔一九五五年八月十八日〕

開學典禮講話

市長、各位蘇聯專家、各位來賓、各位同志：

今天，是我們北京師範大學一九五五到一九五六學年的開學典禮，教育部柳副部長特來參加，這樣重視我們學校，我們感到非常光榮。首先，讓我們向部長表示熱烈的歡迎。在我們新學年開始的時候，希望部長對我們的工作給予指示，這裏讓我們先表示衷心的感謝。

今天還有我校的蘇聯專家，和我們一起來舉行這開學儀式，我們也非常熱忱的希望，熱心指導和幫助我們的蘇聯專家對我們的工作，給予指示，現在，讓我們表示對他們的敬意和感激。

大家都知道，今年是我國國民經濟第一個五年計劃建設的第三年，是有決定意義的一年。尤其重要的就是第一個五年計劃，已經在今年七月全國人民代表大會會議通過。這是歷史性的重要文件，是全國人民建設社會主義的偉大的行動綱領。我們全國人民就要以此爲依據，爲完成和超額完成這個計劃的各項任務，而努力奮鬥。

自然，我們文教事業也不能例外，如果我們的工作做得不好，將會影響五年計劃的完成。因此，我們要切實的改進自己的工作，把高等教育在五年内應完成的計劃做好。根據整個的計劃，根據全國文教工作會議所規定的方針，我們的學校應以『提高教育質量，貫徹全面發展』的教育方針，爲全校各項工作的指導方針，而以『改進教學，提高與保證質量』爲我校的中心任務。

要真正做到『確保質量』，最主要的一環，就是教學工作質量的提高，這項工作，教師是起着决定作用的。

我們的教師，過去在工作上是盡職盡責的。幾年來，在黨和人民政府的領導下，在學習蘇聯先進經驗，密切結合中國實際，穩步進行教學改革的方針指導下，在蘇聯專家熱忱無私的幫助下，我們在教學方面取得了很大成績，爲國家培養了一批新型的優秀的人民教師，充實到教育陣綫。尤其是這次全體教師熱情的積極的參加了肅清一切暗藏的反革命分子的鬥争，在這複雜的、尖鋭的階級鬥争中，我們受到了極深刻的教育，我們階級覺悟大大提高，加强了人民内部團結，提高了政治警惕性，爲今後繼續肅清反革命分子和做好教學工作，創造了有利條件。我們必須重視這些成績。

許多教師在這次學習和鬥争中，深切體會到自己的教學工作，不能脱離政治，單純業務觀點不問政治的傾向是不對的。這種認識是很好的，是正確的。必須把它切實的貫徹到今後教學工作中去。胡風反革命集團的破壞活動，就是千方百計誘人脱離政治，反對黨的領導。我們過去對『業務不能脱離政治』，理論上雖然有所認識，但結合實際，則體會不足，通過這次運動，進一步明確了這個問題，這是我們在思想戰綫上的一大勝利。

幾年來，我們在各項工作上，是取得了很大成績的，但也還存在着不少的缺點，需要進一步的努力。關於學術思想批判工作，我們的教師，已有不少收獲，寫了不少論文，但這只是一個開端，今後我們還要進一步的開展，并且通過這學術思想批判工作，來推動教學改革工作和科學研究工作前進，使這三者結合成爲一條統一的思想戰綫，并且在這個戰綫上逐步取得勝利。

另外，我們過去對提高質量的瞭解上，比較片面，對全面發展的教育方針認識不足。往往只注意『專業教育』，放鬆了結合專業教育，同時要加强『政治思想教育』和『健康教育』。其結果，不僅專業知識學得不鞏固，而且也影響了學生健康，影響了學生對政治的關心與學習，使得部分同學滋長了非政治傾向，這是不合乎社會主義建設人才的規格要求的。當然，每一位教師，都會知道所謂『規格』和『質量』是應當包括政治、知識、體格三方面在內，然而具體到工作裏，就未能正確貫澈『提高質量』和『全面發展』的教育方針。這也説明我們還未能很好的學習蘇聯教育經驗。蘇聯的教育思想是從實際出發的，而我們學習時，却往往從主觀願望出發，講課只憑主觀願望，不瞭解學生情况，未注意學生接受能力，未能及時解决學生學習中的實際困難，理論脱離了實際，使得學生所學知識不够鞏固。蘇聯的教育方針是『全面發展』的方針，而我們體會不够，我們自覺的或不自覺的忽視了共産主義道德的培養和增進健康的教育。

因此，我們今後必須進一步，全面的、系統的學習蘇聯高等師範教育的先進經驗，密切結合中國的實際，加强政治思想教育。在教學、科學研究以及各項工作中，堅定不移的貫澈中共中央關於『宣傳辯證唯物主義與批判資産階級唯心主義思想』的指示，貫澈『理論聯系實際』的原則。這些就是『提高教育質量』的最根本的問題。

當然，貫澈學校這個中心任務，不僅僅是教師，而是要各方面各項工作很好的配合。學生身體健康的增進，既然是保證質量的重要方面之一，我們就應改進體育教學，加强體格鍛煉，加强衛生保健工作，改進伙食管理，以提高學生的健康水平。同時還要重視全體師生員工的健康。保證教學過程的正常進行，一定要計劃好教學進度，所以我們也必須做好教務工作。爲了社會主義工業化的長遠利益，必須在各部門厲行全面節約，反對一切浪費，所以我們的財政制度、基本建設、財産管理、宿舍分配等等，都必需進一步的加强和改進。

總之，在明確提出『以改進教學，提高與保證質量爲中心任務』後，使我們全校全體教學人員和工作人員，有了一致的奮鬥目標，我希望大家在實際工作中，不斷克服困難，爲提高與保證培養人才的質量而堅定奮鬥，在各項工作方面，提出進一步的要求，發揮我們在第一個五年計劃中，教育工作者所應起的作用。同志們，今天是新學年的開始，我相信到學年總結的時候，將會看到同志們的具體成績。

毫無疑問，在這新的學年開始的時候，我們的同學，也都正在精神百倍的，熱情愉快的，來迎接新的學習任務。新同學從祖國的四面八方，陸續的來到我們師大，在迎新委員會的同志，在團委會、學生會，在舊同學和很多工作人員共同努力之下，使新同學很快熟悉環境，瞭解情況、座談、聯歡、參觀、游覽，并參加了各種活動。今天，我願以一個有五十年教齡的老教師的身份，來熱烈的歡迎我們我們教師隊伍裏的新生力量，歡迎祖國未來的新教師。

由於今年招生工作貫澈了保證質量并照顧數量的精神，所以我校新生，一般來說，成績是不錯的。第一志願的占百分之九十左右；政治質量也比較高，黨團員約占百分之七十五左右，工農青年幹部和工農子女的比重，也比往年有很大的增加。

同學們在實際生活和學習中，政治覺悟一年年提高，認識到祖國前途的美好，認識到建設社會主義社會的主要困難之一,是缺乏人才、缺乏幹部。因此,絶大多數同學都是按着祖國的需要,結合着自己的條件,決定了自己投考高等師範學校的志願,立志作一個光榮的人民教師。準備把自己一生精力,貢獻給祖國的教育事業,爲祖國培養更年青的一代。

應該肯定,同學們這樣做是完全正確的。但是也還有極少數的同學,認爲考師大不光榮,不體面,被分配到師大真倒霉,自己感到慚愧,抬不起頭來。也有人對於師大看不起,是因爲師大有助學金才投考的。這是由於在舊社會教師長期不爲人重視的結果,那時教師生活清苦,隨時有被解聘的可能,當然也説不上什麽前途了。長期的舊社會的思想影響,影響到同學們對今天教師不正確的看法。這是舊社會的聲音,不是新社會的語言。這也是由於對新社會的人民教師在祖國建設中所占的地位,還不大清楚。

今天,我們國家正向社會主義社會過渡,我們的社會主義建設,和社會主義改造的事業,正在蓬勃的向前發展,爲了勝利的發展我們的建設事業,我們有了發展國民經濟的第一個五年計劃,有了蘇聯對我們無私的幫助,但是,不要忘記,我們建設中更主要的就是需要勞動,需要人,而且所需要的不是别樣的人,而是新型的人,需要的不僅僅是一部分先進者,更不是僅僅少數的優秀分子,而是要整個一代,是需要整個一代能够擔當起建設社會主義的歷史任務的新人。這一代新型的人，是要具備共産主義的覺悟水平，與道德品質，和豐富的科學知識，并且具有堅强的體魄和剛毅的意志的人。這樣的人，從那裏來呢？主要來源就是靠學校來培養，靠人民教師來培養。

道理就是這樣簡單，高等師範是教育事業的主要一環，高等師範辦不好，影響是很大的，將會使整個教育建設事業受到妨礙。

這樣的工作還不重要嗎？還不光榮嗎？培植人才的教師，是培養將來的人，是培養和祖國的命運有關的青年一代，這是最光彩的。同學們，你們没有走錯路！國家是把你們分配在最重要的學習崗位來了。爲助學金而投考師大的人，把眼光要從每月十幾元錢轉到整個教育事業上，爲十幾元而學習，學習情緒是不會安定的，一定要樹立起專業思想來才行。

做一個新型教師要具備那些條件呢？這就是我們高等師範學校用什麽來武裝未來的人民教師的問題。

我們學習，有四個組成部分：

第一是馬克思列寧主義的基本理論知識。當然每個人都應當學習馬克思列寧主義，但是對一個準備擔負培養祖國社會主義的建設者和保衛者的人民教師來説，則尤其重要。

一個思想水平不高的人，是没有可能提高别人的思想的，要啓發别人的共産主義覺悟，首先自己必須有共産主義覺悟。這個課程在講授上與其他高等學校，并没有什麽區别，區别的在於這門課程的學習，對於一個未來人民教師説來，更爲重要。

第二是教育理論知識。這包括教育學、心理學、教育史和教材教法等。有人説教書很簡單，功課不好的才考師範，今天我們説人民教師并不簡單。舊社會不可能使『教育學説』成爲真正的科學，但是在蘇聯，在我們人民民主社會，教育理論才有可能，而且是必然要建立在真正科學理論之上。教育理論必將成爲真正的科學。這就是因爲我們重視培養人的工作。在今天，我們高等師範學校裏所學的教育學科，主要就是蘇聯先進教育科學成果。但是，教育科學還是一門年青的科學，同學們必需在這科學上充分發揮積極性和創造性。

第三是各系的專業知識。這就是關於各系的業務知識課程。這些課程，在總學時數所占比重，大體上是百分之六十五左右。這裏我不多作解釋了。

第四是教育實習。在第三學年和第四學年，都各有六周上下的教育實習。這是理論與實際結合的具體實施。這是對於一個師範生的思想水平、教學理論、專業知識和實際工作能力的全面檢查。

一個高等師範學校的學生，經過了四年的學習，經過了以上四個部類的知識技能的學習和鍛煉後，他將精神焕發的走上祖國給他準備好的工作崗位，從此，他將承擔起爲祖國培育下一代的任務，他將成爲一個合於祖國要求的人民教師。

同學們，人民教育事業，是艱巨的，也是有困難的，從事教育事業，就要有克服困難的决心，要有創造性的勞動。

在這一年新的學習開始的時候，我希望同學們：

一、提高思想覺悟，克服非政治傾向，按照國家計劃，全面的完成學習任務。

二、希望你們尊敬教師，嚴格的遵守紀律，刻苦認真的學習。這裏我要提到一點，因爲幾年來我們高等學校迅速的發展，舊有的教授、教師不僅在質量上而且數量上也遠遠跟不上形勢發展的需要，因此我們大力的培養和提拔年青的教師、助教，當然有些年青的助教，業務基礎不如老教師，但是他們熱情、虚心，肯鑽研，刻苦學習，對新事物敏感，勇於接受别人意見，不斷提高改進自己的工作，同學們不應當拿年紀來斷定教課的質量，你們看我這樣大年紀，我去教課，也不一定就比年青教師教得好。另外，也希望你們充分認識我們國家當前的具體情况，同時，我們老教授也將會不斷的培養他們，提高他們的教學質量。

三、希望你們厲行節約，愛護公共財物，要在日常生活中，培養自己的共産主義道德。要充分認識開展節約、反對浪費對建設社會主義的重大意義。堅决地克服損害國家財産的可耻行爲。

同志們、同學們！今天在座的人，都是教育工作者，或者是未來的教育工作者，讓我們更進一步的認識我們事業的崇高，認識我們的工作的光榮。在這新學年開始的時候，我們以新的心情，新的戰鬥意志，緊緊的團結在黨的周圍，教師教好，學生學好，老老實實，勤勤懇懇，互勉互助，爲辦好人民的教育事業而奮鬥！讓我們在此祝賀全體教師們、同學們的身體健康工作愉快！

〔一九五五年九月十四日開學典禮在新校教學樓前草坪舉行〕

歡迎地理系拉潤夫斯基專家講話

我們非常榮幸，又多一位蘇聯專家來到我們師大。今天我代表我們師大全校師生五千多人來表示熱烈的歡迎。

我們的經濟地理課程，在教學上、在研究上，還是很年輕的。我們急於需要蘇聯專家的大力幫助和指導。這次經濟地理專家拉潤夫斯基同志來到我們學校，給我們帶來蘇聯的先進科學理論和經驗，將使我們在這一科學上獲得新的發展。我們地理系的師生，首先是教師，將要向專家好好的學習，改進并且提高經濟地理的教學。并且把蘇聯的先進科學推廣到全國高等師院。我們一定虛心學習，不辜負專家遠到我國來指導我們。今天，拉潤夫斯基同志第一天來到我校，我們就拿『保證學好』，來做爲歡迎專家的獻禮。讓我們再一次表示我們衷心的感謝，和熱烈的歡迎！

〔一九五五年九月二十三日〕

同意和支持同學們提出的『美化校園的義務勞動』

團委會、學生會：

全國青年社會主義建設積極分子大會的召開，鼓舞了我們全體同學的熱情，大家都和全國廣大青年一樣，懷着十分興奮的心情，熱烈的向大會祝賀，向來自祖國各地的青年積極分子們致敬。你們都深切的體會到黨和人民政府對我們青年一代的關懷，期望和信任。因此紛紛表示，願以實際行動來做爲向大會的獻禮！這樣的心情是完全能够理解的，也是十分正確的。

你們以主人翁的態度，提出組織一次美化校園的義務勞動，用自己的勞動創造美好的學習環境，來慶賀大會的召開，來迎接六周年國慶，這就是你們實際行動的具體表現。我們完全同意并願大力支持你們這一建議和行動。幾天以來，同學們熱情極高，拔草、除蟲、抬土、打掃、清整室内室外，已作出不少成績，在勞動過程中，同學們克服了種種困難，創造了不少勞動事迹，已涌現出不少積極分子，希望你們繼續努力，鞏固這次勞動成果，在已有的基礎上，做到經常性和持久性，使自己不但在學習戰綫獲得偉大成績，而且在實際勞動中養成勞動習慣，培養與提高熱愛勞動的思想感情。

同學們！榮譽屬於勞動者，榮譽屬於社會主義建設中的積極分子！希望你們承繼中國青年的卓越的傳統，并且日益發揚光大，在黨的領導下盡一切努力，去克服缺點和困難，爭取更大的成就！作一個光榮的勞動者，作一個優秀的社會主義建設的積極分子！

祝你們勝利！祝你們健康！

何錫麟

陳　垣

傅種孫

（載師大教學六十二期一九五五年九月三十日）

歡迎蘇聯文化代表團講話

今天我們有機會來接待我們親密的朋友，我們偉大盟邦蘇聯的文化代表團，我們感到非常光榮，也感到非常驕傲。以蘇爾科夫爲首的代表團全體同志們的名字，都是我們早已熟習的。我們對你們都异常景仰和欽佩。你們是我們最知己的朋友，也是我們最佩服的老師，能够光臨到我們北京師大，這是我們最大的榮幸！

幾年以來，我們北京師大在蘇聯專家的熱心指導和幫助之下，得到很大的發展和進步，蘇聯的文化教育事業的成就，永遠是我們學習的光輝榜樣。今天更有機會，和代表團的先進文教工作者，在一起談心，更是我們殷切的期望。我們在蘇聯的老師和朋友的面前，我們還是小學生，希望你們在這可貴的日子裏，給予我們寶貴的意見和指導，使我們北京師大，能够更進一步的改進工作，幫助我們不斷前進。

現在讓我代表北京師大的師生，向我們敬愛的蘇聯文化代表團，表示極其熱烈的歡迎！向以蘇爾科夫同志爲首的代表團同志，表示衷心的感謝！祝我們中蘇兩國的友誼日益鞏固！祝我們中蘇兩國的文化交流日益發展！

〔一九五五年十月四日在北校會議室〕

歡迎蘇聯文化代表團來校參觀講話

同志們：

我們今天懷着异常興奮的心情，向我們最偉大盟邦蘇聯代表團，表示極熱烈的歡迎！

蘇聯文化教育事業的成就，是我們遵循着的方向，蘇聯對我們文教事業的幫助，也和在其他各種建設的幫助一樣，是偉大的，是無私的，我們每當看到我們文教事業上有一些成績的時候，我們就馬上以非常感激的心情，想起蘇聯對我們的無比深厚的友情。

我們北京師範大學，所以有今天的發展和進步，是和我們『向蘇聯學習』分不開的，也是和我們蘇聯專家的具體幫助分不開的，今天我們願意在代表們的面前，表示我們北京師大五千多師生對蘇聯的黨和政府，對蘇聯人民無比感激的心情。

幾年以來，歷次的蘇聯代表團莅臨中國，都給了我們文教工作者很大的鼓舞和幫助。這一次文化代表團來到我國，而且能够光臨我們北京師大，這將更進一步的促進我們中蘇兩國文化交流，是給我們北京師大一個更好的學習機會。在這幸福的時刻裏，使我們在我們學校和代表們相識，我們非常珍視這一可貴機會。我們願意誠懇的向代表們學習，并希望代表們給予我們寶貴的意見，和具體的指導。

現在讓我們向我們敬愛的代表團同志，表示熱烈的歡迎！表示衷心的感謝！

祝我們中蘇兩國兄弟般的、牢不可破的友誼，日益鞏固！

祝我們兩國的經濟和文化日益繁榮和發展！

〔一九五五年十月四日在北校大禮堂〕

歡迎卓婭和舒拉的母親

（會客室、大禮堂，報告後三次講話）

我們今天太高興了，能够在這裏接待我們最敬愛的朋友、蘇聯英雄卓婭和舒拉的母親、蘇聯卓越的教育家科斯莫捷米揚斯卡婭同志，這是我們極大的光榮。

她的兒女，卓婭和舒拉，用自己的功績，自己的勇敢，自己的生命，開闢了走向勝利和幸福的道路，他們的光輝形象不斷教育着、鼓舞着中國青年。

蘇聯英雄卓婭的英勇事迹，已成爲我們廣大青年學習的榜樣，她的光輝的名字，已成爲青年們前進的動力。我們北京師大的同學，也是時刻用卓婭的名字來鞭策自己，我們俄語系同學就以卓婭英雄的名字，命名他們的鍛煉隊。

我們都知道，卓婭的優良品質，并不是天然生成的，而是長期努力培養、鍛煉出來的，她是在蘇聯共産黨和英雄的母親教導之下成長起來的。我們熱愛英雄的母親，我們尊敬英雄的母親，今天我們异常榮幸，因爲偉大的榜樣、英雄的母親，現在就和我們在一起。

我願代表我們北京師大師生向偉大的母親，表示熱烈的歡迎！向培養蘇聯建設者和保衛者的卓越的教育家——我們的同行,表示無比的敬意!

祝我們偉大的中蘇兩國經濟和文化日益發展和繁榮!我們中蘇兩國永久的友誼萬歲!

蘇聯英雄卓婭和舒拉的母親來校講話(大禮堂)

親愛的同志們、同學們:

今天是不平凡的一天,我們每個人都充滿着熱情和喜悦,蘇聯英雄卓婭和舒拉的母親光臨到我們北京師範大學來了。

從我們知道蘇聯文化代表團到我們首都北京的第一分鐘起,我們就熱情的盼望着能够有機會和偉大的英雄的母親會見!同學們!現在這願望已經真的成爲事實了。讓我們以極尊敬的心情,來熱烈的歡迎吧!

她的兒女,蘇聯英雄卓婭和舒拉,爲着保衛勞動、幸福、自由,保衛祖國人民的獨立而英勇犧牲,把自己整個的生命和精力,獻給世界上最壯麗的事業。她的英雄的兒女的光輝事迹,不斷教育着中國青年,不斷鼓舞着中國青年!

我們看過電影『丹娘』,看過劇本『真理的故事』,我們也不只一次的讀過英雄的媽媽,以母親全心的愛，所寫成的『卓婭和舒拉的故事』。蘇聯英雄卓婭的光榮名字，已成爲鼓舞我們青年人前進的動力，在我們學習、工作和鍛煉的時候，在我們遇到困難的時候，想起卓婭英雄的名字，就增加了無限的力量，增加了克服困難的決心和勇氣。同學們熱愛她，學習她，曾經自己用俄文寫過短劇，自己演出，也用她光榮的名字來命名自己的鍛煉隊。

卓婭的英雄性格和優良品質，是在黨和英雄的媽媽撫養教育下，成長起來的，我們所尊敬的偉大的母親，她是蘇聯卓越的教育家，她正在像教育她自己的英雄的兒女一樣的，教育着蘇聯千百萬青年，她的行動和感召，也正教育着中國的廣大青年。

我們師大的同學，不但學習卓婭精神，而且學習卓婭的媽媽。大家都正在努力，要把自己培養成卓婭式的青年，也願意使自己造就成英雄的母親這樣的紅色教師，把自己的青春獻身於祖國教育事業，獻身於建設社會主義的偉大事業。

我們的教師，也正在信心百倍的學習偉大的英雄的母親的光輝榜樣，在培養忠實於祖國事業的優秀人才，我們在黨和毛主席領導下，在蘇聯專家的直接幫助下，不斷改進工作。但是我們工作中還存在着缺點，我們誠懇的希望今天尊敬的英雄的母親，給我們提出寶貴的意見，給我們以珍貴的指導。

今天，我們得到這次不易得的可貴的報告，感到無限驕傲和光榮，現在我們熱誠歡迎偉大的母親給我們講話。

歡迎卓婭媽媽在北飯廳

我們聽了英雄的母親講話,非常激動,卓婭和舒拉,偉大母親的英雄兒女,他們永遠活在我們的心裏,他們活得偉大,死得光榮,永遠是我們學習的榜樣。我們要學習他們『愛書本』、『愛學習』、『愛勞動』,學習他們堅定不移的精神,學習他們優秀的品質,要立志做一個祖國忠實的兒女,爲建設祖國,爲保衛祖國,爲保衛世界和平,貢獻出自己的一切力量!

今天英雄的母親的講話,是對我們一次極深刻的共産主義教育,我們永遠記住她對我們的講話,決不辜負她對我們的殷切期望!

我們感謝偉大的媽媽!我們向她致以崇高的敬禮!向她熱情的祝福!

中蘇兩國永久的友誼萬歲!

〔一九五五年十月五日〕

歡迎波蘭物理學家英費爾德教授夫婦講話

親愛的同志們：

今天我們光榮的接待我們兄弟國家波蘭卓越的物理學家、保衛和平的戰士，英費爾德教授夫婦，使我們感到非常榮幸！我代表北京師範大學師生，表示熱烈的歡迎。

英費爾德教授，是世界和平理事會副主席，是國際上著名的物理學家，他的光臨，給予我們很大鼓舞，我們中波兩國，在地理環境上，我們的國境雖然相隔很遠，但是因爲蘇聯的關係，把我們連在一起，把北京和華沙也連在一起。我們兩國的社會制度相同，目的一致。我們兩國人民的心緊緊相聯，兩國的科學家的心也是緊緊相聯。我們彼此都決心把科學成果，用在維護世界持久和平，用來争取人類的進步。

波蘭科學上的巨大成就，是我們學習的榜樣，我們新中國的建設事業，所獲得的不斷增長，是和波蘭所派來的優秀專家、優秀科學工作者們熱忱的幫助分不開的。我們願意虚心學習，學習波蘭的先進經驗。

今天英費爾德教授夫婦的光臨，是我們學習的好機會，尤其希望對我們物理系的工作，給予具體的指導，使我們的工作進一步改進。這是我們殷切的希望，我們先在這裏表示深切的感謝！

祝我們中波兩國經濟、文化日益發展和繁榮！中波兩國兄弟般的友誼，永久長存！以蘇聯爲首的和平、民主、社會主義陣營萬歲！

關於我校一般情況，和物理系情況，請我校祁副教務長兼物理系主任祁開智教授介紹。

〔一九五五年十月六日〕

向優秀鍛煉隊講話

同學們：

毛主席要青年們做到『身體好，學習好，工作好』，就是要青年們必需有高度的政治覺悟，要有高度的科學技術水平，還必需有健康的體質。

毛主席又説：『發展體育運動，增强人民體質』，這就是説要想做到身體好，要想增强體質，開展體育運動是一種最積極有效的方法。同學們響應了毛主席的號召，不但努力學習，而且也積極鍛煉。

今天我們的優秀鍛煉隊，要接受學校的表揚，很多同學也將領到勞衛制預備級獎章，這些成績，説明黨和毛主席的號召，已成了同學們的要求和願望。

這些成績，要繼續保持，不要驕傲，努力争取更大的豐收，推動我校多種多樣體育運動的蓬勃開展，把我們的體育運動推向更高潮。

同學們，希望你們的身體一天比一天好，成績一天比一天高，隨時準備着勞動與衛國。

〔一九五五年十月九日〕

歡迎羅馬尼亞科學院士格勞爾到校作學術報告

親愛的同志們：

我們今天非常榮幸，因爲我們學校有機會來接待貴賓的光臨，來接待羅馬尼亞人民共和國科學院院士，著名的、卓越的語言學家格勞爾同志，我代表北京師範大學教師和同學表示熱烈的歡迎。

我們知道羅馬尼亞在語言學方面重大的成就，是和格勞爾院士的創造性的勞動分不開的，我們中國用科學方法來研究語言學，還是剛剛開始，我們師大中文系語言學的科學研究，也還很幼稚，因此懇切的希望格勞爾院士爲我們介紹寶貴的先進經驗。

今天聽報告的人，有我校中文系、俄語系、歷史系的師生，還有中國科學院語言研究所、外國語學院、俄語學院、馬列學院、北京大學、文字改革委員會等單位，大家都誠懇的希望得到寶貴的指導。我在這裏代表我們語言學工作者表示我們感謝和歡迎的熱忱！

在新校小飯廳講話

親愛的同志們：

今天我們非常榮幸的得到我們兄弟國家羅馬尼亞卓越的語言學家格勞爾同志來給我們作報告，請允許我代表北京師範大學和今天出席的其他單位的諸位同志表示極熱烈的歡迎。

格勞爾教授，在拉丁語言和羅馬尼亞語言方面，曾進行過一系列的研究工作。很早以前，格勞爾教授就企圖運用馬克思主義的觀點、方法來研究語言，他所領導編輯的『我們如何講話』這一雜志，曾真實地反映了他的這一願望。

在斯大林同志的天才著作『馬克思主義與語言學問題』發表以後，格勞爾教授是接受與發展這一學説的先進人物中的一個。

他的著作『羅馬尼亞語言的內容與詞彙原理研究』一書，是他運用馬克思主義觀點、方法來研究語言學的一部出色的著作。

格勞爾教授是羅馬尼亞人民共和國科學院院士，是科學院語言學研究所出版的『羅馬尼亞語語法』的總編輯，他對羅馬尼亞人民付出了罕有的和極有意義的勞動，這一工作，使得羅馬尼亞語言知識向前推進一步。

一九五〇年年底，他被任命爲巴爾抗大學文學院院長，在這個職位上，他進行了經常地和極有益的組織工作與領導工作，有很大的成績。

格勞爾院士，一貫的忠實於羅馬尼亞祖國和黨的事業，并忠實的以馬克思列寧主義的立場、觀點，來進行科學研究，對於羅馬尼亞人民共和國的社會主義建設，有極其珍貴的貢獻。

我們中羅兩國雖然相隔很遠，但是我們的關係却很密切的。我們社會制度相同，我們的利益一致，我們兩國人民的心緊緊相聯，我們兩國科學工作者的心也是緊緊相聯，我們都決心把科學研究的成果，貢獻給祖國的社會主義建設事業，貢獻給人類的進步與和平。

幾年以來，我們國家在科學研究上所獲得的重要成就，是與以蘇聯爲首的和平、民主、社會主義陣營的積極幫助分不開的。

我們願意虛心誠懇的學習兄弟國家的先進經驗，我們希望與各兄弟國家的文化交流日益加强。今天羅馬尼亞先進的科學家格勞爾院士，來爲我們作報告，這是我們學習的好機會。關於科學的語言學研究，我們還很不够，我們懇切的希望格勞爾院士，給我們介紹一些寶貴的先進經驗，以推動我們的研究工作。讓我們衷心的感謝！讓我們熱烈的歡迎吧！

同志們：

我們非常感謝格勞爾院士今天爲我們作了内容十分豐富的，分析極其深刻的報告。這樣的科學報告，對我們來説，是有很大啓發和幫助的。

語言不僅是人類文化巨大成就的寶庫，是歷代的珍貴遺産，而且是使知識增長的强大工具，是進一步發展認識的手段。斯大林同志指出：『如果社會生活中産生了新現象，那末認識這些新現象的過程中，便形成新概念，産生新詞。』今天我們聽了格勞爾院士的報告，對語言史和社會史的關係，有了更進一步明確的認識，我們要好好的學習這一報告。

現在讓我們對格勞爾院士表示衷心的感謝！

祝我們中羅兩國人民兄弟的友誼日益發展和鞏固！

（一九五五年十月十日）

歡迎蘇聯歷史學專家哥拉特維斯基和哥捷托夫到校訪問

同志們:

今天我們有這樣一個好機會,能够和將要去東北師大的兩位蘇聯歷史學專家在一起座談,這是我們莫大的榮幸!首先,我們向專家表示熱烈的歡迎!

哥拉特維斯基教授是世界古代史專家,哥捷托夫教授是東方各國史專家,兩位專家莅臨中國,將毫無疑問的對我們的歷史科學和歷史教學有非常重大的指導和幫助!

我們中國,前代的歷史家,因爲被所處的時代所限制,不能從長期的歷史中發現出歷史發展的規律,而是適得其反。他們的史觀是唯心史觀。到近百年來,中國受着資本主義國家的侵略,外來的侵略勢力和内在的封建勢力相勾結,使得中國社會被迫陷入半封建半殖民地的境地,這在『觀念形態』上的反映,便是由封建社會的唯心史觀,轉變而爲買辦階級的唯心史觀。

自從我們開始學習了辯證唯物主義與歷史唯物主義,尤其是在解放六年以來,我們歷史研究工作者,經過了自我改造的思想學習,才逐漸會應用馬克思列寧主義的立場、觀點和方法，來研究歷史，來進行教學。

但是，我們還是初學，我們的歷史科學研究和教學工作還很薄弱。不僅是在對資産階級唯心主義思想展開系統的批判還不够，而且對歷史各科也還缺少有計劃、有系統的研究，舉個例子來説，比如研究亞洲各國史，就是十分需要的工作，這課的師資也非常缺乏。今年中國科學院哲學社會科學學部，已把研究亞洲國家的歷史，訂爲目前應該做的主要工作之一。其他各科如世界史等，也是如此。因此，我們迫切需要蘇聯專家對我們的具體指導和幫助。

現在兩位歷史專家莅臨中國，使我們感到無比的興奮，我們全國各高等師範早已準備好進修員，去和專家學習。

今天，專家來和我們座談，我們簡單介紹一下北京師大歷史系情况後，十分懇切的要求專家給我們的工作提出意見，并加以指導。今天在座的還有人民大學和北京大學歷史系各位教授，我們都有同樣的希望，讓我們先向兩位專家表達我們感激的熱忱！

〔一九五五年十月十二日赴東北師大蘇聯歷史專家來校訪問座談〕

慶祝十月社會主義革命三十八周年大會報告

親愛的同志們：

今天我們中國人民與蘇聯人民，以及全世界勞動人民在一起，懷着無限歡欣鼓舞的心情，來慶祝人類歷史中最偉大的節日——慶祝偉大的十月社會主義革命三十八周年。

首先，我們向我們最親愛的朋友——正在進行偉大的共産主義『和平建設』的蘇聯人民——致以最熱烈的兄弟的祝賀。

偉大的十月社會主義革命的勝利，標志着人類歷史的根本轉變，十月革命的勝利，使人類開始從腐朽的資本主義舊世界，走進了社會主義和共産主義的新世界。

三十八年來，偉大的蘇聯人民，在偉大的蘇聯共産黨領導下，粉碎了外國帝國主義的武裝干涉，和國内反革命的破壞活動，把自己的祖國，從一個經濟落後的國家，建設成爲一個强大的先進的工業國。在反對法西斯侵略的偉大衛國戰争裏，英雄的蘇聯人民，將『人類』從法西斯奴役的直接危害中解救出來。這充分説明社會主義經濟的威力，説明蘇維埃制度是最進步、最優越、最合理的社會制度。在戰後的這些年月裏，蘇聯人民不僅迅速的醫治了自己在戰時的創傷，并且滿懷信心地逐步向着共產主義社會勝利前進。

現在蘇聯的第五個五年計劃中，工業總產量計劃，在四年零四個月的時間內，提前完成了。蘇聯的國民經濟已獲得進一步的高漲。勞動生產率不斷提高，產品成本不斷降低，產品質量不斷改進。在建設事業中，和平利用原子能已經創立了光輝的榜樣。我們中國人民時刻傾聽着蘇聯向共產主義邁進的聲音，我們時刻關心着，從蘇維埃國家的各個角落裏，不斷傳來的，蘇聯人民在勞動戰綫上獲得勝利的消息。因爲這些輝煌成就，不僅表明蘇聯人民物質文化水平繼續提高，而且對於促進人類進步和維護世界和平，起了不可估量的作用。我們中國人民和全世界進步人類，都爲蘇聯人民所取得的歷史性勝利，感到極大歡欣鼓舞，并把偉大蘇聯當作前進道路上的燈塔。

自從十月革命勝利，蘇維埃國家出現的那個時候起，全世界被壓迫的人民群衆就看到：在蘇維埃國家裏，生產資料成了全體人民的財富，勞動者已不再被剥削，而是爲了創造自己的幸福生活，這就使全世界被壓迫的人民群衆看到了自己的幸福的未來，嚮往着人類社會的燦爛的明天，堅定了依靠『自己解放自己』的信心。他們都日益嚮往着蘇聯，都日益清楚地認識了偉大十月革命所開闢的道路，是人類歷史所必經的、唯一的、正確的道路。的確，歷史上從來没有像十月革命這樣，對於世界的發展、發生如此巨大影響的。今天從亞洲到歐洲，已有近十億的人民，按照十月社會主義革命所開闢的道路，擺脱了資本主義的羈絆，并結成了强大的和平、民主和社會主義陣營，團結成爲一支捍衛和平的不可戰勝的强大無比的力量。

蘇聯的堅定不移的和始終一貫的『和平政策』，在争取世界持久和平、緩和國際緊張局勢的鬥争中，已經取得了顯著的成就。

在過去三十多年來，中國人民和國内外敵人所進行的鬥争中，蘇聯一直是我們最忠實的、可靠的朋友，中國人民永遠不會忘記，十月革命的勝利，使得中國人民找到了用以戰勝敵人、取得革命勝利的武器——馬克思、列寧主義。毛主席論人民民主專政説：『在十月革命以前，中國人不但不知道列寧、斯大林，也不知道馬克思、恩格斯。十月革命一聲炮響，給我們送來了馬克思列寧主義。十月革命幫助了全世界的，也幫助了中國的先進分子，用無産階級的宇宙觀，作爲觀察國家命運的工具，重新考慮自己的問題。走俄國人的路——這就是結論』。

十月革命勝利之後，中國人民也永遠不會忘記，蘇維埃政府根據列寧斯大林的和平政策，首先廢除了帝俄時代對於中國的不平等條約，并且對中國的民族解放事業和人民革命事業給了各種精神的和物質的援助。我們也永遠記得，在抗日戰争初期，蘇聯曾經給予中國的援助。

中華人民共和國成立以後，蘇聯政府首先承認新中國，并且始終一貫地在外交上支持我國。一九五〇二月，在斯大林同志和毛澤東同志親自主持下，中蘇兩國締結了具有偉大歷史意義的友好同盟互助條約。在我國第一個五年計劃開始以後，蘇聯又幫助我國設計一百五十六個工業建設單位。這批規模巨大的企業建設單位，構成了我國社會主義經濟建設事業的骨幹，建成以後，將爲我國社會主義工業化，和國防現代化奠定主要基礎。毛主席特別指出：『由於偉大的蘇聯政府同意在建設和改建中國的新的企業中，給以系統的、經濟的、和技術的援助，中國人民將能够在學習蘇聯的先進經驗，和「最新技術成就」的努力之下，逐步地建立起自己的强大的重工業，這對於中國工業化，使中國逐步地過渡到社會主義和壯大以蘇聯爲首的和平民主陣營的力量，都具有極其重大的作用。』

蘇聯政府和人民不斷給予我國在經濟建設上的偉大的、全面的、長期的、無私的援助，充分體現了蘇聯人民的偉大的國際主義精神和對我國人民的真誠友誼。這種援助，是兄弟般的真正友好的、和真正建設性的援助，它是建築在互相幫助和促進共同進步與繁榮的基礎上的。這是新的社會主義關係的偉大表現，是以往人類歷史上從來没有過的，是新型國際關係的偉大範例之一。

特別值得指出的，是六年以來，大批的蘇聯專家應邀到我國，來幫助我們建設，他們忘我的勞動，向我們介紹科學技術的最新成就，是我們建設工作得以順利進行的一個重要條件。

提到蘇聯專家的幫助，我們北京師大就體會得更爲具體，更爲深刻。我們深深體驗出我國教育事業的不斷前進，教學改革順利進行，教育質量逐漸提高，是和蘇聯專家的指導與幫助分不開的。我們高等師範教育，我們北京師範大學，所以能够達到今天的水平，所以能够逐漸符合國家建設的要求，也更是和歷年來到我們北京師大的蘇聯專家的忘我勞動分不開的。

自從一九五〇年開始，已有十三位蘇聯專家，先後來到我校，其中八位專家已於今年六月以前陸續回國，目前在校工作的還有五位專家。

五年以來，蘇聯專家以高度的國際主義精神與忘我的勞動態度，對我校的教學改革工作做了巨大的貢獻。他們不但有系統的向我們介紹了蘇聯先進的教育科學理論和其他學科的理論，而且幫助我們制訂教學計劃、教育大綱、建立教學組織，改進教學方法，從而使我們學校在教學改革上取得顯著的成績。

還是在一九五二年春天，蘇聯專家領導并協助我們制訂了全校十二個系的教學計劃，使學校的教學工作有了依據，這一次制訂的教學計劃，曾由教育部印發全國高等師範學校試行，對於我國高等師範教育的改革，起了一定的推動作用。

一九五三年教育部又委托我們根據試行的結果，重新修訂這個計劃。在修訂過程中，蘇聯專家又給我們具體指導，使得各系教師都更加明確的按照培養目標來安排教學計劃中的各個科目，進一步認識到爲了培養合乎規格的人民教師，在教學計劃中所包括的四個組成部分的重要意義。也進一步認識到各個學科之間，必須有相互的聯系，克服了『片面强調某些專業重要』的錯誤認識。教學計劃經過這次修訂以後，不僅更加適合高等師範學校的培養目標，而且成爲全國高等師範學校教學計劃的基礎。

修訂教學計劃以後，專家隨即指導我們進行了教學大綱的編寫與修訂工作，這些教學大綱初步吸取了蘇聯教學大綱的精神，有了明確的目的和要求，貫澈了『政治思想教育和理論聯系實際』的精神，在科學性與系統性方面也有所提高。

我校的教育實習，也一直是在各位專家的親自指導下進行的，從五三年開始，我們已逐漸的建立了一套比較完整的教育實習制度和工作方法，扭轉了過去輕視教育實習的錯誤觀念，對樹立鞏固學生的專業思想，加强理論聯系實際上，都起了很大的作用。

最近一年多以來，我們對於如何發揮專家作用以解決工作中的關鍵問題，更作了進一步的努力，明確了專家的主要工作任務，是培養和提高全國高等師範師資，和指導教學改革。專家除已經或正在培養出一批數量大、質量高的師資，已經或將要成爲我國高等師範『學習蘇聯進行教學改革』的一支新生力量外，專家并對我校教學改革和重大方針與原則性的問題的指導，比以前更加深入和全面。

例如關於理論結合實際反對教條主義的問題，專家一再指出這是一個原則性的問題，對我校存在的理論脱離實際的現象，提出嚴格的批評，并且提供許多具體的做法，在自己行動中作出榜樣。由於專家在這方面的積極推動，首先是有專家工作的單位，已經向着這個方向前進。如政治理論課的教師利用寒暑假下鄉下廠，生物系開始進行較大量的實驗研究，教育系和中學師範、幼兒園的關係，有了很大的轉變，初步體會到實際生活是吸取知識的源泉，以及理論結合實際的重要。專家關於師範大學和附校的關係以及對『領導附校』的意見，使我們更好的認識到附校的作用和『如何發揮』附校的作用，爲我們進一步開展『面向中學』的工作創造了條件。

其他關於校長如何領導教學，關於開展科學研究工作，關於各系的某些具體設施等等，專家也提出了寶貴的，重要的建議，大大有助於我校的教學和行政工作，在專家幫助下，我校的工作已逐漸進入有制度、有計劃的階段。

總之，幾年以來，蘇聯專家在我校不僅培養了大量的高師師資，同時成爲我校學習蘇聯、進行教學改革中的指導力量，在學校的建設中，蘇聯專家起了重大的作用。

蘇聯專家對我們的幫助是全面的、是無微不至的、是慷慨無私的，無論是在學習上和工作上，都爲我們樹立起光輝的榜樣。

我們學校也已經明確提出：正確的學習與運用『蘇聯先進的科學』經驗，努力向蘇聯專家學習，充分發揮蘇聯專家的作用，對我校教學改革是具有异常重要意義的。但是，我們向專家學習上，還存在有一些缺點，有人對『向蘇學習』這一重要問題的意義還認識不足，有人還不善於注意蘇聯專家解決問題的觀點和方法，也有人還不能把蘇聯的經驗很好的結合中國具體實際，甚至還有人對『學習蘇聯』還有一些『思想障礙』。應該説，這樣的情況，是非常有害的。

爲了加速我國社會主義的建設，向蘇聯學習是我們頭等重要的事情。自從毛主席號召中國人民向蘇聯學習以來，無數無可置疑的經驗已經證明：學習蘇聯，學習蘇聯的社會主義建設的經驗,學習蘇聯的先進的科學技術,對於我們的各項工作,都具有迫切的現實意義。列寧、斯大林關於社會主義建設的理論,蘇聯實行社會主義建設的無限豐富的經驗,爲我國人民進行社會主義建設指出了正確的道路,提供了生動榜樣,使我們可以在實行社會主義建設的工作過程中,少走些彎路,而順利的進行偉大的社會主義建設事業。

我們學校非常幸運的,有這些位蘇聯專家在熱心的、真心誠意的來指導和幫助我們,我們一定要趁蘇聯專家在我們學校的期間,抓緊時間,有系統的努力學習各種科學技術,等到專家走後,我們要確實的能够獨立進行工作,只有做到這樣,才是充分發揮了蘇聯專家的作用。今後還要我們大家進一步的努力。我們相信在蘇聯專家這種無比深厚的偉大友誼的感召下,我們將會有新的進展,我們的事業將迅速前進。

今天,我們慶祝偉大的十月社會主義革命三十八周年的時候,我們謹向我校的蘇聯專家、向偉大的蘇聯人民和蘇聯政府,致以熱烈的祝賀,并表示衷心的感謝!

由於事實的證明,中國人民已深深知道,我們和蘇聯的友誼,不但是我們建設社會主義的重要條件,而且是保衛世界和平的主要因素,偉大蘇聯的每一項新的成就,都增强着我們建設新生活的信心,也都增强着以蘇聯爲首的世界和平民主的力量。中蘇兩國人民之間牢不可破的兄弟般的友誼日益强大發展,鼓舞着各國人民争取和平、反對帝國主義戰争政策的鬥争。爲了中蘇兩國人民勝利地進行偉大的和平建設事業，爲了世界各國人民的和平與安全，祝賀中蘇兩國人民的偉大友誼不斷鞏固和不斷增長。

讓我們永遠和蘇聯在一起，爲我們偉大的社會主義事業、爲世界和平的事業而不懈的努力吧！

偉大的十月社會主義革命三十八周年萬歲！

我國建設的榜樣，世界和平的堅强堡壘蘇聯萬歲！

中蘇兩國永恒的牢不可破的友誼萬歲！

〔一九五五年十一月五日〕

歡迎校長顧問維傑爾尼克夫專家到校講話

親愛的同志們:

今天我們以無比感激的心情,向新到我校的俄語教學法兼校長顧問維傑爾尼克夫專家,表示極熱烈的歡迎。

維傑爾尼克夫專家,不但是教學法專家,而且在蘇聯師範學院做領導工作,專家來到我校,將對我校俄語教學以及其他各系的教學法,起極大的指導作用,從而進一步改革教學,提高教學質量。同時,專家是到我校的第一個校長顧問,毫無疑問的,專家將會把蘇聯的先進科學經驗,介紹給我們,使我們學校各方面的工作,對於領導教學,對於提高領導工作水平,對於進行行政改革等等,都將得到改進和提高。

今後,我們將在教育部領導下,在專家的直接指導和幫助下,更努力的學習蘇聯先進經驗,結合中國具體情況,以提高師範教育質量,并把取得的經驗推廣及於全國。

今天,專家第一次莅臨我校,我們先謹以十分熱烈的心情,來表示我們的敬意和感謝,明天,我們將在實踐裏提高自己工作,來作爲對專家熱誠的回答。

我們這個歡迎會，雖然是比較簡單，但却代表着我校幾千成員期望的心情。讓我們代表他們，向專家表示我們衷心的感謝，和熱烈的歡迎吧！

（一九五五年十二月二日）

新年在家宴請蘇聯專家維傑爾尼克夫夫婦，拉潤夫斯基夫婦講話

今天我非常興奮，能够邀請到我們的貴客和家屬們一同歡渡新年。

我這裏先給大家拜個新年：祝大家健康快樂！

我們非常感謝顧問同志和專家對我校的熱情無私的指導和幫助。請允許我代表北京師大全體師生和學校負責同志們向你們表示深深的感謝。

我們以往的點滴成績，都是和蘇聯專家的辛勤忘我的勞動分不開的。今後我們要完成更艱巨、更繁難的工作，我相信我們在中國共産黨領導下，在蘇聯專家幫助下，一定能取得更大的成就。祝我們中蘇兩國人民牢不可破的友誼日益加强、團結日益鞏固。

今天是極可珍貴的一天，非常慚愧，我是一個不會作主人的主人，如果參加考查我一定不及格，我希望尊貴的客人不要見怪，也不要客氣，讓我們都不要拘束，真誠的聯聯歡、談談心。

最後，我祝賀專家同志和夫人與小朋友們新年無比的快樂、幸福、祝賀你們新的一年工作順利！

〔一九五六年一月二日〕

中蘇教授春節聯歡會上講話

親愛的同志們：

今天我們全校各系教授在一起聯歡，并能邀請我校蘇聯專家和專家夫人同我們一起來共同慶祝春節，這是非常難得的機會，也是非常高興的事情。

過去由於蘇聯專家和專家夫人們對我們的熱心指導和幫助，由於我們中國專家、教授和諸位先生們的不斷努力，在教學、科學研究和工作上，都取得了很大的成績。我們首先向蘇聯專家和專家夫人表示衷心的感謝！并向中國專家、教授和諸位先生們表示親切的慰問！

今年更不同往年，目前我國正處在偉大的社會主義革命的高潮中。毛主席向我們提出在幾十年內，『要努力改變我國在經濟上和科學文化上的落後狀況，迅速達到世界上的先進水平』的響亮號召。黨和政府并給我們創造了很多有利條件。希望大家，今後在蘇聯專家指導和幫助下，更進一步的努力，站到科學大進軍的最前列，爲提高我國的科學文化水平而奮鬥。

春節是我國民族的節日,是我們舊曆的年節,這就意味着春天就要到來。俗語説:『一年之計在於春。』我們在上學期剛剛結束,新的學期就要開始的時候,希望大家的工作,隨着春天的到來,呈現出『萬象更新』的新氣象。

謹祝賀諸位,今後的工作,有新的成就,取得更大的勝利。

祝賀蘇聯專家以及各位先生們和家屬們,春節愉快!身體健康!

中蘇兩國牢不可破的友誼萬歲!

中國共産黨萬歲!

毛主席萬歲!

祝賀中蘇兩國偉大友誼日益鞏固和加強。

〔一九五六年二月十日〕

在歷史研究所第二所學術委員會第一次會議上講話

各位委員、各位同志：

今天是我們歷史研究所第二所學術委員會第一次開會，我們并邀請到幾個大學的歷史系主任，教研組主任，以及有關的科學家們來參加我們的會議。

今天我首先順便説明一點，就是我們二所成立的時候，是在五三年年底，那時我正在病中，在醫院裏住着，黨的指示，叫我負責二所的工作。我想這樣重要的職務，應當要一位『資格够、年力强』的人來擔任，像我這樣資格不够高，又年老有病的人，是很難勝任的。果然，兩年以來，有負黨的期望，我的健康也并未完全恢復，因此很繁重的工作，一直是偏勞侯外廬和向達二位同志。現在二所的工作，雖然還不能完全符合目前的需要，但二所自成立以來，從無到有，到了今天的情況，自然是由於二所全體工作人員，在黨的領導下，共同努力，辛勤勞動的結果，但是和向達、侯外廬二位所長的具體領導是分不開的。

爲了加强學術領導，去年我們按照院部的指示，成立了學術委員會。剛好，就在這個時候,黨和毛主席向我們提出『向現代科學大進軍』的號召。我們國家目前正在擬制十二年科學發展的遠景計劃。周總理指示我們:『這個遠景計劃的出發點,是要按照需要與可能,把世界科學的最先進成就,儘快介紹到我國來,把我國科學最短缺而又最急需的門類,儘快的補足起來,爭取在第三個五年計劃期末,使我國最急需的科學部門,能够接近世界先進水平』。

制定這個計劃,是擺在我們全體科學家面前的光榮任務,尤其是我們學術委員會委員們和各位專家們所不可推却的重要責任。現在各學部的遠景規劃工作都已經蓬勃的開展起來,我們歷史科學的遠景規劃的制定,也正在進行。我們二所的範圍雖説是隋唐到鴉片戰爭,(這就是説,主要我們考慮這個階段),但我們也不能割斷歷史,不管是縱的,是横的,都不能和其他方面有關,我們也都要考慮一下。

這次的會議,除討論長遠規劃外,還有我們二所的研究計劃,以及學術委員如何分工負責等等,但其中最主要的是遠景規劃問題。關於制訂遠景規劃,對我們來説,還是件新的事情,没有經驗。李富春副總理説:『這是一個空前的,也是艱巨的,但也是很光榮的任務。』他説:『我們擬定遠景計劃還是没有經驗的,可能做得不全、不透、不十分準確,但另一方面，也決不能因爲没有經驗，就畏難而裹足不前。』他説的是制定全國科學規劃如此，制定我們這一部分的規劃，自然也應如此。

現在我們提出一個初步的規劃草案，請大家參考，比如那些是中心問題，那些是『弱門』『缺門』等等，還要諸位認真負責的考慮，盡量提出不同意見，集思廣益，以使我們的規劃訂得更符合國家的需要，以納入國家的長遠規劃中。

李副總理還説：『希望大家用冷静的頭腦，認真考慮關係國家命運的遠景規劃。』這是説總的科學規劃，但是我們所討論的是其中的一環，一環做得不好，就影響了整個規劃的質量。因此，希望諸位專家們、同志們，發揮自己的智慧，把我們的計劃做好。

毛主席説：『我們正在做我們的前人從來没有做過的極其光榮偉大的事業』。我想這話體現在我們的制定遠景規劃。以長遠規劃來指導科學技術的發展，將來按着規劃，加强科學研究工作，配合社會主義建設事業。這一工作，又豈是前人所能够夢想得到的呢？

我個人，政治水平很差，原不敢在這裏講話，但因爲自己幾十年走過非常曲折而且艱苦的道路，過去自己埋頭作研究工作，既没有領導，也没有什麽計劃，更談不到如何符合國家的遠景規劃，今天在共産黨領導之下，可以親自參加制定國家的歷史科學規劃，將來按着規劃，來進行自己的科學研究，這真是極其光榮的事情，我非常興奮，十二年之後，我是八十八歲了，所謂一息尚存，此志不容稍懈，我的精力雖然不如諸位正在年富力强，但是在這樣的偉大時代，我願意和大家一起參加這有歷史意義的光榮工作，并願和大家一起，爲完成十二年規劃的任務而共同努力！

〔一九五六年二月十六日，載歷史學習第一期，五月一日出版〕

表揚優等生大會上講話

親愛的同學們，親愛的優等生同志們：

我校表揚優等生大會現在開始了，我感到非常高興，看到你們一天天的成長，一天天的進步，今天你們已被評選爲優等生，來參加表揚大會。這是你們的光榮，我和校部負責同志，和學校教師工作人員，都感到光彩，感到高興。首先向你們表示熱烈的祝賀！祝賀你們這次被評選爲優等生！祝賀你們永遠保持優等生的稱號！祝賀你們將來成爲偉大中國的優秀的科學工作者，成爲出色的人民教師！

優等生三四四、被表揚一五三、上光勞榜的三六名，你們是各系中的優秀學生，一學期來，你們在黨的教導下，在教師們的辛勤培育下，都自覺的執行了『三好』，因此取得了今天的榮譽。

半年來，隨着社會主義事業的飛躍發展，我們學校的同學，也是在迅速的進步。表現在各方面是朝氣勃勃，積極鍛煉身體，積極的參加了各種各樣的社會活動。全校同學的社會主義覺悟的提高，更集中的表現在『學習成績』的上升。

一九五四到一九五五學年第二學期考試成績優良人次占百分之七十四點六,其中優等人次是百分之三十七點四,不及格的人次爲百分之三點六。而一九五五到一九五六學年第一學期,也就是上學期,全校考試成績優良人次已上升爲百分之七十九點五,其中優等人次爲百分之四十點九,不及格人次已減少爲百分之二點八。

上學年第二學期全校本科生的學業成績全部優等人數爲二百七十人,占全校百分之八,而本學年上學期學業成績全優的增加爲七百八十四人。占全校百分之二十。增加了兩倍半還多。這鮮明的事實,就是你們對黨的號召響亮的回答。

我國的社會主義經濟建設正在以驚人的速度發展着,這個形勢要求我們的科學技術水平要迅速趕上去,這就要求青年們迅速提高、迅速成長,大大的擴大現有的科學工作者的隊伍,才能適應國家建設上的需要。

黨中央和我們偉大的領袖毛主席號召我們,要迅速趕上世界先進科學水平,『向科學堡壘大進軍』的響亮口號,已經深深的打動了青年們的心,青年們都興奮鼓舞、躍躍欲試,要想爲奪取科學堡壘而大顯身手。

我們師範大學學生,要不要向科學進軍呢? 大家今天正是『在學』的學生,將來都是

『教育大軍』隊伍裏的戰士，將是祖國更年輕一代的培養者和教育者，在祖國十二年長遠規劃全部實現的時候，也就是在祖國第三個五年計劃完成的時候，我相信在那時的工業，農業，醫藥衛生，交通運輸等各方面新成長起來的科學工作者的行列裏，已經有一部分是你們培育出的人材了。就是說：你們培養教育出的人材，已經有不少人在祖國各個建設戰綫上負擔起科學工作的任務來了。這就説明我們做爲一個高等師範的學生，肩上的責任有多麽重大。這也就説明，我們一定要先向科學進軍，自己掌握了科學，自己會運用科學，將來才有可能爲祖國的各種建設的基地上，輸送科學技術幹部。

周總理在『關於知識分子問題的報告』裏説：『爲了擴大我國的科學文化力量，首先必須按計劃增加高等學校學生的名額。』現在全國十二年規劃雖然尚未制訂完，但是，將來增加的高等學校學生，將不是幾萬、而會是幾十萬、幾百萬。這些名額的來源，還不是要我們做中等學校教師的和做高等師範教育工作的人擔任起來嗎？所以説『擴大我國的科學文化力量』是和我們高等師範的關係至爲密切的。我們高師這一環如果鬆弛，則將影響到全國科學文化水平，所以説，師範生也是和綜合大學的同學一樣，也是和在科學研究的機關工作的人一樣，同樣都是在『向科學進軍』的號召下有很大責任的。做教師和做科學研究是一致的，并没有矛盾，不進行科學研究，教學也不會提高，教學不能提高，自己教出的學生，也就不能去補充科學工作的隊伍。所以凡是不明確做高師學生，是不是也要向科學進軍，是不是也要搞科學研究的同學，都可以仔細考慮一下，這個回答，應該是肯定的，也必須向科學進軍，才符合最大多數人的長遠利益。

但是，我們究竟要怎樣向科學進軍呢？大家今天還是在學校學習的階段，主要的任務，就是搞好學習。一定首先要深入的領會課堂的講授，要能够牢固的掌握科學知識，要刻苦的鑽研業務、鑽研科學的基本理論——包括社會科學和自然科學，包括馬克思列寧主義理論課程，和自己本門專業課程。同學們向科學進軍，就應從這樣入手，科學就是老老實實的學問，并不是高不可攀的神秘的玄妙的東西。只要大家下定堅忍不拔的决心，不畏艱難，堅持努力，肯於付出大量的勞動，科學陣地是可以被占領的。但是大家一定要踏踏實實的去學習，不可以存『取巧』『僥幸』的心理，學習不能采取走馬看花的方法，也不能采取粗枝大葉的態度。一定要頑强的、不懈的、耐心的、深刻的學習。青年同學們固然不能没有遠大的理想和抱負，但也不能過於性急，必須反對急燥情緒，有人想不經過辛勤努力，就要『一舉成名』，有人想『一步登天』，馬上就能達到高峰，不耐心刻苦學習，這都是前進中的障礙。巴甫洛夫在『給青年們的一封信』裏説：『還没有充分領會前面的東西時，就决不要動手搞往後的事情。』大家應當注意這句話，當然也并不是説讓大家保守，而是要求大家踏踏實實，虚心學習，刻苦鑽研，在這個基礎上，争取在『較短的時間』内，取得『較大的成績』。真要是能够如此，就一定能取得很大的勝利。

目前在學習上，并不是大家的認識已經一致了，不是説已經没有障礙了，思想障礙還是有的，思想障礙之一就是『鑽研業務會不會脱離政治』，有的同學鑽研業務比較多，於是就有人不加分析的認爲他是不關心政治，甚至有一種奇怪的論調，説：『鑽研業務的時間多，關心政治的時間就少，不關心政治，就是鑽研業務的結果。』因而對於肯鑽研業務的人，有點看不慣。這是把政治和業務對立起來的錯誤看法。鑽研業務與關心政治，本來并不矛盾，而且是密切相關的。鑽研業務的目的，是爲了提高『爲人民服務』的本領，而『關心政治』的目的，則是爲了使我們能够不斷地提高自己的社會主義覺悟，更好的去爲人民服務。每一個同學都應該關心政治，這是肯定的。我們要時刻考慮到自己的學習，和社會主義事業的緊密的聯系。要樹立共産主義的世界觀，要有良好的道德品質。但是，如果我們不能在科學技術上獲得勝利，不能迅速的趕上世界先進科學水平，那我們仍然不能把我們的祖國建設成爲一個社會主義的强國。所以應該説：同學們鑽研科學，是極可貴的事情，應當重視這情況，應當看做這是社會主義積極性的表現。所以我們必須用更多的時間和精力，去鑽研本行業務科學，但同學也不能借口鑽研科學就忽視政治。要在刻苦學習科學的同時，還要經常關心國内外大事，要自覺的學習馬克思列寧主義，掌握社會發展規律，二者要很好的結合，政治提高，學習目的才更明確，學習的决心才更堅定，業務的提高，才能使自己爲祖國貢獻更多的力量。

另外一種思想障礙就是『鑽研業務是不是個人主義』。有些人認爲『工作是爲大家，學習是爲自己』，因此認爲鑽研業務的人，就是追求名利，個人主義。這種看法是非常錯誤的。既然鑽研業務是爲了更多的掌握『爲人民服務』的本領，那末怎麽能説這是單純的爲了個人，怎麽能説是個人主義呢？當然能够更精更深的掌握專業知識，對國家作出更多更大的貢獻時，個人也必會受到國家和人民的重視，也必然會給你應得的榮譽，同學們希望自己趕緊進步和提高，希望自己學好本領，給祖國人民做出貢獻，成爲優秀的人民教師，這正是青年有强烈的進取精神的表現。我們既然要進行社會主義建設，就需要有知識豐富和精通業務的人民教師，同學們朝著這個方向努力，刻苦鑽研科學，這正是國家所要求於同學的，正是同學積極響應祖國號召的表現。不能隨便就扣一個『個人主義』『名利思想』的大帽子，當然也可能真有極少數同學，努力學習真是個人主義，而忘記了祖國的有這種思想的人，應該通過學習提高自己的認識。按着黨和國家的要求正確的從事專業學習。

總之，現在『向科學堡壘進攻』已十分明確，但是有人對待同學鑽研業務，學習科學的問題，還有各式各樣、似是而非的論調，無形中會妨礙同學們的進取心，使同學們瞻前顧後，多少還有些不敢理直氣壯的向科學進軍。

如果有這些看法的同學，是應該糾正的，如果有因爲别人這樣看法，因而自己真是有所顧慮，縮手縮脚，不敢向前的，應該解除這些顧慮、勇往直前。

解除顧慮後，還要注意幾個問題。

首先要努力培養獨立工作的能力，要避免『經院式』的『教條主義』的學習方法。還有的同學往往是呆板的記憶多，鑽研領會得少。這是應當糾正的，不真正領會只死記下來，背下來，不但不能運用這些知識，而且學習得也不會牢固。今後我校將成立科學研究的組織，在教師和教研組的直接領導下，開展科學研究的活動，參加科學研究的，是全面發展的優等學生，這樣來幫助大家，迅速提高獨立工作的能力。

其次,同學們要虛心的主動的向教師們學習。同學們必須善於接受前人的經驗,才能使自己進步得快,如果自己一切都要從頭作起,那是最大的浪費。因爲教師們——尤其是一些專家,他們是他們上一代的繼承人,我們虛心的向他們學習,才能在已有的經驗上,提高、進步。國家要求青年『青出於藍,而勝於藍』,要求青年們有出色的成績,使得一代勝過一代。你們青年的成就,將必定勝過我們老年,這是肯定的、這也是人類文化向前發展的規律。但是必須要認識到:要想『勝於藍』,就必須要先『出於藍』,也就是説必需要先向教師學習,先向老一輩學習。没有教師們的辛勤培養,青年就也不容易成爲專家的。而且教師們也都是十分願意把知識傳授給你們的,希望你們緊緊抓住這一問題,這對你們年青的同學們説來,是只有好處,没有壞處的。

第三就是時間的支配和安排的問題。有的同學説『向科學進軍』口號倒滿響亮,一想到自己忙忙亂亂緊張的很,就心凉了一半,有的同學説:『我真是心有餘而力不足。』有的同學的確是很忙,不能籠統説這是思想問題,的確在時間的支配上,是存在着問題的。關於課程負擔過重問題,將要隨着教學改革逐漸地可以解決。當前有些同學,也真是會議太多,工作中存在着形式主義的現象,還是比較嚴重。有的不但影響了業務學習,甚至也影響了健康。這是極不好的現象,『負重賽跑』負得太重,總是跑不快的。因此適當的安排社會活動,今後全校各個組織都要嚴重的注意這個問題。我們除去今後要統一思想認識外,還準備訂出一些制度,來加以保證,對黨團組織生活,社會活動等等作出比較合理的安排。把過重的負擔給他解除下來,也讓他能够比較輕快的在科學學習的道路上賽跑。這一點是可以逐漸得到解决的。但是也希望大家能够善於合理的安排時間,以便開展科學研究活動,爲提高學習質量而努力。

今天出席大會的,學習上、鍛煉上以及其他方面是有成績的,我們準備了一些紀念品發給大家,以示表揚。希望大家戒驕戒躁,不要因爲自己是優等生就産生驕傲自滿情緒,科學的學習,是無止境的,希望你們今後再接再勵,保持已得的榮譽。并且能以自己的成績去影響、去帶動旁人。這次没有被評選爲優等生的同學,更要加緊努力,提名後而最後落選的,也不要因此心灰意懶,要針對自己的缺點,向優等生學習,向優等生看齊,争取下一次能够達到標準。優等生的名額是會年年增加的,三好積極分子,是每一個同學都可以争取做到的。只要你們虚心向教師學習,能够苦心鑽研,有頑强克服困難的精神,有打破成規的大膽革新創造精神,就一定可以有成績。

同學們！你們是幸福的青年，你們無比幸福的生長在這偉大的毛澤東時代，不用説我在七十七年前就誕生的人，青年時没有你們幸福，就是比我年青三四十歲的人，也不及你們幸福，你們現在所做的事情，我們像你們這麽大的時候，連作夢也没有做過。你們幸福的生長在這個偉大的時代，黨和政府給你們安排好如此美滿的學習環境，給你們創造種種便利的條件，你們没有任何理由不加倍努力，以回答祖國對你們的期望。古人説『少壯真當努力』，等到像我這樣大年紀，再努力，再頑强學習，也很難趕上你們的，但是爲了要加速的建設社會主義，我還是抖擻抖擻老精神，跑步前進。因爲科學研究的道路上，是不分老幼的，我們爲趕上世界先進科學水平，一起向科學堡壘大舉進攻吧！

祝你們學習順利！取得成績！祝你們加强鍛煉，身體像鋼鐵一樣結實！

〔一九五六年三月三日〕

綠化校園動員會上講話

同志們，同學們：

今天按節氣來説，是『春分』，到了春分，就意味着已到了春天的一半。這一段時間，正是種樹的好時節，因此我們學校就定了這個時候，作爲我校一九五六年春季植樹開始的第一天。從今天開始，以後每天分系輪流勞動。

自從黨中央提出綠化全國以後，全國各地青年，已經很普遍的掀起了植樹的熱情。我們學校同學們，也以極高的熱情。我們學校同學們，也以極高的熱潮，來響應這個號召，已經有很多班紛紛提出保證，願在綠化校園工程中，貢獻出自己的一份力量。

我校的綠化工程準備在三年之内，基本上完成。今年我們要種樹一萬多棵，三年後，在我們這九百二十畝的校園裏，將種植起三萬五千九百多棵樹，大約有七年的時間，我們校園的面貌，將會大大改變，首先，在我們校園的四周種植有稠密的『防風林』，那時，到了冬季，就再不會有帶着沙土的狂風，在我們校園裏任意横行了。那時，在校内道路的兩旁，都種有『路陰樹』，枝幹交差，我們將看到綠樹成陰，滿目蒼翠，當炎熱的天氣到來的時候，我們可以在濃密的樹陰下乘涼、休息、散步、談心。教學區和花園區,栽種上整齊的松墻,庭院之間,垂楊緑柳、翠柏蒼松,細草成陰,百花齊放,那時就再也看不見一片光秃秃的荒地,没有了乾巴巴的道路,使我們學習和生活的環境,建成幽雅的、美麗的花園,幾年之後,你們作爲一個畢業生,做爲一個校友,返回到自己母校的時候,也會驚訝它的變化,稱贊它的美麗,也會走到已長大的自己手植的樹旁,想起我們今天勞動的情景。

這樣美麗幽雅的校園,不僅是個理想,這是即將到來的事實。但這理想成爲事實,就要靠現在的努力,今天我們就要動起手來,就要有計劃的開始我們的緑化工程,今天種的樹苗,明天將成爲大樹,今天下的種子,明天將變成果實。

今天到會的所有的同志們,所有的同學們,都個個精神飽滿,都抱着無比的熱情,來參加緑化校園的工作,這是極可喜的現象,但是也决不要把緑化工作看成只三五天就能完成的事情,希望大家不要熱熱鬧鬧一陣,以後就不管了,希望我們能做到『保種、保活、保長大』,自己種的樹,自己要經常澆水,經常照顧,加以保護,防止樹木生蟲生病,也要防止外來的損害。我相信大家在黨的領導下,一定能做到這一點。

同志們、同學們!我們都是教育工作者,我們現在或將來的工作是培養人材,古語説:『十年樹木,百年樹人』,這就是説樹木樹人,都需要經心的撫育,耐心的教養,才能使樹木林立，才能使人材成長。人民教師的工作是『青春長在』，植樹工作也要使園林『永遠常青』。所以今天植樹工作對我們來説，就更有着深長的意義。希望大家一起動手，把我們校園裝飾得更加美麗，更加活潑，使我們校園穿上緑色衣服，來和緑化首都、緑化全國的工程配合到一起。

今天我們校部的負責同志，也和大家一起共同來植樹，讓我們用自己的雙手緑化我們校園吧！祝大家在我校緑化工程中工作順利！

（一九五六年三月二十日）

慶祝化學系學生科學協會成立

化學系學生科學協會:

首先讓我代表學校行政,向你們科學協會的成立,表示極大的歡迎和慶賀!

你們説:你們是『一群愛好化學的孩子』,你們都『下定決心共同努力積累知識,攻下科學堡壘,準備將來做一個合格的人民教師』。這樣你們有這樣明確的認識和豪邁的決心,説明你們真是祖國的『好孩子』。

希望你們在搞好正課的基礎上,發揮卓越的研究才能。不要好高騖遠,急於求成,要以老老實實的學習與研究的態度,和克服困難的頑强精神,來循序漸進的攻下科學堡壘。要互相幫助,彼此勉勵,并成爲帶動更多同學們努力學習,向科學進軍的先頭部隊,激發同學們鑽研科學的勇氣,逐步掀起更廣泛的科學研究活動。

教師們工作都很忙,但他們都是以極大熱情來積極的支持幫助,并具體指導你們,希望你們尊重老師們的勞動,虚心向老師請教,在他們指導下逐漸培養起自己獨立思考和研究的能力。并希望你們協會逐漸成爲系裏、教研組裏，開展科學研究工作的得力助手。

祝你們學有成就，祝你們工作順利。

〔一九五六年三月二十日〕

慶祝物理系學生科學協會成立

物理系學生科學協會:

今天你們科學協會成立,我没有時間來參加。我謹代表學校行政,向你們科學協會的成立,表示極大的歡迎和慶賀!

希望你們在搞好正課的基礎上以老老實實的學習與研究的態度,和克服困難的頑强精神,來循序漸進的攻下科學堡壘。

希望你們互相幫助,彼此勉勵,成爲帶動更多同學們努力學習向科學進軍的先頭部隊。成爲系裏開展科學研究工作的得力助手!

教師們工作都很忙,但他們都是以極大熱情來積極的支持幫助,并具體指導你們,希望你們尊重老師們的勞動,虚心向老師請教,在他們指導下,逐漸培養起自己獨立思考和研究的能力。

祝你們學有成就,祝你們工作順利。

〔一九五六年三月二十六日〕

慶祝生物系學生科學協會成立

生物系學生科學協會：

聽説你們成立科學協會，我非常高興，我謹代表學校行政，向你們協會的成立，表示祝賀！

向科學進軍要有决心，有毅力，不怕困難，要刻苦鑽研，循序漸進。希望你們在搞好正課的基礎上進一步提高獨立工作能力，培養對科學研究的興趣，并希望你們更廣泛的推動同學們的研究活動，成爲系裏開展科學研究工作的得力助手！

祝你們取得勝利。

〔一九五六年三月三十一日〕

音樂系專修科中學班一年級音樂晚會上講話

親愛的同學們:

根據我的瞭解,你們班在半年的學習中有很好的成績,今天有條件來組織這樣一個音樂晚會,是你們刻苦學習的説明。

正像你們信裏自己所説的,你們『都以找到一個世界上最美好的事業而驕傲』。你們的『生活充滿了快樂和陽光』。這話説得不錯,因爲你們將來不但是光榮的人民教師,而且將一生伴隨着音樂,教導着祖國更年輕的一代,教育他們瞭解生活、熱愛生活,培養他們正確的瞭解對於優雅與美麗的感覺。你們的工作是培養共産主義思想和全面發展的有機組成部分之一。

關於音樂的教育,我國歷史上,是很早就注意的。禮記裏有很重要的一篇,就是樂記,二十四史裏有很多部樂書樂志,音樂志或禮樂志,都是專講歷代的音樂。孔子是古代的大教育家,他自己就有學習音樂的老師,名字叫『師襄』。在孔子教育學生時,就非常重視音樂,所以他的學生像子路、曾皙等都會彈琴、鼓瑟、唱歌、奏樂,你們不要以爲孔子是個道學先生，古古板板，他自己也是很有音樂修養的，他不但會彈琴，擊磬，而且也會唱歌，而且天天唱歌，除非那天哭過，見人唱得好，必使再來一個，并且很懂得樂理，會欣賞，也會批評，『子謂韶，盡美矣，又盡善也，謂武，盡美矣，未盡善也』。韶就是舜的音樂，武就是武王的音樂，他贊成舜的音樂，說他是『盡美盡善』，所以他有一次在齊國，聽到有人奏韶樂，就專心的向他學了三個月，因爲太專心了，連肉的味道也嘗不出來了，他說：『没想到音樂有這樣的美好感人啊！』

有時候說『弦歌之聲』就是代表音樂、圖書，代表文化的，意思就是說那裏有歌聲，那裏文化生活就豐富，文化水平就高。可以知道中國古代是十分重視音樂，而且是把音樂作爲文化教育裏的一部分的。但是，到我們那一輩的時候，都已經改變了。不但不學音樂，而且我們小的時候在書塾一唱歌，反到要挨打，這是很不合理的教育情况。

今天，在新社會裏，再也没有唱歌挨打的事了，我們已把音樂系科提到應有的地位，給予一定的重視，已經把美育規定爲進行全面發展教育中的重要組成部分。

我們要迎接文化建設高潮，今後中等學校要大力發展，中學的音樂教師，就是大量的需要。所以你們的責任是非常重大的。將來要在你們的教養下，使全國都聽到『弦歌之聲』。因此，就要求你們要抓緊在學習的時期，努力把自己培養好。學了半年，只是學習路程上開始的第一步，雖然有些成績，也還不可驕傲，還要再接再勵，虛心的和老師學習，積極鍛煉身體，爭取作一個優等生，將來好勝任的擔負起國家給你們的光榮任務！

祝你們學有成就！

祝你們今天的晚會開得成功！

可惜我今晚還有事，不能多聽你們的演奏了。

〔一九五六年四月五日〕

春季運動會開幕式上講話

同學們、同志們：

我們學校一九五六年春季運動大會，現在開始了。

這一次運動會是我們新師大的第四届春季運動會。今年更和往年不同，應爲目前我們國家的政治形勢已經起了根本的變化，在社會主義改造和社會主義建設的高潮新形勢下，對我們體育運動工作，提出了新的要求。今年二月，由高教部等幾個單位召開的全國體育工作會議，對進一步開展高等學校體育運動，作出了新的決議，最近已發布了具體的指示，要求我們：今年暑假後，各校較普遍的推行『勞衛制』二級，到一九五八年暑假，除個別學生經醫師證明確實因限於身體條件，不宜參加者外，要求應届畢業生都能達到『勞衛制』二級，此後，要求在校學生在升入三年級時，一般都能達到『勞衛制』二級。

這個標準的提出，是以從事祖國偉大社會主義建設工作所需要的身體條件爲根據的，這也是我們將來擔任起祖國交給我們的重要任務所應具備的起碼條件。祖國不但要我們能掌握科學技術，而且要有很强壯的身體，同學們一定要使自己成爲『德才兼備，體魄健全』的全面發展的人材,才能勝任的參加光榮而且艱巨的社會主義建設。

幾年來,由於同學們刻苦認真的堅持鍛煉,不僅健康狀况有了改善,體質增强,精神充沛,而且在培養共産主義道德品質方面,也有了顯著的成績,同時同學們的學習效果也因此而大大提高,我們的『三好』學生,也不斷大量涌現出來。

這都説明同學們的覺悟提高,重視全面發展,自覺的來對待鍛煉,這是非常可喜的現象。

今後我們的鍛煉,不但要進一步推動群衆性的體育運動,顧到普及,而且還要注意到提高技術水平。比如我們全校的體育運動成績,到目前爲止,還没有一項能趕上本市的最高記録,其中只有兩個項目,已經接近了。希望在這次運動會上的成績,能在很多項目上接近和趕上本市的最高水平。根據我們的情况來看,還是有條件、有可能的,希望大家努力!

最近我們國家就要實行『等級運動員』制度,按這個標準,我們同學中現在只有極少數可以達到三級的標準,三級標準,是『等級運動員』最低的一級,現在能達到的還很少。希望今後同學更積極的鍛煉,争取更多的人能獲得『國家等級運動員』的光榮稱號。

當然也不能因此就只盲目的追求標準，脱離目前同學們的身體條件等實際情况，我們還是要按着循序漸進的鍛煉原則，并且注意安全。因此，希望同學們把運動小組搞好，把運動組織逐漸的建立起來，并且很好的開展活動，來從事『單項運動』提高的練習，在互相幫助下，争取達到我們要求的標準。

我們研究班與進修班的同學，目前已有三個優秀鍛煉隊得到表揚，説明研究生和進修員的運動情况，也比以前提高，希望今後更能在已有的基礎上進一步做到普及和經常化。

還有由於身體條件差，不能參加『勞衛制』的同學，也希望你們積極的組織起來，進行有利於身體健康的體育鍛煉，使身體逐漸强壯起來。

我們的工會會員的體育活動，也正在較廣泛的展開，教職工同仁報名參加『鐘聲』體育協會的，已將近四百人，參加『勞衛制』鍛煉的各系老師們，已有二百四十多人。不過行政各單位還没有開始，也希望趕快組織起來，不要落在老師們的後面。

這次運動會，工會參加人數，比以前大大增多了，去年參加的人數不過將近一百人，今年則已將近二百人，增加了一倍。不過還有的系，老師們一位也没有參加，這是很不好的，希望没有參加的各系行政、黨、團、工會組織，要注意這個現象，努力推動系裏的先生們積極參加體育活動。

要求工會同志們,不僅僅在教學和工作上不斷提高,取得成績,而且還能根據不同身體情況,不同年齡和特點,經常參加鍛煉,身體練得壯健,才能更好的完成祖國所給我們的繁重任務。不要像我這樣,從前没有很好的鍛煉,如今身體不好,很多事都感到有心無力,這時再開始鍛煉,也來不及了。

我們這次運動會的項目,是按照『在廣泛開展的基礎上,努力提高運動水平』的精神來安排的。很多項目都是按正式比賽的規則訂入的。如同學男子組一萬公尺賽跑和舉重等項目。

另一方面,我們也照顧到普及的項目,比如增設了『勞衛制』全能的運動,這項運動是和勞衛制的全面鍛煉緊密結合起來的。所以如此,就是盡量作到既提高又普及的精神。

希望所有的運動員同志,積極努力,向祖國彙報平日鍛煉的成績,争取創造更新更高的記録。通過這次大會,使我們今後的體育活動,能够得到進一步的推進和開展,并提高運動技巧水平。把我們的每一個人的身體都鍛煉得如鋼似鐵,準備勞動與保衛祖國,來參加社會主義建設高潮。

最近我校又非常榮幸的得到北京體育學院體育教學理論蘇聯專家凱裏舍夫同志，每星期來我校指導體育工作。這對我們系統的深入學習蘇聯先進的體育理論和經驗，對我們今後的教學與組織群衆性體育運動，將得到更直接的指導。在這裏，我們對專家的熱情的幫助表示衷心的感謝！

最後，祝賀大家争取更大的成績，達到更高的水平！

祝賀大會勝利成功！

〔一九五六年四月六日〕

高等師範學校教學經驗交流會閉幕式講話

教育部首長、各位蘇聯專家同志、各位來賓、各位同志們：

今天我們全國高等師範學校教學經驗交流會開幕。首先，讓我代表我們北京師大向教育部所領導和主持的這次會議，致以衷心的祝賀。這次會議，緊隨着第二次全國高等師範教育會議之後召開，是非常及時的和必要的。我們學校對這樣一次會議，表示無限的熱情和擁護，并以誠懇和虚心的態度向各兄弟學校學習。

解放以來，在高等師範教育方面舉行這樣全國性的教學經驗交流會，還是第一次。通過這次會議，把全國各高等師範學校幾年來學習蘇聯，進行教學改革的經驗，彼此交流，相互學習，并將這些經驗加以總結和提高。這樣對於完成今後教學改革的任務，和進一步提高教育質量，以更好的適應國家社會主義建設事業迅速發展的需要，是極有意義的。

目前我們的國家已進入社會主義革命的高潮，社會主義建設和社會主義改造事業，正以排山倒海的聲勢飛躍前進。這樣熱火朝天的革命事業，向我們高等師範教育提出了重大的任務和要求，就是説，我們高等師範教育工作，一定要能够同社會主義建設事業相配合，不能落後於社會發展的進程。必須根據毛主席對各項事業所提出的『又多、又快、又好、又省』的指導方針，來進行我們的工作。要做到多、快、好、省，高等師範學校，就要在數量上和質量上迅速發展和提高。

在這裏，我簡單的説一下我們北京師大的情況。我們學校，由於地處首都，得到中央的直接領導，得到蘇聯專家的直接幫助，歷史也比較悠久，可以説，有很多比較有利的條件。但是也正因爲這樣一個有五十多年歷史的大學，雖然一方面是有較厚的基礎，但是也因此而舊的東西比較多，清理和批判起來，也就需要多費一些力量。

幾年來，我校在中央的領導和關懷下，教師們經過思想改造，政治理論學習，和各種社會改革運動與業務學習，大家在政治上、思想上、和業務上，都有了很顯著的進步。在這些進步的基礎上，使我們的教學改革獲得了一些成就。自解放以來，我們共培養出本科畢業生二千一百一十三人，研究班、進修班、訓練班畢業生一千三百七十五人，在校學生從一九五〇年到現在，發展到三倍以上。我校的『教學組織』在逐漸健全和擴展，『教學設備』也不斷充實，在工作上多少也累積了一些經驗。我們目前已基本上執行部頒『暫行教學計劃』，按照國家規定的『教學大綱』進行教學。在全校開設的課程中，除某些專業技巧課等幾種外，已大體上都有了教材。爲了保證教學計劃的執行，我們在『運用教學形式』上也作了一些努力。對於科學研究工作,和培養提高師資,對於面向中學,理論聯系實際,對教育實習等等,也在逐步的改進與提高。

所有這一切,自然是由於教育部的領導,由於蘇聯專家熱情無私的幫助,以及我們教師們的積極努力所取得的結果。但是由於我們自己馬克思列寧主義水平還很低,對於如何辦好一個社會主義的新型師範大學,在能力上還受到一定的限制,在工作上、在教學上還存在着不少缺點。我們的領導工作上,還存在着右傾保守思想,還不免有領導落後於群衆,認識落後於現實的情況。比如我們在學習蘇聯,進行教學改革的工作,在面向中學,與實際聯系的工作,在提高教育質量,貫徹全面發展的教育方針上,在知識分子政策上,都還做得不够。對於教師的力量和進步,也還未能很正確的估計,過去教師的潛力還發揮得不够,比如最近我們抽調一百二十一位教師,支援兄弟學校,是極大困難的,在克服很大困難的情况下,才能調出的,但也説明我們還有一部分潛力尚未很好的發揮。另外,我們對於各系、各教研組、教師們的創造性的經驗,也還未能及時總結,對於向其他高等學校,包括高師各兄弟學校的寶貴經驗的學習等等,也都還做得很不够。在我們的教學工作上也還存在着教條主義、形式主義等缺點。這些缺點,還需要我們更進一步的努力,加以克服。所以,幾年來,雖然工作上取得一些進步,對國家有點滴貢獻,但是比起國家對我們的要求，和各方面對我們的期望來説，實在還相差很遠，還遠遠落在形勢發展需要的後面。

現在有這樣一次很難得的機會，我們全國高等師範學校都聚集在一起，給我們一次很寶貴的學習和檢查工作的機會。各個兄弟學校有很多值得我們學習的寶貴經驗。我們願意向大家學習，誠懇的争取大家的幫助，虚心的傾聽大家對我們的批評和指教。

我們這次準備在會上提出的幾篇報告，雖然教師們花費了不少力量，但是我們的準備，還很不够，還不是很成熟的經驗，只是把一些情況寫出，作出初步總結，提出請大家批評討論，通過大家的幫助，盼望得到修正，從而來提高并改進我們的教學工作。

在這次大會期間，我們舉辦了『教育實習』與『直觀教具』、『中國算學史資料』三個小型的展覽會，熱烈的歡迎各位同志來參觀并予以指正。

我非常歡迎并且同意剛才柳部長所説以後每年召開一次教學經驗交流會，以經常加强聯系，密切團結，鼓勵群衆的創造性。各校之間，彼此取長補短，互相提高，集思廣益，來改進工作，以便更好的貫澈政府方針政策，更有效的培養出真正能符合國家要求的全面發展的人民教師，來擔當起新形勢下的歷史任務。

預祝大會勝利成功！

〔一九五六年四月六日上午〕

越南教育工作者代表團歡迎會上講話

親愛的同志們:

今天我們非常榮幸的接待越南民主共和國教育工作者代表團,來我校參觀并訪問。我們表示熱烈的歡迎。

我們中越兩國,地幅相連,我們兩國人民在歷史上就有着深厚的友誼。光榮的越南人民在越南勞動黨領導之下,爲了反對殖民主義侵略,和保衛民族獨立,進行了長期的、艱巨的、英勇的鬥争,并且獲得了輝煌的勝利。我們都瞭解,越南的教師們,在鬥争中曾付出過巨大的力量,我在這裏,謹代表我們師大師生向代表們表達我們對越南人民和越南教師們的敬意!

我們北京師範大學和越南文科師範大學關係是非常密切的。您校鄧泰梅校長,在去年十月中,曾來我校訪問,并且我們還在會上提出了交换圖書,并加强連系。

這一次,我們又得到越南教育代表團來我校參觀訪問,我們願意把我們的經驗和失敗的教訓,竭誠的介紹給代表們。不過我們北京師大,雖然有五十年的歷史,但是我們用馬克思列寧主義的教育思想來指導教學，還是解放以後的事情。我們在中國共產黨和人民政府教育部的領導之下，在蘇聯專家的幫助下，雖比從前有些進步，但對國家的貢獻還是很少。因此我們深切的希望能得到兄弟國家的幫助，我們殷切的希望您們能够對我們提出寶貴的意見，以改進我們的工作。

我們熱烈的歡迎代表們！我們也誠懇的歡迎代表們給我們提出意見。

祝中越兩國人民親密友誼，日益鞏固和發展！祝親愛的代表們訪問勝利、身體健康！

〔一九五六年五月三日〕

『五四』螢火晚會上獻詞

親愛的年輕的同學們：

今天，在首都初夏的晚上，我一個年老的人，和活躍的青年們在一起，給我增加了不少青春的活力！使我感到非常興奮！愉快！（因此，我没有去參加另一個會，特來和你們見面！）

昨天是『五四』，是青年節；今天是『五五』，是全世界無産階級的父親和導師——馬克思誕生的日子。在這偉大的日子裏，我寫了幾句話，現在獻給你們——親愛的年輕人！獻給新宣誓入團的同志們！

星光燦爛！
螢火熊熊！
你們對着旺盛的火焰，
决心要繼承五四傳統，
要發揚五四精神，
要在社會主義建設的英雄時代裏，向科學進軍。

要作一個出色的接班人。
這是崇高的願望，
是可貴的熱情。
希望你們記住：
科學研究并不是突擊任務，
科學成就也不能『速成』。
一定要準備爲科學貢獻出畢生的精力。
不能只憑一時的熱情。
一定要刻苦鑽研，循序漸進，
不能好高騖遠，平步登雲，
首先應搞好業務，
不能荒廢課堂學習，
不能只想找一捷徑，幻想一舉成名。
其次，還要注意：
不能忘記黨要求我們的，

是全面發展的好學生，
決不能只顧『研究』，
把政治學習、體育鍛煉和必要的活動，
一切都放鬆！
星光燦爛！
螢火熊熊！
青年的心，
比星光還亮，
比火光還紅！
頑强戰鬥！
勇敢熱情！
爲了更幸福的明天，
今天正在學習科學基本知識，
培養獨立工作能力，
提高科學水平。

年輕人！你們幸福，我羨慕你們！
在今天，人類先進科學的導師——馬克思的生日，
我誠懇的希望你們：
學習，學習，再學習！
希望你們：
學習科學，學習馬克思主義！
希望你們：
迅速的進步，
很快的成長！
殷切的祝賀你們，
比我們老一輩工作得更多！更好！
在不久的將來，
攻破科學堡壘，
把科學事業，推向新的高峰！

〔一九五六年五月五日〕

北京市政協座談『關於戰犯戰俘處理問題』發言

我看了羅瑞卿部長『關於戰争罪犯問題』的發言，和剛才張副市長的報告，我感覺到中國共産黨實在太偉大了，我是完全同意這一處理意見的。

我有幾點感想，談一談。

（一）對於戰犯的這樣處理，説明我們人民民主政權日益鞏固，我們國内治安更加安定。經過肅反運動，廣大人民的警惕性都大大提高，在罪犯經過幾年有效的改造後，目前對罪犯從寬處理，并寬赦一部分，不但不怕他們『造反』，而且還可以更加有利於澈底消滅反革命，起一些政治影響。

（二）蔣介石集團的戰争罪犯，和日本戰争罪犯，是人民的死對頭，人民對他們積憤甚深。本來將他們的罪惡較重者處以極刑，并不爲過，但是我們都詳細偵訊，來對他們進行改造，本着『懲罰管制和思想改造相結合』，『勞動生産和政治教育相結合』的正確方針。這是對人民有利的。記得在鎮反的時候，曾經有『判處死刑，緩期兩年，以觀後效』的政策。現在的處理，仍是符合這一政策的。又將其中罪情較輕的分批釋放。釋放一部分日本戰犯，使他們在和平事業上起一些影響，對蔣介石集團戰犯，也考慮釋放一些人，讓他們可以去臺灣或香港，希望他們能够對和平解放臺灣起一些政治影響。我認爲這些考慮，都很恰當。這真不僅是『舊社會把人變成鬼，新社會把鬼變成人』，而且我們是把魔鬼、惡鬼，都變成人，有的還可以變成好人，變成有用的人，把危害人民的戰犯，變成對人民的和平事業和解放臺灣有一些用處的人。這樣的辦法，只有共産黨才能如此，只有處處爲人民利益打算，處處從人民利益出發的共産黨，才能如此。我覺得這簡直是一種奇迹，這種奇迹應該在歷史上好好記載下來。

（三）我非常同意組織在押戰犯參觀我們的社會主義建設和社會主義改造的各方面情况。我覺得這辦法，是改造他們最有效的辦法之一。

我平日常説，我們的外國朋友，來中國看看中國的新建設情形很好，尤其是那些從前來過中國的外國人。從前看中國不起的外國人，讓他們看看解放後的中國，起了這麽大的變化，就會受到很大教育，對中國看法會有改變。

有一個現在無國籍的外國人，六年前因事被我們政府扣押改造，現在因爲改造好了，政府釋放了他，并允許他留在中國工作，他來見我，我就勸他，如果被許可的話，應到各處去看看，看看中國的建設，實際教育可以提高認識。

我從前没有想到在押罪犯進行這種『教育改造』的問題。看了羅部長這篇文章，我覺得這措施太好了，連溥儀都説他自己是大漢奸，向農業生産合作社員們謝罪。這一方面説明幾年來，對他們思想改造得有效，另一方面，這活生生的實際教育，也確實力量很大，爲我國幾千年歷史所未有的。

〔一九五六年五月八日上午〕

與越南教育工作代表團話別會上講話

敬愛的越南教育工作代表團同志們：

代表團自四日開始，來到我們北京師大，進行參觀和訪問，在貴賓們短短的幾天活動裏，我們相處得非常融洽，代表們在我們學校，在各系，各教研組，在我們的教師和同學們心裏，都留下非常深刻的印象。

幾天來在集體備課、聽課、評議會、實習、座談會，以及其他各種活動裏，代表們和我們在一起，誠懇熱情的態度，使我們在代表們的身上，看到了偉大越南人民的高貴的品質。我們之間，毫無拘束，彼此有什麼，談什麼，有的系曾反映説，『我們就好像叙家常一樣』，大家都不願意和代表們分手。在會上代表們給提了一些我們工作上的意見，我們提出的問題，代表們都給作了詳盡的答復，代表們送給我們的不少圖書資料，有很多都是我們非常需要的寶貴材料。總之，短短幾天來的接觸，我們學習了不少東西，對於我們的工作有很大幫助。我這裏謹代表北京師大師生，向敬愛的代表團團長和代表同志們表示極熱情的，衷心的感謝！

我們北京師大,解放後幾年來,在黨和政府的領導下,在蘇聯專家幫助下,由於全體教師的努力,教學工作有不少改進和提高,但是我們工作上還存在着很多缺點,也還有很多困難,我們非常需要兄弟國家對我們的幫助,介紹你們的實際經驗,并給我們提出寶貴的意見。

今天我懇切的希望代表們,不客氣的給我們提出批評,以幫助我們進一步提高。

我附帶提一下,去年您校鄧泰梅校長來我校的時候,我們曾談到過交換圖書的問題,最近一兩天,我們已接到貴校來函,説我們贈送的書籍資料已經收到,我們也很希望不久就收到您校送給我校的圖書。

我們今天也準備了一些書籍和教學資料,以及照像册等紀念品,其中有的資料、教材等,都還是不成熟的,希望您們給我們指正。

我們中越兩國人民有着深厚的友誼,我們兩個學校,也建立起親密的聯系,代表們曾在各系裏提出希望經常聯系的意見,這意見,也正是我們的意見,也是我們殷切的願望。這幾天的相處,就作爲我們今後更親密,更友好的關係的一個良好的開始吧!

〔一九五六年五月十日下午〕

歡迎先進教育工作者講話

各位代表、各位同志們：

今天我們北京師範大學，能够有機會接待『全國先進生産者代表會議』的代表，接待來自各地的最優秀的教育工作者的代表，我們感到非常高興，非常光榮，在這裏，我願代表我們全體師生五千多人，向先進教育工作者代表致敬！并表示我們對你們極熱烈的歡迎！

我們都是從事教育工作的，國家交給我們的任務是普及和提高『文化科學』的工作，是培養國家幹部的工作，是教育祖國新的一代，培養祖國社會主義、共産主義建設人材的有重大意義的工作。人民把自己的子女、把祖國的青年和少年，交給我們來培養教育，對我們寄予無限的希望，給予我們極大的信任。我們對於這樣光榮而艱巨的責任，是責無旁貸，義不容辭的。也正因爲如此，所以我們教師的水平就一定要不斷提高，教師的隊伍就必需要不斷擴大。

我們北京師範大學，負責培養教師的工作，我們的工作如果做得不好，就會給國家造成嚴重的損失。我校自從院系調整以後，在中央直接領導之下，又得到蘇聯專家的無私幫助，教學工作比以前有了不少改進，取得一些成績。但是這與國家對我們的要求相比，還有很大距離。我們希望得到各方面的幫助和指教，希望得到全國各地教師，特别是教育先進工作者的幫助和指教，以便進一步提高并改進我們的工作與教學，以便更迅速的前進，使我們的工作更能配合國家形勢的發展，更能符合國家實際的需要。

各位代表，都是教育工作中的優秀分子，是全國教育工作者學習的榜樣，都有出色的勞動創造，有豐富的教學經驗，有光輝的先進事迹。我們誠懇的希望你們，把你們寶貴的經驗，向我們介紹，以推廣你們的先進經驗，擴大先進者的隊伍，使『先進工作者運動』，具有更加廣濶的群衆性的規模，使我們的教育事業，達到一個先進的『工業國家』應有的高度。

我們古代的大教育家孔子曾經説過『吾從先進』，我們都是教育工作者，如果將孔子的話斷章取義來説，我們今天應向大家表示要『吾從先進』，要虚心的向先進工作者學習，向先進工作者看齊，與先進工作者并肩前進。

我們學校的老師、學生，這幾天常有不少人在打聽，并且希望我校的先進工作者代表傅種孫副校長和陳幗眉同志，給做介紹人，介紹和你們見見面，并邀請你們來講話。今天難得有此機會，希望代表們談談你們的先進事迹和寶貴經驗。并且希望在參觀我校之後，給我們不客氣的提出改進工作的意見。

我相信你們，爲了祖國新的一代，爲了我們共同的神聖的教育事業的改進和提高，一定會『傾心而談』，一定會『不吝賜教』的，我先在這裏謹向代表們表示我們熱烈的希望和衷心的感謝！

（一九五六年五月十二日上午九時）

北京師大第一次科學討論會開幕詞

各位首長、各位蘇聯專家同志、各位來賓、各位校友、各位同學們：

北京師範大學第一次科學討論會，現在開幕了。首先，讓我代表北京師範大學對高教部、教育部、各位蘇聯專家、中國科學院、各兄弟學校以及各方面的來賓們，來參加這次會議給我們指教，表示熱烈的歡迎和感謝。

我校這一次科學討論會的召開，正在一個新的形勢之下，我們的黨和政府已向我們提出了莊嚴的號召，號召我們向科學進軍，在不太長的時間内，接近和趕上世界先進水平。不久以前毛主席在最高國務會議上，宣布了在學術上開展『百家争鳴』的方針。就是在這個時候，我們召開這第一次的學術討論會，對我們自己來説，是非常有意義的。

我們願意通過這一次討論會，來檢查一下自己的科學力量，我們也希望通過這一次討論會，把我們的科學研究工作，更向前推進一步。

我校自從黨中央提出向科學進軍的號召後，科學研究活動已逐漸加强，目前教授中已有百分之八十一點七，副教授百分之三十五，講師百分之七十三，助教百分之四十六都參加了科學研究工作。一九五六年研究題目共三百三十八個。特别是有很多間斷了許多年没有做研究工作的老教授，也重新動起手來。尤其可喜的是許多年輕同志，也都積極熱情的開始了研究活動。同學中也成立了將近三十個科學研究小組。這些情况都説明，我們已認識到，要使我國富强，不僅必須鞏固人民民主政權，必須發展經濟，加强國防，而且還必須使文學藝術和科學工作得到繁榮的發展，因此，大家的熱情很高，感到生活在這個偉大的時代無比幸福，感到自己責任重大，希望能在學術上有所成就，能够在科學上貢獻出自己的力量。

這次科學討論會，共提出論文五十二篇，我們希望在這次會上，真正能貫徹『百家争鳴』的方針，真正能做到自由争辯的討論，充分發揚學術上批評與自我批評的精神，展開不同意見之間的論争。做到相互辯論，各抒己見。對於各種不同於自己的見解，用追求真理的精神，加以具體分析和具體研究，做到用科學的態度來對待科學討論，以促進學術上自由討論風氣的形成。

毛主席在第一届全國人民代表大會第一次會議開幕時指示我們説：『指導我們思想的理論基礎，是馬克思列寧主義』，這是肯定不移的。我們要以馬克思列寧主義作爲指導思想，去分析學術上的問題，但是，也并不是説：在展開討論的過程中不允許有唯心主義的東西出現。在學術上應當大膽的提出不同見解,可以充分發揮自己意見。可以批評,可以反批評,只要是我們人民内部的思想見解,就應有辯論的自由。希望我們能够做到有意見就説,不要因爲『害怕説錯』就瞻前顧後、畏首畏尾。我們提倡辯論,因爲真理越辯越明,只有大膽争辯,求得真理,才能推動大家一起進步,只有自由討論,集思廣益,才能取長補短,互相提高,如果一心只想『罷斥百家』,不加思索的就給别人扣上各種帽子,反而阻止我們獲得真理,妨礙我們加强團結,從而學術思想的發展,也就會受到阻礙,就會停滯不前。

總之,我們希望能做到實事求是,有的放矢,一方面要敢於大膽提出自己的意見,敢於堅持真理;一方面也要虚心考慮别人意見,敢於向真理低頭,這樣才能把討論會開好,也才能符合中央所倡導的『百家争鳴』的精神。

這次的五十二篇論文裏,有二十四篇是年輕的講助進修教師和研究生同志們的論文,其中四篇是年輕科學家和教授們合作的。這就説明我們青年科學家們正在老一輩的科學家的指導和幫助下,逐漸成長起來。希望今後我們老年、中年和青年科學工作者,更進一步的合作,互相學習,共同提高。今後能有更多的人在向科學進軍的行列裏,獲得新的成就。

我們的科學討論會還是第一次舉行,我們還没有什麽經驗,向科學進軍也還剛剛開始，所提出的論文，還不是很成熟的作品，我們十分需要各方面的朋友對我們幫助和指導。這次我們非常榮幸的請到各位同志，我們懇切的希望大家不客氣的給我們指教，提出寶貴的意見，使我們今後的科學研究工作能更好的展開。我謹先在這裏向各位致謝！

祝大會勝利成功！

〔一九五六年六月二日〕

爲培養祖國新生一代貢獻出自己的力量

青年朋友們:

現在你們已經勝利的完成了高中學習階段準備升入大學,你們正根據祖國的需要慎重的選擇報考志願。在這個時候,和你們簡單的談一談有關高等師範學校的問題,我想還是有意義的!

首先,我們應當正確的瞭解高等師範學校在教育事業中的重要地位。高等師範的任務,主要是培養中學教師,中學教師無論今天或明天都是我們祖國建設事業中最重要的工作之一。國家建設,需要大量的高級專業人才,高級專業人才都是要經過不同的高等學校來培養,而所有高等學校的學生絕大部份要依靠中等學校來輸送。如果中學畢業生數量不够,質量不高,就會直接影響對高等學校的供應,也就會影響到社會主義建設。教育部柳湜副部長説:『我們如果把普通教育比做工業,那末,高等師範學校就好比是鋼鐵工業。鋼鐵工業不能製造出足够的鋼材,供給各種機械工業去製造各種産品,其他工業都將因之大大削弱;同樣的道理,高等師範學校不能培養出足够的高中畢業生,供應給各種高等學校去培養各種專業人才，其他高等學校的需要量都將因之相應減退。所以説高等師範學校是建設事業中極重要的一個環節，是全部國家人才培養事業中最基本的事業。』

中等教育既然在國家建設中占着如此重要的地位，那末，目前情況是怎樣的呢？這的確是值得青年朋友十分關心的事情。目前中等教育的發展，還遠遠趕不上國家的迫切需要，中學畢業生還是很不够的，那末爲什麽不趕快多辦一些中學呢？主要原因之一，就是中學教師不够，中學教師不够，一定要高等師範更多更好的來培養。就是因爲如此，我們的高等師範學校雖然已有四十所，今年還要新建十三所，也正因爲如此，我們目前雖然高等師範學校在校生已有六萬餘人，今年還要在全國範圍内招考高師學生六萬五千人，甚至比工科還要招得多一些。這個招生任務一定要很好的完成。因爲這個任務是根據目前國家迫切需要師資的情况來規定的。

高等師範的重要意義，道理雖然就是這樣簡單，但是還有很多青年并不完全瞭解，或者不予以十分重視，我想青年們作爲國家的主人，應當爲國家和人民更好的來認識這一問題。

人民教師是非常光榮的，因爲人民教師的工作是培養人的工作，你們都會曉得：要把祖國建設成爲一個工業化的國家，不管是任何一種工作，如果没有生氣勃勃的人，如果没有新的人，新的幹部，那末任何工作任務的完成都是不可能的。而這一代新人的培育，就是我們做教師的神聖職責。一個人的靈魂的塑造，個性的發展，科學知識的掌握，道德品質的成長，離開了老師的教導和關懷都是不可想像的。有的同學説教師工作枯燥乏味，光教會别人，自己却變成一個知識貧乏學問淺薄的人了。我想這是一種誤解。因爲教師的工作對象不是機器和鋼材，而是將來會製造鋼材，能掌握機器并且要不斷創造發明新的機器的人。教師是要以最先進的科學知識去武裝他們，生活在日日前進，人類的知識也是在時刻增長，所以教師必須不斷提高自己的政治覺悟，必須不斷豐富自己的科學知識。『教師一方面要獻出自己的東西，另一方面又要像海綿一樣，從人民中、生活中和科學中吸收一切優良的東西。』試想一個不具備共産主義覺悟的人，怎麽可能用共産主義精神去教育别人；一個知識貧乏，不肯鑽研，不肯進步，没有科學的世界觀的人，怎麽可能用科學知識培育别人，怎麽可能去幫助别人樹立科學的世界觀。如果教師整天都意志消沉，精神涣散，萎靡不振，那末他如何去教育孩子和青年們活潑健康，機智勇敢，樂觀進取，如何能把他們培養成不但富有文化知識掌握科學技術，還要他們具有征服自然，改造世界的勞動智慧和創造才能呢？所以人民教師本人應該是思想戰綫上的先進戰士，應該是先進科學知識的傳播者，首先他應該是孩子和青年們的表率，應該是成爲學生優秀的榜樣。所以人民教師必須是肯於不斷學習，不斷進步，不斷鑽研學術，不斷提高自己的政治覺悟，高尚品質的人。國家既然把祖國的未來交給教師培養，這就意味着教師必須是永遠跟着時間一起前進的人，永遠也不能是知識貧乏學問淺薄的人。

教師的工作是不是枯燥乏味呢？完全不是的。教師的工作不但不是枯燥乏味，而恰恰相反教師工作是异常絢麗多采的，是十分豐富生動的。教師的一生將永遠和祖國最年輕的人在一起，一生生活在青年和孩子們中間，真是最大的幸福，在青年和孩子們的身上充滿着青春的歡笑，充滿着無限的活力，這些都感染着教師，會使教師感到自己永遠年輕，會感到自己的工作是『青春長在』。記得在一次酒會上周恩來總理與我們教師閑談，他說：『你們的工作天天和青年接觸，實在令人羨慕。』我想這話一點也不錯，就拿我自己來說，從十九歲起教小學，後來教中學，教大學，教了幾十年書，現在仍然從事教育工作。在從前是青年們給了我生活的勇氣，今天是青年們增加了我前進的力量，他們不斷激發起我的情感，對我揭示着生活的美麗和希望。這樣的工作，怎能不值得令人羨慕，又怎能說不是享受着極大的幸福呢？

很多青年都感到培養新的一代是爲了社會主義，是爲了祖國的更繁榮和富强，所以幾年來，有不少優秀青年，報考師範，他們爲了祖國的需要選擇人民教師的工作，他們唱着自己創作的歌:『社會主義的接班人靠我們培養,六萬萬人民的希望寄托在我們的肩上』。聽,他們是多麽滿意於自己選擇的師範專業,他們一生將永遠引導着青年爲建設光輝的未來而鬥争,還有什麽能比這種事業更美好更有意義呢?

青年朋友們!你們的老師已辛勤培養你們中學畢業了,今天你們是否也在考慮要爲國家培養出更年輕的一代呢?你們是否曾考慮到,你們也有責任爲祖國教育出更多的更出色的青年來輸送到社會主義建設崗位上去呢?我相信會考慮到的,你們之中一定有很多人從國家長遠利益考慮志願做一個教育戰綫上的戰士,有很多人决定報考高等師範學校,立志做一個光榮的人民教師。那末,來吧!我以一個有半世紀以上教齡的老教師身份來熱情的歡迎你們,歡迎你們來報考師範,爲培養祖國新生一代貢獻出自己的力量!

〔一九五六年六月二十日,載光明日報〕

和應屆高中畢業的同學談談高等師範教育

同學們：

你們好！今天有機會和你們談幾句話，我感到非常高興，首先，向你們表示衷心的祝賀。祝賀你們勝利地完成了中學的學習。

現在讓我在這裏簡單的和你們談一談有關高等師範的一些問題。

高等師範的任務，主要是培養中學教師，中學教師的工作，對於我們祖國的建設十分重要，他們在社會主義建設事業上，起着巨大作用。因爲祖國要建設，就一定要有足够數量的專業建設人才，而所有的高級專業人才，都是要經過不同的高等學校來培養，高等學校的學生，絕大部分是依靠中學給輸送，如果中學畢業生的數量和質量不能保證，就將影響高等學校的學生來源，影響到高級專業人才的培養計劃。這是對社會主義建設極端不利的。

中學畢業生數量和質量的保證，就一定要有大批的具有相當水平的中學教師去負責培養教育。目前我們國家的中學數量不够，本屆中學畢業生的數量，也與需要相差很遠，今年高等學校學生來源已感不足。如果這樣下去,就將不能完成國家經濟建設計劃。所以中學必需發展,但是增加或擴建中學的困難,不是經費和房屋,主要的困難是老師不够。所以高等師範教育也必需發展,因此,今年全國新建了十三所高等師範學校,并且今年全國招考高等師範學生名額達六萬五千名,甚至比工科還要招得多一些。占全國高等學校招生總數的三分之一强。這樣的規定,説明我們的黨和政府是如何重視教育事業上的這一個主要環節,這是根據國家的長遠利益而規定的。

中學教師,不但在國家建設上占着重要地位,而且教師的工作也是非常光榮的。因爲人民教師的工作是培養人的工作,一個人的靈魂的塑造,個性的發展,科學的知識的掌握,道德品質的培養,離開了老師的教導和關懷,都是不可想像的。任何專家、學者、幹部和技術人員的工作成績,很大的因素都是與教師撫育和培養分不開的。青年與少年是祖國的未來和希望,而對青年與少年的工作,最重要的就是教育,教師就是擔負着這樣的任務,這難道還不是祖國給與教師的極大信任,難道還不是人民給教師的最大光榮嗎? 誰又能説培養祖國新生一代的工作,是没有前途的工作呢?

如果説目前社會上還對教師尊重不够,那是因爲還有一部分人仍殘存着舊社會的看法,或是受舊社會的思想影響。在舊社會,教師没有社會地位,不受人重視。但這種風氣,已經隨着舊社會制度的消滅逐漸在改變着，而且一定會完全改變過來。因爲我們的黨和政府是非常重視人民教師的，我們教師的社會地位，已經和從前有了本質的不同，黨和政府非常關心教師的政治待遇，文化生活，學習進修，工資報酬等等。雖然舊社會長期的影響還没有完全扭轉，但是，我們青年人不正是應當立志做一個人民教師，成爲改變那種不良風氣的積極分子嗎？

關於教師的待遇，也是值得注意的問題。解放前教師待遇低，生活清苦，解放後，教師工資已逐漸調整，現在已比從前有所提高，而且今後還要隨着生產的發展，而不斷提高。最近中央召開的工資改革會議，已對提高教師的物質待遇，提出了具體方案，况且我們在選擇志願的時候，主要應該是根據國家需要和自己的具體條件，實事求是的來考慮，不應該强調個人利益，自然在教師物質待遇逐漸提高，和生活狀况逐漸改善的情况下，個人的利益和國家利益也是一致的。

還有一個問題，就是人民教師是不是需要高深的學問，能不能向科學進軍的問題。我想這個問題的回答應當是肯定的。再没有一種職業像做一個教師那樣需要淵博的知識的。因爲教師要永遠以最先進的科學知識去武裝學生，而人類是生活時刻前進，人類的知識也日日增加。所以教師必須不斷提高政治覺悟，不斷豐富科學知識，才能使自己所傳授的知識，合於最先進的科學水平。教師應該是思想戰綫上的先進戰士，是先進科學知識的傳播者，必須不斷的補充自己的知識，永遠跟着時代一起前進，只要教師肯於刻苦鑽研，追求真理，一樣肯於向科學進軍，一樣可以成爲專家，不但可以成爲某項專業專家，而且還可以成爲教育專家。

關於人民教師的工作内容，也是非常生動、豐富的。教師的一生將永遠和祖國的青年和少年們在一起，他們朝氣蓬勃，活潑愉快，隨時感染着教師的精神和思想，會使教師感到自己永遠年輕健壯，會感到教師工作是『青春長在』幸福無窮的。而且教師的辛勤勞動，必然會得到豐收。教師將會看到自己用心血培養撫育的新人，爲祖國做出光輝事迹，人們都會以極大的熱情來感謝老師的勞動，來稱道老師們的功勞。

同學們！我是一個教育工作者，深深感到教師工作在建設事業中的光榮和重要，爲了祖國的未來，我殷切的希望你們正確的認識并且正確的對待教師工作，也熱烈的希望你們有大批優秀的青年投身於人民教師的行列，做一個教育戰綫上的堅强戰士，爲社會主義祖國擔當起培養下一代的神聖任務。

〔一九五六年六月二十六日下午七時四十五分去北京市人民廣播電臺録音，二十七日四時播送〕

在第一届第三次全國人民代表大會上發言

——人民教師應當受到社會的重視和尊重

主席、各位代表：

請允許我就高等師範教育問題説幾句話。

今年中學和大學的招生工作，都遇到了一種新的情況，就是『計劃招生名額』超過投考的應屆畢業生人數。高中畢業生人數，比高等學校『計劃招生名額』少。初中畢業生人數，比高中和中學等專業學校「計劃招生名額」少。這就是説初中與高中之間，高中與大學之間都成了供不應求的情況。這情況説明我們的社會主義建設事業，是在一日千里迅速飛躍的前進，高級和中級專門人才的需要量大大增加；但也説明，我們的中等教育，已遠遠不能適應需要，必須大量發展，不然將會給國家經濟建設造成很大困難。

想要多辦中學，最主要的困難，就是師資不足，正如教育部張奚若部長在大會上發言所指出的：『中小學師資不够的問題越來越顯得嚴重』。『在一九五六和一九五七的兩年內，估計中學師資缺少約九萬人左右，小學師資缺少約二十萬人左右』。這是多麽大的數字,我覺得政府所采取的擴大高師招生名額,發展短期師範班和發掘潛在人力種種措施,都是極重要的,我個人表示非常同意和擁護。

但是我覺得還有一個問題,值得引起各方注意,就是如何進一步加强社會上對人民教師工作的重視和尊敬,以更有效的保證師範生的來源,以加强教師對自己工作的熱愛和責任感。

幾年來,成千上萬的青年,由於認識到人民教育事業的重要意義,根據自己的條件,考進了師範學校。很多青年,已經擔負起教師的神聖職責,堅持在教育戰綫上,辛勤的爲祖國培育着下一代,這是主要的一方面。但是另一方面,還有一部分青年,看不起師範,認爲學師範不光彩,没前途,待遇低,不能做科學研究。因此,明明自己條件適合於學師範,也有所顧慮,躊躇不前。前幾天教師報上編者按語説:有的青年『重理輕文,特别是輕視人民教師的工作』,既然加上『特别是』,這問題就不能不引起重視了。

所以有這樣現象,我想主要原因有下列幾點:

1. 舊社會的思想影響:由於舊社會統治階級根本不願意人民受到教育,不重視教育事業,自然就不會重視教師,教師在舊社會一向被人輕視,社會地位低,工資少,甚至不能養家糊口。所以有人只把教師這職業,做爲『暫時栖身之所』,只要有其他辦法,就不願再做教員，這是很自然的事情。舊社會的長期影響，不可能一時全部肅清，仍相當廣泛的殘存在一部分人的思想意識裏，常常有意無意的影響着青年，妨礙了他們對新社會人民教師的正確看法。

2. 我們經常的宣傳教育不够：青年畢竟還年輕，有時看問題不免片面，需要行政機關、學校和青年團幫助他們正確的認識各項專業在國家建設中所起的作用，幫助并指導他們實事求是的選擇志願，使他們認識到各種專業的設施，都是重要的，不要不恰當的强調某專業重要或某專業不重要，比如教師工作，原是非常重要的，但有的同學認爲不如工業建設那樣轟轟烈烈，他們看不到教師工作在建設中的作用。如果是修水庫、建大橋，幾年之後，就可以看到自己參與的工作已發揮巨大作用，造福於人民。但是教師的工作是『百年樹人』，從小學到大學畢業要十六或十七年，再加上幼兒園，時間就更長了。這種勞動是不能馬上看到成果的。實際上教師的工作，是培養人的工作，他的工作成績，是灌注在每一件造福人民的建設工作裏，是收效於每一個學校畢業的工作人員的身上，對於這樣的基本性的建設工作，應當經常的在青年中間做好宣傳，在社會上形成一種新的輿論，使青年和其他人士有正確的認識。如果單靠每年在招生時的臨時指導，所收效果總是不大的。

3. 教師直接給青年們的印象：學生接觸教師的機會最多，教師所給予學生的影響也最大。這應當分兩方面來看：一方面,如果學生看到自己老師的工作一直是忙亂,生活條件不好,甚至有的地區教師還得不到應有的重視,那末,當青年們自己選擇志願的時候,就很難選擇去學師範。另一方面就是做教師的人,自己不鑽研業務,不注意道德品質的修養,甚至專業思想還没有樹立,不安心工作。這樣的教師在『潛移默化』之中,就給學生以很不好的影響,使他們覺得教師工作没有意義。

根據這些情况,我們應當采取有效的具體措施,進一步把師範教育和人民教師工作重視起來,把人民教師的地位和待遇,恰當的提到應有的高度。我想,我們可以參考偉大的導師列寧在他的『日記摘録』裏所説的話,他説:『應當把我國國民教師的地位提升到是資産階級社會的教師們所始終不能達到的高度上,這乃是無待證明的真理。我們爲了這點,就必須進行有系統的,一往直前的工作,既要提高教師的精神狀態,也要使他們擁有各方面的修養,以期真正符合他們的崇高稱呼,而最主要的是要提高他們的物質生活條件。』我們今後不僅應當加强經常性的思想宣傳教育,而且還應當注意一些實際問題,如教師的政治待遇,社會地位,生活條件,工資報酬等等。這樣做,不但可以把舊社會遺留下的影響逐漸肅清,而且也可以使人民教師在精神上和物質上得到極大的鼓勵。當然,我們的黨和政府一直就重視并關懷人民教師的工作,不過,有些方面還做得不够;有些地區也還没有很好的貫澈執行。

在思想教育工作上，我覺得有必要從中央到地方的各級領導同志，作更多更具體的號召和指示，以促進社會上對人民教師的正確看法。加里寧，他是蘇聯共産黨和政府主要領導人之一，不是給我們留下很多關於教育和教師的指導性文章與報告嗎？我們的各級領導同志是不是在這一問題上，注意得不够呢？此外，我想我們的中國青年，中國青年報，教師報以及其他報刊雜志，也有責任在這一方面更多的做些工作。至少决不要再有像今年四月三十日中國青年報一篇稿子的那樣説法了。這篇稿子是回答一個中學即將畢業的學生想考大學物理系，請求指導的問題，他『指導』那個學生説：『如果你在理化方面的基礎并不很好，那麽，你去考師範也是一件很好的事情。』這樣的『指導』，無异於告訴青年：基礎好的就不要去考師範，理化基礎好考師範未免可惜。而事實上師範物理系是不是就可以理化基礎差呢？另外，還有一個例子，一位考上高師的學生寫信報告他的家長，家長説：『你的成績這樣好，爲什麽考師範呢？』言下大有無限惋惜之意。這樣的例子還是很多，并不是個别的。難道高師真是不需要功課好嗎？請問基礎好的如果都被『指導』得不考師範，師範培養出的教師質量不能保證，那末，他再去教出的學生，成績又當如何呢？這是非常值得引起各方注意的。

此外,關於教師本身方面。我們教師作爲新中國工人階級隊伍裏的一部分,應當認清:人民教師在政治上的地位,已與舊社會有了本質的不同,應當更進一步的認識自己的職責和工作的意義,看到教師對祖國的未來所負的光榮責任,不能過分强調物質生活待遇等問題,應當嚴格的要求自己,提高共産主義覺悟,發揚艱苦樸素作風,成爲樹立新風氣的榜樣。必須不斷的提高政治和業務水平,積極學習教育理論,掌握教育原則,加强科學研究,提高教育質量,做一個名實相符的人類靈魂工程師,爲祖國培養出德才兼備的全面發展的人才。以無愧於黨和政府的深切關心和愛護,以不辜負人民的極大信任和委托。

我并不是在這裏片面强調高師的重要,而正是爲了如何給建設事業中各種專業準備更多更好的後備力量。目前,中學學生數目不足,師範教育趕不上需要。每年高師招生名額的比重很高,而有的青年再『特別是』輕視人民教師的工作,這是一個必須大力解決的嚴重問題。因此,我願説出我個人的看法,請大家指教,并給予支持。

〔一九五六年六月二十八日〕

歡送蘇聯專家會上講話

親愛的蘇聯專家、親愛的同志們：

今天我校有關的四系開這樣一個歡送會，來歡送我們的化學系瓦里可夫專家，歷史政治系庫滋涅佐夫專家，教育系馬努伊連柯專家和生物系謝孔專家。我校各系師生對於四位專家都是非常愛戴的，十分崇敬的。大家都捨不得專家回國，我們曾一再呈請挽留，但是由於制度關係，未能推遲回國時間。四位專家不久就要回到自己的祖國，我們都感到依依不捨。在這裏，請允許我代表我們全校教師和學生，懷着异常感激的心情，向真誠的無私幫助我們的四位專家，表示熱情的歡送。

兩年多以來，各位蘇聯專家對我校工作的指導和幫助，都曾付出了巨大的勞動，使我們學校的教學與行政工作，都有很大的改進和提高，今天我們向全體蘇聯專家，和即將離京回國的四位專家，表示衷心的感謝和慰問！

現在，讓我借這個機會，簡略的談一談各位專家對我們的主要幫助。

首先，四位專家在各系都親自進行講課。爲我們培養出一批具有一定水平的專業教師或研究生。這批教師和研究生將要或者已經分布到我們全國各地高等師範學校去教課,輔導或負責教學領導工作,他們將在各校起骨幹作用,將把專家所講授的蘇聯先進科學理論,運用專家所教導的各種教學形式,傳播到各地,將在我們高等師範學校中成爲很重要的力量。

其次,每位專家都給我們或是幫助我們的教師,受教育部委托,起草了一種或數種教學大綱,修訂了某些教學計劃,爲我們或幫助我們編寫了講稿、講義,像馬克思列寧主義基礎、物理化學、無機化學、農業基礎等講義,都是水平很高,對我們幫助很大。其中如馬克思列寧主義基礎講義,自印行後,不僅我校教師、職員中很多人,都以它爲政治理論學習的參考資料,而且也爲各地教員和幹部所利用,在提高我們馬克思列寧主義水平方面起着很大的作用。

專家都非常關心我們的科學研究工作,鼓勵并指導『青年教師』從事科學研究,解除了我們某些教師認爲科學研究怕影響教學的顧慮。有些教師在專家指導下,作了科學報告,不但未影響教學,而且還提高了教師的教學質量和科學水平,對於我校的科學研究的展開,有很大影響。其中如學前教育專業,專家耐心的指導教研組全體教師及教養員一百八十多人進行集體科學研究工作,編寫了『中國幼兒園工作指南』,將近四十萬字,現在草案已基本完成，這書毫無疑問的，將在我們全國幼兒園工作中起指導作用。

專家經常教育我們要面向中學，結合中學教學實際，并且對教育實習都曾親自參加并指導，爲我們分析課堂教學，參加評議會。生物系專家親自指導，并具體幫助，在良鄉中學建立了生物實驗園，這個生物園，已成了全國中學生物園的典範，對提高教學質量，貫澈生產技術教育、勞動教育、以及提高師資方面，將起很大的作用。我校的生物園，也在專家倡導和督促下建立起來，雖然目前由於生物園和生物系還不在一起，尚未能很好的利用，但是這工作已給全國高師生物系對樹立了旗幟，并積累了一些經驗。生物園的建立，對生物系各門課程的理論聯系實際，提高教學質量以及開展科學研究工作，都有很大的幫助。

我校的正規的函授教育，也是在專家的幫助之下才開始的，我們在化學系專家指導之下，通過化學系試辦五年制的函授班，學習到蘇聯先進函授教育制度和教育方法，爲我們今後舉辦其他專業的函授班打好優良的基礎。

總之，各位專家對我們的幫助是多方面的，不但是在各系，而且對於我們校部的工作，也曾提出很多寶貴的建議，使我們的工作得到改進；不但對於我們師大，而且對於校外其他很多科學研究機構和我們的兄弟學校也有很大影響；不但對於教學、工作和研究等方面，我們獲益很多，而且專家們的忘我勞動和高度負責的精神，都給我們樹立了良好的榜樣。

我們不願意在這裏只稱道專家的工作成績，而且，千言萬語也不可能説得完備，我們只願意向親愛的專家們保證，保證我們今後要把你們傳授給我們的豐富的科學知識，和珍貴的教導，貫徹在我們的生活、學習、工作與研究之中，來回答專家對我們熱誠的幫助。

親愛的蘇聯專家同志！你們是我們的良師益友，你們在我們北京師範大學以及我們的教育事業上，投下了巨大力量，我們時刻不能忘記。我們向你們——向親愛的蘇聯專家同志們，向偉大的蘇聯共産黨和政府，向蘇聯全體人民，對我們慷慨無私的援助，表示崇高的敬意和衷心的感謝。

祝賀四位專家同志，今後工作勝利，祝你們和家屬身體健康！祝你們一路平安！

最後，我們祝賀仍舊留在我校，繼續指導我們的蘇聯專家同志們，愉快的渡過暑假，祝你們與家屬身體健康和幸福！

〔一九五六年六月三十日〕

歡送支援兄弟院校會上講話

柳部長、親愛的同志們：

今天我們代表全校師生向即將離開北京師大，走向新的工作崗位的七十六位教師同志，表示我們熱情的歡送，并表達我們殷勤慰問的心情。

爲了適應國家的需要，迅速的爲祖國培養合格的師資，今年中央决定在全國範圍内把部分高等師範學院擴建充實起來，并且新建師範學院十三所。爲此教育部由力量比較强的北京、東北、華東三所師範大學，各抽調幾十位教師去支援他們。我校經過半年的磋商、醞釀，已初步確定了上調名單，選定七十六位有一定業務基礎的新老教師。他們是工作積極熱心負責，能够勝任的擔負起教學工作的同志。其中包括教授一位，副教授三位，講師十六位，助教五十五位。其中尚有一人没肯定。以系別來説：中文系把人，俄語系三人，歷史專業四人，政治專業十八人，教育系十三人，數學系六人，物理系七人，化學系十人，生物系三人，地理系二人。這些位同志。將分配在北京、天津二市教育局，陝西、河北、遼寧、安徽、内蒙、廣西、湖南、河南、山東、甘肅、雲南、貴州、四川、黑龍江等十四個省教育廳。各省市的人數,計北京十二人,天津二人,陝西二十人,内蒙七人,河北六人,安徽、甘肅、雲南各四人,黑龍江三人,遼寧、廣西、貴州、山東、四川各二人,湖南、河南各一人。我做了一幅地圖,表示出分配的地區。

各系及各省市分配的人數,主要是根據各地需要,結合我校各系情況來决定的。决不是説我們現成的擺着七十多位教師,没有適當工作,或有『人浮於事』的情况才調出去的。當然,我們北京師大是重點學校之一,歷史長,基礎好,教師水平較高,教學力量較强,這是事實。但是我們也正由於有這些條件,國家給我們的任務也較多,工作也較繁重,這也是事實。在這工作繁、任務重的情况下,抽調我們這樣一大批教學人員,在教學力量上是受一定影響的,毫無疑問,我們會增加一些困難。我們全校共有教師五百多人,現在調走七十六人,差不多占我校教師的八分之一,這樣大批的調走,怎能會不使我們教學工作受到影響呢?

請不要以爲我們是把同志們都推出北京師大吧,説實話,我們是捨不得調走你們的。你們之中,有的是在我校多年,我們都是并肩作戰,才共同取得今天的成績。你們之中,也有的是在老教師精心培養之下,歷年留校的優秀畢業生,很多同志都是今年才因工作有成績提升爲講師的。這都説明調出的同志,是優秀的分子。如果我們僅僅爲各系考慮,僅僅爲北京師大的範圍來考慮，是很不願意把你們調走的。爲『上調』的工作，校部各負責同志，都曾往返磋商，考慮研究了很長的時間。如果説學校行政上是漠不關心、冷冰冰的把同志們推出了事，這是完全不符合實際情況的。

但是，我們主要應從大局着眼。我們祖國社會主義建設，飛躍迅速的發展，高等師範教育趕不上形勢需要。爲了整個的教育事業，在教育規劃中，已規定要大力發展和辦好師範教育。高等師範在國家建設中所占的重要地位，這是我們在高師工作的同志們所深深瞭解的，也是我們經常關心和非常注意的事情。作爲重點學校的北京師範大學，有責任對其他新建和擴建的兄弟學校大力支援。只有我們全國所有的師院都加强力量，共同提高教學水平，才有可能擔負起我們面臨着的光榮而偉大的任務。從革命的事業上着想，從國家的長遠的、更大的利益着想，從祖國的需要着想，我們感到在北京師大抽調一批教師，支援各兄弟學校，是我們義不容辭的光榮任務。

我在師大教學上看到幾位應調同志的文章，我非常高興，有人説：我以接受黨給我們的新任務，去參加祖國社會主義建設爲無上光榮。有人説：把我的一切獻給黨的事業。調出去，只不過是地域和具體工作崗位的變動而已。同志們準備把熱情變成堅毅的力量，爲黨的事業，作更多的工作。有的同志估計到在一個新人新地新的崗位上，會碰到很多困難,但是他説: 這就是考驗,這就是鍛煉,我將依靠黨的領導,依靠同志們的幫助,堅决克服他。這樣崇高的情感和豪邁的氣魄,這樣遠大的抱負和有力的保證,使我非常感動。同志們堅决的、勇敢的服從調配,愉快的走向新的工作崗位,這不但是同志們的光榮,也是我們北京師大的無比光榮。

被上調的同志,有的是到比較邊遠的地區,有的是新建立的學校,條件趕不上首都,趕不上北京師大,思想上不免有些顧慮,害怕在政治上、工作上比師大落後,業務水平比師大低。但是同志們自己也回答得好: 那邊的某些條件,應該説是不如師大,否則爲什麽要師大向那裏支援呢? 問題在於: 你是從黨的需要、國家的需要來考慮,還是從個人的得失來考慮。這是主要的一方面。另外,條件也并不是一成不變的,它將隨着祖國的經濟建設的不斷發展,而逐步提高。而且其他兄弟學校,也確實有很多方面是我們趕不上的,在前次召開的教學經驗交流會上,就看得很清楚,我們過去向他們學習得不够。同志們此去,千萬不要因爲自己是從北京師大來的,就有些自滿、自大情緒。應當善於觀察他們的優點,虚心請教,耐心的學習。如果説我們師大,的確是有很大優點,那恐怕首先是要看大家到達新崗位上的表現。同志們能以身作則,嚴格的要求自己,在工作和學習上積極努力,能够刻苦鑽研,發揮創造性的勞動,能出色的完成領導上所交給的任務。這才是最大的優點。如果不能安心工作，整天看不起別人，驕傲自滿，目空一切，不能密切聯系群衆，這樣，只能説明我們自己不如別人，自然也就得不到別人的尊重和信任。縱然是從首都去的，從北京師大去的，又有什麽了不起，又有什麽可驕傲的地方呢？

當然，這一次調動，同志們也確實有一些實際的具體問題和困難。比如有的同志們分配的地區較遠，正當此溽暑炎熱，車船勞頓，如果再携帶家小，旅途上自不免有很多麻煩。有的行李書籍較多，有的經濟上有些困難，有人因爲愛人的工作，子女的入學，以及自己新工作的地區雖已知道，而學校還不具體，有人恐新的工作不是原來專業，怕在工作裏不能發揮自己特長，有的同志還想要一些教學資料等等。

關於專業的問題，教育部已有明令到各地，對新調到各校的教師，『在分配教學工作上不要輕率的改變其專業，并要保證大家到校之後，即有課可開』。關於愛人工作，子女入學，我們也盡可能的幫助解決，教育部也將會給我們以幫助。關於教師的個人旅費及家屬旅費，行李運費，都由學校負擔。關於書籍轉運，我們已爲同志們準備好木箱，都可以幫助大家運到車站。關於學校自己印的資料，各系應當盡可能的幫助解決。其他方面生活上的困難，希望大家提出，我們願意盡力幫助大家。有家屬的同志們到達各地後，安家費用根據當地的規定辦理。關於分配的具體學校,有的地區已有電報聯系,有的地區,我們準備再用長途電話聯系,有了結果後,就告訴大家。

有很多同志,在北京居住多年,或是在老師的隨時指導下剛剛熟悉在母校教課。這一調動,在遷移上,在旅途上,將來到新的地區的工作上,教學上,以及其他種種方面,自然不免會遇到些困難,我們在生活上盡量予以照顧外,我想同志們都會以社會主義的自覺,本着個人利益服從集體利益的精神,一切服從祖國需要,盡最大的努力,克服困難,愉快的走上新的崗位,擔當起新的工作任務。

親愛的同志們!國家和人民對你們寄予很大的期望,新的地區新的學校在殷切的等待着你們,你們服從調轉的具體行動是無上光榮的,你們的責任也是重大的。我希望你們在祖國東西南北四方,在新的崗位上,仍發揮你們一貫的服從領導,依靠組織,聯系群衆,虚心學習的工作態度,希望你們能够保持已有的勤勤懇懇,老老實實,不驕不躁的精神,虚心吸取别人所長,發揮自己的能力,在兄弟學校裏起骨幹作用。還希望你們離開北京師大後,和我們經常保持聯系,交流彼此的教學經驗,讓我們共同提高,并肩前進。

今天,在大家即將離開師大的前夕,我們依依話别,戀戀不捨;明天,大家走上征途,在新的工作的戰鬥裏，貢獻出自己的精力。希望大家取得更好更多的成就，獲得更高的榮譽，不久的將來，在北京勝利會師的時候，讓我們再暢快的彙報彼此的工作，再歡聚一堂，話新敘舊。

今天開這樣一個形式簡單，情誼深長的話別會，希望大家彼此談談心。聊表我們熱烈歡送之意。

祝賀大家旅途平安，工作順利，并祝大家和家屬身體健康！

（一九五六年七月二十八日）

函授班開學典禮講話

親愛的同志們：

今天是函授班開學典禮，我首先代表學校，向各位同志們表示熱烈的慶賀！

爲什麼在開學典禮，在諸位學習的開始的時候，向大家慶賀呢？

首先，據我瞭解，各個中學的老師們很多很多同志，都是非常迫切的要求進修。我曾經到過幾個中學，和中學老師們談到他們目前的需要和要求，老師們都説最需要的就是能够有業餘進修的機會。甚至他們都寫信或是當面給我們北京師大提出意見，嫌我們函授生名額太少，不能滿足他們的要求。老師們這種積極向學要求進步的心情，我們是深深理解的，也是非常清楚的。

但是，由於我們北京師大的任務重，師資力量和設備條件的限制，我們已經盡了很大努力，克服了很多困難，才擴大了今年的函授班，采取了有控制的報名。

因此，我向你們慶賀，并不是因爲慶賀你們上了我們師大，而是慶賀你們在今年儘先的取得了進修的機會，慶賀你們達到了自己進修的願望。

這是一方面，更重要的一點，是慶賀你們是新中國、新社會的老師，因爲只有在人民當家作主的時代，政府才這樣關心教師，給予教師極高的社會地位，提高教師的物質生活待遇，并且關心教師的業務知識，給與進修、學習的機會。

所以這次學習的本身，就説明黨和政府的深切關懷和極大的期望。同志們！這是舊社會所根本不可能有的事情。我向你們新時代的新老師表示慶賀，慶賀你們幸福的在這偉大的時代，爲社會主義而教書，而學習。

當然，你們也是很辛苦的，辛勤的結束了一學期的課程，學生們都放暑假了，你們仍不得休息，又投入了緊張的學習，等到學生們開學了，你們仍是要緊張的學習，自然會遇到一些困難，但是你們一定會以極大的毅力來克服困難。我相信你們不但已出色的完成教學任務，而且一定會出色的完成學習任務，不但是一個優秀的老師，而且一定能做一個優秀的學員！我相信你們不但是誨人不倦，而且一定是學而不厭的。

等一會傅副校長還和你們講話，我不多説了。希望你們努力學習，虛心學習，頑强學習，使自己業務水平不斷提高，我衷心的希望你們在黨和政府的關懷與培育之下，把自己鍛煉成爲建設社會主義的寶貴人材。

祝你們學習順利，身體健康！

（一九五六年八月五日）

一九五六年八月十一日畢業典禮講話

各位同志、親愛的畢業同學們:

今天,我們舉行本届研究生和本科生畢業典禮,我代表學校向即將走向工作崗位的七百多位新的教育工作者,新的教師,表示衷心的祝賀!

今年,我校畢業同學,一共七百多人,其中研究生一百二十多人,本科生五百五十多人,此外還有一部分進修教師,也完成了學習任務。同學們在師大學習了兩年,四年,或是六年,在黨和政府的關心和教育,教師們辛勤的培養下,都取得很大成就,今天,已經勝利的結束了學校的學習階段,正在整裝待發,準備投身於祖國的教育建設事業中,發揮自己的才能和智慧。因此,大家都在迫切的希望能早一些知道自己的具體的工作崗位。目前,研究生的分配方案,已經全部確定,等一會,就要在會上宣布;本科生的分配方案,現在還没有完全確定,最近幾天,就能肯定,肯定以後,馬上就告訴大家,還希望大家耐心的等待幾天。

雖然本科生分配方案,今天還不能宣布,但是,不管是研究生還是本科生的分配工作,都是經過慎重考慮，反復研究，才制定的。

大家都已知道，我們的高等師範，和中等學校，都還要大力發展，而高師和各類中等學校的教師人數，都還非常不够，各地高師和中學，都殷切的等待着你們這一批今年畢業的新生力量。雖然今年全國高師畢業生人數有一萬七千多人，但是需要的數目，却比這還大幾倍。因此對你們這批『爲數有限』的專門人材，一定要妥善的安排，合理的分配，使你們能够分配到社會主義建設最需要的地方去。

我們是十分珍惜人才的，是愛護每一個畢業生的，國家和人民是把你們當做最寶貴的財富來看待的，因此，希望使你們都能『人盡其才，才盡其用』。所以我們的分配工作，是經過細緻的、慎重的考慮的。

大家都關心工作的分配，我想大家都一定已在報上看到了國務院所發布的『關於今年全國高等學校畢業生分配工作』的指示。我們高等師範畢業生的分配工作，也就是遵循着這一指示的方針制定。

現在我簡單的説一下，這次分配工作中的幾個問題：

（一）關於地區問題——國務院指示中説：『應該盡可能地做到「就地分配」，「就地就業」』。這就是説，各地高等師範學校的畢業生，原則上都應歸各省市來分配、使用。這是指各地方性的高等學校,是指各省市所領導的高等學校來説的。我們北京師大,是直接由中央教育部領導,所培養的學生,是由中央調配到全國各地,所以,我們没有『就地分配』這一問題。從研究生的分配方案來看,分配到全國各地都有,將來本科生,也是要調出一部分同學,到全國各地。希望同學們都以國家需要爲重,愉快地服從統一分配。

(二)關於職務問題——由於今年畢業生人數,不能完全滿足各方面的需要,所以這次分配,是貫澈着『統籌兼顧,重點配備』的精神。在分配的時候,首先要滿足高師的助教和研究生需要。因爲中學師資雖然非常缺乏,而高等師範是培養中學教師的學校,想逐漸解決目前中學教師『供不應求』的困難情況,一定要有計劃的把高等師範充實起來。爲了整個教育事業的長遠發展,必需要密切注意這一問題,不能首先滿足中學師資的需要。今年我校畢業的研究生,自然是全部分配到高師,而本科畢業的同學中,也有相當大的一部分,是分配到高師作助教,或研究生。這是第二個問題,也需要大家有此瞭解。

(三)關於『學用一致』的問題——這次的分配工作,是貫澈了『學用一致』的原則,防止使用不合理和浪費人材的現象。所以如此,就是爲了把有限的人材,用到建設事業最需要的地方去;同時,這樣還可以充分發揮畢業生的積極性,更好的爲社會主義建設服務。正因爲如此,我們也必需指出,我們培養出來的畢業生,特別是研究生的人數和比例,還不可能完全符合目前國家的實際需要。這是因爲：培養人才的計劃是在實際分配的前幾年確定的，各種專業的人數和比例，只能大體上符合國家建設需要，而不可能完全一絲一毫不差的符合幾年後的需要。況且，國家建設計劃，也難免要在實踐的過程中，進行修訂，國家對於專業人才的需要情況，在相隔幾年後，也必然會有一些變動。同時，限於高師本身的師資，設備等條件，培養計劃不僅要根據『需要』來制定，而且也要結合『可能』來考慮。同學們瞭解這些情形，就會認識到：有的專業畢業生數量，與國家目前迫切需要數量相比，還差得很多，不能不分配一些專業相近的同學來擔任這工作，這是完全必要的。另一方面，也有些專業畢業生數量，超過國家目前需要，就只能分配他們擔任起同所學專業性質相近的工作。這樣做，從具體情況看來，也是合理的。但這是極少數的個別情況，自然我們基本上是按『學用一致』的原則，盡量做到『人盡其才，才盡其用』。

這是第三點，此外，還有一點，和大家提一下，就是關於對畢業生的照顧問題——對於畢業同學的身體、家庭等實際困難，和愛人關係等，我們是盡可能的予以合情合理的照顧。當然，同學也應當考慮到：在我們祖國正在進行大規模的社會主義建設事業的時候，還會有一些同學，因爲工作的需要，還不能完全解決一切困難的問題。我相信，同學們一定能夠體諒國家的實際情況，服從祖國的需要，愉快地走上工作崗位。

希望同學們從國家整體利益着想，克服個人的困難，不斤斤計較個人得失，把個人利益服從集體利益，服從祖國分配，走上祖國最需要的崗位。

你們在黨和政府的教育下，已迅速的成長起來。今天，你們已整理好行裝，將要走出母校，將要走到遠方。你們多年的理想，即將成爲現實，你們的理論知識，將要運用到實際工作中去。在你們臨行的前夕，我向你們，向你們即將出征的教育戰綫上的戰士們，深深祝福！

你們有人將去得很遠，有人去的地區，目前還有些荒凉，很多人都將向自己留戀的天安門告别，去到『遠離北京』的地方。但是這都不會影響你們的意志，你們所關心的，只是如何貢獻自己的力量。

你們爲建設祖國，不考慮路途的遠近，你們爲人民服務，不管是在鄉村，還是邊疆。我曾經接到過同學們的信，他們説『爲了祖國，願堅决服從需要』。我想這不僅是一個人、兩個人的願望，而是你們大多數人的决心。因爲，我相信你們，不只是在概念上懂得，而且是從實際上瞭解：這個國家，不是别人的，是我們自己的。你們要用自己的雙手，要用自己的勞動，去創造條件，克服困難，你們要用自己的心血和實際行動，去教育培養更年青的一代！

你們大多數同學，都是在祖國第一個五年計劃的第一年入學，在今年，五年計劃第四年的時候，你們這支新生力量的隊伍，已參加到完成計劃的建設行列裏。你們勇敢的擔負起艱巨的戰鬥任務吧！在若干年之後，不但你們自己，連你們的學生都在國家建設事業上完成了光榮業績的時候，不但你們會感到無比的喜悦和安慰，而且人們也不會忘記你們在教育事業上投下的辛勤勞動。人們會想起你們這一批在第一個五年計劃的第四年度裏，出現在祖國各地的年輕的教師。

同學們！當你們此去，開始『走向生活』的時候，我還願意告訴你們：生活中并不是只有甜，没有苦，并不是只有一帆風順，没有駭浪驚濤。在工作中，很可能遇到一些困難，很可能受到一些挫折，有的地區，條件還是非常艱苦的。革命工作不能僅憑一時的熱情，特别是我們所從事的教育工作，和科學研究的工作。這個工作是艱巨的，細緻的，複雜的，一定要有堅忍不拔的毅力，有始終不懈的精神。决不能想像，去到工作崗位，三下兩下就可以得到榮譽，得到勛章，馬上就得到社會的歡呼和贊揚。同學們剛一到新的地區，可能那裏爲你開一個熱烈的歡迎會，來歡迎你們，（當然也可能不開），但决没有人整天敲鑼打鼓的伴奏你的工作。那裏需要的是艱苦的、無聲無息的、踏踏實實的工作，需要的是一年、兩年、十年、八年的安心的、有創造性的工作。要長期的堅持下去。要堅决，又要沉着；要謹慎,但又要大膽。你們要在困難面前,做一個勇敢善戰的戰士,不要因有一點挫折就痛苦,受一點委屈就傷心。也不要遇到一點困難,就心灰意冷,更不能得到一點成就,就驕傲自滿起來。青年同學們!建設社會主義是一項巨大的工程,是一場嚴重的鬥争。青年們要在這鬥争裏,經得起嚴重的考驗,對前途充滿信心,不畏縮,不動摇,永遠朝氣蓬勃,以自己的實際行動,證明自己是『青出於藍而勝於藍』的社會主義接班人!

另外,還有一點,希望同學們注意,就是希望你們還要不斷的學習。大家雖然在學校的學習階段,告一段落,但是,在廣泛的意義上講,學校學習結束,在『走向生活』的旅途上,你們正是一個新的學習的開始。教師的任務,是以社會主義思想教育學生,以辯證唯物主義世界觀,和共産主義道德,教育學生。很明顯,這就首先要求我們教師自己,不斷努力的學習馬克思列寧主義,同時,要加强自己的共産主義道德修養。必需認真的批判和清除自己思想中的資産階級唯心主義思想。并且通過學習和思想批判,逐步學會運用馬列主義的立場、觀點和方法,進行教學,提高教育質量。

另一方面,還要很好的鑽研教學業務,學習文化科學知識。不要滿足於在學校裏所學到的一點知識。科學的鑽研,是無止境的。毛主席號召我們:迅速發展中國科學,在不長的時期内趕上和接近世界先進水平。這一號召,對於我們教師來説,是有着重要意義的。

祖國需要科學和技術，而科學技術的明天，是屬於你們青年的！建立强大的科學隊伍，攻克科學堡壘，你們有很大的責任。只要你們有決心，有毅力。不怕困難，堅持學習，肯於付出大量的勞動，科學，是可以被掌握、被運用的。

同學們！你們的責任是重大的！祖國寄予你們的希望是殷切的！你們幸福地生活和工作在毛澤東的時代，祖國爲你們開闢了無限寬廣的前程！親愛的年青同學們，你們更加熱愛新的工作和生活吧！

同學們，我的話就説到這裏，把他作爲我的一點希望，作爲一個老年人對年青人們的希望，作爲向你們幸福的青年的一個祝福！

同學們！我歡送你們！歡送你們七百多位教育戰綫上的新戰士！歡送你們新戰士的出征！

我祝福你們！祝福你們的成長！我期待你們！期待你們的成功！

〔一九五六年八月十一日〕

一九五六年九月十五日開學典禮講話

各位蘇聯專家、各位同志、各位同學們：

今天是我們北京師範大學一九五六至一九五七學年的開學典禮，我校蘇聯專家，和我們一起來舉行這開學儀式，我們希望熱心指導和幫助我們的蘇聯專家對我們的工作給予指示，現在我們向他們表示敬意和感謝！

今天，是可慶幸的日子，今天是中國共産黨第八次全國代表大會開幕，我們剛剛在今天開學，在這裏，我們一個新學年新的開始的時候，讓我預祝同志們、同學們在工作上、在學習上，取得新的成就，新的收獲，讓我們學校獲得更大的勝利，并且把這個勝利作爲向我們偉大的共産黨第八次全國代表大會的獻禮！

在這新學年開始的時候，我們全體教師和同學，都在精神百倍的，積極熱情的來迎接新的教學和學習的任務。新留校的助教，開始成爲國家工作人員，自今年起，準備着永久從事高等師範教育工作，爲祖國培養更多更好的人民教師。新的同學，都由於認識到人民教師在社會主義建設中的重要性，因此，絶大多數同學都是按着祖國的需要，決定了自己投考高等師範的志願，從祖國的四面八方來到首都，來到北京師大學習。同學們，我可以肯定的告訴你們，你們選擇的對了，你們已選擇了一項最崇高的職業，是一個非常有意義的職業。現在，我願以一個老教師的身份，來熱烈的歡迎我們教師隊伍裏的新生力量，歡迎我們的研究生、進修員、本科生，這些祖國未來的教師！

我們學校在『全面發展、因材施教』的教育方針指導下，以『提高教育質量，加强培養學生獨立思考和獨立工作能力』作爲本學年教學工作的中心任務。圍繞着這一中心任務，我們已采取了一些措施，從精簡課程，改進教學方法等方面，來提高教學質量，改進我們的工作。在學習上，也盡可能的爲大家創設了條件。因此，希望同學們要很好的掌握時間，遵守學習紀律，以正確的態度來對待學習，發揮積極主動精神，努力把功課學好。

自從中共中央向全國知識分子提出『向科學進軍』的號召之後，大家積極性很高，都準備在科學領域裏大顯身手，這是很好的，但是一定要注意：學習科學，研究科學，都不是突擊工作，也不能急於求成，一定要循序漸進，一定更要刻苦鑽研。同學們，你們都是幸福的，有時在幸福裏成長的人，反到感覺得不深刻。像我們讀書的時候，不但學習方向不明確，就是學習條件，也十分艱難，没有教師正確的指導，没有良好的環境，圖書資料都要自己收集自己買，讀書方法也要獨自摸索。我一輩子就完全是靠自己努力自己鑽研、思考，有一點成績都是自己辛苦艱難得來的。今天情況大大不同了,國家爲你們安排了良好的學習環境,有優秀的教師指導,有豐富的圖書設備,科學儀器,黨和政府時刻關懷着你們,我相信你們一定會以創造性的勞動來對待學習,一定會立志作一個好學生,不但要把功課學好,而且要注意身體健康,并適當的作一些社會工作,培養自己爲集體服務的道德品質。因爲只有這樣,才能真正使自己具有獨立思考和獨立工作的能力,學好建設社會主義的本領!

同志們!同學們!在今天,具有歷史意義的一天,我們新的學年開始了,爲了我們的國家和人民,爲了我們偉大的、光榮的、正確的共産黨,我們努力吧!

祝賀大家健康!愉快!祝賀大家在工作上、學習上、創造出出色的成績!

〔一九五六年九月十五日〕

慶祝十月革命三十九周年

十月社會主義革命三十九周年馬上就要到來了，在我們慶祝這一全體進步人類的偉大節日的時候，不禁想起十月革命時候的中國，和當時中國的教育工作者、知識分子的情況。

在三十九年以前，那時候我們中國的無產階級還没有當作一個覺悟了的獨立的階級力量登上政治的舞臺，還是當作小資産階級和資産階級的追隨者來參加革命的。那時候辛亥革命結束不久，軍閥們在帝國主義者們支持之下，巧取豪奪，你争我戰，我們中國民族當時正是面對着一個極可怕的命運。

那時的中國知識分子原只知道向西方資本主義國家尋求真理，希望在西方的文化裏，尋求到能够振興中國的學説和辦法。但是所得到的，并不是自己自救振興的辦法，而只看到日甚一日的帝國主義的侵略。於是大家都産生了懷疑，究竟什麽學説和道理，才可以使中國富强起來呢？正在想不通的時候，偉大的十月革命成功了。在全世界六分之一的土地上，出現了世界上第一個社會主義國家。這真像是震天的吼聲一樣，震動了全世界，震動了我們中國人民。

這時,正像毛澤東主席所説的『十月革命一聲炮響,給我們送來了馬克思列寧主義。』從那時起,我們才從朦朧中驚醒,從黑暗裏找到了光明。我們開始重新考慮了自己國家的問題,尋求人民自己的出路。

從那時起,我們先進的知識分子就初步接受了馬克思列寧主義思想。在十月革命號召之下,在列寧號召之下,我國發生了五四運動,大批的贊成十月革命的開始有了新的覺悟的知識分子、教授和青年學生,都參加了這一運動。不久我們中國共産黨成立。於是我們就更具體的有了領導,有了學習的方向,我們的方向就是向蘇聯學習,我們要走俄國人的道路。

從此,我們中國先進的教師和學生,我們的先進的知識分子,逐漸有了覺悟,認識了馬克思列寧主義的偉大,很快的就加以學習,并以它來指導我們的鬥争。我們開始拿這放之四海而皆準的真理,武裝起自己的頭腦,堅決的和罪惡的舊社會制度,和反動的統治者以及他們的爪牙進行不屈的鬥争。我們的魯迅先生就是革命知識分子的代表,他無情的抨擊了當道的豺狼,嚴重的打擊了代表舊思想意義的舊文化。

三十九年來，我們的道路是曲折的，是困難重重的。但是由於受了十月革命的影響，我們的革命鬥争增加了力量，堅定了信心。我們新的知識分子已經和無産階級、農民階級，在中國共産黨領導之下，共同形成了一個巨大的政治力量，新的文化，也已形成爲中國革命力量的重要部分。新的知識分子、青年學生已形成一支隊伍，參加到中國反帝反封建的人民隊伍之中，向敵人的堅固的陣地進攻。

此後，在五四運動、北伐戰争、土地革命戰争、抗日戰争以及解放戰争中，我們進步的知識分子，一直在黨的領導下，和中國人民一道，表現了不甘屈服於帝國主義及以其走狗的頑强的反抗精神。所以能够如此，就是因爲我們都按着黨的指示，接受了蘇聯介紹給我們的馬克思列寧主義思想。我們感謝蘇聯，感謝十月革命送給我們這一鋒利武器——馬克思列寧主義。我們一直是沿着蘇聯所走過的革命道路而前進的。

自然也應説明，我們知識分子中間，也并不是都能清楚的認識到十月革命的光輝的。一部分先進的知識分子，始終在共産黨領導下，堅持自己的革命立場，對敵作戰，也有很大的一部分知識分子，大學教授們，他們也是愛國的，但是，由於反動統治的新聞封鎖和惡意宣傳，聽不到十月革命真實的聲音，但又不滿意於舊的腐朽政治。在看不到光明在哪裏的時候,他們感到寂寞和空虚,因而對時事不聞不問,埋頭在科學研究之中,直到全中國解放,才如夢方醒,才逐漸參加到革命的行列。也還有一小部分知識分子的敗類,甘心爲帝國主義和他們的走狗效忠,他們助紂爲虐,日趨反動。他們爲數雖不多,但却是我們革命前進中的絆脚石。

在我們全國解放之後,我們絶大多數的知識分子,繼承了五四運動的光榮傳統,自覺的以馬克思列寧主義來改造自己的思想。尤其因爲去掉了反動政權的封鎖,更明白的看清了我們偉大盟邦蘇聯的榜樣,我們都更加明確了『爲什麽要向蘇聯學習』,蘇聯的今天就是我們的明天,蘇聯的社會主義建設的巨大成就,就是我們的光輝榜樣。我們都努力的學習蘇聯的先進經驗,學習蘇聯的科學技術,進一步深入的學習馬克思列寧主義,來建設我們的國家。

我們兩國的知識分子科學家之間,已無半點隔閡,我們已建立起最親密的友誼。我們感謝你們對我們的幫助,我們將永遠和你們一起大踏步的向着我們兩國的也是全人類的最崇高的理想勝利前進。

説到我們中國的高等教育,更是得到你們很多的幫助和指導。蘇聯的先進教育理念,指導着我們，使我們在自己的工作裏少走了不少彎路。有了蘇聯的榜樣，有了蘇聯的幾十年的寶貴經驗，才使得我們的教育事業能够迅速的發展。

我們北京師範大學，在院系調整以後，就進行了教學改革，我們吸取了蘇聯教育制度和教學方法，幾年來，已逐漸成爲一所新型的師範大學。

我們的教育方針是：教學與實際聯系，蘇聯經驗與中國情况相結合。我們的目的，就是要使得我們北京師大成爲適合於中國建設需要的社會主義性質的大學。

我們每年都派遣我校的優秀學生和教師刻苦的學習和進修。自一九五〇年以來，前後來到我們師大的蘇聯專家一共有十八位，其中十二位已陸續回國。他們都曾在我們北京師大投下了辛勤的勞動。

我們在各位蘇聯專家的直接指導和幫助之下，積極改進教學工作和行政工作。專家爲我校及全國其他高等師範學校培養了大批的教師，并且指導我們的科學研究工作。因爲我們有了蘇聯專家的直接幫助，因此在短短的六年之中，我們北京師大已有了很顯著的進展。

六年以來，蘇聯專家用無產階級國際主義精神與忘我的勞動態度，在我校忘我的工作，他們對我們學校的幫助是多方面的，是具體的。其中最主要的是把世界上第一流的先進科學傳給了我們，他們系統的向我們介紹了先進的教育科學理論，和其他科學理論，而且幫助我們制定和修訂教學計劃、教學大綱，建立和健全教學組織，改進了教學方法，使我校在教學改革方面取得顯著的成績，大大提高了教學質量。蘇聯專家的詳盡的介紹給我們蘇聯師範學院的科學研究工作，幫助我們制訂了科學研究工作計劃，指導我們進行科學研究的方法，迅速的推進了我校科學研究工作的開展。專家們對學校的各項重大措施，如行政改革，教師政治理論學習，如面向中學，教育實習等等，都提出了原則性意見，因而各項工作也就能够不斷的向前進步。

我們的蘇聯專家們，不但不遺餘力的將先進的高等師範學校的經驗毫無保留的介紹給我們，而且還以自己的精湛的馬克思列寧主義理論的修養，淵博的專門科學知識，高度的共產主義的勞動態度和偉大的國際主義友情，也深深的影響着和鼓舞着我校的師生，專家們爲我們樹立了光輝的榜樣。

在今天我們慶祝偉大的十月社會主義革命三十九周年的時候，我們全校師生都以無比感謝的心情，向蘇聯共產黨和政府與蘇聯人民表示衷心的祝賀，我們深深的感謝你們對我們無私的幫助。

我們也願意在這裏向曾在我校和我們朝夕相處的各位蘇聯專家和家屬們祝賀，并致以親切的問候，祝你們節日愉快，工作順利，身體健康。你們的教導，我們永遠不會忘記，你們的幫助，你們的言談舉止也常常在我懷念之中。我們願意告訴你們和所有的蘇聯朋友們，我們都遵照着毛主席的指示，『認真學習蘇聯的先進經驗』，『誠心誠意的向蘇聯學習』。我們要以自信的努力爲進一步提高教育質量，爲開展科學研究工作，而積極學習和工作。

偉大的十月社會主義革命三十九周年萬歲！

〔一九五六年十月二十五日交中央人民廣播電臺對蘇組邵長辛同志，準備譯成俄文對蘇聯廣播〕

紀念魯迅逝世二十周年大會上講話

各位同志、各位同學:

魯迅先生逝世整二十周年了。他雖然已經離開我們,但是他偉大的精神,是永遠不死的。他永遠活在我們之間,永遠引導着我們前進!

魯迅是中國文化革命的主將,他不但是偉大的文學家,而且是偉大的思想家和偉大的革命家。他在我們的新民主主義革命開始的時候,就是五四運動中的英勇的旗手。此後,他一直是堅忍不屈的和一切反動勢力、和舊制度、舊思想進行頑强的鬥爭。他的一生是處在舊的中國,那些年代裏,我們的國家正是内憂外患,灾難重重,我們中國民族正是面對着一個極可怕的命運。他就在黑暗勢力統治之下,在没有言論自由的情況之下,不畏險阻,破除困難,高舉着『投槍』,向惡勢力猛烈抨擊,有力地擲向敵人的要害。

魯迅先生,他是英勇的革命戰士,也是我們青年的偉大導師,他關心青年、愛護青年、培養教導青年,爲青年的幸福而英勇的奮鬥。

我們追念他、我們景仰他、我們尊敬他、更重要的是我們要學習他,學習他的『忠於人民，愛憎分明』的態度，學習他『堅忍不拔，勇於鬥争』的精神，學習他的勇敢、堅決、忠實、熱忱的高貴品質。

尤其對於我們師範大學的同學來説，對我們準備終身從事教育工作的青年來説，我們更應當很好的學習魯迅，我們要學習他如何關心的哺育着青年一代，學習他的不朽的著作，學習他的光輝榜樣，和偉大精神。我們要要求自己成爲真正有本領、有知識、有遠見的，繼承魯迅的事業的、祖國教育戰綫上的堅强戰士。

在今天，我們舉行魯迅先生逝世二十周年紀念會的時候，我們非常榮幸的請到我校校友魯迅夫人許廣平先生，她是魯迅先生的親密戰友，她在女師大讀書的時候，就已經是出色的青年女戰士。許先生是一直和祖國的革命事業共呼吸的。今天許先生在百忙之中，來參加我們的紀念會，并且給我們作報告，這對我們是極大的鼓舞，讓我們向她表示我們對她的愛戴和尊敬！讓我們表示我們熱烈的歡迎和衷心的感謝！

今天，尤其高興的是我們還請到兩位國際朋友，一位是久爲大家所熟悉而且非常欽佩的日本作家内山完造先生，一提到魯迅先生在上海鬥争事迹，我們就很自然的想到内山完造先生。他支持魯迅的行動，曾在很多方面幫助過魯迅進行工作，今天也來和我們一起紀念魯迅，這是我們非常高興的事情。

還有一位是印度的權威作家，庫瑪爾先生，他是特爲參加紀念魯迅而來到中國，來到北京的，但是因爲途中耽隔，未能趕上十九日的紀念大會。今天也來參加我們的紀念會。

我們向遠涉重洋，應邀來我國參加魯迅紀念會的兩位國際友人，表示極熱烈的歡迎。并且非常希望兩位作家，能給我們講話！我的話完了。

〔一九五六年十月二十七日魯迅紀念會〕

抗議英法侵略埃及游行前講話

英法政府破壞世界和平，發動侵略埃及戰争，我們不能坐視這種野蠻舉動，我們堅決支持埃及爲制止英法的武裝侵略而鬥争！我們謹向埃及大使館致以深切的慰問，并向英代辦提出嚴重抗議。希望大家謹守秩序，嚴防反動份子乘機搗亂！

〔一九五六年十一月二日講〕

慶祝匈牙利勝利大會上講話

諸位同志、諸位同學：

這幾天以來，我們都以極激動的心情，爭着看從布達佩斯，從世界各地來的關於匈牙利最近局勢的發展。我們大家都和各社會主義國家的人民一樣，對匈牙利所發生的情況表示極度的關心和不安。

今天在報上我們看到匈牙利工農革命政府成立，在蘇軍援助下，粉碎了反革命復辟陰謀，這一勝利的消息，給我們帶來了極大的鼓舞，現在又聽到我校黨委黃參平同志的報告，對匈牙利所發生的事件，有了更清楚的瞭解。我們不由得衷心慶幸，慶祝我們社會主義陣營的這一次重大的勝利！

匈牙利的事件，讓我又受了一次深刻的教育。匈牙利這次工人階級革命鬥爭，證明了馬克思列寧主義關於階級鬥爭的基本原理，證明了剥削階級是決不會不經過戰鬥就輕易放棄自己的陣地的。他們時刻窺伺着，利用一切可能利用的機會，來對我們社會主義國家進行顛覆活動和恐怖行爲。匈牙利反動勢力仰仗帝國主義國家的支持，利用了納吉政府的直接縱容，肆無忌憚的，明目張膽的采取了排除共産黨人參加國家管理的方針，企圖破壞人民民主制度，讓敵視人民的壓迫者剥削者重新騎在人民的頭上。

這一次事件，使我們對黨中央經常指示我們的隨時提高革命警惕性的重要意義，我們一定要劃清敵我界限，不給敵人任何鑽空子的機會。我們應時刻注意，認識到當前國際國内階級鬥争的尖鋭複雜，我們不能片刻放鬆。

在匈牙利事件中，我們應該吸取深刻的教訓，我們完全理解匈牙利善良的人民，要求提高人民生活水平，要求進一步民主化等等，是正常的要求，青年學生們的愛國熱情是可貴的，很多要求都是合理的正確的，但是他們，在政治上也較幼稚，被反人民分子鑽了空子。幸虧依靠了蘇聯的援助而取得勝利，澈底粉碎了敵人的陰謀，不然，將會有多大的損失，還不僅僅是顛覆匈牙利一國民主政權的問題，而且也將威脅着所有社會主義國家，威脅着世界和平事業，威脅着一切正義的争取民族獨立的鬥争。

這次匈牙利人民的勝利，是世界人民的勝利，是我們社會主義陣營的勝利。今後我們要進一步加强社會主義陣營的團結。

今天正當十月革命三十九周年的前夕，我們慶祝匈牙利人民的偉大勝利！我們向援助匈牙利人民取得勝利的蘇聯軍隊致敬！偉大的以蘇聯爲首的和平民主社會主義國家萬歲！

〔一九五六年十一月五日〕

爲慶祝十月革命三十九周年宴請蘇聯專家講話

我們爲慶祝偉大的十月社會主義革命三十九周年，爲中蘇兩國牢不可破的友誼，爲社會主義陣營的繁榮，爲感謝蘇聯專家對我國社會主義建設的援助，爲在蘇聯援助下撲滅匈牙利反動勢力所取得的勝利，讓我們大家共乾一杯！

爲蘇聯共産黨和蘇聯政府領導人的健康乾杯！

爲蘇聯專家，蘇聯朋友和家屬們的健康乾杯！

〔一九五六年十一月六日〕

爲師大教學題詞

我們紀念我國偉大的革命家孫中山先生誕辰九十周年，必須學習他熱愛祖國的品質，艱苦奮鬥的精神，不斷追求進步的態度，以更好地提高自己的革命意志，來建設社會主義祖國。

〔一九五六年十一月五日〕

孫中山先生誕辰九十周年紀念大會上講話

各位同志、各位同學:

現在我校的孫中山先生誕辰九十周年紀念大會開始。

在九十年前的今天,就是一八六六年的十一月十二日,我國偉大的革命家孫中山先生誕生,今天我們謹以懷念的心情和尊崇的敬意,來紀念這位卓越的革命家。

孫中山先生是偉大的革命先行者,他爲中國的獨立、自由、民主、統一和富强,堅苦奮鬥四十年。他在革命鬥争中,遭受到無數的挫折和打擊,但是他仍然不屈不撓的堅持愛國的正義的鬥争,通過革命的實踐,虛心學習,不斷追求進步。他在一九一一年辛亥革命時期,領導人民推翻了帝制,勝利的結束了兩千多年統治中國的封建專制制度。辛亥革命之後,他又領導人民,對篡奪國家政權的北洋軍閥,進行英勇的鬥争。一九一七年俄國舉行了十月革命,一九二一年,中國共産黨成立。孫中山先生在絶望裏,找到了中國革命的方向,他覺悟到要使中國革命得到勝利,必須學習俄國,并與中國共産黨合作,這時他就毅然決然的接受了『國際工人階級』和『中國工人階級』的援助,因而提出聯俄、聯共、扶助農工三大政策。他說：『今後之革命，非以俄爲師，斷無成就。』爲了實現這些新的政策，他重新解釋了三民主義的内容。他的這些新的主張和政策，是完全符合於中國革命的要求的，因此，獲得了中國共産黨和中國人民的積極支持。

孫中山先生爲革命奮鬥了一生，他所追求的理想，今天已經變爲現實。現在中國人民在中國共産黨的正確領導下，已經徹底完成了『資産階級民主主義』革命，并且已取得了『社會主義革命』的决定性的偉大勝利。

今天，是孫中山先生九十周年誕辰，在他四十五歲的時候，我們中國人民取得了辛亥革命的勝利，永遠結束了君主專制制度。辛亥革命到現在又是四十五年，中國的面貌，已經發生了巨大的和根本的變化，我們正在前進！我們正在做我們的前人從來没有做過的極其光榮偉大的事業！毛主席説：『再過四十五年，就是二千〇一年，也就是進到二十一世紀的時候，中國的面目更要大變。中國將變爲一個强大的社會主義工業國。』

今天我們紀念孫中山先生，我們不能不想到，帝國主義者還占據着我國的領土臺灣，也不能不想到，這些野獸般的强盜，竟明目張膽的向埃及發動野蠻的武裝侵略。我們的鬥爭，還非常尖鋭，同時，我們的建設任務，也極爲繁重。我們追念孫中山先生，應該積極的學習他，尤其是我們青年，應該學習他的愛國熱情。學習他反對帝國主義的精神，學習他的革命毅力,學習他向蘇學習的決心。我們要發揚他『必須唤起民衆,及聯合世界上以平等待我之民族共同奮鬥』的精神,加强國内外團結,爲社會主義建設和世界和平事業,繼續奮鬥。

今天我們很榮幸的請到中國國民黨革命委員會中央宣傳部部長許寶駒先生來給我們作報告,許先生追隨孫中山先生從事革命運動,他曾經參加一九二四年一月召開的中國國民黨第一次全國代表大會,就是這次大會發出宣言,根據三大政策的革命精神,重新解釋了三民主義,正面揭出反帝反封建的政綱。今天許先生的百忙之中來爲我們作報告,讓我們表示我們的熱烈歡迎,和衷心的感謝!

〔一九五六年十一月十二日〕

北京市黨内宣傳工作會議小組發言

我聽了毛主席的講話，有幾點體會，不曉得對不對。

（一）幾年來對馬克思主義有發展、有創造。

我認爲這是了不得的事，這是我們時代的大事，太偉大了。不能把馬克思主義當作教條，不能只在書本上搬下來，死板板的，套上去。毛主席說，學習馬恩列斯不僅限於他們講過的，可以講他們沒有見過的，可以講他們沒有講過的，只要不違背基本原則，我們就可以創造、發展，如不發展，則馬克思主義就停滯不前，必成教條主義。

這次周總理接受莫斯科大學名譽法學博士學位，莫斯科大學校長説他是『世界大政治家』，説他對於國家法和國際法所作的卓越貢獻，表示尊敬，這話説得太對了。我們的黨，我們的毛主席，周總理等等，都是世界上傑出的人物，傑出的政治家。他們運用馬克思主義，都不是只從書本上學來的。

我就想到，我們整天在書本上學習，是很不够的，所以毛主席説知識分子要下鄉下廠，去和群衆學習,去和實際學習,這個辦法太好了。只有這樣,知識分子的知識才能是實際有用的知識。可惜我近年身體不好,年歲大了,不知能不能作百分之七十中的一員。

(二)毛主席發揚了我國人民優秀的道德傳統。

毛主席説他是一個舊社會出身的人,馬克思主義是後來學得的。正因爲這樣,所以他瞭解新的,又瞭解舊的,他舊學根抵很深,他用馬克思主義來分析批判舊的,能融和新舊,融和中外,運用最合適於中國國情,最合適於現在時代的東西,來領導我國前進,是最好不過的。

因爲他舊學根抵很深,所以報告裏時時流露出來。像這回報告裏,他因爲反動派造我們的謡言,説我們殺了二千多萬人,他就説:『紂之不善,不如是之甚也。』這句話,就有人聽不懂,實在他的話,就在四書論語裏頭。

我想在這裏,附帶講一下,我覺得論語這類書,很多年青同志可以化一點時間念念,比如政治課的教師,也可以念念,可以瞭解他説的是什麽。實際念起來,也不算困難,一部論語,只有一萬五千多字。這是附帶説的。

毛主席所説的洗臉,説臉天天要洗,他的意思就是在四書大學裏來的,湯之盤銘曰『苟日新,日日新,又日新』,就是這個意思。

我最感到深刻的，是反求諸己的講話。比如說：領導與被領導的關係不好，首先責任應該是黨内。

又說：黨和知識分子的關係不好，不能怪知識分子，首先是要求黨。

又說：有人反映講馬列主義課聽來没味道，這不能怪教師，應是我們領導的不好。

又說：我們教育人民的人，先要自己受教育，首先要教育自己。

又說：爲了搞好與五百萬知識分子的關係，搞好與六億人民的關係，所以要整黨，糾正缺點等等，這都是反求諸己的意思。

古人說『君子求諸己，小人求諸人』，『行有不得，反求諸己』，這種話在古人就是說個人修身的話。現在我們整個黨來說，要求黨如何如何，就是一切都以修身爲本的意思。

這種整黨整風的辦法，就是反求諸己的道理，就是先正其身的道理，就是教育自己的道理。

毛主席的話很多都是發揚了我們民族的優良的道德傳統。

在這大變動的時代，我們黨的各種政策都是了不得的，一九五七年，一月一日人民日報巴基斯坦給周總理達卡大學名譽法學博士學位的時候，他的副校長介紹了周總理在中國的經濟文化和精神發展，他說『按照通常的標準，本來是需要幾十年的時間的』。周總理是代表了我們的國家,接受到各國的榮譽。他這話説得不錯,中國在黨中央,在毛主席的領導下,成就是了不得的。只要按着毛主席指示的去作,我們有信心、有把握,一定可以把中國社會主義社會搞好,這是可樂觀的。

(三)知識分子應當怎樣?

往前封建時代,知識分子每每擺架子,因爲那時國家性質和現在不同,知識分子常常説國家是君主的,是人家的,他自己是作客,他們常以爲你用我,國就可治,不用我,國就不能治。就是孟子,也有這種架子。後來很多知識分子,都有這種思想,而這種思想,一直到現在還有影響。

現在時代不同了,國家是人民的,是大家的,不是一姓一家的,像『草木篇』的作者,就有一種自以爲不屈不撓的精神,與人不合作的態度,這是對誰呢?是對人民嗎?太可笑了!而有的雜志竟批評『草木篇』作得好,思想毛病恐怕就在這裏。

現在黨的領導人都這樣謙虚,這樣克己,對知識分子又這樣重視,這樣愛護。我們知識分子更應該好好改造思想,好好爲工農、爲人民服務,不能擺從前舊社會的架子,説:『社會主義建設離不了我』,不滿意這樣,不滿意那樣,都是不對的。

黨提出要團結五百萬知識分子,知識分子就應當主動的團結在黨的周圍,加强政治學習，更好的在建設上發揮自己的作用。

現在的工作、學習、研究的條件，現在的物質條件，比起從前來，好得多了。我們作爲國家的主人，批評不好的現象，以改進工作，是可以的，但是不滿意、抱怨等等，就不應該了。

〔一九五七年三月二十七日〕

校黨委會座談會上講話

——大膽展開批評,熱烈進行争論

自從整風運動開始以來,我自己在校内校外,在座談會上,在報紙上,在琳瑯滿目的大字報,在群衆論壇的發言裏,在各種意見和批評當中,都受到很大的教育,我現在把我幾點看法談一談。

一、我校整風運動的主要方面

我們幫助黨整風,是爲了正確的處理人民内部的矛盾。因此我們所采取的辦法是團結、批評,團結動機應該是善意的,從團結的願望出發,而效果也是要達到團結的目的,因此我們要平心静氣,細雨和風,既要嚴肅,又要認真,以達到明辨是非,改進工作,共同進步的目的,我們批評别人,是爲了使别人進步,别人批評我,也是爲幫助我進步,我們要在共同一致的社會主義基礎上,共同團結。意見不同,可以經過討論,逐步求得一致。所有一切用主觀主義來反對主觀主義,用官僚主義來反對官僚主義,用另一種宗派主義來反對黨的宗派主義的作法，都是不應該的，而且也很難達到所期的效果的。

我們學校，自從運動開始以來，由於執行了大放大鳴的方針，過去沉悶的空氣，空前活躍起來，大家提出了大量的意見和批評，其中有些意見是很重要的問題，這都是非常好的。大家提出的意見，絕大多數是正確的，是建設性的，是從團結願望出發，準備經過批評，就能達到新的團結的願望。很多意見都是針對着三個主義，擊中要害，真正能起到『治病救人』的作用。由於這些意見，把病人治好，把缺點改正，達到改進工作的目的，對於社會主義有利，我們不僅歡迎這樣的意見，而且感激這些治病的醫生。

在學校的工作中，由於三個主義表現出來的缺點和錯誤，如果不是整風，不是開展了群衆性的批評，只靠自己檢查，是很難看到的。

我們在高等師範學校工作，不但自己是教育人的人，而且培養的青年，又是直接教育人的人，因此我們的黨委，學校的領導，對於『必須先受教育』這一原則，就顯得更爲重要。

有的先生們最近提出內行辦教育的問題，極應引起重視，應當發人猛省。領導上必須懂得業務，不懂不要緊，要學習。如果不懂又不學習，不鑽研，終日忙忙碌碌，只抓行政事務，只招架臨時性的工作，被任務推着走，則領導形成被動。對學校裏最主要的工作，如教學工作，科學研究工作等等，反倒管不起來。没有妥善的安排，則學校裏自然就會有學術空氣淡薄，教育質量不能提高等現象，而這正是學校工作的最主要的關鍵，在這方面注意不够，問題就會相踵而至。問題還不是黨委去學那一門課程，而『如何辦好高師』，這就是最主要的專業。我覺得黨委，以及其他行政負責同志，今後要切實注意這一方面問題，并應繼續虛心傾聽教師的意見，吸取以往的優良的經驗，作爲今後改進工作的參考。

又如我們的人事工作：人事的安排上，要逐漸作到人盡其材，材盡其用，要妥善的合理的使用和留用，尊重老教師的學業和知識，使他們能發揮特長，注意培養新生力量，以繼承老一輩的學識，使他們在虛心學習中，迅速的成長，已有獨立工作能力的教師們，要在各方面幫助他們，發揮他們的積極性。總之，我們幾百人的教師隊伍，是學校極重要的財寶。一切主觀主義的不恰當的估價，宗派主義的安排，都會造成很大的損失。當然這話説來容易，作起來也不是很簡單的事情，我們可以規定出方向，逐漸解決。

其他關於學校的思想教育，如何幫助知識分子思想進一步改造和提高，關於行政事務工作，關於圖書資料工作等等，我們的安排上都還存在有缺點，這次大家提出的意見，都應當珍視。

應該説，這些好的建設性的意見，是主要的一方面。聽説有些單位收到的意見，整理歸納後都是幾十條，這就是我們的鏡子，要對着鏡子，把臉上存在的灰塵洗去。有缺點和錯誤，不要緊，只要能逐漸改掉。在黨的領導的整風運動中，在群衆的監督下，我們有信心，我們的工作一定能改得更好。

而且整風不過剛剛開始，鳴放是黨的長期的政策，目前有的人已經作到大鳴大放，無話不説，有的人還只是小鳴小放，甚至還有的人未鳴未放，今後還要繼續鼓勵大家鳴放，領導同志還要更虛心的傾聽各方面的意見。

二、争鳴和齊放

我們認識到這主要的一面，是必要的，但是，也不能否認，在意見和批評之中，也有一些是不完全正確的，也還有極少數是很不正確的。因此，這個運動對我們每一個人，都是一次最好的學習機會，要學會善於明辨是非，要學會分析善惡。

前幾天人民日報上發表了一篇文章，題目是『好提意見究竟是好是壞？』我看如果離開意見的本身，是很難抽象的説明是好是壞的。因爲批評有兩種，一種是正確的意見，建設性的批評，我們必須加以傾聽、研究和采納，可是，那些不利於社會主義事業的錯誤言論，我們既然是對人民事業負責的人，就不能胡裏胡塗，不加區別地把一切批評都説成是對人民有益的，而且對錯誤的意見，甚至是完全不符合事實的，或者是顛倒黑白的意見，就不能不予以正確的反批評。

我因此想到百家争鳴的『争』字，和百花齊放的『齊』字，是極有意義的，不僅要『放』，而且要『齊放』，不僅要『鳴』，而且要『争鳴』。有鳴有放，還要有争。争才能分辨出是非，不許別人争，只要是有人争就先給他扣上『阻止争鳴』的大帽子，就説是要『收』了，就説是一股『逆流』如何如何等等，這才是真正的『阻止争鳴』的擋箭牌。

一花獨放，一家獨鳴，當然不好，而九十九家都放，獨有一花不放，九十九家都鳴，獨有一家不鳴，這又怎麽能説是符合鳴放的精神呢？

所以壓制批評是絕對不容許的，但壓制反批評也是錯誤的。

我們幫助黨整風，是要把黨整好，不是要把黨整垮。反對黨員破壞社會主義制度，其目的是爲了整頓制度、加强制度，而不是要破壞制度、取消制度。我們主張的是洗臉，把塵污都洗掉，而不是要殺頭。我們批評是爲了改進工作，使社會更前進，而不是把社會往後拉。是爲更利於走社會主義道路，而不是翻回頭走資本主義道路。

批評人要實事求是。全面肯定，把一切壞的都説成好，根本不符合整風的精神，這是不對的。全面否定，把任何事情都説成壞，也是不合乎客觀事實的。我看在我們學校裏，也有些批評并不是實事求是。毛主席説百花齊放，香花也有，毒草也有，牛鬼蛇神，都放了出來。我們不怕毒草，但總不能把毒草說是香花。應當肯定的承認，大家所揭發的矛盾中，有絕大多數對於我們是有益的，黨委要虛心考慮，使工作得到改進。而且也應當說在我們學校工作上，有不少缺點和錯誤，甚至有些缺點和錯誤是嚴重的，但是如果認爲幾年來的工作一無是處，那未免也過甚其辭。很多人最近都把『成績是主要的』這句話，說成了庸俗的空洞的公式。但是朋友們！我們學校的工作，成績還是主要的！這一點應當肯定！今天我在這裏也不多說具體的成績，但應當說明所以能取得成績，當然首先是由於黨的正確的領導，請注意，這并不是什麼歌功頌德。但是，與這同時，我們也萬不能抹煞，所有我們師大的教職學工，所有師大的成員的積極努力，大家都是貢獻了不少力量的。把學校說成『黑暗』，說成『地獄』，就把大家在黨領導下所做的工作完全否定了，無論在什麼角度來看，都是極端錯誤的。

提意見的人，凡是離開了從團結願望出發，離開了社會主義的言論，都是不利的，不能把缺點說成優點，抗拒批評，掩飾矛盾，也不能把尊重當作侮辱，把錯誤都推給別人。一切把別人醜化的，惡意的，甚至是采用人身攻擊的所謂『批評』，我看都不是從團結願望出發的。『梟首示衆』，說來到也痛快，但終究不是解決人民內部矛盾的辦法。

三、關於高等學校的領導體制問題

我個人覺得在黨委集體領導下，分工負責是比較好的辦法。學校裏行政大事的決定，如工作方針、計劃，提高教學質量，培養研究生等等工作，在黨委集體領導的基礎上，加强校務委員會的作用，廣泛吸取黨外人士各方面的意見，研究討論，作出決議，貫澈執行，是很好的辦法。這樣才能使我們的工作有可能少犯錯誤，并能及時發現和糾正錯誤。

我以爲今後的學校領導工作，應當注意的是如何加强黨的集體領導，如何正確的實行群衆路綫的問題。過去如有不願意或不善於同黨外人士合作的毛病，要糾正過來，擴大民主，虚心廣泛的聽取教師們的意見，尤其是有關教學上的具體問題，如教學計劃等等，更要很好的聽取并尊重教師們的意見，才能更符合實際。要改變在黨委集體領導的實踐中存在着的缺點，發揮黨的領導作用和核心作用。我看問題主要的是這個，而不是其他。

教授治校，在解放以前，有的學校確曾起過很大作用，但是今天則值得考慮，而且今天的高等學校與舊社會的高等學校，有本質的不同，用舊的辦法是行不通的。我也同意汪堃仁主任所説的話：如果教授治校，還有什麽時間搞教學和科學研究呢？

關於民主治校，這個提法，也很模糊，不能説明什麽制度。我想今後在黨委領導下加强民主，這是必需肯定的。民主治校云云還要研究。

這是我個人的看法，我也是在鳴，也并不是什麽定論。

在五月八日上午，光明日報曾約我對高校領導體制問題發表意見，就在這天下午，我校黨委召集的一個會上，光明日報記者也來參加，我就把這意見寫給他們，後我想起要改動一兩個字，而這位記者同志説：請我不要給黨員校長看。我想我的意見由我個人負責，既然是争鳴，我也有争的權利，我的意見不對，大家可以批評。我們幫助黨整風，也并不是連黨員都不能接觸了。

我并不是給這位記者同志提意見，不過這却可以代表一種思想反映。有人確實以爲幫助黨整風，給黨提了很多意見，黨簡直糟透了，黨員也成了衆目之地，有人不願接觸他們了，這是根本對整風運動的誤解。

後來光明日報，大概是在儲安平總編輯思想領導之下吧！我的意見根本到現在也没發表。

在高等學校裏，黨的領導不可摇動，一切想要削弱黨的領導或讓共産黨退出學校的意見，都是不恰當的。如果没有黨的領導，如何能辦好社會主義的高等學校，這是淺而易見的道理。某些學校，某些黨委的工作上，縱然有不少缺點，但是黨能領導高等學校，這是肯定不移的。

我現在先説以上三點意見。我想我們學校今後大鳴大放的方針是不變的，是真正做到鳴得深，放得透，要真正做到人人能够知無不言，言無不盡。同時也要能够齊放、争鳴。學校領導永遠歡迎積極的批評，批評時也不妨尖鋭，同時也可以有正確的反批評，對於違反社會主義的言論行動，及時指出，這就是大膽開展批評，熱烈進行争論，但是不管是批評還是争論，都不能以意氣用事，都要從團結的願望出發。要通過整風運動，使我們學校黨的領導工作能够改進和加强，使我們工作中的三大主義能够克服，使我們真正能作到克服缺點，糾正錯誤，密切黨群關係，達到加强團結，提高思想，改進工作的目的。

我的話完了。

〔一九五七年六月十日〕

歡送蘇什金、拉潤夫斯基、彼得羅夫斯基專家歸國大會上講話

親愛的蘇聯專家、親愛的同志們：

今天我校有關的三系師生開這樣一個規模雖不大，但是非常熱情而隆重的歡送會，歡送即將與我們分別的三位蘇聯專家，歡送我們物理系理論物理蘇什金專家、地理系外國經濟政治地理拉潤夫斯基專家，和教育系心理學彼得羅夫斯基專家。

我校的師生對於蘇聯專家們，都是非常愛戴、异常欽佩、而且是十分崇敬的。今天三位專家，即將回國，我們都感到依依不捨。在這裏，請允許我代表北京師範大學全校師生向真誠無私的，指導并幫助我們的三位專家，表示熱情的歡送！

三位專家來我校的時間雖然長短不同，二年、一年半、或一年，但對我們來說，我們都感到和專家相處的時間太短了。我們都恨不得有更長時間的相處，更多的得到專家們的幫助。因此，在我們今天歡送的時候，就更有無限惜別之感！

各位專家對我們師大工作上的指導和幫助，都曾付出很大的勞動，使我們學校的教學和科學研究工作都有很大的改進和提高。

首先，三位專家都在各系親自講課，爲我國培養了一批具有一定水平的專業教師，他們將分布在我們全國各地高等師範學校，擔任起教學或輔導工作，他們將在各校起骨幹作用，將把專家所講授的蘇聯先進科學理論，運用專家所教導的各種教學形式，傳播到各地。這將在我們高等師範學校中成爲很重要的力量。

其次，每位專家都指導并幫助我們的教師編寫了一種或數種教學計劃或教學大綱。爲我們或幫助我們編寫了實習提綱、講稿或講義。其中如彼得羅夫斯基編寫的『心理學問題』講義，是一部涉及心理學中各種争論性問題的較系統的理論著作，幫助大家瞭解到目前蘇聯心理學界的一些主要争論問題，和專家自己關於這些問題的看法，使大家擴大了科學眼界。提高了對某些問題的認識水平。

專家都非常關心我們的科學研究工作，不斷的爲大家作各種專題報告，啓發并鼓勵我們的青年教師從事科學研究。其中如物理系蘇什金專家指導專題論文、指導進修教師進行專題討論。專家認真的嚴緊的對待科學的態度，給予大家很好的示範作用。

專家經常指導我們要注意理論結合實際，對於教育實習或實驗都曾親自參加并指導。我們地理系外國經濟地理拉潤夫斯基專家，更不辭勞苦的領導進修教師們進行了兩次野外實習，到華北、華東、華中很多地方調查研究，使我國高師經濟地理教師學習到經濟地理野外實習的方法，對我們的幫助很大。

此外，我們對各系、教研室的行政工作、資料工作等等也不斷向專家提出請教，都得到不少收獲。

專家們不但在教學和工作上是我們的老師，并且平日對待工作的態度，積極忘我的勞動，共産主義的高貴品質，也都爲我們樹立了學習的榜樣。我們看到有的專家因身體不好，抱病還堅持工作的高度負責精神，都深深的受到感動。

總之，各位專家對我們的幫助是多方面的，不僅是我們北京師大，就是我們的兄弟學校也是獲益很多。

我們不願意在這裏只稱道專家的工作成績，而且千言萬語也不可能説得完備。我們只願意向親愛的專家們提出保證，保證我們今後要把你們傳授的豐富的科學知識，貫徹在我們的教學和科學研究之中，來回答專家對我們的熱誠幫助，來表示我們對專家的懷念和感謝！

親愛的蘇聯專家同志！學習蘇聯是我們堅定不移的方針，在我們學習蘇聯先進經驗當中，你們是我們的良師益友，你們在中國、在我們北京師大所付出的辛勤勞動，是我們中國人民、我們北京師大全體師生所時刻不能忘記的。我們向你們——向親愛的蘇聯老師和朋友、向偉大的蘇聯共產黨和政府、向蘇聯全體人民，對我們慷慨無私的援助表示崇高的敬意和衷心的感謝！

祝賀三位專家同志，今後工作順利！祝你們和家屬身體健康！祝你們一路平安！我們祝賀仍舊留在我校，繼續指導我們的蘇聯專家同志們愉快的渡過暑假，祝你們與家屬身體健康！

最後，讓我在這偉大的十月社會主義革命節四十周年光榮的年度裏，祝賀大家永遠快樂和幸福！祝我們共同的事業日益鞏固和提高！

〔一九五七年六月二十二日〕

歡送畢業生大會上講話

親愛的祖國的年輕的新教師們：

今天，我們舉行本屆研究生和本科生的畢業典禮，我在這裏代表學校向你們即將走向工作崗位的一千二百多位新的教育戰綫上的戰士，新的老師們，表示衷心的祝賀！

這一次關於畢業生的統一分配工作，我們是費了很大力量的，各系和行政有關部門本着對國家和人民負責的精神仔細考慮。我們是根據國家的需要，按着本人的政治條件和業務條件，盡可能的照顧本人的志願來分配的，對於每一個畢業生，都是本着認真負責的精神，反復研究、醞釀，才得確定。有愛人關係的、有嚴重病症的，大部分都得到照顧，對華僑、少數民族的同學，也都作了合理的安排。我們和用人地區或用人部門往返聯系協商，外地以長途電話和當地聯系，以期作到更能切實的符合國家需要。

總之，我們爲了加速社會主義建設，爲了國家合理的使用幹部，使同學們更能够在工作中發揮積極性，爲了把我們國家和人民辛辛苦苦培養起來的這一批人才能够『人盡其才，才盡其用』，所以我們對待分配工作是非常嚴肅認真，實事求是的。

同學們有百分之九十以上願意堅決服從統一分配。大部分能根據國家需要來考慮自己的工作。很多人紛紛向黨表示自己的決心,保證願意絶對服從分配,把祖國的需要作爲自己的志願。我看到很多同學填寫的志願書上,都表示願意無條件服從統一分配,或是説請組織上照顧别人,我願意到最艱苦的地方去。在你們的身上,我看到新中國的新青年的豪邁氣魄和高貴品質,我非常高興。

幾年來,你們在黨團組織的關懷和教育下,在老師們辛勤的培養下,經過自己努力,思想和業務都是日益提高。更可慶幸的,是在你們畢業的前夕,得以參加反右派鬥争,把自己的意志鍛煉得更爲堅强,思想覺悟大大提高。

今天你們畢業同學有一千二百多位,這一事實,是我們師大從前所未有的,解放以前,我們全校也不過一千多學生,同時由於當時在舊社會制度之下,同學畢業以後前途如何很難設想。畢業後,失業馬上威脅着自己,縱然托人找到職業,也很難在工作中發揮所長。有些青年空有愛國的思想,遠大的抱負,而社會上的種種阻礙,使得他無法發揮自己的才能,有的甚至一生抑鬱,潦倒不堪。

今天你們幸福的生長在光明的時代,國家關心你們,按着國家建設的計劃,培養教育你們,今天學校學習告一段落,政府又早已把工作給你們安排好,到了工作崗位上又可以盡量的發揮自己所長，可以充分的爲祖國貢獻出自己的力量。
國家在各方面都是替你們打算好的，你們是多麼光榮的生長在這樣偉大的時代呢！只有共產黨領導的國家，才能夠這樣關心和愛護青年，也只有社會主義社會制度，你們的知識和智慧，才能够得到無阻礙的發揮。
但是，就在這樣的美好的條件下，也還有個别的同學，看不到祖國的前途，不重視人民的利益，强調個人困難，好安逸、怕吃苦，不願到東北西北，不願到邊疆，在國家向青年們提出外地需要教師的時候，他説我要死守北京，第一志願是北京，第二志願還是北京，甚至於極個别的同學無理取鬧，想種種辦法，不願離開大城市，表現了嚴重的個人主義。他們和那些堅决願意到祖國和人民最需要的地區，願意做祖國和人民最需要的工作的同學相比，是多麼不相稱呢！
這次的調配方案，基本上是與同學的個人志願相符合的，應當特别照顧的，我們也在可能的條件下盡量予以照顧，但是同學們的個人志願和實際困難也不可能在一切方面都完全得到照顧，還希望同學們正確的處理『個人前途』和『國家需要』的關係，服從人民利益，克服個人困難，不斤斤計較個人得失。愉快的接受國家所分配給自己的工作。
同學們！你們年輕人，在黨的培養下，已經迅速的成長起來，今天你們已整理好行裝，將要走出母校,到祖國的各處,你們的美麗的理想,即將成爲現實,你們的理論知識,將要運用到實際工作中去,在你們臨行的前夕,我向你們,向即將出征的教育戰綫的戰士們,提出三點希望:

第一,希望你們不但能够愉快的走向征途,而且能够堅守祖國分配給自己的戰鬥崗位。下定决心,把你們的一生,完全獻給自己的工作。祖國需要我們做的任何工作都是美麗的,都是有遠大前途的。到遥遠的邊疆,固然是服從祖國需要,中小城市,也一樣是需要你們年青的新的血液,在高等學校作助教,固然是十分光榮,教普通中學、中等技術、工農業餘、教師進修、文化補習、函授學校等等也都一樣是有遠大前途。雖然各個工作的内容不盡相同,而工作并没有什麽好壞高低,不管什麽工作,都是國家建設所必不可缺少的,都是十分重要的。不管什麽工作,只要是好好去做,做出成績來,就是對祖國的貢獻。

第二,希望你們在工作中不怕困難,有戰勝困難的精神。我們的國家是一個經濟落後的國家,而且在這樣大的國家建設社會主義,必然會遇到許多困難。在你們開始走向生活的時候,我願意告訴你們,生活中并不是只有甜没有苦,并不是只有一帆風順,没有駭浪驚濤。在工作中,很可能遇到一些困難,受到一些挫折,而且有的地區,條件是非常艱苦的。青年人要在同困難的鬥争中,鍛煉出堅强的意志。工作不能只憑一時熱情,重要的還要有堅忍不拔的毅力，和始終不懈的精神。不要以爲到達新的工作崗位，三下兩下就可以得到榮譽，得到勛章，不能馬上就得到社會對你的歡呼和贊揚。在工作上需要你們艱苦的奮鬥，要塌塌實實的無聲無息的埋頭苦幹，要在困難面前，勇敢善戰，不要因有一點挫折就抱怨，受一點委屈就傷心。更不要有一點困難就心灰意懶。尤其不要得到一點成就，就驕傲自滿起來。毛主席説：虛心使人進步，驕傲使人落後，我們應當記住這個真理。希望你們在工作裏不畏縮，不動摇，不驕傲，永遠朝氣蓬勃。以自己的實際行動，來證明你們是『青出於藍而勝於藍』的社會主義接班人！

第三，希望你們要不斷學習。同學們雖然在學校的學習已告一段落，但是從廣泛的意義來講，學校學習結束，正是一個新的學習的開始。同學們必須學習政治，學習馬克思主義，學習黨的各項方針政策，用共産主義思想來武裝自己。具有高度的思想覺悟，才能增加克服各種困難的決心，才能有高度的革命警惕性，站穩立場，積極參加政治鬥争，才能堅決的保衛黨、保衛社會主義制度。

另一方面，還要努力鑽研業務，不斷充實文化科學知識。學無止境，只有經常補充自己的知識，才能提高教學質量，才能成爲出色的社會主義人民教師。

同學們！你們的責任是重大的！祖國寄予你們的希望是殷切的！你們幸福的生活和

工作在毛澤東的時代,祖國爲你們開闢了無限寬廣的前程!親愛的年青同學們!你們更加熱愛新的工作和生活吧!

今天,我以一個老年教師的身份,歡迎你們新參加到人民教師隊伍中的新生力量!我以一個老年人的身份,來提出對年青人的祝賀,祝賀你們在自己的工作崗位上,堅持不懈的愉快的工作到我這樣大的年紀,并且可以斷定,你們的工作成績,一定會遠遠的勝過我們年老的一輩,祖國的希望和未來,就是要靠你們和你們所教育培養出來的學生來建設!你們一定不會辜負人民對你們的希望和囑托的!

同學們!我熱烈的歡送你們!歡送你們一千多位教育戰綫的新戰士!歡送你們走向祖國的四面八方!

我祝福你們!祝福你們的不斷成長、進步!我期待你們!期待你們在戰鬥裏取得勝利,戰果輝煌!

祝你們前程遠大!鵬程萬里!

〔一九五七年八月二十日〕

歡迎劉墉如副校長、王正之副書記聯歡會上講話

同志們：

今天我們舉行這樣一個會，主要是聯歡性質，在會上我向大家宣布一個好消息。

我們學校，爲了加强學校的領導，很早就向中央提出，希望能够派給我們行政上負責的幹部，以增加我們的領導力量，我們争取了很久，也和教育部談過好幾次，一直也没有消息。

現在可以向大家宣布了，一個非常值得我們高興的喜訊，就是中央已同意調派劉墉如同志到我們學校來，擔任我校副校長，又調派王正之同志來擔任我校黨委會副書記。

劉墉如同志，不是外人，他是一九三一年在我們北京師範大學物理系畢業，是我們學校的校友。多年參加革命工作，是大青山抗日根據地創始人之一，曾擔任西北大區財政部部長，中央財政部副部長。現在調我校作副校長工作。

劉墉如同志，多年以來在艱苦的革命鍛煉中，取得了豐富的實際經驗，他是一位非常有能力，非常有才幹的人，現在來擔任我們學校的副校長，是能够勝任愉快的，我們學校，

非常高興得到這樣一位同志來分擔起學校的行政領導工作。

王正之同志的情况，等一回何副校長還要介紹一下。

有了他們二位同志到校，我們學校的領導力量將會增强，對於各方面的工作，都將會有進一步的改進，我們師大將會辦得更好，這是無疑義的。

我們向他們二位到我校來工作，表示熱烈的歡迎！

何　魯　數學系教授

張子珍　大夫

王正之　上校

廣州軍區政治部宣傳部長

北平大學畢業，參加革命後一直在部隊工作。

〔一九五七年九月十一日晚聯歡會〕

師大學報編委擴大會議上講話

諸位同志：

今天我們召集的會，是我校學報編委擴大會議。主要是討論有關學報今後編輯方針和出版問題。我們的學報社會科學版，自從去年九月出了創刊號，到現在一共出版兩期，去年一期，今年五月出一期，今年準備爭取再出一期。

根據過去這兩期的發行情況來看，我們的學報，在社會上還是得到了相當的好評。在學術界得到了一定的重視。但是，也還有一些缺點，比如：我們過去的學報是社會科學綜合性的刊物，其中包括政治、歷史、語言、文學、教育等等方面，因此我們每一期的份量比較重，內容是多樣化，如果專門研究一種科學，或者爲其中某一篇文章，必須負擔較多的代價。過去定價道林紙每本一元四角，報紙本八角，爲一篇文章買一本，有些人就有意見。

又如：我們一年出兩期，半年一期（實際上過去兩期相隔八個月），時間太長，有些有時間性的論文，就不能及時登載，有些配合當前政治任務的學術性論文，隔的時間太久，削弱了鬥爭的戰鬥力量。在這一方面，也有些人提出過意見，也有的先生因爲我們的學報出版時間隔得太久,自己的文章,等不及發表,别的雜志又來約稿,就會投到其他雜志。

另外還有一點,我們學校教師人數很多,有研究能力的先生不少,過去學報由於所規定的水平較高,又因出版期數少,所以很多先生的文章不能刊載,這樣就使得很多教師不能充分利用學報這一園地,也很難達到使大家在學術上真正做到百家争鳴、自由論辯的目的,這樣就使得我們的學報形成脱離實際,不能切合實際要求,很難配合當前政治鬥争的任務。

目前,我們經過整風與反右派鬥争,對我們學報『百花齊放、百家争鳴』的方針,又增加了不少新的内容和問題,如果學報仍舊按着原來的辦法,勢必遠遠落在形勢後面。在今後的一年,我校的中心任務,是進行社會主義思想教育,要進一步深入細緻地批判資産階級右派思想,要在思想戰綫上繼續與右派分子進行鬥争,這是我們在政治戰綫與思想戰綫上繼續進行偉大的社會主義革命,因此,我們必須很好的發揮學報的作用,充分利用學報,以配合當前的政治任務。

我們今後學報的編輯方針應當特别注意它的現實性和戰鬥性,我們應當在學報上着重刊登富有指導當前政治鬥争的文章,同時也要刊載關係教學與中等教育和國家建設要求的文章。我們要繼續貫澈『百家争鳴』的方針，來達到繁榮和發展社會主義文化的目的。

根據這樣的要求，我們必須加强和改進學報的編輯和出版的工作，過去的編委會，一共十八人，中有五個人是右派分子。現在學校對右派分子雖未撤銷他的行政職務，但是這樣的編委會，已經很難負起學報當前的任務了。因此，我們必須要考慮原有的編委會，是否需要改組的問題。

由於我們要針對學報過去所存在的缺點來改進，又由於我們要適應當前社會主義革命的要求，所以我們考慮到一年慢慢騰騰的出版兩期，半年纔和大家見一面，不能滿足大家的希望，現在教師們有很多人提出這方面的意見，同時我們也考慮把學報的出版工作加以改進，準備把社會科學版分成三種内容，分别出版，就是語言文學版、政治歷史版、教育科學版，每一種一年出兩期，每兩個月輪流出版，則每年社會科學的學報，可以和群衆見面六次，也就是每兩月出版一次，三種不同的内容，輪流交替出版，内容多注意普及方面，使我們的學報成爲各高等師範學校師生以及中學教師所喜觀樂看的刊物，成爲切合實際的、符合社會主義革命現實要求的刊物，并且讓它真正能够及時的負起戰鬥任務。究竟怎樣出版比較合適，今後是分開出還是合起來出，等一會請大家發表意見。

我現在所説并不是定論。

如果分開出,也牽扯到我們編委會改組的問題,編委會是否按專業分開,編輯委員是否需要增加等等,等一會也請大家研究。

另外,還有關於稿酬的問題,過去我們每一期要賠四五千元,其中主要的部分是稿費,如果增加期數,每年國家負擔太重。加上自然科學版,每年以出八期計算,則每年學校要賠將近四萬元。原來稿費所定標準是每千字十元到廿元,前兩期都是一律按每千字十四元發的,這樣的稿酬,已達到全國性刊物稿酬的水平。關於稿酬的問題,我們也聽到許多先生的意見,有人認爲教師們在進行研究中,學校已經給予支持和幫助,因此稿酬不宜太多。有人提出改爲每千字五元到十元,這問題,也希望大家充分商量。

今天請諸位商談,希望大家就學報今後編輯方針,出版方式(是定期還是不定期,是增加期數,還是按原來的每年兩期,要不要把語文、教育、政治歷史等等分開出版),關於編委會是否需要改組的問題,關於稿酬問題等等,還要大家仔細考慮提出意見。

有不完備的地方,請方銘同志、白壽彝同志再作補充。

九月廿四日學報座談會出席名單

王文樞　王焕勛　白壽彝　石　盤　朱智賢
馬　特　郭一岑　張　剛　黄彦平　彭　飛
黎錦熙　譚丕模（以上原有委員）
劉啓戈　何兹全　朱慶永　楊　劍　張雲波　王紹岳（歷史系）
陸宗達　鍾子翔　郭預衡（中文系）
南文明　李庭薌（俄語系）
關瑞梧　陳景盤　孫　鈺　郭晋華（女）（教育系）
王　真　縱瑞堂（政治系）
陳校長　劉副校長　方銘副主任

〔一九五七年九月二十四日〕

慶祝十月社會主義革命第四十周年大會講話

諸位蘇聯專家、蘇聯教師、諸位同志們:

今天,我們全校師生懷着無比興奮的心情,和我們敬愛的蘇聯專家——我們的朋友和導師,在一起共同慶祝人類歷史上最偉大的節日——十月社會主義革命四十周年!

首先,請允許我以全校教職學工的名義,向偉大的蘇聯共産黨和政府,向勤勞勇敢的、英雄的蘇聯人民表示最真誠、最熱烈的祝賀!

讓我們向幾年以來曾在我校無私幫助我們的,已經回國的各位蘇聯專家們致以衷心的祝賀!

讓我們向還在我校繼續指導和幫助我們的三位蘇聯專家及諸位蘇聯教師表示我們忠誠的慶祝和感謝!

偉大的十月社會主義革命的勝利,給人類歷史開闢了新紀元,它給人類創立了一個嶄新的幸福的社會制度。它照亮了全世界無産階級和全體勞動人民徹底解放的道路。十月革命不僅僅是蘇聯一個國家的革命,它是全世界人類歷史中,從資本主義舊世界,進入社會主義新世界的根本轉變，是全世界無產階級解放運動中的根本轉變，因此，世界上各國被壓迫階級都對十月革命表示深切的同情，把十月革命看作自己獲得解放的保障！

在全世界範圍内，我們社會主義的事業，正在以澎湃之勢，向前發展。現在已經在全世界四分之一以上的土地上，全人類三分之一以上的人口，邁上了十月革命所指出的道路。毫無疑問，資本主義國家的廣大人民將來也一定會先後走上這條道路。十月革命的光輝將來終會普照大地，人類將會永遠紀念偉大的十月社會主義革命節！

毛主席説過：『十月革命一聲炮響，給我們送來了馬克思列寧主義。』我們苦難的中國人民，從這時起，就重新考慮了自己的問題，在中國共産黨領導下，經過長期的奮鬥，纔取得了自己解放的勝利！我們中國的革命，就是十月革命的繼續！

在過去四十年，中國人民和國内外敵人所進行的鬥争中，蘇聯一直是我們最忠誠、最可靠的朋友。十月革命剛剛勝利，蘇聯首先就廢除了帝俄時代對中國的不平等條約，此後，在我們革命和建設的各個時期，蘇聯一直就幫助我們、支援我們，一直到現在。特别是在我們第一個五年計劃開始以後，蘇聯幫助我們設計一百五十六項工業建設單位，這一百五十六項，是我國社會主義工業化的最主要的骨幹，而且現在已由一百五十六項增加爲二百一十一項。

蘇聯派來了大批的優秀的專家,來幫助我們建設,并爲我們培養出許多建設人材。他們幫助我們設計長江大橋,幫助我們設計并安裝起汽車製造廠、噴氣式飛機製造廠等等。在文化、科學、教育上同樣有很多幫助,我們北京師大,前後就有十八位蘇聯專家,直接幫助我們,這不僅對我們師大,就是對全國高等師範教育的改進和發展,都起了很大作用。關於蘇聯專家在我校的情況,等一下何校長還要報告,我這裏就不多講了。總之,蘇聯對我們的支援和幫助是全面的,是長期的,是慷慨無私的,是無微不至的。

我們中蘇兩國親同兄弟,我們要更進一步,加强團結與合作,我們的團結,不是一般的團結,而是社會主義的團結,我們中蘇兩國八萬萬人民的團結,使帝國主義者恐懼,使世界和平有了保障,所以中蘇兩國的團結友好,是全世界人民反對侵略、反對戰争、争取持久和平的希望和堅强的堡壘,是全世界人民最高的利益,是可以決定全世界人類命運的。因此,任何破壞中蘇團結、反對向蘇聯學習的,都是犯罪行爲,是我們堅決反對的。

同志們,四十年,在歷史上不過是很短暫的一個時期,而蘇聯人民,在這短暫的時期内,已經創造出來驚人的奇迹!他們已經把蘇聯從帝俄時代的落後國家,變成爲世界最强大的國家,勝利的完成了偉大的社會主義建設,并且正在大踏步的嚮着共産主義的光輝道路邁進。蘇聯的國民經濟和科學文化,正處在蓬勃發展的高潮之中。世界上第一、第二顆人造衛星連續發射，使得世界震撼，社會主義陣營爲它歡欣鼓舞，帝國主義者爲之驚惶失措。在這活生生的事實面前，更有力的證明了社會主義制度的無比優越，更有力的説明祇有在共產黨領導下，祇有社會主義制度，科學纔能無限發展，纔能爲人類的幸福、進步與和平服務！

鞏固黨的領導，堅決走社會主義道路，更成了我們中國人民，絲毫不能動摇的信念，這次右派分子興風作浪，企圖取消黨的領導，反對向蘇聯學習，企圖把社會扭向資本主義道路，這是關係到六億人民的命運，關係到我們生死存亡的根本問題，我們要堅決和他們鬥争到底！

在慶祝十月革命四十周年的今天，面對着蘇聯的巨大成就，越發使我們增强了信心和希望，蘇聯的今天，就是我們的明天。爲了早一天把理想變成現實，我們必須繼續努力，學習蘇聯的先進經驗，我們必須在黨的領導下，澈底改造自己，加强自我教育，使自己成爲全心全意爲社會主義服務的知識分子。爲了鞏固和保衛社會主義，我們今後，更要與右派繼續鬥争，并且積極參加整風，發揮群衆的智慧和力量，改進工作，發揚艱苦樸素的革命優良傳統，貫澈勤儉辦校的原則，把我們北京師大辦成更符合社會主義需要的學校！

十月革命四十年來的歷史説明，社會主義事業的發展是不可抗拒的，社會主義已赢得越來越廣大的人民的信任,它是人類共同的前途!祇要我們加强中蘇的團結,繼續不斷的與國內外的敵人鬥争,我們一定勝利!帝國主義者和一切反對社會主義的人們,一定遭到失敗,十月革命的光芒,將永遠照耀着我們向勝利的道路前進。

偉大的十月社會主義革命四十周年萬歲!

我們的光輝榜樣,偉大的蘇聯萬歲!

世界和平的强大支柱,中蘇兩國人民牢不可破的友誼與合作萬歲!

全人類光芒的未來——共産主義萬歲!

〔一九五七年十一月七日〕

歡宴蘇聯專家講話

同志們：

今天我們共同慶祝偉大的十月社會主義革命四十周年。在這個人類最偉大的節日裏，我們祝賀蘇聯共産主義建設的光輝成就，并且感謝蘇聯人民對我國的崇高友誼和無私援助。

我們深切地認識到，中國人民革命的勝利，和社會主義建設的成就，是沿着十月革命的道路取得的。我們從來就把中國人民革命看作是十月革命的繼續，把十月革命的勝利節日，看作是自己的勝利節日。

今天，當第一個社會主義國家生日的時候，我代表我們北京師大全體師生向偉大的蘇聯共産黨和政府、向偉大的蘇聯人民熱烈的祝賀！請各位蘇聯專家和蘇聯教師，接受我們的祝賀，并爲我們轉達！

毛主席在莫斯科機場上説：『中蘇兩國人民，已經在共同的鬥争中，結成了兄弟般的同盟，世界上没有任何力量可以把我們分開。我們將永遠站在一起，爲着世界和平，和我們共同事業的勝利而奮鬥！』毛主席的話，充分表達了我國六億人民的衷心願望和堅決的意志。

現在，讓我們爲馬克思列寧主義的偉大勝利、爲了以蘇聯爲首的社會主義陣營日益强大，爲我們中蘇兩國牢不可破的兄弟般的友誼而共乾一杯！

〔一九五七年十一月七日請專家在北京飯店〕

慶祝中蘇友好同盟互助條約簽訂八周年

親愛的蘇聯專家、親愛的同志們：

今天是中蘇友好同盟互助條約簽訂八周年的第二天，我們在這中蘇兩國八億以上人民，團結友好的偉大節日裏，和蘇聯專家同志們，在一起開會歡送我們親愛的維傑爾尼可夫專家，首先讓我們向你們，并通過你們，向兄弟般的偉大的蘇聯人民，表示最誠摯最熱烈的祝賀！

其次，讓我們向我校所有的蘇聯專家同志們爲這一學期的辛勤的教學工作勝利結束表示親切的慰問，并對即將離開我們的維傑爾尼可夫專家，表示極熱烈的歡送！

維傑爾尼可夫專家在我校工作，已經兩年多了，在這短短的兩年多的時間裏，他對我們指導和幫助是很大的。

首先在專家親自培養下的俄語教學法進修班已經成功的結束，他在這個進修班，是盡了很大的努力的，不僅親自講授課程并精心的親手編寫了大量的講義，這些内容豐富的講義中，强烈的貫澈了思想性和科學性，爲我們今後的俄語教學法課程，打下了堅實的基礎。

關於俄語教學法的教學中，我們在專家的具體指導下，認識了教學法自己的科學體系,使得這門課程,變成了一門具有生動内容的科學。特别重要的是專家在教課的時候,貫澈了蘇聯在外語教學上的基本原則,就是『依靠學生的本族語』的原則,根據這個原則,解决了我們許多教學法上的問題,提高了教學效果,并且使我們的俄語教學法工作,嚮着世界的先進水平邁進。

專家初來時,當他瞭解到我們俄語教學法課程的情况後,就提出了教學法中的三個組成部分,講演課、實踐課和見習課,以及三者之間的比例安排,具體幫助我們編訂了實踐課和見習課的計劃,并親自陪着我們的師生到中學去見習。糾正了我們過去衹有講演,忽視了理論與實踐結合的毛病,大大的改進并提高了我們教學法的教學質量。

專家爲了鼓勵我們多去中學,他常是陪着我們一起去中學聽課,并親自參加課後的評議會,不但使我們經常注意面嚮中學,面嚮實際,而且在專家的多次報告和指導中,給我們解决了很多在教學中所存在的問題。

由於專家的建議和幫助,我們成立了語音教研組,加强了資料室工作,并且開闢了閲覽室,使我們的教學機構,更加完善。

在俄語教學法教研組的工作中,專家幫助我們擬定了教學大綱,編寫教材,編寫中學俄語教學大綱和教科書,并且指導進修教師的實習和科學研究工作,等等,使我們在專家指導下，教研組的工作，全面的進展起來。

專家在系裏，在教研組裏，教學工作和其他工作已經非常繁重，而同時又擔任了校長顧問的工作。在全校的工作中，專家曾經多次詳盡的介紹了蘇聯新的教學計劃，介紹了蘇聯高師的各方面工作的先進經驗，并對我校的全年工作綱要，工作計劃，細緻的研究，爲我們集中了其他幾位蘇聯專家的意見，提出了有益的內容。此外，對如何進行科學研究，教學如何連繫實際，連繫中學等等方面，提供過非常好的意見。使我們學校整個工作得以不斷提高和改進。

總之，維傑爾尼可夫專家對我們的幫助是非常大的，不但在我校的工作上留下了不可磨滅的成績，而且爲我們各個師院培養了一批俄語教學法的教師，他們將忠實的進行教學和研究，在全國各師院起着骨幹作用。

親愛的維傑爾尼可夫專家，您是我校的第一位，也將是惟一的一位校長顧問，在我校的校史上，將永遠寫上您的辛勞的工作的一頁。

我們不願意您離開我們，我們曾再三努力，挽留您在我校繼續工作，但是未能如願。現在您就要離開我們，我們全校師生都感到無限依依，好在您還留在北京，繼續工作，同時您還答應每周抽出一定時間，來幫助我們工作，這是我們特別高興的事情。

今天在這裏,我代表我校校部各位同志及全校師生,向專家致以衷心的感謝,并表示熱情的歡送。何錫麟副校長因爲最近生病,醫生囑他要嚴格休息,他今天不能來親自歡送,心裏感到很不安,我這裏代他致意,并請專家原諒!

親愛的專家同志們!你們對我們的幫助,使我們萬分感謝!在我們共同工作中間,我們感到蘇聯對我們的友誼是偉大的,對我們的幫助,是無私的,願我們中蘇兩國兄弟般的友誼日益鞏固并發展,祝各位專家身體健康,在新的工作中取得更大的勝利!

今天是中蘇友好同盟互助條約締結八周年的第二天,在慶祝這個偉大的節日的時候,我們并歡送我們親愛的蘇聯專家——維傑爾尼可夫同志。讓我們向各位專家表示衷心的祝賀,并向維傑爾尼可夫專家致以無限的感謝!

向蘇聯學習,是我們堅定不移的方針,各位專家來到我校,具體的介紹給我們蘇聯先進經驗,并給我們樹立了學習的榜樣,幾年來我們工作上有一些成績,是和各位蘇聯專家的工作分不開的。

現在讓我們再向各位專家表示感謝,祝專家及家屬們的健康,爲歡送維傑爾尼可夫專家,祝中蘇兩國牢不可破的友誼而乾杯!

〔一九五八年二月十五日〕

爲學生會除夕廣播講話

親愛的同學們：

今天，是一九五七年的除夕，我們和全國人民一起，以非常愉快的心情，送走我們取得偉大勝利的一年。

一九五七年，是不平常的一年，在這一年裏一個勝利接着一個勝利，國際上，蘇聯成功的發射了兩顆人造衛星，有力的説明了社會主義制度的無比優越； 莫斯科會議發表的兩個革命宣言，標志着國際共産主義運動的親密團結。 最近召開的亞非團結大會，將對於争取和維護亞非民族獨立以及對保衛亞洲、非洲和世界和平的偉大事業，有巨大的貢獻。 在國内，我們在偉大英明的共産黨、毛主席正確領導下，勝利的超額完成了第一個五年計劃，特别是在政治戰綫和思想戰綫上擊退了資産階級的猖狂進攻，取得了輝煌的戰果。

在這樣的一年，同學們在各方面也有顯著的進步，通過反右派鬥争、整改運動和社會主義思想教育課程，廣大同學們的思想覺悟有了很大提高，大家都能努力學習，積極鍛煉，自覺的參加體力勞動,并且能作到反對浪費,厲行節約。勤儉樸素,熱愛勞動的新風氣在我們學校正在形成。這些都説明你們在這光榮的年代裏,學習上和思想上都有不少收獲。

現在,一九五八年就要開始了,這也是我國第二個五年計劃的開始,在前一年的勝利的基礎上,我們將在黨的領導下,以更堅定的步伐,從勝利走向勝利。

同學們,你們都是朝氣蓬勃的青年人,毛主席説,你們青年人,正在興旺時期,好像早晨八、九點鍾的太陽,希望寄托在你們身上。

親愛的同學們!黨和毛主席對你們的希望是殷切的,在這新的一年開始的時候,你們應當更嚴格的要求自己,我希望你們提高社會主義的思想覺悟,不斷的和一切資産階級思想作鬥争,并且希望你們刻苦鑽研科學知識,加强勞動鍛煉,把自己培養成爲又紅又專的工人階級知識分子,以便於將來更好的擔當起祖國交給你們的艱巨的建設任務!

我希望你們能够以自己的實際行動,來證明自己不愧是祖國的好兒女,是社會主義的接班人!

最近我接到各系各班的同學給我的賀年信,并希望我題幾句話,我就不再一一回復,一并在這裏向你們致謝!今晚我還有其他事情,未能來和你們一塊歡渡新年,謹祝你們在

一九五八年，取得更大的成績！祝你們
新年快樂！
身體健康！

〔一九五七年除夕〕

向新校選區選民選舉區代表投票廣播講話

各位選民同志們：

今天是我校新校選區，選舉區人民代表大會代表，正式投票的日子，這是一個大喜的日子，是我們全體選民，行使自己民主權利的光榮日子。

我們已正式公布了候選人名單，已提出周群、高羽、張禾瑞三位作爲我選區區人民代表候選人。周群是我們上一屆區人民代表大會的代表，我校的副總務長，高羽是我校政治教育系教授，張禾瑞是我校數學系系主任，他們三位候選人，都已在我校選區一百七十四個選民小組中，廣泛的徵求意見，并充分醞釀研究，反覆協商，經過認真的討論，最後，大多數選民取得了一致意見。

這樣的提名過程的本身，就是一種社會主義民主的方式。我們是從始至終都保證了選民提名的權利，選民在醞釀時，可以隨時表示自己的意見，我們充分發揮了民主，然後協商討論，纔提出來我們現在的正式候選人，這三位候選人的提出，就是集中了大家的意見的結果。所以説，我們的選舉方法，體現了我們是又有民主，又有集中。我們是把集中和民主結合在一起的。我們國家的政治制度有高度的集中，但是這種高度的集中是以高度的民主爲基礎的。

毛主席在『論聯合政府』中談到我們國家政治制度的時候，清楚的指出：『它是民主的，又是集中的，就是說，在民主基礎上的集中，在集中指導下的民主。』這就是我們的原則。

因爲我們的人民代表大會制度，我們的選舉制度，是民主的，是優越的，對於一切擁護社會主義的人來說，是最便利於表達我們的意志，是我們人民參加國家管理的最好形式。通過人民代表大會，人民真正掌握了權力。因此反黨反社會主義反人民的右派分子，極端反對這個制度，曾千方百計的惡毒的攻擊這個制度。經過一場嚴重的階級鬥爭以後，右派分子的陰謀已被粉碎了，我們保衛了社會主義，也包括我們的人民代表大會制度。今年的選舉，是在反右派鬥爭勝利基礎上來進行的，因此，我們的選舉就更加有深刻的意義。

反人民的人，怕我們『人民』當家作主，怕我們選出真正能代表人民利益的代表，但是有了中國共產黨，有了毛主席，我們人民的民主就有了保障，我們選舉權利的得來，是不容易的，是中國人民經過長期間的英勇奮鬥得來的，我們光榮的民主權利，是我們在舊社會所想望而得不到的，也是今天資本主義國家的人民所得不到的，因此，我們說：選舉是人民光榮的權利，我們要珍重這光榮的選舉權利。

要把我們中國，由一個經濟上文化上落後的國家，也就是説要把我們這樣一個又窮又白的國家，建設成一個擁有現代化工業、現代化農業、現代文化科學的社會主義强國，就需要不斷地强化我們人民民主專政的國家機器，不斷地加强國家權力機關的領導作用。定期地舉行選舉，及時把在社會主義事業裏，涌現出的代表人物，選舉到『國家權力機關』中去，這就是使『國家權力機關』不斷加强，并且使它永遠生氣勃勃的重要辦法。

現在我們的國家，正處在社會主義建設大躍進的高潮中，今年又是第二個五年計劃的第一年。五年看三年，三年看頭年。我們爲了能够按着多快好省的方針來進行建設，就需要通過人民代表大會把全體人民的智慧和力量集中起來，把人民的革命幹勁鼓舞并調動起來。所以，我們選好這一屆的代表，就更爲重要。

各位選民同志們！今天就是我們進行投票選舉的日子，爲了加强社會主義建設，希望同志們珍重自己的選舉權利，自覺的、踴躍的，來參加選舉，争取我們投票的選民比例，超過去年，大家都來投下這光榮的一票吧！

〔一九五八年三月十七日録音十八日廣播〕

全校春季田徑運動競賽選拔大會開幕詞

親愛的同學們、教職工同志們：

我校的一九五八年春季田徑運動選拔大會，現在開始了。

這次運動會，是在我校轟轟烈烈的雙反運動中召開的，也是在偉大的五一勞動節前夕召開的，我們在工作非常繁忙，在向黨交心自覺革命運動的緊張情況下，能够召開這次運動會，這説明我們黨和學校行政對同志們、同學們身體鍛煉的重視和關懷，也説明大家平日參加體育鍛煉是有一定成績的。

在這次運動會上，我們一方面要選拔我校『優秀運動員』，參加北京市高等院校的運動會，另一方面，要通過這次運動會，來進一步推動體育大躍進，以實現我校所提出的體育運動社會主義競賽指標，來檢閲運動成績，并檢閲我校參加十三陵修水庫同志們、同學們的健康狀況。

解放以來，我校形成了廣泛的體育鍛煉的風氣，中間雖然也曾由於錯誤思想的影響，參加鍛煉的人數比較下降，但是我們很快的就已糾正，尤其在最近一個時期在全市體育大躍進形勢的推動下，我校的體育活動已有了新的氣象，已逐漸形成了鍛煉的高潮，同學們積極性很高，已基本上做到了『人人上操場，天天都鍛煉』的情况。

我校現在有十三個校代表隊，其中球隊和體操隊，曾經獲得北京市高等學校競賽的冠軍。但是大部分代表隊在高等學校中，還居於中等水平，還需要再接再厲，迎頭趕上。

我們有些鍛煉隊是比較有名的，如古麗雅、阮氏大等鍛煉隊，他們堅持了長年的鍛煉，在我校開展群衆性體育活動中起了帶頭作用。我校像這樣有組織有領導的、按一定計劃堅持鍛煉的隊約有一百多個，他們在體育活動中都是骨幹，都是能起促進作用的。

這些都是很好的現象。

但是在全校來説，我們作得還是很不够的，同學的健康狀况，經過檢查證明，全校有百分之八十六左右是健康的，還有百分之十四左右是體弱的。同學通過『勞衛制』標準的約占全校百分之六十左右，通過『國家等級運動員』標準的占全校百分之三點七。這都説明我們的體育鍛煉還要更進一步的普遍和提高。争取體弱的都鍛煉成健康的，健康的要更加健康。不够標準的要争取達到標準，够標準的要争取更高的標準。祇要我們在體育運動上更進一步的努力，我們是可以有更大的進步的。

同學們！你們都知道，體育工作是我們共産主義教育中的一個重要的組成部分，因爲體育不僅能够增强人的體質，而且能够鍛煉人的意志和毅力，可以培養人的道德品質。每一個人都不僅應當在政治上要紅，在業務上要專，而且也應當使自己成爲生氣勃勃、體質强壯的人，就是説每個人都要智育、德育、體育并重，成爲全面發展的人。尤其我們作爲人民教師，是要爲祖國培養全面發展的建設者，我們自己就更不應忽視鍛煉。

凡是立下志願，爲共産主義奮鬥的青年，萬萬不能輕視體育運動，因爲如果你身體不好，畢業後，不能爲祖國多工作幾十年，不能把自己學到的知識充分發揮出來，不能更多更好的爲人民服務，這就是很大的損失，就對不起黨的培養教育，就辜負了人民的期望。

因此，我殷切的盼望你們，爲祖國而加强鍛煉，縱然是在政治運動中，也要把時間適當的安排好，把全校的體育活動更好的展開，每一個人都把身體鍛煉得像鋼鐵一般的結實，并能不斷的涌現出優秀的運動員，不斷的創造我校的新紀録。

最後，謹祝大家都能成爲又紅又專又健康的人才，在祖國的社會主義建設中，能作更多、更艱巨的工作。

〔一九五八年四月二十七日〕

參加修建十三陵水庫大軍誓師大會上講話

親愛的全體指戰員同志們:

今天是『五四』青年節,又是馬克思誕辰的前夕,這是多麼興奮的日子,我們在今天舉行參加修建十三陵水庫的誓師大會,是非常有意義的!

十三陵水庫工程是社會主義建設的一個組成部分,是目前首都最大的水利工程之一,參加修建十三陵水庫就是參加社會主義建設的具體行動。

你們參加十三陵修建水庫,是前人所没有也不可能有的事,祇有在共産黨領導下纔能有的事情。過去的皇帝祇爲他自己打算,驅使着勞動人民爲他們修陵修墓,而我們今天在十三陵,用我們自己的雙手,去向自然作鬥争,我們要改造自然,我們要修建水庫,爲首都人民謀福利,這是我們的光榮,也是我們的幸福!

今天是五四青年節,對於我們來説,就更有深刻的意義,在你們整裝待發之前,我希望你們發揮中國青年的優良傳統,勤勞、勇敢,與工農群衆相結合,希望你們在戰鬥裏,培養勞動觀點,改造自己的思想,發揮革命幹勁,堅持到底。希望你們要以普通勞動者的身份自居，要與勞動人民有平等的態度，讓勞動人民感到與他們一樣，不可以爲我是個知識分子，是個大學生，今天降低身份來勞動，這是知識分子的臭架子，必須打掉。也就是説不要輕視勞動，要打掉嬌氣和驕氣。

最後，祝你們在勞動過程中自覺地來改造思想，力爭勞動生産大豐收，政治思想大躍進！

祝你們健康！

祝你們勝利！

〔一九五八年五月四日〕

歡迎緬甸教育代表團吴埃貌、吴昂敏來師大參觀

親愛的同志們：

今天我們以十分高興和愉快的心情，歡迎我們來自遠方的朋友——吴埃貌先生和吴昂敏先生，現在首先讓我們表示熱烈的歡迎！

中緬兩國的國土，緊緊相連，我們兩國人民之間的友誼，有悠久的傳統，我們兩國在經濟、文化、教育各方面的合作和交流正不斷在開展。所以我們不但是很近的鄰居，而且我們兩國是親戚般的國家。您們的到來，雖然是第一次見面，但我們却有無限親切的情感。

我們北京師範大學，已有幾十年的歷史，但是解放以前，規模很小，人數不多，解放後，在中國共産黨的領導下，僅僅九年之間，精神面目大爲改變，我們逐年都在發展，比起從前幾十年，真不知進步了多少倍，但是我們的工作作得還是很不够，我們非常希望兩位先生在訪問期間，能多來我校幾次，在我校多談一談，多看一看，我們誠懇的希望您們提出寶貴意見，給我們的工作多加指教。

我們學校的詳細情況，等一回由我校黃彦平教務長向大家介紹，我謹代表北京師大師生，祝我們中緬兩國人民的友誼日益鞏固和發展，并祝吴埃貌和吴昂敏兩位先生精神愉快，身體健康！

〔一九五八年五月六日新校會客廳〕

體育大躍進誓師大會上講話

親愛的教職工同學們，親愛的家屬同志們：

大家都知道，我們首都的一個聲勢浩大的『全民體育運動躍進月』從今天起，就開始了，在這一時期內，要在全市利用一切宣傳形式，向首都人民宣傳參加體育鍛煉的重要意義和運動生理衛生常識，以造成氣氛，作到家喻户曉，人人自覺的參加體育鍛煉。

現在北京市委已發出號召，我校在黨委領導下，堅決響應黨的這一號召，通過『全民體育躍進月』的活動，把我校的『體育大躍進』推向一個新的高潮。

今天爲了表示我們的決心，我們舉行這個全校性的『體育大躍進』誓師大會。剛纔同志們都聽了張友漁副市長向全市人民做的廣播講話，對於體育鍛煉的重要意義有了較明確的認識。

自從黨中央提出『十五年趕上英國』的偉大號召以後，我國社會主義建設事業的各個戰綫上，都出現了蓬蓬勃勃的大躍進局面，大家都在鼓足幹勁，力爭上游，爲多快好省的建設社會主義而貢獻出了最大力量。體育方面也必須適應這個新形勢的要求，也應該相應的來個躍進，以保證我們有更健壯的身體來擔負起艱巨的生產和學習等任務。

黨和毛主席一直就關心體育運動，經常教育我們注意體育鍛煉，要求我們每一個同志，每一個青年，都成爲『德才兼備，體魄健全』全面發展人才，要有德，要有才，要有健康的身體。一年以來，我們全校師生思想上都有了很大進步，紛紛提出要作一個又紅又專、紅透專深的工人階級知識分子，但是同時我們也必須注意身體的健康，要加强體育鍛煉，因爲一個人的道德知識都不是孤立的存在的，又紅又專離開了身體就不存在了。毛主席教導我們說，體育是關係六億人民的事，是件大事，是不容忽視的！

我們今後的任務是繁重的，我們要爲總路綫的實現而堅强的不懈的奮鬥，要迅速的建設社會主義。毛主席說：我們的建設，除了黨的領導之外，六億人口是一個決定的因素。所以『人』是很重要的，但是，我們希望的是健康的人，不是弱不禁風的白面書生，不是多愁善感的病夫。身體不行就會影響今後的戰鬥。我們要成爲思想健全，體質健全，能在祖國社會主義建設事業中擔當起更多艱巨的工作的人。所以身心健康的人，是我們建設中的寶中寶，我們一定要重視這個問題。

當然現在工作很緊張,學習也很緊張,有人怕没有時間,怕鍛煉影響工作和學習,認爲搞政治運動,就不能搞體育運動,這個思想一定要改變,我們一定要在工作和學習的同時,擠出時間,把時間更好的安排一下,來參加鍛煉,以後都要把體育鍛煉作爲經常不斷的任務,因爲我們今後決不可能也不應該用一個專門時間搞體育,這是肯定的。

我們不但要不斷鍛煉,而且要提高鍛煉質量,在體育鍛煉上貫澈鼓足幹勁,力争上游,多快好省的方針,要把體育鍛煉作爲一項政治任務來看待,不能認爲可有可無。

我盼望大家都能够鼓足幹勁,積極參加體育活動,爲今後的體育運動打下基礎。無論年老年少的,無論是男同志還是女同志,都要重視起來。大家都知道,毛主席六十多歲的人,而能够幾次渡過長江,説明他的身體健康,他的生活美化、豐富,這就是對我們體育事業很好的宣傳。

我個人在體育鍛煉上是一個落後的人,在體育上很難向大家説什麼,但是可以作一個反面的教材,我現在身體不好,工作學習都感到吃力,這就是我没有鍛煉的結果,如果有鍛煉,身體一定比現在好得多,這就是一個很好的説明。

同學們都提出過『要爲祖國健康工作五十年』,我看這衹應當算是一個最起碼的要求最低的綱領，算是第一本賬吧！

如果經常運動，『五十年』是不成問題的，希望能健康的爲祖國工作六十年，工作七十年！爲建設共産主義而努力！我的話完了。

〔一九五八年六月五日〕

市鐘聲體育協會第二届田徑運動會大會開幕式上講話

諸位老師、諸位同志：

我們中國鐘聲體育協會北京市理事會，第二届田徑運動大會現在開幕了！首先我代表北京師範大學向參加大會的同志們表示熱烈的歡迎，并致以衷心的祝賀！同志們都是體育運動中的積極分子，是我們教育工作者、科學工作者中體育鍛煉的骨幹。大家都知道，體育運動是一項很重要的工作，不但對當前各項工作有重要作用，而且通過體育運動的開展，廣大人民長期的、經常的從事體育的鍛煉，若干年之後，在我們民族體質的改造上，也將會起深遠的影響。

我們的黨和毛主席，一貫都是重視和大力倡導人民體育運動的。我們的憲法裏已經明確的規定，『國家特别關懷青年的體力和智力的發展』；毛主席曾指示我們『發展體育運動，增强人民體質』；并曾向全國青年發出『身體好，學習好，工作好』的號召。早在一九五二年，中央就已經指示我們説：『開展體育運動，改善人民的健康狀况，是黨的一項重要政治任務。』我們應當深刻的領會毛主席的號召，并且應當認真貫澈中央指示的精神。

但是，這幾年來，我們做得還是很不够的。我們絶大部分都是教育工作者，毛主席説：『我們的教育方針，應該使受教育者在德育、智育、體育幾方面都得到發展，成爲有社會主義覺悟的有文化的勞動者。』這就是説我們所培養出的青年，都應當是德育智育體育全面發展的建設人材，是要德才兼備，體魄健全。而不能是有德有才，而身體衰弱，也不能是又紅又專，而弱不禁風。

我們既然按着這個教育方針來培養青年，自然就更應當按着這個方針來要求自己。在學校裏，群衆性體育運動的展開，不能僅僅依靠體育教師，還應當靠我們大家，尤其要靠各單位的體育積極分子。諸位同志都是體育運動的積極參加者和鍛煉者，因此諸位就更有責任在群衆裏多作些工作，一方面要以身作則，拿實際行動來影響別人，帶動別人；一方面多作些宣傳鼓動工作，使廣大群衆瞭解到體育鍛煉的重要。

因爲體育工作是關係着我們六億人民的健康的工作，也就是關係着社會主義建設的工作，關係至爲重大。目前我們的國家，各個戰綫上都在鼓足幹勁，力争上游，多快好省的建設着社會主義，全國工業、農業、文化、教育、科學、藝術都出現了蓬蓬勃勃的大躍進局面，這就更需要我們加强體育鍛煉。因爲建設就需要人，需要身心健康的人。身體健康同政治、精神的健康是有很大關係的,没有健康的身體,縱然有高尚的道德品質和豐富的專業知識,也不能够充分的用來爲人民服務,這是很明顯的。我們要爲祖國、爲人民,健康地多活幾年,健康地多作一些工作,我們就没有任何理由不注意身體,因爲我們的身體是屬於黨和人民的。

現在我們各方面工作都很忙,大家都在緊張的勞動,因此有人就認爲參加鍛煉,費時間,影響工作,也有人想,現在很忙,將來找一個時間,再四平八穩的好好鍛煉。這樣的看法,當然是不對的,我看這主要還是一個思想問題。大家工作都很緊張,這自然是事實,但是,就因爲工作緊張,纔更須要健康的身體,就因爲要更好的工作和學習,纔更要加强鍛煉,如果不是爲了工作和學習,那鍛煉不鍛煉也就没有關係了。

而且毛主席已給我們指出,我們戰鬥的口號應當是『不斷革命』,所以我們就應當在不斷革命的情况下,在緊張的工作下,更合理的安排自己的時間。不應當也不可能在將來什麽時候,找出一段專門時間來集中鍛煉,而且縱然有集中一個時候的鍛煉,效果也不如經常鍛煉好,最好是從現在就開始,使我們體育運動盡快的普及起來,做到人人天天都能够參加鍛煉,都能身體健康,都能精力旺盛的從事於工作和學習。

諸位同志在體育運動、在田徑運動都有很好的成績,瞭解得都比我多,我個人在這一方面是一個落後的人，我也介紹不出什麽好的經驗，不過我却可以作一個反面的教材，今天在座的馬約翰老先生，也是七十多人的，而他一直到現在身體還這樣健壯，每天仍然進行着緊張的工作和學習，而我自己就是因爲體育鍛煉不好，因此工作和學習都感到吃力，如果我早就注意體育鍛煉，則今天就可以負擔起更多的工作，但是現在就有時候感到心有餘而力不足了。

諸位同志們在現在還年青的時候，就注意到這個問題，這是很好的，希望大家能够通過這次大會，把田徑運動、把體育運動作到經常化，已開展得好的學校，更向前邁進一步，作得還不够的單位，就奮起直追，通過大家的努力，把群衆性的體育運動更好的更普遍的開展起來，讓我們教育工作者、科學工作者，不但在教學和研究上大躍進，而且在體育運動上也來個大躍進，每個人都把自己鍛煉成身體强壯生氣勃勃的勞動者，使自己成爲又紅又專又康健的好教師、好幹部。

今天，大家都來到我們學校，我們今天是『地主之誼』，但是我們的工作作得還很不够，招待得也可能不周到，希望同志們多多見諒，并提出寶貴意見。

謹祝諸位，工作、學習、身體永遠健康！

〔一九五八年六月十五日上午七時在新校大操場〕

歡送朝鮮高等教育代表團

敬愛的朝鮮高等教育代表團兩位同志：

幾天以來，由於您們的到來，我校感到非常高興。我們北京師大在黨的領導下，教學工作、科學研究工作等，各方面都在一年年的進步，尤其是去年一年，我們在政治思想戰綫上取得偉大勝利後，對於今後教學改革，打下很好的基礎。但是，有些工作我們作得還不够好，也没有很多經驗，尤其在教學的改革上，也還需要再進一步研究和實踐，我們希望得到各方面的指導和幫助。

兩位同志在我校幾天，對我們多少有些瞭解，我們誠懇的希望得到二位的指教，希望對我們的工作提出意見。

二位同志給我們帶來了平壤師範大學的友誼，并帶來了很多珍貴的文物，我們非常感謝！我校現把各系的采集製作的一些教學用品和學報等，煩勞二位帶給平壤師範大學，并向他們全校師生問候！

我們中朝兩國，親如兄弟，近如手足，我們的友誼是牢不可破的，希望我們今後進一步携起手來，互相幫助，交流經驗，共同前進！

一九五八年的學報：教育、歷史。
生物系動物標本三瓶，自作。
植物標本十種，自作。
物理系自製儀器『水銀擴散泵』。
地理系礦物標本。三盒
文藝作品。
函授班教學計劃。

〔一九五八年六月十六日〕

建設共産主義新師大躍進大會上講話

親愛的全校教職學工同志們：

今天的會，是『建設共産主義新師大躍進大會』，這個會將反映出群衆普遍的要求，也指給我們全校師生每個單位、每個人所應當努力的方嚮。

我們師大幾年來，在黨的領導下，成績是很大的，我們的學校在日益發展，工作在日益提高，尤其是最近一年多來，我們通過整風、反右派鬥争和雙反運動，全校師生員工在政治上、思想上都有了顯著的進步，在工作方法、工作作風上，在教學質量和工作水平上，在生産勞動上，都有了很大的改進和提高。我們的師大正在成長，我們是在戰鬥中成長起來的，也衹有在這優越的社會主義社會制度下，纔能取得這樣的成績。這些時，各系、各單位所辦的展覽會，就有力的説明這個問題。

自從黨中央提出總路綫，全校師生員工更是積極興奮，大家熱情很大，幹勁很高，人人出謀，個個獻策，作出不少成績。

我們校黨委，前天向全校教職學工發出響亮的號召，要求我們全校每個人，都爲建設共産主義新師大，貢獻出自己的全部力量。這一聲號角響起，全校整個都歡騰鼓舞，校園裏到處鑼鼓喧天，紅旗招展。大家都磨拳擦掌，幹勁衝天。今天的會場，更呈現出大躍進的熱烈情緒。

今天明天的躍進大會上，有幾十人發言，都是我們教職學工中先進人物先進集體的先進事迹，從這些事迹裏可以感到我們師大已向共産主義的方嚮跨開了有力的步伐。

在這樣蓬勃發展的教學大改革聲中，我來談一談我的幾點意見：

我們進行教育大改革，這是根本性的改革，是一個革命的問題。我們大改革的中心，就是要解決教育與政治相結合，教育與生産勞動相結合的問題。這兩個結合，就是共産主義教育的基本方針，是馬克思主義的教育原則。它是和脱離政治、脱離生産勞動、脱離群衆的資産階級教育路綫，有着根本的區别。資産階級教育是把勞心勞力給分開，所培養出來的幹部，是理論脱離實際的幹部，我們必須打破這種資産階級的教育傳統，來一個徹底大革命。

這個教育大改革，也就是兩條道路與兩種方法的鬥争，今後要在我們新師大鞏固的確立共産主義的教育路綫，破去資産階級教育路綫，這也不是一件簡單的事情，在進行大改革中，鬥争必然是很激烈的，我們每個人都要在這一鬥争中自覺革命，改革思想，劃清兩條道路的界限。也就是要我們作到大破大立,興無滅資。

其次,關於加强黨的領導問題,我們學校這些時的蓬勃氣象,使我想起右派分子所攻擊我們的外行不能領導内行的説法。我想我們的方嚮是明確的,人人都要求走社會主義、共産主義道路,我們每一個人都想要把師大建設成共産主義新師大,所以應當肯定的説,辦共産主義大學,共産黨是内行,資産階級學者是外行。我們要進一步加强黨的領導,堅決反對『專家』路綫。爲了貫徹執行黨的社會主義建設總路綫,争取在最短時期内,把師大建設成爲先進的共産主義大學,必須要加强黨在學校各項工作中的領導,因爲黨的正確領導,永遠是一切社會主義建設事業、共産主義建設事業,取得勝利的保證,事實已經證明,哪裏有黨,哪裏就有新的氣象。

又,今天我們所開的這個大會,會上所講的話,都是先進人物先進集體的先進事迹,這也是我校躍進高潮的剛剛開始,我們當然不僅僅滿足於目前已取得的成績,因爲現在我們正處在『一天等於二十年』的時代裏,我們每過一天,就能體會到昨天的保守,我們的事業是在飛躍的神速的前進,今後我校真正能作到人人思想大解放,幹勁衝上天,則我們的新生的、先進的事物,就一定會層出不窮,我們這樣的會,將來也還要開。因此,希望我校各級領導,要善於發現新鮮事物,并且支持和幫助這些新生的、先進的、創造的事物成長起來，和一切保守的、落後的、陳舊的東西鬥争，樹立紅旗，并以此帶動落後，引導群衆向共産主義方嚮前進。

同志們！我十分興奮，我這個老人，在大家都躍進的時候，我在後面也奮起直追，雖然腿脚不利落，但我也不甘心居下游，同志們的規劃和指標，就是給我很大的力量。我本來是研究歷史的，過去也是脱離實際，脱離生産，今後我還要振起老精神，來一個大躍進，在厚今薄古的方針指導下，加倍努力，你們不要以固定的眼光看人，也不要以固定的眼光看我！青年人當然勝過老年人，我雖是老年人，但也要和青年人來比一比，要比先進、趕先進。

我希望我們歷史系的各類課程都要作到貫澈厚今薄古的方針，固然要着重講授近代現代史，而講古代史也要以『古爲今用』的精神進行講授。并且在這些課程裏，貫澈理論聯繫實際的原則，糾正重書本輕實際，重史料輕理論，重考據輕分析等傾嚮。我願意和歷史系的同志們一同前進，一同革命。

毛主席指示我們：『我們的教育方針，應該使受教育者在德育、智育、體育幾方面都得到發展，成爲有社會主義覺悟的有文化的勞動者。』我們將來要在工廠、農村辦學校，要在學校裏辦工廠，我們同學一面讀書，一面勞動，既是學生，又是工人、農民；既能拿筆桿，又能拿錘子和鐮刀，這就是我們新師大所培養的人材。

同志們！我們所説所想的事情，是前人所不敢説不敢想的事情，我們所幹的事情，是前人所不敢幹也不能幹的事情。有人也許會感到我們的改革，我們的大幹特幹的精神太猛烈，以前没有，覺得不習慣，甚至不心服，我看這可不必，因爲我們現在所作的事，本來就是前人所没作過的事，而且以前所已有的，也未必就是正確的，我們要超過前人數千倍、數萬倍！

同志們！讓我們全校師生員工進一步發揮革命幹勁，高舉紅旗，大幹特幹，飛躍向前，爲建設共産主義新師大，來貢獻出自己全部的力量吧！

〔一九五八年六月二十二日晚〕

歡宴蘇聯專家講話

親愛的蘇聯專家、親愛的同志們：

和我們相處了兩年，指導并幫助我們的兩位蘇聯專家，柯爾尊同志和莫洛佐夫同志，就要離開我們，不久即將回國了。我首先代表我們北京師大全體師生，向專家們致以極大的感謝，并表示我們熱情的歡送！

兩位專家，都親自講課，爲我們培養了一百多名進修教師和研究生。在您們親手培養下，他們在政治思想上，在掌握專業知識上，都有了很大進步。這是我國的一批新生力量，他們將在新的工作崗位上把專家所講授的先進科學知識傳播到我們全國各地。

專家們在講課中間，經常聯繫中國實際，進行精辟的分析，貫澈了理論聯繫實際的教育方針。并且經常揭露和批判反馬克思主義的觀點，批判修正主義觀點，不但提高了同學們馬克思主義理論水平，并且提高了大家的分析能力。

專家都爲我們編寫了講義，并發表文章，這些講義和文章質量水平很高，有着很豐富的内容，而且極富於科學性和戰鬥性，都是很有價值的科學文獻。

專家們對於教研組的教師，也是經常的幫助和解答疑難問題，我們教師提出要求，專家從不拒絕，總是盡心竭力使教師們解决不少困難，獲益很大。

專家不僅在我們學校，就是在校外，對其他研究機構，學術團體，也是不遺餘力的給以幫助。在臨行之前，又冒着暑熱的天氣，到南方很多城市講學，給各地的學術界，留下了極深刻的良好印象。

專家的辛勤的勞動，無私的忘我的工作態度崇高的品質，和國際主義精神，都給我們樹立了光輝的榜樣。

目前我們國家的全體人民，正在我們黨中央所提出的總路綫光輝照耀下，鼓足幹勁，力爭上游，多快好省的建設社會主義。蘇聯的無私援助，是我們社會主義建設的重要保證，向蘇學習，是我們一嚮的方針，蘇聯的先進經驗，對我們十分寶貴。蘇聯專家在我校付出的辛勤勞動，將對我們的科學和教育事業，起着極大的作用。現在專家們就要回國，我們還希望今後加强聯繫，繼續得到你們的幫助。我們雖然暫時分手，但是我們所從事的共産主義事業，使我們的心永遠連在一起，永不分開。

我們今天正處在偉大的時代，是一個創造發明的時代，蘇聯第三顆人造衛星已經上天，正圍着地球在旋轉，現在已經繞了五百多圈。蘇聯科學家的創造精神和巨大成績，是我們學習的榜樣。

今天我們歡送專家回國，我們熱烈的祝賀專家在新的工作崗位上，在建設共産主義事業中，獲得新的成就！我國正在以飛躍的速度從事建設，工業農業文教事業都在大躍進。我們師大也正在進行教學大改革，我們也要以蘇聯科學家創造人造衛星的精神一樣來辦好我們的新師大！預祝我們彼此都取得新的成績！在這裏讓我們再一次向兩位專家同志表示我們衷心的感謝！

祝中蘇兩國人民在偉大的共産主義建設中獲得輝煌成就！

祝中蘇兩國人民牢不可破的友誼日益鞏固！日益加强！

〔一九五八年六月二十八日〕

函授班開學典禮上講話

各位老師:

今天是我們函授班開學典禮,我首先代表我們北京師範大學,向各位老師同志們致以熱烈的歡迎。

今天出席的函授班同學,有三四年級的舊同學和今年考取的一年級新同學。

我校的函授班,是一九五五年在蘇聯專家幫助下,開始創辦的。當時是以化學系作試點,開辦了一班,就是現在的四年級。一九五六年除化學系繼續招生外,又新開了中文、歷史、數學、物理、生物、地理等六個專業函授班,就是現在的三年級。一九五七年曾停止招生。今年我們又在原來的七個專業繼續招生,考取的同學就是現在新入學的一年級。目前共有學生一千二百多人。

函授高等師範教育,在我們國家,還開始不久,還是一個較新的工作,這工作在我們師大,也還没有很多經驗,我們正在實踐中逐步改進。據我們瞭解,我校的函授教育,還是有顯著的成效的,有些學員同志認爲所學的課程,内容是系統的、完整的,學到了一些科學知識，擴大了知識領域，豐富了教學内容，對自己所從事的教學工作，質量有所提高。經驗證明，函授教育是幫助教師提高的有效辦法。

我們正處在一個光輝燦爛的偉大的新時代，我們全國人民正在按照黨的鼓足幹勁，力争上游，多快好省的建設社會主義總路綫勝利前進。目前生産建設已形成高潮，工業在大躍進，農業在大躍進，隨着工農業生産的大躍進，一個轟轟烈烈的文化高潮也正在形成。這就是説我們已經進入以技術革命和文化革命爲中心的社會主義建設的新時代。

在文化革命中，我們既要普及，又要提高，就是要在普及的基礎上提高，要在提高的指導下普及。普及和提高二者不可偏廢。所以黨號召我們，要學會用兩條腿走路。我們既要辦全日制的正規化的學校，也要用各種辦法，多樣的形勢，來大辦各種類型的學校。這就是説，我們辦學的目的是統一的，都是爲了培養有社會主義覺悟的有文化的勞動者，而形式則是多樣的。衹有這樣，纔能調動一切積極因素，多快好省的發展教育事業。

幾年以來，我們的教育事業已是日益發展，而在目前文化革命的新局面中，教育工作更是如同萬馬奔騰一般，飛躍的前進，在這文化大發展、處處辦學校的時候，如果都等着按步就班的高等師範畢業再去教中學，這不但是不必要而且也是不可能的。所以我們一方面要用極快的辦法培養新師資，以補充并擴大我們教師的隊伍；另一方面要用各種辦法，提高在職教師的政治和專業水平,從而提高中等學校的教學質量。這樣就可以幫助解決教師數量的不足,又可以在不影響教學的情況下,提高質量,所以高等師範函授教育的本身,就是普及與提高相結合的很好例證,這是適合我國目前的實際情況,而且符合革命利益的有效方法。

我們學校的函授班,就是根據這種情況舉辦的。諸位同志也就是爲了祖國的利益,爲了迅速的提高自己,以更多更好的爲教育事業貢獻出自己的力量,所以投考了我們的函授班。這是很好的。

諸位同志都是從事教育工作的人,都清楚的瞭解我們的教育方針,我們要培養有社會主義覺悟的有知識的勞動者,要使他們既能從事腦力勞動,又能從事體力勞動,是又紅又專的全面發展的共産主義新人。培養這樣的新人,首先就要嚴格的要求自己,要自己不斷提高,不斷進步。

毛主席經常教導我們,教育人的人,就要先受教育;會作學生,纔會作先生。這就是説,作教師的人,不僅是教師,同時也應當是學生。

同志們都是較年青的教師,絶大部分是學校中的骨幹,是優秀教師,都在負責培養社會主義接班人,祖國和人民把更年青的一代交給大家培養。因此,在這新學期開始的時候，我懇切的希望大家鼓足幹勁，刻苦學習，努力克服學習中的各種困難，苦戰幾年，把學習堅持到底。希望大家，不但能够誨人不倦，而且能够學而不厭，不但能够作一個優秀教師，并且能够作一個優秀的學生，出色的完成學習和教學兩方面的任務！

親愛的老師們，黨和人民對你們是寄托着無限希望的。革命的事業需要你們學習，而你們也幸運的有了學習的機會，希望大家鼓足幹勁，力争上游，在黨的領導下，加油前進吧！

謹祝大家身體好！學習好！工作好！

〔一九五八年八月十五日新校北飯廳〕

畢業典禮上講話

親愛的畢業同學們：

今天，我們舉行研究生和本科生畢業典禮，我在這裏首先代表全校師生向你們即將走上教育戰綫上的新戰士，表示熱情的歡送，并致以衷心的祝賀！

畢業是年年都有的，今年就是與往年大不相同。今年畢業的同學們，在大學没畢業以前，又多上了很多新的課程，大家經過反右鬥争，整風運動，又都學習了黨的總路綫，在學校進行了教學改革，在迎接文化革命中也參加了戰鬥。在這一系列的革命裏，把同學們鍛煉得更加堅强，更加勇敢，政治覺悟大大提高，工作能力很有進步。

因此，你們在即將結束大學學習的時候，都紛紛的向祖國提出了堅决的保證，幾乎百分之九十八以上，表示要堅决服從祖國分配。你們説：『祖國的需要就是我的志願。』你們説：『祖國讓我到那裏，我就到那裏。』你們很多人表示，要到『地方』去，到基層去，到勞動中去！要到邊疆去，要到最艱苦的地方去！多少人都表示一定按着黨的指示：不僅在學校中畢業，而且要做到在勞動中畢業。

由今年的分配方案，也可以看出同學們的志願，是符合祖國需要的。今年方案中，按地區説，到西北和邊疆等處的，占百分之五十幾，約有一半以上。按工作情況説，在省、市、縣基層去工作的，約占百分之八十幾。

今年的分配工作，我們對確實有困難的，一般都加以照顧，有愛人關係的，百分之九十五以上都加以照顧。并且也盡可能的照顧了大家的志願，但是同學們志願去邊疆的很多，而方案中所提出的數字則較少，這樣，就不能滿足大家的志願了，如物理系第一志願去青海的有二十一人，而青海祇需要九人；願去新疆的二十五人，實際需要是七人，這種情況，大家的志願就不能滿足。又如有的系同學志願在北京的很少，而北京的需要很多，這就不能不多留在北京幾人了。

這情況，是十分可喜的情況，説明同學們政治思想水平的提高，正確的認識到青年們應當怎樣作。都提出願意到邊遠地區，到最艱苦的地方去鍛煉，不貪戀大城市，不圖過安逸的生活。

總的來説，情況是很好的，但是也還是有個别的同學，抱着一些不正確的想法，强調個人志願，忽視國家需要，挑地區、選單位，好安逸，怕吃苦。他們還沒有擺脱資産階級思想影響，還没有真正樹立起全心全意爲人民服務的思想。他們對於什麼是青年的遠大前途，『個人前途』和『國家需要』的關係等問題，都還缺乏明確的認識。

康同志前天報告裏，教導大家要下決心去革命去。既要去革命，首先就要作一個革命者，一個真正的革命者，是能够自覺的服從國家分配的，因爲他個人的志願和個人的目的，都和黨的事業、和革命利益一致。他個人的志願和目的，都是爲了實現黨的事業的手段。

一個真正的革命者，應當是在任何情況下都革命，你不能説，分配我在北京、天津大城市，分配我在大學作助教、中學作教師，我就革命，分配我在雲南、貴州，分配到農業中學、業餘學校，我就不革命。也不能説，照顧我愛人關係，和愛人在一起，我就革命，不和愛人在一起我就不革命了。希望同學們，堅決作一個革命者，正確處理『個人前途』和『國家需要』的關係，服從黨和人民的利益，克服個人困難，不斤斤計較個人得失，自覺的、愉快的接受國家所分配自己的工作。

大家還應當知道，服從分配，并不僅僅是在本校的時候服從，更重要的是到各省市後，還要分配到具體地區和單位，所以在本校出發，衹是服從分配的開始，到了省市，要服從省市人事部門的分配，一直到工作崗位上安下心來，把自己擔任的工作，作出成績來，纔算真正做到了服從分配。

去年畢業班的同學，表現了很高的組織性和紀律性，他們都能愉快的接受省市人事部門所分配的工作，學校曾先後收到福建、陝西、山西、内蒙、甘肅等地來信表揚，甘肅并在各地分配去的畢業生大會上，特別提出我校畢業同學有高度的自覺性。我相信今年的畢業同學，一定會作得更好。

這是關於服從分配的問題，下面我想和大家談談貫澈黨的教育方針的問題。

教育爲政治服務，教育與生産勞動結合，這是我們的教育方針。教育工作是爲階級鬥争服務的，是爲要改造舊社會，建設新社會服務的。我們所培養的是有社會主義覺悟，有文化的勞動者。

這一教育方針，是教育戰綫上的一個澈底的大革命，既然是革命，必然就會有鬥争，這個鬥争就是無産階級教育方針與資産階級教育方針的鬥争，是兩條道路的鬥争。

同學們今後在工作崗位上，應當積極的參加這一鬥争。堅決貫澈社會主義教育方針，在教育陣地上，拔去白旗，插上紅旗。

聽説有的同學，對拔白旗插紅旗没有信心，認爲自己不行，怕擔負不起來。我看這是兩種情況,一種就是有自卑感,這就還需要大家繼續打破迷信,解放思想,一種就是害怕革命,害怕鬥争。劉少奇同志曾説過,毒草是客觀存在的,一萬年以後還會有。既然一萬年以後還會有,那麽一萬年以後,也還會有鬥争。所以總是要革命的。作一個社會主義青年,就要有用無産階級世界觀改造世界的氣魄,要建設社會主義,就要興無滅資,就要用真的、善的、美的東西同假的、惡的、醜的東西去鬥争,我們這一代青年人,能擔當起這個任務,這是大家的光榮,不但不要害怕革命,而且要積極的投入革命,投入鬥争。

拔白旗插紅旗,也包括我們自己不斷進行思想革命,因爲很多人思想裏常會有兩種不同的思想,就是先進的和落後的思想,正確的和錯誤的思想,無産階級思想和資産階級思想。所以在自己思想裏,也要不斷革命,要使思想裏,先進的戰勝落後的,正確的戰勝錯誤的,無産階級思想戰勝資産階級思想,要在自己的思想裏插上紅旗。

希望大家今後在工作裏不要自卑自餒,也不要驕傲自大。堅決服從黨的領導,密切聯繫群衆,勇敢的投入文化革命和技術革命,貫澈并執行黨的教育方針,盡快的把我們的國家建設成具有現代工業、現代農業和現代科學文化的偉大的社會主義國家。

目前我們全國教育事業大大發展,緊跟着經濟建設高潮的出現,已出現了教育大躍進的新局面，縣縣辦學校，村村辦學校，工廠裏辦學校，農業社辦學校。全日制的和半工半讀的各種類型都有，因此處處需要教師。

在這樣情況，大多數的同學，將分配到省、市等基層單位的農業中學、民辦中學或函授、業餘等等學校的。同學們到那裏，首先應當看到，農業學校、民辦學校這樣大發展，這是我們國家極好的現象，這不是過渡的形式，不是暫時的形式，這是先進的措施，是教育密切結合生産勞動，理論密切聯繫實際的好辦法，是符合多快好省的原則，培養又紅又專的知識分子的好辦法。毛主席説：『學校是工廠，工廠也是學校，農業合作社也是學校，要好好辦。』

我們大家要認清這是正確的方嚮，要記住毛主席的話，把工作做好。

我們的教育事業，是要在普及的基礎上提高，在提高的指導下普及。一切事物都是發展的，都是在進步着。新生的東西，正確的東西，都是在鬥争中曲折的發展起來的。需要你們全心全意投入這文化大革命之中，去貢獻出自己的力量。我相信你們一定能够安下心來，在工作需要的地方，在艱苦的環境中，白手起家，用自己的勞動，創造出光輝的成績。

此外，并且希望你們要不斷學習，向群衆學習，向工農學習，向老幹部學習，學習他們的勞動觀點，學習他們的高貴品質，并且學習生産技術，要不斷的在勞動中獲得知識，以豐富自己的教學内容，使教學能够跟上生産的發展。

總之，在你們整裝待發的前夕，我懇切的希望你們：能够愉快的服從工作分配，在新的建設崗位上，貫澈并執行黨的教育方針，不斷革命，不斷學習，使自己今後歷史的每一頁，都插上一面鮮艷的紅旗！

親愛的同學們！你們是幸福的，你們是幸福的毛澤東時代的青年，祇有在這個偉大的時代，纔能够充分發揮青年的智慧和才能。毛主席把你們比作早晨的太陽，把希望寄托在你們身上。希望你們不要辜負黨和毛主席對你們的關懷。

祇要你們，在任何時候都聽黨的話，緊緊依靠黨的領導，依靠人民群衆的集體力量，一定能够作出『出色的成績』。祇要你們方嚮正確，肯動腦筋，發揮獨創精神，敢想敢幹，就能對教育事業有所貢獻！

同學們！你們此去，到祖國的四面八方，到勞動中去畢業，在文化戰綫上去革命，你們所接觸的實際，是多種多樣的，希望你們離開母校以後，要經常和母校取得聯繫，把你們學校的生産、教學和科學研究等各方面的情况，經常告訴我們，可以通過你們，來瞭解各地學校情况，幫助師大提高工作，改進工作。

同學們！你們的責任是重大的！黨和人民寄予你們的希望是殷切的。我們今天懷着期望你們迅速成長的心情，歡送你們走向征途。希望你們在總路綫的光輝照耀下，鼓足幹勁、力争上游，以不斷革命的精神，在工作崗位上拔白旗，插紅旗，爲社會主義的文化革命和技術革命，貢獻出自己的全部力量。

祝你們在戰鬥中取得勝利！

祝你們爲黨的事業立下功勛！

〔一九五八年八月十七日〕

堅決擁護周總理關於臺灣海峽地區局勢的聲明

我們堅決擁護周總理關於臺灣海峽地區局勢的聲明,這個聲明代表我們六萬萬人民的意志,是全世界四分之一人民的意志。

臺灣和澎湖地區自古就是中國的領土,這是根本不能抹煞的事實,美國用武力侵占這些地區,是侵犯我國領土完整和主權的非法行爲。

美國這種蠻横的强盗行爲,是對遠東和世界和平的嚴重破壞,而他竟恬然無耻的侮蠛中國人民,并説必要時將以武力阻撓我解放臺灣。解放臺灣和澎湖列島是我們中國的内政,是我們神聖不可侵犯的權利,美國有什麽權利阻撓!美國遠涉重洋來幹涉别國的内政,反説中國人民危及美國的安全!這真是無耻的讕言。這就更可以清楚的看出美國的狼子野心,這是我們六萬萬中國人民所絶對不能容忍的!

中國已不是十年前的中國,站起來了的中國人民,是帝國主義所嚇不倒的。美國如果膽敢向中國人民挑舋,就一定會碰得頭破血流。我們六萬萬中國人民在中國共産黨領導之下，是團結一致的，是所嚮無敵的，我們一定要把反對美國幹涉中國內政、威脅遠東和世界和平的鬥争進行到底。

〔一九五八年九月六日晚九時半〕

讀教育方針

——中央統戰部召集無黨派人士座談會上發言

現在形勢發展太快，我們思想都跟不上，忙不過來，學也學不過來，衹有鼓足幹勁。關於教育工作方針，是教育爲無産階級政治服務，教育與生産勞動結合，太正確了。解放以後，就讀過這方針，但當初總想不出怎麽作，過去幾年，教育上成績是主要的，但是在這方面還作得不够。

現在太好了，學校辦工廠，工廠辦學校，學生又有文化，又會勞動，又當學生，又是工人農民，在受教育的過程，就已經結合了，結合實際，結合生産，所學是所用，書本與實際結合。

如按原來辦法，衹學書本知識，畢業以後，還要用一段時間，在勞動裏去改造。我們學校，在最近幾個月之中，已辦了一百四十一所學校，辦了七十多所工廠，把以前靠進口的化學試劑也作出來了。會作耐火磚、尼龍襪、化學肥料、景泰藍(老師傅都是學九個月，我們學生衹學了九天)，造紙等等，什麽都有，從前不會的，現在都搞出來了。

生物系也搞高産試驗田，計劃每畝生産二萬斤。以前學生念了幾年生物，在街上連騾子、馬都分不清，連韭菜和麥子都分不清。

本來書本的知識，是從那裏記録下來的？還不是把勞動的成績和結果記下來，但是自從孔子孟子把勞動實際和書本分開，并且硬説祇有讀書本的知識，纔是高人一等，搞實際勞動的人，農夫，木匠，瓦匠，都説是小人，要勞心者治人，勞力者治於人。要治人者食於人，治於人者食人。誰勞動，誰就要被不勞動的人統治，被讀書人統治還不算，還要打糧、蓋房、織布去養活統治自己的人，本來太没道理。

幾千年被孔子孟子思想束縛，從現在開始要改變了，這是大事，是了不得的大事，不如此，培養不出共産主義新人，培養不出『有社會主義覺悟、有文化的勞動者』。

這是最好不過的，這樣培養出的學生，又紅又專，能文能武，身體又健壯，一個個和生龍活虎一樣，都是真正的社會主義接班人了。

另一方面，普及教育，勞動者都有了書本知識，在工廠農村辦學校，因陋就簡，先辦出來再逐步提高，能者爲師，會什麽教什麽，用什麽學什麽。

勞動者有文化，知識分子能勞動，咱們六萬萬人口的國家，很快就能成爲又大又强，工農業高度發展，科學技術高度發展，文化高度發展的國家。毛主席説『大有可爲』。真是不得了。

這所有一切,没有共産黨的領導,是絶對不行的。帝國主義也看錯了我們,他以爲中國還是十年前的中國,開來幾條軍艦,西太后、蔣介石反動派等,就給他磕頭,定賣國條約,割地賠款。這時代一去不復返了,六萬萬人民,在共産黨的領導下,不是好惹的,有毛主席領導,我們六萬萬人團結起來,力量是無窮無盡的。

我們熱愛和平,不願打仗,但是也不怕打仗,真要打起來,帝國主義一定失敗的,有侵朝的前車可鑒。

〔一九五八年九月十日〕

開學典禮及本學年第一次科學討論會開幕式上講話

全校教職學工同志們：

今天是我校新學年的開學典禮，又是科學討論會開幕式，我首先代表學校向今年的一千九百多新同學，致以熱烈的歡迎！

歡迎你們，從這學年起，就成爲北京師大的新主人，就將和我們一起共同建設共産主義的新師大！

我校自從九月初，黨委提出要在科學研究工作上全面躍進後，大家都迅速的行動起來，形成了一個轟轟烈烈的、群衆性的運動，經過一個月的苦戰，各系都捷報頻傳，把我校的科學研究推上了新的高峰。在這個基礎上，我們本學年第一次科學討論會就在今天開幕，并在今、明、後三天，繼續討論，我這裏向在科學研究上取得巨大的成就，表示極大的祝賀，并預祝討論會勝利成功！

在我們北京師大裏，正在進行着一場新的革命，從去年夏季以來，我們經歷了極其深刻的政治上、思想上的社會主義革命,全校師生員工的覺悟大大提高了。又在這個基礎上,全校正在大力貫澈執行了教育和生産勞動相結合的方針,在教學、生産和科學研究上,在各個方面的工作上,都起了巨大的變化,都有了極大的躍進。我們北京師大正在馬不停蹄的飛躍向前,正在多快好省的爲今後取得更大的勝利而奮鬥!

我們最近的成績是驚人的,而我們今後的更大的新的成績也是可以預料的。很多情况和這學年我們的任務,等一下何校長還要詳細的講,我就不多説了。我祗想提出一點,就是:我們所以能在各方面取得輝煌戰果,我們今後的勝利所以能有堅定的保證,歸根到底,最重要就是黨的英明領導。從事實證明,黨能領導教育,黨能領導科學,黨能領導一切!哪裏有黨的領導,哪裏就有光明,祇有有了黨的領導,纔能實現人類的一切崇高的美好的理想!

關於黨的教育方針的問題,現在全國教育事業一日千里的發展,就雄辯的説明了這個方針的正確。新中國成立九年來,尤其是最近一年來,我們在教育史上,不僅是中國教育史,而且是在世界教育史上,已開創了亘古未有的奇迹。

教育事業,不僅僅在數量上的增加,更重要的是,今春以來,由於貫澈了黨的『教育爲無産階級的政治服務，教育和生産勞動相結合』的方針，貫澈了黨的『從群衆中來，到群衆中去』的路綫，一方面全國各地學校的師生下鄉下廠，學校裏辦工廠；一方面工廠、農村辦學校，使我國教育事業改變了過去忽視政治，脱離實際，脱離生産勞動的現象，出現了一個百花齊放，萬象峥嶸的局面。

拿我們學校來説，在短短的時間裏，辦學校四百多，辦工廠四十多個，一個月的時間，科學研究搞了一千七百多項，而且質量都很高，這就是由於貫澈了黨的教育方針的關係。

教育與生産勞動相結合的方針，是共産主義教育的根本方嚮，是教育戰綫上的一個徹底的大革命。既然是革命，必然就會有鬥争。這個鬥争就是資産階級教育和無産階級教育的兩條路綫的鬥争。

有些人想不通，以爲既是教育，既是上學，就是念書，勞動不能算作教育。由於教育和勞動分離，體力勞動和腦力勞動分離，在中國已有二千多年歷史，二千多年這樣長時期的思想影響，所以今天還有些人一時不能接受。

但是，二千年時間雖長，在人類社會發展歷史的過程來看，時間却又是很短的，因爲在没有階級以前的社會，有若干萬年，體力勞動和腦力勞動是結合的，在有了階級以後，剥削階級不許勞動人民子弟學文化，製造出『勞心者治人，勞力者治於人』的理論，體力勞動與腦力勞動就逐漸分離，逐漸形成『萬般皆下品，惟有讀書高』的看法。而在消滅階級以後的社會，又都會是體力勞動與腦力勞動相結合的。所以人類歷史，祇有短暫的二千多年是體力勞動與腦力勞動分離。我們要站得高些，看得遠些。

我們今天，正是在一個偉大的變革時代，正在作着前人所不曾作過的事情。從我們這一代的手裏，要扭轉過這個不合理的現象，這些尤其是要體現在你們年青人的身上。黨要求我們成爲有社會主義覺悟的有文化的勞動者，要求我們成爲又紅又專，能文能武，能上能下，全面發展的建設社會主義和共産主義的人材。

這是一件大事情，希望大家，尤其是新同學，要深刻認識這一方針的正確性，認清教育與生産勞動相結合，不僅可以提高同學的政治思想覺悟，而且也可以提高教學質量，使同學獲得比較完全的知識。同時這也是消滅體力勞動與腦力勞動差别，消滅知識分子與工農差别的重大措施。這方針是符合於人民的願望的，是過渡到共産主義所必需的。

貫澈這方針，就要同幾千年的舊傳統進行鬥争，希望你們每一個人都能在這一鬥争中，成爲促進派，并在鬥争中取得勝利！

全體教職學工同志們！我們光榮的生長在這樣偉大的時代，這是千載難逢的時代，我們的祖國正在一日千里、萬里的躍進，共產主義已在萌芽，爲着實現這崇高的人類理想，希望大家在黨的正確領導下，堅定信心，加速步伐，努力學習、勞動和鍛煉，高舉共產主義的紅旗，勢如破竹的前進，再前進吧！我的話完了！

（一九五八年十月三日新校大操場）

歡迎伊拉克共和國文化代表團講話

親愛的同志們:

今天我們在這裏,歡迎我們的親密朋友,伊拉克共和國文化代表團,首先我在這裏,代表我們北京師範大學全體師生,向我們尊貴的客人,表示極熱烈的歡迎。

中國人民和伊拉克人民,自古以來就有密切的友誼關係,和經濟上、文化上的相互交流,衹是殖民主義者侵略東方以後,纔割斷這種聯繫。

兩個多月以前,我們懷着非常興奮的心情,熱烈祝賀伊拉克人民的偉大勝利。七月十三日,是一個可紀念的日子,以卡塞姆將軍爲首的伊拉克愛國軍人,發動了革命,推翻了美英帝國主義走狗費薩爾王朝的反動統治,建立了反帝國主義的共和國。

從此,亞洲又多了一個掙脱殖民枷鎖,取得民族獨立的國家,又多了一個反對侵略、愛好和平的國家。

我們中國人民和伊拉克人民一樣,曾經長久受着帝國主義列强的侵略和掠奪,長久受着帝國主義代理人封建統治者的壓迫，所以我們對於伊拉克人民的英勇鬥争，格外感到兄弟般的同情。

雖然我們兩國人民之間，隔着幾千公里的距離，但是我覺得，伊拉克人民的鬥争，就是我們自己的鬥争，伊拉克人民的勝利就是我們自己的勝利！

我們北京師範大學，九年以來，在中國共産黨領導下，已取得了一些成績，但是我們知道，我們的工作作得還很不够，還不能完全滿足國家和人民對我們的要求，因此，我們十分歡迎來自各地的朋友們，給予我們的幫助。

我非常誠懇的希望，伊拉克共和國文化界的朋友們，在參觀以後，對我們的工作提出意見，以作我們改進工作的參考。

我們學校簡單的情况，等一下請我校校長辦公室主任張剛同志給介紹一下。現在讓我們再一次向親密的伊拉克共和國的朋友們，表示我們對伊拉克人民偉大勝利的祝賀，表示我們對大家的熱烈歡迎！

伊拉克文化代表團名單

團長：阿布德·扎爾扎拉——教育部督學

團員：

（1）伊布拉西姆·阿·穆赫作博士——師範學院心理學付教授

（2）西迪克·阿吐西博士——巴格達大學注册部主任（付教授）

（3）阿里·瓦爾迪博士——文理學院社會學付教授

（4）卡立勒·愛勒·塔力布博士——師範學院講師

（5）阿里·阿布都·侯賽因博士——農學院昆蟲學講師

（6）阿巴炘·愛勒·拉士迪博士——文理學院生物學講師

（7）阿布都·扎立拉左布巴業博士——師範學院教育學講師

（8）馬赫茂德·穆·凱西——師範學院體育講師

（9）阿布都·馬立克·阿布都·瓦哈——商學院經濟學講師

（10）雅柿夫·穆·卡立得——衛生部醫師

（11）阿赫邁德·沙米爾博士——衛生部醫師

(12)塔立克・馬德魯姆——古物局秘書
(13)瓦立德・愛勒・賈第爾——解放女子學院繪畫學講師
(14)阿塔・薩布利——美術學院繪畫講師

招待人員：

陳校長　黄教務長　張剛

于陸琳(教育系總支書記)　陳國眉(心理)　黄濟(教育學)

汪堃仁(生理)　張啓元(生理)　劉忠敏(昆蟲)

劉伯奇(體育)　譚丕模(中文)　何茲全(歷史)

同學二人

〔一九五八年十月三日下午三時在新校大會議廳〕

歡迎越南教育代表團講話

諸位同志：

今天我們學校有機會接待越南教育代表團，感到非常高興，在這裏，我代表我們北京師大向以阮文煊團長爲首的越南教育代表團表示熱烈的歡迎！

我們北京師範大學解放九年來，在黨的領導下，取得了一些成績，尤其是最近一個時期，我們根據黨所提出的教育爲政治服務，教育與生産勞動相結合的教育方針，正在進行着教育大改革。在這個方針指導之下，我們制定出來新的『教育改革方案』和『教學計劃』，我們大辦工廠，大辦學校，我們的教師和學生下廠下鄉，參加勞動鍛煉，我們正在爲祖國培養有社會主義覺悟的，有文化的勞動者而努力。但是，我們這一工作，時間還不算久，還没有什麽經驗，今天越南民主共和國教育戰綫上的朋友們來到我校，我們希望大家能够給我們提出寶貴的意見，使我們工作可以得到改進。

中越兩國人民，自古以來就有着深厚的友誼，在政治、經濟和文化上都有很深的關係，但是，祇有在兩國都有了『工人階級的政黨』領導後，這種友誼纔得到真正的發展。現在越南人民正在以新的步伐嚮着社會主義前進。我們每一個中國人民對兄弟的越南人民所獲得的光輝成就，都感到無限的歡欣。

讓我們再一次向越南教育代表團的莅臨，表示熱烈的歡迎！願我們兩國之間兄弟般的友誼日益鞏固，萬古長青！

（一九五八年十一月六日上午在新校會議廳）

歡迎馬健民校長講話

各位同志:

今天我以十分興奮的心情,來歡迎我們新到校的新校長馬健民同志,馬校長來到我們學校,是一件大好事情,是我們全校的人都非常高興的事情,現在讓我們對馬校長表示極熱烈的歡迎!

我們國家在一日千里的飛躍前進,最近一個時期,我每天打開報紙,都感到五光十色,接應不暇。我們六萬萬勞動人民在創造着奇迹,我們正在人類歷史上寫出燦爛光輝的一頁。

在全國這樣的神速前進中,我們學校在黨的領導下,也正在躍進、再躍進。這一年多來,我們學校發生着深刻的變化,經過反右、整風,進行了教學改革,正確執行并貫澈了毛主席教育與生産勞動相結合的教育方針,在群衆思想覺悟,在人力組織調配,在教學生産和科學研究等各方面,都有了非常巨大的改變和提高。

從這些進步中,我們體現出黨的領導的偉大,體現出黨的教育方針的正確,在這社會主義革命時期，教育事業切實的，真正的負起了爲無産階級政治服務的使命。

我們所辦的是一個新的事業，是史無前例的，是没有前例可循的事業，工作是十分繁難複雜的，我們必須加强黨的領導力量，加强行政的力量，纔能把工作作得更好。目前我們學校，在這樣大躍進中，發展規模，越來越大，事情越來越多越重，五盤棋，盤盤都要下好，領導這樣大規模的學校，不是一件容易的事情。

以前學校雖是三位校長，而繁重艱巨的任務，都落在劉校長、何校長二人的身上，他們的身體都不算很好，每當我看到劉校長有時因睡眠不足，熬紅了眼睛，看到何校長有時過於勞瘁面色不甚好，我心裏就感到非常不安，并覺得非常慚愧。我很久以前，就曾提出過，希望中央能再派給我們幾位校長，以加强黨的領導，以分擔他們的工作。

現在這個願望達到了，已調來馬健民同志作我們的校長，這真是一件高興的事情，我第一次看見馬校長的時候，就和他説：『吾太公望子久矣！』馬校長的到來，是對我們學校的工作極有好處的。

馬校長年富力强，他是一位工作經驗非常豐富的同志，他在一九三〇年就已參加了革命工作，抗日戰争以後，在晋察冀邊區連續擔任政權工作、群衆工作和文化工作，北京解放後，作人民日報秘書長，後調政務院文化教育委員會辦公廳付主任，文化教育委員會計劃財務局付局長。來我校以前,擔任國務院第二辦公室高教組組長,文化組組長等職務。他長期以來,作文化教育工作,是有很多實際經驗的老同志。能有這樣一位新校長調來我校,這是我們莫大的榮幸!

今天我校的教學和行政各級領導同志,都同聚一堂,和馬校長見面,讓我們再一次向馬校長表示熱烈的歡迎!

讓我們大家團結一致,在黨的領導下,在劉校長、何校長和我們的新校長領導之下,以更加迅速的步伐,鼓足幹勁,力爭上游,多快好省的,爲建設我們共產主義新師大而奮鬥!

〔一九五八年十一月二十九日新校會議廳〕

歡迎朝鮮文化教育相來我校參觀

各位同志：

今天，我們以極愉快的心情，接待朝鮮文化教育相來我校參觀，我們能有機會得到貴賓參觀訪問，感到非常興奮，非常光榮，現在，讓我們向貴賓表示熱烈的歡迎！

我們中朝兩國，唇齒相依，安危與共，我們兩國人民親如手足，休戚相關！我們不但在反對帝國主義侵略的鬥争中是并肩作戰的戰友，而且在和平建設的事業中，也是互相支援，互相學習的兄弟！

我們北京師範大學，雖然是一個有幾十年歷史的學校，但是一直到解放以後，我們纔獲得新的生命。九年以來，在黨的領導下，根本改變了舊日的面貌。尤其是最近一個時期，貫澈了黨的教育方針，爲無産階級的政治服務，與生産勞動相結合。我們正在爲培養又工又農、又學又兵的全面發展的多面手，爲逐步消滅腦力勞動與體力勞動的差别，爲培養共産主義的新人而努力。

幾個月以來，我們的收獲是很大的，等一下由我校幾位同志向貴賓們介紹。我這裏就不多説了。

我們雖然取得了一些成績，但是我們的經驗還很少，我們還要更進一步的加緊努力。今天貴賓們的莅臨，給了我們很大的鼓舞，我們誠懇的希望您參觀後，給我們提出寶貴意見，以改進我們的工作。

我們中朝兩國文化教育，也和其他各項建設一樣，都正在蓬勃的發展和提高，我們的文化交流肯定將獲得更廣泛的開展！

今天讓我們再一次向貴賓的莅臨，表示極熱烈的歡迎！

祝中朝兩國人民用鮮血凝成的戰鬥友誼萬古長青！

〔一九五八年十二月八日〕

全國政協常委擴大會座談周總理報告發言

關於毛主席不作下屆國家主席候選人的問題，這是一件大事情，是很重要的事情，必需要在全國人民中間好好的把精神貫澈下去，講明白道理，不然一定有很多人是不同意的。前幾天我就曾聽有人説，毛主席是我們的救命恩人，他老人家不作主席可不成。我覺得這種感情是可以理解的，也是很自然的，所以一定要把精神貫澈下去，把工作作好，不然在群衆的思想裏會有很大波動。

這是一方面，另外，我在這件事情上，也深深感到我們黨的辦事迅速，上下貫通，作得又快又好，就在這一兩天之間，機關、團體、學校，甚而至於街道巷里居民，立刻家喻户曉，人人得知。連外縣的，鄉村的人，都已經知道，全國各地想都已傳達，這樣迅速的整體如一，真是令人高興興奮的事情。

對於毛主席不作下届國家主席候選人的問題，本來是早就提過的，在我初初聽到時，也感到有些突然，覺得感情上有些不自然，但是平心静氣想一想，也是很容易就想通的。

我覺得這次黨中央根據主席自己的建議，所作的決議，是正確的，因爲這樣作完全符合黨和國家長遠的和最高的利益。祇要從大處看,從遠處看,就感到這樣作的完全正確。

毛主席不作國家主席,還作我們黨中央主席,我們國家本來就是共産黨領導,毛主席還作主席,國家大事,他還是在領導,而且把事務性的工作減少一些,可以抽出更多一點的時間,多考慮方針政策路綫的問題,這對於國家和人民是更有好處的。

另外,我們中國的革命勝利,這是使全世界震動的偉大的事件,我們這樣多人口的大國,經過幾十年的革命鬥争,而敵人又有帝國主義來武裝支持,我們人民取得勝利,是非常不容易的,是有非常豐富的經驗的,所以取得這樣偉大勝利,是由於馬列主義與中國具體情况相結合,馬列主義正確的結合了中國實際,纔能取得勝利,很多理論是馬列主義的進一步發展,這是馬列主義的勝利,也是毛澤東思想的勝利!

毛澤東思想,毛澤東學説,不是簡單的事情,不僅是指導中國人民取得勝利的思想,而且對於全世界都有十分重大的意義,他的著述,對於世界民族解放運動,對於世界的和平民主運動,對於各國的經濟建設,都有很大幫助。我看在毛澤東思想指導下的中國革命鬥争的勝利,中國經濟建設的成就,都在全世界有很大影響。如果使毛主席能够有更充分的時間從事馬列主義理論工作,總結我們的經驗,發揮嶄新的學説,這不僅對中國人民有利,而且對全世界勞動人民都有利,不僅是中國人民的幸福,而且是全世界勞動人民也包括民主主義兄弟國家的人民的幸福。

如果從這個意義上講，我完全贊成黨中央的決議。

這個決議在報上公布後，一定會引起世界的重視，帝國主義國家，他們是不會理解的，他們的政府是爭權奪利，是爲少數壟斷資本家服務的，他們衹知道『爭』，衹知道『奪』，所以他們不能理解，而且也一定會造謠誣衊我們。但造謠我們是不怕的。

在國内，也會有壞分子造謠，去年最高國務會議以後，就是一個樣子，但是，現在全國經過反右、整風、交心等運動，群衆思想覺悟普遍提高，我們也不怕壞人造謠，但是也必須要密切注意，提高警惕。

我的話完了！

〔一九五八年十二月十五日全國政協常委擴大會。備而未用〕

入黨

——支部大會上講話

同志們:

今天,對我來説,是一生中最光榮的日子。支部大會通過我入黨,接受我參加到工人階級先進組織,我感到莫大榮幸!但是我缺點甚多,努力不够,也感到非常慚愧!

我長時期生長在舊社會,由於那時没有正確思想的指導,經過紆迴曲折的道路,過了大半生。在北京解放整整十年的今天,纔逐漸認清過去種種錯誤,提高了階級覺悟,終於走上了這條光榮正確的大道。

今年,我已年近八十,真所謂『垂暮之年』,纔找到了共産黨,自恨聞道太晚。但是我年紀雖老,俗語説,『虎老雄心在』。我想,年歲的老少,不能阻擋人前進的勇氣;聞道的遲早,不能限制人覺悟的高低。中國共産黨是中國歷史上最偉大、最光榮、最正確的黨,不但是要把中國,建設成爲一個偉大的、富强的、先進的社會主義國家,并且在這個基礎上繼續前進,實現人類的最高理想——共産主義。我要以我有生之年,竭盡能力,爲這個崇高的目的，爲黨的事業，不休不倦地繼續努力！

我年歲雖然比諸位大一些，但是我在諸位先進者的面前，是個後進。雖説青年人要向老一輩學習，我則要『從先進』，要追隨先進青年之後，向先進青年們虚心學習；雖説青年人一定會勝過老一輩，我則不能因此而放棄對我自己的嚴格要求。爲社會主義和共産主義效忠，何分老少；作人民忠實的勤務員，也并不限於年齡。按自然發展規律，我工作的年限，可能不如年輕人多，但正因爲如此，我就更要快馬加鞭，來學習，來工作。

今天，黨給了我寶貴的政治生命，我要珍重這一新生命的開始，我要以今天，爲一個新起點，鼓足新的幹勁。

我改造得還很不够，缺點還很多，今天同志們所提的意見，非常寶貴，對我的幫助很大，我今後當更嚴格的按照黨員的標準來要求自己，加强階級觀點的鍛煉；努力克服個人主義思想殘餘；密切個人與組織的關係。我要在黨的直接教育和同志們幫助下，不斷地克服自己的非無産階級思想，增强自己的黨性。我雖然身體不好，但是我要勤勤懇懇，老老實實，努力學習，艱苦奮鬥，使自己真正成爲紅透專深的工人階級知識分子，以不辜負黨和同志們對我的希望，以不負共産黨員的光榮稱號。

〔一九五九年一月二十八日〕

中蘇友協座談會上發言

諸位同志:

這些時候,全世界進步人類都矚望着光芒四射的莫斯科,我們都以熱烈和激動的心情注視着這次蘇共第二十一次代表大會的進程。現在大會已經隆重閉幕,我們爲大會取得的偉大勝利,感到無限歡欣鼓舞。因爲我們一嚮把蘇聯的勝利,看爲我們自己的勝利。

這次大會展開了人類歷史上新的一頁,它具有重大的歷史意義。標志着蘇聯正進入全面展開共産主義建設的新時期。這次大會的代表,實際上是共産主義建設者的代表,大會是共産主義建設者的代表會議。

蘇聯七年計劃,是一個激動人心的偉大計劃,是建設共産主義的裏程碑,顯示了共産主義更加壯麗美好的前景,大大鼓舞了我們對共産主義事業的勝利信心。

蘇聯是我們學習的光輝榜樣,四十多年前,蘇聯一聲炮響,給人類打開了通向社會主義的道路,今天蘇聯七年計劃,又在全人類面前架起向共産主義過渡的橋梁。蘇聯共産黨領導着蘇聯人民給全世界人民作出了偉大貢獻,他們的功績是卓越的。我們向蘇聯共産黨和蘇聯人民致敬，并要向他們認真學習。

我們教育工作者，責任更爲重大，我們展望共産主義前景，就更要加快速度培養社會主義新人，我們要在黨的教育方針指導下，用馬克思列寧主義的思想，來培養將來的人，培養新的一代。使我們新的一代，都具有高度的共産主義思想覺悟和各種建設的本領，以擔當起我們新的歷史階段的新任務。

向共産主義進軍的號角，已經響起來了！世界的和平更有了保障，民族解放鬥争更有了信心，人類進步事業更得到發展。我們就更要進一步學習蘇聯先進建設經驗，以加快我國社會主義建設。我們和蘇聯并肩携手，共同在前進的道路上，從勝利走向勝利。

〔一九五九年二月七日〕

歡迎薛迅付校長會上講話

各位同志:

今天我們都以非常高興的心情,歡迎我校的新校長薛迅同志。去年十一月我們在這裏歡迎了馬健民校長的到校,現在我們又以同樣高興的心情,來歡迎薛迅同志調到我校,現在讓我們對薛校長表示極熱烈的歡迎!

去年這一年,我校的工作和全國的教育工作一樣,取得了很大的成績,在學校裏鞏固了黨的領導,貫澈了教育方針,去年我們轟轟烈烈的搞起教育革命,今年我們要踏踏實實的去幹,要鞏固并發展教育革命,在去年的勝利基礎上,取得更大的勝利。

我們的教育工作,首先要爲國家建設計劃服務,要保證工農業産品産量提高,就要提高技術水平,要技術水平提高,就要學校的教學質量提高,教學質量提高,就要師資水平提高,師資水平的提高,就是我們高等師範的責任了。所以説我們高等師範教育的任務是很大的。我們學校,又是全國重點學校之一,因此我們的任務就更重了。

在學校裏,我們的工作是多的,要搞教學、科學研究、生産勞動等等,工作多,任務重,就更要求領導上深入群衆，深入實際，因此就迫切地需要加强領導力量。黨和政府就是爲了加强我校的領導工作，最近派薛迅同志來我校任付校長。這是我們熱情歡迎的。

薛迅同志，是一位參加革命工作多年的老同志，她工作經驗非常豐富，她曾經擔任過河北省付主席等職，來我校之前，任石油工業部部長助理，有很多實際經驗，能有這樣一位新校長調來我校，這是我們極其高興的事情。今天我們各系、各單位的負責同志都在這裏，我們開這樣一個會，和薛校長見面，讓我們再一次向薛校長表示我們的熱情歡迎！

今後我們大家在黨委領導下，在劉校長、何校長、馬校長和新來的薛校長領導下，共同把學校工作作好，我們要在教學和勞動，在政治理論工作和科學研究工作等各各方面都作出出色的成績來，使我們學校在去年勝利的基礎上，取得更大的勝利！

〔一九五九年三月十二日〕

新校務委員會第一次會議上講話

諸位校委同志們：

今天諸位校務委員，同濟一堂，來開本届的校務委員會第一次會議。新的校委會成立，在我們學校來説，是一件大事，對於我校今後各方面的工作推動，有很重要的關係，因此我們對於校委會的誕生，是極其重視的。

去年九月十九日中共中央、國務院關於教育工作的指示中，談到『在一切高等學校中，應當實行學校黨委領導下的校務委員會負責制』。我們根據這一指示的精神，組織起新的校委會。新的校委會和以前的校委會是不同的。過去學校是在黨的領導下，實行校長負責制，那時，校委會是一個咨詢機構，而現在我們是實行學校黨委領導下的校務委員會負責制，新的校委會是黨委領導下的行政權力機構。

在右派分子向我們猖狂進攻的時候，他們主張所謂『民主辦校』，主張專家組織校委會，主張實行『教授治校』，當然他們的目的衹有一條，就是要取消黨的領導，要走資本主義道路。

經過反右鬥爭，經過整風、雙反，和去年教育大革命，我們大家的思想覺悟、政治認識都有很大提高，我們都已識破右派的陰謀，我們無論在理論上，在實踐中，都已明確：教育事業，必須由共産黨領導。毫無疑問，這樣的認識是很正確的。

因爲，我國是無産階級專政的國家，是社會主義的國家。我們的教育，不是資本主義的教育，而是社會主義的教育。沒有共産黨的領導，社會主義的教育是不能實現的。我們黨的教育方針，嚮來就是，教育爲工人階級的政治服務，教育與生産勞動相結合，爲了實現這個方針，教育必須由共産黨領導。

教育爲政治服務，教育與生産勞動結合，教育必須由黨來領導，這三者是互相聯繫的，是不能彼此孤立的。

現在我們在去年教育大革命取得根本性勝利的基礎上，成立起新的校委會，實行學校黨委領導下的校委會負責制，是非常必要的，而且也是很及時的。

今後新的校委會，在黨委領導下一定能積極的開展工作，這樣，就會對我校改進教學，和學校其他行政業務等方面，都將起很大作用。

據我看，校委會主要可以在兩方面有很大好處，一方面，我們校委會的成員，包括各系各單位的負責同志，和有代表性的同志們，通過校委會，可以進一步發揮全校教師的積極作用，并且可以使黨委同志能够有更多的機會，聽取群衆的意見。一方面，由於校委會的組成，并負起它的責任，則學校黨委負責同志，就可以有更多的時間，來決定和處理學校工作中的重大問題，并且也可以更深入的到群衆之中，更多的瞭解、發現和解決教學中的問題。

這樣就可以更深入的貫澈黨的教育方針，對於提高教學質量，以及其他各方面的工作，都將有很大好處。

我們高等師範教育，在整個教育事業中，是很重要的一環，尤其是我們北京師大，又是全國重點學校之一，負責提高的工作，國家對我們的要求是很大的。將來我們是以培養高等師範教師爲主。也可能我們要改成五年制，以便更好的適應新的要求。

總之，我們的責任是重的，任務是多的，我們要進一步發揮群衆的積極作用，把學校工作作好。

諸位校委同志，都是經過幾位校長慎重考慮提名，然後呈報教育部批準任命的。同志們的工作，本來也都較繁重，擔任了校委委員，工作會更加多了一些，但是這是一項光榮的職責，相信大家都能愉快的擔當起來，把應作的工作作好。

從今天起，我們的新校委會就開始執行它的職責，我相信我們大家一定能合心合力，把校委會的工作作好，在學校黨委領導下，共同把學校的工作，更快的向前推進。

今天，我們開校委會第一次會議，討論三個問題。討論之前，看看别位校長，還有什麼指示。

〔一九五九年三月三十一日〕

歡迎阿爾及利亞軍事代表團來校作報告大會上講話

在會客室講話

同志們:

今天,我們能够有機會,在這裏歡迎英雄的阿爾及利亞軍事代表團,我們感到十分榮幸和高興,請允許我代表我們北京師範大學全體教職學工,向英勇的阿爾及利亞民族解放軍的代表們,向正在戰鬥中的阿爾及利亞人民,表示熱烈的歡迎,并表示崇高的敬意!

儘管我們中阿兩國,遠隔重洋,相距萬里,但是共同的遭遇和共同的鬥争,把我們兩國人民緊緊地連在一起。

中國人民是和阿爾及利亞人民站在一起的,我們一貫同情和支持阿爾及利亞人民争取民族獨立的正義鬥争。

阿爾及利亞人民是不可戰勝的,帝國主義一定要滚出非洲去,最後勝利一定屬於爲民族獨立而鬥爭的阿爾及利亞人民！

我們中阿兩國人民的友誼將日益加强，祝我們中阿兩國友好合作萬古長青！

在代表團報告會前接待會上致辭

同學們，同志們：

今天，我們接待以奥馬爾·烏西迪克團長爲首的阿爾及利亞軍事代表團，蒞臨我校，并給我們作報告，我們感到極大的高興，讓我們向英雄的阿爾及利亞民族解放軍的代表們，表示熱烈的歡迎，并表示衷心的感謝！

四年多來，阿爾及利亞人民英勇地抗擊了法國殖民主義者，阿爾及利亞民族解放軍越戰越强，并取得了一系列的勝利，讓我們向阿爾及利亞民族解放軍的代表們，向正在戰鬥中的阿爾及利亞人民表示崇高的敬意！

阿爾及利亞人民的鬥争，不是孤立的，我們六萬萬五千萬中國人民對於阿爾及利亞人民争取民族獨立的鬥争，抱有深切的同情，對阿爾及利亞人民在極端困難的條件下，艱苦奮鬥的精神，感到十分欽佩。中國和阿拉伯各國雖然隔着千山萬水，歷史上却早有來往，這種聯繫衹是近年來被帝國主義人爲的隔斷了。現在,在反對帝國主義和争取和平的共同戰綫上,中國人民同阿拉伯各國人民之間的友誼,得到了新的發展。

我們中阿兩國人民之間的深厚友誼,就是在反對帝國主義的共同鬥争中發展起來的。我們中國人民一嚮把阿爾及利亞人民的鬥争,看成是自己的鬥争,把阿爾及利亞人民的勝利,看成是自己的勝利!

我們堅信,正義的鬥争必將取得勝利,被壓迫的民族必將獲得解放!

現在我們請代表團給我們作報告,内容是關於阿爾及利亞民族解放鬥争的情况,讓我們表示極熱烈的歡迎!

在代表團報告後講話

同學們,同志們:

我們聽了報告,我們十分感動。阿爾及利亞人民和民族解放軍,爲反對殖民主義的不屈不撓的英勇鬥争,非常使人敬佩。讓我們向爲争取民族獨立,而英勇鬥争的阿爾及利亞人民致敬!向阿爾及利亞民族解放軍致敬!

我們中國人民，同正在争取獨立自由的阿爾及利亞人民完全站在一起，我們對阿爾及利亞的鬥争堅决支持，并對他們所獲得的每一個勝利而歡欣鼓舞。

阿爾及利亞人民的英勇鬥争和勝利，證明了：一切被壓迫的民族，衹要敢於起來進行鬥争，他們就是不可戰勝的。

阿爾及利亞是阿爾及利亞人民的阿爾及利亞，法國殖民主義者企圖把它變成法國的一省，那是永遠辦不到的！

英雄的阿爾及利亞人民必將勝利！

殖民主義者必遭失敗！

帝國主義在全世界完蛋的日子，已經越來越近了！

現在我們再一次向代表們爲我們作報告，表示衷心的感謝！

讓我們高呼：

阿爾及利亞人民的鬥争勝利萬歲！

帝國主義滚出非洲去！

亞非人民大團結萬歲！

〔一九五九年四月二日〕

希望大批優秀青年到教育戰綫上來

——第二届第一次全國人民代表大會上發言

各位代表:

我竭誠擁護周恩來總理政府工作報告以及李富春副總理、李先念副總理和彭真副委員長的報告,這幾個報告都給我極大的鼓舞和啓發。我也完全同意各位代表對於西藏問題的發言。我現在謹就高等師範教育工作,發表一些意見。

教育戰綫,是我們祖國各項建設中的一條極爲重要的戰綫,教育是階級鬥争的一種强有力的工具,改造舊社會與建設新社會,必須很好的掌握和利用這一工具。教育同時也關係着人類文化的繼承與發展。

高等師範教育在某種意義上可以説是教育事業的基本建設,是全部教育事業的基礎,就像機器工業中的工作母機一樣。師範教育的任務,是培養中學師資,中學教師擔負着培養青年具有共産主義的世界觀與人生觀,和把文化科學知識傳授給青年一代的任務。教師的言行,對青少年的思想面貌和道德品質的影響常常是深遠的,有時甚至會影響他們的一生。

中學不斷地把培養出來的學生輸送給國民經濟和文化教育各個戰綫。工業、農業各部門所需要的技術人才，固然是從其專門性高等學校培養出來的，但是向這些學校輸送的中學生的質量好壞，却有賴於中學師資的水平，而中學師資的培養又有賴於高等師範，因此，國民經濟各部門所需要的人才、中學師資、高等師範教育，這三個環節是密切聯繫着的。在這三個環節中，高等師範教育又是中心環節，因此高等師範學校就需要培養出有高度的政治覺悟及精湛的文化學識的人材，纔能保證中學水平的提高。而要辦好高等師範學校就必須招收優秀的中學畢業生。在這個問題上，我們必須有遠大的眼光，因爲這是關係到我們國家建設的百年大計的問題。

一九五八年教育事業也和其他事業一樣，有了極大的發展，新學校不斷建立，原有的學校也在日益擴大。單就全日制的高等學校來説，去年一年，已由原來的二百多所發展爲一千多所，增加了四倍多，至於半日制的和其他各級各類學校，增加得就更多更快了。周總理『政府工作報告』裏説：一九五八年比一九五七年的學生人數，高等學校增加百分之五十，中等學校增加百分之七十，小學增加百分之三十四。在這學校和學生人數迅速增加，教育事業迅速發展的情況下，使我們特别感到教師的質量與數量，都遠遠不能滿足客觀形勢發展的要求。

建設社會主義、共産主義,全國人民就需要有高度的文化科學水平,爲了達到這個目的,我們必須要有一支全心全意爲人民服務的、忠實於教育事業的、優秀的教師隊伍,因此,我們希望每年能有大批優秀青年來投考師範學校,希望有更多的同學,立志把自己的一生貢獻給祖國的教育事業,以擔當起培養更年輕一代的重大任務。

但是目前還有一些青年,及某些青年的家長,對教師工作尚存在一些不大正確的看法,他們還不認識在整個祖國建設事業中教師工作的重要性,他們中間也有少數人,對所謂個人發展前途有不正確的理解,以爲教師工作没有前途。這表現了舊社會遺留下來的思想,仍在影響着人們。

在舊社會,反動統治者剥奪了勞動人民受教育的權利,教育事業得不到發展,正直的教師得不到應有的尊重,教師在社會上没有地位,生活上没有保障,隨時有被解聘的可能,當然他們的工作也很難談到什麽真正的前途。現在,這樣的時代,已經一去不復返了,輕視教師工作的社會根源已經消除了。解放後,黨和國家對教師思想覺悟和業務能力的提高,給予多方面的幫助,對教師的政治地位,生活待遇等等,也都給予極大的關懷。尤其重要的是,黨和國家是把培養革命事業的接班人的任務,完全信賴地付托給教師,這就意味着，把祖國的未來和希望交給了教師，這是教師的極大光榮，也是黨和國家對教師的極高信任。在我們這優越的社會制度下，各項工作都得到蓬勃的發展，凡是祖國所需要的工作，也就是個人最有發展前途的工作，凡是能够把國家的發展前途與個人發展前途正確結合起來的人，不管他作任何工作，都會有前途，也都會得到人民的愛戴。

有些青年，看見我們國家工業建設轟轟烈烈，就以爲祗有從事工業建設纔能對祖國最有貢獻。從事於工業建設，固然也是對的，也是必需的。但是我們應當把國家經濟建設與文化教育建設看作互相連繫的整體，僅僅孤立的看到工業建設的重要，而看不到文化教育建設的重要，這是片面的。我們要看得全面，看得長遠。既要看到祖國目前工業建設需要的人材，也要看到祖國還需要大量的教師，爲了今後培養更多的工業及其他各項建設工作所需要的幹部。因此，我們要把培養教師的工作，當作一項重大的政治任務來完成。

總之，教師的工作很重要，教師的需要很迫切，但由於舊社會的思想影響，有些人對教師工作還不够重視，爲了我們長遠的建設，爲了我們有足够的優秀的教師，還需要對廣大青年加强思想教育，對社會各界人士加强宣傳，以澈底改變舊社會遺留下來輕視教師的不正確的思想。希望每年能有大批優秀青年投入到教育戰綫上來，立志作個光榮的人民教師，擔負起爲祖國培養共産主義新人的重大任務！

至於我們已在作教師的，和已在師範學校工作的同志們，更應正確的認識自己責任的重大，在自己光榮的工作崗位上，加倍努力，忘我勞動，爲祖國的各個戰綫上，培養和輸送成千上萬的出色的後備力量。讓我們共同在黨的領導下，拿出最大的革命幹勁，在祖國的教育事業上，增添新的光采！

以上是我個人的一些看法，希望代表們指教。

（一九五九年四月二十八日）

和青年們談一談師範教育

今天我和青年們談一談投考師範的問題。有人説，你年年都説教師工作重要，年年都號召青年投考師範，是不是因爲每年投考師範的人數不多呢？這話説的也對也不對。爲什麽説不對呢？因爲每年投考師範的同學絶對數字并不少，人數往往是最多的一種。爲什麽説也對呢？因爲投考的人雖多，但是師範需要量特别大，所以盡管每年有數以萬計的同學考入了師範，而我們還感覺到應該有更多的優秀青年投身到教師工作中來。

今年的情況更是這樣，我國的建設正在飛躍前進，教育事業也是一日千里的發展，而培養師資的工作，是教育事業發展中的重要環節。我們重視培養師資，是爲了今天，而更重要的是爲了明天。我們如果不重視培養教師，不但教育事業受到阻礙，而且我們整個的革命事業，都將會受到一定的影響。

第一，我們需要的教師，不僅數量要多，而且質量要好，因爲教師工作關係着祖國的前途和未來，没有好的教師，就不能很好的傳授科學文化知識；就不能正確的貫澈執行黨的教育方針；就不能很好的以共産主義的精神來教育新的一代。教育是階級鬥争的一種强有力的工具，我們要很好的利用和掌握這一工具，以改造舊社會并建設新社會，所以我們説教育工作是非常重要的工作。

第二，教師的工作是培養人的工作，而人是我們建設事業中最寶貴的財產。由於有了教師，人們纔能更好的繼承前人的文化遺産，人們纔能更快的從無知到有知，從知之不多到知之較多。由於有了教師，青年們纔能很好的按着黨和國家的要求，迅速地成長起來，成爲能够擔當起各種建設任務的幹部。把國家所需要的千千萬萬的幹部培養好，是我們教師的光榮職責。教師工作的影響是深遠的，教師擔負的責任是重大的，所以我們説教育事業是極爲崇高的事業。

第三，作教師的人是『爲人師表』，要永遠作學生的表率和模範，教師的一言一行，對學生的影響是很深刻的，甚至會在他們一生中留下難以磨滅的印象。作老師的人，殷勤的教育着青年學好本領，使他們逐步走向生活。不管你的學生將來從事什麽工作，當他們回憶往事的時候，總會想起培育過他們的老師，當他們工作有些成就的時候，也往往會想到在自己的勞動中，有一部分是教師教育的結果。所以我們説教育工作是十分有意義的工作。

我們國家是有計劃、按比例的培養幹部，不但注意目前的需要，也在注意『百年大計』，不但注意祖國目前各項建設需要的人才，也在注意到培養大量教師，以便將來培養更多的各個戰綫上所需要的幹部。因此希望今年能有極大數量的高中畢業生投考師範。

毛主席曾親切的和青年們説：『希望寄托在你們身上。』青年們也曾表示過豪邁的决心，説：『祖國的需要，就是自己的志願。』目前，祖國需要更多的優秀青年投考高等師範，我想，今年一定會有更多的高中畢業生堅决響應這一號召，準備把自己的青春和一切，都獻給祖國的崇高的教育事業。我的話完了。

〔一九五九年六月七日中央人民廣播電臺録音，六月十日下午八時第二臺播送〕

畢業典禮上講話

同學們：

你們今天已經畢業了，已經勝利的完成了四年大學學習，開始要走向生活。在這就要離開母校的時候，我謹代表全校師生，向你們表示熱情的歡送，并祝你們前途似錦、萬里鵬程！

你們在大學的幾年學習中，已經能够掌握一定的科學文化知識，同時具有了一定的政治覺悟。這次在畢業的時候，你們很多人都紛紛表示：『堅決服從國家分配，到祖國最需要的地方去，到最艱苦的地方和邊遠地區去！』這樣的决心，是我們新中國大學畢業生的英雄豪邁氣概，是極可喜的。

在你們整裝待發，即將遠行的時候，我想簡單的和你們談幾句話。

第一，我希望你們每一個人都能够不僅在組織上，而是真正從思想上愉快的服從分配，并希望你們在到達分配地區後，能够勇敢的擔當起所分配給你們的具體職務。因爲這是你們今後工作的重要基礎。如果這兩個階段有些勉强，將來在工作中就會産生不安心的情況。

我看作到這些，首先就應當認清今天你們所處的時代是極幸福的時代。在解放以前，我也曾不斷的送走多少青年，走出校門。但是，他們畢業以後，前途渺茫，不知何去何從，不知向那裏去找尋工作。有不少有爲的青年，畢業很久，又回學校來找我，希望學校能替他們想想辦法，找個職業。但是，可憐得很，學校又有什麼辦法可想，眼看着自己培養出的學生，找不到一個工作。有的學生，還買一本『寫信方法大全』，學習求人謀事的辭句，什麼『深望汲引』，什麼『幸爲先容』，不然就是『借重鼎言』，『多蒙推薦』等等，真是多方奔走，到處討人情。那能像你們現在這樣，國家按着計劃培養，按着需要分配。當你們還在學校學習的時候，國家早已爲你們安排好一切，你們離開學校，立即走上爲人民服務的崗位，祇要你努力向上，天天向上，就可以在你的工作崗位上，充分發揮自己的才能智慧。應當認清這不是一件簡單的事情，這就是我們的社會制度的無比優越性，這就是多少革命先烈爲我們披荆斬棘，拿鮮血和生命争取來的美好社會制度。還有些青年，没有深刻瞭解這一點，身在福中不知福，挑肥揀瘦，評高比低，這就很不好。

希望你們能够認識到今天社會的美好，和自己的幸福，認識到國家的統籌安排，全國一盤棋的計劃。國家的分配，就是對你們的信任，就希望你在這個崗位上起一定的作用。

無論到什麼地方，作什麼工作，都是重要的，都是我們整個事業中所不可缺少的組成部分。何况青年人都應當有雄心大志，應當替國家作一番事業，要能够四海爲家，有遠大抱負。古人説：『登泰山而小天下』，站在高處，就會看得遠些，所謂『登高遠矚』。看到祖國的壯麗事業，個人的一切，就渺乎小矣，鼠目寸光，衹看到自己鼻子底下的事情，斤斤計較個人得失，或衹强調自己的主觀願望，都不是今天的新青年所應有態度。這是我想和你們談的第一點。

第二，我希望你們到達工作崗位後，能够克服困難，創造性的完成自己的任務。希望你們不斷學習，不斷進步。

大家都要求作一個又紅又專的教育工作者，但是又紅又專、紅透專深，不是很容易作到的，要我們自己一生永遠不懈的努力。在思想上要不斷革命，没有一個時候，可以説我們的思想已經改造好了，衹要有這樣的思想，那就是他落後的開始。在業務上也是學無止境的，什麼時候説我已學成了，學够了，那就是退步的開始。『學如逆水行舟，不進則退。』一定要不斷鍛煉，不斷讀書。

所謂『不斷』，就是永遠不停止，俗語説『作到老，學到老，學到八十不算巧』。就是説學到我這樣大的年紀，也還是不能停止學習，還是要不鬆不懈，努力向前。不過用我自己的經驗告訴你們，一個人還是要趁着年輕，抓緊一生中最可寶貴的青年壯年的時間。我常喜歡和人説『少壯真當努力，年一過往，何可攀援』。像你們現在，正是年富力强的時候，萬萬不可把大好光陰，輕輕放過，否則，將來是追悔莫及的。

大學畢業，祇是這一階段學習的結束，更確切的説，則是一個新的學習階段的開始，一個人在思想上在業務上，在各方面的修養上，是永没有畢業的。希望你們今後仍要努力學習，多讀一點書，多鑽研問題，『書到用時方恨少，事非經過不知難』，在實踐中，會感到自己的知識還是很不多的。在工作裏，也會不斷遇到困難，你們遇到困難的時候，要争取領導的幫助，要多和群衆們商量。解决困難的過程，也就是思想和工作提高的過程。

希望你們在工作中，永遠聽黨的話。對工作要勇於負責，要看得起自己的工作，要熱愛自己的工作，真正能够在教育事業上，作一個優秀的接班人。

今天我就簡單的和大家談到這裏，願你們不負祖國的期望，愉快的踏上征途，出色的完成任務，爲黨的事業建下奇功！我的話説完了。

〔一九五九年八月十一日上午九時新校北飯廳〕

開學典禮上講話

全體新同學,全體教職學工同志們:

今天是我們北京師大一九五九到一九六〇學年開學典禮,我們新學年的開始,同時,我們歡迎今年新録取的一千多新同學入學。

我們的新同學,來自祖國的二十四個省市,很多同學都是不遠千里來到首都,來到北京師大。從今天開始,新同學就將和我們在一起學習、一起勞動、一起生活,并將積極努力的逐步把自己培養成紅色人民教師,準備着把畢生精力貢獻給祖國的教育事業。新同學的入學,給我們北京師大增添了新的血液; 同時今年入學,就意味着幾年後,教師隊伍將更加壯大,我謹代表,我們在校師生,向新同學致以衷心的祝賀,并表示極熱烈的歡迎!

我們學校,經過反右、整風等一系列的政治運動,并貫徹執行了黨和政府的教育爲無産階級政治服務,教育與生産勞動相結合的方針,在教學、勞動、科學研究上,在學校工作的各個方面我們都有了顯著的進步,取得了巨大的成績。

在教學上,我們批判了資産階級思想,加强了無産階級思想領導,加强了理論與實際的聯繫。關於教課内容，我們的很多課程，都吸收了新的科學成就，破除了迷信，解放了思想，在教學質量上不斷提高，科學研究也有很大的躍進。同學們科學研究的能力，也在迅速的提高，作到了敢想敢説敢幹。在我們學校，崇高的共産主義風格，一天天的在成長起來。

去年下學期，在教育大革命的勝利基礎上，我們提出了學校要貫澈以教學爲主的原則，爲了保證教好、學好，學校安排了種種措施，進行了深入細緻的思想教育，樹立了優良的學習風氣，我們并注意緊密依靠教師，充分發揮了教師的主導作用。學習質量大大提高，學習秩序進一步建立起來。

總之，我們在黨的領導下，在全校教職學工的共同努力下，進步是顯著的，成績是巨大的。這是非常令人興奮的事情。

今年，我們學校爲了培養『較高質量的』師資，爲了適應全國教育事業的發展需要，已經得到中央教育部批準，將本科大部分系的學制，從今年一年級開始，由四年改爲五年。

根據教育部的指示，我們的方嚮和任務是：面嚮普通教育，面嚮全國。五年制的本科，是培養基礎較好的高級中學師資，和能在『師範專科』開課的師資，以及教育科學研究人員和教育工作者；研究班則是培養高等師範院校的師資。

我們培養出來的學生,都應當是一個紅色的教育工作者,他不但應當具有共産主義的世界觀、人生觀,而且要具有所學專業『系統而寬厚』的基礎理論知識,有一定的科學研究能力;和一定的生産勞動技能。因此,我們今後還要繼續貫徹總路綫,進一步貫徹執行黨和政府的教育方針,要切實貫徹『以教學爲主』的原則,并要繼續加强理論聯繫實際。在專業課程方面,貫澈寬厚原則,并在科學研究中培養同學的獨立工作能力。

我們的學生,要在德育、智育、體育得到全面發展,成爲一個有社會主義覺悟、有文化的勞動者。這就要求每個同學都要用更高標準來要求自己,希望同學們能够不斷提高政治覺悟,樹立正確學習態度,認真讀書,刻苦鑽研,真正使自己成爲又紅又專的新型知識分子。

也希望我們的全體教師,能够進一步加强馬列主義學習,提高思想覺悟;進一步加强科學研究,提高業務水平。在黨的領導下,認真負責的把學生教好,不但要提高『講授質量』,而且要加强對學生的『課外讀書指導』,幫助同學改進學習方法,使同學們獲得優良成績。

正在我們今年開學的時候,黨的八届八中全會向我們發出偉大的號召。在八届八中全會公報和决議裹,更使我們清楚的瞭解大躍進的新形勢。去年大躍進以來,全國工農業增産的事實擺在我們的面前，這些成績是驚人的，也是史無前例的，這是黨的英明領導，全國人民充分發揮幹勁所取得的。作爲一個教育工作者，作爲一個高等學校的學生，我們不但應當自覺的把黨的文件學好、學透，而且要以實際行動響應黨的戰鬥號召。前幾天，人民日報第一版有一個標題，是『幹勁要一鼓再鼓，上游要一争再争』，我想我們也正應當如此。我們要在黨的領導下，鼓足幹勁，力争上游，堅決清除我們工作中的右傾鬆勁情緒，出色的完成黨交給我們的光榮任務，在去年『教育大革命』的勝利基礎上，把工作作得更好，我們要躍進！再躍進！取得新的更大的成績，來回答黨對我們的期望！

〔一九五九年八月三十一日〕

關於中印邊界問題發言

——人大常委第七次會議擴大會

同志們：

關於中印邊界問題，我完全同意并擁護周總理復尼赫魯的信和昨天的報告，我們政府所采取的立場、方針和態度是極端公平正確的。

這次中印邊界問題，我們政府一直盡了最大的努力來維護中印友誼，而印軍越境挑釁，并且大肆叫囂，反污蔑我們侵略，又聚衆游行，侮辱我國家領導人，這種惡毒行爲，我們非常氣憤。

幾千年以來，我們中國和印度從没有過戰争，中印兩國友好有長久的歷史，在封建時代，在舊社會，我們兩國都没有戰争，在今天中國建設社會主義的時代，豈有侵略印度的事情？這簡直是血口噴人。

中印的邊境問題是歷史遺留下來的複雜問題，是英帝國主義的侵略行爲所造成的，中印兩國都是長期遭受帝國主義侵略的國家，過去有同樣的命運，今天兩個國家既然都已改變了過去的情况，絶不應該在帝國主義給我們造成的問題上引起新的糾紛。

近來更有美帝國主義從中挑釁，要製造東南亞緊張局勢，企圖削弱拉丁美洲人民反美、反殖民主義的高潮，轉移世界人民的視聽，極力鼓吹反華運動，以挑撥中印關係，并想引誘印度放棄中立和平政策，這本是明眼人所共見的。對待帝國主義，我們中印兩國態度應當一致，應當冷静理智一點，不要忘了我們共同的利益，不要上别人的當，不然對我們兩國人民都不利，反使帝國主義者坐觀漁利。像現在印度的行動，就已得到英美帝國主義者的大大歡迎。

印度反華分子説受中國共産黨『威脅』，這更可笑了。如果説我們是『威脅』的話，這種『威脅』就是和平競賽，彼此看看，到底資本主義好，還是社會主義好，聽人民自己自由選擇，我們并不是比賽武力，威脅别人，更不會侵略别人領土的事，侵略别國領土，向外擴張，這不是社會主義國家所作的，我們的社會制度就决定我們不會侵略。我們中國從來没有，也永遠不會有侵略印度的事。

武裝侵略是帝國主義的行爲，中印兩國都受過帝國主義的侵略，我們不能忍受自己受人侵略，同時，也很遺憾的看到我們友好的國家，效法帝國主義的侵略行爲。尼赫魯總理是五項原則創始人之一，又何必一定要作帝國主義的追隨者呢？這樣的挑釁行爲，甚至不惜使用武力，不能不使人懷疑他對五項原則，究竟是要堅持下去，還是要破壞呢？

是的，我們要求和平，争取和平，但是，我們决不能喪權辱國，失去領土來取得和平。任何强迫我們接受的非法邊界，我們都是不能承認的。

關於中印邊界問題，尼赫魯總理曾經説過：『如果印度和中國這兩個亞洲的偉大國家，這兩個過去世世代代一直是和睦的鄰邦的國家竟然彼此產生了敵對情緒，這將是一個悲劇。』我們中國一直是對印度友好的，已作到仁至義盡，我們非常希望『產生敵對情緒』的國家，能够翻然悔過，及早回頭，趕快結束這個『悲劇』。

中國人民在多麽凶狠的侵略者面前，從來没有懼怕過，歷來侵略我們的帝國主義者，都被我們擊潰，都夾着尾巴逃跑了，我們一方面正告帝國主義者和擴張分子，武裝侵略是嚇不住我們的；另一方面，我們决不會忘記中印兩國人民的友誼，希望他們立即停止敵對行爲，以友好的態度，進行談判，清除帝國主義所遺留下來的問題，要明辨是非，纔能求得友好，纔能作到縮小分歧，解决争論。我的話説完了。

〔一九五九年九月十二日〕

祝賀蘇聯發射第二個宇宙火箭成功

——中蘇友協與市分會召開關於蘇聯發射宇宙火箭座談會上發言

同志們：

我聽到蘇聯發射第二個宇宙火箭成功的消息，感到萬分興奮，我熱烈歡呼并衷心祝賀蘇聯再一次的偉大成就！

這第二個宇宙火箭的發射，距離人類征服宇宙空間的道路，越來越近了，它再一次有力地證明了社會主義制度的無比優越性。蘇聯的最新的科學技術成就，已經把最發達的資本主義國家，遠遠的拋在後面。我們社會主義陣營和全世界的和平人民，都爲此無比興奮，祇有帝國主義和他的追隨者不會高興，這是對他們的一個嚴重警告。

我們社會主義國家，不會侵略別人，這是我們社會制度所決定的，是我們社會的本質。但是，帝國主義和他的追隨者如印度總理尼赫魯之流，却不信社會主義國家不侵略別人，他們把軍隊進入我們境内，反硬説我們是侵略，這簡直是顛倒是非，混淆黑白。

但他雖然不信我們不侵略別人，却不能不相信社會主義國家科學的進步。我們是發展科學,爭取和平,帝國主義却要製造核子武器,發動戰爭。第二個宇宙火箭的發射成功,進一步標明東風大大的壓倒西風,這是我們全世界和平人民的福音,是保衛世界和平,制止戰爭的最有力的保障。

在第二個宇宙火箭飛探月宫的時候,剛剛就要到我國的中秋節,這是一年月亮最好的日子。人類早就幻想着到月球上去旅行,去看看嫦娥,拜訪吴剛,正在我國國慶十周年的中秋佳節,我們的幻想和寓言都可以實現了。嫦娥和吴剛也將聽到地球上傳來的好消息。讓我們和月球上的主人一起,共同慶祝!慶祝蘇聯共産黨、蘇聯人民和蘇聯科學技術工作者的勝利!慶祝社會主義的勝利!慶祝偉大的馬克思、列寧主義的偉大勝利!

〔一九五九年九月十三日晚〕

抗議美國政府劫奪我國在臺灣的文物座談會發言

我國大陸解放的前夕，被國民黨反動派從北京、上海、南京等地，陸續把五千多箱珍貴的歷史文物，運往臺灣，總計數量大約有十萬多件，其中包括歷代相傳的書畫、瓷器，還有宋、元、明善本書籍，連文淵閣的四庫全書也在其內，四庫薈要，聽説也在裏邊，另外還有大批甲骨、銅器、玉器、陶器等等。這都是我國的寶貴的文化遺産。

自從美國侵略者霸占了我國臺灣以後，早就陰謀掠奪在臺灣的這一大批文物。已經不祇一次的想出鄙卑的手段，用所謂『長期出借』等方式，實際上，就是想要『長期霸占』。由於全中國人民的堅決反對，又由於臺灣的愛國人士和愛國的文化工作者的拒絶，陰謀纔未能得逞。

這一次美國侵略者又有新的陰謀活動，這簡直是强盜的行爲，我聽了非常氣憤，我們堅决抗議。

美國侵略者對我國的珍貴文物，蓄意已久，而且他盜竊我國文物，已有很長的歷史，在近百年來，他們已經用過種種辦法，盜竊過我國無數財寶，他們已經盜竊走的文物，不但數量驚人,而且有些東西,都是我國的具有歷史意義的無價之寶。

現在,他們又搞這新的陰謀,這是站起來的我國人民,所絕對不能容許的。

在臺灣的這批文物,是我們祖先幾千年來,歷代相傳的寶貴遺産,我們決不能容許落在外國侵略者的手裏。爲了保衛祖國這批文物,必須粉碎美帝國主義的陰謀。

這些財寶,是我們六億五千萬中國人民的,中國反動集團和外國侵略者,根本就没有權利處理,中國人民没有同意,誰都没有權利處理。不管這些文物運到那裏,中國人民都一定要堅決追回來。

〔一九六〇年二月二十日〕

史學編委會上發言

『史學』應當配合目前形勢，反映學術批判的情況，最好與各大學歷史系挂鈎，他們學術討論，學術批判都是很好的材料，現在有的學校正推行學習毛澤東思想，批判現在修正主義，我看可以請示一下有關部門的領導同志，這類材料中，有些是否可以發表。

現在的學生簡直不得了，學生人多『勢衆』，頭腦清楚，眼光敏鋭，看問題又快又準。看書、學習、討論、研究寫文章等等，都是『大兵團』作戰，真是多快好省。

年青人天不怕地不怕，没有顧慮，想起來就説，説錯了就改，説對了大家給予肯定，大家學習，大家都有進步。這樣作，學習得又快，又鞏固，又能鍛煉分析批判的能力，又能集體寫出來很好的文章。

現在各系裏的教師，很多人簡直跟不上了，有些人有各式各樣顧慮，又怕這，又怕那，批判就不敢大膽，有時就不免吞吞吐吐，又因爲腦子裏舊東西多，新的進去得又慢，又少，舊影響深，看問題慢。

青年學生一窮二白，没顧慮，没牽扯，是敢説敢想敢幹，有些老教師，就是不敢説，不敢想,不敢幹。

現在學校裏就是青年學生打頭陣,又智又勇,教師衹得在後面跟着,有的甚至跟也跟不上。

我看『史學』編輯時,應密切和各大學聯繫,發動同學,發動青年教師寫稿,或者把他們的討論會,或者把他們較全面的發言,整理交來,就是很好的稿件,這是我個人的看法。

意見1:文章應長則長,不然最好短一些。

2:與各校接洽,注意新生力量。

〔一九六〇年三月二十日〕

技術革新、技術革命交流大會上致詞

同志們：

今天我們行政召開這個技術革新、技術革命經驗交流大會，很好！大家，如總務處、圖書館、黨委辦公室各單位都搞出很多成績，提高了工作效力。可以看出，祇要努力鑽研，敢想敢幹，我們就能有發明、有創造。不過，我們在各方面改革，機械化、半機械化，自動化、半自動化，還剛剛開始，今後我們還要進一步提高。

我們這些普通的行政人員，在黨的領導下，是什麽奇迹都能創造出來的。掀起一個群衆運動，技術革命的高潮，希望大家更加努力，争取六月超五月，以更多的成績向『七一』黨的生日獻禮！

祝大家躍進，躍進，再躍進！

〔一九六〇年五月十九日〕

歡迎香港教育工作代表團會上講話

今天各位來到我們北京師範大學，我們非常高興，應向你們表示熱烈的歡迎。祖國的事業在飛躍的前進，十一年的時間，整個國家面貌都已改觀，不能再用舊眼光，舊想法來對待了。

我們歡迎港澳同胞對祖國各處參觀訪問，就能多多瞭解。教育改革是一件史無前例的大事，我認爲，不但是中國的大事，而且是具有世界意義的。

我們北京師大，在黨的領導下，作出一些成績，但是和國家的需要還差得很遠，我們今後還要進一步的努力。希望各位提出意見。

關於我校情況，請我們的教務長張剛同志介紹。我不多説了。

團　長　周捷君　香港大同中學校長

付團長　何衛文

〔一九六〇年八月六日上午〕

中央統戰部召開中國佛學院教學問題討論會上發言

(一)我對佛教是門外漢。

(二)過去對中國佛學院的情況,不很瞭解。學院的招生對象、培養目標、教學計劃和課程設置等都不清楚。

所以學院的教學問題,很難提出具體意見。現在衹就我個人一點看法隨便談一談,請指正。

既然是『學院』,基本課程是要有的,如政治課、時事教育、文化課等,這是基礎課程。我認爲這些課,是每一個學校都應有,佛教學院也不應例外。這方面我不多談,談一談與佛教有關的幾門課程:

一、佛教教義的課程——中國佛教的歷史很長,從漢魏六朝,已有一千多年的歷史。雖然有時發達,有時衰落,但佛學思想在中國哲學思想上,還是有一定影響的。如宋明儒學的思想,就和禪宗思想有較密切的關係。

所以要想進行中國哲學史、中國思想史、東方哲學史等的研究，就要把中國的佛學思想搞清楚。

而佛教教義和佛學哲理的研究，如果要佛教徒本身來進行，就比教外人容易得多。我想這方面人才，如果由佛學院來培養，然後與思想界、學術界相配合，也是很必要的。

二、關於佛教史的課程——中國佛教既然歷史很長，就應當把它的發生、發展、源流、分布，佛教内的各宗各派的主張、見解，以及他們和政治的關係、和思想的關係，研究清楚。

中國佛教界在中國歷史上，也是有一定影響的，不祇是帝王將相、文人學者，就是與勞動人民也是有過密切關係的。當然這關係，有些是好關係，也有些是壞關係。總之，要實事求是的加以研究和批判。

有些佛教徒在歷史上對科學、文化、藝術等方面，也有過不少貢獻。如玄奘法師對中西交通史上的貢獻，一行和尚在天文、曆法上的成就，都是大家所熟悉的。

至於學者儒家與佛家的關係，對佛學的態度，如韓愈闢佛，蘇東坡佞佛，諸如此類，例證甚多。這和中國文化史也是分不開的。

中國佛教的歷史，還是有很多問題應當研究的。據我所知，過去，中國還没有一部較完整的佛教史，今天，按着人民的需要，寫出一部較完整較正確的中國佛教史，我看還是必要的。

要寫中國佛教史，就要先對歷史上的佛教發展情況掌握清楚。所以我以爲佛教史的課程，是有必要開設的。

三、關於中國佛教史籍的課程——中國佛教史籍很多。而且佛教書中，也常與各時代的歷史有關係，研究佛學就要注意佛教書，而研究歷史，也應注意佛教書。所以對佛教史籍的研究、整理、注釋等工作，也是一項重要工作。

這些佛教書，也是我國歷史上的一批遺産，也應當加以批判的繼承，然後纔便於利用。此外，各種大藏經以及禪師的語録等，更是尚未被人注意。其中也有一些有用處的東西。

如果有這樣的課程，對研究佛教各方面的問題，都有幫助。

除去這三方面的課程外，還有一種，就是古漢語研究，也就是學讀文言文和語録文。要想學習以上三種課，就必須會讀古書，而古書都是用文言或語録文寫的，所以學習文言文和語録文，掌握古漢語的規律，是很重要的。

以上，僅就我所想到的，談一點我個人的看法，在各位大師面前，我是班門弄斧，請大家指教。

〔一九六一年一月二十九日在法源寺〕

抗議美帝武裝劫運我國存臺灣珍貴文物

——全國政協文教委員會座談會上發言

最近美國帝國主義派遣軍艦，武裝劫運我國存臺灣珍貴文物，以『展覽』爲名，來實行掠奪的陰謀，這種卑鄙無耻的强盗行爲，我們感到無比憤慨，我堅决擁護文化部發言人對美國政府提出的嚴重警告。

我們早已認清美國帝國主義是我國人民最凶惡的敵人，它不僅是殺人越貨的强盗，而且也是劫奪我國文化遺産的慣匪。

遠在解放前幾十年中，美國統治集團就不斷的想出種種辦法劫奪和破壞我國文物，他們或者用考古團、考察隊的名義，深入中國内地進行盗竊，或者通過它的文化侵略機構來巧取豪奪。并且還培養訓練了一批偷盗文物的專門人材、盗運專家，在中國大肆活躍，竊去我們大批的文物，其中包括甲骨，銅器，善本圖書，墨迹書畫，漢簡，壁畫，雕刻，檔案，以及玉、瓷、漆、陶各種器皿，還有舉世聞名的『北京人』頭骨化石等等。

它的搶奪的辦法，更是無奇不有，爲了盗竊我國的壁畫，他們用當時新研究出來的一種化學膠布，把我們敦煌、雲崗、龍門壁畫，和其他各地的珍貴壁畫大批粘去。這就是把科學技術成果用來爲盜竊服務，爲帝國主義政治服務。爲了搬運沉重的石刻造像，就把我們的多少珍貴石刻藝術品敲成碎塊，打破運走。爲了偷取石窟裏的精美浮雕，就把很多石窟壁洞的浮雕，用刀斧敲擊下來盜去。甚至勾結奸商或者主使盜墓賊，破壞并掠奪我國無數國寶重器。拆去我國的古廟，毁壞我國的建築，我們的多少優秀的藝術雕刻，衹剩得一片殘破的刀斧傷痕，很多佛像斷去了頭，很多佛像斫去了手，而把這些盜竊走的贓物，竟恬不知耻的展覽在他們的博物館裏。這種摧殘世界文明的野蠻的强盜行爲，真是令人髮指，令人萬分憤恨的。

這次又變本加厲，索性把所謂『學術團體』等假面具一概拋開，明目張膽的派遣軍艦第七艦隊的驅逐供應艦，用武裝劫運我國在臺灣文物中的全部精華，這樣公開的無耻的搶劫，也正説明了帝國主義者已經到了日益衰落的地步。

去年二月廿一日，我文化部曾發表聲明，提出嚴重警告，馬上得到我文教界和全國人民的堅決擁護，對這些强盜行徑紛紛斥責并表示抗議。而美國帝國主義竟自不顧我六億五千萬人民的反對，仍在進行它的罪惡活動，把我國存在臺灣文物的精華，準備公開劫持而去。這批文物，都是我國具有高度歷史藝術價值的珍貴的文物，美國帝國主義早就垂涎萬丈,現在竟妄自通過蔣介石賣國集團,把它公然據爲己有。真是厚顏無耻、醜惡至極。我們非常清楚:美帝掠奪我國文物,是它侵略政策整體中,不可分割的一部分。

文明也不是憑劫奪就能增添光彩的,世界上除去帝國主義者以外,從來也没有把搶劫、盜竊别國的財寶作爲文明行爲的。盜竊的東西,終於要物還原主,人民的財寶,總歸是要還給人民。

現在美國帝國主義還霸占着我國領土臺灣,我們永遠也忘不了美帝對我們的新仇舊恨。我要正告美帝國主義:臺灣是我國不可分割的土地,在臺灣的歷史珍貴文物,是我國全體人民的財産和寶藏。臺灣我們一定要解放,美帝所搶劫去的文物,我們一定要收回。美帝國主義者必須立即停止這一陰謀,否則,它必須對一切後果負全部責任。

現在東風已經壓倒西風,東風還在繼續壓倒西風,我們一天天好起來,帝國主義一天天爛下去,這隻紙老虎已無法挽救它垂死的命運。臺灣終於會得到解放,我國人民的稀世奇珍和歷史資料,也終於會回到祖國人民的手裏!

〔一九六一年一月三十一日〕

中央統戰部召集道教研究工作座談會上發言

道教創始自漢朝，由道家形成爲道教，有很長的歷史，是中國古教之一。自昔儒釋道三教并稱，在中國歷史上，道教也起過不少作用。我認爲道教不僅對社會經濟和人民生活上有關，對醫藥衛生有關，而且道教的教義，也和哲學思想有關，就是在某些朝代的政治上也起了一定的影響。有些農民起義，就是托之於道教，以組織群衆，宣傳反抗的，有些秘密宗教，也和道教有所聯繫。所以研究中國歷史和中國哲學思想史，不能把道教拋開不談。一定要把道教的歷史系統的加以研究，作出正確估價。

但是，據我所知，到現在道教還没有一部比較完整的歷史，所以如果能集合大家的力量寫出一部道教的歷史，是很需要的。

在我們的古典文獻中，記載道教的資料，也并不少。

首先，道教自己就有道藏。道家的書，自成一類，是從六朝開始，經過唐宋金元，每朝都有增加，到明朝正統年間，又重新編成全藏，到萬曆年間又有續藏，就有五百二十函，五千多册。在清朝的時候，因爲年歲日久，又經過變亂，很多書板燒毁，但是北京白雲觀，還存有全藏一部,後來商務印書館將正統道藏影印出版,又印行道藏舉要,道家經典,收羅頗備。

其次,道教中知識分子所著的文集,也有一些是記載道教傳播情況和道家活動的,也有寫教旨、教義的。如著名的長春真人西游記,就是一部很有價值的歷史文獻。

還有,道教以外的歷史古笈方面的著作裏,也有有關道教的資料,如廿四史中的魏書,就單設有釋老志,元史就單設有釋老傳。其他各家文集更是可以找出這方面的資料。

還有,各省縣地方志裏的寺觀類、仙釋類,如果仔細搜考,也可以找出一些道教活動情況。

此外,在歷代金石碑刻裏,道教資料更是不少。三十多年前,我曾專門收集過一些道教碑文,約有一千三百種,從漢至明,按朝代編纂成道家金石略一百多卷。可見這方面的碑刻是可觀的。

總之,道教是有不少資料的,但是過去道教本身,没有注意編纂,教外人士,歷史家,也往往對道教的歷史不很注意,所以不但没有寫出道教的通史,就是某一朝代或某一事件的道教史,也不多見。

過去,因爲没有領導,没人號召和組織,不可能把這工作作好。今天,有了中國共産黨領導，又有很好的條件，在可能的情況下，把道教史和道教的哲學思想，作一較全面的，有系統的研究，還是有用的。就是有些有關道教的古笈文獻，也有必要加以選擇，有些可以整理校勘出版，以供研究者的參考。

我對道教，是門外漢，知道的太少，這不過是我個人的一些看法，還請大家指正。

〔一九六一年三月二十二日在政協禮堂〕

人大常委座談周總理報告會上發言

聽了周總理的報告，得到很大啓發，首先對總理所説，這類不準備發表的報告，可以多講幾次，表示非常歡迎。我感到能够多聽幾次這類的報告，也是我們政治生活上極大的滿足，對於思想認識的提高，有很大幫助。

其次周總理所提人大會議，下半年開，很合適。因爲根據目前我們建設的形勢，我們必需調整關係鞏固成果，充實内容，提高質量，這樣就需要一個時間，而且要提出今後兩年計劃，等到夏季以後，就可以有更多的依據，計劃就更能切合實際，對各方面的工作，會有更大的好處，所以上半年先不開會，我是非常贊成的。

下面我再談幾點，學習總理報告後，自己膚淺的體會。

在國際上，我們是大好形勢，對社會主義陣營説，對全世界人民説，都是大好形勢，而這大好形勢的取得，和我們國家、我們黨所作的努力是分不開的。我們的立場堅定，方嚮明確，在這錯綜複雜的國際的鬥争中，采取了多種多樣的英明措施。

世界局勢就像一盤棋，這盤棋的最終定局，雖然已經肯定，但是每一個棋子的移動，都要經過慎密考慮的，稍一不慎，就不易招架。

現在我們的朋友，越來越多，這就是我們爭取來的，我們國際上，社會主義陣營的團結，中蘇的團結，我們國內建設的勝利，都有關係。這也和中國的外交政策有關。對美帝國主義狠狠的打擊，對修正主義南斯拉夫堅決反對，來孤立他，對和平中立國家又團結又鬥爭，對民族獨立運動堅決支持。

在這複雜的形勢中，鬥爭是極其尖銳的，這工作也是非常艱巨的。我覺得今天的國際地位，得來不易，今後更要認清形勢，增加信心，把自己工作作好，來回答這個大好形勢。

在國內方面，三面紅旗的偉大勝利，這是肯定的，兩年多以來，各方面已經看出成績，總理前天更指出要從長遠來看。今天已經取得偉大勝利，勝利還必然繼續發展，這是肯定的。

自己由於接觸實際的機會不多，對大躍進的成績，看得多了一些，面對全國有這樣大的自然災害，以及對災害所造成的困難，估計不足。通過學習，學習時事政策，學習黨中央十二條的緊急指示，思想認識上逐漸有所提高。

兩年連續的自然災害，全國九億畝以上土地受災，這樣百年未有的天災，如果在舊社會，不知有多少人家流離失散，賣兒賣女，不知會餓死多少人。在歷史上有不少記載，衹有小的天災，就已是赤地千里，人將相食。我們這些老人，幾十年歲月裏，這類事，也聽過，也看過，而現在這樣大災，人民的生活，雖然受些影響，但是仍然能够抗災自救，吃得飽穿得暖，如果不是三面紅旗，如果不是有了人民公社的組織，真是不可想像。

至於工作中的缺點，當然三年大躍進，大家精神焕發，取得很大成績，這是工作中的主要方面。而大躍進是新的，是中國人民在黨的領導下創造出來的，是歷史上，世界上所無，是古往今來所没有的。由於没有經驗，有些缺點，也并不奇怪，而問題就在於能够及時總結經驗，指出缺點，逐漸糾正，這就是我們今後繼續勝利的保證。這就是主席所指出的，形勢大好，問題不少，而前途光明。我們的信心是充足的。

總理前天所講的，除去客觀的困難，主觀的工作缺點，還有第三方面，舊社會遺留下來的剥削階級，有一小部分人不滿，我們往前進，他們向後拉，想走資本主義道路，更小一部分人，搞破壞。這就需要我們每一個人隨時都不要放鬆警惕。我們認識到，階級鬥争是長期的，曲折的，複雜的，時時刻刻都要警惕。

此外，也認識到，我們自己的思想改造，在思想意識上的鬥争，也是時刻不能放鬆。

説到我們建設社會主義總路綫，三年來，由於鼓足幹勁，力争上游，很多方面，都躍進上來。很多事情，都是從無到有了，從少到多了，今後還要鼓足幹勁，在充實提高上，來個大躍進，就是總理所説的從數量大躍進到質量大躍進。

比如我們的青年師生，很快的把過去没有的教材，編出來了，不是大躍進，編不出來，今後就要再加充實，再加提高，纔能更完美。

在新形勢下，在二十世紀六十年代裏，時代對我們的要求，越來越高了，一切都要優質量，纔能適應今天的需要。任何事情，都是先要有了底子，再在這基礎上加以提高，鞏固成果，纔能繼續前進，也不可能一步就走到頂端。這也是必然的過程。我們要保住已有的躍進成果，事業纔能越來越壯盛。

我們寫文章也是如此，總要先寫出初稿，寫出以後，還要有一定時間修改詞句，充實内容，把文章質量提高一步，不這樣是不行的。

所以在建設中，在今明二年，放在調整關係、鞏固成果、充實内容、提高質量，是完全符合建設需要的。

我現在就先談這一點，完了。

〔一九六一年四月六日上午〕

爲黨的事業培養紅色接班人

——和應屆高中畢業同學談教師工作

同學們：

你們即將結束中學學習，不久就要升入高等學校或參加建設工作了，不管是升學還是參加農業建設，對你們來說，都是將要走向新的環境，你們的前途，都有着耀眼的光輝。在你們新的生活就要開始的時候，我首先向你們表示祝賀！

聽説你們許多同學都能正確對待升學和就業，認識到參加農業勞動的重要意義，堅決服從祖國需要，你們説，國家的需要就是自己的志願，這是多麽宏偉的志氣！多麽高尚的品質！這充分説明青年同學們的政治水平和覺悟程度，這是我們社會主義國家的青年所具有的氣概，是毛澤東時代青年的豪言壯語，是非常可喜的現象。

在你們即將走出中學的時刻，我想單就師範教育和人民教師工作和大家談談，以便升學同學選擇志願時能有更多的瞭解。

毛主席經常教導我們，要將我們現在這樣一個經濟上文化上落後的國家，建設成爲一個工業化的具有高度現代文化程度的偉大的國家。這也就是説要改變我國『一窮二白』的面貌。我們要從文化落後達到高度現代文化程度，就一定要在注意工農業發展的同時，適應的發展教育事業。所以説教育事業在祖國建設事業中占有很重要的地位，是我們社會主義建設不可缺少的組成部分。

要發展教育事業，必須辦好師範教育，不然，教育的發展會受到很大限制。因爲發展教育需要有一支龐大的又紅又專的教師隊伍，而教師的來源，主要依靠師範院校培養。所以師範學校辦得好壞和多少，都將影響各級各類學校的質量和數量，也就必然會影響青年一代的培養和各種科學技術人材的補充，也就必然會影響國家經濟建設計劃的完成。師範教育在祖國教育事業中的地位，正像經濟建設中的『先行官』，像機器工業中的工作母機，是全部教育事業裏的重要關鍵和中心環節。

教育是階級鬥争的重要武器，是改造舊社會建設新社會的强有力的工具，我們一定要把這個武器和工具牢固的掌握在無産階級的手裏，時刻都不能放鬆。過去十多年來，在教育領域裏，充滿了無産階級和資産階級争奪領導權的鬥争。鬥争的結果，資産階級的政治思想影響，已經大大削弱，馬列主義的思想陣地和黨的領導權已經鞏固地建立起來。但是我們的革命并不能停止，教育革命還要深入和繼續，我們還要澈底貫澈無産階級的教育方針,要繼續進行教育改革。在教學問題上,今後社會主義和資本主義之間在意識形態方面的鬥爭還要深入,同時也包含着先進和保守、正確和謬誤的鬥爭,雖然鬥爭的勝利一定屬於我們,但我們却不能因此就放鬆這條教育戰綫。作爲一個無産階級的革命者,决不能忽視教育工作這一嚴重政治意義。

人民教師是在教育戰綫上戰鬥的尖兵,是宣傳共産主義思想和傳授先進科學文化的戰士,人民教師要負責把後一代培養成革命事業的紅色接班人,後一代成長得如何,在相當大的程度上取决於教師的工作,因此教師的責任是重大的,職業是光榮的,這個工作肩負着黨和人民的希望,關係着革命事業的前途。而且我們的教育和教學還要不斷革命,教育内容要隨着科學無止境的發展而改變,教育思想也會隨着社會生産力無止境的發展而進步。我們要徹底改變『一窮二白』的面貌,在生産上要提高到世界最先進水平,在教育事業上也要超過一切資本主義國家。作爲一個無産階級的革命者,也不能忽視教育工作的這一巨大歷史任務。

從事教育工作,不僅有以上所説的嚴重政治意義和巨大歷史任務,而且教師的工作内容也是絢麗多采,日新又新的。因爲教師工作的對象不是機器或其他别的物質,而是能製造并掌握機器的人,人的思想是會不斷變化的,一班裏的同學情况也不盡相同。教師要深入觀察，因材施教，循循善誘，啓發引導。要把系統的科學文化水平有説服力的傳授給每個學生，使他們能够牢固的掌握，并能獨立思考。教師不但要時刻注意學生的科學文化知識的增長，而且要關心他們的道德品質的提高；不但要負責把每一堂課教好，而且要負責把每一個人都培養成材。所以説培養人的工作，是科學工作，也是一種藝術工作。通過教師的上課講授、批改作業，課外輔導，個別談話等日常工作，就使得青年們一天天茁壯的健康的成長起來，在教師的既平凡又偉大的工作中，一代一代的青年從無知到有知，從知之不多到知之較多，從年輕的學生，成爲國之棟梁，成爲社會主義、共産主義的建設者和保衛者。所以我們要求每一個教師，不但要紅，而且要專；不但必需具有共産主義思想覺悟，而且要有表達的技巧和解决實際問題的本領；不但要有淵博豐富的基礎知識，而且要有精深的專業水平和科學研究能力。教師的思想，要永遠和青年們一起前進，教師的脚步，要永遠走在時代的前邊。這個工作也和科學工作、體育工作或其他各種工作一樣，要争取攀登世界頂峰，達到并超過世界最高水平。

人民教師對國家的貢獻，是可以無限量的，因爲不管生産任何産品，它的價值總還可以計算，而教師培養出來的人材，價值却是難以估計。人所以是國家最寶貴的財富，就是因爲世界上一切財富都是人創造出來的，培養出的新人，能够翻天覆地，移山倒海，能够改造世界，征服自然。我們國家的各個建設崗位，都要有又紅又專的人材去從事，任何尖端科學和理論，都要有又紅又專的人材去掌握。我們這樣一個有五千多年歷史，有六億多人口的大國，需要有千百萬專門人材，目前我們各項人材還不算多，還有待於我們源源不斷的培養，因此對共産主義的實現有雄心大志的人，應當有相當大的一部分來參加到教師行列，爲培養人材而貢獻力量！

提起教師工作，不禁使我回憶起過去教師的悲慘命運。僅僅是在十年多以前，和現在就有天壤之别。在舊社會，教師没有社會地位，待遇微薄，生活困難，政治上不自由，精神上受折磨，教師這個名詞，總是和窮苦、勞累、失業、潦倒等連在一起的，不知有多少教師因此而斷送了寶貴的青春，也不知埋没了多少有才能的青年！今天的人民教師，被譽爲『人類靈魂的工程師』，有極高的政治待遇和社會地位，受到人民的尊敬和愛戴。不但生活有了終生保障，而且黨和國家隨時隨地關注教師工作，幫助教師提高。他們在祖國晴朗的天空下，一心嚮往着美好的未來，在教育崗位上盡力發揮着自己最大的才智。

同學們，過去的情况和你們相距太遥遠了，你們是生活在一個偉大時代，你們都是無比幸福的青年，不管將來學别的專業或是學高等師範，黨和政府都已爲大家開闢了寬廣而平坦的道路，作任何工作都有光輝燦爛的前途。像我們這些老人，年輕的時候，没有正確的領導和明確的方嚮，那時國家日益危亟，社會上爾虞我詐，條條道路上都滿布荊榛，稍一不慎就會陷入無底深淵，根本談不到什麼是選擇志願，不但國家從來没有給青年安排過什麼有利條件，反而對青年横加摧殘。我最初教書就是因爲躲避當時反動政府的逮捕，逃到農村去教小學的，後來是因爲自己對教書逐漸發生了興趣，覺得教育工作有深遠意義，所以中間雖幾經輾轉，但幾十年終未離開教育崗位。

教師工作畢竟是個吸引人的工作，縱然在艱苦的年月，我們還是有不少人致力於此。我歷年教過的學生，其中很多今天都已成爲我親密的朋友，我們仍舊不斷往來和互相鼓勵。前幾年一位老人到北京開先進教育工作者的會議，順便來看我，原來他就是我教小學時的學生，我們彼此看到斑白的鬚髮，真不知話應從哪裏説起，他説到我常帶他們去春日旅行，説到我離開那個學校時，同學們拂曉在河邊送我上船，都歷歷如在目前，他説我教過他的後漢書范滂傳等，直到現在他還能背誦，看來教師的影響實在深遠，轉眼已是六十多年前的事了。此外我也常聽到同學們談起，説每當他們回憶起學生時代，首先就想起他們的老師。可憐是我們自己那時還在黑暗中摸索，怎能正確的去教育别人。

我過去也曾幻想過能培養出一批青年，可以爲國家多作些有益的事情，但那時政權掌握在剥削者手裏，在國家制度没有得到根本改變之前，這些願望也是不能實現的。衹是因爲時間已有幾十年，自然也有不少學生今天在黨的教育下，取得卓越成就，有了創造發明，使我這作教師的也分嘗了極大欣慰，深深感到這是作教師的最大鼓舞。但終究是由於受到多方限制，我雖然確是一直對教課比較認真，要求同學比較嚴格，數不清多少個深夜在燈下備課，數不清多少個凌晨在批改論文，爲了教好一堂課，跑遍了北京的圖書館，爲補充一份教材，買來了大批參考書，雖然是日以繼夜的辛勤勞動，往往還是枉費了心血精力。我常常想，今天和明天的青年教師都是黨精心培養出來的紅色教師，都將用共產主義思想去教育學生，他們的工作纔有真正的意義，如果他們工作到我這樣大的年紀時，不知要爲黨和國家造就出多少共產主義事業的接班人，他們的勞動將會有多大的收獲？他們的工作將對黨和國家有多大的貢獻呢？

記得去年六月間，中國青年報曾發表林伯渠林老的兒子林用三寫的『回憶我的父親』一文，文中説：『一九五七年，我的哥哥秉蘇高中畢業了，要投考大學，他的志願很多，拿不定主意，曾寫信回來徵求爸爸的意見，爸爸説：「你的志願很多，怎麼沒有師範？這很不對，要多考慮國家的需要。」秉蘇考上北京師範大學以後，他又及時找他談：「這個志願是你原先沒有想到的，你應該服從國家的需要，國家需要你們當教師，你就要好好的當一輩子教師，再不要東想西想。」并且一再説：師資的質量很重要。』我們的革命先輩就是這樣教導他的孩子的，大家應該深切的體會先輩的教導，多考慮國家的需要。

同學們，當你們選擇升學志願的時候，你們是不是已考慮到投考高等師範，志願作一個人民教師呢？ 如果考慮到我們祖國教育事業要不斷發展和提高，如果考慮到祖國需要不斷補充大批優秀的教育工作者，如果考慮到教師必需由具有高度革命熱情和遠大抱負的青年去擔任，那麽就堅定的走上這條教育戰綫來吧！ 來同我們一起爲無産階級的教育而共同戰鬥！爲培養我們黨的事業的紅色接班人而貢獻出畢生力量！

〔一九六一年五月三十一日〕

爲中國青年報寫:與歷史系四年級同學講話

同學們:

我很願意和大家見面,早就想和大家談一談,但是由於時間和身體的關係,今天纔得如願。你們畢業後是去作教育工作,又是學歷史的,所以我和大家纔真正是同行。

我從事教育工作幾十年,研究歷史也有幾十年,時間很長,但是時間長并不能説明問題,因爲我正生在一個國家多事的時候,由於當時的歷史條件,和自己思想的局限,走了很多彎路,浪費了很多精力和時間,所以成功的經驗不多,失敗的經驗却不少。不像你們在這樣好的時代,你們大多數人在全國解放時,不過纔十二三歲或者更小,是在黨的教育下長起來的,這是很大的不同,因爲今天的社會把什麼都替你們安排好了。告訴你們應當怎樣走,告訴你們爲什麼應當這樣走,給你們準備好了一切,就看自己是不是努力了。祇要努力,比起從前來就能事半功倍。

你們馬上就要畢業了,本來是有很多話想説,但也不可能一下都談到,我想祇談一談有關讀書的問題。先談一下個人讀書的經過。

十二歲以前,在學館讀四書五經,呆板的死背,不能背就打,衹有逃學之一法。

十三歲發見書目答問,漸漸學會買書。

十五歲廣州大疫,學館解散,因此不用學習科舉的八股文,讀了不少的書。

十八歲入京應試,因八股不好,失敗,聽同鄉一老先生的勸。

十九歲一面教書,一面用心學八股,等到八股學好,科舉廢了,白白糟蹋了兩年功夫。但却得到一點用心讀書的辦法。

科舉廢後,不受八股文的約束,倒可以一面教書一面讀書,當時讀書的目的,就是想研究史學,中間有幾年還學過醫,辦過報,但讀書從未間斷,因此四庫全書總目提要,讀過好幾遍,可惜四庫提要著録的書,許多在廣州找不到。

辛亥革命後重入北京,時熱河文津閣四庫全書移貯京師圖書館,因此可以補讀從前在廣州未見的書,如是者十年,漸漸有所著述。

我讀書,是自己摸索出來的,没得到老師的指導,有兩點經驗,對研究和教書或者有幫助:

(一)從目録學入手,可以知道各書的大概情況。這就是涉獵,也就是不求甚解。

(二)要專門讀通一些書,這就是專精,也就是深入細緻要求甚解,經部如論、孟,史部如史、漢,子部如莊、荀,集部如韓、柳,清代史學家書如日知録、十駕齋養新録等,必須有幾部是自己全部過目常翻常閲的書,一部論語纔一萬三千七百字,一部孟子纔三萬五千四百字,都不够一張人民日報字多。這就是有博,有約,有涉獵,有專精,廣泛的有些歷史書的知識,又對某些書下過一些功夫,纔能作進一步的研究。

我想同學畢業之後,當然首先要把書教好,另外,在自修的時候,可以讀一讀過去的目録書,如書目答問、四庫總目等。

我們要批判的繼承歷史遺産,目録就是歷史書籍的介紹,可以大概知道有什麽書,是誰作的,大概内容是講什麽的,就是要知道我們究竟都有什麽遺産,看看倉庫裏有什麽存貨,要調查調查。不知道有什麽存貨,連遺産有什麽也不知道,怎麽能批判的繼承?

現在青年,有一很好的機會,就是有參加實際鍛煉的機會。你們這一班,從一九五七年考進師大,正式反右鬥争還没有結束,大家就投入了運動,後來又有整風、雙反、教育大革命,同學都參加了勞動,下鄉、下廠,大煉鋼鐵,又參加過批判修正主義,反右傾等等,這都是最好的機會。

尤其我們學社會科學的人，參加這種政治運動，參加實際鍛煉，這是最需要的，也是很難得的機會。我常説這是時代所賜。

在實際鍛煉裏，提高了政治思想，有了明確的觀點，善於分析問題，可以明辨是非，這是最重要不過的。

當然也可能影響了一些課程，相對的説，讀書少了一些，但是政治是首要的，而你們恰恰就有了這一條，至於讀書和基礎知識，衹要政治方嚮對頭，政治挂帥，以紅帶專，短時間，就可以補上，如果基礎知識學了很多，而政治方嚮不明確，這就不是補課的問題了。

有人説，青年同學基礎知識差，我就常説這不要緊，有個三兩年，就可以很快學好。所以説你們在校四年，所得是很多的，但我們要更高的要求自己，既然感到知識不够多，讀的書還太少，那就抓緊這一環，經過努力，補上還是比較容易的。

但是，必需認識，所説的『容易』，自然也是相對來説，而且也要自己經過鑽研和努力，没有現成的。我是説，衹要踏踏實實的念，不要覺得學問高不可攀，但也不要想不勞而獲。

不管别人介紹多少經驗，指出多少門徑，但别人總不能替你念，别人念了你還不會，别人介紹了好的經驗，你不自己鑽研下功夫，還是得不到什麽。

我們學歷史的，需要知道的『知識幅度』很大，要瞭解上下古今中外，有了廣博的一般知識以外，還要有自己較專門的學問，比如將來你教世界史，就要更多研究這方面的材料了。

讀書的時候，要作到腦勤、手勤、筆勤，遇見有心得就寫下來，多動筆多寫，多記，不然，你有心得，不寫下來，時候長就忘了，用的時候還要從頭看。多寫多記，念書多了，就積纍下不少知識，可以左右逢源。

同學就要畢業了，黨時刻都關心着你們，把你們培養到大學畢業，要時刻不忘黨對你們的希望，牢牢記住黨對你們的教導。首先要愉快的服從分配，到了工作崗位，要安心的把分配給你的工作作好。

此外，要不斷學習，學習政治，學習經典著作，毛主席著作。要謙虛，不要以爲自己是北京師大畢業就看不起人，不要以爲自己已經大學畢業，學習就已經够了，畢業衹是在學校學習階段的結束，更長期的新的學習階段，還是剛剛開始。我已八十二歲，越學越覺得自己不够，你們連二十八歲還不到，應該學的東西還多得很呢！要趁着你們年富力强的時候，刻苦努力，時不待人，到了八十二歲再學，總是太晚了。古來傳説梁灝八十二歲中狀元，畢竟是極個別的事情。

不管讀什麽專業，都要有博有約，有廣有專，讀一個專業，固然在本專業上要專精，而一般的知識，專業以外的知識也應具備，不過不能都去作較深的研究，因爲如果樣樣都想去深鑽，勢必由於時間、精力有限，反使得樣樣都不能深，不能透。但是也不能衹有專精，孤立的鑽研自己的專業，連一般的知識都不去注意，没有廣泛豐富的知識，專業的鑽研也將受到影響。

學習歷史也是如此，不瞭解世界歷史，學中國史就必然受到限制。研究宋史，不知道整個中國歷史發展過程，則宋史也學不通。研究任何朝的斷代史，都不可能没有通史的知識基礎。

中國歷史資料豐富，浩如烟海，研究的人不能都看到，但不能不知道。有些書衹知道書名和作者就可以了，有些書要知道簡單的内容，有些書則要認真鑽研，有些書甚至要背誦，這就是有的要涉獵，有的要專精。世界上的書多得很，不能都求甚解，但是要在某一專業上有所成就，也一定要有『必求甚解』的書。

懂得目録學，則對中國歷史書籍，大體上能心中有數。我們的祖先給我們留下的文化遺産很多，其中有好有壞，所以我們要批判的繼承。但是如果連遺産都有什麽全不知道，怎麽可以呢？認真讀目録學的書，在歷史書籍的領域中，眼界可以擴大，如果研究某一專門問題，因爲書目熟，就可以大概知道什麽書上有這方面的材料，用起來得心應手，非常方便。

〔一九六一年七月五日（二十七日在新校教學樓并拍電影）〕

歡送越南留學生畢業回國宴會前講話

越南在我校學習的幾位同學快要畢業回國了，我們向幾位同學勝利的完成學習任務，表示熱烈的祝賀！

據反映，越南的同學在我們學校裏，和我們的同學，一起學習，一起勞動，學習上積極努力，刻苦鑽研，生活上艱苦樸素，要求自己都很嚴格，表現了越南青年的勤勞、淳樸的優良品質，給我們留下深刻的印象，這是值得我們廣大青年學習的。

我們中越人民本來就是一家，親如骨肉，希望各位回國之後仍和我們多多聯繫！

向各位祝賀學習勝利結束，并向各位表示熱情的歡送！如果有機會見到胡主席時，至緊替我向胡主席問好！

〔一九六一年七月二十九日〕

畢業典禮講話

同學們：

首先應當向你們祝賀，熱烈的祝賀你們勝利完成學習任務！

你們已完成了四年大學的學習，不久就要走上新的生活階段，在將跨上征途的前夕，同學們都心情舒暢，意氣風發，摩拳擦掌，等待着祖國的召喚！

四年以來，同學們在黨的正確領導和親切關懷下，經過了歷次政治運動，參加了勞動鍛煉，并學習了系統的科學文化知識，在思想上，業務上都有很大提高，德、才、身體各方面都得到長足的進步，爲今後參加建設工作，打下了比較堅實的基礎。

現在就要分配工作了，黨已爲你們妥善的安排了工作，同學們馬上就要奔赴新的工作崗位，這讓我不禁想起過去的年月，在舊社會流行一句話，叫『畢業就是失業』，那時失業就是畢業生的命運。那時候，同學縱然有自己美好的理想和志願，而社會上給他們安排的却是失業。那時候同學的家長和老師，也希望自己的子女、學生能有所建樹，而所得到的回答，却是『找不到工作』。那時的青年，真是英雄無用武之地，離開校門，四顧茫茫，不知何去何從，不知將來自己落到什麽地步。

我所以和大家講這些，是因爲我感到今天的青年太幸福了，生長在這樣偉大的時代，就要充分認清自己的幸福。今天，黨和國家爲了幫助青年實現革命的理想，爲青年創設了無比優越的條件，培養了大家革命的本領，開闢了施展才能的廣闊場所，給予了同學們獻身祖國建設的機會。這是過去青年夢想不到的境界，也是所有資本主義國家的青年望塵莫及的。

既然如此，就希望同學們在考慮自己的工作時，認清今天世界的和中國的客觀實際情况，要把自己的理想建立在現實的基礎上，把個人的理想和國家的命運，和人民的利益，緊緊聯繫在一起。當前，我們國家的形勢大好，前途光明，國家的前途也是我們每個人的前途。因此，無論將來你們在那裏工作，是工作在中小城鎮，還是戰鬥在遥遠的邊疆，是在遠離北京的地區，還是在較爲偏僻的農村，前途都是無比遠大，都是無可限量的。

毛主席在『反對自由主義』一文裏説：『一個共産黨員，應該是襟懷坦白，忠實積極，以革命利益爲第一生命，以個人利益服從革命利益。』我想共産黨員，應該是這樣，共青團員和每一個革命青年，也應當這樣要求自己。都不應當以個人利益爲重，不應目光短淺，心胸狹窄，斤斤計較，庸庸碌碌。

黨經常教育我們，政治方嚮是最根本的事情，青年不僅要成爲有專門知識的人，更重要的是，首先要把自己培養成爲革命者。革命者就要一切爲革命利益着想，就要有遠大理想，要不斷革命，要立志把我們的國家建成一個强大的社會主義國家，要爲共産主義事業奮鬥終身。

農業是國民經濟的基礎，而今天農業仍在很大程度上受自然條件的限制，連續兩年的自然灾害，農業生産還没過關，廣大農村需要革命的知識青年，去從事翻天覆地的事業。我們師範畢業生，也要有很多人到農村中學去擔任教學工作。這對我們來説，是一個極爲光榮的任務，也是一個革命者，所應當擔當起來的艱巨任務。如果認爲農村太苦，分配到城市則喜，分配到農村則憂，享樂就前，吃苦就後，先天下之樂而樂，後天下之憂而憂，這還叫什麽革命者呢？這樣的人就祇能搞個人主義，不能搞共産主義，祇能搞享受，不能搞建設了。

同學們經過黨的培養教育，思想覺悟都有很大提高，很多同學向黨提出保證，表示堅決根據國家需要，愉快的服從組織分配，願意到艱苦地區鍛煉自己，這是很好的，這是毛澤東時代的青年應有的偉大氣魄。我相信同學們都能作到，先公後私，先國後家，會自覺地擔當起國家和人民給予自己的任何工作的。

同學們，你們就要離開母校了，在我們臨別的時候，殷切的希望你們，時刻都不要忘了黨的教導，做一個紅色的接班人，做一個堅定的革命者。希望你們自覺愉快的服從國家需要，在工作崗位上，不斷學習，不斷進步，艱苦樸素，發憤圖强，希望你們永遠聽黨的話，永遠作毛主席的好學生，既要有廣博的科學知識，更要有高度的革命責任感和事業心，有堅强的革命意志和火熱的革命熱情！

同學們！你們的前途是光明遠大的，祝你們永遠前進，祝你們鵬程萬里！

〔一九六一年八月九日〕

歡迎日本民間教育家代表團來我校訪問致詞

各位朋友們：

今天我們非常高興，能在我們學校接待以三島一團長爲首的，日本民間教育家代表團訪問，現在讓我們，并代表我全校師生，表示熱烈的、兄弟般的歡迎。

我們中日兩國相離不遠，隔水相望，中日兩國人民，是素來友好的，我們人民間的親密往來，和深遠的友誼，有着悠久的歷史。翻開兩國的歷史書籍，都有大批材料，記載着我們的文化和貿易的交往。過去日本軍國主義發動侵華戰爭，給中國人民和日本人民帶來了巨大的灾難，但是，就是在那個時候，我們兩國人民之間的友誼，也并没有中斷，相反的，我們都更清楚的認識到帝國主義侵略戰争的危害，認識到軍國主義是兩國人民的共同敵人。

今天，美日反動派正在加緊實施日美軍事同盟條約，加緊復活日本軍國主義，要以日本軍國主義，作爲在亞洲的侵略工具，企圖阻礙中日兩國關係的正常化。中國人民堅决反對美帝國主義這種陰謀，同時，也堅决反對池田政府，追隨美國敵視中國、製造『兩個中國』陰謀的反動政策。日本人民也以自己的鬥争，給予中國人民反美侵略鬥争以重大支持。

共同的敵人，共同的鬥爭，把中日兩國人民，更緊密的連結在一起。日本池田政府敵視中國的政策，是同廣大日本人民改善中日兩國關係，使兩國關係正常化的願望，背道而馳的。

我們兩國人民要求千代萬代的友好下去，這個越來越强烈的願望，是一股不可抗拒的潮流，一定會衝破美日反動派的阻撓，澎湃向前！

我們人民之間的友好訪問，一天天的頻繁，今天，日本民間教育家代表團，衝破日本政府的阻礙，來中國訪問，就是日本人民的願望的，最好説明。

我們相信這次日本朋友們訪問中國，將進一步增進中日兩國教育工作者，和兩國人民的戰鬥友誼，能够交流兩國的文化教育經驗。

我們北京師大，有五十多年的歷史，最近十幾年來，在中國共産黨的領導下，經過全校師生的努力，在教學改革上，取得了一些成績。但是，我們的經驗還很少，非常需要和各方面從事教育工作的朋友們交換意見，交流經驗，今天各位先生莅臨我校，我們非常興奮。各位都是教育界專家，有着豐富的教學實踐的經驗，希望各位先生，能給我們提出寶貴意見，不吝賜教，以便進一步改進我們的工作。 把我們北京師大辦得更好。

希望我們中日人民友誼，日益加深，希望我們中日兩國教育工作者的來往，日益密切！

最後，我記起毛澤東同志在去年六月間對日本朋友説過的：『不相信像日本這樣偉大的民族會長期受外國人統治。』我們確信，和美日軍國主義的鬥爭，一定會取得勝利，一個獨立、民主、和平中立的新日本，終將如旭日一樣，從亞洲的東方升起！祝日本人民鬥爭勝利！祝日本教育事業日益繁榮！

〔一九六一年十月四日在主樓三樓會議廳〕

歡送何校長茶話會上講話

一九五二年暑假後開學，是院系調整後的第一個學期，那時輔仁和師大剛剛合併，記得也是在這樣的秋末冬初的季節，何錫麟同志就從東北來到了我們學校。我們第一次見面是在北校的辦公室裏，從那以後，我們就開始了共同的戰鬥。

那時，學校裏黨的力量還比較弱，兩個學校剛合併不久，一切教學和校務工作都尚未就緒，學校裏的問題是很多的。

從這以後，學校裏推行了較系統的教學改革，開始修正教學方針，建立教學組織，修訂教學計劃，制定教學工作綱要等等。當時各科教學大綱的修訂，教材的編寫和翻譯，科學研究，教育實習，教師的提高和培養，學生的思想教育，附校工作，行政總務工作等等，工作方面是很多的。學校負責人當中，黨員很少，其他負責人中，還有後來知道他有些是右派，工作是很難做的。何錫麟同志在這樣複雜的情況下，在教育部和市委的領導下，和其他幾位同志，共同負責領導起各項工作，團結了全校的師生，艱苦奮鬥，工作是艱巨的，任務是繁重的，學校的面貌一天天在改變，取得了很大成績。

後來，一九五七年反右派鬥争，我們學校搞得也比較透澈，在政治戰綫和思想戰綫上，都取得了决定性的勝利，在這個勝利基礎上，我們纔較順利的貫澈執行了黨的教育方針。這所有的一切，也都是和何錫麟同志的工作分不開的。

算來何錫麟同志來到我們學校已整整九年，在這九年中，不但領導着我們學校前進，就是對我個人也幫助不少，不管是在工作裏，在談話中，或是在日常接觸中，我都得益很多，關於我的學習情況，工作條件，生活安排，他都很關心，尤其重要的，是我在思想上能有一點進步，也曾得到他的幫助和啓發，他是我入黨的介紹人，實際上他還不僅僅是在組織上的介紹，而是給我介紹了馬列主義思想和艱苦的工作作風。

前幾天聽説他要調離我校，我真感到依依不捨，按我個人感情來説，我是不願他走的，但是爲了我們高等學校工作的整個安排，又不能不讓他離開了。

何錫麟同志年富力强，我相信他調在南開大學，一定會作出成績，一定能爲黨的教育事業作出不少的貢獻。

明天他就要離開北京，真是使人不免有惜别之感，好在京津相離很近，希望今後能够對我校工作，時時關心，不斷提出意見，并保持經常的聯繫，交换工作經驗。謹祝何校長在今後工作中取得新的成績，現在讓我們爲何校長工作順利，身體健康，共乾一杯！

〔一九六一年十月二十五日〕

對少年兒童廣播：

好好學習，將來爲祖國社會主義建設事業服務

親愛的少年朋友們：

你們好！

現在正是一九六二年的新年，在新年的時候，我有機會和你們談談，是非常高興的事。首先讓我向你們熱烈的祝賀！祝賀你們新年快樂，一年比一年進步！

人們常喜歡在新年的時候説『一元復始、萬象更新』，意思就是説新的一年開始，要除舊布新，在新的一年裏，要有新的進步。一年之計在於春，在一年開始的時候，考慮一下今後應當如何努力，是很有意義的事情。

你們都正在少年時代，少年是祖國的未來，祖國的希望都寄托在你們身上，你們今天雖然祇是十幾歲的少年，而將來却要接替老一代，要肩負起建設社會主義和共産主義的偉大任務。你們現在年齡雖然小，但是你們的責任却是重大的。

我們的革命事業，正像毛主席所説的『奪取全國勝利，這祇是萬里長征走完了第一

步』。直到現在,我們國家一窮二白的面貌,也還没有完全改變,把我國建設成社會主義强國,還要有長期的巨大的努力;而且世界上還有帝國主義存在,他們與世界人民爲敵,企圖製造侵略戰争,你們可以想像,我們的革命工作是多麽偉大!又是多麽艱巨!這樣偉大而艱巨的革命工作,絶不是一代人可以完成的,所以你們要準備着接替革命長輩的事業。所以説你們是老一輩的繼承者,是共産主義的接班人!

但是,僅僅認識自己是繼承者和接班人是不够的,一定要學會建設的本領,纔能真正繼承和接替,一定要具有共産主義的品德,還要學到足够的知識。

你們正在少年時期,應該學習的東西很多,一定要好好學習。就像我這樣年歲的人,年齡比你們大五六倍,也還是需要努力學習的。年輕的人就更要注意學習了。

少年時代,在學校裏讀書,可以説是一生中最實貴,并且是很重要的學習階段。爲什麽説是最實貴呢?因爲在這段時間裏,没有别的負擔,可以集中精力和時間專心學習;并且這個時候,記憶力特别好,求知欲也非常强,對一切科學和事物,都有比較强烈的愛好和要求。爲什麽説是很重要呢?因爲少年時候學習得好不好,常常可以影響今後一生的學習和工作的好壞。我在作教育工作幾十年中就得到這個經驗,看到有很多同學,在大學的時候學習得好，就是因爲他小時候在學習上打好了基礎，在少年時期所學的東西，使他一生中都得到益處。因爲少年時候學的知識記得牢固，往往一生不會忘記，比年歲大了以後，再多學幾年的效果還高。如果少年時候學習基礎打得不好，今後的學習，就會受到很大影響。所以你們一定要趁着自己正在這大好的時期，抓緊時間，努力學習各種知識，爲今後更進一步的學習，打下一個鞏固的基礎。

我國歷史上，有很多刻苦學習的榜樣，有些人，就是由於年輕的時候，努力學習，後來在學術上取得相當大的成就。比如宋朝的司馬光，在六七歲的時候，他父親教他讀書，他一定要念到能够背誦，并且逐漸要把書中的道理都理解清楚。他因爲記憶力不如別人，和兄弟們一起讀書的時候，別人都念完去玩了，他就用更多的時間，自己刻苦誦讀，一直到念熟了纔休息。他後來，回憶起少年讀書的情况時說：『用力多，收效就大，我小時候所念的書，一輩子也没有忘記。』後來他在學術上繼續鑽研，作出了很大的貢獻，寫了一部有名的歷史，名叫資治通鑒，這部書今天仍然是我們研究歷史的，一部有用的著作。

又如宋朝的歐陽修，四歲死了父親，他母親教他讀書，家裏很窮，没有紙筆，就用荻草，在土地上寫字學習。稍大一些以後，他更加努力讀書，練習作文章，他的文章，後來作得很出色,成爲唐宋八大家之一,并且在史學、金石文字等方面都有研究,寫出不少專門著作。

歷史上艱苦學習的榜樣是很多的,但是,他們畢竟是幾百年前的人了,那時千千萬萬的少年,都没有讀書的機會,而且他們縱然能够讀書,在政治上、思想上、條件上,又有種種限制,不能充分發揮他們的智慧和才能。今天,你們生活在好的時代,人人都有讀書的機會,衹要努力,將來你們人人都會比歷史上的人物,强千百倍,你們人人都可能有很大的成就,爲祖國建設事業,作出大的貢獻。你們一定會勝過古人!

少年朋友們!你們今天是幸福的,你們的幸福,不但古人不能比,就是我們的革命長輩,也比不上。在過去『多少代』的少年們,像你們這樣的年歲,能入學校讀書的衹是極少數,大多數都遭到失學的痛苦,甚至受到貧窮和飢餓的折磨。就是現在,在資本主義國家裏,衹是少數人享樂,而廣大少年們,大都掙扎在飢餓綫上,也談不到進學校讀書,更没有什麽幸福可言了。

生活在我們新中國的少年們,受到黨和國家無微不至的關懷,黨和國家,給你們創造了學習條件,安排了身心發展的環境,你們可以健康的成長,愉快的生活,你們真是萬分幸福,希望你們在幸福之中,不忘記革命長輩創業的艱難,希望你們認識到自己責任的重大,願你們好好學習，天天向上！成爲最可靠的革命事業的紅色接班人！將來能爲祖國的建設事業更好的服務！

祝你們新年進步！身體健康！

〔一九六二年一月二日〕

反對美國反動派對美共迫害的發言

肯尼迪政府上臺一年以來,用比它的前任更爲陰險、更爲毒辣的手段,瘋狂的擴軍備戰,并在其國内外積極進行反共反人民的活動。它爲了進一步鎮壓美國人民的反抗,爲了更肆無忌憚的放手大幹壞事,以便繼續推行它的侵略擴張政策,於是就在這個時候,加緊了對美國共産黨的迫害。

美國反動派瘋狂的對美國共産黨的迫害,不僅是對美國工人階級的猖狂進攻,是對美國人民民主權利的粗暴蹂躪,而且是想要消滅美國的進步力量,企圖消滅美國共産黨。但這根本是妄想!美國共産黨是消滅不了的,而且它會越戰越强,終將領導着美國人民走向解放!

肯尼迪政府這樣無耻的暴行,簡直是對世界和平的挑釁,是對全世界各國人民進步事業的進攻,這行動是美帝國主義在全世界策動的新的反共運動的一個組成部分,它妄圖消滅各國人民的革命鬥争,想要分裂社會主義陣營和顛覆社會主義國家,以達到它征服全世界的野心。但,這是作夢!這樣反共反人民的暴行,更激起全世界人民的憤怒,使世界人民更清楚的認清，對待帝國主義，祇能堅決鬥爭！

美國統治集團，多少年來，就在國内布下了法西斯統治的法網，對善良的人民和正直的科學家，不斷進行迫害，多少人無故被革除公職，多少人被認爲是『顛覆分子』驅逐出境，許多教授被認爲有共産黨員的『嫌疑』，遭到解聘，文化科學工作者僅僅是由於主持正義、反對它的侵略政策就被逮捕、監禁、徒刑或殺害。美國文化科學藝術界的許多著名人士，像羅伯遜、杜波依斯等人都曾受到各種迫害，無辜的羅森堡夫婦，更慘遭電刑被害死。進步的學校被關閉，進步的報紙被查封，更是層出不窮，日甚一日。

事實證明，今天在美國，所有進步團體，一切熱愛和平和主持正義的人，都已經被剥奪了最起碼的自由，現在肯尼迪政府更變本加厲的對美國共産黨施加殘暴的迫害，用最卑鄙無耻的人，最凶狠毒辣的手段，企圖消滅美國共産黨，這是什麽『尊重人權』！這是什麽『民主自由』！這分明是在美國内加緊實行法西斯化的一個嚴重步驟，對國外爲控制全世界和發動世界大戰開闢道路！

但是，歷史的車輪是扭轉不了的，革命的力量是阻擋不住的，共産主義運動是任何反動力量所不能扼殺的！歷史曾多次證明：哪裏壓迫得越緊，哪裏革命鬥争就會更激烈。肯尼迪政府的任何暴行，絲毫也挽救不了他注定滅亡的命運。不久前，著名學者，九十三歲的杜波依斯，就在美國反動派猛烈進攻美國共産黨的時候，毅然加入美國共産黨，這一動人的事實，就是美國人民對反動派最好的回答。他得出了堅定的結論，説：『資本主義注定要自取滅亡，共産主義終將獲得勝利！』他代表了正直的美國人民，喊出了這個堅定的真理。

我們堅決支持美國共産黨和美國人民的正義鬥争，正義的鬥争一定會取得最後勝利！資本主義必將滅亡！共産主義必定勝利！

〔一九六二年一月二十四日上午在文化部大樓會議廳〕

給海外僑胞講幾句話

當此春節到臨的時候，北方的天氣，也已有大地回春的感覺，古人説『每逢佳節倍思親』，在這傳統的節日裏，我們各校師生都對海外僑胞們熱情的關念，向你們致以親切的問候，熱烈的祝賀，祝賀大家生活愉快！身體健康！

海外僑胞都是熱愛祖國，關心祖國的，大家一定關心國家的教育事業，現在可以告訴大家，祖國的教育事業，也和其他各項事業一樣，在過去一年中是有很大進展的。過去的一年，各校貫澈教學爲主的原則，教師認真教課，努力提高教學質量，學生勤奮讀書，以優良的成績向祖國彙報，都勝利的完成了教學和學習任務。

現在學校已放寒假了，在假期裏，學校爲師生們安排了豐富多采的文娛活動，師生們將在寒假裏和家人團聚，很好的休息一下，蓄精養鋭，準備寒假後，以更大的幹勁，迎接新的學期。我自己今後也將繼續作歷史科學的研究，在祖國繁榮的學術科學領域中，貢獻力量，争取爲國家多作些工作。

順便告訴大家，在我們北京師範大學，有不少華僑教師和同學，他們工作和學習都很積極，成績很好。家在海外的，工會和學生會爲他們準備好各種活動，使他們能够吃好、玩好、休息好，歡樂的渡過春節和假期。

希望華僑青年們都能抓緊機會，鍛煉身體，努力讀書，掌握高深的科學技術知識，把自己培養成體魄健壯、學識豐富的人。世界一天天進步，需要具有文化知識，科學技術的人越來越多，學好本領，可以更好的在社會上服務。希望你們爲了人類的幸福，更加積極努力，在學習科學文化知識上取得更大的收獲，預祝你們的豐收！

〔一九六二年一月二十九日寄中國新聞社廣播〕

師大校慶六十周年慶祝大會開幕詞

各位來賓，各位校友，各位同志們：

今天是北京師範大學六十周年校慶，我們全校教職學工聚集一堂，隆重的爲我們北京師大六十大慶祝賀，祝賀她長生、健壯！

今天我們非常高興的是政府負責同志、各兄弟院校的同志、各位校友同志們，在百忙之中，來參加我們的大會，我們感到非常榮幸。各位的莅臨，對我校是極大的鼓勵，現在我代表全校師生員工，向到會的同志們表示熱烈歡迎和衷心感謝！

我校誕生於一九〇二年，就是清光緒二十八年，那時的中國久已淪爲半封建半殖民地社會，正是中華民族多難之秋，正是我們國家内憂外患、危及存亡的年代。我們北京師大就在這個苦難的歲月裏，就在這苦難的土地上創立起來。

我校六十年的經歷，正是中國六十年來的政治運動和文化運動的縮影，我校在舊社會共歷四十七年，這四十七年中，我國政治極端腐敗，文化衰敝凋零，我校師生爲了挽救民族危亡、爲了争取民主，爲了文化教育事業的發展和争取師範教育的獨立，都曾進行過長期的、不屈不撓的鬥爭,一直到一九四九年北平解放,學校纔獲得自己新的生命。

解放後雖祇有十三年的時間,但這短短的十三年的進展却已遠勝過解放前的四十七年了。十三年來,我校的規模有了空前發展,教師、學生和畢業生人數,圖書儀器設備,建築面積都已有了成倍的增加,教學制度、教學内容、教學方法和教學組織,進行了一系列的改革,我們堅决貫澈執行了黨的『教育爲無産階級政治服務,教育與生産勞動相結合』的方針,取得了光輝的成就。使我校在性質上,起了根本的改變,已經由一個半封建、半殖民地社會中的資産階級大學,變爲人民的、社會主義的、新型師範大學了。

學校在變化,我們教師的思想也在變化:新社會培養出來的年青教師,正在沿着又紅又專的道路成長;從舊社會來的老教師,經過十幾年的鍛煉,一般來説,也已經起了根本的改變,已由資産階級知識分子,成爲勞動人民的知識分子,在學術專長上,也得到充分的發揮,這也是值得我們慶幸的事情。

今天,在慶祝學校誕生六十周年的時候,我們緬懷過去,展望將來,覺得幸福就在自己身邊,未來是屬於我們的,我們全校師生一定要瞭解自己責任的重大,進一步認清師範教育的重要意義,和人民教師工作的無上光榮,我們要把課程教好、學好,把北京師範大學辦得更好,纔不辜負黨和國家對我們的殷切期望!

祝賀我們北京師大年年進步，萬壽無疆！祝賀我們爲祖國培養出又紅又專的人民教師數量更多！質量更好！做出更大的貢獻！

再一次向到會的同志們表示熱烈感謝！希望給我們提出寶貴的指示和意見！

今日——慶祝北京師範大學六十年校慶

東風今日換人間，化雨無私煦大千，共喜黌門弦誦好，艱辛締構想當年。

宣南壇坫昔頻登，六十年來幾廢興，廣厦凌霄今日起，掀髯俯視舊觚棱。

山河八載憶淪胥，閉户西涯苦著書，今日九州紅已遍，文光彪炳復充閭。

風雨曾摧舊泮林，繁枝今日沐甘霖，芬芳桃李人間盛，慰我平生種樹心。

〔一九六二年五月五日〕

畢業典禮上講話

同學們：

今天我們在這裏隆重的舉行畢業典禮，首先，讓我代表學校，向你們一千多位畢業同學表示熱烈的祝賀，祝賀你們勝利的結束了大學學習，祝賀你們即將走上工作崗位，參加我們國家偉大的社會主義建設。我爲我們國家教育戰綫上即將增加你們這一批新生力量，感到興奮，爲你們即將走到教育工作的隊伍，成爲教育事業中的新戰士，感到高興！這是你們一生中值得紀念的時刻，也是我們這些多年從事教育工作的人非常欣慰，非常喜悦的事情。

因爲我們這些老人，在舊社會的時間很長，對舊社會的事情知道得多些，所以，一看見今天的歡樂，就很自然的回憶起過去的艱辛，有很多過去的情況，都是你們這一輩年青人所不可想像的事情。在舊社會，一個學校一年畢業一千多人，個個都能找到工作，這根本是不可能的事，更何況我們今年全國大學的畢業生共有十七萬多人，人人都分配在一定崗位上，這更是聞所未聞的奇迹了。

今天在你們即將走上工作崗位的時刻，我在這裏衹想簡單的和你們談兩點希望，一就是要革命，二就是要學習。

下面先談談第一，就是要革命。青年人要立志做一個堅定的革命者，你們在學校學習，是爲革命事業學習本領，離開學校，要爲革命事業努力工作。青年人要有崇高的理想，要有遠大的抱負，不能作一個生無大志，庸庸碌碌，得過且過的人，那樣的青年是没有出息的，是與我們偉大的時代不相稱的。在今天，爲建設一個社會主義强國，并爲將來實現共産主義的遠大理想而奮鬥，應該是我們這一代革命青年的抱負。

希望你們能够永遠做一個革命者，做一個不辭辛苦、不怕困難、不懼艱險、不惜犧牲的革命者，因此要求你們全心全意的爲革命利益、爲集體利益着想，做到毛主席所教導我們的：『以革命利益爲第一生命，以個人利益服從革命利益，無論何時何地，堅持正確的原則，同一切不正確的思想和行爲作不疲倦的鬥争。』緊緊記住主席的這些教導，那麽很多問題，就可以迎刃而解了。

如果革命是有條件的，在大城市中工作就革命，在邊疆和農村就不革命；在高等學校工作就革命，在業餘學校、或在其他崗位就不革命；和愛人和家庭在一起就革命，否則就不革命，這還算什麽真正的革命者呢！

今年畢業生的分配工作,黨和國家是化了很大力量的,在當前精減城鎮人口和精簡職工的情況下,對畢業生的分配,仍然采取妥善安排,負責到底,盡最大可能分配在國家最需要的地方,力求做到學用一致,并適當的照顧志願。這個精神充分的體現黨和國家對你們的關懷和希望。

組織上是根據國家需要,根據你們的志願和專業,作全面考慮的,而你們自己則首先應當堅決服從祖國需要,一切都應當按照人民的需要和國家建設的需要來決定。如果大家都追求個人安樂和享受,不願爲社會主義革命和建設奮鬥,那麽,我們國家永遠也擺脱不了『一窮二白』的處境。國家不能富强,帝國主義還要欺負我們,集體事業就不能發展,還有什麽個人利益可談呢?

聽説你們絶大多數的同學都能服從國家分配,從需要出發,并且已向組織上堅決表示:祖國的需要就是自己的志願,現在已經在愉快的整裝待發了。這樣做很對,很好!用古人的話説,這就叫做『以身許國』。『以身許國』是一種很高尚的品質。你們做對了,這就是能够自覺的把自己的利益和國家利益統一起來。我聽了非常高興。

希望你們能够本着這個精神,在到達工作崗位後,熱愛分配給自己的工作,有一分熱發一分光,把一生貢獻給祖國的教育革命事業,永遠做一個堅定的革命者。

這是我要說的第一點。

第二，就是要不斷學習。大學學習生活，是你們學習的一個重要階段，參加工作後，就是新的學習的開始，也是新的鬥爭的開始。過去你們是在學校裏學習，現在你們就要在工作中、在社會中去學習了。

古人說：做到老，學到老。這是很重要的，學習一日都不能停止，一個人一生中，在學校學習，最多十幾年，而在工作中的學習卻有幾十年，我們的國家發展，一日千里，科學文教事業都是不停的前進，如果不經常學習新的東西，就會掉隊，就將跟不上時代。

這次工作的分配，有很多同學分配到基層，到農村、部隊去作教育工作，這對你們來說，正是一個新的學習、鍛煉的好機會。

我國農村需要大批的革命青年知識分子，農村有最廣闊的天地，農村需要文化，需要科學技術，需要教師，我們要儘快的把幾千年來貧困落後的農村建設成新農村，在廣大農村裏播散着文化與科學的種子。在部隊裏，也是需要有文化知識和科學技術的青年工作，提高解放軍戰士的文化水平，這對於我們學師範教育的人來說，也是義不容辭的光榮職責。因此同學們能到農村、部隊去工作，是非常難得、非常光榮的任務。

更重要的是，你們在工作中可以向農民學習、向戰士學習，學習他們的優秀品質，學習他們艱苦樸素的作風,堅定勇敢的精神,在他們之中生活和工作,正是青年們參加實際鍛煉的好機會。黨經常告訴我們:知識分子要爲工農兵服務,要向工農兵學習。現在有機會深入到工農兵中間,這是一件大好事,是美中之美,不是『美中不足』,是大有可學,而且大有可爲,根本談不上是『屈才』。

過去的知識分子和工農兵結合的機會很少,所學的書本知識,也不能與實際結合,走了許多彎路,因此有些人祇能算是半知識分子。

今天畢業同學能够深入基層,可以更多的向勞動人民學習,大家應當抓緊這個難得的機會,在工作中耐心求教,虛心學習,要向農民學習、向戰士學習、向一切可學習的人學習,并且要善於從工作的經驗教訓中學習,以更快的提高自己的政治思想和所欠缺的實際鬥爭知識水平。

這就是我要說的第二點。

今後你們就要離開母校,奔向遥遠而光輝的途程了,我就用不斷革命、不斷學習兩點來相贈,願你們永遠作一個革命者,堅持不懈的努力學習!

同學們!黨和國家賦予你們的責任是重大的,對你們的期望是殷切的,因爲你們是黨親手培養出的青年革命者,是黨的事業的接班人!希望你們不辜負黨和國家對你們的培養和期望，希望你們以革命的名義想想過去，以革命的精神對待現在，以革命的氣魄創造未來！祇要聽黨的話，你們的前途是無限美好的，熱烈的祝賀你們在工作上取得勝利，祝賀你們的前途光輝似錦，萬里鵬程！

（一九六二年九月二十一日）

北師大全體師生支持巴拿馬人民反美愛國鬥争大會上發言

同志們，同學們：

今天，我們北京師範大學全體師生員工，舉行支持巴拿馬人民反美愛國鬥争大會，堅決支持巴拿馬人民的正義鬥争，并嚴厲譴責美帝國主義的侵略罪行！

毛主席十二日對人民日報記者發表的談話，充分反映了我們六億五千萬中國人民的意志和呼聲，我們完全擁護！

巴拿馬人民遭受美帝國主義的無理侵略和欺凌，已有六十年之久，六十年來，美帝國主義在巴拿馬横行霸道，無惡不爲，不但嚴重地損害了巴拿馬領土完整和國家主權，并且在那裏建立了許多軍事基地，威脅着拉丁美洲各國人民的安全。

巴拿馬人民幾十年來一直與侵略者作着不屈不撓的鬥争，這次美帝國主義對巴拿馬人民的野蠻屠殺和血腥鎮壓，更激起了巴拿馬人民無比的憤怒，他們忍無可忍，群情激動，鬥志昂揚英勇的起來和美帝國主義者在巴拿馬苦難的土地上，迸發出革命的震天怒吼，點燃起熊熊的烈火，現在鬥争正在繼續展開，美國佬的安全後院，已經成了鬥争的前哨。鬥争的火焰，蔓延着太平洋的東岸，憤怒的浪潮，席卷了整個巴拿馬運河。這鬥争驚天動地，響徹雲霄，震撼全球。

這是反對美國侵略，維護國家主權的鬥争，是偉大的愛國鬥争。中國人民堅決站在巴拿馬人民一邊，完全支持巴拿馬反對美國侵略者，要求收回巴拿馬運河區主權的正義行動，我們北京師範大學全體師生員工，堅決以實際行動來支持這一正義鬥争！

美帝國主義在全世界到處爲非作歹，堅決與全世界人民爲敵，它不僅對巴拿馬人民犯了嚴重的滔天罪行，而且在亞洲，在非洲，在整個世界，到處都進行着侵略政策和戰争政策，美帝國主義要在全世界稱霸稱王，妄想要奴役全世界人民。這次事件，再一次證明美帝國主義是全世界人民最凶惡的敵人！全世界人民必須堅決和它進行鬥争。衹有全世界的人民聯合起來，團結一致，堅決反對美帝國主義，堅決鬥争到底，纔能制止侵略，纔能消滅戰争，纔能保衛世界和平。

巴拿馬兄弟！你們的鬥争不是孤立的，你們的朋友遍天下，中國人民堅決支持你們！全世界人民堅決支持你們！美帝國主義是一隻外强中乾的紙老虎，我們不能被它的威脅嚇倒，我們堅決相信全世界人民的力量是强大的，是無敵的，衹要我們聯合起來，高舉起鬥爭的大旗，堅持頑强的鬥爭，勝利一定屬於我們！

現在讓我們高呼：

堅決支持巴拿馬人民反對美帝國主義的愛國正義鬥爭！

巴拿馬運河屬於巴拿馬人民！

美帝國主義從巴拿馬滚出去！

勝利一定屬於巴拿馬人民！勝利屬於拉丁美洲人民！勝利屬於全世界人民！

〔一九六四年一月十五日在病床上口述〕

題詞及文章

北京保安産科醫院序

吾國古代。頗講胎教。而保産之術。則缺焉不詳。故青史氏之記。猶見於賈誼新書。太任育文王之事。猶記於劉向列女傳。惟學養子而後嫁。則大學詑爲怪談。不拆不副。居然生子。周頌目爲易事。孔文舉與張頌景生當并世。然其持論。則曰子之於母。如寄物瓶中。出則離矣。由是觀之。漢以前社會輕視産育。概可知也。隋經籍志有黄帝素問女胎一卷。黄帝養胎經一卷。然劉阮諸家。均不著録。疑爲後人僞托。漢藝文志有亡名氏婦人嬰兒方十九卷。隋志有張仲景療婦人方一卷。尚矣。然大抵注重婦科。未嘗專論産育。隨志五行家有産經難産圖生産符儀之屬。專論産育矣。然雜以五行。并非醫家本術。吾不解吾國人號稱重家族愛妻子。然獨産難之危。子母命在俄頃者。乃從不措意若此。馬氏通考有唐昝殷産寶二卷。殷蜀人。大中初白敏中守成都。其家有因免乳死者。敏中傷兹婦人。多患産難。乃遍訪名醫。得殷是編。吾國産科之有專書。此其近祖矣。然此書今亦不傳。今所傳者。以宋人産育寶慶方爲最古。以是知吾人非真重家族愛妻子也。宋明以來。胎産之方漸盛。然秘在閨閣。俗別嫌疑。帶下之醫。終非男子所便。孫思邈有須教子女習婦人方之説。寇宗奭有寧醫十男子莫醫一婦人之論。僅在方藥。已苦睽隔。况乎手術。以故産蓐之役。千年來均聽命於不學無術之穩婆。其貽誤豈可以數計。

邇者西洋醫術輸入中國。中國醫界開一新紀元。其他諸科。國人心理猶迎拒不一。惟接生一事則人無間言。然因風氣未開。猶有不至産難不得已之時不肯延用者。而不知難産固非西醫不辦。平産亦非西醫不辦。蓋婦嬰之所以爲病者。非僅在臨産之時。而在乎産後諸病及嬰兒生後危險諸病。多數緣於分娩時消毒不清。處理不宜之故。此固非穩婆所能知。而亦非達生編等所能盡。其不能不倚賴有新識專門之醫者。勢也。

年來女醫日見發達。類皆醫校畢業。學有本源。於是疇昔穩婆之業。漸以女醫代其職務。而婦嬰之保全者亦衆。同人有感乎此。乃糾合同志。創爲斯院。廣延穩練之女子醫者數人。以備産家不時之需。其貧乏不克延請者。特爲免費。務使人無嚮隅之憾。而西法接生一事。得以推行盡利焉。宜亦仁人君子所樂聞乎。願宏力稀。幸資助而扶植之也。

〔一九一九年一月。載光華衛生報第四期〕

送代表團之感想

代表我四萬萬國民民意之代表團，於九月廿九日，由正陽門出發矣。三十日之京畿各報，皆大書特書其事，似甚熱鬧也者。余亦送行者之一人，殊不覺其熱鬧，而國民漠不相關之心事，却於此窺之。是日出發之代表團，約八十餘人，送行者約千餘人，而將此千餘人解剖之，余敢斷其無一人以國民資格相送也。代表團中之人物，概爲上中流社會人，自不待論。以上中流社會人，遠離祖國，姑無論其使命之爲私爲公也，家族送者若而人，親戚故舊送者若而人，同僚送者若而人，送一人者之最少限度，當亦有十餘人，是日被送者八十餘人，以私人資格相送者，當在千人以上。而是日送者，僅千餘人。是此千餘人皆以私人資格相送，無一人以國民資格相送也。試問代表團爲私而去乎？爲公而去乎？爲家族親戚故舊同僚而去乎？爲國民而去乎？何以送者僅家族親戚故舊同僚？國民無一人相送而漠不相關耶？是日以社會團體名義送者，亦屬絕無僅有。至學校方面，送者有北京高等師範及師範附屬中學，可謂得未曾有，余甚感之。既而考其所送之人，非送代表團，乃送該校校長鄧萃英也，使代表團中無鄧萃英，則并此兩校亦不敢保其必送也。

由是觀之,以對於國事如此淡泊之國民,安望其能對於國事有切實之研究? 惟日以無聊的感情作用相叫囂耳。 綜感情作用發作之方嚮,大約可分爲二:

(一)向日本發作: 對於日本近年之欺凌侮辱,不爲切實之研究,以求相當辦法。 惟徒事攻擊,欲因太平洋會議,將中日間之條約成案,盡爲平反。

(二)向世界發作: 對於列國從來與中國所締結之不平等條約,欲於正義人道旗幟之下,因太平洋會議,盡爲取消。

國民之冷淡如彼,國民之希望如此,天下寧有如此便宜之事乎? 此次太平洋會議發生,不過有太平洋問題討論會後援會等團體登高一呼,然後有人稍事研究。 向使無此等團體發生,吾恐國民對於太平洋會議,視爲一種之萬國游園會,國民可不與開。 此最可慨嘆之事也,但此種現象,國民缺乏愛國心所致乎? 抑别有原因乎? 此吾人最應留意者也。

余以爲非由於國民愛國心之缺乏,乃由於國民生計之凋零,民性之疲乏所致也。 生計之凋零,無俟喋陳。 民性之疲乏,則欲有所論列。 民性疲乏之原因,雖不衹一端,而執政者離政治途軌太遠,則確爲其一大原因也。 現在執政者,衹爲私人的生活與地位的營謀,不知國家政治爲何物,知所以自肥而已,國家政治,無與乃公事。 國民睹此情形,則亦趨於消極。 政府自政府,國民自國民,朝野之間,絶無一種協調。 名曰民國,實則與前清無异，肉食者謀之而已，而肉食者又無能爲謀也。

就此種現狀觀之，將來或有極激烈之反動，亦未可定。經此大反動大混亂之後，中國之社會，或者大有進步，中國之政治，或者大有改革，未可知也。而對於目前之太平洋會議，可以謂爲絶對不利也。

〔一九二一年十月一日〕

唐代渤海國論

鄙人此次來大連。本係參觀碧流河畔貝冢之發掘。并未預備有所講演。既承諸君之厚意。不可辭却。祇得勉强借一與南滿稍有關係之題目。略爲塞責。昨承八木先生購我滿洲舊迹志。敬讀一遍。材料極爲豐富。唯關於渤海遺聞尚少。

渤海建國。自大祚榮始封於唐。時在西紀元六八四年。傳十餘世。至大湮譔。爲契丹所滅。時西紀元九二七年。計其建國。凡二百四十四年。比之遼金夏。建國年代。皆過之無不及。然遼金事迹。有史可考。西夏雖無史。近亦有人研究。惟渤海事迹。比西夏尤爲缺乏。唐書藝文志。有渤海國記三卷早已不傳。近人有爲渤海同志者。搜采亦嫌減略。渤海遺聞缺少的緣故。或者爲遼滅後。受遼影響。因遼禁止書籍出國。故渤海事迹。亦少人知。但地面上書籍材料缺少。然地下遺迹。不能全然毀滅。鄙意渤海國史。今日有編纂之必要。除依據地面上書籍之外。地下遺迹。更當注意。幸渤海距今不過千年。時代尚未甚遠。既有五京十四府六十六州三十八縣。其他實包有今奉天吉林二省朝鮮咸鏡平安二道。爲時又二百四十餘年。其遺迹之散布於地下者必多。可藉地下古物之發現。以補其書籍的缺憾。今日研究渤海歷史者。單係國都一事已議論紛如。渤海本有上中東南五京。五京所在。今日尚無定論。據唐書遼史及盛京通志等記載。有極矛盾者。非有待於發掘不可。又渤海紀元年號。如仁安大興。中興。正歷。永德。朱雀。太始。建興。咸和等凡十餘號。當時曾否自鑄錢文。抑係行用唐朝貨幣。雖待證明。然以遼金夏等國例之。則渤海亦有自鑄錢文。近年發現。曾否有渤海國錢文。吾人亟應注意也。

又契丹女真西夏。均有自製文字。渤海建國二百餘年。地域不小。或亦有自製之文字。契丹國志稱『渤海知書契。識古今制度。爲海東盛國』此事亦應當注意。

渤海第三代國主大傾茂。當唐開元天寶間。曾遣使唐國。寫唐禮及三國志十六國春秋等圖書。第十代國王大彝震。當唐太和間。（西八三三）。又曾遣學生赴唐留學。據册府元龜所記。渤海遣使朝唐。凡六十餘次。每次數十人或百人以上。朝聘既如此頻繁人又如此衆多。年代又如此久遠。則唐朝文物之流傳於渤海者。其分量必多。均有待於地下之發現也。清光緒間。有人在興京掘地得磚。係渤海第二代國王大武藝墓磚陽文隸書。有渤海大興某年字樣。則將來渤海君臣冢墓。必有逐漸發見者。願吾人注意。民國三年。有人在吉林旅店。見古書鈐巨印一。方可四寸。文如鳥篆。不能辨識。其題跋謂係寧古塔農人掘地所得。寧古塔爲渤海國上京。此事是否與渤海國有關。亦堪注意。

渤海制度。多仿唐人。唐人最重樂府。據金史樂志所載。金明昌泰和間(西一一九〇至一二〇八)兼用渤海教坊。則其當時。雅樂之流傳必廣。將來均可於地中發見證明之。

又據吾鄉人張曲江文集及元白長慶集等。有唐皇勅渤海王文書多件。當時渤海。必有答書。亦可俟將來之發見。

温庭筠集。有送渤海王子歸國詩。

疆理雖經海　詩書本一家
成勳歸舊國　佳句在中華
定界分秋漲　風帆到曙霞
九門風月好　回首即天涯

據此詩則當日來朝之王子。必定能詩。故有『佳句在中華』之句。又其來朝。必由海道。故有『風帆到曙霞』之句。

渤海文物雖盛。然其開國。亦藉武力。故能奄有遼東。開元二十年。(西七三二)。且曾遣將張文休。攻唐攻蓬萊二州。殺刺史韋俊。韓昌黎集烏石廟碑。即載此事。又西紀元九二七年。渤海國雖爲契丹所滅。然其遺民。抗志不服。納款中國。請求救兵。凡數次。至西紀元一〇二九年。渤海後人。遼東京舍利軍大延琳。尚舉兵反遼。改元天慶。西一一一五年。又有古欲(人名)及高永昌之叛。高永昌自稱大渤海皇帝。改元隆基。據遼東五十餘州。身經三十餘戰。後雖爲金人所敗。其戰績亦極顯著。今南滿遍地。皆有箭鏃矛戟之發見。其中必有一部分。爲渤海所遺留。此亦堪注意者。渤海事迹。與契丹女真高麗五代之梁後唐及北宋。各史皆有關係。惜鄙人無甚深研究。況旅中參考書籍亦少。時間又極能促。不能有所貢獻。但盼望借此題目。喚起吾人之注意。合地面及地下的史料。編纂一部完備的渤海國史。爲東亞史學界開一新紀元。亦是一件盛事也。

〔在大連滿鐵倶樂部演講。一九二七年六月。載東北文化月報第六卷第六號〕

談一二·九

彭真同志説：『一二·九』是值得中國人民紀念的，『一二·九』運動在中國歷史上寫下了光輝的一頁。我們今天在人民的首都紀念『一二·九』運動是有很重大的意義的。他與現在的情况對照着分析了在『一二·九』運動當時華北的局勢，那時國民黨反動政府與日本訂了賣國條約，中央軍和國民黨黨部從冀察撤走，蔣介石和宋哲元在作賣國的競争。但是當時經過二萬五千裏長征北上抗日的紅軍和『一二·九』學生發動的國民黨統治區的救亡抗日的運動，打擊了漢奸賣國賊們出賣華北出賣中國的計劃，并在思想上政治上在群衆中爲抗日戰争作了準備工作。他繼續説，『一二·九』運動現在已經十四年了，這十四年世界情况有了很大的變化，世界上六個强大的帝國主義有三個被打倒了，剩下的三個也有的被打瘸了；十四年前朝不保夕高呼救亡的中國，現在已經站立起來，成立了强大的中華人民共和國，以蘇聯爲首的和平民主陣營今天有了無比的强大。他説這個勝利之取得，有三個關鍵，就是共産黨的領導，人民的武裝和統一戰綫。這是打倒帝國主義和反動派的基本條件。這三條經驗在毛主席著的『共産黨人發刊詞』就總結出了。這三個重要的經驗用來說明十四年來世界形勢的變化也是適用的，正確的。

彭真同志繼即講到中國學生怎樣把自己鍛煉成爲一個很好的幹部。他說：『五四』、『五卅』、『九・一八』、『一二・九』、『一二・一』以及抗暴、反飢餓等運動，每次都産生了一批革命的知識分子幹部，『一二・九』運動時期的幹部很多都成爲我們今天華北解放區和京津兩地工作的骨幹，但也有一些人『開花没有結實』，墮落了或者是不知飄流到那裏去了。這裏提供了一條很寶貴的經驗，知識分子凡是與工、農、兵相結合的都有成就，有遠大前途；反之，凡是不與工、農、兵結合的，就很難有任何成就，或者祇是曇花一現。其次彭真同志又説明了知識分子必須用馬列主義來武裝自己的頭腦，不然也就很難有何成就。在經過反覆説明之後，最後他號召同學們密切地與工人與勞動人民相結合，號召同學們認真地學習馬列主義，認真地學習毛主席，他以此作爲在『一二・九』十四周年紀念日獻給同學們的禮物。

〔一九四九年十二月九日〕

我們要團結起來消滅帝國主義

美帝國主義瘋狂的發動了侵略亞洲人民的戰爭：武裝侵略朝鮮，恢復日寇武力，『軍援』東南亞反動派，侵占我國領土臺灣，并多次以飛機侵入我東北、山東領空領海，這一連串的反人民罪行，是亞洲人民以至全世界人民所不能容忍的。

我們不能坐視唇齒相關的朝鮮人民遭受美國侵略者鐵蹄的摧殘而不顧，對於爲了保衛自己祖國和保衛世界和平的朝鮮英勇人民，應該用我們所有的力量來加以支援，支援朝鮮人民和堅決解放臺灣是我們反抗美帝對亞洲侵略的主要任務。

從歷史發展上來看，帝國主義者已經不可避免的走上了滅亡，我們這一時代的人民正是帝國主義的埋葬者，就是要從我們手裏消滅世界上的帝國主義，所以帝國主義者已打到我們的大門，我們就應該叫他們死在那裏。中國人民歷來就愛好和平，但爲了保衛和平却不怕反抗侵略戰爭。最近我們曾打倒了與中國人民爲敵的日本帝國主義者，也曾把支持蔣匪幫的美帝國主義驅逐出中國大陸，凡是破壞和平和危害我人民的安全，我們一定要讓他得到希特勒、墨索里尼、東條英機一樣的下場。

中國的不可戰勝的人民，從不懼怕，從不膽怯，爲了我們的自由民主獨立的祖國，正和世界上愛好民主和平的人民站在一起，進行着堅强的反侵略鬥爭。

全國的歷史工作者，有責任把中國人民争取和平反抗侵略的光榮偉大史實和朝鮮人民争取獨立反抗帝國主義的英勇歷史事迹告訴全國人民，我們有責任把美帝國主義百年來，尤其是近幾年來侵略中國的血腥歷史告訴全國人民，我們有責任把蔣介石、李承晚、保大、吉田等勾結外國帝國主義屠殺本國愛國人民的凶惡統治和無耻罪行告訴全國人民。用歷史的證明指出了帝國主義者反人民的可恨和不可怕，指出了人民的正義必勝的前途。號召着覺醒了的中國人民更緊密團結在中國共産黨的周圍，在斯大林、毛澤東的領導下，爲保衛和平而奮鬥。

全國的教育工作者有責任把一切帝國主義的侵略陰謀和行爲告訴我們的第二代，我們有責任把一切中國人民、朝鮮人民和全亞洲人民反侵略的英勇鬥争故事告訴他們，讓我們的年青一代澈底肅清了對帝國主義者和他們走狗的幻想，認清了世界的過去、現在和將來，承繼『五四』以來青年的光榮傳統，與全國人民、全亞洲人民、全世界人民團結起來，完成這個消滅帝國主義的任務。

〔一九五〇年十月二十九日於北京〕

學校情況彙報

一、學校一般情形

本校自從中央人民政府接辦後，全體教職工都極興奮要搞好自己的工作，學生學習情緒也很高，每天晚上圖書館擁擠不動，來遲的就沒有位置，圖書館衹好在晚間另闢教室作自習室，這幾天因爲中國人民保衛世界和平反對美國侵略委員會輔大支會成立，同學就更加活躍，要求學習時事資料，要求出動向群衆講演，要求學習救護術，教授們也熱烈的參加這個工作，職工情緒也很高，在幾次的座談會中，他們都表現出熱烈的情緒。

二、教徒最近情形

關於學校教徒最近的情形，這回政府的處置太好了，本校教員教徒比較少，職工學生教徒相當多，這回政府接辦再三聲明是教育主權問題，與信仰問題無關，不特不歧視教徒，而且聲明要團結，要爭取，同仁都能瞭解政府這個意思，接辦後教徒情緒比接辦前情緒好得多，現在除了個別的教徒要費相當時候教育外，大部分都能安心工作和學習，從前帝國主義離間挑撥的謠言，也逐漸減少了，但我們仍不斷的提防和警惕着。

三、清點工作

關於學校資産的清點工作，我們組織了一個資産清點委員會，由秘書長、工會代表、學生會代表，物理系，化學系，生物系，心理系，體育部，圖書館，教務處，事務組的代表等組成，各處及各工廠由秘書處聯繫督促，各系及體育部由教務處聯繫督促，已經開始清點，預計在寒假中可以完成。

四、房屋問題

關於學校房屋問題，現在感覺太不够用，中學東北角有房屋三進，教會答應可以騰出，但盼望過了寒假，又芮歌尼在大樓辦公室三間，已於最近騰出，會賢堂也開始修理，尚未竣工，現在勞動部與本校商辦之專修料，也因房舍問題未能即時解決，同仁住處問題，尤感迫切，等一回工會代表會報告。

五、學費問題

至於下學期學費問題，本校要預先商酌，私立學校嚮來是收費的，學費之外，尚有雜費及試驗費宿費等等。國立學校收費與否，將來政府必有一種規定，但此種規定必在明年暑假以後，現在本校需要解決的係在本年度下學期，不久就到寒假，同學紛紛打聽，此事需預先有一個商酌。

六、學生生活問題

關於學生生活問題，我想提及一下，現在我們除了政治課之外，同學實際生活，無人照顧，未免自由散漫，對於公共財物，尤不甚愛惜，我見教育部來信，常常用舊信皮，我非常感動，我們提倡共同綱領的國民公德，本有愛護公共財物一項，但小資產階級的習慣，就滿不在乎，常常有人不在屋，電燈滿開着，這等日常小事，有誰負責去勸告他，最好能有老練幹部在校與同學共同生活，領導同學作生活檢討，相互批評，將理論與實際結合，但此等老練幹部，能否由部介紹到校，作同學的模範呢，我盼望有方法解決。

〔一九五〇年十一月十五日〕

確立國防建設第一的教育思想和教育方針

自從中國人民取得基本的勝利後，僅僅一年多的時間，全國人民在毛主席的英明領導下，用這樣短暫的時間，努力建設，在各方面，都有偉大的、中國歷史上所没有過的輝煌成績。我們全國人民正用全力來從事建設的時候，美帝國主義爲首的侵略集團，妒忌我們的勝利，於是肆無忌憚的瘋狂的發動侵略戰争，它們不容許我們和平建設，讓我們認清，世界上祇要帝國主義者存在一天，我們就不可能不與帝國主義作鬥争而取得和平建設。

新中國的高等教育，是要配合國家的政治需要的，在這新的情勢面前，我們的教育思想和教育方針應當而且必需配合這新的情勢，纔能争取今後長期的和平建設。

以高等教育來説，我以爲理工醫農各科，除業務本身，以科學技術來配合國防建設的需要外，并應加强政治課程與時事學習，進行國防建設第一的思想教育，要明確進行一切科學技術，和現代化的科學知識，要服從於國防建設，使所學都爲了加强國防的建設，科學技術纔能發揮當前的最大效能。

至於社會科學各系，除在政治課和時事學習内經常地不斷地灌輸這一思想外，并應盡可能的在所有各課程中，聯繫到當前情勢，根據各地各校的不同情況，添設帝國主義論，美帝侵華史，中國外交史，政治經濟學等課程，通過這些課程，灌輸經濟上，政治上的歷史知識，加强認識，基本肅清舊社會殘留下的對帝國主義國家的錯誤看法，説明中國人民過去的慘痛，今天的力量，和未來的希望，來武裝起青年的思想，使之認清衹有加强國防建設，中國纔有出路。

今天還有些人，爲了自己的學術，爲了自己的研究興趣，主張和平建設第一，當然我們每一個人，誰都希望有一個美好的平静的學習和研究的大環境，我們就是爲了争取全國人民的這一美好環境的早日實現，在當前的國際情勢下，衹有進行反帝的實際鬥争，和思想鬥争，纔能早日達到幸福的和平建設階段，今天國家的任何設施，都是爲了達到這一個目的，教育事業之所以應以國防建設爲首要任務，又何當不是爲此。

在日帝侵略中國的時候，我們全國的土地上，絶大地區不能公開地進行國防思想教育，多少青年，都走了很多彎路，甚至於走了相反的途徑，損失了多少有用的力量，今天我們能够自由地作鼓動、宣傳、教育工作，一定要不放鬆任何一個可以進行教育的機會，以完成今天的任務，這是所有教育工作者最基本的任務，也是目前最迫切的教育任務。

〔一九五〇年十二月二十六日爲光明日報座談會寫〕

加强政治學習和時事學習

有人這樣想，加强政治學習和時事學習，就會防礙業務學習，其實正相反，越加强政治學習時事學習，越感覺業務學習的重要，而且能分別開什麼業務是最要，什麼業務是次要，什麼業務是現在不需要，不同往日對業務的看法，一味讀死書，一味用功，用功祇是爲想跨在別人頭上，剥削別人，爲自己享受，爲統治階級幫凶，那知有祖國，那知有人民，那知中國可以翻身，那知帝國主義可以打倒，胡裏胡塗，讀死一世書，祇爲自己一家飽暖便了，這樣的人生觀，有何意義，有何味道，現在，讀書是有意義的、有目的的，政治覺悟越提高，讀書越有味道，時事學習越深入，人生越有興趣，祖國現在需要什麼就學什麼，學會什麼馬上就可以拿出來應用，如果不加强政治學習和時事學習，怎麼能把業務運用到實際來呢，從前『爲學術而學術』這一類的話，是要不得的，是怯懦無能者所藉口來逃避現實的，是預備向反動派低頭的，天下那有離開實際的學問呢。

〔一九五一年一月六日晨〕

新輔仁在抗美援朝運動中成長

輔仁大學自從去年十月十二日驅逐了美國侵略勢力,由中央人民政府教育部接辦後,到今天剛剛三個月,在這三個月裏,我們學校到處呈現出新生的蓬勃景象。因我校自北京解放後,學校的行政權,已由我們自己掌握,但經費上,尚有牽制,自接管後,經濟的束縛,也澈底地得到了解放。中國人自己作了學校的主人,全校師生都以主人翁的態度,對學校比前更加愛護和關心。這些事實,是對美帝侵略陰謀有力的回答。

在這短短的三個月裏,學校各方面,都有了顯著的進步。首先,我們提出辦好自己的輔仁,搞好業務,搞好工作的口號,全校師生,進入加緊學習,加緊工作的階段。各系領導上加强輔導同學的業務學習,教授們成立教研小組,彼此研討觀摩交換教學經驗,互相吸取優點,糾正缺點,以期提高講課效能,改進教學方法。

同學們掀起了學習高潮,經常的保持着飽滿的學習情緒,自覺的維持學習秩序和紀律。圖書館的座位,經常容納不下自學的同學們,於是加闢教室,作爲同學們自習閱讀之用,這是從來所没有的現象。

工人們也積極負責，爲自己的學校，努力工作，尤其是産業工人，如印刷部，在工作中表現了新的勞動態度，我們承印『人民中國』的印刷過程中，有時因爲重要文章有修改，以致一部分須要重印，而我們的工人，連夜突擊，依然如期完成，曾得到新聞總署國際新聞局的表揚。

就在接管後不久，工會和學生會改選，改選後，師生們更明確了今後的方針和任務，同學們保證把政治與業務學習搞好，并加强課外的文娱體育及各種活動。工會改組後，首先加强政治學習，教職工分别組織政治學習委員會，教員們按各系的具體情况，來規定學習時間。職員們爲了減少工作進行上的困難，規定每天上午八時到九時，各小組學習。工人們每星期有系統地進行政治課講授，學習的情緒，大部分都是相當積極的。

自美帝在仁川登陸，侵入平壤以北地區後，我們感到時事學習的重要。開始由搞好業務，轉嚮學習時事，全校普遍地積極地展開時事學習，組織讀報小組，聽報告，漫談，討論，并對美帝侵略暴行提出控訴，激起了師生們對美帝更深的仇恨。在抗美援朝運動中，全校師生熱烈的擔任了各種工作和職務，通過種種不同的形勢，進行宣傳鼓勵工作，高度地發揮了積極性和創造性。

十二月初，政府號召青年學生工人，參加軍事幹部學校，同學們以高度的愛國主義精神，争先恐後，報名參加，表示爲了祖國的安全，願獻出自己的一切，這都充分説明了翻了身的輔仁師生，對美帝的侵略行爲，更認識得清楚，更仇視更憤恨，都以無比堅强的信心，堅決地站在抗美援朝運動的前綫，并拿出所有的力量，爲反對美帝侵略而鬥争到底。

我們在反帝鬥争中，何以能够發揮這樣大的力量呢？ 最重要的一點，就是全校教職學工都明確認識到，我們學校這次收回自辦，衹是和帝國主義分子作鬥争，而不是反對宗教。我們絶對遵守共同綱領，保障在校師生的信教自由。 在這個正確的目標下，教友們都衷心擁護政府接辦，很多教友都表示了他們對帝國主義的憤恨，并對政府接辦輔仁表示擁護和感激，圖書館助理員李鳳竹是一位教友，他説：『我以教徒的立場鄭重聲明，任何利用宗教作外衣，進行侵略活動的，都是我們的耻辱，我們應當揭穿它。』他們就在這樣的認識基礎上，誠心誠意的，教友和非教友都緊密團結，爲辦好新輔仁而努力。 因爲他們認清了我們都是中國人，儘管宗教信仰不同，而我們的政治要求是一致的，我們愛祖國，不願受帝國主義的侵略是一致的。 接管後，教友們都和我們共同學習，共同工作，共同宣傳，共同爲反對美帝，抗議奥斯汀對中國人民的誣衊而奮鬥。

外語系教授張德潤先生，是多年的教徒，她在教員時事座談會上表明自己抗美援朝的決心，并且説：『現在我纔真正認識到帝國主義辦學校，的確是文化侵略。』在被批準參加軍事幹部學校的同學中，就有教友在內，他們表示：『凡是中國人民，就要愛祖國，就要服從人民需要，不分信教不信教。』輔中參加軍幹校的同學，有我校天主教徒的子女，這些青年的子女們，不但自己參加了軍幹校，以響應祖國號召，而且還影響了教育了他們的家長，使家長們的政治認識，也提高了一步。這說明了輔仁的教友與非教友，對美帝國主義侵略行爲的仇恨是一致的。接管後，學校的各種措施，都可以看出我們真正作到了宗教信仰絕對自由，現在宗教的選課，還是開在那裏，教友們可以自由選聽。

最近輔仁的幾十位教友，由於認識的逐漸提高，由於確切的認識了中國天主教的内外環境，爲了表示他們高度的愛祖國的熱情，正在醖釀『三自』運動，主張與帝國主義割斷各方面的關係，建立自治、自養、自傳的新教會。我校教友張漢民表示：『祇有跟着共産黨走，打倒美帝國主義，輔仁纔能獲得新生，教會纔能獲得解放！』

接管後，因爲師生們親自與美帝作了實際鬥争，不但在政治思想上，普遍的提高；而且在校政方面，課程方面，制度方面，也都作了初步的改革，在生活上，在建設上，在圖書的添置上，在醫藥體育設備的改進上，以及各系的發展方面，都有了新的進步。各系都在爲了適合國家建設的需要，適當地添聘了專任教授，開了新的課程。

總之，自從輔仁真正的屬於人民以後，全校教職學工，都拿出了主人翁的態度，團結一致，在毛主席的旗幟下，在爲新民主主義教育努力的共同目標下，教友與非教友，與全體的同仁同學，緊密團結得像一家人，在各個不同的職務上，共同爲辦好新輔仁而努力。

這事實説明了，政務院在去年十二月二十九日堅決肅清美帝在中國的文化侵略影響的措施，是完全正確，而且必要的。中國人民在中央人民政府的領導之下，應該斬斷與美帝一切有關的繮索，我們完全可以依靠自己的力量來辦好學校和其他各種原來由美帝國主義主持的機關團體。并且一定會辦得比原來更好，輔仁大學在抗美援朝運動中迅速地成長起來，就是一個很堅實有力的説明。

〔一九五一年一月十一日〕

擁護周外長覆聯合國電

美帝國主義及戰爭販子們自己在朝鮮發動的戰爭，現在它受到了挫折和慘敗，在不可收拾中，又要求先停戰後談判，不錯我們中國人民是要和平的，但是真正的和平，不是用『先停戰後談判』的方式，可以解決的，美帝想用這方式來欺騙中國人民，藉以緩和它頻於死亡的局面，以獲得喘息的機會，但中國人民豐富的歷史經驗教訓，對這鬼計，是完全懂得的，我們要想迅速結束朝鮮戰爭及和平解決亞洲問題，衹有實行周外長的四項提議，在中國召開七國會議，根據中國歷來主張的基本原則，不然，不管美帝盜用聯合國名義想出什麼樣欺騙的法子，中國人民衹有支持正義的戰爭，與帝國主義侵略軍隊周旋到底，直到把美帝主義勢力，完全消滅。

〔一九五一年一月二十日〕

新輔仁一周年

在解放了的輔仁,在全體師生的支持下,尤其是在負責編輯同志的不懈的努力下,我們的『新輔仁』已經出刊了一年了。

在『新輔仁』出刊一周年中,我們的學校脱離了多年來帝國主義的統治而得到了新生,爲了我們堅決的反帝鬥争,『新輔仁』曾經用了很大的力量來輔助,我們應該肯定這個報紙對於我們的鬥争工作是起過很大的宣傳鼓動作用的。

在我們學校,全體師生爲了國家建設的需要,爲了本身的改造和提高,展開了普遍而經常的政治學習,『新輔仁』大量的發表了學習材料和學習上參考的文件,同時報道并指示了學習的進行,在這一方面,我們也應該肯定這個報紙曾給予過我校師生很大的幫助。

『新輔仁』是代表新的輔仁的報紙,在與各兄弟學校聯繫上也曾有過些成績,使各個教育機構能在互相瞭解互相吸取經驗的基礎上共同發展新民主主義的教育。我們也應該肯定這個報紙曾爲各校交流經驗做過很好的工作。

所有這些,都是『新輔仁』過去一年的優良成就,我們期望它能够在現有的基礎上很好的發展。爲了它的勝利而光明的前途，我們也應該指出『新輔仁』有過一些缺點。首先是這個報紙反映師生們的生活不够，學校自己的報紙應該關心學校的每一件事，應該刊登有關於我校師生每一時期的生活動態，同時更應該用科學的新民主主義的正確發展方嚮來指示師生們所遇到的每一種現象。

我們可以在這個報紙的内容中看出它所刊登的稿件是不够充實的，尤其是文藝方面的作品，這就減低了報紙的應有的指導性，同時也就影響了報紙的發行。稿件不够充實也表現在刊登附校的消息太少上，我們的報紙應該是屬於輔仁全體的，應該屬於大中小幼、教職學工全體的。更增强并鞏固對於廣大的師生聯繫，更周密的表現所有的發生於輔仁中的各種問題，更澈底的反映全體師生的切身利益，是『新輔仁』亟應注意的工作。

報紙屬於群衆，就應該有是集體的宣傳者、集體的鼓動者和集體的組織者的原則。報紙是馬列主義——毛澤東思想的宣傳員，就應該對一切有關群衆運動的問題給予明確回答，應該是幫助所有的師生工作、學習、生活、鬥争和勝利的最好的朋友和顧問。所以我們完全有理由要求屬於我們自己的『新輔仁』做到能够深入到輔仁的群衆之中，做到真正的最尖鋭最有力的馬列主義——毛澤東思想的宣傳武器，做到指示全體師生的思想領導的組織工作。

今後我們要時時關心更完全,全面的滿足讀者逐漸增長的一切需要,時時關心擴充題材加强內容及改善所刊材料的文學品質,那我們的『新輔仁』將會更充實更完善,更爲群衆所擁護,走向光明勝利的道路。

〔一九五一年一月二十九日。載新輔仁第二十二期,一月三十日〕

擁護周外長二月二日聲明

二月一日聯合國大會非法的通過了美國所提的誣衊我國爲在朝鮮的侵略者的提案，在美國政府的操縱和劫持下，在没有中華人民共和國的合法代表參加的情况下，這樣通過的提案，是不合法的，是無效的，我們輔仁大學全體師生員工，堅決表示反對。

中國人民以及全世界的人民，包括美國人民在内，都是愛好和平的，而美國政府想盡了一切卑鄙的蠻横無理的手段，圖謀繼續他有效的侵略陰謀，擴大戰争來破壞亞洲和平，來破壞全世界的和平，他以爲這顛倒黑白的提案非法的通過，就可以達到他的侵略野心，就可以挽回他垂死的命運，但結果恰恰相反，這誣衊除去使全世界人民更加認清美帝是我們的死敵，增加仇美的决心外，是没有其他的作用的。

中國人民是愛好和平的，争取和平的，而且一貫的主張和平解决朝鮮問題，及亞洲重要問題的，但在一切可能進行和平的方案，不能得到圓滿解决時，我們并不怕戰争，我們會繼續用戰争來争得和平，非法通過誣衊我國的决議，不能掩蓋擺在全世界人民面前的鐵的事實。

我輔仁大學全體師生員工，除對聯合國大會非法通過誣衊我國的決議堅決表示反對外，并熱誠的擁護我周外長二月二日的聲明，并且今後更深入更普遍地開展抗美援朝運動，爲澈底粉碎美帝國主義的侵略而奮鬥到底。

我們看得清清楚楚，我們知道是誰武裝侵略了朝鮮，是誰威脅了中國的安全，是誰侵占了中國的領土臺灣，是誰屠殺了千千萬萬的無辜的朝鮮人民？　更是誰進行單獨對日媾和，重新武裝日本，企圖獨霸世界？　這一連串的殘暴無耻的血腥的事實，是不能用非法通過誣衊我國的決議所掩飾所能抹煞的。

〔一九五一年二月三日。人民、光明、新民日報二月四日分别節録〕

保衛世界和平的福音

人類導師斯大林於二月十六日對真理報記者發表談話，大意説世界另一次大戰不是不可避免的，要在全世界人民（包括帝國主義集團的人民）努力的争取和平。這談話發表後，全世界的報紙都首先登載，全世界的人民都熱烈歡呼，認爲這是保衛世界和平的福音，三十年來，帝國主義集團對蘇聯的種種誣衊足够了。經過世界第二次大戰，直到現在，這種誣衊仍未止息，但是事實具在，社會主義有何可怕，共産黨有何可惡，除了不便於少數獨占資本家帝國主義者的壟斷剥削外，甚麽毁滅歐洲文明，毁滅世界文明，都是欺騙人民的話，真金不怕洪爐火。現在世界的人民漸漸明白，不再相信他們的誣衊，在和平宣言上簽名的人已越來越多，這些簽名的人，就是使帝國主義者逐漸崩潰的堅强力量。但他必不肯乾休，必不甘心罷手，必然要攢進墳墓裏，在他未攢進墳墓前，一定仍要用盡方法來抵抗新勢力，用盡方法來誣衊新勢力，近日聯合國通過我國爲侵略國，艾德禮又誣衊蘇聯爲軍隊未復員等等，都是這種表現。斯大林説『美國有權利在朝鮮領土上和中國邊境上保衛美國的安全，而中國和朝鮮却没有權利在自己的領土上和自己的國境上保衛他們的安全』，真是豈有此理。全世界愛好和平的人民，應該聯合起來撲滅這些戰爭販子人類之賊，保衛世界和平。

〔一九五一年二月十八日。載新觀察第二卷第四期〕

保衛和平争取和平

人類導師斯大林，二月十六日發表了目前國際形勢的談話，指出維護和鞏固和平的正確道路，使全世界愛好和平的人民，進一步的明確爲了防止戰争，必需維護和平這一真理。全世界的人民，都是愛好和平，反對戰争的，蘇聯在二次大戰後，把軍隊復員，擴大民用工業，發展建設工程等等，就是他一貫的和平政策在今天的具體表現。中國人民，百年來的反統治反侵略戰争，也就説明了中國人民一貫是爲保衛和平而鬥争，中國人民是熱愛和平生活的。全國解放兩年來，我們渴望能够繼續從事於國内的經濟與文化建設，并且爲此目的，我們已經進行了重大的努力，争取了國家財政經濟狀况的基本好轉。但是侵略者不甘心我們和平建設，發動侵略朝鮮，强占我臺灣，進犯我邊疆，我們偉大的抗美援朝行動，就是爲了進一步争取和平保衛和平，這都説明了我們中華人民共和國和蘇聯都是堅决反對侵略戰争保衛和平的，都是爲求得和平建設人類美好的將來而努力的。

是誰反對和平呢？事實已經很明顯，是美帝國主義者，是以美帝爲首的侵略集團，它們在積極準備戰争的方針下，加强其侵略的軍事力量，美國政府使本年度直接軍費增至四十八億美元，幾達全國國民收入的五分之一，英國首相艾德禮自己也招供出，在今後三年把軍費增加到三十六億鎊，每年平均十二億鎊，約占其全國支出的三分之一，至於法國、瑞典、丹麥、挪威等國都擴大了軍事開支，他們增加軍費，延長兵役期限，加速征兵，都説明了他們是在加緊戰争的準備，蓄意繼續擴大侵略戰争，以便燃起世界大戰的火焰。

具有欺騙特長的侵略者們，慣於將他自己的侵略行爲，説到别人的身上，它們爲了掩飾自己的軍備積極增加，就必需把中國和蘇聯的和平政策説成是『侵略政策』，就必需要用無耻的謊言來誣衊保衛和平的中國和蘇聯，艾德禮對蘇聯的誹謗就是又一次使用它們的慣技，也就證明了它是恐懼蘇聯，懼怕世界和平陣營無敵的力量的。

美英的人民，包括美英的被欺騙着遠過重洋作炮灰的士兵們在内，已逐漸認清侵略軍隊越過五千里的大洋，到朝鮮作戰，并威脅了中國安全是侵略行爲，因爲他們找不出任何理由來説明爲什麽美國國防綫是越過太平洋而建立在我們的國土上，這樣也就是美帝爲首的侵略軍，士氣涣散，人心厭戰的主要原因。

侵略集團盗用聯合國爲侵略工具，利用聯合國對我國發動政治誣衊，以爲這樣就可以通行無阻，出師有名了。這種厚顔無耻，挾持聯合國的行爲，是不能長久的。我們争取和平的行動，也包括爭取我國四萬萬七千五百萬人口代表加入聯合國這一事項，也包括爭取聯合國能恢復它原來以保衛和平與國際安全爲目的的光榮任務這一事項，我們希望它能擺脱美帝國主義者的控制，不然侵略强盜們利用這機構一切不合法的決議，是永遠不會在全世界人民的眼裏生效的，而且必需要指出，如果它仍舊被侵略者挾持操縱，作爲侵略戰爭的工具，那末就一定如斯大林所説：它就埋葬了它的道義的權威，祇能分崩離析了。

美英帝國主義戰爭集團破壞和平的一切無耻陰謀，是否能避免它們悲慘的失敗命運呢？是否能挽回它們垂死的危機呢？事實告訴我們：是不可能的。想挑撥戰爭來獲得超額利潤的祇是少數獨占資本家，而帝國主義國家的人民就祇能在戰爭中得到更多的苦難，他們會用自己的遭遇來唤醒自己。侵略者用種種方式，或許會把危機拖遲幾天，但危機是越拖越嚴重，越拖它們内部的矛盾越多，也就越不可收拾。戰爭祇有加速它們的滅亡，這是肯定了的。

我們中國人民是和平的捍衛者，我們認清保衛和平與反對侵略是不可分割的，要求和平，就必需消滅戰爭。我們爲保衛和平而努力的行動將要繼續下去。我們全國人民將永遠在斯大林毛澤東的旗幟下，繼續鞏固與擴大爲和平而鬥爭的世界各國人民陣綫，并積極援助各國人民反侵略鬥争。中國人民今天最主要的任務，就在於更深入更普遍地開展抗美援朝運動，更廣泛地團結國際友人，爲了保衛和平，爲了反對戰争而奮鬥到底。

〔一九五一年二月十九日〕

争取和平保衛和平

斯大林大元帥説明了世界和平是可以維護的，同時也是可以而且必須争取的。他對於反動的侵略集團所渴望而企圖製造的新戰争可否避免，指出了：『至少在目前，不能够認爲是不可避免的。』他又説：『如果各國人民將維護和平的事業擔當起來，并且把這一事業保衛到底，和平就能够保持和鞏固。』

我們認清了帝國主義陣營的本質，也認清了世界上以蘇聯爲首的和平民主力量的强大，我們認清了戰争與和平建設不可并存，也認清了美英侵略集團中的矛盾與他們的行動是非正義的，孤立的，我們就有信心擔當起維護和平的偉大光榮事業，我們就有信心把這一事業保衛到底。

我們用一切力量來繼續展開廣泛的維護和平的運動，我們加緊支援中國人民志願軍和朝鮮人民軍，加緊在全中國展開抗美援朝、反對武裝日本和保衛世界和平的鬥争，加緊對亞洲各國人民和世界各國人民保衛和平運動的合作，是我們全國人民當前的神聖的任務。我們要響應斯大林大元帥的號召，爲了維護和平，争取和平而堅决奮鬥。

〔一九五一年二月二十日，人民、光明節録〕

反對殖民制度鬥争

今日爲反對殖民制度鬥争日，我們謹向朝鮮越南日本菲律賓馬來亞和東南亞一切被壓迫民族中争取解放的英勇戰士們致敬！

〔一九五一年二月二十一日〕

加强愛國主義教育

中國人民已經站起來了！這就是説中華人民共和國完全是一個獨立民主的國家了；這就是説中華民族將再也不是一個被人侮辱的民族了！就在新的時代裏，就在新的國家裏，我們做一個人民的教育工作者，首先應該加强愛國主義的教育，纔能够負擔起鞏固和建設我們偉大祖國的光榮任務來。

一般來説，我們過去的教育工作，存在着半封建半殖民地性，時常是介紹我們自己的國家的落後、人民的愚昧，和誇耀、欽佩資本主義國家的進步，及其民族的智慧，講到中國的歷史、世界的歷史，甚至自然科學時，都不免或多或少的包括着這觀點。今天雖然基本上已經變了質，可是如果説要完全適應於偉大祖國、偉大民族的需要，也還是不够的。因爲新的愛國主義和一切科學的馬列主義理論完全一樣，不是祇討論幾次就能解決問題的，必需認識到這是一個長時期的思想上教育與行動上實踐的問題。

我們祖國的歷史是偉大而悠久的；我們的文明發達最早；我們有着優秀的歷史遺産、有着豐富的文化典籍、有着光輝燦爛的科學和文藝的成就；我們的祖先是富有革命精神的，爲了反抗异族的壓迫和封建統治，有過多少爲争取自由而奮鬥的人物和事迹，尤其是近百年來，爲了反對帝國主義的侵略，進行了不屈不撓的戰鬥的先烈們，更説明了我們的祖國、我們的民族是不可侮的。但是這一切必需指明是中國人民的高度的智慧和光榮的革命傳統，所有過去的帝王將相的歷史，和西方文明的歷史是都不能包括的，我們必需把真正的中國人民創造發明和革命鬥争所推進的歷史，作爲教育的内容。

宣傳革命的愛國主義，絶不能與我國人民過去的歷史脱節。在愛國主義宣傳教育中，必需充滿着有關我國人民從歷史到今天的活動的愛國主義自尊心，我們應該知道，我國的愛國主義，就是那些把我國歷史推向前進的，我們祖宗們的一切創造事業的直接繼承者。我們吸收着人民所創造的一切優秀成績來豐富我們今天的工作，來豐富我們今天的愛國主義宣傳教育工作，完全是必要的。

但是更重要的，我們應該知道，一切有着愛國思想的人，到了今天，在今天人民的中國裏，纔有可能無遺的發揮他們高度的革命的愛國主義精神。愛國的科學家，祇有在今天纔能用他們的智慧，在人民的愛護之下，來自由而盡力的創造爲人民所需要的自然和社會科學；愛國的文學家和藝術家，祇有在今天纔能用他們的天才，在人民的培植下，來正確的提供爲人民服務的作品；愛國的教育工作者，也祇有在今天纔能用他們的知識，在人民的哺育下，廣泛的發揮爲人民服務的能力；所有愛國者纔空前的被廣大人民所愛戴，也祇有今天的歷史創造，纔更足以給予我們愛國的根據，我們必需珍重這偉大的時代，必需比歷史上任一時代的人更深刻的來愛護我們的祖國。

我們自蘇聯社會主義十月革命以後，自『五四』以後，已經有了馬列主義這偉大的科學的真理；我們已經有了這真理與中國革命與現實相結合的毛澤東思想；我們已經有了爲人民解放而艱苦鬥爭三十年的中國共産黨；我們已經有了英明的領袖毛澤東；我們已經有了自己的民主的政府；我們已經有了七十多個兄弟民族的真誠平等的團結；我們已經有了經歷過戰鬥考驗的、不可戰勝的、有文化的人民解放軍；我們已經有了足以給予帝國主義者侵略勢力以致命打擊的人民志願軍。就是因爲我們已經有了史無前例的人民民主主義的制度，人民民主武裝革命的英雄史迹，能够全面的科學的認清了自然與社會發展歷史的唯物史觀，和因此開闢了將來的社會主義與共産主義前途的基礎，我們纔更有理由對我們的光輝燦爛的祖國表現萬分的熱愛。

尤其是今天的愛國主義，應該具體的表現在抗美援朝、反對美國武裝日本的愛國運動上，我們知道三四個月以來，已經有了六十三萬工人、四萬多農民、五十萬學生、二十二萬婦女、二十萬宗教界人士、九萬多少數民族人民、一萬多教育工作者舉行愛國示威游行，已經有了一百二十多萬工人投入愛國主義生產競賽,已經有了二十五萬青年學生和青年工人報名參加軍事幹部學校。這些事實就是我們愛國主義普遍展開的實例,也正是我們今天愛國主義教育的具體材料。

我們教育工作者的責任,就是爲了培養年青一代的人們能够擔負起階級鬥争的艱巨而光榮的任務,我們不僅要教青年們建設祖國、推進社會的能力,更重要的是培養他們樹立起正確的觀點和思想意識。革命的愛國主義的内容,就具體表現在階級鬥争上,把我們歷史上的階級鬥争(包括民族鬥争在内),和近百年來反帝反封建鬥争,尤其是近三十年來在最進步的無産階級和他的先鋒隊——中國共産黨所領導下的新民主主義革命一切史迹,作爲青年的階級覺悟的力量,是最需要的。

正是因爲我們的愛國主義,是與共産主義一致的,正是因爲我們的愛國主義是與新民主主義革命一致的,正是因爲我們的愛國主義是爲無産階級領導的廣大人民服務的,正是因爲這樣,我們就不能忽略我們的愛國主義是與國際主義的一致性,所以我們就應該用世界上人民鬥争的經驗來豐富我們的愛國主義内容。我們知道中國新民主主義革命是世界無産階級的共産主義革命的一部分,愛護祖國、愛護我們的新民主主義制度也正是爲了國際主義而奮鬥,也正是爲了全人類解放事業而奮鬥,而其他社會主義革命和人民民主主義革命也正是世界革命的另一部分，同樣也是爲了國際主義而奮鬥，也是爲了全人類解放事業而奮鬥。我們任一愛國主義的行動，都一定是與全人類的利益相符合的，所以我們進行愛國主義的教育，一定要包括着全世界人民鬥争的内容，所以我們今天的愛國主義教育，一定要結合全世界人民争取世界永久和平的具體内容。

爲了使我們的愛國主義教育任務能够勝利的完成，我們一定要加强教育工作者本身的愛國主義思想的建立。我們如果不能把自己培養成一個愛國主義者，進行任一種課程的教學，是絶不可能教好的。因爲我們没有一種課程不是爲了愛國主義的，我們没有告訴青年們的任一句話不應該具有愛國主義性質的。應該作到使我們的教育工作成爲愛國主義的鼓動工作，應該使我們自己成爲愛國主義的宣傳員，應該把我們自己造成青年們的愛國主義的模範。加强愛國主義的教育，教育工作者的第一個任務，就是要加强我們愛國主義的學習，無論『學而不厭』和『誨人不倦』，作爲一個新中國的教育工作者，都應該以愛國主義爲所有的内容。

〔一九五一年二月二十五日爲人民日報寫〕

爲鎮壓反革命發表感想

爲了集中大家的意見,召集這樣的空前大會,我除去擁護政府堅決鎮壓反革命的措施外,使我感到現在的政治是史無前例的,從前我們常喜説『超過三代』的舊話,現在的政治,三代怎能比擬,現在真正作到了『刑人於市,與衆共之』『國人皆曰可殺然後殺之』,這樣的情況,衹有人民作主的政府纔能作到的,衹有共産黨領導的政府纔能作到的。

〔一九五一年三月二十四日。載新輔仁二十八期,三月二十六日〕

〔市人民政府三月二十四日在音樂堂召開市區各界人民代表會議及發表書面感想〕

誰不熱愛新輔仁

公安局西郊分局三月廿七日（星期二）下午電校長稱『廿二日你校同學往游頤和園，有七八人佩戴輔大校徽，騎車在馬路上并肩行走，男女互相嬉笑，當時路上行人衆多，防礙交通來往，交通警向前規勸，同學等不但不服從指揮，反態度蠻橫，路上三輪車夫，小販，及其他過路騎車人等，都看着不滿，以爲這些同學，是大學的學生，是知識分子，不但違反交通規則，而且不虛心聽取交通警意見，這不是青年學生所應有的態度，當時群衆們向我局反映意見，準備寫信給人民日報，教育他們，并警戒别人，我局考慮的結果，認爲登報，恐怕有不好的影響，希望你校同學自己提出檢討』等語。

此事西郊分局曾於廿二日晚來電話通知學校，電話室未及時報告，分局乃於廿七日再電詢校長，始悉其事。

同學們，你們看這七八個同學的行動，是不是對呢？ 大家都會回答説是不對的。這是不守紀律、自由散漫的作風。 這種作風是每一個新中國覺悟了的青年學生，所不應當有的作風。

我們學校，大多數的同學，都是遵守紀律，作風正派的。無論是在學習上，在生活上，都盡量的争取作一個革命的青年，都在各方面自覺的加强鍛煉，以期負起建國的任務。但是也不能否認，我們之中，還是有少數的同學，他們不瞭解今天青年應有的修養，不重視學習，不重視思想改造，不注意學習是爲了實踐，於是舊社會帶來的許多舊思想舊作風，不能注意糾正，有時口號喊得很高，但一見諸實際行動，就忘了這些理論，這都是很不好的。

就拿這件事來説，這幾個同學，既不遵守交通規則，又不虚心接受人民警察的意見，任意嬉笑，態度蠻横，不聽指揮，惹起群衆的指摘，因爲老百姓現在已都有了覺悟，他們都知道這種情况不是青年學生應當有的。於是紛紛不滿，提出意見，這就可以看出，我們出去，是隨時隨地有人督促着我們的，廣大群衆都要看看他們所期望的、委以建國重任的青年們的行動究竟怎麽樣。因爲人民對每一個青年，都有熱烈的要求，都是重視的。難道同學們自己反不重視自己嗎？

同學們都熱愛我們自己的輔仁，但是像這幾個同學的舉動，就不是對輔仁的熱愛，同學們既是輔仁的一份子，出去就應當表現出新輔仁的新精神，不要因爲自己的行動不檢點，而影響了全校的名譽。

我希望這七八個當事的同學，要認真作深刻的自我檢討，并公開坦白自己的過失，以教育自己，教育別人，衹有這樣纔能在思想上行動上提高一步。同時，希望所有輔仁的同學，大家今後要更愛惜自己，愛惜新輔仁，愛惜新中國青年的光榮，一舉一動都要隨時嚴肅的檢點，努力學習，努力改造，纔不愧爲新民主主義的新青年，纔能不辜負祖國的期待。

〔一九五一年三月三十一日〕

迎接五一

『五一』國際勞動節,是全世界工人階級檢閲自己力量的戰鬥節日。

今年我們的『五一』節,在世界和平陣營力量無比壯大,全世界人民反對帝國主義發動新的戰爭陰謀的高潮中,我們來紀念『五一』,更有其重大的歷史的意義。我們中國人民,爲了反對美國侵略,保衛世界和平,正在熱烈的展開抗美援朝運動,這個運動已經取得了偉大的勝利,衹要我們全國人民齊心努力,把抗美援朝運動普及深入的展開,我們就一定能得到更大的勝利,得到世界的持久和平!

爲了更好的紀念『五一』節,我們的教師們,要爲新民主主義教育在輔仁的澈底實現而努力,切實的真正的把愛國主義貫澈到每一樣課程中。在抗美援朝運動裏,我校教師們是有成績的,今後仍要繼續普及深入的開展,使這個運動經常化,而且要結合愛國主義的精神,審慎的、深入的討論關於院系的調整,和課程改革等問題,以期切合新中國的實際需要,培養新中國的建設人材。

爲了更好的紀念『五一』節,同學們更要提高思想,加强學習,鍛煉身體,使自己成爲德、智、體三方面具備的全面人材，在各方面武裝自己，準備隨時爲祖國服務。

爲了更好的紀念『五一』節，職工們仍要繼續發揚愛國工作競賽，提高工作效率，爲教學和學習準備更好的條件和環境。

爲了更好的紀念『五一』節，我校教徒們與非教徒之間，更要緊密團結，認清我們共同鬥争的對象，堅決反對帝國主義，肅清帝國主義侵略影響，與帝國主義割斷關係，更繼續深入的展開自立革新運動。

爲了更好的紀念『五一』節，我們全校師生，要一致起來，協助人民政府鎮壓反革命分子，使我們的革命勝利更加鞏固，使我們的學校更加安全。我們要切實執行愛國公約。

所有這一切，都是我們抗美援朝保衛和平的愛國主義具體表現，爲了熱愛祖國，我們要熱烈的慶祝『五一』節，要以新的鬥争成果來紀念『五一』節，爲了熱愛祖國，我們要在『五一』節以後，更深入的、經常的進行抗美援朝愛國主義運動，發揮出無比的力量，給帝國主義以致命的打擊！

〔一九五一年四月三十日〕

爲新文藝研究社寫：紀念五一

紀念『五一』，要學習先進工人階級的鬥争經驗，紀念『五一』，要學習全世界勞動人民的勞動精神。紀念『五一』，我們青年學生要密切的與廣大勞動人民結合，要面嚮勞苦大衆，把自己鍛煉成爲勞動人民的勤務員，把自己培養成勞動人民有力的戰士！

就是因爲這樣，所以必需有爲祖國爲人民服務的决心，所以要爲祖國爲人民提高自己，也正是因爲如此，所以要熱烈的繼續普及深入展開抗美援朝運動，爲中國勞動人民，爲全世界勞動人民把迫害着我們的敵人趕走并打垮，雖然我們最大的敵人美帝國主義者，現在遭到决定性的失敗，但是澈底打垮他們，消滅他們，還要經過一段艱苦的鬥争，還要我們每一個反對侵略的人自己來争取！衹要我們每一個人加緊努力，與全國人民在一起，與全世界人民在一起，我們就一定贏得勝利，贏得和平！

在『五一』節檢閲了我們自己的力量，就更增加了勝利信心，也就更增加了我們鬥争的力量！同學們！讓我們在紀念『五一』節的日子寫下决心，走着先進工人階級的道路！奮勇前進！前進！

〔一九五一年五月一日〕

慶祝新輔仁的一周年

十月十二日，是去年中央人民政府教育部接辦新輔仁大學的日子，到了今天，整整一年。從這天起，輔仁大學脱離了帝國主義的羈絆與奴役，真正走上人民的大學的道路。輔仁大學的全體師生員工，永遠不會忘記，永遠應該慶祝。帝國主義侵略中國教育主權，利用宗教辦了許多學校，來麻醉中國人民，奴化中國人民，直到中國人民站起來了以後，帝國主義還想用各種各樣方法來控制學校傳播毒素。輔仁的師生員工，奮起痛擊，經過很尖鋭的鬥争，得到中央人民政府的支持，終於把帝國主義分子驅逐出去。政府在若干教會學校之中首先接辦了輔仁大學。這是中國教育史上一件劃時代的大事，不僅是輔仁師生員工的光榮，也是全中國人民的光榮。

我們輔仁大學師生員工，爲了紀念這個偉大的勝利的日子，把他定爲輔仁大學的校慶，是有深刻的意義的。我們當這歡欣鼓舞熱烈慶祝的時候，面對着今天學校迅速地向前發展的美麗的遠景，回憶過去帝國主義分子施予我們的壓迫和麻醉，更增加了我們對帝國主義的憤恨。以芮歌尼爲首的帝國主義分子們，他們披了宗教的外衣盤據在輔仁，進行間諜工作,壓迫進步師生的各種政治活動,他們的私生活,像李士嘉、孫振之等,更齷齪得不堪。他們辦輔仁大學的目的,是爲了培養爲帝國主義服務的買辦和洋奴,他們和中國人民絶對站在敵對的地位。過去的不説,單就解放以後,經費還出自教會的時候,有好多事實足可以證明一切。從芮歌尼給我的一些信件中,更可以具體説明一切。

一、四九年三月七日,北京解放不久,芮歌尼聽説同學們要添社會發展史、歷史唯物論等課,他就向我提出備忘録,説:『在本校内不得有任何反對公教教義各種課程或教材。』

二、五〇年一月,我們圖書館要買政治理論書籍,芮歌尼就向我抗議説:『公教教友良心上不許自動協助購買或流傳教會禁止的書。因此圖書館主任葛爾慈不能在訂購單上簽字。』

三、五〇年四月,輔大男中對天主教復活節不放假,芮歌尼來信説:『我通知你,我注意到輔大附中在四月七日聖瞻禮六(星期五)上課,却在星期一四月十日放假一天。』

四、五〇年五月廿三日,我們正計劃化學系三年生暑假到工廠實習的事情,芮歌尼來信説,『聖言會修士張天棧和張士敏希望免了他們去工廠實習』,并提議叫他們暑期中去聖母會中學工作,這爲他們比去工廠工作有實際用處。

五、五〇年五月廿四日,我們正和科學普及局、清華大學接洽於返校節展覽從猿到人,芮歌尼來信説：『從天主教立場看是應該反對的，因爲他對人類進化的觀點偏重宣傳而缺乏科學的根據。我請求這個展覽不舉辦。總之，我們是一個私立的天主教大學，不能希望一切追隨國立院校。』

六、五〇年六月三日，我們正要計劃下學期工作，作定預算、聘請教員，芮歌尼忽來一信，説：『我感覺有責任通知你，在聖言會和教會的補助費問題没經我們首長解决以前，五一年度，一九五〇——五一的聘書不能發，預算不能作。補助費不解决，對任何發出的聘書，聖言會和教會不負責。』

七、五〇年七月三日，經費問題尚未解决，我們要請新教授和助教，芮歌尼把表單退回教務處説：『這個名單，我没簽名批準。』并以理學院院長、校務長、教會代表名義，反對在理學院和其他各院增加助教名額。

這些類似警告的信，威嚇的口吻，時常侵入我的案頭，其目的要把教會和學校混在一起，不叫我們和政治發生關係，不讓我們進步，而唯一辦法，惟以經費相要挾。當然，我們也有一定的主張和辦法，并不因他的威嚇和請求而改變。直到五〇年七月十四日，他還以十四萬四千美金的津貼，向我們要求，學校用人，教會要有最後否决權。忍無可忍，全校至此乃燃起了憤怒的火焰，展開了反帝的鬥争，終於我們取得偉大的勝利。從複雜的鬥争中，我們確是認識了帝國主義怎樣利用天主教侵略中國，從而認識了帝國主義侵略的本質，認識了帝國主義和中國人民以及全世界和平人民是勢不兩立的。

這次我赴四川參加土改工作，看見很多天主堂都是大地主，農民們把天主堂稱做地主堂，這些天主教的神甫們，住在四面碉堡布滿着槍眼的教堂裏，吸取農民的血汗。這些農民，被稱爲『佃户教友』，被壓榨得喘不過氣來。帝國主義就是這樣利用天主教把勢力布滿全中國，和原有的封建勢力相結合，在大城市麻醉青年，在農村壓迫農民，其危害中國人民真是無孔不入。不把帝國主義的勢力澈底驅逐出去，不把帝國主義澈底打倒，中國有什麽辦法獨立自由民主富强呢？世界和平有什麽保障呢？

我們輔仁大學因爲有毛主席、中國共産黨和中央人民政府教育部的領導和幫助，首先從帝國主義控制之下解放出來，這一年來，我們是有進步的。首先在經濟上與帝國主義割斷關係以後，無論在學校建設方面，在同仁同學生活方面，我們覺得處處比從前寬裕，辦事處處比從前順手，單就教授的數目來説，比四九年解放時幾乎增加一倍，這是最明顯的事實。因爲這是人民自己的政府，自然要以最大的努力來支持人民自己的學校，而我們偉大的祖國實際真有力量來支持。這一年中，不但輔仁，還有好些學校都經中央人民政府政務院接辦了，這是帝國主義分子所萬想不到的，這是帝國主義對我國文化侵略的總崩潰，是我們祖國一年來偉大的勝利之一。我們要爲這個勝利而歡呼，我們更相信在中國共産黨和中央人民政府的領導下，今後輔仁大學一定比以前更有發展，更有前途。

我們全校師生員工感謝毛主席，感謝中國共産黨，感謝中央人民政府。我們都願意以實際行動來表示我們對黨和政府的支持。過去的一年，除了和帝國主義脱離經濟關係外，我們爲了劃清敵我界限，貫澈愛國主義，曾努力於提高政治覺悟，斬斷與帝國主義一切聯繫的工作。我們并不否認，輔仁大學解放前是一個政治落後的學校，我們抱定一個學習的態度，一個從頭學起的態度，抱定『人一能之，已有之』的態度，在抗美援朝的偉大運動裏，在愛國主義的思想教育裏，我們的師生員工，覺悟大大提高了，從下鄉宣傳青年參加軍幹校報名，從訂立愛國公約和捐獻，從參加土地改革和鎮壓反革命分子，處處可以看出輔仁在變，在急速地變，把腐朽的落後的一面，逐漸代替以新生的進步的一面。但是，這并不等於説輔仁自政府接辦後一點困難都没有了。困難還是很多的，輔仁從前是由天主教會設立的，政府接辦後，帝國主義分子如芮歌尼等，由學校退到教堂，仍然能控制一部分教友的思想和行動，散布一些破壞革命和毁謗領袖的謡言，阻撓同學們的進步。因此，在各種工作上，推動到一定限度就有阻難。一部分教友思想上的抗拒更爲明顯，天主教的三自革新運動在輔仁竟不能開展，我們曾經用過很多方法，都未見效，直到今年五月，全校師生員工團結進步的教友又和帝國主義分子進行一次尖鋭的鬥争。從這次鬥争中,我們揭發了帝國主義分子的陰謀,進行了好多次的控訴會,主要是由進步的教徒來揭發來控訴。時間較早、規模較大的是五月卅日的一次控訴會,這個控訴會剛在我參加西南土改工作五月廿八日離開北京的後兩日。在這個控訴會上把帝國主義分子李士嘉及其走狗孫振之那些卑鄙無耻的罪行完全控訴出來,善良的教友氣得發抖,氣得痛哭。他們從前受神長們的欺騙以爲神長是聖潔無上的,想不到他們的神長是這樣的下流無耻,從而認識他們的神長是帝國主義派來披着宗教外衣的侵略軍。控訴會以後,大家繼續揭發討論,認識了誰是我們的敵人。這是全校空氣最緊張的時候,也是帝國主義及其走狗在輔仁無所容身的時候。這樣劃清了敵我的界綫,教徒非教徒在愛國主義的基礎上更加團結,輔仁區的革新委員會很快就成立了,影響所及,北京市革新委員會也成立了。我在四川聽到這個消息,高興得了不得。回校一看,果然輔仁又進了一大步了。我們今年畢業同學百分之九十五服從組織分配,尤其是分發内蒙古的同學們,學校得到内蒙政府的表揚信,這就是很好的證明。總計這一年中,輔仁的師生員工,不斷的鬥争,不斷的勝利。政府接辦是和帝國主義割斷經濟關係,抗美援朝運動以來的一連串愛國運動,是提高我們的愛祖國的思想,三自革新運動是我們澈底清除校内帝國主義的殘存勢力。雖然我們有了這些成就,但是距離中國人民對我們的要求，還差得多，距離去年接辦時錢副部長要我們把輔仁辦得比以前好十倍百倍千倍還差很遠很遠。我們長期受帝國主義分子統治的影響，好些制度至今還没有建立起來，這一年中爲了建立起比較好的會計制度，我們費了很大的氣力。行政方面、教務方面各種必要的制度，我們正在着手進行或計劃制訂，但是進行很遲緩。全校教職工的宿舍問題，因爲從前基礎太差，成爲我們當前的嚴重問題，今年雖然可以解決一部分，還差得很多。尤其重要的，是我們的政治水平，還是非常不够。我們還應當加强政治學習，使思想不斷的改造和提高。這些，今後需要我們大大的努力，我們仍要以艱苦鬥争來争取新的勝利。

今天是輔仁新生一周年，我們除了熱烈慶祝，感謝毛主席，感謝中國共産黨，感謝中央人民政府支持我們和教育我們以外，我們向毛主席提出保證，一定要把新輔仁辦好！

〔一九五一年十月十二日。載新輔仁第四十六期，十月十四日；載光明日報十月十五日，改題爲輔仁大學反帝鬥争勝利一周年〕

祝教師學習成功

這次京津高等學校教師有組織有計劃地展開政治學習，是新中國的一種新氣象。京津解放以來，大家重視學習，要求學習，各個單位都不斷舉行過學習和討論，但是整個高等學校教師組織起來，共同學習，這還是第一次。對於改造我們的思想，辨好新民主主義教育，是有很重大的意義的。我們不僅要重視這一學習，同時我們必須下決心好好去學習。

這次學習，和剛解放時候的學習，很顯然的有些不同。我們已從不瞭解政治到參預政治，從不明白共産黨到熱愛毛主席、共産黨，從自高自大到虚心學習、自我批評，比起以前，確是有了很大的進步。今天我們來談學習是從原有的進步基礎上希望更進一步，更澈底一些。從前我們是一年級，現在我們應該是三年級了，實際也衹能上三年級，因爲我們受舊社會舊思想的影響很深，條件上受了限制，雖然有些進步，還不能達到應有的標準，也還不能趕上新中國偉大的飛躍進步，也還不能够馬上滿足和符合人民對我們的要求。這還是就大部分肯努力又進步的人而言，至於有些人思想還是糢糢糊糊，根本和從前没有多少分别，那樣問題就更嚴重了。

作爲一個新中國的人民教師，尤其是高等學校的教師，負擔起培養德才兼備體魄强健的新中國建設人才的任務，是光榮的，但是責任很重大，工作很艱巨。祖國要求青年一代具備堅決的工人階級立場，有高度共産主義思想，我們這些做人民教師的，自己没有這樣的立場，這樣的思想，怎麽能够負擔起教育新中國青年的任務，想到這裏，真是不寒而栗。所以我們必須用革命的精神以馬列主義、毛澤東思想來武裝自己頭腦，來改造自己，把舊思想舊作風一起送進墳墓裏。

有人説，小學教師容易改造，中學教師比較難，大學教師尤難。這説明年歲愈大，包袱愈重，思想愈不容易改造。年輕人的包袱比年紀大的人輕，職工的包袱又比教授們輕，所以大知識分子的改造比小知識分子難，老知識分子的改造又比少知識分子難。但正因爲難，我們更得加倍努力。我們眼看着學校裏青年同學，和職工們都一天一天迅速的進步，如果我們作教師的不進步，或進步很慢，怎樣改進我們的教學内容和教學方法？怎樣來領導同學的學習呢？不但個人受到影響，而且對學校制度的改善，也不能推動。

我們知識分子的通病，就是自高自大，覺得自己了不得，架子搭起半天高，平日看不起廣大的工人農民；拿起筆來就説『販夫走卒、引車賣漿之流』不識字，其實多識幾個字，多念幾部書，有什麽了不得。況且所謂知識分子，知識并不見得完全，毛主席稱舊知識分子爲半知識分子，最是恰當。從前能有機會上學的總是地主階級或資産階級，工農階級絶少，一部明儒學案六十多卷，祇有樵夫、田夫、陶匠各一人，現在大學的教師中要找出真正工人農民出身的，一定也很少。正因爲出身地主階級、資産階級，不論在國内培養出來的，或從國外留學回來的，總多少有些封建意識、買辦思想，處處表現優越感，在社會裏成爲一路特殊人物。雖然解放二年多，也經過一些學習，大家都向前進的路上走，可是仍然有極少數的人，經常開會討論不出席，對政治學習無興趣，對時事不關心，上課便來，下課便走，儘管你怎麽動員，怎麽宣傳，我反正有我的主張。

又有一些人認爲自己有一定的知識，有自己的一套，舊社會要用我，新社會也離不了我。甚至個别的人想，學政治也得要我教書，不學政治也得要我教書，反正我不是鎮壓對象。這些人不但不熱心學習，而且還有反感，認爲是一種額外負擔，又都看不起學習，覺得這些理論，我早已聽見過，没有什麽新鮮。這些人的知識分子架子太大了，一時拆不下來，希望他對革命有清楚的認識，對新中國建設有很大的貢獻，是不可能的。就是要他教好他自命不凡的課業，也是不可能的。追根溯源，總由於舊思想舊作風作祟，自高自大，不肯虚心，因此，雖然生活在翻天覆地的偉大時代，仍然不能認清新中國社會的性質，改變不了舊的人生觀，建立不起爲人民服務的觀點。像這樣的作風，怎麽能負擔起教育青年一代的光榮任務，老實説，祖國是不會允許教師們再抱這種態度的，青年同學們也不需要這樣的人來做教師的。

另有一些人，學習時也學習，他們想既然教我學習，這是政府的命令，大家都學習，我也學習。他學習是爲了應付號召，爲了完成任務，不聯繫自己的思想。當然學習久，思想也會得到進步，但是這種學習態度，不够端正，進步一定很遲緩，對於我們改造思想有阻礙，也是應該糾正的。

我是一個舊知識分子，又是一個老知識分子，受舊社會的熏陶很大，這二年多來，雖然不斷的學習，總是進步很慢。究竟歲數大了，接受新鮮事物，比年青人差得多，耳目精神，更不用説。可是，我相信了馬克思、列寧主義的普遍真理，面對着祖國的史無前例的輝煌成就，我歡欣鼓舞地一定要加强學習。這次到四川參加土地改革後，思想上起了很大的變化，對從前那些在書本上得來的知識，都要從新估定。又聽了周總理的報告，有好些話正中我的毛病，真是搔着癢處，我更覺得要澈底清理自己的思想，老老實實，從頭學起。關於這些問題，我預備另寫文章檢討，不在這裏絮述了。

總之，新中國天天在飛躍前進，作爲人民教師的我們，應該快步追上去爲新中國服務。我希望我們大學教師團結起來，人人下決心改造自己，提高自己，學習馬克思、列寧主義，毛澤東思想，爲培養德才兼備體魄强健的新中國建設人才而努力！預祝我們學習的勝利成功！

〔一九五一年十月二十二日〕

鞏固學習收獲，端正學習態度

一、各組的學習情況

我們學習的第二階段是在國際在國內劃清敵我界限。到上星期爲止，我們的國外劃清敵我界限的階段，暫時告一段落；自本星期起，我們已開始了國内劃清敵我界限。就是説我們已開始進入學習第二階段的後半段。

在前一階段的學習中，我們學校的學習是有成績的。整個學習，我們開展較晚，所以有些人對學習目的還没有弄清楚，開始學習後，思想上有所顧慮，學習也未能很好的展開。經過總學委會的指示，又經過分學委會通過各種不同的會議，貫徹了領導上的精神，我們又召開了幾次全校教師大會，張重一秘書長，和林傳鼎副教務長作了文件報告，幾位先生作了典型報告，各組組長學習幹事首先自我檢討，結合自己思想，大家幫助分析、批評，這樣不但幫助了他自己，又啓發了大家，因而組中學習能够較前展開。又因爲我們大部分教師已能比較重視了文件學習，對學習討論，也起了推動作用。

我們十個小組目前的進展,雖有不同,但是發展不平衡的現象,已逐漸好轉。十組中,我們全體教師,尤其是正副組長與學習幹事,都在不同程度上共同努力,設法使自己的學習搞好,使小組討論能夠展開。因此各組中創造了好的方法,好的經驗,是值得我們大家學習和吸取的。如體育部組中還有人學習不夠積極,上星期一開了小組的動員大會,由李鳳樓先生首先帶頭作了自我檢討,檢討了自己的學習態度,諸位先生也重新分析一下學習不夠積極的原因。上一周的學習態度,就已較前認真。

經濟系第三小組,也因爲組中有討論不下去,不能深入的情况,也在上星期一作了一次檢查。數心系嚴格執行學習公約,在華大工學院聽邵宗漢同志報告缺席的人,會上提出批評,他自己也作了檢討。社辯組深入分析思想情况,聯繫思想解決問題,已能突破了討論不能深入的現象。如李景漢,楊榮春,任扶善諸先生都作了重點發言,經過三次討論會(他們上星期三的漫談也改爲討論,另外再找漫談時間),大家都有所收獲,李景漢先生,經過此次檢討,明確了思想改造與業務是不能分開的,祇有政治水平提高,業務纔能提高,李先生的這一認識,是十分正確的。生物系武兆發先生檢討了自己的學習態度,物理系張卓權先生大膽懷疑,都對組裏起着推動的作用,物理系并且準備着小型的文件報告,化學系組織了五人集體學習文件小組,并訂了學習文件公約,外文系采用了留學制度,以交流經驗，都是值得推廣的。

其餘如教育系能在漫談時找出題目，深入討論，國史組加强文件學習後，進一步體會出文件是解決思想的有力武器，等等。

總起來説，我們在前一段學習，應當肯定的説，是有成績，有收獲的，雖然收獲多少，成績大小，各有不同，可是我們大家都在原有的水平上提高了一步，是有進步的。

但是我們作得還很不够，我們的學習上還有很多缺點，不够的地方我們要不斷提高，缺點我們要逐步糾正，纔可以使這一段學習學好。

二、這一段學習的重要性

我們這星期和下星期，兩周内，主要是學習土地改革和鎮壓反革命，結合土地改革和鎮壓反革命，在思想上劃清敵我界限。在這段學習裏，我們要認清封建地主階級和農民階級的關係，認清什麽是革命，什麽是反革命，我們站在人民立場，應當怎樣對待土地改革，我們要認清反動階級的階級本質，認清人民内部各階級的關係，瞭解對誰民主，對誰專政，爲什麽民主，爲什麽專政，然後可進一步瞭解人民民主專政制度的歷史必要性和其優越性，認識到土地改革和鎮壓反革命政策的真正意義，從而結合自己思想，分析那些思想是反動思想，那些思想是錯誤思想，要求大家在政治上、在思想上和反動階級劃清界限，割斷關係，站穩人民立場，建立爲工農兵服務的思想。

這一階段的學習是很重要的，有人想，這段學習比上一段容易，這種看法，倒不見得正確。國内的關係對我們密切，土地改革和鎮壓反革命運動對我們每個人都多少有些直接間接的關係，所以在聯繫思想上，聯繫實際上，可能比上一階段容易些，但在解決思想問題上，似就比上一階段更難。

我們不能否認，中華人民共和國建立之後，大家的政治認識都在不斷的提高，在轟轟烈烈地展開全國性的土地改革運動，和鎮壓反革命運動裏，我們每個人多多少少的對這兩個運動都有一些認識，有的人也學習了些理論。并且很多位先生都自己親身參觀或者參加了土地改革，參加過大大小小的各種鎮壓反革命的控訴會等等，像中山公園的、天橋的、東郊的幾次大會，都有很多先生們去參加過，所以大家對這兩大運動上都有了程度不同的認識，這是很好的，給我們這一段學習上打了初步的基礎，這是一方面。

但是另一方面，我們知識分子在這兩個運動中，思想上有他一定的障礙。由於我們的階級出身，我們知識分子大多數是地主階級和資産階級出身，或者是與地主階級、資産階級有千絲萬縷的關係，而且常常是較密切的關係，這些關係是相當複雜錯綜的。我自己在參加土地改革時，就曾經檢查一下我的親戚朋友，我所認識的人裏，就没有一個是貧雇出身，或是工人階級出身的。不是地主，就是官僚，不然就是資本家，我們知識分子大多數是地主階級或資産階級出身，大部與農民階級没有多少關係。這也并不奇怪，在舊社會裏能够上學，尤其是能够上中學，上大學，甚至於出洋的人，有幾個是貧雇農和工人階級呢？由於我們自己階級出身，由於我們自己親戚朋友社會關係的影響，這些社會根源，又加上我們長期受着一套半殖民地半封建的教育，使得我們非常不容易在國内明確的認識敵我，有時理論上認識了，而到了具體問題上，到了與自己有了利害關係的問題上，就是非難分，白黑混淆。或者是敵我不分，或者是將敵爲友，甚至於包庇敵人，袒護敵人。這種情况，就是學習的非常嚴重的障礙。

很多人都已經知道土地改革是一件極大的事情，消滅封建以後，在政治、經濟、文化各方面的發展，就有了順利的條件，民主化、工業化就有了基礎。不廢除不合理的封建土地制度，不實行農民的土地所有制度，就不能解放農村生産力，不能發展生産，我們新中國的工業化就没有基礎，人民革命的勝利也不能鞏固。中國的舊土地制度不加改變，我們國家的民主化，也不可能澈底實現，因爲如果占全國百分之八十的農民，還呻吟在封建統治之下，不能真正成爲國家的主人，國家民主化怎麽可能？我參加土改時，在漢口聽到中南軍政委員會土改委員會副主任杜潤生同志的報告，他説：『農民要土地，我們要農民。』我纔體驗到一定要使農民跟着工人階級走，要鞏固工農聯盟。我們四萬萬農民都獲得土地，在政治上經濟上得到翻身，這纔能使工農聯盟鞏固起來，成爲不可戰勝的力量，衹有這樣纔能使工農聯盟爲基礎的，全國人民的政治團結，更加鞏固，纔能使人民民主專政的政權更加鞏固，纔能使國家的民主化真正實現。

我們將反動派打垮了，土地改革完成了，我們革命勝利了，可是如果因爲勝利而驕傲、輕敵，麻木不仁，鎮壓反革命的工作作得不好，就會使得革命勝利不能鞏固，人民生命財産不能安全，我們各項建設事業順利進行，也没有保障。所以我們對反革命的鎮壓，也就是對人民的最大仁慈。這個基本道理，很多人都已明白。

但是我們知識分子往往是理論上通，到了實際問題就不通，别人的事情通，到了自己的事情就不通。有人對土地改革的必要性和正確性認識清楚了，等到自己的家庭土改就搞不通，回家看見農民們下地種莊稼，覺得是應當的，看見自己的父親下地種莊稼就看不慣，他説：『我父親這輩子没幹過這個，太慘了。』看見他父親吃粗糧説『他老人家這輩子没吃過這個』。他看見他父親下地、吃粗糧就覺得慘，農民大衆祖祖輩輩都是這樣，他就没看見了。對土地改革便主張和平分田，認爲自己家裏是開明地主，用不着鬥，對鎮壓反革命也主張『人道主義』，認爲對什麽人都可以進行思想改造，有時連罪大惡極，血債纍纍的反革命分子，也認爲不應該殺，殺了是殘忍，或是殺别的反革命分子還可以，但是自己父兄是反革命分子，則覺得殺錯了，搞不通。這就是革别人的命還可以搞通，革到自己頭上就搞不通了。知識分子一到這時候，就容易胡塗。

這的確不是容易的一件事，理論上認識還比較容易，我們要求要從思想上認識，要從思想上真正的與敵人階級一刀兩斷，這是要經過思想鬥争的。毛主席在前年（一九五〇年）政協會，第一届全國委員會第二次會議的閉幕詞説：『戰争和土改，是在新民主主義的歷史時期内，考驗全中國一切人們、一切黨派的兩個「關」。』現在我們的土改關，正在勝利的進行着，希望我們這次要在思想上也勝利的過這一關。我們要不但從理論上認清敵我，還要在思想上掀起反封建的革命鬥争，肅清封建主義的思想影響，與反動階級、反革命割斷關係。

所以國内劃清敵我的問題，主要還是個立場問題，我們要站在一定的立場上，用階級分析的方法，分清究竟誰是革命，誰是反革命，爲什麽人民民主制度要對反革命鎮壓，對於土地改革，我們是怎樣看法，我們在這兩大運動裏，應當采取什麽態度，曾經有過什麽思想影響，現在怎樣認識，這就是我們的具體要求。但是我們不是追究歷史，不是交待歷史，祇是要求我們聯繫自己思想，談出心得。

三、怎樣就可以達到這樣的目的呢？

首先我們要明確的認清改造思想的目的，端正自己學習的態度。最近幾周，我們大家對學習的目的，已經大部認清楚，大家認清了思想改造的重要，認清了爲什麼思想要改造。

我們中國已有了一個根本的變化，解放以後，各種建設事業迅速的發展，抗美援朝、土地改革等等事情，一天一天在變化着，就像列車一樣的飛快前進。種種事業在進步，在整個社會迅速向前發展的過程中，我們生活環境的萬事萬物都發生了變化，可是我們的思想有些趕不上，環境在變，思想還没有完全變過來，思想還不能隨着環境一同變化。因此，各個階級的人們，就都要求教育自己，改造自己，使自己的思想能够符合於國家建設的需要，能够和社會發展的規律相一致。

無論是在工廠、在軍隊、在農村，都不能用以往的一套經驗，來處理問題。我們在學校裏也是一樣，教育工作者如果還按舊的一套辦法，用舊的觀點、方法，站在舊的立場上去教育同學，這就不是今天同學所需要的。同學爲了符合國家需要，符合人民需要，向前進步，要求自己成爲一個德才兼備，體魄健全的，有共産主義思想水平的青年。而我們作一個教育工作者，思想不能和青年們一同前進，怎樣去培養他們，教育他們呢？這一點大家已經認清，也就是説，客觀環境飛躍前進，我們主觀上一定也要改變，使自己符合於國家的需要和人民的需要。

但是，我們是不是就衹被動的跟着環境走呢？那是不能的，我們一定要加上主觀的努力，要主觀的去改造，去掌握社會發展規律，更應當是自覺的去掌握。也就是説我們要自覺的主動的要求改造。不但是爲了適合社會需要而改造思想，而且要成爲積極主動推動社會前進的成員。

被動的不自覺的去改造自己的人，他的變化一定很少。這樣的人，有兩種前途：一種情況，是可以被别人帶到社會主義社會，而不能成爲積極推動社會的力量。另一種情況，則是因爲没有澈底改造，成爲保守的力量，逐漸的變成社會的阻礙，成爲社會前進的絆脚石。但是人民也不希望我們成爲被别人帶過去的，我們自己也不能僅僅是這樣要求。我們既然認清了社會的發展方嚮，爲什麽不要求自己成爲一個積極主動推動社會的力量，使我們國家更快的走向社會主義社會呢？我們是應當主動的加一把力量，推動社會向前進，不能衹是等待。

我們學校目前的情况,雖然大部分人已經認清這點,但是還有一部分人,學習態度,還不够端正,認不清學習目的,究竟是爲什麽,因此學習時就不能塌塌實實,或不能自動自覺,不敢大膽懷疑,也就不能很好的展開批評與自我批評。

首先,我自己就要向大家檢討,我雖然瞭解到學習的重要,但是仍未能作到積極主動,有時强調客觀上的困難,有時學校的事務較多,有時外面的會議一開就是幾天,又加上眼有病,不能看文件,影響了學習,對學習上還存在着不能争取主動的缺點。『認識』到而不能『做』到,也就是理論與實踐不能結合的問題,這就要很好的加以檢討,我現在已下定决心,以文件的武器,來檢查自己的思想,現在正拿出我解放前十幾年在輔仁大學講話的底稿等,和追憶當時的具體事實,在廣泛徵求大家的意見,作思想檢查,檢查我的立場,和爲誰服務,檢查我的思想主流,和學術思想。這當然是一個很艱巨的工作,但是我想把我的力量更好的用在人民事業上,争取在社會前進中,用出自己的一切。我雖然年紀已老,但是我下了决心來改造自己,克服種種困難,把自己改造好,當然還需要大家多多幫助。

諸位都比我年輕,受舊思想舊習慣的影響都比我少,改造起來一定比我容易,條件比我好,這是可以爲大家慶幸的。

但是有些人,因爲經過這一次學習,讀了文件,大體上也有個模糊的認識,有什麽問題，也能大概談一套，甚至於聽了許立群同志的報告後，感到他說的和自己說的差不多，衹是他說的話『漂亮』他『會說』就是了。當然，如果自己已經實際瞭解，真正和許同志差不多，自然是好的。但是切不可因此『驕傲自滿』，因此有了自滿的情緒，認爲我們已學的差不多了，對自己沒有更高的要求。這樣的態度是不好的，這是學習上嚴重的阻礙。

另有一些人，以爲學習理論是求得知識，不經常的以理論來批判思想。學得一些理論，就以爲自己够了，以爲自己都明白了，沒有問題了。甚至有人閱讀文件後說『你讓我講這文件，我三個鐘頭就講完了，這沒有什麽』，於是認爲理論已打下基礎，對文件的學習，就不再重視，停頓下來。并有極少數人，學習文件時是爲了作筆記，作筆記是爲了要檢查，勉强敷衍作了筆記，於是認爲『文件學習』成功，完事大吉。這一周來，我們是有這些情況存在的，有些人是覺得指定的文件，都學完了，不再去深入鑽研，不再去深入的體會其精神實質。

這種種情況，好的一面，就是我們經過這一段學習，確實在理論方面，我們已打下了些基礎，并且也初步的結合了批評和自我批評，這是很好的。但是我們一定要認清這是非常不够的，這衹是我們在學習上的萬里長征，剛剛邁了一步，邁了一步當然比不邁步是好的，但是如果因此就以爲自己差不多了，而有自滿驕傲的情緒，這就是一個很嚴重的問題了。

我們學習理論還没有很好的把自己思想結合起來,文件是武器,但是有了武器,衹是放在一旁,不去用他,不拿武器去找思想問題,不去開動腦筋,找出思想的『的』,然後以武器的箭去射他,那末,學了文件也是没有用處的。毛主席在整頓學風黨風文風上所説:『如果我們衹知背誦馬克思主義,背得爛熟,但是完全不能應用,這樣還不能算一個馬克思主義理論家的。』他又説:『讀一萬本書,每本讀了一千遍,但是完全不能應用,這究竟應該算多少分數呢? 我説一分也不算。但是如果你能應用馬列主義觀點,説明一個兩個實際問題,那就要受到稱贊,就算有了幾分成績。』我們學習文件,就是這個樣子,不結合思想去學,就得不到效果。上次鄧拓同志報告,講得很清楚,他説『要文件解決問題,首先要付出代價,自己要下苦功夫,没有任何輕便的道路可走』。所以他告訴我們讀文件的方法,要掌握文件的實質精神,要作筆記,要結合自己的反省。這就是要進一步的深入,仔細的咀嚼,真正把他變成自己的東西。而且變成自己的行動,這是很必要的。

至於思想已經很進步,或是自己以爲思想很進步的,也仍舊需要改造思想,越進步的人,思想越需要改造,纔能擔當起歷史所給與的任務,正因爲我們進步了,人民需要我們作更多的工作,這是非常光榮的,上次許立群同志也説過,『這不是懲罰,而是尊重大家,而是請大家把思想改造爲無産階級思想,都站在領導地位』。這説得多麼透澈,這是我們的光榮，正如毛主席在『論人民民主專政』裏所説：『有了人民的國家，人民纔有可能，在全國範圍内和全體規模上，用民主的方法，教育自己和改造自己，使自己脱離内外反動派的影響，改造自己從舊社會得來的壞習慣和壞思想，不使自己走入反動派所指引的錯誤路上去，并繼續前進，嚮着社會主義社會，和共産主義社會發展。』這就是説祇有有了人民的國家，我們纔有可能自己改造，這也就是我們改造自己的標準，低的標準是要我們努力使自己脱離内外反動派的影響，改造自己從舊社會得來的壞習慣和壞思想，不使自己走入反動派所指引的路上去。更高的標準，是要我們努力使自己繼續前進，嚮着社會主義社會和共産主義社會發展。人民對我們的要求是高的，給我們的任務是光榮的，讓我們大家共同虚心的，不斷的，認真的努力學習，學習馬克思列寧主義，學習毛澤東思想，來改造自己提高自己吧！

〔一九五二年一月二日〕

劃清敵我界限寫小結

在國内劃清敵我界限以來的兩星期，十二月廿日起第一星期，就開展了增産節約反貪污、反浪費、反官僚主義運動，召開全校的動員大會。第一星期，因爲布置比較抓的緊，而且把握了重點，結論了地主階級官僚資本階級的反動性，及爲什麽需要對反革命分子專政等問題。各組討論的比較深入。一月六日起第二星期，原有的組準備再加一次討論，但是星期三（一月九日）全體聽了薄一波同志報告一次，各組漫談一次三反運動，故對學習有了些影響，并且國内劃清敵我界限，兩個星期的時間本來就很緊，加上增産節約反貪污反浪費反官僚主義運動，又加上選舉的事情，所以時間更感覺不够用。

經過將近兩個星期的學習。各組情形大體上重點放在土地改革，昨天（一月十一日星期五）召開了土改座談會，有各組組長學習幹事，及參加或參觀土改的先生們參加，一般來説，關於土地改革的問題，對於爲什麽要進行土改（就是土改的意義），及土改是否要鬥争等問題，基本上得到解決，至於我們自己在土改中應采取什麽態度，如何結合自己思想，如何進行批判等，則不易解決。至於鎮壓反革命則衹有幾組談到，談得也不够深入。

現在學習情況是如此，但是反貪污反浪費反官僚主義在教員中雖然也費了些時間，也祇是表面的認識，并没有深入下去。

目前就要到作思想小結的階段，作小結要有充足的時間來作思想分析，教師們很大一部是地主階級出身，又有一部分人與反革命分子有關係，所以作思想小結時，一定要很好的分析思想，纔能劃清界限，如果與三反運動同時進行，恐怕有所影響，是否可以暫時不作小結，使教師學習轉入三反運動，學習與三反運動配合，則力量比較集中。

〔一九五二年一月十二日〕

熱烈祝賀亞洲及太平洋區域和平會議籌備會議的成功

亞洲及太平洋區域和平會議籌備會議在北京勝利召開,是世界愛好和平的人們所最願意聽的消息,是我們所熱烈擁護的,因爲這是争取世界和平的重要保障,我們相信這個會議在各國代表們的努力之下,一定勝利成功!

美帝國主義忌妒和仇視人類的幸福與和平,它瘋狂的野蠻的進行罪惡滔天的細菌戰,又非法的組織太平洋侵略集團,準備新的戰争,它妄想奴役全世界,并且對亞洲及太平洋各國人民造成了嚴重的威脅,不但嚴重威脅了各國人民的生命和安全,而且直接破壞人類的文化事業和人類的文明。

人類的文化事業的增進,是與和平民主力量的發展,是與和平建設事業的發展分不開的,在蘇聯、在中國和各人民民主國家,一切文化工作者,不但關心自己本民族的自由和進步,而且關心各民族之間的和諧的合理的共同生活,衹有在這種情形之下,人類的幸福與文化生活的無限發展纔能得到保證。但是帝國主義者,他們用屠殺來代替真理,把野蠻説作文明,他們所關心的是如何進行殺人的戰争,而不是如何增進人民的福利,他們用武力和細菌來企圖摧毀、扼殺人類的文化。帝國主義者和它的附庸國家的預算，大部分被用到擴張軍備上面，整個教育、科學研究和文化活動的發展，都遭遇到嚴重的障礙。而且凡是有戰争火焰的地方，文化寶藏就遭到駭人聽聞的破壞和毁滅，朝鮮古物、書籍的被焚毁，學校、醫院、教堂的被轟炸，文化事業與其他事業及人民生命財産都遭到驚人的破壞。

美國侵略者在世界人民的面前，犯下了滔天大罪，他們不但用希特勒法西斯的血腥手段進行屠殺和毒害，不但用現代科學來進行最嚴重的爲害人類的罪行，而且正在以他們的毒手來摧毁人類的文化和文明，企圖達到他們絶滅知識，奴役人民，獨霸世界的黑暗行爲。

我們爲真理與和平而戰鬥的亞洲和太平洋各國人民，對於殺人野獸們發動侵略戰争的陰謀和罪行，是不能緘默的，是不能容忍的。我們不僅是切齒痛恨，而且要行動起來，不分國籍、種族，不同政治，不同階層，不同語言文化和宗教信仰，爲着一個共同目標，爲了消滅武裝侵略的威脅，我們團結一致，積極争取和平，這行爲是正義的，力量是無比强大的。因此這次會議的召開，不但可以爲亞洲及太平洋區域的和平鋪平道路，而且是争取世界持久和平的有力保障。

我們堅决的相信：侵略者一定遭到失敗，和平一定戰勝戰争！

〔一九五二年六月四日。人民日報抗美援朝轉刊社約稿〕

我們要堅決的保衛文化保衛和平

正當亞洲及太平洋和全世界的和平與安全,一再受到嚴重威脅的時候,對全世界和平有着重要意義的亞洲及太平洋區域和平會議,就要在人民中國的首都北京勝利的召開了。這是非常令人興奮的事情,這是全中國人民所熱烈盼望和擁護的事情。

我們中國教育工作者,與中國全體人民一樣,一嚮是酷愛和平的,我們爲了保衛亞洲及太平洋區域的和平,也就是爲了保衛世界的持久和平,曾經堅持不渝地進行了英勇的鬥爭。解放後三年多以來,我們在和平自由的土地上,過着幸福愉快的生活,我們從事文化教育的建設,我們以馬克思列寧主義、毛澤東思想來培養教育年青一代,我們把他們教育成爲德才兼備,體魄强健的國家得力的幹部,我們教導他們如何增進人類的福利;如何爲發展人類的進步事業而奮鬥。我們所關心的是人類的幸福和進步;是文化生活的無限發展;是各國人民的文化交流。

我們自有生以來,就受到無數的灾難,受過戰爭的痛苦,我們遭受過帝國主義的侵略和壓迫,有着异常沉痛的經驗,我們都曾親眼看到過帝國主義者是怎樣用卑鄙可耻的行爲來向人類的幸福和文化進行挑戰，他們敵視和平，發動戰爭，大規模的屠殺人類。這慘痛的教訓，都深刻地記在我們的心裏，我們堅決反對戰爭，我們熱烈要求和平，我們不能讓戰爭販子再拖入戰爭的災難中去。

今天，美帝國主義者爲了達到它獨霸全世界的野心，瘋狂地擴軍備戰，到處建立軍事基地，在歐洲武裝西德，在亞洲及太平洋區域，則侵占我國領土臺灣，進行罪惡的侵朝戰爭。更公然撕毁莊嚴的國際協議，製造非法片面的『對日和約』，加速日本軍國主義的復活，準備發動新的更大規模的侵略戰爭。很明顯的，今天亞洲及太平洋各國的和平與安全，已遭受到嚴重的威脅，亞洲與太平洋區域的善良人民，已面臨重新遭受武裝侵略的危險。

在朝鮮戰場上，美國强盜狂轟濫炸，瘋狂地屠殺着和平居民，學校被燒毁，無辜的青年和兒童喪失了寶貴的生命，他們野蠻地製造黑暗、恐怖和死亡；扼殺人類的文化與文明。如果各國人民不能够用鬥争和抵抗來制止罪犯們的滔天罪惡，那末，全亞洲和太平洋的地區都可能遭到朝鮮同樣的命運。

但是，各國人民有力量制止美帝國主義的侵略戰爭，因爲我們民主的力量已空前的强大，我們祇要團結一致把維護和平的事業擔當起來，就能够制止戰爭販子的罪惡陰謀。亞洲和太平洋地區的和平會議的召開，就是民主力量的進一步團結，也就是我們爭取和平的有力保障，是世界持久和平的鞏固基礎。

我們中國教育工作者和中國人民，都已深深地領會到，和平絶不能等待，和平是需要爭取的，是需要愛好和平的人民團結起來纔能爭取到的。我們深信：團結就是力量；衹有爭取和平纔能制止戰爭。

現在，我們滿懷信心地看到，全世界人民正在進一步聯合起來了，亞洲和太平洋各國廣大人民的和平運動更發展壯大起來了。我們深信，亞洲及太平洋各國人民保衛和平的鋼鐵意志是不可戰勝的，和平一定能够戰勝戰争。我們中國教育工作者和全國人民一道，決心與亞洲及太平洋各國人民共同用實際行動來支持這個會議，共同爲拯救亞洲、歐洲，以及全世界和平而堅決鬥争到底。

我們熱烈地慶祝這次大會的勝利！我們也萬分的相信這次大會一定能够勝利成功！

〔一九五二年八月三十一日。載世界知識第三十八期，九月二十七日〕

慶祝國慶保衛和平

在今天，當我們新中國建立的第三周年，來算一算我們國家三年來的偉大成就，不論在那一方面，每一個新中國的人民，都可以指出無數歷史上從來没有的奇迹。我們處在這樣一個歷史大轉變的年代，天天接觸新事物，天天使我們興奮，真是感覺到做新中國人民，是幸福，是光榮！這種幸福、光榮，充分説明新民主主義制度的優越性，這是馬克思列寧主義的勝利，是毛澤東思想的具體實現。

我們大規模的建設就要開始，但是帝國主義者不會讓我們安安静静地從事建設，他們遠在那裏積極地瘋狂地備戰，因此，我們要建設，就必需保衛世界和平，團結全世界更多的和平人民，共同起來反對戰争，制止戰争，消滅戰争。這是中國人民和全世界人民的共同願望，最近在我們首都召開的亞洲及太平洋區域和平會議，就是全世界三分之二的人民代表，共同討論『保衛和平，反對戰争』的會議。祇要我們愛好和平的人民緊密團結，就一定能够制止帝國主義者發動戰争的陰謀。所以，我們以極熱烈的心情擁護有重大意義的和平會議，并以熱烈的心情，歡迎爲和平事業而來的各國代表們。我們謹祝會議勝利成功！

在我們新師大，由於經過思想改造運動，順利的進行了院系調整，輔仁與師大的師生員工們，已經很快地密切地團結在一起，爲了培養國家目前最需要的人民教師這一光榮任務而共同努力，當這國慶前夕，我們的調整工作基本完成，我們應向祖國和毛主席保證，我們一定努力提高政治水平，業務水平，學習蘇聯先進的教育經驗，完成祖國交給我們培養中等師資這一光榮的重大任務。

〔一九五二年九月二十三日(南院國慶大學報)〕

慶祝新師大誕生

今天我們以極歡欣鼓舞的心情，來慶祝新的師範大學誕生。我們新的師範大學，是由輔仁大學和原師範大學，及燕京大學的教育系調整而成，我們的調整工作，是在三反運動，教師思想改造勝利的基礎上進行的。新師大的誕生，標志着我國高等教育走上了一個新階段，是祖國人民教育事業上重大的措施。

新的師範大學，是爲培養新中國中等學校的師資，我們所培養的師資，必需能够掌握馬克思列寧主義毛澤東思想的基本理論，而且要掌握進步的教育科學知識與教學技術，以及有關的專業知識，同時也要求他們具有爲人民教育事業服務的獻身精神，這個任務是光榮的，是偉大的。

我們祖國大規模的建設已經開始，要想使我們國家的各種建設事業順利前進，首先就要培養幹部，要想培養幹部，首先就要培養師資，要想培養師資，就需要我們把師範大學辦好，要把我們師大辦好，就需要我校的全體師生員工，團結友愛，互相學習，爲完成新師大光榮的任務而努力。

我們師範大學,有一個特點:有各地的教師,來我們學校進修,有現在進行教學工作的教師,還有同學要培養成爲將來的教師,也就是有的過去是教師今天來學習,有的是今天在學習將來作教師,總之,我們全校都是教師,不管今天的教師,還是明天的教師,我們最重要的基本任務,就是學習,要努力學習馬列主義知識,學習蘇聯先進科學和教學經驗,纔不負人民對我們的期望,纔能完成這光榮偉大的任務。

全校教職學工同志們:讓我們在毛主席、共産黨領導下,爲建設我們的新師大而奮鬥吧!

〔一九五二年十月十七日爲『師大教學』用,第十八期〕

爲着祖國的未來，我們必需加强學習

三年來，我們全國各級人民教師，在毛主席、共産黨領導之下，思想認識上有了顯著的提高，工作上做出不少成績。經過思想改造學習，和抗美援朝、土地改革、鎮壓反革命，『三反』『五反』等一繫列的實際，我們基本肅清了三敵思想，批判了資産階級腐朽墮落思想，使我們在工人階級思想領導下大踏步地前進。在我們之中，涌現出多少優秀模範教師，我們培養出多少熱愛祖國的青年幹部。在文化戰綫上立了功勛，爲今後的教育事業打下良好的基礎。

應當説：過去三年我們的工作是有成績的，但是我們也深切的知道這祇不過是我們向前邁進的開始。我們這一點點成績，還遠遠跟不上祖國飛躍迅速的發展，還遠遠落後於人民對我們的期望和要求。

今天祖國大規模的建設開始了，這偉大的具有歷史意義的年代向我們提出了新的任務。在建設中，幹部的缺乏，是我們遭遇到的最大困難。而幹部，就有待於我們教育工作者的加緊培養和教育。

當我們想到祖國建設事業開始，各方面都需要人材的時候，當我們想到全國各地工廠、鐵路、礦山、醫院、農場、學校等地方都在等待着我們輸送大批幹部參加工作的時候，我們就感到肩頭所擔責任的重大。我們一定要把自己的工作做好，把祖國年青一代教育成爲新人，成爲德才兼備的建設人材，成爲祖國的優秀幹部。

想做到這一步，一定要加强我們自己的學習，我們不僅要做到『誨人不倦』，同時也必須做到『學而不厭』。年青的一代，將要在我們的教導之下成長起來，他們將成爲親手建設社會主義和共産主義的人，我們没有理由放過任何一分鐘的時間不來充實自己和改造自己，使我們能够勝任這樣重大歷史任務。我們没有權利把自己停留在已有的水平。

三年來，我們所看重的還祇是在政治上，在組織上分清敵我，逐漸樹立起全心全意爲人民服務的思想。但是并不是一切問題都已得到解決，我們過去所研究的業務知識，所具有的學術思想，所掌握的治學方法，所熟悉的教學經驗，都還不能或還不完全能適合於今天的要求。我們一定要加强政治理論學習，來繼續批判資産階級思想影響，端正教學態度，改進教學内容。

我自己在不斷的學習中，深刻體會到祇有系統的學習馬克思列寧主義的基本理論，堅持理論和實際的密切結合，纔能提高自己的政治認識，纔能改進工作方法。如果對政治理論學習不重視，那末在工作上，尤其是在教學工作和教學改革中，就很難前進，甚至要犯錯誤。就拿學習蘇聯來説：大家都知道學習蘇聯是我們的總方嚮，但是如果没有系統的馬克思列寧主義、毛澤東思想的基礎，没有一定的政治水平，對於蘇聯的科學技術與先進經驗也就不會有深刻的理解，必定會成爲片片斷斷的學習，或是生吞活剥的學習。在政治上、思想上、業務上學習蘇聯也就是一繫列的改革的問題，是立場、觀點、方法的基本改革，没有一定的理論水平作基礎，雖然有了蘇聯的教學大綱和教材，也依然達不到預期的教學效果。

有人會覺得我們的工作已經很繁重了，要教課、備課、要輔導和研究等等，已經很忙，已經很累，因此把政治理論學習看成額外負擔。在我自己學習的體驗中，感覺到這是倒果爲因的看法。誠然我們的工作是繁重的，大家感到很忙很累。但是正因爲我們工作任務重，正因爲我們忙、累，纔更要努力學習理論，來提高自己的思想水平，掌握客觀事物的運動法則，這樣來減少忙、累現象，提高教學和工作效果。所以加强學習提高思想是與教學工作不可分的，因爲學習本身就是爲了改進工作。

斯大林在一九三九年第十八次黨代表大會上的報告説：『任何一個部門中，工作人員底政治水準和馬列主義覺悟程度愈高，工作本身也愈高，愈有成效，工作底結果也愈有效力;反過來説,工作人員底政治水準和馬列主義覺悟程度愈低,工作中的延誤和失敗也愈多,工作人員本身也會愈加變爲鼠目寸光的小人,墮落成爲一些祇圖眼前利益的事務主義者,而他們也就愈易蜕化變節,這要算是一個定理。』任何工作人員都如此,我們教育工作者當然也不例外,何況我們所負的任務是直接培養關係祖國未來的年青一代?

想到這裏,我感到一個教育工作者的光榮,因爲我們是推動社會前進的主要部隊之一,但是也感到責任异常重大,因爲我們工作,關係着祖國的前途。祖國相信我們,把祖國新生的力量——年青一代交給我們,我們祇有嚴格地要求自己,使自己成爲真正的馬克思主義者,永遠和人民中最進步的部分一齊前進。

〔一九五三年一月七日。載人民教育一九五三年二月,總第三十四期〕

竭誠擁護憲法草案

今天中華人民共和國憲法草案公布。這是我們中國人民的一個空前的、偉大的歷史文件。我以萬分興奮和感激的心情，來慶祝憲法草案的誕生，并表示竭誠的擁護。

我們的憲法草案屬於社會主義類型，反映了我國在過渡時期的特點，它是全國人民的意志和願望的集中表現。從這個憲法草案中反映出工人階級爲領導、工農聯盟爲基礎的人民民主專政制度更加鞏固和强大；人民所渴望的幸福生活正在逐步擴大，民主精神空前發揚；兄弟民族空前團結。毫無疑問，這個憲法草案將保證我國能够通過和平的道路消滅剥削和貧困，建成繁榮幸福的社會主義社會。

同時，這樣一個人民自己的憲法草案，也意味着一個艱難辛苦的締造過程。憲法草案記載着無數革命先烈前僕後繼以鮮血换來的勝利果實，如果没有中國共産黨和毛主席的領導，我們就不可能有今天這樣的偉大成就。今天，當我們歡呼憲法草案公布的時候，應該衷心地感謝中國共産黨，感謝我們的毛主席。

憲法草案的初稿修訂時，政協全國委員會曾組織憲法草案座談會，可惜我因病未能出席，這對我是個很大的損失。今後我要以無比的熱忱來認真學習憲法草案，并且，更要堅決實現憲法所作的無限美好的社會主義社會而努力。

〔一九五四年六月十五日。載人民日報六月十七日〕

青年們！讓我們共同肩負起爲祖國培養新生一代的偉大事業

即將畢業的高中同學們！你們正在根據祖國的需要來選擇自己的升學志願，我願以一個有了五十年教齡的教師的身份，歡迎你們參加人民教師的行列，歡迎你們投考高等師範學校。

我們正處在一個偉大時代，這是一個歷史轉變時代，要在我們的國土上消滅剥削和貧困，建立繁榮幸福的社會主義社會，就需要一代新人。他們不僅具有建設美好社會的願望，而且具備建設美好社會的本領，他們應該是一代富有征服自然、改造世界的勞動智慧和創造才能的人。這一代新人不會自生自長地進步起來，他們乃是經過教師的辛勤勞動培養教育出來的。我們所以把人民教師稱做『人類心靈的工程師』，正是這番道理。

加里寧曾經對蘇聯鄉村受獎教師這樣説過：『請大家想想吧。國家和人民把兒童信托給教師們，要他們來教育這些按年齡上是最容易受影響的人，信托教師們來培養，發育和造就這代青年人，也就是説，把自己的希望和自己的未來都完全囑托給他們。這乃是把偉大責任加在教師們身上的一種重托。』我們正應該把加里寧的這段話來策勉每一位新中國的人民教師。爲了肩負起祖國和人民的重托，教師本身就應該具備較高的條件，他自己必須是爲實現社會主義而奮鬥的堅强戰士，他要不斷努力，不斷學習，使自己有豐富的文化科學知識，有高度的政治水平和正確的勞動觀念；還要堅持鍛煉，使自己保持健壯的體格，他要在自己不斷進步當中，以自己的模範行爲做爲更年輕一代的良好榜樣。我們不可設想：自己眼光短淺、自私自利，而能把别人教育成有共産主義覺悟的人；自己知識貧乏，暮氣沉沉，而能把别人教育成具備求知、熱情、勇敢、活潑的人；自己輕視勞動，缺乏對勞動生産的光榮感，而能對别人進行勞動教育，使他們成爲熱愛勞動的人。這也就是人民教師的所以重要，這就是『人民教師』這個光榮稱號對做教師的人所提出的要求。

高等師範教育是我國今天整個教育建設中發展重點之一。我們祖國，正在爲國家的社會主義工業化而鬥争，爲此，我們必須相應地培養人才，爲要培養高級建設人才，不能不發展高等學校，爲要發展高等學校，又不能不發展中等學校，而發展中等學校的關鍵，則是師資問題的解决。黨和人民政府把高等師範教育，放在僅次於培養工業建設人材的重要地位，就是因爲這個道理。

目前，高等師範學校所能供應的中學師資數量，與中等學校師資的實際需要數量，是相差很遠的。這兩年來每年供應量總不及需要量的二分之一。在第一個五年計劃内，根據初步最低估計，需要中等學校師資十萬左右。但是，我們要根據現有的高等師範學校的規模和數量，就是盡最大的努力，想盡各種辦法，五年之内，也遠不能滿足這一需要。這是我們在建設的道路上所遇到的最大困難之一，我們必須從各方面想法加以解決。因爲這一問題不解決，直接影響着中等教育的發展，間接影響着高等教育的發展和人民文化水平的提高，這也就是説，這一問題直接影響着國家培養建設幹部的計劃，影響着國家整個建設計劃的完成。

在過渡時期的高等師範教育事業是重要的，人民教師的工作是光榮的，有不少高中畢業同學，認識了這個道理，決心把自己的力量貢獻給人民教育事業，但更多的同學，則是仍然受有舊社會的傳統思想影響，對做人民教師懷着一些錯誤的認識。有人錯誤地認爲『功課好的人讀師範是屈才』，『做教師没前途』，『既然重點是發展重工業、學工、當工程師纔可以轟轟烈烈做出一番事業，做教師實在太平凡！』我在這裏不想逐一批駁這些認識的錯誤，我祇願青年同學們深入地考慮一下斯大林同志告訴我們的話：『儘管你有頭等技術，頭等工廠，但如果你没有一些能够駕馭這技術的人材，那末你的這些技術也始終不過是一些技術而已。』所以他説：『人是最寶貴的資本。』請想想看：爲什麽以最寶貴的資本——

人爲工作對象的教育工作會不重要,會没有前途呢?

斯大林同志在他逝世前兩個月,還殷切的『希望中國青年除重視技術科學之外,也要注重教育的學習,博得做人民教師的光榮。』(見中國青年一九五四年第五期,郭沫若『參加斯大林葬禮記』)我們的國家正沿着蘇聯人民所走過的道路前進,斯大林同志的話,應該是我們在學習和鬥争中永遠銘心不忘的,永遠遵循前進的方嚮。

我個人,幾乎是終身都從事於教育工作的,自十九歲起,就開始教小學,經過幾十年的歲月一直到今天仍從事於教育工作,當我看到我親手教育出來的小學、中學、大學畢業的同學們,今天在祖國各項工作中負擔起不同的建設任務的時候,當他們在各地區勇敢地投身於各種偉大的鬥争的時候,當他們在不同的工作裏有所成就、有所創造發明的時候,我深深地感到從事於教育事業的光榮。我真不知用什麽樣的語言來形容我激動的心情。最令我感動的是出自他們口中的這樣的話:『我們教師的工作,永遠是爲了明天,永遠永遠的爲祖國的明天而辛勤的勞動着,我們的一生將永遠是和祖國最年青的人在一起,一生將永遠過着美麗的青春。』我雖已是七十幾歲的人,但是天天和成百成千的青年在一起,看他們爲祖國而學習、而鍛煉、而不斷成長不斷進步,我就感到精力仍然充沛,不知老之將至。當祖國伸出手來,向我們要各種科學技術人材的時候,我就更感到我有責任而且必須勇敢地肩負起培養人民教師的這一光榮而艱巨的任務。

即將走進高等學校的青年同學們！我們的祖國前途是無限美好的，祖國的建設事業的內容是無限豐富的，祖國的需要是多方面的，希望你們充分理解現實需要的複雜性，正確地認識高等師範教育的重要，認識人民教師的光榮。青年同學們！勇敢地來準備接受人民教師的光榮稱號，加入人民教師的行列，讓我們共同肩負起爲祖國培養新生一代的偉大事業！

〔一九五四年六月二十日初稿。招生委員會要稿〕

科學工作者應重視編寫中小學教科書

現在全國各高等學校和科學研究機關,都開始重視并展開科學研究工作,這是非常可喜的現象,這無疑將使我國科學事業得到不斷地迅速發展。但是在科學研究中,編寫教科書也是不可忽視的一方面,我以爲科學工作者亟應把這一項工作擔任起來。

教學計劃、教學大綱、教科書,這三者是由國家制定,全國學校都要普遍執行使用的國家文獻,是在學校教育中貫徹國家文教政策的物質保證,我們必須予以極端重視。大學教科書的編寫,我們尚需創造條件,積極準備力量;中小學教科書的編著,則是目前刻不容緩的迫切任務。中小學教科書質量的好壞,直接關係着整個新生一代的培育,也直接影響着我們國家所培養的各種專業人材的基礎知識質量。就拿目前中學歷史教科書來説,還是有不少錯誤和缺點的,雖然經過不斷修改,已有不少改進,但認真讀來,這些教科書的科學性,還是存在着不少問題的,這自然也就影響了這些教科書的思想性,因爲思想性本來是必須以科學性爲基礎的。

因此我們還不能説,有了這些教科書就已經滿足了各地教師的要求,更不能説有了這些教科書就足以貫澈歷史教學應負的任務。特别是因爲這些教科書是經過國家出版機關審定的，各地教師都視爲準則，據以教育青年一代，這問題的性質就更爲嚴重。所以就不能不要求教科書達到相當的水準。

編寫教科書，尤其是編寫歷史教科書，確是一件十分艱巨細緻的工作。例如要組織人力，尤其是需要吸收對科學研究有素養的專家們來參與這個工作，就不是很容易的事。因爲過去反動統治談不上以科學真理去教育下一代，因而過去的反動統治者一味歪曲歷史以鞏固其從事研究工作的人，對於編寫教科書的工作，在認識上也是有錯誤的，總覺得教科書，尤其是中小學的教科書，内容淺顯，材料普通，不值得自己去作，應當把自己的精力去研究所謂『高深』的學問。解放以前，我個人就是如此。今天情況已經根本不同，大家都已瞭解到爲人民服務是我們一切事業的目的，也是我們一切事業的出發點。我們作研究工作就要注意最根本而又最廣泛的問題，要聯繫實際需要，堅決克服以往『爲科學而科學』『爲學術而學術』的研究作風。但對編著教科書，還可能有種種不同的看法，有人會認爲這個工作固然應予重視，但是又認爲這個工作很容易。因此不必勞煩專家們去做；也有人可能覺得這工作很麻煩，不願去做。因爲教科書首先要符合教學原則，要深入淺出，要保證正確的思想性和科學性，而且内容涉及全面，從古到今，從大到小，又要提綱挈領，説明問題，不如作專題研究，選擇一個範圍，深入鑽研，倒比較容易。因此有一定水平的科學工作者，往往就不願擔任這樣的工作。

當然編著比較完善的教科書，是有困難的，是一件艱巨的工作，但正因爲它艱巨，正因爲我們現有的教科書尚不足以滿足今天的需要，所以就更必須引起注意，更要求科學工作者分出一些力量，共同參加這件工作。

蘇聯中小學歷史教科書的編著，是由蘇聯共産黨中央委員會和蘇聯人民委員會負責領導的。斯大林同志并親自指導了想工作。一九三四年蘇聯共産黨中央委員會和蘇聯人民委員會，組織了蘇聯歷史初步教科書小組，并批準了小組的人員成份，他們接受了斯大林、基洛夫和日丹諾夫等同志關於蘇聯歷史和近代史等新教科書的兩個綱要所提出的意見，在這些意見書裏，曾對該兩個綱要作了切實的分析和嚴格的批評，并指出當編著教科書時，『應該是每一個字和每一個定義都不苟且的。』（見論寫歷史（二），録自蘇聯人民委員會和聯共（布）中央的决定）蘇聯就是這樣認真地審慎地來進行編著中小學的歷史教科書的。這樣嚴肅認真的精神，應該作爲我們對待教科書的榜樣。

所以我以爲應當組織一定的力量，吸收科學工作者參加，有計劃、有步驟地來從事教科書的編寫，在一定的時間裏，編成一套在過渡時期内比較完善的、相當固定的中小學課本，來適應當前迫切的需要。這是文化教育事業中的基本建設工作，這也是國家在過渡時期的總任務向我們科學工作者所提出的要求。

這是我個人的一點看法，一年以前，曾在科學院一次座談會上提出過，目前情況還沒有什麼改變，現在我再度提出，以就教於科學領導機關和從事科學研究的同志。

〔一九五四年六月二十四日晚〕

熱烈擁護中蘇會談的公報

今天看到中蘇舉行會談的公報,實在令人興奮和令人感激。我們中國人民在蘇聯學得馬克思列寧主義,并且在蘇聯人民的熱情援助下獲得了革命的勝利。中國革命的勝利,又使中蘇兩國人民的傳統友誼進入了發展的新階段。一九五〇年二月,我們簽訂了友好同盟互助條約,及其他協定,一九五二年九月,我們又共同發表了關於中國長春鐵路移交中國政府的公告及延長共同使用中國旅順口海軍根據地期限的换文。五年以來,在争取世界和平的鬥争中,我們兩國人民,并肩携手,緊密團結,築成了牢不可破的堅强堡壘,保障了全世界的和平與正義的勝利。

今天我們中蘇兩國舉行會談的宣言和公報發表了,這更是進一步鞏固世界和平和發展我國經濟和文化建設事業的有力保證。

記得六十年前的十月,我們旅順口就爲帝國主義者强占,一直到偉大的抗日戰争勝利,纔回到中國人民手裏。我們感謝蘇聯政府在一九五二年接受了我國政府的提議,延長蘇軍從旅順口撤退的期限,又在我國國防力量鞏固的今天,議定蘇軍撤退并將該地區的設備無償地移交我國政府。這樣真誠無私的友誼，是我們中國人民永遠難忘的。我們確信中蘇兩國人民的深切友誼是保衛遠東及世界和平的萬里長城，帝國主義者任何侵略陰謀必將粉碎，我們一定能够獲得更偉大的光輝的勝利。

〔一九五四年十月十二日。載人民日報十月十三日，光明日報十月十四日〕

堅決反對美蔣簽訂共同防禦條約

美國背棄了國際信義，一九五〇年就武裝侵占我國的領土臺灣。中國人民早已痛斥美帝國主義的侵略行爲，堅決要解放臺灣，這次美帝國主義更明目張膽地和蔣介石賣國集團簽訂所謂『共同防禦條約』。這簡直是肆無忌憚的强盜行爲，不但是決心與中國人民作戰争挑釁，而且公然企圖在遠東擴大侵略，製造新的戰争威脅。

臺灣是中國的領土，解放臺灣是我們中國人民反對賣國賊蔣介石，這是内政，我們的内政不容許别國干涉，我們要解放自己的領土，美國有什麽權利來『防禦』。所謂『防禦』，實質上就是更露骨的侵略。中國人民已經站起來了，任何國家，如果再想拿從前老一套的手段來威脅和恫嚇新中國，這是我們無論如何也不能容忍的。

我們愛好和平，我們堅決反對戰争，但是，爲了保衛和平，必須制止侵略，爲了制止侵略，我們并不害怕戰争。我們一定要解放臺灣，美帝國主義如果堅決與中國人民爲敵，横加干涉，等於以頭碰壁，衹有惹得自己頭破血流，我們銅墻鐵壁的意志，是絲毫不能動揺的。美帝國主義者在朝鮮戰場的慘敗，就是最具體的例證。

我們衷心擁護周外長的聲明，堅決反對美蔣簽訂的所謂『共同防禦條約』。臺灣一定要解放，勝利一定是屬於我們的。

〔一九五四年十二月九日。載光明日報十二月十六日〕

不容許人類幸福受到災害

蘇聯已在原子能和平用途方面獲得世界上第一次的卓越成就，原子能工業電力站已經投入生産，最近并促進原子能和平用途的國際合作。我們對蘇聯的這一崇高行動，感到無限的興奮和感謝。這是蘇聯全體科學家忘我頑强的勞動對全人類謀幸福的巨大貢獻，是人類歷史上偉大創舉。這不但是蘇聯人民的勝利，也是我們和平民主陣營和全世界愛好和平人民的光輝勝利。

但是另一方面，美國侵略集團與此恰恰相反，他們仇恨全人類的進步，害怕全人類的和平建設，積極的利用原子能來製造殺人武器，瘋狂地加緊準備原子戰争，并公然叫囂要發展和使用毁滅性的新武器，企圖挽回它垂死的命運。美國侵略集團公開的進行原子戰争準備的罪惡陰謀，是違反國際公約的，是違反人道的，而且是違反愛好和平的人民普遍願望的。

我們科學工作者和教育工作者，辛勤的工作着，貢獻出我們的勞動，是爲了人類的進步和將來，是爲了把人民的文化和福利提高到更高的水平。我們爲了全世界的持久和平與安全，把科學研究的成果，來培養教育青年一代，寄與他們人類的希望和未來，教導他們怎樣爲和平服務，爲人類謀幸福。

我們中國的科學工作者和教育工作者不能允許世界文明遭到危害，不能容忍美國侵略集團瘋狂的爲人類準備災難，我們堅決反對利用原子能來準備屠殺人類。我們已與全中國人民一道熱烈地響應世界和平理事會的號召，在告世界人民書上莊嚴的簽上自己的名字，來表示我們堅決保衛和平的決心。我們也相信全世界包括美國在內的，所有善良的正義的科學家和教育家們也將會進一步的團結起來，徹底揭穿美國準備原子戰爭的陰謀，堅決要求禁止原子武器，擁護蘇聯把原子能用於和平目的，并實行國際合作的偉大政策，以爭取全世界的和平幸福和進步。

〔一九五五年二月十七日。載光明日報二月十八日〕

參加代表大會感想散記

在討論和學習我們祖國的發展國民經濟第一個五年計劃和有關文件中，在這二十幾天的會議中，我非常興奮和喜悦。這樣偉大的計劃，這樣壯麗的事業，真使我這經歷了漫長歲月的，走過了崎嶇不平的道路的人，有説不盡的高興。

想想現在，想想過去，激動得都流下泪來，這是高興的眼泪，這是感激的眼泪。我衷心感謝共産黨，感謝毛主席，毛主席的偉大英明，真是『蕩蕩乎，民無能名焉。』

我們長期生在舊社會的人，自從有生以來，幾十年間所看到的自己的國家，一直就是一個在帝國主義統治下的殖民地、半殖民地半封建的國家，整天就是受人欺侮，受人侵略，國内反動統治，軍閥混戰，弄得國弱民貧，千瘡百孔，老百姓受盡了壓迫和剥削。把地大物博的中國，竟成了經濟很落後，文化科學不發達，一些抱有愛國救民意願的知識分子，空有一個善良的願望，但終不知應該怎樣纔能使自己的祖國富强。

想起從前的所謂『培養』人材，從前的教育，更是讓我百感叢生。在我年青的時候，是科舉取士，這是念書人的惟一出路。所學八股文，内容空洞，要使人從小孩時起，把一生的精力時間都消耗在裏面，也學不到一點東西。曾一度改用『策論』，實際就是八股的變相，不過仍是舞文弄墨，紙上談兵罷了，對於國計民生究有什麽用呢？

後來，廢了科舉，興辦學校，但是幾十年間，高等學校不是封建勢力統治，就是帝國主義者盤據。在這樣的學校裏，學生當然學不到什麽適合國家需要的真實本領，而且反動統治者也根本不願青年知道什麽是國家的需要。解放前很多高等學校畢業的學生，大多是『通才』，什麽也都會一點，什麽也不真會。教師們是盲目的教，學生們也是盲目的學。教出的學生，當然畢業很多都是失業，上了十幾年學，結果是一籌莫展，縱然做事，也不一定是對國家有利的事情，而且很多都是危害國家民族的事。有些懷着善良願望的教師，以爲可以依靠教育的力量來挽救社會的頹風敗俗，來拯救國家民族的瀕於危亡，這是在舊社會裏天真的幻想，是不合乎實際的要求的。

解放以來，在政權性質根本改變以後，我們教育工作者，經過思想改造，本身都有了很大進步，自己所做的工作，已經和國家的建設，已經和人民的命運連上了密切的關係。現在在我們偉大的五年計劃面前，我們的教育工作，也就有了更實際的意義，有了更具體的内容，因此積極性就會更大的增長。

我們的國家現在已是一個有機的整體，國家訂出全面計劃，教育工作就是要按計劃，教育工作就是要按比例來培養各種各類專門人材。國家建設需要什麽樣的人材，我們就培養什麽人材，那一種人材需要多少，我們就培養多少。

全國高等學校在第一個五年計劃内要爲國家培養出二十八萬三千人，這個數目相當於解放前國民黨統治時期一九二八至一九四七年的二十年間高等學校畢業生總數的一倍半。五年比二十年培養的還多一倍半，這是多麽驚人的事迹。這也充分説明了我們中國共産黨領導下的人民民主政權對於培養幹部事業的關懷和重視。

〔一九五五年八月四日（送人民日報陳柏生同志）〕

立定志嚮，努力學習

爲祖國社會主義建設而學習而鍛煉，是最大的幸福。這樣的幸福，祇有這偉大的新時代的你們青年人纔能够得到，這是我們老一輩人年輕的時候所不能夢想到的事情。生在這樣偉大的時代，在幸福中成長起來的你們，應當時刻不要忘記黨和國家對你們的熱情的關懷和殷切的希望。

你們必須牢牢記住斯大林同志的教導：『要建設，就必須有知識，就必須掌握科學。而要有知識，就必須學習。』要深刻認識祖國給你們的學習任務在第一個五年計劃中的嚴重意義。要充分認清你們是我們偉大社會主義建設事業的生力軍和接班人，一定要進行虛心的勤勤懇懇的學習。努力提高自己的共産主義覺悟水平，鞏固這次肅清一切反革命分子學習的成果，丢掉一切不切實際的幻想，清楚個人主義的思想意識，自覺的遵守紀律，厲行節約，熱烈的響應毛主席三好的號召，作一個毛主席的好學生。

親愛的同學們，我相信你們一定不會辜負黨的培養和人民的期望，會努力培養自己成爲熱愛祖國、忠於人民、有知識、守紀律、勇敢堅定、勤勞樸素、朝氣蓬勃、不怕任何困難的青年戰士，會在學習中出色的完成學習任務，準備把自己的勞動和青春更好的貢獻給祖國文教事業，成爲優秀的人民教師，作一個社會主義建設的青年積極分子。

〔一九五五年九月十九日爲北校學生會黑板報寫〕

熱烈慶祝社會主義改造勝利

這幾天振奮人心的好消息，一件件的捷報、喜訊，接連不斷的傳來，真是『每日每時都在發生社會主義事業的新事情』。在我們首都：資本主義工商業全部實現公私合營，手工業全部實現合作化，近郊各區的初級形式的農業生産合作社已全部轉變爲高級形式的農業生産合作化。這是我們首都社會主義改造事業的喜信，是我們國家社會主義的勝利，是偉大的馬克思列寧主義的勝利。

這個巨大的勝利，提供給我們知識分子以新的歷史任務，我們真要加快速度，配合上去。毛主席指示我們：『中國的工業化的規模和速度，科學、文化、教育、衛生等項事業的發展的規模和速度，已經不能完全按照原來所想的那個樣子去做了，這些都應當適當地擴大和加快。』真不能像一個小脚女人一樣東摇西擺的在那裏走路了。我們科學工作者、教育工作者必需要邁開大步，把科學水平推到新的高峰，一定要在最近將來把我們國家的科學水平提高到世界先進水平，使它能迅速的完全適應國家建設的需要，向蘇聯的科學看齊，趕上并超過資本主義國家。

我們這樣的要求,是完全可能作到的,記得我們在幾十年前從廣州到北京的時候,起早要一個多月,後來有了輪船,自天津轉北京,用不到十天的時間,後來又有了火車,祇用四五天的時間,有了飛機,幾個小時就到了。那時已覺得這樣的變化,速度很快了。但是,我們今天的步伐,是要比過去走路快一百倍一千倍。要在幾年之内,用我們自己的力量來完成幾十年的歷史任務。如果祇拿『起旱』時蹀躞蹣跚的基礎來看,以爲現在走得已經很快,而滿足於今天的速度,就不能適應在飛躍前進的新形式,就不能適應客觀情況的發展了。今天我們有黨的領導,有優越的社會制度,有蘇聯和各人民民主國家的友誼幫助,有種種的便利條件,再加上我們自己自覺的頑强的克服困難的精神,刻苦鑽研,這個力量是無窮的,因此,這樣的要求,是完全可能作到的。

今天我們在熱烈的慶祝我們社會主義改造的勝利,一方面深自勉勵,我們知識分子奮起直追,趕上前去,我們也要用空前的速度,壯闊的規模,以健康的步伐,來迅速發展科學,發揮潛在力量,培養大批青年專家。我們更進一步緊密的團結在黨的周圍,在黨的領導下,把我們的國家建設成爲一個强大的社會主義、共産主義的國家而奮鬥!

〔一九五六年一月十日爲北京日報寫〕

熱烈擁護周總理報告

周總理的報告説出了多少知識分子心裏的話，并指出今後應當遵循着的方嚮。黨和政府對知識分子的尊重和信任，合理安排和使用，都將進一步動員和發揮知識分子的力量，而這個力量是建設事業中不可缺少的力量。知識分子今後就更應當嚴格的要求自己，要在全國的社會主義高潮洶涌澎湃的時候進一步加强自我改造，積極進行科學、技術和理論研究，爲我們祖國的建設事業貢獻出最巨大的精力和最緊張的勞動，争取在不太長的時間裏，趕上世界科學先進水平，我們要加一把勁努力趕上去。祇要我們今後更緊密的團結在黨的周圍，在黨的正確領導下，奮起直進，相信我們就一定能有空前的成績，也一定能够趕得上的。讓我們更努力的來負擔起這個歷史上光榮的任務，響應毛主席的號召，爲迅速趕上世界科學先進水平而奮鬥。

〔一九五六年一月二十五日〕

從吕再生事件談到教師的修養

從『中國青年報』上看到吕再生事件，這的確是一件『令人深省的故事』，因爲這不僅是某幾個教師和一個兒童的問題，而是關涉到做人民教師應采取什麽態度來教育兒童，關涉到什麽是人民教師的責任和修養的問題。

大家都知道，衹有在社會主義制度下，國家和人民纔真正關心兒童的成長并重視兒童的教育工作。在舊社會，反動統治階級衹關心自己如何更多的剥削和享受，當然不會爲整個國家的後代着想；被剥削階級則連自己的生活也没有保障，最多也不過是希望自己子女能吃碗飽飯，或是希望他們能給自己養老送終，也并不可能真心爲孩子們的前途着想。

在社會主義社會裏就完全不是這樣。既然我們要徹底消滅人剥削人的現象，我們就爲兒童的正常發展創造了條件，既然我們要不斷提高勞動生産率來爲人民的物質生活和文化生活打好基礎，我們就要求每一個兒童都成爲全面發展的人。我們是把人當作最寶貴的財富來看待的，我們是把培養新的一代和新社會的發展前途連在一起的。因爲新的一代不僅是新生活的繼承者，而且是新生活的創造者，是更偉大的事業的建樹者。他們必須是誠實、勇敢、活潑、健壯、充滿信心、朝氣蓬勃的新人物。衹有這樣的人物，纔能勝過我們這一代，纔能把社會繼續推向前進。所以負責培養新人的教育事業，就成了我們進行祖國各項建設事業中最基礎最重要的工作的一環。

我想作爲一個人民教師，懂得了這個道理，懂得了自己工作的重要和光榮，就毫無疑問的會熱愛兒童，會以高度的愛國主義精神對兒童負責，會對自己的工作産生强烈的責任感。解放後，我們絶大多數教師努力不懈、忠心耿耿的來擔負着這項艱巨任務，而且不斷創造着很多模範事迹就説明着這個道理。

但是，也并不是所有作兒童工作的人都已懂得培養社會主義新人的重大意義，有些人還存在着舊社會遺留下來的封建的或資産階級的對待兒童的觀點和教育方法。對孩子的生活、學習以及其他活動，不從社會的需要出發，不從整體的長遠利益着眼，對孩子的成長，不是熱情的關懷，甚而采取粗暴打擊的態度，致使一些少年兒童遭受到不應有的折磨和摧殘。

從對吕再生的處理上看來，新昌縣城關二小的某些老師，對待兒童的觀點和工作方法，的確都還存在着舊社會舊思想的殘餘。他們不知道應當如何對待兒童，如何對待兒童的錯誤，不認識在兒童的性格的成長上教師應負有什麽責任。吕再生偷了老師的錢，這自然是一個嚴重的錯誤,但是,他在動手拿錢的時候,也并不是完全没有意識到拿老師的錢是一個錯誤行爲,當他知道他拿的是很大一筆錢的時候,他就更意識到他所犯錯誤的嚴重性,後來經過老師的啓發,他就完全坦白了自己的錯誤,把錢送還給老師。做教師的,對於吕再生身上的這些改正錯誤的積極因素,應該有充分的估計,并應該利用這樣的機會鼓勵他向自己的錯誤進行鬥争的勇氣,使他成爲一個能够經常克制自己身上的不良傾嚮的,意志堅强的人。吕再生犯了過失以後的表現,説明他是一個完全可以信任的,能够改正錯誤的好孩子。當他提出代他保守秘密的要求,俞老師答應了他,是完全正確的,問題是俞老師没有履行自己的諾言,然後没有在其他老師面前説明全部經過,指出吕再生身上存在着的改正錯誤的積極因素,從而在全體教師間取得一致認識,采取一致態度來鞏固這個已經决心改正錯誤的孩子。在激烈的内心鬥争之後所取得的勝利,反而經不起其他老師的錯誤意見的壓力。在孩子的面前喪失了自己的信用,違背了自己所允諾的話,把偷竊的事情公布給大家,還在全校師生面前侮辱他,并且誣賴他,加給他很多新的罪名,給以開除出校處分,以後再不許他進學校大門,把他作爲最壞的典型,甚至連他幾次要求參加自學小組,在要求進步、要求學習上進的時候,都遭到拒絶。這簡直是在對孩子進行無情的摧殘。很多讀者都表示極大的憤慨,這是完全可以理解的。爲何新昌城關二小的老師們没有考慮：他們這樣的辦法，是準備讓孩子走到那裏去呢？趕出學校大門，是否就算把問題解決了呢？已經決心改正錯誤的孩子不是因此而感到走頭無路并且面臨着更多更嚴重的可能發生的危險麽？在校的同學是否因此就能受到有益的教育呢？而且這樣嚴厲無情的措施，不是正等於告訴吕再生和其他同學們『承認了反不如不承認好』嗎？坦白承認了錯誤，遭遇到的是被趕出校門，無路可走，這就無异於説承認錯誤就没有前途，是否等於教導孩子們不要忠誠、不要老實呢？很顯然，老師們趕出吕再生離開學校的時候，是并没有想到這些必然要産生的後果的。

這樣簡單的粗暴的措施，是完全違反教育原則的。我們對於少年兒童的錯誤行爲，應該有一個正確的認識。首先要認識他們所犯的錯誤即使是十分嚴重的錯誤，他們還終究是孩子，他們的錯誤是不難改正的，我們决不應該把孩子看成大人，也决不應該把孩子所犯的錯誤跟成人的錯誤一例看待（即使我們這些做教師的人在幼小的時候不是也犯過或大或小的錯誤嗎？）新昌城關二小的老師們在吕再生犯錯誤之前過分地贊揚他，就已經對他起了不良的影響，事後對他進行粗暴的打擊，跟一個孩子賭氣，更是完全不應該的。這些老師們并没有考慮到如何對待同學的錯誤，也没考慮到孩子的前途，衹是單純的爲自己找到丢失的錢，而進行嚴厲的搜查，爲了自己個人恩怨，發泄自己氣憤，就采取這生硬的辦法，推出學校了事。這決不是作老師的人應該采取的態度。

幫助兒童改正錯誤，是教師不可推却的責任，老師應該善於用各種方法啓發兒童的自覺，甚至在必要時采取某些適當的懲罰，也是應該的。但是那些適當的懲罰的目的，是爲了教育兒童，使兒童在自覺自動的基礎上成爲遵守紀律的孩子，而不是對孩子進行打擊式的懲辦。教師對教育兒童應當發揮主導作用，『没有不好的孩子，祇有不好的教育方法』，『不良的兒童，是失敗了的教師的象徵』。難道吕再生在外飄流兩年，遭受到黄色書刊的毒蝕，甚至『看破紅塵』，這樣的惡果，不應該算是教師教育的失敗嗎？

教師對於學生的培養在教育過程中是具有决定性意義的人物，他應當是共産主義崇高思想的宣傳者，應當是國家教育政策的實行者。他不僅應有學業的本領，還要有教育教養的本領，他不僅應當會教書，還要會教人。教師既然是在教育别人，自己首先就應當是有教養的人，要求兒童們逐漸培養起高尚的品德，自己首先就要具有可以作爲學生模範的高尚的道德品質。教師在兒童面前要樹立一個好範例和好榜樣，要處處以身作則，隨時隨地以自己的模範行爲去影響兒童，教導兒童。因爲教師們的日常一行一動，對孩子們是有着非常巨大的潛移默化的作用的，因此，教育兒童的過程，應該也是教育者自我學習、自我檢查和自我提高的過程，教師們的水平越高，道德修養、學習、工作和日常生活越有示範作用，則越能更有效的教育兒童。新昌城關二小的老師們并不見得是有意識地摧殘呂再生，他們主要地是對祖國的下一代缺乏責任感，對教師職責認識不清，對他們那種措施必然要招致的後果無所理解，對於教育方法還没有認真學習。也許講起話來他們也能講一套，但從實際表現看來，他們對這些道理是并不理解的。

是不是僅僅是新昌城關二小的老師們是這樣呢？我想事實上决不如此，因此，我認爲教師同志們學習教育理論，學習教育方法，隨時總結工作經驗是完全必要的。假使我們所有的中小學教師都能從呂再生事件中吸取經驗教訓，那麽無疑地對改進中小學的教育工作將會有很大的好處。

〔一九五六年四月十八日〕

慶祝教師報創刊

熱烈的祝賀我們教師自己的報紙——『教師報』的創刊！

我們的國家，要在五年到七年内基本上掃除文盲，鄉鄉設立業餘文化學校，七年到十二年内普及義務教育。我們還要：向科學進軍，使我們的文化和科學技術在十二年内趕上世界先進水平。文化教育的普及，大量建設人才的培養，科學研究的提高，這都是國家和人民交給我們教師的重大任務。這就要求我們教師的數量要多，質量要好，工作要快，效率要高。我們的工作是繁重的，我們的任務是光榮的。我教了一輩子的書，但是我從來不曾感到過今天這樣的做教師的光榮和幸福。試問歷史上那一個朝代的教師又能像我們今天這樣教育整個的下一代，而且教師的每一分辛勤勞動都能在下一代的成長上看到它的效果呢？

我們的工作，直接影響着祖國的前途，是祖國建設中最基礎的工作之一，我們的任務既然這樣艱巨，我們的隊伍又不斷擴充，有一份自己的報紙，來指導我們的日常工作、學習和生活，是非常必要的。

『教師報』的出版，實現了我們教師多年來的願望，我們希望他有高度的思想性，成爲在教師中間宣傳唯物主義思想，批判資産階級思想的有力武器；希望他貫澈并解釋教育方針，介紹蘇聯先進教育經驗，交流心得，反映情況，提供學習材料，展開批評與自我批評；希望他支持一切嶄新的、先進的和進步的事物，大膽批評缺點和一切墨守成規、因循保守等現象。我們相信，他將領導我們前進，幫助我們提高，改進我們的教學，增進我們的團結。他將成爲對我們宣傳、鼓動和組織方面的强有力的工具；同時也將是我們自己的學習和討論工作、生活中的問題的園地。

我們慶祝自己的報紙誕生，就必須愛護他，支持他；把他當作自己的良師和益友。願我們廣大的人民教師——優秀的祖國建設者，都成爲『教師報』最親密的作者和讀者！

祝『教師報』在社會主義改造和建設的鬥争中，獲得越來越大的成就！

〔一九五六年四月十八日〕

這是一個令人深省的故事

一、一個孩子的申訴

『中國青年報』今年三月二日登載了一封信，是一個少年吕再生寫給該報編輯部的。他向編輯部申訴他的痛苦的遭遇。

吕再生今年十四歲，他十二歲前一直是在浙江省新昌縣城關第二小學讀書。他喜歡文學，能寫較流利的文章。功課很好，并已參加少年先鋒隊。老師和家長都説他聰明伶俐，經常稱贊他、表揚他。

有一次，他把一個同學的東西無意中弄壞了，想不出辦法來賠償，他忽然在老師的辦公室裏，發現墻上挂的衣服口袋裏有錢。他竟把錢偷出，準備去賠償同學。下課後，該校教導主任突然召集緊急集合。吕再生看見老師們一個個鐵青的面孔，就已感到事情不好，轉身跑到操場，把錢藏在大石頭下面。教導主任講明集合原因説：『俞亞周老師丢了錢，是放在上衣口袋裏的。……』吕再生一聽，心情十分緊張，頭腦昏漲，教導主任以後所講的是什麽，他連一句也聽不進去了。

這時已經有同學告訴老師，説曾看見呂再生到過辦公室，集合後他又慌張的往操場跑，而且教導主任講話時他又變了臉色。於是老師對他有了懷疑，叫他去個别談話。談話後，他認識到錯誤，感到事情的嚴重，於是把錢包成一個小包，匆忙的放到丢錢的俞老師的床上。這時他覺得錢已還了老師，問題已經解决，輕鬆的離開學校。

偏偏俞老師這晚没有回宿舍去睡，所以并没有看見床上的紙包。第二天又把呂再生叫到學校去動員他，希望他能够坦白并把錢交出來。這時這個孩子就承認了錯誤，把事情經過完全坦白地告訴了俞老師，希望俞老師代他保守秘密。俞老師答應了他的請求，并向他提出代他保守秘密的保證。

但是第三天情况又變了。原來俞老師已違背了自己的諾言，并没有代他保密，已把這事在老師中間宣布了。老師們在盛怒之下，又把呂再生叫來，并且憑臆測推斷他有一貫的偷竊行爲，追問他還曾拿過别的老師什麽東西，讓他不要再隱瞞錯誤，全部説出來。孩子在老師們威脅逼問之下，覺得十分委屈，十分悲痛，不由大哭起來。次日學校忽然貼出布告，原來呂再生已遭到『令其退學』的處分，而且還開除了隊籍。這個前幾天還被過分表揚的孩子，就這樣簡單的、不恰當的被趕出學校，關在校門之外，從此他就離開集體開始了孤單無靠的生活。

時間過得很快,不久,吕再生的同學都已到了投考中學的時候,但是他却已因被迫令退學失去了投考的機會。他是多麽盼望能和同學們一起去投考中學呢!一天他便硬着頭皮回到學校,希望能得到老師們的同意,給與他投考的機會。但是事情很不理想,老師們看他又來到學校,不但不肯幫助他解决投考問題,而且都以極嚴厲的態度對待他,責問他爲什麽又來學校,并且告訴他以後再不準進學校大門。他非常傷心、懊喪,失望的回到家裹。他父親自從知道這些情况後也對他很生氣,覺得這樣的孩子,簡直是給自己丢人,敗壞了門風,罵他没有出息。

吕再生心情上受了嚴重打擊,覺得一切對於他都很冷淡,感到自己没有前途。他羡慕同學們在集體之中都生活得很幸福,而自己則孤獨冷落,走頭無路。他原是喜好文學的,在無可奈何之中,衹得無聊的去閲讀黄色書刊,用來打發日子,漸漸的他入了迷,覺得自己已『看破紅塵』,他想做一個道士、神仙倒也逍遥自在,因此,他决心離開家庭,想逃出去尋找『幸福』。

他曾試圖逃走兩次,都没有成功。在第三次的時候比較順利的逃到離家四十里的鄰縣去了。但是,離家之後,在外飄流,舉目無親,肚子餓得難過,常常去討飯吃。時間一久,衣服也破了，頭髮也長了，他已餓得骨瘦如柴。没有辦法衹好去找他的舅父。他的舅父完全没想到他成了這個樣子，瞭解情況後，一面批評他，一面安慰并鼓勵他，勸他回家走回正路。

吕再生回家後，經過在外面的流浪和困難，要求進步的心情更加迫切，更希望能達到升學的心願。他没有其他辦法，又去找城關二小的老師，但是老師們仍舊不允許他一再申請參加自學小組的請求。他想進步，想讀書，想有一個改正錯誤的機會，他是這一切都被城關二小的老師們給拒絶了。在這孤立無援的時候，他想到憲法裏規定着可以向上面申訴的條文，因此他鼓起勇氣給『中國青年報』寫了這封申訴信，熱烈的希望報社能够幫助他得到一個合理的解决。

二、各方面的反應

吕再生這封信很長，寫得極其沉痛，一字一泪的控訴出他在經受了很多損傷與折磨後的痛苦，信裏充滿了强烈的追求上進的勇氣和堅定的信心。我們認爲這信的内容雖然衹是説明他個人的遭遇，但正是向我們教育工作者提出了一些極其重要的問題，就是我們應當怎樣教育兒童？應當用什麽態度和方法對待兒童的缺點與錯誤？『中國青年報』有鑒於此,就通過這事件在報上展開了討論。

自從這封信在報上公布後,引起了社會上各方面人士的廣泛重視,短短兩個多月的時間,共收到一千八百〇六封群衆來信。寫信的人裏面有大學中學學生,有中小學教師,有青年團工作者、學生家長、作家、戰士、工人和農民。并且其中絶大部分都是集體聯名寫的。這些反應表明:我們新社會的各方面,已把教育兒童的工作,看爲建設事業裏最重要的工作之一。大家都關心兒童和兒童教育工作,已不能容許對在新的一代成長與教育過程中,有違背教育原則和折磨兒童身心的事情存在。

有人對城關二小的那些老師的錯誤行爲表示極大的憤慨,有人對吕再生表示同情、關懷和支持。家長們提出家庭教育的重要意義,他們認爲吕再生的父親不應采取粗暴辱駡的態度,吕再生在學校裏受打擊,在家庭又得不到温暖和正確引導,纔迫使他出走。他們認爲把兒童送到學校後,家長仍不能推卸責任,家庭教育仍是教育兒童不可缺少的一部分。作家同志們提出文學作品對兒童教育的重要影響。作家有責任用優美的、生動新鮮的文學作品去培養兒童的品德。青年團工作者、少先隊輔導員都紛紛提出團組織在學校中應起的作用。

教師們的意見更多。很多教師認爲這件事是給自己敲響了警鐘,今後要改正對待兒童缺點的態度，并且要正確的進行表揚和鼓勵，來教育學生樹立起新的道德品質。有的教師説：兒童有了缺點和錯誤，正需要我們去教育他，幫助他改正，否則，要教師做什麽呢？很多教師揭發了其他學校一些類似情况。山東一個小學教師結合自己的工作説：『我班上有一個學生很驕傲，上課愛説話，愛和同學打架，我就對他發出惡感，對他的缺點不加分析、研究，不幫助他克服，説他是壞學生，并且讓其他學生孤立他。今天我已認識到這是放棄了人民教師的責任。』湖北有一個小學教師反映：他們學校裏有一女生，學習成績和品行一貫很好，老師不斷表揚和稱贊，她就漸漸驕傲起來，老師也没及時教育她。後來她偶然犯了一次錯誤，學校給她當衆批評并記大過一次，她因爲喪失自尊心而産生抵抗情緒，後來竟發展成爲很壞的學生，學習成績也不斷下降，結果離開了學校。這位老師看到吕再生事件，認識到這是錯誤教育的惡果，這樣的教育就會斷送了兒童的前途，是非常危險的。一個鐵道部附屬小學，錯誤的把一個曾有偷竊行爲的小學生用别的藉口讓他轉到其他學校讀書，理由是爲了保持學校以往的榮譽。但是在討論中已有人給他指出：衹有把孩子教育好，纔是教師和學校的真正榮譽，學生犯錯誤而讓他轉學，這是教師不負責任的表現。

也有很多老師介紹了自己的工作經驗，他們是用自己的辛勤勞動在創造着動人的事例，他們把搗亂的孩子教育成了好孩子，把好孩子教育得更好。比如濟南市一個小學的學生侯廷祥,在四年級時一貫調皮搗亂,經常打架罵人,對學習不重視,不遵守課堂紀律,并且還偷過東西。同學看不起他,班主任對他也很討厭,并曾經給他大會警告處分。到了五年級,新老師湯媛一仔細的分析了侯廷祥的情况,發現這個孩子并不是没有優點。他聰明,愛動、好提問發言,他精力旺盛,自尊心也很强。以前老師對他衹是嚴格的訓斥,并不瞭解他的内心活動和特點,大大的損害了他的自尊心,所以他對很多事就采取了反對的態度。湯老師想:要想糾正他的毛病,必須愛護他、關心他并且瞭解他。於是多方設法和他接近,首先把師生間的感情建立起來。以後及時發現他的優點,當衆表揚,有了缺點,就耐心的幫助他改正,并適當的給予批評。在同學中間説明侯廷祥最近的進步和過去他爲什麽不好的原因,鼓勵大家共同幫助他改正缺點。就在老師的關心和鼓勵,集體的幫助與尊重的情况下,侯廷祥逐漸改正了很多毛病,和老師同學已再没有對立情緒。他現在不但各方面都有很大進步,而且已經是一個少先隊員。他已由調皮搗亂的孩子,轉變成活潑勇敢的優秀學生。這樣的例子是很多的。

從這些情况更使我們認識到:調皮的孩子并不是不可救藥的,如果教師不是嚴厲的申斥他、打擊他、討厭他,而是抱着愛護和耐心教育的態度,根據他的特點,積極啓發,正確引導,那末所有的孩子都是可以教育好的。

三、没有不好的孩子，祇有不好的教育方法

大家這樣熱情的關懷這次討論，就是因爲人人都有一個共同的願望，人人都願意爲祖國兒童的正常發展創造條件，人人都希望所有的兒童都健康的成長起來。因爲兒童是國家未來的主人，他們不僅僅是享受幸福的人，也是幸福的創造者。我們國家是把兒童當作最實貴的財富來看待的，因此我們就要求所有的教育工作者都關心、愛護、誘導兒童向正確的方嚮前進，把兒童培養成社會主義全面發展的新人，幫助他們防止和避免舊社會的不良思想的沾染和侵蝕。而當他們一旦不幸犯了錯誤的時候，我們就應當堅持正面教育的原則，耐心説服，循循善誘，幫助他們認識錯誤和改正錯誤。我們要求教師不但應有學業的本領，還要有教育教養的本領；不僅要會教書，而且要會教人。

今天，我們的教育方法與舊社會所采取的懲罰訓斥，開除記過等嚴厲的手段是完全不相同的。舊社會對於兒童的教育没有全面負責的態度，他們對待兒童的成長，不僅不是熱情的關懷，甚而是采取粗暴的打擊或壓抑的態度，致使兒童們都受到極大的折磨和摧殘。

毫無疑問的城關二小的某些老師，對待兒童的教育觀點和工作方法，還存在着一些舊

日的思想殘餘。他們還不知道應當如何對待兒童，如何對待兒童的錯誤，還不認識在兒童的性格的成長上教師應負有什麼責任。

呂再生偷了老師的錢，這自然是一個比較嚴重的錯誤，但是他很快的就承認了錯誤，并且有決心來改正它，在這樣情況下，教師就應該利用這些積極因素，去鼓勵他教育他，幫助他更進一步的認識錯誤的性質，從而讓他切實地改正自己的錯誤。然而老師們并没有這樣做，而是用不恰當的罪名，把他趕出校門推出了事，甚至連他幾次要求參加自學小組學習都遭到嚴厲的拒絶，這是嚴重的違反了我們的教育原則，放棄了教師的神聖職責的。

這樣的辦法究竟準備讓孩子走到那裏去呢？趕出學校是否孩子的錯誤就能改正了呢？問題是否就算解決了呢？在校的同學是否因此就得到有益的教育呢？很顯然，老師并没有想到這些。而且這樣對待孩子的錯誤，所起的作用正等於告訴呂再生和其他同學們『承認了反不如不承認好』，他坦白承認却遭到了趕出學校的懲罰，也正等於指導孩子們不要忠誠不要老實。後果是很不好的。但是老師們對於這些必然要産生的後果，也是完全没有考慮到的。

我們首先應當認清：呂再生所犯的錯誤即使是十分嚴重，但是也不難改正的。而且幫助他改正錯誤，正是老師不可推却的責任。教師對教育兒童應當發揮主導作用。没有不好的孩子，祇有不好的教育方法，不良的兒童，正是失敗了的教師的象徵。學校開除一個犯錯誤的學生是一件輕而易舉的事情，但這并不是好辦法，這不是教育的成績，而恰恰是宣布了教師的無能。這樣做也并不能保持學校的榮譽，而相反的説明這是教師教育的失敗。

當然，城關二小的老師并不是蓄意摧殘呂再生的，他們所以采取了這樣簡單的粗暴的辦法，主要是對祖國的下一代還缺乏責任感，他們還不是用社會主義的態度來對待孩子，也不是用社會主義的態度來對待自己的工作。對人民教師的職責也還認識不清，對他們那種措施必然要招致的後果無所理解，對於教育理論和教育方法還没有認真學習，所以他們祇管教書，不管教人，錯誤的把紀律祇當成是教育的手段，而不瞭解紀律更主要的是教育的結果。

四、改進工作，共同前進

新昌城關二小的教師由於大家的幫助，已認識到自己的錯誤態度，并且認真的檢查了自己的工作，决心在今後的工作裏加以改正。現在吕再生已參加了該校的自學小組，恢復了少先隊隊籍，正在教師們的幫助下準備今夏投考初中。

經過這次討論，不但城關二小教師有很大收獲，而且廣大的教育工作者都受到了深刻的教育。有類似這個錯誤的教師，認清錯誤，得以改正；没有發生錯誤的教師，得到警惕，也可以避免再有類似的事情發生。

我們的新的教育就是要把所有的兒童，都教育成有用的，使他們能真正成爲推動社會日益進步的優秀的繼承人。應當説：我們的兒童中有些曾或多或少的沾染過舊社會的影響，并不一定都是完美無缺的，但是無論是什麽樣的孩子，我們都要把他教育好，而且我們也相信一定能够教育好。我們的教師，也不一定都是十全十美的，教育方法和教育態度也還不完全正確，但是他們都能在學習和實踐裏，在别人的批評和幫助下，不斷提高自己的思想，不斷改進自己的工作。

吕再生的事件，不過是一個孩子和一個學校的幾個教師的事情，但是我們把他提出來，通過報紙，展開討論，用以檢查自己，教育别人，用以改正現有的錯誤，妨止以後的錯誤，使我們的教師和教育工作可以少犯錯誤或不犯錯誤。因爲我們知道，世界上從來没有完全不犯錯誤的人，任何人在任何工作中都可能發生缺點和錯誤。但是我們就是敢於揭發錯誤，正視錯誤，更主要的是我們能够改正錯誤。我們的工作也就是這樣在不斷改正錯誤的過程裏，永遠進步。

我們的祖國正在前進，我們的教師也和全中國的人民一樣，正在做着我們的前人從來没有做過的極其光榮偉大的事業。

〔一九五六年七月十四日爲中國建設寫〕

師大學報發刊詞

自從中央提出在科學領域中采取『百家争鳴』的方針後,科學工作者都對此感到極大的振奮,都認爲這是我們國家完成科學規劃的推動力量和重要保證。我們北京師範大學的教師同志們,也和大家一樣,正以極大的熱情,重新考慮并安排了自己的研究計劃,以進一步開展我校的科學研究工作,提高馬克思列寧主義的理論水平,使我們的科學研究更有效地爲提高教育質量和社會主義建設服務。

『百家争鳴』這一方針,是我們憲法裏早已規定的言論出版的自由和進行科學研究的自由的進一步發展和具體化。這樣的自由,不但是在我國歷史上所没有的、也不可能有的,而且也是資本主義國家的科學家所得不到的。

我國歷史上往往是在政治不統一的時候,自發地出現不同的學派,學術思想就因之比較昌盛。春秋戰國時百家競起,异説争鳴,成了過去歷史上學術發展的黄金時代。三國時,社會動亂,所謂『乾綱解紐』。思想稍稍得到解放,三國人材之盛,人所共知。兩晋以後,南北分裂二三百年,而這時期單拿翻譯外國佛經典籍來説,就有一千多部。而在封建王朝政權極盛的時代，常是『罷黜百家』，『統於一尊』，學術思想因之就受到了箝制。這就是説，歷史上也有過『争鳴』的局面，但那是自發的，無領導的，不是有意識的以發展學術，繁榮文化爲目的的；到了統治者對學術思想的『領導』比較强的時代，一般説都是禁止『争鳴』，學術思想受到阻礙，因此那時候的文化發展，有很大限制。

今天的『百家争鳴』是和歷史上情況根本不相同的。今天我們是人民當家作主，人民自己得到了政治權利，我們是有意識地有領導地采取『百家争鳴』的方針。我們的目的是爲了發展學術、繁榮文化、造福人民。我們的優越的社會制度，給予我們科學研究以物質條件和充分的自由，這就是發展學術的最有力的保證。我們科學工作者處在這樣一個空前的偉大的時代，這是我們的驕傲和光榮。我們要在這個新的歷史時代，發揮自己的才能和智慧，製造一個空前繁榮的文化，這是我們的責任，也是我們無比幸福的權利。

『北京師範大學學報』就在提出『百家争鳴』方針的今天，誕生出版。在學報中，我們要切實貫徹這個方針，反對一切妨礙争鳴的限制，真正解除科學研究方面的教條主義的束縛。

我們要充分利用學報這一園地，在學術研究上熱烈地争鳴，成『家』的可以鳴，不成『家』的也可以鳴；年老的教授可以鳴，年青的教師也可以鳴；大題可以鳴，小題也可以鳴。洋洋大觀，一得之見，都無不可；衹要是持之有故，言之成理，都有争鳴的權利。但是那些不用思考,信口開河,空洞武斷,冗長無物,或者生硬地引文不加闡發,或者盲從附會不加分析,這類文章,不屬於學術研究,與『學報』精神不符,則避免刊載。

我們是在熱愛祖國、擁護社會主義的一致行動之下,來展開學術思想上的自由論争。學術見解上可以有不同的意見,可以各抒己見,進行辯論,互相批評。任何人都可以被批評,任何人也都可以反駁。當然互相批評,是要以學術研究工作爲基礎。我們是從團結出發,經過鬥争,來達到團結的目的。批評别人,要平心静氣,實事求是地説明道理,采取與人爲善、幫助别人的態度;我們反對盛氣凌人,存心打擊,簡單粗暴,不講道理的批評。被批評的人,要虚心考慮,敢於承認錯誤,接受别人的意見,也敢於堅持自己意見,據理力争。衹有這樣,問題纔能得到解決,或接近於解決。衹有大家在學術上真正能做到獨立思考,深入鑽研,自由論争,纔能促使我們的科學研究向前發展,促使我們文化建設進入高潮。

我們國家活動和文化科學的指導思想是馬克思列寧主義,這是確定不移的。我們是主張辯證唯物主義的,是主張用辯證唯物主義的觀點和方法來研究問題的;但是,在科學研究中,如果有人有不同於馬克思列寧主義的見解,或者不采取辯證唯物主義的方法,他還是可以發表自己的意見。我們有宣傳唯心主義的自由,也有反對唯心主義的自由;有懷疑和批評辯證唯物主義的自由,也有批評非辯證唯物主義的自由。我們相信馬克思列寧主義的真理的力量，因此，我們不相信辯論的結果會使馬克思列寧主義受到什麽損害。相反的，纔有公開辯論，百家争鳴，纔能使我們對事物發展的規律性認識得更深刻，辯證唯物主義的思想纔能逐漸駁倒非辯證唯物主義的思想，纔能使各種不同的觀點，在争論中互相接近，得到解决。

高等學校是學派形成的主要場所，因此，我們在高等學校的科學工作者，就更要發揮自己的才能，在百家争鳴的方針下，鑽研、思考，以推動科學研究工作和提高教育質量。我們的學報是反映教師們的科學研究成果，包括有關教育科學理論的研究；包括結合教學、結合中小學實際的研究；也包括有關國家建設和一般科學理論的專題研究。爲了鼓勵青年迅速提高研究能力，積極向科學進軍，我們也選擇刊載青年教師、進修教師和研究生的論文，及由各系推薦的本科學生的優秀論文。

現在我們的學報，剛剛創始，由於人力有限，經驗缺乏，缺點還很多，希望全體教師予以關懷和支持，并希望各兄弟學校及各方面的同志們多加批評和指導，使學報質量能不斷提高，能够真正負擔起推動科學研究、提高教育質量的任務，在向科學進軍中，迅速擴大與提高我們的科學文化力量，以有助於在不太長的時間裏接近和趕上世界先進水平的任務。

〔一九五六年七月二十六日〕

一切侵略者立即滚出埃及

我們對英法政府武裝侵略埃及的野蠻行動,感到异常憤怒,這不僅是對埃及人民的進攻,也是對世界和平的有意挑釁。這樣的卑鄙無耻的滔天罪行,我們中國人民决不能坐視,决不能容忍。

殖民主義者的武裝侵略對我們中國人民并不生疏,一百年前『英法聯軍』進攻我們的慘痛歷史,我們永遠不會忘記。但是,那種野獸般的行爲,今天已經不能再任意横行霸道了。今天全世界一切愛好和平的人民已經緊密的團結起來,亞洲和非洲長期遭受帝國主義的殖民統治和壓迫的各國人民已經覺醒,遍地都高舉起民族獨立和自由的火炬。殖民主義者還膽敢采用一百年前的瘋狂行動,侵略别國領土,侵犯别國主權,毫無疑問,他必將遭到全世界人民正義的抗議和譴責,愛好和平的人民必將采取有效措施打擊侵略者。

歷史已經給我們作了證明,正義的鬥争必然得到勝利,侵略的暴行,必將澈底垮臺。美帝國主義侵略朝鮮的慘敗,英法政府應引以爲前車之鑒,英勇的埃及人民維護國家主權和民族獨立的鬥争,是正義的鬥争,最後勝利一定屬於埃及人民!

我們中國大中小學校的幾千萬教職學工，一致擁護我國政府十一月一日的嚴正聲明，我們以無比憤怒的心情强烈抗議英法帝國主義者侵略埃及和破壞和平的强盜行爲，一切侵略者必須立即撤離埃及國土。同時我們堅決支持埃及人民抵抗侵略保衛自由和獨立的神聖鬥争。我們願意和全國人民一起，付出一切可能付出的力量，鬥争到底！

和平、正義必將戰勝戰争！

埃及人民的鬥争一定獲得勝利！

帝國主義者一定澈底失敗！

〔一九五六年十一月五日爲教師報寫〕

爲蓓蕾半月刊創刊號題詞

『蓓蕾』的誕生隨着新的一年的開始。它將是同學們習作的園地，它將反映我們豐富絢麗的生活。它今天正是含苞待放，願它明天成爲萬紫千紅。

〔一九五六年十二月二十二日題〕

漫談黨和知識分子的關係

自從毛主席最近兩次報告以後，對於如何正確的處理人民內部矛盾的問題，大家都進行了熱烈的討論，尤其在知識分子中間更廣泛的掀起了熱潮，感到心目開朗，思想活躍起來。最近我見到幾位朋友，都深深感到黨的政策的正確。有人說：我多年没説的話，今天都暢快的談了出來。很多人反映與黨的關係比以前更加親密了。這就是黨的思想領導的正確的表現，這就無疑的會使我們科學文化教育事業更迅速的發展和繁榮。

談到人民內部的矛盾，很自然的就會談到黨和知識分子的關係。黨和五百萬知識分子的關係是其中極其重要的問題，也是我們決不容忽視，必須很好解決的一個問題。

很多朋友都談到領導和群衆之間，黨和知識分子之間有一堵墻。因爲有墻，形成了隔閡，有話不能談，有意見不願接受，墻的兩邊都怕隔墻有耳，彼此猜疑，於是不能盡情傾吐，關係祇是若即若離，那末工作怎能作好？既然有墻存在，而過去大家又都不敢説出，墻就會越加越厚，以至兩側人群，越離越遠，甚至貌合神離。如今大家都講了出來，并決心要拆掉它，那末『拆墻有日』，自然是極令人興奮的事情。

我想既然有墻，原因恐怕是兩方面的，責任也應該由兩方面來負，因此想要解决問題，也應當從兩方面着手。一方面就是糾正某些單位黨員對非黨知識分子的不正確的估計，認真貫澈中央的政策，改進工作中存在的缺點，這是主要的一方面。另一方面也就是知識分子本身自我改造的問題。

我們所有的知識分子都瞭解，黨的政策從來就是重視對知識分子的工作。黨在全國範圍内對知識分子實行的團結、教育、改造政策，都是我們所擁護的，黨中央一直就認定：革命需要吸收知識分子，建設尤其需要吸收知識分子。因此在各種建設事業上，知識分子總是被十分重視和尊敬。尤其是去年知識分子問題會議以後，這個問題更被提爲主要的課題之一，知識分子工作，就更得到進一步的改善。但是也不可否認，工作中還存有缺點。就拿高等學校的工作來説，某些同志沾染了舊的作風，高高在上，不善於傾聽群衆意見，某些黨員以『權威』自居，不許别人批評自己，不進行自我批評。或衹聽黨團員的反映，不去瞭解老教授意見等等。尤其是對一些老教授，瞭解不足，對其進步估計過低，有一定程度的宗派情緒，因此對他們重視不够，使用不當，未能發揮其積極作用。如果再加上有些年青黨員，不能體諒老教師心情，態度有些生硬，則更容易造成新老之間感情上的隔閡。日子一久，墻就在有意無意之間形成了。在黨員來説，從他所接受的黨的政策以及他自己的感情上，大多是主觀上并没有存心想築出這道墻的。曾有一個年青的黨員告訴我説：『我兢兢業業的注意黨群關係、新老關係，祇怕自己行動有背黨的政策，而偏偏就在新老關係上出了問題。』我想把問題提出來研究研究，到底是由於什麽原因會構成這個矛盾，是十分必要的。古人説：『愛人不親反其仁，治人不治反其智，禮人不答反其敬，行有不得者，皆反求諸己。』這就是説：你明明對他好意，而對方反以爲是壞意，其中自有原因在，那就要追究一下自己看看工作中還有哪些問題。凡是有行不通的事情，都要反問一下自己，這樣就會自己也健康起來，并且也會得人心服。現在黨已決定進行一次新的整風，新的自我批判，檢查思想，糾正錯誤，克服缺點，并且指出要經常自己批判自己，自己教育自己，纔能爲新的勝利準備條件，這也就是反求諸己的道理。我想爲了新的勝利，爲了我們社會主義事業的鞏固和發展，我們知識分子歡迎這次新的整風，而且也應當在整風運動裏，積極幫助黨檢查工作。

毛主席説：黨和知識分子中間還有不正常的狀態，這不能怪知識分子，應當首先要求黨。我想矛盾總是有兩個對立面，在這個問題上，共産黨要檢查自己，我們極端擁護，但是我們作爲知識分子，恐怕也要很好的考慮一下，主觀主義等等缺點，知識分子也是在所難免的，是否也應當學習黨的精神，采用反求諸己的態度，來認清自己呢？這次整風運動，主要就是自我批判,整者正也,黨就是用『先正己而後正人』的精神,就是用嚴格要求自己的態度,力求今後在工作中不犯錯誤,或少犯錯誤。這是十分使人感動而且令人尊敬的態度。這樣的態度,對知識分子來説,特別是對年紀較大,舊社會習慣較多的知識分子來説,就不是很容易的事情,真正做到就要有很深的修養。有時還不是正己正人的問題,而是自己很難看出自己的缺點和錯誤,往往對别人的缺點和錯誤就看得很清楚。當然看出以後而且提出來得到改正,自然是非常好的,最怕動不動就把錯誤和缺點都推給别人,責人者多,責己者少,不善於替别人着想,而習慣於爲自己考慮得很周到。

二千多年前,孔子在瞭解到當時的社會人士、知識分子的思想情况時,曾告誡他們説:『君子求諸己,小人求諸人』,要反躬自問,要『躬自厚而薄責於人』,不要整天衹埋怨别人。自己先檢查一下,看看有什麽錯誤,如果有了錯誤,也應當『過則勿憚改』。誰都不能不犯錯誤,犯了錯誤如果能糾正,對工作還是有利的,所以説『過而能改,善莫大焉』。但是他後來終於失望的長嘆一聲,説:『已矣乎!吾未見能見其過而内自訟者也。』大概别人指出錯誤,可以作到不怕改正,已經很不容易,而自己能正確的認識自己,改正錯誤,當時恐怕是不多見的。

今天當然情况大有不同,但是我們知識分子,往往自以爲有點學問,認爲别人是『不學無術』，自己是『有學有術』，因而很自負，自命不凡，甚至妄自尊大，自以爲天下第一，不習慣於接受别人領導或批評。實際上平心静氣一想，我們自己還不是懂得有限，至少我們對馬克思主義就還懂得有限。毛主席説：我們全國五百萬知識分子中，真正的馬克思主義者祇占百分之十，大多數的人雖然是想學馬克思主義，并且也學了一點，但是還不熟悉。這樣看來，某些人認爲自己『有學有術』，豈不是也并非全面看法呢？

『教育人的人先要受教育』，這是很重要的事情，自己教育别人，而自己却又不虚心先受教育，不認真改造，將會影響别人，甚至遺患後代，這豈不很危險？我看我們知識分子既然并不一定都是『有學有術』，而且很多人都是教育人的人，那末，一定先要受教育，積極進行自我改造。毛主席告訴我們説：所有的人包括五百萬知識分子都要學習，都還要改造。我們現在要學習，將來還要學習，幾個五年計劃之後，還要發生新的問題，到那時還要學習。學習和改造對我們知識分子來説是長期的。尤其處在這社會大變動時期。爲了搞好黨和知識分子的關係，爲了使這一關係面貌一新，我們五百萬知識分子也是負着很大責任的，我想這也是在新的形勢下知識分子的新任務。

談到關於墻的問題時，黨的領導同志説：『黨和非黨之間不應當有墻，但是黨和非黨之間應當有一條綫，那就是：黨員應該工作得更多些，態度更謙遜些，而不應當有什麽黨員優越感。』我看作爲黨要求黨員應當吃苦在前，得利在後，當然是必要的，但是如果這條綫，衹限於是工作多少，態度謙遜與否的一條綫，那末，我想我們知識分子不是也很應當要求自己工作作得更多些，態度更謙遜些，不應當有什麽知識分子特别是高級知識分子優越感嗎？　如果這條綫衹是包括這個内容，那麽就由我們知識分子主動的争取逐漸把它給擦了去，不是也很好嗎？

加强學習，更好的發揮教師的主導作用

教師所以被稱爲『塑造人類靈魂的工程師』，所以受到人們的尊敬和重視，是有着極其豐富的内容，而且有極其充分的根據的。因爲所有受學校教育的人，從小到大，從無知的兒童到成爲國家有用的人材，都是要經過教師細微地、耐心地辛勤培養。在學生的成長過程裏，教師們要投進很多的勞動和心血，要隨地隨時培養他們正常地、健康地向上發展。教師教育質量的高低，直接關係着學生們德才的優劣。教師可以把孩子教導好；但也有可能起着相反的作用，可以把人培養成有用幹部，也有可能達不到預期的效果。所以説教師的工作是關係着下一代的成長、關係着祖國的未來的工作；是非常光榮，又是非常艱巨的工作。

我們可以肯定，所有的教師，都想把自己的學生教育好，都希望把他們教育成爲祖國出色的接班人。但是爲什麽孩子們有的并不一定都能像教師所希望的那樣呢？爲什麽在孩子們的成長過程中還會有類似馬越所遇到的風波呢？原因自然很多，但是，我想其中最主要的原因，是與教師的質量有關，是與教師的思想水平和業務水平有關的。作爲一個教師，首先應具有堅定的共産主義世界觀，要對工作有高度的責任感，并且要有豐富的專業知識和熟練的教育與教學方法。

每個人在少年兒童時期，是他一生發展的重要階段。因此，在幼兒園和小學裏，必須受到良好的教育，爲他們今後的思想意識、道德品質打下優良基礎。但是，由於他們知識經驗少，理解力不足，所以教育理論的修養和教育科學水平的提高，就更突出的提到教師們的面前。馬越成長中的風波，主要也就是反映了這樣一個問題。

在我們這優越的社會制度下，涌現出千百萬可愛的優秀兒童，并不是什麼奇怪的事情。孩子們有的上了招貼畫，有的照片登在報刊，有的拍了電影，有的在大會上獻花等等，這都是極平常的事情，而且這也并不是什麼壞事情。（今後要注意不能把這類事情都集中在某一個或某幾個孩子的身上。）重要的是遇到這樣情況時，教師應該善於利用這些事實來教育他、鼓勵他，并帶動别的孩子。誇獎和表揚要有分寸，不能使他感到自己有什麼優异於其他孩子的地方，要使他知道怎樣纔得到這樣的榮譽，給他指出今後更應當如何努力等等。馬越所以變得没有禮貌，不遵守紀律，就是由於大人的驕寵和縱慣所給與的，馬越不應當負什麼責任。因爲大人過分的稱贊和縱容，無异於肯定了他是比别的孩子特殊，大人把他捧到雲霄，他站在雲端，俯視下空，就很自然的滋長了高人一等的驕傲情緒，産生了特殊的優越感，自然就無所忌憚，以致養成不良習慣。

當馬越的壞習慣已經養成，就更應當分析研究他所以變『壞』的原因，根據他的特殊的經歷，耐心的施以教育。不應當對他抱有成見，否定他所有的一切。如果不管是誰的錯，衹要和他有關，『受責罰的全是他』的話，那末，他就會不知何適何從，不知道什麽是錯的，什麽是對的了。他想入隊，曾五次申請，説明他要求進步，而所得到的却是漠不關心，他就失去了進步的信心，甚至會不再要求進步。當他得不到鼓勵，得不到關心和安慰的時候，當他主動的争取做一些好事，而仍舊被人歧視甚至申斥的時候，他就會不滿意别人，甚至憎恨别人，和學校、老師情緒上形成對立，而且也就喪失了自尊心，造成自暴自棄的心理。

孩子原是好孩子，而由於大人對他采取不好的教育方法，幾乎毁壞了他的前途。起初一味嬌寵溺愛，視如珍寶，并且認爲孩子小，放棄了教育。後來又過於偏激，打擊他的上進心和自尊心，采取了錯誤的教育態度。培養兒童的道德品質，原是應當從孩子很小的時候就開始的。小的時候，不及時抓緊他所接觸的事物加以教育培養，以致養成不良的習慣；而不良的習慣已經養成，又不能正確的加以説明誘導，使他改正，反而采用單簡粗暴的錯誤的教育方法。前面是没有教育、放棄了教育；後來是采用了錯誤的教育方法，在這極端肯定和全面否定的情況下，這怎能不使馬越在成長中掀起了風波呢？

但是，我們相信，這風波是能够平静下來的，而且現在也正在用正確的教育方法培養之下，開始在平復。風波形成的因素很多，社會、家庭、少先隊、幼兒園和學校，各方面的贊揚、嬌寵、溺愛，或者是冷淡、斥責、討厭他，都是興風作浪的因素，但其中起着最主導作用的，還是教師。因此，我們教師們通過這件事情的討論，認真檢查一下對待孩子的態度和教導孩子的方法，是非常必要的。

爲了從根本上解决這類問題的發生，還是要不斷提高我們的教育質量。教育質量的提高，教師的實際經驗固然很重要，但是系統地學習教育理論，不斷提高教育科學水平，也是我們作教師所必不可少的重要的一課。因此，負責教育行政部門和我們教師自己都應密切注意這一問題。今後一定要改進并加强學校的思想教育工作，學會用社會主義的觀點和態度來教育兒童。以便更好的把爲祖國培養新生一代的任務擔負起來。

〔一九五七年二月二十二日爲北京青年報寫〕

青年團第三次全國代表大會開幕爲生化兩系團總支題辭

生化兩系團總支：

今天青年團第三次全國代表大會開幕，我懷着老人的激動的心情，向你們——共青團員們祝賀！

『共青團員』這個光榮的稱號，意味着祖國對你們提出了更崇高的任務，意味着黨對你們予以更重大的委托！

希望你們更加熱愛勞動，努力學習，團結周圍的青年，搞好與群衆的關係，共同進步！

希望你們能够以身作則，起模範作用，在工作上和學習上發揮更大的積極性與創造性，以『共青團員』的光輝稱號來鼓勵鞭策自己。加緊學習，現在還没有參加團組織的同學們我也熱情的盼望你們好學努力，在各方面很好的提高，以團員標準要求自己，争取早日加入組織。

祝你們

永遠前進！

〔一九五七年五月十五日爲生化團總支寫，團三大會題辭〕

祝春季體育運動大會勝利成功

爲了更好的學習和工作，爲了將來和現在能勝任的參加并完成祖國交給我們的艱巨的社會主義建設工作，并且能保證這個任務的完成。我們每一個人，青年壯年和老年，老師職工和學生，都應經常地不斷地堅持鍛煉，使我們的身體更加健壯。

目前我們學校的體育運動，比前一時期已有進步，最近全校春季體育運動大會就要召開，大家都熱情的準備，并且積極地參加鍛煉，情緒高，勁頭大，我想這次大會一定能夠開得很好。

我希望通過這次大會，不但能檢查我校運動的成績，并且能够在過去的成績上更進一步開展我們的群衆性體育運動，使運動成績能够不斷提高，使群衆性的體育鍛煉更能經常的開展。

同學們，同志們，努力吧！

祝大會勝利成功！祝大家身體健壯！

〔一九五七年五月十六日〕

〔一九五七年五月十八日春季體育運動大會前黑板報〕

堅決爲社會主義奮鬥

八年以前，我們中國人民在共産黨領導之下，推翻了全世界帝國主義對我們的壓迫，推翻了騎在人民頭上作威作福的反動統治，人民自己真正作了國家的主人，我們從心裏感到光榮和驕傲！當毛主席在中華人民共和國成立的時候，在天安門上宣布：『中國人民站起來了！』我自己當時真是百感叢生，悲喜交集！説不出心中的辛酸苦辣、喜樂欣歡。因爲像我這樣年紀的人，是更能深刻的懂得中國人民站起來是有着多麽豐富的内容，是包含着多少可歌可泣的事迹，是多麽值得珍貴又是多麽可以驕傲、光榮的事情。中國已經成了獨立自主的國家，這難道不是共産黨領導所能作到的嗎？

這是翻天復地的歷史變革，這是以前任何歷史時期所没有的光輝燦爛的變革。我們把歷史上幾千年的生産資料私有制，已基本上改變爲社會主義公有制；幾千年的人剥削人的不合理的制度，要從此永遠消滅；所有的人——工人、農民、知識分子都要變爲不同類型的勞動者。『我們正在做我們的前人從來没有做過的極其光榮偉大的事業！』這樣豪邁的事業，如果不是共産黨領導，又是誰能領導呢？

幾年以來短短的時間裏,我們已取得了社會主義改造的全面的決定性的勝利,目前我們占全世界人口四分之一的六億人民正在從事於社會主義建設,我們正在用自己的勞動進一步改變着國家的面貌。我們工業、農業、水利、運輸、國内外貿易、文教衛生等等,都有巨大而迅速的進展,廣大人民群衆的生活水平不斷提高。我們中國人民正在創造着,説不完數不盡的奇迹,這些擺在眼前的具體而生動的事實,難道不是在共産黨的領導下所能取得的嗎?

解放以前,我們知識分子政治上、經濟上受着雙重壓迫,身心受到摧殘,精神苦悶。我自己還不就是被當時環境把生活範圍越擠越狹窄,衹有躲在書堆裏,在脱離實際中求生活嗎? 知識分子的生活得不到保障,科學研究不被重視,甚至是無處出版。在大學裏教書的教授還是爲其他知識分子所稱羡的,但是生活還不是窘得可憐,發了工資連一星期都過不了嗎? 我自己就曾因爲給孩子治病無錢住院狠着心腸把『明實録』賣了的,前後又曾賣掉自己心愛的『大正藏』和『道藏』,現在北京大學圖書館的『大正藏』就是買的我的。解放以後,我們結束了舊的生活,歡欣鼓舞的投到祖國的建設裏,我們懂得今天的幸福是怎樣得來的,也瞭解得來的不易,因此我們熱愛黨、熱愛社會主義制度。我們自覺的接受馬克思主義理論,改造自己的舊思想,以期能爲飛躍進展的祖國建設更多更好作點事情。道理就是這樣簡單。

這樣一心爲人民的共産黨，對人民并没提出過什麽要求，最近我們的黨向人民提出來了，他要求人民群衆向黨提意見，要求大家幫助黨整風。這樣的執政黨，是歷史上從來所没有過的。歷史上的統治者，也曾有過『下詔求言』的事情，但是，他們不但僅僅限於在幾個御史、大官，誰曾讓老百姓提過意見呢？而且『下詔求言』，不過是爲了維持他們一家一姓的利益。我們共産黨的整風是爲了全國六億人民的利益，共産黨除了人民的利益之外，就再無自己的特殊的利益了。

現在右派分子在黨整風的時候，以爲有機可乘，『大有可爲』，竟説是代表我們知識分子，代表群衆，向黨進行惡意的攻擊，公然向全國絶大多數人來進行宣戰了。他們把局部缺點誇大説解放後的工作『黑漆一團』，很多事都『搞糟了』，共産黨百分之九十幾黨員『甚至是無惡不作』，『黨已到了面臨危機的時候』，説『黨現已失掉了控制力，要依靠民主黨派』，大有非他們出來挽救危局不可之勢。他們狂妄得不知所以了，一個個都氣勢洶洶，『黨天下』不行，『我們知識分子是半專政的對象』，我們要『争民主』、『争自由』，『不能共産黨内決定了就幹』，那怎麽辦呢？於是要成立『政治設計院』，實行兩院制，『各黨派輪流執政』，高等學校要『民主辦校』，『取消黨委制』。不管他們説話是多麽『含蓄』，但歸根結底就是一句話『不要黨的領導』，要篡奪黨的領導權，這還不是很清楚嗎？

有人説這就是『百家争鳴』，祇許批評不許駁斥。他們有計劃的向我們宣戰了，我們也不得不起來應戰，但他們説這是要『收』了，這是『圍剿』。我看『祇許我説，不許你説』的原則，祇有專制統治纔如此。現在已不是什麽『百家争鳴』，是在『百家争權』了，真是『争名於朝，奪利於野』了，再不許我們廣大人民群衆説話，真成了對人民專政了。

右派分子不要想入非非吧！廣大人民群衆包括知識分子，不是像你們所估計的那樣是『無知的阿斗』。毛主席『關於正確處理人民内部矛盾的問題』的報告發表，我們就更有了一個指南針。我們用這報告作武器，就更能分辨是非，善惡、香花和毒草。決不能離開社會主義道路！決不能動摇黨的領導！工人同志們説：『我們和共産黨一條心一條命！』他們説：『你要推翻共産黨，我們不答應；我們不答應，你就推翻不了！』這纔真正代表了廣大群衆的聲音，一切用『老百姓』名義的人，不要再假借民意，顛倒是非了。

是非是顛倒不得的，我們在與右派的争論中，是非自然可以得到明辨。我們不但要粉碎右派的進攻，而且要在鬥争中提高自己。毛主席説：『我們要同群衆一起來學會謹慎的辨别香花和毒草，并且一起來用正確的方法同毒草作鬥争。』

〔一九五七年九月〕

學點歷史

什麼是歷史？歷史就是人類社會發展的過程，人類社會的發展，是由於生產力的不斷提高，是靠勞動、靠生産的發展，所以人類的歷史，首先就是勞動生産者的歷史。但是，一切過去社會的歷史，除了原始的狀態以外，都是被奴役的勞動者争取解放的歷史，都是被壓迫階級與剥削階級鬥争的歷史，都是階級鬥争的歷史。

歷史科學，就是研究人類社會發展規律的科學，是研究一定階級社會的産生、發展和衰落的科學，是研究階級鬥争的科學，并且也是研究如何消滅階級以達到全人類澈底解放的科學。所以歷史科學是階級鬥争的知識，也是階級鬥争的工具，是馬克思主義者用以認識世界和改造世界的重要武器之一。

學習歷史要有階級觀點，要用無産階級的觀點來分析歷史現象，如果站在剥削階級立場，就祇能看到對剥削階級有利的東西，就會歪曲歷史的真實，就祇看到帝王將相，并誇大個人在歷史上的作用，看不見社會的本質，看不見人民大衆。所以學習歷史，可以培養我們的階級觀點。

歷史本身是發展的，歷史的發展是有它一定的規律的，我們學習歷史，掌握歷史發展的規律，也就可以瞭解我們社會發展的前進方嚮，培養我們全面地、客觀地觀察問題。所以學習歷史，可以培養我們的歷史觀點和發展觀點。

歷史的進展，英雄人物自然可以起一定的作用，但真正的推動力量是人民群衆。學點歷史，可以看出人民群衆在歷史上所起的作用，就不會迷信個人，迷信權威，可以培養我們的群衆觀點。

學點歷史還可以培養我們的唯物觀點，革命觀念，并且可以培養我們的愛國主義思想。社會主義的建設者都應當學點歷史，首先就要學習中國共産黨黨史，學習黨和毛主席如何領導着中國人民進行在政治、經濟和思想戰綫上的鬥争經驗，可以幫助我們提高馬克思列寧主義水平，提高思想覺悟和政治警覺性，可以增强我們遵照總路綫建設社會主義新中國的信心，堅定我們的意志，幫助我們鼓足幹勁，力争上游，多快好省地建設社會主義。

我們還要學點中國近代史，可以幫助我們瞭解中國人民一百年來爲了反抗帝國主義和封建統治，是怎樣艱苦不屈的進行着頑强的鬥争。學點中國通史，可以幫助我們清楚地認識偉大祖國的面貌。我們中國歷史悠久，有豐富的文化遺産，我們中華民族不但刻苦耐勞，而且又是酷愛和平并富於革命傳統的民族，我們要繼承這些優良的傳統。此外我們也還應當學點世界史，特別是世界無產階級革命的歷史，認識社會主義革命事業在世界革命中的地位和它在世界範圍的必然勝利，認識資本主義的必然滅亡。

我們偉大的領袖毛主席，經常教導我們要學習歷史，他説：『學習我們的歷史遺産，用馬克思主義的方法給以批判的總結，是我們學習的另一任務。我們這個民族有數千年的歷史，有它的特點，有它的許多珍貴品。對於這些，我們還是小學生。今天的中國是歷史的中國的一個發展；我們是馬克思主義的歷史主義者，我們不應當割斷歷史。』他教導我們要懂得中國革命史，也要懂得世界革命史；要懂得中國的今天，也要懂得中國的昨天和前天。

由此可見，我們學點歷史，不是爲學習而學習，不是爲了向後看，而是爲了要更好的向前看，我們不能頌古非今，是要厚今薄古，古爲今用。是爲了在歷史上學習鬥争經驗，吸取教訓，更有效的進行今天的革命和建設。是爲了認識到黨的光榮偉大，以加强我們的革命信心，來加速地進行社會主義建設，以更短的時間走向社會主義，走向共産主義。

〔一九五八年六月二十八日送出〕

高等師範招收五萬人

全國高等學校已初步確定招收新生十四萬八千人。其中師範招生五萬二千五百人，是招收人數最多的科，占總數三分之一强。

師範招收學生有這樣大的數字，甚至比工科還要多一些，這就説明我們的國家現在迫切的需要大量師資。這是一個很重要的問題，我們必需盡最大的努力，來完成這個招生計劃。

爲什麽需要這樣大量的師資呢？

大家都知道，根據我們社會主義建設總路綫的要求，我國必須逐步實現技術革命和文化革命。實現這兩個革命的目的就是爲迅速發展生産力，爲了徹底改變我國一窮二白的狀况。

我國經過生産資料所有制的改變，又在思想上政治上社會主義革命取得勝利，生産力已經得到大解放，并正在很快的發展。但是要進一步更充分地得到發展，就必需有文化，有技術。廣大勞動人民，已迫切感到必須掌握科學技術和文化知識，因爲祇有改變了技術和文化落後的狀況，纔能使工農業更大的躍進。所以説科學技術、文化教育是社會主義建設的一個重要方面，没有這方面的躍進，社會主義建設事業的躍進必然會受到限制。

想要使科學技術、文化教育躍進，必須先普及文化，做到在普及基礎上提高，在提高指導下普及。目前全國各地已普遍的開始了蓬蓬勃勃的文化革命高潮，這高潮還要向前推進，將來不但要作到掃除全國文盲，要在全國普及小學，而且還要逐步作到鄉鄉有中學，縣縣辦大學。

文化教育這樣大的發展，就必需趕快發展高等師範教育，來培養大量的高師師資和中學教師。目前文化革命剛剛開始，各地教師已經深感不足，將來中小學還要更廣泛的普及，并且原有的學校，也要繼續鞏固和提高，師資就更會感到缺乏。没有師資，辦學校就有困難，則文化普及也就不能順利進行。

另一方面，高等師範不能培養出足够數量的師資，中等學校就會受影響，中等學校畢業生的數量質量不能保證，各種高等學校的學生來源也就受到牽制，將會嚴重的妨礙我國科學事業的進展，影響到我國科學和技術趕上世界最先進水平的進度。

所以説高等師範教育是教育事業中的重工業，是培養各種專門人材的母機，關係着文化教育的普及和提高，是社會主義建設中極重要的一環。

輕視教師的工作,是舊社會留下來的錯誤看法,青年人應當糾正這種看法,要認清人民教師的工作原是極光榮的,責任是極重大的,我們需要的教師,不僅數量要多,而且質量也要好。毛主席指示我們的教育方針,是培養有社會主義覺悟的有文化的勞動者。我們的各級學校,都遵循着這一教育方針來培養教育青年。所以人民教師自己首先要成爲有社會主義覺悟的有文化的勞動者。而高等師範就是要培養一批忠實於黨、忠實於人民的又紅又專的教師,要培養一批工人階級自己的知識分子,畢業後負責去教育更年青的一代,使他們都符合國家建設的要求。

教師的工作是承上啓下的工作,他不僅僅傳授知識,而且是塑造人類靈魂的工程師,新的一代的成長,是和教師的工作分不開的。青年是祖國的未來和希望,而人民把培養青年的巨大責任,交給教師來擔負,這是一個重大的委托,是一項光榮的任務。教師的辛勤勞動,是直接關係着國家的前途,關係着工農業生産的提高的。所以説人民教師的工作非常光榮,而且前途無限廣闊,是大有可爲的。

在社會主義建設中,各種事業都是重要的,都是建設的整體中的組成部分。各種專門人才都是不能缺少的,工作本身并没有高低貴賤的分别,祇是有需要多少的不同。今年師範生的需要量多,比例數大,就必須有足够數量的考生報考高等師範,首先是中央所辦的高等師範，以便擇優録取，來切實保證高師的質量。

青年同學們！祖國要求你們從全面來考慮國家的需要，要根據各項需要來選擇自己的志願。毛主席曾親切的和青年們説：『希望寄托在你們身上。』你們也表示過豪邁的決心：社會的需要，就是自己的志願。

現在祖國需要這樣多的人民教師，需要有足够的人數來報考師範，你們是怎樣來考慮的呢？我想你們之中一定有很多人已下定決心，準備在教育事業中，貢獻出自己的才能和智慧，已立志作一個教育戰綫的戰士。這樣很好，這正是你們所應當作的，因爲這是光榮的政治責任。

青年們！高等師範招收五萬多人！因此我希望你們有更多的優秀青年，報考高等師範，成爲又紅又專的人民教師，在這樣偉大的飛躍發展的時代，奪取文化革命的先進紅旗，儘快的把我們的國家建設成具有現代工業、現代農業和現代科學文化的偉大的社會主義國家。

〔一九五八年七月五日爲招生委員會寫〕

我們正隨時準備着戰鬥

我耐着心頭的怒火,看完了杜勒斯九月十八日在聯合國大會上關於臺灣海峽地區局勢的荒謬言論。這篇荒誕絶倫、無耻透頂的謊言,極盡誣衊之能事。美國侵略者,侵占了我國領土臺灣,最近又集結大量兵力,干涉我國人民收復金門、馬祖等沿海島嶼,這樣的强盜行爲,杜勒斯反恬不知耻的誣衊我國是『侵略者』; 美國肆無憚忌的調兵遣將,空軍一批接一批的增調到臺灣,還聲稱什麽噴氣機,配備有最新式核武器,準備隨時發射,這樣露骨的侵略行爲,這樣瘋狂的進行戰爭挑釁,杜勒斯竟顛倒黑白、混淆是非,説中國人民是要『武力征服』和『侵略』『它國』領土。

我們正告美國侵略者,正告杜勒斯之流,你們這樣的荒謬謊言,這樣進行無耻狡辯,無非是妄想推卸侵略罪責,掩蓋自己的猙獰面目,無非是想進行軍事挑釁,進行原子恫嚇,但是你們的主意打錯了,我們中國人民是欺騙不了也恫嚇不倒的!

美帝國主義者不要在侵略行爲上存在任何幻想,最好是睁開眼睛,看一看事實,中國已不是九年前的中國了,不錯,我們曾經遭受過帝國主義的侵略,但是就是在擊敗侵略者的鬥争中，我們成長壯大，我們越戰越强。

帝國主義逞凶的時代，已一去不復返了，帝國主義者一條軍艦開在中國海口，中國人民的敗類、民族的叛徒，就屈膝投降，訂約賠款的時代，已一去不復返了。六億中國人民已經自己掌握了命運，我們在中國共産黨領導下團結一致，有足够的力量，保衛我們的祖國，戰勝侵略者。試看哪一次帝國主義的侵略進攻，没有遭到中國人民的痛擊？日本軍國主義的失敗殷鑒不遠，美國自己九年以前，在中國大陸上，五年以前，在朝鮮戰場上的教訓，難道還不是很清楚的例證嗎？

現在美國不顧中國人民的一再警告，在中美大使級會談恢復期間，美艦仍繼續侵入我領海挑釁，竟無視我國九次提出嚴重警告。蘇聯部長會議主席赫魯曉夫的再度告戒，艾森豪威爾竟然『拒絶』，把信退回莫斯科，但這樣作，也并不能抹煞信上所説的事實，也阻擋不了全世界正義人民的譴責。

不要以爲中國人民好欺侮，要知道中國人民的容忍是有限度的，我們六億人民，正在隨時準備着，我們教育工作者，也正在加緊鍛煉，和全國人民一起，衹要祖國一聲令下，我們就參加戰鬥！　美國侵略者并不在我們六萬萬人民的話下。

陳毅外交部長二十日的聲明，是代表我們六萬萬人民的堅决意志，是代表全世界四分之一人口的意志的，我們熱烈擁護這一聲明。我們中國人民是熱愛和平的，但是決不在帝國主義的戰争威脅面前屈服。如果美國侵略者，不顧全世界人民的正義譴責，不顧美國人民的利益，悍然挑起世界戰争，把戰争强加在中國人民的頭上，那末我們爲了保衛祖國，爲了保衛和平，我們就毫不猶豫的來執行歷史交給我們的光榮任務：絞死美國侵略者！

我們正隨時準備着戰鬥！準備着貢獻出自己的一切力量！

〔一九五八年九月二十二日。載北京日報九月二十四日〕

和青年們談談師範教育

教育事業是我國社會主義建設事業中不可缺少的組成部分。爲什麽這樣説呢？因爲社會主義是要人來建設，須要大批的各行各業各種專門人材來建設。我們所建設的是社會主義社會，將來要建設人類的最高理想共産主義社會，因此我們需的不是别樣的人，需要的是具有共産主義思想覺悟，掌握科學技能，德才兼備，又紅又專的人材。

當然培養這樣的幹部，培養這樣的人材，辦法是多種多樣的，而最主要的辦法，就是通過學校教育來培養。當然建立學校，需要校舍、設備、資金等等，而最主要的條件，就是教師。

我們黨和政府，一嚮是重視師範教育的，一嚮是重視培養教師工作的。我們的各級各類學校，在逐年增加，所以師範學校也是在迅速的發展，就拿高等師範學校來説，儘管招生人數每年幾萬人，每年都占高校招考總人數的比重很大，有時甚至比工科招生人數還多一些，但是，由於我們的教育事業發展很快，還是不能完全滿足國家的需要。

去年這一年，是教育大革命的一年。隨着工農業的生産的大躍進，文化革命已經開始進入高潮。教育事業在迅速的發展，新建立的學校，已比以前多出幾倍，祇拿高等院校來説，大躍進以前高校共有二百多所，而現在已有一千多所，增加了四倍多，中學小學增加得就更快。所以，目前教師的需要情況，更比往年爲甚。因此，我們必需極端重視培養師資的工作。去年九月十九日中共中央、國務院『關於教育工作的指示』中，特別談到這問題，指示中説：『爲了訓練大量稱職的師資，縣以上的各級黨委和人民委員會都必需發展師範教育。』這就是説隨着教育事業的發展，師範教育必需緊緊的跟上，以相適應，不然，就會影響到教育事業的發展，影響到國家培養幹部的計劃，從而就會影響到我們的社會主義建設。所以師範教育在社會主義建設中是極重要的環節，是不能忽視的。

師範學校培養的人材是人民教師，都是要從事教育工作的，但教育是什麼呢？教育是改造舊社會和建設新社會的强有力的工具之一，我們的教育工作，是在黨的領導下，爲社會主義革命和社會主義建設服務，是爲消滅一切剥削階級和一切剥削制度的殘餘服務，是爲建設共產主義社會服務。所以我們要想建設美好的未來，要想達到人類的最高理想，就必需要很好地掌握這一强有力的工具，就必需把教育事業辦好，因爲它是關係到我們國家的前途的，不然就對於改造舊社會和建設新社會非常不利。所以我們説師範教育是極其重要的，從事教育工作是極其光榮的，他所肩負的責任也是非常重大的。

我聽説有些青年，對師範教育在社會主義建設中的重大意義還缺乏正確認識，對從事教育工作、當教師，也還有不正確的看法。他們認爲當教師前途發展不大，没有搞工業，没有保衛祖國光榮；教師工作太簡單，而且不容易看出成績來，因此他們不願當人民教師，不願選擇師範當自己的志願。但是事實上當教師是不是前途發展不大呢？是否不光榮而且不容易看出成績呢？不是的。

教育工作不但前途發展很大，而且是前程萬里，大有可爲的。因爲教育是階級鬥争的武器，是人類社會發展和延續的重要條件之一，没有教育事業，則人類的文明就不能很好地繼承和發展。我們要在學校裏爲自己的祖國培養新人，培養新的一代，我們要教育青年，使他們繼承祖國先進的文化遺産，繼承我們祖先和前輩的創造發明，要教育青年們懂得人類的過去、現在和將來，使他們確定爲共産主義奮鬥的决心，我們并且要使他們具備了科學專業知識，使他們鍛煉成健强的體格，把他們培養成爲忠於祖國、忠於黨的建設幹部。這樣的工作，不但現在需要，而且將來進入共産主義之後，生産力得到更大的發展，文化教育事業也要更爲繁榮，則師範學校還要有更高的發展，任何認爲師範將來應該取消或應該合併的看法都是極其錯誤的。

教育是一門專門的科學，師範教育有它專業的特點，加里寧曾經説過：『教育是一種最困難的事業。』『教育不僅是科學事業，而且是藝術事業。』作一個能稱職的、紅色優秀教師，是要付出極艱苦的勞動，要把自己的全部精力和智慧用在學生們的身上。要把各種類型的、程度不盡相同的、甚至有很嚴重缺點的青年們，按着黨和國家的要求，把他們塑造成我們滿意的人材，因此作一個教師，不但要有共産主義思想覺悟，要熟練的掌握專業的科學知識，而且還要懂得教育原理和心理學。教師工作不但不是簡單的工作，而且是極其複雜，有高度的科學性和藝術性的一項工作。

教師的勞動，是一件既平凡又崇高的勞動，這工作一天兩天、一月兩月是很難看出具體的成效來的，應該用四年培養的工作，不可能提前超額完成任務。但是教師的工作是『百年樹人』的工作，他的勞動對象是人，教師的勞動是貫注在一個年輕人的成長過程中的，你培養出來的青年，走到各個建設崗位上去戰鬥，在他們的身上，你會體現出自己勞動的成果，他們對祖國的成就，是與教師的耐心教育、辛勤勞動分不開的。我曾經問過一個學師範的同學是怎樣選擇了師範的，他告訴我，他原來是想學航空的，想在祖國年輕的航空事業上貢獻自己的一生，後來由於聽了黨的號召，他決心去作一個人民教師，他說：『航空事業自然需要很多幹部，但是我如果作人民教師，將培養出若干學航空的後備力量，將來由於我國教育事業的發達，會有許許多多的人去學航空，幾年之後，我看見翱翔着的銀燕在在祖國天空上飛翔的時候，看見成千成百的航空事業的各項人材的時候，我將在他們的身上體現出我自己的志願。』我覺得這個同學的想法很對。從事一件工作，成效不一定都是馬上能看見，而教師工作的成績，是體現在每種職業的人的身上的，他的成績，不但是可以表現在你教育他的時候，而且在他走向生活以後；不但是表現在今天，而且在明天，在後天。

另有一部分青年，是由於思想不對頭，因而不願報考師範。他們認爲教師物質待遇低，生活苦，工作忙，太困難，需要有真才實學，還要整天被學生提問題，挨批評，又没有社會榮譽，不如作個科學家、工程師。有這樣思想的人，雖然是少數，但是也是很應該注意的問題。這種種思想，我替他們總結成八個字，他們就是説教師工作『又苦又難，無名無利』。我看這實際上都反映出來是個人名利思想。

當然黨和國家是要求人民教師有真才實學，衹有有真才實學的教師，纔能够正確地把文化科學知識傳授給學生，没有真才實學，或衹專不紅的老師，在教學中傳播資產階級思想，學生自然就會有意見。但是一個爲黨的事業着想，有遠大抱負的青年，爲什麽不要求自己有真才實學，而一定要求自己作一個華而不實，無才無學的人呢？而且我們國家的各項建設工作，又有哪一種是不需有真才實學就能作得好的呢？

教師工作和其他工作一樣，是會遇到不少困難的，有困難我們就要和它戰鬥，要戰勝困難，克服困難。任何工作的完成，總是要不斷戰勝困難纔能獲得成功。强調困難，或遇到困難就退縮，被困難嚇倒的人，不但是作教師工作，就是作任何工作，也是難以勝任的。何况教師工作的對象是人，培養人的工作，怎麽能是輕而易舉的呢？我聽到有一些同學就是因爲認識到作教育人的工作，既光榮又艱巨，因此而選擇師範志願的，他們説：『要堅决讀師範，擔負起這既光榮又艱巨的工作，要把一生都獻給教育事業。』

在新社會裏，我們的教師和學生的關係是平等的，并不是像舊社會的師生一樣，那時的師生之間，往往是老師神聖不可侵犯，學生衹能盲目服從，没有説話的權利。我們社會主義時代，師生都是爲共同的目標和共同的理想而奮鬥，都是要追求真理，掌握科學，都是爲建設社會主義和逐步過渡到共産主義而努力。所以我們的師生之間是民主平等的同志關係，我們的師生可以互相批評，師生是互相幫助，互相進步的。教師可以在講課的過程裏，不斷得到學生的反映，不斷改進教學，提高教學質量。

我看還很少有其他任何一種工作，可以像教師那樣，天天可以置身於群衆之中，工作的好壞，馬上就可以得到强烈的反應，很快就可以知道那些地方講得好，還有那些不够的地方，就這樣不斷鞏固成績，改進缺點，工作的進步是會很快的。我看如果對工作認真負責，他一定會歡迎同學們的批評，因爲這是取得迅速進步的推動力量，決不應因此就躊躇不前。

關於教師的待遇問題，在解放之前，反動政府對於教育是從來不重視的，因此，教師沒有政治地位，工作時時有被解聘的可能，物質待遇，也極微薄，甚至有的教師，勞動終年，難得糊口。自從教育由人民自己主持以後，這情況已一去不復返了，教師已經受到黨和政府的極大尊重和關懷，教師不但得到一定的政治地位，而且社會上也已得到應有的重視，工作有了終生的保障，教學條件不斷改進，物質待遇也不斷提高。

我們稱譽人民教師爲『人類靈魂的工程師』，黨和政府把祖國的第二代交給教師來培養教育，這就意味着把我們祖國的希望和未來，囑托給教師，這是多高的榮譽？這是多大的信任？

作爲一個新時代的青年，一個光榮的毛澤東時代的青年，我們應當怎樣要求自己？我想，朱德付主席去年十一月二日在接見中共中央直屬機關第二次青年積極分子代表會議的代表時，對於青年的號召，我們應該永遠不能忘記。他說：『青年要樹立共產主義勞動態度。』他說：『青年要多勞動，多做工作，不計報酬，不講條件，多爲國家作出貢獻。這是共產主義者的態度。』我們是有遠大抱負的青年，是生長在英雄的國度裏，生在偉大的時代的新中國的青年，我們没有别的志願，目標衹有一個，就是立志要作一個改造舊世界，建設新世界的英雄，我們不計名利，不講報酬，爲祖國立功就是我們最大的幸福。青年人不是把事情看成『又苦又難』，而是要把自己培養成『又紅又專』，不追求名，不追求利，而是要不講條件，不計報酬。

〔一九五九年四月五日爲中國青年報寫，後改寫，四月十三日發出〕

青年們，到教育戰綫上來

投考高等院校的青年們：

現在，正當春暖花開的時候，在這季節裏，你們也正在考慮着自己升學的志願，我想在這裏，和你們談談關於師範教育的問題，或者可能做你們選擇志願時的參考。

從前孟子曾經說過『人之患在好爲人師』。他是說，一個人不要處處逞能，隨地總想教育別人。在這個意義上，他的話是有道理的。可是在另外一個意義上，我說『人之望在好爲人師』，就是說，現在我們希望，有爲的青年，志願投考師範，來作人民教師，來從事教育工作。爲什麼這樣希望呢？不是爲了別的，就是爲了祖國，爲了人民，爲了以最快的速度建設社會主義，爲了早日實現共産主義。

教師的工作，本來是非常崇高的工作，也是社會主義建設中極爲重要的工作。它之所以崇高，就是因爲他的工作對象是人，是培養人的工作，是爲祖國各行各業輸送各種幹部的工作，是用我們的思想和學識用我們的智慧與才能，按着黨所提出的教育目的，培養新生一代的工作。這新生的一代，將是有社會主義覺悟，有文化的勞動者，而培養這樣的人的責任，是要由人民教師擔負起來，正因爲如此，就像大家所熟知的，人民教師被社會上稱之爲『人類靈魂工程師』。這樣的工作，難道還不是極崇高的嗎？

教師從事的是教育工作，而教育是爲一定階級的政治服務的，我們社會主義的教育，就是爲無産階級政治服務的。因此我們黨是把教育作爲改造舊社會、建設新社會的强有力的工具之一，是用它來作爲進行階級鬥争的武器之一的。教育辦得好，老師教得好，就會使學生學得好，就會使我們培養出的人材質量更高，培養的人材更能符合社會主義事業的需要，反之，則會影響到社會主義建設。這樣的工作，難道還不是極爲重要的嗎？

我們的黨和政府，一嚮是重視師範教育的，幾年以來，我們已經培養出大批的教師，他們正在全國各地辛勤地忘我地勞動着，在爲祖國培育着人材。全國各級各類的學校在逐年增加，所以師範學校也是在迅速的發展。不過，我們的教育事業發展很快，儘管高等師範每年招生有幾萬人，占高校招考總人數的比重很大，有時甚至比工科招生人數還多一些，但是還不能完全滿足實際的需要。

這個情況，在去年經過教育大革命就顯得更爲突出。現在隨着工農業生産的大躍進，文化革命已經開始進入高潮，教育事業已迅速的發展起來，新建立的學校，已經比大躍進前多出八倍，祇就全日制的高等學校來説，去年一年由二百多所一下發展成一千多所，一年就增加了四倍多，其他半日制的紅專大學、業餘大學等還不算在內。大學尚且如此，中學、小學就增加的更多更快了。學校的發展既然這樣快，各種學校都需要教師，因此，我們雖然已經有了一支數量上和質量上相當可觀的專業教育工作者的隊伍，但是無論從目前還是從長遠的需要看，都還遠遠不能滿足客觀的實際要求。我們必須按着黨和政府的教育工作的指示『發展師範教育』，來『訓練大量稱職的師資』，纔能適應教育事業發展的需要。這就是說，隨着教育事業的發展，師範教育必須緊緊的跟上，以相適應，不然，就影響到教育事業的繼續發展，就影響到國家培養幹部的計劃，從而就會影響到我們的社會主義建設。所以師範教育是我國社會主義建設事業中一個極重要的環節，是我們應當極端重視的。

青年同學們中已經有很多人，已經認識到師範教育在祖國建設中的重要意義，因此下定決心，選擇師範作爲自己的志願，他們說：『我知道培養人的工作既艱巨又光榮，祖國需要又很多，因此我願一輩子作教師，來爲祖國培養幹部。』但是也有一些人，對師範教育的重要意義還缺乏正確認識，對教師這工作，還有種種錯誤看法。

有人認爲『教師工作很簡單，什麼人都能作，功課好的投考師範，有些可惜』。這當然是對教師工作的錯誤理解。情況恰恰相反，我們需要大批優秀的青年來作教師，因爲我們要建立一支數以千萬計的工人階級知識分子隊伍,來爲建設社會主義和實現共産主義服務。要想達到這個目的,那就一定要有大批具有社會主義和共産主義覺悟的、能够忠心耿耿獻身於工人階級教育事業的、又紅又專的青年去作教師。祇有又紅又專的教師纔具有堅定的政治方嚮,纔能更好地傳授文化科學知識。祇有又紅又專的教師,纔能更好地貫澈黨的教育方針,培養出有社會主義覺悟的有文化的勞動者。把自己的才智用在教育祖國的第二代的工作上,這是最值得的事情,怎麽能説是可惜呢?

但是與此同時,也有些人認爲教師工作太困難,需要有真才實學,講得不好,學生還要批評,就不願意做這個工作。説教師工作困難,這話説得也有道理,因爲想要作一個優秀的教師,就應當要求自己有真才實學,没有真才實學,不可能正確地把文化科學知識傳授給學生。講得不好,是没有盡到教師應盡的職責,同學們自然不會滿意。但是我們的建設工作,又有哪一種工作是不需要有真才實學的呢? 而且哪一種工作作得不好,就没有人批評呢? 我們所有的工作,就是在不斷批評,不斷改進中,得以日益提高的。我看還很少有其他任何工作,可以像教師這樣,整天和同學在一起,講得好壞,馬上就可以得到反映,就可以及時鞏固成績,改進缺點,就可以把教學質量很快的提高。這正是教師工作比較特殊的優越之處。有很多教師,就是這樣在改進自己的教學,因而得到學生的尊敬和愛戴。

當然，作教師是可能遇到困難的，其實任何工作都會遇到困難，問題是如何對待困難。是要迎接困難，還是躲避困難，是要戰勝困難，還是被困難嚇倒。一個有覺悟、有抱負、有遠見的青年，要有不怕困難的精神，要從祖國的需要來立定大志，如果祇從有無困難來考慮，恐怕他將永遠選擇不出來他所認爲合適的工作。

青年們！在你們爲革命事業考慮自己的志願的時候，當你們想到去投考師範的時候，也很可能有一些舊社會遺留下的錯誤看法，影響着你們，使你們考慮着待遇的問題，地位的問題等等。有這樣的想法也是不奇怪的，因爲在舊社會，反動統治者從來就不重視教育，那時，正直的教師沒有政治地位，而且隨時有被解聘的可能，物質待遇也極微薄，甚至有的教師，勞動終年，難得糊口。但是，那個時代已經一去不復返了。今天的人民教師，已經受到黨和國家的極大尊重和關懷，不但有了一定的政治地位，而且在社會上也已得到應有的重視，工作有了終身的保障，教學條件和物質待遇也在不斷改進和提高。

但是，你們都是新時代的青年，我想一定不會總考慮這些問題，作爲一個新時代的青年，應當具有艱苦奮鬥的精神，要樹立不怕任何困難、不計報酬、不講條件的共産主義勞動態度，要多勞動，多爲國家作出貢獻。應該不考慮工作是否『又苦又難』，祇要求自己能做『又紅又專』；不計較工作是否『有名有利』，祇鍛煉自己成爲『有德有才』。

古人説『得天下英才而教育之』,是人生一件樂事。他們爲什麽樂呢? 就是因爲教育英才,可以傳他們『儒者』之道,授他們『聖賢』之業,使他們的主張得以繼續下去。而我們『教育英才』是要傳馬列主義之道,授『文化科學』專業。培養出的人材,將從事於祖國各種建設事業。當你們親手培養出的青年,工作有成就的時候,在他們勞動中,可以看出你們辛勤培育的成果,我看這也是人生之大樂事。我自己在這方面就有親身的感受。前些時,有一位我在五十多年前教過的小學生,到北京開會順便來看我,當我們見面時,互相看見彼此的蒼白的鬢鬚、頭髮,心裏真有説不出來的高興;我看到他今天在黨教育下,工作有了成績,我也不禁感到興奮。最近我收到很多同學從各地寄來的信,有些是最近幾年畢業的同學,也有三十幾年前畢業的同學,看到他們的信,他們年輕時的聲音笑貌如在目前,他們有的已成爲光榮的共産黨員,有的正戰鬥在教育崗位或其他工作崗位上。一方面在他們的信裏我得到他們的激勵,一方面我也確實感到無限的喜悦。當然,我不能和你們這些光榮的毛澤東時代的青年相比,因爲我大半生是在舊社會做教育工作的。而你們將來作教師,是在黨的領導下,遵循着黨的教育方針培養人材的。你們的成就,必然超過你們的前輩,你們的心血和勞動,必然將得到很大的豐收。

青年們! 正當你們爲黨的事業的需要,爲祖國和人民的需要,審慎地選擇你們的志願時，希望你們之中，有很大一部分優秀青年，投考高等師範，决心爲培養祖國的第二代貢獻出自己的一生。

青年們！人民教師的光榮稱號，在向你們招手，教育事業的需要，在向你們召喚，祖國更年青的一代，等待着你們培養，更年青的社會主義和共産主義的接班人，等待着你們教育。

來吧！青年們！歡迎你們到教育戰綫上來！

〔一九五九年四月十三日。戴中國青年報、光明日報，五月二十日〕

〔五月十二日中國青年報社文化教育部送來校樣，下午校畢送還。五月二十日青年報刊載，光明日報刊載〕

從事教育工作六十年

六十年前，我正在廣州，就是在戊戌變法的那一年，開始了我的教學生活。那時還沒有後來那樣的學校，雖然維新變法已經提出廢科舉，興學校的主張，但是在初起時還沒有馬上實行。這時在我們的家鄉，祇有幾個學館，每個學館招收十幾個到幾十個學生，教學内容比以前讀八股時期有所改變，但是主要内容，還是講些論語孟子等等。學生程度與年歲也很不整齊，學館設備非常簡陋。當時有人譏笑學館説：『舊桌幾張，或横或直，村童幾個，或愚或乖。』這樣的學館，一年四季都上課，没有什麽寒暑假和星期日等等，祇是每年年節和清明放假。我那時，一面還在報館雜志等作些時論的文章，一面就在學館教書。

二三年後，考試由八股文章，改爲策論，在當時新思潮影響之下，各地開辦了一些新型的學校。我由於宣傳推翻清朝政府，遭到時忌，被迫離開廣州，去到黄莊小學教書。這個小學，規模上已有學校的雛型，課程設置也有了一些改變。除去有國文、算學等課外，也添上了體操、唱歌、美術。我在這個學校是一攬子都教，教國文算學，并兼教體操、唱歌。提起體操、唱歌等，現在的少年，誰不熟習，而在那時，却都是很新鮮的課程，記得我穿着短裝的黄操服去上課，就很引起當地人們注意。學校裏也有星期天和假日了，在放假的日子，我便帶着學生去遠足，并采集一些植物標本等等。學生們很喜歡這樣的新課程，所以他們很歡迎我這從廣州去的新老師。一直到廣州風聲稍稍緩和以後，我離開黄莊的時候，學生們還是戀戀不捨。那天我是在天還没亮的清晨搭船走的，同學們半夜都去河岸送行，船已開了很久，他們還站在黎明的晨曦中，揮帽和我告别。

我回到廣州，已是辛亥革命的前夕，這時學校已開辦得多了起來，除去普通中學以外，還有所謂西學堂，西學堂裏以學外文爲主，并設有物理化學等新的科學課。這時新學已比較興起，學校也學來了從日本傳來的歐洲的一套辦法。就在這時候我已轉入廣州一個中學教書。這個學校已略和後來的學校相近，我在那裏教國文。這時的教材，已采用商務印書館出版的新式課本。當然這樣的學校，在當時也是不多的，已算是比較新的學堂了。

當時由於新式的學校逐漸在增加，西方的包含着民主與科學的新知識也漸漸輸入，在廣州這時設立了醫院和醫學的學校，青年們中有很多人都急於要求學一些新的科學知識，我當時認爲要使中國擺脱落後的狀態，一定要使科學發達起來。因此我在這時也與一些朋友創辦起一個醫學院，并自己在這個醫學院學習。畢業後，留校作助教，在這個學院，我除研究醫學史外，并在該校講課。所講的課程包括生理學、人體解剖學等。并撰寫文章宣傳醫學知識。

由於研究醫學的歷史，所以對史學就發生了强烈的愛好。我自從去日本訪醫學史書籍歸國後，就逐漸改變着手去探討這浩如烟海的歷史文獻。不久，我就到了北京。

在辛亥革命以後的幾年，由於各地終年兵連禍結，華北一帶又是旱澇成灾，多少孤兒流離失所，無家可歸。我正好有一機會，得以在一個工讀園裏工作，這個工讀園，收了一批河北一帶無家的孤兒。我當時認爲教育這些無依無靠的孩子，半工半讀，是救濟的很好的辦法。我就本着這樣的思想作了一些對聯，挂在工讀園裏，有『非力不食』『出入相友，守望相助，疾病相扶持』等句。工讀園課程一般都是按着小學的設置，同學除上課外，還參加一定時間的勞動，如木工、印刷等。

幾年之後，工讀園裏有些孩子大了，應該升入中學，於是又在這個工讀園的基礎上，成立起平民中學，這個中學，除接受工讀園畢業的學生外，也有招收一般小學畢業的學生。我仍在這個中學繼續工作。

後來由於自己專從事於作歷史方面的學術研究，也寫了一些有關史學的論文，陸續被約請至北京的各大學教課。直到現在幾十年來，就沒有離開教育工作崗位。

追憶我自十九歲教書起，到現在，不覺已有六十年的時間，這六十年間的經歷，也正是中國社會有着深刻變化的六十年。中國從一個任人欺凌的半封建半殖民地的國家，變成一個民主、自由獨立、統一的國家。從落後的清朝帝制的社會，逐漸走上社會主義社會。文化教育在這六十年的時間裏，也隨着各個不同的歷史階段，反映出不同的教育制度的變化，隨着社會的前進，教育事業也在不斷的在發展。

回憶起在我自己幼年讀書的時候，那時的教育，更是非常不合理，不但教育内容是以封建的禮教，侵蝕毒害着年幼孩子的思想，而且那時的老師動不動就要打人，施行很嚴厲的體罰，簡直是摧殘着孩子們的身體，嚴重的影響少年兒童的正常發展。我七歲的時候，在一個蒙館讀書，老師冷峻的面龐，使人見而凛凛然生畏。學生背不下書，就拿戒尺在學生的頭上一陣亂打，打得學生頭昏眼花，至於打手板，還是較輕的懲罰。我有一次因没有背熟那難以爲孩子所理解的『書經』，第二天就嚇得逃在一家廟裏躲藏，不敢上學。等到我自己去教書的時候，由於當時已提倡變法維新之説，這種情況已有所改變。到有了新型學堂成立，纔大部取消了這落後體罰。

學校的設立，當然比起過去完全封建式的教育已進了一步，在制度上也逐漸完備起來。在舊中國的半封建半殖民地的社會，反映在教育上，也是半封建半殖民地的教育。課程的内容，也基本上是爲帝國主義和封建主義的利益服務的，院系設置，課程的安排，很多都是搬來歐美的一套。作教育工作的人，如果違背了反動統治的教育方針，就會被認爲是政治犯，隨時可以被解聘、停職、拘捕以至殺頭。因此，作教師的人，有所覺悟的，就參加了革命工作，用各種辦法和惡勢力作鬥争，或者就直接去到解放區。有少數的人則甘爲反動統治驅使，在教育界横行霸道，倚勢欺人。而大多數的教師，有些僅僅是爲謀生、養家，在兢兢業業的教書，有些人剛走上爲教育而教育的道路，他們在脱離政治、脱離實際的專門從事教學和研究工作。他們之中有的人原想『教育救國』，想辦好教育、培養出一批人材以挽救危亡的國家，但是在當時舊社會的制度下，這根本就是一種幻想。有的人則以爲政治腐敗，政界争權奪利，倒是教育界還可以較爲清浄。

在舊社會教育工作者，也往往由於怕惹是非，抱着獨善其身的態度，個人自掃門前雪，各不相擾，獨自單幹。各大學的課程設置，是看教授研究什麽，并没有一定的計劃，有很多課程是『因人設課』，教師則祇憑個人興趣出發，没有一定講義和大綱，看教師興之所至，天南海北，各講一套。也有的教師則恰與此相反，編出一本講義，作爲教學本錢，多少年來，内容不變。而教師彼此之間，也往往造成門户分歧、派别林立的現象。

那時的教師待遇，尤其是中小學教師的待遇，更是微薄得可憐，每月所得，不能維持一家温飽，有些教師就不得不在幾個學校兼着大量課程，有的教師就是下課後兼營副業，甚至有人白天上課，晚上去蹬三輪，作小生意，沿街叫賣。這樣則必致力盡精疲，教課時精神自然就難以集中。而且學校年年欠薪，也更是家常便飯，有時竟至拖欠一年不發工資。兼任教師暑假、寒假不發工資。就是專任教師，每到寒暑假，也是一個大關，不知自己下年能否接到聘書，擔心被裁被減。尤其是解放前幾年，物價一日三漲，而教師工資數字不變，生活清苦、困窘，真是難以名狀。

教師的情況大體如此，而在當時的金錢勢力，人情冷暖的社會裏，誰又看得起教師，教師又還有什麼社會地位可言呢？

解放以前，除去解放區以外，學校教育都是爲非無産階級服務的，能够上學的人，絶大多數是地主階級、資産階級、小資産階級的子女。至於廣大勞動人民，則根本被剥奪了受教育的權利，學校是對工農子弟緊緊的關着大門的。

有些學生，受到了新思想的影響，常常是站在時代的前列，他們在歷次學生運動中，英勇的舉起革命的旗幟，向各種反動派作無情的鬥争，在鬥争中鍛煉得更爲堅强勇敢。有多少人已經成爲今天革命中的骨幹，堅定的在各個工作崗位上繼續戰鬥。自然在學生中，也有一些紈絝子弟，他們上學就是爲取得資格，也根本不是想求得什麼知識學問。畢業以後，自有權貴提携，得以『高官厚禄』。而對於大部學生説，則畢業就是失業，没有門路，就很難找到職業,縱然找到棲身之所,也多是所學非所用,常常是『英雄無用武之地』,潦倒一生。

總的來説,舊社會的教育界,也清楚的反映出當時的社會情況,教育工作,是在進步和落後的鬥争中,在無計劃的畸形狀態中進展着。

一九四九年,是中國歷史上偉大變革的一年,在黨的領導下全國解放了,我們教育界也和全國人民一樣,得到了解放,從此我們的教育界呈現出一片光輝景象,逐漸改變了過去種種缺點,迅速的前進。

我們從舊中國接受的這一項教育遺産,是極其貧弱的,不但學校和學生的數量上少得可憐,而且這半封建半殖民地的教育也需要從根本上加以改造。自然,這祇是一方面,另一方面,我們老解放區人民教育的發展,也已經歷了很長的時期,積纍了一定的經驗,雖然在全國範圍説,數量上比重還不大,但却給我們對改造舊有的學校,樹立了一個榜樣。

〔一九五九年五月十一日〕

和青年們談一談學習方法

目前有些學校正在討論學習中的集體互助和評比競賽好不好的問題。我以爲討論討論很必要，明確了學習方法到底怎樣好，對於今後廣大同學們的學習，是會有很大幫助的。學習方法不對頭，白白浪費了時間和精力，對學習將是有損無益。中國青年社的同志問我對這問題怎樣看法，我的經驗不多，衹就個人所見，簡單地談一談，供青年同學們參考。

我認爲學習應以自學爲主，以個人鑽研爲主，不能過分强調集體互助，也不能搞評比競賽。此處所談的學習，衹是指學習書本知識，學習理論知識，不是指生産勞動等等。學習上不宜搞評比競賽，其他工作仍應根據各自不同的特點，來規定其不同的方法。這就和學習也要按着自己的特點來進行是一樣的。

有些學校，規定學習時要集體互助，下課之後，同一時間内，温同樣課程，要求同樣進度等等，有的規定某個時期内全班都突擊復習某門功課，自習時不來或遲到都要請假，種種規定限制很多，訂得很死。有的則程度好壞不同的劃爲一組，功課好的對功課差的同學『包乾』，包教包學。程度好的要保證程度差的學好。評比競賽則氣氛熱鬧緊張，追指標，趕進度，搞突擊運動，發動什麽『學習躍進旬』，『學習放衛星』等等，定期評比總結。當然各地各校搞得程度有所不同，但是應當説這樣搞法，方嚮是不對頭的。有的學校搞得較爲過分，更應當快些加以制止，把同學逐漸引導到正確的學習方法上去。

學習有學習的特點，要想學習好，第一，必需要注意知識的系統性和完整性，不能支離破碎的或斷斷續續的學習一點。在學習上不能你學一章，我學一章，合在一起，則算學完一本。不能你作一道題，我作一道題，合在一起，就算習題都作完了。雖然經過集體一講，互相一抄，也是彼此通氣，但這樣作，個人所得的知識是片斷的，破碎的，是不完整的，不系統的。自己分工的一部分可能有些心得，而别人所完成的部分，則不能成爲自己的知識。學習是個體的腦力勞動，一定要每一章節，每一過程，都要在一個人的腦子裏通過，經過思維記憶，深入領會，纔能把知識變成自己的東西，纔能算自己學到。不能接力，也不能用流水作業的辦法。我們在學習上的分工，是表現在不同專業上，有人學航空、鋼鐵，有人學中文、數學。至於每一專業的課程，則必需要從頭到尾系統的完整的學習。

第二，在學習中也要承認差异性。同在一班學習，同學的程度是不一樣的，入學前所受的教育不同，各人的特長不同，領會程度不同，因此學習的進度也不同。當然我們的要求是大家都學習好，我們希望每一個同學都能在自己的原有基礎上，力争上游，希望同學們程度好的要更好，學習差一些的要進一步努力，追趕程度好的，但是不應當要求在一班裏學習程度完全一致，完全拉平。學習好的對程度差的包教包學，這就使得學習好的同學太吃力，負擔太重，他本來在教師上課講授時，已能理解，而自習時衹能忙於幫助別人，也無更多時間多看些參考材料，則不容易在他已有的基礎上再提高一步，不能有更深的造詣。而學習差的同學，往往容易養成依賴思想，一遇困難，不多加思考，就去請人幫助，對於培養自己獨立學習和研究的能力也有妨礙。而且同學間學習上的困難，很多是要靠教師加强課外輔導來幫助的，也不應當由幾個學習較好的同學完全包下來解決，學習上不能强求一律，應當承認不平衡的現象是普遍的客觀規律，世界上没有絶對地平衡發展的東西，學習也是一樣，我們不能否認在學習上的差异性。因此硬性規定指標，學習一律『看齊』，這不但是主觀主義的想法，而且爲了追求達到指標，往往流於形式主義，實際上學習是不能深入的。

第三，在學習上還要注意它的長期性和艱苦性，要正視學習是一件複雜的細緻的思想工作，不是一朝一夕就能學好，不能是『一蹴即就』的，所以不能祇靠短期突擊。一定要深入、要細緻、要循序漸進，熟慮深思。在學習上没有較長時期的刻苦鑽研精神，是不可能有什麽成就的。有人問我在學習上有什麽秘訣，我説并没有什麽秘訣，如果説有秘訣的話，那就是刻苦鑽研，循序漸進。讀書要由淺入深，由易到難，不能妄想一步登天，要按步就班，不能越過某些必經的階段。讀書不能粗枝大葉，因陋就簡，一定要踏下心去，坐下來，多讀多想，多翻多找，一定要長期的日積月纍，親自動過手，動過腦，通過自己的記憶、理解和經常應用，纔能成爲自己的知識，纔能有自己的獨創見解。不能走馬觀花，匆匆一瞥，要下馬看花，仔細揣摩，深入領會其含意，細緻追究其底蘊，然後便能融會貫通，得心應手，左右逢源。所以在學習上不能采取粗暴的、簡單的、硬性規定的辦法，任何善意的貪多求快，大張旗鼓的方法都是不甚妥當的。也可能暫時看來轟轟烈烈、熱熱鬧鬧，表面上可以達到所謂『多快好省』的現象，而從長遠來看，實際上適得其反，古人説『欲速則不達，見小利則大事不成』，這話是很有道理的。

至於説評比競賽可以造成聲勢，可以促進學習，我看這也不盡然。學習上的大躍進，并不體現在轟轟烈烈的聲勢上，有時千軍萬馬，聲勢逼人，反到妨礙了運用腦力，不能保持冷静的頭腦，心浮意揚，踏不下心去。促進同學們的學習，我們盡可以加强政治思想教育工作，啓發其階級覺悟，同學們明確了讀書是爲什麽，學習上自然就有了動力。專靠聲勢，是不能持久的。

不過也要注意，所謂不要過分强調集體互助，是指的那種規定得過多過死，或者所謂

『分工』的那種作法，并不是連同學之間必要的幫助都不許有了。而是説同學在學校裏學習時，個人獨立鑽研應該成爲學習的主要方式，每個人都要下苦功夫去認真鑽研，獨立思考，去占領科學陣地。自己的努力是主要的，而别人的幫助祇能是次要的。希望青年同學們記住馬克思的名言，他説：『在科學上面是没有平坦的大路可走的，祇有那在崎嶇小路的攀登上不畏勞苦的人，有希望到達光輝的頂點。』願青年同學們用正確的學習方法，不畏勞苦的刻苦用功，以攀登到光輝的頂點。願同學們在科學事業上，取得高深的造詣，獲得極大成就。

（一九五九年六月一日爲中國青年報寫）

怎樣纔能學習好

去年在全國各學校，大力貫澈執行了黨的教育方針，開展了教育革命運動，我國教育事業的面貌，已有了巨大深刻的變化。學校工作有所改進，教學質量和學習質量都已有很大提高。大家都已明確，學校是以教學爲中心，要求教師要教好，同學要學好。同學們都進一步認識到要作一個工人階級知識分子，不僅要有社會主義思想覺悟，而且還必須努力讀書，牢固的掌握科學文化知識。認識到當前的主要任務是要加緊學習。很多學校都提出要鼓足幹勁，刻苦學習，新的學習風氣，正在逐漸的樹立起來，這是非常可喜的現象。但是也還有一些學校，在學習的方法上還有不一致的看法。因此，大家來討論一下，是非常必要的。毛主席曾經説過：『不解決方法問題，任務也衹是瞎説一頓。』不注意學習方法，學習質量就會受到牽制，學習任務也并不能很好的完成。

學校裏同學們學習熱情都很高，希望能够學得多些，學得好些，有些學校爲了學習能够達到多快好省，就采用了集體互助和評比競賽的學習方法。就是把同學都組織起來，分成學習互助小組，集體複習，集體討論，集體行動。組與組之間，班與班之間，訂出學習指標，開展評比競賽。有的組爲了達到所訂指標，提出多少天之後要使學習成績翻一番，『大幹三十天，消滅一二三（分）』等口號。有人認爲這是群衆路綫在學習上的運用，因此加以肯定和推廣。毫無疑問，這種迫切希望同學們學得更好更快的善良願望，是可以理解的。但是用怎樣的方法來對待學習，從長遠來看，却會是事與願違，并不能達到預期的效果。

爲什麽呢？因爲學習是一種個體的腦力勞動，這種勞動有他本身的特點和規律。學生在學校裏學習，要通過老師的講授，理解了課業的精神，然後通過自己的思考，抓住重點，領會其實質，應用在作業習題實驗之中，熟練習作後，所學的知識纔能牢固的掌握，纔能算是自己學會。這一過程，是要通過自己的腦力來勞動的。一定要經過深思熟慮，融會貫通，纔能掌握知識，纔能占有知識，這工作是任何旁人所包辦代替不了的。所以説學習要以自學爲主，要以個人鑽研爲主，不能過分强調集體互助，過分强調就會限制了程度好的同學進一步提高，也會妨礙程度差些的同學鍛煉自己思維的能力。

要想學習好，首先必須要刻苦鑽研，深入思考，不能人云亦云。要踏下心來，老老實實，勤勤懇懇，多讀、多想。古人説『學而不思則罔，思而不學則殆』，這是從實際經驗中得出來的看法。祇學習不思考，就會使人懵懵懂懂，不能真正領會；而祇苦思空想，不學習補充新的知識，則不能吸取别人已研究出的成果，學習就要走彎路，還是不易提高。學習這件事,不是一件輕而易舉的事情,是一種細緻的、精密的腦力的工作,一定要真下苦功夫,是不能有半點虚假的。

其次,要想學習好,還必須要循序漸進,按步就班,不能跨過某些必經的階段。學習要遵照學習的規律,一步一步的前進,不能急於求成,企圖『一蹴即就』。如果無視客觀發展的過程,想要跳越必經的階段,貪多圖快,生吞活剥,囫圇吞棗,反而『欲速則不達』。學習一定要由淺入深,由易到難,在自己已有的基礎上,把每一門科學的重要環節,真正的瞭解,步步脚踏實地,搞深搞透。不能因爲想畢其功於一役,就去揠苗助長。有人説循序漸進是墨守成規,按步就班會阻止飛躍前進,我想這種看法不是正確的理解。循序漸進是遵循着事物客觀發展的規律前進,按步就班是在自己實際的基礎上按着一定程序積纍知識。我們可以在學習的過程中,在每一個環節上,盡可能的加快速度,但是不可以把必經的過程忽略過去。因爲學習如果不把基礎打好,如果不是把每一個段落都學得透澈、實在,則往後再學就將越來越有困難。所以在學習中爲了真正把概念搞清楚明白,不怕對某一個問題多費一些時間,就怕强不知以爲知,或衹知當然不知所以然。所以有時有些人在學習上必要的推敲琢磨,精心鑽研,看來似乎是慢了一些,而實際上却是爲了争取更快的學好。踏實認真的學習,與分秒必争是并無違背的。

第三，要想學習好，還必須堅忍不拔，頑强不懈，不能徒靠短期突擊。學習是一個較複雜的事情，開始深入學習時，總是會遇到這樣那樣的困難，因此學習一定要先有克服困難的决心，要有百折不回的毅力，抱着學而不厭的精神，學習纔能有所進步。靠着臨時突擊，儘管搞得轟轟烈烈，雖然也可能一時奏效，但是也并不能持久，不能牢固的掌握知識，即使臨時記憶一些，突擊過後，很容易就會忘記。如果連續不斷的開展評比競賽，則會造成同學過分疲勞緊張，身體精神都會受到影響。如果過一段時候搞一陣，就更成了『一暴十寒』，忽鬆忽緊，也不合於學校學習特點。

因此，我認爲同學在學習上不能過分强調集體互助，不宜於搞評比競賽。在學習上要得到真才實學，祇憑一時的積極熱情是不够的。空洞的口號，不合實際的指標，都會妨礙真正學好。當然并不是説同學之間連彼此關心互助的精神都不能有，而是不可以如某些學校那樣定得太多太死。如果過分强調，强求一致，大幹多少天，成績一概保證達到一樣的程度，這是不現實的。因爲同學們入學時基礎不同，個人領受程度不同，體力腦力條件不同，硬要勉强拉平，是不可能的事情。如果硬要勉强拉平，時間一久，就必然『向下看齊』，不但不能多快好省，反倒變成少慢差費了。這對國家培養人才是很不利的。當然我們的要求是希望大家都學習好，不過也要正視一班之中學習上是有差异性的，不平衡的現象是普遍的客觀規律,世界上没有絶對地平衡發展的東西。希望完全拉平,衹是主觀主義的要求,而且勉强平衡,也會造成形式主義的表面現象,這對於我們的學習是害多益少的。

我是個老人,個人鑽研的習慣較多,集體學習的經驗很少,以上提出我個人的看法,供青年同學參考。希望同學們以極大的革命幹勁,以堅持不懈的精神,踏踏實實,刻苦鑽研,循序漸進,學得深,學得透,學得多,學得好,以便將來更好的承擔起社會主義建設重任。

〔一九五九年六月二日送北京日報〕

教學工作六十年

目前，暑假即將來臨，我們高等師範學校將爲國家輸送出成千上萬的教師；同時，又將有更多的青年考入高等師範學校來。在這送舊迎新的時候，不僅使我看到了祖國教育事業的發展，也使我想起教師在過去的種種遭遇。

教育工作在我國受到重視和尊敬祇是解放以後的事。在舊社會，教師是被人看不起的。那時，教師没有政治自由，没有社會地位，没有生活保障，精神上經常受到威脅和迫害。我看到過不少教師，僅僅是爲了愛國，爲了民主和自由，就無辜受害，也看到過不少教師爲飢寒所迫，走頭無路。我們學校史學系曾有一位教師，是我的好朋友，因爲上課時講了些愛國的道理，就横遭逮捕，雖經我們營救出來，終究被迫離開了學校。我的一個學業很好的學生，畢業後在中學教書，一月工資不够維持半月的生活，衹得在幾個學校兼課，終日疲於奔命，後因貧病交加，飲恨而死。那時，對教師的欠薪是家常便飯，有時竟拖欠至一年以上。每到寒暑假，教師就擔心能否接到下學期的聘書。到解放前幾年，物價一日數漲，上午領到工資，下午就貶值，很多教師衹得兼作小生意，來增加一些收入。

過去,很多教師都是有理想、有抱負的,他們想把學生教育成材,希望學生對國家做出一點貢獻。但在那時這種理想是難以實現的,他們教出來的學生大多數又不得不重複着和自己相同的命運。

解放後,教師和全國人民一道,結束了過去的悲慘生活,他們受到黨和政府的無比關懷和尊重,他們選出了自己的代表參加各級人民代表大會,他們再没有失業的威脅,也不必擔心全家的生活。除按時領工資外,生病有公費醫療,兒女多的有『多子女補助費』,子女上學有教育費用補貼等等。教師們解除了經濟顧慮,能够集中精力從事教學和研究工作,充分發揮了自己的專長,并在團結互助的精神下,不斷提高教學質量。我有時面對着目前教學界欣欣向榮的景象,想起過去,真有『恍如隔世』之感。

我第一次教書在六十年前,那時還不滿十九歲。開始時教蒙館,後來教小學、中學,以至大學,在北京各大學任教幾十年。在這幾十年裏,可以説是飽經滄桑。教學上我很難找到人共同切磋;科學研究不被重視,甚至研究論文也無處發表。當時在大學教書還是被人稱羨的,但生活上也依然『捉襟見肘』。我就曾因爲女孩生病没有錢住醫院,無可奈何把『明實録』賣掉,後來又曾賣出『大藏經』、『道藏』等大部頭的書籍。現在北京大學圖書館所藏的『大藏經』,有一部就是我在北大教書時賣給他們的。

我在教師崗位所以能堅持下來，一方面固然由於自己不願在反動政界工作，一方面也是由於教育工作給了我無窮樂趣。教育工作的一個特點，是永遠和青年在一起，教師教育着青年，同時，青年也給教師以影響。青年人富於理想，活潑熱情，朝氣蓬勃，對新事物有敏感，遇到問題，總要追根究底，我常常是從同學提出的問題裏得到啓發。當我在講臺上看到同學們凝神傾聽我講授的時候，我就感到了强烈的責任感。當我在夜深燈下批改作業，在其中看到同學一天天進步的時候，我就感到無比的喜悦和安慰。自己的年齡雖然與日俱增，但青年們却時刻激發着我不斷向前，奮發蹈厲，不知老之將至。幾十年來，在我身邊成長了無數青年，今天，他們有的剛剛做教師，有的已擔負着領導工作，有的在科學研究上有了很大的成就，有的則已是『桃李滿天下』的老教授。

我在過去幾十年裏，看到當政者都極端腐敗，所以我一直不問政治。解放後，共産黨領導全國人民做出了史無前例的輝煌成就，徹底改變了舊中國腐敗落後的面貌。追憶往昔，更覺今天的幸福。我對共産黨，由不認識到認識，由不瞭解到欽佩、擁護和愛戴，我確信祇有共産黨纔是爲人類謀幸福的政黨。因此，我决心争取加入中國共産黨，决心投身於這最偉大的革命事業。

在我入黨要求獲得批準後，學生們紛紛向我祝賀，我自己也感到極大的光榮。我深自慶幸在耄耋之年，能够趕上如此偉大的時代。我願在這『百年樹人』的教育工作崗位上，爲黨的事業貢獻出更大的力量。

〔一九五九年七月十日。載人民畫報一九五九年第十五期〕

凱歌聲裏話今昔

——慶祝建國十周年

初解放時，彭真同志有一次談起教育事業發展的遠景，他説：『幾年之内，我們就要建立像輔仁這樣規模的大學一二百所。』舊中國的高等學校已有五十年歷史，祗有二百所大學，而像輔仁這樣規模的也并没有幾所。當時我聽了感到非常興奮。今天解放僅十年，全國高等學校竟已有一千所，如此驚人的發展速度，是史無前例的，真是我國教育史上的奇迹。

舊中國的教育極不發達，由於教育工作不被重視，培養教師的師範大學，就更加黯淡無光。我們北京師範大學，是最早成立的一所高等師範學校，它成立於一九〇二年（清光緒二十八年），最初原是京師大學堂附設的『師範館』，後改爲『優級師範科』，四年後，獨立爲『京師優級師範學堂』，一九二三年改爲大學。後來忽而改組，忽而合併，有時隸屬於其他大學，有時恢復獨立，遷移變動，錯綜曲折，祇校名就改了十四次。

過去的北京師大也和其他大學一樣，反映了半殖民地半封建的教育特點，所進行是封建、買辦、法西斯的教育，是爲反動統治階級服務的。歷代反動統治階級，把持着師大作爲自己手中的工具,因此,國内政局的變動,很快就反映到學校來。在師大,學校領導人,常是隨着政局的改變而改變。四十七年中校長就换了近二十次;女師大則自成立到與師大合併前共二十三年,校長换了十六七次,幾乎兩三年或一兩年就有變動。

課程設置是搬來資本主義國家的一套,教學内容完全脱離中國實際。没有一定的教學計劃和教學大綱,往往是看教師個人的興趣和特長開設專業課程。

在北洋軍閥時期,很多年不發教育經費,師大苟延殘喘的幾乎難得維持。教師們拿不到薪金,衹好在校外大量兼課,而且新人上任、升遷裁撤,常會影響全校人事調動,教師們非常清苦,生活没有保障,那有心情安心教書呢。

學生入學後,學習和生活都得不到學校的關心,學校裏宿舍極少,外地學生大部分住在附近小公寓裏。學生對於教學和學校的一切都無權過問,祇要對學校統治者稍有不滿,立即有開除的可能。學校裏特務横行,隨時監督着師生的行動,學校成了軍警特務活動的場所,甚至裏面上課,校外竟然架起機關槍,警備森嚴,出入校門,都要檢查。

隨着中國革命的歷史進展,解放前的師大也在起着變化。一九一九年,師大進步師生衝出舊勢力的束縛,參加了『五四』運動,從這以後,學校的新舊勢力展開了一系列的鬥争。師生們在當時共産主義的文化思想影響下,向帝國主義文化和封建文化進攻,并配合着新文化運動，在學校推行文字改革。在本科兼收女生，開了男女同校的新風氣。『九一八』事變後，學校裏不斷掀起抗日愛國浪潮。在『一二九』『一二一六』學生運動裏，許多同學參加了『民族解放先鋒隊』，逐漸走上革命的道路。

自從學校復員北京，更進行了比較廣泛的民主運動，向反動政府以及學校的反動勢力堅決鬥争，從抗暴（反美）游行開始，運動迅速展開，在『搶救教育危機』和『反迫害、反飢餓』的鬥争中，師生逐漸團結起來，反動派非常恐懼，乃在一九四八年四月九日對師大師生大規模的逮捕和屠殺，造成了『四九血案』與『四一一』暴行。

總觀過去師大四十七年的歷史，反映出舊中國高等教育的一般情況，學校一直是掌握在剥削階級手中，作爲他們培植自己勢力的工具。學校反動當局對於進步力量是壓制的，對於正直的師生是仇視的。由於政治上思想上和經濟上的種種束縛和壓迫，所以盡管它已有幾十年的歷史，發展却是極慢的。

解放前，全校學生最多的時候也不過一千人；現在教職工就有一千六百多人，本科生五千五百多人，還不包括研究生和進修教師在内。另外還有在職中學教師參加的函授生一千二百多人。解放前，除去抗戰八年，畢業生總數是六千六百多人；解放後十年，本科畢業生已有七千多人。雖然解放前人們都稱我們是『窮師大』，而就在這『窮師大』裏，也很難找到一個真正勞動人民的子女；解放後，我們學生的成分也在起着顯著的變化，據歷年新生統計，一九五二年工農成分占百分之十二，以後逐年增加，現在已占百分之六十左右。

解放前，全校建築面積經過幾十年的陸續補充，共三萬八千多平方米，院系調整後加上輔仁的三萬九千多平方米，也不過七萬多平方米；現在我們的新校園有一千多畝，這地方以前是一片葦塘荒草，自一九五三年開始建築，到現在祇六年的時間，已成的和今年可以完成的建築面積共十七萬二千五百多平方米。原來輔仁的舊址，現在祇够我們化學系一個系使用。解放前所藏圖書有十七萬册；現在我們已有一百二十萬册，國内外期刊八千種左右。一九四九年全年購買圖書的經費二千五百元，今年達二十五萬元，增加了一百倍。其他精密儀器，教學設備，實驗場所，都有很大發展。

解放後，由於黨和政府對教育事業的重視，教師們得到極大的信任與尊重，我校被選爲各級人民代表和參加各級政協工作的教師有二十多人。而且師生們的生活都有很大改進，教職員工和學生的宿舍樓逐年增加。教師待遇和學生伙食水平不斷提高，學生的伙食費用全部由政府供給，經濟困難的并有棉衣被褥等補助。由於師生們政治地位提高，生活上也無所顧慮，永遠結束了過去受迫害遭貧困的生活，因此得以安心工作和學習。

在解放初期，我們首先廢除了反動的政治課程，增開馬克思列寧主義課程，開始進行了課程改革。師生結合着抗美援朝、土地改革、鎮壓反革命，和『三反』等反帝愛國及民主改革運動，運用批評與自我批評，進行了初步的思想改造，肅清三大敵人的思想影響，打擊了最腐朽的資産階級思想，建立了爲人民服務的觀點。

院系調整後，我們根據黨中央指示的學習蘇聯先進經驗與中國實際相結合的方針，對教學制度，教學内容和教學方法進行了一系列的改革。按照國家需要確定了培養教師的規格，在蘇聯專家的直接幫助下，編寫和修改了教學計劃、教學大綱和教材。新的教學計劃，有明確的方嚮性和計劃性，并把教育實習列入教學計劃中，增開了教育理論課程，突出了師範的特點。在教學上初步以社會主義和唯物主義的内容，代替了抄襲資本主義和唯心主義的半封建半殖民地的内容。加强了馬克思列寧主的政治理論教育。在政治學習和工作實踐中，大多數師生的政治覺悟都得到一定程度的提高。我們整個的工作，都取得了很大成績。

但是，由於大學的政治和思想的情况比較複雜，師生的資産階級思想還未能徹底改造，政治立場還没有徹底改變。因此，在一九五六年社會主義改造已經基本完成，當資産階級和小資産階級的生産資料私有制真的要結束，當社會主義真的到來的時候，資産階級右派分子對於中國走上社會主義道路是不甘心的，他們在這一年的五月，藉我黨整風的機會，曾張牙舞爪地,向黨進行了猖狂進攻。他們提出所謂『民主辦校』,企圖篡奪黨在學校的領導權。但是,在我校廣大師生嚴正的聲討下,没有多久,右派分子在群衆面前就現出原形,完全孤立。社會主義正氣壓倒了資本主義邪氣,我們取得了偉大的勝利。全校師生在這次反右派鬥争中,都受到了深刻的階級教育,我們在政治戰綫和思想戰綫上,獲得輝煌戰果。

一九五八年,我們在政治戰綫和思想戰綫上的社會主義革命取得決定性勝利的基礎上,進行了教育大革命。進一步確立和加强了黨的領導,貫徹執行了黨的『教育爲無産階級政治服務,教育與生産勞動相結合』的教育方針,引起了我校各方面的深刻變化,學校裏出現了一個嶄新的局面。我們在黨的領導下,貫徹了群衆路綫,采取了幹部、教師、學生三結合的形式,在短短的一兩個月裏,我們完成了資産階級專家們幾年做不到或者不敢做的工作:對十個系的教學計劃提出了改革方案;就一百二十七門課程編寫了一百六十九種教學大綱和三十三種講義;完成了一千七百多項科學研究項目;編寫了近一百本書(其中已出版五十八本)。在科學研究項目和著作中,有一部分達到國内較高的水平,有幾項已接近國際水平。同時群衆在破除迷信、解放思想以後,政治挂帥,鼓足幹勁,敢想、敢幹、苦幹、巧幹,顯示出巨大的力量,白手起家辦起了幾十個工廠。大批師生到工廠、農村,參加生産勞動,在勞動中認識了勞動人民的偉大,初步培養了勞動習慣和樹立了勞動觀點。

在這大躍進的一年中，我校教育體系在各方面都取得了光輝成就。所有這些，都説明了黨的教育方針的無比正確和它巨大的生命力。

十年以來，我們北京師大在社會主義和資本主義兩條道路的艱巨的複雜的鬥争中，逐漸成長壯大起來，成爲爲無産階級政治服務的强有力的工具。我們深知貫徹黨的教育方針是長期的鬥争，我們還需要繼續努力改進，不斷革命。我們也深深認識高等師範教育在國家建設中的重要地位，高等師範培養出的教師，關係着今後千百萬青年的成長，關係着祖國文化科學技術水平的提高，高等師範教育是我們整個教育事業中極重要的一環，我們一定要把他辦得更好。我們正在沿着黨的八届八中全會指出的光輝道路，反右傾，鼓幹勁，争取在工作中取得更大的躍進，來爲祖國源源不斷的培養出又紅又專的人民教師和教育科學研究人員。

解放前幾十年來，我祇看到教育界的凋零混亂，過去我曾有『俟河之清，人壽幾何』的感嘆，而現在我們的教育事業，已是欣欣向榮，光芒萬丈，一日千里。不僅我們北京師大正在全國大躍進的凱歌聲中，闊步前進，展翅高飛，而且全國的教育事業也在蓬勃的發展，這是黨的教育方針的勝利！是偉大的共産黨領導的勝利！

〔一九五九年九月十八日送前綫雜志社〕

歡呼黨的教育方針巨大勝利

建國十年來，新中國教育事業在黨的領導下，取得了巨大成績，特别是去年今日，黨中央和國務院發布了關於教育工作的指示，更加明確和系統的提出『教育爲無産階級政治服務，教育與生産勞動相結合』的教育方針以後，一年來我們展開了一個深刻的教育大革命，教育事業就取得更加輝煌的成就。

在我國，教育爲剥削階級服務，教育脱離生産勞動、脱離實際，爲時已久。二千多年前，孔子就反對教育與生産勞動相結合，他的學生樊遲，可能原來還是想學些種植五穀蔬菜的知識的，去請教老師，但是被孔子批評説『小人哉，樊須也』。從此學稼學圃就更被視爲輕賤之事，乃讀書達禮之人所不屑爲。儘管荷蓧丈人駡過孔子是『四體不勤，五穀不分』，但這類長沮、桀溺等『隱者』，終究被視爲『鳥獸不可與同群』，是大人先生們所不足道的。孟子的道理是：『有大人之事，有小人之事』，『或勞心，或勞力，勞心者治人，勞力者治於人，治於人者食人，治人者食於人』，這就是『天下之通義』。兩千多年來，勞心勞力分離就成爲固定的生活方式了。

自古以來，讀書都是和作官連在一起的，書讀好了，則『高官得作，駿馬得騎』。教育小孩子應當讀書時，也是貫澈了一條個人主義的精神，『書中自有黄金屋，書中自有千鍾粟』，爲了追求『黄金屋，千鍾粟』而『十載寒窗』，而『皓首窮經』，等到『一舉首登龍虎榜』，則『十年身到鳳凰池』。『學而優則仕』的教育目的達到了，從此就可以擠身於『勞心者治人』的統治地位，壓在『勞力者』的頭上，作威作福。

到了清朝政府在北京創辦『同文館』起，逐漸傳來了資本主義的教育制度，到全國解放以前，學校教育一直是反映了中國半殖民地半封建的特點，在學校進行的是封建、買辦、法西斯的教育，教育仍然是掌握在反動統治階級手中，爲反動階級培養人材。學校的大門在廣大勞動人民面前是緊緊關閉着的。

全國大陸解放後，隨着我們的社會制度的改變，教育事業已逐漸改變了過去的面貌，十年以來，特別是自去年以來，我們不僅在學校和師生的數量上得到驚人發展，更重要是教育的性質起了根本的變化。這是一個了不起的變化，是將學校由剥削階級手中的工具，逐漸轉變爲工人階級手中的工具，是教育本身的一次大革命。

教育與生産勞動相結合，是我們黨早在一九三四年就已經提出的方針，一九五四年，黨中央又曾經提出過在學校裏增設生産勞動的課程問題,但是遇到一些阻礙,没有能够貫徹。以後幾年,黨中央屢次强調了教育必須與生産勞動結合的主張。直到去年進一步貫徹黨的教育方針以後,黨的主張纔在全國範圍内實現了。教育一經與生産勞動相結合,於是就引起了學校裏一系列的變化:

師生參加了生産勞動以後,首先在思想感情上起了極大變化。我們很多人從輕視勞動、輕視勞動人民,轉變爲積極參加勞動,并且認識了勞動人民的偉大,虚心向勞動人民學習,和勞動人民開始建立了感情,初步培養了勞動習慣和樹立了勞動觀點。在參加勞動的過程裏,我們也都在一定程度上克服了知識分子的自以爲是、自高自大、自由散漫、脱離實際、脱離群衆的觀點和作風,爲知識分子工農化作出來良好的開端。這就是在逐漸改變過去幾千年『勞心』與『勞力』分離和對立的狀態,是在逐漸消滅腦力勞動與體力勞動之間的差别。這是一次極深刻的革命,因爲這是消滅歷史上一切剥削制度的殘餘,使人類進入共産主義社會的重要過程。

同時,由於生産勞動的開展,也促進了教學工作的改進,顯著的提高了教學質量。因爲執行了新的教育方針,舊的東西有一些必然會被破除,我們已逐漸改革了教學制度、教學内容和教學方法。教學計劃、教學大綱和教材都已根據教育方針，澈底加以改革。生産勞動列入了新的教學計劃，結合生産、結合勞動新的教學方式已普遍采用，加强了理論和實踐的聯繫，培養了學生實際生産的知識和技能，鍛煉了學生獨立工作的能力，從而大大提高了教學和學習質量。

再則，由於教育結合了生産，廣大師生都破除了迷信，解放了思想，發揮了衝天幹勁和集體智慧，有力的推動了科學研究工作。學校裏，科學研究的隊伍正在成長壯大起來。例如我們北京師大，在黨的領導下，幹部、教師、學生三結合，在短短一兩個月裏，就完成了過去幾年也做不到的工作：完成了一千七百多項科學研究項目，這些項目等於解放九年來的四倍；編寫了近一百本書，其中已出版了五十八本。有些研究項目和著作的質量有相當高的水平。固然這些項目中也難免有些不妥當的地方，但是由於貫徹了群衆路綫，群衆的幹勁鼓起來了，積極性大大提高，打破了過去冷冷清清的局面，爲今後科學研究的進一步開展和提高打下了良好的基礎。

總之，一九五八年教育事業也是大躍進的一年，學校裏進一步加强了黨的領導，堅持了社會主義方嚮，提高師生的思想覺悟，提高了教學質量，促進了科學研究，改進了師生關係,教育事業和其他社會主義建設事業一樣是『好得很』!但是,我們所取得的成績也并不是所有的人都已認識清楚的,有的人對教育大躍進作出了相反的估價,説師生參加勞動是『得不償失』等等,因而對黨的教育方針發生懷疑。我們説這樣的看法,是完全錯了,這是由於他們的立場還没有站得正確,還是以舊的眼光來對待新的事物。

我們的教育目的不同於資産階級的教育目的,我們是要培養有社會主義覺悟的有文化的勞動者,培養出的學生,是又紅又專,全面發展的人材,要真正能够勝任的擔當起建設社會主義、共産主義的任務。共産主義社會是各盡所能,各取所需的社會,又是消滅了腦力勞動與體力勞動之間的差别的社會。由於我們實行了教育與生産勞動相結合的方針,學校辦了工廠農場,工廠農村大辦學校,開始向知識分子工農化,工農分子知識化的方嚮邁進,這是共産主義社會的萌芽,這是我們通向共産主義社會的康莊大道,我們必須在這條道路上繼續前進,否則,就無法建成共産主義。所以我們説教育大躍進决不是什麽『得不償失』,而是『大有所得』。我們爲『大有所得』而興奮鼓舞!爲黨的教育方針的巨大勝利而慶幸歡呼!教育爲無産階級政治服務,教育與生産勞動相結合的方針是我們堅定不移的教育方針,今後還要進一步貫徹執行,使我們的成果得到鞏固和發展。

黨的八屆八中全會已經向我們指出，對於實現今年的繼續躍進來説，當前的主要危險是在某些幹部中滋長着右傾機會主義思想。我想，在我們教育工作中，有少數人看不見或是低估我們已取得的成績，這也是右傾思想和右傾情緒的一種表現，有這樣的思想情緒，就會妨礙我們繼續前進，是對教育事業非常不利的。我們要熱烈響應黨的號召，在黨的總路綫光輝照耀下，堅決克服右傾思想情緒，鼓足更大的幹勁，高舉着黨的教育方針的旗幟，在已取得的偉大勝利的基礎上，繼續躍進！

〔一九五九年九月十九日。新建設九月二十三日取走〕

教育大革命取得偉大勝利

我國解放了的六億五千萬人民，在共産黨和毛主席英明領導下，正以無比的決心和智慧，迅速的改變着我國『一窮二白』的面貌。黨的鼓足幹勁、力争上游、多快好省地建設社會主義總路綫，鼓舞着我國人民闊步前進，使我們在社會主義建設中取得輝煌成就。現在，我們不但在兩年時間裏超額完成了第二個五年計劃的主要工農業生産指標，而且在各個戰綫都是空前躍進，勝利頻傳！

教育事業也和其他各個戰綫一樣，十年來，一直是在很快的發展着。我們中國本來是一個文明古國，有悠久的教育教學歷史，但是由於中國封建社會長期的停滯，再加上半封建半殖民地社會制度的束縛，使得教育事業的發展速度很慢。在舊社會，科學技術不被重視，學術研究受到種種限制，學校數目不多，而且廣大勞動人民子女根本没有受教育的權利。學齡兒童入學率很低，全國人民百分之八十以上都是文盲。我國文化教育成爲非常落後的現象。

自從建國以來，這個情況已在迅速的改變着。現在在我們祖國遼闊的土地上，已經建立起上百萬所各級各類學校，使近兩億人民得到受教育的機會。我們不僅已爲國家培養出大批高級和中級建設人才，并且大大提高了全國勞動人民的文化水平。學齡兒童入學率已達百分之八十五以上，有的地區已經作到普及小學；全國絶大部分青壯年已摘掉文盲帽子。學生中工農成分的比重越來越多，大、中學校裏已占百分之六七十，小學、幼兒園已占百分之九十以上。總之，現在我國的廣大工農群衆正在用社會主義、共産主義思想和現代科學文化知識武裝着自己，一支人數衆多的又紅又專的知識分子隊伍正在形成。舊中國文化教育落後的面貌正在起着根本的變化。

一九五八年是教育事業大躍進的一年。當時在我們全國取得社會主義革命的偉大勝利的基礎上，在總路綫照耀下，廣大工農群衆更迫切的要求快一些提高文化技術水平。爲此，黨中央發布了『關於教育工作的指示』，進一步闡明了教育爲無産階級政治服務、教育和生産勞動相結合的方針。自這以後，全國立即展開了教育大革命運動，教育事業就進入了一個嶄新的發展時期。

我們北京師範大學，也和其他高等院校一樣，自從貫徹執行了黨的教育方針，學校的面貌已起了深刻的變化。由於在黨的領導下，貫徹了群衆路綫，群衆的力量就立即洶涌澎湃地發揮出來，在短短的時間裏，我們白手起家建立起幾十個工廠，廣大師生下廠、下鄉，參加勞動鍛煉。通過體力勞動，開始真正體會到勞動創造世界、勞動人民偉大的真理，普遍樹立了熱愛勞動、尊重勞動人民的風氣。參加勞動以後，同學普遍反映：感性知識豐富了，書讀得活了，對理論知識理解得深了，學習快了，記得牢了，獨立工作能力增强了。現在我們培養出的學生，已再不是肩不能擔，手不能提的『白面書生』，他們已逐漸成爲生龍活虎般的符合於社會主義建設需要的工農化的新型知識分子了。

教育一經與生產勞動結合，還引起學校在教育制度、教學計劃、教學内容、教學方法等方面一系列的改革和改進，促進了教師的思想改造，加强了理論和實際的聯繫，提高了教學質量，推動了科學研究工作。

就祇以科學研究爲例，我們自從貫徹了教育方針，實行在黨的領導下，教師、學生、幹部的三結合，在不長的時間裏，對十個系的教學計劃提出了幾十個改革方案；就一百二十七門課編寫了一百六十九種教學大綱和三十三種講義；完成了一千七百多項科學研究項目，這些項目等於我校解放後前九年的四倍；編寫了近一百本書，有些著作已達到很高的水平。

一九五九年，我們的科學研究工作在前一年的基礎上又繼續躍進，研究的數量和質量都較前有了很大提高，在批判了右傾思想之後，掀起了一個新的更大的躍進高潮。就研究内容來説：結合政治鬥争的研究工作和對教育理論與實踐的研究，占了很大比重。此外，我們又密切注意中小學的教學實際，深入中小學調查研究，并爲中學編寫教材。我們不僅注意到結合國家經濟建設和生産實際的調查與研究工作，而且也很重視基本理論和尖端技術方面的研究。目前參加研究工作的教師和高年級學生已達百分之九十以上，群衆性的科學研究已在我校轟轟烈烈的展開，科學研究再也不像過去，衹是少數專家教授冷冷清清的在緩慢的進行。

總之，黨的總路綫使我們每一個人都跨上了奔騰的駿馬，發揮了衝天的幹勁。全國各項建設在大躍進，教育事業在大躍進，我們北京師大也在大躍進。在這一九五九年即將勝利結束，新的一年就要到來的時候，我們全校師生正以飛躍的步伐，奮勇向前，争取在教學、生産、科學研究上取得更大的豐收，作爲新年獻禮，并迎接新的更偉大的勝利！

史學工作的今昔

十年的時間,在人類歷史上原是很短的,而我國却在建國以來的短短十年裏,發生了翻天復地的變化。廣大人民在黨的領導下,推翻了反動政權,基本上結束了階級剥削制度,在祖國幾千年的歷史上,揭開了極其燦爛輝煌的一頁。這是不平凡的十年,是取得偉大勝利的十年。十年中,歷史在飛躍前進,歷史研究工作也得到迅速發展,歷史科學和整個科學事業一樣在不斷進步,不斷提高,取得了從所未有的巨大成績。

十年間史學界的變化是多方面的,最主要和最根本的就是歷史研究者史觀的轉變。很多人從唯心史觀轉變爲唯物史觀,大家都已經用或正在學習着用馬克思主義立場、觀點和方法來從事歷史研究,根本改變了過去的研究情況。

從前我們很多人,儘管在搞史學研究,由於没有科學思想指導,方嚮不明確,用資産階級的立場、觀點、方法來進行研究,不能認識歷史發展的規律,把歷史寫成封建帝王和地主階級的起居注,勞動人民的創造却遭受長久湮没,遭到歪曲和醜化。很多人自覺或不自覺的用各種不同方式把歷史研究作爲維護階級剥削、爲國内外反動統治者服務的工具。在這種情况下，有些史學家就逃避現實，脱離實際，脱離社會生活，爲歷史而歷史，爲學術而學術，陷進煩瑣的考據中間。

因爲唯心史觀的思想指導，因此也看不到歷史的全貌，衹能零星破碎的研究一些枝節問題。看不出各個歷史事件的內在連繫關係和歷史發展的本質。衹看到這樣或那樣的一些社會事件堆砌的現象。由於不瞭解或不承認階級的存在，所以很多歷史事件不能正確的認識、解釋，不能作出具體的科學分析。

不能掌握真正科學的馬克思主義的歷史觀，對史學家來説，實際上是最大的苦惱和不幸，思想局限，目光狹隘，腦子裏常常縈繞着很多『不可解』的問題。因爲没有指路明燈，縱然苦心孤詣的千思萬想，還會惶惑不解，最後也衹好不了了之。

我常常想，解放後全國人民都得到了幸福，而史學工作者的最大幸福，就是有了馬克思主義的思想指導。這是我幾年以來切身的體會。運用歷史唯物主義的理論來研究歷史，纔真正獲得歷史科學知識，真正懂得社會發展的必然過程，認識到有階級的社會的歷史是階級鬥争的歷史，體會出衹有勞動人民纔是歷史真正的主人，是歷史的創造者。不像我們從前渾渾噩噩，没有領導，没有方嚮，雖然有人也掌握了一些材料，希望能在歷史研究上貢獻出一份力量,但却往往枉費心力,走許多彎路,所得不多,或竟毫無所得。因此,我感覺到作爲一個知識分子,作爲一個史學工作者,樂莫樂於思想上獲得解放,祇有解放了思想,逐漸掌握了馬克思主義的理論,纔能很好的分析浩如烟海的歷史材料,纔能够用歷史研究來爲人民服務,爲社會主義建設、爲共産主義事業服務,纔能够使我們日益正確的運用歷史的經驗教訓,依據歷史的客觀規律去進行工作,促進革命幹勁,以加速社會主義建設事業的發展。

可喜的是,解放後十年來,我們有了黨的領導,獲得了學習馬克思主義理論的機會,我們長期在舊社會的史學工作者,也有機會投身於偉大革命鬥争之中,能够逐漸改造思想,不斷提高政治覺悟。幾年來,在我們史學界,展開馬克思主義思想和資産階級學術思想的堅決鬥争,歷史唯物主義逐漸爲更多的人所接受、所掌握。在史學界已樹立起馬克思主義的鮮明旗幟,擺脱了資産階級思想的種種羈絆。

還有一點使我感觸很深,就是史學工作者在這十年中團結互助的集體主義精神。過去的史學家,大多是『單幹户』,各人按着自己的意願自搞一套,各不相謀,最多也不過是關起門來幾個相投的朋友談一談。我過去也曾想到集體合作,工作可以快得多。三十多年前我到故宫整理檔案，并查看四庫全書有關材料。要抄的文件，如果是一個人的話，就要抄幾個月，當時我正辦平民中學，利用星期日發動同學一百二十人，先在乾清門排定座位，略如考試形式，各自携帶筆墨，從上午八時起，至下午五時止，每人約抄四千字，凡五十多萬字的文件，僅僅一日就抄完。當時我曾想，如果作史學研究，也能像這樣很多人集在一起研究，定能事半功倍。但在當時動亂的年代裏，謀求温飽，尚非容易，個人研究，已難堅持，集合一起研究，更是不可能的事情。我想這衹是我一種奢望而已，决不能作到的，誰知事有不盡然者。解放後，情况根本改變，不僅我當年幻想的小規模合作，成爲事實，而是作到了全國史學界甚至有關各方面的共産主義大協作，全國一盤棋，規模之大，力量之强，遠非舊時代所能設想，更不用説真正作到了。

我們現在的史學研究工作貫徹了群衆路綫的方針，凡事大家共同商量想辦法。遇有比較大的論文、專著，事先大家討論研究，各人提出自己看法。在討論中抓住主題，擬好提綱，然後分頭找材料，由專人執筆，寫成初稿，再加討論，集思廣益，反復斟酌，作到既能依靠集體智慧，又能發揮個人專長。就是用這個辦法，大家搞論文、搞資料，編寫教材、講稿、講義，真正體現出『團結就是力量』，一改過去隻身匹馬、冷冷清清的零落景象。

就在這集體協作之下，大批大規模的作品搞出來了。自全國各高等學校分工合作的『中國近代史資料叢刊』陸續出版後，更逐漸調動了一切積極力量，統籌安排，完成很多工作。特别是在去年全國大躍進中，各高等學校歷史系，在學校黨委領導下開展了群衆性的科學研究大躍進運動。運動裏，依靠了集體的力量，一方面大力批判了資産階級學術思想，以馬克思主義的觀點編寫了歷史系的教學大綱、教材和大量的科學研究項目；一方面大批師生下廠下鄉，深入到工廠農村，編寫了工農勞動人民鬥争的歷史。青年們破除了迷信，解放了思想，突飛猛進，幹勁衝天，於是整本整本的書寫出來了。通過這次革命，教學和學習質量都有所提高，而且鍛煉了工作能力，又出版了很多著作，這真是大好現象。誰看見過從前有在學同學和青年教師在短短幾個月裏有過一本著作出版呢？更不要説這樣大量的科學研究項目了。

過去珍品文物，很多都藏在私人手裏，輾轉流傳，日久就難免損壞遺失，他們原是準備『子孫永保』，所以外人很難看見。歷史材料，有些也是被私人壟斷，以爲奇貨可居，别人都不得參考。今天在新社會，人的思想意識也隨着新時代在改變，人們都認識到祇有收藏在人民手裏，纔確能『子子孫孫永保用』，因此大家都願獻出自己所藏的珍品。在博物館裏展出多少鐘鼎盤彝，天壤瑰寶，這些文物今天也都能够爲人民服務，他們也在爲社會主義建設發揮了所應起的作用。

幾年來，歷史研究機構先後成立并逐漸完備起來，高等學校歷史系也在逐年增加或擴展。我們已培養出爲數不少的青年史學工作者，正在全國各地從事研究或教學，他們在黨的領導之下，在工作和學習的過程中，都迅速的成長，成爲史學界的一支新生力軍。他們現在已經取得很大成績，前途更是不可限量，新生一代定將遠遠勝過老年。就以考古學來説，過去全國也不過有寥寥可數的極少數人從事考古研究，而今天則配合着全國各地建設，在實際發掘工作的鍛煉中，培養出大批青年考古人材，他們正以不畏艱苦的精神，勤懇的在考古戰綫上發揮着自己的才智。爲歷史研究提供大量珍貴的材料。

十年來，在歷史資料的搜集、古籍文獻的整理方面，也作出了前所未有的成績。我們按着需要的輕重緩急，有所取捨，有所選擇的印出了大批史料文獻，很多大帙的古笈像五百多年來從没有印過的『永樂大典』，三百年來没有重刻過的『册府元龜』等書都已在影印出版，其他各種已刻或未刻過的有參考價值的文獻資料，很多從未整理注釋過的文獻，也都加以標點、校釋，使不易見、不易得的古書，得以流傳；不易讀、不易解的古書，提高了使用價值，使更多的人能够掌握，得以利用。就如『永樂大典』，自成書後，除去清朝修四庫時曾被輯佚家利用過一次外，人們就根本不能參考。又如『周定王普濟方』，采集古今經驗方六萬多種，自明朝刻過一次後，五百年來没有第二刻本，這等書本來是很有實用的書，是我國醫學史上重要文獻，但却不能爲廣大需要者所利用。在舊社會，這樣大部頭的書也不可能大量印行，今天衹要有參考價值的文獻，我們都逐漸出版，充分顯示出我們國家解放後對古典文獻的重視。

過去作研究工作，由於資料不易得，而且没有完備的工具書、索引等，因此每研究一個專題，要化極大的時間和精力來作準備工作。我自己在史學研究上也曾下過些苦工夫，但研究之前，都要作一番艱苦的準備。如我在研究元代西域文化史的時候，因四庫全書有很多元人文集，外面難以找到，而四庫書例都没有目録，所以我在研究之前，先把四庫所收六十種元人文集，都作好目録，以備查找時方便。又如我在研究目録學之前，也是曾先後作成『四庫撰人録』、『四庫書名録』，以備查用，都曾費去很多時間。又如我要研究中國伊斯蘭教史，因中西曆與回回曆不同，就很難着筆，不能不事先研究中西回三曆的比照，也化去時間不少，拙著『中西回史日曆』序，所謂『兹事甚細，智者不爲，然不爲終不得其用』，正是指此。個人力量有限，作起來也不易完備，有時準備工作太多，化去幾個月甚至幾年時間，影響了研究工作的進行。而今天這類的索引、工具書等，都已編寫成或正在編寫，工具書逐漸完備起來，這對科學研究的進行，實在是方便得很。我覺得現在就是看你自己用功不用功，如果真想刻苦鑽研，比起從前的條件，真是有天淵之別了。

最近歷史博物館和革命博物館的建立，更使人興奮萬分。我國歷史如此悠久，文物如此豐富，資料如此完備，而過去北京的歷史博物館，衹有午門城樓上幾間小屋，這是和我們有幾千年歷史的國家極不相稱的，如今已建立起有幾萬平方米的大博物館。大批過去在地下埋藏着的和私人收集的文物，今天都能够來爲社會主義建設服務，成爲人民手裏『子子孫孫永保用』的珍貴資料。我現在還没全部看完，因爲就是走馬看花，也得要用幾天時間。在多少年前，我就曾和同學們屢次講過，説到學習歷史，最好設一個有系統的實物展覽的處所，有文物，有圖表等，學習哪一階段，就在哪一個展覽室裏，教師講解能够具體，學生學習能够深入。當時大規模的博物館，不可能作到，我衹希望能在學校裏設個小規模的展覽室，來輔助教學，從前我曾不止一次的提出過這意見，但是在那樣的社會，在那時的學校裏，自然也是不可能實現的，今天，過去的夢想都成爲事實，而且大大超過從前的想像。

在這博物館裏不但有系統完備的展出可供參觀、研究，而且可以在這裏利用直觀教具進行教學，主辦報告，座談等等。這裏，有實物有模型，有畫圖有照片，有很詳盡的説明和講解，系統分明，重點突出，資料豐富，美不勝收。這真是我們歷史工作者最好的最理想的研究場所，是用歷史文物向廣大群衆進行愛國主義教育和革命傳統教育最好的課堂。我參觀了這宏偉壯麗的博物館，真是説不出的興奮和激動，心中感觸萬端：没有中國人民革命的勝利和社會主義建設的偉大成就，這所有的一切都是絶不可能辦到的。

黨的『百家争鳴』政策的正確執行，在史學界更呈現出异常活躍的局面。通過歷史問題的研究，展開學術上的批評與自我批評。解放後幾年來，史學界進行了很多重大問題的討論，特别是最近從討論對曹操的評價，提出一系列的問題，各抒己見，議論風生。過去哪能有這樣大規模的全國性討論的機會。舊日史學界彼此之間，有人互相吹捧，有人攻擊謾罵，没有集思廣益反復研究之心，反有打擊别人抬高自己之意。今天大家都是爲了一個共同目的，團結一致的前進。

總之，現在作史學研究工作，有正確的方嚮，有堅强的領導，有日益豐富的文物資料，有越來越多的工具書，有極方便的物質條件，有領導上的關心，有同志們的幫助，使我這曾在艱難歲月中從事史學研究工作幾十年的老人感到萬分幸福，非常興奮，在這『春光無限好』的大好時光，真太令人高興了，我們每一個人的面前都呈現出極爲寬廣的道路，正是英雄大有用武之地，這怎不令人額手稱慶，怎不令人鼓舞歡欣呢？

總觀我們史學界，各方面都在蓬勃發展，都在積極前進中，特别是黨的八届八中全會向我們提出偉大號召後，大家更是積極響應，反右傾，鼓幹勁，高舉着馬克思主義的旗幟，嚮着新的勝利邁進，可以肯定，歷史科學研究工作將放出更大的异彩，取得更出色的成績！

〔一九五九年十月二日。載光明日報十月二十二日〕

〔原題作『建國十周年隨感』，改稿因已過國慶，改題目爲『史學工作的今昔』〕

青年們應當刻苦學習

我們在建國十周年的慶祝活動中，都受到一次深刻的教育，我們爲祖國十年來所取得的偉大成績而歡欣鼓舞，爲我們面前展開的廣闊道路，感到無限光明。在這幸福的時代，每一個青年，都應當有遠大理想，樹立革命大志，以衝天的幹勁，奮勇向前，争取讀書、勞動、思想三豐收，以不辜負黨對青年的期望，以不辜負這個偉大時代！

我現在謹就有關讀書的幾個問題和青年同志談一談。

今天的青年無比幸福

讀書首先就要明確讀書的目的，我最近常常想從讀書的目的來看，就可以體現出今天年青人的幸福，爲什麼呢？　因爲衹有在新社會纔有可能使每個青年對讀書都有明確的目的。過去的青年，絶大多數都没有受教育的權利，就是能够上學的人，在當時的社會環境，在學校和家庭裏所接受的都是封建主義和資産階級思想，思想意識上都受到束縛。也没有人關懷你的前途，没有人真實的告訴你，世界形勢怎樣，中國前途怎樣，個人應當有什麽抱負，青年人學習的目的應當是什麽等等。學生都各自有個人的打算，設法謀求將來如何立足社會，如何附鳳攀龍。當時的社會就像個陷阱，很多正直的青年，稍一不慎，就誤入歧途，失足墮落。有些人在年青的時候，懷着種種幻想，也有不同的志願，但隨着年齡的增長，幻想逐漸消失，自己微薄的力量，扭不過惡勢力的侵襲，終致同流合污，不能自拔。或則家纍繁重，憂慮生計，或則壯志難酬，飲恨以終。除去一部分接受了先進思想，在那隨時都可能遭到生命危險的環境裏，爲革命事業堅持鬥争的青年外，大部分青年都看不見自己真正的前途。和現在青年相比，他們是多麽痛苦和不幸！

今天的青年，真是天之驕子，黨和國家對青年無微不至的關懷，隨時關心着青年的思想和學習，關心着青年的生活和健康。黨教導大家社會是怎樣發展的，使青年們認識到没有階級剥削的共産主義社會是人類最崇高、最美好的理想，教導青年要立大志、鼓幹勁，爲建立這美好的社會貢獻出自己的力量，要我們每一個人爲這壯麗偉大的事業積極工作、勞動和鍛煉，要我們努力讀書，學好建設社會主義、共産主義的真實本領。

回想起我年輕的時候，那時還没有學校，自己想讀書，但應當讀什麽書都没有人指導，更不用說其他方面了,後來我不管是讀書還是工作,都是自己摸索,走了不少冤枉路,一直到老年,纔有機會接受到新的思想。比起你們來,真是天淵之別了。你們正在精力壯旺的時候,甚至還是在少年的時候,就已得到黨的領導,等到你們像我這樣大年紀,正不知可以作出多少有益於人民的事情,前途是不可限量的,實在令人羡慕。所以我常感到一個人能够在青年時候就確立爲建設祖國而讀書,爲建設社會主義和共産主義而讀書的觀點,這就是人生極大的幸福!

前些時,有的青年同學認爲工作是黨交給的任務,必須很好的完成,讀書是個人的事情,可以馬虎一點。當然這看法是不對的。現在大家已都瞭解,工作是黨交給的任務,要很好的完成,讀書也是黨交給的任務,功課也必須學好。讀書本身不是目的,而是獲得知識的一種手段。因爲今天人類已進入了原子時代,擺在我們面前的事業,是要向地球開戰,要征服大自然,要使我們的國家迅速改變『一窮二白』的面貌,把中國建設成幸福美好的樂園。青年們想要勝任的擔負起這樣一個翻天覆地的偉大任務,就必須多讀好書,勤奮學習,以加速提高我們的科學技術文化水平。

讀書要有決心有恒心有信心

明確了讀書的目的，就要下決心學習。列寧曾經説過『憧憬是前進的動力』，有了對美好理想的憧憬，就能促使我們不斷前進。斯大林也曾説過『偉大的目的産生偉大的精力』，所以祇要有遠大的目標，明確的目的，就會使我們有革命毅力，就會使我們爲革命事業下定決心，爲了儘快提高自己水平，決心多讀點書，可以豐富自己知識，可以把工作作得更好。有了決心，就能産生無窮的力量，就能使我們的幹勁鼓足，不下決心，是不能够把書讀好的。

讀書不但要有決心，而且要有恒心，『學貴有恒』，想在學習上有成果，并非一朝一夕之力，一定要積年纍月的堅持不懈。想要獲得一門知識，不勤學苦鑽，不經過艱苦的勞動，就不能有什麽收獲。有的同學平時不大重視學習，到考試時纔突擊功課，臨時也許强記了一些，考試過後也就忘完了。一曝十寒，忽冷忽熱，都不是學習所應有的態度。必須要長期的刻苦的學習，日日學習，月月學習，年年學習，持之以恒，自然就會有進步。

在學習上還要有信心。有的同學感到自己文化不高，基礎差，條件差，不如別人，學習上有困難，一遇到困難，就失掉信心。實際上既要讀書，就必然會遇到困難，我們必須對困難有足够的估計，有充分的精神準備。不能被困難嚇倒，要有讓困難低頭的氣概。正確的態度還是毛主席所教導我們的『在戰略上要藐視困難，在戰術上要重視困難』。作爲一個革命者，可以作到每攻必破，無堅不摧，頑强的敵人尚且不是我們的對手，難道科學堡壘我們就無力攻破。遇到困難，就堅决去克服它，每克服一個困難，就是我們在學識上進了一步，我們學習的進步過程，也就是一個一個克服困難的過程。基礎差條件差都不是克服不了的困難，都可以補救，俗語説『勤能補拙』『熟能生巧』，衹要我們學習愚公移山的精神，學習無數革命先烈堅强不屈的英雄氣概，任何困難，都不是我們的對手，任何困難會在我們不畏艱辛、不辭勞苦的面前低頭讓路的。

珍惜時間　刻苦學習

此外，在學習上還要注意抓緊時間，抓緊時間有兩種，一種就是説我們每一個人都要善於利用時間。大家都很忙，尤其是在職青年，想讀書常會感到時間不足，其實如果細算起來，我們再忙，也還是可以每天擠出一些時間來學習的。要善於利用零碎的時間，不浪費任何微小的時間，應該珍惜每一分鐘每一秒鐘，因爲百年的歲月也是由一分一秒積纍而成，不珍惜分秒時間，日子一多，很多時日就會從我們手裏溜走。我常看到有人以工作忙爲理由，白白的把零碎的時間都浪費過去。一個爲革命工作努力的人，總不會有不忙的時候，要等着閑下來再讀書，恐怕不容易等到。與其消極的等待寬裕時間不易得，不如主動的在工作中千方百計的擠時間、利用時間。古語説『尺璧非寶，寸陰是競』，意思是説光陰比任何寶貝都可貴，一定要儘量争取。古人尚惜寸陰分陰，我們這個時代就更要珍惜一分一秒。平日愛玩的人，把打撲克、逛馬路的時間用在學習上；工作確實緊的人，每天早些起晚些睡，或利用休息空隙等時間，就都可以擠出不少時間。總之，積少成多，集腋成裘，每天擠出一點時間，讀一點書，幾年之後，就很可觀。

另一種抓緊時間，我是説要珍惜自己的青年時期。每一個人都應當學習，而青年人精力充沛，記憶力强，在人的一生中，青年時期是十分寶貴和美好的時期，也是進行學習的最重要的時期。正在青年的人，自己往往不會有此感覺，上了幾歲年紀，就越發感到青年時期的可貴。『勸君莫惜金縷衣，勸君惜取少年時』，青年人切不可把大好時光輕輕錯過，如果因自己正在青年，反而認爲來日方長，不必着急，就成了自欺欺人，真到了『來日』，却後悔也來不及了。

前些時赫魯曉夫同志訪問美國時,到了一個地方,別人問他:『你這樣匆忙的參觀訪問,是不是覺得疲倦呢?』他説:『一個人一天衹有二十四小時,睡眠却占去三分之一的時間,所以必須抓緊其餘的時刻。我没有權利説疲倦。』我聽到他這講話,非常感動。我們如果還不能這樣對待時間,實在應該檢查一下,端正自己的看法,纔能把時間都用在最有用的地方。

青年同志們!我今天就簡單的和你們講這一些。讓我們立下革命雄心,珍惜時間,刻苦學習,認真鑽研,爲把我們祖國建立成一個具有現代工業、現代農業和現代科學文化的社會主義强國而共同奮鬥吧!

〔一九五九年十一月二十日〕

迎接一九六〇年

我國人民，在共産黨和毛主席領導下，在社會主義建設總路綫光輝照耀下，以無比的決心和智慧，拿出衝天的幹勁，在兩年時間内，超額完成了第二個五年計劃的主要指標，勝利的送走偉大的一九五九年。這樣多快好省、神話般的動人心魄的建設成績，怎不令人額手稱慶！怎不令人歡欣鼓舞！這是黨的領導的偉大勝利！這是全國人民的偉大勝利！

我們的凱歌響徹雲霄，也響遍了全國各地，我們廣大人民用燦爛輝煌的成績雄辯地説明總路綫、大躍進和人民公社的無比正確和優越。我們在歡樂的笑聲中，總結着勝利的一年的經驗，并信心百倍地來迎接新的更大的勝利。

我們這些老人，面對着今天的光輝成就，往往會回想起那陰暗的過去。并没有多少時候，僅僅是在十年多以前，我們同樣是在祖國的大地上，同樣是土地遼闊，山川萬里，而由於帝國主義和反動統治的摧殘，人民在自己的國土上，却没有自由，没有民主，祇是任人宰割，世世代代受盡壓迫和剥削。那時國土支離破碎，江山慘淡無光，人民苟延殘喘，經濟和文化都很落後。我們空有錦繡山河，空有無盡寶藏，却落得灾難深重，國困民貧，『民有飢色,野有餓莩』。那時,人民真有『時日害喪,予及汝皆亡』的感慨。

自從十年以前,中華人民共和國成立,毛主席在天安門上莊嚴的向全世界宣告:『中國人民站起來了!』從這個時候起,我們站起來的中國人民就以主人翁的英雄姿態,在黨的領導下,披荆斬棘,艱苦奮鬥,終於在短短十年裏,在中國幾千年的歷史上,堅强地寫下了極其輝煌的一章。

在這十年裏,我們摧毁了帝國主義加在中國人民頭上的枷鎖,完成了民族獨立和國家統一的偉業。我們洗掉了一百多年帝國主義侵略的奇耻大辱,恢復了中華民族的尊嚴。現在我們已作爲一個强大的國家出現在世界舞臺。

在這十年裏,我們鏟除了幾千年來人剥削人的社會制度,結束了反動階級横行霸道的歷史,建立起完全嶄新的、人類歷史上空前美好的社會主義制度。勞動人民過着再也不受剥削和壓迫的生活,正像周恩來總理所説的:『中國人民由人間地獄的奴隸,一變而爲自己命運的大無畏的主人。』這是真正的翻天復地的變化。

在這十年裏,我們進行了一系列的經濟建設和文化建設,爲的是迅速改變由國内外反動派所造成的貧困和落後的面貌。英雄的中國人民在『一窮二白』的基礎上,積極努力的勞動,創造着自己的文明和財富。經過經濟恢復工作,經過第一個五年計劃的完成,我們的經濟和文化的建設，都已具有一定的規模。尤其是大躍進以來，僅用兩年時間，提前完成了第二個五年計劃的奇迹，把我們國家在社會主義的道路上，向前推進一大步。

我們的建設所以能够如此神速，就是因爲我國人民在建設實踐中，找到了高速度建設社會主義的正確道路，這就是黨中央所制定的『鼓足幹勁、力争上游、多快好省地建設社會主義』的總路綫。

我國的廣大勞動人民，從來是勤勞勇敢的，是聰明智慧的，衹是由於長期在反動統治下，在不合理的社會制度下，受到沉重的壓抑和束縛，得不到應有的發展。一旦解除繩索，便顯示出自己無窮無盡的力量。中國人民不甘心自己的國家長期處於貧窮落後的狀態，迫切要求迅速改變這個面貌，要求儘快地把中國建成具有現代工業、現代農業和現代科學文化的社會主義强國。也就是因爲如此，所以當黨的社會主義建設總路綫剛一提出，全國就出現了轟轟烈烈的大躍進形勢。由於有了黨的堅强正確的領導，群衆的力量就能够排山倒海，所嚮披靡。大家破除了迷信，解放了思想，除掉了自卑感，樹立起敢想、敢説、敢做的共産主義風格，我國人民的精神狀態發生了深刻的變化，使藴藏在人民群衆中的智慧和潛力像火山一樣的爆發出來。以前不敢作的事情，現在作出來了；以前作不到的事情，現在作到了。在生産戰綫和文教戰綫上，奇迹層出不窮，記録日新月异，指標直綫上升，在生産中,涌現出來無數英雄和先進人物,真是生氣蓬勃,萬馬奔騰,一片興隆昌盛景象。

我們在這樣美好的社會,在這樣偉大的時代,真是『生逢盛世』,感到莫大幸福。值此『一元復始,萬象更新』的時候,我們每一個人都懂得時代所賦予自己的使命,我們要在新的一年裏,更進一步的努力,鼓足幹勁,力爭上游,把自己的祖國建設得更爲富强,更爲美麗!

讓我們爲一九五九年的輝煌成就盡情歡呼吧!

讓我們爲在一九六〇年取得更大的成就而發揮更大的幹勁吧!

〔一九五九年十二月三十一日〕

不許美帝國主義劫奪我國文物

——堅决擁護我文化部的聲明

美國帝國主義圖謀劫奪我國珍貴文物的新罪行，是野蠻無耻的强盗行爲，我們非常氣憤！我們堅决擁護文化部對美國政府所提出的嚴重警告和聲明！

美帝國主義的本質原是侵略成性的，雖然最近打起『和平』的幌子，但仍掩蓋不了本來的猙獰面目，現在正在全世界範圍内，加緊推行軍事、政治、經濟的侵略活動，同時，也在瘋狂的進行各種文化侵略的陰謀。

解放前的幾十年，美國侵略者就在我國用各種手段，進行文化侵略和破壞，掠奪盗竊我國大批文物。歷次所盗竊的我國無數財寶，不但數量驚人，而且其中很多物品，都是具有歷史意義的無價之寶，使我國歷史文化遺産遭到嚴重損失。

現在，美帝國主義又搞起新的陰謀，竟公然由美國國務院出面，進行劫奪我國在臺灣的古代珍貴文物。恬不知耻的以『展覽』爲名，來掠奪别國文物，據爲己有。并擬以美國總統作爲所謂『展覽』的贊助人，向蔣介石集團施加壓力，以達到它搶劫這批文物的目的。這種卑鄙無耻的强盗行徑，正是美帝國主義在世界人民面前，又一次用他自己的行動，暴露了他的侵略野心。

在臺灣的這批歷史文物，是我們大陸解放前夕，被蔣介石集團自北京、上海、南京等地，陸續運走的，一共有五千多箱，總數共十萬件以上。其中包括我國歷史上名貴的書畫墨迹，歷代的銅器、瓷器、玉器、陶器，大批考古發掘品和珍貴的檔案材料，還有宋、元、明善本書籍，文淵閣四庫全書以及四庫薈要等等。這些珍品，都是我國幾千年來勞動人民的精心創造，是我國極爲寶貴的文化遺產，是對於科學研究非常重要的可貴資料。

這些珍貴文物是我們的祖先遺留給全體勞動人民的遺産，主權是屬於我國六億五千萬人民所共有，中國人民没有同意，任何人也無權處理，没有代表六億五千萬中國人民的政府簽字，任何所謂『合同』和『協議』全屬無效。現在美國侵略者和蔣介石集團，一方面是劫奪，一方面是盗賣，一方面是侵略罪行，一方面是賣國求榮，都是卑鄙勾當，都是非法行爲。我們堅決反對，堅決抗議。

臺灣是我國神聖領土的一部分，在臺灣的一切文物，都是我國全體人民的財産，不能容許侵略者的掠奪。因此，這批珍貴文物，不論被劫奪到哪裏，不論落在任何侵略者之手，中國人民都一定要堅決追回！我們一定要解放臺灣，在臺灣的文物，也一定要隨着臺灣的解放而歸還祖國人民！

（一九六〇年二月二十三日）

樹立革命大志，把一生獻給教育事業

——和青年教師談有關教育工作問題

爲祖國的教育事業，出色的貢獻出自己的青春。我國人民在中國共產黨和偉大領袖毛主席領導下，正在做我們的前人從來没有做過的極其光榮偉大的事業。十年以來，我們摧毁了帝國主義加在我國人民頭上的枷鎖，鏟除了幾千年來人剥削人的社會制度，我們完成了經濟恢復工作和民主改革，進行了社會主義改造和社會主義建設，現在我們全國人民正在以衝天的幹勁，迅速改變着我國『一窮二白』的面貌，黨的『鼓足幹勁，力争上游，多快好省地建設社會主義』的總路綫，鼓舞着全國人民的高度的革命熱情和無窮無盡的創造力量，取得了一個勝利又一個勝利。我們正是處在極其光輝燦爛的偉大的時代，我們生長在這樣的時代，真是極大的幸福和光榮，真是我們值得驕傲的事情。尤其是青年們，你們就更是幸福萬分，回想起我們這一代人的青年時候，那時我們的祖國正是内憂外患，國弱民貧，我們是在黑暗和落後的環境挣扎過來的，我們幾十年走過的道路是坎坷不平的途徑。

今天的祖國已是欣欣向榮、光芒萬丈。大家的生活越來越美好，日子越過越幸福，青年們在這樣的時代，前途無限廣闊，正是大有所爲的時代。我不禁爲你們青年稱賀，爲青年們在這樣的環境中生活、學習和工作感到羡慕。因此，我首先向青年們祝賀！爲你們的前途似錦、萬裏鵬程而祝賀！

建國十年以來，我們所取得的成績是巨大的，各個戰綫上都獲得輝煌戰果，教育戰綫也和其他戰綫一樣，目標是在不斷革命，又不斷取得勝利。尤其自大躍進以來，由於我們貫徹執行了黨的『教育爲無産階級政治服務，教育與生産勞動相結合』的方針，進行了教育大革命，改變了幾千年來遺留下來的教育與生産勞動分離，腦力勞動同體力勞動分離的狀況，學校的面貌發生了深刻的變化。結合着教育大革命，我們還貫徹執行了『兩條腿走路』的發展教育事業的方針，使教育有了迅速發展。

我們的教育事業大革命和大發展，在中等教育來説，成績也是顯著的，和各級各類學校一樣，中學裏已經克服了教育脱離政治、脱離生産、脱離實際的缺點，已從根本上把我們的學校改造成爲培養有社會主義覺悟，有文化的勞動者的社會主義的新型學校。從數量上來説：全國全日制普通中學已有二萬一千餘所，學生九百多萬人；農業中學及其他職業中學半日制共二萬餘所,學生二百多萬人;中等專業學校三千七百餘所,學生一百多萬人。毫無疑問,這都是由於在黨的正確領導下,我們全體中學教師的辛勤勞動,共同奮鬥所取得的。

儘管我們的教育事業有了很大的發展,但是由於工農業生產的大躍進,教育事業還遠遠不能滿足工農業生產發展的要求。如我國農業技術人員衹有十七萬人,而全國需要的是一百萬高級和中級技術人員,好幾百萬初級技術人員。與需要還差得很遠。其他各種幹部很大一部分也都還需要由學校裏培養輸送。工農業生產的大發展,要求教育事業迅速跟上去。所以我們不但要繼續補充教師的隊伍,而且也要把學校的教學質量不斷提高。

我國中等學校教師的隊伍是很大的,其中青年教師占着極大的比重,青年們在教育戰綫上是一支生力軍,絶大多數的青年教師,在教學工作中表現出十足的幹勁和蓬勃的朝氣。幾年來,在黨的培養和關懷下,已經迅速地成長起來,他們和老教師一起,共同擔負着培養教育更年輕一代的艱巨任務。爲了祖國教育事業的大發展,他們日以繼夜的緊張的學習和工作,不斷改進和提高教學,成爲學校的好老師,成爲學生的優秀表率。但在一部分青年教師中間,也還存在一些不同的看法:

㈠有些人不安於教師工作，認爲教師整天和學生在一起，教書一年一年的重複，工作太呆板，自己不能提高。不如去搞工業機械勘探，可以轟轟烈烈，對祖國有貢獻。這樣看法是對教師的作用還不够瞭解，還不瞭解教育工作在祖國建設事業中的重要意義。他們的意願是美好的，他們想爲祖國多作些事情，甚至是不怕艱苦，覺得衹有開發邊疆、戰勝窮山惡水、向自然開戰、大搞科學研究等纔算有意義，不瞭解我們的建設工作各有分工，不瞭解教育工作在祖國建設中占着極爲重要的地位。

自從一九五八年以來，我國人民先後取得了經濟戰綫、政治戰綫和思想戰綫上的社會主義革命的偉大勝利，在這勝利的基礎上，在黨的建設社會主義的總路綫的照耀和鼓舞下，實現了國民經濟的大躍進，并在全國農村實現了人民公社化，在這種新的形勢下，廣大工農群衆都非常迫切的要求迅速提高文化和技術水平。爲了滿足廣大群衆的要求，爲了徹底完成社會主義革命并加速社會主義建設，黨在八大二次會議上提出了積極地進行技術革命和文化革命的任務。

技術革命和文化革命，是發展工業和農業所必需的。工農群衆看得最清楚，他們迫切要求掌握文化知識，他們説『社會主義是天堂，没有文化不能上』，他們説『技術是個寶，没有文化學不了』。事實就是這樣，工農業高速度發展，一天比一天多的需要其有共産主義覺悟和文化科學知識的技術幹部和工人。如果文化教育工作發展緩慢，不能滿足工農生産時技術人材和勞動者的需要，就勢必阻礙工農業生産的發展。所以黨中央發布的『關於教育工作的指示』中，向我們明確的提出，調動一切積極因素，鼓足幹勁，力争上游，多快好省地掃除文盲，普及教育，培養出一支數以千萬計的又紅又專的工人階級知識分子的隊伍，是全黨和全體人民的巨大的歷史任務之一。

青年們要認清這歷史任務，要擔當起這歷史任務，要在培養人材上，貢獻自己的力量。不錯，祖國邊疆需要人去建設，工業機械需要人，地質勘探需要人，種種建設都需要人，而這些人材的補充，很大一部分是要由學校給培養，如果大家都不作教師工作，則各方面建設，豈不都受到影響。

我們的教育事業，是無産階級用以改造舊社會和建設新社會的强有力的工具之一，難道改造舊社會、建設新社會還不是轟轟烈烈的革命工作。我們培養出來的人材，是要具備共産主義覺悟，要掌握文化科學知識的人材，是要又紅又專的新型知識分子，培養這樣的知識分子，就要有又紅又專的教師，衹有對無産階級革命事業無限忠誠、熱愛教育工作的人，纔能把工作作好，要使自己的思想水平和業務水平不斷進步，纔能承擔這一光榮任務。事實上我們已有大批的這樣的教師，堅持在教育崗位上，他們認爲教師是教育人的工作，是極崇高極光榮的的工作。他們認爲由於整天和學生在一起，雖然是在教育學生，而實際上也受到學生的教育。學生提出的問題，可以啓發你的思路，學生的懷疑，督促着你去更多的鑽研，學生的成績不好，迫使你要檢查自己的教學質量，學生天天在進步，使你就更迫切的嚴格要求自己。因此教育別人的過程，也是自己提高進步的過程。所以他們感到這工作一點也不呆板，而是經常變换着新的内容，面對着新鮮事物。雖然有些老師每年都給一個年級講同樣的功課，而他并不是照本宣讀，并不是一個教案用一輩子，而是不斷補充新的教材，一年比一年提高，在多年的教學中，他們更熟練的掌握怎樣言簡意賅，怎樣深入淺出，怎樣更能使學生們系統的、牢固的學好基本知識。當他們順利完成了一年的教學，自己的學生們升到更高的一級，或是畢業後又繼續升學，或是離校後參加工作的時候，就在自己的工作中看到教師的重要意義，看到教師工作在建設中所起的作用。因此更增加了自己的責任感。他們感到這工作和其他建設工作一樣是轟轟烈烈，一樣是祖國建設中所不可缺少的重要工作。

②有些人對教師工作是安心的,但是强調自己條件不够,認爲自己水平低,基礎差,不能勝任,遇到困難,不知如何是好。希望能有機會進修提高。

自從建國後,我們的學校日益增加,教師需要量很大,因此,有一些青年就是經别的崗位被調到學校來,有的則是衹經過短期師訓就開始工作,有的高中畢業,用老教師帶徒弟的辦法,經過見習、實習,就教初一的課程,也有復員軍人和家庭婦女等等。能有大批人參加到教師隊伍,這是很好的事情,這就是我們執行了『兩條腿走路』的方針。這説明高等師範畢業生并不是中學教師的唯一來源,我們可以用各種辦法培養來補充,以適應發展的需要。事實證明,這是高速度培養教師的好辦法。其中已有很多人都能够在黨的關懷,和同志們幫助下,迅速的成長起來,他們之中也已有不少克服了種種困難,在教學上有了顯著成績,獲得先進工作者的光榮稱號。

因爲教師教學的好壞,并不是决定於基礎的好壞,而首先是决定於教師的政治思想,衹要他思想上政治挂帥,以政治帶動業務,則進步是很快的。條件并不是一成不變的,不會的東西衹要學就能會,衹要刻苦鑽研,就能把工作搞好,衹要有决心,就没有克服不了的困難。

前些時，我在『中國青年』上看到吴運鐸同志的一篇文章，他說：『一個真正的人，他對困難的回答是戰鬥！他對戰鬥的回答是勝利！他對勝利的回答是謙虚！』他這話給我極大啓發，這樣的態度對待革命工作，纔真是有共産主義風格的人！事實上，你衹要有戰鬥的決心，是没有什麽困難不能克服的。如果對困難的回答是妥協，那末妥協的結果必然是失敗，繼而怨天尤人，嘆氣唉聲，那就會永遠被困難壓在山底下，不能自拔。

應該説，有些教師，是有一些困難的，如對業務還不很熟習，課程多，要備課，要輔導，再加上批改作業，時間比較緊張，因此有些人認爲要提高教學質量，最好是離職學習，不然就没辦法提高。離職學習當然是好的，但是這也是一種不切實際的想法。這末多的教師，都去離職學習，是不可能的事情。教師水平的提高，可以是離職學習，但更主要的是在職進修，學習和教學不是對立的，在教學實踐過程中，便是學習的好的機會。古人説『教然後知困』，『知困然後知自强也』。這話説得很對，在教書的實踐中，更容易檢驗出自己哪一方面有困難，知道自己的不足，然後就能更加注意從哪方面努力來不斷克服困難，所以我們主張『邊教邊學』，邊工作邊提高。

青年教師要不斷提高自己思想覺悟，不斷豐富自己的業務知識，因此首先要把時間更合理的安排,善於利用零星的時間。每天擠出一定時間——一小時或更多一點的時間來進行經常學習。毛主席教導我們時間要擠,學習要鑽。現在工作都很緊張,如果等待着將來有了較長的時間再學習,那是永遠等不到的。所以抓緊時間是很重要的辦法。因爲明天又有明天應作的事情,等來等去,終會落空,常言到『明日復明日,明日何其多,吾生靠明日,萬事成蹉跎』。這就是教導人要抓緊時間,堅持學習,不能等待,不能因循,在學習上不可放鬆。

青年教師要善於作小學生,加里寧曾經説過:『當教師的人,不僅是教師,同時他也是學生。』衹有會作學生,纔會作先生。青年教師既要向書本學習理論知識,也要向工人、農民學習實際生産知識,還要向老教師學習,虚心學習他們的教學方法和教學經驗,來改進自己的教學。衹要立下雄心大志,苦學苦幹,就能够不斷提高自己水平,就能够逐漸改變原有基礎,教學工作不是神秘莫測的事,衹要有革命意志,發揮敢想敢幹的精神,就能做好。

③有些青年教師,教書教得較好,得到了同學的愛戴,因此就有了盲目自滿的情緒,以爲自己差不多了,以爲教書没有什麽了不起,於是安於現狀,不求進取,産生了中游思想,

這樣的思想，危害性是很大的。

教學工作當然不是神秘莫測的事情，但也不是輕而易舉的工作，必須要付出很大的勞動。我們永遠不能滿足已取得的成績，永遠要以更高的標準來要求自己，祇看到成績，就使人停滯不前，滿足於一知半解，就很難再進一步。

現在有些教師所提出要作到『教好每一堂課，教會每一個學生』作爲對自己的要求。我覺得這樣提法很明確。達到這個要求，首先就要提高課堂教學質量。而提高教學質量就不是朝夕所能作到，而是需要持久不懈的努力。爲了把科學知識更好的傳授給學生，就要不斷改進教學方法，講課時應層次清楚，深入淺出，抓住重點，使學生理解得深刻透徹。要在教學中貫徹黨的教育方針，在向學生傳授基礎知識時，密切聯繫思想、政治和生產的實際。

要教好每堂課，還必需充分備課，要對教材反復地鑽研，真正掌握教材的内在聯繫，注意教材的精簡，研究如何纔能把中心問題突出的講解透澈。怎樣纔能在課堂上有充沛的階級感情，怎樣纔能愛憎分明，感染力大，怎樣纔能使學生又容易聽懂，又記得鞏固，都是要有充足準備的。

教師還必須瞭解自己班上的每個學生,瞭解他們的思想和課程的水平,瞭解他們的接受程度,以及其特長與缺點。而且還要瞭解學生的思想、生活、學習轉化情況。祇有正確的瞭解他們,纔能『因材施教』。不對不同的學生下大功夫,是不能達到教會每個學生的,既是要教會每一個學生,就要對每一個學生負責到底,因此課外輔導也必須認真進行。

所以教師要作到管教、管導、管會全方面負責,是需要持久的努力,要積纍經驗。學無止境,政治水平、業務水平和教學能力的提高也無止境。有豐富經驗的老教師教學也并不是永遠停留在原有的水平,青年教師就更要不斷進步精益求精。滿足就是失敗的開始,每個青年教師必須認清作一個中學教師的責任重大,永遠要以可能達到的最高標準來嚴格要求自己。

總而言之,教育事業是我們整個革命事業中極爲重要的一部分,中等教育是整個教育事業的一個重要環節,要想把中學辦好,首先就要提高教學質量,而提高教學質量的關鍵,就是要不斷提高教師水平。祇有使每一個中學生都打着全面發展的底子,他們考入大學,纔能够更好的學習,從而造就出社會主義建設需要的又紅又專的人材。所以每一個教師教課的好壞,還不僅僅是他個人的事情,而是關係着我們的建設事業進行的重大問題。

教師們要認清教育工作是我們偉大事業的一個重要組成部分，教師工作是極爲光榮的，但也是艱巨的。這就需要每一個教師，尤其是青年教師要立共産主義大志，做一個共産主義新人，堅定的樹立起無産階級的世界觀，不驕傲不氣餒，全心全意爲無産階級政治服務，在文化教育事業大發展中，鼓足幹勁，力争上游，千方百計地戰勝前進中的一切困難，作出偉大的成績來！

〔立志作個又紅又專的好教師　初稿〕

立志作個又紅又專的好教師

我國人民在黨和毛主席領導下,正在做着我們的前人從來没有做過的極其光榮偉大的事業,這是全人類有史以來最偉大的事業——社會主義和共産主義事業。祖國的建設在高速度發展,我們面前展現着無限光明與希望。成長在這樣光輝燦爛時代的青年,能够爲這空前偉大的事業學習、工作,是極大的幸福。這是我國幾千年來各個時期的青年不可能得到的幸福,也是資本主義國家現在的青年所得不到的幸福!

在這偉大的時代裏,我國的教育事業,在不斷革命中不斷發展,特别是最近兩年來,由於貫徹執行了黨的社會主義建設總路綫和黨的教育爲無産階級的政治服務、教育與生産勞動相結合,以及『兩條腿走路』的方針,更取得了新的輝煌成績。和工農業生産的偉大成就一樣,我們的教育事業也提前三年完成了第一個五年計劃的原定指標,這是黨的總路綫和教育方針的偉大勝利!

在中等學校,同樣是克服了教育脱離政治、脱離生産、脱離實際的缺點,已從根本上把學校改造成爲培養有社會主義覺悟，有文化的勞動者的學校，成爲社會主義的新型學校。數量也在大大增加，全國中等學校已有四萬餘所，學生一千多萬人。業餘中學在大力發展，現在中等教育已經開始普及到農村中間了。

由於工農業生產的大躍進，儘管教育事業已有很大發展，但還不能滿足工農業生產發展的要求。僅就農業技術人員來看，目前祇有十七萬人，而全國需要的是一百多萬高、中級技術人員，幾百萬初級技術人員，與需要還差得很遠。所以生產事業越是高速度躍進，越要求教育工作迅速跟上去。因此，我們的教育事業今後還必需更大的發展，教育工作者特別是青年教師，就更要鼓足幹勁，力争上游，在今後教育大發展中起促進作用。

中等學校教師是一支很大的隊伍，其中青年教師占着極大比重，是教育戰綫上的一支新生力量。幾年來，很多青年教師在黨的培養和關懷下，迅速地成長起來，他們朝氣蓬勃，幹勁十足，積極的學習，不斷改進工作，成爲文教戰綫上的先進工作者，成爲學生的優秀表率。我們每一個從事教育工作的人，都應當向先進學習，樹立『争上游、趕先進』的思想，使我們的工作形成『後進成先進，先進更先進』不斷躍進的情況。我們每一個青年教師都應當熱烈響應黨的號召：立大志、下决心、鼓幹勁、攀高峰，站在教育革命的最前綫，作一個又紅又專的好教師，爲今後教育事業更大、更好、更全面的繼續躍進而奮鬥。因此，希望青年教師們：

一、首先要樹立革命大志，熱愛教師工作

在今天實現了國民經濟大躍進的新形勢下，廣大工農群衆對於提高文化水平和技術水平的要求非常迫切，他們説『社會主義是天堂，没有文化不能上』，他們説『技術是個寶，没有文化學不了』。事實就是這樣，工農業高速度發展，就更需要大批具有共産主義覺悟和文化科學知識的技術幹部和工人。如果教育工作發展緩慢，不能滿足工農生産對技術人材和勞動者的需要，就勢必會阻礙工農業生産的發展速度。所以黨中央發布的『關於教育工作的指示』中，向我們明確的提出：培養出一支數以千萬計的又紅又專的工人階級知識分子的隊伍，是全黨和全國人民的巨大的歷史任務之一。作教師的人更要認清這一歷史任務，愉快的擔當這偉大的歷史任務，在培養人材的工作上貢獻出自己的力量，作一個文化革命中的堅强戰士。

但是有的教師，并不安心於自己的工作，認爲教中學無大志可立，無高峰可攀，不如作

科學研究可以搞尖端，可以創造發明，也没有搞工業、勘探等那樣轟轟烈烈。也有人認爲教師工作呆板平凡，有時講課要一年年的重複，自己不容易提高，對祖國没什麽貢獻。這些想法都是不正確的，可能是對教育工作的意義還不瞭解，也可能是不願作教育工作的一種藉口。

必需認清，我們社會主義的教育事業，是無産階級用以改造舊社會和建設新社會的强有力的工具之一，改造舊社會建設新社會就是我們革命的目的，我們的革命，就是永遠在不斷改造舊的、建設新的，難道從事這樣的工作，還不算轟轟烈烈嗎？我們教師所要培養的人材，不是别樣的人材，是要培養具備共産主義覺悟、掌握文化科學知識的人材，是又紅又專的新型知識分子，難道培養這樣的知識分子的工作，還不是極光榮的工作嗎？如果把這工作作好，爲祖國培育出各方面的合格的建設幹部來，這難道還不是對祖國有所貢獻嗎？教師工作雖然是教育學生，但也受到學生的教育，學生提出的看法，可以啓發自己的思路；學生的懷疑，督促着自己更多的鑽研；學生成績不好，迫使自己要檢查教學的質量；學生天天在進步，就要更嚴格的要求自己。教育别人的過程，也是自己提高進步的過程。所以教師工作一點也不呆板，而是豐富多彩、日新月异的工作。雖然有些老師每年都給一個年級講同樣的課程，而他并不應該是年年照本宣讀，并不是一個教案就可以用一輩子，而是要不斷補充新的教材，一年比一年提高。

大家都知道，任何人的思想言行都是受他的世界觀所支配的。由於世界觀的不同，對自己工作的看法就有所不同，樹立起無産階級世界觀的人，認識到教育工作在祖國建設事業中的重要性，認識到祇要是建設社會主義所需要的，是對無産階級有利的工作，都是有意義的工作，都要赤膽忠心的把這工作作好。不同的工作崗位，有其不同的工作特點，祇要在自己崗位前進不已，都可以攀登高峰，作出最優异最出色的成績來。尖端科學當然重要，人民教師也不能輕視，而且没有教師傳播知識，尖端科學也會受一定的影響。

所以，青年教師們一定要立下革命的雄心壯志，凡是忠實於幹無産階級革命的人，瞭解爲無産階級培養人材的重要意義和無限光榮，就會熱愛自己所從事的教師工作，就會下定决心在教育戰綫上戰鬥一生，就會在工作裏有高度的責任感，把這艱巨而又光榮的工作作好。

二、虚心學習，戰勝困難

有些教師强調自己條件不够，認爲自己水平低，基礎差，不能勝任，工作困難。

我們連年以來，特别是大躍進以來，學校數量日益增加，教師需要量很大，因此，中學教師的補充，除去分配全日制高等師範畢業生以外，還有大批教師是從别的崗位調來的，有的是經過短期師訓，有的是剛剛在高中畢業，也有復員軍人和家庭青年婦女等等。能有大批青年參加到教師隊伍，這是很好的事情。因爲高等師範學校并不是中學教師的唯一來源，我們應當采用各種辦法培養補充，以適應發展的需要，事實證明，『兩條腿走路』的辦法，是高速度培養教師的好辦法。很多年輕的新教師就是由於聽黨的話并接受同志們的幫助，經過自己刻苦努力，已能勝任所擔任的教學工作，甚或在工作上有了顯著成績。

教師教學的好壞，并不完全决定於原來的基礎，而首先是决定於他的政治思想，衹要思想上堅持政治挂帥，以政治帶動業務，進步是會很快的。條件并不是一成不變的東西，原來不會的，衹要學就能會，衹要刻苦鑽研，就能把教學搞好，衹要下定决心，就沒有克服不了的困難。

有些教師在工作上的確遇到一些困難,如對業務還不很熟習,課程多,要備課、輔導、批改作業,時間較緊張。於是有人認爲要提高教學質量,最好是離職進修,不然就没辦法提高。這種想法,是不實際的,因爲不可能有很多教師都離職進修。教師水平的提高可以是離職進修,但也可以是在職學習,因爲學習和教學原不是對立的事情,教學實踐就是最好的學習機會。毛主席在『中國革命戰争的戰略問題』中説:『讀書是學習,使用也是學習,而且是更重要的學習。從戰争學習戰争——這是我們的主要方法。没有進學校機會的人,仍然可以學習戰争,就是從戰争中學習。革命戰争是民衆的事,常常不是先學好了再幹,而是幹起來再學習,幹就是學習。』毛主席雖然談的是當時的戰争問題,而他所教導我們的方法。却是有普遍性的意義,我們應該深刻體會毛主席的教導,從實踐中學習。古人説『教然後知困,知困然後能自强也』,這就是因爲在教學的實踐中,更容易檢驗出自己哪方面不足,應當向哪方面努力。所以我們主張邊教邊學,邊工作邊提高。

青年教師要不斷提高思想覺悟;不斷豐富業務知識;不斷改進教學方法。時間是會緊一些,所以必須把時間合理安排,要善於利用零散時間,每天堅持擠出一定時間來進行學習。毛主席經常教導我們時間要擠,學習要鑽。大家工作都很忙,如果衹是等待着有較長的時間再學習，就反而把目前可利用的時間輕輕放過。常言説『吾生靠明日，萬事成蹉跎』，所以青年們要以頑强的精神抓時間，擠時間，分秒必争，萬萬不能等待，不能因循。

安排好時間，就要堅持不懈的虚心學習。作教師的人，不僅是教師，同時他也是學生，衹有會作學生，纔能會作先生。青年教師既要向書本學習，向老教師學習，更要向實際學習，向群衆學習，并且還要善於向學生學習，不要放過任何可以學習的機會。衹要虚心，『不耻下問』，則人人是老師，隨處可受益。衹要有决心就能擠出時間，衹要能堅持，就能有收獲。

青年教師應當有共産主義風格，敢想、敢幹，以昂揚的鬥志，下最大的决心，就能够戰勝困難，就能不斷提高原有水平，逐漸改變原有基礎。教學工作不是什麽神秘莫測的事，别人能教好，我就能教好，『天下無難事，衹怕有心人』，毛澤東時代的青年就是不怕困難，衹要是黨和人民需要，就應該集中精力，全力以赴。雖然有些困難，但困難對無産階級革命戰士來説，又算得了什麽呢！青年們一定要把困難戰勝，也一定能把困難戰勝。

三、教好每一堂課，教會每一個學生

有些教師取得一些成績後，就容易産生盲目自滿情緒。認爲教書没有什麽了不起，自己已經差不多了，於是安於現狀，不求進取。這樣是很危險的事情。

教師工作雖然不是神秘莫測，但也不是輕而易舉的工作，必須要付出艱苦的勞動。任何人都永遠不能滿足已取得的成績，衹看到成績，就會停滯不前，很難再進一步。現在有些教師提出要作到『教好每一堂課，教會每一個學生』，我覺得這樣提法很具體、很明確，每個青年教師都應當儘量使自己達到這個要求。要達到這個要求，就需要長期不斷的努力，不能有些成績就滿足，實際上有『差不多』思想的人，往往還是差得很多的。

要作到『教好每一堂課，教會每一個學生』，首先就要提高課堂教學質量。在教學中要注意貫澈黨的教育方針，在向學生傳授基礎知識時，要密切聯繫思想、政治和生産的實際。一個好的教師，隨時都不能忘記對學生進行思想教育。爲了把科學知識更好的傳授給學生，還要不斷改進教學方法。講課時應層次清楚，深入淺出，抓住重點，應當用最精簡準確的、最生動的語言，使學生理解得深刻透澈。

其次，備課必需充分。要對教材反復地鑽研，真正掌握教材的內在聯繫，注意教材的精練，研究如何纔能把中心問題講解明白，怎樣纔能在課堂上有充沛的階級感情，怎樣纔能愛憎分明，感染力大，怎樣纔能使學生又容易聽懂，又記得鞏固，這都需要有充足的準備。

此外并要加强課外輔導。既要教會每個學生，就要對每個學生負責到底，所以教師必須深入瞭解同學的情況，瞭解他們的思想、業務水平和接受的程度，瞭解他們的特長與缺點，祇有全面的瞭解學生，纔能把他們教好。

教師要作到管教、管導、管會，全面負責，需要有高度的責任感，需要持久的努力，不斷創造新辦法，積纍經驗，永遠不能驕傲自滿，不能鬆勁，永遠要意志旺盛，力争上游。學無止境，政治、業務水平和教學能力也是無止境的。教師的教學不能總是停留在原有的階段，應當以不斷革命的精神，作到精益求精，永遠以最高標準來嚴格要求自己。

總之，教育事業是革命事業極爲重要的一部分，中等教育是教育事業的重要環節，要想把中學辦好，就要提高教學質量，提高教學質量的關鍵，就要不斷提高教師水平。中學教師要負責把每一個中學生都培養好，使他們在中學時打好全面發展的底子，考入大學纔能造就成社會主義建設所需要的人材。所以教師教課的好壞,不僅是他個人的事情,而是關係着我們建設事業進行的重大問題。今後我們的中學教育,在教學制度上,在課程設置上,在教育内容上,都還要不斷調整和革新,教育革命要繼續深入,作爲一個中學教師,責任是重大的。因此希望青年教師們,努力學習毛主席著作,以毛澤東思想爲武器,經常檢查自己的思想和工作,堅决貫澈執行黨的教育方針,立共産主義大志,做共産主義新人,以雄偉的氣魄,以敢想敢幹的精神,千方百計的提高教學質量,全心全意的爲無産階級政治服務。爲了加速我國的教育革命和文化革命,讓我們共同高舉毛澤東思想的旗幟,鼓足更大的幹勁,作出更出色的成績,以不辜負黨對我們教師的信任,以無愧於這偉大的時代。

〔一九六〇年三月一日〕

重印中西回史日曆説明

中西回史日曆，係著者苦心創作，不獨爲研究中西交通史的重要工具，且爲研究我國與東南亞各國交通史的重要工具。我國自唐以來，即與海外交通頻繁，所謂海外，多指今東南亞各國，因此在明以前，回曆與我國之關係，實比西曆爲密切。惜舊有年表，多不記載回曆，學者憾焉。此書中西回三曆并列，爲我國前此所未有，今特重印，以應需要。

〔一九六〇年四月〕

〔此爲援庵起草的重印説明，後雖未用，然甚有價值〕

要徹底認清美帝國主義的和平僞裝

美帝國主義是中國人民的頭號敵人，也是全世界愛好和平人民的頭號敵人。它到處建立軍事基地，組織軍事集團，瘋狂的擴軍備戰，製造國際緊張局勢，嚴重的威脅着世界和平。全世界人民渴望國際局勢和緩，但是美帝國主義却加緊『冷戰』，積極備戰；全世界人民渴望世界和平，爲維護世界和平而作出不懈的努力，但是美帝國主義却總是不放過一切機會進行擴張和侵略。

美帝國主義作盡了壞事，它堅决與世界人民爲敵，而在社會主義陣營的力量日益强大的情况下，在東風繼續壓倒西風、和平力量超過戰争力量的形勢下，它曾被迫表示過某些『和平』姿態。它僞裝『和平』是想掩蓋它的猙獰面貌，帶上和平面具，實際上在進一步積極策劃戰争。

但是，是真是假，不是裝扮所能欺騙得了的，現在世界各國已經有越來越多的人，逐漸看清了它的侵略本質，并且在日益堅决地同它進行鬥争。我們任何一個正直的人，都應當進一步認清它的真實面目，不能爲它的僞裝所欺騙，一定要認清美帝國主義的最終目的，是稱霸全世界，奴役各國人民。祇要世界上還存在着帝國主義，就存在着戰爭的威脅，要想維護世界和平，就必須堅決的進行反對帝國主義的鬥爭。

這次美帝國主義間諜飛機侵略蘇聯，破壞四國首腦會議的罪惡行爲，就是它敵視世界人民的自我招供，也就是它蹂躪世界和平的凶惡面目的一次徹底大暴露。

爲了召開和開好四國政府首腦會議，蘇聯曾盡了最大的努力，但是，美國却一直蓄意破壞，在開會的前夕，它派遣間諜飛機對蘇聯進行侵略和挑釁。當這種卑鄙的侵略行爲被揭露以後，艾森豪威爾和他的政府不但毫無悔過的表示，反而公然宣布這種侵犯蘇聯主權的行動是美國的既定國策，并且表示將要繼續對蘇聯進行這樣的挑釁活動。它悍然拒絕對自己的罪行承擔責任，拒絕作出不再重犯的應有保證，拒絕向蘇聯政府和人民道歉，以致破壞了首腦會議。

從這件事情上更可以清楚的看出美帝國主義的真面目，美國政府和艾森豪威爾本人都已供認了美國飛機搜集情報的間諜活動，那末，到底是誰製造緊張局勢？是誰破壞了和平？艾森豪威爾拒絕承認侵略，并把侵犯蘇聯主權作爲既定國策，那末，究竟是誰制定了侵略政策和戰爭政策？是誰破壞了四國首腦會議？它公然表示今後將要繼續進行這種挑釁行動，這種明目張膽的强盜行爲，是任何有自尊心的國家，任何獨立的國家，所不能忍受的。試問，同它們進行談判，怎能會有結果？蘇聯政府在忍無可忍的情況下，不得不對美國這種侵略行爲，進行堅決的反擊，這是對侵略和挑釁的正義鬥争，我們完全支持蘇聯的嚴正立場。

事實是最有力的回答，美帝國主義就是這樣的在隨時隨地利用一切機會進行擴張和侵略。侵略和戰争是它的本性，這個本性它不但没有改變，而且也根本不可能改變。我們不能被它的和平僞裝所欺騙，不能對它的花言巧語抱有任何幻想。爲了維護世界和平，全世界愛好和平的人民，都必須百倍地提高警惕，堅決和帝國主義鬥争到底！

〔一九六〇年五月二十四日中國新聞社取走。二十五日載中國新聞第二二六三期〕

我國教育事業急需補充新的力量

今年全國高等學校共招收二十八萬人，其中高等師範占極大比重，説明祖國的建設是多麽需要教師；教師的工作又直接關係着祖國整個下一代的成長與各項建設人材的培養，這又不能不直接影響到社會主義共産主義建設事業的規模與速度。因而對未來師資的培養來説，不僅數量上的需要很大，而且質量上的要求也是很高的。所以祖國迫切需要一批政治條件好、學業成績好、健康狀況好的高中畢業同學和青年同志來投考高等師範院校。

教育工作的重要性是十分明顯的。它對迅速改變我國『一窮二白』的面貌、對加速社會主義建設，對逐步實現我們偉大的崇高的共産主義理想，都有密切關係。我們必須加速培養大批又紅又專的教師，以加强并壯大教師隊伍。有了强大的又紅又專的教師隊伍，纔能更好的貫徹黨的教育方針，纔能保證教育事業的繼續躍進。毛主席指示我們：爲了建設社會主義，工人階級必須有自己的技術幹部的隊伍，必須有自己的教授、教員、科學家、新聞記者、文學家、藝術家和馬克思主義理論家的隊伍。這種形勢，自從一九五七年反右整風以來,特别是大躍進和全民性的技術革命與文化革命日益迅速普遍深入開展以來,使我們看得更加清楚了。我們社會主義國家,一定要有政治强、業務好的工人階級自己的優秀教師,組成一支强大的忠誠爲無産階級教育事業服務的教師隊伍,緊緊掌握教育這一個改造舊社會建設新社會的極爲重要的武器,來繼續深入思想領域裏兩條道路兩種思想的鬥争,徹底解决在思想領域裏誰戰勝誰的問題,并在爲社會主義共産主義建設服務中發揮越來越大的作用。

有很多人認識教育工作的重大深遠的意義,準備投考高等師範;但是也有些人,由於舊社會遺留下的資産階級思想影響,對從事教育工作的意義還不能清楚的瞭解。他們認爲師範院校水平低,教師工作平凡,用不着高深的學問,因此影響了一部分同學的報考。

我們生活在大躍進的年代,一定要認清當前形勢。我們全國人民正在黨和毛主席的領導下做着前人所從來不曾做過、也不可能做到的事業,各個建設領域、各條戰綫上正在不斷出現奇迹,人們的生活面貌與思想面貌正在發生着迅速的、深刻的變化。處在今天這個時代,生活在持續大躍進的祖國,誰如果還用舊的眼光、舊的尺度來衡量、判斷當前的各項事物,誰就要犯嚴重的時代錯誤。我們一定要認識:教育是改造舊社會和建設新社會的强有力的工具之一。我們的教育工作是在黨的領導下,爲社會主義革命和社會主義建設服務，爲消滅一切剥削階級和一切剥削制度的殘餘服務，爲建設消滅城市與鄉村的差别和消滅腦力勞動與體力勞動的差别的共産主義社會服務。所以我們培養出來的人，必須是全面發展的新人，他們必須是既有政治覺悟又有文化的人，必須是既能從事腦力勞動又能從事體力勞動的人。教育工作既是擔任着這樣的重要任務，那末，從事教育工作的人，需要具有什麽樣的水平，不是很清楚了嗎？生活在大躍進的年代裏，無論什麽人，在思想覺悟上，在文化知識和業務能力上，都不能也不應該停留在固定的水平上，做教師的人，尤其是如此。因爲世界是不斷進步的，現代科學是飛快發展的，知識領域是廣大無邊的，教師講課的内容，不能脱離先進的科學水平，因此，他必須永不間斷地充實自己，不斷地提高自己的政治覺悟和業務能力，他必須是一個又紅又專而且永不間斷地力求紅透專深的人。他既要具有共産主義的思想品質，成爲馬克思列寧主義的宣傳員，同時也必須掌握最先進的科學文化知識，不但傳授給學生知識，并要有進行科學研究的能力，纔能培養出我們所需要的人才，纔能擔承起祖國和人民付托給教師的崇高任務。

建國十年多來，我國的教育工作，在黨的領導下，經過廣大教育工作者的積極努力，已經把爲半封建半殖民地社會政治經濟服務的舊教育事業，從根本上改變成爲爲社會主義革命和社會主義建設服務的新教育事業。特别是經過一九五八年以來的教育大革命，教育事業更是面貌一新,在各方面都引起了深刻的變化。今年春天,黨中央提出了教學改革的號召,就是因爲,我國的教育雖然取得巨大成績,但是,關於全日制中小學的學制、教學内容和教學方法等方面,還存在着少慢差費的現象,還遠不能適應祖國建設事業、億萬人渴求文化知識的需要。這主要表現在學制年限較長;某些課程内容陳舊落後;教學内容脱離生産實際、脱離學生智力的發展;課程安排上主次不分,平均使用力量。這些情況,是遠遠落後於目前我國社會主義建設發展的,是遠遠不能滿足全民渴求文化知識并不斷提高文化水平的迫切要求的。如果不加改革,對於國家建設,對於教育的普及和提高,都很不利。

教學改革就是要全面的實現陸定一同志所指示的『適當縮短年限,適當提高程度,適當控制學時,適當增加勞動』的要求,進行中小學的教育改革。根據許多省市試驗的情況看來,這是完全可以做到的。我們北京師大已經根據指示的精神,提出全日制中小學九年一貫制的教學改革方案和各科教學大綱、教材。改革方案,使教學水平提高了,而且使年限縮短了。比如現行的自然學科的教學體系,大多是十九世紀以前形成的。這次我們在數學中,打破歐幾里得幾何公理體系,按照馬克思列寧主義的唯物辯證法的原則,建立了以函數爲綱,數形結合,計算與概念統一的新數學體系。其他課程也都有很大改革。根據這個方案，學生在九年内可以學兩門外語、數學、物理、化學等課程，經過九年的學習，都可以達到現在大學理科一年級的水平。這就是説可以縮短年限三年，程度比過去反提高一年。

經過教學改革，許多學科的體系將會發生很大的甚至是根本的改變；教材中要增加許多現代科學技術知識等新内容；部分學科還要逐級下放，這就向教師們提出了新的更高的要求。爲了使各級學校的師資能適應今後教學工作不斷提高的需要，師範教育也必須大力改革。楊秀峰部長在文教群英會上爲我們指出，説師範教育要『在加强共産主義的思想政治教育的同時，大力提高文化科學知識程度，使高等師範相當於綜合大學的水平，中等師範相當於普通中學的水平』。因此高等師範院校一定要迅速提高程度，并要向高精尖的方嚮發展。北京師大的青年師生和全國其他兄弟院校一樣，在黨的領導鼓舞下，已經在認識上并且用活生生的事實駁斥了并且粉碎了『做教師不需要進行科學研究』的落後謬論，開展了群衆性的科學研究。爲了適應我國現代化生産和現代化科學文化發展的需要，爲了給國家培養高質量的教師隊伍、理論隊伍和科學隊伍，爲了攻克科學技術堡壘，攀登科學高峰，我校和有些其他師範院校已從今年起增設了一批新的專業，向高精尖迅速猛進。今後全國高等師範院校，都將不斷提高，飛躍前進，以源源不斷地爲教育戰綫上輸送數量更多質量更高的師資。

我們教育戰綫上的任務是繁重的，但也是極其光榮的。我們不僅要掃除文盲、普及初等教育，而且還要逐步普及中等教育和高等教育。今後新學校還要不斷建立，老學校更要不斷提高，各級各類學校都需要具有相應水平的教師。現在我們雖然已經有了一支相當可觀的專業教育隊伍，但無論在數量上或質量上，無論從目前的或長遠的需要看，都還遠遠不能滿足客觀實際的要求。因爲我們的國家是一日千里的進步，教育工作必須適合經濟建設的需要，來高速度的發展。因此我們必須迅速的加强并壯大工人階級教師隊伍。

現在很多同學和青年正在考慮報考高等院校，希望大家對師範教育和教育工作有正確的理解，根據祖國建設的需要，能有更多的人報考高等師範院校，爲祖國的教育事業貢獻自己的才智。

〔一九六〇年七月〕

教育戰綫上需要補充新的戰士

自從全國解放以來，我們的教育事業和其他各項建設事業一樣，取得了輝煌的成就。舊中國的教育，是爲半封建半殖民地社會政治經濟服務的，我們已經從根本上將其改變成爲爲社會主義革命和社會主義建設服務的新教育事業。特别是一九五八年教育大革命以來，我們堅決貫徹執行了黨的教育方針，教育事業就更取得巨大發展，有了深刻變化。不但學校的數目大量增加，而且教育質量也大大提高。

我國的社會主義建設是一日千里高速度的發展。所以教育工作雖已取得巨大成績，但是却仍然不能適應國家建設發展的需要，不能滿足全民渴求文化知識的需要。新的形勢要求我們必須要進一步貫徹社會主義總路綫和黨的教育方針，要求我們必須要更加多快好省地發展教育事業。現行的全日制中小學的學制、教學内容和教學方法等方面，還存在着少慢差費的現象。如不加改革，對於國家建設，對於教育的普及和提高，都很不利。因此，今年春天黨中央向我們提出『教學必須改革』的號召，提出改革的全面要求，即『適當縮短年限，適當提高程度，適當控制學時，適當增加勞動』。這一號召已得到了廣大群衆和學校師生的熱烈擁護。全國已有很多地區的學校,進行了試驗,取得顯著成績。我們北京師大也已根據中央指示的精神,提出全日制中小學九年一貫制的教學改革方案和各科教學大綱與教材。通過教學改革,不但教學水平將有極大提高,而且學習年限也有所縮短。將來的青年可以十五六歲中學畢業,程度可以達到現在大學一年級水平。學生將學得更多更好,畢業年限又能提前,教育就可以作到較快的普及和提高,舊中國遺留下來的文化落後的狀況將更加迅速的改變,這就將會使我們的共産主義理想更早的實現。

目前教學改革的群衆運動正在蓬勃展開,以掃除文盲、教育革命爲中心的文化革命高潮已經到來。在波瀾壯闊而且日益深刻的文化革命中,要求教師的政治質量更加提高,同時所需數量也日益增加,因此,我們教育戰綫上急需補充新的戰士,迫切需要把我們的教師隊伍更加壯大起來。現在暑假即將到來,準備投考高等學校的青年正在選擇自己志願,在大家選擇志願的時候,應當考慮到國家對教師的需要,希望今年能有很多品德兼優的青年投考師範院校,投身於教育革命的戰鬥隊伍中來。

但是,由於舊社會思想的長期影響,有些人對教育工作在今天建設中的重要地位,還認識不清,致使有些青年輕視教師工作,不願投考師範,這是很不好的。我們今天生活在大躍進的年代裏，一定要認清當前形勢，不能再用舊眼光判斷當前的各項事物，也不能以舊看法來看待教師工作。我們要瞭解教育工作的重要意義，認清教育工作在建設中所占的地位。

我們國家的教育事業，是社會主義的教育事業，它是無產階級專政的工具，是用共產主義思想教育人民的工具。我們在學校所培養出的學生，既要具有共產主義思想，又要能掌握先進科學文化知識；既能從事腦力勞動，又能從事體力勞動。也就是毛主席所説的我們要培養有社會主義覺悟的有文化的勞動者。作教師的人，就是要擔負起爲國家培養這一代全面發展的新人的責任，以迅速建立起一支强大的工人階級知識分子隊伍，來爲建設社會主義和實現共產主義的理想服務。

教師既然負責培養這樣的人材，所以我們對教師質量的要求是很高的。我們要求的教師是又紅又專，因爲祇有又紅又專的教師，纔能具有堅定的無產階級立場，全心全意爲無產階級的教育事業貢獻自己的才智，纔能在教育陣地上爲徹底肅清資産階級的政治影響和思想影響作出不懈的努力，纔能在思想領域裏徹底解決誰戰勝誰的問題。同樣的，也祇有又紅又專的教師，纔能更好的向學生傳授文化科學知識，并能不斷提高科學研究能力,隨時以最新的科學成就充實教學内容。這是關於教師的質量要求。

教師的數量也是急待補充,因爲我們不僅要掃除文盲,要普及初等教育,而且還要逐步普及中等教育和高等教育。在教育迅速普及和提高的情況下,今後新學校會不斷建立,老學校更要不斷提高,各級各類學校所需要的教師數量是相當可觀的。準備報考高等院校的青年們應當正視國家的這一迫切需要,以國家的需要作爲自己的志願。

有人説:學師範没有前途,不能轟轟烈烈。這看法當然是不對的,學師範不但有前途而且前途遠大。因爲教育工作是我們社會主義建設事業的重要組成部分,教師爲祖國建設培養各種人材,這工作關係祖國整個下一代的成長,關係着各項建設人材的培養計劃和培養質量,所以説教師工作對我們的建設規模與速度有直接關係,對祖國的未來和發展有深遠影響。這樣的工作,怎能説没有前途呢?而且,一個人的前途并不是决定於他的職業,而是决定於他對待工作的態度,衹要爲國家和人民、爲社會主義事業有貢獻,就有前途;反之,成天斤斤計較個人得失,陷在個人主義的泥坑裏來追求自己的前途,那就是最没有前途的人。有個人主義思想的人,即使選擇了其他專業,也達不到他所要求的『前途』。

有人説:我知道師範是國家需要的,但搞尖端或其他科學,也是國家所需要的。這話說得很對，國家是需要各行各業的人材。因爲我們社會主義事業是集體的事業，各項事業都需要有人來作，尖端科學對我們國家是非常重要的。但是，我們的尖端科學也要有發達的文化教育事業作基礎，我們的各項事業都需要無數的人來完成。

我們建設社會主義，首先要實現工業化，要發展工業，要發展尖端科學，因此必需要有足够數量的教師爲這種種方面源源不斷的培養人材。搞尖端科學當然是很重要的，也必須有大批人去從事這工作，但是，也不能因此就小看了教師的工作。都不願作教師工作，發展尖端科學也要受到影響，而且如果都不願作教師工作，怎樣繼承先輩的事業，怎樣改變祖國『一窮二白』的面貌呢？因此必須有足够數量的人報考師範。

中國青年報在六月十六日登載了一篇文章，是林伯渠林老的兒子林用三作的，題目是『回憶我的父親』，這篇文章很值得青年同學們參考。他寫道：『一九五七年，我的哥哥秉蘇高中畢業了，要報考大學。他的志願很多，拿不定主意，曾寫信回來徵求爸爸的意見，爸爸說：『你的志願很多，怎麽没有師範？這很不對，要多考慮國家的需要。』秉蘇考上北京師範大學以後，他又及時找他談：『這個志願是你原先没有想到的，你應該服從國家的需要，國家需要你們當教師，你就要好好當一輩子教師，再不要東想西想。』并且一再説『師資的質量很重要』。

青年們應當看看我們的革命先輩就是這樣教導他的孩子。今天在大家升學選擇志願的時候，應該遵循着革命先輩的教導，多考慮國家的需要，希望能有大批思想好、業務好的青年，投考高等師範院校，争取作一個優秀的人民教師，把自己的才智貢獻給祖國的教育事業，爲早日把我國建設成一個繁榮富强的社會主義國家，爲將來實現我們偉大的崇高的共産主義理想而奮鬥！

〔一九六〇年七月四日〕

熱烈慶祝黨的四十周年

今年七月一日，是中國共産黨成立四十周年，我在熱烈慶祝黨的四十歲生日的時候，撫今思昔，真是百感交集，多少事情都涌上心頭！

我親眼看見舊中國的受人凌侮、貧窮落後，又親眼看到由於共産黨的領導，擊退帝國主義，推翻反動統治，建立起獨立富强、繁榮進步的新中國，我不禁爲祖國在黨的領導下取得光輝勝利而熱烈慶祝！更不禁爲祖國在黨的領導下將會取得更偉大的成就而奮臂歡呼！

中國共産黨雖已誕生四十年，但在舊社會，由於反動統治的新聞封鎖，惡意宣傳，使很多人都不能和黨接近，對黨不能真正瞭解。我個人對黨的認識，也是在全國解放之後。在很多先進的革命者，已在爲革命事業不屈不撓、英勇奮鬥的時候，我那時却還是一無所知，未能參與到革命行列，説來非常慚愧。但是另一方面，我也感到非常慶幸，因爲我雖然聞道太晚，走過大半生曲折崎嶇的道路，但終於還能在有生之年，找到了這條爲真理而奮鬥的道路——知識分子唯一正確的道路。就在兩年之前，在黨的關懷、幫助和教育下，我光榮的加入了偉大的中國共産黨。今天我能够作爲一個共産黨員在爲自己的黨慶祝四十生辰,感到無限光榮!無限幸福!

我年青的時候在廣州讀書,十五歲甲午之戰,中國敗給日本,二十一歲庚子之戰,又受八國聯軍的蹂躪,清皇朝政府腐敗到了極點,喪權辱國,割地賠款。我那時真是滿腔憤恨。由於受到了一些進步思想的影響,就參加了廣州一九〇五年反對美帝國主義的鬥争;後來又積極的参與推翻清朝政府的活動。辛亥革命後,曾一度擔任政治職務,來到北京。滿以爲皇朝推翻,國家可以走上富强的道路,誰知皇朝雖然推翻,政治依然腐敗,軍閥連年混戰,搞得民不聊生,眼見國事日非,生靈塗炭。這時自己思想没有出路,感到生當亂世,無所適從,衹覺得政治污濁,自己不應當參與這樣的政治,因此就不再參加任何政治活動,專心致力於教學與著述,就在北京各大學如北大、師大、燕京和輔仁等大學從事教學工作。就這樣以『苟全性命於亂世,不求聞達於諸侯』的態度,渡過了幾十年。

在抗日戰争勝利後,我以爲國家會有一些轉機,那知蔣介石反動政府又發動内戰,我們這些從事教育工作的人,不但政治上受迫害,精神上受折磨,而且物價一日三漲,簡直無法維持生活。就在這個時候,我聽到了一些解放區的情況,因此在解放前夕,我拒絶國民黨反動派接我離開北京,我要留在這裏,看一看共産黨到底是怎樣。

一九四九年一月底北京解放,隨着解放軍的進城,一切都在起着變化,各種新鮮事物,天天都在教育着我。我初次看到了紀律嚴明、和藹可親的軍隊，看見虛懷若谷、勤勞樸實的幹部。我經過多次的改朝换代，看過多少次興亡衰盛，没有一次當政者不是巧取豪奪，吸民膏脂，而像這樣的好政府，真是從來没有見過的。没有多久，惡性通貨膨脹被制止了，迅速的恢復了國民經濟，并在政治、軍事、工業農業、文化教育等各方面都不斷取得勝利，從而使廣大人民群衆的生活安定下來。我纔開始發現：我們所嚮往的中國獨立富强的道路，就是中國共産黨所領導的革命的道路。

與這同時，我開始學習着新的理論書籍，初步瞭解了一些中國革命的理論，認識了共産黨和人民政權的性質，因此，我開始參加了政治活動。

一九五〇年輔仁大學反帝鬥争。因爲解放後，我們輔大師生政治認識都有了提高，帝國主義分子就百般阻撓和破壞，後來竟提出解聘進步教授來要挾，以停發下年學校經費來威脅，他們要掌握學校的人事否决權，企圖繼續在文化教育上進行侵略。他們仍以舊中國來看我們，認爲國家絶没有力量來自己辦學校，但是，站起來的中國人民是决不能容許教育主權被侵犯的。我們爲了維護教育主權，并爲了幾千師生的工作和學習，决定將學校收回自辦。過去我錯誤的認爲舊中國的教育不發達，外國人來幫助中國辦教育，不算是壞事。在鬥争過程中，我纔逐步認清了帝國主義的真實面貌，認清帝國主義分子來辦教育，其目的是進行文化侵略，以奴化中國青年。這次鬥争的勝利，使我的思想得到很大解放。

後來，我又有機會去參加土地改革，因此和廣大農民有了初次的接觸，認識了群衆力量的偉大和勞動人民的智慧。土改工作不但提高了我的思想意識，而且對於歷史文獻記載的看法，也有了很大改變，明確了過去所鑽研的歷史書籍中的階級性。一次我在鄉間，看見一塊鏤花大理石的紀念碑，是稱頌當地堰塘修成的碑，碑上説：『堰成，歲歌大有，各農民飲水思源，相與勒石紀念，誠盛舉也。』這類稱頌的文章，是我們在歷史記載裏常常遇到的，看到後真好像是地主愛護農民，并且注意發展生産。但是當地農民和我們説，爲了修這堰塘，地主霸占了大塊土地，把住在這裏的農民趕走，又日夜拉工，使很多家庭妻離子散，而堰塘修好後，地主説收成可以增多，於是又加租加押，農民反倒更無法生活。這次我看到多少這類的碑碣，同時也在碑上的字裏行間看到了農民的辛酸血泪。地主雕梁畫棟上挂着『積善人家』的匾額，而後院却私設公堂，對農民肆意虐害。千百年來，剥削階級操持着文字工具，培養出爲其本階級服務的知識分子，爲他們『傳經衛道』，還説什麽『勞心者治人，勞力者治於人』；剥奪了勞動人民受教育的機會，反説他們愚昧無知；受勞動人民的衣食供養，反説『巫醫百工，君子不齒』。這種種都是極不公平、極不合理的事情。這樣簡單的真理，我以前全不明白。這次在土改實際鬥争中，使我懂得了從階級分析問題，政治思想和學術思想都起了劇烈的變化。

自這之後，我重新考慮到自己所從事的科學研究。我過去在學術研究上，也曾下過苦功夫，但由於歷史條件和思想認識的限制，没有正確的領導，没有明確的方嚮，寫作著述往往是從自己的興趣出發，脱離實際，脱離生活。而且那時祇可能單幹，談不到什麽集體，縱然想集體合作，可以集思廣益，但也没有條件，没有可能。現在，史學研究者在黨的領導下，首先端正了階級觀點，并且在全國統一部署下，分工合作，又能匯合集體的力量，又能充分發揮個人所長。最近貫澈了百花齊放、百家争鳴的方針，各抒己見，討論歷史上的問題，學術界呈現了空前繁榮景象。

由於作史學研究，必須有充實的資料，在國家制訂的科學規劃中，校點整理古笈也是重點項目之一，我們的規劃中有重新校點廿四史的工作，我便擔任其中二部——新舊五代史。過去作研究工作的人，往往輕視這類工作，在我接受這個任務時，就有人認爲作這工作没什麽意義，我却嚴詞批駁了他們。我認爲過去我對舊五代史研究既然曾花過工夫，今天能把自己所研究過的和國家需要結合在一起，把這工作作好，就是爲集體出一分力量，這就是我的願望和喜悦。這工作雖然非常細緻複雜，但是我一定盡力把它作好，自去年年底我已開始了這個工作。

除此之外，解放後我已陸續出版或重印了九部史學專著，并正在計劃着在新舊五代史作完之後，再把我解放前未完成的幾部著作寫好出版。

總之，在這百事繁榮、光明燦爛的環境裏，工作是作不完的，英雄大有用武之地。在學術研究上，還有多少問題有待於我們去鑽研探討；在新生力量的成長上，還有待於我們加緊培養教育。

我長期生長在舊社會，舊社會給了我無數失望和打擊，在那吃人的社會裏，暗無天日，善良被害，邪惡横行，我祇好選擇了脱離政治埋首讀書的道路。感謝黨的啓發和教育，使我打開眼界，解放思想，使我獲得了光明，認識了真理，逐步樹立起無産階級世界觀，參加了工人階級的先進組織。得以在今天的新制度下，爲人類的革命事業盡自己的一份力量。我今天不但思想上毫無牽挂，精神上暢朗愉快，而且黨又給我安排了研究和生活條件，使我可以安心鑽研和著述。解放前所有的一切理想，今天都成爲事實，甚至於大大超過。我今雖年過八十，但是在這樣美好的環境下，我感到幸福無邊，青春長在。在敬愛的黨四十大慶的時候，我願向黨保證，我今後要更加努力，作好黨所交給我的任務，無限忠誠的爲實現人類的最高理想——共産主義貢獻出一切！

〔一九六一年五月三日爲中國建設社寫〕

朝鮮人民的鬥争一定勝利

十年以前，美帝國主義發動侵朝戰争，并武裝霸占我國領土臺灣，它對我們中朝人民犯下了滔天大罪。在我中朝人民英勇抗擊下，侵朝戰争以中朝人民的偉大勝利和美帝國主義的慘重失敗而宣告結束。這充分證明了帝國主義和一切反動派都是外强中乾的紙老虎，衹要反帝愛國的人民團結起來和它堅决鬥争，就一定能够把它打敗。

十年後的今天，美帝國主義仍霸占着南朝鮮，賴在南朝鮮不走，繼續作威作福，對南朝鮮的革命鬥争進行瘋狂的鎮壓。它大力扶植南朝鮮的反動政權，奴役南朝鮮人民；把南朝鮮投入苦難的深淵。但是英雄的朝鮮人民憤怒的烈火，越燒越旺。我們堅决相信，朝鮮人民再接再厲的進行鬥争，一定能够取得徹底的勝利，一定能够實現朝鮮的和平統一事業。

最近曼德列斯、李承晚、岸信介等傀儡政權的下臺；艾森豪威爾遠東强盜旅行所受到各國人民的沉重打擊，都使我們越來越看清：覺醒了的人民，力量是無窮無盡的，衹有人民纔是决定世界形勢的根本因素。

朝鮮人民的鬥争，不是孤立的，這個鬥争已經得到全世界人民的同情和支持。中國人民對世界上一切正義鬥争從來都是支持的，我們兩國人民更有并肩作戰、共同抗擊侵略者的光榮史迹，我們兩國人民用鮮血結成的友誼是牢不可破的，是保衛亞洲和平的保證。我們中國人民仍將堅决支持朝鮮人民的正義鬥争，朝鮮人民一定能够把美帝國主義趕出南朝鮮，實現和平統一。

决定朝鮮命運的是朝鮮人民，絶不是美帝國主義和反動派！朝鮮人民的鬥争一定勝利！

〔一九六一年六月二十三日〕

刻苦努力讀書，作革命事業的接班人

——北京師大校長陳垣與該校史四畢業生談話記要

我早就想和大家談一談，但是由於時間和身體的關係，今天纔得如願。你們畢業後是去作教育工作，又是學歷史的，所以我和你們真正是同行。我從事教育工作幾十年，研究歷史也有幾十年，時間很長，但是時間長，并不能説明問題，解放前在舊中國，由於當時歷史條件的限制，和自己思想的局限，走了很多彎路，浪費了很多精力和時間，所以成功的經驗不多，失敗的經驗却不少。不像你們處在這樣好的時代。你們大多數人在全國解放時，不過纔十二、三歲，或者更小，是在黨的教育下成長起來的，這是很大的不同。因爲今天的社會處處都爲青年着想，告訴你們應當怎樣走，告訴你們爲什麼應當這樣走。黨和政府給你們儘量創造一切有利的條件，就看自己是不是努力了。祇要努力，比起從前來就能事半功倍。

你們馬上就要畢業了，本來我有很多話想説，但也不能一下都談到，今天祇談談有關讀書的一些問題。這可能對你們畢業後在工作中自己進修時有所幫助。先談一下我個人讀書的經過。

十二歲以前，在學館讀四書五經，衹是呆板地死背，不能背就挨打，衹有用逃學一法來躲避。

十三歲發現書目答問，書中列舉很多書名，下面注着這書有多少卷，是誰所作，什麽刻本好。我一看這是個門路，漸漸學會按着自己的需要買書。

十五歲廣州大疫，學館解散，因此不用學習科舉的八股文，所以有時間讀自己喜歡讀的書，在三年時間裏看了讀了不少書，打下了初步基礎。

十八歲入京應試，因八股不好，失敗，誤聽同鄉一老先生的勸告，十九歲一面教書，一面仍用心學八股。等到八股學好，科舉也廢了，白白糟蹋了兩年時間。不過也得到一些讀書的辦法。有人問我當時讀書是用什麽辦法，其實也没有什麽別的辦法，法子是很笨的，我當時就是『苦讀』，也就是我們現在所説的刻苦鑽研，專心致志。逐漸養成了刻苦讀書的習慣。

科舉廢後，不受八股文約束，倒可以一面教書，一面讀書。當時讀書，就是想研究史學。中間有幾年還學過西醫，辦過報紙，但讀書和教書從未間斷，因此四庫全書總目提要讀過好幾遍。可惜四庫提要所著録的書，許多在廣州找不到。辛亥革命後重入北京，時熱河文津閣四庫全書移貯京師圖書館，因此可以補讀從前在廣州未見的書。如是者十年，漸漸有所著述。

我讀書是自己摸索出來的，没有得到老師的指導，有兩點經驗，對研究和教書或者有些幫助：

一、從目録學入手，可以知道各書的大概情況。這就是涉獵，其中有大批的書可以『不求甚解』。

二、要專門讀通一些書，這就是專精，也就是深入細緻，『要求甚解』。經部如論、孟，史部如史、漢，子部如莊、荀，集部如韓、柳，清代史學家書如日知録、十駕齋養新録等，必須有幾部是自己全部過目常翻常閱的書。一部論語纔一萬三千七百字，一部孟子纔三萬五千四百字，都不够一張報紙字多，可見我們專門讀通一些書也并不難。這就是有博，有約，有涉獵，有專精，在廣泛的歷史知識的基礎上，又對某些書下一些功夫，纔能作進一步的研究。

我們研究歷史科學，需要知道的知識幅度很大，要瞭解古今中外，還要有自己較專門的學問。如果樣樣都去深鑽,勢必由於時間、精力有限,反使得樣樣都不能深,不能透。但是也不能衹有專精,孤立地去鑽研自己的專業,連一般的基礎知識都不去注意,沒有廣泛豐富的知識,專業的鑽研也將受到影響,學習歷史也是如此,不瞭解世界歷史,學中國史就必然受到限制。研究宋史,不知道整個中國歷史發展過程,則宋史也學不通。研究任何朝的斷代史,都不能没有通史的知識作基礎,也不能没有其他必要的各方面的知識。

不管學什麽專業,不博就不能全面,對這個專業閱讀的範圍不廣,就很像以管窺天,往往會造成孤陋寡聞,衹有得到了寬廣的專業知識,纔能融會貫通,舉一反三。不專則樣樣不深,不能得到學問的精華,就很難攀登到這門科學的頂峰,更不要説超過前人了。博和專是辯證的統一,是相輔相成的,二者要很好的結合,在廣博的基礎上纔能求得專精,在專精的鑽研中又能擴大自己的知識面。

中國歷史資料豐富,浩如烟海,研究的人,不可能也不必要把所有的書都看完,但不能不知道書的概況。有些書衹知道書名和作者就可以了,有些書要知道簡單的內容,有些書則要認真鑽研,有些書甚至要背誦,這就是有的要涉獵,有的要專精。世界上的書多得很,不能都求甚解,但是要在某一專業上有所成就,也一定要有『必求甚解』的書。

同學們畢業之後，當然首先要把書教好，這是你們主要的任務；另外，在自修的時候，可以翻閱一下過去的目録書，如書目答問、四庫總目等。這些書都是古人所作，不盡合於現在使用，但如果要對中國歷史作進一步的研究，看一看也還是有好處的。

懂得目録學，則對中國歷史書籍，大體上能心中有數。目録學就是歷史書籍的介紹，它使我們大概知道有什麽書，也就是使我們知道究竟都有什麽文化遺産，看看祖遺的歷史著述倉庫裏有什麽存貨，要調查研究一下。如果遺産都有什麽全不知道，怎能批判？怎能繼承呢？蕭何入關，先收秦書籍，可知其關梁阨塞、户口錢糧等，我們作學問也應如此，也要先知道這門學問的概况。

目録學就好像一個賬本，打開賬本，前人留給我們的歷史著作概况可以瞭然。古人都有什麽研究成果，要先摸摸底，到深入鑽研時纔能有門徑，找自己所需要的資料，也就可以較容易的找到了。經常翻翻目録書，一來在歷史書籍的領域中可以擴大視野，二來因爲書目熟，用起來得心應手，非常方便。并可以較充分的掌握前人研究成果，對自己的教學和研究工作都會有幫助。

現在青年，有很好的機會，就是有參加實際鍛煉的機會，你們這一班，從一九五七年考進師大，正是反右鬥爭還沒有結束，大家都投入了運動，後來又有整風、雙反、教育大革命等，這都是最好的機會，尤其我們學社會科學的人，參加這種種政治運動，參加實際鍛煉，是最需要的，也是很難得的機會。我常説這是時代所賜。四年來，你們在黨的教育下和在實際鍛煉裏，堅定了社會主義方嚮，提高了政治覺悟，有了明確的觀點，善於分析問題，可以明辨是非，又得到書本上得不到的活的知識，這都是最重要不過的。

有人説，有些青年基礎知識差，當然也是一個重要的問題，你們在校四年雖已經打下一些基礎，但我們要更高地要求自己，今後還要在這方面多多注意。基礎知識好比蓋房□□□□□地基不打結實，房子就會倒塌。我□□□□業都有注意基本訓練的優良傳統，□□□□□□□□要化很多時間練好一□□□□□□□□□□□戲劇科班，先學□□□□先練基本功。讀書更是如此，古人讀□□□□誦一些基本書籍，寫字先學會拿筆和寫字姿勢，講究横平竪直，作詩先學作聯句對句，學習詩韻。研究一門科學，基本知識更是起碼條件，不打好基礎，就好像樹沒有根。當然前人的要求和内容都和我們不同，但儘管有不同，而基本知識總是應當注意的。如學習歷史，就必須學會閲讀古文，要至少學會一種外語，而且要有一定的寫作能力。這都是必不可少的，大家在哪些方面還沒學好，今後還要在這方面多多努力。

要想獲得豐富的知識，必須經過自己鑽研和努力，没有現成的。衹要踏踏實實地念書，就會有成績，不要以爲學問高不可攀，就望而生畏，但也不能想不勞而獲。

不管别人介紹多少經驗，指出多少門徑，但别人總不能替你念，别人念了你還不會，别人介紹了好的經驗，你自己不鑽研、下功夫，還是得不到什麽。而且别人的經驗也不見得就適用於自己，過去的經驗，也不一定就適用於今天，衹能作爲參考，主要還是靠自己的刻苦努力。

讀書的時候，要作到腦勤、手勤、筆勤，多想、多翻、多寫，遇見有心得或查找到什麽資料時，就寫下來，多動筆可以免得忘記，時間長了，就可以積纍不少東西，有時把平日零碎心得和感想聯繫起來，就逐漸形成對某一問題的較系統的看法。收集的資料，引用的時候，就可以左右逢源，非常方便。

同學們就要畢業了，黨時刻都關心着你們，把你們培養到大學畢業，要時刻不忘黨對你們的希望，牢牢記住黨對你們的教導，永遠聽黨的話。首先要堅决地愉快地服從分配，不管是到邊疆、到農村，都要安心地出色地把分配給自己的工作作好。

學習是不能間斷的,更是不能停止的,要注意學習政治,學習經典著作、毛主席著作,并要經常學習黨的政策。要不怕艱難困苦,作到吃苦在前,享樂在後。要謙虚,不要以爲自己是北京師大畢業就看不起人;不要以爲自己已經大學畢業,學習的就已經够了,畢業衹是在學校學習階段的結束,更長期的新的學習階段,還是剛剛開始。我已八十二歲,越學習越覺得自己不够,你們連二十八歲還不到,應該學的東西還多得很呢!要趁着年富力强的時候,刻苦鑽研,努力讀書,時不待人,到了八十二歲再學,總是太晚了。古人傳説梁灝八十二歲中狀元,這畢竟是極個别的事情。你們不要等待、觀望,要趁着年輕,腦力、體力都好的時候,抓緊時機。機不可失,時不待人。

〔一九六一年八月七日中國青年報取走〕

爲師大教學及中國新聞社寫校慶對外報道訪問記用稿

解放前，學校規模比現在小得多，比如從前輔仁大學，有十二個系，而現在却衹够我們一個化學系用了。

圖書我們現在有一百四十多萬册，解放前，師大和輔仁兩校共有圖書五十二萬册，增加了近二倍。

建築面積解放前衹有三萬多平方米，解放後已達十五萬三千多平方米，增加了近四倍。在一九五三年院系調整後，政府給我們北太平莊作爲建校的地方，當時我和幾位同志來看這墣地的時候，從北校（原輔仁舊址）出德勝門，那時馬路還没修，出城後，衹有一條狹窄的顛坡不平的土路，没有電燈，没有自來水，路的兩邊還没有樹，城外是一片荒墳，有些快塌倒的破房子，斷瓦殘垣。到了我們的校址，連一棵像樣的樹都没有，衹有坑坑窪窪的一墣葦塘，我們就在這墣土地上，蓋房、種樹，幾年的工夫，平地蓋起這樣好的一座學校，今天看到的矗立在我們校園的八層大樓，漂亮宏偉的圖書館，設備完善的物理樓天文館，真是感到我們中國人民的建設工作的神速，也不禁使人想起黨和政府對於教育事業的重視。不但是我校，現在德勝門外，已是一片繁華整潔的景象，多少大樓，平地而起，路上小樹，已漸長大成蔭。

你們年輕的同學，不知道過去的辛酸，提起舊中國的教育來，真叫人大有滄海桑田之感。

舊師大尤其遭到反動當局的歧視和排擠，我們没有一天不是在動蕩危難之中渡過的。我一九二九年來到師大歷史系任教，那時教授的生活都很艱苦，師大任課的教師薪金經常拖欠，我在師大教了幾年書，幾乎是都没有領到工資，我們看着青年同學求知的渴望，每月没有工資，教室没有爐火，我們仍是不忍離開他們。

有一年學校因爲實在没有經費，開不了學，同學們發起了『經費運動』『上課活動』，説給你們青年聽，你們真是作夢也想像不到的。

現在我們有美麗的校園，有充足的圖書儀器設備，教師有很高的待遇，并且得到生活上的照顧。在教學和研究工作上，得到必要的條件設備，配備了得力的助手。有了很高的政治待遇。現在教師們生活安定，没有思想負擔，能够專心致力於自己的鑽研，可以充分發揮自己所長，在學術上可以自由探討、自由辯論，各抒己見。比起過去，真是不可同日而語。

我們學校規模的發展，物質的加强，是很多的，但是變化最大的，還是人的變化，教師們都經過十三年的黨的團結教育改造，思想上都有了很大進步，逐漸肅清了很多錯誤的不健康的思想，大家都團結在黨的周圍，一心一意的爲人民服務，爲社會主義建設貢獻自己的力量，真正感到學校是自己的學校，工作是自己的事業，任務是自己的責任，我們齊心合力參加社會主義建設，決心要把經濟貧困、文化落後這兩座大山，儘快的搬掉，把可愛的祖國建設成先進的國家。

〔一九六二年四月二十七日師大教學于日合同志取走，作爲同學對陳老的訪問，擬編在他所寫的綜合報道裏。又中國新聞社亦要用，對國外報導，由于日合給他〕

北京師大六十年的變遷

今年是北京師範大學建校六十周年。六十年的生命已不是很短,可以算是老學校了,但是她獲得新的生命,却衹有十三年,所以同時她也是一個新的學校。

我校自一九五二年起逐漸遷到新校址,新校址在首都西北郊區,出城後,沿着寬敞的馬路走不多遠,緑楊深處就可以看見一座乳白色的八層大樓,這就是我校的主樓,物理樓上閃着銀光的半圓頂——天文臺,也呈現在眼前。進了校門,教室樓、辦公樓、宿舍樓櫛比林立,校園裏花草樹木,濃緑嫣紅,當我們在校園裏閑步的時候,總不免想起十年前在這校址上的荒凉景象。

十年以前,確定這裏是我們的新校址,當我和幾位同志一同來察看這塊土地時,這裏是一片亂葦塘,坑窪污穢,亂草叢生,没有燈、水,没有馬路,連一棵像樣的樹都没有。就在這樣的地方,圖書館、校醫院、幼兒園等一年年增建,新的校園已迅速的建立起來。在這裏學習的同學,想像不出十年前這塊地方的面貌,更想像不出舊師大是在怎樣的艱辛困苦中掙扎過來的。

北京師大是我國第一座高等師範學校，她誕生在一九〇二年，原是京師大學堂附設的師範館，後改爲優級師範科，六年後獨立爲京師優級師範學堂，到一九二三年改爲北京師範大學。由於當時政局多變，而且當時統治階級内部時有矛盾，又加以各派學閥的壟斷跋扈，就常常波及到我校的安危，歷代反動統治者都對我校异常歧視，屢加排擠，或者企圖來我校操縱把持。在舊社會的四十七年中，忽而下令停辦，忽而讓我們停止招生，忽然改組，忽而合併，有時要隸屬於其他大學，有時聲言應廢止師範教育，有時改爲學院，抗戰期間北平淪陷，我校遷到西安，八年之間，一再遷徙，困難重重。抗戰勝利，又不準我們復員北京，種種刁難，百般打擊，四十七年間，没有一天不是在艱難動蕩之中。爲了學校的存在，爲了我國有專門培養中學教師的機構，爲了我國高等師範教育的獨立設置和整個教育事業的發展，我校師生，曾多次向當時統治者據理力争，展開辯論，不斷的示威、請願，在多少鬥争中，北京師大纔逐漸形成，逐漸完備起來。

隨着中國革命的歷史進展，北京師大在政治運動中，也與全國人民一起進行了一系列的堅定頑强的鬥争。早在一九一九年『五四』運動起，我校同學就站在政治鬥争的前列，參加反帝愛國運動，從這以後，學校中新舊勢力展開了一系列的激戰。長期的政治鬥争，使我校師生思想覺悟逐漸提高，革命意志鍛鍊得更爲堅强。師生們積極參加政治活動，前僕後繼，英勇不屈，配合着整個國家的革命形勢，取得不少勝利，在祖國的革命鬥争歷史上寫下了光輝的一頁。

在今年五月五日我校六十年校慶的時候，各地校友在祖國的四面八方寫信、寫詩、拍來電報，爲母校祝賀生辰，本市的校友都在這一天回校慶祝，舊日師生歡聚一堂，面對着今天的美好，述説着各自的成就，同時談起過去的辛酸。

看見今天學校裏的老師心情舒暢的教課，青年同學們幸福的學習，我很自然的想起了過去的歲月。我從十九歲起教書，在教育界工作了六十四年，曾教過各種類型的各級學校。一九二九年開始，來到北京師大歷史系，當時這個學校正是岌岌可危的年代，有時没有校長，校務陷於停頓；長期經費無着，學校裏一貧如洗。教職工的薪金經常拖欠，有時竟至依靠抵押校産，借債度日，師生們慘澹經營，勉强把學校維持下來。我清楚的記得，有一個時期，由於教職工不發工資，辦公無紙筆，嚴冬没有爐火，教室窗子没有玻璃，下雪時，怒吼的北風吹着雪花，吹到課位上，寫字都伸不出手來。這學期實在難以開課，同學們曾發起過『經費運動』、『上課運動』，以唤起當局的注意。今天的青年，他們是在幸福中成長起來的，坐在寬敞的教室、圖書館裏學習，到了冬天，宿舍和教室裏都有暖氣設備，學校裏管吃管住，一切生活和學習條件，不用自己操心，政府都給想得周周到到，和他們説起我們當年的困難情景，真使這些幸福的青年無法想象。

過去的教師們，也真够艱苦，有時不發工資，有時衹發每月工資的幾成，甚至有時要自己設法籌款爲學生發點講義，但是教授們看到學生求知的殷切渴望，都恨不得把自己的知識儘快的傳授給青年，條件十分困窘，也不願離開學生。雖然如此，但教師的職位，也并不是有保障的，説不定什麽時候就會被解聘，稍一不慎就會給加一個政治罪名，逮捕、監禁。教授們有家不能贍養，有病無錢就醫，爲了維持起馬的生活，不得不在幾個學校裏兼課，弄得身勞體弱，精神鬱悶。

回憶我們過去的幾十年，處在中華民族危急存亡的日子裏，師生們爲了争人權、要活命，爲了争民主、反迫害，爲了争取青年們讀書的權利，争取師範教育的存在，都曾付出了極大的力量，我們經歷的道路是艱苦崎嶇的。儘管學校多次變動不寧，但是學校的根本性質未變，她一直掌握在剥削階級手中，在政治上經濟上受到種種壓迫和束縛，因此她儘管在舊中國已經歷了將近半百的歲月，而其發展進度却是异常緩慢。一直到人民掌握了政權，學校歸人民所有，她纔得到空前的發展。

十三年的巨大變化，使我們北京師大面貌一新，過去在校學生人數最多時是一四五〇人，今年僅本科生已達六〇二八人。教師人數也從不足二百人增至一千人以上。舊師大四十七年共有畢業生六一五六人,解放後的十三年已爲國家培養了九千八百八十七人,培養了研究生八六二人,爲兄弟院校培養了進修教師六〇八人。我校的建築面積比十三年前擴大了四·六四倍,圖書也從十七萬多册增至一百六十三萬餘册。全校現在設有十二個系,十七個專業,二十一個專門組,四個附屬學校,并附設有綜合加工廠,爲理學院各系教學服務。實驗室、資料室和儀器設備也大大擴充。這一切都説明祇有在回到人民的懷抱以後,學校纔有可能充分發展,教育事業纔真正得到重視。過去那種奄奄待斃的情况,與現在真成了鮮明的對比。

在這樣的環境裏教書、學習,師生們的心情也非常舒暢愉快。國家對教師無微不至的關心和照顧,把教師學術上的專長,看爲國家的財富,非常重視。從各方面保證了教師們的必要工作條件和學習進修條件,受到極高的政治待遇,生活加以照顧,勞逸注意安排,教師得以安心教課和進行科學研究。我們回憶起過去的辛酸、困苦,面對着今天美好、幸福,展望着未來的瑰麗遠景,都感到新社會的無限温暖。過去的精神抑鬱,苦悶徬徨,生活窘困,甚至顛沛流離,所有這一切,都一去不復返了。

我在教育界工作幾十年,親眼看到這六十年的變遷,親眼看到過去北京師大的種種遭遇,和現在我校的巨大的變化,撫今思昔,恍如隔世。過去的教育界凋零衰弊,今天的教育事業欣欣向榮，過去北京師大風雨飄摇，苟延殘喘，今天我們學校已規模宏壯、朝氣蓬勃。眼看着我們北京師大迅速成長，師生們迅速進步，真令人欣喜無限，興奮萬分。

我們學校的畢業生，今天遍布在祖國的大地上，他們有的已成爲著名的學者和教授，有的已成爲文教機構的負責幹部，有的正擔負着學校行政領導，有的則已成爲教師中的骨幹，繼續爲國家培養着更年青的一代。我們北京師大真可以稱爲花繁枝茂，桃李遍天下了，面對着這樣美好的景象，我們今後祇有更加努力，爲祖國培養出更多的優秀中學教師，使祖國的文教事業更進一步的繁榮昌盛！

〔一九六二年六月九日送團中央國際聯絡部，爲萬年春用〕

喜看桃李滿天下

在首都北京的西北郊區,出城以後,沿着寬敞的馬路走不多遠,就可以看到在緑陽深處矗立着一座乳白色的八層大樓。進了校門,在那廣闊的校園裏,還可看到教室樓、辦公樓、宿舍樓櫛比林立,校園裏滿是花草樹木,環境十分幽美、寧静——這就是我工作了四十多年的北京師範大學的新校址。

十年以前,當我和幾位同志一同來察看這塊地方時還是一片亂葦塘,坑窪污穢,亂草叢生,没有電燈、自來水,也没有馬路,就在這樣的荒地上,隨着國家社會主義建設的蓬勃發展,師大的新校園就迅速建立起來了。今天在這裏學習的同學,想像不出十年前這塊地方的面貌,更想像不出舊師大是在怎樣的艱辛困苦中掙扎過來的。

北京師大是我國第一座高等師範學校,她誕生在一九〇二年,一九四九年以前,在半封建、半殖民地的舊中國,她没有一天不是在艱難動蕩之中。我從十九歲起教書,在教育界工作了六十四年,曾經教過各種類型的各級學校。一九二九年我來到北京師大歷史系,當時這個學校正處在岌岌可危的景况,學校長期經費無着,校務有時陷於停頓,有時發不出工資，教師們經常面臨解雇、逮捕、監禁的威脅，但是教授們看着莘莘學子的求知渴望，終於不忍離去，寧願忍受窮困，把自己的知識儘快傳授給青年們。我清楚地記得，有一個時期，辦公無紙筆，嚴冬没有爐火，教室窗子没有玻璃，下雪時，怒吼的北風吹着雪花，吹到課位上，寫字都伸不出手來。在那數十年的歲月裏，完全依靠全校師生們慘澹經營，纔把當時中國唯一的一所高等師範學校維持下來。

在帝國主義侵略和國民黨反動政府的黑暗統治下，我校師生們爲了争人權、要活命，爲了争民主、反迫害，爲了争取青年們讀書的權利，争取師範教育的存在，不知花費了多少心血和力量。但是由於國民黨反動政權的摧殘和壓迫，她始終没有得到擴充和發展。祇是在一九四九年中國人民在中國共産黨領導下經過長期的革命鬥争而取得解放後，北京師大回到人民手中，纔獲得新的生命和巨大的發展。一九五二年我們開始了教學改革，改革了教學制度、教學内容、教學方法和教學組織，并建立起比較完整的教育實習制度。一九五三年起，開始建立了新校舍，現在我校校園面貌已是焕然一新，建築面積已是過去的四·六倍。自一九五八年起，我校在教育爲無産階級的政治服務，教育與生産勞動相結合的方針指導下，取得了更大的發展。我們學校已經成爲社會主義的新型師範大學。她擁有十二個系,十七個專業,二十一個專門組。實驗室、資料室和儀器設備也有了成倍的擴充。過去師大在校學生人數最多時是一四五〇人,現在的本科學生已達六〇二八人。教師人數也從不足二百人增至一千人已上。我校的教學改革運動也結出了豐碩的果實,教學質量有了很大的提高。我校所建立的四個附屬學校,理學院的綜合加工廠以及不久前天文系師生建立起的天文臺都爲同學們實習研究提供了良好的場所,加强了我校師生理論聯繫實際的學習風氣。此外我校師生還配合教學開展了科學研究工作。十三年來我校培養出來的研究生已有八六二人。我們還出版了北京師範大學學報,每期學報上都刊登着具有一定質量的科學論文,引起我國學術界的很大興趣。

古人説『十年樹木、百年樹人』,我們社會主義國家把培養人的工作看做是社會主義建設的百年大計,給與極大的關懷和重視。解放以來,我校畢業生已將近萬人,相當於解放前舊師大四十七年畢業生的一·六倍。他們遍布在全國的大小城市,工礦和農村。這些年輕的教師們一個個都是朝氣蓬勃,在政治上和業務上都不斷地求得進步。他們當中有的已經成爲著名的學者和教授,有的已成爲文教機構的負責幹部,有的正擔負着學校行政領導,有的則已成爲教師中的骨幹。他們都愉快地爲祖國培養社會主義建設的人才和提高人民文化水平而努力。現在每當我收到我的學生從遼遠的山區或新興的工礦企業寄來信息，向我述説他們那裏教育事業的開展，他們爲那裏人民所做的貢獻時，都使我感到萬分興奮。

我是一個老年的教育工作者，六十年來，我親眼看見時代的變遷，親眼看到師大的種種遭遇和今昔對比，真有説不盡的感慨。回想過去我也曾對祖國的文教事業抱有一些美好的理想，但是在舊社會這祇不過是幻想而已，而今天這些理想都在逐步地變成現實。這是我數十年辛勤工作所感到的最大安慰和喜悦！面對着這樣美好的景象，我們老一輩教師們都决心作出更大貢獻，爲祖國培養出更多的優秀教師，使祖國的文教事業進一步繁榮昌盛。

〔一九六二年六月十二日送團中央國防聯絡部修改稿，爲萬年青用〕

建國十三周年有感

我感到很榮幸，在七十歲的年紀，能够趕上全國獲得獲得解放，今年建國十三周年，我又親眼看到十三年間在黨的領導下，新中國的偉大成就。十三年在人類歷史的歷程上衹是短暫的一瞬，而我們六億多人民却在短短的時間裏，能戰勝了重重困難，作出了前人所不可想像的成就，爲我國現代史上，添寫出極其光輝燦爛的一頁。

過去教了幾十年書，作了幾十年的史學研究，都是在艱苦掙扎、孤立無援的境地裏熬過來的，因此看到解放後教育事業的蓬勃發展和史學界的繁榮景況，格外感到興奮和喜悦。這興奮和喜悦并不是偶然的，而是我過去很多深以爲念的事或多少年來不能解决的問題，現在已能實現，已成爲事實。這裏衹舉幾個簡單的例子。

關於古笈的整理和工具書的出版，我過去常常感到中國的史籍繁多，如果不加以整理，不多作些工具書索引之類，就不能在讀書的時候用最經濟的時間達到最高的效能。三十多年前，我在史學界倡談史料整理的時候，却有人大不以爲然，説史料太多，無從整理，不如通通燒了。這種焚書的主張，是毁滅人類文化的辦法。當時我曾作過中國史料整理的報告，見燕大史學年報第一期，提出了自己的看法。當時提出的第一條就是想把過去不分句不分段的古書，重印時要分段分章，加上標點符號，但多年也未得實現。這個工作是長期性的，自然不能一下解決，但是祇要注意去做，若干年後就會見到成績，最近幾年大部頭的資治通鑑校點本的出版，組織人力校點廿四史等等，都是很好的範例，此外各代的較重要文集、有價值的史學著作，多已分別請專家整理、校注，大量出版。很多書已超過了各朝代的版本成爲比較完備、精湛的標準本，參考研究，極爲方便。而且由於大部書的重印，在一個普通圖書館就可以找到，如需要參考，比以前便利的多，像册府元龜、太平御覽等書，流傳得極少，想借閱也是不容易的。

關於檔案工作，也是過去幾十年我所關心的問題。一九二五年我曾在當時剛成立的故宮檔案館工作，這時故宮檔案堆積如山，塵土壓封，零亂無章，整理起來無從下手。鑒於存在內閣大庫檔案的失散，八千麻袋檔案已作廢紙賣出，因此我對這一份珍貴而零亂的檔案材料，始終是關心和惦念着的。從前我也曾擬出整理檔案八法，又經常告訴保管人員要作到『秤不離鉈』，意思就是怕檔案未加整理，寫着年月的紙包不能輕易離開原物，防止離開後就找不到頭緒了。而現在由於國家特別重視檔案材料，成立了國家檔案館，故宮的大批檔案也已編號上架，管理得井井有條，不但檔案材料得到妥善的科學的保管了，而且有的已在整理後按專題編印發表，或者已供研究機構借閱使用，比起從前存在皇史宬、大高殿時已不可同日而語。這是我幾十年念念不忘的事，現在已可以放心無慮了。

出版事業的發展，也是令人滿意的，過去的學者寫出研究心得，有時竟至無處發表，無處出版，如我在一九二三年北大國學季刊發表了元西域人華化考前四卷，原擬下期再繼續刊登後四卷，結果國學季刊因經費無着，下一期竟多年拖延不能出版，一直等到一九二七年，仍無消息復刊，我衹好在燕京學報上發表了這篇文章的後半部，一篇論文前後竟相隔四年之久。又如當時在出版社接洽出版，也往往因出版社提出種種刁難，難於實現，後來我就索性自己找人木刻，所以後來勵耘書屋叢刻就都用木版印刷，免得看人嘴臉，其實開始時也并不是如此計劃的。自己印刷，紙張、材料、發行等問題，非常麻煩，而且成本極高，有時甚至要用去半年的工資。現在的出版發行，給作者們種種便利，讀者、作者都覺方便。過去專門刊登歷史論文的期刊也很少，有時文章無處刊登，也失去向讀者請教的機會。現除全國各大學都有學報外，又有全國性的各種學術刊物和各地區的學術期刊，現在就怕[illegible]著作，有了著作，發表的機會是很多的。

[illegible]去的歷史系的課程，各校也是各自爲政，課程的設置多是隨教師的研究興趣，[illegible]人而异，從無一樣的課本，今天我們的大學，培養人材有一定的規格，解放

……進行了一系列的改革，已取得了一些經驗，在這個基礎上，制定了比較穩定的教學計劃，目前正由中央集個人的力量，通力合作編寫主要教材，有的已出版使用，有的則正在進行，郭老親自領導編寫的中國通史講稿，也已在各校使用。各科教材在實際教學中，將要不斷充實和提高，日臻完善起來。

少數民族的歷史，從前是很少有人研究的，就以回族史來説，我所見到的史籍没有不是貫串着種族歧視和壓迫的，所以在三四十年前，我曾决心重新寫一部回族歷史，但因回歷的前後錯綜，不解决回歷研究無法進行，乃化了四五年的時間，先把回歷與中西歷的對照工具書作好，纔能着手研究。後來我和一位回族的同學説：你們自己研究，比我的條件便利，我已打了一點基礎，你們一定要把回族的歷史寫好。現在這位同學已成了回族史的專家，并且已培養出大批新生力量，對其本族歷史的編寫，正在順利的進行。不僅如此，而且在我舊日的學生中，有傣族、納西族、蒙古族、僮族等同學，都已在負責寫着，已爲各族歷史的編寫，作出了新的成就，我幾十年的心願，又在黨的領導下實現了。

我還有什麽可説的呢？ 每當我走進巍峨的中國歷史博物館的陳列室裏的時候，每當我買到一批一批新出版的歷史論著的時候，每當我接到各種歷史、文物、考古等刊物的時候，每當我接待着一代一代的年輕和更年輕的歷史系同學的時候，我心中就有難以抑止的喜悦，我深深體會到毛主席所説的：我們正在前進。我們正在做我們的前人從來没有做到過的極其光榮偉大的事業。我爲我能生及盛世感到驕傲和自豪，我爲我還能够爲這偉大的事業貢獻出一分力量感到無比光榮！

歷史正在前進！我國的歷史研究也正在前進！

〔一九六二年〕

衷心喜悦話史學

滿腔熱情，祝賀新中國的生日；無限喜悦，祝賀建國十三周年。

這十三年，是不平凡的十三年，在中國歷史上發生了四千年間不曾有過的驚天動地的巨大變化，由於黨的正確領導，三面紅旗的光輝照耀，各項事業，欣欣向榮，各個戰綫，頻傳捷報。作爲一個新中國的人民，有這樣一個偉大光榮正確的黨，是我們的驕傲，受着這樣黨的撫育，是我們的幸福。

祖國建設事業的偉大勝利，真是罄竹難書，就衹史學界一隅的新成就，也是數不盡、談不完的。

我過去教了幾十年書，作了幾十年史學研究，都是在艱苦掙扎、孤立無援的境地裏熬過來的，看到新中國教育事業的蓬勃發展，學術界的日益繁榮，格外感到興奮。面對着燦爛的現實，多少往事，涌上心頭，新舊對比，天地懸殊，過去得不到的，今天得以實現，從前不可能的，現在成爲事實。

史學界最根本的變化，是歷史工作者思想覺悟和立場觀點的變化。過去絶大多數研究歷史的人，没有機會學習馬克思主義理論，解放後，我們有了充分的機會和條件學習馬克思主義理論，并且自覺地把這唯一正確的理論運用到研究工作中去。這樣，就使得歷史科學得到健康的發展。

我們歷史工作者，越來越清楚的認識到：提高理論水平和占有史料，二者不能有任何偏廢，而有計劃、有組織的搜集、整理、出版歷史資料，也衹有在解放後纔能實現。

我過去上課常説：我國的史籍繁多，如不加以整理，不多作些工具書、索引之類，就不能在讀書的時候，用最經濟的時間達到最高的效果。三十多年前，我曾在史學界談史料的整理，却有人大不以爲然，説史料太多，無從整理，不如通通燒了。這種焚書的主張，實在是毁滅人類文化的辦法。當時我曾作過中國史料的整理報告，就是發表在燕京大學史學年報第一期，其中提出的第一條就是把過去不斷句不分段的重要史籍，重印時應分段分章，加上標點符號。比如廿四史，過去不知有多少學者讀它時曾經全部或部分點過句，如大昕著廿二史考异，趙甌北著廿二史札記，汪輝祖著史姓韻編，王鳴盛著十七史商榷等，讀書寫作時都曾對這些書點過句、下過功夫，但是他們的點句本没有流傳下來，事情。其實點過句的又何止他們這幾個清朝學者呢，像史記、漢書等都已成知歷代學者曾有多少人點過句，但後代仍是誰讀誰從頭點起，要浪費多時間。前人的勞動成果，我們不能繼承，又要重新作起，這是很不經濟的事情。但把廿四史全部校點，這樣大的工程，如果祇靠一兩人去作，也不可能作好。解放後，已經統一安排，組織人力，分頭進行，前四史校點本已陸續出版，不久將來，以下各史亦將續出。其他大部頭的如通鑒、續通鑒校點本已於前幾年出版，已經使研究者參考時感到很大便利。此外各代的較重要文集，有價值的史學著作，多已分別請專家整理、校點，大量出版。這樣，就使得很多書的新版本比較完備、精湛，遠遠超過前人了。這個工作是很有意義的工作，不但對於我們，就是後代子孫也將永遠得到益處。

此外，一時尚未能詳細校點的大帙古籍，如五百多年來從没有印過的永樂大典，三百年來没有重刻的册府元龜，三百多年没有第二刻本的皇明經世文編等等，都已影印出版。從前想參考這些書，殊非易事，現在在一個普通圖書館就可以看到了。

至於未成書册的史料——檔案，這些年的保管整理工作變化更大。一九二五年我曾在剛成立的故宫圖書館工作，這時故宫的檔案堆積如山，塵土封埋，零亂無章。這以前，存貯國子監的檔案，由當時教育部移交北大國學研究所；後來，當時國務院的舊檔，又移交故宫博物院，存貯在大高殿。我因鑒於存放在内閣大庫及國子監的一部分檔案，有八千麻袋已作廢紙賣出，所以對故宫這批珍貴而零亂的檔案，一直很關心。我曾擬出『整理檔案八法』,交給故宮保管人員,并經常告訴他們要做到『秤不離鉈』,意思就是説這些材料都還未經整理,不能把寫着年月的包紙離開原件,防止離開後找不到頭緒。多年以來,我始終惦念着這批檔案的保管和整理工作。解放後,黨和政府非常重視檔案材料,前些年已經成立了國家檔案館,故宮的大批檔案也已編號上架,管理得井井有條,檔案材料不但已經妥善的科學的保管起來,再也不致散失,而且很多已在整理後按專題編印發表,或者已供研究機構借閲使用,比起從前存貯在皇史宬、内閣大庫時,已不可同日而語。我幾十年惦念不忘的事,完全可以放心無慮了。

不但書的出版大量增加,給研究者以極大的方便,而且黨和政府爲我們在各方面都創造了優越條件:保證研究時間,配備得力助手,照顧身體健康,妥善安排生活,如果有了研究成品,到處都有發表的機會,可以暢所欲言,各抒己見,互相探討,百家争鳴。解放前,寫論文有時竟無處發表或無法出版。我在一九二三年北京大學國學季刊發表了一篇文章[illegible]卷,原擬下期再繼續刊登後四卷,而國學季刊因經費無着,下一期竟多年拖延不能[illegible]一九二七年,衹好把後半部在燕京學報發表了,發表後很久,國學季刊仍無復刊[illegible]文的發表前後竟相隔四年。又如一九三一年我在師大任教的時候,歷史系曾[illegible]我的一個學生在第一期上發表了一篇文章的上半部,原説是未完待續,但這叢刊也因籌款困難，出了一期就停刊了，『未完』的文章就一直『待續』下去了。

那時候，專書出版更是困難，出版社總是提出各種條件，但最後也往往還是難於付印，我寫了幾本書，爲了免得和出版社打交道，多費周折，衹得自己找人木刻，後來勵耘書屋叢刻就索性都用木板印刷了。但自己印刷，紙張、材料、發行等問題，也非常麻煩，工本很高，甚至要節衣縮食纔能把一部書刻成，印數又少，不易流傳。今天的情况大大不同了，出版社想盡各種辦法，協助作者編印出版，而且流布極廣，全國統一發行，作者讀者咸感方便。解放前專門刊登歷史論文的期刊也很少，衹是有數的幾座大學編輯的學報，今天除全國各大學幾乎都有學報外，又有全國性和各地區出版的歷史專刊和各種學術期刊。現在就怕你没有著作，有了著作，刊載發表向讀者請教的機會是很多的。

不僅研究的條件超越了過去，研究的内容和範圍也大爲廣闊起來，許多以往没有研究過的重要問題，如農民戰爭、古史分期、資本主義萌芽等門類，和近代、現代史的研究等等，都展開了熱烈探討。衹就我國各兄弟民族歷史的研究來説，近年也有了新的發展。我過去因爲所看到的古籍資料裏，無不貫串着對回族的種族歧視和壓迫，非常氣憤，决心進行回族史的研究，但因回曆前後錯綜，不解决回曆問題，研究就難以進行，於是先用了三四年時間，把回曆與中西曆對照的工具書作好，這時正好在研究院畢業生裏有一位回族同學，我和他說:『你們自己研究比我條件便利,我已打了一點基礎,希望你們能把回族史寫好。』現在這位同學已成了回族史專家,并且他又培養出一批新生力量,回族史編寫工作□□□□□□□□此外,我舊日所教過的學生中有傣族、納西族、蒙古族、僮族等各族同學,都已分別負責寫着他們本族的歷史,并且已經作出巨大成就。由於黨的極大重視,在各民族地區的調查訪問,已進行了多年,參加的人以千百計,地區遍及全國,收獲非常豐富,這又豈是過去我們個人所能想像得到的事情。

舊的社會制度,限制了歷史研究的發展,縱有美好的願望,也不可能實現。今天由於黨的正確領導,已爲我們史學界開闢了極爲廣闊的天地。每當我走進巍峨的中國歷史博物館的時候,當我買到一批一批新出版的歷史論著的時候,當我收到各地歷史、文物、考古等學術期刊的時候,當我接待着一代一代年輕的歷史系同學的時候,心中就有無限的喜悦。我深深體會到毛主席所説的:『我們正在前進。我們正在做我們的前人從來没有做過的極其光榮偉大的事業。』我爲自己能獲得成績而感到驕傲和自豪,我爲自己還能爲這偉大事業貢獻出一分力量而感到興奮和光榮。

〔一九六二年九月二十五日〕

余季豫先生論學遺著序

中華書局編輯余季豫先生論文集，既成，先生哲嗣讓之世兄要我爲文集寫一篇序文，作爲季豫先生的老友，我是義不容辭的。

季豫先生湖南常德人，一九二七年入京，不久他就來看我，我們談起彼此治學的經過，各有甘苦，頗能契合。後來他到輔仁大學中文系任教，見面的機會較多，研史論學，互有啓發，每談至深夜，不知疲倦。

抗日戰爭期間，論學諸友紛紛離京南下，能談者漸少，余與先生同在一校工作，又同住一街爲鄰，早晚相見，來往就更多了一些。這時先生以種種關係，未能離京，雖然當時生活比較艱苦，仍能不虧操守，淡泊自持，惟以讀書教學爲事。

今觀集中所收的論文，很多都是抗戰前後我們曾經商討過的，今天重讀，記憶猶新，看到他散在雜志報章的文章，得以編輯出版，非常高興，同時也不能不增加對老友的懷念。

先生以目録學著稱，在輔仁的時候，曾講過目録學、古笈校讀法、世説新語研究等課程，并編寫過講義，前二種都有排印。他曾經和我説過，他的學問是從書目答問入手。他十七歲時開始讀四庫提要，後來繼續鑽研了五十多年，著有四庫提要辯證二十四卷，一九五八年科學出版社印行。他在這部書的序録裏說：『余之略知學問門徑，實受提要之賜。』可以看出他學術的淵源，實得力於目録學；而他終生所從事的學問，也是以目録學爲主，幾十年以考索四庫提要爲恒業。他并不僅僅限於鑒别版本，校讎文字，而是由提要上溯目録學的源流，旁及校勘學的方法，并且能研討學術發展過程，熟悉歷代官制、地理和史學。他平日博覽群笈，爲文則取精用宏，非清代目録學家之專治版本、校勘者所能及。

季豫先生的治學精神有很多值得學習的地方：

他治學的特點之一，就是讀書博，經史子集無不流覽，從提要辯證一書就可以證明。子部圖書衆多，内容複雜，他對這方面很感興趣，他從醫書裏找出資料，從小説中發現問題，如寒食散考、楊家將故事考信録、宋江三十六人考實等文章，都是證據充足，實事求是，有許多新的論斷。他記憶力很强，讀書又多，并且能運用目録學的知識，善於辨别書笈的好壞真僞。他曾自題書齋名爲『讀已見書齋』，因爲有些人專以讀人間未見書相標榜，人間未見之書雖然有些是珍貴的，但這樣的書究竟是極少數，如果專以壟斷奇書相誇耀，而對普通常見常用的書反不讀不知，這是捨本逐末，無根之學。他針對這個情況，所以用『讀已見書』爲自己的書齋名。但是讀已見書又談何容易，汗牛充棟的書，既要多讀善記，又要懂得讀書的門徑，如果不知門徑亂讀，或讀過便忘，雖博何用！季豫先生能博學約取，這是他成功的一個方面。

其次，他用功勤。數十年間手不釋卷，有些書是他很熟的，但他還是經常閲讀。他在提要辯證序録裏引用董遇『讀書百遍，而義自見』的話，説『百遍縱或未能，三復必不可少』，這話也正是他自己的諾言。凡讀書博的人，常常不能深入；凡記憶力强的人，往往不肯勤查書。季豫先生讀書博，而又能用功勤。看他每天在書齋中搬書查書，不厭其煩，因甲書而牽涉乙書，因一句話而檢查大部頭的書，他總是樂此不疲，持之以恒。他還有一種很好的習慣，凡是讀過查過的書，馬上歸還書架，因此他的案頭從不見有零亂堆積的現象，進入他的書齋，一架一架的書笈都是整整齊齊，而且都是他手寫的書根，這也是很多人做不到的。

此外，他作學問下筆不苟，這也是他的一種嚴格的鍛煉。他引用史料一定要窮源竟委，找到可靠的根據，纔寫在論文裏。引書一定注明卷數，核對文字，凡是他所引用的材料，總是比較精確的。他平生不作草書，無論是著作手稿，友朋函札，一律楷書。我曾看見過他手録的各家批校本書目答問，用四五種顏色的墨，密密麻麻，寫滿了書頭，每個字都是一筆一劃，端端正正。儘管我們今天并不一定要提倡人人寫楷書，可是他這種絲毫不苟的認真精神，還是值得學習的。

不幸季豫先生在一九五五年春節因病逝世，現已將近八年，但是他留下的這些學術論文，對學術界來説，是可寶貴的。學術文化事業，後勝於前，尤其是生長在新時代的人，超過前人，更無問題。不過，要繼承前輩學者的成績，還要學習前輩學者踏踏實實的治學精神，并吸取其精華，發揚光大。我想這部論文集的出版，對於學術研究必然會有一定的影響。

〔一九六二年十一月〕